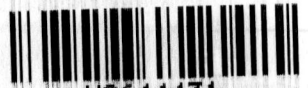

中国当代
乡土小说大系

SERIES OF CONTEMPORARY
RURAL STORIES IN CHINA

第一卷 （1979—1989）　　上

主　编　白　烨

副主编　舒　楠　兴　安

农村读物出版社

图书在版编目（CIP）数据

中国当代乡土小说大系.第1卷，1979～1989 / 白烨
主编.—北京：农村读物出版社，2010.6
　　ISBN 978-7-5048-5337-0

　　Ⅰ.①中…　Ⅱ.①白…　Ⅲ.①小说–作品集–中国–
当代　Ⅳ.①I247

中国版本图书馆 CIP 数据核字（2010）第 067951 号

责任编辑	马春辉	
责任校对	王小燕　苏淑玲	
出　　版	农村读物出版社（北京市朝阳区农展馆北路 2 号　100125）	
发　　行	新华书店北京发行所	
印　　刷	北京中科印刷有限公司	
开　　本	710mm×1000mm　1/16	
印　　张	76	
字　　数	1 460 千	
版　　次	2012 年 1 月第 1 版　2012 年 1 月北京第 1 次印刷	
定　　价	198.00 元（上、下册）	

（凡本版图书出现印刷、装订错误，请向出版社发行部调换）

《中国当代乡土小说大系》编委会

前言：乡土中国
星移斗转的时代影像

白　烨

　　摆在读者诸君面前的《中国当代乡土小说大系》，凡三卷，四百余万字；涉及一百二十四位作家的中短篇小说、长篇小说，共计一百五十余篇（部），均为1979—2009年间乡土小说的代表性作品。可以说，这个精心编选的大型选本，以点带面地反映了乡土小说三十年来在不同时期的主要成果，以及姹紫嫣红的总体景象，发荣滋长的历史进程。

　　编选这样一套规模不小，字数也不少的三十年乡土小说作品大系，在我们是基于这样一种基本认知：当代以来的六十年，尤其是改革开放的三十年以来，当代中国在现代性与现代化的道路上迅猛前进，基本面貌发生了巨大而惊人的变化。但从社会的总体形态和生活的基本层面来看，一直在进行着乡土文明与都市文明的冲突与对话、商业文化与农耕文化的博弈与商兑，也即还处于由乡土中国向现代中国的过渡过程之中。而当代文学中的乡土文学与乡土小说，因为聚集了一批数量较多，质量又高的跨越数代的实力派作家，他们一方面在历时性地记述和描写着乡土社会这种由外到内的巨大演变，一方面又在这种艺术追踪中励精更始，推陈出新，带动着乡土小说写作不断发生新变，赢得了乡土小说与乡土文学的蔓蔓日茂、欣欣向荣。因此，当代的乡土小说，既由乡土一脉反映了社会生活深层变动中的主潮演进，又由乡土书写表现了当代文学自身的成功进取，显然具有社会与文学双重演进的时代影像之重要价值与特殊意义。

一、概念与总脉

描写乡村生活的小说，在现当代以来，一直有着看似相近却又不尽相同的称谓与概念，如"乡村小说"、"乡土小说"、"农村小说"、"农村题材小说"等等。而概念的内涵与外延的差异，又在指称的作者与作品上有所区别。因此，不同的论者在使用一定的概念时，首先需要加以释义。

那么，我们为何选用"乡土小说"的概念，又是怎样认定这一概念的相关含义的呢？

"乡土"的概念，早在先秦与魏晋的典籍中就有出现。如《列子·天瑞》中就说道"有人去乡土，离六亲"。又如曹操的《士不同》中也说道"乡土不同，和朔隆寒"。前一个"乡土"，是"家乡"、"故乡"的含义，后一个"乡土"，则是"地方"、"地域"的意思。对于"乡土"的兼有这样两层含义的理解，一直延续了下来。到现代之后，"乡土"又与"乡村"交替并用，或含有"乡村"的意味。如费孝通在《乡土中国》的开首一句便是："从基层上看去，中国社会是乡土性的。"这里的"乡土"的用意，显然更接近于"乡村"。

把"乡土"与"小说"连接起来，形成"乡土小说"的概念，是在近现代之交的"五四"时期。鲁迅先生于1921年发表的短篇小说《故乡》，被认为是现代乡土小说的先声与滥觞。当时一些寓居北京的作家受到鲁迅的影响，纷纷创作以回忆故乡为题材，以描写乡愁为内容的小说，成为一时的文学新风与小说时尚。鲁迅于1928年在《中国新文学大系·小说二集导言》中指出："骞先艾叙述过贵州，裴文中关心过榆关，凡在北京用笔写出他的胸臆的人们，无论他们自称用主观或客观，其实往往是乡土文学，从北京这方面来说，则是侨寓文学的作者。"之后，在鲁迅影响下出现的以文学研究会一些成员为主的小说创作，当时就被命名为"乡土写实小说"。1934年，沈从文在

《学鲁迅》一文中就曾这样说道："（鲁迅）于乡土文学发轫，作为领路者，使新作家群的笔，从观念拘束中脱出，贴近土地，挹取营养，新文学的发展，进入新的领域，而描写土地人民成为近二十年文学主流。"二十世纪四十年代，在毛泽东的《在延安文艺座谈会上的讲话》精神指引下，解放区文学应运而生，而其中的主要代表赵树理、丁玲、周立波、孙犁等人的小说创作，多以北方乡土为背景，农民斗争为内容，使"乡土"与"革命"内在地联结起来。而由赵树理的小说创作提出来的"赵树理方向"，影响一直波及到当代。

进入当代时期之后，描写乡土生活的作品，不再被称为"乡土文学"、"乡土小说"，而代之以"农村小说"、"农村题材小说"的称谓。概念的这种变更，既有以新的概念与旧的文学相区别的意思，也有从生活到文学确实都发生了新的变异的因素。在自然化的乡土向体制化的农村急速演进的同时，描写这一"山乡巨变"的写作，其称谓由"乡土"更变为"农村"，就显得自然又必然。这一称谓一直延续到新时期之后。如 1982 年，宝文堂书店编辑出版了《农村短篇小说选》，《人民日报》文艺部编选、北京出版社出版了《农村题材短篇小说选》，1986 年，浩然编选，农村读物出版社出版了《中国农村小说大观》等。2006 年 5 月，中国作协、中共江苏省委宣传部和江苏省作协还在华西村联合举办一次全国农村题材文学创作研讨会。但在当代文学研究和文学批评领域，乡土文学的提法却越来越流行和普遍。一些文学论文在指称农村小说与农村文学时，大都代之以"乡土小说"、"乡土文学"。一些有影响的研究专著，也以"乡土"替代了"农村"。如丁帆的《中国乡土小说史论》（江苏文艺出版社，1992 年），陈继会的《20 世纪中国乡土小说史》（中原农民出版社，1996 年）等。

我们在总体称谓上，选取了"乡土小说"这样一个提法。在其基本内涵上，采用以乡土题材为主的原则，但更倾向从整体性上来把握乡土文学的概念，既强调乡土题材、乡土题旨的双重要点，又重视乡土思念、乡土关怀与乡土批判的三位一体的意蕴。这样的宽严适度的"乡土小说"的理解与厘定，大于"农村题材小说"的概念，内含了"乡村小说"的概念，并与现代文学中的"乡土小说"接轨，能比较好地反映这类题材写作的历史与现状，发生与发展。

二、阶段与演变

与整个当代文学创作始终扣合着社会变迁与时代演进的节拍一

样，当代三十年的乡土小说也是与它所表现的乡土社会现实密切相连，并随之替嬗而演变的。总体来看，三十年来的乡土小说的发展，也大致上经历了新时期（或八十年代）、九十年代和新世纪三个阶段，而三个阶段的乡土文学，既相互衔接，又不断演进，各以不同阶段的自身特点与卓异风采，构成了当代文学创作中最为绚丽和耀眼的风景线。

新时期阶段 新时期文学发出的先声，是于 1977 年底出现的"伤痕文学"。"伤痕文学"除去领衔的《伤痕》、《班主任》等少数作品外，很多作品大都属于传统的农村题材，如韩少功的《月兰》，李準的《王结实》，贾大山的《取经》，成一的《顶凌下种》等。而随后兴起的"反思文学"，更是以农村题材为主体，如叶文玲的《心香》，祝兴义的《杨花似雪》，锦云、王毅的《笨人王老大》，张弦的《被爱情遗忘的角落》等，因为当时更为关注的是这些作品的主题意义与它们的批判意蕴，这些作品在题材上集中于农村生活的特点反而被人们忽视了。

让人们越出"伤痕文学"与"反思文学"的视界，而特别注意其题材与题旨的乡土意味的，是高晓声的《陈奂生上城》、《李顺大造屋》等中篇小说，以及陈忠实的短篇小说《信任》，何士光的短篇小说《乡场上》，周克芹的长篇小说《许茂和他的女儿们》等。这些在 1979 年前后出现的农村题材小说，虽说还带有一定的"伤痕"与"反思"的意味与印记，但作品却把主要的着眼点放在了新现实中的新农人，新生活中的新问题，着意描写他们的面对新的社会现实的精神苏醒与个性显露。这些作品或可看作是新时期乡土小说写作的第一波浪潮。

农村生活的变异，农人心气的勃发，乃至农村新人在精神上气质上的吐故与纳新，新风与旧俗在现实中的冲突与较量，随后成为乡土小说写作在一个时期里反复吟唱的主要旋律。如马烽的《结婚现场会》，张石山的《镢柄韩宝山》，赵本夫的《卖驴》，王润滋的《内当家》，刘绍棠的《蛾眉》，孙键忠的《甜甜的刺莓》等。1982 年，路遥的中篇小说《人生》发表，这部作品以农村青年高加林初涉人生时道路选择的两难，把一个与乡土密切关联的主题凸显了出来，那就是城乡发展的尚不平衡与所代表的不同文明，给置身其中的农村青年带来的青春的烦恼、选择的困惑。接下来，便是带有乡土文化的反思与批判意识的一些作品的接踵出现，如李杭育的《最后一个渔佬儿》，郑义的《老井》，叶蔚林的《五个女子和一根绳子》，韩少功的《爸爸爸》，王安忆的《小鲍庄》，刘恒的《狗日的粮食》，李锐的《厚土》，邵振国《麦客》，张炜《一潭清水》等，这些作品在看取乡土上，不仅把它当成是一种社会的基层生活存在，而且还把它们看成一种传统文化的载体。撇开作品的具体臧否不论，它们在总体上都把锋芒指向乡土文化与农耕文明，开始以自己的眼光和方式，来发现和表现乡土中国的浑重与复杂，是显而易见的。由此，乡土小说便添加了一种新的写作角度，也呈现出了新的文化深度和人性内涵。

　　至此，新时期或八十年代的乡土小说，就大致实现了由"伤痕"、"反思"的卵翼破壳而出，立足于直面现实、关注问题的现实主义，又超越传统的写实现实主义过渡到文化批判与文明回思，有效地实现了乡土小说的三级跳式的长足发展。

　　九十年代阶段　进入二十世纪九十年代之后，伴随改革开放的深入引发的经济热潮、商业大潮席卷而来，文学、文化领域受到很大冲击，一些文人作家纷纷"下海"，弃文经商，文学创作在起初几年一直不太景气。之后，随着知识文人精神状态的自我调整，文学领域里的小说写作渐渐恢复常态。但重新崛起的创作态势，又呈现出浓重的个人化追求、分散化的倾向，新时期中一个文学浪潮接一个文学浪潮的热闹状况一去不回，以至有人惊呼文学进入了"无法命名"的时代。

　　但在乡土小说写作一脉，因为与政治思潮、商品大潮都有一定程度的疏离，也由于作家的坚守自我、甘于寂寞，似乎并没有出现中断或萎缩的情形，相反，无论是中短篇小说还是长篇小说，作家们的乡土写作，都在持续坚守中有所拓展，不懈笔耕中有所进取。但受个人化与分散化的影响，这一时期的乡土小说创作，在描写的内容与表现的形式上也表现得丰富而纷纭。这里，有以幽默的语言、混沌的叙事表现农村生活情趣与农人性格风趣的作品，如刘玉堂的《最后一个生产队》，张宇的《乡村情感》，赵德发的《通腿儿》，杨争光的《公羊串门》等；有直面乡土现实问题与乡民生存艰难的作品，如李佩甫的《无边无际的早晨》，陈源斌的《万家诉讼》，刘醒龙的《凤凰琴》、《分享艰难》，关仁山的《九月还乡》；有歌吟乡间田园情趣与平民人性美好的作品，如铁凝的《秀色》，贾大山的《莲池老人》，迟子建的《雾月牛栏》，毕飞宇的《哺乳期的女人》，岳恒寿的《跪乳》，刘庆邦的《鞋》等。总之，乡土不再是单色的，静态的，而是多色的，动态的，同时也是错综复杂的，让人咀嚼不尽的。

　　这一时期乡土小说中的长篇小说写作，数量不是很多，但质量却再创新高，这就是那些从个人命运、家族文化的角度反思社会历史的作品，如余华的《活着》，路遥的《平凡的世界》，陈忠实的《白鹿原》，阿来的《尘埃落定》等。这些作品，从内蕴到写法，都是自出机杼，各有千秋，既在作家个人写作历程上卓有突破，也是当代长篇小说创作的重要收获。尤其是以陈忠实的《白鹿原》为代表的由乡镇看取传统，由家族反思历史的小说，从乡土出发，又超越了乡土，以丰沛的内涵、精湛的艺术，标志了乡土小说乃至当代小说创作的时代高峰，这样的耀眼实绩着实让人欣喜，委实令人称道。

因为个性凸显，写法多样，乡土作家九十年代的艺术探索，使乡土小说的表现力与可能性，都变得更多了，更大了，这显然不啻是乡土小说创作的福音与荣耀。

新世纪阶段 比之其他时期，新世纪的文学文化领域，因为面临着商业文化、传媒文化与信息科技的多重冲击，更是一个众声喧哗，充满挑战的时期。经过近十年的碰撞与博弈，当代文坛已经一分为三，这就是以文学期刊为主导的传统型文学，以商业出版为依托的市场化文学（或大众文学），以网络媒介为平台的新媒体文学（或网络文学），这样一个"三足鼎立"的状态，构成了与过去完全不同的新的格局。当然，这样三个板块并非半斤八两，平分秋色，总体来看，因传统型文学聚集了有实力的作家、高质量的编辑，在整体文学中的作用举足轻重，具有引领文学发展、标志文学进取的重要作用。

在新世纪的传统型文学中，虽然过去较为薄弱的都市小说、婚恋小说，数量有所增多，质量也有所提升，但无论是中短篇小说，还是长篇小说，人们关注较多，影响也更大的，仍然是乡土题材小说。而这在很大程度上，是由于乡土作家的抱诚守真和化压力为动力，抵御了来自方方面面的诱惑与搅扰，从而使乡土小说创作的势头并未有所减弱，质量也并未有所下滑，毅然而然地保持了一种依流平进，稳步前行的姿态，因而取得的收获依然是平实而丰盈的。

这一时期乡土小说的艺术镜头，呈现出来的生活画面，既万紫千红，多姿多彩，在表现手段的运用上，也是各显其能，不一而足。严正的，诙谐的，温馨的，苦涩的，现实主义的，现代主义的，乃至后现代的，都花团锦簇，应有尽有。作家们从看取生活到表现生活，都显得更为灵动，高度自由。如毕飞宇的以细节真实揭现农村女性心理隐痛的《玉米》，夏天敏的以寓言方式书写农人沉闷生活的《好大一对羊》，葛水平的以冷峻故事表现山民心理较量的《喊山》，郭文斌的从童趣的角度描写贫苦乡间生活中的温馨亲情与人情的《大年》等。显而易见，作家们的视野格外宽广而又自有重点，作家们的笔墨自由灵动而又有自己的个性显现，多样化的叙事与多元化的观念，已经成为乡土小说写作中的一个基本定势。

而以自己的语言叙述自己的故事，以自己的故事讲说自己的发现这样的一些品质，则更为集中地反映在新世纪中一些乡土长篇小说之中。这些作品或在乡土的意蕴上生发别的意趣，或在乡土题材上再做新的文章，使作品在故事层面上充满十足的乡土味，但又在现状省察、历史反思、人性审视等方面，另有玄妙或别有深意。如孙慧芬的《歇马山庄》，铁凝的《笨花》，贾平凹的《秦腔》，蒋子龙的《农民帝国》，刘震云的《一句顶一万句》等。这样一些内容厚重，艺术精到的长篇小说，既拓展了人们对于乡土生活、乡土中国的既有认知，又使人们领略了乡土小说写作自身的无限可能与无尽魅力。

三、影响与意义

作为中国新文学重要组成部分的乡土小说创作，其影响与意义，并不仅仅在于它获得了自身的长足发展，使乡土小说写作一脉绵延不断，更在于它在自身不断进取的同时，又极大地促动了小说创作中的其他倾向，并积极地影响了当代文学的整体发展。

当代文学的"十七年"中，小说创作中一直是两大创作倾向引领风骚，尤其是在长篇小说创作中，那就是"革命历史题材"与"农村题材"。当代文学界把这一时期的长篇小说经典作品概称为"三红一创"，其中的《红日》、《红岩》、《红旗谱》是"革命历史题材"，《创业史》是"农村题材"。乍一看来，似乎"革命历史题材"绝对占优，细一分析，这也与"农村题材"不无干系，因为写的是"农村包围城市"的革命历程，而其中的英雄人物主人公，多是农民出身，他们的革命历程与英雄业绩，也是一个个农民顺应历史走向进步和成为英雄的过程。这在梁斌的《红旗谱》、孙犁的《风云初记》、刘流的《烈火金刚》、冯志的《敌后武工队》等作品中，都表现得既真实又充分。还有一些作品，如冯德英的《苦菜花》、徐光耀的《小兵张嘎》等作品，"革命"与"农村"水乳交融，几乎很难区分开来。可以说，正是乡土中国的变异与底蕴，才在根本上造就了在长篇小说创作中，"革命题材"与"农村题材"双峰对峙、相互辉耀的奇特现象。

新时期以来的三十年，小说与文学中的许多看似与"乡土"并无干系的现象，稍作分析就会发现它们与"乡土"，其实都有着这样或那样的关联。在新时期与八十年代期间出现的一些文学思潮和创作倾向，除去前边提到的"伤痕文学"、"反思文学"外，"改革文学"与"寻根文学"都与乡土题材文学有着不解之缘。"改革文学"有两个题材重心，一个是工业，一个是农业，前者的代表性作品是蒋子龙的《乔厂长上任记》，张洁的《沉重的翅膀》，李国文的《花园街五号》，而后者的代表则有柯云路的《新星》，贾平凹的《浮躁》，张贤亮的《男人的风格》等。而关注农村改革与现实变化的现实主义倾向，在九十年代中后期，又繁衍出以河北的"三驾马车"——何申、谈歌、关仁山及刘醒龙等为代表的"现实主义冲击波"倾向，而这种写作虽然在其着眼点上，越出了农村与农民，扩展到乡镇、学校、城市，但基层干部、小学教师、打工妹等人物的活动舞台，依然是"剪不断，理还乱"的乡镇生活与乡土社会。在他们身上，跃动着农人们的躁动的心理，折射着乡村变革的种种阵痛。

　　出现于二十世纪八十年代初期，至今余波不息的"知青文学"，其实也是以青春回望和精神还乡的方式，对乡土生活的别样再现，乃至对于乡土中国的深情致敬。二十世纪六十年代至七十年代的知识青年的上山下乡，既是知识青年们更换了居住地，也是农村、农场增添了新成员；影响的不只是知识青年个人的命运历程，还有当地的农村、农场的此时此地的现实面貌。因此仅仅从命运的变异、成长的苦痛的角度来看待"知青文学"，是不够全面，也不够完整。它们确实是真实而难忘的青春记忆，同时也是动荡时期的时代记忆，窒闷时期的乡土记忆。像竹林的《生活的路》，叶辛的《蹉跎岁月》，孔捷生的《在小河那边》，张蔓菱的《有一个美丽的地方》，史铁生的《我的遥远的清平湾》，陈村的《我曾经在这里生活》，梁晓声的《这是一片神奇的土地》、《今夜有暴风雪》等，在着意表现知识青年的理想主义，英雄主义的同时，也较多地描写了知青与农民、与牧民等的深长情谊。之后的如乔雪竹的《寻麻崖》，彭瑞高的《贼船》，阿城的《棋王》、《树王》、《孩子王》，张抗抗的《隐形伴侣》，张承志的作品《金牧场》等作品，则立足于"知青文学"，又超越了"知青文学"，由"插队"生活所导致的人的艰难处世、人的特殊境遇，扩展到人的生存价值、人的生活意义等，以及由农村生活凸现出来的物质世界和精神世界之间的关系与矛盾。

　　因为"乡土"一词，既有"家乡"与"故乡"的第一层含义，又有"乡间"与"地方"的第二层含义，与乡村、乡土关联密切的重在描写地域民俗风情小说，因为有着深厚的传统和杰出的作家，也与乡土文学一起，得到了长足的发展。甚至有的研究者把这种写作直接列入乡土文学行列。这种写作的典型代表是汪曾祺、林斤澜等，他们的小说写作，讲究用看不见技巧的方式，把一切融化于温馨的诗情或写意的小品之中。其实，一直以乡土文学作家自居并积极倡导"建立北京的乡土文学"的刘绍棠，与这一类写作也极为靠近。他自二十世纪五十年代跻身"荷花淀派"之后，以抱诚守真的方式坚持自己所认定的现实主义，在《蛾眉》、《蒲柳人家》等作品中，着意表现京郊乡村的诗情画意与运河百姓的似水柔情，作品更为重视的是变中又不变的质朴而良善的民习与民俗、民风与民性。此外，近年来越来越为人们关注的地域作家群落，如河南的"南阳作家群"，宁夏的"西海固作家群"，云南的"昭通作家群"，四川的"达州作家群"，贵州的"黔北作家群"，无一不是由立足于乡土开始，从扎根于地方起势，来逐渐形成自己的特色和显示出自己的优势的。

与乡土小说有着直接的渊源，或由此出发另树一帜并取得重大成就的，是以长篇小说为主的家族小说写作。这一路小说写作，先由张炜的《古船》现出端倪，继由陈忠实的《白鹿原》，莫言的《丰乳肥臀》，阿来的《尘埃落定》的联袂冲刺，掀起长篇小说中波澜不断的创作新潮与高潮。从囊括生活、审察人性、反思历史、反观传统等方面看，如许作品已达到或接近达到家族小说乃至长篇小说在这个时代少有的艺术高峰。即以《白鹿原》为例，作品以乡镇村社为舞台，在白、鹿两家的世代纠葛之中，既折射了农耕文明的遗风，传统文化的影响，又映衬了中国社会的近代变迁与政治力量的较量与消长。家庭与家族，家族与民族，民族与家国，水乳交融地交织在一起，使作品在引人入胜的魅力中，充满咀嚼不尽的内力。有论者认为，"作为乡土小说的大叙事"，"（《白鹿原》）为当代乡土小说的史诗性写作树立了难以企及的标高"（张懿红《缅想与徜徉——跨世纪乡土小说研究》，中国社会科学出版社 2009 年版）。这样的看法，我深以为然。这说明，乡土小说的写作，完全可能开辟新天地，营构大作品，问题在于作者自身的生活累积、文学造诣与艺术才分。

因为有广大的乡土社会的比邻与映衬，有雄厚的乡土文学的比照与参酌，近年来以描写都市生活为主的一些小说作品，也走出了以往的题材界限，在表现生活的广度与反思历史的深度上，都取得了以前少有的拓展与掘进。这些作品或者把都市与乡村勾连起来，书写城市与乡村生活在消弭差异中的积极互动，以及给置身其中的人们带来的人生的与精神的变化；或通过走出乡村的主人公的命运遭际，描绘随着历史前进的乡村变异，以及乡下农人走向现代文明的缓慢进程。前一种写作，可以孙慧芬的《吉宽的马车》、贾平凹的《高兴》等为代表；后一种写作，则以铁凝的《笨花》、赵本夫的《无土时代》最为典型。这些作品在乡土小说的写作上，有承继，有突破，有跨越，有创新，均为传统的乡土小说在新世纪里持续探索和精彩演进的最新成果。

　　经过三十年的探索与跋涉，当代乡土小说历经三个阶段的不断演进，已呈现出多意蕴、多旨趣、多主题的基本趋向。但若钩玄提要地加以梳理，也可以概括出三个相对集中的主题意向来，这就是直书现状、反思历史和回望家园。直书现状的写作，或者直面杂沓纷乱的现实，或者探悉躁动不安的心理，在向人们传导乡村变动真实情景的同时，表现出对民生、民计的深切关怀；反思历史的写作，或者回思远去的年代，或追忆逝去的乡土，用历史回溯的方式带入审视的姿态，批判的眼光，其更为看重的是在启蒙民性中审问传统；而回望家园的写作，更带有浪漫主义的气息，他们或者怀恋旧时的田园风光风情，或者寻索现时的淳朴人性人情，背后起支撑作用的，既有素朴的理想主义色彩，也有对抗现代性的民族主义情味。这样一个三大主题的交叉并存又彼此互动，构成了当今乡土小说写作的大致格局，也使它构成了一个自具活力的艺术体系。

　　总之，乡土小说写作在三十年间，发掘着自身的潜力，运用着艺术的能量，追逐着社会的脚步，感应着时代的脉搏，一直在蓬勃发展，始终在高歌猛进。在这一过程中，作为创作主体的乡土小说作家们，也演练了自己的才情，形成了雄壮的队伍，尤其是在把握乡土现实和乡土生活上，拓展了已有的眼界，积累了丰富的经验，这种创作主体的整体性强化与综合性提升，显然更为重要，也更为可贵。而这，自然预示着已经焕然一新的乡土小说，依然有着无可限量的未来与无比光明的前景。

2011 年 5 月于北京朝内

凡　例

　　1. 本大系共三卷，每卷分上下册。精选 1979 年至 2009 年发表的乡土小说作品 150 余篇（部）。第一卷收 1979 年至 1989 年的作品，第二卷收 1990 年至 1999 年的作品，第三卷收 2000 年至 2009 年的作品。

　　2. 长篇小说因篇幅较大，以内容梗概形式收存；中短篇作品的编排以小说原初发表的期刊年度刊号为时间顺序。在同一卷中收入某作家两篇以上作品时，以时间较早的作品为准，其他作品顺列其后。

　　3. 除个别错别字的修订外，方言及形声词的用法均从原文。

　　4. 书后附录乡土作家创作谈、乡土小说评论小辑、新世纪当代乡土文学评论篇目辑录及新时期获奖小说篇目。

目 录
Contents

目 录
Contents

第一卷（下）

张一弓

ZHANG YI GONG

1934 年生于河南开封一个知识分子家庭。祖籍河南新野县。1950 年高中肄业。先后在《河南大众报》、《河南日报》任记者、编辑近三十年。1982 年加入中国作家协会，为河南省文联专业作家。

20 世纪 50 年代开始小说创作。出版有中短篇小说集《张铁匠的罗曼史》《火神》《死吻》《流泪的红蜡烛》《犯人李铜钟的故事》，长篇小说《远去的驿站》等。小说《犯人李铜钟的故事》、《张铁匠的罗曼史》、《春妞儿和她的小嘎斯》分别获 1980 年、1982 年、1984 年全国优秀中篇小说奖，《黑娃照相》获 1981 年全国优秀短篇小说奖。

犯人李铜钟的故事

一、清明时节

清明时节为什么总要下雨呢？那无声的、细细密密的雨丝，如同编织着银色的网，和纷乱的思绪纠结一起，笼罩在地委书记田振山的心头。

田振山正坐在吉普车上，去一个偏僻的山区小县，参加一个党支部书记的平反大会。

这位支部书记离开人世已经十九年了。十九年来，历史给人们带来多少意外的纷扰，开了多少严峻的玩笑啊！但是，田振山始终没有忘记这个人——李铜钟，这个出生在逃荒路上、十岁那年就去给财主放羊的小长工，这个土改时的民兵队长、抗美援朝的志愿兵，这个复员残废军人、李家寨大队的"瘸腿支书"李铜钟。就是这样一个李铜钟，临死却变成"勾结靠山店粮站主任，煽动不明真相的群众，抢劫国家粮食仓库的首犯"李铜钟了。

而现在，历史又作出新的判决：李铜钟无罪。尽管县委、地委对于李铜钟的平反有过激烈的争论，尽管作出平反决定以后还有一些同志对此忧心忡忡，新上任的地委书记还是决定亲自参加这次平反大会。为了让活着的人们更加聪明起来，为了把人间的事情料理得更好一些，他要到那个阔别十九年的小山寨里去，到那个被野草覆盖着的坟头上去，为一个戴着镣铐的鬼魂去掉镣铐了。

吉普车在山区公路上颠簸着、急驶着。田振山打开车窗，让清凉的山风把无声的细雨吹洒在他刻满皱纹的脸庞上，他合上眼睛，想起了那个发生在十九年前的奇异的故事……

二、春　荒

党支部书记李铜钟变成抢劫犯李铜钟，是在公元一九六〇年春天。

这个该诅咒的春天，是跟罕见的饥荒一起，来到李家寨的。

自从立春那天把最后一瓦盆玉米面糊搅到那口装了五担水的大锅里以后，李家寨大口小口四百九十多口，已经吃了三天清水煮萝卜。晌午，"三堂总管"——三个小队食堂的总保管老杠叔，蹲在米光面净的库房旮儿里，偷偷哭起来："老天爷呀！嗳嗳嗳嗳……你睁睁眼吧……你不能叫俺再挎要饭篮，嗳嗳嗳嗳……"

哭，也是一种传染病。老杠叔的哭声从没有关严的门缝里溜出来，首先传染给那些掂着饭罐来食堂打汤的老婆婆们，接着又传染给那些家里有孩子喊饥的年轻媳妇们，再往后，就变成连男人们也无法抗拒的一场瘟疫了。

"不能哭，不能哭。"沉重的假腿在雪地里"咯吱咯吱"响着，李铜钟从大队部跑过来，向大家讲着不能哭的道理，"哭多了，眼要疼，头要晕哩；哭多了，也要伤身体哩。我眼下再去公社问问，说不定统销粮有消息啦！"

哭声平息了。大家都无言地望着年轻的支书。这个百里挑一的强壮汉子，也明显地饿走样了。他眼皮虚肿着，好像能掐出水来，四方脸庞上塌下了两个坑儿。但他颠拐着七斤半重的假腿向村外走去的时候，却把屋里人张翠英递给他的柳木棍扔得远远的，穿着褪色军大衣的五尺四寸五的身个儿照旧挺得笔直，网着血丝的黑沉沉的大眼睛里还在打闪哩。那姿态和眼神都仿佛告诉大家：这个复员兵，还能打几仗哩。

李铜钟的心里却是沉重的。当他想着要向那位"带头书记"杨文秀要饭吃的时候，心里就充满了愤懑和忧郁。

"带头书记"原来是一位文采出众的小学教师，后来被提拔到县委宣传部当了干事。他辛辛苦苦干了五年，渐渐感到，在县委大院里，像他这样一个没有区、乡工作经验的人，往后能当上秘书，写一点"遵命文牍"就算到顶了，"鸡蛋壳里发面——没有大发头"啊！因此，一九五八年，他积极报名下基层工作，当了十里铺公社的党委书记。从此，他就把全副精力用在揣摩上级意图、并在三天之内拿出符合这种意图的典型经验上了。比如他来十里铺上任以前，听说理论界提出了一国能不能首先进入共产主义的问题，他立即感到这同列宁提出的社会主义革命可以首先在一国或数国取得胜利的论断具有同等的意义。他以此类推，得出结论说，一个公社首先进入共产主义也是完全可能的。这个公社当然就是十里铺公社。因此，他上任第二天，就向大家宣布：十里铺公社两年进入共产主义。此后，他每天都要吸两包烟卷，那双好像用小刀子在脸上随便剜出来的小眼睛总是眯细着、眨动着、闪烁着神秘的光，盘算着十里铺公社各项工作怎样跑在前头，选择县委书记田振山没有外出的时机，向县委报喜。

过分卖力的时候，动作是容易变形的。上级意图——且不说这意图是否正确，一经杨文秀加工，就会变成一幅极其夸张的漫画。大办钢铁时，他命令村村队队砸锅炼铁，没收一切可以搜集来的铁器，门鼻、门搭钩无一幸免，统统砸碎，填到"小土群"里，吓得李铜钟的屋里人连连祷告，千万别叫炼铜，因为她的男人是"铜钟"。县委号召建立丰产方的时候，他又指示各队：丰产方一律建立在大路边，粉要搽在脸上。为了充分表现报纸上说的那种"老人赛过老黄忠，妇女赛过穆桂英"的冲天干劲，当检查团到来的时候，他让社员们化装劳动，锣鼓助威，老汉们挂着业余剧团的长胡子下地，妇女们穿着古装戏衣，打着穆桂英的"帅"字旗。

李铜钟用忧郁的目光望着这一切，他觉得新上任的公社书记整天都在演戏，在给上级演戏，巴望着受到赏识和喝彩。他嘱咐李家寨的干部："李家寨都是种地户，不是戏班子，咱不要他那花架子、木头刀。"

但是，李家寨也没能逃脱"带头书记"带来的一场灾难。去年天旱，加上前年种麦时钢铁兵团还在山上没回来，麦种得晚，一晚三分薄，秋庄稼又碰上"捏脖旱"，夏秋两季都比不上往年。而"带头书记"又带头提出了"大旱之年三不变"的豪迈口号：产量不变、对国家贡献不变、社员口粮不变。结果，两头的"不变"落空，只是经过"反瞒产"，才实现了中间那个"不变"。正是因为这个"不变"的缘故，在十里铺公社应该进入共产主义的时候，李铜钟不得不跛着腿，一趟接一趟地往公社跑着，向杨文秀汇报着使共产主义变得十分渺茫的春荒问题了。

每去公社一次，对李铜钟的忍耐力都是一次严重的考验。

第一次，是李家寨社员一天还能吃到"二大两"的时候，也是杨文秀把县委、县人委颁发的超额完成粮食征购任务的奖状挂到墙上的时候。

"李铜钟同志，"杨文秀的声音是严厉的，"你知道是哪些人叫喊粮食问题吗？"

"知道。"

"哪些人？"

"贫下中农。"

"你说啥？"杨文秀困窘地把烟卷举在空中，怔住了，但很快又在空中划一个圈儿，说："新中农吧，是新的上中农嘛，同志，你的屁股不要再坐到富裕中农的板凳上了。"

没等李铜钟回话，"带头书记"已经迈着跃进式的步伐，冲出了小会议室。

第二次，是李家寨眼看就要断粮的时候，也是杨文秀亲眼看见李家寨的榆树皮已被剥光的时候。

"李家寨的口粮是有点紧张。"杨文秀避开了李铜钟的黑沉沉的眼睛，"可眼下的精神还是反右倾啊，反两眼向上的伸手派啊，不是我不愿向县里要粮食，就怕那顶右倾帽子不好戴啊！"

"你把帽子给我。"李铜钟沉声说,"只要反右倾能反出粮食,反出吃的,这右倾帽子,我戴一万年。"

"不要意气用事嘛,同志。"杨文秀踱着步子,说,"口粮不足,不光你一个李家寨嘛。听说地委正开保人保畜会,咱县田书记去了。等他回来,听听精神再说。你们食堂菜地种得不赖,再顶一阵子嘛。"

李铜钟,你有多么坚韧的忍耐力啊。但是,历史证明,肚子的忍耐力是有限度的。在吃了三天清水煮萝卜以后,食堂门口传来了社员们的哭声。虽然三天前李铜钟就托人给县委书记田振山送去了一封"告急信",并按照李家寨坐头把交椅的文化人、会计崔文的建议,在信上画了三个像炸弹一样的"!",但还没有收到回音。李铜钟只好再一次用他的假腿,"砰通、砰通"地敲打着公社门口的青石台阶了。

"铜钟,不用说了。"杨文秀推着自行车往门外走着,"田书记回来了,县委通知开会,专门研究社员生活,你回去等着吧。"

"可眼下……"

杨文秀已经蹬上自行车,一阵风似的走了,但他回过头来喊叫:"萝卜。"

李铜钟回来了。路过好汉坡时,他觉得头晕,脚不把滑,一下子栽倒在路沟里。他一动不动地躺在积雪上,没有力量爬起来。他很想这样躺下去,永远躺下去,不再起来了。但他想起还有几百口人在等着他,想起县委在开会,说不定田书记已经收到了那封告急信。于是,他吞了几口雪,挣扎着爬了起来。当他走到寨门外时,已经挺直了腰杆,对守在寨门洞里等他归来的干部们说:"宰牛吧。"

三、"花狸虎"的悲剧

"把我宰了吧,把我煮锅里吧!"在三队饲养室里,李套老汉死死抓住"花狸虎"的缰绳,愤懑地喊叫着,"谁的主意,吃牲口?干脆把我吃了算拉倒!"

队长小宽牵着牲口说:"套叔,你掂量掂量,保人、保畜,哪轻哪重?再说,这是大队的决定,俺铜钟哥拿的主张。"

"是铜钟?"李套老汉怔住了,他没想到这是他那个残废儿子的主见。论家法,他是"领导";论国法,铜钟可是上级哩。看来,"花狸虎"的命运已经不可改变了。"牛,牛。你牵走,这几槽牲口你都牵走,咱散伙,咱不过了!"李套老汉松了缰绳,不忍心再看"花狸虎"一眼,就坐在小板凳上,脸朝墙,哭起来。不多时,食堂屋后传来"哞哞"的牛叫声,他觉得那是"花狸虎"在叫他,好像一把刀剜着他的心,他眼前一黑,晕倒在草垛上。

几个社员把李套老汉抬到了家里。大队卫生室的王先生,拄着棍,匆匆跑来,用指头掐住李套老汉的"人中穴",差点掐出血来,老汉才睁开眼,把窝在心里的那口气吐了出来。

儿媳妇小声问："爹，好些儿没？"

老公公只叹气，不吭声。

孙儿小囤儿趴在床头上："爷，谁惹你啦？"

爷爷只叹气，不吭声。

王先生把铜钟家叫到外间，板着脸说："人饿虚了，经不住急火攻心，没啥好方子，静养吧。"王先生叹口气，想着牛，拄着棍走了。

"花狸虎"已经被绳子捆住四条腿，卧倒在场上。它"哞哞"叫着，一双通人性的圆鼓鼓的眼睛，滴着蚕豆大的泪珠。它绝望地瞪着人们，好像在说：人啊，不要杀我，我还能犁地哩，七寸步犁也拉得动哩，杀了我，够你们吃几顿呢？李铜钟不忍心再看下去，悄悄离开了屠宰场。半路上，又忍不住勾回头，从拉起来的军大衣领子上看了"花狸虎"最后一眼。为了不让自己听见那"哞哞"的牛叫声，他拉下了棉帽耳朵。

铜钟听说爹晕倒了，急忙回家看爹。爹却偏过脸，对着墙，不理他。铜钟明白，爹是心疼"花狸虎"呀。记得是互助组转初级社那年，他带上复员费，跟爹去十里铺牲口市上牵回了这头牲口。俗话说，卖菜不卖筐，卖牲口不卖缰。他的复员费将够买这头大牛。爹就到山货行货场上捡了一根草绳，爹笑着说这是"金缰"，就用这根"金缰"把牲口牵了回来。一进村，爹就指着这头身上有黑色条纹的大牡牛，向组员们夸说："俺牵回来一头'花狸虎'，你看它那腿，就是四根柱。"家里窄狭，没处喂牲口，爹就把牲口拴到外屋大梁上。夜里，"花狸虎"啃断草绳，钻到里屋，吃了五斤棉花子儿、六斤半谷种，还把装谷种的一口新铁锅撞到地下，摔了八瓣。"中，中，"爹又摸着胡子夸说，"好吃手，准是好套活。"转社时，爹叫翠英用扭秧歌用的红彩绸，结了个大绣球，挂在牛角上。爹又把一床新铺盖搭在牛背上，骄傲地牵着牛在村里游行，拐弯抹角走了四四一十六条胡同，才来到新盖起的饲养室。从此，他跟牛都在那里住下，度过了七个寒暑。如今，槽上虽说添了十几头大牲口，可爹对"花狸虎"总是有点偏心，他时常抚着牛背，说："社会主义是辆车，靠它拉的头一程。"

眼下，铜钟站在爹床前，抱愧地说："爹，'花狸虎'岁口嫌老些儿……"

"不说这，不说这……"爹的胡子哆嗦着。

"爹，等来年丰收后，我还您牲口……"

"不说这，不说这……"两行眼泪从爹的眼角里涌出来。

"爹，您是说……"

"我是说……"爹用胳膊撑起上半身，直愣愣地望着儿子，小声问，"你对爹说实话……党还要咱不要啦……"爹忽然咬住被角，瘦削的肩膀猛烈地抽动起来。

"党要咱，党要咱。"铜钟抑制了内心的激动，凄然地说，"党不知道咱忍饥……"

"那就好，那就好！"爹又挣扎着坐起来，哀怜地望着儿子，说，"那你这当支书的，万万不敢躺下，万万不敢。你没看看？乡亲们忍饥受饿，也没一人逃荒，没一声怨言，那为啥？就因为对党信得过。孩子，四五百口人的死活搁在你身上。爹知道，你肚里也没装一粒粮食子儿，你要是饿得受不住，就想想民国三十一年是咋过来的，想想你那死在逃荒路上的娘，说啥也要把全村人领过这一春天。孩子，爹求你……求你！"

铜钟"扑通"跪在爹脸前，眼里噙着泪说："爹，孩子我记住这话。"

四、吹牛不报税

牛肉过了秤，连杂碎在内，一口人九两零三钱。为了把牛肉公平合理地装到社员肚子里，大队决定分肉到户。食堂里剩下的白菜、萝卜和烧煤，跟牛肉一起，连夜分了下去。时兴了一年多的集体食堂不声不响地解散了。李家寨一百二十多座农舍里，已经生起煤火，响起了开水滚锅声。"花狸虎"跟另外几头老牛一起，在一百多个砂锅、铜盆、搪瓷盆里冒着热气，就要为人们尽着最后的义务了。

"我不吃，我吃不下。"大队长张双喜像下神一样闭着眼，盘腿坐在煤火台上，推开了女人端给他的青釉大瓷碗。

女人问："你是跟谁怄气？"

张双喜忽然扬起巴掌，"噼啪"地打着自己的脸，说："我跟它，我跟它！"

女人惊慌地按住他的手，说："老天爷，这是你的脸！"

"我就打它！"张双喜又打着嘴说，"我叫你说瞎话，我叫你说瞎话……你虚报产量，叫全村人跟着受累……"这个四十岁出头的小个子庄稼人打着、说着，把嘴撇得像瓢一样，十分痛心地哭起来。

张双喜那两片薄薄的被旱烟熏得发黄的嘴唇，并不是生来就有说瞎话的爱好。他传染上这种像感冒一样使人头脑发烧、嗓门发痒的流行病，是在公元一九五八年。

那年麦子收罢，张双喜跟铜钟、崔文去县里参加三级干部会。那时节，省报印着红字的号外——张双喜把它叫做"外号"的，正在连续放射亩产小麦三千七百多斤、五千三百多斤以至八千七百多斤的丰收"卫星"，宣扬着"人有多大胆，地有多高产"的跃进哲学和哲学的跃进，这样就从理论和实践上批驳了"保守派"、"摇头派"、"秋后算账派"的种种谬论。

那年麦季，这个县尽管获得了空前的丰收，而且有了一个明年把粮食产量提高百分之五十一点五的持续跃进规划，但在地委召开的县委书记会议上，这个县还是受到了严肃的批评：对人的主观能动作用缺乏足够的认识啊，持续跃进的步伐落后于形势的需要啊，对人民群众的积极性和创造力估计不足啊，等等，等等。

面对着地委的批评和党报的"号外"，县委书记田振山跟县委其他领导同志，怀疑自己是大大地落后了，他们感到脚下踩着的这块土地，正在报喜的锣鼓声中震动、沸腾的土地，说不定当真到了马克思他老人家说的"集体财富的一切源泉都充分涌流"的时候。他们诚恳地反了自己的右倾，按照地委布置下来的指标，在三级干部会上宣布了一个"一年'上纲'、两年'过江'"的规划。

"带头书记"杨文秀早已摸透了上级意图，他立即在大会发言中宣布：十里铺公社一年"过江"，迎接共产主义的到来。他引用一首据说是十里铺的民谣，描绘了共产主义的幸福情景。可惜那时文化部门正开展着"全民皆诗人"的群众运动，由于都成了诗人，这首民谣的作者也就无从查考，有些诗句也已湮灭在诗歌的汪洋中了。有幸得到杨文秀的引用而流传下来的，只有这样几个警句：

咱吃蒸馍，蘸白糖，
你看咱过得飘不飘！
咱穿呢子，大皮靴，
你看咱过得得不得！
咱乘火箭，坐飞艇，
你看咱过得中不中！

田振山在台上连连点头，说："中！中！"

台下，张双喜却向李铜钟耳语："咱赶紧出去躲躲吧，一会儿把房顶吹塌了，别砸住咱！"

李铜钟坐着没动，他紧皱眉头，不住地用"号外"纸卷着烟卷，像一个愤怒的火车头，喷出一缕缕呛人的浓烟。

大组会上，要各队报规划时，队干部都变得格外谦虚，互相推诿着，谁也不打头一炮。杨文秀知道张双喜口齿伶俐，讲话煽动性强，眼下又是特别需要这种煽动性的时候，于是，他点名叫张双喜发言。张双喜却用巴掌捂住半边脸，从牙缝里"丝丝"地吸着风说："书记，我牙疼。"杨文秀鼓励他说："不需要长篇大论，只要说到点子上，有个态度就行。"又带头鼓掌，"欢迎欢迎！"张双喜不得不站了起来，而一旦站起来，说话就不由自己了。只见他咳嗽两声，清了嗓门，大声吆喝道："那就长话短说，我跟俺支书、会计商量了，俺大队老落后，一年上不了'缸'，只能上'盆儿'，还是那二号盆儿。"在人们的哄笑声里，他露出最正经、最认真不过的神色，望着屋顶说："啥时候'过江'哩？等俺爬到'缸'沿上，吸袋烟，看看再说。"连那些最不爱笑的庄稼人，也都前仰后合，笑出了眼泪。张双喜神色庄严地坐回到半截砖头上，小声问铜钟："啥样？"铜钟捅他一拳说："大实话，是咱庄稼人的大实话。"崔文却踢了踢双喜的脚，往台上努了努嘴。只见杨文秀瞪眼望着他们，紫涨着脸，气得像吹猪一样。

谁能料到呢？李家寨就这样变成了右倾的典型。杨文秀在总结发言中指出："上缸"和"上盆儿"之争是两条道路斗争在十里铺公社的集体表现；所谓"上盆儿"，实质上表现了小生产者的狭隘性，二流子的懒惰性，摇头派的摇摆性，保守派的顽固性；宣扬"上盆儿"论的人必须转变立场，首先在思想觉悟上来一个跃进，从"盆儿"上跃到"缸"上。

散会回来时，爱唱路戏的张双喜变成了哑巴。

崔文抱怨他："双喜哥，你发言咋不讲点策略？反正，吹牛不报税。"

铜钟说："我拥护双喜哥的发言，共产党为群众办事，就得石杵子捣石臼——石（实）打石（实），不要嘴把式。"

双喜说："反正，往后我嘴上贴封条，嘴角再站俩把门儿的。"

但是，五八年以后运动多，三天两头要汇报运动情况。李铜钟的假腿没有张双喜的真腿好使唤，上公社汇报的任务，就像灾难一样落在张双喜的头上。

在爱国卫生运动评比大会上，开始学了一点"发言策略"的队干部们，有的说做到了"几净几光"，有的说几"臭"变成了几"香"。张双喜搁心里说："天冷偏烤湿柴火——对着吹吧。"轮到张双喜汇报，杨文秀瞟他一眼说："好，这一回又看李家寨的了。"张双喜憋了一肚子气，决定用一种特殊的方式进行报复。他小声咳嗽着，用那种站不到人前的后进队长的胆怯声调，谦卑地说："俺李家寨卫生运动也老落后，站不到人前头。可经过领导帮扶，向先进看齐，俺那才上碾的小毛驴儿总算养成了刷牙的习惯……"真是语惊四座，使得外队的所有汇报统统黯然失色了。张双喜看见杨文秀露出惊异的神色，暗暗拧开了钢笔帽，就不由地感到一种快意，一种进行了一次小小报复的快意。他想着小毛驴儿摇着头刷牙的模样，便忍不住"吃"地笑了。几十张有胡子和没有胡子的嘴巴几乎是同时咧开，哈哈大笑起来。

"静静！"杨文秀用钢笔杆儿敲着桌子，问道，"小毛驴怎样养成了刷牙的习惯，怎见得它养成了这良好的习惯？"

这倒是一个难题。张双喜虽然没有上过大学中文系，却不乏形象思维的能力，他说道："今儿清早我去三队饲养室，正碰上二夯家牵着那头白眼窝小叫驴儿走亲戚，小驴儿'嗨儿夯、嗨儿夯'直叫唤，就是不跟她走。鞭抽它，它不走，鞭杆儿捣它，它不走。二夯家问那小驴儿：'你是惊住啦？吓住啦？'驴摇摇头；又问：'你是缺草啦？缺料啦？'驴又摇摇头。'那你到底有啥心事？'小驴儿仰着下巴颏，朝着二夯家直龇牙。二夯家吓得包袱丢地下，扯着嗓子直喊叫：'哎呀套叔，您的驴咬俺哩！'饲养员李套老汉三步并作两步跑出来，看见小驴儿正龇牙，就对二夯家说：'别怕，她嫂子，它不是咬你，它是怪我慌张，没给它刷牙。'李套老汉把小驴儿牵回去，一盆净水，一把刷子，都是消过毒的，给小驴儿上牙刷三遭，下牙刷三遭，牙槽里刷三遭，刷够三三见九这个数，才把缰绳递给二夯家，往驴腔上拍一巴掌，说：'走吧。'小驴儿就打了个响鼻儿，乖乖儿地跟二夯家走了，一路上尥着蹶子直撒欢儿。"张双喜擦去由于紧张的形象思维而在鼻尖上沁出的汗珠，朝杨文秀一摊手，说，"就这。"

杨文秀急急地往本子上记着，问道："给牲口刷牙有哪些好处？"

这一回，张双喜运用逻辑思维，答道："免生口疮舌刺儿。"

张双喜的汇报获得了极大的成功。他诚惶诚恐地从杨文秀手里接过一面锦旗，上写："卫生先锋"。但他一出公社门儿，就把锦旗掖到腰里。回到家，又把它塞到墙窟窿里，从来没向别人提过它。

从此，每逢汇报某个运动的开展情况而又有杨文秀在场的时候，不知是巴甫洛夫的条件反射学说，还是牛顿的惯性定律，就在张双喜的嘴上得到一再的证明。比如，汇报扫盲运动情况时，他说，李家寨有老两口，都七十多岁了，夜里瞌睡少，老头就在老婆脊梁上画字儿，叫老婆认，直到鸡儿叫二遍……汇报除"四害"运动情况时，他说，李家寨的猫娃饿得"喵喵"直叫唤，因为没老鼠吃了。只是消灭麻雀的成绩不老好，老祠堂屋檐底下有一窝麻雀漏了网。可等他拿着手电去掏窝，只摸了一手麻雀屎，原来这窝麻雀也搬家了。咦，这麻雀真是鬼能鬼能！

于是，杨文秀多次表扬了李家寨的转变，公社秘书小陶时常摇着电话机，喊叫："喂喂，李家寨吗？双喜在不在？公社往县上写报告，杨书记特意交代，叫他再补充点活材料。活的……"

每逢张双喜回了这样的电话，就像吃了蝇子一样吐着唾沫，对崔文说："呸，真叫你说对了，吹牛就是不报税。"但他嘱咐崔文："可不敢叫铜钟知道，他要知道了，不用破鞋底打我的嘴才怪。"

去年秋后，张双喜终于受到了吹牛的惩罚。

那是他去参加公社核产会的时候，一进公社大门，就看见影壁墙上画着一幅图表，最顶上画着火箭，以此类推，是飞机、汽车、牛车、乌龟，上写："十里铺公社秋季产量评比图"。他想，我的身体不老好，坐火箭怕头晕，骑乌龟又老晦气。报产量时，他不往上挤，不往下靠，向中等偏上的大队看齐，多报了十万斤总产，坐上"飞机"回来了。

李铜钟一听说坐上了这号"飞机"，就向张双喜发了一顿脾气："双喜哥，你也学会卖嘴啦？这镜子里的烧饼十万斤，是叫工人吃，是叫解放军吃？党中央、毛主席叫咱鼓实劲，没叫咱吹糖人，你就是吹出个天堂，叫谁住？"李铜钟放了一通"上甘岭上的炮弹"以后，就跑到公社说："把俺那产量减下十万斤，我情愿骑乌龟。"但他一去就是十天。在公社后院小楼上，他跟那些坐上"牛车"和"乌龟"的大队干部们一起，叫反了十天右倾。等他回来的时候，在公社"反瞒产"工作组的指挥下，李家寨已经超额十万斤完成了秋粮征购任务。

眼下，张双喜照旧坐在煤火台上，像下神一样哭着、骂着："你真混蛋，你不该坐那飞机……"

五、老杠叔和他的钥匙

九两三钱肉能产生多少卡的热量呢！

断粮第七天，李铜钟跟王先生在全村挨门检查了一遍。他发现，李家寨四百九十多口人，就有四百九十多个浮肿病号。有百十口人已经挺在床上不会动弹了。王先生铁青着脸，用拐棍捣着地，对铜钟说："要是这两天还不见粮食，你就组织专业队，上西山刨墓坑吧！"

李铜钟探望的最后一家是"三堂总管"老杠叔。四天以前，老杠叔蹲在食堂库房里哭了一场以后，回家就病倒了。食堂库房里已经没有生的或熟的叫他操心，再也用不着一天十二遍地开门、锁门、出生、进熟、过秤、上账了，生活变得空虚而寂寞，支撑着他这把老骨头的精神支柱突然倾倒了。他躺在床上，掂着库房门上的那一串钥匙，长久端详着，"老伙计，咱得分手了。我不能带你去，那儿用不着你……"

李铜钟和王先生来到老杠叔家门口，看见门头上挂的那"光荣烈属"牌，止不住心里一阵难受，老杠叔的独生子是四四年跟皮司令走的，淮海战役时牺牲了，家里只剩下老两口。这两位老人家比旁人更有权利过几天不知饥寒的日子啊！

李铜钟和王先生走进院子，正听见老杠叔在屋里喊叫："花她娘……人死如灯灭，还做那啥送老衣……你要心疼我……就拽一把棉花套子，叫我啃啃……啃啃……"

王先生听见这话，就像软瘫了一样，一下子蹲在老椿树底下的捶布石上，说："这病人我不敢看，不敢看，看着老难受……"

李铜钟一个人进屋了。老杠婶正用面布袋给老伴做送老衣，一见铜钟就哭了。她搬个小板凳，让铜钟坐下，说："你叔眼看不中了，论说他活这六十多，也够他的了。俺啥也不想，只想他种了一辈子庄稼，管了一年多食堂，能叫他临走……临走有一把粮食子儿嚼嚼……"

　　老杠叔在里屋听见这话，就责怪老伴说："你没问问铜钟吃的啥？我说铜钟，你就别听她瞎说……你过来，叫我再看看你。"

　　李铜钟走进里屋，坐到床沿上，攥住老杠叔的手，说："叔，怪我没能耐，叫您老人家受恁大委屈……"

　　"不怨你，孩子，不怨你。"老杠叔温存地望着铜钟，从腰带上解下那串钥匙，捧在手里，说："支部……群众信任我……叫我管食堂一年七个月……零八天……我老没成色，只会开开门、关关门……办不了大事……不能为你分忧。往后，再来了粮食，选个靠得住的……把钥匙给他。"老杠叔嘴唇哆嗦着，手也哆嗦着，把钥匙塞到铜钟手里。

　　铜钟把钥匙还给老杠叔，说："叔，说啥您也得熬过这两天。支部给田书记，就是来咱村搞土改的田政委，写了信，公社杨书记上县开会快回来了。我约摸着，粮食该下来了。这钥匙，还得您管。"

　　这时候，王先生推门进来了，手里攥着一瓶鱼肝油丸，对老杠说："哥，这是你大侄子从湖北捎回来的西药丸，按西医说，这是那啥营养药，一天吃几丸，兴比嚼那棉花套子强些儿。"他郑重地拧开瓶盖，倒出两粒，塞到老杠嘴里，又接过老杠婶端过来的一杯水，把药丸冲了下去。

　　大门外有人喊叫："铜钟，铜钟，快，快……"随着话音，崔文跑进门来，上气不接下气地说："杨书记打电话……叫你去公社，口粮……有办法啦！"

　　昏暗的屋子里好像"刷"地一下充满了光亮。李铜钟大步噔噔走出屋门时，老杠叔已经叫老伴扶着坐起来，把那串钥匙重新系在裤腰带上。

　　这一回，王先生不是用拐棍捣地，而是在地上画着圈儿，说："这比啥药都强！"

六、"这叫化学！"

　　杨文秀在他生着煤火的小西屋里接待了匆匆赶来的李铜钟。他取出夹在笔记本里的一封信，从眯细着的眼缝里逼视着李铜钟，问道："这封信是你写给田书记的！"

　　"是我。"李铜钟向信上扫了一眼，看见一行粗大的铅笔字："如情况属实，应抓紧解决。"

　　"李家寨当真没一点粮食啦？"

　　"这样吧，书记，"李铜钟凄苦地笑笑，说，"你去尝尝李家寨那饭，那清水萝卜饭，不叫你多吃，只吃三天。"

　　"不管有多大困难，公社给你们解决嘛。"杨文秀想起，田振山把信转给他时，用那种困惑不解的目光审视着他，好像在说：啊？杨"带头"同志，你是这样带头的啊。这使他紧张而且懊恼。眼下，他把那封信折叠起来，装到衣兜里，说："你就是不写这封信，公社也不会不解决；你写了这封信，照样还得公社解决嘛。"

"该解决了，书记。"

"那么，你说说，李家寨还有玉米皮、红薯秧吗？"

"你是说……"李铜钟怔住了。

"红薯秧，玉米皮——包在玉米穗外边的那几片叶子。"

李铜钟寻思说："玉米皮大部分垫圈沤粪了，红薯秧还有。"

"麦秸多不多？"

"麦秸？"

"对，麦秸。"

"麦秸不缺，牲口能吃到麦口。"

"这就好。"杨文秀像是丢下一桩心事，又对铜钟说："走吧，我叫你看几样东西。"

"啥东西？"

"吃的。"

李铜钟跟着杨文秀，来到了会议室。只见柳树拐、椿树坪、竹竿园大队的党支部书记、大队长和食堂司务长们，正围着会议桌抽烟。公社秘书小陶已经把窗户上的雨搭卸下来，贴上了红纸，正用排笔蘸着黄颜色，写着"报喜"的最后一个"口"字。会议桌上，一溜儿摆着十几个八寸白瓷盘，盘上放着黑色、黄色、黑红色的块状、条状和圆锥形物体。

杨文秀对李铜钟说："这次县委开会，传达了地委的精神，号召缺粮社、队大搞代食品，没等散会，我就提前回来，搞了试点。很成功，为解决缺粮问题找到了一条门路。"他指着盘子里的东西，宣布了世界上新出现的几个食物品种："一口酥"玉米皮淀粉虚糕、"扯不断"红薯秧淀粉粉条、"将军盔"麦秸淀粉窝头，等等。他挨个儿地介绍了每一种代食品的原料、特点和优越性，那封"告急信"给他带来的紧张和气恼，都被这些营养学方面的重大发明抛到九霄云外了。

李铜钟觉得他面前出现了奇迹，但他的右倾思想使他对这些奇迹还有些疑问："这是红薯秧玉米皮做的？"

"你不信？"杨文秀拿起一块"一口酥"，送到李铜钟嘴上，说："我请你吃饭，不收粮票，好就好在不收粮票。"

李铜钟掰下一块，细细品尝着。味觉告诉他，虽说有点发涩，可也没有太大的怪味；触觉告诉他，虽说有点艮牙，却也咽得下去；听觉告诉他，嚼起来沙沙作响，可这是玉米皮做的哩，能跟八五粉比吗？他在懊恼，玉米皮不该铡碎垫圈。

按照杨文秀的指点，李铜钟品尝了每一种代食品。他觉得，那种"扯不断"淀粉粉条更接近粮食的味着，暗暗庆幸三个队的红薯秧还保存完好。

"铜钟同志，"杨文秀郑重地说，"李家寨的唯一出路，就是大搞代食品。抓住这一着，一盘死棋就下活了。"他发觉李铜钟脸上还蒙着一层疑云，又说："这没有什么神秘嘛，不外乎把玉米皮、红薯秧煮煮、碾碾、沤沤、蒸蒸，起一点化学变化就是了。"最后，他加重语气说："眼下的精神还是反右倾，要彻底打破在缺粮问题上无能为力、无所作为的懒汉懦夫思想，迅速开展大搞代食品的群众运动。铜钟，事实证明，反右倾可以反出粮食，反出吃的，灵得很！"

李铜钟没有注意这个意味深长的警句，他完全被这些奇妙的代食品吸引住了，他要求说："最好请先进队派人到俺李家寨指导指导，叫俺明天就吃上这'一口酥'。"

杨文秀指着柳树拐大队党支部书记说："石头，包给你了。"

刘石头跟李铜钟是老伙计，去年秋天，他俩都骑过"乌龟"，住过公社小楼。刘石头满口答应："没问题，包你一学就会。"

"那咱眼下就细说细说。"李铜钟拉着刘石头，走出会议室，钻进了书记屋。他掏出小本儿，拧下钢笔帽，说："俺队红薯秧还不少，你先说说红薯秧咋做粉条？"

刘石头瞪他一眼，说："咋做？用粉芡做呗。"

"红薯秧能做粉芡？"

"咋不能？如今兴坑人。不光红薯秧能做粉芡，猪毛边能炸丸子。这叫化学！"

李铜钟觉得一瓢冷水从他头顶泼下来，但他还抱着一线希望，问道："那'一口酥'？"

"掺了一半玉米面。"

"那'将军盔'？"

"人吃了没一点益处，落个牲口没草吃。"

全部希望顿时化为灰烟。李铜钟好像受到谁的捉弄似的，愤懑地站了起来。他忽然想起，那年他病倒在逃荒路上，昏过去了，不知是谁用星星草捅他的鼻子，叫他打了三个喷嚏……

"杨书记知道底细吗？"铜钟问石头。

"敢叫他知道？！"

"石头哥，你也学会哄人啦？"

"不哄他，他克咱；哄哄他，他舒坦。啥法儿哩！"

"石头，咱共产党不能这样胡来！"

刘石头把脸仰到李铜钟眼皮底下，说："你看看，兄弟，你看看，我刘石头像那号说瞎话的人不像……可我是属鼠的，听俺娘说，我生下来就胆小，十五岁那年，俺哥、俺姐架住我，我才敢看看死蛤蟆。打从年前咱俩住了公社小楼，我就落下个心跳的病，一见杨书记，心里就'咚咚咚咚'，跟敲鼓一样。你没听人说？不怕苦，不怕累，就怕公社小楼上'背靠背'。我算叫反右倾反怕了！"

李铜钟拉下棉帽耳朵，不愿再听下去。他很想痛哭一场，而终于没有哭出来。

公社大门外，响起了热闹的唢呐声和锣鼓声。杨文秀和椿树坪、竹竿园大队干部，还有十里铺的几个吹鼓手，站在一部"热特"拖拉机的拖车上，带着神奇的食品，去县委报喜了。

李铜钟忽然抓住刘石头的袄襟，推搡着他说："石头哥，你去赶上他们，抓住他们，趴下磕个头说，咱都改了吧。我往后再不说瞎话，你们也别再逼着我说瞎话，我求求你，求求你，看在毛主席他老人家的面上，咱都改了吧，改了吧！"

刘石头吃惊地望着铜钟，突然蹲到地下，捂住脸哭起来。

七、血红的指印

就这样回去，把绝望带给李家寨吗？李铜钟像一头愤怒而又疲惫的狮子，在公社门口的雪地里徘徊。他看见四百多双饿得发黄的眼睛，眼巴巴盯着李家寨东南的赶集路，他们的瘸腿支书将从这条路上回来，给他们带回吃的，而瘸腿支书要对他们说："乡亲们，咱忍饥受饿，因为咱是傻子，不懂化学……"

李铜钟啊，在社员们七天没吃一粒粮食子儿以后，你还有什么办法使他们免于死亡呢？你能叫麦苗儿今天夜里就起莛儿、明天清早就扬花儿、不到晌午就结子儿吗？你能叫"反瞒产"反走的十万斤粮食长上腿，回到李家寨吗？你能对社员们说，民国三十一年的经验证明，北山裤裆沟里的白甘土可以当粮食吃吗？要不，你就狠狠心，说，乡亲们啊，可怜我这个一条腿的人没能耐，挑不动这副担子，请大家掂上打狗棍，自谋生路去吧。然后，你就把一级残废证装到玻璃框里，用竹竿儿举着，领着婆娘、娃娃，去荣军休养所要碗饭吃吧。

不能，不能，不能哩。要是世界上没有饥饿和寒冷，还要共产党做啥？共产党员李铜钟啊，你跑到鸭绿江那厢打狼，你瘸着一条腿回家，难道是为了在乡亲们最需要你的时候抛开他们吗？支部书记李铜钟啊，你这一辈子能有几回像今天这样检查你对人民的忠诚，考验你的党性啊！

李铜钟的胸膛里燃起了一场大火。只有那条必然给他带来严重后果而又不能不走的道路好走了。这条路走得通吗？他不知道。但他大步颠拐着，向西山脚下的靠山店粮站走去了。

在粮站里，一个一条胳膊的中年汉子，正爬在梯子上，用胳肢窝夹着扫帚把，用一只手挥动扫帚，清扫着库房上的积雪。他的动作是那样熟练，好像使用扫帚本来就是一只手的工作，而且要用左手。

这是李铜钟的战友——粮站主任朱老庆。在朝鲜大水洞消灭美军二师三十八团的战斗中，他俩一个折了胳膊，一个断了腿。断了腿的给折了胳膊的包扎了伤口，折了胳膊的把断了腿的背到了急救站。后来，他们一起回国，进了荣誉军人休养所，又同样因为过不惯清吃坐穿的日子，一个复员务农，一个转业到了粮站。

"你好啊，司务长。"李铜钟站在梯子下面喊叫，用的是部队里的称呼。

一张发黄的长满黑胡荏子的脸庞从梯子上扭过来："咦，是二班长，啥风把你吹来啦？"

"报告司务长，我来要饭吃。"李铜钟的表情是严肃的，毫无开玩笑的意思。

"你是说……"

"我是说借点粮食。"

"这算啥话？借，借！"朱老庆摇着脑袋，从梯子上爬了下来。他发觉铜钟好像害着一场大病，只有他的眼睛还在闪耀着火一样的光亮，"铜钟啊，你朱大哥知道，农村口粮紧张，好赖我还穿着这四个兜的衣裳，旱涝保收，一月少不了二十九斤口粮。一块窝窝，咱一掰两半。可你说啥？借，借！"他慢吞吞地说着，把铜钟领进了他的办公室兼住室，又慢吞吞走到煤火台后边，从一个木箱子里掂出半布袋面，搁到桌子上，用命令的口气说："掂去。"

李铜钟推开面布袋，"这不够。我是说，借你这大仓里的粮食，五万斤。"

像火烧屁股一样，朱老庆"噌"地站起来，直愣愣地盯着铜钟："你说啥？"

"仓库里的粮食，借给我五万斤。"一个字就是一颗炸弹。

朱老庆又"通"地坐在椅子上。他已经知道自己的耳朵没有毛病，关紧屋门，说："铜钟，你是神经上出了毛病？咱粮站可没有这规矩。"

"这我知道。"李铜钟把棉帽摔到桌子上，"老朱，李家寨四百九十多口，断粮七天了，靠清水煮萝卜保命。党把这四百多口交给我，我不能眼睁睁看着大家等死！"

"啊……"朱老庆瞪眼望着铜钟，呆住了。

"要是李家寨都是懒虫，把地种荒了，那我就领着这四百九十多口，坐到北山脊上，张大嘴喝西北风去，那活该！可俺李家寨，都是那号最能受苦受累的'受家'，谁个手上没有铜钱厚的老茧，谁个没有起早贪黑地跃进？他们侍候庄稼，就跟当娘的打扮她们的小闺女一样。我不是夸他们，自从土改到现在，穷乡亲们一个心眼扑在社会主义上，一滴汗水摔八瓣儿，一步一个深坑儿走过来，把山旮旯变成粮食囤儿，年年赶着大车，往你这仓库里送了几百万斤粮食。去年年景不好，大家还想着把细粮卖给国家，都是一等一的碧玛一号。可有人'反瞒产'反红了眼，把李家寨的口粮也挖走了。"李铜钟忽然站起来，指着窗外的库房，大声说："就在那儿，就在那儿，那儿装着李家寨的口粮！"

"啊……"朱老庆望着库房，小声惊叫着。

"打老日，打老蒋，抗美援朝，乡亲们把咱俩这样的苦孩子，牵马戴花交给党，去跟反动派拼命，咱俩回来了，可有不少好同志，回不来了。如今，我眼睁睁看着他们爹妈……饿躺在床上，说：给我拽一把套子，叫我啃啃……啃啃……"李铜钟发出了抑制不住的哽咽声，但他很快又控制了自己，逼视着朱老庆说，"老朱，你说，你是借不借？"

朱老庆毫无表情地回答："我不借！"不知为什么，两滴眼泪却顺着他的鼻梁淌下来，挂在胡子上。然而，他的声音是无情的："这是国家的粮食，保护它，像保护生命一样，是我的职责。"

"老朱，把麻绳给我。"

"干啥？"

"我要把你捆起来！"

两个战友虎视眈眈地对峙着。火光、炽烈的火光，在那双黑沉沉的眼睛里燃烧着、跳跃着。"老朱，我要的不是粮食，那是党疼爱人民的心胸，是党跟咱鱼水难分的深情，是党老老实实、不吹不骗的传统。庄稼人想它、念它、等它、盼它，把眼都盼出血来了，可你……"李铜钟眼前一黑，觉得天旋地转，高大的身躯猝然倒了下去。朱老庆急忙迎上去，紧紧地抱住他，失声喊叫："二班长，二班长……"

只有一条胳膊的，把只有一条腿的拖到床上。那个一条腿的，吃力地睁开眼睛，嘴唇嚅动着，衰弱而又固执地说："借给我，我还，我还……"

朱老庆用开水泡了一碗饼干，一勺一勺地喂着铜钟，嗓音沙哑地说："铜钟，向上级反映吧，咱俩这缺胳膊少腿的厮跟上。"

"反映了，老朱哥。"

"怎么说？"

"上级说，玉米皮、红薯秧会变成粮食，叫那饿了七天的人，吃这……吃这化学。"

朱老庆沉声不吭了。他从兜里摸出来一根一拃长的玉石嘴旱烟袋，坐在小板凳上，一袋接一袋地抽着。他觉得心里发冷，连说话的声音也哆嗦起来："这仓库经我手管理，还没有出过岔子。我消灭老鼠，就跟打鬼子一样。为的啥？为这是庄稼人的血汗，国家的命脉……经我手，收你们李家寨的粮食，不下几百万斤，可我不知，李家寨在忍饥……"朱老庆不善辞令，尤其在这心乱如麻的时候，很难听出他下的是什么决心。"这仓库里倒是有十几万斤粮食，要不是大雪封山，早叫调运走了。西仓库，五万斤玉米，一色的'金皇后'，雪前翻晒过。今儿晚上，月黑头，仓库后门，虚掩着，是你这个一条胳膊的朱大哥值班。"他突然咳嗽起来，"我的肺不老好，不老好。"

李铜钟听懂了，生命的活力立刻回到了他的身上，他翻身下床，说："老朱哥，给我一张纸，我得写个借条。"

"没用，没用。"朱老庆摇摇脑袋，又指指心窝，"反正，我这儿，有数。"

李铜钟在桌上找到一张信纸，拧开笔帽，寻思着。他想写上李家寨的难处，写上他多次向上级反映情况的经过，写上百十口浮肿病号离死亡的门槛只有一指远了，但心里千头万绪，不知道该从哪里下笔。最后只写了这样几句话：

> 春荒严重，断粮七天。社员群众，忍饥受寒。粮站借粮，生死相
> 关。违犯国法，一人承担。救命玉米，来年归还。
> 今借到靠山店粮站玉米伍万斤整。

李家寨大队共产党员李铜钟
一九六○年二月七日

朱老庆戴上老花眼镜看了借条，从袄兜里掏出钢笔，在"一人承担"的"一"上添了一道，又在李铜钟名字底下写上一行歪歪扭扭的大字："靠山店粮站共产党员朱老庆"。他好像遗忘了什么，想了想，又郑重地打开印盒，用指头蘸了印色，在他名字底下按了一个血红的指印。

李铜钟感激地望着战友，不吭声咬破了食指。

"铜钟，你……"

"我用这，我用这。"

李铜钟把食指按了下去。

"夜里十一点。"朱老庆说着，把两包饼干塞到铜钟的大衣兜里。

八、"不敢吃！"

黄昏后，李铜钟回到了李家寨。当他通知各队准备车辆、磨场管理员准备开磨的时候，每一座农舍里都点亮了灯，好消息像插了翅膀似的，霎时传遍全村："统销粮下来啦！"

"婶，婶，"李铜钟喊叫着，从半截院墙上把手伸过去，往老杠婶手里塞了两包东西，说，"叫俺叔先嚼嚼这，赶明儿兴能吃上一顿饱饭。"没等老杠婶看清是啥东西，铜钟就转回身向大队部走去了。

不知是两包饼干、还是来了统销粮的消息，把老杠叔从死亡的门槛上拉了

回来。"甭哭了，"他对老伴说，"这一回俺真不走了，俺算着咱还有十年以上的阳寿。"他摸索着下了床，看见隔壁大队部的马灯亮了，就掂根棍拄着，不顾老伴的阻拦，捏着系在腰带上的钥匙，说："我去听听会，我活着就得为社员们跑腿儿。"说着，一摇三晃地出了门。

大队部正在开会。当老杠叔悄悄坐在门外那块槐树疙瘩上的时候，正赶上铜钟讲"借粮"经过。队干部惊呆了，老杠叔在门外也惊呆了。他想着这粮食的来路，想着铜钟这个支书当得老不容易，鼻子一酸，忍不住哭起来。

"谁?"崔文从门缝里伸出脑袋，问着。

"是我。"老杠叔埋怨自己不该惊动队委们，拄着棍，想站起来，可他来时那股劲没有了。

崔文扶起他，说："进屋吧，你一个人在这儿难受啥哩?"

老杠叔抹着泪说："我想着当个人老不容易。"

大家把老杠扶到崔文平时睡在那里守电话的小床上，又各就各位，沉声不响了。

打破沉默的是老杠叔。"铜钟，咱就是饿死，也不能吃这粮食……咱李家寨没做过违法的事……你们在党的在党，在团的在团……不在党、不在团的……也都是共产党的基本群众……咱饿死也不能动公仓。"老杠叔看看大家，又说，"五一年，毛主席在北京瞅见咱衣裳单薄，怕冻住咱……一入冬就发下寒衣……经如今田县委的手，给我发了这棉裤。"他用指头捣着棉裤，说，"就它，就它……饿得心慌了，我就看看棉裤，心想……毛主席不叫咱冻着……就不会叫咱饿着……兴是年前风老大，电话线刮断了……上头跟底下断了线……等两天，再等两天……等电话线接上……"

灯光照不住的地方，有人抽噎着，擤着鼻子。

"那就缓两天。"一队队长李荒年往鞋底上磕着烟锅，说，"不能叫铜钟为咱担恁大责任。"

"我发言。"这是张双喜。好多天了，他觉得没脸见乡亲，一头缩在家里不出来，开会时也蹲在黑影里。眼下却从墙角站起来，说，"老杠叔，荒年哥，趁咱眼下还能鼓捅动，快把粮食背回来吧。再等两天，就是给咱粮食，怕咱也鼓捅不动，背不回来了。李家寨四百多口，就是饿坏一口，也是咱一辈子赎不完的罪。往后，要是铜钟有个三长两短，我……"他挥挥手，停下来，等鼻子里冲上来的像吃了生葱一样的气味过去以后，才哑着嗓子说："蹲黑屋、过大堂、上劳改队，再大磨难，我张双喜替他。"

窗户外有人喊叫："荒年叔，咱队牲口不济事，卧那儿不起来。"这是一队鞭把二楞的声音。

"荒年叔，你听听，"会计崔文已经打定主意，"不光人不能等了，牲口也不能等了。我看这粮食非吃不可，天塌下来，咱队委一块顶着。"

队委们都站起来，说："就这，就这。"

李铜钟最后说了话："老杠叔，我知罪，你就原谅你侄儿这一回罪过。眼下借点粮食，保人保畜；来日多打粮食，支援国家，兴能把我这罪过赎回来。抓紧准备吧，等会儿在西寨门外集合。"他想了想，又说："大队去我一个人就行了，双喜哥、崔文兄弟都留在村里照应。"

散会了。人们带着紧张和宽慰交织一起的心情离开了大队部。不知是谁家窗纸上映着人影，喊声里夹杂着哭声："他爹，你醒醒……醒醒，救命粮下来啦！"

九、饲养室里

在三队饲养室，李套老汉已经把两头辕骡和四头帮梢牲口交给了鞭把，正满心欢喜地向他那些拴在槽上的臣民们宣布："统销粮来了，你们熬过来了，熬过来了！"

铜钟、小宽跟一队鞭把二楞，掀开棉门帘走进来。

小宽向铜钟使个眼色，说："套叔，你看，一队社员来向你取经。"

李套老汉从槽前勾回头，说："咦，还没吃上一顿饱饭，可又取经哩！"他对风行一时的"取经"很有点信不过。

二楞说："灾荒年景，俺一队见你喂那牲口老壮实，把大车又套上了，不知你用的啥仙法儿。可俺队牲口不争气，凑合着只能派出去一辆车。大家叫我问问套叔。你这牲口是咋喂的？"

"咋喂的？"李套老汉心里像三伏天用小扇子扇着，"牲口不会说话，全靠人替它操心。"他看看儿子和小宽，"实话说，我给你们当干部的守了点密。秋后，我看粮食紧缺，天天省下几把料。"他掀开草垛，露出几个料布袋，说："这不，到如今，这群吃材虽说料不足，可没断过顿。啥经？就这。"

小宽说："咦，你对俺铜钟哥也守密？"

李套瞟儿子一眼，说；"他牲口都舍得吃，能不吃我这牲口料？"他想起了"花狸虎"，可怜它没能熬到今天，心里又难过起来。"可也难怪你们。我是喂牲口的，是把牲口看得高些儿。社会主义是辆车，全靠大骡子大马拉着跑哩！"

李铜钟感激地望着老爹，他想起，食堂里还能打来一瓢稀饭的时候，爹时常等送饭的媳妇走后，把稀饭倒在牲口槽里。

小宽看时机成熟了，笑着说："套叔，眼看要去拉粮食，可一队牲口有困难……"

李套心里一沉。"你是说使咱这牲口？"

"套叔，俺队社员说，不使你喂这牲口，粮食别想拉回来。"二楞嘴上像抹了蜜。

李套老汉坐在草垛上，想了足足一袋烟的功夫，才开腔说："我能眼看着粮食拉不回来？可我这牲口也不是老硬邦，这四川马跟那青骡子，勉强能驾辕。既然你们当干部的事先拍了板儿，我一个喂牲口的还能挡车？"

没等李套老汉说完，二楞就去槽上解缰绳。"等等。"李套老汉用烟袋锅点着二楞的鼻子，说，"你们那帮梢牲口可得硬邦点，你们当鞭把的不能鞭打快牲口。"

"老叔，你看看。"二楞掀开棉袄襟子，指着肋条说，"就是叫我甩扎鞭，你侄儿我也没那力气。"

李套郑重地看看他那二九一十八根肋条，那确实是二九一十八个可靠的保证。他终于解下了缰绳。

小宽、二楞把牲口牵走后，李套老汉又叫住儿子，说："听说粮食不算少，可你记住给社员讲讲，囤底儿省，不如囤尖儿省；能吃半顿，不叫断顿；不能有了狠，没了忍。"老汉又心疼地打量着儿子，"这些天，难为你了。等粮食拉回来……"他指着儿子的假腿，"叫它好好歇歇，是根拐棍儿也不能整天拄着。"

"中，爹，等粮食拉回来……"铜钟想起了什么，神色怆然地说，"我跟它都歇。"

"是这话。为群众跑腿儿，天还长哩。"爹说着，背着手，向槽前走去。

十、寨门外的呼喊

西寨门外大路上，摆着大车小辆。由基干民兵组成的运粮队，在一人吃了两碗萝卜熬白菜以后，已经排好队站在寨门洞里。

李铜钟向大家约法三章：第一，要遵守纪律，到了粮站，是给咱的咱拿走，不是给咱的，一粒粮食子儿也不能拿；第二，不要坐车，叫牲口留着气力拉粮食；第三，黑更半夜的，不要惊动四邻八家。

在积雪映照着的靠山公路上，人马出发了。

"你坐上，你那腿不得劲。"有人在铜钟耳边说话。这是张双喜。

"你不该来。"

李铜钟有点生气。

"我陪你，到天边儿，我也陪你。"

"咱队委……都陪你。"这是崔文的声音。

星光下，李铜钟看见十几个人影，无声地簇拥着、跟随着他。他不满地叹了口气，颠拐然而坚定地向粮站走去。

"不能去呀，不能去呀！"寨门里，传来老杠叔的嘶哑的哭喊声。他跌跌撞撞地奔出寨门，跌倒在路旁的积雪里，但他扒着、爬着、喊叫着："孩儿们，回来呀……咱饿死也不能动公仓……"

一阵山风卷走了老杠叔的呼唤。

李铜钟头也不回地走着。他觉得有一条小虫子从他眼角里爬出来，那是一滴只有在人们看不见的时候才让它流出来的共产党员的眼泪。

大路上，没有人声，只有"嘚嘚"的马蹄声。

十一、"毛主席，请您老人家原谅……"

沉默多天后，李家寨的三座磨屋里又响起了轰隆轰隆的磨面声。磨屋前都排着长长的队。按照连夜分配到户的口粮指标，每户先领一天的面，让全村人赶紧吃上一顿饱饭，然后随磨随领。

石磨在轰鸣，老杠叔却在叹息。小宽从西寨门外把他背回来以后，他就躺在床上，陷入无法解脱的矛盾中。咋办好哩？违法粮吃不得；不吃违法粮，眼看要饿死人啦！你活了六十多，土拥住脖子了，闭住嘴不吃这违法粮，当个干干净净不犯法的鬼去。可全村四五百口，都叫跟着你，啃那墓坑里的土？

但是，在大多数七天没吃一粒粮食子儿的庄稼人看来，对于他们必不可少的肠胃运动和衰弱到极限的身体来说，违法粮跟合法粮没有任何区别，或者可以说是同样的"老好"。营养学家可以作证，玉米，无论是违法的还是合法的，它所包含的蛋白、淀粉和含热量完全相同。

正是这缘故，磨屋前才排着长长的队，一张张浮肿的面容上都已露出宽慰的微笑，一双双昏黄的眼睛里都在闪耀着生命的光芒了。就连老杠叔的百依百顺的老伴，也好像完全不明瞭老杠的心思，已经以烈属的身份站在领面行列的第一名了。

违法粮同时又是救命粮，这种精神和物质的分裂，使得老杠叔越想越糊涂了。而这时，崔文在门外喊叫："老杠叔，磨屋里堆不下恁些粮食，还得用用食堂库房，小队保管立等你开锁！"

老杠叔必须马上决定对这批违法粮的态度了。他"吭吭"地咳嗽着，不知道怎样回答才好。

"老杠叔，我在一队等你。"崔文忙得脚不沾地，没进屋就走了。

咋办好啊？法律与营养的矛盾逼得老杠叔无路可走了。他从床上爬下来，站起，又坐下；走两步，又返回来，最后，才想起什么，摸摸索索点着了灯，举在手里，照亮了墙上的毛主席像。两行热泪"噗嗒嗒"响着，滴在土改时分的那张八仙桌上。"毛主席，您老人家就原谅俺一回……"他哽咽着说，"咱李家寨的干部都是正经庄稼人，没偷过，没抢过……铜钟是俺从小看大的，去朝鲜国打过仗，是您教育多年的孩子……俺吃这粮食，实在是没有法子……"透过蒙眬的泪水，老杠叔望见毛主席慈祥地向他微笑。他擦擦眼泪，吹灭了灯。

在夜色笼罩的村巷里，老杠叔拄着棍，颤巍巍地走着。"原谅……原谅……"伴随着钥匙的叮当声。

十二、三口大锅

整个村寨都沉浸在喜悦的气氛里，李铜钟和他的假腿，却一个躺在床上，一个躺在床下，酣甜地睡熟了。

只是在平安地拉回粮食、磨屋里响起轰鸣声、社员们开始把黄澄澄的玉米面掂回家里的时候，李铜钟才忽然感到那样衰弱和疲累，多天来一直在右肋下折磨着他的疼痛，断腿骨朵上磨出的新的伤口，都忽然变得那样难以忍受了。他感到必须睡一个好觉，才能有足够的精力，让那条假腿把他带到县公安局"投案自首"。

翠英跟社员们一样，还不知道这批粮食的秘密。她喜气洋洋地和婶子、大娘们厮跟着，领口粮去了。为了让男人睡个好觉，她把囤儿送到饲养室，交给了公爹。恬静的小屋里，只有铜钟在说着梦话："是我……我是李铜钟……"

铜钟醒来时，已经过晌午了。屋子里弥漫着白茫茫的水蒸气，荡漾着玉米面馍的甜香。翠英却坐在灶边，悄悄地擦着眼角。

"翠英，你……"

翠英把几个玉米面馍、一大碗黄糊涂端到床头桌上：说："全村人都吃了一顿饱饭，就剩你了。"她说着，把脸偏到一旁。

"翠英，你哭了？"

"吃你的吧。"翠英避开了铜钟的眼睛，"煤火不老好，我加了把柴火，烟熏住眼了。"

是哩，庄户人家有了粮食，喜欢还来不及呢，哪有哭的道理？铜钟拿起馍，大口大口地嚼起来。"好吃，好吃！"他连声称赞；"你做的是糠吃着也香，这可是成色十足的玉米面。"

翠英悲伤地瞟他一眼，又低下头，把两块玉米面馍用手巾兜着，又用勺子刮着锅底，舀了半瓦罐黄糊涂，掂着出了门。

"翠英，才给咱爹送饭？"

"爹吃了，囤儿也吃了。"

"那你是往哪儿掂？"

"别问了，你吃一顿安生饭吧。"

"谁家出啥事啦？"铜钟在找他的假腿。

翠英停下脚步，眼圈红了，"我去寨外拾柴火，碰见一个逃荒的……"

"逃荒的?"铜钟心里一沉,他明白,他这个逃荒逃到李家寨的屋里人,老爹是饿死在寨壕里的,他懂得逃荒的艰难,忙推开碗说:"那你快送去。"

翠英刚出屋门,铜钟就套上了假腿。

当铜钟来到西寨门对,只见一个花白胡子老汉,抱着一根棍,倚着铺盖卷儿,歪倒在寨门洞里。翠英正一口一口地给老汉喂饭。老汉身边围着一圈社员,正把一块块刚蒸好的黄面馍塞到老汉的破竹篮里。老汉已经缓过劲来,直起身子说:"谢谢,谢谢!"

铜钟问:"大爷,你是哪村的?"

"柳树拐。"

李铜钟想起了刘石头和他的"一口酥",拿定主意说:"大爷,不要走了,我给你挖点粮食,送你回去。"

"多谢了。"老汉用棍指指寨门外,说,"俺后头还有上百口子,不能都麻烦你。"

铜钟走到寨门外。他看见一个无声的人群正在北山脚下缓缓移动着。有人背着铺盖,有人挎着篮子,顶着刺骨的寒风,踏着积雪的山路,移动着,吃力地移动着。

走在前头的那个人,肩上挎着铺盖卷儿,手里掂着一个小广播筒,不时地勾回头,把广播筒扣在嘴上喊叫:"不敢掉队,不敢掉队!"

"石头!"铜钟喊叫那个领头的。

刘石头装着没听见,低着头,不看他。

铜钟迎上去,把石头拉到路边,说!"你这个支书,领着社员上哪儿去?"

刘石头没好气地说:"你就别叫我支书,你就叫我要饭头。支部决定了,出外逃荒,也得书记挂帅。"他瞥铜钟一眼,忽然把帽子抹下来,像碗一样捧在手里,行着鞠躬礼,说:"行行好,行行好,同志,您就留一口,留一口,留个碗底儿叫俺舔舔,叫俺这种粮食的人舔舔……舔舔……"刘石头学说着,不由地眼圈红了。

李铜钟一把抓过来帽子,给他戴头上,说:"咱说正经话,你们在这儿避避风,李家寨送你们一人两碗稠糊涂。"

"咦咦,你那粮食不敢吃。"

"为啥?"

"吃了会吓死俺!"石头又朝铜钟瞥了一眼,说,"你们会计媳妇是俺村闺女,今儿清早,她掂回去一手巾兜玉米面,她说……"石头用胳膊肘碰碰铜钟,"老弟,你打过仗,胆大!"

铜钟说:"不管咋说,这两碗黄糊涂,你们非喝不可!"

石头说:"椿树坪、竹竿园也有一二百口逃荒的,一会儿就过来,你管得起？你不知，眼下趁公社干部都在县里开会，光咱十里铺公社，就有几千口人去卧龙坡扒车。"

李铜钟心里乱了。他在想，李家寨的人不挨饿了，可还有多少柳树拐、椿树坪啊……

转眼到了寨门口。李铜钟抓过来刘石头的广播筒，对柳树拐的逃荒社员说："婶子、大娘、大叔、大伯们，你们路过俺李家寨，李家寨也没啥送你们，就在这寨门洞里避避风，给大家熬几锅黄糊涂，喝了再走。"他把广播筒还给刘石头，就一颠一拐地朝寨子里奔去了。

村巷里，才吃了一顿饱饭的庄稼人商议着："一人省下二两，送送咱那逃荒的乡邻吧！"

就这样，李家寨西门外支起了三口大锅。锅里煮着稠玉米糁，勺子搅不动，筷子挑得起，一人两大碗，送走了柳树拐、椿树坪、竹竿园的逃荒社员。

天黑了。走风口吹来的寒风，猛烈地摇落了树上的积雪，天黑得像倒扣着的染缸一样。不知是什么时候又开始下雪了。鹅毛雪片在风中狂舞，淹没了逃荒的人群。

据喇叭筒里的气象预报：今夜大雪，北风七级，最低温度零下十五度。想着那个小车站上的逃荒社员，李铜钟心里结冰了。

十三、首犯是这样落网的

李铜钟回到寨子里，天已经黑透了。

他刚走进西寨门，会计崔文就失魂落魄地跑过来，往寨门外推着他，说："跑，快跑，公安局来人啦……"

李铜钟平静地问："面都分下去啦？"

崔文把一小包钱和粮票塞到铜钟的大衣兜里，推着他说："你就别管啦，跑吧，俺替你打官司……"

李铜钟好不容易才从崔文手里挣脱出来，照旧用那颠拐着的大步，朝寨子里走去。

迎面一阵脚步声，三个人影急速地跑过来。

李铜钟迎上去，问道："同志，是找李铜钟？"

"他在哪儿？"

"在这儿。"李铜钟用指头点着自己说，"他在这儿。"

三个人全怔住了。这是公安局刑警队的同志。他们没有料到，那个"哄抢国家粮食仓库的首犯"，竟是这样平静甚至是友好地自投法网了。

手电的强光照射在李铜钟的脸上，他们看见了一张憔悴然而纯正的脸庞，在他眯细着的眼缝里，闪动着镇静、和善的目光。

一张纸像一张苍白的没有表情的脸，在李铜钟面前晃动。"这是逮捕证。"

"手！"

李铜钟顺从地伸出双手。当一个冰冷坚硬的物件箍在他手腕上的时候，他对那个软瘫在寨墙底下的大队会计说："记住给双喜哥说，种子得留够……"

村巷里传来了嘈杂的人声，李铜钟微微皱起眉头，朝西寨门仰仰下巴颏，对公安局的同志说："从这儿走吧，这条路清静。"他领头走进了寨门洞。

"不要抓他，不要抓他！"张双喜像疯了一样跑过来。喊叫着，"我替他，我替他！"

社员们从各条村巷里奔出，汇成一股人流，像潮水一样涌过来，伴随着惊慌的哭叫和凄厉的呼喊。

"俺们保他，俺们保他！"

"李家寨不能没有他呀！"

刑警队的同志吃惊地怔住了，但他们很快就清醒过来，用身体堵住了寨门洞。刑警队长喊叫着："社员同志们，我们是奉命办案，有意见可向法院反映，不要乱，不要乱，警惕坏人破坏……"

人流还在向寨门洞拥着，囤儿爬在小宽肩膀上喊叫："爹，爹呀……"

李铜钟转回身向人群走去，人们忽然肃静下来。

"回去吧，乡亲们。"像是拉家常一样，犯人李铜钟发表着他的告别演说，"都回去吧，下着雪，怪冷的。公安局的同志是依法办案，咱得遵守章程，不能给同志们添麻烦，对不对？党、团员带个头，队委们带个头，把上岁数的搀回去，好好养养身子，不误春耕大忙。我去向上级汇报汇报，过些时兴能回来，兴能赶上种秋……"

人们顺从地站在寨门口，一动不动了。只有眼泪从那一张张瘦削的脸庞上淌下来。

李铜钟看见妻子翠英直愣愣地盯着他，翠英在人群里朝前挤着、挤着，突然闭上眼，歪倒在李四婶的肩头上。

"唉唉唉唉……"老杠叔哭着，头撞着寨墙，"老天爷，这是咋啦？咋啦……"

雪花在北风中狂舞。风雪路上响起了那条假腿"咯吱、咯吱"的声音。望着黑魆魆的走风口，李铜钟想起了卧龙坡车站，他的心冷到了冰点以下。

十四、胁从犯与县委书记

没等李铜钟自动投案，事情就这样发生了。

这天上午，县粮食局调运靠山店粮站十万斤粮食的时候，朱老庆把五万斤粮食装上汽车，而把五万斤粮食的借条交给了县粮食局长。然后，他刮了胡子，穿上那套发白的旧军衣，扣上风纪扣，把军帽戴到眉上二指远的地方，又把空袖筒塞到衣兜里，好像准备去参加一个隆重的宴会。

印着两个血红指印的"借条"，已经送到县委书记田振山的手里。田振山简直不敢相信自己的眼睛。他盯着李铜钟的名字，想起了土改时那个带头参军的民兵队长，想起他复员时怎样跛着那条假腿来县委看他，接着又从李家寨传来李铜钟带头办社、开山引水的消息。这两年，他不仅没有再看到过李铜钟，跟公社以下的干部也都很少见面了。有什么法子呢？一年只有三百六十天，而去年一年他就开了二百九十四天会，只开半晌的小会还没有统计在内。有什么法子呢？样样工作都要书记挂帅啊！当他听说有人叫他"开会书记"的时候，他苦笑了，是嘛，"国民党的税，共产党的会"嘛！有什么法子呢？当他难能可贵地抽出时间下乡跑跑的时候，只好是"下去一条线，沿着公路转，隔着玻璃看，公社吃顿饭"了。没想到，当他跟李铜钟久违、久违的时候，李铜钟的"借条"就这样跑到了他的面前。他头脑里空空洞洞，记忆的仓库里只有李铜钟给他写的那封"告急"信同这个"借条"之间似乎存在着联系，但杨文秀昨天来县委报喜时还特意向他汇报，李家寨的缺粮问题已经妥善而及时地解决了。他还退回了县里从机动粮中拨给十里铺公社的统销粮指标，表示要发扬共产主义风格，支援困难社、队。

"他们就这样无法无天？"田振山摇着"借条"，望着县粮食局长。

"反正，仓库是空了。"

"朱老庆是什么人？平时表现怎么样？"

"残废军人，一条胳膊扔在朝鲜了，管了六年仓库，平时表现……咋说好哩……就这么说吧，比有两条胳膊的还干得好些。"

"啊……"

朱老庆被带到县委书记的面前。"穿军装的庄稼人"，田振山概括了他对这个胁从犯的第一个印象。胁从犯正局促不安地望着他，立正，用左手行了一个军礼。

田振山让他坐下，摇着"借条"问道："这是你和李铜钟干的？"

"人是铁，饭是钢，首长……"朱老庆规规矩矩地立正站着，说，"李家寨断粮七天了，那不假，首长，断粮七天了。"

"断粮七天？这可能吗？"

"李铜钟不会哄人，首长，你要说：二班长李铜钟同志，你去把二五〇高地拿下来，控制制高点。他就说：是。你要说：二班长李铜钟同志，你说一句瞎话叫我听听。他就说：报告首长，俺爹还没教过我。"

田振山挑剔而又赞赏地望着这个胁从犯，再次让他坐下，问道："这么说，你和李铜钟是老关系喽？"

"老关系，老关系。"朱老庆连声回答，"俺两个一块打仗，一块挂彩，一块回国，又一块写了这个条子，首长。"

"你是粮站主任，你懂不懂这是犯法行为？"

"懂，我懂，首长，可人是铁，饭是钢……"朱老庆还想讲一些更深奥的哲理性的东西，但终于没能找到。

县委书记站了起来，不无痛苦地说："一个支部书记，一个粮站主任，竟然……"他选择了一个分量较轻的提法，"竟然擅自动用国家粮食仓库，数量之多也是很惊人的，一个大案件哩！检察院说，这要依法逮捕哩！"

"是哩，是哩，首长。"朱老庆笔直地站起来，连连点头，表示完全的赞同。当他被带走的时候，还没有忘记立正，用左手行一个军礼。

十五、李铜钟的供词

根据县委指示，县法院决定当天夜间对哄抢国家粮食仓库首犯李铜钟进行第一次审讯。由于县委书记要参加这次审讯，这就格外增添了这一案件的严重性和神秘色彩。

审讯室里增加了一排椅子。田振山和法院院长、审判长、审判员都已就座。县、社两级干部会上的主角杨文秀，也中断了他那个"大抓代食品试点经验"的总结性发言，来这里旁听这次审讯了。这个突然发生的案件，完全破坏了这个胜利者正向人们叙说胜利的自我陶醉的心情，他坐在靠近墙角的一把椅子上，好像坐在锋利的耙齿上，陷于极度惊愕和恐惧之中。

"你是昨天下午和李铜钟见面的吗？"田振山继续着他和杨文秀的谈话。

"是的。他很善于伪装，对代食品，特别是对'一口酥'，表示很满意、很热心，丝毫没有看出他有犯罪的动机。"

"怪人，怪人！"田振山连连叹息着。

审讯就要开始了。犯人是从李家寨直接带到这里来的。虽然押送他的刑警很怜惜他那条假腿，路过公社时特意找了一台拖拉机让他坐上。但他来到县法院时，还是筋疲力尽了。在他出现在审讯室之前，那长长的水泥走廊里，传来了沉重而缓慢的脚步声："砰——通，砰——通……"

审讯室的门忽然打开了。高大、憔悴、脸颊上长满黑胡茬子的犯人出现在审判者的面前。他用肩膀抵住门框，喘了口气，疲惫的目光向审讯室巡视一周，落在一把孤零零地放在审判席前的椅子上。他认出那是自己的位置，吃力地走过去，在离椅子还有两步远的时候，就把手伸过去，扶住了椅背，然后把假腿拉过去，调整好搞乱了的脚步，挺了挺身子，准备就座了。就在这时，他看见了县委书记田振山，他怔住了，"田政委……"他用土改时的称呼小声呢喃着，眼睛里闪耀着惊讶、喜悦的光芒，蓦地伸出那双铐在一起的大手，呼唤着："田政委，救救农民吧！"接着，"砰通"一声巨响，他那高大然而瘦削的身躯栽倒在审判席前。

审判者们都被这意外的事件惊呆了。随着一阵桌子和椅子的扭动声，审判者奔向被审判者，内心的剧烈的悸动使田振山把犯人抱在怀里，大声叫喊着："铜钟，铜钟……"

李铜钟睁开了布满血丝的眼睛，干裂的嘴唇嚅动着，"政委，快去……卧龙坡车站，……快，快……"像是完成了一件神圣的使命，李铜钟恬静地入睡了。

寒风扑打着审讯室的窗口，鹅毛大雪在无声地飘落着。

十六、卧龙坡车站

卧龙坡发生了什么事情？正在研究"食物化学"的县、社干部竟无一人说得清楚。县委决定暂时停止对这一新兴科学的探讨。田振山带领大家，乘车向卧龙坡驶去。

在那个只有两间候车室的小站门口，田振山首先跳下了汽车。他望见，在灯光黯淡的候车室里，在没有烟火的饭棚、茶棚里，在寒风嘶啸的露天站台上，在积雪盈尺的铁道两旁，挤满了等着扒车的逃荒社员。他们有的裹着被子，有的蒙着被单，如同被严寒凝结在那里似的，一动不动地蜷伏着，只有灯光和身上的积雪勾勒出他们的轮廓。

田振山在一座饭棚外停下脚步，问道："老乡，你们是往哪儿去的？"

人们沉默着，在心里思忖，往哪儿去？谁知道哩！哪儿有粮食上哪儿，扒上火车再说。

田振山又走到候车室门口，问道："老乡，你们是哪公社的？"

人群沉默着，又在心里数落，逃荒要饭，还打啥公社旗号？老丢人，老丢人！

田振山站在车站门口的灯光下，大声说："社员同志们，醒醒，我们是县、社干部，来这里看望大家……"

沉默的人群开始活动了。在一座小饭棚门旁，刘石头坐在一个倒扣着的箩筐上，从被子里伸出了脑袋。他认出站在车站门口的是县委书记田振山，又连忙缩回脖子，重新裹紧了被子。但是，不知是谁把被子掀开一道缝，小声问："你是刘石头？"刘石头露出一只眼，朝外边打量着，他立即吃了一惊，原来是杨文秀。抓着被角的手不由自主地松开了，被子滑落在地上，毫无掩盖地把他暴露出来。他慌忙站起来说："是我，杨书记，是我。"杨文秀紧张而恼怒地瞪他一眼，忽然把他按在箩筐上，又抓起被子，连头带身子把他蒙上了。"娘啊，他想咋样处置我哩？"刘石头蒙着被子，一动也不敢动地坐着，心里"咚咚"地敲鼓。他听见"嚓嚓"的脚步声向他走来，神经就越发紧张了。

"这是谁?"是田振山的声音。

杨文秀干咳着，说："不认识。"

但是，就在杨文秀说话的同时，刘石头就像安了弹簧一样，"噌"地站起来，如同一个会活动的粮食布袋，直立在田振山的面前了。紧裹着的被子里发出了胆怯的声音："俺是刘石头。"

"哦?"田振山问杨文秀，"刘石头? 是柳家拐那个刘石头?"

没等杨文秀开口，刘石头就连声回答："是我，是我。"由于县委书记也竟然知道了他的尊姓大名和仙山台甫，使他很感到紧张和荣幸，从被子里伸出脑袋说，"田书记，不是俺给咱县抹黑，实因为口粮嫌紧缺些儿，出去几口人，叫留在家的多吃一把米。要都守住家，好比两人盖一床小被子，顾这头顾不住那头。反正，到麦口俺都回来，不误三夏大忙。"

田振山已经觉察到一个使他痛心的问题，但他还要证实一下："刘石头同志，你们搞代食品不是很有成绩嘛!"

"我检讨，田书记。"刘石头以为田书记掌握了代食品的真情，惊慌地说，"我刘石头活了四十岁，只说过这一回瞎话。我也知，瞎话哄不住肚皮，可就怕搞不成代食品，又犯那右倾的错误。"

田振山痛苦地沉默着，县、社干部们都在痛苦地沉默着。就在今天下午的大会上，他们还算了一笔细账，得出了一个鼓舞人心的数字：全县的红薯秧和玉米皮等于三千万斤粮食!

远方传来火车的吼叫声。田振山感到大地在震颤着，两年多来他赖以作出种种决定的基础在震颤着。那些精确程度达到小数点以下三位数的增产数字，那些几乎是天天送上门来的喜报和震耳欲聋的锣鼓声，那些总是用"九个指头与一个指头"来比喻成绩和缺点的情况汇报，都在这个挤满逃荒社员的小车站上受到无情的检验，像肥皂泡一样破灭了。

田振山取下挂在刘石头胸前的小广播筒，站到那个倒扣着的箩筐上，喊道："社员同志们，我是县委书记田振山……怪我没有领好，怪我脱离了你们，叫你们一担两筐、顶风冒雪，走上这逃荒路……"田振山的声音沙哑了。他从箩筐上跳下来，从一个花白胡子老汉身边掮起一个要饭篮，举在手里，说："现在，我请大家回去，这个要饭篮我要掮回去，把它挂到县委大院里，叫我们好好看看，好好想想，该怎样度过春荒，该怎样叫种粮食的吃上粮食。"

被严寒和饥饿凝结了的人群已经活动起来，嘈杂然而充满希望的低语声使车站热闹起来了。那个花白胡子老汉正拄着棍，从雪地里站起来，老泪纵横地自语着："中，俺回去，回去……"

这时候，杨文秀正蹲在饭棚后边的雪地上。烟卷的火光，映出了一张不住痉挛着、被绝望和恐惧笼罩着的脸。这个人在想：碰上李铜钟那个愣头青，再加上刘石头这个打锅货，两年的心血算是白费了……

十七、在危急病号室

在县卫生院的危急病号室里，李铜钟安静地躺着，已经三天了。

按照县委指示，县卫生院正在全力抢救李铜钟的生命。由于不再担心一个昏死的犯人行为不端，那个冰冷坚硬的物件也从他手腕上取了下来。但所有这些，都是在"因病保释"的名义下进行的。从法律上看，李铜钟仍然是一个套着锁链的犯人。

李铜钟啊，你知道这三天中间发生了什么事情吗？全县二十几个粮食仓库一齐打开了，由于大雪封山而没有调走的粮食，已经分配到饥寒的山村。炊烟升起了，春天回来了。但是，谁能料到呢？田振山已经在今天下午被撤销了职务，就要到地委接受审查和批判了。一个紧急通报上写着他的罪名："违反党纪国法，擅自提高本县统销粮指标，盗用粮食库存，破坏统购统销。"田振山感到那样忧伤和歉疚，却不是因为这个通报，而是因为他已没有能力来改变李铜钟、朱老庆的命运了。

去地委以前，田振山来到县卫生院，向李铜钟告别。当他来到病床前的时候，李铜钟睡得正香，不知是沉浸在一个什么样的梦境中，他的浓黑的眉毛微皱着，嘴角却挂着一丝不易觉察的微笑。田振山握着一只冰冷然而结实的大手，小声喊叫着："铜钟……"他顿住了，他能对他说些什么呢？

一位医生小声提醒他："病人昏迷不醒，他听不见。"

"不，大夫。"这是一个妇女的哽咽的声音。

田振山向病房角落里望去，望见翠英和一个男孩儿坐在一条长凳上。他还能认出这是铜钟的妻子、土改时的秧歌队长。男孩儿是陌生的，但他认识那一双深沉而固执的大眼睛。

"三天了，他在等你，叫你。"翠英抽泣着，"他不叫爹，不叫娘，叫你，田政委。你就对他说两句，他，能听见，能！"

田振山的心猛烈地绞痛着，好久，好久，他才从巨大的悲痛里挣脱出来，对那个听不见声音的人说："铜钟，我叫你等得太久了。可你再等等，再等等，党一定会纠正错误，你等等……"田振山忽然感觉到什么，摇着那只冰冷的手，喊叫起来："铜钟，铜钟……"

"铜钟，铜钟！"双喜、崔文和李家寨的社员们喊叫着，拥进了病房。

医生通知大家："病人的心脏已经停止跳动。"

卫生院长挤过来，把一份诊断书交给了田振山，上边写着："过度饥饿和劳累引起严重水肿和黄疸性肝炎。"

李铜钟就这样"走"了。他"走"得如此匆忙，他是属大龙的，年仅三十一岁。

病房里，十家八姓的庄稼人都在恸哭。用脑袋撞着床帮的，是老杠叔。他又在悲恸而困惑地哭问苍天："老天爷呀，这是咋啦？咋啦……"

田振山久久地站在李铜钟的遗体前含泪默哀。当他看见那个男孩儿抱着一条假腿，把眼泪滴在假腿上的时候，他悲痛地想着：我们这些两条腿的，不能把路走得更好些吗？

十八、记住吧，人们

吉普车在山区公路上急驶，田振山的脑海里仍像潮水一样翻腾。

历史是滔滔东去的黄河，而黄河是浑浊的，它夹带着大量的泥沙，需要时间来澄清。十九年够用吗？

田振山想起，就在李铜钟死后不久，大概是老杠叔说的——被大风吹断的电话线重新接通的时候，党中央发现了这场严重的饥荒，采取了有力的善后措施。地委也终止了对田振山的审查，要他到一个国营农场当场长去了。但在他的审查结论上写着："擅自提高本县统销粮指标，未经批准而动用国家粮食库存，这在组织上仍是一个错误。"田振山对此没有异议。使他感到痛苦的是：那时他听说，人们提出了李铜钟的平反问题，却由于涉及法律，人也做了"古人"，就被搁置下来了。同案犯朱老庆虽已释放，但是无罪释放，还是胁从不问，法院未加说明。大概是由于不宜再做仓库保管工作的缘故，有人看见他晃荡着那空袖筒，叼着一柞长的玉石嘴旱烟袋，忙着为县粮食局的干部经办伙食。至于杨文秀，听说害了精神分裂症，被送到鸡冠山疗养所疗养去了。田振山给他寄过一本书：《怎样做一个好的共产党员》，表示与他共勉，但一直没有收到回信，这是使他感到遗憾的。

现在，李铜钟、朱老庆终于平反了。田振山是否稍许感到一些宽慰呢？他再三琢磨着平反结论上这样的措辞："虽然李铜钟、朱老庆二同志所采取的方法不利于法制的加强，但是……"但是，但是！田振山激动地想，还需要制定那样的法律，对于那些吹牛者、迫使他人吹牛者，那些搞高指标、高征购以及用其他手段侵犯农民利益而屡教不改者，也应酌情予以法律制裁。是的，他辛酸地想，需要这样的法律！

吉普车吼叫着、颠簸着，爬上了走风口。李家寨——那样亲切，又那样陌生的李家寨，就在山洼里静静地躺着。小河一样的人流，正从四面八方向西山坡下汇聚。平反大会就要在那儿举行。田振山的目光落在西山坡一座坟塿堆上、一座被挺拔的苍松翠柏掩映着的坟堆堆上。当他看到庄稼人的供飨和洁白的花圈摆在一起的时候，他的眼睛湿润了。

"记住这历史的一课吧!"田振山在心底呼喊:"战胜敌人需要付出血的代价，战胜自己的谬误也往往需要付出血的代价。活着的人们啊，争取用较少的代价，换取较多的智慧吧!"

（原载《收获》1979 年第 1 期）

陈忠实
CHEN ZHONG SHI

1942 年生于西安灞桥区西蒋村。1962 年高中毕业，曾做乡村小学和中学教师以及区乡干部 20 年。1982 年调陕西作家协会从事专业创作。曾任陕西作家协会主席，现为陕西作家协会名誉主席，中国作家协会副主席。

初中阶段即开始文学创作。1965 年发表文学作品，1973 年发表第一篇短篇小说。已出版中短篇小说集《乡村》《到老白杨树背后去》《初夏》《四妹子》《李十三推磨》，长篇小说《白鹿原》，散文集《告别白鸽》、文论集《创作感受谈》《寻找属于自己的句子》及《陈忠实小说自选集》（3 卷）《陈忠实文集》（7 卷）等。小说《信任》获 1979 年全国优秀短篇小说奖，《渭北高原，关于一个人的回忆》获 1990—1991 年全国优秀报告文学奖，长篇小说《白鹿原》获第四届茅盾文学奖。

信　　任

一

　　一场严重的打架事件搅动了罗村大队的旮旯拐角。被打者是贫协主任罗梦田的儿子大顺，现任团支部组织委员。打人者是四清运动补划为地主成分、今年年初平反后刚刚重新上任的党支部书记罗坤的三儿子罗虎。

　　据在出事的现场——打井工地——的目睹者说，事情纯粹是罗虎寻衅找碴闹下的。几天来，罗虎和几个四清运动挨过整的干部的子弟，漂凉带刺，一应一和，挖苦臭骂那些四清运动中的积极分子；参与过四清运动的贫协主任罗梦田的儿子大顺，明明能听来这些话的味道，仍然忍耐着，一句不吭，只顾埋头干活。这天后晌，井场休息的时光，罗虎一伙骂得更厉害了，粗俗的污秽的话语不堪入耳！大顺臊红着脸，实在受不住，出来说话了："你们这是骂谁啊？"

　　"谁四清运动害人就骂谁！"罗虎站起来说。

　　大顺气得呼呼儿喘气，说不出话。

　　罗虎大步走到大顺当面，更加露骨地指着大顺臊红的脸挑逗说："谁脸发烧就骂谁！"

　　"太不讲理咧！"大顺说，"野蛮——"

　　大顺一句话没说完，罗虎的拳头已经重重地砸在大顺的胸口上。大顺被打得往后倒退了几步，站住脚后，扑了上来，俩人扭打在一起。和罗虎一起寻衅闹事的青年一拥而上，表面上装作劝解，实际是拉偏架。大队长的儿子四龙，紧紧抱住大顺的右胳膊，又一个青年架住大顺的左胳膊，一任罗虎拳打脚踢，直到大顺的脸上哗的蹿下一股血来，倒在地上人事不省……这是一场预谋的事件，目睹者看得太明显了。

　　一时间，这件事成为罗村街谈巷议的中心话题。那些参与过四清运动的人，那些四清运动受过整的人，关系空前地紧张起来了。一种不安的因素弥漫在罗村的街巷里……

二

春天雨后的傍晚，山清水秀，空气清新；块块云彩悠然漫浮；麦苗孕穗，油菜结荚；南坡上开得雪一样白的洋槐花，散发着阵阵清香，在坡下沟口的靠茬红薯地里，党支部书记罗坤和五六个社员，执鞭扶犁，在松软的土地上耕翻。

突然，罗坤的女人失急慌忙地颠上塄坎，颤着声喊："快！不得了……了……"

罗坤喝住牛，插了犁，跑上前。

"惹下大……祸咧……"

罗坤脸色大变："啥事？快说！"

"咱三娃和大顺……打捶，顺娃……没气……咧……"

"现时咋样？"

"拉到医院去咧……还不知……"

"啊……"

罗坤像挨了一闷棍，脑子嗡嗡作响，他把鞭子往地头一插，下了塄坎，朝河滩的打井工地走去，衣裰的襟角，擦得齐腰高的麦叶刷刷作响。

打井工地上，木柱、皮绳，撅、锨胡乱丢在地上，临近的麦苗被攘践倒了一片，这是殴斗过的迹象。打井工地空无一人，井架悄然撑立在高空中。

从临时搭起的夜晚看守工具的稻草庵棚里，传出轻狂的说话声。罗坤转到对面一看，三儿子罗虎正和几个青年坐在木板床上打扑克哩。

罗坤盯着儿子："你和大顺打架来？"

儿子应道："嗯！"

罗坤问："他欺负你来？"

儿子不在乎："没有。"

"那为啥打架？"

于是，儿子一五一十地述说了前后经过，他不隐瞒自己寻事挑衅的行动，倒是敢作敢当。

罗坤的脸铁青，听完儿子的述说，冷笑着说："是你寻大顺的事，图出气！"

儿子拧了一下脖子，翻了翻眼睛，没有吭声，算是默认。那神色告诉所有人，他不怕。

罗坤又问："我在家给你说的话忘咧？"

"没！"儿子说，"他爸四清时把人害扎咧！我这阵不怕他咧！他……"

罗坤再也忍不住，听到这儿，一扬手，那张结满茧甲的硬手就抽到儿子白里透红的脸膛上——

"啪！"

儿子朝后打个闪腰，把头扭到一边去。

罗坤转过身，大步走出井场，踏上了暮色中通往村庄的机耕大路。

这一架打得糟糕！要多糟糕有多糟糕！罗坤背着手，在绣着青草的路上走着，烦躁的心情急忙稳定不下来。

贫协主任罗梦田老汉在四清运动中，是工作组依靠的人物，在给罗坤补划地主成分问题上，盖有他的大印。在罗坤被专政的十多年里，他怨恨过梦田老汉：你和我一块耍着长大，一块逃壮丁，一块搞土改，一块办农业社，你不明白我罗坤是啥样儿人吗？你怎么能在那些由胡乱捏造的证明材料上盖下你的大印呢？这样想着，他连梦田老汉的嘴也不想招了。有时候又一想，四清运动工作组那个厉害的架势，倒有几个人顶住了？他又原谅梦田老汉了。怨恨也罢，原谅也罢，他过的是一种被专政的日子，用不着和梦田老汉打什么交道。今年春天，他的问题终于平反了，恢复了党籍，支部改选，党员们一口腔又把他拥到罗村大队最高的领导位置上，他流了眼泪……

他想找梦田老汉谈谈，一直没谈成。倔得出奇的梦田老汉执意回避和他说话。前不久，他曾找到老汉的门下，梦田婆娘推说老汉不在而谢绝了。不仅老贫协对他怀有戒心，那些四清运动中在工作组"引导"下对干部提过意见的人，都对重新上台的干部怀有戒心。党支书罗坤最伤脑筋的就是这件事。想想吧，人心不齐，你防我，我防你，怎么搞生产？怎么实现机械化？正当他为罗村的这种复杂关系伤脑筋的时候，他的儿子又给他闯下这样的祸事……

三

罗坤径直朝梦田老汉的门楼走去。当他跨进木门槛的时候，心里做好了最坏的准备，准备承受梦田老汉最难看的脸色和最难听的话。

小院停着一辆自行车，车架上挂着米袋面包和衣物之类，大约是准备送给病人的。上房里屋里，传出一伙人嘈嘈的议论声：

"这明显是打击报复……"

"他爸嘴上说得好，'保证不记仇恨'，屁！"

"告他！往上告！这还有咱的活处……"

说话的声音都是熟悉的，是几个四清运动的积极分子和梦田的几个本家。罗坤停了步，走进去会使大家都感到难堪。他站在院中，大声喊："梦田哥！"

屋里谈话声停止了。

梦田老汉走出来，站在台阶上，并不下来。

罗坤走到跟前："顺娃伤势咋样?"

"死了拉倒!"梦田老汉气哼哼地顶撞。

"我说,老哥!先给娃治病,要紧!"罗坤说,"只要顺娃没麻达,事情跟上处理。"

"算咧算咧!"梦田老汉摇着手,"棒槌打人手抚摸,装样子做啥!"

说着,跨下台阶,推起车子,出了门楼。

罗坤站在院子当中,麻木了,血液涌到脸上,烧燥难耐,他是六十开外的人了,应当是受人尊重的年龄啊!他走出这个门楼的时光,竟然不小心撞在门框上。

走进自家门,屋里围了一脚地人,男人女人,罗坤溜了一眼,看出站在这儿的,大都是四清运动和自己一块挨过整的干部或他们的家属。他们正在给胆小怕事的老伴宽解:

"甭害怕!打咧就打咧!"

"谁叫他爸四清运动害了人……"

"他梦田老汉,明说哩,现时臭着咧!"

这叫给人劝解吗,这是煨火哩!罗坤听得烦腻,又一眼瞥见坐在炕边上的大队长罗清发,心里就又生气了:你坐在这里,听这些人说话听得舒服!他和大队长搭话,大队长却奚落他说:"你给梦田老汉回话赔情去了吧?人家给你个硬顶!保险!你老哥啊!太胆小咧!简直窝囊!"

罗坤坐在灶前的木墩上,连盯一眼也不屑。他最近以来对大队长很有意见:大队长刚一上任,就在自己所在的三队搞得一块好庄基地。这块地面曾经有好几户社员都申请过,队里计划在那儿盖电磨磨房,一律拒绝了。大队长一张口,小队长为难了,到底给了。好心的社员们觉得大队长受了多年冤屈,应该照顾一下,通过了。接着,社办工厂朝队里要人,又是大队长的女儿去了,社员一般地没什么意见,也是出于照顾……这该够了吧?你的儿子伙着我的三娃,还要打人出气,闯下乱子,你不收拾,倒跑来给女人撑腰打气。"把你当成金叶子,原来才是块铜片子!"

罗坤黑煞着脸,表示出对所有前来撑腰打气的好心人的冷淡。他不理睬任何人,对他的老伴说:"取五十块钱!"

老伴问:"做啥?"

"到医院去!"

大队长一愣,眼睛一瞪,明白了,鼻腔里发出一声重重地嘲弄的响声,跳下炕,竟自走出门去了。屋里的男人女人,看着气色不对,也纷纷低着眉走出去了。

罗坤给缩在案边的小女儿说:"去,把治安委员和团支书叫来!叫马上来!"

老伴从箱子里取出钱和粮票,交给老汉:"你路上小心!"

罗坤安慰老伴:"你放心!自个也甭害怕!怕不顶啥!你该睡就睡,该吃就吃!"

治安委员和团支书后脚跟着前脚来了。

罗坤说:"你俩把今日打架的事调查一下,给派出所报案。"

治安委员说:"咱大队处理一下算咧!"

"不,这事要派出所处理!"罗坤说,"这不是一般打架闹仗!"

团支书还想说什么,罗坤又接着对她说:"你叔不会写,你要多帮忙!"

说罢,罗坤站起身,拎起老伴已经装上了馍的口袋,推起车子,头也不回,走出门去。朦朦月光里,他跨上车子,上了大路。

四

整整五天里,老支书坐在大顺的病床边,喂汤喂药,端屎端尿,感动得小伙子直流眼泪。

梦田老汉对罗坤的一举一动都嗤之以鼻!做样子罢了!你儿子把人打得半死,你出来落笑脸人情,演得什么双簧戏!一旦罗坤坐下来和他拉话的时候,他就倔倔地走出病房了。及至后来看见儿子和罗坤亲亲热热,把挨打的气儿跑得光光,"没血性的东西!"他在心里骂,一气之下,干脆推着车子回家了。

大顺难受地告诉罗坤,说他爸在四清运动中被那个整人的工作组利用了。四清后,村里人在背后骂,他爸难受着哩!可他爸是个倔脾气,错了就错下去。四清运动的事,你要是和他心平气和说起来,他也承认冤枉了一些人,你要是骂他,他反硬得很:"怪我啥?我也没给谁捏造喀!四清也不是我搞的!盖了我的章子吗?我的头也不由我摇!谁冤了谁寻工作组去……"

罗坤给小伙子解释,说梦田老汉苦大仇深,对新社会、对党有感情,运动当中顶不住,也不能全怪他。再说老汉一贯劳动好,是集体的台柱子……

第七天,伤口拆了线,大顺的头上缠着一圈白纱布出院了。罗坤执意要小伙子坐在自行车后面的支架上,小伙子怎么也不肯。"你的伤口不敢挣!医生说要养息!"罗坤硬把小伙子带上走了。

"大叔!"大顺在车后轻轻叫,声音发着颤,"你回去,也甭难为虎儿……"

罗坤没有说话。

"在你受冤的这多年里,虎儿也受了屈。和谁家娃耍恼了,人家就骂'地主',虎儿低人一等!他有气,我能理解……"

罗坤心里不由一动,一块硬硬的东西哽住了喉头。在他被戴上地主分子帽子的十几年里,他和家庭以及孩子们受的屈辱,那是不堪回顾的。

小伙子在身后继续说："听说你和俺爸，还有大队长清发叔，旧社会都是穷娃，解放后一起搞土改，合作化，亲得不论你我……前几年翻来倒去，搞得稀汤寡水，娃儿们也结下仇……"

罗坤再也忍不住，只觉两股热乎乎的东西顺着鼻梁两边流下来，嘴角里感到了咸腥的味道。这话说得多好啊！这不就是罗坤心里的话吗？他真想抱住这个可爱的后生亲一亲！他跳下车子，拉住大顺的手："俺娃，说得对！"

"我回去要先找虎儿哩！他不理我，我偏寻他！"小伙子说，"我们的仇不能再记下去！"

俩人再跨上车子，沿着枝叶茂密的白杨大路，罗坤像得了某种精神激素，六十多岁的人了，踏得车子飞快地跑，后面还带着个小伙子哩。

可以看见罗村的房屋和树木了。

五

罗坤推着自行车，和大顺并肩走进村子的时候，街巷里，这儿一堆人，那儿一堆人，议论纷纷，气氛异常，大队办公室外，人围得一大伙。路过办公室的时候，有人把他叫去了。

办公室里，坐着大队委员会的主要干部，还有派出所所长老姜和两个民警，空气紧张。大队长清发须毛直竖，正在发言："我的意见，坚决不同意！这样弄的结果，给平反后工作的同志打击太大！他爸含冤十年……"

罗坤明白了。他瞥了一眼清发，说："同志，法就是法！那不认人，也不照顾谁的情绪！"

罗清发气恼地打住话，把头拧到一边。

罗坤对姜所长说："按法律办！那不是打击，是支持我工作！"

姜所长告诉罗坤，经上级公安部门批准，要对罗虎执行法律：行政拘留半个月。他来给大队干部打招呼，大队长清发坚持不服判处。

"执行吧，没啥可说的！"罗坤说，"法律不认人！"

民兵把罗虎带进办公室里来，小伙子立眉竖眼，直戳戳站在众人面前，毫不惧怕。直至所长拿出了拘留证，他仍然被一股气冲击着，并不害怕。

清发重重地在大腿上拍了一巴掌，把头歪到另一边，脖上青筋暴起，突突跳弹。

罗坤瞧一眼儿子，转过脸去，摸着烟袋的手，微微颤抖。

就在民警把虎儿推出门的一刹那，一直坐在墙角，瞪着眼、撅着嘴的贫协主任梦田老汉，突然立起，扑到罗坤当面，一扑踏跪了下去，哭了起来："兄弟，我对不住你……"

罗坤赶忙拉起梦田老汉，把他按坐在板凳上。梦田老汉又扑到姜所长面前，鼻涕眼泪一起流："所长，放了虎娃，我……哎哎哎……"

这当儿，在门口，大顺搂着虎儿的头流泪了，虎儿望着大顺头上的白纱布，眼皮耷拉下来，鼻翼在急促地扇动着。

虎儿挣脱开大顺的胳膊，转进门里，站在爸爸面前，两颗晶莹的泪珠滚了出来："爸，我这阵儿才明白，罗村的人拥护你的道理了！"说罢，他走出门去。

六

罗村的干部们重新在办公室坐下，抽烟，没人说话，又不散去。社员们从街巷里、大路上也都围到办公室的门前和窗户外，他们挤着看党支部书记罗坤，那黑黑的四方脸，那掺着一半白色的头发和胡荐，那深深的眼眶，似乎才认识他似的。

罗坤坐在那里，瞧着已经息火而略显愧色的大队长，和干部们说：

"同志们，党给我们平反，为了啥？社员们又把我们拥上台，为了啥？想想吧！合作化那阵咱罗村干部和社员中间关系怎样？即便是三年困难时期，生活困苦，咱罗村干部和群众之间关系怎样？大家心里都清白！这十多年来，罗村七扭八裂，干部和干部，社员和社员，干部和社员，这一帮和那一帮，这一派和那一派，沟沟渠渠划了多少？这个事不解决，罗村这一摊子谁也不好收拾！想发展生产吗？想实现机械化吗？难！人的心不是操在正事上，劲儿不是鼓在生产上，都花到钩心斗角，你防备我，我怀疑你上头去了嘛！"

"同志们，我们罗村的内伤不轻！我想，做过错事的人会慢慢接受教训的，我们挨过整的人把心思放远点，不要把这种仇气，再传到咱们后代的心里去！"

"罗村能有今天，不容易！咱们能有今天，不容易！我六十多了，将来给后辈交班的时候，不光交给一个富足的罗村，更该交给他们一个团结的罗村……"

办公室门里门外，屏声静气，好多人，干部和社员，男人和女人，眼里蓬着泪花，那晶莹的热泪下，透着希望，透着信任……

（原载《陕西日报》1979年6月3日）

高晓声
GAO XIAO SHENG

　　（1928—1999）。出生于江苏武进的一个农民家庭。1947年高中毕业后考入上海法学院经济系。1949年入苏南新闻专科学校。20世纪50年代先后在苏南文联、江苏省文化局、《新华日报》从事群众文化工作和编辑工作。1957年被划成"右派"，遣送武进农村"劳动改造"。1979年平反，重归文坛。1980年加入中国作家协会。曾任中国作家协会理事，江苏省作家协会副主席、创作组组长。

　　1950年开始发表文学作品。出版有小说集《李顺大造屋》《七九小说集》《高晓声一九八〇年小说集》《高晓声一九八一年小说集》《高晓声一九八二年小说集》《陈奂生》《觅》《新娘没有来》，长篇小说《青天在上》《陈奂生上城出国记》等。小说《李顺大造屋》、《陈奂生上城》分别荣获1979年和1980年全国优秀短篇小说奖。

李顺大造屋

一

老一辈的种田人总说，吃三年薄粥，买一头黄牛。说来似乎容易，做到就很不简单了。试想，三年中连饭都舍不得吃，别的开支还能不紧缩到极点吗？何况多半还是句空话！如果本来就吃不起饭，那还有什么好节省的呢！

李顺大家从前就是这种样子。所以，在解放前，他并没有做过买牛的梦。可是，土地改革以后，却立了志愿，要用"吃三年薄粥，买一头黄牛"的精神，造三间屋。

造三间屋，究竟要吃几个"三年粥"呢？他不晓得，反正和解放前是不同了，精打细算过日子的确有得积余，因此他就有足够的信心。

那时候，李顺大二十八岁，粗黑的短发，黑红的脸膛，中长身材，背阔胸宽，俨然一座铁塔。一家四口（自己、妻子、妹妹、儿子）倒有三个劳动力，分到六亩八分好田。他觉得浑身的劲倒比天还大，一铁耙把地球锄一个对穿洞也容易，何愁造不成三间屋！他那镇定而并不机灵的眼睛，刺虎鱼般压在厚嘴唇上的端正阔大的鼻子，都显示出坚强的决心；这决心是牛也拉不动的了。

别说牛，就是火车也拉不动。李顺大的爹、娘，还有一个周岁的弟弟，都是死在没有房子上的。他们本来是船户，在江南的河浜里打鱼，到处漂泊，自己也不知道祖籍在哪里。到李顺大爹手里，这只木船已经很破旧了；钉头锈出漏洞，芦棚开了天窗，经不起风浪，打不得鱼虾了。一家人改了行，有的拾荒，有的用糖换破烂，有的扒螺蛳，挣一口粥吃。一九四二年，李顺大十九岁，寒冬腊月，破船停在陈家村边河浜里。那一天，云黑风紧，李顺大带了十四岁的妹妹顺珍上岸，一个换破烂，一个拾荒。走出去十多里路。傍晚回来时，风停云灰，漫天大雪，顷刻迷路。幸亏碰着一座破庙，兄妹俩躲过一夜。天亮后赶回陈家村，破船已被大雪压沉在河浜里，爹娘和小弟冻死在一家农户大门口。原来大雪把船压沉前，他们就上岸叩门呼救，先后敲过十几家大门。怎奈兵荒马乱，盗贼如毛，他们在外面喊救命，人们还以为是强盗上了村，谁也不敢开门，结果他们活活冻死在雪地里。天没有眼睛，地没有良心，穷人受的灾，想也想不到，说也说不尽……没有房子，唉！

李顺大兄妹俩哭昏在爹娘身边，陈家村上的穷苦人无不伤心。他们把那条沉船拖上岸来，拆了一半做棺材埋葬了死人；剩下的半条，翻身底朝天，在坟边搭成一个小窝棚，让李顺大安家落户。

抗战结束，内战开始，国民党抽壮丁，谁也不肯去。保长收了壮丁捐，看中李顺大是六亲无靠的异乡人，出三石米强迫他卖了自己去当兵。他看看窝棚，窝棚上没有门，怕自己走了，妹妹被人糟蹋，就用卖身钱造了四步草屋，才揩干眼泪去扛那"七斤半"。

他怎么肯替国民党卖命！隔了三个月，一上前线就开小差溜了回来。到了明年，保长又把他买了去。前前后后，他一共把自己卖了三次。第二次的卖身钱，付了草屋的地皮钱；第三次的卖身钱，付了爹娘的坟地钱。咳，如果再把自己卖三次，钱也都会给别人搞去的。

然而还亏得有了四步草屋，总算找着了老婆。他出去当兵时，妹妹找来了一个无依无靠的讨饭姑娘同住做伴，后来就成了他的妻。一年后生了个胖小子，哪一点都不比别人的孩子差。

土改分到了田，却没有分到屋。陈家村上只有一户地主，房子造在城里，没法搬到乡下来分。李顺大只有自己想办法了。他粗粗一码算，兄妹两人两个房（妹妹以后出嫁了就让儿子住），起坐、灶头各半间，养猪、养羊、堆柴也要一间，看来一家人家，至少至少要三间屋。

这就是李顺大翻身以后立下的奋斗目标。

二

一个翻身的穷苦人，把造三间屋当做奋斗目标，也许眼光太短浅，志向太渺小了。但李顺大却认为，他是靠了共产党，靠了人民政府。才有这个雄心壮志，才有可能使雄心壮志变成现实。所以，他是真心诚意要跟着共产党走到底的。一直到现在，他的行动始终证明了这一点。在他看来，搞社会主义就是"楼上楼下，电灯电话"。主要也是造房子。不过，他以为，一间楼房不及二间平房合用，他宁可不要楼上要楼下。他自己也只想造平房，但又不知道造平房算不算社会主义。至于电灯，他是赞成要的。电话就用不着，他没有什么亲戚朋友，要电话做什么？给小孩子弄坏了，修起来要花钱，岂不是败家当东西吗。这些想法他都公开说出来，倒也没有人认为有什么不是。

陈家村上的种田汉，不但没有轻视他的奋斗目标，反而认为他的目标过高了。有人用了当地一句老话开头，说："'十亩三间，天下难拣'，在我们这里要造三间屋，谈何容易！"有的说："真要造得成，你也得吃半辈子苦。"有的说："解放后的世界，要容易些，怕也少不了十年积聚。"

这些话是很实在的。当时沪宁线两侧，以奔牛为界，民房的格局，截然不同：奔牛以西，八成是土墙草屋；奔牛以东，十有八九是青砖瓦房。陈家村在奔牛以东百多里，全村除了李顺大，没有一家是草屋。李顺大穷虽穷，在这种环境里，倒也看惯了好房子。唉，这个老实人，还真有点好高骛远，竟想造三间砖房，谈何容易啊！

在众多的议论面前，李顺大总是笑笑说："总不比愚公移山难。"他说话的时候，厚嘴唇牵动着笨重的大鼻子，显得很吃力。因此，那说出的简单的话，给人的印象，倒是很有分量的。

从此，李顺大一家，开始了一场艰苦卓绝的战斗，它以最简单的工具进行拼命的劳动去挣得每一颗粮，用最原始的经营方式去积累每一分钱。他们每天的劳动所得是非常微小的，但他们完全懂得任何庞大都是无数微小的积累，表现出惊人的乐天而持续的勤俭精神。有时候，李顺大全家一天的劳动甚至不敷当天正常生活的开支，他们就决心再饿一点，每人每餐少吃半碗粥，把省下来的六碗看成了盈余。甚至还有这样的时候，例如连天大雨或大雪，无法劳动，完全"失业"了，他们就躺在床上不起来，一天三顿合并成两顿吃，把节约下来的一顿纳入当天的收入。烧菜粥放进几颗黄豆，就不再放油了，因为油本来是从黄豆里榨出来的；烧螺蛳放一勺饭汤，就不用酒了，因为酒也无非是米做的……长年养鸡不吃蛋；清明买一斤肉上坟祭了父母，要留到端阳脚下开秧元①才吃。

只要一有空闲，李顺大就操起祖业，挑起糖担在街坊、村头游转，把破布、报纸、旧棉絮、破鞋子等废品换回来，分门别类清理后卖给收购站，有时能得到很好的利润。废品中还往往有可以补了穿的衣裤、雨鞋等物，就拣出来补了穿一阵，到无法再补的时候仍纳入废品中，这样也省了不少生活费用。那换废品的糖，是买了饴糖回来自己加工的，成本很便宜。可是李顺大的独生儿子小康，长到七岁还不知道那就是糖，不知道是甜的还是咸的。八岁的时候，被村上小伙伴怂恿着回去尝了一块，就被娘当贼提出来，打他的屁股，让他痛得杀猪似的叫，被娘逼着发誓从此洗心革面。娘还口口声声说他长大了要做败家精，说他会把父母想造的三间屋吃光的，说将来讨不着老婆休要怪爹娘！

最可敬佩的事情，是发生在李顺大的妹妹顺珍身上。一九五一年分进土地时，她已经二十三岁了。当时政府还没有号召晚婚，按照习惯，正到了结婚的

---

① 开秧元——莳秧第一天。

妙龄。她不但肯苦能干，温顺老实，而且一副相貌，也长得出奇的漂亮。细细看去，似乎和她哥哥一模一样，只是鼻子小了一点，嘴唇薄了一点；就在这两个"一点"上，造化却又显露出了它无所不能的伟大，把高挑个儿、鹅蛋脸型的李顺珍衬出了一派清秀俏丽之气。当时，附近村上一些小伙子央人登门求婚的，也不是三个两个。可是，不管对方条件怎样，人品如何，顺珍姑娘只是说自己年纪还轻，一概回绝。她是哥哥抚养长大的，她决心要报答哥哥的恩情。她知道离开她的帮助，哥哥的奋斗目标就很难实现；如果她出嫁，哥哥不但少了一个坚强可靠的助手，而且还得把她名下分到的一亩七分田让她带走。这样一来，她哥哥的经济基础和劳动能力都会大大削弱，不知要到何年何月才能造出三间屋。因此，她甘愿把一生中最美好的时代——称得上是青春中的青春，留给她哥哥的事业。

一直到了一九五七年底、李顺大已经买回了三间青砖瓦屋的全部建筑材料，李顺珍才算了却心事，以二十九岁的大姑娘嫁给邻村一个三十岁的老新郎。新郎因为要负担两个老人和一个残废妹妹的生活，穷得家徒四壁，鹑衣百结，才独身至今。所以，迎接李顺珍的，仍然是艰苦的生活。因为她已苦惯了，所以并不在乎。

三

办过妹妹的婚事，就跨进了一九五八年。李顺大这时候还缺少什么呢？还缺些瓦木匠的工钱和买小菜的费用，再有一年，问题就可完全解决了。而且公社化以后，对李顺大很为有利。土地都归公了，他可以随意选择一块最合适的地基造屋。这不是太理想了吗？

可是，李顺大终究不是革命家，他不过是一个跟跟派。听毛主席话，跟共产党走，能坚决做到，而且完全落实，随便哪个党员讲一句，对他都是命令。有一夜李顺大一觉醒来，忽然听说天下已经大同，再不分你的我的了。解放八年来，群众手里确实是有点东西了。例如李顺大不是就有三间屋的建筑材料吗？那么，何妨把大家的东西都归拢来加快我们的建设呢？我们的建设完全是为了大家，大家自必全力支援这个建设。任何个人的打算都没有必要，将来大家的生活都会一样美满。那点少得可怜的私有财产算得了什么，把它投入伟大的事业才是光荣的行为。不要有什么顾虑，统统归公使用，这是大家大事①，谁也不欺。

这种理论，毫无疑问出自公心。李顺大看看想想，顿觉七窍齐开，一身轻快。虽然自己的砖头被拿去造炼铁炉，自己的木料被拿去制推土车，最后，剩

---

① 大家大事——大家一样。

下的瓦片也上了集体猪舍的屋顶，他也曾肉痛得簌簌流泪。但想到将来的幸福又感到异常的快慰。近来的经验也改变了他原来的看法，他认为楼房比平房更优越了。因为粮食存放在楼上不会霉烂，人住在楼上不会患湿疹。看来以后还是住分配到的楼房好，何必自讨苦吃，像蜗牛那样老是把房子作为自己的负担呢。所以，他的思想就彻底解放了，不管集体要什么，他都乐意拿出来。如果需要他的破床，他也会毫不吝惜；因为他和他的老婆，都不是困在床上长大的。他的老婆，那个原先的讨饭姑娘，说真的倒比他多了一个心眼。但十二级台风早把大家刮得身不由己了，她一个女人家又有什么用！多一个心眼无非多一层愁。不过究竟也藏下一只铁锅，没有送进炼铁炉里熔化，所以集体食堂散了以后，不曾要去登记排队买锅子。

后来是没有本钱再玩下去了，才回过头来重新搞社会主义。自家人拆烂污，说多了也没意思。不过在战场尚未打扫之前，李顺大确实常常跑去凭吊，看着那倒坍了的炼铁炉和丢弃在荒滩上的推土车，睁着泪眼，迎风欷歔。他想起了六年的心血和汗水，想起了饿着肚皮省下来的粮食，想起了从儿子手里夺下来的糖块，想起了被耽误了的妹妹的青春……

四

政府的退赔政策，毫无疑问是大得人心的。但是，把李顺大的建筑材料拿去用光的不是国家，而是集体。这个集体，当然也要执行退赔政策。可是集体也弄得穷透了，要赔材料没材料，要赔钞票也困难，当干部的只好尽一切力量去做思想工作，提高李顺大这类人的政治觉悟，要求他们作出自我牺牲，以最低的价格落实退赔政策。

李顺大的损失是很不小的，但政治觉悟是确实提高了。因为在这以前，从不曾有人对他进行过像这样认真细致的思想教育。区委书记刘清同志，一个作风正派、威信很高的领导人，特地跑来探望他，同他促膝谈心；说明他的东西，并不是哪个贪污掉的，也不是谁同他有仇故意搞光的。党和政府的出发点都是很好的，纯粹是为了加快实现社会主义建设，让大家早点过幸福生活。为了这个目的，国家和集体投入的财物比他李顺大投入的大了不知多少倍，因此，受到的损失也无法估计。现在，党和政府不管本身损失多大，还是决定对私人的损失进行退赔。除了共产党，谁会这样做？历史上从来没有过。只有共产党，才对我们农民这样关心。希望他理解党的困难，以国家集体利益为重，分担一些损失；经过这几年，党和政府也有了经验教训，以后发展起来就快了。只要国家和集体的经济一好转，个人的事情也就好办了。你要造那三间屋，现在看起来困难重重，其实将来是容易煞的。不要失望。最后，刘清同志又帮助他和供销社联系，要供销社在任何困难的情况下都要尽量供应饴糖，使他能够换破烂，多挣一点钱。

李顺大的感情是容易激动的，得到刘清同志的教导和具体的帮助，他的眼泪，早就扑落扑落流了出来，二话没说，呜咽着满口答应了。

另有两万片瓦，由生产队拿去盖了七间五步头猪舍，现在还完整地铺在屋面上，应该是可以原物归还的。但是，如果拆下来，一时买不到新瓦换上去，猪就得养在露天；瓦又是易碎物品，拆拆卸卸，损坏也不会少，还是不拆为宜。后经双方协商同意，互相照顾困难，决定不拆，而由生产队腾出两间猪舍来，借给李顺大暂住；等将来李顺大造新屋时，队里还瓦，他也让出猪舍。那猪舍也比李顺大住的草屋强，两间共有十步，够宽敞了；屋脊也有一丈一尺高，就是后步比人矮，但房主人也没有必要挺起胸膛在屋里逞威风，无妨大局。况且李顺大是从小钻惯船棚的，他自然不嫌。

退赔问题就这样解决了。尽管李顺大衷心接受干部们的开导，但是，他从这一件事里也吸取了特殊的教训。在这以前，他想到的是旧社会的通货膨胀，钞票存放在手里是靠不住的；所以，一有余钱，就买了东西存放起来。现在有了新的体验，觉得在新社会里，存放货物是靠不住的，还是把钞票藏在枕头底下保险。老实说，从这种主张里，嗅觉特别敏锐的"左"派是闻得出"反党"味道来的。

从一九六二年到一九六五年，靠了"六十条"，靠了刘清同志特别照顾的饴糖，李顺大又积聚了差不多能造三间屋的钞票。但是他什么也没有买，他打定主张：要么不买，要买就一下子把材料买齐，马上造成屋，免得夜长梦多，再吃从前的亏。

这个李顺大，真和许多农民一样，具有这种向后看的小聪明。因此，当他认为有把握不再吃老亏的时候，转眼又跌倒在前边路上了。说真话，扶着这种人前进，手也真酸。

那时候，物资丰富，什么都敞开供应，他偏不买。过了几年，物资样样紧张起来，没有点"三分三"的人什么都买不到了，他倒又想一下子样样都买全，岂不又做了阿木林！其实怪他也冤枉，谁又是诸葛亮呢？

五

在通常情况下，李顺大觉得自己做一个跟跟派，也还胜任，真心实意，感情上毫不勉强。可是文化大革命开始以后，他就跟不上了。要想跟也不知道去跟谁，东南西北都有人在喊："唯我正确！"究竟谁对谁错，谁好谁坏，谁真谁假，谁红谁黑，他头脑里轰轰响，乱了套，只得蹲下来，赖着不跟了。"是非之心，人皆有之"，这话口气挺大，其实是没有经过文化大革命，太天真了。你总不能光看人家在台上唱什么，还得看看在台底下干的什么吧！"好恶之心，人皆有之"，这倒也还有理，李顺大就是有一点不高兴。这不高兴和他想造房子有密切关系。他看到那汹汹的气势，和一九五八年的更不相同，一九五八年不过是弄坏点东西罢了，这一次倒是要弄坏点人了。动不动就性命交关。这房子目前是造不成的了，谁知道明天会怎样呢！他为此真有点厌恶。转而又庆幸自己住到村中心的猪舍里来了，如果还孤零零地呆在河边的草屋里、他枕头底下的造屋钱只怕还要遭到盗劫呢。

李顺大想得太落后了，在文明的时代里，文明的人是无需使用那野蛮手段的。有一个造反派的头头，在光天化日之下，腰里插着手枪，肩上挂着红宝书，由生产队长陪同，到李顺大家作客来了。原来他是公社砖瓦厂的"文革"主任，很讲义气，知道李顺大要造房子买不到砖，特地跑来帮助解决困难。他大骂了一通"走资派"刘清不替贫下中农谋利益，现在则轮到他来当救世主了，只要李顺大拿出二百一十七元钱来，他负责代买一万块砖头，下个月就可以提货。这话说得过分漂亮，原是值得怀疑的。但李顺大却认为，彼此都住同一大队，虽然没有交情，也三天两头见面，从前也不曾听说过这人有什么劣迹，现在出来革命，总也想做点好事，不见得一上马就骗人。况且又是生产队长同来的，还有枪有红宝书，真是讲交情有交情，讲信仰有信仰，讲威势有威势。李顺大虽然当过三次逃兵，还没有经过这种软硬兼施的场面，心一吓，面一软，双手颤颤数出了二百一十七。

到了下个月，大概本来是可以提货的，想不到李顺大交了厄运，被公社的专政机关请去了，要他交代几件事：一，你是哪里人？老家是什么成分？二，你当过三次反动兵，快把枪交出来；三，交代反动言行（例如他说过"楼房不及平房适用，电话坏了修不起"的话，就是恶毒攻击社会主义）。

后来的事情就不用说了，那是人人皆知的。他自己出来后也没有多言。不过有两点颇有性格，第一是他吃不消喊救命的时候，是砖瓦厂的"文革"主任解了他的围。作为报答，事后私下商定从此不再提起那二百一十七。第二是关押他的那间房子造得相当牢固，他平生第一次详细地在那里研究了建筑学，对自己将来要造的屋，有了非常清楚的轮廓。

等到放出来，他扶着儿子（已经十九岁了）的肩胛拐回家。流着眼泪的老婆、妹妹问他为了什么事，吃了什么苦？他嘶哑着喉咙说了两个莫名其妙的短语："他们恶啊！我的屋啊！"

之后有一年多时间不能劳动，腰里不好受，碰到阴天和交节气，浑身骨头痛。他有点奇怪，虽然这顿生活从前不曾挨过，但毕竟从小就苦苦拉拉、跌跌撞撞过来的，怎么现在这样娇嫩了？莫非也变"修"了吗？他有点吃惊，觉得自己变牛变马都可以，但是不能变"修"。"修"是什么东西呢？是一只黑锅，是一只不能烧饭、只能驮在背上的装饰品，是一个没有生命因而不会死亡、能够世代相传的"传家宝"。儿子今年十九岁了，如果背上这只锅，到哪里去讨媳妇呢？而房子又没有造，一点条件也没有。

李顺大想到这一点，心中恐慌又迷信。他从小听过不少老故事，其中就有说到人会变成多种东西的。讲的人总这样说："一夜过来，他变成了××。"而且在变化之前，也总有异样的感觉，比如浑身骨头痛，热皮暴躁等等。所以，李顺大一碰到身子难受，就怕黑夜，怕自己睡着了。他总是睁大眼睛，以防在昏睡中不知不觉变成一只黑锅。他的警惕性一直很高，所以至今还不曾变过去。

在那些不敢睡着的夜里，李顺大为了打发掉肉体上的痛苦，也想过一点使人开心的文娱生活。他没有收音机，想读书又不认几个字，而且也浪费火油；因此，唯一的办法是去回忆从小听过的故事、看过的戏文和老一辈教给孩儿们的俚歌。后来身体好一些，他挑起糖担出去换废品，嘴里常常不三不四唱着一个小曲儿，招惹孩子们。据他说这就是他在那些夜晚回忆出来的。从这些就可以看出他当时究竟想的是什么。他唱道：

> 希奇希奇真希奇，
> 老公公困在摇篮里；
> 希奇希奇真希奇，
> 八仙台装在袋袋里；
> 希奇希奇真希奇，
> 老鼠咬破猫肚皮，
> 希奇希奇真希奇，
> 狮子常受跳蚤气；
> 希奇希奇真希奇，
> 狗派黄鼠狼去看鸡；
> 希奇希奇真希奇，
> 天鹅肉进了蛤蟆嘴；
> 希奇希奇真希奇，
> 大船翻在阴沟里；
> 希奇希奇真希奇，
> 长人做了短人梯。
> 哎呀呀，瘌痢头戴西瓜皮，
> 蚌壳兜里一泡尿，
> 皮球肚里装个屁，
> 穿袍的邪神一胎泥。
> 希奇呀，希奇呀，真希奇，

火赤链①过冬钻在菩萨肚皮里，

闻着香火装神气。

这确是一支公认的装满一兜肚"希奇"的儿歌，而且老掉了牙。不过，各人兜肚里的货色是不同的，总要把自认为希奇的东西装进去。但如果追查起来，李顺大决不承认自己加进了什么。他又不是作家，不会有黑字落在白纸上，是不怕有什么把柄落在别人手里的。他虽然笨，究竟也经过锻炼了，晓得当时那一班人——造反的当权派和当权的造反派，如果要触你的霉头，倒不在乎你做了什么，而在于要达到一个这样那样的目的，例如他的二百一十七。

有一天，他在邻村换糖唱歌，偶然碰到了在那里劳改的"走资派"——老区委书记刘清，悲喜交集，久久不忍离开。最后刘清央求他再唱一遍希奇歌，他毫不犹豫地唱起来，那悲惨、沉重、愤怒的声音使空气也颤抖，两个人都流下了眼泪。

六

一年病拖下来，李顺大有点心灰意懒了。他常常想自己还能活几年？何必要再操心造屋！愚公立下移山志，也是靠后代去完成的，为啥一定要亲手造成功！再说也算积有一笔钱，也有点汗马功劳，不算坍台了。可是凡胎未脱，尘心难破，儿子已经二十出头了，房子造不出，媳妇就找不着，猪舍做新房，谁肯来住！要像自己那样拾个要饭姑娘做妻子，现在也没有这种好机会了。那可不行，没有媳妇哪有孙子？没有孙子哪有重孙？将来建成共产主义过幸福生活，焉能独缺他李顺大的后代？看来房子还是非造不可，而且要抓紧时间，就算这样，儿子恐怕也得拖到政府规定的晚婚年龄以后才有婚结了。

经过动摇之后又坚定下来，立即开始行动。他挑起拾破烂的箩筐，悠悠地从这个市镇晃荡到那个市镇，县城里大小街巷也几乎跑遍，却从不见有建筑材料出售，询问有关商店，才知道买一块砖也得有本地三级证明，更无空口说白话的余地。他晓得再瞎跑也没有用，只有向当地生产队、大队、公社申请了。幸亏自己是带了箩筐出来的，虽不曾买到造屋材料，拾到的破烂倒也卖得十几元钱，不算白误了工。

接着自然是找生产队、大队干部打证明，人家听了笑笑说："打证明有什么用，民用建筑材料，有时稍会有一点，有时简直就没有。给了证明，你也买不到。"李顺大不肯信，以为是干部筑坝。又不敢反驳，怕弄僵。就耐着性子赖着不走，搞变相静坐示威。谁知人家倒并不放在心上，到吃晚饭时发现他没有走，就说："走吧，锁门了。"他也只得回去。到了明天，又去坐。如此三

---

① 火赤链——赤链蛇。

天，干部不耐烦了，说："好话你不听，瞎缠。你以为有用，就打个证明给你！"果然打了。他高高兴兴上供销社。营业员看了证明，也和大队干部一样笑笑，说："没办法，无货供应。"

"几时有呢？"

"不晓得。"营业员说，"有空你就常来问问。"

从此李顺大就如学生上学校，七天里去问六次；半年下来，还是不曾买到一块砖。那营业员是个好心人，暗地里叹息李顺大太笨，却也被他的精神感动了。终于有一天，悄悄告诉他说："你还是省点工夫吧，不要来跑了。这几年革命革得厉害，地皮都快革光了，难得有点东西来，干部都照顾不周全，哪会轮到你。真要有你的份，也都是经过千拣万拣拣剩的落脚货，价钱倒和拣走的好货一样大，你也不划算。我劝你还是另想办法吧！"

李顺大得了这个忠告，十分失望，又非常感激。因此由不得要请教："另想别的什么法？"

营业员沉吟半响，说："可有至亲好友当干部的？"

"没有。"李顺大沉重而吃力地说，"只有一个种田的妹婿，没有第二个亲戚。"

"那就没有路了。"营业员惋惜道，"现在是'圆圆头'不及'点点头'①，你没有亲友可靠，除了买黑市，还有什么办法。"

李顺大信以为真，从此想办法买黑市材料。哪晓得营业员倒也并无这方面的经验，不懂得黑市交易的复杂，一万块砖头，市价二百一十七元，黑市要卖到四百元左右，而且必须先付钱，过上一年半载才能提货，往往还会碰到骗子手。李顺大已经上过一次当了，钞票当然是不肯轻易出手的。所以，跑了千里路，说了万句话，过了三年也不曾买成。倒还是那个营业员肯帮忙，替他买了一吨官价石灰。那石灰原是分配到蚕室里用的，只为近年来一个劲儿旱改水，许多桑田改莳水稻了，剩下几棵痢痢毛桑树，还能养几条蚕！也就用不了那么多石灰；倒给营业员钻了空子，李顺大拾着了便宜。为此他想买包好烟请营业员的客，却又买不到。偶然碰见砖瓦厂的原"文革"主任（已当上厂革委会主任了），想起他从来是吸好烟的，他亏待过自己，现在请他买包烟总肯吧。就老着脸皮上去拉交情。主任倒也爽快，拿了他五角钱，从袋里掏出一包还没有开封的"大前门"。但是，在递给他之前，竟自作主张拆开来拿一支抽了，并且说："我就这一包，要不是你，我谁也不给。"

李顺大拿了十九支去送给营业员，营业员坚决不收，拗不过面子，才抽了一支。其余十八支，硬是让顺大带回去了。

---

① 圆圆头——印。点点头——私人交情。

李顺大回家路上，想到自己今天做了一件从来没有做过的欠妥事情，他竟请了自己的恩人和仇人各一支烟。到吃晚饭的时候他真的发怒了，骂他的儿子没出息，二十五岁了，还吃荫下饭①，害他老子在外面受罪。

<h2 style="text-align:center">七</h2>

闹腾了许多年，李顺大房子没造成，造房的名气倒很大了。精诚所至，金石为开，不仅感动了营业员，而且还感动了上帝。这上帝不是别人，就是他未来的媳妇，名叫新来。新来姑娘住在邻村，早就同李顺大吃荫下饭的儿子小康有串联活动。她倒不在乎房子造了没有，反正看中了人，过了门造屋也行。可是她爹筑坝，怎么说也不肯把女儿嫁到猪舍里去。他以自己的模范事例教导女儿，因为他尽管穷，也想法造了两间屋，才讨了第一房媳妇。他骂李顺大是屌头，是阿木林，不会做事情。可是，想不到老天爷爱开玩笑，喜欢打说满话人的嘴巴。事隔一年，公社里一班打倒了"走资派"的当权派，为了要把山河重安排，看着一条河像老家伙似的弯着背，很不舒服。硬是动用了几千民工，花了几万个劳动日开出一条笔直的样板河，足以使火星上的高等动物看了，称赞地球人的伟大。新来姑娘家那两间新屋，偏偏就在样板河的河床上（当然也不止两间），只好拆了搬走。公社补贴搬屋费每间一百五十元，拆拆造造，又借了三百元添进去，才勉强重新搭起一间半来。新来爹瘦了两个膘，头发白了七八成。而且还要老来做小，听新来姑娘的教育。新来建议他应该向李顺大伯伯学习，人家就是精明，不盲动，钞票放在枕头边，一个也不少。要造房子，也该看准了形势动手呀！他说不响嘴，只得服输，任凭女儿婚姻自主。

李顺大不但有了儿媳妇，而且也知道儿媳妇在理论上对他的实践作了充分肯定，非常的高兴。因此，在儿子结婚那天晚上，喝了几杯酒，灵机一动，对着亲家公说了两句神来之话，他说："现在是地牌吃天牌，烂污二封王，你的房子造得太急了。天天闹地震，大家宁愿住牛棚，还要房子做什么。我一万块砖头给窑鬼吃在肚里，也比你省心。"……他还想说下去，幸亏老婆警惕性高，为了挽救他，当着新亲的面，开口就训他："灌了点酒就像吃了尿，说话没有关拦，骨头痛的日子忘记了！"这才转话收场，皆大欢喜。

从那时开始，李顺大不再白花心计去买东买西，他挑着糖担，东转一天，西转一天，替国家收废品，赚一点生活费。可是，事情也怪，造房子的人家，还真多着呢。他看了不禁眼馋，往往就要打听打听，这幢那幢是谁家造的，哪里买的材料。得到的答复也真千种百样，细细说来，每一幢屋都能写一本书，但也不惹人看，无非是"大官送上门，小官开后门，老百姓求别人"而已。那

---

① 荫下饭——不出头露面，只做事，不拿主张的意思。

些吃尽苦头的人，反而羡慕起李顺大来，说还是他乖巧，不曾钻进这苦胆里头去，不愧为识时务的俊杰。有个熟人竟不忌讳，忿然对他说："我这一块砖、一片瓦，没一样不是黑市货，造两间屋，用了四间的钱。上梁那天，靠造反起家的大队书记来吃了我一顿，还说我这房子，没有文化大革命，哪能造得出。×他娘，我这房子又不是他那官衔，是用拳头打得来的吗！"

到此为止，李顺大对于建筑学的知识，本来已经登峰造极，叹为观止了。想不到天地渊博，造化无穷，值得大书特书的事情，如长江浊流，滚滚而来，竟无法忍心不看。那鸡零狗碎的事，恕不细说，但值得大书特书的奇迹，放过未免可惜。例如有一个大队，要把全部民房拆了，合并到一个地方去，造一列式的楼房，名曰"新农村"。民房拆下的材料，折价归公，谁要住新房，重新出钱买。李顺大听了，大为振奋，认为"楼上楼下"果然要实现了。耐不住挑着糖担，飞奔去自费参观。

那个地方，李顺大从前也常走过，此番看去，果然大不一样，村村巷巷，都有人家在拆屋，拆了把材料运到公路边头一块大田里，那里正在造第一排楼房。那些拆屋的人家，议论非常热烈，甚至到了激烈的程度，都说盘古开天辟地以来，像这样的事情，从未有过；因此有人流出眼泪来，大概过于兴奋了。有些屋上卸下来的瓦，还沾着窑里的煤灰，分明盖了上去还没有经过雨淋，倒又翻身了。看了这些，李顺大觉得自己二十几年来空喊造屋没有造成，倒是平生做的一件最正确的事情；不过想着拆屋主过去的一番心血，也不禁有点眼酸。他慨叹着一路低头走去，忽听有人喊道："喂，换糖的。"

李顺大抬头一看，见一个老头带着个女孩站在公路旁看造屋。十分面熟，却想不起是谁了。

那老头笑道："怎么，不认识了？"

李顺大恍然大悟，忙道："原来是你，老书记。还在劳改吗？"他忽然伤心起来。想不到，几年不见，竟老得认不出了。可见老书记的心境不直落。

老书记笑笑说："劳还在劳，改却未改。你呢，又来搜集希奇歌材料吗？"

"唉唉，老书记，你取笑我。"李顺大难为情地说，"这可是'楼上楼下'，搞'新农村'。我到今天才晓得，原来这农村分新旧，就在这房子上。倒不在集体化不集体化。"

老书记轻轻地嘘了口气，说："唉，有话你就说清楚点吧。"

李顺大笑笑说："自然，说给你听听没关系。不过也不能知法犯法。从前我说过楼房不如平房适用的话，已经当反动言论批过了，现在看了这种样子，倒还真有点想法。蛮好的屋，有的还是新的，倒又拆了再造，何必呢？有这个力气，不好把田地种种熟吗！这种事情，阳间里人不敢说，阴间里鬼看了也要盯白眼呢。"

听了这"反动"话，老书记不但不驳斥，反而点了点头，严肃地搭腔说："'何必呢？'你问得对。告诉你吧，有人想把这个当上天梯。你倒也明白，晓得集体化是新农村的根本，可是人家搞起复辟来，公社这个组织形式也是可以利用的。你的眼睛还要睁大些。你看看吧，贫下中农吃了二十多年苦造了点房子，一声拆就得拆，还管群众死活吗？可是公社不仍旧是公社！"

李顺大听了，虽有所悟，也不能完全领会，只得张开嘴巴，睁大眼睛，尊敬地看着这个老人，默默无言。

老人愤怒地哼了一声，也不再说，低头看了看小女孩，指着李顺大说："叫公公。"

小女孩亲热地叫了一声。李顺大大为感动，连忙敲下一块糖塞在她小手里，称她是最乖最乖的小囡。他今年五十四岁，一个拾破烂的外乡人，还第一次有人叫他公公，这给了他非常有力的鼓舞，竟把别的念头都冲淡了。

从此以后，他同老书记交了朋友。

八

到了一九七七年春节，李顺大带了几块糖去看老书记，才知道老书记重新上了任，又在区里办公了。李顺大喜出望外，把糖给了小囡，吃了小囡妈烧出来的点心，兴冲冲就往区里跑。他觉得如今有了区委书记做朋友，总弄得着造屋材料了。

老朋友一见面，果然十分亲热。可是一提到材料，老书记沉吟不语，打起嗝顿来，弄得顺大心也一颤，觉得不妙。只听老书记慢腾腾地说："老弟，你的困难，我都知道。从前你唱希奇歌，我十分赞成。现在你我总不能做希奇事了吧。"

李顺大忙说："老书记，别人不做，我也不做。现在不是还通行吗，为什么唯独你我不做，岂不太吃亏！"

老书记笑笑说："十一年混乱，积习难改。现在应该拨乱反正了。否则的话，建设国家的计划，就成了空话，别人做，我们是不能做的。全区干部来说，第一应从我改起，群众来说，先从唱希奇歌的人改起，你说合理不合理？"

听了这番话，李顺大心里糖罐醋瓶，一齐打翻，一方面感到书记要同他一起带头整风，不禁自豪；一方面又想到好不容易交了个大官朋友，竟又不能拉私人关系，不禁怅然。他经过文化大革命，也学得很乖了，不愿吃这个亏。想了一下，振振有词道："老书记，你讲的道理我服帖，不过，话说在前头，叫我不做希奇事，一定照办。你可也不能动摇，不要以后碰到交情比我深的，面子比我大的，就帮他开后门，让别人笑我同你白交了一场。那我是要造你的反的。"

老书记哈哈大笑，拿过纸笔，迅速把顺大的话写了下来，说："我念一遍，你听。"他念了，和顺大讲的一字不差，然后说："你拿去请人写在一张纸上，贴在我的办公室里。"

李顺大愕然道："我不，这不是要你的好看！"

老书记说："哪里哪里，这才叫帮了我的大忙，我还真怕有大面子的人来开臭口呢！你贴了这个，就不用我作难了。"

李顺大高高兴兴真的照办了。

到了一九七七年冬天，李顺大家忽然忙碌起来。老书记刘清同志，在那位"文革"主任出身的砖瓦厂厂长身上做了点工作，让他把李顺大的一万块砖头退赔了，公社革委会也批准了李顺大的申请，同意供应十八根水泥桁条。那位好心的供销社营业员，通知李顺大，现在椽子已经敞开供应了。这一次，李顺大的房屋，会有把握造成了。要运回这么多东西，李顺大一家四口，哪里忙得过来，只得把妹妹、妹婿、儿媳妇的兄弟妯娌都请来帮忙，摇船的摇船，推车的推车，连年老的亲家公也高高兴兴地流了几身汗，大大热闹了一番。

不过，在高兴的时候，也还发生了一点扫兴的事情。运回那一万块砖头，曾经过一些波折。大船停在砖瓦厂，人家不发货，皮笑肉不笑地对他说："你的桁条还没有买，砖头拿回去白堆在那儿没有用，再等等吧。"李顺大同他吵了个脸红耳赤，说桁条已经落实了。那个人却比李顺大更懂李顺大，一口咬定他没有桁条。幸而他的亲家公跑来，凭自己买过砖头的经验，暗地里告诉李顺大什么叫"桁条"。李顺大这才恍然大悟，马上到供销社买了两条最好的香烟送过去，这才皆大欢喜，砖头下船。后来到水泥制品厂运桁条，李顺大再不用别人开口，就散发了一条香烟，免得人家说他还没有买到椽子。

做了这些腐蚀别人的事，李顺大内心惭愧，不敢告诉老书记。但是他的灵魂不得安宁，有时候半夜醒过来，想起这件事，总要骂自己说："唉，呢，我总该变得好些呀！"

（原载《雨花》1979 年第 7 期）

陈奂生上城

一

"漏斗户主"陈奂生，今日悠悠上城来。

一次寒潮刚过，天气已经好转，轻风微微吹，太阳暖烘烘，陈奂生肚里吃得饱，身上穿得新，手里提着一个装满东西的干干净净的旅行包，也许是气力大，也许是包儿轻，简直像拎了束灯草，晃荡晃荡，全不放在心上。他个儿又高、腿儿又长，上城三十里，经不起他几晃荡；往常挑了重担都不乘车，今天等于是空身，自更不用说；何况太阳还高，到城嫌早，他尽量放慢脚步，一路如游春看风光。

他到城里去干啥？他到城里去做买卖。稻子收好了，麦垄种完了，公粮余粮卖掉了，口粮柴草分到了，乘这个空当，出门活动活动，赚几个活钱买零碎。自由市场开放了，他又不投机倒把，卖一点农副产品，冠冕堂皇。

他去卖什么？卖油绳①。自家的面粉，自家的油，自己动手做成的。今天做好今天卖，格啦嘣脆，又香又酥，比店里的新鲜，比店里的好吃，这旅行包里装的尽是它；还用小塑料袋包装好，有五根一袋的，有十根一袋的，又好看，又干净。一共六斤，卖完了，稳赚三元钱。

赚了钱打算干什么？打算买一顶簇新的、呱呱叫的帽子。说真话，从三岁以后，四十五年来，没买过帽子。解放前是穷，买不起；解放后是正当青年，用不着；"文化大革命"以来，肚子吃不饱，顾不上穿戴，虽说年纪到把，也怕脑后风了。正在无可奈何，幸亏有人送了他一顶"漏斗户主"帽，也就只得戴上，横竖不要钱。七八年决分以后，帽子不翼而飞，当时只觉得头上轻松，竟不曾想到冷。今年好像变娇了，上两趟寒流来，就缩头缩颈，伤风打喷嚏，

---

① 油绳——一种油煎的面食。

日子不好过，非买一顶帽子不行。好在这也不是大事情，现在活路大，这几个钱，上一趟城就赚到了。

陈奂生真是无忧无虑，他的精神面貌和去年大不相同了。他是过惯苦日子的，现在开始好起来，又相信会越来越好，他还不满意么？他满意透了。他身上有了肉，脸上有了笑；有时候半夜里醒过来，想到围里有米、橱里有衣，总算像家人家了，就兴致勃勃睡不着，禁不住要把老婆推醒了陪他聊天讲闲话。

提到讲话，就触到了陈奂生的短处，对着老婆，他还常能说说，对着别人，往往默默无言。他并非不想说，实在是无可说。别人能说东道西，扯三拉四，他非常羡慕。他不知道别人怎么会碰到那么多新鲜事儿，怎么会想得出那么多特别的主意，怎么会具备那么多离奇的经历，怎么会记牢那么多怪异的故事，又怎么会讲得那么动听。他毫无办法，简直犯了死症毛病，他从来不会打听什么，上一趟街，回来只会说"今天街上人多"或"人少"、"猪行里有猪"、"青菜贱得卖不掉"……之类的话。他的经历又和村上大多数人一样，既不特别，又是别人一目了然的，讲起来无非是"小时候娘常打我的屁股，爹倒不凶"、"也算上了四年学，早忘光了"、"三九年大旱，断了河底，大家捉鱼吃"、"四九年改朝换代，共产党打败了国民党"、"成亲以后，养了一个儿子、一个小女"……索然无味，等于不说。他又看不懂书；看戏听故事，又记不牢。看了《三打白骨精》，老婆要他讲，他也只会说："孙行者最凶，都是他打死的。"老婆不满足，又问白骨精是谁，他就说："是妖怪变的。"还是儿子巧，声明"白骨精不是妖怪变的，是白骨精变成的妖怪"。才算没有错到底。他又想不出新鲜花样来，比如种田，只会讲"种麦要用锄头抨碎泥块"、"莳秧一苑莳六棵"……谁也不要听。再如这卖油绳的行当，也根本不是他发明的，好些人已经做过一阵了，怎样用料？怎样加工？怎样包装？什么价钱？多少利润？什么地方、什么时间买客多、销路好？都是向大家学来的经验。如果他再向大家夸耀，岂不成了笑话！甚至刻薄些的人还会吊他的背筋："嗳！连'漏斗户主'也有油、粮卖油绳了，还当新闻哩！"还是不开口也罢。

如今，为了这点，他总觉得比别人矮一头。黄昏空闲时，人们聚拢来聊天，他总只听不说，别人讲话也总不朝他看，因为知道他不会答话，所以就像等于没有他这个人。他只好自卑，他只有羡慕。他不知道世界上有"精神生活"这一个名词，但是生活好转以后，他渴望过精神生活。哪里有听的，他爱去听，哪里有演的，他爱去看，没听没看，他就觉得没趣。有一次大家闲谈，一个问题专家出了个题目："在本大队你最佩服哪一个？"他忍不住也答了腔，说："陆龙飞最狠。"人家问："一个说书的，狠什么？"他说："就为他能说书，我佩服他一张嘴。"引得众人哈哈大笑。

于是，他又惭愧了，觉得自己总是不会说，又被人家笑，还是不说为好。

他总想，要是能碰到一件大家都不曾经过的事情，讲给大家听听就好了，就神气了。

<h1 style="text-align:center">二</h1>

当然，陈奂生的这个念头，无关大局，往往蹲在离脑门三四寸的地方，不大跳出来，只是在尴尬时冒一冒尖，让自己存个希望罢了。比如现在上城卖油绳，想着的就只是新帽子。

尽管放慢脚步，走到县城的时候，还只下午六点不到。他不忙做生意，先就着茶摊，出一分钱买了杯热茶，啃了随身带着当晚餐的几块僵饼，填饱了肚子，然后向火车站走去。一路游街看店，遇上百货公司，就弯进去侦察有没有他想买的帽子，要多少价钱？三爿店查下来，他找到了满意的一种。这时候突然一拍屁股，想到没有带钱。原先只想卖了油绳赚了利润再买帽子，没想到油绳未卖之前商店就要打烊；那么，等到赚了钱，这帽子就得明天才能买了。可自己根本不会在城里住夜，一无亲，二无眷，从来是连夜回去的，这一趟分明就买不成，还得光着头冻几天。

受了这点挫折，心情不挺愉快，一路走来，便觉得头上凉飕飕，更加懊恼起来。到火车站时，已过八点了。时间还早，但既然来了，也就选了一块地方，敞开包裹，亮出商品，摆出摊子来。这时车站上人数不少，但陈奂生知道难得会有顾客，因为这些都是吃饱了晚饭来候车的，不会买他的油绳，除非小孩嘴馋吵不过，大人才会买。只有火车上下车的旅客到了，生意才会忙起来。他知道九点四十分、十点半，各有一班车到站，这油绳到那时候才能卖掉，因为时近半夜，店摊收歇，能买到吃的地方不多，旅客又饿了，自然争着买。如果十点半卖不掉，十一点二十分还有一班车，不过太晏了，陈奂生宁可剩点回去也不想等，免得一夜不得睡，须知跑回去也是三十里啊。

果然不错，这些经验很灵，十点半以后，陈奂生的油绳就已经卖光了。下车的旅客一拥而上，七手八脚，伸手来拿，把陈奂生搞得昏头昏脑，卖完一算账，竟少了三角钱，因为头昏，怕算错了，再认真算了一遍，还是缺三角，看来是哪个贪小利拿了油绳未付款。他叹了一口气，自认晦气。本来他也晓得，人家买他的油绳，是不能向公家报销的，那要吃而不肯私人掏腰包的，就会要一点魔术；所以他总是特别当心，可还是丢失了，真是双拳不敌四手，两眼难顾八方。只好认了吧，横竖三块钱赚头，还是有的。

他又叹了口气，想动身凯旋回府。谁知一站起来，双腿发软，两膝打战，竟是浑身无力。他不觉大吃一惊，莫非生病了吗？刚才做生意，精神紧张，不曾觉得，现在心定下来，才感浑身不适，原先喉咙嘶哑，以为是讨价还价喊哑的，现在连口腔上卉都像冒烟，鼻气火热；一摸额头，果然滚烫，一阵阵冷风吹得头皮好不难受。他毫无办法，只想先找杯热茶解渴。那时茶摊已无，想起车站上有个茶水供应地方，便硬撑着移步过去。到了那里，打开龙头，热水倒有，只是找不到茶杯。原来现在讲究卫生，旅客大都自带茶缸，车站上落得省劲，就把杯子节约掉了。陈奂生也顾不得卫生不卫生，双手捧起龙头里流下的水就喝。那水倒也有点烫，但陈奂生此时手上的热度也高，还忍得住，喝了几口，算是好过一点。但想到回家，竟是千难万难；平常时候，那三十里路，好像经不起脚板一颠，现在看来，真如隔了十万八千里，实难登程。他只得找个位置坐下，耐性受难。觉得此番遭遇，完全错在忘记了带钱先买帽子，才受凉发病。一着走错，满盘皆输；弄得上不上、下不下，进不得、退不得，卡在这儿，真叫尴尬。万一严重起来，此地举目无亲，耽误就医吃药，岂不要送掉老命？可又一想，他陈奂生是个堂堂男子汉，一生干净，问心无愧，死了也口眼不闭；活在世上多种几年田，有益无害，完全应该提供宽裕的时间，没有任何匆忙的必要。想到这里，陈奂生高兴起来，他嘴巴干燥，笑不出声，只是两个嘴角，向左右同时嘻开，露出一个微笑。那扶在椅上的右手，轻轻提了起来，像听到了美妙的乐曲似的，在右腿上赏心地拍了一拍，松松地吐出口气，便一头横躺在椅子上卧倒了。

三

一觉醒来，天光已经大亮，陈奂生肢体瘫软，头脑不清，眼皮发沉，喉咙痒痒地咳了几声；他懒得睁眼，翻了一个身便又想睡。谁知此身一翻，竟浑身颤了几顿，一颗心像被线穿着吊了几吊，牵肚挂肠。他用手一摸，身下贼软；连忙一个翻身，低头望去，证实自己猜得一点不错，是睡在一张棕绷大床上。陈奂生吃了一惊，连忙平躺端正，闭起眼睛，要弄清楚怎么会到这里来的。他好像有点印象，一时又糊涂难记，只得细细琢磨，好不容易才想出了县委吴书记和他的汽车，一下子理出头绪，把一串细关节脉都拉了出来。

原来陈奂生这一年真交了好运，逢到急难，总有救星。他发高烧昏睡不久，候车室门口就开来一部吉普车，载来了县委书记吴楚。他是要乘十二点一刻那班车到省里去参加明天的会议。到火车站时，刚只十一点四十分，吴楚也就不忙，在候车室徒步起来，那司机一向要等吴楚进了站台才走，免得他临时有事找不到人，这次也照例陪着。因为是半夜，候车室旅客不多，吴楚转过半圈，就发现了睡着的陈奂生。吴楚不禁笑了起来，他今秋在陈奂生的生产队里蹲了两个月，一眼就认出他来，心想这老实肯干的忠厚人，怎么在这儿睡着了？若要乘车，岂不误事。便走去推醒他；推了一推，又发现那屁股底下，垫着个瘪包，心想坏了，莫非东西被偷了？就着紧推他，竟也不醒。这吴楚原和农民玩惯了的，一时调皮起来，就去捏他的鼻子；一摸到皮肤热辣辣，才晓得他病倒了，连忙把他扶起，总算把他弄醒了。

这些事情，陈奂生当然不晓得。现在能想起来的，是自己看到吴书记之后，就一把抓牢，听到吴书记问他。"你生病了吗？"他点点头。吴书记问他："你怎么到这里来的？"他就去摸了摸旅行包。吴书记问他："包里的东西呢？"他就笑了一笑。当时他说了什么？究竟有没有说？他都不记得了；只记得吴书记好像已经完全明白了他的意思，便和驾驶员一同扶他上了车，车子开了一段路，叫开了一家门（机关门诊室），扶他下车进去，见到了一个穿白衣服的人，晓得是医生了。那医生替他诊断片刻，向吴书记笑着说了几句话（重感冒，不要紧），倒过半杯水，让他吃了几片药，又包了一点放在他口袋里，也不曾索钱，便代替吴书记把他扶上了车，还关照说："我这儿没有床，住招待所吧，安排清静一点的地方睡一夜就好了。"车子又开动，又听吴书记说："还有十三分钟了，先送我上车站，再送他上招待所，给他一个单独房间，就说是我的朋友……"

陈奂生想到这里，听见自己的心扑扑跳得比打钟还响，合上的眼皮，流出晶莹的泪珠，在眼角膛里停留片刻，便一条线挂下来了。这个吴书记真是大好人，竟看得起他陈奂生，把他当朋友，一旦有难，能挺身而出，拔刀相助，救了他一条性命，实在难得。

陈奂生想，他和吴楚之间，其实也谈不上交情，不过认识罢了。要说有什么私人交往，平生只有一次。记得秋天吴楚在大队蹲点，有一天突然闯到他家来吃了一顿便饭，听那话音，像是特地来体验体验"漏斗户"的生活改善到什么程度的。还带来了一斤块块糖，给孩子们吃。细算起来，等于两顿半饭钱。那还算什么交情呢！说来说去，是吴书记做了官不曾忘记老百姓。

陈奂生想罢，心头暖烘烘，眼泪热辣辣，在被口上拭了拭，便睁开来细细打量这住的地方，却又吃了一惊。原来这房里的一切，都新堂堂、亮澄澄，平顶（天花板）白得耀眼，四周的墙，用青漆漆了一人高，再往上就刷刷白，地板暗红闪光，照出人影子来；紫檀色五斗橱，嫩黄色写字台，更有两张出奇的矮凳，比太师椅还大，里外包着皮，也叫不出它的名字来。再看床上，垫的是花床单，盖的是新被子，雪白的被底，崭新的绸面，呱呱叫三层新①。陈奂生不由自主地立刻在被窝里缩成一团，他知道自己身上（特别是脚）不大干净，生怕弄脏了被子……随即悄悄起身，悄悄穿好了衣服，不敢弄出一点声音来，好像做了偷儿，被人发现就会抓住似的。他下了床，把鞋子拎在手里，光着脚跑出去；又眷顾着那两张大皮椅，走近去摸一摸，轻轻捺了捺，知道里边有弹簧，却不敢坐，怕压瘪了弹不饱。然后才真的悄悄开门，走出去了。

---

① 三层新——被面、被里、被絮都是新的。

到了走廊里，脚底已冻得冰冷，一瞧别人是穿了鞋走路的，知道不碍，也套上了鞋。心想吴书记照顾得太好了，这哪儿是我该住的地方！一向听说招待所的住宿费贵，我又没处报销，这样好的房间，不知要多少钱，闹不好，一夜天把顶帽子钱住掉了，才算不来呢。

他心里不安，赶忙要弄清楚。横竖他要走了，去付了钱吧。

他走到门口柜台处，朝里面正在看报的大姑娘说："同志，算账。"

"几号房间？"那大姑娘恋着报纸说，并未看他。

"几号不知道。我住在最东那一间。"

那姑娘连忙丢了报纸，朝他看看，甜甜地笑着说："是吴书记汽车送来的？你身体好了吗？"

"不要紧，我要回去了。"

"何必急，你和吴书记是老战友吗？你现在在哪里工作……"大姑娘一面软款款地寻话说，一面就把开好的发票交给他。笑得甜极了。陈奂生看看她，真是绝色！

但是，接到发票，低头一看，陈奂生便像给火钳烫着了手。他认识那几个字，却不肯相信。"多少？"他忍不住问，浑身燥热起来。

"五元。"

"一夜天？"他冒汗了。

"是一夜五元。"

陈奂生的心，忐忑忐忑大跳。"我的天！"他想："我还怕困掉一顶帽子，谁知竟要两顶！"

"你的病还没有好，还正在出汗呢！"大姑娘惊怪地说。

千不该，万不该，陈奂生竟说了一句这样的外行语："我是半夜里来的呀！"

大姑娘立刻看出他不是一个人物，她不笑了，话也不甜了，像菜刀剁着砧板似的笃笃响着说："不管你什么时候来，横竖到今午十二点为止，都收一天钱。"这还是客气的，没有嘲笑他，是看了吴书记的面子。

陈奂生看着那冷若冰霜的脸，知道自己说错了话，得罪了人，哪里还敢再开口，只得抖着手伸进袋里去摸钞票，然后细细数了三遍，数定了五元；交给大姑娘时，那外面一张人民币，已经半湿了，尽是汗。

这时大姑娘已在看报，见递来的钞票太零碎，更皱了眉头。但她还有点涵养，并不曾说什么，收进去了。

陈奂生出了大价钱，不曾讨得大姑娘欢喜，心里也有点忿忿然。本想一走了之，想到旅行包还丢在房间里，就又回过来。

推开房间，看看照出人影的地板，又站住犹豫："脱不脱鞋？"一转念，忿忿想道："出了五块钱呢！"再也不怕弄脏，大摇大摆走了进去，往弹簧太师椅上一坐："管它，坐瘪了不关我事，出了五元钱呢。"

他饿了，摸摸袋里还剩一块僵饼，拿出来啃了一口，看见了热水瓶，便去倒一杯开水和着饼吃。回头看刚才坐的皮凳，竟没有瘪，便故意立直身子，扑通坐下去……试了三次，也没有坏，才相信果然是好家伙。便安心坐着啃饼，觉得很舒服，头脑清爽，热度退尽了，分明是刚才出了一身大汗的功劳。他是个看得穿的人，这时就有了兴头，想道："这等于出晦气钱——譬如买药吃掉！"

啃完饼，想想又肉痛起来，究竟是五元钱哪！他昨晚上在百货店看中的帽子，实实在在是二元五一顶，为什么睡一夜要出两顶帽钱呢？连沈万山①都要住穷的；他一个农业社员，去年工分单价七角，因一夜做七天还要倒贴一角，这不是开了大玩笑！从昨半夜到现在，总共不过七八个钟头，几乎一个钟头要做一天工，贵死人！真是阴错阳差，他这副骨头能在那种床上躺尸吗！现在别的便宜拾不着，大姑娘说可以住到十二点，那就再困吧，困到足十二点走，这也是捞着多少算多少。对，就是这个主意。

这陈奂生确是个向前看的人，认准了自然就干，但刚才出了汗，吃了东西，脸上嘴上，都不惬意，想找块毛巾洗脸，却没有。心一横，便把提花枕巾捞起来干擦了一阵，然后衣服也不脱，就盖上被头困了，这一次再也不怕弄脏了什么，他出了五元钱呢。——即使房间弄成了猪圈，也不值！

可是他睡不着，他想起了吴书记。这个好人，大概只想到关心他，不曾想到他这个人经不起这样高级的关心。不过人家忙着赶火车，哪能想得周全！千怪万怪，只怪自己不曾先买帽子，才伤了风，才走不动，才碰着吴书记，才住招待所，才把油绳的利润用光，连本钱也蚀掉一块多……那么，帽子还买不买呢？他一狠心：买，不买还要倒霉的！

想到油绳，又觉得肚皮饿了。那一块僵饼，本来就填不饱，可惜昨夜生意太好，油绳全卖光了，能剩几袋倒好；现在懊悔已晚，再在这床上困下去，会越来越饿，身上没有粮票，中饭到哪里去吃！到时候饿得走不动，难道再在这儿住一夜吗？他慌了，两脚一端，把被头踢开，拎了旅行包。开门就走。此地虽好，不是久恋之所，虽然还剩得有二三个钟点，又带不走，忍痛放弃算了。

他出得门来，再无别的念头，直奔百货公司，把剩下来的油绳本钱，买了一顶帽子，立即戴在头上，飘然而去。

一路上看看野景，倒也容易走过；眼看离家不远，忽然想到这次出门，连本搭利，几乎全部搞光，马上要见老婆，交不出账，少不得又要受气，得想个

_____

① 沈万山——民间传说里的大富翁。

主意对付她。怎么说呢？就说输掉了；不对，自己从不赌。就说吃掉了；不对，自己从不死吃。就说被扒掉了；不对，自己不当心，照样挨骂。就说做好事救济了别人；不对，自己都要别人救济。就说送给一个大姑娘了；不对，老婆要犯疑……那怎么办？

陈奂生自问自答，左思右想，总是不妥。忽然心里一亮，拍着大腿，高兴地叫道："有了。"他想到此趟上城，有此一番动人的经历，这五块钱化得值透。他总算有点自豪的东西可以讲讲了。试问，全大队的干部、社员，有谁坐过吴书记的汽车？有谁住过五元钱一夜的高级房间？他可要讲给大家听听，看谁还能说他没有什么讲的！看谁还能说他没见过世面？看谁还能瞧不起他，唔！……他精神陡增，顿时好像高大了许多。老婆已不在他眼里了；他有办法对付，只要一提到吴书记，说这五块钱还是吴书记看得起他，才让他用掉的，老婆保证服帖。哈，人总有得意的时候，他仅仅花了五块钱就买到了精神的满足，真是拾到了非常的便宜货，他愉快地划着快步，像一阵清风荡到了家门。

果然，从此以后，陈奂生的身份显著提高了，不但村上的人要听他讲，连大队干部对他的态度也友好得多，而且，上街的时候，背后也常有人指点着他告诉别人说："他坐过吴书记的汽车。"或者"他住过五元钱一天的高级房间。"……公社农机厂的采购员有一次碰着他，也拍拍他的肩胛说："我就没有那个运气，三天两头住招待所，也住不进那样的房间。"

从此，陈奂生一直很神气，做起事来，更比以前有劲得多了。

（原载《人民文学》1980 年第 2 期）

李準

LI ZHUN

（1928—2000）。蒙古族。本姓木华梨，原名李铁生，曾用名李准。1928年出生在豫西孟津县麻屯镇下屯村。中学时，因家中无力供给而辍学，到洛阳一家盐号做学徒。1944年回乡务农，并参加镇上一个业余剧团的演出，学习编戏。1948年后，曾先后从事银行职员、学校教员等工作。1953年，小说《不能走那条路》发表，一举成名。1954年，调入河南省文联，成为专业作家。曾历任中国作家协会河南分会副主席、中国作家协会副主席、中国电影文学学会副会长、中国现代文学馆馆长等。

1946年开始发表文学作品。主要作品有短篇小说集《不能走那条路》《李双双小传》《车轮的辙印》《夜走骆驼岭》《农忙五月天》，长篇小说《黄河东流去》，散文集《情节·性格和语言》《彼岸集》《森林夜话》，电影文学剧本《李双双》《老兵新传》《大河奔流》《牧马人》《高山下的花环》《龙马精神》《石头梦》《双雄会》《清凉寺的钟声》《吉鸿昌》等。长篇小说《黄河东流去》获第二届茅盾文学奖，电影文学剧本《李双双》获第二届百花大奖及最佳编剧奖。

黄河东流去

（内容梗概）

　　1938年夏，日寇准备偷渡黄河，向华中推进。国民党部队"以水代兵"，炸开花园口附近黄河大堤。豫、苏、皖三省约一千万人民流离失所。豫东平原上一个村庄赤杨岗的七户农民，在流落异乡期间，经历了一段不平常的生活。

　　倔强、豪爽的中年妇女李麦，是村里的带头人。在洪水涌来时，她和被称为"智多星"的乡村知识分子徐秋斋一起，把全村人及时地转移到村西大沙岗。在洪水包围之中，为春义和凤英成了亲。

　　生活无着落，全村人成群结队逃荒来到寻母口。海天亮重操撑船旧生，王跑弄条毛驴赶脚，徐秋斋以卜卦糊口。妇女们给旅店缝洗衣物。少女梁晴投奔李麦，对她的儿子天亮一往情深。不久，国民党实行经济封锁，地主海骡子乘机诱骗灾民去东北为日伪当劳工。李麦、徐秋斋识破海骡子的诡计，团结大伙截船抢粮，随后迅速向西散去。徐秋斋带着梁晴、嫦娥与李麦、天亮失散。李麦让天亮参加了新四军。

　　长松和老清婶两家逃荒到洛阳后，再也无力跋涉，就找了两个破窑洞住了下来。初到城市，什么事都不懂，生活异常艰难。长松先作挑夫，后作车夫，使出浑身的力气，也填不饱一家人的肚皮。最后只得卖掉女儿。

　　老清婶带着爱爱和雁雁过得也非常艰难。她们摆了个小摊，却受到恶霸杨书兴的刁难。爱爱决定学说书。老清婶也只好答应了。她收入虽微薄，但勉强维持生计。爱爱的名声渐渐大了。关处长和彦生同时爱上了她。她虽然讨厌关处长，但关有钱有势，老清婶又喜欢他，所以他们之间确定了爱情关系。然而在一个雪夜，她把自己献给了深深爱着她的彦生。怀孕后，彦生迫于关处长的权势，吓跑了。而关处长知道真情后，大闹了一通，也抛弃了她。从此，一个纯洁的少女变成了一个典型的市民。

　　蓝五逃荒到西安后，又操起了旧业，到了一个河南戏班子里吹唢呐。一天，随人到有地位的人家帮忙，无意中遇到了过去的情人雪梅。早年，雪梅由于家里穷，被卖给一家地主的傻儿子当媳妇，过着妻子不是妻子、丈夫不是丈夫的日子。是蓝五唤醒了她沉睡的爱情。他们私奔了。可是没过多久，这对鸳鸯硬被拆散，雪梅被迫跟了心狠手毒的恶霸孙楚亭。这次见面，旧情复燃，而且更加炽烈，难舍难分。孙楚亭过去没有将蓝五弄死，后悔莫及，现在，不得不假装善人，同意雪梅跟蓝五团圆。可是，暗地里却派密探把雪梅打死在沣河边上。蓝五闻讯赶到，吊死在雪梅身旁。徐秋斋、春义等掩埋了他们，陪伴他们的是那支沟通他们之间感情的唢呐。

春义和凤英一路上相依为命，逃荒到了咸阳，正遇上陈柱子和老婆"小白菜"开饭铺。凤英给陈柱子当下手，春义起先卖菜，后又给人家看磨坊。凤英是一个非常有心计的人，她看到陈柱子大把捞钱，心里痒痒，就处处留心陈的手艺，并暗暗准备家什。春节过后，自己另立了灶。开始比较顺利，春义也比较卖劲。过了一段时间，春义慢慢觉得自己的老波整天和顾客嘻嘻哈哈，自己干的又是伺候人的事，浑身都不自在，干活也就有些使气了。凤英感到委屈。一次，春义的牛脾气爆发，和一个多嘴顾客打了起来，而凤英再也不能忍受，与他吵了一架。第二天，春义就另谋生路去了。

四圈跟着海香亭跑到洛阳后，成了海香亭的包车夫。时间一久，促成了他和海的姘妇刘玉翠之间的暧昧关系。海香亭发现后，暴怒地将他赶了出去。落魄之间，得到了妓女"大五条"的温暖。患难出真情，二人决定生死在一起。

徐秋斋带着梁晴和嫦娥一直逃荒到了西安，依靠自己能认写几个字，会算卦，梁晴和嫦娥姑嫂俩做工捡破烂，艰难地生活着。后来，境况愈下，嫦娥偷着到宝鸡的一家工厂做了工，从此杳无音讯。梁晴和徐秋斋两人相依为命。徐秋斋凭着自己的丰富阅历指导着梁晴在人生之路上艰难地走着，打破了崔会计的美梦。

王跑一家坐错了火车，朝东走了下去。在白马寺，他借住在庙里帮人家种菜，掏井时挖到了一件名贵古玩"熹平石经"，却因此被国民党刘专员诬陷。为这块"熹平石经"，差点送了性命。后来，好不容易被人从监狱里保了出来，带着全家回到了黄泛区，依赖贫瘠的土地及黄水中的杂鱼生活着。直到天亮所在的部队转了回来。

当年天亮参军后，李麦及伤员由于不便跟随部队行军，就留在了黄泛区坚持斗争。生活异常艰苦。这次大部队回来开辟根据地，他们又焕发了青春。李麦决定出去寻找那些逃荒远离了家乡的亲人。她一路西行，终于打到了他们。听到八年来他们那痛苦的经历，她非常伤心，反复劝说乡亲们回到自己那块土地上，去生活，去奋斗。人们被她描绘的美好生活前景吸引住了，纷纷踏上了回乡的道路。当然，像爱爱一家及凤英等习惯了城市生活的人就留在那边。

全村人又团聚了！他们在党和政府的领导下，掀起了重建家园的热潮。过去的毕竟过去了。今天，黄河又唱出了新时代的歌。

（北京出版社1979年出版上集，1984年出版下集，王恒升编写）

周克芹

ZHOU KE QIN

（1936—1990）。原名周克勤。四川省简阳市石桥镇人。1958年毕业于成都农业技术学校。毕业后先后当过农民、民校教师、生产队长、大队会计、农业技术员、公社和区干部。1979年，调四川省文联从事专业创作。1980年加入中国作家协会。曾任中国作家协会理事、中国作家协会四川分会常务副主席、《现代作家》杂志主编。

1959年开始文学写作。1963年发表第一篇短篇。出版有中短篇小说集《二丫和落魄秀才》《石家兄妹》《周克芹短篇小说集》，长篇小说《许茂和他的女儿们》等。小说《勿忘草》、《山月不知心里事》分别获1980年和1981年全国优秀短篇小说奖，长篇小说《许茂和他的女儿们》获首届茅盾文学奖。

许茂和他的女儿们

（内容梗概）

　　葫芦坝的许茂有九个女儿。四姑娘许秀云一年前跟大队党支部副书记兼会计郑百如离了婚。人们原以为她会改嫁到外地去，哪晓得她现在决定不走了。这引起了葫芦坝妇女们的种种议论和猜测，也引来了许茂、三姑娘的不满和九姑娘的疑虑。许茂本来就不赞成四姑娘跟郑百如离婚，因为郑百如"是个大干部，手中有实权"；后来离婚了，四姑娘又搬回娘家来住，许茂头上像顶着根棒槌，很不顺心。三姑娘的丈夫罗祖华曾托人给四姑娘在耳鼓山找了个对象，单等将亲事定下来。九姑娘许琴是团支部书记，她在去公社开会前劝四姐改嫁。今天会议的内容是与县委派来的以颜少春为组长、齐明江为组员的工作组见面。

　　就在许琴去公社开会的时候，许茂正在自留地里干活。他把自留地种得像一件精美的艺术品。休息的时候，他猛然回忆起自己生活的前前后后。高级社时，当过作业组长，费心费力地经营集体生产，家里的日子也过得舒坦。那是许茂一生中最为光荣的年代。他还得过"爱社如家"的奖状。"大跃进"、"文化大革命"潮水般的运动，使许茂渐渐明白，高喊革命口号，解决不了温饱；要生存，只能靠自己。他变得越来越固执、自私，甚至几乎不近人情。大女婿金东水被停职，不久又遭火灾，想搬来暂住，他不同意；大女儿死去，他拉下脸来，连点打棺材的木料也不借，从此再不与金东水来往。他一点一滴地拼命积蓄着钱财。

　　一天傍晚，郑百如忽然登门，说后悔不该与四姑娘离婚。这使许茂半信半疑。深知郑百如为人的秀云却毫不动心。十年前，她在河边洗衣服时，被花花公子郑百如奸污，只得违心地嫁给他。"文革"中，造反起家的郑百如带了连云场上的烂污女人回家睡觉。他诬陷金东水，还偷盗队里的粮食投机倒卖。怕罪行败露，他又用刀威胁许秀云，后来竟要换老婆，与许秀云离婚……

周克芹

　　四姑娘抱着小棉袄向金东水家走去。大姐去世后，四姑娘曾将她的女儿长秀接来抚养，后来郑百如造谣，说金东水与秀云的关系"不醒豁"。话传到金东水耳中，他接回了长秀。天冷了。许秀云为孩子做了棉袄，冒着风险送去。金东水为避嫌，没有开门。许秀云将棉袄放在门槛底下便回来了。她刚去摸火柴，一条黑影从床上跳下，秀云顿时吓昏了过去。这人原来就是郑百如。工作组即将进村，他怕秀云揭发自己过去的丑行，假意来哀求复婚。秀云严词拒绝。

　　三天以后，工作组组长颜少春和齐明江来到葫芦坝。颜少春住在许茂家，齐明江住到吴昌全家。晚上在许茂家开支委会，郑百如在会上侃侃而谈，有位姓陈的支委，揭发了郑百如将粮食折成由六成半改为八成半的弄假行为。

　　支委会结束以后，吴昌全的母亲金顺玉没有回家，她与颜少春、许琴同住一屋。颜少春从她们那里了解了金东水、郑百如的情况及生产、分配中的问题。

　　会后，郑百如在送齐明江回吴昌全家的路上，对主观、矜持、无知、沾染小官僚习气的齐明江说，后悔与四姑娘离婚。齐明江满口答应帮他复婚。

　　大队代理支部书记龙庆在支委会结束以后，来到金东水家，告诉他支委会的情况。他们为葫芦坝的生产和群众的生活担心。金东水拿出停职期间写的近期生产计划和远景规划给龙庆，龙庆觉得金东水真是个整不垮、踩不烂、打不死的汉子。

　　第二天早晨，四姑娘在井台打水，齐明江劝她与郑百如复婚，四姑娘没答理。她觉得工作组与郑百如一个鼻孔出气。

　　早饭后，四姑娘去连云场赶场，想买布为将要过生日的许茂做衣裳和为大姐的孩子备一份送给许茂的生日礼物。许茂这一天也去赶场，他卖了叶子烟，买齐了过生日用的东西。这时看见一位妇女为给孩子治病在卖油，许茂以一元一斤的低价将油买下，然后转到一个不显眼的地方去卖一块八一斤。没想到被一个青年抓住，要送他去"学习班"。许茂眼睁睁地看着那个青年把油罐提走。他正准备回家，又被卖油的妇女领人追上，指责他欺骗孤儿寡妇，有人说要送他去公社。许茂正难于解脱时，郑百如出来替他赔了一点钱，解了围。许茂来到七姑娘许贞所在的供销社，到了楼上，许贞向他介绍了自己的对象小朱。许茂一看，正是那个抢他油罐的青年，再一看，油罐放在楼板上，许茂气急，提起油罐下了楼。

　　四姑娘买齐东西以后，想再买点肉，钱不够了，刚想去借钱。郑百如出现在眼前，把票子递到秀云面前，秀云扭头便走。她正走着，听到有孩子叫"四嬢"。原来金东水带孩子来赶场，长秀想吃肉，没有钱，他脱下身上的旧毛衣在卖，秀云忍不住掉下泪来。秀云说，自己手上的钱还能割两斤肉，劝金东水回家，说话间，郑百如又来到眼前。秀云勇敢地跨到大姐夫身边说："走呀，老站着干什么！"说着，昂然走去。金东水对于四姑娘的举动十分担忧，他担心那些流言蜚语。

金东水担心的事情终于发生了。郑百如回到葫芦坝以后，一方面找到被称为"闲话公司经理"的郑百香，由她去编造和散布"大姐夫钻四姨子房里"和连云场上金东水、许秀云"逛街"的"新闻"；一方面去三姑娘家，求她和许茂说服秀云与自己和好。许秀云从连云场回来，到了三姐家，看见许茂、郑百如都在这里，她毅然转身离去。

颜少春到区里参加整风会议去了，葫芦坝的工作由齐明江主持。下午开社员大会，四姑娘出现在门口，众人都冷淡地望着她，郑百香更对她大声辱骂。三姑娘许秋云气不过，坐到郑百香身边，骂得她哑口无言。许秋云离开会场时，四姑娘跟了出来，她想向三姐诉说自己的冤屈，三姐很不以为然，将她奚落了一顿。

这天晚上，金东水正在和长生、长秀吃饭，许琴陪刚刚回葫芦坝的颜少春来找金东水。颜少春告诉他，区委会赞同他建筑葫芦坝的规划，并且说党组织重新审查了过去对他的处分，决定恢复他的支部书记职务。

四姑娘在受到谣言中伤和三姑娘的奚落以后，又无意中听到齐明江、郑百如谈论要进一步借谣言去迫害金东水，她明白只有反抗才能走向光明。晚上，她冒雨去敲开人家的房门，向他们诉说事实的真相，揭露郑百如的罪恶，但是却受到一次又一次的冷遇。她想结束二十九岁的生命，跳进了柳溪河。但是，又想起大姐留下的两个孩子，她舍不得离开他们，又艰难地爬上了河岸。她来到金东水家门外，听到很多人在里面谈话。当她听到龙庆在给金东水介绍对象，金东水没有表态时，觉得希望彻底毁灭了。于是再次跳进了柳溪河。幸亏被前来找她的许贞发现，惊动了金东水、许琴等人。金东水跳入河中，救出了四姑娘。

四姑娘被救以后，她把自己知道的郑百如为非作歹的那些事都告诉了颜少春。郑百如被撤职，进了学习班。

眼看许茂的生日快到了，在外地的女儿来信说因为忙就不回来了。许茂叫九姑娘通知三姐、四姐、七姐晚上到他那里去。他将多年的积蓄分成九份，让她们一人拿一份，几姐妹都不知道如何是好。颜少春劝她们按许茂的意思办。在场的女儿各拿了一份，许琴又把八姐、六姐、五姐、二姐的四份写上名字拿去，剩下一份没人拿。大家想起了去世的大姐，非常难过。颜少春提出，这份由四姑娘安排。她还说，要给秀云找个好婆家，不知许大爷肯不肯赏脸。许茂说事情办成了，一定请你多喝杯喜酒。其实，颜少春早已成竹在胸，她替四姑娘找的正是金东水。

（百花文艺出版社 1980 年版，王世维编写）

山月不知心里事

一

　　把汗湿的灰布衣服脱了，换上一件月白色的的确凉衬衫。新的，绷得紧紧的，怪不舒服。她扣完最后一个扣子跨出小屋。

　　堂屋里新装的电灯雪亮。三妹放下饭碗，惊叫了："姐姐好漂亮哟！"

　　嫂嫂正好收拾碗筷，可她在一瞥之间就发觉一个问题，忙说："容儿穿上白的不好，脸皮子越发的显得黑了呢！"

　　容儿淡淡地一笑："是么？"她扯了扯衣服的下摆，故意挺起胸脯来。

　　三妹又嘻嘻地笑了，羡慕的目光盯着姐姐。

　　母亲蹲在门口切猪草，抬起头来看，不由皱了皱眉。问道："又上哪儿去？"

　　"出去。"容儿这样说。

　　"出去干啥子？"母亲站起来了，手上拿着菜刀，直挺挺站在门当头，"黑天墨地的，不上床睡觉，还出去东串西串的？"

　　嫂嫂忙说："娘，人家有事情嘛！"

　　"啥子事情？"母亲的声音很大，"如今各家各户做庄稼啦，还要你们管什么闲事？不开会，你是过不惯么？"

　　容儿的脸色顿时阴沉下来了。

　　自从"各家各户做庄稼"以后，母亲一下子变得精神起来了，好像早已逝去的青春又在她身上复活了，起早贪黑，屋里屋外忙个不停，儿女们在她手下，没一会儿偷闲的工夫。小春庄稼收上手了，除了交队里，还超产一千多斤，大春就要下种了，她心里充满了信心。她清楚地记得，当她还在做姑娘的时候，她父母把她管教得可严格呢，天黑以后必须吹灯上床，说是为了养足精神，第二天好干活路。农忙时间更是如此，不管你睡得着睡不着，都得熄灯上床。那会儿，她可老实呢，她从不东想西想，能很快睡得像死了似的。如今，时隔三十年，真没想到，她从她母亲那儿领教过的一点经验，居然还有机会向她的儿女们推广起来。

老太婆了，也喜欢"权"字。这许多年来，是生产队长每天指示她干这干那。如今呢，她每日每时向儿女们发号施令，叫他们干这干那，不管儿女们高兴不高兴听，她都觉得愉快，她需要在她行将就木之前，满足一下"权力"欲。儿女、媳妇们暗暗觉得她很可笑，但都愿意原谅她，不和她顶撞。

"各人睡觉去！明早得把干粪担到地里去，人家方生全家的，麦桩都拔干净了！"她说完又蹲下去切猪草。

容儿向嫂嫂看了一眼。嫂嫂比容儿也大不了几岁，对于容儿出门的理由，她虽不知底细，可凭着她的聪明和她自己做姑娘时候的经验，立即就能猜到。她同情容儿，支持容儿，于是忙对母亲说道："娘，今晚有电影呢……"

容儿更着急了。嫂嫂在撒谎了：前天晚上才来过电影呀！

母亲听着儿媳的话，就把一腔怨忿转到电影队身上去了。她埋怨放电影的，为什么偏在这农忙时候来得这么勤。

三妹听说有电影，就嚷着要去看。母亲呵斥道："不认字啦！不做作业啦！"老人家把庄稼看得重，可也有那种"读书高"的思想。三妹都十六岁了，如今虽然"各家各户做庄稼"，人手最金贵了，可老大娘还是赔钱叫三妹上学读书，而且生怕三妹的考试分数落在隔壁方家妹子之后。她可好强呢！她希望自家的一切都超过方家。

在母亲的高声呵斥下，三妹不敢再嚷嚷了。趁这工夫，嫂嫂向容儿努一努嘴，容儿忙侧着身子轻轻地走出门去了。

母亲上前安慰三妹说："电影有个啥看头嘛，还不就是一块白布，几个人影子……好好儿做功课，书，吞在肚里，贼娃子都偷不到……"

二

容儿走出门来了。院墙爬满了丝瓜藤，还有牵牛花。丝瓜是娘种的，牵牛花是容儿种的。上肥的时候，母亲偏心眼儿，丝瓜苗吃得又饱又足。如今藤儿爬起来，这派势可壮了，把又瘦又小的牵牛藤儿掩盖在它肥大的绿叶下，露不出脸儿来。容儿在院墙下站了站。她已经忘记了牵牛花的委屈；就算还没忘吧，她也不计较这件事情了。近日来，她心头装着更大的委屈。

天上有一抹淡淡的浮云。初升的圆月在薄薄的云后面窥视大地。山峦、田野、竹园、小路，一切都是这样的朦朦胧胧，好像全都被溶解在甜甜的梦幻中。庄稼人在整天的劳累之后，老天爷就给安排下这样的静静的夜晚，和这样的溶溶的月光，好让人们舒舒服服地进入梦乡去。

容儿望着荷塘那边的依稀可见的小路，她希望从那儿走过一个人来。突然，院墙的拐角处闪出一条黑影，"哇"地叫了一声，跳到容儿面前，一把抱住了她。容儿真的被吓了一跳。她的鼻孔里钻进一股浓浓的香水味儿。

"死女子！你把我吓得……"容儿挣脱了。

是巧巧，和容儿一般年纪的姑娘，她已经来了一些时候了。

容儿问："来了多久啦？咋不进屋叫我一声？"

巧巧做个鬼脸："我才不敢哩！你娘好凶哟！我怕她把我赶出去呢……前几天她还对我妈扯葫芦骂瓢呢：'如今呀，各家各户做庄稼啦，还什么工作不工作的！我家容儿又不是拿固定补贴的干部，有人硬把她缠住不放，工作、工作，不是硬叫我们赔本么！各家的人，各家管着点……'我妈呢，回来就骂我了，不让我再上你们家来。"

容儿听着，轻轻叹了口气。

巧巧又说："我和你从小一块长大，你们家的门，我哪天不进出几回的？你娘啥时候讨厌过我……可现在，突然就这么生疏起来了……"

她的嗓门挺大，像是说给满世界的人听。容儿性子和她不一样，文静多了，忙推了她一下，打断她的话。

巧巧脸都涨红了，怔怔地望着容儿。

容儿说："走吧，不是说好了到小翠家里去么，快走吧。"

朦胧的月光，照着两个姑娘绕过荷塘，她们的脚步声惊动了从塘里爬上岸来的小蚂蚂儿，小蚂蚂儿纷纷跳回塘里去，有的跳进水里了，发出轻微的嗵嗵声，有的跳在张开的荷叶上，啵啵啵的，像落下一阵雨点。容儿挺会走，她轻盈地跳跃着。巧巧不会走，不时踩着一只小蚂蚂，软绵绵的，她就失声叫唤起来。好容易绕到路上来了。

巧巧说："这鬼东西才讨厌！"

容儿说："都说是今年要涨大水呢，蚂蚂儿上岸。"

巧巧问："你也相信封建迷信了？"

容儿说："这也是迷信么？人家有科学根据。"

巧巧赌气说："算了吧，还说啥'科学根据'！科研小组都散伙了，你还……"

迎面走来一个人，巧巧看见了，没往下说。

容儿向着来人叫了声："哥，你……"

容儿的哥哥才从"包产地"里收工回家。趁着月光挖了一阵麦桩地，这个身材粗壮的汉子疲倦得不行了。

巧巧挖苦说："嗨，王哥好展劲哟！要当冒尖户了吧？"

容儿的哥哥是个厚道人，听不出别人话里的意思，他只疲乏地笑一笑，说："冒不了尖呢，这会儿好些人家都还在挖地，我算什么……"

容儿体贴地说:"快回家吃饭吧,嫂嫂还等你呢,我们都吃过了。"

他并不盘问妹妹的行踪,扛着锄头径直回家去了。

巧巧笑道:"你哥哥真好。"

容儿回答:"就是。"

"他从前好懒呵……"

"是的,快三十岁的人了,还打单身,队里年年没钱分,家里穷得叮当响。他觉得没前途,就灰了心,什么也不想干。他不是懒人。嫂嫂过门来以后,他大变了。"

"你嫂嫂把他管住了。"

"不是。不完全是。队里的制度变了,包了产,他有责任了,不干不行。"

巧巧又笑了,说:"人家说,庄稼人的心,只有土地和女人才拴得住。嘻嘻……"

"谁说的?"

"书上说的。"

"哪本书,借我看看。"

"不,不给你看。"

"我晓得,你就会胡编。"

"胡编么?"巧巧赶上前一步,跟容儿挨挨挤挤地并排走,田坎小路窄窄的,谁不小心,谁就会踩到一旁的田里去,田里刚刚插了秧。

容儿说:"鬼丫头,你疯啦,挤什么呀?"巧巧争辩道:"你为什么说我'胡编'啦?你哥哥不就是那样么?前几年他不出工,你不是批评过他么?团支部不是也研究过帮助他么?队上开社员大会还点名批判过他,可是管什么用?……包了产以后,你嫂嫂又过门来,他不就变样了?……我怎么是'胡编'?人家有事实根据呢!"

说着,巧巧叹了口气。这姑娘成天爱说爱笑,像个小喜鹊似的,这会儿却长长地叹了口气。

容儿问她:"怎么不往下说?呻唤什么呀?"

巧巧说:"容儿姐,我看自从兴起新的责任制以来,不管是老年人、中年人,还是青年人,积极性都高了。我们这些团干部,平常自以为满积极的,老是嫌人家思想落后……可现在,我们倒显得没人家积极了,我们落后了,我总感觉得有些……孤单……"

"是么?"容儿心里一沉,像是什么撞在她的心上,她站住了。望身边的巧巧,溶溶的月光下,巧巧依然在笑,明眸皓齿,形影清秀。

"看什么?"巧巧扬了扬眉说,"你以为我在哭?我才不哭!……我在思考哩。我想我们这些人,为什么会有这种讨厌的情绪:孤单!"

容儿咬着嘴唇，她想哭。

巧巧又说了，声音挺大："有时候，真想选个合适的人家，嫁出去算了，一辈子总得嫁人！……有个学木匠的，人也挺不错，可是……"

容儿捏了捏巧巧的胳臂。巧巧忙放低了声音问："怎么啦！"

容儿挽着巧巧，顺着一条拐了弯的田坎继续走去。月光突然明亮起来了。

容儿看看天，天上的浮云已不知去向。低下头来，月亮映在水田里，在她的脚下边。水里的月亮跟着她们走。

巧巧要是不说话，就不是巧巧了。她总是顺着自己那不成章法的零乱的思路唠叨。一边走着，一边又说了："小翠不就是这样么：在从学校毕业回来的时候，多积极呀！发誓要用自己的双手改变大队的山河面貌。组织铁姑娘战斗队那阵，你看她干劲多大……后来呢，她那天对我说：'包产到户'好是好，可是老头子领着一家大小一天到晚在几块地里干活，天天一个样，想说句话也没个对象！干脆走吧，换个地方吧……'小翠说走就走，好快呵，明天就是结婚的日子了。算起来，她比我们还小一岁，……她哥哥说了：'魔鬼的引诱胜过上帝的召唤。'他哥本来不同意这门亲事，那男的不行，什么都比小翠差劲儿，还不就是有钱！家里是冒尖户，就一个独子……"

巧巧还往下说着。可容儿不再听了。她想着小翠的哥哥，那个"怪人"！

这些青年们，跟他们的上辈是很不相同的。他们上过学，念完了高中或初中，除了一年四季庄稼经，他们心里装着比父母兄嫂们更丰富得多的东西。他们不满足，他们给农村的古朴的生活带来了某些变化。这种变化是很微小的，却是不容忽视的。在这个大队，小翠的哥哥在青年们心目中是大伙默认了的"首领"。他读的书比谁都多，他担任大队会计以后，突然大胆地推行起生产责任制来，什么"包产到组"、"包产到户"，什么"专业承包、联产计酬"等等，十个生产队就有几个花样。起初大队支书都反对他。他因此得罪下了一些生产队长和大队干部。可他满不在乎，社员们不反对他，一年下来，大家都得到了好处，那些记恨他的人也少了。可是，青年们却不理解他，和他疏远起来了。容儿、巧巧她们从前常到小翠家里去的，近来也走得稀少了，就连小翠也骂她哥哥是"冒险家"，是"大人物"。在容儿心中，他是个"怪人"。可是，偏巧这个"怪人"对她有种说不清楚的吸引力。

巧巧的话已经往哪州哪国绕了一圈，容儿不知道。这会儿，定了定神，却听她在说：

"……真是闷得慌，我就偷偷写起小说来了。我把农村各式各样的人都写进小说里。还没写完，小翠给抢了去看，却又叫她哥哥发现了。那个死猴儿，就在人家稿纸上修改起来了，'土地、女人'什么什么的……"

"改得好么？"容儿不经意地问，她并不十分注意听巧巧的叙说。她倒是很注意地望着水田里的月亮，这月亮一步不挪地紧紧跟着她。不等巧巧回答，她又说了句："你就没有对我说过，你在写小说。"

巧巧说："我怕你呢。"

容儿不看月亮了，侧过脸来望着巧巧问：

"怕我？"

"是怕你。因为……我写了一家人：老娘自私透了，剋得很；儿子呢，三十岁娶不上亲，又穷又懒；一个姑娘呢，二十多岁了，成天劳动，还做着团支书的工作，因为队里穷，家里穷，她一年四季都穿着又厚又粗的衣服，布的颜色又老，想买一件的确良衬衫吧，没这笔开支，有一次，在供销社看见那种雪白的薄薄的乳罩，她多想买一副回去戴起来呀！可就是……"

"去去去……别说了。"容儿狠狠地拧了她一把。

巧巧哎哟一声笑道："偏说！不怕你了，还没说完呢！"

容儿捂着耳朵："我不听……"

"好，你不听算了，"巧巧还吃吃地笑着，"后面还……"

容儿是个诚实的女子，从小过惯了俭朴的日子，对于生活上吃喝穿戴的事，不挑剔，不计较，更不嫉妒人家。有些事情，过了，她也不再去想。可是，巧巧此刻突然提起一件过去的小事来，事情是再小不过了，却是这样的使她难为情……四年前的事了，那一天她和巧巧去公社开会，经过供销社的时候，巧巧拉她进去，巧巧向她介绍戴上乳罩的种种好处。那时候她们都是十八九岁的姑娘。她在柜台前站了一阵，心里好难受、好委屈呵！她那时是队里科研小组组长，一年挣三千多分，不算少了，可是一年四季她手上没有一个零钱。队里穷，家里也穷，为了哥哥的婚姻大事，母亲把每一分钱，每一个鸡蛋换来的钱，全都积攒起来；要不，又有什么办法呢！做妹妹的甘愿为哥哥的事吃苦。然而，当时她多么希望自己有那样一件小玩意儿呵！她离开柜台时，心里很不平静，她平生第一次感受到"委屈"的苦涩味。过了两个年头了，生活也有了不小的变化。农村姑娘需用的一些小玩意儿，对于容儿来说，早已不是个问题，哥哥又十分体谅她，有了收入，总是不忘给妹妹一点钱，由她去支配。但是，这一切都是怎么样在变化呢？每走一步，都需要回头去看一看么？对于一个农村姑娘，也有这个必要么？容儿什么时候变得"贪心"了，"不知足"了？她很不满意自己有这种情绪。她轻轻叹了口气。月亮在水田里慢慢移动，伴着她的缓缓的脚步。巧巧侧过脸去看她，只见她那双十分好看的眼睛里噙着泪，亮晶晶的。她发现巧巧在窥视着自己，忙扭过头去。月亮在水田里变成模糊的、破碎的了。

巧巧说道："嗨，你哭啦？刚才你拧我一把，这会儿还痛呢！我都没哭，你倒……"

容儿打断她的话："讨厌！哪个哭了？"

巧巧说："你别不认账哪，哭了就哭了，怕什么？我这人爱笑又爱哭，可你呢，不爱笑，不爱哭，把什么都装在心里，怕人知道了，也不嫌闷得难受么！"

容儿不言语。她加快了脚步。

转过一个田角，容儿隐约听到山边的麦桩地里传来一种熟悉的响声：嚓—嚓—嚓。有人还在那儿挖地。巧巧没有听见，只顾说话：

"容儿，你真的在想什么呀？"她见容儿依然不理她，便紧追着又问："想出嫁了，是不是？"

容儿轻声回答："不。哎，别那么没得出息吧。嫁了人，不见得能够把一切问题都解决了。要是能够……"她住了嘴。

巧巧吃惊地望着容儿，等着她往下说。

容儿叹了口气，低头拢一拢自己乌黑的头发，说："真讨厌！"

"你骂我？"

"不，我骂我自己。我都快变成个老太婆了。"

巧巧疑惑地望着容儿。

和巧巧比，容儿更丰满结实，干地里的农活，力气也更大些，可以干小伙子们能干的一切粗活、力气活。巧巧不知道她为什么说出这种丧气话来。幸好静静的月夜里，没有谁听见。

三

麦桩地里站着一个男的，光着膀子，挂着一把锄头。月光下，他显得很矫健。其实呢，他的相貌平常，个子也不高，是不能用一般的"英俊"二字去形容的。

他的下颚宽大，显得坚强而又笨拙。笑起来，嘴巴比常人都更大些。这会儿，他已经认出了容儿和巧巧。他不知道自己笑起来是很难看的，他笑着，招呼道：

"喂，二位……到哪儿去呀？"

容儿有些吃惊地站住了。她没有想到会在这儿遇见他。巧巧的嘴不让人，忙说："你招呼的什么？'二位'……什么二位三位的，难听死了！"她接着又责备道："嗨，你才好哩！你亲妹子明天就出嫁了，今天来了那么多客人，你不在家里帮帮忙，叫你老妈妈累死呀？你呀……真是个'大人物'！"

那人依然笑着，大嘴里露出两排坚实的发亮的牙齿。容儿想问："你为什么在这儿挖地呀？这不是你们家的包产地……"他们两家不在一个生产队。但她知道他家的包产地都在山坡上，不在水田边。小翠告诉过她："我哥假积极，没人包的山坡地，他包。累死我了。哪个姑娘嫁到我们家来，只有跟着他受累。"

容儿远远地站立着，什么也没有问。她望着他。月影朦胧，他不知道容儿在盯着自己。

"没得客人。小翠这几天不知为啥不高兴，几家亲戚要来赶礼，她早早的就把人家推了。小翠做事就是这样……"

他这样回答巧巧。容儿听了一愣，想问："为什么啦?"但她仍然没开口。

巧巧又说了："是后悔了吧。当初就不该那么急急忙忙做决定。明全哥，你说是不是?"

明全摇摇头回答："明摆着嘛，还用问。你们二位……是给小翠告别去的吧?"

"是呀，"巧巧说。她望了一眼容儿，容儿忙说道："是的，我们看小翠去。"

"好吧，快去吧，一会儿转来，我还有几件事要给你们说。"

巧巧说："好的。"

容儿却说："什么事，现在就说吧。"

"也好，我们在田埂边坐一会儿吧。"明全说着，把单衣披在肩上。

三人坐在田坎上。明全点燃一支纸烟。他悠闲地吐着烟圈儿。巧巧靠着容儿的肩膀，催促明全快说。容儿两眼盯着面前的田水，她又看见水里的月亮了。刚才，她走，月儿也跟着走，这阵她坐下，月儿也不走了，就这么静静地守候在身旁，等待着她。

明全皱起眉头，开言道："自从生产责任制搞起来以后，大家都不再缺口粮了，这是第一步。现在……"

巧巧打断他的话："我猜你要说点啥子新鲜的，却还是那个责任制，真是三句话不离本行。我们不想听这个。走吧。"

容儿轻轻捏了捏巧巧的腿。巧巧终于没有站起来。

明全又笑了，说："我晓得，你们二位在实行责任制问题上一直是反对派。"

"什么?'反动派'?你这帽儿才不小呢!"巧巧大声抗辩。

"不，我是说的'反对派'……不，不，用词不当。你们是属于'忧虑派'。对了，忧虑派……哈哈哈!"

巧巧还是不依："你是帽子公司，你是'四人帮'流毒，你是冒险家……"

明全笑得更响了，这笑声有一种力量，冲击着这初夏夜晚的宁静。满腹心事儿的容儿此刻也不由被他的笑声感染，露出一丝笑意来。她轻轻推了推巧巧，说："莫开玩笑，让他说说正题目吧——找我们，有什么事?"这最后一句是向明全问的，虽然她并未抬头看他。

巧巧自己也笑起来，一头栽倒在容儿的怀里。容儿低头看着水田里的月亮。她感觉到明全在注视着自己。她不明白为什么会有这种感觉。眼前水底的月亮摇晃起来，变成了活的，碎的了。她抬起头，掠着披散在额前的头发。呵，起风了。

明全吸着烟，问："巧巧，你的小说快发表出来了吧？"

"还没有写完呢。"巧巧回答。

"怎么？还没有写完？不就只差一个结尾了嘛。"

"结尾最难写。我不写了……我本来就是写着耍的呢！"

巧巧说着，望了容儿一眼。容儿一听他们的话题扯到小说上去，就不由脸红起来了。

"唉，可惜！"明全不无遗憾地叹息一声，说，"我劝你还是把它完成吧！你那小说里写的那家人，有什么变化，你如实地写出来不就对了嘛……小春粮食超产一千斤，是吧？连同分配的口粮在一起，家里没处放，卖了六百斤议价粮，是吧？那个老大娘高兴得不得了，这一回，据说老人家一点儿也不'克'啦！把卖粮食的钱全数交给儿子、媳妇、女儿去安排，一家人早早地就把夏天里穿的衣裳都制好了，是不是？那个大女儿，新添了两套'料子'，衬衣是月白色的……是不是？这，和四年前买不起一件'小玩意儿'，不是鲜明的对比么……"

巧巧从容儿怀中坐了起来，注意地看了容儿一眼，忙偏过身子去对着明全说："不要你多管闲事，我说过——不写了！你别……"

明全笑道："怎么，这个结尾不是很漂亮，很真实么……呃，容儿，你说真实不真实？"

巧巧有点慌张，忙回头盯着容儿。她是怕容儿又会生起气来。

但容儿什么也没有说。她低着头心里想着："这个怪人，他什么都知道……"

容儿不回答，使明全感到有些诧异，他问容儿看过巧巧正在写的小说没有。容儿故作平淡地回答："没有看过。"

"没有看过么？"明全兴致蛮高的，"我来讲给你听听！"

容儿迟疑了一下，马上回答说："我不听。"

"为什么？"明全问。

巧巧忙回答说："你这个人才怪哩！挖根儿挖底儿，人家不听就不听嘛，你还问……"她拉着容儿的手说："走吧，找小翠去！"

容儿没有动。不知怎么的，她愿意在这潮湿的田坎上多坐一会儿，听凭清风吹拂她滚烫的面颊。近两年，容儿家里的生活的明显变化，她并不是不知道——哪能不知道呢！她又不是一个傻女子。然而，却只有在今夜，在此刻，对于变化了的生活，她才强烈地感觉到了。就像前两年，有人对她说："哎呀，你长这么高了，长成个大姑娘了。"经人家这么一说，她才感到自己真的长大长高了，再不是个小女孩了。

巧巧见容儿不动，便又向明全说：

"别东拉西扯了，你不是有什么事情要给我们说么？快说正题目吧。"

"对不起，"明全说，"我要转告你们二位的是。明天晚上吃过夜饭到大队开会，研究科研组的工作……"

巧巧忙说："科研组，不是都散伙了嘛！"

"嘿嘿，散伙了，这事儿该我做检讨。不能散。还要办一个农业技术夜校，把青年们组织起来学习科学技术……"

容儿突然插嘴问："是么……这是真的么？"

明全认真地说："今天支委会上决定的。你们的忧虑，也是当前我们工作中存在的问题，上级注意到了。"

容儿依旧淡淡地说："注意到，就好了。"暗地却吐了口长长的气，心里感到有说不出的舒坦。

明全说："不过，科研组不能像过去那样吃大锅饭。"

容儿答道："我们都不是懒人。我们小组愿意给生产队订立承包合同。"

明全忙说："当然，也不会叫你们吃亏。"

他说罢，纵声大笑起来。这是富于感染力的青年男子的笑声。

明全笑了一阵，正要说话，一个老汉走过来了。容儿认得，这个挂棍子的老汉姓马，忙招呼了一声："马大爷。"而与此同时。她忽然想起来了：马大爷的老伴害了病，进了医院，儿子、媳妇都到医院服侍老母亲去了，土地没有人来种……

"这个怪人……"容儿心里这样说。马大爷正和明全说什么，容儿完全没听。她注意地望着明全那消瘦下去了的脸颊。她心中暗暗责备起自己来。而那种讨厌的委屈情绪，已随着清风吹散，在宁静的月夜中消失了，消失得无影无踪，好像从来都不曾有过似的。

四

容儿回到家里来了。矮墙里，满院子如水的月光。

她和巧巧在小翠家里没有呆一会儿，对出嫁还一点都没有兴趣的、充满着事业心的姑娘，不想呆在那个心事重重的小翠身边。她们告辞了。她们约定明晚一块儿去大队参加会议，她们还商量着怎样向家里的人争取那一点"自由"。她们高高兴兴地在荷塘那儿分手。

容儿在院子里站着，还不想进屋里睡呢。月亮高高悬挂在中天。西屋里传来嫂嫂的甜蜜的笑声。一会儿，哥哥又笑起来了。是的，有多少年了，哥哥不曾像这样笑过。

容儿掀开东屋的板门。她没有点灯，轻轻闩好房门，从母亲床前经过的时候，老太婆迷迷糊糊地问道：

"回来啦？演的啥子电影片子？"

容儿从来不会撒谎。她只好回答说："演的……最好看的电影。"

老太婆没有听清楚容儿的回答，又睡死了。

容儿躺着，却睡不着。亮瓦把一块月光投在她身上，她忙拉开铺盖将自己裹起来。

（原载《四川文学》1981 年第 8 期）

马 烽
MA FENG

（1922—2004）。原名马书铭，曾用笔名阎志吾、孔华联、莫韵、时英、小马等。1922 年出生于山西省孝义市。幼年丧父，家中拮据，在舅父家所在的汾阳县念过小学，后考入孝义县立高小，因抗日战争爆发，中途辍学。1938 年春入伍，当过战士、宣传员，随军转战太行山、吕梁山一带。1940 年到延安，入鲁迅艺术学院附设的部队艺术干部训练班学习。1943 年初在晋绥边区文联文艺工作队工作。1944 年调《晋绥大众报》任编辑、记者、主编。1949 年后，曾先后任晋绥出版社总编辑，中央文学研究所副秘书长，山西省文联副主席、主席，中国作协山西分会主席，中国文联第四届副主席，中国作协党组书记、副主席。

20 世纪 40 年代初期开始文学创作。著有短篇小说集《村仇》《太阳刚刚出山》《三年早知道》《马烽小说选》，长篇小说《吕梁英雄传》（与西戎合作）《玉龙村纪事》《袁九斤的故事》以及电影文学剧本《马烽、孙谦电影剧本选》《我们村里的年轻人》《泪痕》等。小说《结婚现场会》、《葫芦沟今昔》分获 1980 年和 1988 年全国优秀短篇小说奖。

结婚现场会

　　在农村工作过的同志，大都参加过各种各样的现场会。你参加过"结婚现场会"吗？大概没有。我可参加过。那是今年一月下旬，也就是春节前几天。有天上午，我正在反复阅读不久前公布的《三中全会公报》，县妇联主任武艾英兴冲冲地来找我，一进门就说：

　　"周书记，明天我们要在西岭大队开个结婚现场会，希望你无论如何去参加一下。"

　　她见我用疑问的眼光望着她，连忙解释说：这些年来，西山地区买卖婚姻非常严重。农民娶个媳妇，起码要花五六百元，多的要一千出头。不久以前，西岭大队有一对恋人，因男方拿不出彩礼来，拖了三年不能结婚。结果，两个人手拉手跳崖自杀了。这事发生以后，她就带了几个人去西岭蹲点，发动群众批判买卖婚姻的罪恶。在工作中，最近发现了三对不要彩礼的结婚对象。她们觉得应该树立这样的正面典型，于是经过和各家协商，决定集体举行婚礼，并邀请附近各村干部、群众参加。她希望我能出席这个现场会，以扩大影响。

　　我调到这个县来时间不长，和武艾英打交道不多。不过看来这是个非常能干的妇女干部。我觉得对她们热情的工作应当支持。同时也想顺便到西岭大队看看。当天吃过午饭，我们就一同坐车出发了。

　　县城距西岭有五十多里，道路崎岖曲折。有的地方吉普勉勉强强能开过去。山上长满了灌木梢林，山腰里有些条条缕缕的梯田。村子坐落在一片悬崖下边，约有百十户人家。房屋很破旧，偶尔才能看到一两幢新瓦房。两边墙上贴着一些红绿标语，大都是宣传婚姻自主，反对买卖婚姻的。当汽车开到村子中间的时候，前边有一个人赶着两头牛堵住了去路，看不清这是个什么样的人，只见他的棉袄后襟上补着一块大补丁。司机一再按喇叭，他毫不理睬，没有把牛往旁边赶一赶让路的意思，汽车只好减慢了速度。这时我发现右边墙上有一条大红纸写的标语，稀糨糊还在顺砖缝往下流。那条标语写的是：

"热烈欢迎县委周书记参加我大队结婚现场会!"

我猜想很可能是武艾英事先电话上告诉他们我要来,匆忙贴出来的。

这时,那个人已赶着牛拐了弯,吉普刹那间就开到了大队部门口。车刚停住,立时就从院里拥出一伙干部来,热情地把我拥进了院子。只见院里有十来个小伙子和姑娘,正在忙着制作结婚典礼的用品。有的在做大红花,有的在剪双喜字,有的在糊灯笼,有的在扎绣球。宽大的院子里,洋溢着一种筹办喜事的热烈气氛。青年们边望着我微笑,边互相窃窃私语。我没来得及和他们打招呼,就被拥进了办公室。

一进办公室,武艾英忙把这些干部们的姓名、职务,一一向我作了介绍。这时有人打来了洗脸水,有人忙着倒茶。接着又有附近大队派人送来了喜幛、镜框之类的贺礼。大家争相告我,说村里一些年轻后生们,听说我亲自来参加这个现场会,特别高兴,他们都希望通过这次现场会,彻底根除买卖婚姻。据说结婚的那几户家属,更感到光荣。我觉得这可能是事实,县委书记专程来参加普通农民的婚礼,在这样一个偏僻的山村里,当然算是一件大事了。大家正谈得兴高采烈,忽然棉布门帘被撩开了,伸进一个年轻姑娘的头来,朝支书郑谷雨低声说道:"郑大叔,你出来一下,我和你说句话!"

武艾英忙热情地招呼道:"二兰,有话进来说嘛!"那姑娘只好走了进来,随在她身后进来的,是一个粗粗壮壮的小伙子。武艾英忙给我介绍说,他两个是明天举行婚礼的三对中的一对。女的叫王二兰,男的叫郑云山。武艾英笑嘻嘻地问道:

"怎么样? 都准备好了吗? 你看看,县委周书记都亲自参加你们的婚礼来了。"

王二兰轻轻叹了口气,低下头说:"武同志,我们的事,办不成了⋯⋯"

武艾英忙问道:"怎回事?!"

王二兰脸红到了耳根后,扭扭捏捏半天没有开腔。她的爱人郑云山闷声闷气地说:

"怎回事? 她爹变卦了,刚才给我下了最后通牒:要五百块钱的彩礼。拿出来,明天就举行典礼;拿不出来就吹!"

几个干部同时惊问道:"真的?!"

王二兰含着眼泪点了点头。

这个意外的情况,使在座的人都愣住了。这时,院里那些筹办喜事的年轻人都拥了进来,一听说半路上杀出个程咬金来,也都傻眼了。我问他们是否事先工作没有做到家。这一问,大家都说开了。你一言,他一语,这个的话还没说完,那个已经接上了。有时是几个人同时开口,满屋子一片哄嘈声。从这些哄嘈声中,我听得出来,事先二兰爹王拴牛确实亲口答应过不要彩礼。二兰和郑云山也证明这确是事实。同时我还弄清了他俩确是自由恋爱。他两家住斜对门，从小就在一起劳动。两家的大人对这门亲事也很满意。可是谁都没想到事到临头，出了这么个岔子！武艾英气得快哭了。团支书周铁娃火呼呼地叫道：

"这个王拴牛，简直是故意捣乱，专门拆台！非好好整一整，煞煞这股歪风邪气不可！"

我忙说："我看还是先了解了解情况，看看他究竟为什么忽然改变了主意。"

一直没有吭声的支书郑谷雨说："对，我去找他谈谈。"说完，和王二兰、郑云山一块走了。

郑谷雨年纪有五十多岁，据说高级社时期就是这村的支部书记。文化大革命一开始就被打倒了，最近才站出来主持工作。在场的人都说，只有他能和二兰爹王拴牛说上话。我问他们王拴牛是怎样的个人？他们告我说：这老汉年纪将近六十。贫农成分。抗日时期当过民兵，土改时期是积极分子。出身好，劳动强，为人正派。就是脾气有点犟，外号人叫"老牛筋"。平素少言寡语，说出话来能冲倒墙。你要他往东走，他偏要往西行。有时候还自己和自己闹别扭。有次他掏大粪，不小心溅到了裤子上几点。他火了，拿着粪勺向茅坑里猛戳，嘴里还不住地喊："你就溅，你就溅！"结果溅了一身一脸。

他们说了好多这一类的事，很可能有些夸张，不过从中也可看出这是个脾气古怪的老头。

正说着，郑谷雨一个人回来了。他说王拴牛死咬住要五百块彩礼，左说右劝不松口。后来劝得他火了，干脆躲到村外去了。

周铁娃道："走了和尚走不了寺（事），今晚上回来再和他算账！"

别的年轻小伙子们也齐声附和。

武艾英向我问道："周书记，你看是不是可以把老牛筋作为买卖婚姻的坏典型，在现场会上批判，对群众进行对比教育？"

在场的人，绝大多数都表示赞成，特别是那些青年们叫喊得更凶。他们说：老牛筋这是明目张胆地抵制婚姻法。对于这样一种行为，如果不进行必要的批判，如何能煞住这股歪风邪气呢？只有老支书郑谷雨，只顾低着头抽烟，一声没吭。等屋子里安静下来以后，他这才慢条斯理地说：

"把结婚典礼搞成批判会，不对味啊！再说，老牛筋究竟是扭住哪股筋了，还没有号准他的脉哩！弄僵了，可就绷断啦！"

看来郑谷雨是个老练持重的人，我同意了他的意见。根据以往下乡的经验，对于像老牛筋这种犟脾气人，个别谈话还能起点作用。我想利用我的身份劝劝老牛筋，也许能挽回这个僵局。我要他们给我把晚饭派到他家，郑谷雨马上就派人通知去了。我问他们说：

"那两对不会有问题吧?"

大家一致说绝对没有差错。武艾英提议要我去那两家看看,我同意了。于是他们就领我到了王顺喜家。

这家院子很破旧,但打扫得干干净净。门上贴着红对联,新房窗户上贴着双喜字,一些亲友们出出进进,倒也显出了办喜事的气氛。王顺喜是个和和气气的老头,他向我说了许多感谢的话。说县里领导能来参加他家的婚礼,他们全家都感到光荣、体面,这是做梦也没想到的事。他对集体举行结婚典礼也很赞成,说这办法又排场,又省钱。他家的人,再三再四地挽留我吃晚饭,我婉言谢绝了。我本来打算到另一家看看,当我们走出大门的时候,只见二兰站在门口等我,脸上露出期待的神色。我问她爹回来了没有?她连忙点了点头。我告别了其他陪我来的人,随即跟着二兰向她家走去。路上,二兰告我说:

"刚才我爹是到山上砍柴去了。回来听说周书记晚饭派到我们家,他说:'不在队里大吃大喝,到老百姓家来吃派饭,倒还有一点点老干部的味道。'他不准我妈另外做……"

我忙说:"这就对了。"

二兰叹了口气说道:"周书记,我爹脾气不好,万一说出什么难听的话来,你可担待点。"

我笑着说:"我不会和他吵架。"

我随着二兰走进她家院子,只见正面有三间破旧的北房,西边是一排牛棚。一个粗粗壮壮的老汉,正站在槽前低着头筛草。二兰向他喊道:

"爹,周书记来了。"

那老汉抬头看了我一眼,说了句"屋里坐",便转身把草筛里的草往槽里倒。这时我忽然看清了他棉衣后襟上补着一块大补丁,原来这就是不给汽车让路的那个赶牛的人。

这时二兰已撩起了破门帘,我进了屋,只见一个老太婆正在做饭,这显然是二兰的妈。另一个十四五岁的小伙子在拉风箱,后来知道这是二兰的弟弟。他们都热情地招呼我上炕,我忙脱了鞋坐到炕上。二兰刚把炕桌摆好,"老牛筋"也进来了,他一声不响地坐到了我对面。这时我才看清了他的眉眼:长方脸,络腮胡,额头上爬满了深深的皱纹。两只眼睛一动不动地望着我,好像是等待我的问话。可是我问他三句,他顶多回答一句。我问他一年能赚多少劳动日?一个劳动日分多少红?生活过得怎么样?他没有正面回答,只说了一句话:

"总算都没有饿死!"说完再不开腔。倒是他老伴不断接上我的话茬缓和一下沉闷的空气。过了一阵,老牛筋又开腔了,他对我说:

"有话就直截了当说吧。五百块彩礼我是要定了。你们打算怎么处置?是批判，还是斗争？我候着！"

我忙说："这不是批判斗争的事。我只是想问问你，当初你声明不要彩礼，为什么今下午忽然又变了？"

他说："公家的政策还经常变咧！我个普通老百姓，空口说了句白话，就不许变？！"

二兰大概怕他爹动了肝火，使我下不了台，忙说道："爹，饭好了，还是先吃饭吧。"

老牛筋"嗯"了一声，顷刻间饭菜已经端上来了。一大盘拌着辣椒的酸菜，一人一碗玉茭、高粱糁糊糊，里边煮着几块山药。老牛筋没有动筷子，他边抽烟，边看我就着酸菜喝糊糊。他忽然问道：

"这饭怎么样？"

这本来是个非常简单的问题，可我真有点不好回答。说好吃吧，明明有点难于下咽；说不好吃吧，一定会造成坏影响。后来我还是老老实实地对他说：

"这饭实在不好吃，不过我能吃下去。"我深有感慨地说："解放已经快三十年了，我们农民的生活还是这样清苦。这和土改时差不多。"

老牛筋点了点头，随口又问道："文化大革命中你是哪一派？"

我说："走资派。关了三年牛棚，住了七年干校。"

老牛筋听完，脸上忽然出现了一点喜色，他顺手磕掉烟灰，立即吩咐老伴热一壶酒，切一盘熟肉。我忙加以拦阻，二兰妈说：

"这原本是准备明天办喜事的，现成。"她边说，边忙和二兰切肉，热酒。老牛筋夺住我的碗说：

"你要看得起我们，就喝上几盅。要是怕这怕那，你就吃饭，我一个人喝。"

在这种情况下，我实在难以拒绝。于是就和他喝了起来。喝酒中间，老牛筋向我说道："该开讲了。"

我问："讲什么？"

老牛筋道："讲买卖婚姻的罪恶性，讲要彩礼的反动性，还有什么农民的落后性……多啦！"

我笑着问道："你怎么知道我要讲这些？"

老牛筋道："哪个干部来了不是讲这一套？你今天专门派到我家来吃饭，不就是要说这些吗？"

我说："那咱们就打开窗户说亮话吧，我只问你一句话：为啥非要五百块彩礼不可？"

老牛筋闷着头喝酒，没有回答我的话。过了一会儿他忽然说道：

"多年没给干部管过饭了，不知道如今吃了派饭给钱不给？"

我说："当然给，公家有规定嘛。不管吃好吃赖，一天三毛钱，一斤二两粮票。"

老牛筋道："我把二兰养活了二十三岁，一天就按两毛钱的饭钱算，该给多少？"

原来他在这儿等住我哩。我还没来得及开口，二兰抢着说道：

"我在这家里白吃饭啦？我一年少说也赚二百个劳动日！"

我向老牛筋问道："这不假吧？"

老牛筋道："不假。可是我把闺女嫁出去，二百个劳动日也就跟上嫁到婆家了。"

我笑着说："按你这么说，买卖婚姻要彩礼，是合理合法的喽？"

老牛筋没有正面回答，他反问道："嫁闺女不要彩礼，将来拿什么给儿子娶媳妇呀？"

二兰弟弟听到这句话，羞得红了脸，端着饭碗跑了。

老牛筋边喝酒，边接着说道："你会说，孩子还小，只要好好贯彻婚姻法，将来就都不要彩礼了。哼！就照你们这样贯彻婚姻法……"

二兰妈忙打断他的话说："他爹，快别胡说了。"

老牛筋道："我胡说？这些年哪年不贯彻婚姻法？哪家嫁闺女不要彩礼？哪家娶媳妇不花钱？明不花暗花！"

我忙问道："难道王顺喜家也暗里花钱了？"

老牛筋道："那倒没有。他家没花钱，也没要彩礼，那是拿猪肉换羊肉哩！"

我闹不清他说的什么。二兰妈告我说，王顺喜儿子娶的是上西坡他小姨子的闺女，他的闺女又许给了他小姨子的儿子。这叫亲换亲，当然就谁家也不要彩礼了。

我又问道："那一对呢？"

"哪一对？"老牛筋愣了一下，"哦，你是说武成有家吧？他家更用不着花钱了。"

"也是亲换亲？"

"比那还不如哩！他儿子给人家当了'倒踏门女婿'啦！"

我说："如今男女平等，男的到女家也好嘛。"

"好不好要看实际哩。"老牛筋边喝酒，边告我说。武成有中年丧妻，就留下这个儿子。他又当爹又当妈，把儿子抚养成人。父子俩都是好劳力，可就是攒不下钱娶媳妇。眼看着儿子二十八九了，还是光棍一条。后来儿子和一个比他大几岁的寡妇有了来往。可女方因为有小孩，死活不愿去他家，提出来要让男的"倒踏门"。武成有老汉思谋了好久，万般无奈，只好点头答应了。前几天，老汉还向老牛筋哭诉："我就这么一个儿子呀，真是揪心摘肺咧！可我又不能看着儿子打一辈子光棍啊！"

老牛筋讲完，叹了口气说："农民，有啥法子，只好这么穷凑合！"他边说，边给自己斟酒，可壶里空了。他随手把空壶递给了二兰。"再来一壶。"

二兰道："爹，人家周书记早不喝了。你也……"

老牛筋瞪了她一眼说："我的手也没掉了。"说着就要下炕。二兰妈忙接过酒壶来，又给他倒了半壶，并给他斟了一盅，趁机说道：

"你喜欢云山那孩子，你早就说过不要彩礼。昨天你还说：'咱就是穷得讨吃，也不能卖闺女。'可今天下午……闹得全家人不安生，全村干部不高兴……"

"你少提这码事！"老牛筋打断老伴的话说："我嫁闺女不是为了讨哪个干部喜欢！"

我笑着向他说："依我看，你这一招是冲着我来的。"

老牛筋没否认。他边喝酒，边说："连县委书记都坐上小汽车来开这号会，难道开上这么个会，从此买卖婚姻就断根了？"

我说："就算断不了根，那也总比提倡卖闺女强吧？"

老牛筋半天没搭茬。过了好大一阵，才说道："卖闺女，没什么稀奇。在旧社会，不要说卖闺女，卖儿子卖老婆也是常有的事。为啥？一个字：穷！"他的脸已红到了脖子后头，鼻尖上也爬满了汗珠。他边说，边又斟满了一盅酒，二兰妈不由得皱了皱眉头，可是她随即又眉开眼笑地对老伴说道：

"拿过酒壶来，我再给你倒一壶。"

老牛筋道："你想把我灌醉？我偏不喝了。"他说着把那盅酒又倒回了酒壶里。随即端起碗来喝糊糊。二兰妈背过身来向我挤了挤眼睛。这时老牛筋继续说道："自从土地改革，合作化以后，这种事一天比一天少了。我大闺女是一九六五年出嫁的，我没要过一个麻钱的彩礼，反而倒贴了几身衣裳，还陪送了一对箩头。叫她妈说说，是真是假？"

二兰妈点点头说："这倒是真的。那阵子，家家瓮里有存粮，信用社里有存款，谁家愿意丢人败兴要那几个卖闺女的钱呢！"

老牛筋接着说道："可这些年，整天起来砍资本主义尾巴，把自留地砍了，把副业砍了，把牧畜业也砍了，我看再砍就轮上砍脑袋啦！"

我问他文化大革命前，收入究竟怎么样？二兰妈随口说道：

"郑谷雨主事的那些年，口粮至少四百五，分红一块；遇上好年景，还分过一块二。可这阵儿，口粮二百八，分红两毛五……"

老牛筋抢着说："你这大干部说说，这日子怎么过？再这么下去，不要说卖闺女卖老婆，说不定还要插上草标自卖自身哩！"

我说："这都是林彪、'四人帮'搅害的……"

老牛筋打断我的话道："可'四人帮'打倒二年多了，村里还是老样子，断了骨头不接，只在外边抹红药水。哼！结婚开现场会，生娃娃开不开现场会？生产上不去，搞这些花里胡哨顶屁用？"

我虽然只喝了两盅酒，可这时觉得脸上火烫火烫。二兰妈听了这些话，大概有点过意不去，她故意向老牛筋说反话：

"他爹，我看你不如到队部高音喇叭上，把周书记狠狠骂上一顿！"

"喏！"老牛筋有点抱歉地说："老周，我确实不是有意说你。你初来乍到，这不是你的过错。嗨！看我这个烂嘴，说着说着就走调了。"

我说："不，你说的都在板眼上。你批评得很对，很好。"

这确是我出自内心的话。我觉得他讲的是最浅显、最实际的道理。在来西岭以前，我还没有考虑过这些问题。诚然买卖婚姻是可恶，但主要责任在农民身上吗？不从根本上解决农村问题，不想方设法使广大农民富裕起来，光凭宣传婚姻法，能解决多少问题呢？我正这么思忖，忽然发现二兰不住地用眼睛瞅我。我懂得了她的意思。忙向老牛筋说：

"老王啊，咱闲话少说，二兰的婚事，你究竟打算怎么办呢？"

"好办。"老牛筋随口说道，"拿出五百块彩礼来，明天结婚；要不就连夜把我送法院，明天也可以结婚！"

看来再谈下去，也是白费唾沫。我只好又闲扯了几句，告辞出来。二兰一声不响地把我送到大门口。显然这姑娘感到很失望。我安慰她说：

"我看你爹是故意闹别扭，只要你们真心相爱，迟早总会达到目的。"

二兰无可奈何地点了点头。

我回到大队办公室的时候，屋里已经又聚集了一些人，当他们知道我去谈话也碰了钉子以后，都气坏了。异口同声大骂老牛筋，说他不识抬举，说他敬酒不吃偏要吃罚酒。有人又提出要开他的批判会。我劝他们说：老牛筋既然一时想不通，就让他多想想好了。强迫命令，批判斗争，都不是办法。青年们见我也拿不出什么高招来，都无精打采地走散了。最后只留下了我和郑谷雨。我趁机向他了解了一下西岭这些年的情况。从他的谈话中，证实了老牛筋说的都是实情。这些年来，生产确实被破坏得很严重，几乎到了山穷水尽的地步。郑谷雨说着说着，差点伤心地哭了。

停了一会，他又说："我看最得劲的措施就是退一退回到原来走的正路上。比方我们这地方，就得靠山吃山，先把冬季生产搞起来……"

第二天，结婚现场会，还是按计划举行了，而且开得很隆重，行礼如仪。我看见老牛筋也看热闹来了。会上，我没有念武艾英连夜替我起草的祝贺词。而是按照老牛筋的意思讲的，中心是说：要想彻底消除买卖婚姻，关键是努力生产，增加收入，尽快使社员们富裕起来。最后我还根据《三中全会公报》精神，同意了郑谷雨提出来的"得劲措施"。我的讲话一完，会场里立刻响起了经久不息的掌声。特别是周铁娃从人群中挤过来，紧紧握住我的手，激动地说：

"周书记，你这可算刨到买卖婚姻的老根了！只要上边的政策对了头，我们一定下决心把山区建设好！"

接着，大家就提出了许多大搞冬季生产的建议。诸如：上山刨药材，拾山桃核、山杏核，砍锹把，编箩头……结婚典礼，无形中变成了生产动员会。这是我事先所没有预料到的。我仅仅是根据三中全会的精神开了这么一点口，竟然发生了如此的威力！

正在这时，人群中闪开了一条路，只见王二兰和郑云山每人胸前戴着一朵大红花，后补参加结婚典礼来了。我忙向二兰问；"你爹同意了？"

二兰微笑着点了点头。郑云山说：

"她爹刚才让我给他开了张五百块彩礼的欠条。"

武艾英叫道："开欠条？简直是胡闹！"

郑云山笑着说："他让我在欠条上批了句话：'下一辈子还。'"

人们听完，不由得都笑了起来。连武艾英也忍不住笑了。郑谷雨说；

"只有老牛筋能出这号点子。他是属鸭子的，肉煮烂，嘴也是硬的！"

（原载《人民文学》1980 年第 1 期）

孙健忠
SUN JIAN ZHONG

土家族。1938 年生于湖南省湘西乾城县（今吉首市）。1955 年于湘西第二民族师范毕业后，曾担任过小学教师和县报的记者。1960 年调入中国作家协会湖南分会从事专业创作。1979 年加入中国作家协会。曾任中国作家协会湖南省分会副主席。

1956 年开始发表文学作品。出版有中短篇小说集《娜珠》《五台山传奇》《乡愁》《倾斜的湘西》《猖鬼》，长篇小说《醉乡》《死街》和儿童文学集《雪雀》等。小说《甜甜的刺莓》获 1977—1980 年全国优秀中篇小说奖，长篇小说《醉乡》和短篇小说《留在记忆里的故事》获全国首届少数民族文学创作奖。

甜甜的刺莓

摘一捧家乡的刺莓，献给远方的朋友。朋友说，这刺莓实在太酸涩了，……

一

那天夜里，月亮很好，毕兰大婶叫竹妹去后园摘几个南瓜，拿回来剁烂，放潲锅里熬熟，好喂那养在栏里的两头架子猪。竹妹应了声，提个竹背篓，往里放把菜刀，毛辫子一甩，到后园去了。

毕兰大婶坐在屋里等，左等右等不见回来，心里有点儿起疑。架子猪在隔壁打栏，饿得嗷嗷叫。鸡进了笼，时而拍几下翅膀，时而低声絮语。"唉，这背时的女儿……"毕兰大婶埋怨着，起了身，想去后园看看。茅草发得好快啊；才几天没薅，就差点把这条通往后园的小路封满了。正是瓜熟时节，土洞里的老蛇耐不住热，常在这时候溜出来歇凉的。毕兰大婶走得很小心，生怕踩了蛇尾巴。晚风起了，落下来几片椿木叶，纺织娘和蛐蛐儿躲在什么地方叫。这后园小小的，只有几床晒簟那样宽，四围栽满了叫做"鸟不歇"的刺，当中留了一扇窄窄的园门。这是毕兰大婶和竹妹常常来的地方，每天早晚，她们来这里挖地、整土、打菜秧、浇水、泼粪尿、薅草和捉虫；快到吃饭时候，她们先把炒菜的锅子烧红，然后来这里扯大蒜和胡萝卜，摘四季豆和苦瓜……

现在，毕兰大婶是来后园找她的女儿，看看竹妹为哪宗摘了这么久的南瓜？走拢园门边，听见里头有人悄声细气讲话，老人家觉得蹊跷，是哪个绕开她的前门，又在这样的时候，溜进她屋的后园里来了？尖起耳朵听听，那声气太小，听不出来。她抬起一只手，推了推，园门"吱嘎"响了，开了。眼面前，出现一个翠绿、丰饶的瓜豆世界，瓜棚边，月亮底下，显出一高一矮两个紧紧挨在一起的人影。毕兰大婶认得出，一个是竹妹，一个是寨里名叫三牛的后生家。园门的响声惊扰了他们。他们像挨了吓的兔儿，赶紧分开身子，可是碰巧得很，竹妹的辫子绞在三牛胸口前的衣扣上了。他们慌了手脚，越扯越紧，越解越不得脱。几多难为情啊！若在白天，那两张红到耳朵根的脸盘儿，那种慌乱的落魄的样子，不晓得有几多好看呢。

毕兰大婶想退出园门已经来不及了。这是一个很重大的发现。这个发现使毕兰大婶惊愕、不安，直至有些骇怕。她一时还很难判定：这究竟是好事还是坏事？作阿妈的，到底该支持还是该阻止？这阵子，她该在这里留下来呢，还是该马上就走开？

"阿妈！"竹妹把脸盘儿藏在阔大的瓜叶底下，怯怯地小声叫。

"呵，竹妹，"毕兰大婶平和地说，那神气，好像没有看见三牛，更没有发现他们那副尴尬的样子，"我要你来摘南瓜……我在屋里等了你好久……猪饿得打栏，嗷嗷叫呢。"

"阿妈，三牛找我有点点事，他想学算盘，问我有没有'九九归'口诀……"竹妹向毕兰大婶解释，但是她真的把摘南瓜的事忘得一干二净了。

"呵，三牛也在这里。"毕兰大婶仿佛这时才发现三牛。

"大婶娘，"三牛在月亮照不到的荫处，勾起脑壳，喉咙小得像蚊子叫。他像做了一桩甚么对不起毕兰大婶的事，现在，必须拿行动来补偿了。他从吊满粉冬瓜的瓜棚下走出来，拿起竹妹的放在竹背篓里的菜刀，去割瓜藤上长老了的皮子乌红的南瓜。

"竹妹，"毕兰大婶说，"你自己动手，莫劳烦三牛哥了。"

竹妹听了阿妈的话，走拢三牛身边，去接他手里的菜刀。三牛不肯，一口气割了三个大南瓜，搬到瓜棚边，放进竹背篓里。

"你莫背，让竹妹背。"毕兰大婶阻止正要背竹背篓的三牛。

"有好重哩，她背不起。"三牛说。

"才这么点点重，哪里会背不起呢？"

"大婶娘，我背是一样。"

三牛用力站起来，反手把竹背篓端正，提起脚，往园门外走。毕兰大婶跟着。竹妹走在最后。他们都不出声，各人想各人的心思，三双大脚板在松软的泥土上嚓嚓响。回到堂屋里，三牛放下竹背篓，扯衣袖擦干额门上的汗水，打算跟毕兰大婶和竹妹告辞。

"大婶娘，你忙，我回屋去了。"他说，借着楼门口的一片月光，悄悄望竹妹一眼。

"嗨，你这样急做什么？"毕兰大婶挽留，"坐下嘛，水都还没有喝一口呢。"

竹妹没有帮阿妈留客。当三牛起身的时候，她又碰见他投过来多情的一瞥。她心里打鼓，嘭咚嘭咚响；阿妈送三牛出门，讲了些什么话，她一句也没听进耳朵眼里。

二

月光落满了寨路。凉浸浸的夜风，送来醉心的桂花香。坡脚下，小溪潺潺流；碾子屋边的"水打鼓"，被流水冲动，嘭咚嘭咚响。路边上，早熟的板栗炸开了刺球球，落下壮实的硬果。仰脸看，月亮好大，好圆，好明光；月轮里的桂花树好清晰，好迷人。啊，这甜蜜的桂花香，是不是从月亮上吹来的呢？树丛里的雀鸟，被三牛的脚步声惊吵，在窠里不安地转动、呢喃。三牛停住脚，听了听，没有听懂它们的悄悄话。啊，它们是不是也有什么快活的事？发现有人注意它们，是不是也红脸呢？难为情呢？若是这样，那就赶快离开这里吧，不要再惊扰它们吧！

三牛的家在山边上。他有一栋矮矮的没有楼的木屋。这屋的成员，除了他，还有一只黄狗。这阵子，黄狗听见三牛的脚步响，迎上来，摇着尾巴，很亲热地在三牛身边蹦。三牛勾勾腰，抱起这位老伙计，用力地搂它。若在往常，他就把它抱回屋，放在地楼板上，拿包谷粑和烧熟的红苕喂它。今夜里，三牛没得这个兴头，也不想进屋去。月亮几多美啊，他真愿整夜陪伴月亮，哪里舍得把它关在屋门外呢？

他放下黄狗，撵开它，一个人到后山上的松杉林里去了。这里的景致实在好，直挺挺的树干，鲤鱼刺一样的杉木刺，马尾巴一样的松针，碎银一样星星点点的月光，黑沉沉的山影，都像在朝他笑，引起他一种甜滋滋的感觉。有一回，是在这坡坳上捡菌子吧，不留心，他的脚拐被杉木刺戳烂了，流了好多的血。也在坡坳上捡菌子的竹妹，竹篮子一甩，很惊慌地跑拢来，望着他的脚拐说："哎呀，这是怎么的了？"他说："被杉木刺戳了下，不要紧的。"竹妹说："我帮你看看。"她不顾忌许多双姑娘家和后生家的眼睛，蹲在地上，很过细地查看他的伤口。"嗨，还讲不要紧呢，杉木刺都卡进肉里了，它若在肉里烂了，会痛死你的。你莫动，我帮你挑出来。"她真的拿下一根别在衣袖上的缝衣针，帮他挑掉了杉木刺。可是没有等他说一声"多谢"，她就跑回到姑娘家的堆里，继续去捡那些长在松树根边的鲜鲜嫩的菌子……

又有一回，寨子里的年轻人相邀，一齐到这坡坳上来砍柴。他和竹妹当然也来了。才砍一歇，竹妹就走拢他身边，拿讨救的口气说："三牛哥，我的柴刀砍缺了，把你的柴刀借我用下吧！""要得。"他应了声，将柴刀递给竹妹。但是竹妹没有接，她的眼睛望着他的眼睛，好像有什么话说，又好像什么都不必说，你三牛哥也该懂呀！"柴刀，你拿呀！"他并不懂。到后竹妹说："三牛哥，我拿了你的柴刀，你拿甚么砍呢？""等你砍起了一背柴，我再来砍。""唉哟，那又怎么好？""我今天索性不砍了，明天再砍。""更加要不得了，这不是救了蛤蟆饿死蛇吗?"这也不好,那也不好,还有什么别的主意呢?"三牛哥,"竹妹望着他的眼睛说,"你看这样要得要不得?我们共一把柴刀,搭伙砍,一个砍柴,一个就捡柴、捆柴,……"

这是他和竹妹劳动上的第一次合作。

对于一个姑娘家的稍稍过分的热心,他懂,但是他不在意,他不敢去想。他有什么权利去爱一个姑娘?况且,还是寨子里的一个顶乖的姑娘,阿妈又是大队党支部书记,是闻名全州的劳动模范。如今,无论什么事都要讲政治条件,他三牛政治条件怎样?唉,他的政治条件太差了,太差了。论成分,他家是贫农,可是阿爸是在大跃进的那年自杀死的。自杀死的,又在大跃进的时候,这问题可就大了;他那时还小,什么都不懂,只记得有一天,烧夜火的时候,从公社水库上回来一个人,站在他的屋门口,递给阿妈一个褡裢,说:"这是你三牛阿爸的衣裤,他今早在水库上死了。"阿妈哭,打烂了提在手里的淘水桶。他箍着阿妈的脚杆,跟起哭。那个人劝说:"他是不满意大跃进,不满意社会主义,躲在工棚里一索子吊死的。你们快莫哭啰,若让别人听见,又不得了!"过了好久,他才听阿妈讲,阿爸是正在挑土的时候,突然发病了,晕倒在烂泥里。唉,那样冷的天,北风好紧,还有雨夹雪,公社领导却要他们脱光衣服,打"赤膊战",显出劳动的干劲,县里领导看了,可以得表扬呢。阿爸困在烂泥里爬不起,公社领导就骂他是懒家伙,是装病,不准医生开药单子,也不准工地食堂拿饭给他吃。"哼哼,你既然得了恼火病,土也挑不动了,还要吃什么饭呢?"他们还开会斗争阿爸,……阿爸怄不过,寻了短路。又过了两年,因为饭食不足,阿妈得了水肿病。那天清早,阿妈没有起床。阿妈手脚最勤快,总是天不亮就起来,剁猪草,挖园,去队里出早工……今天怎么困起晏床来了?他走到床头前,喊阿妈,阿妈不应;摇阿妈,阿妈不动。原来阿妈已经死了,悄悄离开儿子,到阴间里寻阿爸去了。

他成了孤儿,若不是有毕兰大婶和寨里的社员们关顾,哪里成得了人呢?他是生产队的儿子。他把生产队当作自己的家。队里的会议,集体的劳动,夜校里的学习,如一阵阵春风化雨,在他的心田里播下了理想的种子。怀着一种神圣的心愿,他向共青团桴木寨支部,递交了一份入团申请书。在团员大会上,他简短地谈了自己要求入团的动机,自己的优点和缺点。团员们认为他的话符合实情,希望他改正缺点,接受了他的申请。但是出乎大家意料,公社团委没有批下来;没有别的缘由,只因为他阿爸是在大跃进那年自杀死的,他现在对这个问题怎么看?对大跃进怎么看?对社会主义怎么看?这是个立场问题哪;如果他同情他阿爸,那,对党和社会主义就会有对立情绪,甚至产生仇恨。这样的人,怎么能当共青团员呢?

过了好久,他才转弯抹角地听说这个事。那时候他好懵懂啊!想到自己很快就要成为一个光荣的共青团员，他无比快活，觉得太阳比平日更亮，天空比平日更蓝。上坡做工夫，他恨不得挑两三个人的担子，一天做两天的事，多多为集体创造财富。他暗暗下决心，从今起，无论生产上，学习上，推广新技术和优良品种上，他都要起到一个团员该起的带头作用。但是严酷的现实轰垮了他的幻梦。他有生以来遭到第一次沉重的打击。阿爸死的时候，他还不懂事，现在他已经懂事了。他惊呆了，发现阿爸的死居然会对他产生这么大的影响，甚至要影响到他的一生。溪涧里的流水，冲得溶山湾边的岩脑；夏至边的季风，吹得开坡巅上的雨脚云；如流水、季风一般的岁月，就永远也洗不净人世间的变故吗？他开始冷静地想，对阿爸的死，他究竟该负什么责任？无论对阿爸还是对社会？当然的，阿爸寻短路，他是不同意的，很反对的。但是，就凭这个错误的行动，阿爸就成了社会主义的敌人吗？自己就该痛恨阿爸，要从思想上同他划清界线吗？别人就永远也不能原谅阿爸、并且连他的儿子也不能原谅吗？

他想出门去当兵。既然别人不能原谅他，那他就离开这里吧！如果到了前线，他愿意冲在最前头，一口气攻下五个、甚至十个碉堡；就算拿自己身体去给战友们垫路，堵敌人的枪口，他也舍得。但是他很快又发现，这完全是一种空想，怎么可能呢？当兵掌枪杆子，比入团的条件还高，哪里轮得到他这个家庭有政治问题的人呢？

最使他伤心以至极端痛苦的，还是文化大革命当中发生的一件事。有天，公社武装部长来到桴木寨，召开一个"黑五类"子弟会议。他也被当作"黑五类"子弟召去开会，受教育。第二天，他甚至变成了"五类分子"，叫去听了半天"只许老老实实，不许乱说乱动"的训话。那是冬腊天，队里开会要烧柴火，每个"五类分子"要缴两百斤烤火柴，他也按这个规定缴了柴。武装部长作了这样的解释：他阿爸既然死了，那就该由他接替。若不然，再过许多年，到了"五类分子"都死光的时候，哪里去找阶级斗争的活靶子呢？要不是毕兰大婶放肆拦挡，同武装部长争了一气，他还要被戴上白纸扎的尖帽子，和那些地主、富农、反革命、右派分子们一路，敲着小京锣，到公社里的好几十个寨子去游寨呢。

现在，他必须来给死者负责任了；死者欠的账，儿子偿还，有什么不该？他不责怪阿爸。阿爸若晓得他的死会给儿子添这样多罪孽，他也许不会这样死了。还有什么可讲的呢，一切他都准备不出声地忍受。他远远地躲着寨子里的人，离开了大家。除了吃饭、做工夫、困觉，别的他都不想。有时候，他悄悄到这座松杉林里来，躺在柔软的落满一地的松毛上，望着跳跃的自由自在的松鼠，什么也不想。他可以这样呆一整天。

但是社员们没有嫌弃他，去年冬里，一口声选他当生产队长。他死活不肯当。多亏毕兰大婶开导说："三牛，大婶娘晓得你的心思。莫多心了，众人信得过你，大婶娘也信得过你。别事大婶娘作不得主，这事我做主了！"他这才勉强应承下来。当然的，他不能再像以往那样时时躲开大家了。他从松杉林里回到社员们中间，开始为大家的衣食操心、劳碌。

他已经到了懂得爱一个人、同时也需要一个人来爱的年岁了。当他察觉到竹妹对他好像有那么一点意思的时候，他却惊惶极了，害怕极了。哪里会呢？一个出身很好、长得又乖的女共青团员，会爱上一个像他这样的人吗？不会，绝对不会；这完全是自己的痴心，自己的妄想。在入团、参军好多事情上，受过一回回厉害打击的年轻人，哪里肯相信，在自己的生活中，还会有什么幸福的事情发生呢？

今天傍黑，他吃过夜饭，没有别的事。他因为家口少，缺潲水，也缺工夫，没有喂猪，用不着去剁南瓜煮猪潲。他记起有几样事，生产队的预分方案如何搞，别的队能不能匀出来一张打谷子的斛桶，要去问一声大队党支书毕兰大婶。同时，他想学打算盘，可以顺便问竹妹有"九九归"口诀没有。竹妹上过初二，不会没有的吧？

他蹚着水银一样的月光，走到毕兰大婶的屋门口，在香橼树下，碰到了提起竹背篓从屋里出来的竹妹。

"是三牛哥，"竹妹说，"吃过夜饭了吗？"

"吃过了，"他说，"竹妹，大婶娘在不在屋？"

"在屋。你找我阿妈有事？"

"嗯，有事。我还找你……有一点点事。"

"找我有什么事？"

"我想学打算盘，不晓得你这里有没有'九九归'口诀？"

"我有。你想学打算盘吗？那好，我把算盘也借你用。"

"算盘我自己做了一架。"

"你晓得做算盘？"

"我拿红椆木做架，山竹杆做桥，栗木子做珠珠。"

"你好能干。三牛哥，我要到后园里去打个转身。你陪侍我一下好不好？"竹妹大胆地发出了邀请。

"后园？你去后园做哪样？"

"阿妈要我摘几个南瓜回来。"

"我没得空。你快到后园里去吧。我还要问大婶娘预分方案如何搞？快要打谷子了，队上还缺一架斛桶，……"他唐突地拒绝了竹妹的邀请。

"三牛哥，这么点点忙，你也不肯帮吗？虽讲是大月亮天，我一个人到后园去，还是怯怯的呢。你找阿妈有事，等下子转来就迟了吗？"

看来不答应是不行的了。他只好跟在竹妹背后，往后园里走。到了后园，竹妹放下竹背篓，没有勾腰和伸手去翻那些困在地上、被藤叶掩盖着的南瓜。她偏绕过一块辣子地，走到冬瓜架下，欣喜地招呼说："三牛哥，你快来看，冬瓜长得好快哟，一个个只怕有纱箩大，吊起吊起的，都上粉了！"

等他走过去，还来不及好生看那些吊起吊起的冬瓜，竹妹又仰起脸盘儿，指着刚从灰云堆里爬出来的月亮，快活地说："三牛哥你再看，今夜的月亮巴巴好大哟，好圆哟，好亮哟！嘿，它好像在朝我们笑，朝你，也朝我……"他猜不透，竹妹为哪样这么欢喜？单独同一个姑娘一起，又在夜里木楼以外的地方，对他来讲，还是头回。他紧张得厉害，心跳得厉害。平日，他一连搭好几根田坎，也没有这么喘。

"三牛哥，你又不是哑巴，怎么口都不开？"竹妹偏起脑壳望他，等他回话。

"是的呀，"他慌忙说，"今夜的月亮是有好大，好圆，好亮。"

"在这样的夜里，你心里不觉得很快活吗？"

"是很快活。"

"你心里准定在想甚么吧？"

"我甚么也没有想。"

"平日里，你也是这样吗？一点事情都不想吗？"

"不，平日里，我在想队上的事。我想把杂交包谷搞成器，社员们多有些收成。"

"唉，"竹妹轻轻叹了口气，埋怨着说，"你的心就只这么一点点大？除了杂交包谷，别样事半点都装不进了？"

"哪有什么别样事呢？"

"嗨，你莫装样子了，尽装样子给哪个看？"竹妹有点儿气恼地说，"你准是以为，别个看不起你，嫌弃你。是不是这样的？"

"……"他勾起脑壳，不敢答话，心里像打鼓一样咚咚响。

"若有一个姑娘家，看得起你，不嫌弃你，你心里头也装不落她吗？"

"这号姑娘家不会有的。"

"有。"

"日子久了，她就要反悔的。"

"她不反悔。"

幸福的事情意外地发生了，火一样热的诺言，熔化了铁一样硬的心。圣洁的月亮啊，人们常称誉你的慷慨和公正，但在今夜里，你能为他们作媒证吗？

三

三牛在松杉林里流连的时候，竹妹已经在木楼里进入了梦乡。姑娘家都是爱做梦的。梦里的冬瓜更大，南瓜更甜，月亮更迷人。月光从窗格子流进来，落在她花朵一样的脸盘儿上。

她突然笑出声了。

阿妈坐在草鞋凳上，拿着一扎用棒槌捶瘪了的稻草芯，正往一双还没有打完的草鞋里添。听见女儿笑，她解脱扎在腰里的水牛皮箍带，走到床头前，望了女儿一息，见女儿没有醒，青油油的头发不晓得什么时候打散了，拖到床脚下了。草鞋是为女儿打的。阿妈拿它和女儿的光脚板比比，咦哟，她的脚板子怎么有这样大？

记得那年开春后的一个有太阳的好天气，毕兰大婶从乡政府开会转来，走到半路，发作了，躲在一丛笋尖刚刚破土的竹林里生了产。这就是竹妹，和新竹一同来到这个世界上的女儿。

竹妹才五岁，阿爸在大炼钢铁时被岩炮炸死了。竹妹成了毕兰大婶的命根根。上坡做活路，她把竹妹背到坡上，让她在地坎边采野花、捉蝴蝶玩耍。社里开会，又让她偎在胸口前，轻轻拍她困觉。在竹妹甜甜的鼾声里，毕兰大婶向众人细细解说从山外学来的提高生产的新技术，劝说那些要退社的打算把老黄牯牵回屋去的中农们……

竹妹是个很懂事的女娃儿，为了不让阿妈操心，她从不到水边去，不到有老虫（方言，即老虎）和恶蛇的山里去。有人来找阿妈，她晓得给客人筛茶、装烟，搬木凳凳请客人坐。过"四月八"节的时候，阿妈喊她去给孤老和孤儿（当中有三牛）送节礼。她提着满竹篮腊肉和糯米粑去了，很快又提着空竹篮回来了。

她有一颗善良的心，从来没有同寨子里的小伙伴们红过脸。有一回，娃儿们追捕一只腿子受了伤的红嘴鸟，最后让她给擒住了。她很心疼这只可怜的鸟儿，手一撒，放它飞了。一个小霸王冲到跟前，问她："为哪样要放它？仗着你阿妈是支部书记吗？"她流了眼泪，心里难受了好多天。到了能进山砍柴的年纪，她进山砍柴了。她总是把好柴让给别人，自己去砍那些生湿的、难砍的杂柴。碰见土坎边有本地人叫"三月泡"的刺莓，她摘了来，尽砍柴的伙伴们先吃，到后，她留下一些，拿桐叶包起，带回屋给阿妈吃。

竹妹在日光和露水里长大。她出脱得很好，衣架子匀称，手臂那样修长，脸盘儿像十五的月亮一般皎洁，眼睛像两池湖水，清澈而又看不透底。毕兰大婶看出女儿有了心思：她越来越爱花了，从坡上转来，总要采些锦鸡翎、杜鹃红什么的，一半插在发辫上，一半养在水瓶里；她也越发喜好打扮自己了。她拿自己劳动得来的报酬，从供销社买回许多色彩鲜艳的花布，送进缝纫店做成合体的衣衫。她向隔壁大嫂学会了绣花，在自己的围裙上、鞋面上，绣出了极为精致的花鸟。她常常走到溪边去，坐在洁白的很光滑的石头上，久久地望着水里的自己的影子。

阿妈明白，这姑娘的春天已经来了，一种像竹笋那样的生机勃勃的东西，正在她深深的心田里萌动了。

毕兰大婶的全部神经都紧张起来，她张起眼睛，竖起耳朵，留心着女儿的行动了。可是这有几多难呀！寨子里的后生家，邀竹妹唱山歌的，给竹妹献殷勤的，一个接一个；竹妹的心上人，到底是当中的哪一个？

三牛！原来是三牛！

和他的名字一样，三牛像牛一般壮实，也像牛一般吃得苦，更像牛一般老实和倔强。但是他并不像牛一般蠢。为着提高山区的粮食产量，他正在依照科学的道理，培育一种适合枰木寨地土的杂交包谷呢。不消讲，三牛是个好后生。可是他适合做竹妹的丈夫吗？算得上毕兰大婶称心如意的女婿吗？

毕兰大婶的心思乱了，一面想，一面往草鞋里添草，安耳子。草鞋在她手里一分一分地变长了。这时候，在松杉林里流连的三牛，是不是回到了他的没有楼的木屋里呢？

四

"竹妹，我问你句话。"

"哪样嘛？阿妈。"

"跟阿妈讲，你和三牛是从哪个时候起的？"

第二天早晨，毕兰大婶蹲在火塘边煮早饭，偏起脑壳，小声问她的女儿。竹妹正坐在窗格子边，对着大圆镜，梳理她那平日盘在脑壳上的很长很长的辫子。一个姑娘家，当爱情如潮水涌来的时候，她的脸盘儿就变得更鲜美，眼睛更深邃，嘴角上时刻都会流露出一种含蓄而又明朗的笑意。

"竹妹，你听见么？阿妈问你……"

"阿妈，你莫紧问了，你莫紧问了……你不是都晓得了吗？"

她害羞；在阿妈面前，她也觉得害羞。对我们的山寨姑娘来说，某些城市姑娘的那种异乎寻常的直率和大胆，在她们是完全不可想象的。

"好啰，阿妈不问你了，不问你了。你快去，把三牛请来，在我们屋吃早饭。我打几个荷包蛋，切一条乌麂腿，炒一碗酸辣子……"

竹妹的眼睛离开了镜子，正在梳头的手也停下来。她等着阿妈这样说，现在阿妈说了，同意、支持她和三牛的关系了，她的眼睛里露出一种掩藏不住的喜悦的光彩。

但是她说："阿妈，我不去请他，又不是过年过节，有哪样请头嘛！"

毕兰大婶翻了女儿一眼，说："还不算过年过节？快莫啰嗦了，喊你去请他，你就去请他。"

"阿妈，他准定不肯来的呵！"

"你这个鬼婆，请还没有去请，就晓得人家准定不肯来。唉，不请也好，我也省得劳神。"阿妈故意当了真，把刚从炕架上拿下来的乌麂腿挂了回去。

"阿妈，"竹妹发起急来，转个弯说，"我去试一盘，就讲阿妈你老人家请他……"

"算啰，算啰，何必硬要为难人家呢？"

"听讲是阿妈请，他准定会来的。"

三牛当然很快被竹妹请来了。这栋木楼他一点也不生疏。他常常以生产队长的身份到这里来，向大队党支部书记汇报和请示工作。今天呢，他变成一个生客了。他坐在火塘边的板凳上，样子怯怯的，脸盘儿红红的，手脚也成了多余的东西，不晓得往哪里放才合适，连看一眼毕兰大婶和竹妹也不敢了。嗨，几多没出息的后生家呀！

"三牛，"吃饭的时候，毕兰大婶开口说，"你和竹妹相好，大婶娘晓得迟了。我想问你句话，这样大的事，你是不是放到心里过细加减了？"

"大婶娘，我放到心里过细加减了的。"三牛回答，从土钵碗里抬起他的脸盘儿。

"你不得翻悔了？"

"不得。"

"竹妹自小没得阿爸，我把她养得娇。往后，她有哪宗不好，你要多帮她，多教她。"

"我会好生照扶她。"

"竹妹，"毕兰大婶把脸转向她的女儿，"你不小了，要学得懂事一点了。三牛哥只比你大两岁，他比你懂事多了。"

"从今起，我处处跟三牛哥学。"

"这是一辈子的事，不是做起耍的，要有福同享，有苦同当。"

"唔。"竹妹和三牛应声。

"碰到合不拢的事，要好好讲，莫红脸，你让我点，我让你点，等气醒了，再打商量……"

"唔。"

"心里要有颗定盘星，遇事拿主张，千万莫信别人哄。"

"不会的，阿妈。"

"大婶娘，你放心。"

"好，我放心了。你们是自由的，是各人爱的；今天当面把话讲尽，省得二天有气怄，又有甚么二话讲的，变起卦来不好。"

俗话讲："郎为半子。"毕兰大婶却把三牛当成亲生儿子看。从这天起，碰到屋里有什么好菜,她就打发竹妹把三牛唤过来;三牛的衣裤邋遢了,被刺枝挂烂了,她叫竹妹给洗,给打补疤。收过包谷,三牛和几个后生家牵起水牯、黄牯,到深山里踩粪去了。毕兰大婶怕他们吃了苦,特意杀一头架子猪,炕两腿腊肉,要竹妹背起竹背篓送去,让他们打几个大牙祭。

"竹妹,等三牛从山里头转来,索性到这边来吃饭算了,何必要单另架一日鼎锅呢?"有天,毕兰大婶这样地同女儿商量。

"阿妈,又没有结亲,就在一处过日子了,这像什么呢?别个不当笑话讲?"竹妹不肯。

"那就算了,等你们结亲过后再讲了。"毕兰大婶让了步,又问,"甚么时候结亲?你们商量过没有呢?"

"没。"

"那就打个商量吧。"

"阿妈,这怎么好开口呢?丑死人了!丑死人了!"

"好啰,我看你两个一辈子都莫开口。嗨,你不为自己操心,阿妈倒为你操心呢。七大八小的嫁妆,阿妈送不起;一些到时候要用的家什,总少不得要备办些吧。"

五

春天来了。阳雀儿叫得好甜脆。桃李花一团红,一团白,浮在坡腰上。溪水流得实在响。岸边的竹园里,发了那样多毛耸耸的笋子。到了清明边,桴木寨要筹办下秧子、种包谷的事了。

这天一早,毕兰大婶和竹妹蹲在火塘岩上吃早饭,听得坪坝里有个男人家的喉咙喊:

"毕兰大嫂!毕兰大嫂!"

"是哪个?"毕兰大婶没有听出来,便说,"进屋来呀!"

这是个相貌极标致的后生家,长方脸盘儿,粗眉毛,大眼睛,高鼻梁,手脚和腰身都发育得很好。看来他很懂得自己这方面的优势,特别在衣装上下了点工夫。这阵,他穿阴丹士林蓝裤,铁灰咔叽对襟衣,布扣儿敞起,露出胎在里头的白竹布汗衫,再加上还配了在基层干部中很时兴的草绿色制帽,双料球鞋、帆布挂包,小小的红布语录袋,浑身上下,都显得干净、利索和大方。

竹妹是认得这个人的,很熟的。他叫向塔山,对面坡布谷寨的党支部书记。他常到竹妹屋来,找毕兰大婶商量个什么事,相邀一路去公社和县里开会;碰起从桴木寨过路,也特意弯进来喝一碗茶,吸一锅烟。逢竹妹在屋,他总是显出很活跃的样子,讲几句笑话,讲两件有趣的新鲜事,惹得竹妹十分快活。不晓得依据一层甚么转弯抹角的亲属关系,阿妈跟竹妹讲,向塔山比她长一辈，该喊他叔。加上他又和阿妈是工作上的同事，在竹妹心里和眼里，始终含着一种敬意，把向塔山当做像阿妈那样的一种了不起的人。

"是塔山叔，"竹妹喊了声，赶紧站起，给向塔山让座。

"呵，塔山，"毕兰大婶放下碗筷，很热切地说，"你来的这样早，搭热，在我这里吃早饭。竹妹，快拿个碗来。"

竹妹蹲到碗柜边，拉开柜门，给向塔山拿碗。

"莫拿，竹妹，莫拿。"向塔山说，在竹妹让来的那个板凳上落坐了。

"巧甚么理呢？巧甚么理呢？"毕兰大婶说，"又没得好菜，随便筑几碗，等下走长路，免得肚子发你的怨气。"

"大嫂，你晓得的，我这个人要看菜吃饭。你这几样菜我看不上眼。嗨，你这样俭省，是不是要积钱买田地，想当财主佬呢？"

"塔山，大嫂没得当财主佬的命。先不晓得你会来的这样早，若晓得，我会杀只三斤半的老鸡婆，炖得糜烂，等着你来吃。"

"不，大嫂你搞错了，老鸡婆我一点不爱吃，我今朝是来向你老人家讨白面（一种生活在山区的野兽，肉味很美）肉的……"向塔山一面说，一面从竹妹手里接过一大碗白米饭，又接了一双竹筷子，夹了些萝卜酸，大模大样地吃起来。

"哈，塔山，你硬想得巧，你真会给大嫂出难题目，又不到赶山攥肉的时节，哪里有这宗第一好吃的野味让你来讨？"

"不不，大嫂你听我讲，"向塔山拿出作古正经的样子说，"我真是来讨白面肉的。我们布谷寨有个打猎人，昨下午在老蛇界打倒一只白面，肥肥的，怕莫有二十来斤。他放了两枪，一枪打在后胯上，一枪挂着了耳根子，都是些不上紧的地方。这白面受了伤，亡命往前头跑，天黑过后，才到你们椊木寨的洞底溪落了气。"

"噢噢，我听懂你的意思了，是不是椊木寨的人捡了那只白面？"不等向塔山的话落音，毕兰大婶接过来问。

"正是，大嫂，你猜着了，你们椊木寨的人捡了那只白面。我们那个打猎人找到他，问他讨；开初他死不认账，讲哪里见什么白面呢？到后他认了，又讲这是山里的野物，不是你栏里养大的，哪个见了都勾得腰、伸得手。"

"这是讲蛮话呢！"毕兰大婶激动了，她为这事觉得羞耻，放下碗筷说，"若按'见者有分'的规矩，也该平半分哟！你拿后腿，把前腿给打猎人，也就没得话讲了。哪兴这样混账呢？塔山，这人是哪个？你讲给我听。等下我和你去找他，要他把白面肉退出来，还要他跟打猎人认个错。"

"嗨嗨嗨，大嫂，"向塔山往嘴巴里扒了口饭，笑起来说，"在以往，莫讲为一条白面，一条冈狗，即算为一只野鸡，一只鹌雀，上寨和下寨，东家和西家，都会有好大的皮绊扯，搞得不好，还要舞刀动枪，结血仇的。可是如今不同了，自文化大革命起始，活学活用毛主席著作，无论哪个都提高了思想觉悟，变成单另一个人似的。就讲这回捡白面的事吧！昨天半夜里，我把那打猎人找到，一齐学了几回'老三篇'。学着学着，他就转了拐了，把自己和张思德、白求恩拿尺一量，差远了。'从今起，我要做一个高尚的人，毫无自私自利之心的人。那只白面我不去讨了。'这是他讲的话，我一点也没有扯白。大嫂，你看看，这真是活学活用，立竿见影啦！"

向塔山说到这里，已扒光了碗里的饭。竹妹还要给他装，他说真的不要了，来的时候已在屋里吃饱了的，因见这里有萝卜酸，才撑起肚子加一碗。

"竹妹，"向塔山讲过了白面事件，话头一转，对竹妹说，"嗨，你的眼睛好亮。我看得出来，你心里有什么喜事；有，准定有，你莫摆脑壳。是不是的呢？"

"没得。"竹妹小声说，脸盘儿红得像火烧山，"我哪里有什么喜事？"

"我听讲，你学习最好，成了梓木寨学毛著的积极分子。听讲你还背熟了上百条语录，'老三篇'也是滚瓜烂熟的。有这个事吧？"

"没得，没得。"

"你这就不老实啰。呵呵，谦虚使人进步，骄傲使人落后，你处处都在活学活用。大嫂，"向塔山把脑壳转向毕兰大婶说，"你们梓木寨到底是老典型，样样都走在头里，这回打不脱又要当学毛著的红旗了。"

"哪里哟，老典型碰着新问题，跟不上形势了。"毕兰大婶叹口气说，"讲句本情话，如今的戏，要靠你们新典型来唱。塔山，我也听讲，你学习上蛮不错，光笔记就写了好多本，毛主席的四本书差点点被你翻熔了。"

"大嫂，不瞒你讲，我们布谷寨是县里的前娘崽，没得人器重。你看，连个宣传队也不派来。有哪样法？全靠我一个人唱独角戏。你晓得，我就那么一点底了。往后，我要崭劲跟你老人家学。你是全州有名的老模范，不会不肯收我这个毛脚徒弟吧！"

"你又把话讲颠倒了。如今是青年人世界，只有我跟你当徒弟的理。我是过了山的人哪！"

"算啰，我懒跟你老人家尽讲客气话了。不过，……大嫂，我倒有一句正经话，不晓得该讲不该讲？"

"有哪样话？你只管讲。"

"那我就讲了。报纸上天天讲，从中央起，各级都要培养革命接班人。我实在想不透，你老人家怎么就不好生培养一下竹妹？"

"什么？培养竹妹？"

"嗯。"

"我培养我的女？"

"那有什么要紧？别个的儿女兴培养，自己的儿女就不兴培养吗？世上哪有这个理？竹妹条件合，年轻，根子正，脑筋又活泛，手又巧。"向塔山突然发现竹妹穿在脚上的绣花鞋，便兴奋地说，"看，她脚上绣的这个花，花是花，叶是叶，几好的手艺，跟活的一样。"

"这也算合接班人的条件吗？"竹妹笑了。

"算。"向塔山也笑了。

"这不是阿妈培养我的，是隔壁大嫂培养我的。"

"阿妈不要培养你这个，要培养你学毛主席著作，当典型。"

"嘻嘻，"竹妹笑得更凶了，红起脸盘儿说，"阿妈哪晓得培养我哟？她自己还要我培养呢！塔山叔，这是真的，我不扯谎你。"

向塔山和阿妈都笑起来。阿妈估着时候不早了；她没有手表，看看火塘边的人影子，估猜有九点来钟。她提醒向塔山，他们还有七八十里长路要赶，该上路了，再捱不得了。竹妹晓得，他们要去县城开三天三级干部会，向塔山是专门来邀阿妈的。

"竹妹，"正待要走，向塔山突然想起来说，"差点忘丢了，上回我许了你一样事，你还记得到吗？"

"记得到，"竹妹也想起来了，"你答应讲个有味的故事我听。"

"是的，答应了，我不失信。"向塔山重又在火塘边坐下，拿起毕兰大婶的竹烟杆，按满草烟丝，伸进火灰里吸了两口，说，"我先声明，这个故事是真的。是我有回过河的时候，在渡船上碰着的。渡船上人好多，连个坐处也没有。我见船板上放个胀鼓鼓的旧提袋，占了一个人的位置。我把这个提袋挪开一点点。有人喊了：'莫动着我的提袋！'这是个五十来岁人，穿一身油蚀磨癞（方言，肮脏的意思）衣裳，戴一副细腿腿铜丝眼镜。他接过提袋，小小心心搂在怀里，那里头，像装了满袋的金银财宝。我又看了一眼那个提袋，帆布的，旧得分不出它到底是个什么颜色，一条旧拉链，挂把生满锈的锁。竹妹，你若见了那个提袋，准定会忍不住打脱笑。我那阵当然打脱笑了。听见我笑，他讲：'你莫看起我这个提袋，我这个提袋不简单，它是有点来历的。'我就讲：'你把它的来历讲给我们听听。'开初他不肯讲，到后过河人都围起拢来，把个渡船都踩偏了，害得船老板喊天喊地：'要翻船了！要滚到河里洗澡了！'这时候，他才答应：'好，你们坐匀净点，莫挤做一堆堆，我讲……'说到这里，向塔山一下子把话切断，为难地说，"竹妹，今天就讲到这里了。我和你阿妈还要走路，等回来，我再把那个提袋的来历告诉你。"

"不行，不行，"竹妹哪里肯依，"塔山叔，你不讲煞尾，我就不得放你走……"

"大嫂，你看怎么得了？"向塔山向毕兰大婶求救。

"我不晓得。"毕兰大婶笑着说，"你自己找的麻烦，你自己排解。"

"看来若不把故事讲煞尾，我今天就不得脱身了。你听着，底下是那个人的话：唉，提起来还有一段伤心事呢。解放前，我是个大学生，我爱人也是个大学生。她长得好乖呵！衣架子细细的，脸盘儿嫩嫩的……（竹妹，照我想，就是你这个样子）我们好得像糯米粑一样，等开年，就要结亲了。哪晓得她屋里不肯。她屋里好有钱，是个财主佬，哪里肯把女儿嫁给穷人家？有天，我刚吃过早饭，接到一个电话：'喂，你快点到洋船码头来，迟一脚，我们就见不到面了。'是她，是我爱人的声音。我问：'出了什么事？'她上气不接下气，带着哭音讲：'父母亲为着拆散我们两个，要把我送到外国去留洋，洋船一转眼就要开了。'你们猜得着的，当时，我心里是股什么味道。我一口气跑到街上，喊了部三个轮子的车，价钱也来不及讲，把荷包里的十几块钱一把抓给他，往车上一坐，求他往洋船码头踩。可是我到迟了一脚。洋船呜呜叫，刚刚离开码头。我们的事完了！完了！但我无论如何都要和她见一面。我发现河边有一只小木船。我跳到船上，取脱手表，送那船老板，请他把小木船划到洋船边去。他答应了，操起桨，拼命划。小木船绕着洋船打圈圈。我昂起脑壳，扯起喉咙喊我爱人的名字。我终于看见，她从洋船的三层楼上伸出个脑壳来。她的眼睛好红呵！为了我，她不晓得流了好多眼泪呢！突然，她喊了声，朝我丢下一包东西来。我伸手接着，你们看，就是这个提袋，就是这个提袋……"

"提袋里装得哪样东西呢？"竹妹怔怔地问，她为别人的不幸深深感动了。

"是的哟，提袋里装了哪样东西呢？我也是这样问那个人的。没料到，他摆摆脑壳，讲了声不晓得。我奇怪了：'你怎么会不晓得呢？这些年，未必你都没有打开看看？'他长长地叹口气，讲：'没有。我不能打开。我要等到她从外国回来，和她见面的那天再打开。从此，这个提袋成了我的随身物，我走到哪里，提到哪里，夜头困觉，我也把它放在脑壳边。'我讲：'哎呀，你这个人也太痴了，太古怪了。隔了这多年，你还在想人家，连个提袋也不敢打开。里头到底装了哪样？你打开看看要什么紧呢？'船上人又都围起拢来，把渡船踩得偏偏的，齐声打呵嗬催他：'打开看看嘛！讲不定里头还有她的信。万一她有甚么求你的事，见了信，你也好帮她哟！'经不起众人催，他叹了口气，答应打开来看。他小小心心从荷包里摸出把生满锈的钥匙，旋开那个生满锈的锁，扯开了提包上的拉链。我看得清楚，他好紧张哟，活像打摆子一样，手不停地发抖呢……"

"提袋里到底装了哪样？"竹妹也紧张得差一点发抖了。

"装了哪样？讲出来你不肯信。当时我和渡船上的人眼睛都鼓圆了。那提袋里装了哪样？装了满袋的狗皮膏药。还有一张纸，纸上写了几句话：'我是卖狗皮膏药的。我的狗皮膏药包医百病。每位要我打开提袋的朋友，请你买十张拿回去试试。每张价三角。'哈，搞了半天，原来是个卖狗皮膏药的骗客。我和船上的人都挨了他的哄，白白送掉三块钱。"

向塔山把故事讲完了，竹妹松口气，嘻哩哈啦笑了一气。毕兰大婶也笑。唯有向塔山自己不笑。足见他说笑话的本事很高。这阵子，日头已经照在窗格子外边的阶檐上了，阿妈和向塔山不能再捱了。竹妹翻出一颗红红的毛主席像章，给阿妈挂在胸口上；又拿了个她亲手缝的红布语录袋，装上语录本，挂在阿妈的肩膀上。

"阿妈，塔山叔，你们好走了。"当竹妹把阿妈和向塔山送出门，到了岩坪坝的时候，她这样说。

"这几天，好好地在屋里，莫要我操心。"毕兰大婶反转脑壳，望着女儿说，"后园边的草都成窠了，有空就去薅几锄。跟三牛讲声，打鼓坡的那丘长田不坐水，用牛的时候，要好生练。"

"唔。"竹妹答应了。

"竹妹，"向塔山也反转脑壳，惹竹妹说，"我晓得，你是阿妈的宝。阿妈不在屋，你莫又在夜头做梦喊阿妈，白日躲在灶门口，屋角落，一边扯麻裙揩眼泪，一边嗡嗡嗡，学蚊子叫。"

"塔山叔，你莫乱讲，你几时见我抹眼泪，学蚊子叫了？"竹妹咬咬下嘴皮，红起脸盘儿说。她快活得很。望着阿妈和向塔山在岩垒的寨墙边消失的背襟，她的心里，又想起那个十分有趣的故事，想起那个狡猾的卖狗皮膏药的人。

六

毕兰大婶和向塔山走拢县城时，日头已经落了。招待所亮起电灯。他们去报到处报了到，交了粮票和钱，放下零碎东西，去食堂吃了饭，去澡堂洗了澡。毕兰大婶回到房间里，发现有人坐在床铺上等她。这个人好年轻的，毕兰大婶认得他，是县委里专门写材料、照相的干部，别人都叫他"记者"。

"呵，记者。"毕兰大婶热切地说。

"老模范，老模范，"记者走上前，握着毕兰大婶的手，说，"你到哪里去了？我等你好久哪！"

"你找我有事？"

"当然的，我找你有事。"

"哎呀，别人送我张电影票，今夜里有好看的电影呢。"

"老模范，你听我讲，县委袁书记等着要你的材料，州报也要你的材料。我今夜还得打夜班。你这场电影只怕也得牺牲了。"

"要我些什么材料?"毕兰大婶在床铺上坐下来说。看来她已经被记者的话打动了。

"你是老模范,"记者也坐下来,摸出个采访本,手里拿着杆钢笔,说,"文化大革命这几年,你又作了新贡献,学习上也很不错。请你老人家谈谈,在学习毛主席著作上有哪些体会?"

"哎呀,哎呀,"毕兰大婶几多难为情哟,她偏开脸,自己笑自己说,"我哪里有什么体会哟?别个都晓得,在学习上头,我是舞了龙尾巴的。"

"你老人家太谦虚了。柊木寨的生产搞得那样好,这都因为你领导得法,就谈谈你如何把毛泽东思想用在领导工作上的吧?"

"我是个大蛮人呢,是个土蛤蟆呢……再讲,柊木寨的生产靠社员众人搞,我只有一个脑壳两只手,哪里有什么本事?"

"不,你有本事,有本事。比如讲,有哪一回,你工作上碰到什么难题目,左搞右搞都没有搞好;过后,你学了哪一篇文章,学了哪一条语录,脑壳一下子就开了窍窍,很快把工作搞好了。"

"哎呀,哎呀,哪一篇,哪一条,我哪里记得到哟?"毕兰大婶真被记者逼苦了。她皱起眉毛,好费力地想"是哟,有哪一回……"到后来,她只好跟记者求饶了,"我学得不好呢。我不敢扯谎你,也不怕你笑话,是真的不好呢。"

"又比如讲,"记者烦躁了,忍着气,进一步启发毕兰大婶,"有哪一个社员,为什么事,在闹思想。你如何找到他,像医生拿脉那样,摸到他的病根根;又如何对症下药,帮他学了哪一篇,哪一条,他的思想就转过弯弯了。"

"社员们都比我学得好,我有个女儿,也比我学得好,他们舞了龙头龙腰。只有他们帮我,哪有我帮他们?我这是本情话。"

"你写了好多本笔记?"

"我没有写。"

"一本也没有写?"记者颇有点吃惊,把眼睛鼓得圆圆的。

"没有。"

"不会的吧?"

"我是个光眼睛呢,翻开书本本,大字黑麻麻,小字麻麻黑;拿起筷子大的笔,比那个锄头把还重。唉,我又有什么法?"

"照你讲,毛主席著作你从来就没有学过?"

"学过,我学过,"毕兰大婶辩解说,"连毛主席著作都不学,我算得个什么人?"

"你是怎么学的?"

"有宣传队的同志念给我听。回到屋,又喊我那个女儿念。"

"这种学习精神就不简单了。是嘛,我听宣传队的同志讲,你学习上很不错。看来他们不是扯白。你就是靠这办法学吗？"

"是的。"

记者受了鼓舞。在这段时间里，他像从亮处撞进了黑处，现在，又从黑处看到一点亮光了。他打开刚合拢的采访本，挟起钢笔，要记一点什么东西了。

"别个帮你念，你听不听得懂？"

"听得懂。"

"记不记得着？"

"我崭劲记，记那么个意思，我的记性实在太差了。"

"你背得好多条语录？"

"好多条？哎呀，哎呀，若要一个字都莫漏落，只怕我一条都背不得。害得我女都取笑我。"

记者一听到这个回答，冷了心，刚看到的一点亮光又黑了。想想看，连一条语录都背不得，一本笔记也没写，怎么算得是活学活用毛主席著作的典型？县委袁书记和州报要的这个材料该如何整？

"老模范，请你谈谈你的思想活动吧，比如讲，你在抓桴木寨生产的时候，脑壳里常想些甚么？"

"常想些甚么？"题目太宽，毕兰大婶一时摸不着边。

"对。反过来讲，为得哪一宗，你才下这样大决心，硬要把桴木寨的生产搞好？"

"还不是为得让社员放开肚子，有饱饭吃，再莫挨饿了。你晓得的，当支部书记不轻快，全大队几百张嘴巴，都挑在肩膀上。"

"你就没有想别样吗？"

"有时想到过苦日子，每家每户吃'钵子饭'，一个钵子放二三两包谷米。还没得油，那红锅菜好难吃！想到这些我心里就抖！社员讲，硬要拼老命，把那些钵子打了，一世都莫吃'钵子饭'了！"

"老模范，除了这些，你还想哪样？"

"我没想哪样了。"

"比如讲，你准定想到要对人类作大贡献吧，想到支援社会主义建设，支援世界革命吧！世界上，还有三分之二的人在受苦呢，连'钵子饭'也吃不到呢。毛主席和马克思都讲过了，只有解放全人类，才能解放自己。你不会不想到这些，不会；你是老模范，思想境界是很高的，很高的。"

"哎呀，哎呀，记者你讲得对哟，在理哟，对人类作贡献，支援世界革命，这都是该想到的。哎呀，我怎么偏偏就没有想得到？我的思想境界怎么就这样低呵？"

"老模范，你真的没有想到过这些吗？"

"没有。"

"不会的吧？"

"真的没有。"

采访无法再进行了，记者合拢了采访本，插进衣荷包里，同时收起了钢笔。一般人总以为，记者是门好职业，把照相机往身上一背，走到哪里都显眼，都受欢迎。如若没有记者，没有他们摇笔杆和卡照相机上的快门，那些默默无闻的普通人，怎么会一下子变成闻名全州的典型人物？但是他们并不晓得记者的苦恼。记者就那么好当？你看，碰到老模范这号岩脑壳、木鱼嘴巴一样的采访对象，你怎么下台？当然罗，原型总是不完善的，文章靠人做，典型靠人去发现、挖掘、加工和提高，但是你总得有一个基础哪！茅草不能加工成梁柱，黑炭不能加工成黄金，这是大家都晓得的。

七

对于记者的苦恼，无论如何，毕兰大婶是体会不到的。她只觉得对不起人家，因为自己学得不好，思想境界很低，使人家不满意，拖累人家完不成任务。这实在不应该。可是她又没有别的法。

火烫的日光，到了傍黑，威力就弱了；苍绿的草木，到了冬里，叶子就枯了。毕兰大婶的生命，好像已经到傍黑了，到冬里了。她心里很有些悲凉。碰到清静时候，屋里只有她一个人的时候，她就痴痴地想，长一声短一声地叹气。

十多年前，二十多年前，她哪里是今天这样呢？有哪样事，她不是处处响应党的号召，带头打冲锋呢？党号召搞互助合作，增加生产，她带头办起土家山寨的第一个互助组，第一个农业社，接连几年都增了产，使每户社员都增了收入。党号召兴修水利，她就去找社员商量，是不是在洞底溪湾里修一个小水库？社员讲，修不得，那岩炮一响，会惊动山神；把山神惹发气了，会死人的。她不讲多话，走到岩匠那里，跟岩匠学会打岩炮的技术。有天，她一个人在洞底溪放了一炮。社员见她没有死，山神没有发脾气，胆子大了，都跟起来修水库了。党号召开发山区，搞多种经营，她又和社员们一路，在坡上栽了好多的桐子树和茶子树，还开了竹园，养了好多的水牛、山羊和猪……

她是爱听党的话的。文化大革命开初，有一帮"造反派"恶她，盘她："你凭甚么当模范的？"她答："党的领导，群众的努力，我当代表。"又问："你听哪一个的话？"她答："我听党的话。""党号召活学活用毛主席著作，你听了没有？""我听！我哪里会不听呢？"

但是她落伍了。再不能像往年办互助组，合作社，修水库，搞多种经营那样，起带头作用了。她这个模范不配当了。她这么大年纪，没得文化，记性又不好，连"老三篇"和语录都背不熟……如今哪兴有这样的模范？甚么人讲：世界是年轻人的。她也许到离开这个世界的时候了，该让位给那些有文墨、有肚才和口才的年轻人了。没有别的法。

究其实，当模范有甚么好？人老了，开不起那多会了。她又特别怕坐汽车，那汽油好臭，熏得人死；一天到夜嘭咚嘭咚，颤得她呕黄水，差点连苦胆都倒出来。不消讲，她更奈何不得那些记者的纠缠。在他们看来，你无论做一桩甚么事，事先都必定想得很好：开一丘新田，必定想到支援社会主义建设；挖一眼泉水，必定想到世界上还有三分之二的人正在受苦；试种一号新作物，必定要想到亚、非、拉的革命……别人也许是这样，她却不然，她忙得打团转，有时连吃饭、困觉的工夫都没得，哪里想得到那么远？唉，没有别的法，该轮到别个去嗅那汽油臭，去呕黄水，去应酬记者们的纠缠了。

接连两天，毕兰大婶和别的干部们一起，听了县委袁书记的报告，还听了几个活学活用的典型发言。向塔山也是当中一个。这上头，他比毕兰大婶强得多了。他不光把语录本、"老三篇"背得滚瓜熟，还背得文化大革命起发表的上百条"最新指示"。他满满地写了十多本心得体会。这是一手过得硬的功夫，若不下死力，哪里学得到？那天夜里，记者问毕兰大婶如何把毛泽东思想用在领导工作上，把个毕兰大婶逼得好苦。可是你听向塔山的发言，人家谈得几多好：有哪一回，工作上碰到难题目，左搞右搞都没有搞好，过后，把哪一篇、哪一条一学，脑壳就开了窍窍哪！又有哪一回，哪个社员在闹思想，他如何找到他，帮他学了哪一篇、哪一条，他的思想转过了弯弯哪！加上向塔山很会讲话，一些平常事，从他的嘴巴里出来，就像一个十分有趣的故事那么好听。他的发言在会场上引起很强烈的反响，连毕兰大婶在内，听的人都拍了手板，还有人把手板拍得麻痛。

"好角色，如今世界……没得法……"毕兰大婶莫名其妙地想，搞不清为哪宗，她心里又觉得很有些悲凉。

到最后，向塔山在发言里讲了如何运用毛主席的哲学思想，夺得了双季稻大丰收的经验。去年的双季稻，尚属试验阶段，布谷寨栽了百把来亩，每亩得谷一千五百多斤。到了今年，他们要更好地活学活用毛主席哲学著作，在试验成功的基础上，全面推广双季稻，夺取一个特大丰收年。当然的，前头困难一定蛮多，可是，想到全中国有八亿人，全世界有三十亿人，布谷寨该为人类作较大贡献，再苦再累又有什么要紧呢？

一提起这双季稻，毕兰大婶犯了愁思。去年里，柠木寨也按照上级分下来的面积数，硬起脑壳栽了百把来亩。可是柠木寨地处高寒山界，日照短，又都是一色冷浸田，到头来，早稻还收得几担水谷子，晚稻全部颗粒无收，只割回来几堆堆牛草。一年的辛苦，加上灰粪和种粮，全都白费了。

挨蛇咬一口，见了黄鳝都怕。无论如何，这双季稻是不能再搞的了。然而高寒山区就真的栽不得双季稻吗？和柽木寨只有一山之隔的布谷寨，同样是高寒山区，哪方面也不比柽木寨强，人家栽了，而且成功了。看你还有哪样话好讲？

在总结报告里，县委袁书记夸奖了向塔山的发言，谈到要在全县全面推广双季稻时，他说，"向塔山同志的经验不是很成功吗？布谷寨可以全面推广双季稻，你们那里为什么不可以？"

毕兰大婶坐在后排位子上，隔主席台好远，眼睛又雾，看不清作报告的袁书记。但是她张起耳朵，用心听，那些要紧的话，一句没漏落：为革命种田……革命加拼命……懒汉懦夫……批判……阶级斗争……态度……立场……路线……精神变物质……收稻草……收精神……

毕兰大婶的圆心缩紧了，手板心冰凉，沁出来两手冷汗。

开完三级干部会，又接着开县委委员和县革委委员的"两委会"。毕兰大婶是县委委员，又是县革委常委，被留下了。向塔山来问：有没有事要托信给竹妹？她讲没得。向塔山便一个人先回布谷寨了。

八

毕兰大婶比向塔山迟一天回到屋。天时还早，竹妹蹲在火塘边点火，煮夜饭，见阿妈转来，她笑了笑，说声"阿妈，你转来了"。便又忙着去煮夜饭。

她揭开鼎锅，给阿妈加了一筒米。

若在以往，阿妈从县城回来，她会喜欢得跳，死死缠起阿妈，要阿妈讲县城的新鲜事她听。对一个山寨姑娘家来讲，河码头在建一座过汽车的桥哪，正街上在修一幢三层楼的商店哪，电影院在演什么打仗的片子哪，甚至连铺子里卖过便宜的花布，城里姑娘家把辫子剪成短头发了，都可以称作新鲜事，都能使她觉得有味和好笑。照例，听过阿妈讲的，竹妹也会告诉阿妈，这几天，哪家两口人为着什么事吵了场合，生产队的水沙下了一头小水牯，还有，大队会计错了一笔账，急得一天没有吃饭，这时候还闷在屋子里发愁呢。

今天的情形全然不同。你看，尽管柴火燃得好旺，米在鼎锅里打滚子，米汤咝咝地往上扑，可是竹妹依然伸起颈根，撮起小嘴巴，一个劲地往火里忽忽地吹。火光映着她的脸盘儿。她的脸盘儿好红，好不自在，眉毛眼睛里，好像有一层重重的心思。

到底出了什么事？毕兰大婶走出火塘屋，走到猪栏里看看，新近买的一头架子猪正在吃潲，槽口很好；那头草猪怕莫是走草了；又走到阶檐上的鸡笼边，数数那些正待进笼的鸡，也没有少一只。毕兰大婶揣着个闷葫芦回到火塘屋来。

"竹妹，"到吃饭时候，毕兰大婶望着埋起脑壳扒饭的女儿，这样问，"这几天，你在屋里好吗?"

"好，阿妈。"竹妹抬起脑壳来说。

"你没有害什么病吧?"

"没有。"

"看样子，你心里有哪样不快活?"

"没，没。"

"是不是和寨上人生口角了?"

"没。"

"噢，噢……"毕兰大婶好烦难，女大了，阿妈摸不透了，"这几天，三牛扯常来吗?"

"他……没……"说到三牛，竹妹把眉毛一颤，眼光也落到碗里去了。

见她的样子，阿妈心里有了数。

"你们两个吵了场合吧?"

"……"竹妹没出声，她有点紧张。

"我晓得，准定是你欺侮他了!"

"……"

"你讲给阿妈听。"

"……"

"你不肯讲，等吃过饭，我去亲口问三牛。"

"阿妈，你莫去问，你莫去。"竹妹急了，拿请求的口气说。

这一来，毕兰大婶更加起疑，三扒两咽地吃过饭，脱了那双穿瓢了的水草鞋，打双赤脚板，往三牛屋里去了。远远地她听见屋边传来嘭嘭的响声。走拢去，看见三牛站在岩坪坝里，乘着屋角上的星光，抡起猫头（斧）在劈松树柴。他几多有劲，一猫头下去，一道闪，一块老松树蔸子就炸开了。他又那样专心，毕兰大婶走到他跟前，站了一歇，他都没有察觉。

"三牛，"趁他放下猫头，勾起腰捡柴的工夫，毕兰大婶开了口。

三牛听到喊，抬起脑壳，发现毕兰大婶，他慌张了，捡到手里的松树柴又打落到地上了。

"大婶娘，你开会转来了?"他很小声地说。

"唉，才进屋吃了夜饭。我那天走得急，要竹妹跟你讲，打鼓坡的那丘长田要好生练。她讲了没?"

"讲了。那天是我自己去用牛的。我把泥巴练得好溶，那些漏眼、沙眼都糊死了。"

"秧田整出来没?"

"整出来了。"

"谷种选好了没?"

"选好了。"

"那些划算秧早包谷的平坡,要赶紧犁;牛爬不上去的陡坢,要指派人去挖。"

"唔,"三牛又答复了毕兰大婶一些事,便问,"大婶娘,县里这回开哪样会?"

"活学活用的会。"毕兰大婶说得很沉重,"今年又要栽双季稻呢。"

"啊!"三牛激动地说,"明明去年拐了场,今年又要栽?"

"还讲要全面推广。"

"那怎么行? 大婶娘,我们桴木寨也全面推广么?"

"你莫性急,栽不栽,推广不推广,和社员商量了再讲。这是众人事,我哪作得主?"

"那好。"

"唉哟,三牛,你劈这多柴做哪样?"毕兰大婶望着那些码成了一扇墙的松树柴。

"反正没得事,我就……劈……"

"你歇下气吧。"

"不要,我,不累。"

"你到我那边去坐坐。"

"不行,大婶娘,我的柴还没有劈完。"

"三牛,你跟大婶娘讲,竹妹有哪样事欺侮你了?"

"……"

"你照直讲,大婶娘回去好骂她。"

"她,她没有欺侮我。"

"那是怎么的呢?"

"我,我跟她,不相好了。"三牛勾起脑壳,很痛苦地说,喉咙里带出一点哭音。

"啊! 有这种事? 你们不相好了?"毕兰大婶震动了。

"嗯。"

"为哪样事?"

"哪样事也不为。"

"竹妹找你讲了什么话?"

"她讲,她讲,我两个合不拢,今后莫来往了……"

看来他们不像一般的口角。

回到屋里，毕兰大婶坐在火塘边盘问女儿了。但是不管你怎样盘问，竹妹就是不开口；骂，她不开口；哄，她也不开口。

"背时的女儿呀，你听见没有？你耳朵眼塞了茅扇哪？"毕兰大婶无法，只落得长一声短一声地叹气。竹妹小时候，毕兰大婶常想，再过几年，女儿就长大啰，当阿妈的就不操心啰。哪里晓得呢，越大越要阿妈操心，越大越成了阿妈的冤家对头了。

竹妹坐在火塘屋的黑角角里。她尽力躲开煤油灯盏的亮光，躲开阿妈的眼睛。她心里打鼓，耳朵眼嘀啰嘀啰响，连脑壳根根都麻了。阿妈讲了些什么，她哪里听得进。她好冷呵，手板心出虚汗，全身起鸡皮皱，活像发摆子病，瑟瑟抖。

九

竹妹在后山上砍起一背柴，拿葛藤捆紧，捡场要下坡了——这是昨天傍黑时分的事。她觉得口里有点点干，左近没有泉，也没有溪涧，到哪里去找水喝？她见路边上正好长了几棚本地人喊"三月泡"的刺莓。那红鲜鲜的小东西，几多好吃，来往的过路客怎么没有摘呀？嗨，现在要轮到竹妹来享口福了。她走了拢去，忙忙地摘，一颗接一颗往嘴里丢；吃得口不干了，心甜透了，还有好几棚没曾动。她摘来几皮宽宽的桐子树叶，先折成三角斗，把剩下的三月泡摘在斗里，然后包成几包，放进了竹背篓。她打算拿回屋，一半给三牛吃！一半留阿妈吃。阿妈进城有五天了，三天开会，两天走路（去一天，回一天），今天要拢屋呢。三牛若晓得阿妈回来了，也会脚跟脚来的。那就让他们坐在一起，饱饱的吃餐三月泡吧！

日头还没有落坡，松杉林被映得血红血红。直挺挺的树干，鲤鱼刺一样的杉木刺，马尾巴一样的松针，比平日更好看。竹妹记起她和三牛在这里捡菌子的事，砍柴的事了。她还记得，她和三牛曾在这里吃过一回三月泡，也吃过一回茶泡……

突然，竹妹听见近边有老虫叫。留神听，那老虫又叫了一声。她惊慌起来，脑壳根根都麻了，顺手抓起那把磨得锋快的柴刀。老虫若真的扑拢边，只有和它拼性命，没有别的法。然而不是老虫，"哈哈哈……"跟着一串笑声，从路边的刺窠里站起一个人来。

"是塔山叔，你，嗨，差点点把我吓死了，魂魄都吓打落了！"竹妹喘着气，惊魂不定，望着仍在打哈哈的向塔山说。

"真的吗？"向塔山走起拢来，装出着急的样子说，"哎呀，若真的把竹妹吓死了，那就不得开交，山坡上的雀儿也会哭，花儿也会落眼泪……"

"塔山叔，"竹妹出气不匀地笑，"我阿妈呢？她怎么没同你一路转来？"

"她老人家哪兴和我们一样？她是县委委员，县革委常委，大会散了，又接起开小会。"

"开会，开会，开不完的会。"竹妹有点不高兴了。

"我晓得了，你在挂牵阿妈，你一个人在屋没得伴……"

"哪里呢，我……"她一下子想起了竹背篓里的三月泡，便说，"塔山叔，有三月泡，你吃不吃？"

"实在太好了，"向塔山响着嘴巴皮，笑嘻嘻地说，"嗨，我走得口干，正想吃三月泡呢。"

竹妹放下柴刀，勾起腰，伸手从竹背篓里拿了一包三月泡，递给向塔山。向塔山没有接。他把眼睛放在竹妹的手上。他发现那只没有被劳动剥蚀的漂亮的手上，有一条长长的新鲜的血口子。

"哎呀，竹妹，"他扯过竹妹的手，好惊讶地说，"你，你，你怎么搞的啰？"

"想是被甚么刺刺划了一下。"竹妹收回自己的手，说。

"痛得很吧？"

"没。"

"流了好多血吧？"

"没。都收口了。"

"嗨，你自己倒不当回事，我看了都心里绞。你等下，我去找点药来。"

向塔山钻进松杉林里，扯来一把什么草草，塞进嘴巴，嚼出了绿水，吐在手板心上，很小心地给竹妹往伤口上敷。竹妹的小巧的手，抓在他的很结实的手里。她觉得好紧，好紧，紧得发痛了。她往回抽，抽不脱。她满脸涨红了。

"塔山叔，"她小声请求说，"放开我，都敷好哪！"

"竹妹，"向塔山直勾勾地望着竹妹的眼睛，说，"从今起，不，从这阵起，不准你再喊我塔山叔！"

"怎么呢？"

"我只比你……我属鼠，你属兔，我只比你大三岁。你喊我叔，别人听了不取笑吗？"

"那喊什么呢？"

"喊我塔山哥。"

"好，我喊你塔山哥。"竹妹屈服了，又说，"塔山哥，你把手松开。"

向塔山满意了，松开手，从竹妹的另一只手里，接过那个桐叶包，打开，捡出颗又红又大的三月泡，丢进口里吃。

"好甜哟，好甜哟，"他眯起眼睛，响着嘴巴皮说，"竹妹，你的手气好，你摘的三月泡好甜，你煮的饭好香。"

竹妹的脸盘儿飞起了辣子红，红到了颈根边，红到了耳朵上。一只小兔儿钻进她的胸脯里，蹦蹦跳……

"唉，"向塔山长长地叹口气，说，"我若餐餐吃得到你煮的饭，那我就成了神仙。不晓得我前世阴功修得如何，今世有没有这个命呢？"

向塔山的话，连同他的神气，聪明的竹妹都懂了。她好紧张呵，好骇怕呵，气都回不过来。在这远离寨子的荒寂的山边，除了她和向塔山，没有别的人……她，该怎么才好呢？

"竹妹，你，怎么不回我的话？"向塔山急急地说。他把自己的身子，挨近了竹妹的身子，还伸出一只手，攀住竹妹的肩膀。

"我，不能，不能……"竹妹喃喃说，慌忙走开了。

"为哪样？我，配不上你？"向塔山撵过去，伸着通红的颈根。

"我，我早有了。"

"什么？你有了？"

"嗯。"

"是哪一个？你快讲给我听，是哪一个？"

"三牛。"

"哪个三牛？"

"我们寨上的三牛。你怎么会不晓得呢？"

"不晓得，我一点也不晓得。你们是哪个时候……"

"去年南瓜熟的时候。"

"啊呀！"向塔山很痛苦地喊，他全身打抖，额门上鼓起青筋，嘴巴也扯歪了，"去年南瓜熟的时候，我在哪地方呢？我……竹妹，你信不信，我是前年开春的时候，不，还早些，还早些，我的心里就有你了。你未必一点看不出来吗？"

"我看不出来。"

"我不得信。"

"是真的。"

"唉，竹妹，你讲，你讲，如今我怎么办？怎么办？"

"我不晓得。"

"你，你要答应我！"向塔山拿出不容商量的口气说。

"不行，不行！"竹妹的口气也是不容商量的。

"若真的不行，我就要死了，没有你，活在世上还有什么味？竹妹，见我这个样，你就忍心吗？你的心肠有这样硬吗？"

竹妹好为难啊！别样事，她一点不怕吃亏，她可以牺牲自己；可是碰到这样的事，她实在没得法了。

"唉，寨子里又不是没有别的姑娘家，她们像坡上的野花一样多，一个个又比我好。"

"不，不，除了你这朵，别的花我都不爱。这是真的。她们邀我进山里唱歌，下里耶街赶场，帮我做鞋，拿眼睛瞟我……我一个也没睬。"

竹妹善良，富于同情心，见不得别人有甚么苦事；竹妹纯真，从没讲过不对心的话，也没想到别人会讲不对心的话。她被向塔山深深的情意感动了，她的心和口都一下子软了。

"塔山哥，可惜我的身子不能分成两个，不能……"

"如果能分成两个，两个都是我的！"向塔山毫不含糊地回答。

要晓得，他是土家人中一个有本事的"很人"。如果他想做一样事，他就一定要做到。这阵子，他突然下决心，要在很短的时间里，用自己的大胆和坚定，征服竹妹的怯弱和动摇，用快速而猛烈的行动，冲刷她的心灵，摧垮她的意志。

他朝竹妹扑过来了。

竹妹呢，这个善良而纯真的女娃儿呢，和刚才听见老虫叫一样，她惊慌起来，脑壳根根都麻了。对付老虫，她可以用柴刀；对付向塔山，她却没得法。她逃进松杉林里去了。但是向塔山撵上了她。

"塔山哥，"她竖起眉毛，横起眼珠子，很生气地说，"你，你到底要做什么？"

"我……"

向塔山回答了她，用行动，而不是用言语。她被逮住，被推倒在地上，被压在向塔山的强健的热乎乎的身子下边了。她挣扎着，反抗着，然而她哪里是向塔山的对手呢？她想喊叫，但是喊不出声；就算喊出声了，在这远离寨子的荒寂的山坡上，又有哪个听得到呢？她哭了。这时候，地上的杉木刺在扎扎作响；一蔸挂满三月泡的刺枝在风里摇，摇……

……

向塔山果然成功了，胜利了。下坡的时候，他给竹妹背柴，让竹妹在背后走空手。可怜的竹妹，在遭到一场意外的打击之后，觉得口干、舌燥，脑壳根根闷，脚肚子软溜溜的。

春日的山坡上，树叶儿发了青，到处都绿得放亮。头天落过雨，岩板路滑滑的。她踩着那些透明的和半透明的鲜草，又松又软，鞋帮上染了许多绿绿的浆汁。路两边，开满了野花，星星点点，黄白杂间，那色彩一点也不惹人注意，但香气却浓郁得很，比杨梅酒还醉人。

"塔山哥，"竹妹头一回这样叫唤向塔山，但很忧虑地说，"若是阿妈晓得了……"

"你怕你阿妈?"向塔山歇住脚,扭转了脑壳。他和竹妹中间被背篓上的柴捆隔开了。他看不见竹妹。

"阿妈准定不会答应的,不会的。"

"为哪样呢? 她是支部书记,我也是支部书记,我们两家结了亲,也是门当户对。今后,我好和她老人家在一起活学活用,一起商量工作。你想想,这又几多好,她有甚么理由不答应呢?"

竹妹用心听向塔山的话,想他的话。

向塔山反手把背篓上的柴扳正,继续往坡脚下走。他的脚有力,稳扎,在岩板上通通地均匀地响。杉木树林里有一只竹鸡叫。他对竹妹讲,这是只母竹鸡,还有了小崽崽,听,这是在唤它的小崽崽呢。接着向塔山学了几声竹鸡叫。那母竹鸡果然从杉木刺丛里飞出来,叫得更加响亮,更加热烈。它上了当,把向塔山当成自己的儿子了。

十

天黑下来,三牛吃过夜饭,点盏桐油灯,然后披件家织布汗衣,坐在脚盆边洗脚。水好热,他把脚板放在水里泡,伸手拿起那架用红椆木、山竹杆和栗木子做的算盘,摆在膝头上,打了一阵"九九归"。他长进多了。这要多谢竹妹,若不是竹妹把着手教他,哪里学得这样快? 竹妹真好,对那个杂交包谷的试验,她很支持,答应当自己的帮手。春天来了,他们的工作就要起始了。三牛又想到,他和竹妹已经商量好,今年冬里就结亲。毕兰大婶也讲要得,一些到时候要用的东西,无分巨细,老人家也为他们备办得齐整了。去冬里,她就请人织了一笼麻布帐子,一床叫西浪卡普的土花铺盖,请弹匠弹了一床九斤半的大棉絮;她还请寨子里最老辣的圆木匠和细木匠,用珍贵的杉木心子打了一只提桶,一只脚盆;用柏子木作板,香椿木作方,打了一个银柜。这些木器都拿桐油和颜料光得红红的,亮亮的。从今起,他要崭劲在队里出工,多拿些工分,等结亲时候,好给竹妹扯两身衣裤,一身灯芯绒的,一身线卡的;当然啰,还要买一双高统子胶鞋,一把勾把子洋伞,两双尼龙花袜……别的新嫁娘不缺的东西,竹妹都应该有。再穷也不能作践她了。三牛还想到,结亲后,他要尽心照扶竹妹,细的留她吃,软的留她穿,轻的工夫留她做;他划算砌一间猪圈,养一头架子猪,再养一头草猪;他和竹妹一路上坡扯猪草,一路拿磨子推包谷粉,一路到碾子屋去碾米,筛糠……溪水有涨落,草木有兴衰。到毕兰大婶手脚硬了,动不得了,他就养她的老,让她有个靠处。老人家辛苦一世,才把竹妹盘大。三牛记她的恩,要把她当自己的阿妈一样,孝敬到头的……

三牛就这样木木地想,忘了打"九九归",也忘了拿手去擦脚杆上的泥巴。若不是听见屋外头有人喊,还不晓得他要在脚盆边坐到哪个时候去呢。

"三牛哥，三牛哥！"

是竹妹的声音。巧得很，正想到她，她就来了。

"竹妹，快进屋来！"三牛发出了邀请。

"你出来吧！"竹妹站在窗格子外边说。

三牛放了算盘，拿汗巾揩揩脚板和脚杆，拖双圆口青布鞋，走到木屋的大门边来了。这鞋是竹妹为他做的，穿了几个月，还和新的一样。他是很爱惜这双鞋的。

竹妹站在那里，勾起脑壳，手指头抚弄着手指头。

屋角上有几颗黄的、白的星子。

"还没有吃夜饭吧？"三牛走拢来问。

"吃了。"竹妹低声说。

"竹妹，你讲巧不巧，刚才我还在想，到那天，我要给你扯两身衣裤，一身灯芯绒的，一身……"

"你不要扯了。"

"那为什么？"

"……"

"我还想，我要抽空在屋垱上搭个偏棚，砌间猪圈，到时候，我们养一头架子猪，再养一头草猪。那草猪一年拖两泼猪崽……"

"你不要修猪圈了。"

"那又为什么？"

"……"

"春天来了，我们打伙搞的杂交包谷试验，就要起始了。"

"我没得空，我不参加了。"

"竹妹，你好像对我生了意见？我有什么事得罪你了吧？"

"……"

"你晓得的，我这个人好岩板（方言：笨、不灵活的意思），若有不到的地方，你莫多心。"

"我哪里多什么心？我来找你，是有要紧的话讲！"

"什么要紧的话？"

"……"竹妹没有勇气说出来，她心跳得很凶。

"讲吧，到底什么要紧的话？"三牛感觉到问题有点严重了。

"从今起，我们莫来往了！"竹妹终于鼓起勇气说。

"为哪样事？"

"哪样事也不为。"

"你真的这样拿定主意了？"

"拿定了。"

"你的主意再不能改变了吗?"

"不能!"

"竹妹,你好生放在肚子里想下。我劝你还是改变这个主意。"

"我想过了。我是个共青团员,我阿妈是党支部书记,我不得不盘算自己的政治前途呀!再讲,我们都年轻,还有好长的路走,莫等日后……不如趁早……"

"也要得,"三牛很痛苦地说。竹妹的话刺伤了他的心,他的心流出猩红的血……"我不耽搁你的政治前途。早先我就讲了,日子久了,你会反悔的。你果然反悔了。不过,如今还来得及。"

屋角上的星子,划出一道长长的白光,落进后山的松杉林里。

竹妹转背走了。

三牛搞不清自己是怎么回到木屋里来的。黄狗蜷在火塘边困觉。他蹲着,抱起这位心爱的老伙计,拿了一个烧熟的红苕喂它。到后来,他们亲热地偎在一起,它拿舌头舔他的手,他拿手板顺它的毛。但是黄狗哪里晓得主人的心思呢?

分手吧!各走各的路吧!过去了的事情就让它过去吧!只把它当作一场梦,一场六月天的雨脚云那样的梦;既然醒过来了,就不该在心里留下一丝丝印迹。

一切都因为阿爸……

记得在申请入团、填写入团志愿书的时候,他本着对组织忠诚老实的态度,对阿爸的死,作了这样的说明:"大跃进那年修水库,阿爸害病出不得工,挨领导批评,还被扣饭,他气不过,自杀死了。"他不认为阿爸不满意共产党,不满意社会主义,甚至有仇恨。阿爸是贫农,旧社会那阵,被土匪抓到八面山上,做牛背犁,给他们种鸦片烟……阿爸常跟儿子讲:"若是共产党不来,我的骨头都打得鼓响了。"这样一个人,哪里会不满意共产党和社会走义呢?

当然的,阿爸自杀是不对的。有天大的冤屈也不该自杀。上有县委领导,有州委、省委领导,有党中央、毛主席领导,无论哪样事,都讲得清。但是,压着别人在落雪天打"赤膊战"就对吗?害病了不准吃药、也不准吃饭就对吗?把一切罪过都推在一个死人的脑壳上,要他万年不得转身,这公平吗?甚至连一个当年还不懂一点事的娃儿,也要为他的阿爸负责,不光丧失了政治前途,同时也要失去爱一个姑娘家的权利吗?

十一

事情确实太复杂了。在那样的时候,要求一个经事不多的年轻人,对三牛阿爸的死，对大跃进时候发生的一些事，作出一个科学的判断和评价，实在是很难的，甚至是不可能的。

竹妹就是这样。背柴从后山下来的路上，向塔山对竹妹说："三牛，唉，你怎么会看上三牛？他阿爸死在共产党手里，他和共产党有杀父之仇；加上他阿妈又是在过苦日子那年饿死的，他心里会拥护大跃进吗？会拥护三面红旗吗？共产党会信得过他吗？你，一个共青团员，一个劳动模范的女，日后还要入党，要出门搞工作，要当革命接班人，未必你就不盘算一下自己的政治前途吗？"

竹妹说："听我阿妈讲，这怪不得三牛，他阿爸也不是和共产党有仇死的。那些年搞强迫命令，动不动就扣饭，得病了不准吃药，不准歇气，把人都逼死了呢。"向塔山吃惊地说："啊，你阿妈讲了这样的话？不会的吧？"见竹妹不回话，他又说，"竹妹，你晓得，像这号'黑五类'子弟，一辈子莫想入党，只要来'运动'，就拿他做对象，连个普通社员的资格都不够，如今又特别强调抓阶级斗争，……唉，你若真的跟了他，今后的日子到底怎么过？再讲，你们还要有儿女，儿女又有儿女，一代接一代都成了'黑五类'。你自己可以牺牲，还要你的儿女、你的亲戚朋友，都来背这个包袱么？"说到这里，他突然把口一转，眼瞪瞪望着竹妹说，"你放在心里好生想想，这婚姻大事不是做起耍的，搞不好要悔一辈子的！"

听了向塔山的话，竹妹吓倒了，她不能不想到寨上一个中农家的黄花女了。那女伢在里耶街上读高中，爱了一个地主的儿。阿爸、阿妈嫌那边成分高，旁边也有人打破锣；她不肯听，硬是和那个地主儿结了亲。哪里料得到呢，没得半年，她突然变成个癫子了。碰到人，她就磕头，哭起喊："好心的人，你们去我娘屋里调查吧，我是中农婆，不是地主婆，真的不是呢，你们莫冤枉我……"没得法，她只好和她男人家离了婚，如今还留在娘屋里养老女。想来实在使人害怕！在当时，男儿家和女儿家谈爱，第一先要考虑对方的政治条件。唉，竹妹她为甚么就没有考虑？

到了夜深，竹妹扑在软和的散发着稻草和米汤气味的床上，嗷嗷哭起来了。想起白日在后山上的那些事，她又羞又怕！悔恨不已！她和三牛相好了这么长久，他们常常躲在瓜园里幽会，但是他们从来就没有什么不规矩，连亲嘴和搂抱都没有过。既然还不曾结亲，那就要有个界限，何必要那样急呢？偏偏碰到了向塔山！照竹妹想，他是个有知识的规矩人，是个趣味和情操都很高尚的人。哪里晓得，他一撞进竹妹的生活里，就伸脚动手，粗卤地突破一切界限，侵占了竹妹的身心。

从这天起，竹妹已经失落了一个姑娘家的清白，她变成了婆娘家，并且注定是向塔山的人了。

　　竹妹好伤心，双手捧着滚烫的脸盘儿，嗷嗷哭。眼泪从指缝里流出来，落湿了长长的方方的梅花枕。她哭着，脑壳晕晕的，全身像筛糠一样抖。她恨她自己，咬着牙，拿手，拿指甲，用力往自己身上乱抠，被抠烂了的皮肉流出血来。她喘着气，喘着气……真不敢想，如果有人晓得了她的见不得人的丑事，那又怎么得了？还有阿妈这一关怎么过？

　　这是怎么回事？三牛突然跳到她的眼前来。"也要得，我不耽搁你的政治前途。早先我就讲过了，你会反悔的……如今还来得及。"啊，三牛的含着眼泪的声音，憨厚老实、极端难受的脸盘儿，打动了她的心。想起三牛的许多好处，想起那些甜蜜而又动人心魂的、有月亮和没有月亮的夜晚，她若有所失，觉得对不起他，可怜他了。自己为什么这样心狠、对他这样残忍呢？不行，她不能跟向塔山，她要跟三牛；她不会忘记自己在瓜棚底下说过的话；她还要教三牛打"九九归"，一同搞杂交包谷试验，砌猪圈，养架子猪和草猪，到后山松杉林里去砍柴，捡菌子……甚么政治前途，她不管了，不盘算了；只要能同三牛假在一起过日子，再苦再累，遭尽世间的磨难，她都心甘情愿。让她和三牛一同去受罪吧！她决定了，明天一早，她就去敲三牛的门，把一切都告诉他，向他悔罪，求他饶恕。但是他能够饶她吗？

　　哒哒哒，有人在敲竹妹的边门。是三牛吗？想到他，他就来了？竹妹尖起耳朵听听，那声音又响了几下。这样晚了，他来有什么话讲？哒哒哒，……"竹妹，竹妹！"敲门人喊，声音很小，是闷在喉咙里的，竹妹听不出是不是三牛。

　　"竹妹，快开门！"

　　竹妹听出来，这声音好老辣，而三牛的声音是嫩葱的。

　　"你是哪个？"

　　"我，你塔山哥！"

　　向塔山！又是向塔山！竹妹心跳起来，手脚颤抖起来，全身的血往上翻。

　　"这样夜了，你来做哪样？"

　　"我有要紧的话讲！"

　　"明早讲做不得？"

　　"做不得。"

　　"你讲吧。"

　　"不，你把门打开，我进屋讲。"

　　"不开，你就在外头讲吧。"

　　"竹妹，我真有要紧要紧的话跟你讲。我是从布谷寨赶起来的。若不要紧，我耐烦走这么长的夜路吗？"

　　"站在外头怎么讲不得呢？"

"我怕别个听见。"向塔山又把门哒哒哒敲了几下，还紧催，"竹妹，你快开门，我只讲几句话就走。"

屋里好黑，竹妹摸起下了床，扯了鞋。向塔山紧在外头不走，如果隔壁听见了怎么好呢？她决定让向塔山进屋了。

"我点个亮。"她伸手在银柜上摸火柴。

"莫点，黑点好些。"

"怎么呢？"

"隔壁见你屋里有亮，会以为出了甚么事……"

竹妹摸到房门边，伸起筛糠抖的手，扯脱了门栓。边门吱嘎一声开了，一个大块头男子汉钻进来，反手又将门关起，落了栓。

"竹妹，竹妹，"向塔山用肌肉发达的手，死紧箍住竹妹弱小的柔软的身子，压迫她的胸脯，喃喃说，"我的宝贝，宝贝……"

"轻点，塔山哥，你轻点，……"竹妹出气不匀地说，她好冷呵，牙齿在哆哆地打架。

"你冷？"向塔山把手松开些，在竹妹耳朵边问。

"嗯。有什么要紧话，你快讲吧！"

"嗨，我好想你，我困不着，我的魂魄勾在你身上了。"

"你就是这个话？"

"我还要问你，你去找三牛了没？"

"找了。"

"你照我的话讲了没？"

"讲了。"

"他怎么讲？"

"他讲要得，答应了。"

"好了好了，我们的事成器了，你竹妹是我的人了。"

"还有阿妈……"

"那不要紧，你阿妈有我呢，有我呢！"

寨子里传来第一声雄鸡叫，如果向塔山不来，竹妹就要乘天不亮的时候，去敲三牛的门，向他悔罪……但是向塔山太厉害了。竹妹的命运也许就该是这样。她永远不会去找三牛了。

"竹妹，我口里好干！"

"背桶里有水，你去喝。"

"我想吃点三月泡，我记得，背篓里好像还剩了几包。"

"你把手松开，我给你拿。"

竹妹摸到竹背篓，伸手抓起桐叶包，再一摸，湿湿的，软软的。三月泡放不得这样久，全都烂了，化成一泡水了。

十二

柱头上插根黄篾点的亮篙。这是从竹子上破下来的黄篾，拿岩头压在水里，泡好多天，放日头底下晒干，就点得亮了。照讲，梓木寨大队部点个桐油灯、煤油灯还是点得起的，但是毕兰大婶为着节省非生产性开支，即使开大队和生产队干部会，也宁愿点这种不要钱买的黄篾亮篙。虽然是春天了，到了夜里，高山界上还那样冷。还没有到火塘里断火的时候。这是毕兰大婶回到梓木寨的第二天夜里，大队干部和生产队干部们吃过夜饭，洗了脚，就到大队部来，分好几层，围着烧了好大堆茶壳火的火塘，听毕兰大婶传达县里三级干部会的精神。

三牛坐在顶背后一层，隔火塘远，隔黄篾亮篙近。因为这缘故，他负起了换亮篙的职责。等到亮篙快燃完了，就扯脱出来，单另点燃一根，依旧插到那个拿生铁打的插筒里。他很尽职。同时，他又把毕兰大婶的话一句句收进耳朵眼里。今夜是开栽不栽双季稻的会。毕兰大婶要大家发表意见，按梓木寨的地土、节气、人力、牛力、粪草、种粮、水，和去年栽了百把亩双季稻的实情，今年是栽还是不栽？

队屋里热闹起来了。

"去年吃了哑巴亏，白白浪撒了几千斤种粮，还不算灰粪……又喊栽甚么双季稻？"

"栽不得，万万栽不得！"

"他袁书记硬讲得好，没得稻谷收稻草，没得稻草收精神。精神当得饭吃么？他百多块钱一月，还有二三十斤粮票，肯拿来把我们煮饭吃么？"

"哼，他只要你革命，革命，才不管你有饭吃无饭吃。"

"革什么命呵，是革自己肚子的命！"

"从大跃进那年起，年年吃钵子饭；要这样搞，只怕连钵子饭也吃不到口了！"

"喊得应是条拐场的路径！"

"唉，讲起来我们也算务了几十年阳春的老手，如今样样不会了，轮到袁书记来教我们抛粮下种了。"

"你们不晓得，有回州里来个大干部，问我生产队长在哪里？我讲生产队长坐在县里；又问他哪天转来？我讲他一年来几回；他怎么抓生产？我讲他靠电话机、广播机抓生产，他姓甚么？我讲他姓袁……"

"哈哈，哈哈……"

"他哪里是抓生产？他是拿我们耍把戏，逗起人来看闹热。"

"拿起我们的衣食饭碗当花戴！当纱帽戴！"

看来没得什么商量的，大队干部和生产队干部一口声不愿栽双季稻。但是他们讲话太偏了，太没得分寸了。人家到底是党的领导干部嘛；人家也是为的对国家、对世界作贡献嘛，为的让社员有饱饭吃嘛！唉，为甚么要把人家讲得那样不好呢？在县里，毕兰大婶留下来开"两委会"的时候，县委袁书记很厉害地批评她，说她有懒汉思想，右倾保守，是小农经济的什么"性"，跟不上革命形势的发展了；还鼓励她今后要崭劲活学活用毛主席著作，提高思想境界。到后问她："你有没有毛主席的四篇哲学著作？"她讲："没得。"袁书记从木桌上拿起那本书："好，把我这本送你。"……

毕兰大婶这样理解上级领导对自己的批评：他是为自己好，望自己莫落后，莫变成继续革命路上的尾巴。"毕兰大婶呀，你是全县一杆旗呢，十几万人都眼鼓鼓望着你呢，你抬脚动手都有好大的响动呢。高寒山区栽双季稻，是大幅度提高粮食产量的革命措施，是新生事物。你有这个责任，好生做出个样子来。哪里会没有困难呀？你领头办第一个互助组、第一个初级社的那阵，困难不困难呀？你一个人提起钢钎、铁锤，到洞底溪打岩炮、修水库的那阵，困难不困难呀……"毕兰大婶没得话讲，从心里接受袁书记的批评，感激他的关心和帮助。她答应："等回屋，我和社员打个商量。这是众人事，我一人作不得主。"

商量的结果，大家都不同意栽双季稻。这是估得到的。

毕兰大婶从火塘边站起来，伸起手，扎紧有些松垮了的头帕。黄篾亮篙和茶壳火都照着她温存的慈母一般的脸。

她开口了。

"同志们哪，照我想，这双季稻当然是个好东西，一年若收得两回谷子，哪个不喜欢呢？我又想，去年没搞成器，兴许是我们的手脚没到堂？毛主席的哲学著作没有学得好、用得好？"

队屋里唧唧咕咕地有人讲话了。

"莫性急，等我讲煞果。同志们哪，你们不晓得，我心里好急哟。对门坡上的布谷寨，和我们一色地土，一样节气，人家去年偏偏把双季稻搞成功了；今年又要全面推广，夺个特大丰收年。想下子，自己变成革命路上的落伍兵了，心里急不急呀？"

"大婶娘，"火塘边有人说，"照你的意思，我们桴木寨今年也要全面推广双季稻？"

"哪里呢？这两天，我在肚子里盘算又盘算，加减又加减；唉，还是让别个去打冲锋，我们再当一年落伍兵算了。这是社员的衣食饭碗，不是我一个人的事，做不得要的。吃亏多了，心里怕得很；好比走路，硬要走得稳当点，牢靠点。等明年，我们再看……若真的有那样多好处，我们就去学乖，捡别个的见识。"

三牛又在插筒里换了根黄篾亮篙。大队干部和生产队干部们接着扯了些阳春上的事，会议就结束了。阶檐上码得有焦干的杉木皮。他们各人抓了几块，扎成个把把，点燃了照路。毕兰大婶省俭惯了，舍不得打火把；眼睛还好，路又熟，也没到老蛇拦路的节气，她摸得拢屋的。

然而三牛撵上来，手里擎根火把，伸到毕兰大婶脚跟前，要给她照路。刚开会那阵，三牛好急的；到后打定主意，今年不栽双季稻了，他心里梗起的岩头也落地了。

"三牛，今天是初几了？"

"初九呢，大婶娘。"

"呵，明日是里耶的赶场天了；我还有些事要去办呢，你去不去？"

"我没得空，队上的谷仓漏了，请不到瓦匠，我自己捡。"

"你缺哪样东西要我带吗？"

"我不缺哪样。"

"盐呢？煤油呢？"

"屋里还有。"

"三牛，我还问你句话，你和竹妹取和了没？"

"没，大婶娘，我们的事只怕没得救了，……"

十三

离桦木寨十多里远近，有一条行得机帆船的叫做酉水的大河；酉水拐弯处，有一条将近五百户人家的叫做里耶的小街。当地习俗，每逢四、九赶场。近年里，上级贴出布告，为着少耽搁生产，把五天一场改成十天一场，把场期定为每月的初十、二十、三十三天。

今天逢十，是春耕大忙前的最后一个场期。下街赶场的人真多啊！有人是来看姑娘家背起竹背篓甩同边手的；有人来赶狗肉、猪杂碎下酒的口福；有人来卖脱猪儿、羊、鸡和鸡蛋，采办一些火柴、盐和各色零碎东西，备足大忙期间的缴用。因为往后的个把多月，每逢场期都是"冷场"，忙得两头黑的土家人，那些天是没得工夫再到里耶来光顾的。

毕兰大婶要办的事好多，到供销社领卖余粮才有的化肥奖售票；去信用社拿些存款，好买犁口和耙头；同时，听讲粮店有一批花垣来的早包谷，也要去问声，换点做种。过了中午，她办完这些事，突然想起了竹妹，这半天，她在塞满背篓和斗笠的小街上穿来穿去，为甚么连竹妹的影子也没有见？

昨夜里，从大队部回到屋，毕兰大婶同竹妹讲，明天一路下街去赶场。竹妹也答应得好好的。到了今早，她变了卦。她换了浆洗得很索利的衣裤，扎条好看的绣了花的围裙，梳好头，包起青丝人字形帕子，尔后对阿妈说："阿妈，你背后来，我先走一脚了。"她的理由是：听讲里耶来了耍木脑壳的，昨夜就在河坝上围起布帷，只怕一早就会打开台，若去得迟了，那就赶不上看最热闹的戏目了。

到现在，毕兰大婶才有些起疑，这个鬼姑娘，又有哪样事瞒着阿妈了？老人家背起竹背篓，又在小街上打了个回转，还是没有找到竹妹。酉水边的河坝里，木脑壳戏已经散场，布帷已经撤去。从团转寨子里来的土家人，已经将山货土产出了手，换回自家等着急用的零碎，怀着满意或不甚满意的心绪，动身往回赶路了。小街上渐渐疏落起来。毕兰大婶望望偏西的日头，决定独个往回走，懒得再等那个"脱了笼头的马儿"了。

然而凑巧得很，毕兰大婶刚刚走出小街，正要跨上有瓦有檐的长桥，一眼看见了竹妹——这个该死的姑娘终于出现了！

她站在桥栏边，勾起脑壳，听旁边一个人说话。这旁边人是哪个？啊，向塔山！布谷寨的年轻党支部书记向塔山！在全县三级干部会上，介绍活学活用的经验时，宣布要全面推广双季稻的向塔山！他靠在桥栏上，挨紧竹妹，一面嗑葵花子，一面大声地笑咧咧地对竹妹说什么。

毕兰大婶震惊了。她像挨雷打，眼发花，耳朵眼嗡啰响，脑壳炸得痛。原来是这样！原来是这样！几天来，她始终蒙在鼓里头，现在她甚么都明白了。怎么办？躲开他们呢，还是对直走过去？

此刻，向塔山也发现了毕兰大婶。

"看，大婶娘来了！"他压起喉咙，对竹妹讲。

"我们走吧，莫要让阿妈看见。"竹妹惊慌起来，小声说。

"莫怕，竹妹，"向塔山很轻巧地说，"反正要让大婶娘晓得，正好趁这时候……来，来，我先过去喊声大婶娘。"

他真的朝毕兰大婶迎过去了。

嗨，好古怪的人哟！依竹妹的意思，他俩最好找一个背静地方去说话，莫要在小街上露面，免得让桴木寨的熟人撞见了。但是向塔山不怕。他说：男大当婚，女大当嫁，这是天经地义，有什么见不得人呢？至于三牛，你同他拜堂了没，扯结婚证了没？既然没有，那就算不得数。婚姻法有条文，男女婚姻自由，喜欢和哪个就和哪个，这是受法律保障的，任何人都不许干涉的。如若有人讲甚么闲话，尽管让他去讲好了。发霉的封建脑壳！经过了文化大革命，居然还有这样的人，还有这号顽固的习惯势力，不是复辟倒退又是甚么呢？

听了向塔山这番话，竹妹心里不像先头那样恐惧了。她跟起向塔山，一路看了木脑壳戏，一路进了面馆，又一路在人挤人的小街上逛了几遭。若撞见桴木寨的熟人，竹妹的心，仍不免像打鼓样的咚咚跳，脸盘儿绯红了，同向塔山的间隔也不由得拉远了一点。然而，向塔山却停下来等她，故意挨拢她，显出特别亲热的样子；主动而又大声地和对面来的熟人打起了招呼。他的用意好像就是要让别人晓得：你们看，布谷寨的党支书，同桴木寨党支书的女儿相好了，他们是一对了！

现在撞见了阿妈，她又会怎么样呢？

"大婶娘，"他改了口，把"毕兰大嫂"换成了"大婶娘"，"你老人家赶场来了？"

"是呵，你也来赶场哪？"毕兰大婶说。

"哎，竹妹她也来了。"

"阿妈。"竹妹走了拢来，怯怯地说，她害怕阿妈的眼睛。

"你也在这里，害得我满街找呢！"毕兰大婶略略责备说。

"我……"

"大婶娘，"向塔山帮竹妹说，"我和竹妹看完木脑壳戏，也到街上找你老人家呢。"

"呵……"

"大婶娘，你还没曾吃东西吧？你等下，我去抓几个油粑粑来。"聪明的向塔山，俨然以女婿的身份，崭劲讨好他未来的岳母娘了。

"不要，我不饿。"

"哪里会不饿呢？再讲还有十几里路走，不吃点东西怎么行？"

"我吃过了。"

"我不信。听竹妹讲，你老人家省俭得很，出门从不带一个钱。竹妹，快接阿妈的背篓……"

向塔山转背走了，他有意离开一下，让母女俩单独谈谈。桥头上剩下了毕兰大婶和竹妹。唉，毕兰大婶一直不开口，她不晓得，该用什么方式，什么口气，向女儿提出自己想要了解的事。竹妹也不讲，她落着眼皮子，站在阿妈的对面。那样子，活像一个等着法官判决的罪犯。

"竹妹，"毕兰大婶终于开了口，声音很小，几乎叫人听不见，"你……你跟向塔山相好了？"

"嗯。"竹妹轻轻地点头。

"你觉得他比三牛好吗？"

"嗯。"竹妹的声音低得听不见。

"你是不是了解他，他哪样好呢？"

"他政治条件好。"

"唉，政治条件，政治条件……"毕兰大婶叹息，又问，"照你讲，三牛的政治条件不好啰？"

"他阿爸是大跃进那年吊颈死的，向塔山讲，他心里准定对社会不满。"

"这是混账话！"毕兰大婶动气了，又怕伤了女儿，缓下来说，"当然啰，向塔山是党支部书记，有能力，脚路宽，在人前走得起，又生得好看……"

向塔山回到桥头上来，笑咧咧的，手里抓着几个拿干桐叶包起的油粑粑。

"大婶娘，你吃。"

"我讲了不要嘛。"

"买都买来了，还巧甚么理（方言，客气的意思）？"

毕兰大婶无法，接起油粑粑，放进竹背篓里。

"这是好多钱哪？"她伸手往家织布的衣荷包里摸。

"你看大婶娘，几个油粑粑，也要算钱。"

"塔山，我凭什么白吃你的东西呢？"毕兰大婶拿着几张角票，硬要塞给向塔山，并且声言，如若不收钱，那她连油粑粑也不吃了。向塔山只好把钱接了。

"大婶娘，我和竹妹的事，她刚才跟你老人家讲了没？"

"我问她了，唉，我总有点不落心。"

"你老人家担心哪样？"

"你还没真正摸透她，她也没真正摸透你。你们都太性急一点儿了。"

"大婶娘你放心。我对她好是真的，她对我好也是真的。从今起，我俩要互相帮助，一起活学活用毛主席著作……"

"唔，你晓得不晓得，她跟三牛的事？"

"原先我不晓得……我很同情三牛，可是又有哪样法呢？"

"唉，这是一辈子的事，不是做起耍的。你们还年轻，要放到肚子里过细想……"

"大婶娘，我和竹妹认真考虑了，商量了，我们想，等忙过春耕，索性把喜事办了。从开春起，我阿妈的气管病发得厉害；再讲，我今年二十六，竹妹也不小了，都合符晚婚的条件了。"

向塔山的话，无异于最后通牒。事情发展得这样快，这样使人脑壳晕，看来已经到了无可挽回的地步了。

十四

回到屋，毕兰大婶坐在火塘边，偏起脑壳，不理竹妹。

"阿妈，女儿有千不好，万不好，可到底是你的女儿呀！"

毕兰大婶重重地叹了口气。

"阿妈，你就答应……"

"唉!"

"事到这一工了,没得二条路了,阿妈你若不答应,女儿如何开交呢?"

"唉,怪我没把圈里的羊子关牢呢!我默神,有三牛这个主了,不怕有人偷了,哪里晓得呢?"

"阿妈。"

"你莫紧喊,我不是你的阿妈了;你大了,翅膀骨长齐扎了,晓得飞了。哪里还要阿妈呢?"

"我要阿妈!我现在就是要等阿妈一句话。"

"你'四样'瞒起阿妈,到如今,来逼阿妈一句话。唉,阿妈不管了,让你去自由!你以为塔山比三牛好么?唉——你在心里认真盘算过么?日后不得反悔么?这是一世人的事哩!"

"不得的,不得的,向塔山他……"

"唉,你阿爸死得早,我受了好多累才把你盘得这样大……"想起往事,毕兰大婶落眼泪了,喉咙里梗梗的。

"阿妈,我记着了你老人家的恩。"

"我不望你记我的恩;我只望你做个有良心的人。唉,你怎么对得起三牛?你的心肠怎么这样硬?我不晓得你如何想。"

"日子久了,他会好的,会把我忘干净的。"

"我也不晓得你想没想过,寨子里的人会怎么讲你?"

"他们怎么讲我,我也顾不得了。"

"你顾不得我要顾,你懒得听我要听。毕兰大婶屋出了这宗事,我这个当阿妈的还有甚么脸。唉,怪得哪个呢?应了'有娘养,无娘教'那句话,只怪我把你惯蚀坏了。"

"阿妈,你莫扯远了,你就答应我和向塔山结亲吧!"

"我不得答应!"毕兰大婶决然地说。

"阿妈,你真的不答应?"竹妹急得哭了。

"真的不答应!"

"那我怎么得了呢?"

"你跟三牛认个错,回心转意,和他好。"

"向塔山呢?"

"你也去跟他认个错,把话讲明。就算没得这回事。"

"阿妈!"竹妹嗷嗷地哭,用力摇阿妈的脚肚子,"你老人家做点好事吧,饶了你的女儿吧!嗷嗷,嗷……"

毕兰大婶又把脑壳偏到一边去,再不理她的女儿。

这时候,毕兰大婶和竹妹都没有料到,有一个人,站在屋檐底下,耳朵贴着窗格子，在听火塘屋里的响动。这人就是向塔山。散场后，他没回布谷寨，悄悄跟进了桴木寨。他已经在阶檐上站了多时。现在，他不得不进屋了。

"大婶娘，"走进火塘屋，他说，"你莫骂竹妹，要骂你就骂我，这事只怪我，都是我的过……"

"呵，塔山，"毕兰大婶说，她着惊，又有些尴尬，"你哪时候来的？"

"我怕竹妹受我的连累……我在外头站了好一会了。"

"我讲的话你都听到了？"

"听到了。"

"那好，我再当面讲明白，我不答应你和竹妹的事！"

"你老人家实在不答应，我也没得法，不过，只怪得我，我们……生米已经煮成熟饭了！"

"塔山，你讲什么？"

"生米煮成熟饭了！"

毕兰大婶再也不言语了。她浑身瘫软，没有一点力。这是要害一场大病的兆头，五十出头的人了，还经得起这样的波折吗？她望望竹妹，这个该死的女儿，一副苍白的脸块，眼皮子落落的，像个死人样；她怎么会作出这种事来？毕兰大婶想起留在县里开"两委会"时，袁书记问她："听讲你找了个有杀父之仇的人做女婿，有没有这个事？同志，莫忘记自己是党的干部，是劳动模范，要讲一点阶级路线呀！"当时她想不透，袁书记是怎么晓得这个事的？是哪个人反映到他那里去的，现在，她突然想，是不是向塔山？

屋外头有人喊大婶娘。

"大婶娘，你出来下，有点事找你。"

听声音，是三牛。毕兰大婶应了声，走出门，见三牛站在木楼前头的岩坪坝里。

"大婶娘，谷仓的瓦捡好了，半路上瓦不够，扯了大队的几十皮，会计要我来跟你讲声。"

"会计有账就不要紧了。三牛，里耶那边都架势下秧子了，路边上的水田也在打复水了。我们要崭劲把工夫往前头赶呢。"

"嗯哩！"

"粮店里到了点花垣来的早包谷，我也搞到二三十斤，等明天全大队分。你就多留一点。"

"那太好了。"三牛想到杂交包谷试验，就好欢喜。

毕兰大婶望着三牛，心里好为难，她拿不定，要不要跟这个可怜的后生家讲出来？

"三牛，大婶娘想跟你讲句话……"

"哪样话？大婶娘。"

"竹妹不听阿妈的话，从今起，你莫再想她了。"

"……"三牛不言语，眼睛放在脚尖上，耳朵在听。

"昨夜里你讲，你和竹妹的事只怕没得救了。这是真的！"毕兰大婶望着坡头上出得太早的月亮，叹口长气，说，"她，就要和布谷寨的向塔山结亲了！"

十五

忙罢春耕，竹妹和向塔山结亲了。头夜里，毕兰大婶帮竹妹捡抬好衣裤和鞋袜。那些麻布帐子，土花铺盖，九斤半的大棉絮，原先是为竹妹和三牛备办的；现在，老人家一一清出来，让女儿带到向塔山屋去。还有亮光光的提桶、脚盆、银柜，也一并给了竹妹。

早年里，毕兰大婶和竹妹阿爸结亲，屋里穷，阿妈连一根断纱也没有打发她。到了男的屋里，偶尔生口角，丈夫故意恶她："你是一个光人到我屋来的，莫用我的提桶，莫盖我的被窝……"听了这话，年轻的毕兰好恓，哭得好伤心！丈夫急了，忙跟她认错，转弯讲，这是逗她耍的，何必当真呢？但她依然止不住长流的眼泪。到了今天，轮到毕兰大婶要嫁女儿了，她又如何肯让女儿受憋呢？

照山寨的新风俗，那些看屋场、送酒肉的规矩一概免了；大清早，向塔山就来枰木寨接新嫁娘。他穿了很合体的上蓝下青的新衣，梳起油光光的分头，手膀上挂着弯把儿铁骨子青布伞；当然的，胸口上还有毛主席像章，侧腰上还有帆布挂包和语录袋。一进屋，他崭劲喊了声"亲妈"，跟长辈人一一打过招呼，就钻进火塘屋里去了。

寨子里的后生家，除三牛在外，差不多都来到竹妹屋，坐在火塘边陪向塔山扯闲天。他们小时候看见，逢到结亲，男的屋里要请歌郎，要抬花轿；到了女的屋，要唱几天几夜盘歌，要行甚么"拦门礼"。除非男屋请的歌郎唱赢了，不然，女屋的"拦门桌"就不得搬开，新嫁娘就抬不走。后生家认为，还是新规矩好，又节省，又撤脱，他们赶上今天的好时候了。

在另一间房里，毕兰大婶屋的厢房里，竹妹在和寨子里的同年姐妹们话别。她穿了新的灯芯绒衣裤，衣是艳蓝的，裤是枣红的，这是土家姑娘最喜欢的色调，织布厂专门为她们生产的。两个大点的姑娘家，帮竹妹梳好头，拿麻线扯好眉毛，还给她插了玉石发签，戴了银手圈和银耳环。

同年姐妹们想到竹妹就要离开她们，心里很不好受，眼皮儿发红了。她们说，她们拥护新的风俗，可是唱唱《哭嫁歌》又有甚么不好呢？当然的，"哭天地"是要不得了，"骂媒人"也用不上了，可是为哪样连"哭姐妹"也不兴了呢？小时候，她们在一路翻地枇杷，捉金壳虫；长大了，又在一路插秧，打谷，砍柴，割草；有时也发生一点不怎么痛快的事，但她们从来不往心里记，很快就忘丢了。她们的欢乐总是共同的，连在一起的。若能唱几天哭嫁歌，用歌声来回顾她们的友情，倾诉她们离别的愁绪，也算尽了姐妹的情分啊！

竹妹的心里又怎么样呢？开初，她尽量装出一点很快活的样子，你们看，她嫁了个几多好的丈夫啊！临到要和向塔山起身的时候，她终于忍不住了，喉咙管一酸，眼睛窝一热，嗷嗷地哭出声来了。她想起了阿妈的养育之恩，想起了这些天给阿妈造成的忧烦，又想起阿妈已是五十出头的人了，体质一天天走下坡路了。当然的，她也想起自己的寨子，流着水银似的泉水的小溪，小溪上的石坝和水碾，三人抱不拢的大青树和香椿树，还有她自小栖息的木楼和火塘……这些，都曾带给她好多甜蜜蜜的梦啊！现在，她要离开它们了，她要到一个完全陌生的寨子去了，她要一辈子住在那里了。

"阿妈，"她哭得好伤心，拿手帕擦着红红的眼睛泡，说，"我要走了，我实在对不住你老人家哟……"

"嗨，快莫这样讲了。"毕兰大婶也难受，真有些反悔，从里耶赶场转来，为什么对女儿那样狠？

"阿妈，你答应我，往后，你老人家少想些女儿的坏处……"

"我不想，再不想了。"

"阿妈，从今起，女儿不能在跟前服侍你了；烧茶煮饭，砍柴背水，你老人家也没得个帮手了。若有哪样子，你给女儿搭个信，女儿就会转来的。"

"不要紧，阿妈不要你操心。你只甩手去，到了那边，学习、工作、劳动都要积极，跟向塔山和睦过日子，好生孝敬老人家。"

"阿妈，我记得了。"

"若这样，阿妈就放心了。"毕兰大婶见竹妹还在伤心地哭，便笑起来说，"当了新嫁娘，还哭，像个小娃儿样，不怕别人取笑吗？天时不早了，莫再捱了！"

竹妹背起将棉絮、被面、帐子码得高高的竹背篓，向塔山挑起脚盆、银柜和提桶，往布谷寨的路上走了。

毕兰大婶回转火塘屋，在矮矮的稻草织的蒲团上坐下，重重地叹口气。她累得很。这个多月里，又是栽中稻，又是秧包谷、下洋芋，腿巴子在水里泡得肿肿的，脚板被石灰和水虫咬烂了，腰杆也有些酸痛。收工转来，还要同竹妹扯反锯，阿妈念阿妈的理，女儿念女儿的理。有阵子，娘女几天不搭一句话。闹到最厉害的时候，饭也懒得煮了，猪也懒得喂了。

如今，这一切都过去了。毕兰大婶反转来一想，这是何苦呢？你不喜欢向塔山，这是你的事。向塔山要你喜欢作哪样呢？她爱了向塔山，这是她的事；只要她和向塔山真的有情有义，又有什么不好呢？唉，但愿向塔山真的是个好人，真心实意待竹妹就好了！

但是，她的有点起雾的瞳孔，突然盯着拖栅房的楼上。在那里，搁了个竹子织的摇窝；因为年月太久，被柴烟熏得黑黑的，挂满了蜘蛛网和堂霉灰。就是这个摇窝，毕兰大婶拿它摇过五个儿女，哪里晓得，因为贫穷和瘟疫，他们都一个个死了。竹妹是最后一个，她活下来，长大了。可是她突然也走了，丢下自己的阿妈，丢下她的背水桶和柴刀，到别人屋去了。这火塘屋，再不会有她的快活的笑声，也不会有阿妈和女儿的争吵了。想到这里，毕兰大婶心里一颤，落下了眼泪水。

三牛进来了。

"噢，三牛。"毕兰大婶急忙扯衣角揩掉眼泪水。

"大婶娘。"三牛的喉咙压得好低。

"这半天你到哪里去了？"

"上坡，砍了一背柴。"

"噢……"毕兰大婶不晓得要讲几句甚么话才好。

"竹妹她走了吧？"

"唉，走哪。"

"听讲她走了，我才来。"

这个受了伤害的后生家，自春耕前到现在，有好久没进毕兰大婶的火塘屋了。接着就是大忙，一个生产队的当家人，哪里有工夫尽想那些不快活的事？今天，他终究被痛苦压倒了。他一早就背个竹背篓，拿把柴刀，先爬上后山，然后悄悄地（不让任何一个人发现）绕到打鼓坡脚。阿爸就埋在这里。每年清明节，他既不敢来给阿爸烧点香纸，也不敢来把阿爸坟上的草薅一薅。阿爸算什么人？如果别人晓得他还在挂牵阿爸，那又如何得了？现在他不顾了。他扑在乱草蓬蓬的坟堆上，敞起喉咙哭，恨不得把一肚子苦事都哭出来……到后他不哭了，回到后山的松杉树边，砍起一背柴，往毕兰大婶的火塘屋来了。

"三牛，你的心思，大婶娘都晓得；你要想开些……"毕兰大婶宽他的心。

"嗯。"三牛答应。

"过些天，大婶娘慢慢帮你找一个，找个比竹妹好的。"

三牛没有表示，出神地望着火塘里阴阴的茶壳火。

"大婶娘，"过一歇，他开口说，"明天，我想去县城里打个转身。"

"有哪样事？"

"我想去找农科所的人，问问杂交包谷的事。"

"那好，你就去。"

"我还想，若成功了，明年就在桴木寨全面推广。"

"要得，要得，你承个头，支部再给你添几个帮手。"

三牛兴奋了，脸盘儿有了笑。

"三牛，"毕兰大婶发现三牛的肩膀头烂了，便说，"你把罩衣解脱，大婶娘帮你补一下。"

三牛顺从地脱下罩衣。补好罩衣，三牛告辞了。毕兰大婶送他到阶檐上，见坪坝边的柴棚里，多了一捆扎实的生柴，心里敲起闷鼓。

"三牛，这是……"

"大婶娘，竹妹走了，屋里没得人了，有哪样事，你就喊我一声吧！"

十六

走到一座竹园边，竹妹说："塔山，你看！"

"看哪样？"向塔山问。

"竹蓬蓬呀！"

竹园里竹子发得很好，密密的，大根大根的，都有碗口粗。去冬下过一场大雪，竹子被压断好多。但是今年发了更多的新竹，它们和老竹子长得一般高，一般粗，刚刚脱净笋壳，样子还显得很嫩，皮上还有一层灰。那些正从土里钻出来的笋子，毛茸茸的，鼓满了劲，好像在比赛哪一个长得快。

"竹蓬蓬怎么的？"向塔山又问。

"听阿妈讲，我就是生在这个竹蓬蓬里的。"

"真的吗？"

"那年，阿妈从乡政府开会转来，好像也是这个节气，走到这地方发作了，躲进竹蓬蓬把我生下来。没得接生娘，是阿妈自己收的生。"

"呵，我晓得了，我晓得你这个名字的来由了。竹妹，竹妹，像竹子一样好命，像竹子一样逗人欢喜……"

"哪里哟，竹子有什么好命？竹子是个苦命！"

"竹子为哪样是苦命？你讲给我听听。"

"你看，它还在土里的时候，岩头就压着它；它到底钻出来了，虫虫又要咬它，野猪要拱它，小娃儿要来挖它；它长得好高好高了，风还来吹它，雪还来压它……这些弯在地上的死竹子，不就是被大雪压断的吗？"

"竹妹，你好会讲。可是，就算竹子的命苦，你又不是个竹子命。"

"唉！"竹妹叹口气，脚放慢了，"你哪里晓得哟，阿妈生了我五姊妹，只盘大我一个；大办钢铁那年，阿爸在山里挖矿，被岩炮炸死了。屋里只有阿妈。那时我又小，阿妈要引我，还要操心寨上的事，吃了几多冷茶饭。过苦日子那年，好多人讨米讨到我们寨。阿妈有颗糍粑心，见不得别人的苦事；浅一碗，深一碗，坛子里的米、包谷都挖给别人了。屋里涝涝空，阿妈天天打饿肚。有天，阿妈和社员在水田里背犁（水牛被坏人杀吃了，阿妈和社员当水牛呀!),阿妈肚子饿,脑壳一晕,眼睛一黑,栽到泥巴里了……"

"竹妹,莫尽讲这些苦事了。今天是我们的好日子,我好快活,你也要快活点。再讲,就算亲妈的命苦,你的命也不会苦了。"

"只怕我也是个苦命!"

"跟了我你会苦吗?"

"……"竹妹不言语,反转脑壳瞟了向塔山一眼。

"竹妹,你答复我,跟了我你会苦吗?"向塔山不肯放过。

"我不晓得。"

"怎么会不晓得呢?"

"我真的不晓得。"

"不!"向塔山崭了下劲,把压在身上的长扁担换个肩,很激动地说,"你若跟三牛,是苦命不是苦命,我就算不到了。可是你如今跟了我,你就不会是苦命,不会,绝对不会!"

"先莫讲早了。是苦命不是苦命,二天自然会晓得的。"竹妹又反转脑壳望了向塔山一眼。

"竹妹,你只放心。我早讲了,你只要进屋,我会对你好,比对我自己还要好,细的留你吃,软的留你穿……"

"我不爱你的吃和穿!"

"我会好生服侍你,像做客样,重话都不得讲一句。"

"嗨,我听人讲,你们男儿家都是水样心。求人家的时候,世上的好话都讲尽;把人家一捞到手,一进你的屋,就翻脸不认人!"

"竹妹,我向塔山才不是那种男儿家呢。好,当着天老爷,我跟你赌咒,发誓愿……"但是,向塔山誓愿还没曾发,却在竹妹的背后敲起喉咙笑了,又说,"竹妹,竹妹,我们都变成算命先生了,尽在讲什么命呀,命呀。你看有味不有味。学了这样久的毛主席著作,思想境界没提高,还在这里搞迷信活动呢!"

竹妹也忍不住笑起来。

"竹妹,"向塔山问,"你背累了吧?要不要在路边上歇歇气?"

"不要。"

"你把背篓里的东西,加在我的担子上,你走空手。"

"我背得起。"

从桴木寨到布谷寨,中间只隔一条沟,碰到没得雾的好天气,这边看得见那边,平日里鸡叫狗吠都听得到。但是走起来,却有好长一节路,怕莫要气把工的时间。先下坡,到坡脚过一条小河;河里横了两根竹缆索,竹缆索上挂条无人管的渡船;若渡船靠在河那边,先要扯竹缆索,把渡船扯到这边河来,再跳上渡船，站在船头上，俯起身子，一手一手扯动吊在竹缆索上的竹圈，让渡船游到河的那边去。

过了河，竹妹依旧背背篓走前，向塔山挑担子走后，尽走一色上坡路。这边是布谷寨的地界了，坡坡上，现出一种全然不同的气象。河那边，因是中稻，秧子栽得迟些，水田里还是青一层、黄一层、绿一层的。河这边尽栽早稻，差不多早两个节气，秧子翻了黄，又转了青，又发了蓬。无论冲里，垅里，坳上，都满眼绿得好爱人呵！

穿过一片谢了花的桐子树林，他们就望见坐落在偏坡上的布谷寨了。

十七

寨头上搭起一座高牌楼，牌楼当中有一个背篓大的"忠"字，两边有语录，有"为革命种田"的标语。路旁边，田坎上，插满了语录牌和红布旗。木楼的壁板上，瓦上，寨边的岩壁上，都拿红漆写满字。竹妹走进了一个满眼红堂堂的世界。前些日，她听阿妈讲，布谷寨学习毛主席著作好热闹。现在她总算亲眼看到了。

向塔山告诉竹妹，这是为了让社员一出门就能学到毛主席著作，即使在田里做工夫，也可以背几条语录。向塔山又讲，等双季稻丰收了，大队和生产队都要修新的谷仓，若不修，那么多余粮往哪里装呢？当然还要拿火砖或石片砌一幢招待楼，到时候有人来参观，总得有个住处。另外，再利用寨子边那条小溪的水力，修一个水电站；再买几台手扶拖拉机；等到修起了公路的时候，还可以买一部大卡车……

"竹妹，到那天，你来当司机，开大卡车，好不好？"

"我当司机？嗨，快莫讲，别个听见，会笑落牙齿的。"

"为甚么呢？"

"你看我像个当司机的样子吗？人又蠢，手脚又呆，只晓得做呆工夫。"

"你才不蠢不呆呢，你绣的那个花，跟活的一样……"

"好，等我二世投生变个男儿家，就一定当个开卡车的司机。"

"女儿家就当不得司机吗？不当也好。你是劳动模范的女，又是学毛著的积极分子……"

"我哪里是积极分子哟。"

"你是，我晓得，我们大队正缺个妇女主任，你条件合，妇女们准定会选举你……"

"我当不落，妇女们也不得选举我。"

"你怎么晓得？"

"我又和她们不熟，她们晓得我是个甚么人呢？"

"她们会不晓得你是毕兰大婶的女、是向塔山的爱人么？再讲，你的事，我可以向她们作介绍。"

"要不得，要不得，哪兴介绍自己屋的人呢？"

"竹妹，这不是为当官，是为革命。你不晓得，布谷寨的工作重得很，你要当我一个好帮手呢！"

他们来到一个屋门口；五柱四扇的屋，壁板刚拿桐油光过，一色亮晃晃的；左手搭个偏栅，是碓屋和柴棚；屋前有高高的阶檐，有宽宽的岩坪坝；旁边栽满了芭蕉、棕树和花椒树。这就是向塔山的屋，如今也是竹妹的屋了。

来看新嫁娘的人真多，把阶檐和岩坪坝挤得满满的。老阿公和老阿婆尽讲吉庆的话，为这对新人祝福；小娃儿专门凑热闹，在新郎公和新嫁娘身边乱拱；只有那帮黄花姑娘不同，她们站在竹篱笆底下，挤成一堆，咬耳朵，细声评论新嫁娘的脸模子好看不好看，衣架子匀称不匀称，衣装到底是上蓝下红好呢，还是下蓝上红好？这里边是有一点学问的。照规矩，新郎公和新嫁娘该走空手，娘屋里打发的嫁妆要由别人挑。可是他们都是政治上不马虎的人，即算在这种时候，也不肯劳累别人，宁愿自己出一身老汗。

走进岩坪坝，一个大嫂接下竹妹的背篓，一个大哥接下向塔山的担子。向塔山指着岩坪坝里的人，一一对竹妹作介绍，这是"竹山阿公"，这是"锦鸡坨阿婆"，这是"上屋场大哥"，这是"水井边大嫂"，还有三伯娘、七婶娘一长串……竹妹都照着喊了。

进到堂屋里，竹妹见桌子、板凳都拿水洗过了一遍，地上拿石灰砍了，捶得紧紧的。一张大方桌子上，摆满了热水瓶，玻璃杯，方的和圆的镜子，洗脸巾，几套毛选四卷；几个圆桶里，是堆得尖尖的糯米、黏米和包谷、绿豆、荞子、葵花子这类乡间自产的五谷杂粮。在这些东西上，都盖了一点红纸，增添了新婚的喜庆。

"嗨，"向塔山扫了这些东西一眼，有点不快活，卷起眉毛，问一个在堂屋里忙出忙进的干部，"哪里来的这些东西？"

"有社员送的，有干部送的，也有一点是大队、生产队集体进的。"这干部回答。

"哼，我晓得，都是你这位大队长搞的鬼。你到处去讲，向支书要结亲了……是不是？"

"哪里哪里，我没有到处讲，我是为你守秘密的。可是社员不是木脑壳，他们从你的行迹，看出一点点名堂了。"

"那……他们送起来，你也不该收呀！"

"不收？那怕不好。人家都是一色的贫下中农；连中农都没得一户，不要讲更没得那些和地、富有瓜葛亲的角色了。"

"同志，我们要讲阶级，这是很对的。可是脑壳里还要有一条路线，一条路线呀！"

"当然还要讲路线，那些破坏栽双季稻的家伙，尽管他出身好，送来的礼信我一个不收，全数打回去了。对这些人，我是不讲一点客气的！"

"我不是和你讲这个……无论如何，他们的礼信我不收！"

"唉，唉，"大队长为难地说，"别人送都送来了，怎么好……这也是贫下中农的一番心意。你向支书一年到头为众人操劳，逢到你今天办终身大事，不送点礼，大家心里怎么过意得去？"

"好，社员的情我领了。可是，同志，我们是共产党员呀，全心全意为人民服务，是我们的本分；哪兴要群众来报恩呢？大队、生产队也为我和竹妹用钱，那就更要不得了。同志，我们的集体经济还有困难呢。毛主席在这上头是怎么讲的，你还记得到吗？"

那个大队长到底被向塔山说服了。他答应去跟社员和干部讲清，要他们把送来的礼物拿回。

"这几套毛选四卷，我们把它留着。"向塔山伸手摸摸拿红纸带箍起来的毛选四卷，又说，"我和竹妹都不辜负社员的希望，从今起，还要崭劲活学活用毛主席著作。"

"一对红，硬是天生的一对红！往先，布谷寨只有一只布谷雀，如今有两只了！"

"再有，"向塔山接起说，"因为我结亲，社员都围到这里，连工夫都不做了。这怎么好？我们共产党员抬脚动手都要注意影响。如今事事讲革命化，我和竹妹是革命化的结亲。等一下子，我们就下田去，和社员们一路踩田。竹妹，你讲好么？"

"好。"竹妹答应。

"哟嗬！你们也太那个了！"大队长鼓圆了眼睛，张起大嘴巴说，"才把新嫁娘接进屋，气都不歇，就要去踩田。这是古来没听讲的新鲜事。不过，只怕社员不得答应，他们心痛你这位向支书，也不肯让新嫁娘一来就受委屈的。"

"你莫小看了竹妹，你没听她刚才怎么答应我吗？她是劳动模范的女，又是�榉木寨活学活用的积极分子……"向塔山见竹妹尽朝他鼓眼睛，忙转口对大队长说，"同志，毛主席讲，莫要被胜利冲昏头脑。我们前头的困难还多。一季变两季，工夫要增一倍，往哪里来这样多劳力和粪草？想起来我心里就好急。所以讲，我们只怕要有革命加拼命的精神，要拿出五八年搞大跃进的那种干劲。同志，这事等两天再开会商量；你现在出去跟社员讲，要他们莫到这里嗨（玩）了，快下田去做工夫吧！"

"塔山，"等大队长出了门，竹妹扪着胸口说，"刚才听你讲话，我心里怵怯的……"

"真的?"向塔山一愣,翻起眼皮子说,"那是怎么的?"

"你那样大的喉咙,又都是些硬邦邦的话,人家听了,心里不会生意见吗?"

"不会,不会,"向塔山笑了,很得意地说,"你不晓得,我讲的话,他都肯听,他是我一个顶得力的帮手,事事靠得住,是个好人呢。"

向塔山又跟竹妹讲,他那位嫁出去的老妹,隔布谷寨太远,赶不来参加他们的亲事了。阿爸是进驻公社中学的"贫宣队"队长。老人家本可以回来。可是向塔山搭口信去讲:贫下中农管理学校,搞上层建筑革命,是政治上的大事,不要为儿子结亲的事请假转来;再加上是革命化的结亲,不打算办酒席,转来了也没得喜酒喝。阿爸当然就没转来了。在屋的只有阿妈一个。老人家有些养身病,一年里,有大半年困在床上。今年开春起,她的气管病发得厉害,又有好多天没下床了。听向塔山这样讲,竹妹便提出,进房同阿妈觅见面,问问阿妈的病情。向塔山当然欢喜,提起脚,走前头引路,和竹妹进了阿妈住的拖棚房里。

十八

布谷寨给竹妹造成的印象,实在太多了,太深了,也太乱了。同桴木寨相比,好像另是一个世界。也难怪,两个寨子虽讲隔得不远,她平日是难得有工夫到这边来的。这里的一切她都觉得生疏。向塔山引她和社员一路踩田,她就想,桴木寨刚刚栽田上岸,踩田的工夫还没开张,这边呢,工夫已到煞尾的时候了。吃过夜饭,向塔山又引她去队屋里开会,学毛主席著作。有人劝:"今夜不比平常,你们就免了吧。"向塔山讲:"吃饭穿衣可以免,学毛主席著作如何能免?隔一天不学,我就要起病,就会活不下去!"会上,他批判有的社员是"二杆子"(懒人),不相信双季稻是不相信新事物,讲怪话是扯后腿,是不革命,是走资本主义道路……

向塔山的阿妈又是个古怪人。向塔山走近前,很亲热地唤:"阿妈,这是竹妹,是你老人家的媳妇……"竹妹跟着走近前,这样说:"阿妈,你老人家的病好了一点没?要好好地保养,往后,我会尽心服侍你老人家。"哪里料得到呢,老人家不理他们,困在床上,连眼皮子也不张,只顾吭吭吭咳嗽……

到半夜,寨子的什么地方,还有人在唱歌,竹妹听出那歌里的意思:"山神爷啊,保佑保佑我,把你喂的狗子和羊子,一样送我一只。等天黑了,我好坐在火塘边,把火烧得旺旺的,一边吃着肉,一边喝着酒,然后醉了,就倒在火塘边,到梦里去飘游。啊,那酒几多香呀,那肉几多油呀,梦呀,我的山神爷呀……"

"是哪个唱得这样有味？"竹妹问。

"一个打猎人。"向塔山答。

"就是那个到我们寨讨白面肉的打猎人吗？"

"正是他。"

"他好会打野物吧？"

"嗯。他每打到一样野物，无论是野鸡，是斑鸠，是乌麂，是冈狗，他都要扯脱几皮毛，敷点血，贴在枪筒上；到如今，他的枪筒成了毛乎乎的枪筒。你看他打了好多野物？"

"那他为什么还求山神爷？"

"队上开了会的，为栽好双季稻，什么人也不准进山打野物，不准下街赶场，不准出门走亲；他有好多天没吃到野味了，坐在屋里想，边流口水边喊山神爷。"

"让他进一回山也不行吗？"

"不行，不行，放他进山，别个也会要进山，要赶场，要走亲；我不是为资本主义开大门了？"

竹妹再不做声，想着那回向塔山跟阿妈讨白面肉的事，又想到三月泡，想到手被三月泡的刺刺划出血了……才到夜里，三月泡为什么就烂了，就化成了一泡水呢？

突然，一声尖喉咙叫喊，打断了竹妹的思绪。竹妹听不出这喊声是从寨子哪一方传来的，也听不出这到底是哭声还是笑声，是为儿女喊魂呢还是在找失落了的猪羊；也许正因为这样，竹妹害怕了，头发根根都竖起来了。

"塔山，这是哪个？"

"唉，一个女癫子，一个很可怜的女儿家……"

"听她喊，我心里好怕。"

"你的胆子太小了。"向塔山紧箍着竹妹，拍她的肩膀，在她耳朵边说，"你不要怕！有我在你身边，你什么都不要怕！"

"她怎么会变癫子的？"

"搞不清呢。也许，是为婚姻上的事。……莫再想她了，我们困觉吧，困觉吧！"

竹妹困不落，总在想那个女癫子，几多可怜的人哪，她是不是也和桴木寨那个中农家的黄花女一样，爱了一个地主儿呢？是不是受不起别人的奚落，离了婚，回到娘屋里养老女呢？

她准定有一段很悲伤的苦事。竹妹心善，见不得别人有什么苦事，听着她的不断纤的喊叫，心里一阵一阵绞。哪个料得到呢，第二天一早，竹妹起来，背个背水桶，到水井边去背水，走到岩坎上，突然碰见了那个女癫子。她好年轻，看样子和竹妹差不多。她的脸模子也好看，衣架子也匀称。可是她打双赤脚板，穿一身稀烂的衣裤，头发好乱，像个斑鸠窠，只怕有好多天没梳了。她坐在岩坎脚下，横起一对鱼眼睛，像在等一个人。

竹妹一看就晓得她是昨夜里喊叫的那个女癫子。但是女癫子也认出了竹妹。她鼓起眼睛，很凶狠地瞪着竹妹。她站了起来，张开指甲长长的手。她移动脚杆，上一梯岩坎，又上一梯岩坎，朝竹妹靠拢。她要找竹妹厮拼吗？竹妹是最怕癫子的。这时候，她吓得双脚打仰。她一脚一脚往后退。她准备逃跑了。但是一条水牛站在背后，挡了她的路。她跑不脱呢。

"你！"竹妹上气不接下气地说，"你要做哪样？"

"我晓得，你是新嫁娘！新嫁娘！嘻，嘻嘻……"女癫子突然笑起来，往前上了一级梯坎。

"你到底要做哪样？"竹妹往后退了一级梯坎。

"你莫想瞒哄我，你是新嫁娘，你以为我真不晓得吗？"

"我是新嫁娘，我没有瞒哄你。你要做哪样呢？"

"我也要当新嫁娘！"

"好呀，你就去当新嫁娘呀！"

"我当不成了。"女癫子很伤心地"噘噘"哭出声。

"为什么呢？"竹妹问。

"你当了，我就当不成了。"

"不会的，我当了，你照样可以当。"

"没有新郎公了！"

"有，有，好多好多的，你去选一个吧，选一个吧！"

"不，我不选！你把新郎公退回我！"

"什么呀？"

"是我的！你抢了我的！快快退回我！退回我！"

哎呀，为什么一早就碰到这个女癫子呢？听听，她嘴巴里乱讲些什么呀？若被旁人听见了，又怎么好呢？

"女癫子，你莫乱讲！"竹妹动气了，红起脸盘儿说。

"快把新郎公退回我！你不退，我要动手抢哪！"女癫子喊天喊地，朝竹妹扑过来了。

竹妹甩掉背水桶，顾不得挡路的水牛，逃回到屋里。她扑在被窝上，好伤心地哭。她好背时哟！

"竹妹，你才有味，"站在床挡头的向塔山，这样宽慰竹妹，"碰到个癫子，也值得这么伤心？"

"你晓得她讲些什么进不得耳的话吗？"竹妹从床上坐起，翻转脸，拿泪水濛濛的眼睛瞪着向塔山说。

"什么进不得耳的话?"

"她讲你是归她的,是我抢了她的新郎公!"

"嗨,你硬是个小娃儿呢,"向塔山一面说,一面拿手帕帮竹妹揩眼泪,"一个女癫子讲的话,作得数吗?你也肯信吗?"

"塔山,你要讲实在话,"竹妹扭起颈根问,"她是怎么癫的?是不是为你癫的?"

"就算是为我癫的吧!那又怎么怪得我?她看上了我,我也一定要看上她吗?我看不上她,不答应当她的新郎公,她自己癫了,难道也要我负责任吗?"

"我再问你,你早先是不是和她有一点什么事?"

"我和她从来没得一点事。竹妹,你好厉害,你倒盘起我来了;我还没有盘过你,你和三牛到底是怎的?你莫扁起嘴巴,我不会盘你,只请你放心,我和那个女癫子什么事也没得。她是富裕中农出身,思想又落后,还放过双季稻的'烂药'(方言,讲过怪话的意思),我怎么会看得起她?哼!这个女癫子也实在不像话!为了照顾群众影响,我要把她关起!"

吃过早饭,竹妹去搬柴的时候发现,那个女癫子已被锁在一间放空的牛栏屋里。

十九

在桴木寨毕兰大婶屋,三牛走了过后,脚跟脚又进来一帮姑娘家。她们是为牵念竹妹而来,可是话都落在三牛身上。

"唉,几多可怜的人哪!"一个胖一点的姑娘家叹口气说。

"这半天,不晓得他躲到哪里去了?刚才碰见他,那眼泡子红红的,肿肿的;唉,他准定拿眼泪水洗脸呢。"一个瘦一点的姑娘家接着说。

"真的吗?你真的见他眼泡子红红的吗?"胖一点的姑娘家急起来问。

"是真的,我刚才也碰见他。"一个高一点的姑娘家证实。

"他和我讲话的时候,喉咙里梗梗的,好像还有点嘶。"一个矮一点的姑娘家补充。

"唉,唉唉!"胖一点的姑娘家重重地叹口气,隔一会,又说,"不晓得竹妹怎么想,比起向塔山,三牛有哪一点不好呢?"

"三牛是好,可他阿爸……"瘦一点的姑娘家说。

"阿爸是阿爸,他是他;阿爸的事怎么怪得他呢?"胖一点的姑娘家有些激动了。

"嗨,人家向塔山是个'角色'哪!"

"照你讲,是姑娘家都要嫁个'角色'了;世上哪有那么多的'角色'呢?"

"我没讲姑娘家都要嫁个什么'角色'呀!"

"哼!'角色'不'角色',只要两个人舍得拢,一个敬一个,就要得了。若合不拢,即算是条'四脚蛇',又有甚么用?"

"好,我们等得到的。日后轮到你的那天,我们就看看,到底是条'四脚蛇'呢,还是条'乌梢蛇'、'土花铺盖蛇'?"

毕兰大婶坐在旁边,听着这帮姑娘家打嘴巴仗,讲话像吐枇杷籽籽,自己只不吱声。临到她们从板凳边站起,要回屋去了,老人家才开口喊那个胖一点的姑娘家:"阿达,你等下走,我找你有点点事。"

"哪样事?大婶娘。"那个叫阿达的姑娘家又坐下了,等别的姑娘家都走出门,她问。

"我要问你一个人。"

"问哪个?"

"三牛。你讲心里话,三牛这个人到底好不好?"毕兰大婶望着阿达的嘴皮,等她的话。

"他好,"阿达听没听出毕兰大婶的意思,照直说,"他为人实在,本本分分的,又勤快,又是头等好劳力。"

"阿达,大婶娘要问你,你现在怎么不去找找他呢?"

阿达害了羞,突然扭转身子,勾起脑壳,拿背襟对毕兰大婶。那颈根像玫瑰花一样红。巧得很!刚才,和同年姐妹们打嘴巴仗,她硬有蜂子那么厉害,为甚么一下子就变成个软虫了?

"你若不好开口,"毕兰大婶说,"那,大婶娘帮你去做个媒,好不好呢?"

"……"

"大婶娘在等你的话!"

"……"

阿达总不开口,毕兰大婶有些急,她心里不愿吗?不会。听得出她是很同情三牛的,很喜欢三牛的。毕兰大婶刚才的这个发现,看来是不会错的。

"阿达,你跟大婶娘讲,你心里愿不愿?"

"不愿!"阿达小声说。

"是真的不愿?"

"嗯。"

在毕兰大婶心里,刚刚燃起的一点希望,又被水浇熄了。在柠木寨的姑娘家当中,阿达是她最喜欢的一个,若能把她和三牛配成双,有几多好!可是阿达心里头究竟打的什么主意呢?

"嗨,你刚才还讲,三牛好,为人实在,如何如何的;为哪样又不愿了?"

"大婶娘，你莫紧问，这又不是别的事，我要好生想下呢。"听口气，阿达在转弯了。

"那你就好生想下吧，"毕兰大婶兴奋地说，"你要想好久？等哪天回大婶娘的话？"

"有什么想的哟，何苦去操那些空心？我又不晓得人家……"

"你不晓得人家，那不要紧，有大婶娘帮你去问。讲真的，大婶娘比你们性急。好了，你回屋去等着，现在要反转来，轮到大婶娘来回你的话了。"

毕兰大婶在碾子屋找到三牛。他在那里碾米，手里抓把高粱毛扫帚，追着碾盘子打圈圈。等他碾完一槽米，毕兰大婶喊他出来，站在"水打鼓"旁边的溪岸上。

"你明早要进城，还急着碾甚么米？"毕兰大婶说。

"屋里米桶空了，进城要带伙食，又没得粮票。我索性碾一槽米。反正回来也要吃。"三牛说，拿长腰带拍着落满了脑壳和肩膀的雪白的糠灰。

"米我屋里有，粮票也有几斤，你怎么不来问我？"毕兰大婶抱怨说。

"大婶娘，为这点点事，也要来劳烦你老人家吗？"

"三牛，你跟大婶娘莫总是这样客气。竹妹走了，你就做我的儿吧！我来帮你收一门亲。我看上一个人了，她样样都好呢。"说到这里，毕兰大婶望三牛一眼，看他有什么表示。

"大婶娘，"三牛冷冷地说，"你老人家莫帮我费心了。这一世，我不想收亲了，就一个人过算了。"

"嗨，你这是讲伢儿话呢，讲伢儿话呢！"毕兰大婶激动起来，"我才讲的那个人，她心里也有你。听人讲你怎么的，她为你急；背地里，她帮你讲了好多的话。"

"……"三牛不应，眼睛落在被溪水冲动的圆圆的"水打鼓"上。

"她的名字叫阿达，阿达。"

毕兰大婶开门见山，把那姑娘家说出来。她心想，这个名字准定会使三牛喜欢的吧？

"……"三牛好像没听见；他的心思仍在那个旋转不停的"水打鼓"上；他或许在考究呢，"水打鼓"和"水打伞"，到底哪一样好？哪一样冲力大些？

"三牛，你怎么不开口？你心里不喜欢阿达吗？"毕兰大婶催了。

"大婶娘，我真的不想收亲了，我要一个人过……"

"你莫尽讲这些。你只回我句话，阿达这个姑娘家好不好呢？"

"她好。"

"你是讲的真话吗？"

"是讲的真话。"

"她既然好，你为哪样嫌她？"

"我没嫌她。"

"你喜欢她了？"

"不，大婶娘，不……"

"唉，三牛啊三牛，你也要为阿达想想，她若晓得你这样对她，她心里会怎么样呢？"毕兰大婶心情好沉重，是为阿达，也是为三牛。她接着说，"我晓得，你有心思，怕二天又有气恼。不会的！有大婶娘做主，你只管放心。大婶娘这回硬要把你们的事搞归一（方言，搞好的意思）。照我想，只要你两个答应，选个日子，索性把亲事办了。莫紧拖！"

三牛感动了。他把眼睛从"水打鼓"上收回来，很温柔地望着毕兰大婶。

"三牛，你把大婶娘的话听进心了没？"

"听进心了。"

"你讲声，大婶娘的话是不是在理呢？"

"在理。"

"你愿不愿听大婶娘的话？"

"愿。"

"你答应阿达了？"

"嗯。"三牛点了点头。

"你日后不得怪大婶娘吧？"

"不得。"

"那好，"毕兰大婶落了心，长长地松口气，又说，"我就去回阿达的话。等吃过夜饭，你去阿达屋里，把她邀出来，找个背静廊场，当面把话讲明。我要她吃过夜饭哪里莫去，在屋等你。"

"多谢大婶娘了。"三牛说，同意毕兰大婶的这个安排了。

到夜里，毕兰大婶吃过饭，喂了猪，关了鸡，正打算再做点什么事的时候，阿达突然撞进来。她好伤心，嗷嗷地哭，扑在毕兰大婶的胸口前。

毕兰大婶吓了一大跳。

"怎么的了？怎么的了？"她问，拿手抚着阿达的脑壳。

"嗷嗷，嗷嗷嗷……"阿达勾起脑壳只顾哭。

"是不是三牛欺侮你了？快讲给大婶娘听。"

"嗷，嗷嗷……"

"呵，他没有来邀你吧？"

"嗷嗷，来邀了，嗷……"

"你们讲话了没？"

"讲，讲了……"

"他不肯答应你，是不是？他一下子又反悔了？"

"噢，噢，"阿达摇摇脑壳，说，"大婶娘，他口里是答应，可他的心呢，噢，噢噢，变得比水还冷了，比冰还冷了。"

"莫伤心，阿达，他答应了就好，性急不得的，要慢慢来的。"毕兰大婶这样宽慰阿达，同时又埋怨自己，"唉，我呢，实在太性急一点了！"

二十

满过三朝，是新嫁娘回门的日子。

一早，竹妹和向塔山就回到阿妈屋。他们拿背篓给阿妈背来了丰厚的礼品，有腊肉、糯米粑和黏米粑，有糖徽和炒米花；阿妈喜欢吃甜食，竹妹又特意从铺子里买了砂糖、云片糕。她们打算在阿妈这里歇三夜。

女儿总是很勤快的，从进屋起，她就一直忙得不歇手。她去给阿妈背水，可是缸钵和背桶都装得满满的；她去给阿妈划柴，柴棚里的柴都已经划开了，码好了。她只好捡起一把扫帚，把屋里，岩坪坝都扫索利。接着，她帮阿妈拆洗被、帐，拿浓浓的米汤浆了；她还给阿妈摘了许多长豆荚，择好，剁碎，泡在坛子里，腌成很好吃的酸豆荚。

自始自终，向塔山都充任竹妹的帮手。布谷寨超人出众的"很人"，轮到做起这些事来，手脚变硬梆了。竹妹便笑他是"圈手板"，一点点事都不晓得做。到后，他们一块儿到后山里去，帮阿妈扯了好多好多的嫩猪草。

阿妈对竹妹讲，你们是来做客的，只管坐在火塘边向火，屋里事不要你们揽，更不要把新女婿也劳累了。到傍黑，阿妈拿他们带来的东西招待他们，又炒腊肉，又煎粑粑，还拿木耳、岩衣、松菌、香菇一类的山珍，做了一海碗汤。在阿妈心里，日头已经出来，乌云开始消散。小两口儿这般和顺，作老人家的又怎么能不欢喜呢？

吃过夜饭，是年轻人"闹寨"的时候，竹妹被同年姐妹们邀走了。

正逢初夏季节，多情的布谷雀绕山绕水叫，依依不舍地告别山寨，飞往祖国的北方去；但是它们把歌声留下来，撒在高坡上的水田里和土家人的土楼中。毕兰大婶坐在火塘边上，烧起一堆旺火，把铁挂钩上的水罐烧得咕噜咕噜响。向塔山坐在火塘的另一边，和毕兰大婶对面，慢慢儿吸着廉价的被一般人讥为"南瓜牌"的纸烟。布谷雀的啼唱，一声接一声，从窗格子传进来。两位党支部书记，日渐衰落的岳母，年富力强的女婿，看来有许多话，要在这时候开口了。

"塔山，你们的双季稻都栽落了？"毕兰大婶说；那天办亲事，人多，又忙，没得工夫问。

"全都栽落了。"向塔山说，"亲妈，从今年起，我们不单消灭了中稻，连同包谷、洋芋也基本上消灭了。"

"唉，塔山，你这样搞，心里头是不是有把握呢？"

"有把握的。亲妈，我算给你听，往年栽一季，碰上顶好的年成，一亩才不过千把斤。今年栽两季，往少里讲，"向塔山勾着手指脑说，"早稻八百，晚稻六百，两数相加，不多不少，一千四百！"

"算起来是这样多，"毕兰大婶忧虑地说，"不过，我心里总有些虚虚的，喊声烂了场合，又如何开交？"

"不怕的，亲妈，你老人家只放心。去年我们栽的那百多亩，每亩都收得一千五。"

"真的收了那样多？"

"怎么？你老人家还不肯信？我们是一丘丘过了秤的。"

"唉，我们栽的那百把亩全都拐场了。"

"恐怕是技术上没有到堂吧？是不是磷矿粉下得少了一点？"

"社员讲，是地土不合，这廊场只合单季稻、包谷、洋芋。只要这三宗搞好了，不栽双季稻，也是一样的。"

"哪里都依得社员呢？亲妈，你是老支书，比我经验多。社员保守落后，看不远，如今搞农业技术革命，若不霸点蛮，只怕难得把他们往前头路上引。"

毕兰大婶和向塔山，到底哪一个对了？等到秋后戽桶响，让田里的谷子来讲话吧！如若毕兰大婶错了，她甘愿向县委认错，向�木寨社员认错；她甘愿去布谷寨，拜女婿做师傅，一点一墨把栽双季稻的技术学转来。

"亲妈，"向塔山吸完一根烟，甩掉烟蒂子，又启齿说，"我是个刚出蛋壳壳的嫩伢儿呢，往后，你老人家要崭劲扶我一手呢。"

"唉哟，我一个老婆婆，哪里扶持得了你年轻人呢？"

"你老人家是全州有名的劳模，又是县委委员，县革委常委，和州、县的领导都蛮熟的。"

"熟是熟，那又有什么用场？"

"怎么会没得用场？"尽管在岳母面前，新女婿仍有点难于出口，揣了好久，才转个弯说，"你跟他们熟，他们就了解你，信得过你；若是他们问起我，你也是可以介绍一下的。"

毕兰大婶又迷糊了，她想不透，向塔山有什么要她介绍的呢？

"亲妈，不瞒你老人家讲，今年全面推广双季稻，摆在前头的难处还多，我心里不是不清白。"

"你有哪些难处？"

"嗨，你老人家帮我想一下，一季变两季，劳力、粪草要跟着增好多？一倍！足足一倍！这下子将了我的军，这一倍劳力和粪草到哪个廊场去挖呢？"

"你打算如何办？"毕兰大婶也为向塔山发愁了。

"嗨，嗨，亲妈，我真有点讲不出口呢。"向塔山又点燃一根烟，很难为情地笑着说，"我今天来，不为别事，就是来亲妈这里挖点劳力和粪草。实在没得法。我阴到肚子里想，就是把亲戚关系放一边，光凭你老人家是劳动模范这点，碰到别个有难处，也是会伸手扶一把的。"

"哎呀，哎呀，"毕兰大婶卷起眉毛，放在心里加减了一歌，为难地说，"别的事好讲，这个事难，实在难。我们虽讲只栽单季稻，可是算起今年扩种的包谷、洋芋，劳力、粪草也是蛮紧手的。"

"亲妈，那怎么得了？"向塔山愁了，脸盘上显出一副哭相，"到'双抢'时候，一手要收早，一手要插晚，一天要做几天工……喊我们到哪里去求人呢？连自己亲妈都不肯伸手，别个又怎么会伸手呢？"

"不是不肯伸手，实在无法，帮不到你的忙。先头喊全面推广双季稻那阵，我们也算过人力、牛力、粪草、节气的账，哪里舞得开手脚呢？唉，塔山，若先晓得这样，你又何苦要硬起脑壳栽这样多双季稻呢？"

夜深了，竹妹回到屋，向塔山已经在充满香草气息的厢房里困了。从寨子的哪个地方，仍然传来悠扬的布谷雀的歌声。

"你怎么不等我了？"竹妹走到床挡头，这样问。

"我心口里有点点翻。"向塔山说，他在拿米汤浆过的被窝里翻了个身。

"那是怎么的？"竹妹急了，"想必是在路上受了风寒吧？"

"不晓得。竹妹，我们明天回去吧！"

"明天就回？你不是讲，要在阿妈这里歇三夜吗？"

"我不想歇了，有一夜就够了，何必硬要歇那么久？只有这多味！"

竹妹摸摸向塔山的额门头，没有发烧。他的气息也匀。哎呀，到底出了什么事呢？

"是不是阿妈得罪你了？"

"哪里，我哪敢让她老人家得罪哟！"

"听你讲些什么呢！你不是讲，要来阿妈这里挖劳力和粪草吗？你同她老人家讲了没？"

"嗨，她老人家是大角色，原则性最强，哪里得肯呵？"

"你看你！为这么点点事，也犯得着怄这样大的气吗？你莫急，明早我去跟阿妈讲声……"

"算啰，料你也进不得锯。"

"那我就去试一盘吧！"

第二天，竹妹很早就起来，和往天在屋的时候一样，点燃了火，烧热了水。

然后请阿妈起床来洗脸。

"阿妈,"趁阿妈蹲在火塘边往木脸盆里搓手背的工夫,她说了,"阿妈,你老人家做点好事吧,伸伸手,扶向塔山一把。不管怎么的,也是你的郎(女婿)!"

"嗨哟,"阿妈放下牛肚子手巾说,"才过门三天,就学会帮腔了。"

"阿妈,你不晓得,昨夜里,他急得叹了一夜气。看着自己郎这样受憋,你老人家也忍心不伸手吗?"

"竹妹,"毕兰大婶很沉重地说,"阿妈的手没得那样长呵!椊木寨是众人的,又不是你阿妈一个的。阿妈可以把女儿嫁出门,可不能把椊木寨嫁出门呵。"

"阿妈,你怎么讲起这些来呢?又不是白白的要。塔山讲,先记好工账、肥账,折合好价目,等秋后,布谷寨的双季稻丰收了,都会一五一十还把椊木寨的。"

"唉,阿妈作不得这个主!"毕兰大婶好为难,想伸手,伸不得;不伸手,女儿女婿又会怪。这一来,老人家只好一声接一声叹气了,"唉,唉唉,这是几百人的衣食饭碗……唉,那年过苦日子过怕了……唉,当不得儿戏,当不得儿戏!"

"阿妈,你老人家若实在不肯,塔山讲,他今天就要回布谷寨了。"

"哎呀,"阿妈急了,难受了,"为甚么要这样见外?这样多心呵?公归公,私归私嘛,不能为公家事伤了我们两家的和气嘛。往后,椊木寨、布谷寨打交道的日子不会少。那又如何得了?"

"塔山讲,阿妈不伸手,断了这条路,那就无法了。我们就得赶回屋打主意呢,多出工,多积肥,搞自力更生呢!"

"呵,也好,你们就回吧。"

吃早饭时,毕兰大婶又特意为女儿、女婿炒了几碗好菜。吃罢饭,向塔山就同竹妹回布谷寨了。

二十一

"塔山,你怎么的?一句话也不讲,成个哑巴了。"竹妹一边走一边说。她背个空空的竹背篓。

"唉!"向塔山叹气。

照乡里规矩,两口子走娘屋,女人家要走前,男人家要走后。这回,向塔山不管了,他把竹妹甩在背后头。他的脚力又好,竹妹哪里撵得上呢?

"塔山,你慢点走,你等下我。"

向塔山放缓了脚力,走得慢了点。竹妹撵上他,望着他的后脑壳,心想:

唉，为劳力粪草的事，他心里不晓得有好急！

下登坡，到小河边，向塔山卷起眉毛，阴起脸盘儿，站在码头上不动。竹妹把渡船扯了拢来，他依旧站在那里，像是没看见。

"塔山，你怎么不上来呢？"竹妹跳上船头，扭转脑壳来喊。

向塔山从梦里醒了，往前走几脚，也跳上渡船头。

"塔山，你这样不得了呢，会急出病来呢。"竹妹放下竹背篓，勾起腰，一手一手扯动吊在竹缆索上的竹圈。渡船动了，朝清悠悠的河中间游去了。

向塔山只不回话，痴痴地望着河里。河水好浅，望得见河底里各色各样的圆石头。那石头上有的缠了一层苔衣，有的网了些血丝印。雪白的腌猪刀样的鱼儿，一只咬着一只的尾巴，在水里漂。它们没有人世间的忧烦，不要为劳力和粪草操心；它们是很快活的。

"塔山，你莫急，真的莫急……"竹妹望向塔山一眼，宽慰说。

"唉，"向塔山又叹一声，反转脑壳，望竹妹说，"双抢的劳力，晚稻的粪草，在哪里呀？在哪里呀？"

"慢慢想，总会有门路的。"

"没得门路了；唉，你阿妈把我的门路拦断了。"

"塔山，你莫怪我阿妈，她也是没得法哟！"

"好，我不怪你阿妈，可是我怪哪个？我怪哪个？"

"哪个都莫怪，回家慢慢想门路。塔山，人是急不得的。我听人讲古，有个什么人，不晓得为哪样事，只一个夜工，就把脑壳都急白哪！"

"白不白脑壳，我顾不到了。竹妹，你晓得吗，若劳力、粪草不解决，双季稻就要烂场合，若双季稻烂场合，我……我向塔山就要完蛋了。唉，那时候，我如何对得起伟大领袖毛主席呀？还有县委袁书记，他对我好关心，我又如何对得起他？"

望着向塔山那么痛苦的样子，竹妹的心发抖了。她忘了去扯竹缆索上的那些竹圈圈。渡船在河当中停下来。

"快莫那样想，双季稻不得烂场合的，不得的。阿妈口里是那样讲，我估着，若到你真的有难处，她准定会伸手。哪有亲妈不为郎的呢？"

"唉！"向塔山又叹了声气。除了叹气，他实在没得主意了。他有些翻悔，先头为什么要在县里三级干部会上做那样的发言？为什么要当着县委袁书记，打了"全面推广双季稻"的包票？唉，麻烦是自己找起来的。自己把自己逼上悬岩墈了。好，如今看你怎么下墈！

向塔山不是个鲁莽人，他晓得全面推广双季稻不是个简单事。记得在三级干部会上，他心里好虚，足足有两夜没闭眼。他阴在肚子里，加减来，加减去，终于横下一条心。唉，有哪样法？这是县委袁书记的号召，他怎么能不响应？若不响应，那就要问你"毛主席著作学到哪里去了"，没得法。他不能不紧跟现在的形势。再讲，搞革命是不能不冒一点风险的。要想搞出点名堂，闯出一条新路子，就要敢冒风险。世上哪里有什么"保险"的革命派？如果毕兰大婶不是冒起风险办了土家人的头一个互助组，头一个农业社，还冒起风险炸岩修水库……她哪里会变成全州闻名的劳动模范呢？

记得县委袁书记找向塔山个别谈话的时候，鼓励他说："塔山同志，毛主席讲，世界是你们年轻人的。你要崭劲搞。你的前程远大得很呢。毕兰大婶是老模范，在民主革命阶段起过作用。可是如今到社会主义革命阶段了，她就跟不上了。这不奇怪，事物发展的规律就是这样，长江后浪推前浪，青年人超过老年人嘛！"当时，向塔山阴到肚子里想：是的呀，他向塔山为什么就不可以搞出点名堂来，就不兴超过毕兰大婶呢？

啊，原来毕兰大婶在偷偷地嫉恨他了。是的，自他在三级干部会上发言过后，她对他的态度就变冷了。她为什么要那样反对他和竹妹的亲事？为什么见着女婿这样为难，也不肯伸手扯一把？呵，现在他晓得了，她是怕他把双季稻搞成器，怕他出头，怕他当劳模，怕他超过她，压倒她。尽管是她的郎，她也不讲一点客气，不留一点面子了。她要拦他的路，拆他的台，等着看他的笑话呢。嫉妒心！几多可怕的嫉妒心！聪明过人的向塔山，这一点偏偏就没有料到。他还以为，只要和她攀了亲戚，她就会处处卫护自己的。乡里人讲："郎为半子，哪有亲妈不为郎呢？"哪里晓得，这个亲妈实在不简单，他向塔山打错算盘了！

回到屋，向塔山往床上一倒，扯起被窝困了。竹妹晓得他心里不快活，没去惊动他。她蹲在火塘边，扒开沤在灰里的老茶树蔸子，引燃一堆火，煮熟了中饭，炒了一碗酸萝卜丝。她装起一碗饭，夹了些酸萝卜丝，进到拖栅房里，请向塔山阿妈起来吃饭。这位可怜的老人，一天到晚连半句话不讲，只是吭吭吭咳嗽。不晓得怎么的，从竹妹过门那天起，她始终不理她，也不理她的儿子。她不乐意有这样一个媳妇吗？

"阿妈，我把饭摆在这里了，"竹妹把碗筷摆在床挡头的一个独凳上，很亲热地说，"你老人家起来慢慢吃吧。莫等冷了。你吃完了，我再来帮你老人家装。"

竹妹回到火塘边，又装了一碗饭，挟了些酸萝卜丝，送到向塔山困的床挡头。

"塔山，你起来吃饭吧！"

没有应。

"塔山……"竹妹一只手端碗，一只手去摇向塔山的肩膀。

向塔山好心躁，他没有起来，只反手一推。那意思是：我不吃，你走开！

159

这一推不要紧，正好推着竹妹端碗的那只手。竹妹经不住这一推，手一颤，饭碗打落到床铺上。碗倒没破，饭和酸萝卜丝却撒满了床铺。在竹妹看来，这也算不得什么，只把被窝、裤子换下来洗干净就行了。哪里晓得呢，向塔山一下子竖起来，牙齿一咬，眉毛一耸，鼓起牛眼睛，露出要吃人的脸相。好骇人呀，这哪里是竹妹平日里像敬重阿妈一样敬重的向塔山呢？哪里是在吃三月泡时碰到的那个可亲可爱的人呢？

"塔、塔山，你，你……怎么的了？"竹妹全身打抖，气喘喘地说。

向塔山二话不讲，伸开肌肉发达的劲鼓鼓的膀子，野物一样向竹妹扑过来。他动手打竹妹了。他把满肚子的怨愤都倾在竹妹身上了。

"塔山，你为哪样要打我？我到底犯了哪样事呢？"竹妹小声地哭，她不敢喊叫，她怕外头人听见。

"哼，回娘屋，回娘屋，白白耽搁老子两天工！"向塔山放开竹妹，气呼呼地说。

"阿妈不肯，你拿我出气！我是你的出气仓吗？"

"你是她的种！不打你，我这口气不得出！"

到后，向塔山找了些最难听的话，骂起竹妹的阿妈来。对于竹妹，拳头打在身上，她还忍得住。别人这样骂她的阿妈，她却忍不住了，圞心被小钎子戳得流血了。她哭着，声音好低，闷在喉咙管里。

二十二

向塔山很快就冷静下来，他这样的行动，能算得一个共产党员吗？能算得一个党的支部书记吗？能算得一个活学活用毛主席著作的积极分子吗？他后悔了。再讲，是阿妈不肯，怎么怪得竹妹？她实在是处处都为自己好呢。望着竹妹那个眼泪涟涟的样子，听着她的嘤嘤的哭声，向塔山的心软下来了。

"竹妹，快莫哭了，"他说，一面去扯竹妹的手，"让我看看，打痛哪里没？"

竹妹弹开他的手，哭得更加伤心。

"唉，是我一时急忘魂了。你不晓得，我心里是个什么味道！"向塔山从板凳上扯了一条麻裙，甩到竹妹手里，让竹妹揩眼泪。他很难受地说。

"你心里不好过，就该拿我来出气吗？"竹妹抓起麻裙，甩回到向塔山手里。

"竹妹，你莫怄了，都怪我不好，我跟你认个错……"

"那我问你，你凭甚么那样骂我的阿妈？我阿妈哪里对不起你？她惹发了你吗？"

"过些天，我到榉木寨去，再跟你阿妈认个错……"

"唉！你刚才那个样子，好像一口就要把我吃了，把我阿妈吃了！好怕人的呵！唉，日子才起头，你就是这个样子，往后这一辈子，不晓得怎么过呢！"

"刚才是鬼摸我的脑壳了！竹妹，你只放心，往后，我再不得这样了！再不得这样了……"

竹妹的心软下来了。两口子很快又取和了。吃过中饭，他们一人拿了根竹杆子，和社员一路去踩田；到夜里，他们又拿个语录本，诚心诚意地到队屋里去，做那些每天困觉前的必不可少的功课。

"竹妹，"天快亮的时候，向塔山突然摇着竹妹，"你看我好死板哟，我好死板哟……"

"啊？"竹妹醒来了，打个哈欠说，"塔山，你一直就没有困着吗？"

"没有。"

"听，鸡都叫了，天就要亮了，你抓紧困一觉吧！"

"我困不着。"

"你在想什么呢？"

"竹妹，你看我好死板，"向塔山埋怨自己说，他嘴里的热气一股股喷到竹妹的颈根里，"俗话讲，一泡尿憋不死个男子汉；我呢，差点点被一泡尿憋死了。"

"塔山，照你讲，劳力和粪草的事，你想到办法了？"

"想到了。"向塔山舒口气说，"若先想到这样，我哪里肯做下贱人，去桴木寨求你阿妈呢？"

"你怎么又扯起我阿妈来了？"竹妹扯扯向塔山的手膀子，不高兴地说。

"你阿妈怕我出头，怕我把双季稻搞成器，想等着看我的笑话。"

"不，我阿妈不是这种人！"

"唉，也实在难怪，我现在和你阿妈成了对手！我成功了，就是她失败了；反过来讲，她成功了，也是我失败了。"

"为什么要这样？"竹妹害怕了，急急地说，"你和阿妈都成功不好？为什么要一个成功一个就失败呢？哎呀，你们这不是成了冤家对头吗？"

"是的，我们是冤家对头了！"

"不要这样的，塔山，千万不要这样的！"

向塔山"吃吃"笑了。他紧紧地搂着竹妹，拿灼热的嘴巴，去亲竹妹的散发着香的鬓角，拿牙齿轻轻咬她的脸盘儿，并且对准她的耳朵眼说："你是我的宝贝呢，是我的心肝呢，你不要担心我和你阿妈的事，不要！你阿妈就是你阿妈，你就是你。"

天一亮，向塔山一个翻身起来，急忙忙往公社中学里去了。他要找在那里当"贫宣队"队长的阿爸，同他讲好，先调些学生来，帮布谷寨积足晚稻肥，到双抢时候，再多来些学生，一炮火把早谷子收回，把晚稻秧栽落。还有茅厕的粪尿，莫再让公社近边的菜农去挑，全部由布谷寨包了。这阵，学校里正在搞教育革命，支农是第一要紧的。布谷寨今年全面推广双季稻，在全县舞龙头，受到县委袁书记的表扬。你学校敢讲不来支援吗？

二十三

从那天起，竹妹和向塔山再没有回娘屋来。毕兰大婶心里好不安稳，唉，他们真的记恨阿妈了？眼眶子为甚么这样浅？翻转来又想，也许不是这样，布谷寨栽了那多双季稻，他们一定忙得抽不开身，哪里有闲空走亲戚呢？

哎呀，那双季稻怎么样了？不会烂场合吧？论帮忙，毕兰大婶实在搭不上手；论操心，老人家操碎了心，有时连觉都困不落。万一烂了场合，布谷寨几百口人的衣食饭碗如何得了？

过了大暑节，这天早晨，毕兰大婶随便扒了几口饭，闭了火塘里的火子，拖把宽口子铲锄，正要和社员上坡去薅包谷草。突然，她听见了一种咚咚咚的响声。再一听，这响声隐隐的，是从对门坡那边传来的。毕兰大婶不能安静了，她出了门，站在路边的高岩墈上，朝对门坡望。山窝里有厚厚的雾罩，看不真切，但那响声她却听得很清了。毕兰大婶吊起的那颗心总算落了地，这时候，好多人都从木楼里走出来，站到毕兰大婶旁边，尖起耳朵昕。咚咚咚，咚咚咚，这声音把整个柠木寨震动了。

"是在打牛皮鼓吧？是在过什么节吧？"

"哪里呢，这是戽桶响，是打谷子的声音呢。"

咚咚咚，咚咚咚。的确是在打谷子。从声音里听，怕莫有十多架戽桶响。隔一歇，又有一种很炸耳朵的突突突的声音。这当然是那种拿柴油机来牵动的打谷机了。听来几多使人心热呀！自己的中稻谷刚开头在田里怀胎抽穗呢，人家布谷寨已经在动手打早谷，看来还是栽双季稻强。莫讲多，即算每亩只六百斤，加上晚稻四百斤，合拢来一千斤，也算到手一个好年成了。

然而这个估计实在太保守了，太保守了。这敲鼓似的声音从早到夜响了十多天后，向塔山放出话来讲，经晒干车净，过秤验收，每亩田收谷九百斤，一两一钱不少，扎扎实实的九百斤。也就是讲，光这一季，就赶上了中稻的产量。几多振奋人心的数目字呀！

不过，毕兰大婶总有点想不透，布谷寨的禾架她是见过的，凭老人家一世做阳春的经验，那禾架无论如何打不得这多谷。也难讲啊，人眼不是秤啊，有些禾架是估不到的，看起来不怎么起眼，打在戽桶里却有斤两。毕兰大婶也只看了人家路边上那几丘，至于坳上的，冲里头的，她还从来没有去看过。讲不定那些田的禾架要好得多呢。

老人家放在心里默神，过几天，要抽工到布谷寨去走一转，一来看竹妹，二来问向塔山栽早稻有些什么好手脚？

巧得很，毕兰大婶突然接到县里来的电话，说是明天在布谷寨开一整天现场会，总结他们全面推广双季稻的经验，要她带一个生产队长去参加。这天下午，从对门坡上传来一阵阵紧急的吆喊声，猎狗的吠声，砰砰的火枪声。毕兰大婶晓得，这是布谷寨在赶山攢肉，为明天的现场会备办野味呢。第二天一早，她去邀了三牛，一路往布谷寨去了。

好久没来，布谷寨已经改了样子。寨路上重新砌了青岩板，扫得好利索；四路贴满了红红绿绿的标语帖子；每幢木楼里，都在旧社会时安神龛的那个地方，贴着领袖像，底下还有一个"忠"字台；路口上，拿晒簟设起"忠"字栏，"献忠心"活动图；岩坪坝里，女老师领着小学生们在排演节目，一面挥三角旗跳"忠"字舞，一面尖起喉咙唱语录歌。为着招待县城和远地来的客人，大队部作了临时厨房，厨师们挥着菜刀在砧板上作业，屠手们在开剥一头很肥大的野猪（想是昨下午赶山的收获吧）。另一处，木匠和砌匠们正在用木料、石料建造一幢很宽大的楼房。布谷寨沉浸在一派节日的喜庆中了。

进寨的时候，毕兰大婶和三牛碰到一点点麻烦。两个戴红袖圈的人，拦在高牌楼底下，要他们背语录，背得出，才准进寨。这下把舞了龙尾巴的毕兰大婶难倒了，幸好有三牛，他在主考人面前，得了满分。那两个红袖圈也就饶了毕兰大婶，要她日后好生学，放她和三牛过了卡。

多亏向塔山精心调摆，现场会开得极为成功。他先让大家参观谷仓。打开仓门看，那满仓满仓的早稻谷，直堆到仓门口，堆齐了楼檐。他解释说，等秋后，收了晚稻谷，这些谷仓当然就不够装了，那时候还得修几幢新仓呢。

在这样的场合，硬忙坏了那位和毕兰大婶打过交道的记者。他端起照相机，流着汗，跳来跳去地找镜头，镁光灯不停地扯火闪。这时候，向塔山也很好地作了配合，他尽量正面对准镜头，显出既庄重又自如的样子。他还找机会同县委袁书记站一起，拉手和谈话，让记者照了几张县委领导如何关心布谷寨的新闻照片。向塔山是很能领会记者们的苦心的。何况那胶片子又贵，咔嚓一下，就是好几角钱，怎么能让国家财产遭损失呢？

其实，记者才不计较这些胶片子的价值呢。从县里开三级干部会采访毕兰大婶那时起，他的成绩一直不佳，见报的稿子不多。这回他要扳个本。这样突出的典型，在全省甚至全国只怕都是不多的吧，照讲，上中央报刊，配照片登个头条，也许不会成问题吧！

看过谷仓，接下来参观晚稻田。因为插的是老壮秧，返青快，满坡一层层碧绿。向塔山自己估，从禾架来势看，一亩晚稻收七百斤谷，那是穿钉鞋，挂拐棍，稳当当的。早九晚七，总共一千六！

参观的人都佩服得鼓眼睛了。

从坡上转来，大家坐在大队部门口的晒坝里，竖起耳朵听向塔山介绍经验。他没有多讲栽双季稻的技术。什么选种哪，浸种哪，催芽哪，栽秧过后的中耕哪，施肥哪，这些啰儿巴嗦的事，县委袁书记是不会感兴趣的。他把讲话的重点放在"纲"上，放在活学活用毛主席著作，大抓阶级斗争和路线斗争这点上。他认为，栽不栽双季稻，推广不推广双季稻，不是个技术问题，而是个立场问题，路线问题，前进不前进、革命不革命的问题。他进一步分析，从阶级上看，农民是小生产者，所谓"农民意识"，就是落后、保守和自私。他们只对民主革命有要求，对社会主义革命是毫无要求的。斗地主，分田地，他们能积极拥护；到了办农业社，办人民公社，搞大跃进，推广先进技术和新品种（革命革到自己脑壳上了），他们有哪一样是自己情愿的呢？煞尾，他介绍了布谷寨大抓阶级斗争的经验。他讲，那些反对栽双季稻的人，实际上是农村里的资本主义势力，是复辟派，是挡在前进路上的又臭又硬的岩头。对付他们，除了一个斗字，没有别的法。要斗得他们咽不下饭，困不落觉，到后乖乖儿认输。这是牵着他们的鼻子，往革命路上走！……

县委袁书记笑了。他讲，向塔山同志这个话很形象，很深刻，不仅从实践上，而且从理论上解决了新的历史条件下继续革命的一些问题。他号召全县都来学习布谷寨，学习向塔山，在高寒山区全面夺取双季稻大丰收。

现场会就这样开了一整天。散了会，县城和远处来的留下，在这里吃饭，困觉，夜里还有文艺节目看。毕兰大婶和三牛路近，他们打算趁着落日的余晖，赶回桴木寨去。正要起身，县委袁书记走过来说："老模范，你等一脚，我有几句话和你讲。"

二十四

袁书记引毕兰大婶走进一间有电话机的房里，他以主人的身份，笑嘻嘻的，请毕兰大婶坐；放电话机的桌子上，有热水瓶，有搪瓷缸子（原是送给向塔山和竹妹的礼品，现在拿来待客了）。他给毕兰大婶倒了一杯白开水。毕兰大婶接过来，没有喝，又放到桌子上去了。

在毕兰大婶心里，袁书记是个很受尊敬的领导人。他资历很深，十几岁时就参加革命，打过日本鬼子，南下的时候什么地方还受过一点伤，后来转到地方，五八年以后就来这里当县委书记了。他平易近人，从不摆架子，嘴角上总是挂着笑，讲起话来不急不忙的，喉咙压得低低的。他不搞特殊化。县委院子里有一栋书记楼。无论办公室主任怎么动员他，他都不肯搬进去住，宁肯住在一般干部的宿舍里。这一来，那些本来就住在里头的副书记们，有点觉得不好意思，一家接一家搬出来了。工作上，他也是艰苦深入的。他常常穿双水草鞋，穿身打补疤的衣裤，一个人跑到山寨里去，看阳春好不好？检查下边执行了县委的决议没？有一回，几个民兵竟把他当作形迹可疑的坏人抓起来，押到大队部，才晓得他是县委袁书记。又有一回，好像是一个除夕的下午，家里人摆起团年饭，等他和爱人、儿女团个年。但是他失踪了，整个县城里都找不到。这时候，他突然出现在一个土家寨子里……无需怀疑，袁书记是党和人民的好干部，他实心实意，想把这个县的事情搞好。只不晓得什么缘故，一年接一年过去了，全县还是那么个老样子，总不见得好了多少。

到了文化大革命当中，袁书记和别的干部一样，都被造反派揪出来打倒了。他的罪名是：老老实实、辛辛苦苦地执行了反革命修正主义路线。他被送到离县城五十多里的"五·七"干校里，养猪，放牛，写"检讨"。有一回，毕兰大婶为什么事，从那旁边路过，特意弯到"五·七"干校，去看望了他。毕兰大婶不怕背甚么"划不清界限"的嫌疑。临到分手时，她站起来，眼泪汪汪地拿发抖的手，摘下自己胸口前的一颗毛主席像章，别在他的胸口上。当然的，他也感动得眼圈圈一红，落泪了。回到屋，毕兰大婶就以劳动模范的名义，请一个中学生代笔给州里和省里写信，认为袁书记基本上是个好干部，在当前落实干部政策、放手解放干部的时候该让他站出来工作。也许这封信起了一点点作用，也许是别的什么缘由，袁书记很快从"五·七"干校"毕了业"，当了县革委的二把手。到后，又和军方代表换个位置，变成一把手，算是官复原职了。共产党不讲个人恩怨，毕兰大婶早把给州里和省里写信的事忘了个干净，从来没对袁书记本人提起。

现在，毕兰大婶坐在板凳上，望着坐在她对面的袁书记。她发现袁书记已经老了许多，脑壳顶下了一层霜，不，是积了一堆雪，额门上打起好多皱，讲起话来气力更显得差火了。毕兰大婶晓得，袁书记身上的这些变化，不光是由于前些年憋了气，更主要的，是因为现在的担子太重，工作太难搞，他心里急得很呢。好多人发现，比起文化大革命前，袁书记的脾气也躁得多了；有一回，他找人谈话，谈不通，他红了脸，拍了桌子，把别人骂得个狗血淋头。这种事，早先从来没发生过。现在发生了，一回接一回发生了。毕兰大婶很体谅袁书记的难处、苦处，每当眼睛碰到他的白晃晃的脑壳，心里就一颤，深深地同情和感动。她在心里猜，袁书记留她有什么话要讲？

这阵，袁书记从放电话机的桌子上拿起一束早稻谷穗子（毕兰大婶想，这是要拿到县里去作展览的吧？），把玩了一歇，又放下了。

"毕兰同志，"袁书记抬起脑壳，逼逼地望着对方，说，"上回在县里开会，我跟你打了招呼的，要你开完会一定到我家里来，可是你却没有来。"

"正是春耕忙忙，我急着赶回屋，实在没得空。"毕兰大婶说明了实情。

"我老伴特别为你炒了几个菜。你没有来，她就怪我，说我没和你讲死火。

我也想，是不是我在'两委会'上批评了你，你就多起心来了。"

"嗨嗨，"毕兰大婶笑了，"不是我多心，是你多心了。"

"我想也不会，都是老同志，哪里就这样想不开？不过，我今天要向你作检讨，我对你的帮助太不够了。"

"不，你对我的帮助很多。"

"是真的不够。譬如讲，这个现场会本该放到你们柳木寨去开的。如果我对你帮助得多一点，领头全面推广双季稻的就该是你们柳木寨。那……"袁书记没把"那"底下的话讲完，又把那束谷穗子拿在手里，等着毕兰大婶回话。

"我们落伍了，跟不上这个形势了。"毕兰大婶老实承认。

"的确是这样，"袁书记叹口气说，"你跟不上形势了，我也跟不上形势了。有人讲，我这个头发是怄气怄白的，不对。它是为工作急白的。文化大革命前，我没把这个县搞好，想起来心里很难过。今天上级信任我，又要我来挑这副担子。毕兰同志，你为我想想，这急人不急人呀？"

"我晓得，现在的工作比过去难搞得多。"毕兰大婶体贴地说。

"嗨，你是晓得我的苦处的。文化大革命前，我在工作上没有躲懒，累死累活干，可是都没有干在点子上，到头来落得个'辛辛苦苦的走资派'。开头我好想不通，觉得很委屈。后来我当然想通了，路线不对头，干劲越大，错误也越大。这个沉痛的教训我是一辈子不会忘记的。毕兰同志，你那回来'五·七'干校看我，送了我一颗毛主席像章，是对我最大的鞭策、鼓励。你看，就是这颗……"

袁书记指指挂在胸口前的那颗像章，他有些激动，沉浸在回忆里了。毕兰大婶一看，果然是她送他的那颗像章。她感动了。

"毕兰同志，"袁书记接下来说，"经过了文化大革命，我学了个乖，为了在工作上不犯错误，少犯错误，我们要高举毛泽东思想伟大红旗，突出政治，万事不离纲和线，切忌一个'右'字！对新生红色政权的指示，我们要坚决执行，不打折扣，州里、省里总比我们水平要高一些吧，更不要说毛主席、党中央了。现在的形势发展很快，若不崭劲跟，我们就会犯右的错误，就要掉队，要被今天的时代淘汰。昨天我掉队了，你扯了我一把；今天你掉队了，也轮到我扯你一把了。最近来，我听到一些对你的议论，不晓得你自己听到了没有？"

"没，我没有听到。是些什么议论？"毕兰大婶坦然地说。

"讲你在吃老本，躺在成绩上困大觉，穿新鞋，走老路，搞的还是文化大革命前那一套。讲你这个劳动模范起不到什么作用了。毕兰同志，我总在想一个问题，一个在土改、合作化运动中处处打冲锋的角色，到了现在，为什么变得这样疲了？"

这是一个很复杂的问题。毕兰大婶答不出来。她记得，早年她工作积极，那是生活逼出来的。从来没想到要当模范。她领头干的那些事，正好又是党和政府的号召。于是，她和她的合作社都受到了上级的奖励，她也变成了全州闻名的劳动模范。可是不知什么原因，从五八年起，有好多事情，毕兰大婶实在想不透了。县里领导号召要办的事，并不是老百姓心里想办的事；老百姓急着要办的事，又不见县里领导号召。她好为难。她是个共产党员，她要听领导的话；她又是一个寨子的当家人，她还要听全寨人的话。难，实在难！事到如今，照袁书记的话讲，是万事不离纲和线的时候，她只好掉队了。袁书记是好心，想拉她一把；但是拉得动拉不动？

"毕兰同志，"袁书记突然严肃起来，两眼逼逼地望着对方，"我还听人讲，在对待学毛著这桩头等大事上，你不怎么崭劲。这是个非常严重的问题，搞不好要犯大错误，要犯大错误！"

毕兰大婶不想申辩。袁书记没有冤枉她。但是把这事讲得这样吓人，她却没曾料到。她的心一下子缩紧了。

"我再问你，今天跟你来开会的那个生产队长，是不是那个有杀父之仇的人？"

"他阿爸是在大跃进那年，挨批判，又被食堂扣饭，想不通死的。算不得有杀父之仇。"

"好，就依你讲的，不算有杀父之仇。可是，你晓得的，如今特别强调阶级路线，这样的人，怎么能当生产队长？一个生产队的家当，怎么能掌在这样的人手里？"

"他平日表现得好，社员们信得过他。"毕兰大婶激动了，说话时气喘喘的。

"表现得好也不行，可以当个好社员，但不能当生产队长。不然我们会犯错误的。上回，你听了我的话，没有让他做你的女婿了。这回，你还得听我一句话，"袁书记放下手里的谷穗子，把手一挥，决然地说，"撤掉他的生产队长！"

"袁书记，"毕兰大婶拍着膝盖头，抢白说，"他这队长当得好好的，又没出岔，平白无故把人家撤了，只怕社员也不得答应！"

"去做工作哕！毕兰同志，"袁书记语重心长地说，"我这是为你好呢，文化大革命前的教训还不深刻吗？我还要问你，听讲你们在搞什么杂交包谷试验，有这个事没？"

"有这个事。我们那山坡坡栽包谷最合适，加上水田又少，只好往这上头打主意。"

"嗨，毕兰同志，我又要批评你了。你脑壳里就是缺一点政治，你太右了，太右了。你想一下，如今到处在全面推广双季稻，好多地方还提出消灭包谷的革命口号（当然，我并不一概反对包谷），可是，你却在那里搞什么杂交包谷试验，依靠的又是政治上有问题的人，还提出什么要全面推广杂交包谷。我问你，这是个什么问题？不是和双季稻唱对台戏么？老实讲，听讲向塔山同志是你的女婿，我很高兴。我是希望你能够把他带出来的。哪里晓得，他如今跑到你前头去了。全面推广双季稻的，活学活用毛主席著作做出成绩的，是布谷寨，不是桴木寨。反转来，你要虚心地老老实实地跟他学了。有什么法呢？"

二十五

"三牛，"走出晒坝，毕兰大婶对一直坐在路坎上等她的三牛说，"害你在这里等好久了。"

"没得好久，"三牛站起来，打算同毕兰大婶走路，"大婶娘，袁书记找你讲了哪样？"

"问我活学活用搞得如何？又问我中稻谷来势好不好？"毕兰大婶往路坎上坐下，她想歇一下子，"三牛，介绍经验那阵，你好像没有认真听，你闭起眼睛在打瞌睡……"

"没，没，"三牛也跟着坐下，慌忙解释，"我没打瞌睡，我是在想……"

"你在想哪样？"

"我想我们的杂交包谷。"

"你还不信服双季稻？"毕兰大婶这样问。她的眼睛窝热了。她不敢把袁书记的话告给三牛。

"唉，大婶娘，那双季稻是水里的月亮，看起来是圆粑粑，捞出来是水。"

"人家一亩打了九百斤哪？"

"大婶娘，你莫要信，那九百斤只怕不牢靠。"

"你怎么会晓得？"

"早些天，我一丘丘估过他们的禾架。"

"那满仓的谷子不会有假吧？"

"还搞不清，不过，双季稻究竟如何，还要看晚稻哪！"

"三牛，"毕兰大婶突然问，"你那杂交包谷搞得怎么样了？"

"好得很呢，"三牛很快活地说。只要提起杂交包谷，他的眉毛眼睛都松开了，"每根杆杆上都背了两三包，像牛角样，籽籽也密。"

"三牛，若有人讲，搞杂交包谷是和双季稻唱对台戏，是犯了错误，你怕不怕？"

"大婶娘，"三牛一惊，警觉地问，"是袁书记这样讲吧？"

"不是，袁书记没有这样讲。我是打比给你听的。"

"那我不怕！"三牛很硬扎地说。

"是不要怕!"毕兰大婶咬咬牙，心情沉重地说，"有大婶娘撑你的腰！无论如何，要把杂交包谷搞成器，看他们有什么话讲?"

"唔。"三牛感动地说。

"大婶娘还问你，若有人又提起你阿爸的事，讲你当队长不够格，你心里会怎么想?"

三牛的脸盘儿突然笼起一层黑云，眼皮子落下去，没有回话。无法估出他心里有几多痛苦。毕兰大婶实在后悔，为什么要在这时候戳痛他的伤疤？但是既然已戳痛了，何妨又要忙着收手呢?

"你跟大婶娘讲，若真的是那样，生产队长你还当不当?"

"我不当了。"三牛很难受地说。

"不，你要当!"毕兰大婶横起眼睛，像在和人吵架，气呼呼地说，"社员信得过你，大婶娘信得过你！若有什么冷话吹到你的耳朵边，莫理就是，你只管挑你的担子，走你的路!"

"唔。"三牛答应了，隔一歇，他猛地仰起脸，极其恳切地说，"太婶娘，你老人家跟我讲句实话，我阿爸到底有些什么罪?"

"照我想，你阿爸没得罪!"毕兰大婶摇摇头，一字一句，很平静地说。

"他是不是对社会主义不满意呢?"

"不是!"

"那……他们为什么要这样对我阿爸呢？为什么还要这样对我呢?"

"三牛，唉!"毕兰大婶为难了，她不晓得该如何来回答这个可怜的后生家了，"唉！三牛，为这个事，大婶娘想了好多年，到如今还想不透。"

但是三牛满意了，搭着的眼皮子抬了起来，脸盘儿上的黑云被吹散了。他是头一回听到这种使他宽心的话。他有了这样的感觉，前头再不是乌漆墨黑的世界，而是一个亮晃晃的光明的世界了。

"日头要落坡了。"毕兰大婶望了一眼快落坡的日头，站起来说，"三牛，你先回屋去，我还得去竹妹那里打个转身。"刚才，同袁书记谈话过后，向塔山笑嘻嘻地留她在大队部吃饭，还要留她歇，她都没答应，只打算去向塔山屋看竹妹一眼。

"要得，我先走一脚了。"三牛站起来，往前走了几步，又停住脚，扭转脑壳问，"大婶娘，你今夜还回不回桴木寨呢?"

"回，回呀!"

"那……我在青树底下水井边等你。"

"莫等，你先走。"

"不，不行的，你一个人走夜路，我不放心，怕有老虫，也怕别的野物和蛇。"

"也好，你就等我一脚吧!"毕兰大婶再不能拒绝三牛的好意了。

她走到竹妹屋，站在屋门口，喊声"竹妹"，没有听见应。走进厢房，她又喊了声"竹妹"。这时，从放落的麻布帐子里发出一个很细弱的声音；"阿妈，是你老人家?"原来竹妹病了。毕兰大婶心一紧，走拢床边，抹开帐门，啊呀，才几个月不见，她就认不出自己的女儿了。女儿已瘦得不成形，脸盘儿蜂蜡一样黄，眼睛落成两个窝，伸在被窝外头的手杆，只剩了皮包骨，那头发也是乱蓬蓬的，成了斑鸠窠。

毕兰大婶要落眼泪了。

"阿妈，"竹妹掀开被窝，起了身，好欢喜地说，"你老人家几时来的?"

"我在这里开了一整天会。"毕兰大婶好心酸，鼻子里酸酸的，喉咙里梗梗的，"竹妹，我的女，你怎么病成这个样子了?"

"阿妈，你老人家莫伤心，我都快好了，再过三五天，就会复元了。"竹妹拉着阿妈的手，亲着阿妈，宽慰着阿妈。

"你几时起的病呀?"毕兰大婶摸着女儿的身子，手发抖。

"怕莫有个多月了，阿妈。"

"害的哪样病呢?"

"不，不晓得。"

"向塔山没帮你请药师打扮（方言，请医生诊治的意思）么?"阿妈很着惊。

"请，请了，药师也讲不出是个甚么病。"

"你吃了哪些药呢?"

"中药，草药，还有丸子药，是药我都吃过了。"

"这么长的日子，你为哪宗不给阿妈递个信?"

"我、我怕你老人家操心。"

"哎呀，你这个女儿呀，你以为把什么事都瞒起，阿妈就不为你操心了吗?"毕兰大婶深深地叹息了。

"竹妹，你的眼睛……你有心思!"

"没，没。"

"啊呀!你，你这是怎么的呢?"毕兰大婶无意地发现，竹妹后颈窝上，有条长长的收了口的血印子，老人家倒抽一口气。

"那天上坡砍柴，砍柴，一下没留神，被刺刺划破了。"竹妹给阿妈解释。

毕兰大婶沉默了，久久地沉默了。

"竹妹，阿妈要问你个事。"

"哪样事?阿妈。"

"你要实实在在讲。"

"嗯。"

"你讲，你几时和向塔山吵了场合？"

"没，阿妈，没，我们没有吵场合。"

"一回也没吵吗？"

"是呢，一回也没吵。"

"这些天，向塔山对你好不好？"

"他对我好呢，阿妈。"

"唉，你讲向塔山对你好，阿妈不肯信。竹妹，等几天，阿妈来接你，到阿妈那里去养息。你讲要得要不得？"

"要得，阿妈。"

"向塔山肯不肯放你去？"

"会肯的。"竹妹猛然想起一件事，便问，"阿妈，你老人家还没吃夜饭吧？"

"不吃了，我还要往屋里赶。"

"这样急做哪样呢？等明早再走，又不是没得地方歇。"竹妹挽留。

"不歇了，屋里有好多事。"

"天都黑了，路又不好走。"

"我还有个伴，不要紧，打个火把就不怕了。"

"那也要吃了夜饭再走哟！饭菜都是现成的，一下子就热了，快得很！"

"莫热饭菜了。有粑粑没？若有，多烧几个，我的那个伴，也没曾吃夜饭呢。"

竹妹答应了，穿起衣服，爬下床，在火塘里架起铁夹，动手给阿妈烧粑粑。

二十六

可怜的竹妹，把实情瞒过阿妈了。压在她心上的负担实在太沉重。哪个喊你丢了三牛，硬要跟向塔山好呢？哪个要你早先不肯听阿妈的话呢？好丑都是自己讨得的，你又怨得哪个呢？她这样想。

送走阿妈，她端起一盏煤油灯，掩拢了堂屋门，再掩拢厢房门，将煤油灯放回矮方桌上，吹熄，又上床困觉了。隔了一歇，她好像困着了，又好像没困着。她依然偎在阿妈怀里，低声地诉说着自己的不幸。阿妈哭，竹妹也哭……

夜深了，从拖栅房里，传来老婆婆响着老痰的咳嗽声。那个被关在牛栏屋里的女癫子，发出来一声声凄厉的喊叫，是那样的恐怖，是那样的使人毛骨悚然。

到现在，竹妹还搞不清，那个女癫子到底是怎么癫的？她和向塔山到底有什么事？在水田里做工夫时，竹妹曾悄悄向布谷寨的姐妹们打听；但是姐妹们都不肯告诉她，话到嘴边就咽回去了。聪明的竹妹，从她们诡谲的眼神里，就打探不出一点什么吗？莫非真的是她抢夺了那个女癫子的幸福，造成了她的可怕的悲剧，她只觉得向塔山是一个很不简单的男人，对自己能干出来的事，对别人他就干不出来吗？

自此以后，她一听到那女癫子的喊叫，就像有一把小钎子往心上戳，使她痛得不能忍受。有好几回，她下了决心，要从向塔山口里把这桩事问出来。可是还没有问，她的心就先跳得厉害，她想起了第一次口舌，若向塔山又反转来追问她和三牛的事，她该怎么回话呢？啊，在向塔山面前，自己处在几多不利的地位呀！

竹妹发现，布谷寨的人都很怕向塔山。碰上不如意的事，他就要抓阶级斗争，扣社员的工分和口粮，罚义务工，开批判会和斗争会。有一回，竹妹见一个老阿爸跪在他跟前，苦苦向他求饶。他却一点不动心，手上拿本语录，在那里一句一句念。竹妹吓得全身发抖。她想不透，阿妈也是党支部书记，从来不兴整人，社员们也不怕她。向塔山这个党支部书记为什么一点不像阿妈呢？

竹妹变了，整日里不讲不笑了。只有在出工的时候，同布谷寨的姐妹们一路薅田、撒石灰、扯稗子的时候，她的生活里才有一点点欢乐和光彩。回到屋，她尽心地孝敬婆婆，她的虔诚消融了婆婆心头的隔阂，有天吃过饭，婆婆拉她在床挡头坐落，然后眼泪涟涟地告诉她："你丈夫是个歹毒人；亲亲的舅爷，遭他一手判成了反革命！我这个病是着这个忤逆不孝的儿子怄成的！"

到夜里，竹妹跟向塔山提起这件事，向塔山叹口气说："唉，我这个阿妈，满脑壳旧思想，你拿她无法！虽讲是我亲亲的阿舅，可他反对活学活用毛主席著作，成了走资派；我一个要求进步的年轻人，能不同他划清界限，造他的反，夺他的权吗？我能当那种资产阶级的孝子贤孙吗？"

竹妹更觉得向塔山是个很可怕的人！

竹妹又发现，向塔山脾气好大，动不动就红脸块，鼓眼睛学牛叫，还拍桌子打板凳的。那个爱讲笑话的可亲可爱的样子，是在竹妹面前假装的，现在他不要再假装了，他显出他自己的本相了。竹妹得小心小意地服侍他，给他炒好吃的菜，盐不许放咸了，也不许放淡了；给他烧洗脚水，热了一点不行，冷了一点也不行。不然他会把炒熟的菜连碗一起往家肥凼里甩，也会一脚踢翻水桶，把热水全浇在竹妹的脚背上。

上月里一天，向塔山从县城转来，满脸堆起笑。到夜里，他对竹妹讲："我这回有大喜事。县委袁书记讲，我们双季稻搞对路了，答应把布谷寨树成全县的大红旗。州委领导也表扬了我们。竹妹，从明朝起，你莫出集体工了。你留在屋，多喂几头架子猪，多帮我做几双新鞋。我在外头光荣，也有你一分。别个望着我上下一身新，还不夸你这个屋里人吗？"但是竹妹不肯依。她讲："猪我喂，鞋我做，集体工我也要出。来的那天，阿妈要我学习、工作、劳动都要积极……我也要听阿妈的话！"

话音没落，向塔山的镇压就开张了。他揭开被窝，扒下竹妹的衣服，拳头像冰雹一样落。在竹妹痛苦的呻吟中，他咬起牙齿骂："贱骨头，你到底听你阿妈的，还是听我的？没得你阿妈，我向塔山就'死气'了吗？不得，我一样要办大事，一样要成红旗！"

这一回，向塔山的手下得很重，而且落在一个女人的最脆弱的部位。他的尖利的爪子，又在竹妹的后颈窝上，留下一条长长的血印子。竹妹起不得床了，一天天瘦了。唉，竹妹，你在阿妈屋做女的时候，你坐在溪边对着流水梳头的时候，你站在瓜园里望着月亮出神的时候，你梦想的日子，就是今天这样的日子吗？

唉，在竹妹身上，只有阿妈的善良，没有阿妈的坚定。

门响了。

竹妹听得出，是向塔山回来了。向塔山推开厢房门，带进来一股风，还有一股熏人的酒气和油荤气。他在矮方桌上乱摸，弄得哗啦响，什么东西倒在桌上了，他骂出一串进不得耳的丑话来。竹妹晓得，逢上这种场合，自己若不搭惹，他就会寻衅闹事，又有一个通宵困不成安生觉了。竹妹赶紧爬下床，摸到矮方桌边，划根火柴，竖起倒在桌上的煤油灯，点燃了。

向塔山哪里是发脾气呢？他好快活呵，脸盘儿红红的，眼睛眉毛都在笑。啊，他又有什么喜事了吧？

"竹妹，嗨嗨，"他在矮方桌边的矮凳上坐落，兴冲冲地说，"我们布谷寨，真的成气候了。县委袁书记讲，过些天，就要提拔我。中央有精神，要从活学活用毛主席著作的积极分子当中，放手提拔一批年轻干部。"

他好得意呵，讲到"就要提拔我"这句话时，他全身都颤动了。竹妹也不禁高兴起来，似乎脸上也有了光彩。虽讲他在屋里脾气丑，可在外头，政治上倒是很走得起的。他若真的当上县里的什么了，那他准定会进步，慢慢把脾气改过来。

"竹妹，只要你安心跟我过，日后，有我的政治前途，也就有你的好处。"

竹妹坐在床边，映着惶恐不安的眼睛说："什么好处我倒不想，只求你一宗，在屋莫发脾气，两口人和睦。能这样我就知足了。"

"饶了我吧，都是我不好，我实在对你不住……"向塔山动了感情，走到床边，挨竹妹坐下，把竹妹紧紧搂在怀里，热烈地亲她的脸，"我好悔哟！从今起，我再不发你的脾气了，我当天赌咒，我若再打你踢你，烂手烂脚，不得好死，到阴间还下油锅……"

"塔山，你莫……"竹妹拿手板封住向塔山嘴巴，不让他往下讲。在向塔山结实有力的手膀和充满酒味、油腥味气息的压迫下，竹妹动弹不得，回不过气来，只听到向塔山"心肝"、"宝贝"叫个不停。

这时候，纺织娘爬上刀豆架，蛐蛐儿站在土洞口，用薄薄的透明的小翅膀，奏出好听的乐曲。它们在比赛，哪个是最高明的乐师呢？

"竹妹，你跟我讲，我和你的阿妈，哪个更亲？"

"一样的。"

"可是你跟阿妈不能跟一辈子，你跟我要跟一辈子。"

"那……"

不等竹妹说，向塔山又问：

"我若跟你阿妈结了仇，你怎么办呢？你跟我走还是跟你阿妈走？"

"不，不会的，你跟阿妈不会结仇的！"

"会，就是会！你阿妈反对栽双季稻，反对活学活用毛主席著作，她还用畜牲的话，恶毒攻击我们心中的红太阳。她已经变成阶级敌人了！"

"不，塔山，不！阿妈从来没有反对毛主席！"竹妹知道这样的罪名是任谁也担不起的。她感到突然，也感到惊慌。她害怕了，她的弱小的肌体，在向塔山铁钳般的臂弯里瑟瑟地抖了，"塔山，你为什么要这样讲阿妈呢？她做了哪样对不起你的事呢？"

"哼！你还帮她讲话？你还卫护她！"向塔山不满地鼓了竹妹一眼，说，"她同情那些和共产党有仇的人，她讲他们是共产党逼死的，她还有好多骂毛主席的话。"

"塔山，你快莫乱讲，"竹妹拿手板去封向塔山的嘴巴，"我从来没听阿妈说过这样的话！你、你……为人要凭一点点良心啊！"

"良心？什么良心？……好，我问你，你阿妈为什么要那样恨我？"

"看你讲的，你是她的郎，她哪里会恨你呢？"

"她为什么要死死地反对我们两个结亲？"

"那是为得三牛，……过后，她不是没有反对了吗？"

"三牛，三牛，她心里只有一个三牛！哪里有我这个郎？你老实跟我讲，她在你面前骂了我些什么？挑唆些什么？"

"没，没，她从来没……"

"哼！你以为我蒙在鼓里头，什么都不晓得。她在背后放我的烂药，弄我的手脚！她怕我把双季稻搞成功，出了名，会夺了她的模范，夺了她的县委委员！"

"塔山，你怎么会这样想？阿妈才不是这样的拐人。"

"我再问你，傍黑时，你阿妈到我屋里来了没？"

"来了。"

"她讲了些什么话?"

"她只问了我的病,别的什么也没讲。"

"你怎么跟她讲?"

"我讲不晓得是什么病,吃了好多药……"

"她问起我们的双季稻吗?"

"没。"

"她问起我们的谷仓吗?"

"没。"

"不,她问了!"

"她真的没问。"

"她讲我们的谷仓不实在!"

"她没有讲。"

"你是在扯谎?"

"没,我是讲的真话。"

向塔山落了点心,缓过一口气。看来老婆婆没有看出他在谷仓里玩的把戏!袁书记决定在布谷寨开现场会的头几天,他真急得饭都吃不落呢。你讲布谷寨早稻得了大丰收,人家当然要请你打开谷仓,看看里头装满了没有?但是向塔山是个有办法的人,他终于想出主意,在仓门边装起一层壁,把谷子都堆在仓门口,空仓一下子就变成了满仓!这是一个"遮眼法",连桴木寨的老婆婆都看不出来。远处人又哪里看得出来呢?

唉,突然想起那个姓袁的老头子,他心里又嘭咚嘭咚地敲起鼓来了。要提防点,莫太大意!虽然这老头经过文化大革命的冲击,总结了以往的教训,能够顺应潮流了;虽然也讲过要提拔向塔山,对桴木寨那个老婆婆,不大满意。可是他们到底有一段老关系哪!老头子蹲"五·七"干校那阵,人人都不敢挨他的边,只有老婆婆去看过他,还送了他一颗毛主席像章。至今,他还把像章挂在胸口前。提起那事,他还好激动。今天现场会散了过后,他把那老婆婆留下来,找到一间屋里,单独谈了好半天。向塔山傍着壁板听了一会,没有听出他们的话,却听出他们的口气是很亲热的。向塔山心里一惊,啊,他们在谈什么?是不是在谈布谷寨的谷仓?是不是老婆婆在袁书记面前放他向塔山的烂药?俗话讲:"疑心生暗鬼。"向塔山想到,那老婆婆对自己的威胁实在太大了,在他们中间,只能有一个是赢家,而另一个必须是输家。那么好吧,他向塔山要下手了。

"竹妹,"向塔山亲亲竹妹的脸盘儿,揉揉她的跳得很凶的胸口,温存地说,"我有个事要求你,你要帮我个忙……"

"我帮得到你哪样忙呢？"竹妹惆怅地问。

"帮得到，只有你才帮得到。就是不晓得你肯不肯帮？"

"肯的，你要我做哪样？"

"那好，明天一早，你去县委袁书记那里。袁书记就在我们大队部客房里歇。你把我写的一个材料交给他……"

"唔。"竹妹答应了。

"你讲这个材料是你自己写的，不要讲是我写的。等下子，你拿纸重新抄一遍……"

"唔。"读过高小的竹妹也答应了。

"袁书记若问起，你就讲，纸上写的都是事实，是你亲眼看见的，亲耳听到的……"

"塔山，你那纸上写了些什么呀？"竹妹疑惑地问。

"写了你阿妈反对学毛主席著作，恶毒攻击伟大领袖的事。"向塔山恶狠狠地说。

"啊！塔山，你讲什么呀？"竹妹脑壳里轰地一响，恐惧地、战战兢兢地问。简直太怕人了！

"我要你把这个材料送到袁书记手里去！"

"不，我不送，不送！塔山，你怎么，你怎么……"

"竹妹，我的宝贝，我的心肝，"向塔山崭劲搂着竹妹，发疯一样吻她苍白的脸，哄她说，"刚才还讲过，你不能跟你阿妈一辈子，要跟我一辈子。你只有跟我走！竹妹，听我的话，等我成了大事，你要什么都有……"

"不！不！不！"竹妹断然拒绝了，她推开向塔山的嘴和脸，从他的臂弯里挣脱出来，"你！你太歹毒了！平白无故要害我阿妈！还要我帮你下手！"

"竹妹，你到底听不听我的话？"向塔山的口气一下子硬了，带着威胁。

"不听！"竹妹硬顶硬地说。

"你讲，你要死呢还是要活呢？"向塔山残忍地问。

"我不要活，你快点杀了我吧！"竹妹毫不犹豫地回答。

"哼！你以为我真的不敢杀你吗？杀了你有鬼叫！"向塔山把竹妹往床上一推，压着她的胸脯，顺手从银柜上的麻篮里抓起一把剪刀，对准她的咽喉……

"你到底肯不肯？你只要再讲一个不字，我就送你的命！我向塔山讲到做到！"

"不！不！"竹妹仰在床上，望着向塔山变了形的充满杀气的脸，喷着凶光的眼睛，握在手里的亮晃晃的剪刀，她没有反抗，没有挣扎；她只喘着气，低声地说，"你杀呀，你快点杀死我呀！"

向塔山泄气了，像只斗败了的公鸡。这时候，从拖栅房里，又传来老婆婆响着老痰的咳嗽声！那个被关在牛栏屋里的女癫子，也发出来一声声凄厉的喊叫……

二十七

第二天，竹妹回到阿妈屋。她穿得很干净，头发梳得很光抹了一点点茶油，鬓边插了几朵艳黄的路边菊。她在竹背篓里放了几件换洗的衣裳，还有一双未曾上好面子的布鞋。

毕兰大婶好喜欢哟，她接下竹妹的竹背篓，说：

"为哪样不等阿妈去接，你就来了？"

竹妹回答说：

"我心里想阿妈，挂牵阿妈，等不起阿妈来接了。"

毕兰大婶是个细心人，她发现竹妹笑起来的时候，眼睛窝里有阴影，嘴角上浮出来的皱纹也是勉强的，苦涩的。

"啊，竹妹，你又同向塔山扯皮绊了？"

"没，阿妈，没，我没同他扯皮绊。"竹妹慌张地说。

"你来阿妈屋，他晓得不晓得？"阿妈不放心，又盘她。

"他哪里会不晓得呢？他送了我好长一截路，一直到措塔尼寨才打转。"

这一来，阿妈只好不再往下盘了，她要竹妹在这里多住些天，捡几副好药草吃，把体子养息好。

到傍黑，竹妹背个竹背篓，竹背篓里放了把草刀，装成扯猪草的样子，往后山上走。路上碰到三牛。他站在路边，拿把铲锄，在放田水晒田呢。竹妹停了脚，脸红了，心跳了。她不愿意碰见他，勾起脑壳，准备打回转。可是当她再抬起脑壳时，三牛又不见了，一定是三牛也发现她，也不愿碰见她，有意让开路，躲到哪里去了呢。她压着咚咚跳的胸脯，绕了几脚路，冲过了那一截"危险地段"。她爬到春日里砍柴和吃三月泡的那个坡坡上。她放下竹背篓，坐在丝茅地上，直起眼睛，望着那些枯了叶的三月泡刺枝。唉，她好糊涂呵！她为什么要让它刺伤自己的手，刺伤自己的心呢？半年过去了，手上的伤已经收了口，可是心上的伤却在流血了，她放开声，呜呜地哭起来。这里背静，没有人听到，是个好哭的廊场。泪水打湿了她的绣花鞋的鞋尖。她让心上的血从眼睛里流出来，流出来。她恨她自己，恨那些三月泡的刺枝。她站了起来，从背篓里拿起草刀，咬咬牙，三下两下，一转眼工夫，就把那些三月泡刺枝从蔸脑上撩断了，剁碎了。

她突然想到死！

瓜园里早就荒芜了，三月泡已经变酸了。这样活在世上，还有什么意味？在山坡上，要死当然是不难的。树上有粗粗的枝杈，路边上有软软的葛藤。她扯了一根葛藤，挂到一蔸莎苞树的枝杈上。她就要死了，只要摘一包三月泡的工夫，这山坡，这树林，这溪洞，这月亮和太阳，这寨顶上升起来的炊烟，都要永远离开她了。阿妈当然也要永远离开她了。阿妈会怎么样呢？会扑在她的冰冷的尸体上，把眼睛哭肿，把喉咙哭嘶。阿妈养了五个女儿，只剩下她一个，一日奶水一口米汤把她盘大，指望她什么呢？到了阿妈动不得的那天，哪个来帮她老人家背水、劈柴呢？

竹妹想起自己的名字叫"竹妹"，只该有个竹子命！可是阿妈呢？善良的阿妈不该没有女儿呵……

唉！

天黑下来，竹妹丢开那根葛藤，背起那个空空的背篓，转回到寨子里。

二十八

竹妹在阿妈屋住下了。毕兰大婶留神她，发现她跟往先不一样了。住在自己屋，活像住在别人屋，总是那么不安神，那么怯怯的。唤她拿个纱笼来，她拿来了一个溜笼；要她放鸡，她把猪栏门打开了。她时常坐在屋门口的花椒树下发痴，有时候，她又躲到后园里的瓜棚边去哭（今年的粉冬瓜结得真多啊，真肥硕啊）！

到吃饭时，毕兰大婶望着竹妹红泡泡的眼睛，问她有哪样伤心事？她讲没得。阿妈又问她为什么躲到后园里哭？她很惶恐，连连摇脑壳说："阿妈你看错了，我哪里哭呢？"套不出她的话，阿妈就不问了。

到夜里，竹妹跟阿妈困在一铺床上。她常常半夜里惊醒，喘息着，满身出虚汗，很吓人地咕噜着。阿妈赶紧抱紧她，问她是怎么的了？她讲她做了个怕人的梦！她正在坡坡上砍柴，摘三月泡吃，突然从栗木丛里跳出来一只扁担花老虫，鼓起铃铛大的眼睛，张起血盆大的口，呼地一声吼，朝她扑过来了……她便被吓醒了。

有时候，她蓦地将阿妈摇醒，极端恐怖地说："阿妈，阿妈，有人要害你，有人要害你！"

阿妈问："哪个要害我？"

竹妹上气不接下气地说："那个卖假药的人，那个在渡船上……不，不，"她又害怕了，瑟瑟地发抖了，"阿妈，没有人害你，我是做梦……"

唉，可怜的女儿呀，你为什么这样怯懦呢？你有哪样伤心事连阿妈也讲不得呢？嗨，你不讲，阿妈心里也有底。但是阿妈不怕他们，真的不怕。大不了不当劳模了，不当县委委员、县革委常委了，这又有哪样要紧？只要社员锅里有米煮，有钱扯得起布，称得起油盐，过年时家家有年猪杀，姑娘家有花衣服穿，伢儿们一个个长得胖壮，柞木寨年年添几栋新木楼，砌几块新的岩坪坝……就是毕兰大婶最大的满足了。除了这些，她这个老婆婆还要些甚么呢？

"阿妈不怕他们！"她搂着女儿，宽她的心，"你也莫怕！就在阿妈屋里住，愿住好久住好久，她们拿阿妈无法，也不敢拿你怎么样，不敢的！"

寨子里的同年姐妹们，把快活连同笑声带到竹妹屋来。她们拿着丝线和竹绷子，要竹妹教她们挑花绣朵，丝线该怎么配，如何配出不同的叶子，未开的花苞和已开的花朵；同时请竹妹帮她们剪鞋样子，搓打鞋底的麻线，品评哪一样布色好看，到底做衣服合式呢，还是做裤子合式？她们是相信竹妹的眼光的。当然啰，竹妹也有不及她们的地方，她不晓得打毛线衣，也不晓得拿钩针勾花网网，这时候，姐妹们反转来又变成竹妹的师傅了。

姑娘家多是好讲话的。她们一面做针线，一面讲到哪个的丈夫好，哪个的丈夫不好，并且相互提醒，轮到自己的时候，千万不要找个凶神恶煞的东西啊！她们盘起竹妹来了：向塔山这个人怎么样？决不是个凶神恶煞吧？怎么会呢？他是见过世面的，能办大事的人，一定是蛮懂礼性的，最会心疼人的。不消讲，能有这样的丈夫，能跟这样的男人过一世，那是再幸福也没有的了。她们都还是二十出头的黄花女，这种谈论未免太出格、太使人红脸了吧？但是她们并不这样想，在相亲相爱的姐妹间，哪有什么秘密不能吐露的呢？

她们又谈到寨子里的一个个后生家，特别谈到了三牛。三牛是她们（除了阿达）心里最敬慕的人物。他为人老实，心地却很坚强，什么痛苦和不幸都压不倒他；他讲话蛮少，做事却蛮多，他不是拿嘴巴而是拿行动去讲话的。（他不是那种在山边蓬窠里跳来跳去、叽叽喳喳的山麻雀！永远不够格当一个理论家！）他培育的杂交包谷眼看就要成器了。中稻谷也长得很好，早的正在壮浆、黄边，迟的也起始怀胎、抽穗了。只要后期管理手脚到堂，防止虫伤和病害，一个古来没有的好年成就到手哪！到那天，她们要买最红的蜡光纸，剪两朵大大的月季花，一朵戴在党支部书记毕兰大婶的胸脯上，另一朵戴在生产队长三牛的胸脯上。如若没有他们劳神，没有他们吃冷茶饭，磨手板皮，哪会有今天的丰收年呢？

当大家讲着三牛的时候，竹妹好不自在，脸盘儿泛起红潮，眼皮子落落的，勾起脑壳，装出一心在滚鞋边或打鞋底的样子。同年姐妹们发现了这一点，即刻煞住对三牛的评论，把话头转到别的什么事上去了。她们没有一丝丝要伤害竹妹的意思。

时间像小河里的水，一个漩涡套一个漩涡，潺潺流。到了梓木寨打谷子的时节。竹妹给阿妈做起一双鞋。同年姐妹们没得工夫到竹妹屋来了。她们是劳动的主力，无论打谷子、扳包谷，还是挖洋芋、收粟米，都缺不了脚。阿妈也忙得不可开交，整天不落屋，夜里还有好多事。竹妹同生活隔离了。从早到夜，陪伴她的，只有闷在火塘里的柴烟，挂在壁板上的煤油灯。她有时放下手里的鞋底，尖起耳朵，凝神听那从山坡上传来的打谷子的咚咚声，姑娘家和后生家们快活的歌声。她眼前出现了飞舞的镰刀，扳包谷的手，旋转的打谷机，落满谷粒的戽桶，沉沉的竹背篓，颤悠悠的扁担……她重重地叹口气，拿起鞋底针，往头发上擦擦，又飞快地打起鞋底来。她故意不去听，不去想。她用扯动麻索的唦唦声，排解心里的烦闷。她在火塘边坐不住了。

"阿妈，"趁阿妈回屋吃夜饭的时候，她说，"我明天也上坡去做工夫。"

"你哪里就做得工夫呢?"阿妈吃惊地说，"看你这个体子! 放心落肠在屋里养息，这是急不得的呀!"

"不要紧，阿妈，我体子早复元了。再讲，坐在屋里脑壳根根闷，脚肿手也肿，没得病，也坐出病来了。"

阿妈见女儿这般恳切，不得不答应了。

"等下队里开会，你也去参加，跟三牛讲声。他是生产队长。看他派不派你的工?"

"阿妈，你帮我讲声不好吗?"

"你自己怎么讲不得? 你也有嘴巴。"

"阿妈，"女儿撒赖了，蹲在阿妈跟前，摇着阿妈的膝头说，"我讲他不得肯，你帮我讲声，做一回好事吧!"

"唉，你这个女儿，"阿妈叹息，"好啰，我帮你讲，我帮你讲。"

竹妹有好久没参加会了。她觉得好新鲜，好快活。她和同年姐妹们坐在一起，你攀着我的肩膀，我挽着你的手臂，挤得紧紧的。她发现，姐妹们的脸盘儿都那么红，那么鲜。她们来不及拍脱衣服上和头发上的谷芒，就赶到这里来了。劳动，丰收，对美好未来的向往，使她们变得更加健康和漂亮了。

三牛坐在灯影里，低声地、缓慢地讲着话:要细打细收哪，水谷子要及时摊晒哪（若人手不够，就再加一个妇女），割谷、打谷和挑运要如何配合得好哪! 轮到安排明天工夫的时候，三牛充分显出了自己的精明，他把劳动力的组合，戽桶、打谷机、镰刀、箩筐的调配，地域的划分，劳动数量和质量的定额，一五一十，很快调摆得熨帖了。

毕兰大婶为竹妹代言。

"三牛，给竹妹也派个工吧，她要上坡去打谷子呢。"

三牛鼓了眼，他感到突兀，绞起眉毛想了一歇，为难地说:"人手够了，不要人了，没得工派了!"

这显然是打推脱的话，竹妹心里一震，想到! 他还在记恨我，存心要卡我呢。

"哪个讲人手够了?"一个同年姐妹起身帮竹妹讲话，"背包谷不要人吗? 割谷子不要人吗? 挖洋芋不要人吗?"

"要是要，"三牛说，"这都要硬扎的劳力。"

"竹妹不算硬扎的劳力吗？"

三牛坐在灯影里没有作声。姐妹们当然懂了，他准定以为，竹妹体子不好，是回娘屋养息来的，不该派她的工。

"你好生看下，"一个姐妹推着竹妹站起来，尖起喉咙说，"她的体子早复元了。再讲，有我们照扶她，不得让她吃亏。"

竹妹被闹得满脸绯红，甩脱同年姐妹的手，坐回自己位置上。

这一着倒奏了效。

三牛松口说："好好，晒谷场还要一个人，那就去晒谷子吧。"

天才麻擦亮，竹妹就起了床，梳过头，洗过脸，忙忙地往晒谷坪走。她心里充满了甜蜜和新奇。路腰上，隔一条深沟，沟上搭了根提桶大的枫香木。从小起，她就熟悉这座独木桥，天天在上头走来走去。但是今天她不敢走了，刚跨了两脚，便觉得眼睛花，心跳，两脚软流流的。她赶忙倒退转来，默一会神，改变了主意。她绕开这座独木桥，一脚脚下登沟底，挽起裤脚，淌过冰凉的小溪，然后再翻上那边沟。

没有料到，她的这个行动被早起的人注意了。傍黑时，收过晒干了的谷子，她往屋走。走到独木桥边，她吃惊。这座独木桥变宽了。在那根枫香木边，又加拼了两根松木，还在上头铺了芭茅和泥土。她想不透，是哪个好心人做得好事？有天夜里，评工分的时候，三牛突然责问记工员："那天我没出工，你怎么帮我记工分？"记工员反问："你把独木桥修宽，让大家好走，这不算出工吗？"竹妹明白了。嗨，几多好的人哪！自己为什么要对他那样狠、那样残忍呢？

二十九

"亲妈！亲妈！"

听到有人喊，毕兰大婶抬起脑壳，见是向塔山走进火塘屋来。还没等开口，这位刚当上公社党委副书记的角色，就把脑壳埋在胸口前，好伤心地哭出声了。

"怎么的啰？怎么的啰？"毕兰大婶急着问。

"亲妈，嗷嗷，"向塔山仰起眼泪涟涟的脸盘儿，不成腔不成调地说，"我心里好痛哟，我实在没得脸来见你老人家，没得脸来见竹妹哟，嗷嗷……"

"唉，又不是小伢儿，哭哪样呢？有什么事，你跟亲妈讲。"毕兰大婶有颗糍粑心，见别人有伤心事，就软柔了，也跟着伤心起来了。

"我好悔哟，嗷嗷，我真不该、真不该动手打竹妹哟，嗷嗷……"

"呵，你为哪宗要打竹妹呢？"毕兰大婶深深地叹息。

"我被鬼迷了心，我被饭胀懵了，我实在对不起竹妹……"

"唉，竹妹做了哪样错事呢？她不好，你来告我，我会骂她。我的女，我心痛，把她养到这样大，我还从来没打过她一下。"

"亲妈，我有罪，有罪，我恨不得砍脱自己的手指头。亲妈，你喊竹妹出来打我，打转来，我不还手，拿扁担砍，越重越好……"

"又讲伢儿话了。过去了的事，算了，你二天莫打她就要得了。她再有哪样不好，你讲她骂她都做得。她若不听，还有我做阿妈的啊！"

"亲妈，我跟你赌咒，我若再打她一下，红炮子穿心，刀砍脑壳，不得好死……"

"快莫讲这些了。共产党员、支部书记，哪里兴赌咒呢？"

"亲妈，你老人家只放心，我日后不光不打她，不骂她，重话我都不得讲一句。"

"那就好了，两口人有事要好商量，你让我点，我让你点，莫生口角，莫红脸，要恩爱一辈子。"

突然间，从火塘屋后头的拖栅房里，传来了竹妹嘤嘤的哭声。她一直躲在那里，耳朵贴在壁板上，听着向塔山和阿妈讲话。现在，她再也忍不住了，淤积在心里头的苦水一下都倒出来了。

刚刚缓过气来的向塔山，听见竹妹哭，又把脑壳勾起，"嗷嗷嗷……"肩膀一抽一抽的，放开了悲声。

"唉，都莫哭了，有人来撞见了，像个什么样子呢？"毕兰大婶劝解，但是没有劝住。她索性也陪着哭起来，不断纤地扯衣袖抹眼泪了。

实在令人不解，过了一夜，竹妹和向塔山竟奇迹般地和好了。他们早早起来，扒开抠在火塘里的茶枯火，架上引火柴，勾起腰，撮起嘴巴吹燃。他们给阿妈烧热洗脸水，又煮熟早饭。吃过早饭，他们一人背了一只竹背篓，到后山的松杉林边去。他们扯了好多嫩葱葱的猪草，把竹背篓垒得高高的，拿八月瓜的枯藤子绊着。他们的指头上染了嫩草的绿绿的浆汁，裤脚上缀满了一种有黏性的叫做"黏巴药药"的草花。他们的脸盘上，充满了只在春天才有的妩媚。

"竹妹，"向塔山提议，"我们慢点回屋去，在这里歇一会吧，你看，日头几多好。"

"唔。"竹妹答应了。

他们在一块葵花地里坐下来。向塔山索性伸开手和脚，困在松软的丝茅草上。太阳暖暖地照着。蜜蜂嗡嗡地叫。头顶上的葵花盘子好大，风起了，吹落了金黄的花粉。

一只斑鸠在什么地方咕咕叫。空气里飘动着游丝，蒸发出泥土的芬芳的气息。向塔山全身痒痒的，有一种讲不出来的舒适。

"竹妹，我们吃三月泡的那个地方，好像就是这里吧？"

"是这里。"

"那是春天，树上的叶子，地上的草，都绿绿的；现在满山坡都黄黄的了。"

"到明年又会绿。"

"可惜人不能和草木一样，人生一世，只抵得一春草木呢。"

这是真的！直到昨天，竹妹还在想，她对生活什么要求都没有了。只要能在暖融融的太阳底下，不歇地拖着和推着谷粑子；和同年姐妹们围着篝火，一边拨包谷粑籽，一边唱古老的叫做《沫良卡铁》的长歌；坐在火塘边的灯影里，听老阿爸摆古论今，闻草烟的呛得使人咳嗽的辣味，她就十分的满足了。

"唉，竹妹，你不了解我呢，你不晓得我的命有好丑呢！"向塔山很难受地说。

"你的命还丑吗？"竹妹惊讶地问。

"在学堂读书的时候，我的成绩不算丑。特别在政治上，我比别人都强。我有两块金牌子：我是三代贫农出身，又是大队支书的外甥，那时候还是舅舅的支部书记哩……我积极靠拢党组织，天天汇报我自己和同学们的思想。工作上，别人不干的我干，我主动扫茅厕，我半夜爬起来帮同学盖被窝，我在下晚自习的时候给大家提灯照路。有一回，校医给我开了一星期的病假条，我把它往衣荷包里一揣，照样和大家一路下乡支农。后来领导晓得了这个事，通报表扬了我。我入党了。"

"啊，"竹妹钦佩地说，"你在当学生的时候就入了党呀！"

"学校里的领导信任我，所有的政治运动，我都是积极分子。年年搞专案都有我的分。那些屁股上有点屎的知识分子都怕我。照讲，像我这样好条件的人，是很有政治前途的。可是我自己不争气……"向塔山说到这里，痛苦地闭上了眼睛，隔了半天才接着说，"我是学生会干部。那年搞'四清'，县委要从运动里，培养、提拔一批青年干部。党组织为了培养我，提拔我，把我放到'四清'运动里去锻炼。我很快就搞出了成绩，一个月不到，我就把那个大队党支部的阶级斗争盖子揭开了。唉，我的运气太不好了，正在这个当口上，我病了。我得的是蛮厉害的肺病，不光退出了'四清'工作队，就连回到学堂里去接着读书也不行了……"

"你就是这样回到屋的吗？"

"我不是不安心回农村。毛主席讲，农村是广阔天地，大有作为。你不晓得，我从小就佩服你阿妈。劳动模范，几多光荣呀！等我长大，若能做一个像你阿妈那样的人，有几多好呀！文化大革命开始了，正好我的肺病也养息好了。我决心好好干一场。上头号召学毛著，我拼起老命学毛著；上头号召造走资派的反，我也……唉，这山坡坡上有什么走资派呢？造反能造出个什么名堂呢？我又想，大的走资派没得，小的走资派总有吧？我阿舅是布谷寨的党支部书记，也算得一个走资派吧……"一个蛐蛐儿跳进向塔山的颈根里，打断了他的话；他生气地抓住那个蛐蛐儿，把它捏成浆，又往下说，"一个共产党员，一个三代贫农的儿子，在阶级斗争上，当然不能讲情面，不能心慈手软。我造了我阿舅的反，揭了他反毛泽东思想的罪行，到后夺了他的权。我这是为的什么呢？为的党不变修，国不变色，为的把布谷寨办成红彤彤的毛泽东思想大学校。可是，唉，我阿妈为这事气晕了，倒在床上不起来……唉，竹妹，你讲讲，我的舅爷犯了国法，我能包庇吗？我包庇得住吗？唉唉，这世界上，有哪个晓得我的苦处呢？有哪个体谅我向塔山这个可怜的人呢？"

听了向塔山这番述说，纯真的竹妹非常惊讶，想不到他也有这么多不如意的事呢。望着他那副很痛苦的脸相，竹妹同情他了，更加原谅他以往的过失了。终究是两口人呀，只要他真的把脾气改了，往后能和睦过日子，那就好了，为什么还要去抠痛那已经结了痂的疤呢？

"塔山，你莫尽讲那些不快活的事了。"她说，"你如今不是蛮好了吗！"

"我哪里好？"

"你不是当上了公社副书记吗？"

"唉，竹妹，我这个副书记当得稳当不稳，全要看你的本事了。我是个最讲良心的人。你若救了我，我会永辈子记你的恩，今生今世报答你，来生来世还要报答你。你是我最亲的亲人，是我的心肝，宝贝，除了你，我再没有别的靠处了……"

三十

月亮不肯出来，星子铺了一天。秋虫唧唧吱吱叫个不歇。无数的亮火巴巴，屁股上挂盏绿阴阴的小灯笼，在山冲里和坡脚边飞来飞去。毕兰大婶在屋前的岩坪坝里摆张竹凉床，和女儿、女婿一面歇凉，一面扯闲天。她又烧燃一个烟子很大的蒿把，熏走那些很讨嫌的、叮在肉上像针锥一样的长脚蚊。

眼见竹妹、向塔山和好了，毕兰大婶心里欢喜。向塔山太年轻，有好多事不懂得，要慢慢儿开导他。前两天，县委袁书记打电话来问："柽木寨打完了谷子没？"毕兰大婶讲："打完了，都晒得焦干了。"袁书记又问："过秤了没？"毕兰大婶讲："丘丘过秤，每亩田台一千零三斤。"对方把喉咙提高了："才一千零三斤？只有布谷寨一个零头！人家光晚稻就要过千斤关，做到晚超早！"毕兰大婶不解，问："他们的晚稻不是还在田里头吗？"袁书记感情很深沉地讲："毕兰同志，你还不相信？人家前几天估的产，是有把握的！唉，望着你这位老模范落后了，跟不上形势了，我心里不晓得有好急！那时候喊你搞双季稻，你硬不肯搞，如今别人搞成功了，你又抱个怀疑态度。这样下去怎么得了呵？"

好，今天正好面对面问问向塔山，他们的晚稻到底怎么样？真的能晚超早，闯过千斤关吗？

"阿妈，"还没等毕兰大婶提起，竹妹却开口了，"塔山讲，他这回来，是有桩当紧事要求你老人家的……"

"求我哪样事呢？"

"他要……嗨，阿妈，不晓得你老人家肯不肯伸手呢？"

"我还不晓得哪样事，又如何伸得手？"

"上回，他来你这里挖劳力和粪草，你没有肯。这回真不好开口了。"

"又是来挖劳力和粪草啰？"

"不是的，阿妈，比劳力和粪草还当紧。"

"哪样比劳力和粪草还当紧？嗨，你这样绕山绕水，出谜子把我猜，我要猜到哪年哪月去？"

"阿妈，你是故意讲猜不着，其实你早就猜着了。除了餐餐要吃的东西，还有哪样比劳力和粪草更当紧呢？"

"呵，"毕兰大婶吃惊了，"是不是你们屋没得米煮了？"

"亲妈，"捏着把蒲扇，坐在竹床上始终没有开口的向塔山，这时候不得不上阵了。他说："事情是这样的，打那次现场会以后，布谷寨出了点名，四路有人来参观，一泼一泼的；加之超产粮又卖多了一点，我们的老底子又不厚实，经不起拖，粮食一下子亏空了。"

"你们早稻打了那多谷，差点把谷仓胀破了。照我想，要亏也亏不到哪里去。"

"唉，俗话讲，蛇大眼（洞）大；家务大，用动也大呵！"向塔山有苦难言地说，"下早秧那阵，偏偏碰了倒春寒，烂了好多谷种。虽讲早稻得了丰收，把烂的谷种贴进去，也落不到几个赚头了。"

"是的，我们去年栽的那百把亩，也是烂了早秧。"想起去年受的损失，毕兰大婶到现在还很难受，"我听县委袁书记讲，你们晚稻又到手了，前几天估的产，每亩要过千斤，有这个事吧？"

"亲妈，不瞒你老人家，话是这样讲，到底能打好多，还要等那天才晓得。今年雨水欠，又碰到那种叫不出名的小虫虫……"

"袁书记讲，你们要晚超早，是绝对有把握的！"毕兰大婶更加吃惊地说。

"嗨，嗨嗨，"向塔山笑，像在嘲笑毕兰大婶，又像在嘲笑自己，"亲妈，你不晓得我好为难。自文化大革命以来，事事要突出政治，要紧跟形势。搞得不好就要吃亏，就要背'右倾保守'的骂名。双季稻是上头的号召，是文化大革命的新生事物。我一个小小支部书记，哪里拗得过呢？有哪样法呢？"

毕兰大婶明白过来了，心里一阵阵绞痛。向塔山哟向塔山，你这个刚出蛋壳壳的嫩伢儿，你，你在肚子里盘算些什么呢？

"塔山，你爽快讲，你来我这里要借好多粮？"

"亲妈，我和竹妹想，你老人家这回见女儿、女婿有难处，准定会扶一把的……"

"你到底要借好多？"

"亲妈，你能不能借我三万斤呢？若是一时拿不出手，先借我两万斤也做得。等二天……"

"塔山，"毕兰大婶重重地叹口气，差点要哭出来了，"唉，你口开得好大！我们哪里有这样大的家务？再讲，我们又只有包谷子、洋芋、中稻谷，这些又都是你向塔山要消灭的东西！"

"嗨，嗨嗨，"这回，向塔山完全是在嘲笑他自己了，"亲妈，事到如今，我还讲哪样好丑呢？洋芋头要得，包谷子也要得。只要是吃得的东西……"

"塔山，你以为这样，只要有了吃的东西，你在政治上失落的东西，就可以捞转来了么？"

"不，我不是考虑我个人！"

"你是在考虑哪些人呢？"

"我考虑布谷寨的好几百口人。当然，我也要为县委领导着想。因为布谷寨是县委树起来的红旗！布谷寨好不好，在全县，甚至在全州，都会有政治影响！"

毕兰大婶愤怒极了。坐在她旁边的向塔山，是一个好可鄙的人呀！

"唉，你总是有理。你要借这多粮，我作不得主！"

"那就通过一下支部和队委会吧！"

"支部和队委会也作不得主！"

"亲妈，你的意思……要开社员大会讨论啰？"

"社员大会也作不得主！"毕兰大婶拿起蒲扇，崭劲朝脚杆上拍了下，断然说，"塔山，一句话归总，这个粮我们不能借！"

"阿妈，阿妈，"坐在毕兰大婶另一边的竹妹，急着说，"你老人家就帮他这一回吧！我晓得的，只要你老人家开口，社员不会不肯。"

"我有这样大的法力吗？"朦胧星光里，毕兰大婶凶凶地瞪了女儿一眼，"我是桴木寨的皇帝老子吗？"

"阿妈，阿妈，"竹妹突然在阿妈跟前跪下了，她摇着阿妈的膝盖头，哭着说，"你看在女儿面上，救救向塔山吧！郎为半子，手板手背都是你的肉啊！阿妈，阿妈，你救救你的女儿吧！"

　　阿妈不理她，把脸偏到一边去，不肯望她的女儿一眼。她在痴痴地想。她想起那个在渡船上卖假药的人。在我们党里头怎么也会有那种人呢？为甚么他们还能吃得开呢？他们还能得表扬，受提拔呢！吹牛皮，说假话，还没把老百姓害苦吗？唉，向塔山哟向塔山，好好一个布谷寨，被你搞成个什么样子了？她早讲过，这廊场坡高冷冻大，搞不得双季稻，你偏要搞，你要当红旗。你真的当上红旗了，得了表扬，登了报，还开了现场会。记得那天，你亲手打开几间谷仓门，露出满仓满仓的谷子，让记者照相，让参观的人爱得不得了！唉，你那个谷仓到底是个什么样的仓？是真仓还是假仓？大概是个"夹壁仓"吧？……如今怎么样呢？你还不认输，还跟县委袁书记讲，要做到晚稻超早稻，要过千斤关，你还要保住你的红旗！你今天来借粮，是为了填满你的"夹壁仓"。到明天，又好在你那里开现场会，你这位新上任的公社党委副书记，又可以亲手打开一间间谷仓门，让记者来照相，让全县甚至全州的人，排起队伍来参观了。

　　好一个卖假药的人！

　　但是毕兰大婶绝不会让一颗粮食落在你手里！要借，只借给社员，借给那些鼎罐里没得米煮的社员！她的粮食是拿来填肚子的，不是拿来填"夹壁仓"的！绝不是！

　　第二天起来，直到吃过早饭，毕兰大婶没有同向塔山搭一句话。向塔山有意亲近她，她也懒得搭惹。这个长得好看的嫩伢儿，在毕兰大婶眼里，变成一个很丑陋的噬血的怪物了。

　　"阿妈，我们走了。"竹妹捡拾好自己的衣服，背上竹背篓，然后走到阿妈跟前，眼皮子搭搭地说。

　　"啊？你也要走？"毕兰大婶望望女儿忧郁的眼睛，很惊讶地说。

　　"塔山讲，那边屋有好多事，等我回去做。"女儿解释。

　　"亲妈，"向塔山脸上挂着笑，很客气地说，"你老人家请坐了，竹妹在这边住得太久了，吵烦你老人家了。"

　　毕兰大婶没有留他们。

　　向塔山走前，竹妹走后，跨过大门坎，下登阶檐岩，走过岩坪坝，到了一蔸结满青果子的香橼树下。向塔山看来并不忧愁。他是一个顶顶有办法的人。他相信"泡尿憋不死个男子汉"。上回来借劳力、粪草，老婆婆不肯，并没有难倒他。这回借粮，老婆婆又不肯，就能够难倒他吗？他就真的绝了路吗？何况他现在已经是堂堂正正的公社副书记了！

　　毕兰大婶靠在大门方上，痛苦地望着竹妹的背襟，重重地叹了声气："唉！背时的女儿呀，前世的冤孽呀！……"她心里一绞，鼻子一酸，眼睛窝一热，大颗大颗的泪珠子，豆粒一样滚下来，落湿了她的衣襟。

"竹妹!"她突然这样喊。

竹妹和向塔山听见喊,都在香橼树下站着不动了。

"阿妈,你喊我?"竹妹扭转脑壳来问。

"你转来,我有话讲!"

竹妹转回来了。

"向塔山,"毕兰大婶冷冷地打发着依旧站在香橼树下的向塔山,"你莫等竹妹了,你先走。她今天不回布谷寨了。"

"为哪样呢? 亲妈。"

"没为哪样,我有几句话和她讲。"

"那好,我先回了。"向塔山转过路边的竹篱笆,消失在岩垒的寨墙后了。

竹妹望着阿妈红泡泡的被泪水打湿的眼睛,难过地说,"是我惹你老人家伤心了?"

"嗯,"阿妈点点头,扯衣角揩揩眼睛,叹了声气,望着站在跟前的竹妹说,"苦命的女儿呀,阿妈把你盘得这样大了,为什么还不懂一点事呢? 唉,你总是惹阿妈伤心,总是惹阿妈怄气。你不能再这样了,你应该有新的生活呢。"

（原载《芙蓉》1980 年第 1 期）

张　弦
ZHANG XIAN

（1934—1997）。原名张新华。1934年生于上海，祖籍浙江杭州。1953年毕业于清华大学钢铁学院机械专修科。先后在鞍山钢铁公司、北京钢铁设计院、马鞍山钢铁设计院工作。1958年被划为"右派"。1979年加入中国作家协会。曾任马鞍山市文化局专业编剧、江苏省作家协会专业作家、中国电影家协会第四届理事、江苏省电影家协会主席等职。

1956年开始发表文学作品。出版有小说集《挣不断的红丝线》，剧本集《张弦电影作品选集》《张弦电影剧本新作》及《张弦文集》《张弦代表作》等。小说《记忆》、《被爱情遗忘的角落》分获1979年和1980年全国优秀短篇小说奖。

被爱情遗忘的角落

一

尽管已经跨入了二十世纪七十年代的最后一年，在天堂公社的青年们心目中，爱情，还是个陌生的、神秘的、羞于出口的字眼。所以，在公社礼堂召开的"反对买办婚姻"大会上，当报告人——新来的团委书记大声地说出了这个名词的时候，听众都不约而同地一愣。接着小伙子们调皮地相互挤挤眼，"呵呵呵"放声大笑起来；姑娘们则急忙垂下头，绯红了脸，吃吃地笑着，并偷偷地交换个羞涩的眼光。

只有墙角边靠窗坐着的长得很秀气的姑娘——天堂大队九小队团小组长沈荒妹，没有笑。她面色苍白，一双忧郁的大眼睛迷惘地凝望着窗外。好像什么也没听见，一切都与她无关。但突然间，她的睫毛抖动起来，竭力摆脱那颗沾湿了它的晶莹的东西。——"爱情"这个她所不理解的词儿，此刻是如此强烈地激动着她这颗少女的心。她感到羞辱，感到哀伤，还感到一种难言的惶恐。她想起了她的姐姐，使她永远怨恨而又永远怀念的姐姐存妮。唉！如果生活里没有小豹子，没有发生那一件事，一切该多么好！姐姐一定会并排坐在她的身旁，毫无顾忌地男孩子般地大笑。散会后，会用粗壮的臂膀搂着她，一块儿到供销店挑上两支橘红色的花线，回家绣枕头……

在五个姐妹中，存妮是最幸运的。她赶在一九五五年家乡的丰收之后来到世上。满月那天，家里不费力地办了一桌酒。年轻的父亲沈山旺抱起小花被裹着的宝贝，兴奋地说：

"……我把菱花送到接生站，抽空到信用社去存上了钱，再回来时，毛娃儿就落地了！头生这么快，这么顺当，谁也想不到哩！有人说起名叫个顺妮吧，我想，我们这样的穷庄稼汉，开天辟地头一遭儿进银行存钱！这时候生下了她，该叫她存妮。等她长大，日子不定有多好呢！"

　　他发自内心的快乐，感染了每一个前来贺喜的人。当时，他是"靠山庄合作社"的副社长，乐观、能干，浑身都是天不怕地不怕的勇气和力量。山坡上那一片经他嫁接的山梨，第一次结果就是个丰收。小麦和玉米除去公粮还自给有余。二十几户人家的小村，人人都同他一样快乐，同他一样充满信心地憧憬着美好的未来。

　　等到五年以后，荒妹出世时，景况就大不相同了。"靠山庄合作社"已改成天堂公社天堂大队九小队。"天堂"这个好听的名字，是县委书记亲自起的。取意于"共产主义是天堂，人民公社是桥梁"。那时候，包括队长沈山旺在内的所有社员，都深信进"天堂"不过咫尺之遥，只需毫不痛惜地把集体的山梨树，连同每家房前屋后的白果、板栗统统锯倒，连夜送到公社兴办的炼钢厂。仿佛一旦那奇妙的、呼呼叫着的土炉子里喷出了灿烂的钢花，那么，他们就轻松地步过"桥梁"，进入共产主义了。但结果却是那堆使几万担树木成为灰烬的铁疙瘩，除了牢牢地占住农田之外，没有任何效用。而小麦、玉米又由于干旱，连种子也没有收回；锯倒梨树栽下的山芋，长得同存妮的手指头差不多粗细。菱花怀着快生的孩子从外地讨饭回来，沈山旺已经因"攻击大办钢铁"被撤了职。他望着呱呱坠地的孱弱的第二个女儿，浮肿的脸上露出了苦笑："唉，谁叫她赶上这荒年呢？真是个荒妹子呵……"

　　也许是得力于怀胎和哺乳时的营养吧，存妮终于泼泼辣辣地长大了。真是吃树叶也长肉，喝凉水也长劲。十六岁的生日还没过，她已经发育成个健壮、丰满的大姑娘了。一条桑木扁担，代替了又一连生下三个妹妹的多病的妈妈，帮助父亲挑起了家庭的重担。一年一度最苦的活——给国营林场挑松毛下山，她的工分在妇女中数第三。每天天不亮下地，顶着星星回来，吞下一钵子山芋或者玉米糊，头一挨枕边就睡着了。尽管年下分红时，家里的超支数字总是有增无减，连一分钱的现款也拿不到手，但她总是乐呵呵地不知道什么叫愁。高兴起来，还搂着荒妹，用丰满的胸脯紧贴着妹妹纤弱的身子，轻轻地哼一曲妈妈年轻时代唱的山歌。

　　生活中往往有一些蹊跷的事，十分偶然却有着明显的根源；令人惊诧又实在平淡无奇。比如畸形者，多么骇异的肢体也都可以找到生理学上的原因，只是因为人们的少见而多怪罢了。存妮和小豹子之间发生的事，就是这样。

　　小豹子是村东家贵叔的独生子，名叫小宝，和存妮同年。这个体格慓悍的小伙子，干起活来有一股吓死人的拼劲。有一次挑松毛，赶上一场冬雨，家贵婶在前面滑了一跤，扁担也撅折了。小宝过来扶起母亲，把两担松毛并在一起，打了个赤膊，咬着牙，吭哧吭哧挑下了山。一过秤，三百零五斤！大家吃惊地说，小宝子真能拼，简直是头小豹子！就这样喊出了名。

　　七四年的初春，队上的干部清早就到公社去批孔老夫子了，壮劳力全部上了水库工地。保管员祥二爷留下存妮帮他整理仓库。老头儿一面指点着姑娘干活，一面唠叨着：

"干部下来走一圈，手一指：'这儿！'这就开山劈石忙乎一年。山洪下来，嗵！冲个稀里哗啦！明年干部又来，手一指：'那儿！'……也不看看风水地脉！"

"不是说'愚公移山'吗？"存妮有口无心地搭讪说。

"移山能填饱肚子那也成！……来，把这堆先过筛，慢点，别撒了！……瞧这玉米，山梨树根上长的，瘦巴巴的，谁知出得了芽不？"老人又抱怨起玉米种子来。

"不是说'以粮为纲'吗？"姑娘仍有口无心地答着。心想，跟老头儿干活，虽然轻巧，却远不如在水库和年轻伙伴一起挑土来得热闹。

这时，仓库门口出现了个健壮的身影："派点活儿我干吧！祥二爷。"

"小豹子！"存妮高兴地喊，"你不是昨天抬石头扭了脚吗？"

祥二爷说："回家歇着吧！"

"歇着我难受。"小豹子憨厚地微笑说，"只要不挑担子，干点轻活碍不着！"说着，他抄起木锨就帮存妮过筛。

祥二爷高兴地蹲在一旁抽了支烟，想起要喊木匠来修犁头，便交代几句，走了。倒仓库、筛种子这些活儿，在两个勤快的十九岁的青年手里，真不算一回事儿。不多久，种子装进了麻袋，山芋干也在场上晾开。小豹子说了声："歇歇吧！"就把棉袄铺在麻袋上，躺了下来。

存妮擦擦汗，坐在对面的麻袋上。她的棉袄也早脱了，穿着件葵绿色的毛线衣。这是母亲的嫁妆。虽然已经拆洗过无数次，添织了几种不同颜色的线，并且因为太小而紧绷在身上。但在九队的青年姑娘中，仍不失是件令人羡慕的奢侈品。

小豹子凝视着她那被阳光照耀而显得格外红润的脸庞，凝视着她丰满的胸脯，心中浮起一种异样的、从未经验过的痒丝丝的感觉。使他激动，又使他害怕。于是，他没话找话地说：

"前天吴庄放电影，你没去？"

"那么老远，我才不去呢！"她似乎为了躲开他那热辣辣的目光，垂下头说，一面摘去袖口上拖下来的线头。

吴庄是邻县的一个大队，上那里要翻过两座山。像小豹子那样的年轻人也得走一个多钟头。它算不上是个富队，去年十个工分只有三角八，但这已使天堂的社员啧啧称羡了。青年们尤其向往的是，沿吴庄西边的公路走，不到三十里，就是个火车站。去年春节，小豹子约了几个伙伴到那里去看火车。来回跑了半天，在车站等了两钟头，终于看到了穿过小站飞驰而去的草绿色客车而感到心满意足。九队的社员们几乎都没有这种眼福。至于乘火车，那只有外号叫瞎子的许会计才有过这样令人羡慕的经历。

"我也不想去！《地道战》《地雷战》《南征北战》，看了八百次啦！每句话我都会背！……"小豹子伸了个懒腰，叹着气说，"不看，又干啥呢？扑克牌打烂了，托人上公社供销店开后门，到现在也没买到！"

除了看电影、打百分而外，这里的青年，劳动之余再也没事可干了。队里订了一份本省的报纸，也只有许瞎子开会时用得着。他总是把报上的"孔子曰"读成"孔子日"，当然不会有人来纠正这位全队唯一的知识分子。过去，这里还兴唱山歌，如今早已属于"黄色"之列，不许唱了。

忽然，小豹子兴奋地坐起来："喂，听许瞎子说，他以前看过外国电影。嗨，那才叫好看哪！"他喷着嘴，又嗤的一声笑了，"那上面，有……"

"有什么？"存妮见他那副有滋有味的模样，禁不住问。

"嘻嘻嘻……我不说。"小豹子红着脸，独自笑个不停。

"有什么？说呀！"

"说了……你别骂！"

"你说呀。"

"有——"他又格格地笑，笑得弯了腰。存妮已经料想着他会说出什么坏话来，伸手抓起一把土粒儿。果然，小豹子鼓足勇气喊："有男人女人抱在一起亲嘴儿！嘿嘿嘿……"

"呸！下流！"存妮顿时涨红了脸，刷地把手中的土粒撒过去。

"真的，许瞎子说的！"小豹子躲闪着。

"不害臊！"又是一把撒过来。带着玉米碎屑的土粒落在他肩膀上、颈项里。他也还了手，一把土粒准确地落在存妮解开的领口上。姑娘绷起了脸，骂道："该死的！你！……"

小豹子讪讪地笑着，脱了光脊梁，用衬衣揩抹着铁疙瘩似的胸肌。存妮也撅着嘴开始脱毛衣，把粘在胸上的土粒抖出来……刹那间，小豹子像触电似的呆住了。两眼直勾勾地瞪着，呼吸突然停止，一股热血猛冲到他的头上。原来姑娘脱毛衣时掀起了衬衫，竟露出半截白皙的、丰美而富有弹性的乳房……

就像出洞的野豹一样，小豹子猛扑上去。他完全失去了理智，不顾一切地紧紧搂住了她。姑娘大吃一惊，举起胳膊来阻挡。可是，当那灼热的、颤抖着的嘴唇一下子贴在自己湿润的唇上时，她感到一阵神秘的眩晕，眼睛一闭，伸出的胳膊瘫软了。一切反抗的企图都在这一瞬间烟消云散。一种原始的本能，烈火般地燃烧着这一对物质贫乏、精神荒芜，而体魄却十分强健的青年男女的血液。传统的礼教、理性的尊严、违法的危险以及少女的羞耻心，一切的一切，此刻全都烧成了灰烬……

二

瘦巴巴的玉米长出了稀疏的苗子。锄过头遍，十四岁的荒妹开始发现姐姐变了：她不再无忧无虑地大笑，常常一个人坐在床边发呆，同她讲话，好像一句也没听见；有时看见她脸色苍白、低头抹泪，有时却又红晕满面地在独自发笑……最奇怪的是一天夜里，荒妹一觉醒来，发现身边姐姐的被窝是空的。第二天问她，她急得脸上红一阵白一阵的，还硬说荒妹是做梦。

这一阵，妈妈的腰子病发了。爸爸忙着去吴庄的舅舅家借钱，张罗着请医生。家里乱糟糟的。谁也顾不上注意存妮的变化。只有荒妹，在她稚嫩的心灵里，隐隐地预感到将有一种可怕的祸事要落到姐姐的头上。

祸事果然不可避免地来临了。而且，它远比荒妹所能想象的要可怕得多。

那是玉米长出半人高的时节，累了一天的社员，晚饭后聚集在队部，听许瞎子凑着煤油灯念"孔子曰"。荒妹没等开完会，早就溜回了家，照应三个妹妹睡下，自己也去睡了。但不一会就被一阵喧嚣惊醒：吵嚷声、哄笑声、打骂声、哭喊声、诅咒声、夹杂着几乎全村的狗吠和山里传来的回声，从来也没有这样热闹过。荒妹惊慌地捻亮了灯，可怕的喧嚣越来越近，竟到了大门外面。突然，姐姐一头冲进门来，衣衫不整、披头散发，扑倒在床上号啕大哭。接着，光着脊梁、两手反绑着的小豹子，被民兵营长押进门来。在几道雪亮的手电光照射下，荒妹看到他身上有一条条被树枝抽打的血印。他直挺挺地跪下，羞愧难容，任凭脸色铁青的父亲刮他的嘴巴。母亲这时已经瘫坐在凳上，捂着脸呜咽着。门外，黑压压地围满了几乎全村的大人和小孩。七嘴八舌，詈骂、耻笑、奚落和感慨……吓得发抖的荒妹终于明白了：姐姐做了一件人世间最丑最丑的丑事！她忽然痛哭起来。她感到无比地羞耻、屈辱、怨恨和愤懑。最亲爱的姐姐竟然给全家带来了灾难，也给她带来了无法摆脱的不幸。那最初来临的女性的自尊，在她幼弱的心灵上还没有成型，因而也就格外地敏感，格外地容易挫伤。荒妹大声地哭着，伤心的眼泪像决堤的河流。一面用自己也听不清的含混的声音，哼着："不要脸！丢了全家的人！……不要脸，丢了全队的人！……不要脸！不要脸！！……"

事情闹腾到半夜。

后来，她昏昏地睡了。朦胧中，又听到队长驱散众人的声音、家贵叔家贵婶向父母求情道歉的声音、祥二爷劝慰和提醒的声音"千万别难为孩子家，防备着她想不开！……"妈妈的责骂也渐渐变成了低声的安慰。荒妹终于贴着泪水浸湿的枕头睡去，又不断地被噩梦所惊扰。在最后的一个噩梦中，她猛然听到从远处传来两声急促的呼喊：

"救人哪！救人哪！……"

荒妹猛地跳了起来，东方已经大亮。床上不见存妮，也没有了守着她的母亲。她忽地爬起来，赤着脚就往外奔，跟着前面的人影跑到村边的三亩塘前，啊！姐姐，已经被大伙儿七手八脚捞了上来，直挺挺躺在那里。这么快，这么轻易地死了！

母亲抱着姐姐嘶哑地哭嚎着，发疯似的喊着。多少次被乡亲们拉起来，又瘫倒在地上。父亲呆坐在塘边，失神地瞪着平静的水面，一动也不动，仿佛是一截枯干的树桩。

朝霞映在存妮的湿漉漉的脸上，使她惨白的脸色恢复了红润。她的神情非常安详，非常坦然，没有一点痛苦、抗议、抱怨和不平。她为自己盲目的冲动付出了最高昂的代价，现在她已经洗净了自己的耻辱和罪恶。固然，她的死是太没有价值了。但是生活对她来说又有什么值得留恋的吗？在纵身于死亡的深渊前，她还来得及想到的事，就是把身上那件葵绿色的破毛衣脱下来，挂在树上。她把这个人间赐予她的唯一的财富留给了妹妹，带着她的体温和青春的芳馨……

事情还没有完。大约过了半个月吧，家贵叔家里又传出了凄凉的哀哭——两个公安员把小豹子带走了。全村又一次受到震动。他们从田野里奔来，站在路旁，惶恐地、默默无言地注视着小豹子手腕上那一双闪闪发光的东西。只有家贵夫妇一把眼泪一把鼻涕地跟在他们的独生子后面。

"同志，同志！"沈山旺放下锄头追了上来。这位五十年代的队长是见过点世面的。虽然女儿的死使他突然老了十年，而且对生活更冷漠了。但此刻，他的责任感使他不能沉默。他向公安员说："同志，我们并没有告他呀！"

公安员严峻地瞪他一眼，轻蔑地说："去，去，去！什么告不告！强奸致死人命犯！什么告不告！……"

小豹子却很镇静，抬着头，两眼茫然四顾。突然，他略一停步，就猛地飞奔起来，向对面的荒坡冲去。

"站住！往哪儿跑！"公安员喝着，连忙追了上去。

但是小豹子不顾一切地奔着，杂乱的脚步踏倒了荒草和荆丛。最后，他扑倒在存妮的那座新坟上，恸哭起来，两手乱抓，指头深深地抠进湿润的黄土里。公安员跑来喝了几声，他才止住泪。然后，直跪在坟前，恭恭敬敬地磕了三个头。

三

散了会，荒妹怀着沉重的心情走出公社礼堂的大门。天堂公社是本县的角落，天堂九队又是角落的角落。她望了望低垂在松林里的夕阳，担心天黑以前赶不到家了，就断然放弃去供销社逛逛的计划，从后街直穿麦田，快步奔小路上山。

"沈荒妹，等等！一块儿走吧！"身后传来团支部书记许荣树的喊声。他家住八队，与九队只隔着个三亩塘。荒妹当然很希望有人与她同行这段漫长的山路，冬天的傍晚，这山坳是十分荒凉的。但她不希望同路的是个小伙子，特别不希望是许荣树。所以略微迟疑了一下，反而加快了脚步。在麦田尽头荣树赶上来时，她警惕地移开身去，使他俩之间保持四尺开外的距离。

存姐的死，绝不仅仅给她留下葵绿色的毛衣。在她的心灵上留下了无法摆脱的耻辱和恐惧。她过早地接过姐姐的桑木扁担，纤弱的身体不胜重负地挑起家庭的担子，稚嫩的心灵也不胜重负地承受着精神的重压。她害怕和憎恨所有青年男子，见了他们绝不交谈，远而避之。她甚至鄙视那些对小伙子并不害怕和憎恨的女伴们。她成了一个难以接近的孤僻的姑娘。

但是，青春毕竟不可抗拒地来临了。她脸上黄巴巴的气色已经褪去，露出红润而透着柔和的光泽；眉毛长得浓密起来；枯涩的眼睛也变得黑白分明，水汪汪的了。她感到胸脯发胀，肩背渐渐丰满，穿着姐姐那葵绿色的毛线衣，已经有点绷得难受了。她的心底常常升起一种新鲜的隐秘的喜悦。看见花开，觉得花儿是那么美，不由得摘一朵戴在头上；听到鸟叫，也觉得鸟儿叫得那么好听，不由呆呆地听上一会儿。什么都变得美好了：树叶、庄稼、野草以及草上的露珠……周围的一切都使她激动。她常常偷偷地在妈妈那面破镜子里打量自己，甚至在塘边挑水时，也忍不住对自己苗条的身影投以满意的微笑。她开始同女伴们说笑，过年过节也让她们挽着手一起逛一逛公社的供销店。尽管对小伙子仍保持着警惕，但也渐渐感到他们并不是那么讨厌的了……就在这时，许荣树在她的生活中出现了。

还是她很小的时候，就认识了荣树。那是她到设在八队的小学上一年级，男孩子们欺侮了她，一个同存姐差不多年龄的高班男同学，跑来打抱不平，还用袖口擦掉了她的眼泪。后来因为妈妈生下了最小的妹妹，她二年级还没上完就辍了学。当她背着小妹妹在三亩塘附近割猪草时，荣树看到了总是偷偷离开伙伴们，抢过她手上的镰刀，飞块地割上一大抱，扔在她的筐里，就急急走开。过了两年，八队传来锣鼓声，荒妹带着妹妹们去看，只见他穿着过大的新军装，戴着红花，沿着三亩塘边上的小路，去当兵了。

直到去年的一次团支部会上，她才又一次见到荣树。他几天前刚从部队复员。进了大队会议室的门，羞涩地向大家一瞥，就像荒妹她们那批刚入团的姑娘们一样，悄悄在屋角坐下了。这时几个同他相熟的活跃分子围过来，硬要他讲讲战斗生活。只见他窘得满脸通红，忙腼腆地推辞着说："当了几年和平兵，又没打过仗，说啥呀！……"全然没有青年人心目中那种革命军人的威武气派。但不知为什么，这却引起了荒妹的好感，当选举团支委进行表决，念到许荣树的名字时，她勇敢地把手举得笔直，以此表达她真诚的愿望。

到下一次的团支部活动时，新上任的支部书记许荣树却提出了他与众不同的主张，并因此引起了曾当过民兵营长的党支部副书记的不满。

过去，天堂公社青年团的活动，除开会之外，只有一个内容：劳动——事先准备了些积肥、抬石块之类的重活，先开会，再干活。这种无偿的劳动往往进行到很晚。但荣树破了这个规矩，他说："青年人有自己的特点。我建议：今晚看电影！"大家乍一听，愣了。接着便轰笑着鼓起掌来。他想得真周到，事先已经在公社附近一家工厂订了票（他有个战友复员到这家工厂），开了个短会，就领着大家出发了。小伙子和姑娘们三五成群，欢天喜地，笑语喧哗，有人大胆地哼起了山歌，简直像过节一样。荒妹这才生平第一次坐在有靠背、有扶手的椅子上，舒舒服服地看了一场电影。而且当天夜里，也是生平第一次，一个青年男子走进了她甜蜜的梦境。他有点像电影里那个带领青年修水库的男主角，更像她的团支部书记。他憨厚地笑着，同她说了些什么，离她很近。醒来时，月光照在她的床边，温柔而明净。她的心里，生平第一次泛起了一片甜丝丝的柔情。但又立即因此而感到惶恐。"这是怎么回事？"她懊恼地想："唉，唉！幸亏只是个梦！……"

然而当她担任团小组长之后，荣树就真的常来找她了。荒妹的态度一如既往地严肃而冷淡。从不请他进屋，一个门外，一个门里，保持着四尺开外的距离。谈的不过是通知开会之类的事，一问一答，公事公办。讲完，荣树走了，荒妹总要装出做事的样子，到门外偷偷目送他远去。她隐约希望他多谈一会儿，进来坐一坐，谈些别的。又害怕他这样做。随着接触的增多，这种矛盾的心情越加发展起来。有一天，她回家晚了，小妹妹对她说："荣树哥来过啦！"正好母亲也刚回来，忙问："他又来干什么？"父亲说："他来找我的。问我嫁接山梨的事，几年能结梨？一亩山地能收多少钱？我说，那不是资本主义的路吗？他说，这不叫资本主义，报上就这么讲的！这孩子！……"

父亲似乎不以为然地摇着头，但荒妹却觉察到他对这个青年是有好感的，心中暗暗感到高兴。然而母亲的脸色却很难看，她皱着眉头说："他，可是个不大安分的人！……"

荒妹早就听说过荣树为限制社员养鸡的事同八队队长（他的叔父）吵起来，有人说他太狂，不服从领导等等。但她从没在意。今天母亲这样说，使她生起气来。想分辩几句，又看到母亲狐疑的眼光总在盯住自己。只好闷闷地低头吃饭，装出毫不关心的样子。晚饭后，母亲在房里对父亲嘀嘀咕咕，她听到门缝里传出了这样一句："已经有闲话啦！要当心她走上存妮的路！……"

荒妹只觉得心头被扎了一刀似的，扑在床上哭了。她怨恨姐姐做了那种死了也洗刷不净的丑事；怨恨妈妈不明白女儿的心；她更怨恨自己，为什么竟然会喜欢一个小伙子？这是多么不应该、多么可耻呀！"不要脸！喜欢上了一个男人！……不要脸!!"她恨恨地骂自己，把脸深深地埋在被子里，不让伤心的哭声传出来。

她下定决心，从明天起，再不理睬他！有什么事，让他找副组长去！他会觉得奇怪，觉得委屈吗？随他去吧！谁让他是个男人呢！……

过不了多久，她真的恨起荣树来了。那是偶尔在队部听到许瞎子说："荣树这孩子真不知天高地厚，又跟副书记吵起来了！"有人问："为了什么？"许瞎子说："哼！他要为小豹子申冤呢！"

"什么?!"荒妹大吃一惊，几乎喊出声来。小豹子被判刑，是自作自受，罪有应得，并不是什么冤、假、错案，翻不了的——这几乎是人们共同的看法。荒妹不可能有别的看法。由于姐姐的死，她只有对小豹子更多一份仇恨。可是荣树，一个共产党员，一个她所尊敬的团支部书记，怎么会为小豹子这样的坏人讲话呢？他同情小豹子？还是得了家贵夫妇的什么好处？……她气得发抖，要去当面质问荣树。但当她在三亩塘边，看见荣树憨笑着向她迎面走来时，那股勇气又倏然消失了。那件事怎么说得出口？又怎么好对他说呀？于是忙转过身，装做到别的地方去，绕了个大圈子回到了家。接着，她又后悔起来。

就这样，气他、恨他、不睬他、害怕他，又不由自主地想念他……交替地变化着、矛盾着。这就是十九岁的农村姑娘的心。

如果把这说成是爱情，那么，对于生活在别的地方的青年男女们，也许是难以理解的。但荒妹是在天堂九队这个角落的角落里。这里的姑娘，在荒妹的这个年龄，也多半有过像荣树和荒妹那样隐秘的爱情、矛盾和痛苦。然而不久就会什么都消失了，平静了——来了一位亲戚或者什么人，送了一件葵绿色或者玫红色的毛线衣，进行一番大体相似的讨价还价而达成协议。然后，在某一天，由这位亲戚或者什么人领来了一个小伙子，再陪同这相互不敢正视一眼的双方一起去吴庄或者什么地方，照一张合影相片。到了议定的日子，她就离开了父母，离开了这个角落……

这是一条这里的人们习以为常并公认为正当的道路，却被今天大会的报告人说成是"买办婚姻"。他还说什么"爱情"！姐姐和小豹子，那叫"爱情"吗？不，不！那是可耻的、违法的呀！那么，难道还有什么别的路吗？——荒妹感到茫然。她不能不想到荣树。此刻，他就在她的身后，默默地陪她同行。同来开会的女伴都去供销社了。寂静的山路上，只有他们俩。她听到自己怦怦的心跳。忽然，荣树站住了脚，放眼四顾，用浑厚的嗓音唱起歌来：

> 我爱这蓝色的海洋，
> 祖国的海疆多么宽广！
>
> ……

荒妹吓了一跳。但听着听着，热情奔放的歌声感染了她。不由自主回过头，露出赞许的微笑。"看着山上的这片松林，我想起了大海啦！想起了在军舰上的日子！……"他自语似的微笑着说，"看着海，心里就会觉得宽阔起来。要是乡亲们都能看看海，该多好呵！"

荒妹微笑地听着。她的警惕在悄悄地丧失。

"荒妹，你去前街了吗？集上卖鸡蛋、卖蔬菜的，没人撵了！知道吗？农村政策要改啦！山坡地一定得退田还山，种梨树。山旺大叔这位好把式又要发挥作用啦！先在你家自留地上栽起树苗来！……"他说得很凌乱，也很兴奋，"山旺婶身体不好，可以砍些荆条在家编篮子，换点零花钱。你大妹妹明年可以出工了吧！两个小妹妹可以放几只羊！……我有个战友在公社当干事，他告诉我，很快就要传达中央的文件，要让农民富裕起来！……你不信？"

他两眼闪着乐观的光芒，声音像淙淙溪水，亲切感人。荒妹没有相信这些话。对于富裕起来，她从没有抱过希望，甚至根本没有想过。从她懂事以来，富裕之类的话总是同资本主义联在一起遭受批判的。使她激动的是荣树这样清楚地知道她的家庭，并且这样关心。他就是用这个来回答她的冷淡、戒备和怀恨的！她疚愧了，觉得脸上在发烧……

"是啊！不富裕起来，一辈子过着穷日子，就什么也谈不上！"他深为感慨地摇摇头，"就拿小豹子来说吧，能全怪他吗？穷、落后、没有知识、蠢！再加上老封建！老实巴交的小伙子，下了大牢！你姐姐，就更冤啦！……"

一听他说起这个，姑娘顿时觉得受了羞辱。她愤愤地瞪他一眼，吼道："不许你说这个！不许你说我姐姐！……"

她竭力忍住快要流出来的眼泪，猛地冲上山顶，放开大步向下奔去。弄得荣树莫名其妙。

四

走近家门，天已经完全黑了。她的心情也渐渐平静下来。小妹妹老远就向她扑来。紧接着母亲也迎了出来，脸上挂着喜气洋洋的笑容。这使荒妹感到奇怪。贫困、操劳和多病的母亲过早地衰老了。特别是姐姐的死，使她的脸上除了愁苦之外，只有木然的发愣的神情。发生了什么值得她这样高兴的事？

"快，快去看看你的床上！"母亲几乎笑出声来。

床上放着一件簇新的毛线衣，天蓝色的。在幽暗的煤油灯下发出诱人的光泽。

荒妹抓在手里，还没有来得及感受到它那轻柔和温暖，就立即像触了电似的甩开了。她吃惊地喊："谁的？"

"你的！"母亲正从锅里盛出热气腾腾的玉米粥。神采飞扬地瞟她一眼说，

"你二舅妈送来的。……"

"二舅妈!?……"荒妹打了个寒噤,两腿发软,颓然坐在床沿,呆住了。二舅妈前不久来过,同母亲嘀咕了老半天,一面不断地上上下下打量着她。她当时就敏感到那眼光里好像有什么神秘的意味。果然,现在送了毛线衣来!

母亲挨着她坐下,用难得的柔声说:"是二舅他们吴庄三队的,比你大三岁。他哥哥在北关火车站当工人,一月拿五十多块!……"

荒妹感到冰冷的汗水在脊背上缓缓地爬。她浑身颤抖,耳边"嗡嗡"直响,什么也听不清了。

"我不要!"她挣扎地喊,"不!我不要!"

她把毛线衣扔向母亲,母亲却仍然微笑着拉住她说:"又不是现在就要你过门!端午节来见见面,送衣裳来。十六套!……订了婚,再送五百块现钱!"

"不,不,不!"一种耻辱感陡然升上荒妹的心。她感到窒息的恐怖。她不知该怎么办,只有让委屈的泪水急速地流出来,只有愤愤甩开母亲抚慰的手臂,跑开去。

门口,站着心情沉重的父亲和三个睁大眼睛呆望着她的妹妹。她捂住脸,冲出了门,站在院子里,依着塌了半截的猪圈的土墙,大声地哭起来。

"怎么啦?怎么啦?"母亲急急地跟出来,拉起她的手,"荒妹,你是个懂事的孩子。咱家有啥?妈有病,三个妹妹光知道张着嘴要吃。养猪没饲料,喂了半年多,连本也没捞回来!攒几个鸡蛋拎上街,挨人撵来撵去,心里慌得像做了贼。去年分红,又是超支,一分现钱也没到手。我想给你买双袜子都……"

母亲也啜泣起来,数落着:"你姐姐不争气,这个家靠谁?房子明年再不翻盖实在不行了。欠着债,哪有钱?二舅妈说,五百块钱一到手,就……"

"钱,钱!"姑娘激动地喊,"你把女儿当东西卖!……"

母亲顿时噎住了。她浑身无力,扶着半截土墙缓缓地坐倒在地上。"把女儿当东西卖!"这句话是那样刺伤了她的心,又是那样地熟悉!是谁在女儿一样的年纪,含着女儿一样的激愤喊过?是谁?——唉唉!不是别人,正是她自己呀!……

那是在土改工作队进了吴庄的那个冬天,菱花去看歌剧《白毛女》的那天晚上,认识了憨厚、英俊的青年长工沈山旺。从那一刻起,她突然明白了平时唱的山歌里"情郎"一词的含义。十九岁的菱花不仅勇敢地参加了斗地主的大会,而且勇敢地在夜晚去玉米地同她的情郎相会了。可是她原先是父母做主同北关镇杂货铺的小老板订了婚的。男方听到风声送了五十块银元来,硬要年内成亲。菱花大哭大闹,公然承认她自己看中了靠山庄的穷小子,公然宣布跟他进山里去受苦,一辈子不回"老封建"的娘家门!把父母气呆了,关起房门又骂又打。她哭着，闹着，在地下滚着，把银元抛洒一地。激愤地嚷："你们，是要把女儿当东西卖呀！"

那是反封建的烈火已经把"父母之命、媒妁之言"连同地主的地契债据一起烧毁了的年代。宣传婚姻法的挂图在乡政府门口贴着。舞台上的刘巧儿和同村的童养媳都是菱花的榜样。憨厚、英俊的沈山旺捧着美好、幸福的前途在等待着她。菱花有的是冲破封建枷锁的勇气！

"他们，要把女儿当东西卖！"第二天，在刚刚粉刷一新的乡公所里，不需要任何别的，只凭她菱花这一句话！土改工作队就含着鼓励的微笑，发给她和山旺一人一张印着毛主席像的结婚证……

万万想不到今天，时隔三十年的今天，女儿竟用这句话来骂自己了！

"这是怎么回事？日子怎么又过回头了？……"她感到震惊而惶惑，慢慢抬起了头，仰望着暮冬的夜空。几颗寒星发出凄清、黯淡的光，讽嘲似的向她眨着眼。她仿佛忽然得到什么启示似的一颤，捶胸顿足痛哭起来。一面喃喃地自语：

"报应报应！这就叫报应呀！"

她干枯的双眼里涌出了浓浊的泪。里面饱含着心灵深处的苦恨。她恨荒妹，恨存妮，恨她们的父亲。她恨自己的苦命，恨这块她带着青春和欢乐的憧憬来到的土地，这块付出了大半生辛勤劳动、除了哀愁什么也没有给她的土地！……

荒妹反而镇静起来，劝慰母亲说："妈！公社街上，卖鸡蛋、卖菜的没人撵啦！你可以砍些荆条编土篮拿去卖。妹妹可以去放羊。山田改了种果树，爹是个好把式！……要让我们农民富裕起来！荣树说的，中央有这个文件！……"

"文件，文件！今天这，明天那！见多啦！见够啦！俺们不照样还是穷！荒妹，妈不愿意叫你像妈这样过一辈子呀！"母亲抽泣着，也渐渐平静起来，"孩子，你是个懂事的姑娘。妈看出来，荣树对你有心，你也看着他中意。可你想想，吃不饱饭，这些都是空的哟！你妈悔不该当初……唉！如今得了报应啦！……"

风停了。妈妈衰弱的身子依着荒妹。母女俩无声地呆坐着，各自沉浸在自己的心事之中。

"妈，你回去吧！"荒妹低声说。她的眼睛向八队的那一片村舍凝视着，探寻着其中的一间房子，"我还有点事！……"

然后，她倔强地向三亩塘的方向走去。刚才发生的事，使她突然聪明了，成熟了。一切成见，包括要为小豹子申冤这样使她强烈反感的事情，现在都觉得合理了。她相信荣树是会讲出他的道理来的。他知道得很多很多，甚至连大海都知道！那么，他所深信不疑的要让农民富裕起来的文件，荒妹又有什么可怀疑的呢？他一定还会出个最好的主意，告诉她该怎么办！

三亩塘的水面上，吹来一阵轻柔的暖气。这正是大地回春的第一丝信息吧！它无声地抚慰着塘边的枯草，悄悄地拭干了急急走来的姑娘的泪。它终于真的来了吗，来到这被爱情遗忘了的角落？

（原载《上海文学》1980 年第 1 期）

张贤亮

ZHANG XIAN LIANG

1936年出生于南京。祖籍江苏盱眙县。1954年在北京的中学肄业后赴宁夏贺兰县乡村插队务农。1955年在甘肃省委干部文化学校任教。1957年因发表长诗《大风歌》被划为"右派",遭受劳教、管制、监禁十几年。1979年获平反。1980年调至宁夏《朔方》文学杂志社任编辑,同年加入中国作家协会。历任宁夏回族自治区文联副主席、主席,宁夏作家协会主席等职。现为宁夏文联名誉主席,宁夏作协名誉主席,华夏西部影视城有限公司董事长。

20世纪50年代初开始文学创作。出版有中短篇小说集《灵与肉》《感情的历程》,长篇小说《男人的风格》《男人的一半是女人》《习惯死亡》《我的菩提树》《青春期》《一亿六》、散文集《飞越欧罗巴》《边缘小品》《小说编余》《追求智慧》及影视作品《牧马人》《龙种》《黑炮事件》《老人与狗》《肖尔布拉克》《河的子孙》等。小说《灵与肉》、《肖尔布拉克》分别获1980年和1983年全国优秀短篇小说奖,《绿化树》获1984年全国优秀中篇小说奖。

邢老汉和狗的故事

序

在韩美林的动物画展上，一幅狗的水粉画把我吸引住了。但与其说是画家用那传神的笔法点出柔和明亮而又略带调皮的眼睛，十足地表现了这条小狗温驯善良、机灵活泼的特点而令我赞赏，倒不如说是画家给这幅画的题名使我深有所感。画家把这幅画题为《患难小友》。我认为，这绝不是画家在故作玄虚，也不是虚构的人格化的动物形象，一定是画家对实有其狗的小友的纪念。果然，后来我听说，画家在患难中身边的确有过这位小友，而它最后竟死在"四人帮"爪牙的棒下。

"患难小友"！我想，当一个人已经不能在他的同类中寻求到友谊与关怀，而要把他的爱倾注到一条四足动物的身上时，他一定是经历了一段难言的痛苦和正在苦熬着不能忍受的孤独的。有些文学大师就曾经把孤独的人与狗之间的友谊作为题材写出过不朽的作品，譬如屠格涅夫和莫泊桑；而自然科学家布丰（Buffon）也曾用他优美的笔触对狗做过精彩的描述。据他说，狗是人类最早的朋友，又说，狗完全具有人类的感情和人类的道德观念。也许这说得有些过分，不过要是有人问我：你最喜欢什么动物？我还是要肯定地回答：狗！因为我自己就曾亲眼见过一条狗和一个孤独的老人建立的亲密友谊。

一

这条狗和农村里千千万万条狗一样；它并没有什么显著的特点，更不是一条名贵的纯种狗。这是一条黄色的土种公狗。也许，它的毛色要比别的狗光滑一些，身子要比别的狗壮实一些，但也从来没有演出过可以收入传奇故事里去的动人事迹。它的主人呢，也和农村里亿万农民一样，如果不是我在他所在的生产队劳动过，如果不是他和他的狗的特殊关系引起了我的兴趣，我也不可能注意到这样一个极其平常的农村老汉。这是一个约摸六十岁的孤单老人，个子不高不矮，背略有些驼，走起路来两手或是微向前伸，或是倒背在身后，总是带着一副匆忙而又庄重的神情；闲的时候呢，就一个人蹲在墙根下或是盘腿坐在炕上出神，嘴里噙着一杆长烟锅，吧嗒吧嗒地抽了一锅又一锅。他酱紫色的脸上虽然勾画着一道道皱纹，但这些皱纹都是顺着面部肌肉的纹理展开的，不像老年知识分子面部皱纹那样细密。他的眼睛不大，眼球也有些浑浊，不过有时也会闪出一点老年人富有经验的智慧。当然，他的头发和胡子都花白了，但并没有秃顶。总之，你只要一见到他，就能看出他虽然带有一般孤独者的那种抑郁寡欢的沉闷，但还是一位神智清楚、身体健壮的老汉。他在生产上是行行都通的多面手，有时种菜，有时赶车，有时喂牲口，生产队派他干什么就干什么，而且从不计较工分报酬。他一个人住一间狭小的土坯房。这间土坯房也是孤零零的，坐落在庄子的西头，门口有一棵孤零零的高大的白杨树。他房子里只有一铺炕和两个旧得发黑的木板箱，但收拾得倒很干净。除了一般性的贫穷之外，老人还有因为单身而形成的困难，"出门一把锁，进门一把火"就概括了他的生活了。然而，孤单的老人好像总有较强的生命力和免疫力，据我所知，他是从未害过病，也没有误过一天工的。

庄户人的狗是没有名字的，不管主人多喜欢它，狗还是叫"狗"；庄户人也很少被人称呼大号，不论大人、娃娃、干部、社员，都叫这个老人"邢老汉"。久而久之，老人的名字也在人们的记忆中消失了。邢老汉和他的狗是形影不离的伙伴，他赶车出差时也领着它，人坐在车辕上，狗就在车的前前后后跑着。如果见到什么它感兴趣的东西，它至多跑上前去嗅一嗅，然后打个喷嚏，又急忙地撵上大车。要是邢老汉在庄子附近干活，那么一到了收工的时候，狗也跟一群孩子跑出村去，孩子们欢天喜地地迎接他们的爸爸妈妈，把爸爸妈妈的铁锹或锄头抢下来扛在肩上，而狗见了邢老汉就一下子扑上去，舐他的脸，舐他的手，两只耳朵紧紧地贴在头上，尾巴摇摆得连腰肢都扭动起来。

这条狗对主人的感情是真诚的，因为邢老汉一年才分得二三百斤带皮的粮食，搭上一些菜也只能勉强维持自己的温饱，并没有多余的粮食喂它，但在邢老汉烧火做饭的时候，它总守在他身边，一直等到邢老汉吃完饭锁上门又出工了，才跑到外面找些野食。它好像也知道主人拿不出什么东西来喂它，从来不"呜呜"地在旁边要求施舍。它守着他，看着他吃饭，完全出于一种真挚的依恋感，因为社员们只有在吃饭的时候才在家里。要是到了晚上，休息的时候当然比较长一些，邢老汉吃完饭，就噙着烟锅摸抚着它，要跟它聊一会儿。

"今儿上哪里去啦？我看肚子吃饱了没有？狗日的，都吃圆了……"

有时他伸出食指点着它，吓唬它说："狗日的，你要咬娃娃，我就给你一棒。他们逗你，你就跑远点，地方大着哩。可不敢吓着娃娃……"其实他从来没有打过它，它也完全不必要受这样的教训。它是温驯的，孩子还经常骑在它身上玩。

到了过年过节，生产队也要宰一两只羊分给社员，邢老汉会对它说："明儿羊圈宰羊了，你到羊圈去，舐点羊血，还有撂下的肠肠肚肚的……"尽管社员们一年难得吃几次肉，可是邢老汉吃肉的时候并不像别人那样把骨头上的肉都撕得净光，他总是把还剩下些肉屑的骨头用刀背砸开，一块一块地喂给他的狗。"好好啃，上边肉多的是，你的牙行，我的牙不行了……"邢老汉跟人的话不多，但和他的狗在一起是很饶舌的。

这个孤单的老人就只有和他的狗消遣寂寞。对他来说，这不是一条狗，而是他身边的一个亲人。在那夏天的夜晚，在生产队派他看菜园时，只有这条狗陪他一起在满天蚊虫的菜地守到天明；在冬天，他晚上喂牲口，也只有这条狗跟着他熬过那寒冷的长夜，天亮时，狗的背上，尾巴尖上，甚至狗的胡须上都结上一层白霜。虽然狗不会用语言来表示它对老人的关心，也不会替他赶蚊子或是拢一堆火让他烤，但它总是像一个忠诚的卫兵一样守护着他，就足以使老人那因贫穷和劳累而麻木了的人性感动了。很多个夜晚，他都是搂着它来相互取暖，在万籁俱寂的深夜，好像世界上只剩下他和他的狗了。

其实，邢老汉是有过家，有过女人的。要真正理解他和他的狗之间相依为命的感情，还得从这点说起。

二

邢老汉在解放前扛了十几年长工，一直没有能力娶个女人。解放后，他分得了几亩河滩地。那一年他才三十多岁，凭他下的苦力和在农业生产上的技能，那几亩河滩地居然也长出了丰盛的庄稼。那时，他对未来真是满怀信心，而日子也的确一年比一年好起来。到了四十岁那年，别人给他说了个女人。当然，也没有好的姑娘愿意跟一个四十岁的半大老汉。他的女人老是病病歪歪的，结果跟他一起生活了八个月就死了。在这八个月里，连置家带看病，他把几年的积蓄都折腾光了。不过，这一年正是大搞合作化的一年，现实的遭遇真正使他认识到了单干无法抵御不测的天灾人祸，于是他把几亩河滩地、一头毛驴和他自己都投进社里。一两年中，生活真的有了起色，他的希望又在一个坚强的集体中重新萌生出来。但是，正在他张罗着再娶个女人的时候，却来了个"大跃进"，他本人被编入炼钢大军拉进山里去"大炼钢铁"了。他准备娶的那个寡妇并没有等他的义务，就又另找了个主儿。

以后，虽然由于在生产劳动上实行了协作与分工，由于在土地上投入了大量的劳动力，由于引进了化学肥料和简单的农机具，土地的产量是比过去有所提高，但交公粮、售余粮、卖贡献粮、留战备粮的数量总是超过提高的部分。

有几年，上面派下的收缴任务甚至只有叫农民饿肚子才能完成。这样，邢老汉只好仍旧打他的光棍了。

然而，世界是会变化的，生活也是曲折的，这条简单的哲理在这个乡下老头子身上也体现出来了。

一九七二年，邻省遭了旱灾，第二年开春，就有一批一批灾民涌到这个平川地区。他们有的三五成群，有的拉家带小，也有的独自行乞。他们每个人都背着一条肮脏的布口袋，还准备乞讨一些干粮带给留在家乡的亲人。在城市的饭馆里、街道上、火车站的候车室里，都有像蝗虫一样的灾民。在城市民兵轰赶他们以后，他们就深入到穷乡僻壤里来了。

一天中午，邢老汉正准备做饭，忽然听到门外有个操外乡口音的女人叫道："大爷，行行好，给一点吧！"乞怜的声音打动了他，他把虚掩的门开开，看见外面站着一个三十多岁的蓬头垢面的女人。他把她让了进来，叫她坐在炕上，就忙着做两个人的饭。一会儿，要饭的女人看出了这个老汉做饭时笨手笨脚，就小声地说："大爷，你要不嫌弃，我来做这顿饭吧。"邢老汉高兴地答应了，自己装了一锅子烟弓着腰坐在炕上。女人洗了手就开始做饭，动作又麻利又干净。同样的面，同样的调料，可是邢老汉觉得这是他五十多年来吃得最香的一顿饭。两个人都吃了满满两大碗汤面，邢老汉还嫌不够，看到要饭的女人像是也欠点，又叫再做些。

正在做第二次饭的时候，村东头的魏老汉推门进来了。

"嗬！我说你咋还不套犁去呢，闹了半天是来客了。"

"哪……"邢老汉不知为什么脸红了起来，讷讷地说，"要饭的，做点吃的，吃了就走……"

魏老汉是这个生产队队长的本家三叔，又是队上的贫协组长。

"唉——可怜见的，妇道人家出来要饭。"他在门坎上一蹲，掏出一支香烟。"老是说啥复辟了咱们要吃二遍苦、受二茬罪哩，我看哪，现时就复辟了，咱庄户人就正吃着二遍苦、受着二茬罪哩。是陕北来的吧？家里还有啥人？"

"就是。家里还有两个娃娃，公公婆婆。"女人低着头腼腆地回答。

"别害臊，这不怪你。民国十八年我也要过饭，我女人也要过饭，遭上年馑了嘛。家里人咋办呢？"

"我们公社一人一天给半斤粮，我出来就少个吃口，省下他们吃。"锅里水开了，女人忙把面条下到锅里。魏老汉看见她切的面又细又长，和城里压的机器面一样。

"啧，啧！好锅灶！"魏老汉灵机一动，爽朗地说，"我看哪，风风雨雨的，要饭遭罪哩。现在要饭又不像过去，每家每户就这么点粮，谁给呢！再说还这里盘那里查的，干脆你就留在这里吧，给邢老汉做个饭干个啥的。邢老汉让你吃不了亏，这可是个老实人，我知道。"

女人背着脸用筷子在锅里搅和，没有答话。魏老汉转向邢老汉说："你先去把犁套上，天贵正找你呢，那几个后生近不到青骡子跟前。套了犁再来吃饭。"天贵就是他那当队长的本家侄儿。

邢老汉把烟袋别在腰上，到马圈去了。抽两袋烟的工夫，魏老汉也到了马圈，喜笑颜开地拍着邢老汉的肩膀说："狗日的，你先人都得谢我啦！人家愿意留下了，跟你过日子。眼下她口还没说死，以后你好好待人家，再生下个一男半女的，她的心就扎下了。有钱没有？没钱的话打个条子，我给天贵说说，先在队上借点，给人家扯件衣服。"

邢老汉咧着嘴笑着，满脸的皱纹都聚在一起了。晚上收工，他一进门，女人就不声不响地给他端上碗热腾腾的"油汤辣水"的面条。她自己也坐在炕下的土坯上吃着。她梳洗了一下，再也看不出是个要饭的乞丐了。吃完晚饭，邢老汉叼着烟锅想说点什么，女人在洗锅抹碗，他才发现整个锅台案板都变得油光锃亮的，油瓶盐罐也放得整整齐齐的了。

"邢老汉呢？恭喜恭喜！"这时，大个子魏队长低头推门进来，他两眼在屋里一扫，忍住笑说，"对！这才像两口子过日子的样子，真是蛐蛐儿都得配对哩！喏，这是十块钱，明天队里给你一天假，领你女人到供销社买点啥。"

邢老汉忙下了炕，把一锅子烟装好递到队长跟前，一面张罗说："坐嘛，坐嘛！"

魏队长没有坐，掏出自己的香烟，还给了老邢头一支，笑着对那女人说："是陕北来的？那地方苦焦，我知道。咱这周围庄子上还有你们那里的人，也是逃荒过来的，现时都跟庄子里的人成家了。咋？在家是种庄稼的？会旋筛子不会？"旋筛子算是种技术活，是手巧的女人才会干的。

"会，"女人细声细气地回答。

"那就好，后天你就劳动。咱队上现时正选种，会旋筛子的还不多。别人多少工分你就多少工分，咱这地方不欺负外乡人；再说邢老汉可是个好人，这些年来给队上没少出力。你安心跟他过吧！艰苦奋斗嘛！稀的稠的短不了你吃的。"

邢老汉意想不到在半天之内就续了弦，这并不是什么"天仙配"一类的神话，的确像魏队长说的，他们附近庄子上还有好几对这样的姻缘。在农村，在文化大革命的那些年，法制观念是极其薄弱的。一个没有男人的女人和一个没有女人的男人，只要他们愿意在一起生活，人们就会承认他们是"一家子"，这好像并不需要法律来批准，更何况主持这件婚事的又是生产队长和贫协组长呢。

<h2 style="text-align:center">三</h2>

女人真是天生下来就和男人不一样的生物。那个媳妇一双奇妙的手几天之

内就把邢老汉房子的里里外外变了样子。原来土坯房墙根一带的白碱一直泛到砖基上面，还侵蚀了一层土坯，现在，屋里干干净净的，又暖和，又干燥，连萧条的四壁也亮堂多了。每天中午晚上他们老两口收工回来，邢老汉劈柴烧火，他女人揉面切菜，这个时候邢老汉真是觉得每一秒钟都意味无穷。要是他赶车出门，回来正赶上吃饭的时候，在庄子外面一看到他房顶上袅袅的炊烟，他会高兴得两条腿都在车辕下甩哒起来。

我们中国人有我们中国人的爱情方式，中国劳动者的爱情是在艰难困苦中结晶出来的。他们在崎岖坎坷的人生道路上互相搀扶，互相鼓励，互相遮风挡雨，一起承受压在他们身上的物质负担和精神负担；他们之间不用华而不实的词藻，不用罗曼谛克的表示，在不息的劳作中和伤病饥寒时的相互关怀中，就默默地传导了爱的搏动。这才是隽永的，具有创造性的爱情。这个女人虽然不言不喘，但她理解邢老汉的感情；她不仅从不拒绝邢老汉的温情，并且用更多的关怀作为回报。而一个贫穷孤单的农村老汉，要求得到精神上的慰藉与满足，也并不需要更多的东西，一碗由他女人的手做出的面条，多加些辣子，一片由他女人的手补的补丁，针细线密，再有晚上在他身边有一个温暖的鼻息，这就足够足够的了。所以，邢老汉在那几个月里就好像一下子年轻了十来岁，走起路来也是大步流星的，引得庄子里一个七十多岁读过私塾的老汉逢人便说："真是古人说得对：'男子无妻不成家'。你们看邢老汉，眼下就是发福了，红光满面，连印堂都放光哩！"

可是，时间一长，就有一片阴影逐渐潜入邢老汉像美梦一样的生活里。

本来，庄子里办喜事是绝少不了妇女的，邢老汉结婚的那天晚上，那间狭小的土坯房完全被一群妇女包围了。这个要饭的女人在毫不掩饰的评头品足的眼光下，就像一只丧家犬一样惊惧不安，耷拉着头，手不停地揉弄着衣角。可是，没过多久，她就用她那种谦让的、温顺的、与世无争的态度和对农活质量一丝不苟的劳动赢得了庄子上妇女们的普遍同情。她们开始愿意和她接近了，有的拿着鞋面布来求她剪个样子，有的拿着正在纳的鞋底来想和她聊天。但是，这个女人仍然是心事重重的样子。虽然她憔悴的面孔逐渐丰润起来，衣服上的破洞都补裰得很整齐，再不像过去那样如土话所说的"片儿扇儿"的了，可还是一脸畏怯的、警惕的、好像随时都会遇到伤害的神色。出工收工的路上，她总是独来独往，一手拿着工具，另一只胳膊下面不是夹着捆柴禾就是一抱野菜；在田间休息的时候她也是一人坐得远远的，从不参与妇女们叽叽喳喳的谈话，没有一个妇女能从她嘴里了解到她过去的经历和现在的想法。

如果你在农村住过，你就可以知道，一个外乡人，尤其是外乡女人，要叫庄子里的妇女不议论是不可能的。不久，关于这个落落寡合、离群索居的要饭女人的闲话也就在庄子里传开了。妇女们用她们缜密的逻辑推理得出了一个结论：这个女人在老家一定还有个男人。

有一天，邢老汉赶车拉粪，魏队长跟车，坐在外首的车辕上。看着邢老汉扬着鞭子，一副怡然自得的样子，反而倒起了恻隐之心，不由得拿话点他说：

"邢老汉，你别马虎，你得叫你女人把户口闹来。要不然哪，不保险。"

其实，这本来就是邢老汉心里的一个疙瘩。庄子里的一些闲话，他也有些风闻，不过他并不相信。可是，他也知道，户口不迁来，再没有个娃娃，女人迟早得回老家，庄户人都是故土难离的。他曾经跟他女人商量过，要她开个详细地址把户口和娃娃都迁来，但女人总是低着头简简单单地回答："那能成呢……"他不忍心拗了女人的意思，也就不多问了。

"你可不要迷迷瞪瞪。"魏队长又说，"有了地址，我就到公社去开个准迁证。可要是她家里还有一个……那就难办了。"

这天黄昏，邢老汉卸车回来吃完饭，见他女人仍然和往常一样，坐在门坎上借着夕阳的一抹余光缝缝补补。一群孩子跑到他们房前的白杨树下玩耍，她才停下手中的活计瞧着他们，然后头靠在门框上，两眼直瞪瞪地瞅着那迷蒙的远方。邢老汉知道她在想娃娃，但也找不出动听的言词劝慰她，只得拿件衣裳披在她肩上，"别凉着……"他和她坐在一起，思忖着怎样再次向她提出关于户口的问题。

这个要饭的女人是个细心人。这时她从邢老汉体贴而又有点紧张和疑虑的神情上看出他有番话要说，于是在夕阳完全落入西山以后，她收起了手中的针线，进到屋里，把炕扫了扫，上炕跪坐在炕头，低着脑袋，两手垂在两膝之间，像一个犯人在审讯室里一样静等着。

邢老汉先是弓着腰坐在炕上，叭嗒叭嗒地抽烟。飘浮的青烟和一片令人不安的沉静笼罩着这间小屋。他一直抽到嘴发苦，才终于鼓起了勇气：

"娃他妈，你还是开个地址，让魏队长到公社去开个证明，有了准迁证，咱们就去把娃接来。"

女人仍然低着头，没有回答。

"嗯——"邢老汉长长地嗯了一声，"要是……要是你家还有男人，那……咱们也是讲良心的。"说到这里，邢老汉透不过气来了。实际上，他也不知道这个"良心"应该怎样讲法。

"不，"女人虽然是细声细气，却又是断然地说，"没有！"

"那——"邢老汉的眼睛发光了，"那是为了啥呢?"

停了片刻，女人却嘤嘤地抽泣起来了，眼泪大滴大滴地落在炕的旧毡子上。邢老汉慌了神，忙站起来靠到炕跟前。"那……那是不是我待你不好?"

"不!"女人用手背抹了抹眼泪，"我一直想跟你说，可又怕你嫌弃……"

"你说吧! 谁嫌弃你了? 你不嫌弃我就是好的。"

"我……我们家是富农。"

"嗨，"邢老汉心里的一块石头落了地，啪、啪两下把烟锅里的烟灰在鞋底上磕掉。"我当是啥大不了的事，现时都劳动吃饭，啥富农不富农的！"

"不，你还不知情。老家里不许地富出来要饭，我不能看着娃受罪，这是偷跑出来的，别说迁户口，就是逃荒的证明也开不出来哩。就这，我还不知公公婆婆在咋挨批哩。"说开了，女人的话就多起来。她搌了一把鼻涕，随手抹在炕沿上。"我看出来了，你可是个好人。到了明年开春，你给我点粮，我还得回去。老家一到开春，日子就更难了。"说完，女人用膝盖跪立起来，恭恭敬敬地在炕上朝邢老汉磕了一个头。

"唉，唉！你这是干啥？"邢老汉忙坐上炕，把女人扶着坐下。"你说这话就生分了，这屋里的东西不是你的？咱们还是想法办户口，回去干啥？那地方苦焦得不行。瞎了眼的麻雀子还饿不死呢，总有办法！"

这一夜，女人抽抽噎噎地哭了好久，也不知什么引起她那样伤心。邢老汉心里倒是踏实了，在旁边劝了她半晚上。

四

第二天，邢老汉还是赶车拉粪，魏队长照旧跟车。他一五一十地把昨天他们老两口的谈话告诉给魏队长。魏队长用纸条卷了邢老汉的一棒子旱烟，两只胳膊支在大腿上，身子随着车摇来晃去，半晌没有说话。

后来，他吐了口唾沫，说："这比她家有个男人还难办！"

"那难办啥，吁、吁！"邢老汉把牲口往里首吆喝着，"穷得都要饭了，咋还是富农？"

魏队长斜眼瞟了他一下，但也知道无法跟这个老汉说明白。邢老汉是向来不参加什么学习开会的。运动一来，这个老雇农就被派到最关键的单独工作岗位上，把别人顶替下来参加运动，所以，邢老汉倒成了最"没有政治觉悟"的社员。

"难办啦，难办！"魏队长摘下帽子，搔搔头皮，"就是这儿开了准迁证过去，那边也不放，反倒招来祸害。我看哪，球！你就跟她过吧，啥户口不户口的。咱们队上现时还挤得出一个人的口粮，有粮吃就行。可这话你不能跟别人说，就当没这么回事；你还得把她心拴住了，等到明年春上再说。现时都是走一步看一步，谁知道明年又是啥变化。"

这年，生产队决算下来，他们两人的工分共分得五百多斤粮和一百二十元现金。把粮食和钱领回来以后，正巧队里要派大车进城搞副业，给建筑工地拉三天沙子。邢老汉把女人给他烙的饼装在挎包里，就赶车进城了。

这条黄狗就是他这次进城遇见的。那时它还小，野生野长的，从来没有人喂过它。在邢老汉把车歇在工地上吃干粮的时候，它在一旁歪着脑袋盯着他。

邢老汉给它撕了两小块饼子。这一来，它就成天在邢老汉的车后跟着。第四天，在邢老汉赶车回家的那个早晨，它还一直跟着大车跑出城外。邢老汉看着不忍心，一念之下就把它抱到车上来了。

中午，大车回了村。还在庄子外面，邢老汉就发现他家的屋顶上没有和别的人家一样冒着炊烟。一个不幸的预感蓦地震动了他。他在马圈里慌慌张张地卸着牲口，魏老汉的老伴就找他来了。

"邢老汉，你女人昨天下午说上供销社去，把钥匙给了我，可昨儿一晚上她都没有回来，是咋回事？"

邢老汉接过钥匙，急忙到家用颤抖的手打开房门。屋里比往常还要清洁，被子、褥子和邢老汉的棉衣都拆洗得干干净净地叠在炕上，枕头上还一溜子摆着四双新鞋，可是人已经不见了。

一会儿，屋里屋外围了好些人，有人还催邢老汉到供销社去找，其实这真是傻里傻气的建议，大家都明白是怎么回事了。邢老汉失神地弓着腰坐在炕沿上，一点也没有听见别人说的话，心里只反复地念叨着：走了！走了！没等到明年就走了！

这时，魏老汉分开众人走了进来。"邢老汉，别傻坐着了，点点看她带走了些啥？"

大家七手八脚地替邢老汉清点了一遍，才知道她除了随身穿的破旧衣服和一件他们"结婚"时做的新褂子外，还带走了一百二十斤粮和五十块钱。粮食和钱她都没拿走她应得的那一半。

"这真是个有良心的妇道人！"大家又啧啧地对她称赞起来。然而这更添了邢老汉的伤心，他还是坐在炕沿上，跟一个木偶一样。

快上工的时候，魏队长急忙走进屋里对邢老汉说："正好公社的拖拉机这就进城拉化肥，你快进趟城，汽车站、火车站都去找一找。一个妇道人带一百多斤粮不容易上路哩。我问了，她是昨儿下午搭三队拉白菜的车进的城，傍黑才到了城里。"魏队长还怕他出意外，又派了个年青后生跟他一起去。

邢老汉昏昏沉沉地进了城。茫茫的人海，全是陌生的面孔。他们问了汽车站、火车站的工作人员，都说没注意到有这样一个女人。那年青后生说："她是咋来的还得咋去，她还舍得花钱打票哩！准是爬货车走的。"他们又到铁轨上停的空车皮和货车上找了一遍。也是没有。

第二天下午，他们又搭上顺路的车往回返。在路上，邢老汉想着他女人还给他留下一线希望："这是个有良心的妇道，她兴许还会回来的。"那年青后生也安慰他："她就是想娃娃，回去看看，没准下次连娃娃一块儿带来呢。"邢老汉就是这样怀着失望和希望的心情又回到村里。正在他拿钥匙开门的时候，一个毛茸茸的东西却在他脚下绊着，并且"呜呜"地叫，原来还是那条小黄狗。

在一天半的时间里，它竟一直没有离开它认定了的这个主人的家门口。邢老汉一把把它抱起来，一起进到现在已经是空洞冰冷的屋里。

从此，邢老汉又恢复了十个月以前的生活，只多了一个美好的回忆，一个深切的怀念，一个强烈的盼望和一条小黄狗。

在一年之内，邢老汉都抱着她还能回来的希望。他总是把屋里收拾得干干净净的，一切都保持着她在家时的样子，每日每时，只要他在家，他都以为她会突然推门进来。可是，日子一天天地过去，她给他补的补丁又磨烂了，她给他缝的衣服也有了破洞，她给他做的鞋都快穿坏了，她还是没有回来。慢慢地，邢老汉对她的思念和盼望就成了藏在心底的隐痛，上面被失望覆盖着。

在以后的日子里，只有这条狗来安慰他的孤独。每在休息时间和夜晚，在他叼着烟锅出神的时候，狗就偎在他身边，使他感到他身边还有一个对他充满着情感的生物。狗不时地用湿漉漉的、柔软的舌头舔他的手，会使他产生一种奇妙的柔情，并联想起和那个要饭女人生活时的种种情景；狗的那对黑多白少的、既温驯又忠实的眼睛，能唤起他对她的一连串回忆，使他进入一个迷蒙的意境，因为那个女人的眼睛同样是那样的忠实，那样的温顺。总之，这条现在长得很大、很壮实的黄狗已经成了他与她之间的一个活生生的联系；因为它正是她走的那天被领回来的，在他的记忆里，他甚至以为这条狗是她临走时留给他的纪念。

然而，这个联系也终于被扭断了。

五

学习无产阶级专政理论运动开展以后，邢老汉这个生产队也和别的生产队一样，运动一开始就来了县里派的工作组。农民们白天下地，晚上开会，几乎没有一点属于自己的时间。有天晚上开大会，工作组的干部在讲话的最后又宣布了一个叫农民们莫名其妙的通知，通知要农村把所有的狗都在三天之内"消灭掉"。据这位干部说："就算一条狗一天吃半斤粮，一个月就是十五斤，一年就是一百八十斤。这个账真是不算不知道，一算吓一跳。这就快等于我们一个人定量的一半。咱们现在要养活全国的人，还要养活全国的狗。这怎么得了！所以，三天之内，狗要全部打死。谁要不打就等于窝藏了阶级敌人；三天以后，公社的民兵小分队就下来替他打。"

头几天，邢老汉并没有把这个通知看得很严重。他有他农民的朴素的理性。他心里想："没听说过哪家人是让狗吃穷的，更没听说过哪个国家穷就穷在老百姓养狗上。在老社会，要饭的花子还领条狗哩！"但是，几天之内，有狗的农民居然把自己的狗都陆续宰了，连魏老汉也把他养了五年的大黑狗吊在树上用水灌死了。原来，狗还是个生财之道，城里有些人听说乡下要打狗，就纷纷骑着自行车下乡来买狗肉。一条狗光肉就能卖三四块钱，要是农民自己捎到城里零卖，每斤竟能卖四五毛钱。

十天以后，附近几个庄子里就剩下邢老汉这条孤零零的大黄狗了，而戴着红袖章的民兵也注意上了这条狗，曾经扛着枪在邢老汉这个庄子上转过两趟。

这一天，四个老汉在场上扬场，风停了，他们就凑在一块儿聊天，聊到邢老汉的狗，邢老汉带点怒气地说："再穷也穷不到狗身上！说实在的，咱庄户人的狗谁喂过，还不是满滩找野食。我的狗是养定了！"

有个老汉说："不在你喂不喂，你用你的粮食喂你的狗，公家管你哩！我听说是因为有人叫狗把公家的玉米棒子往家叼。"

这话逗得大家笑了起来。魏老汉说："庄户人的狗要有这个本事，咱就不种庄稼了，领着狗四处要把戏去。"

有个过去爱听古书的老汉说："那晚上我回去也思谋了一下，其实不在喂粮食上，还是邢老汉说的，咱庄户人谁正经喂过狗哩？我思谋着，这跟批判孔老二有关联。"

除了邢老汉还皱着眉头之外，大伙儿又笑了。

"你们瞧，孔老二讲的是忠孝节义，这忠孝节义是啥？忠讲的就是马。谁都知道马对人最忠了，关公一死，赤兔马都不吃料；这孝讲的就是羊，羊羔子一下地就会给它娘磕头；这节讲的是老虎，母老虎生了一个虎仔子就知道疼得不行，以后它再不让公老虎闹；这义讲的就是狗哇！现时批判孔老二的忠孝节义，我看上面就是这个意思，先从狗打起。要不然怎么说养狗就等于窝藏了阶级敌人呢？"

几个饱经世故的老汉都听出了这番用嘲笑的口吻说的笑话意味着什么，彼此会心地微笑着。最后，魏老汉叹了口气说："也别说，我看哪，上面就以为狗吃了粮了。现时上面要的多，地里一时又长不出来，只有从少花消上打主意。以后哇，要是上面还一个劲要，连大牲口的料都得减。"他又转过脸向邢老汉说，"说是说，笑是笑，你那条黄狗还是早撂倒好。要不那帮民兵还得打。那都是些愣头愣脑的小伙子，前天把一个卖瓜子的捆了一绳子，昨天又把一个木匠的家伙收了，害得人连哭带嚎。他们要来就不管三七二十一，开上几枪，捅上几个窟窿，你连一张好皮都落不上。"

晚饭以后，邢老汉蹲在炕沿上叭哒叭哒地抽烟。狗卧在地上，扬着头，皱着鼻子，呼呼地嗅它所熟悉的烟味。邢老汉思忖了几锅子烟的工夫，思忖出了一个主意，就是给狗求得一个官方保护。于是他穿上鞋，把狗锁在屋里，就上队长家去了。

魏队长家正好没外人。队长躺在炕上，他女人坐在灯下纳鞋底。因为邢老汉是从来不串门的人，魏队长听他来了就连忙翻身坐起来。他女人给端来杯水。

邢老汉一坐下就结结巴巴地提出他不让打狗的事。

"我当是啥要紧事,"魏队长笑着说,"一条狗嘛,上面有这个指示,打了就算了。"

"算了?"邢老汉气愤地说,"它跟了我好几年,打了它我心里不落忍。我保证不找队上要救济粮就行。我的狗吃的是我的粮。"

魏队长还是轻描淡写地说:"其实也不在吃粮上,狗祸害庄稼倒是个事实。"

"天贵,你也是个庄户人,你啥时候见狗祸害庄稼?狗又不是牲口,又不是鸡鸭。那天还说一家许养一只鸡,就不许我养条狗?"

队长的女人以女人特有的同情心理解了邢老汉的意思,在一旁细声细气地说:"就是,他邢大伯身旁又没啥人,有条狗也解解心闷。"

这话更激起了邢老汉对狗的感情,他以非常认真的态度说:"天贵,我可跟你说定,要毙我的狗就先毙我邢老汉!"

三个人的心都沉下了。魏队长收敛了笑容,手不停地在他的短发上搔着。他开始理解了狗与邢老汉的生活的密切关系,知道要说服老汉绝不是三言两语所能解决的。同时,对着这个和他在一个庄子上生活了几十年的老汉,一股深深的乡土情谊从他心里升腾起来,多年的积郁,也随着这股乡土气翻卷着,他不禁感慨地说:"邢老汉,你有你的苦处,这我知道,可我有我的难处,又找谁说呢?今天晚上没事,咱俩就聊聊。"

"在这庄子上,你也是看着我长大的了。我满滩放驴那年,你就给王海家扛上长活了;解放后搞互助组,搞合作化,咱们又都在一起。那时候我是年轻气盛,一心要领着大伙儿走共同富裕的道路。后来我三起三落,这你也知道,哪次运动来都得整我。我一不嫖风,二不贪污,为的是啥?还不是为了我替大伙儿说了几句老实话,可老说我右倾。后来呢,我也捉摸出一个道理:大伙儿赞成的干部,上头就不满意;要上头满意,就得让大伙儿吃点亏。这些年来,我也学会了挑担子,总得两头都顾到。哪头顾不到,扁担就得打滑。有些事情,我也思谋没啥道理,可我是个党员,水平又低,不照上头意思办能行?文化大革命那年,你知道,我跟县里的参观团去了一趟大寨。那人家搞得就是好,不承认不行。可我也算计了一下,就凭大寨种的那一把把玉米,那一把把谷子,要置那么多机器、修那么大工程也是妄想,还不是国家贴了钱。现时叫咱们学大寨,国家又不贴钱,那就得凭咱们多吃点苦,多闹点副业挣钱。谁知道今年运动一来,我又差点挨了批,说是重副轻农,发展资本主义。这你也知道,咱队上的木匠、泥水匠、皮匠、铁匠都收回来了,两挂大车白白停在那儿。一边叫搞机械化,一边又不给钱,还不让人挣钱,机器又不白给,机械化咋化呢?今年,我看,别说机械化,就是工分算下来也没往年多了。你就一个人，吃饱了连小板凳都不饿，好歹都能凑合，在我这儿，全队三百多口子都张着嘴要吃，伸起手要穿。不叫大伙儿见点现钱，明年人家干活也没心劲了。你就愁着一条狗，我这儿愁着三百好几的人呢！"

魏队长激动地在炕上蹲起来，又说："你瞧着吧！今年还过得去，到了明年开春，这事那事就来了。大伙儿没劲干活，我能打着干？都是贫下中农，乡里乡亲的。可我也思谋着，运动总是一股风。等这股风过去了，咱副业还得搞。不搞副业大伙儿受穷，机械化也化不成。可你别碰到风头上，咱大处都顺着过来了，犯不着在小地方拗了上头的意思。就说打狗吧，真是不抓西瓜净抓芝麻的事，我也觉着没点意思，不过上头把这事已经提到纲上来了，说不打狗就等于窝藏了反革命，咱队上来的工作组组长又是县委委员，那天统计了一下，咱队上有十条狗，结果只打了九条，叫工作组说咱这个先进队连打狗都贯彻不下去，还咋批判资本主义呢！说实在的，邢老汉，要是为了你那女人的事，天塌下来找魏天贵替你撑着，顶大不当这个髒队长。这条狗嘛，你就宰了算了，让上头满意，以后咱们队的事就好办了。他前脚走，你后脚就再养一条，你看咋样？"

邢老汉先还没在心听，后来越听越真切，最后又提到他女人，邢老汉真是百感交集。他知道天贵是诚心帮过他的，为了一条狗，他能让天贵为难？他低着头，在头上狠狠地拍了两巴掌，又伤心又决断地说："天贵，我不能让你为难，你说的都是实情话，你明天就叫人来打吧。我自己下不了这个手。"

这一夜，他没有睡觉，呆呆地坐在炕下的土坯上抽烟。狗一点也不知道这就是它的末日，仍然亲切地把头撂在邢老汉的腿上。邢老汉一面摸抚着它像缎子一样光滑的脊背，一面回忆他半个多世纪风里来雨里去的经历。他也曾经听说过，城里的干部、工人、教书的、唱戏的，这些年来在运动里没少挨整，又亲眼见过魏天贵这样的农村小干部挨过批，但没想到最后闹得他这个扛了十几年长工的普通农民也不得安身：先是因为身份问题妨碍了他的家庭幸福，终于连剩下的一点虚妄的安慰也被剥夺了。他不知道这是为什么，只隐隐糊糊地听说这就叫"政治"，这就叫"阶级斗争"。他微微地摇摇头，无声地叹息了一下；他觉得这样的"政治"和这样的"阶级斗争"是太可怕了。他觉得在这样的"政治"和"阶级斗争"中，生活已经变得毫无意思了。

他轻轻地拍着他的狗，就像拍他的孩子一样。我们中国农民在不可避免的灾难面前总是平静和忍耐的，他又一次发挥了这一特性。他既然发现了他的生活已经失去了意义，留着一条狗又有什么用？而且，这条狗的生命居然和全队人今后的生活有关系。他自言自语地说："你先走吧，随后我就来。"

他抬起头来环视这间小屋，想寻找一些那个要饭女人留下的痕迹。就是这间土房，从屋顶到地面，几乎每一平方寸都经过她清扫，房里的每一样东西都经过她擦洗。可是，她走了，这些东西也都如死一般地沉默和灰暗了，只有一道深深的痕迹刻在他自己血淋淋的心上。然而，他并不埋怨她悄悄地舍他而去。他认为一个好的、有良心的妇道人就是应该回去的；而且，她的不辞而别还曾给他留下了一线希望，使他在两年的时间里还有劲头活下去，所以他对她只有感激。

第二天早晨，他把狗喂得饱饱的放了出去。还没到晌午，他在场上听见马圈里突然响起一声清凄的枪声。他知道这准是对着他的狗放的，心里猛然泛起一阵内疚和懊悔。当他跑到马圈去时，行刑的人已经扬长而去了，只有一群娃娃围着他的狗。狗展展地侧躺在地上，脖子下面流出一缕细细的殷红的鲜血，一只瞳孔已经放大的眼睛，和那个要饭的女人的眼睛一样，露着惊惧不安的神色斜视着碧蓝碧蓝的天空。

邢老汉垂着头站在狗的尸体旁边，全身颤抖地嚎啕大哭。

六

不久，在工作组完成任务撤回以后，农村副业和农民的家庭副业果然又偷偷地搞了起来，而且，附近庄子上又依稀地听到狗的吠声了。但是，邢老汉的狗是不会复活的，邢老汉本人也一天比一天衰老了，几个月以后，他甚至丧失了自己料理自己生活的能力，全靠邻居给他端点吃的。

就在这年冬季最冷的一天，当邻居奇怪他到晌午还没开门而把他那间孤零零的土房撬开以后，才发现他早已直挺挺地死在炕上了。

有人说他得的是心脏病，有人说他是老死的，还有人说是"癌症"，只有魏老汉伤心地发牢骚说：

"政治上不去，批孔哩！生产上不去，打狗哩！整了人不够，还要整畜生！要是邢老汉的狗还在，它叫几声，也让咱们早点知道……"

尾　声

三年半以后，这个公社的乡邮员小杨接到一封从陕北写来的给"第五生产队，邢老汉收"的信。小杨没有多加考虑就贴了一张"人已死亡，退回原处"的条子打了回去。后来，在公社开三干会休息的时候，一堆人围在一起聊天，小杨把这事当新闻说了出来，现在已经当了大队书记的魏天贵听了，狠命地在小杨脊背上擂了一拳，骂道："你这家伙！咋不把信拆开来看看。这一准是那个要饭的女人寄来的。也不知现时她过得怎么样了；邢老汉还留下两口箱子着哩，现时还放在五队的库房里。"

（原载《宁夏文艺》1980 年第 2 期）

锦 云
JIN YUN

原名刘锦云。1938 年生于河北保定雄县。1963 年于北京大学中文系毕业后，在北京昌平工作 16 年。1982 年调入北京人民艺术剧院任编剧。1983 年加入中国作家协会。曾先后担任北京人民艺术剧院副院长、院长，中国戏剧家协会顾问。1963 年开始发表作品。著有中短篇小说集《笨人王老大》（与王毅合作），剧本《狗儿爷涅槃》《阮玲玉》《风月无边》等。

王 毅
WANG YI

1940 年出生，北京市人。1963 年北京大学中文系毕业后被分配到黑龙江省文化厅戏剧工作室任创作员。后调至黑龙江省京剧团任编剧。1983 年加入中国作家协会。曾任黑龙江省龙江剧院院长、黑龙江省文联副主席。1963 年开始发表作品。戏曲剧本《皇亲国戚》获 1981 年全国优秀剧本奖。他与锦云合作的小说《笨人王老大》获 1980 年全国优秀短篇小说奖。

笨人王老大

才进腊月，小王庄就像年下一样热闹起来。各家的热炕头上，堂屋地里，结满霜花的玻璃窗下，风快地传播着一条新闻：王老大的儿子小水和王老大的闺女小珍，定亲了！

小珍子是四岁那年跟着她妈"走道儿"过来的。娘俩嫁爷俩，虽不犯法，却不合俗。而且还有一个不雅的称谓，叫"爹公娘母"，总难免叫人说长道短。不过，这回却是例外。全村百十户人家，家家赞叹，户户感慨，仿佛这是天造地设的一对儿。小王庄的人，这些年，经的见的多了，平常的事，犯不上浪费眼泪疙瘩。偏偏谈起这段兄妹姻缘，连一些最讲旧礼儿的老人，也不断地撩起衣襟抹眼角。

咳，人们又想起王老大来了。

王老大活着的时候，没谁惦记他。他是小王庄出名儿的笨人，手笨、嘴笨、脑子笨。有一年，县剧团下来组织赛诗会，一位女演员包他们小组，要求每个人都单独登台来一首。女演员听说他笨，特意给他挑了一首最简单的，可他还是左教右教背不出。老师急得满脸通红，学生直拿袄袖子擦汗。没办法，只好破例编个集体节目，叫他混到里头，跟着嘎巴嘴。谁想上了台，别人张嘴他闭嘴，人家闭嘴他嘟囔，惹得观众哄堂大笑，全组狼狈退场，那女演员气得鼓鼓地指着他说："你真是个笨人！"还有一回，队长永绪的媳妇到他屋来，给他说对象的事。正说着，怀里孩子尿了。队长媳妇赶忙把孩子放到炕上换尿布，一边随口叫他关上门。哪知道，他老哥竟咕咚咕咚跑出去，把大街门给插上了。队长媳妇笑得前仰后合，弯下腰，点着他，半天才说出一句话："大哥，你真是个笨人！"

笨人干活不藏奸，不要滑。可是历来评先进、选模范什么的，他都沾不上。队里有他不多，没他不少，除了派民工、秋分红，各类表格上很少见着他的名字。晚上开会，差不离回回都是他先到，坐在队部大炕的灯影后面，津津有味地听到完。可是队长一发脾气，就说："敲钟开会，为什么全村没一个准时来的？"那口气，似乎王老大不算小王庄的人。一来二去惯了，人们只有在逗乐子时，才会提到他。什么"王老大叫门——笨到家！"还有什么"王老大演节目——跟着混！"又有什么"王老大换尿布——该关街门啦！"等等。

小王庄的人们开始严肃地议论王老大的为人处世，是在他两次组织家庭之后。

王老大的对象挺难找，不是人家嫌他太笨，就是他嫌人家太灵。直到三十出头了，才由队长永绪趁外出开会的机会，给他寻摸了一个姑娘。两人见过一面之后，很快就登了记。队里批给他一块地基，大伙七手八脚，垫土的垫土，打坯的打坯，不几天就盖起了三间土坯心、砖包角的海青瓦房。说说喜期临近，谁承想王老大节外生枝。

他的新房隔壁，住着一户人家。两口子结婚七八年没孩子，那男的跑了一趟大同，抱回来一个小男孩。说也怪，自从抱的孩子进了门，那女人竟一连生了两胎。有了亲生的，抱来的成了累赘，受尽了虐待。乡里乡亲的看不惯，队干部也多次对那公母俩进行教育。无奈人要是不地道，凭谁也劝不好。王老大很怜惜那孩子。路上遇见了，总要拉到井台旁，给他洗洗小脏脸、小黑手，往怀里塞根麻花什么的。有时候，还给他捉个小黄雀儿，编个鸟笼子玩。如今，跟这家人成了邻居，见天见听那院里不是打，就是骂，大人吼，孩子哭。四五岁的孩子，又抱柴火，又看小的，成天眼泪汪汪，焦黄枯瘦。这天，夜里下过一场小雪，他起来扫院子，忽听那边屋门"哐当"一响，孩子被推了出来。说是不让小的抓笼子里的雀儿，得"冻冻"。大冷天，那孩子光着头，趿拉着两只大人鞋，穿着袖子短了半截的小薄袄，进不去屋，哭喊着拼命挠门，这真像挠了王老大的心！他再也忍不住，翻过院墙，抱起那孩子，冲屋里吵了起来。

王老大吵架也透着笨，吵了半天，其实颠来倒去还是那半句话："新社会啦，你别太什么了！"倒是那个狠心的婆娘，反像占了多大的理，连篇叠句，辣气尖声，吵了个没完。什么"多管闲事"啦，"调唆孩子跟俺分心"啦，"逢傻必奸、笨人心毒"啦！那男的更是风风火火，把个鸟笼子扔到院里，连同王老大给孩子新逮的"吱吱红"一脚踩个扁。周围的乡亲帮着王老大数落他们几句，谁知那女人竟倚疯撒邪，发泼叫号："扳着不心疼的牙，说凉快话谁不会！俺们家的孩子就这么养活。瞧不惯的领去，谁要给谁，把他供在佛龛上俺不管。退俺们二百块钱的本儿了事！积德的，行善的，领啊，领啊！"王老大气黄了脸，抱起孩子奔了队部。

王老大非要这孩子不可。特别是听说那两口子即将迁居关外，他不能眼睁睁着孩子叫他们带走。队长永绪劝他，是不是等未婚妻来商量一下？王老大自信多余。人心都是肉长的，商量不商量的，还能有别的主意吗？那两口子一看王老大真要孩子，以为得了发财的机会，漫天要价，什么"吃食费"、"穿戴费"，外加"操心费"，算来算去，竟算了五百元！最后还是永绪做主，一百五十元把孩子断给了王老大。那两口子除了心病又得钱，自是欢喜不尽，一家人急忙忙搬往关外去了。

孩子安安稳稳睡到了王老大的炕头上。可是未婚妻呢？不用说，当时办登记是永绪开的介绍信，这回又是永绪搬动大印，给他们办了解除婚约的手续。王老大头一次成家，媳妇没娶来，先"娶"来一个儿子。

对这桩事，小王庄的人们有的赞成，有的摇头，争相议论了很久。

王老大自管按照他笨人的思路行事。他给孩子改取了个庄稼名，叫小水。他抱着小水到诊所看病，到供销社扯布量衣，又求队长媳妇纳底子做鞋。他自己则是一天两顿，蹲在灶前，做了稀的做干的。每当小水扳着他的肩叫一声"爸爸"，他的心里都要"呼啦"地热一下。这个笨汉子，不会流泪，也不会用五官的移动来表示自己的感情，他只是把孩子搂得更紧一些，嘴里含糊地答应着："嗨嗨！"

赞成与摇头之争尚未平息，转年开春，便又传来了王老大二次成家的消息。

那时，"吃饭不要钱"的食堂刚刚解散，人们正挨度着可怕的春荒。一天王老大进山砍柴，正路过大北峪沟口的探头砬子下面，忽听一阵哭声从上方传来。抬头一看，竟是一个三四岁的小女孩，斜挂在从峭壁石缝里伸出的树枝上。王老大撒腿跑上崖顶，又趿着石缝溜下去，解开捆柴用的绳子，把孩子拴在自己身上，一步步往上登。到了上边一问，才知道孩子是为了摘那几粒隔年酸枣。这时候，一位妇女，怀里揽个吃奶的，手里拽个刚会走的，呼哧呼哧跑过来，叫了声："珍子！"就再也跑不动了。小女孩扑过去，抱着她妈的腿哭起来。王老大很生气，冲着那妇女喊道："你这个当妈的！"女人一愣，似乎感到委屈，但并不剖白，只是用感激的目光温顺地望着他。突然发现了他脸上有被树枝划破的血印子，便连忙从怀中裹孩子的小被上撕下一条布来给他擦，又赶着给他拍打身上的土。王老大怒气未息，还想教训她一顿。尚未开口，却一眼看到她脚上穿的孝鞋，便呆住了。他又看到那个刚刚被他救下的珍子，正往刚会走的小弟弟嘴里一粒一粒地塞酸枣。王老大不说话了。他从怀里摸出一个净面窝头，递过去。那孩子妈妈不肯接，低声说："大哥，你还得干活！"王老大动动嘴唇，把窝头放在她怀里的孩子身上，抹身走了。

这个女人是谁呢？她的孩子为什么饿成那样？王老大从不爱打听人，这回却怎么也搁不下。他抱着小水到队长家串门，因为队长媳妇的娘家就在大北峪。这位弟妹，平常一个人在家对着墙还得练嘴呢，何况有人来问，不等王老大问完，话匣子早打开了。原来这女人叫大翠，当姑娘时就是出名的老实疙瘩。嫁个男人，倒也般配，谁知头年又死在浮肿病上。为了丈夫的病和死，她拉下了不少饥荒，连那点点口粮都卖了一半。现在，她背着一身债，又带着三个张嘴要食的小崽，再寻主吧，谁要？不寻吧，可怎么过呢？

是呵，她可怎么过呢——王老大躺在炕上翻来覆去地思谋着，直到小鸡子叫。

笨人也真有邪的，第二天他竟然抱着小水，悄悄跑到大北峪，闯进人家寡妇家里，硬把几张钞票，摔到了那个心情慌乱的女人的面前。一个月后，他又公然到队长家来求媒了。队长媳妇吓了一大跳，一个劲地嚷嚷："笨哥，你可别胡说八道，你再想想，再想想！"王老大吭哧憋肚，还是那半句话："新社会啦，咱们都得什么点！"

小王庄又一次轰动。这回，赞成派急剧减少，摇头派大大增加，更有一些难以入耳的尖刻议论。

有的说："八辈子没见过女人，叫这么个娘们迷惑住了，替死鬼拉套去吧！"

有的说："可怜小水，后爹娶后娘，出了尿窝进屎窝！"

庄稼人毕竟心肠热。说归说，总不能袖手旁观，还得想办法劝说。他们一个挨一个地挤进王老大的小院，又叹着气鱼贯而出。人们在村口围住了媒人，指令她不许穿线。

队长媳妇虽然嘴快，却处处听丈夫的。队长一口咬定：这门亲事，可订！他命媳妇突出重围，往返三次，做成了大媒。他又亲自套了一辆白马大车，把那四口接进了小王庄。

队长永绪是小王庄公认的灵人。兴许是相反相成之故，这个出名的灵人却偏偏佩服那个实足的笨人。起小儿两人一块玩，灵人总取出招儿的，笨人总取出力的。不过一到坎上，灵人总要看看笨人的神色，想从那里讨到一点什么启示。实在，灵人懂得笨人那颗比金子还要贵重的心。即如眼前，在笨人心底的一团美意不为众人理解的时候，如果不是队长兼灵人出头张罗、喝唬，恐怕他连新娘都接不进门呢！

大翠低头进了小王庄，像是请进来一台戏，立即被各种各样的目光团团围住。一些长舌之妇、好事之徒，专拣饭时去串门，要看看粮稀米贵之年，新人是怎么给自己的三个亲崽和一个后儿盛粥。有时，他们还拉住小水问："你妈打你不？""你妈给妹妹、弟弟做好吃的啦？"

使这些无聊的人失望的是，小水和小珍他们，成天手拉手乐呵呵地跑进跑出，"咱爸"、"咱妈"喊得山响。大翠拿个贴饼子给几个孩子掰，总是妹妹让哥哥，哥哥让弟弟，根本分不出两窝儿的！

大翠深知，在这一米度三关的饥年荒月，王老大收留她们母女四人，这个人该有多么热的心肠，多么大的勇气！于是，她也把一个善良的女人心中蕴藏的一切深情、美意，倾献给自己的丈夫和他们的儿子小水。三十多岁的王老大，何曾受过这样的温情？何曾有过这样和谐、妥帖、井井有条的家？他心满意足。他似乎觉得，自己过了这些年，专等的就是她！他常常禁不住久久地在灯下端详他的女人：长长的头发在脑后挽个髻，乌黑的眼睛，白净的下巴，总是闲不住的一双厚厚的手……看着看着，他那被山风吹就的水泡眼变得迷惘起来，厚嘴唇颤颤地，小声问："你，还走吗？"大翠先是被他看得不好意思，后来又舒眉展眼地笑了，说了声："傻子！"便甜甜地投到他汗津津的怀里。

小王庄也出过几个高中生，都是读过外国小说的，他们叹息说：这是怜悯和感激，算不得爱情哟！也许，王老大和他的大翠还没有那么高的程度，反正是，这两个身负生活重压的庄稼人，就是如此相依为命地结合了。

饭桌上清汤寡水，热炕上恩爱夫妻。大翠除了尽心照顾好四个孩子，难免要额外关心一下丈夫。为这，还闹了一些不大不小的矛盾呢。有一天，四个孩子都睡下了，大翠从被窝垛下面掏出一个用毛巾包着的贴饼子，悄悄塞给丈夫。王老大接过一看，火了，冲着她大声嚷嚷："你这是干啥！"气得大翠第二天跑去找队长媳妇诉说。队长媳妇打趣地说："咳，他那是疼孩子，舍不得吃！他疼孩子，不就是疼你嫂子吗？你呀，急啥？慢慢来，教他……"姐妹俩吃吃地笑了。事情到了队长媳妇嘴，自然传得快。从此，小王庄关于王老大的俏皮话里，又添了一句："王老大吃贴饼子——慢慢来！"笨人听了，嘿嘿一笑。

不过，终归是两个人的口粮，一下子分到六个碗里，粥稀了，人瘦了。再加上替大翠还账，光棍汉多年的存项花光了，日子够紧巴的。队长永绪在会上提出给他家一点救济，却被王老大拒绝了。他自有办法。

笨人王老大是砍柴人里的状元。"镰刀快不快，全凭胳膊拽"。人说王老大上山不带镰刀，一天也能拽它五六百斤山柴。山里人有句话，叫"驴二驴二"，说是一头壮实驴最多也只能驮二百斤。人说王老大背的柴，一头毛驴驮不动。平时蔫头耷拉脑的王老大，一背上捆满山柴的梯架，精神头就来了。他手里拿着一根三尺来长的木棍，走累了，把木棍拄在梯架下面的横梁上，两腿稍作弯曲，让山柴的分量落在木棍上，就能美美地歇一歇。新婚后的王老大，每当这时，还会情不自禁地哼几声梆子腔哩。这，还不算他的看家本事。砍柴人最称道王老大的"绝招"，是他能够背着二百多斤山柴很轻松地伏下身子咕咕噜噜喝一气清凉的泉水，胡茬上挂着冰花，一溜小跑，追上前行的同伴。村里人管王老大那双轮胎底、实纳帮的山鞋叫"山羊蹄子"，意思是只要山羊能够上去的地方，就休想挡住王老大。"阎王鼻子"、"小鬼脸"是大北峪里的险道，使一般的砍柴人望而却步，笨人王老大偏爱用他的镰刀给"阎王"、"小鬼"们剃头刮脸。因为那里山柴厚密，砍一天顶三天。

锦云　王毅

那时候，村里还没有天天讲路线，办啥事还有点灵活性。靠了这点灵活性，王老大农忙下田，农闲背山卖柴。尽管他的大翠又给他生了一个小五，他还是不向队里伸手，咬牙度过了难关，还居然添置了奢侈品——一架小小的收音机！晚饭后，一家七口围着匣子听评戏、听相声，觉得小日子有滋有味。

就像嗑瓜子嗑出了臭虫，王老大听匣子，听来听去，听出了差音儿！什么"造反"呀，"大乱"呀，霎时间暴土扬尘地全来了！小王庄的庄稼汉们一时都晕了头，何况他又是个笨人呢。笨人心想，咱不招谁不惹谁，你造你的反，俺过俺的日子，莫不成还拆灶端锅吗？拆灶端锅倒没有，可是公社明文下来了：一律不准砍柴卖钱！说是，砍柴，会砍掉社会主义哩！背山，会背回资本主义哩！

王老大只好净靠着工分养家了。偏偏工分又越来越毛。成天价坐屋里开会，要记工分；水渠挖了没用再填上，要记工分；田埂垒了不对再扒掉，要记工分，那工分还值啥钱！笨人爷儿几个全年总能挣上六七千分，可是一年到头，场光地净，见不着一个现钱。我的天！一家七口的开销哪里来？

王老大终于年复一年地超支亏款了。有一阵子，上边有令，一律归还欠款；说这是蚕食集体经济。笨人心想：我咋又变成蚕了呢？瞧，几个孩子身上的补丁越来越多，到后来，任凭大翠怎么手巧，也缀不成一件囫囵袄了。一九六九年冬天，五个孩子正好占了小学五个年级。名义上叫念书，其实多半课程是开大会和拾大粪。可是王老大还坚持叫他们去，因为他觉乎着这是孩子应该应分的事。数九寒天，哥几个只有两件棉袄，你推我让的结果，是谁的年级有户外活动就换给谁穿。要是五个年级同时拾大粪，三个大的就只好挺着冻了。看着孩子冻得眼泪汪汪地往家跑，看着妻子的满脸愁容，王老大心里像刀剜一样。庄稼人除了一块地皮两只手，还有什么生财之道呢？想来想去，唯有一招儿：砍柴换钱。可是运动正紧哩，哪个血迷心窍的敢上山？纵使能够请下假来，砍下的柴，敢拿去卖吗？又一想，大雪封门的时候，缺柴的主儿多着呢，悄悄送给人家，总能换取点人情，白不了咱。这也算人穷志短吧，王老大硬着头皮去找队长了。

这时，队长永绪坐了三年"喷气式"，刚又被捆上了"马"，正心惊肉跳呢！王老大来请假，真是倒霉不挑好日子，他哭笑不得，只好说："笨爷爷，你饶了我吧！"吃罢晚饭，王老大又来了，堆着比哭还难看的笑，说："兄弟，我要不是磨扇压着手，舍得这么难为你吗！怪我少出息没能耐，被家所累，给队里丢人……"说着，伸出一只手，慢慢张开，原来是一叠整整齐齐的布票，拾尺拾尺连在一起。"国家给的布票，穿不到孩子身上啊！"旁边听着的队长媳妇，忍不住掉了泪。永绪沉默许久，然后拿起放在他面前的那叠布票翻看：有今年的，去年的，还有前年的，数了数，一百二十六尺。他猛地跳下炕，冲媳妇喊："我做主了！"忙打开墙柜，拿出几张票子，塞给王老大，说："卖猪剩下的，三十二块半，先拿去扯布！"

笨人是个脸皮热的汉子，他没有勇气再提请假，更没有脸面张手接钱。在他无奈走出房门口的时候，偷偷地把钱塞回到炕席底下。

王老大心头像压着两块沉甸甸的土坯，一步步走到村头，望着黑漆漆的大北峪发呆。他记起自己小时候，第一次离家出远门，不是赶集上庙，而是背着小梯架跟随父亲进大北峪。又记起，当年支前民工往大北峪里送伤员，叔叔、大爷们抬担架，他背梯架。他砍下大北峪的山柴，烧过驱寒的姜汤，烧过暖身的热炕。他又记起，办初级社那年，一个二十几户人家的小社培起了一个砖窑，一背背的山柴，烧出了一窑窑的青砖，靠了它，度过了一个春荒，撑起了一个小社的家当。呵呵，王老大不是自数家珍，他无家珍可数，他是一个笨人哟！他望着大北峪，抒着一个笨人郁结心底的怨气。在此刻是黑漆漆的大北峪的沟沟岭岭上，走过世代多少砍柴人！他们累白了头发，压弯了腰身，也只落个受穷，何曾有人说他们有罪？怎么王老大就活该这么倒霉？他想起近来常听的一句话："形势大好，形势逼人！"笨人自有笨人的联想：逼人，逼人，竟把人逼到这分上了！砍柴，买布，给孩子做衣裳，有啥罪？不偷，不抢，卖力气换钱，犯啥法？我招谁惹谁啦？干吗老跟俺们种地的过不去？儿子光着屁股叫爸爸，我有啥脸答应？宁愿老子斗死，不让儿子冻死！

蔫人出豹子，野猫急了也咬人，王老大又要玩邪的了！

王老大回到家，大翠怯生生地问："给假了吗？"王老大含混地回答了一声："明天进山！"大翠眼巴巴盼着这句话，可是一旦听到，反而不知所措了。孩子虽小，久经训练，似乎也都知道其中的利害，并排地从被窝里扬起小脑袋来，喊："爸爸，别去了！"两个小的还直说："我不要新袄，我不怕冷……"大翠鼻子一酸，背过身去。王老大挨个摸摸他们的头，说："睡吧，睡吧！"

鸡叫头遍，"呲呲"的磨镰声惊醒了大翠，她慌忙穿衣下炕。走出外屋，推开房门，啊，下了一场大雪！大翠骂道："该死的老天爷，专跟好人作对！我说他爸爸，要不就等雪化了再去？"王老大说："等到啥时候？阳坡脸上的雪少说得十天，阴坡的雪开春见了。"又磨了一阵镰刀，见妻子还呆呆地望着雪地，便安慰说："这点雪算白玩儿，做饭吧！"

大翠只好动手做饭，照旧是砍柴人的标准饭食，摇"朵朵"汤。就是开水煮棒子面疙瘩，放点咸淡，吃起来有稀有干，又经饿，又暖和。王老大稀溜稀溜连喝两大碗，起身到堂屋，从水缸里又舀了半瓢凉水喝下去，然后把绳子盘在梯架上，背上肩，接过妻子手里的干粮袋，便返回里间来。他用他的笨手，挨个给孩子掖好被窝。又从袋里掏出那张白面饼，一份份掰开，悄悄塞到他们枕头下面。大翠拉住丈夫的胳膊，说："那是你的干粮，这人！"王老大笑了笑，从篮子里抄起俩贴饼子，又从柜下面拿了两块生白薯，放进袋子，拍打着说："饿不着，渴不着，说不定啊，碰见个砍柴的渴急了，拿猪肉方子换我的白薯吃呢！"

大翠倚着柴门，看着丈夫两只山鞋跋踏跋踏地趟着大雪，渐行渐远，不知怎么的，竟落下两滴泪来。

唉，王老大就这样匆匆地告别了他的大翠和那安睡着的五个孩子，去了！

半夜，还是用接大翠时用过的那辆白马大车，队长永绪把王老大连同那一大捆沾血的山柴，拉回了小王庄。当大翠和孩子们割心一般的哭声，夹杂着飕飕的小北风，扑进各家落了灯火的小窗，人们都从被窝里支起身子，侧耳谛听。谁？他们哭的是谁？这三年小王庄的人们和全国一样，正忙于编造各种最完美、最高尚、最圣洁的口号，并为保卫这些口号进行着无休止的讨伐厮杀，几乎把那个连半条语录都背不出的窝囊废忘记了！

按照凶死人的尸体不许进宅的村习，王老大被停放在他家院墙西边的一座碾棚里。这个操劳一世的笨人，静静地躺在自家的那副白碴门板上了。身上盖着一条皱巴巴的灰布门帘，两只穿着山鞋的大脚露在外面。

当人们看到足有井筒子粗的那捆山柴，看到梯架上硬被拉断的驴皮袢，都不禁摇头，轻轻叹息说："太狠载了，贪呐！"

王老大呀，你为什么这样贪？难道真的就是"人为财死，鸟为食亡"吗？可怜他，一辈子面朝黄土背朝天，临终背着"贪财"二字，死在那个史无前例的"狂热的十年"里。正在小王庄蹲点的公社书记，决不是坏人，却身患"热病"。此刻他正对着王老大的尸体流泪叹息："谁走资本主义，这就是恶果，这就是下场哎！"他连夜向县里作了汇报，县里的头头明确指示：王老大之死，是资本主义害死人的典型事件！眼下运动正需要这种典型！要充分利用它，开个大规模的"现场批判会"，以便促使上下更多的人"猛醒"！刚结合进领导班子的公社书记，不管队长永绪如何阻拦，还是立即向全公社发出了电话通知。

队长永绪依旧顽固地坚持己见，和公社书记激烈地争辩。他甚至连从前打老戏里听来的老词儿都用上了，他说王老大算得上"有仁有义的君子"，不应该"掘坟鞭尸"！

这个王老大儿时的伙伴，小王庄的灵人，憋了一肚子气，赶忙来到王老大家，把正在陪伴大翠的媳妇叫到院子里，匆匆告诉她自己"营救"王老大的打算。媳妇听罢，仰起脸儿来问："你不怕再'受'一回？"永绪此刻竟激动得声泪俱下，说了句："笨哥太冤，太可怜了……"便再也说不下去。永绪的快嘴媳妇是个多么知情达理的女人啊！她竟然那样爽快地同意了丈夫的打算，而且说出了那样有骨气的话："去吧，只要不昧良心，家败人亡咱们认可！"

小王庄出名的灵人，办了一件像笨人一样笨的笨事。他连夜找公社书记

"坦白"：王老大不是私自进山，是他给的假，是他撺掇他去的！

第二天，停放王老大尸体的碾棚前的空场上，早早儿地聚满了人，都是乘坐大汽车从县上赶来的。本村的社员却稀稀拉拉。阴沉沉的天，飘着雪花，西北风尖冷尖冷。

王老大一生中最后砍下的那捆山柴，作为资本主义害死人的确凿罪证，摆在了碾棚前。山柴上挂一条白纸，上书："牢记王老大的教训！"一行字，墨迹犹新。摆在那里，远远望去，宛似一个挽带飘拂的花圈。

当那个重新上台、又指使人走歪门邪道，以致害死人命的队长，被积极分子们押到人前，山呼海啸般的口号便"响彻了云霄"。那口号丰富多彩而又各显威力，是每一适龄的中国人都声嘶力竭地高呼过多次的。眼前那些举拳头、喊口号最卖劲儿的，是县里各部门的代表、广播站的记者，以及外公社来的头头脑脑。他们用愤怒而好奇的目光盯着永绪，认定他是"罪魁祸首"，要"打翻在地"的。小王庄的哥们儿、爷们儿，却都是木呆呆的，作声不得。他们明白，眼前的事，是一个八面透亮的灵人，为一个死去的笨人，豁出了自个儿的一百多斤！

至于队长永绪本人，尽管横遭斥骂，又被推推搡搡、扭来扭去，心里却是平静的。他觉得他是为他的笨哥承受着这一切，使笨哥的灵魂和他的肉体一同安息，免得再受一番"触及"。想到此，他感到一阵酸溜溜的快慰。他大哈着腰，奋力扭动脖子，想看一眼碾棚。不料，却看到了站成一排的五个被他"害"死的人的子女！他们哀哀地哭着，在瑟瑟的寒风和蒙蒙的雪雾中紧缩在一起，发着抖。队长永绪的心顿时又抽紧了。他猛地使劲挣开抓住他的人，脱下自己的半截子大衣，扔给孩子们。霎时，人群中有了晃动，棉袄、皮袄从人们手上传过，带着乡亲们的体温，披到了死者遗属的身上，一件、两件、三件……

现在，轮到死者的妻子控诉了。有人扶着大翠，走向那个"罪犯"。这一夜，她哭得死去活来，恍惚间似乎还记得公社书记教给她的话，好像是说，站在她面前的这个人就是她的"仇人"，是他，指使她的男人走资本主义，落得杀身之祸！她透过迷茫的雪花，定睛辨认，对，就是他呀！套一辆白马大车，把她和她的孩子们接进了小王庄，送入王老大的家门；是他，在铁锅顶不起锅盖的时候，把半袋子金黄小米送到他们的新家，那是人家口挪肚攒省下来的呀！王老大不肯收，两人在院里推来推去，她在屋里听得真切："收下吧，可别把大翠嫂子饿跑喽！"昨晚，把她的丈夫接回家来的，也是他呀！她能控诉他吗？

她控诉谁？控诉她的丈夫？这对半路夫妻，八年的日子过得多么辛苦，又是多么恩爱哟！她碰上了一个笨人，一个傻子，一个天底下难寻的好人！她望遍小王庄的街道，望遍大北峪的沟岭，她清楚地看到，丈夫那双穿着她绣了云子花布袜的大脚留下的每一步脚印，每一步都经得起人们的品评！

啊，她能控诉公社书记吗？不，人家有人家的道理，那道理，虽然老像隔着一堵墙，但总归是关乎"子孙万代"、"红色江山"、"人类解放"的，咱个庄稼妇女，怎好戗着呢？

大翠想来想去，只有怨自己！她不该拖儿带女连累了王老大！她不该当着他的面为孩子的冬衣犯愁！她不该放他顶着大雪进山！千不该，万不该，不该保存那一百二十六尺布票……

许久，她说不出一句话。在发呆的众人面前，她掏出那叠曾和丈夫在灯下数过无数遍的布票，一把一把地撕碎，撕碎，片片纸屑散入飘飘降落的雪花之中……

十年过去。小王庄的人忘不了这碾棚前的一幕。仿佛从那时起，他们才真正认识了王老大。一个笨人，秉着劳动者祖辈相传的操守，秉着对新社会的一片痴情，善良地活着，善良地死去。

想起这一幕，小王庄的人们又感到惶愧。他们同王老大朝夕相处，却没有给他应有的尊重。他们眼睁睁地看着他死后还要受辱，而一个想要保护他的人，竟不得不采用了那样一种叫人痛心的方式！

唯一使小王庄的人感到宽慰的是，王老大生前攒起的那个家，没散！照旧是娘疼儿，儿敬娘，兄弟姐妹之间亲如手足。也真巧，小水这个抱养儿子，连长相也都跟爸爸一模一样。如今，他跟小珍一块在队里劳动，顶起了家门。大翠那布满皱纹的脸上披上了幸福的笑容。

他们的婚期定在正月十五，是快嘴的队长媳妇跟大翠一起商定的。自然又是永绪大叔搬动大印，给他们办了登记手续。小王庄各家，互相打听着，暗暗比赛着，都准备好了有意义的礼品。有两个兄弟大队，还说好了到时候给小王庄送戏、送花会呢！

大年初一，当年那位公社书记来了小王庄一趟。他拉着小水和小珍的手，半晌说不出话，这位五十多岁的领导、长辈，竟当着王老大后代的面，像孩子一样呜呜地哭了起来。

（原载《北京文艺》1980 年第 7 期）

何士光

HE SHI GUANG

1942 年出生，贵州贵阳人。1964年贵州大学中文系毕业后，曾在湄川中学教书。1982 年加入中国作家协会。曾先后担任贵州省作家协会副主席、主席，《山花》杂志主编，贵州省文联副主席，中国作家协会理事。

1977 年开始发表文学作品。著有中短篇小说集《草青青》《蒿里行》《相爱在明天》《梨花屯客店一夜》《故乡事》、长篇小说《似水流年》、散文集《在神秘的茅台》《雨霖》《何士光散文选》《烦恼与菩提》以及长篇纪实文学《如是我闻》等。小说《乡场上》、《种包谷的老人》和《远行》分别获 1980 年、1982 年和 1985年全国优秀短篇小说奖。

乡 场 上

　　在我们梨花屯乡场，这条乌蒙山乡里的小街上，冯幺爸，这个四十多岁的、高高大大的汉子，是一个出了名的醉鬼，一个破产了的、顶没价值的庄稼人。这些年来，只有鬼才知道，一年三百六十五天，他是怎样过来的，在乡场上不值一提。现在呢，却不知道被人把他从哪儿找来，咧着嘴笑着，站在两个女人的中间，等候大队支书问话，为两个女人的纠纷作见证，一时间变得像一个宝贝似的，这就引人好笑得不行！

　　"冯幺爸！刚才，吃早饭——就是小学放早学的时候，你是不是牵着牛从场口走过？"

　　支书曹福贵这样问。事情是在乡场上发生的，那么当然，找他这个支书也行，找乡场上的宋书记也行，裁决一回是应该的；但所有在场的人没有一个不明白，曹支书是偏祖罗二娘这一方的。别看这位年纪和冯幺爸不相上下的支书，也是一副庄稼人模样，穿着对襟衣裳，包着一圈白布帕，他呀，板眼深沉得很！——梨花屯就这么一条一眼就能望穿的小街，人们在这儿聚族而居似的，谁还不清楚谁的底细？

　　冯幺爸睐着眼，伸手搔着乱蓬蓬的头发，像平时那样嬉皮笑脸的，说：

　　"一条街上住着，吵哪样哟！"

　　人们哄的一声笑了。这时正逢早饭过后的一刻空闲，小小的街子上已聚着差不多半条街的人，好比一粒石子就能惊动一个水塘，搅乱那些仿佛一动不动的倒影一样，乡场上的一点点事情，都会引起大家的关心。这一半是因为街太小，事情往往说不定和自己有牵连；一半呢，乡场上可让人们一看的东西，也确实太少！这冯幺爸不明明在耍花招？他作证，就未必会是好见证！

　　"哎！——你说，走过没有！"

　　"你是说……吃早饭？"

　　"放早饭学的时候！"

"唔，牵着牛？"

"是呀！"他又伸手摸他的头，自己也不由得好笑起来，咧着那大嘴，好像他害羞，这就又引起一阵笑声。

这时候，他身旁那个矮胖的女人，就是罗二娘，冷笑起来了——她这是向着她对面那个瘦弱的女人来的，说：

"冯幺爸，别人硬说你当时在场，全看见的呀！——看见我罗家的人下贱，连别人两分钱的东西也眼红，该打……"

这女人一开口，冯幺爸带来的快活的气氛就淡薄了，大家又把事情记起来，变得烦闷。这些年来，一听见她的声音，人们的心里就像被雨水湿透了的、只留下包谷残梗的田野那样抑郁、寂寥。你看她那妇人家的样子，又邋遢又好笑是不是？三十多岁，头发和脸好像从来也没有洗过，两件灯芯绒衣裳叠着穿在一起，上面有好些油迹，换一个场合肯定要贻笑大方；但谁知道呢，在这儿，在梨花屯乡场上，她却仿佛一个贵妇人了，因为她男人是乡场上食品购销站的会计，是一个卖肉的……没有人相信那瘦弱的女人，或是她的娃儿，敢招惹这罗家。她男人任老大，在乡场的小学校里教书，是一位多年的、老实巴巴的民办教师，同罗家咋相比呢？大家才从乡场上那些凄凉的日子里过来，都知道这小街上的宠辱对这两个女人是怎样的不同，——这虽说像噩梦一样怪诞，却又如石头一样真实，——知道明明是罗二娘在欺侮人，因此都为任老大女人不平和担心……

"请你说一句好话，冯幺爸！我那娃儿，实在是没有……"

任老大女人怯生生地望着冯幺爸，恳求他。苦命的女人嫁给一个教书的，在乡场上从来都做不起人。一身衣裳，就和她家那间愁苦地立在场口的房子一样，总是补缀不尽；一张脸也憔悴得只见一个尖尖的下巴，和着一双黯淡无光的大眼睛。她从来就孱弱，本分，如其不是万分不得已，是不会牵扯冯幺爸的。

罗二娘一下子就把话接过来了：

"没有！——没有把人打够是不是？我罗家的娃儿，在这街上就抬不起头？……呸！除非狗都不啃骨头了，还差不多！——你呀，你差得远……"

她早就这样在任老大家门前骂了半天。这个女人一天若是不骂街，就好像失了体面。她要任老大女人领娃娃去找乡场上那个医生，去开处方，去付药费，要是在梨花屯医不好，就上县城，上地区，上省！她那妇人家的心肠，是动辄就要整治人。这不能说不毒辣；果真这样，事情就大了，穷女人咋经得起？

"吵，是吵不出一个名堂来的，罗二娘！"曹支书止住了她，不慌不忙地说。他当然比罗二娘有算计。他说："既然任老大家说冯幺爸在场，就还是让冯幺爸来说；事情搞清楚了，解决起来就容易了。——冯幺爸，你说！"

"今天早上呢，"冯幺爸有些慌了，说，"我倒是在犁田……今年是责任田！"

他又咧了咧嘴，想笑，但没有笑出来。

看样子，他当时是在场的，他是不敢说。本来，作为一个庄稼人，这些年来，撇开表面的恭维不说，在这乡场上就低人一等，他呢，偏偏又还比谁都更无出息。他有女人，有大小六个娃儿，做活路却不在意。"做哪样哟！"他惯常是摇头晃脑地说："做，不做，还不是差不多？——就收那么几颗，不够鸦雀啄的；除了这样粮，又除那样粮，到头来还不是和我冯幺爸一样精打光？"他无心做活路，又没别的手艺，猪儿生意啦，赶场天转手倒卖啦，他不仅没有本钱，还说那是"伤天害理"。到秋天，分了那么一点点，他还要卖这么一升两升，打一斤酒，分一半猪杂碎，大醉酩酊地喝一回。"怎么？"他反问规劝他的人说，"只有你们才行？我冯幺爸就不是人，只该喝清水？"一醉，就唏唏嘘嘘地哭，醒了，又依旧嬉皮笑脸的。还不到春天，就缠着曹支书要回销粮，以后呢，就涎着脸找人接济，借半升包谷，或是一碗碎米。他给你跑腿，给你抬病人，比方罗二娘家请客的时候，他就去搬桌凳，然后就在那儿吃一顿。他要伸手，要求告人，他咋敢随便得罪人呢？罗二娘这尊神，他得罪不起；但要害任老大这样可怜的人，一个人若不是丧尽天良，也就未必忍心。一时间，你叫他选哪一头好呢？"你在，就说你在；"曹支书正告他说，"如若不在，就不说在！""我……倒是犁田回来……""哟，冯幺爸，"罗二娘叫起来，"你真在？那就好得很！——你说，你真看见了？真像任家说的那样？"

冯幺爸其实还没有说他在，这罗二娘就受不住了，一步向冯幺爸逼过来。她才不相信这个冯幺爸敢不站在她这一边呢！在她的眼里，冯幺爸在乡场上不过像一条狗，只有朝她摇尾巴的份。有一次，给了他一挂猪肠子，他不是半夜三更也肯下乡去扶她喝醉了酒的男人？今天不是她亲自打发人去找他来的？慢说只是要他打一回圆场，就是要他去咬人，也不过是几斤骨头的生意，——安排一个娃儿进工厂，不也才半条猪的买卖？这个冯幺爸算老几呢？

冯幺爸忙说："我是说……"

……哎，他确实是不敢说，这多叫人烦闷啊！

人们同情冯幺爸了。你以为，得罪罗二娘，就只是得罪她一家是不是？要只是这样，好像也就不需要太多的勇气了；不，事情远远不这样简单呢！你得罪了一尊神，也就是对所有的神明的不敬。得罪了姓罗的一家，也就得罪了梨花屯整个的上层！瞧，我们这乡场，是这样的狭小，偏僻，边远，四下里是漠漠的水田，不远的地方就横着大山青黛的脊梁，但对于我们梨花屯的男男女女来说，这仿佛就是整个的人世：比方说，要是你没有从街上那爿唯一的店子里买好半瓶煤油、一块肥皂，那你就不用指望再到哪儿去弄到了！……但是，如果你得罪了罗二娘的话，你就会发觉商店的老陈也会对你冷冷的，于是你夜里会没有光亮，也不知道该用些什么来洗你的衣裳；更不要说，在二月里，曹支书还会一笔勾掉该发给你的回销粮，使你难度春荒；你慌慌张张地，想在第二天去找一找乡场上那位姓宋的书记，但就在当晚，你无意中听人说起，宋书记刚用麻袋不知从罗二娘家里装走了什么东西！……不，这小小的乡场，好一似由这些各执一股的人儿合股经营的，好多叫你意想不到、叫你一筹莫展的事情，还在后头呢！那么，你还要不要在这儿过下去？这是你想离开也无法离开的乡土，你的儿辈晚生多半也还得在这儿生长，你又怎样呢？……许多顶天立地的好汉，不也一时间在几个鬼蜮的面前忍气吞声？既如此，在这小小的乡场上，我们也难苛求他冯幺爸，说他没骨气……

罗二娘哼了一声："就看你说……"

冯幺爸艰难地笑着，真慌张了，空长成一条堂堂的汉子，在一个女人的眼光的威逼下，竟是这样气馁，像小姑娘一样扭捏。他换了一回脚，站好，仿佛原来那样子妨碍他似的，但也还是说不出话来。这正是春日载阳、有鸣仓庚的好天气，阳光把乡场照得明晃晃的，他好像热得厉害，耳鬓有一股细细的汗水，顺着他又方又宽的脸腮淌下来……

罗二娘不耐烦了："是好是歹，你倒是说一句话呀！……照你这样子，好像还真是姓罗的不是？"

"冯幺爸！"曹支书这时已卷好了一支叶子烟，点燃了，上前一步说："说你在场，这是任家的娃儿说出来的。你真在场，就说在场；要是不在，就说不在！就是说，要向人民负责：对任老大家，你要负责；对罗二娘呢，你当然也要负责！——你听清楚了？"

曹支书说话是很懂得一点儿分寸的，但正是因为有分寸，人们也就不会听不出来，这是暗示，是不露声色地向冯幺爸施加压力。冯幺爸又换了一回脚，越来越不知道怎样站才好了。

这样下去，事情难免要弄坏的。出于不平，人们有些耐不住了，一句两句地岔起话来："冯幺爸，你就说！""这有好大一回事？说说有哪样要紧？""说就说嘛，说了好去做活路，春工忙忙的……"这当然也和曹支书一样，说得很有分寸，但这人心所向，对冯幺爸同样也是压力。

再推挪，是过不去的了。冯幺爸干脆不开口，不知怎样一来，竟叹了一口气，往旁边走了几步，在一处房檐下蹲下来，抱着双手，闷着，眼光直愣愣的。往常他也老像这样蹲在门前晒太阳，那就眯着眼，甜甜美美的；今天呢，却实在一点也不惬意，仿佛是一个终于被人找到了的欠账的人，该当场拿出来的数目是偌大一笔，而他有的又不过是空手一双，只好耸着两个肩头任人发落了……哎，一个人千万别落到这步田地，无非是景况不如人罢了，就一点小事也如负重载，一句真话也说不起！

小小的街头一时间沉寂了；只见乡场的上空正划过去一朵圆圆的白云；燕子低飞着，不住地啁啾……远处还清楚地传来一声声布谷鸟的啼叫。

稍一停，罗二娘就扯开嗓子骂起来。这回她是冒火了。即便冯幺爸一声不吭，不也意味她理亏？这就等于在一街人的面前丢了她的脸，而这人又竟然是连狗也不如的冯幺爸，这咋得了？

"咦！——冯幺爸，你说你还叫不叫人？你哑啦？我罗二娘有哪一点对你不起，是一条狗呢，也还要叫几声！"

接下去就是一连串不堪入耳的骂人的话了，她好像已经把任老大女人撇在一边，认冯幺爸才是冤家。

"不要骂哟！"

"……是请人家来作证……"有人这样插嘴说，许多人实在听不下去了。

"就要骂！——我话说在前头，这不关哪一个的相干！哪一个脑壳大就站出来说，就不要怪我罗二娘不认人啦！"

冯幺爸呢，他的头低下去、低下去，还是一声不吭。哎，这冯幺爸真是让人捏死了啊，大家都替他难过。

罗二娘直是骂。这个恶鸡婆一会双手叉腰，一会又顿足、拍腿，还一声接一声地"呸"，往冯幺爸面前吐口水。

"依我说呢，"曹支书又开口了，"冯幺爸，你就实事求是地讲！'四人帮'都粉碎四年了，要讲个实事求是才行……"

他劝呀劝的，冯幺爸终于动了一动，站起来了。

"对嘛，"支书说，"本来又不关你的事……"

冯幺爸一声不响地点点头，拖着步子走回来，那样子好像要哭似的，好不蹊跷。常言说，昧良心出于无奈，莫非他真要害那又穷又懦弱的教书匠一家？

"曹支书，"他的声音也很奇怪，像在发抖，"你……要我说？"

"等你半天哪！"

冯幺爸又点头，站住了。

"我冯幺爸，大家知道的，"他心里不好过，向着大家，说得慢吞吞的，"在这街上算不得一个人……不消哪个说，像一条狗！……我穷得无法——我没有办法呀！……大家是看见的……脸是丢尽了……"

他这是怎么啦？人们很诧异，都静下来，望着他。

"去年呢，"他接下去说，"……谷子和包谷合在一起，我多分了几百斤，算来一家人吃得到端阳。有几十斤糯谷，我女人说今年给娃娃们包几个粽子粑。那时呢，洋芋也出来了……那几块菜籽，国家要奖售大米，自留地还有一些麦子要收……去年没有硬喊我们把烂田放了水来种小季，田里的水是满荡荡的，这责任落实到人，耙田栽秧算来也容易！……只要秧子栽得下去，往后有谷子挞，有包谷扳……"

罗二娘打断他说："冯幺爸，你扯南山盖北海，你要扯好远呀！"

万没料到，冯幺爸猛地转过身，也把脚一跺，眼都红了，敞开声音吼起来：

"曹支书！这回销粮，有——也由你；没有——也由你，我冯幺爸今年不要也照样过下去！"

人们从来没有看见冯幺爸这样凶过，一时都愣住了！他那宽大的脸突然沉下来，铁青着，又咬着牙，真有几分叫人畏惧。

"我冯幺爸要吃二两肉不？"他自己拍着胸膛回答，"要吃！——这又怎样？买！等卖了菜籽，就买几斤来给娃娃们吃一顿，保证不找你姓罗的就是！反正现在赶场天乡下人照样有猪杀，这回就不光包给你食品站一家，敞开的，就多这么一角几分钱，要肥要瘦随你选！……跟你说清楚，比不得前几年啰，哪个再要这也不卖，那也不卖，这也藏在柜台下，那也藏在门后头，我看他那营业任务还完不成呢！老子今年……"

"冯幺爸！你嘴巴放干净点，你是哪个的老子？"

"你又怎样？——未必你敢摸我一下？要动手今天就试一回！……老子前几年人不人鬼不鬼的，气算是受够了！——幸得好，国家这两年放开了我们庄稼人的手脚，哪个敢跟我再骂一句，我今天就不客气！"

曹支书插进来说；"吔，冯幺爸——"

冯幺爸一下子就打断了他："不要跟我来这一手！你那些鬼名堂哟，收拾起走远点！——送我进管训班？支派我大年三十去修水利？不行啰！你那一套本钱吃不通啰！……你当你的官，你当十年官我冯幺爸十年不偷牛。做活路——国家这回是准的，我看你又把我咋个办？"

"你、你……"

"你什么！——你不是要我当见证？我就是一直在场！莫非罗家的娃儿才算得是人养的？捡了任老大家娃儿的东西，不但说不还，别人问他一句，他还一凶二恶的，来不来就开口骂！哪个打他啦？任家的娃儿不仅没有动手，连骂也没有还一句！——这回你听清楚了没有？！"

这一切是这样突如其来，大家先是一怔，跟着，男男女女的笑声像旱天雷一样，一下子在街面上炸开，整整一条街都晃荡起来。这雷声又化为久久的喧哗和纷纷的议论，像随之而来的哗啦啦的雨水，在乡场上闹个不停。换一个比方，又好比今年正月里玩龙灯，小小的乡场是一片喜庆的爆竹！……冯幺爸这家伙蹲在那儿大半天，原来还有这么一通盘算，平日里真把他错看了！就是这样，就该这样，这像栽完了满满一坝秧子一样畅快……

只见他又回过头来，一本正经地对任老大女人说："跟任老师讲：没有打！——我冯幺爸亲眼看见的！我们庄稼人不像那些龟儿子……"

罗二娘嘶哑着声音叫道："好哇，冯幺爸，你记着……"

但她那一点点声音在人们的一片喧笑之中就算不得什么了，倒是只听得冯幺爸的声音才吼得那么响：

"……只要国家的政策不像前些年那样，不三天两头变，不再跟我们这些做庄稼的过不去，我冯幺爸有的是力气，怕哪样？……"

这样，他迈着他那一双大脚，说是没有工夫陪着，头也不回地走了。望着他那宽大的背影，大家又一一想起来，不错，从去年起，冯幺爸是不同了，他不大喝酒了，也勤快了。他那一双大码数的解放鞋，不就是去年冬天才新买的？这才叫"手里有粮，心里不慌，脚踏实地，喜气洋洋"！穿上了解放鞋，这就解放了，不公正的日子有如烟尘，早一天天散开，乡场上也有如阳光透射灰雾，正在一刻刻改变模样，庄稼人的脊梁，正在挺直起来……

这一场说来寻常到极点的纠纷，使梨花屯的人们好不开心。再不管罗二娘怎样吵闹，大家笑着，心满意足，很快就散开了。确实是春工忙忙啊，正有好多好多要做的事情，全体，男男女女，都步履匆匆的……

（原载《人民文学》1980 年第 8 期）

种包谷的老人

一

这里是一个村庄。这地方，是太遥远了，也太寂静了。一片窄窄的坝子，四面都有青山屏障。就连那条从小小的乡场上穿过，并且整日里都空荡荡的碎石车路，也远远地落在重重青山的那一边、那一边。至于城市呢，更不知远在何方，在哪一片望不见的天空下面。

一眼望去，只见青绿的山峦默不作语，连绵地向天边伸延，颜色逐渐变得深蓝，最后成为迷蒙的一片；一片片的杉树林和柏树林，无声而绰约地伫立，连接着一簇簇的灌木丛，一直通向好幽深的山谷里去；好久好久，远远的蓝天里出现了一片密匝的黑点，飘忽着，渐渐地近了，倏地化为一阵细碎而匆忙的雀语，仿佛被这儿的寂静惊骇了似的，一下子掠过去，又还原一片小小的黑点，消失在那样肃穆的蓝天里……

可是，这之中，有一条隐约的山路，从山垭那儿跌落下来。先是一些窄狭的、深深浅浅的石级，折回在长满刺丛的岩石之间；后来就变成一条黄沙土的小路，弯弯曲曲地越过土丘，穿过那些低矮而茂密的青杠林；最后来到坝子上，成为一条洁净的石板小路，在溪水潺潺的田畴之中蜿蜒。在那近旁，一片杂树林子里，银杏长得那样高，古树带着鸦巢，村庄出现了。

开始是一处薄薄的竹林，掩映着一户人家的瓦檐。跟着，李树的枝桠里，露出一间牛圈；核桃树斜斜地荫翳的地方，现出立在石阶上的房柱，还有厢房的、没有漆过的壁板。人家疏落地散着，又被树木和菜地连在一起。水塘边上还能看到一间四四方方的、早年留下来的祠堂，那青色的砖壁，又让人想到这里的日子的久长……

这地方叫落溪坪，有三十来户人家。

略略地离开那连在一起的林子和人家，在石板路拐弯的地方，有一间矮小的、显得有些孤单的瓦房。它带着一个没有遮拦的、用来堆放柴草的棚子，一块很小的土坝，几畦菜地，几株桃李和一株枇杷。这是刘三老汉的房子。许多年来，他就一个人住在这里。

刘三老汉七十多岁，脸、脖颈和手，都干枯了，是深褐色的。许多年了，他似乎总是一个模样，仿佛他不曾年轻过，也不能变得更老。像这里的许多上了年纪的庄稼人一样，他不穿别的衣裳，还按照原来的样子，终年穿一件长布衫，在头上缠一块很长的白布帕，在腰间束一根揉皱的白布带，似乎这样很自在、很好，不希求别的了。人们不曾见过他分外地高兴或者忧心。他默默地，神情总是那样和蔼。白了的山羊胡微微翘着，眼睛时时眯起来，眼角那儿的皱褶深深的、弯弯的，隐约着静静的笑意。仿佛他满意日子，感谢人们和土地，之外就没有别的心事了。人们都知道，他的老伴，还有一个儿子和一个姑娘，都在二十多年前不幸死去了，剩下一个幺女儿，跟着就嫁到了五十多里以外的七星场；从那以后，他就一个人在这里过日子。在家里，在地里，他不能很敏捷，于是就不急躁，也不停歇。

庄稼人上坡做活路，或者顺着石板路去赶场，常常从他的门前走过。这些年来，春日慵慵，人们看见他弯着腰，独自在那儿收拾自家的菜畦；夏日炎炎，则见他坐在阴凉的檐下，久久地打一双草鞋。手不那么灵便了，薅完一畦菜地，搓好一根草绳，得多少时候呢？但是，麻雀在李树上蹦跳，抖落雪白的花瓣，长长的日影划过，田野阴下去了，接着又明亮起来，这落溪坪上的日子，不是好生悠长么？他摸摸索索的，许多的事情也总是能做完。长久以来，虽然庄稼人须得一同做活路才能分谷子，乡亲们却早不招呼他出工，秋来依旧称给他粮食。日子既一直不太平，田土里没有收成，乡亲们也没有多少能分给他的；好在他吃得很省、很少，掺和着菜叶，也就一天天过来了。正午和傍晚，他家的瓦檐上也飘浮着青色或白色的烟缕，那是柴草烧着了，他已经为自己做好饭。和落溪坪的其他人家一样，他的灶台也是月牙形的，砌在屋子中央，一眼就能看见。那时他就在灶膛跟前的矮矮的条凳上坐下来，衣衫的长长的后襟垂到地上，一个人在那儿吃饭。一碟捣碎的、掺了盐和水的辣椒，或是一碟咸青菜，就放在灶台上面。只见他双手捧着那只碗，久久地搁在自家的膝盖上。

落溪坪的人们叫他三伯或三公，逢到在近旁做活路，歇气时分就常常到他的土坝里来，卷上一匹叶子烟，坐上一阵。那时年轻的后生和媳妇们就顺手操起扁担来，为他把水缸挑满。过路的人知道他和气，也往往向他讨一个火吸烟，或是借一只水瓢来喝一回凉水。在夜里，赶夜路的人算计路程，他这里也仿佛一处小小的站头，远远地望见他的小屋里还有光亮，心里都会一阵高兴。冷天可以喝到一碗热茶，月黑头的时候，可以得到一棵干透了的葵花杆，燃起一小片猩红的光亮。过了他家之后，一直走到青木垭，小路近旁都见不到人家了。每逢他家的那一条黄狗叫起来的时候，那多半是有陌生人过路，他就走到檐下来，挥着手，把狗吆开……

他就这样在这条石板路的一旁，守候着什么似的，不声不响地度着时光。

曾经有过好几次，他病了，病得很厉害，一连几天都起不了床，人们来看望他，都以为他要去了。不是人生七十古来稀？这儿的庄稼人既不厌恶生，但对死也一点不怯惧，说起来的时候总是静静的，时候到了，就该回去。可是不知道为什么，一次又一次的，他终于没有离开这人世。像一棵坚韧的草茎，在风雨袭来的时候弯下腰去，过后又依然伸直起来。不几天，他又撑持着，披了一件棉袄，在自家的门槛上坐下了，渐渐地又拾起家里和地里的事情。仿佛他的生命和那些山林一样，是无声而长久的，又仿佛他不能死去，是因为他还有什么丢不开，他这样守候着的，还迟迟地没有到来……

二

农历六月开头，炎阳炽烈地在落溪坪的顶上照耀，把田野持久地置于它的光照和灼热之中。山上的树，斜坡上的包谷，平坝上的秧子，还有所有的草丛和灌木丛，都不得不紧迫地用自己的须根向土地吮吸。土地的水分仿佛全被吸到茎和叶片上来了，以至桐树的阔叶展开到最大，包谷的叶片伸延到最长，瓜藤牵连到好远好远，秧子呢，则严严实实地遮没了整整一坝水田。除了静静的石板路依旧蜿蜒而外，整个落溪坪的山野是一片湿润、饱满而凝重的碧绿，浓郁到仿佛透不过一口气来。

斜坡上和坝子上是沉睡一般的宁静。静得简直可以听到须根切切地吮吸，叶片嚓嚓地伸长。风为之而息下来了，轻轻地也不敢吹拂；鸟儿们屏住了声息，不知躲到了什么地方；云彩也只留下淡淡的一缕，悄然地挂在远天的一边。

正午过后不久，刘三老汉独自一人，伏身在斜坡上的一片包谷林之中。茂密的叶片完全把他遮没了。他的长衫的前襟撩起来，掖在腰间的布带上，佝偻的脊背深深地躬着，握了一只水瓢，一步步往包谷林的深处挪动。乱纷纷的、油绿到发黑的包谷叶，在他的身边像刀剑一样交错，笼罩着一片静止不动的、叫人心慌意乱的闷热。每移动一步，衣襟都把包谷叶牵擦得悉悉作响，同时有更猛烈的溽热扑到人的脸上。那些伸到面颊上来的叶片，是无法撩拨开的，尖梢刺着他的干枝桠一样的手背，叶齿从他的瘦黑的脸上划过，茸毛粘上他的细细的脖颈；汗水跟着就沾湿了那些碎屑，并深深地浸到划出来的细小的口子里去，让人的脸和手都火辣辣的。

泥土渴透了。包谷的藻红色的须根一株株地露出来，像爪子一样紧紧地抓住土地，和土块牢牢地凝在一起。要是泥土含着湿气，经过一个夜晚之后，在清晨还会有一点润湿的露水，现在呢，连露水也凝结不起了，土地整天都是干渴的。一只很大的黑蚂蚁，匆匆地钻到裂开的泥缝里去了。一只淡绿色的螳螂，倏地从眼前跳开。后来，刘三老汉终于谨慎地把木瓢贴近一株包谷的须根，把水灌进筋络一般的细根的空隙里，让水从那儿浸到泥土里去。

水刚一沾着泥土，就发出吱吱的声响，又细碎又清晰，一点也不流淌，马上就被吸干了，在须根的周围留下一小圈淡淡的影子。眼看那影子很快地淡下去，一会儿就只剩下一点差不多不能辨认的痕迹。本来，刘三老汉是把一瓢水匀称地分成两半，分给两株包谷；但这是从桶里舀出来的最后一瓢了，没有盛满，是浅浅的，他就全部给了这一株。

过后他摸索着从包谷林里退出来，在旁边的草埂上慢慢地坐下。阳光太炽热了，那些车前草和铁线草发烫，热呼呼的湿气一下子传到他的腿上。一只青蛙跳出来，跌落进他的衣襟，背上有一根细细的金线，绿得仿佛透明，喉头急促地起伏，也好像渴得厉害，跟着又跳开。空了的木桶和扁担在他的身旁。那扁担斜倚在草埂上，是红木的，不知用了多少年了，被汗水浸渍，让衣肩搓磨，早已是玉一样圆润，琥珀一样发着深沉的、暗红色的光亮。那些年他赶七星场，就用这根扁担，一百多斤的担子，去来一百多里路，还早去早回。但现在他老了，是不行了。换一个时候，担这一挑水，淋这一片包谷，就算不得一回事情。

他坐着，衣衫从领子那儿敞开。横斜到肩头那儿的，还有肋下的布绊纽扣，都解开了，脖颈、肩胛和一小块胸膛露出来。那衣衫，是一种很厚实的粗布缝成的；布衫很旧，褪成隐隐的、发白的青色，两个肩头那儿补缀着长方的、还很新的蓝布。布厚了，汗水不容易浸透，但也终于还是在脊背和肋下渗出来，留下好些银灰色的、仿佛带着咸味的晕圈。至于露出来的脖颈、肩胛和胸膛，还有他的一直被阳光照亮的一张脸，则仿佛经受过烟熏火燎，渗出一层油，像他身旁的扁担那样，透着隐隐的、暗红色的光泽。他的双臂无力地垂下来，让一双手落在膝盖上。那手从长长的衣袖里伸出来，像露到地面上来的树根，一只抚着膝盖，另一只则用手背触着膝盖，手掌反过来朝怀里摊开，手指微微蜷屈，仿佛受了伤而再不能动弹。

但他的神情还像平时一样和蔼。阳光炫人眼目，他的眼睛眯得更厉害了，眼角那儿隐着的笑意也更平静、更深沉。他蜷缩着脊背，脖颈略略伸向前面，嘴唇微微张开，一动不动。褐黄的眼仁已经浑浊了，但不知是噙着浆液还是映着阳光，差不多眯成一线的眼缝里，还有隐隐闪动的亮光，好像满意地望着，其实又并没有望，用心地想着，其实又并没有想。

这片包谷林远离着落溪坪的人户，离刘三老汉的家大约三里路。除了落溪坪的庄稼人而外，很难说这人世上还有什么人知道这儿有这样一处斜坡。这是一处半荒芜的、僻静的山沟，又不顺路，就连落溪坪的人也不大容易到这儿来。在这斜坡上，望不见那条石板路，也望不见一户人家、一个人影。无边的蓝天之下，无限的阳光之中，只有眼前的包谷林，再就是寂寞地闪烁着光亮的茅草和刺丛，全都在炎暑中深深地凝滞了，久久地没有一点响动……

　　……春天里，世道不同了，乡亲们欢欢喜喜地聚在祠堂跟前的空地上，安顿今年的庄稼。去年，落溪坪的庄稼人，托福被允许把庄稼划给一家一户料理，田里和土里的收获都涨了好几成。但大家心里不稳，怕事情不长久，还是惴惴的。后来，不见上面来人追究，还处处听到赞许，于是宽心了，今年想安顿得更精细。队长刘诚喜笑眯眯地来到刘三老汉跟前，问三伯今年要不要也分派一份土地。这不是苛求他，不是劝他，是关心他。眼下他刘三老汉做或是不做，都更加不要紧。那时刘三老汉就要了这一处半荒的山坡来种包谷。乡亲们先一诧异，跟着就明白了三伯忠厚的用心，是不耽误大家的熟田熟土，于是便都不计较，说这一处山沟就划归三伯好了，随便种多种少，算是打发日子，至于收多收少则一点不要挂虑。之后呢，乡亲们各自忙着自家的活路，就渐渐地淡忘了这回事情。时日漫漫，偶尔有人碰见刘三老汉扛了锄头出门，或是担了粪桶回家，也都不十分在意。这地方，一年到头，有哪一个能空闲呢？于是，在田埂上相逢一笑，招呼一声，也就匆匆地过去了。现在，一坡的包谷已经成林，一株株地挽着手臂，连成一个又一个墨绿的方阵。粉黄的天花也已经零落，那些长长的叶片伸出来的地方，正在挂包。那么，这里究竟种了多少包谷，落溪坪的乡亲们并不清楚。

　　太阳才刚刚西斜，离落山还有好长一阵，还能从坡下那一块过水丘里，舀起来好几挑水。于是，过了不大一会，刘三老汉就用手抚着膝盖，慢慢地站起身来，担好那一挑桶，顺着一条隐藏在草丛中的小路，蹒跚地往下走。天是这样高远、博大，山野是这样繁茂、连绵，他呢，这样佝偻，这样迟缓，在这一片斜坡上，几乎无声无息，不显形迹。可是，渐渐地，一簇又一簇的刺丛，还是留在了他的后边……

三

　　夏天的日子漫长得过不完似的，匆匆的夜晚过去，跟着又是一个长长的、火辣辣的白昼，骄阳总停在落溪坪的顶上，久久地一动不动。……可是，不知道从多久起，仿佛一场紧张的拼搏终于渐渐地透出了分晓，田野从它宽阔的胸膛里透过来一缕悠悠的气息，斜坡上和坝子上有如水一般的清明在散开，四下里的树木和庄稼也开始在微风里摇曳，枝叶变得从容而宽余。露水回来了，在清晨和傍晚润湿了田埂，悄悄地挂上草尖。露岚也来到了坝子上，静静地浮着，不再回到山谷里去。阳光虽然依旧明亮，却不再痛炙人的脊梁，变得宽怀，清澄，仿佛它终于力乏了，不能蒸融田野，也就和田野和解了似的……秋来了！

七月半，落溪坪的人们动手扳包谷。秋，成熟了落溪坪的田野，也成熟了庄稼人心底的希望；比方添一条水牛或半间瓦房，办娶亲的彩礼或陪嫁的衣裳，而今都可望如愿以偿了。乍一看，一片片的包谷林还是静静的。可稍一留心，四处的叶片都在窸窣作响，并不停地传来清脆的断裂声。这儿那儿，包谷的枝叶在晃动，从中现出来细篾的背篓，还有男人缠在头上的白布帕，或者女人系在腰间的蓝围裙。有人拖长了声音呼唤，又有人不知在哪里回应。等到庄稼人终于从包谷林里出来的时候，女人们都弯着腰，像纤夫一样背着背篓。男人呢，则用手把箩筐的绳索拉紧，以便担了包谷走过那窄小的田埂……

刘三老汉的包谷，是队长刘诚喜带了人去帮忙扳的。开始，只去了三个男子汉，以为一次就能担回来。哪里知道，在坡上一清点，就连三十个男子汉一次也未必能担完。在那包谷林旁边，刘诚喜他们惊愕得好一阵也说不出话来。略一停，他扳好一挑，就回到坝子上来邀约更多的人。消息顿时在落溪坪传开了。这天下午，刘三老汉家的土坝那儿简直像赶场，乡亲们都来帮忙、探望。临近黄昏的时候，包谷全扳回家来了，足足扳了满满的五十七挑。

那时女人们得回去做夜饭了，男人们则不肯离开，都在刘三老汉的门前留下来，一边卷叶子烟，一边久久地谈论。大家估量着，连连地点头，说就是晒干簸净之后，也不下三千！从落溪坪这两年的收成来看，三四千斤包谷并不算很多，土地落到一家一户经管，以包谷而论，五口之家即大抵有这样的收成。可是，这样好的庄稼却是刘三伯做出来的，这就不能不叫人吃惊，并深深地引动庄稼人的心思。直到吃夜饭了，女人和娃娃老远地呼喊起来，人们才渐渐地散开。但仿佛还有许多的余兴未尽似的，夜晚又有好些人来到刘三老汉这里，借着从门里照出来的一点油灯的光亮，把土地和庄稼说下去，许久了，那叶子烟深红的火星，都还在淡蓝的夜色里一闪一亮的……

但在这之后，过不了几天，事情也就渐渐淡下来。本来，庄稼收进家来了，欢欢喜喜的，也就算了结了一回事情。再说跟着就开镰挞谷子了，这才忙得见了亲家都不答话呢！人们扛了挞斗，或者肩上压着两百来斤一挑的湿谷子，匆匆地经过刘三老汉的门前，或者看见他依旧弯着腰，铺开竹席来晒包谷，或者夜很深了还点着一盏油灯，摸摸索索地在家中料理，便又不十分在意，有时招呼一声，有时忙得连招呼也来不及，就径直地走过去。

可是，不久，就在八月开头里的一天，入夜以后，有人慌慌张张地传过话来，说刘三老汉病了，病得很厉害。

这时候，秋之落溪坪的田野，经过了白天的繁忙之后，也仿佛静静地歇下来了。深蓝的夜色不知是从土地上升起来，还是从深邃的星空里降下来，把星星、山林和田埂融合在一起。上弦月刚刚出山，晶莹的一弯，连着映出来的另一半透明的月影，嵌在对面那一匹黑黝黝的山头上，山峦、树丛和人家的轮廓，全都在夜的蓝色里清楚地现出来，全都庄重而沉思。乡亲们急急忙忙地从石板路上走过，赶到刘三老汉家里去，脚步声那样清晰……

不一会，刘三老汉歇息的屋里都站满了人。从门槛那儿往屋里探望，只见油灯的光线静静地抖动着，透出来好些黑色的、一动不动的背影。后来人们一时进不去了，只好留在外面，留在那间黑暗的、砌着月牙形的灶台的屋子里，留在檐下和柴草棚子附近低声地谈论。昨天，刘三伯不是还在收拾那些包谷壳？本来，人老了，病痛或者生死都在旦夕之间，但是方此时，乡亲们却一个个都很诧异，仿佛刘三老汉是不该病也不会病的。往昔的日子那样艰难，他不是一次次地都没有死去？那么，好容易到了今天，再说他又收了那么多的包谷，为什么要别了大家而去呢？不，不会的。

屋里的那一盏油灯，是搁放在靠近床头的一张柜子上的。一只娃娃们剩下来的小小的墨水瓶，装了铁片和棉絮做成的灯芯，黄色的火焰无声而拼力地摇曳，在浸到屋里来的蓝色里透出来一圈朦胧而五彩的光环，静静地往四周散着淡泊的、却是清明的光线。但屋子终年被柴草的烟尘熏染，又栖息着许多的夜色，散开的光亮跟着就被融合了，只映出来一片轻悄的暗影。刘三老汉的灰黑而补缀的帐子给撩起来，掀在枯黄的竹竿做成的床架上，隐隐地现出来蜡染的、蓝底上带着白色菱花的土布被单。他就躺在那儿，头枕在窄小的、长方形的枕头上，合着眼睛。

他还在静静地呼吸，但似乎已经不省人事了。刘诚喜俯下身去呼唤他，也得不到一点回应。他的眼帘垂下来，安详地合着；额头和眼角的那些皱纹不再牵动，凝结了，凝结着一丝再不更改的笑意；微微张开的嘴唇，也似乎是在呢喃着的时候欣然地停下来的；一点也不像病了，不过是安歇了，仿佛他已经做完了该做的事情，可以落心地歇下来，于是就在蓝色的夜里宽余地睡过去。油灯的光亮飘忽着，在他的脸上变幻着光彩和暗影，像一个安详而亲切的睡梦，使他脸上的笑意更恬静、生动……

这时候，落溪坪的木匠刘诚贵，一个四十来岁、脸长长的男子汉，急急忙忙地赶了来。他仿佛对刘三老汉病倒尤其不相信，用手分开乡亲们，一直来到队长刘诚喜的身边，来到床跟前，俯下身去探望。等到他清楚了事情确实是这样，就一跺脚回过身来，对大家说：

"嗨呀，这咋会呢？前天三伯还找我给他做家什！"

"嗯？"乡亲们不明白，有人问道："做……家什？"

"是呀，"木匠刘诚贵说，"三伯他卖包谷的钱，做两张柜子，一张碗架，一张方桌，四条板凳，是给翠娥的！"

乡亲们都怔住了。翠娥，就是刘三老汉的嫁到七星场多年的女儿，是六〇年就嫁过去的；难道说，二十多年了，刘三老汉心里还一直挂记着这回事情？翠娥出嫁的时候，是一件陪嫁的东西也没有，是刘三老汉抹着眼泪望着她走的；可是，那一阵是怎样的年成呢？那时地方上不清静，连衣食也那样艰难，刘三老汉才死了妻子和儿女，连自己病着，是靠了翠娥的照料才活下来，哪里顾得了这些事情呢？算来，翠娥而今也是四十出头的人了，万分想不到，刘三老汉心里竟然还一直丢不开！

这一来，队长刘诚喜又才想起来，前不几天，三伯颤抖的手交给他三十二块钱，托他还到乡场上的信用社，那不知道是三伯哪一年欠国家的贷款。一个时常为刘三老汉挑水的后生，又才跟着省悟了，说三公昨天还送给他一只鸟笼。三伯年轻的时候很能捉画眉，用马尾结成小小的圆圈，安放在刺丛中，这是大家都知道的；后来老了，就长久地歇下来；但他还留着一只笼子，或许是牵连着一缕已逝的韶光吧，一直不肯送给落溪坪的娃娃们……

一时间，乡亲们似乎明白过来了，感到刘三老汉这一回真要去了。有的女人失声啜泣起来。刘诚喜他们又弯下腰去，哽咽着声音呼唤：

"三伯，三伯！"

"三公，三公公！"

后来，人们看见刘三老汉合着的眼帘微微地动了一动，终于慢慢地睁开来。但他依旧那样安详，仿佛他已经远远地去了，听见乡亲们呼唤，才又回过头来同大家再见上一面，说他总算活到了这一天，做完了自己的事情，而今该回去了，要大家从此好生过日子，尽管放心……

刘诚喜一见三伯睁了眼睛，就连忙要女人们递过来一碗水，请了手脚轻巧的人端到床前去，自己则挪出身子来同乡亲们商量，打发人去七星场叫翠娥，去乡场上请医生，立即分头进行！

……不一会，在落溪坪的因了成熟而变得宽厚和深远的夜色里，在那条轻卷着雾岚的、成年累月都静静地蜿蜒的石板路上，即响起了急促的脚步声。几位乡亲分头赶路程，朝西北的青木垭，朝东南的青红林。赶紧，赶紧，三伯辛苦一生，还能让他把好日子过下去也说不定……

（原载《人民文学》1982 年第 6 期）

张石山

ZHANG SHI SHAN

1947 年出生，山西省盂县人。1966 年高中毕业后入伍，复员后回太原。1978 年调入山西作协。1982 年加入中国作家协会。曾任《山西文学》副主编、主编。1988 年进入山西文学院。2003 年退出中国作协。

1973 年开始发表文学作品。出版有中短篇小说集《镢柄韩宝山》《单身汉的乐趣》《母系家谱》《神主牌楼》，以及大型系列小说《仇犹遗风录》、长篇民俗文化专著《洪荒的太息》和长篇自传《商海炼狱》等。其编剧的电视连续剧《兄弟如手足》、《吕梁英雄传》曾在全国各电视台播出。小说《镢柄韩宝山》和《甜苣儿》分别获 1980 年和 1986 年全国优秀短篇小说奖。

镢柄韩宝山

一、关于镢柄

韩家山一带的庄户人，有句特别的骂人话，叫做"镢柄"。此话怎讲？

庄户人喜欢应手家具，对各种家什的把柄有很高的要求，讲究个顺当、光溜、结实。"小叶楸、大叶槐，柞木百年使下来。"这句词儿就是专讲镢柄的。韩家山好多人家都有几根使了几代人的镢柄。正如别的地方骂人"杆杖"、"棒槌"一样，韩家山一带庄户人觉着镢柄比别的材料更硬棒，使起来更得劲，所以，骂人"镢柄"也觉着分外得劲。遇上不说理的、好抬杠的、太固执的以至过分老实的，大家都爱骂一句"镢柄"。"镢柄"究竟专骂什么，也没有一定的解释，很有点"只能意会、不可言传"的味道。反正，骂人的和挨骂的当下都理会得了。

韩宝山秉性特别执拗，好认死理，让人骂"镢柄"的次数特别多。久而久之，竟落了个"镢柄"的外号。

人有了这么个外号，名声可就大了。大到连个对象也相不上，急得他妈心口疼的病犯了一回又一回。隔壁快嘴二婶常常叹着气对人们说：

"唉！宝山妈寡妇守业的，好容易把宝山熬盼大了，眼见得这门子人还要熄了灯捻子哩！"

谁知后来，韩宝山大大出乎人们的意料，竟娶了一个如花似玉的媳妇。据二婶宣传说，宝山的媳妇还是"自由"下的，而且那媳妇专门看上了他的"镢柄"脾气。

二、外号的来历

韩宝山得了"镢柄"的外号，到底依据了哪些材料，很难一一列举。拣主要的讲，大致有这么两件。

宝山爹下世早，他妈虽然疼儿子，可照样遵着山里人"男孩孩不白吃十年饭"的章程办事。宝山十岁上就担水、砍柴，小使杂唤的，担起家里多一半担子来，快嘴二婶经常隔着墙头夸奖："'攒财不如得子'，老嫂子，好福气！"宝山妈听了怪舒心，宝山听了很得意。

有一回，宝山刚砍回柴来，他妈就冲他喊："宝山！歇一歇就担水去，没做饭水啦！"二婶正喂猪，听见这话，隔墙就嚷："哎呀，宝山！越大越能啦！让你妈没做饭水啦！"

宝山脸上挂不住，伸头到水缸边看了看，把饭锅拎到跟前，然后扎下头去，舀净了缸底，刚刚舀满了饭锅。于是直起身横着脖颈冲他妈说：

"这是没做饭水啦？"

"做了这顿不做下顿啦？"

"要是连下一年的做饭水都预备下，家里得安个水库！……你说够不够做这顿饭吧？"

"够这顿就不用担水啦？"

"谁说不担水啦？我是问你，够不够做饭吧？"

"够！够！够！活祖爷！"

宝山逼住他妈说了这话，把饭锅端起，扬得高高地把水"哗"地栽回缸底，一边冲隔壁大声道："咱家可是有做饭的水！"随后才满意地挑上箭桶出门走了。

他妈一把没夺住饭锅，只好自己猫下腰，又往空锅里舀水，一边小声叨念："镢柄脾气！得理不让人，和你爹一个样。镢柄！"

虽然她是小声叨念，可二婶的耳朵特别好使，照样听到了，而且照样出去宣传了一番："哎呀！宝山妈骂她儿镢柄哩！"

这算头一件。

要说韩宝山得了"镢柄"的外号，主要的还是这第二件：

文化大革命中，上级号召种植优种高粱，牛村公社坚决响应，强迫农民全部土地都种高粱。公社民政干事耿玉京到韩家山负责督促春耕。别看干事官儿不大，在农民跟前可就代表上级政府，一声令下，谁敢违抗？到收下秋来，地里"一片红"变成场上"红一片"，家家户户尽分了些红高粱。社员们有意见，可耿玉京专门开会做了报告，说优种高粱"营养价值高"、"维生素含量大"、"特别好吃"，还说什么"旧社会连这也吃不上"。大家嘀咕道："让你吃上几天试试看！"

大家嘀咕归嘀咕，耿玉京的派饭派到谁家谁家也要给调剂点好吃的。韩家山是老区，哪个好意思给"工作员"吃粗粮？

这一天，耿玉京的派饭派到韩宝山家。宝山妈急得乱了脚步，催宝山上支书家换白面——支书家二小子在县粮站工作，一斤高粱能兑回一斤麦子来，拿一斤麦又能换成二斤高粱，所以家里总是白面不断。不料宝山纹丝不动：

"就做高粱的！他说这东西好吃！"

"好儿哩！说是那么说，真叫他吃他也嫌难吃！"

"他那么说就叫他那么吃！"

宝山是家里的台柱子，他妈哪能拗过他？把高粱米淘了三道水，高粱面过了两遍箩，只好来个粗粮细做吧！

清早，高粱米稀饭，高粱面煎饼。

耿玉京皱着眉头，撕了少半张煎饼，半天咽不下。宝山一下卷了六七张，大口吃着道：

"老耿！这优种高粱'营养价值高'，你咋才吃少半张？"

耿玉京翻了翻眼皮，没吭气。

中午，高粱米捞饭，高粱面剔尖。

耿玉京苦了脸面，端着半碗红面，半天吃不完。宝山抄着个大海碗，大口吃着道：

"老耿！这优种高粱'维生素含量大'，你咋才吃半碗？"

耿玉京张了张嘴，没吭气。

下午，高粱米稀饭，高粱面窝头。

耿玉京黑着脸喝了半碗清汤，扭头就走。韩宝山追到大门口，拦住他道：

"老耿，这优种高粱'特别好吃'，你咋不吃就走？"

耿玉京的小白脸都发青了："你，你这是成心捣乱！"

"咱们'旧社会连这也吃不上'，现在托你的福，一天三顿红高粱，还敢捣乱？"

"你真是一根镢柄！怪不得你找不下对象哩！彻头彻尾的镢柄！"耿玉京恶狠狠地说着走了。

宝山冲他的脊背大声道："对象？我还怕她来抢着吃我的红高粱哩！"

这精彩的场面自然都叫隔壁二婶采访到了，二婶照例做了广泛的宣传。这回她抱不平道："耿工作员大小是个下乡干部，咋能出口就骂人家娃镢柄哩！"

第二天，好几个小伙子见了韩宝山就都学着耿玉京的腔调说："你真是一根镢柄！彻头彻尾的镢柄！"

大伙儿耍笑了一阵，韩宝山"镢柄"的外号就传扬开了。

三、"三不""四嗯"和"一不能做假"

耿玉京骂韩宝山"镢柄"，宝山妈不生气。干部骂人算个啥？那二年打人也是平常事。她生气的是，工作员说她儿"找不下对象"。她嘴上虽然一个劲叨叨："你咋就能肯定我儿找不下对象？我儿要找下对象看你咋说？"可到底让说中了心病，心口疼又犯了。

宝山的婚事早几年就张罗上了。隔壁二婶不只嘴快，而且腿快，说亲、保媒是她的拿手，只要说得她心软了，扔下吃奶的娃也肯帮人跑腿。宝山妈年里节下断不了隔墙头送二婶几只油糕、几块豆馍的，二婶对宝山的婚事自然上心。

这厢宝山妈犯了心口疼，长一声短一声的"哼哟"，二婶苦笑笑道："这可好！我这两只窝窝脚又该倒霉了！"

二婶给宝山保媒，也真下了工夫，可总也没保成。有两家成分太高，宝山妈说："家贫不择妻，只要能生男长女就行！"宝山却说："你还嫌韩家山阶级敌人不多哩？咱再顶上一家？"有两家要价太高，光礼银就上了千，宝山妈说："咱紧着凑！卖了这两孔窑，再卖……"宝山冷笑道："还有甚能卖？卖你你老了，卖我谁家买？"

还有两家倒是有点可能性，可也没弄成。二婶说："要说这两家，都是咱宝山的镢柄脾气给冲了的！"

头一家，是后山牛蹄岔的。韩家山虽然山，村里却也能走开大车，和后山那些只能走毛驴的窝铺比，就算大地方。二婶当年就是从后山嫁出来的，看上了韩家山这大地方。现时后山的姑娘也爱见大地方。

二婶和宝山翻了二十几里山沟，到了牛蹄岔。一进女方家，女方妈招呼道："快坐下歇歇！"

韩宝山回答："不，不！"蹲在了墙根底。

"快喝碗水！"

"不，不！"

"快拿扇子扇扇！"

"不，不！"

一连三"不"，事就坏了。那姑娘把二婶叫出外头埋怨道："你咋给领来这么个不透气！"

返回的路上，二婶脚也疼开了，数落宝山道："宝山！你妈咋生你来？好眉大眼的，是个不透气！"

"咋啦？"

"人家请你坐，你咋不坐？"

"二婶！满共一只杌子，人家她爹都在地下蹲着，我能坐吗？"

"不坐不坐吧。咋水也不喝？"

"二婶！本来就热，那水冒气腾腾的，不更要出汗啦？"

"咋不接人家的扇子？"

"二婶！你老人家比我还热，我先扇起凉来，像话吗？"

"你娘那脚！"二婶"扑哧"一声笑了，"你还'狗啃碗片——满嘴瓷(词)！'刚才咋哑巴啦？"

"二婶，她要因为这说我'不透气'，我返回去解释解释！"

"算啦，越描越黑！二婶再给你打问一家！"

第二家，是后山石板沟的。见了面，宝山大大方方坐了杌子，端了水不紧不慢喝着，接过扇子一下一下扇着。女方爹问道："听说你爹早下世了？"

宝山点点头："嗯。"

"你弟兄就一个？"

"嗯。"

"你一年能做四百多个工？"

"嗯。"

"听说你还会赶大车？"

"嗯。"

一连四"嗯"，又把场面弄僵了。

返回的路上，二婶脚又疼开了，数落宝山道："宝山，二婶咋教你来？除了'嗯'就不会说别的啦？你得了'猪瘟'啦？"

"二婶！人家都说得对对的，我不说'嗯'该说甚？"

"说甚？二婶没教你？不会说说地里的庄稼？"

"二婶！就说优种高粱'营养价值大'、'维生素含量高'？"

二婶不吭声了，可也发誓再不管宝山的婚事了："罢！罢！罢！你后生会抬杠！二婶说不过你！"

可是，宝山妈心口疼得长一声短一声的一"哼哟"，二婶心又软了。扔下吃奶孩子到后山跑了一趟，回来冲宝山妈说："老嫂子！不用这么烦心人的'哼哟'啦！我再和宝山侄儿进后山一趟。还能真叫耿工作员把咱宝山说死了！"

宝山妈心口疼立时就轻了许多："他婶子！一回一回叫你费心的……"

"快别说这不搁盐的淡话。谁叫我这心这么软来！"

三次进后山，去的是过门底。二婶千叮咛、万嘱咐："宝山！再孬的戏子，三台戏也要叫一回好哩！这回你可改改你那镢柄劲，多少活套点！"宝山点头应承下了。

双方见了面，开头谈得也还顺当。二婶盘腿坐在炕沿上，摇一下扇子喝一口水。那姑娘开口又问道："听说你们韩家山一个劳动日能分一块多钱？"

宝山给闹愣了。"……"

"一个人能分一百多斤麦子？"

"……"

"家家都有车子、缝纫机?"

"……"

二婶一个劲咳嗽,直给宝山递眼色。宝山看看二婶,低了头,过了半天,憋红了脸说:"这可不能做假:韩家山好几年分红过不了四毛钱!一年见不上一粒麦子!除了书记、队长、会计家,哪家也没有车子、缝纫机!"

二婶闹了个大红脸,从炕沿上蹦下来就往出走。

宝山追到半山上,才撵上二婶问:"二婶!你这是咋啦?"

"咋你娘那脚!"

"咱们总不能哄人吧?"

"哄你娘那脚!"

"哄人一时,还能哄人一辈子?人家来了要和咱一辈子过日子哩!"

"过你娘那脚!"

"二婶!你慢点走!也不嫌脚疼!"

二婶这才一屁股坐在山道上,揉着两只窝窝脚,白着脸说:"宝山!我算服了你啦!'三不'、'四嗯'加上'一不能做假'!我算服了你啦!怪不得耿工作员骂你'镢柄'!怪不得人家料定你找不下对象!'镢柄'就是光棍,光棍就是'镢柄'!"

四、"给人家担去两捆柴!"

宝山有个亲姑名叫海棠,嫁在离韩家山八里的牛村镇上。虽然对侄儿的镢柄脾气比外人都清楚,可姑姑毕竟是姑姑,心里总结记着宝山的婚事。

海棠姑在牛村镇有个相好对门邻家,这家有个姑娘名叫牛玉屏,这几年出挑得一表人才,提亲的挺多。可是这姑娘很有主见,一心要选个合心合意的后生,倒不在乎彩礼多少、做工还是种地。海棠姑本心觉着侄儿配不上玉屏姑娘,又想着叫侄儿碰一碰,成不成算尽了当姑的一份心。和玉屏爹妈提了提,都说得看女儿的;和玉屏商量,玉屏说得先见见面,看看人怎么样?因为这事八字不见一撇,海棠姑没敢对侄儿露风声,只说:"宝山!姑有个相好邻家,家里缺柴烧,姑应承了人家啦!你要得空,给人家担去两捆柴!"

宝山有的是力气,人又勤快,姑姑的要求满口应承下来。抽空砍了大大的两捆阳坡好柴,这一天架起扁担担出牛村镇来。海棠姑见他一头大汗,毛蓝衫子都碱透了,心疼地说:"好侄儿哩!八里地真就担来了?不能叫你们村的大车往出捎一捎?"

宝山拨转扁担换了个肩,当街立着说:"你不是说'给人家担去两捆柴'嘛!又没说叫大车捎出来!再说,咱也从来不占队里的便宜,咱不落那号话把儿！"

海棠姑忙瞅瞅对门，摆摆手道："罢！罢！罢！镢柄劲又上来了！肩上压着担子也忘不了抬杠，快给人家担过去吧！"

牛村镇离山远，缺柴烧，平时煮饭、烧炕用的是庄禾秸子。玉屏妈见这后生担了小山似的两捆山柴进了院，喜得不知说啥好。紧着递烟、倒茶、打洗脸水。

宝山从自己腰间抽出汗巾来擦着汗说："老人家！快不要张罗！你家和我姑紧打对门的，说近点就是一家人，烧担柴算个啥？以后缺柴烧就说话，别的办不到，这个容易！"

"那你快脱下衫子来我给洗洗，看碱成啥了？"

"老人家！咱受苦人成天都是一身汗一身泥的，哪就那么生分了？"

海棠姑在一旁觉着诧异：这镢柄侄儿今天咋开窍了，变得会说话了？

其实，宝山只道来送柴，不知别的内情，所以自自然然，应对自如。玉屏妈心里先就有了三分喜欢，只拿眼去瞟小厨房的门帘儿。可是玉屏见的人多了，只在厨房里冷眼瞅着韩宝山，并不出来见客。

说话间，宝山喝好了水，歇过劲来，起身把柴挑到柴房里。抽了扁担刚要告辞，发现柴房里外落了不少柴枝儿、草叶儿，就在房檐下立了扁担，抓起扫帚铺展腰，"刷刷刷"把院子扫了个干净。庄户人做营生，讲究要有个"后手"，韩宝山扫院子，也就是地道庄户人的习惯。不料这一下子，叫玉屏姑娘瞅到心上了。她半挑起门帘，闪出半个身子叫道："秋林婶（海棠的丈夫叫秋林）！叫韩家山的客人留我家吃响午饭吧！"

宝山这才发现，这家厨房里还"埋伏"着一个大姑娘。闪眼看去，那姑娘水红褂子海昌蓝裤，一条长辫子在胸前搭着，半遮着的脸上，一双大眼睛在头发帘后面扑闪扑闪。他立时觉得汗碱褂子也不贴身了，日头也毒了，头上的汗也出来了，早把个头倾在那里，出气也不匀了。

海棠姑扯扯他的袖口："宝山，你看，这就是玉屏姑娘！人家留你吃响午饭哩！"

宝山这会儿哪还敢看！拎了扁担拔腿就走："姑，我走呀！"

海棠姑追出门来说："你看你，人家好意留你吃饭……"

"姑，担来两担柴，就吃人家的，好像咱是卖柴哩！"

"那你就是走，也和人家打个招呼！咋就毛毛草草地跑出来了？"

"姑，我是怕见人家那姑娘哩！"

"把你不见大的！人家姑娘是狼？是虎？吃你哩？"

"她要真是只狼，我倒不怕了！"

韩宝山到底走了。走出百十步，发现他的汗巾子落下了，也不敢返回去取。

海棠姑返回牛家院来探口风，玉屏妈瞅着姑娘说："要叫我说，这后生可是又老实，又勤快，通情达理的，大大方方的。谁知人家玉屏哩！"

玉屏只是抿了嘴笑，把话岔开道："秋林婶，你家侄儿要是愿意，过一程子能不能再给咱砍两捆柴来？这山柴做饭是耐烧哩！"

玉屏妈急着道："好儿哩！人家担了柴来，连顿饭也没吃，倒又贪揽上了！"

"下回给吃饭不就行了！把你心疼的。倒像是已经……"

玉屏说到这，红了脸不吭声了。海棠姑听出点味道来，可也不好再说什么。正好玉屏爹下工回来，老伴见了当家的，忙把上午这一款汇报了一番。玉屏爹滋滋地吸了半天旱烟，慢腾腾地说：

"按说海棠给提说的人，总差不了。只是可惜后生没转生个好地方，韩家山这几年是太穷苦了！"

海棠姑听见这话，凉了半截，也不好再叫侄儿往出担柴了。

五、"镢柄见不得弯弯理"！

韩家山虽然穷苦出了名，可也有富足的日子。

自从落实农村经济政策以来，宝山妈喂了猪，养了鸡；宝山被选成作业组组长，率领组员做完包工活，腾出手来上山刨药材，割荆条，砍把子。真是靠山吃山，只要舍得出力气，取票票是手在胳膊头。

手头宽裕了，村里不少人家起新房、碹新窑。宝山妈也打算碹三眼新窑。宝山说："咱家又不是住不开，凑那热闹做啥！"

"好儿哩！你眼看三十岁了，不娶媳妇啦？"

宝山恼怒地说："哪个丈母娘家的姑娘没处打发，等着咱这三十岁的老小子哩？啥也误啦！算啦！"

隔壁二婶刚刚出了两口猪，情绪正高，隔墙插嘴道："'家有梧桐招凤凰'，只要起了新窑，还愁没人来？宝山，碹你的窑，媳妇包在二婶身上！"

宝山来了劲，立刻张罗起来。山里有的是石头，碹窑的材料本来不缺，只因要贴个砖前脸，宝山就抽空到牛村镇来拉了几趟砖。末一回，准备收罢秋动工时请海棠姑进韩家山帮着招呼几天，宝山顺便又捎出两捆柴来。

他拉着个平车刚拐进巷口，只见海棠姑爹着头发，慌慌张张往出跑。宝山惊了一跳，忙问："姑！你这是咋啦？"

海棠姑一拍大腿："唉，可不用提啦！"

原来，牛村镇三小队队长是个有名的混世魔王，领导生产有一套，就是有个大毛病，爱欺侮大闺女、小媳妇。前几年，干部没人管，他的胆子也越来越大，社员们在上堰地做活，他就敢把妇女们叫到下堰地去胡闹。前一段玉屏坚决不依顺他，今天找了个茬口就把玉屏打了个鼻青眼紫。妇女们实在看不惯，就把他扭到公社评理去了。

海棠姑接着说："你先捅开火坐上锅，姑一刹刹就回来！"

宝山脖颈粗粗的，出气不匀地说："我也去！"

"你去做啥？一不沾亲、二不挂故的，有你说的话？"

"人这嘴是专给亲戚长着哩？没你这个姑，我早该哑巴了不是？"

海棠姑见侄儿镢柄劲又来了，摆摆手道："罢，罢，罢！去就去吧！"

到了公社，妇女们正围着堆叽叽喳喳："不是那二年了！打人不行！"

"打人犯法不犯？"

"中央文件顶事不顶？"

"……"

宝山立到台阶上，只见玉屏拿毛巾捂了脸，倾着头，肩膀一动一动的。那个队长双手搭了膀子，乜着眼、仰着头，脸上不红不绿的。玉屏妈捣着脚数落："从打八路军来，咱家的人就没挨过这照脸巴掌。说下天来老耿你也得给评评这个理！"宝山定睛看时，发现这老耿正是那位民政干事耿玉京。

老耿挥着手说："好了！好了！大家不要吵吵啦！打人不对，可也是人民内部矛盾嘛！你们一群人闹哄哄的想要咋哩？"

玉屏妈气得直打哆嗦："老耿，头上有老天爷哩！可不能造孽呀！打得我姑娘乌溜白道的，就算啦？"

"老人家！你不懂！他是党员、是干部。我们得通过组织上教育他！"

海棠姑忍不住插嘴道："就算你们教育他，那玉屏让打成这个样子就不管啦？"

"这样吧！"耿玉京掠了一眼那个队长，"玉屏挨了打，叫队上给记工！歇上十天八天，不行，歇上半个月！这该合理了吧？"

妇女们又吵吵起来："他打了人，叫队上给记工，这叫什么理？"

"不行，不行！罚他的工！"

耿玉京不耐烦了："苦口婆心地给你们说，咋也不行！揪住个打人不放手！家里大人还打儿女哩！社员不听话，队长一时动了手，也可以理解嘛！玉屏姑娘，你看怎么样？叫他给你记上十个工。回去吧！年轻人应该懂点道理，讲究安定团结嘛！"

妇女们面面相觑，玉屏妈抖得立不住脚，玉屏挽了她妈道："妈！咱走！这衙门不是给咱老百姓开的！"

大家都瞅耿玉京，这民政干事却了事大吉地说道："好啦好啦！不要讲怪话啦！没用，也没好处！去吧去吧！"

人堆里不知谁叹了口气。

大家刚要挪步走，突然从台阶上跳下个人来，不说黑白，一手拧了那队长的胳膊，一手卡了后脖颈，扯到就近的砖柱上，"嗵嗵嗵"地就撞了三个响头。这一下把众人都闹愣了，看那队长时，额头上青紫了手片大一块。

"宝山！"海棠姑一声惊叫，"你疯啦！"

耿玉京头一个反应过来："韩宝山！你、你凭什么打人？"

"'家里大人还打儿女哩'！这号子弟，不打还等啥？"

"你知道不知道，打人犯法！"

"我们作业组给他记工！'歇上十天八天！不行歇上半个月！'"

"你，你，看我不处理你！"

"前有车，后有辙。我虽然不是党员，可当着作业组长，大小也是个干部！你'通过组织上教育'呗！"

"你，你真是一根镢柄！彻头彻尾的镢柄！"

"吃红高粱那一回我就听过你这好听话！我这镢柄就是见不得弯弯理！"

"好哇！韩宝山！我今天就专门修理修理你这不打弯的镢柄！他打的是他队的社员，与你什么相干？你一不沾亲、二不带故，凭什么打人？你是无故打人，罪加一等！"

海棠姑急了："老耿，他可是俺侄儿！"

"秋林家的，你今天挨了打啦！你侄儿帮你打架？"

玉屏妈急忙道："我家姑娘今天没挨打？"

"你姑娘挨打不假，咱们已经处理过了嘛！现在说的是韩宝山，他和你姑娘是什么关系？"

"这……"

"这就叫无故打人嘛！韩宝山！"耿玉京十分得意起来，"你还有什么话说？"

"我有话说！"牛玉屏突然挺身而出，"韩宝山打人有故！他是，他是我对象！"

牛玉屏这一下可把众人闹愣了。只见她眼角带泪，勇敢地瞅着目瞪口呆的韩宝山，头发帘后面的大眼睛扑闪扑闪的。

"这是真的？"耿玉京不相信，"谁能证明？"

"我！是我保的媒！"海棠姑急忙插嘴。

耿玉京万没料到这一招，没词了。

妇女们早得意地吵吵起来："这不算无故打人了吧？"

"还有什么话说！"

"只当人家玉屏就没人做主啦！"

"叫他以后再打人！"

"……"

海棠姑长出了一口气，回头找她侄儿时，早没影了。只有玉屏注意到，韩宝山刚才红了一盘大脸，趁乱三脚两步拐出大门跑走了。

六、"这不是我的汗巾子！"

宝山碹窑的时候，海棠姑来帮忙，正式说起玉屏这头亲事。宝山死活不相信："姑，没有的事！凭咱哪一头哩？"

"你看你，人家个姑娘，当着那么多的人敢应承是你对象。你还要咋？"

"姑！那是人家施好心，当时扶我一把。咱还当成真的了！"

直到三眼新窑齐楞板正地立起来，韩宝山还是不相信。

收罢秋，韩家山夺得了公社化以来头一个大丰收。根据社员们的要求，大队决定放假三天，请县剧团来唱三天野台子戏。别村的人想来就来，一律白看。

头天上午唱的是《铁弓缘》。韩宝山不懂戏文，当看到茶馆比武那一节，陈秀英在匡忠脸上拧了一把的时候，不由自主拿手去摸自己的脸。又怕旁人笑话，忙偷偷瞅瞅周围的人。这一瞅，就发现他姑了。

他挤到跟前叫他姑："姑，看戏来了？散了戏到家吃饭！"

海棠姑指指她前头："玉屏和她妈也来了，这也没个亲戚，姑还能一个人去吃饭？"

"那你连她们也叫上！"

"这是什么话？要真心请人吃饭得你主人家自己说话哩！"

韩宝山立在人堆里，戏也忘看了，一头的汗，海棠姑只好自己呼叫玉屏妈："嫂子！宝山请你们散了戏去吃饭哩！"

宝山这才说："老人家，散了戏去吃饭！"

"还有玉屏哩！让饿着？"

宝山不敢抬头，只盯着水红褂子上的长辫梢："还有你！"

玉屏只是抿了嘴笑。

宝山妈听说要来客人，请二婶过来帮着炒了几个菜。吃饭当中，二婶见了玉屏的人材，忍不住就夸奖起宝山来。夸着夸着就夸出"三不"、"四嗯"和"一不能做假"的故事来。海棠姑急得直咳嗽，玉屏只是抿了嘴笑。

宝山妈叹口气说："唉，这娃就是个实心眼！"

玉屏妈忙道："我就爱见实心眼！"

吃罢饭，宝山妈领着玉屏妈看她家碹的新窑。看罢新窑，又看粮囤；看了粮囤，又看猪圈。最后，开了新窑里新割的柜，打开毛蓝布包袱取出一块上海表来："这东西是贵！这么一点点大就一百二十块！可是如今年轻人时兴个这，咱不说贵贱。只要人家愿意。"

玉屏妈忙也说："前些时，我家玉屏也买了一疙瘩，是人家自己做的工。只要有个合心事的，说啥表不表的！"

两个老太太说着说着，不知咋的，就以"亲家"相称了："亲家！你那姑娘可咋生来？水葱儿似的！"

"亲家！你寡妇守业的，咋调教出个好儿子来？"

两人同时发现说滑了嘴，同时拍着前襟笑出声来……

二婶正拉着海棠姑隔墙看她养的猪娃，摆她的经验，道她的辛苦，听见新窑里的笑声，才发现两个年轻人都留在吃饭那厢没出来。

玉屏这时正问宝山："你那回到我家送柴落下啥东西了？"

宝山蹲在墙脚，摸着脖颈说："是块汗巾子吧？"

"你还要不要？"

"你要还我我就要！"

"给！"玉屏把块手绢儿一下甩到宝山脸上。

宝山接了手绢儿，呆了一会，说："这，这不是我的汗巾子！"

"你呀！真不亏人家叫你镢柄！"

宝山急忙分辩："我这镢柄可是说理！"

"不说理！"

"咋？"

"旧汗巾子换块新手绢还不愿意哩！"

宝山抬起头来，头一次正眼看着玉屏姑娘。玉屏两只大眼在头发帘后面扑闪扑闪的，就像会说话似的。

宝山忘情地说："啊呀！你长得真叫好看！"

玉屏跳下地要打宝山："你呀！原来也是个不老实！"

快嘴二婶隔玻璃看了个仔细，拍着手嚷起来："罢，罢，罢！算把祖奶奶瞒了个严实！这实心镢柄啥时长下窟窿窿来？闹半天，人家'自由'下了！"

七、请老耿喝喜酒

韩家山在全公社冒了尖，入冬时分，公社又派耿玉京到韩家山来蹲点，总结落实农村经济政策方面的经验。

进村那天，韩家山村口上锣鼓震耳、唢呐喧天的。耿玉京远远下了自行车，摇着手就走就说："我是来向大家学习的！快不用这么着欢迎！"

唢呐哑了，老耿也傻了。闹半天，原来是韩宝山今日过事，大吹大擂地娶媳妇。耿玉京脸上烫烫的，心里酸酸的，像吞了颗毛毛杏。他躲到大队部再也不敢露面，生怕碰上镢柄韩宝山。

不料中午时分，韩宝山专门来请他去喝喜酒。新郎官脸儿红红的，脚步挺挺的，很是兴头。

老耿支吾道："这个，我……大队已经给派下饭了……"

"我叫他们派到我家了！"韩宝山热情地说，"老耿你放心，今天保准不给你吃红高粱！"

"我，我今天……"

"老耿，你是见我这三十岁的光棍找下对象不高兴了？"

耿玉京没法子了，只好跟韩宝山走出来。半路上想起了什么，神秘地问："宝山，你对我讲实心话：在公社闹架那回，你和玉屏的事到底定下没有？"

"没有！玉屏那回冷丁说我是她对象，真把我闹愣了！"

耿玉京若有所思地说："唉！人要心里没群众，群众就会团结起来和他干呀！"

"你刚知道？"韩宝山叫道，"从打八路军来，不就是这么回事？！"

（原载《汾水》1980 年第 8 期）

古华
GU HUA

　　1942 年生于湖南嘉禾一个小山村。1961 年结业于郴州农业专科学校。后长期在湘南山区农场劳动，坚持自学并业余写作。1975 年入郴州歌舞团任创作员。1980 年加入中国作家协会。现客居加拿大。

　　1962 年发表第一篇短篇小说《杏妹》。先后出版有长篇小说《山川呼啸》《芙蓉镇》、中短篇小说集《浮屠岭》《贞女》《莽川歌》《爬满青藤的木屋》《金叶木莲》《礼俗》《姐姐寨》《古华获奖小说集》及文论集《小说创作花絮》、散文集《在地球那一边》《我的联邦德国之行》等。小说《爬满青藤的木屋》获 1981 年全国优秀短篇小说奖，长篇小说《芙蓉镇》获首届茅盾文学奖。

芙蓉镇

（内容梗概）

　　六十年代初期，湘南芙蓉镇上有家胡记客栈，主人老胡的独生女儿胡玉音，"黑眉大眼，面如满月"，赢得了"芙蓉仙子"的美称。在她父母去世后，参加了农业社，不久，又做起了卖米豆腐的小本生意。她勤劳、善良、宽厚、仁慈，"嗓音也和唱歌一样的好听"，加上服务周到，物美价廉，招揽了大批顾客，并有几个每圩必到的老主户。其中镇粮站主任谷燕山，人称"北方大兵"的南下老干部，为成全她的小本生意，决定每圩从粮站打米厂卖给她碎米谷子六十斤。大队支书、转业军人黎满庚，曾与胡玉音有段青梅竹马的爱情。由于玉音母亲年轻时是个青楼女子，使满庚在保留党籍和要玉音为妻之间，选择了前者。但玉音并不怪他，尊他为干哥。满庚常来摊上坐坐，吃两碗不数票子的米豆腐，无形中印证了米豆腐摊子的合法性。

　　新调来的国营饮食公司经理李国香，对镇上的自由市场特别敏感。她每逢圩日，便看过来，查过去，最后看中了米豆腐摊这个活靶子。一天逢圩，胡玉音的丈夫黎桂桂捎回两副猪杂，切细炒熟，用来给每碗米豆腐盖码子。因价格依旧，引来了许多顾客。这无形中给对面饮食店带来了威胁，女经理便跟玉音吵了一架，最后还是粮店主任谷燕山出面，给双方打了圆场。女经理今年三十二岁，尚未婚配，但已尝遍了选择佳婿的酸甜苦辣。她曾献媚于年轻有为的民政干事黎满庚，追求过粮店主任谷燕山，因她品行不端，均遭拒绝。嫉恨中，她便按自己的逻辑推断胡玉音与谷、黎有不正当的关系。接着，她又从流氓无赖王秋赦那里获得了经过演绎的黑材料，便添枝加叶，编织成文，交给她的舅公、县委书记杨民高。极"左"缠身的杨民高出于对外甥女的信赖，便信以为真，并作了严肃批示。在他的脑子里，丧失阶级立场的支部书记黎满庚、腐朽堕落的粮店主任谷燕山，形成了走资本主义道路的"小集团"。

胡玉音和老实忠厚的丈夫黎桂桂起早贪黑，"紧吃苦做"，有了积蓄。经过一冬一春的准备，于1964年春天，盖起了楼房。为了酬谢街坊父老、泥木师傅，胡玉音筹办了十来桌酒席。她挨家挨户地请来了谷主任、税务所长，供销主任，信用社会计等。这时李国香已调县里工作，并率四清工作组重新进驻芙蓉镇。胡玉音特别邀请了她，可被她拒绝了。吊脚楼主王秋赦向来是个"食客"，这次也破天荒地没加入这场合。自从工作组住进了王秋赦的吊脚楼，他便成了"红人"，当了运动根子。再加上他嘴勤脚健，能说会道，很快赢得了李国香的欢心。他这次没来吃酒席，便预示着一种风向。

果然，镇上传来了风声，县委工作组要收缴"芙蓉仙子"的米豆腐摊子和男人的杀猪屠刀。正当胡玉音两口子慌恐之际，李国香来到新楼，"和蔼可亲"地和胡玉音算起经济账来。她用当时最时髦的理论，论证着胡玉音发家致富走资本主义道路，剥削劳动人民。晚上，县委工作组召开了进镇以来的第一次群众大会，李国香以批斗右派分子秦书田为胡玉音撰写对联为名，影射支书黎满庚和粮店主任谷燕山。会后的胡玉音和黎桂桂，魂不附体，五内俱焚，直感觉到一颗灾星已经悬在他们新楼屋上空。胡玉音决定把一千五百元现款交给满庚哥，为她代管。而后只身一人前去秀州亲戚家避难去了。但她哪里知道四清运动是全国的事情，她所住的远房叔伯家也时常有人查问她的来历。当她违背男人的劝告又回到芙蓉镇时，家里已发生了天翻地覆的变化，就连她的一千五百元现款也让满庚违心地交给了工作组。悲痛欲绝、无处安身的胡玉音来到坟岗，凄楚地哭叫着自己的丈夫。正当她走投无路的时候，来了右派分子秦书田，他用心地开导她，希望她坚强地活下去。

秦书田，外号秦颠子，原先当过县歌舞团的编导。1957年因编导"反动"歌舞剧，利用民歌"反党"，被划成右派，开除公职，回乡劳动。在长期的屈辱生活中，他养成了玩世不恭的态度，游行示众他总是俨然走在前头，接受批斗总是不等人吆喝就扑通一声先跪下，低垂下脑壳。人家打他左边耳光，他就等着右边还有一下。眼下秦书田和胡玉音都成了黑五类，他们每天以扫街打发着无聊而荒谬的岁月。

到了史无前例的文化大革命中，运动根子王秋赦当了大队支书，和李国香利用研究工作的机会厮混着。这天清早被扫街的秦书田和胡玉音发现了，经秦书田巧妙设计，使王秋赦越窗跳墙时狠狠地摔倒在一摊牛粪里，两个月没能爬起来。

患难与共的生活，使两个"黑鬼"滋生了爱情。胡玉音病倒后，秦书田悉心照顾，并劝导她打消自杀的念头，坚定了活下来的勇气。后来，秦书田又向王秋赦提出与胡玉音结婚的申请，并在谷燕山的支持下结成了夫妇。但王秋赦、李国香却丧心病狂地诬蔑秦书田目无国法，向无产阶级专政猖狂反扑。由于胡玉音当即揭穿了他们的丑闻，李国香便声嘶力竭地命人对胡玉音施行人身污辱。"一批两打"、"清理阶级队伍"运动开始了，秦书田、胡玉音这对黑夫妻立时成了运动的活靶子。秦书田被判刑十年，遣往千里之外的洞庭湖畔劳改。胡玉音也被判刑三年，因有身孕，监外执行。

秦书田服刑劳改后，在胡玉音处在难产的生死关头，又一次得到谷燕山的帮助。他送她到一所部队医院，生下一个男孩，起名小军军。

悠悠十年过去了，胡玉音、秦书田得到平反昭雪。党的十一届三中全会后，他们一家三口和全镇人民一道，开始了新的生活。李国香凭借关系，远走高飞。王秋赦被撤职后发疯，满街游荡，日夜声嘶力竭地喊着："千万不要忘记……"，凄厉刺耳的呼嚎，只不过是那场浩劫可悲可叹的尾音。

（人民文学出版社 1981 年版，刘方泽　逄春阶编写）

刘绍棠
LIU SHAO TANG

（1936—1997）。出生于河北省通县（今北京市通州区）的一个农民家庭。1951年即在河北省文联工作。1954年入北京大学中文系学习。1958年被划成"右派"。1979年恢复名誉。1956年加入中国作家协会。曾任北京市作家协会副主席、中国作家协会副主席。

1949年开始发表文学作品。作品有短篇小说集《青枝绿叶》《山楂村的歌声》《中秋节》《蛾眉》、长篇小说《春草》《地火》《狼烟》《京门脸子》《豆棚瓜架雨如丝》，散文文论集《我与乡土文学》《我的创作生涯》及《刘绍棠文集》（12卷）等。小说《蛾眉》获1981年全国优秀短篇小说奖，《蒲柳人家》获1977—1980年全国优秀中篇小说二等奖。

蛾　　眉

一

　　这个村庄叫细柳营，村东北运河，村西京津公路，方圆左右一片肥田沃土，可就是守着青山没柴烧，怀抱金盆讨饭吃，跟穷字结下了不解之缘。

　　河边绿柳垂杨，杂花生树，远瞧近看，风景如画。然而，绿柳垂杨中掩映着的一户人家，三间泥棚茅舍，半围坍倒篱墙，二里外就望得见三丈高的穷气，却又大煞风景。

　　这一户人家只有父子两口人。老爹唐二古怪，六十多岁了，原是百里闻名的瓜把式；自从一声令下，只许种粮，不许种瓜，被迫改行，下放大田，年老力衰，每天只挣六分。儿子唐春早，念过高中，一心想上大学，成名成家；虽然也有两膀子力气，可是按照大寨评工记分标准，只算个等外劳动力。工值很低，挣分又少，父子俩一年到头脱皮掉肉，汗珠子摔八瓣儿，年下分红刚够嚼谷，分文拿不回家。

　　这一方，上京下卫，小伙子娶媳妇难，难于上青天。花枝一般俊俏的姑娘，好比彩云追月，鸟飞高枝，不是心向北京，就是眼望天津；剩下不那么水灵秀气的柴禾妞儿，开口一要彩礼，也能把人吓出一溜筋斗。

　　遂令此地父母心，不重生男重生女。

　　但是，唐二古怪却另有如意算盘。他躺在炕头上加减乘除，不栽梧桐树，招不了凤凰来，要想娶个儿媳妇，至少得盖五间砖瓦房，还得再花千八百块彩礼；他们父子俩每年挣五千工分，十分为一工，每工三毛三分钱，紧打窄算，勒住脖子扎上嘴，不吃不喝二十年，才能把一座金身玉体搭进家来。不过，他看见，凡是手里端着一只铁饭碗，嘴里吃着商品粮的人，哪怕是三寸丁谷树皮，猪不吃狗不啃的角色，屈尊下驾到农村娶媳妇，不但用不着重金礼聘，而且还能倒赚一笔食资。于是，他恍然大悟，要想娶儿媳妇省钱不费力，必须得让儿子捞到一只铁饭碗；而要想把铁饭碗捞到手，只有靠念书，书中自有颜如玉嘛！

唐春早心灵内秀，敏而好学，学而不厌；唐二古怪打定了主意，吩咐儿子在收工之后，埋头读书，不可一心二用。他拼出这一把老骨头，搜肠刮肚，省吃俭用，荞麦皮里榨油，也要供养儿子学富五车。

可惜，他错翻了皇历。世道变了，万般皆上品，唯有读书低，交白卷才能金榜题名；而且，唐二古怪呆头呆脑，是个没嘴的葫芦撞不响的钟，人穷却又气粗，倔犟得像一条宁折不弯的桑木扁担；一不会拍马屁，二不懂走后门，所以上学招工，年年都没有唐春早的份儿。

寒来暑往，年复一年，眼看唐春早二十三岁了，前景还是一片黑灯瞎火；男大当婚，唐二古怪心中暗暗着急，沉不住气了。

谁想，车到山前必有路。七四年青黄不接的麦收前，本村有个外号叫马国丈的能人，从四川贩来六七个农村姑娘，按人论等，按等论价，唐二古怪急忙跑去打听行市。

这个马国丈，原名马国章，奸、懒、馋、滑、坏，一身占全五个字；不必提名道姓，打个喷嚏，顶风臭十里。

可是，这年月正气头朝下，邪气脚朝天；一人得道，鸡犬飞升。马国章有个把兄弟，铁嘴钢牙，七十二变，打、砸、抢起家，学大寨镀金，在县里掌了印把子，马国章也跟着时来运转。一阔心就变，这位把兄弟走马上任，就跟原来的黄脸婆离了婚；马国章手疾眼快，连忙把自己那含苞待放的十八岁的女儿，梳妆打扮，送上门去做填房。于是，盟兄变成了岳父，马国章变成了马国丈。

富贵多病，马国丈小病大嚷，无病呻吟，拿着县革委会的证明信，走遍五湖四海求医，专干些不伶俐的勾当。从四川贩来六七个农村姑娘，只不过是做一桩顺手牵羊的生意。

马国丈家住在细柳营村西口，京津公路旁的一块风水宝地上。青堂瓦舍，高墙大院，雕花门楼，忠字匾额，白天车如流水马如龙，夜晚日光灯照如白昼；这一切都来自乘龙快婿的探囊取物，四面八方的顺水人情，没费他吹灰之力！

唐二古怪走进国丈府大门，六七个四川农村姑娘只剩下一个了。原因是这个公社有个晚婚规定，男二十五，女二十三，才许登记；马国丈贩来的六七个四川农村姑娘中，二十五岁的一名，二十四岁的两名，二十三岁的三名，领回去马上成亲，所以身价甚高；只有一名二十岁，要白吃三年饭，虽然一连削价，还是无人问津。

这个二十岁的姑娘，正坐在马国丈的西厢下，左手拿着块玉米饼子，右手拿着个咸菜疙瘩，面前一碗清水汤；吃一口，抽泣一声，眼泪像下小雨，点点滴滴洒满了汤碗，喝下的是自己的泪。

大玻璃窗的正房北屋里，马国丈的老婆正扯断了脖子，喊破了喉咙，跟马国丈吵骂。

"你吃多了荤油糊住了心，喝多了猫儿溺昏花了眼，收留这个赔钱货，磨扇压手搡不出门，难道你想打个佛龛把她供起来？"

马国丈被骂得狗血喷头，唉声叹气，不敢还口。忽然，院里脚步声，他偷眼一觑，见是唐二古怪，转悲为喜，龇牙乐了。

"姜太公钓鱼，愿者早晚来上钩！"

他满脸奸笑迎出去。

二

唐二古怪写下欠洋八百元的文书，以他的三间泥棚茅舍和房前屋后九棵树做抵押，按上指纹手印，接过了这个姑娘的户口卡片。

姑娘名叫凌蛾眉，家庭出身是贫农，本人高中毕业，学生成分；但是，在备注一栏里，还有两行小字，写的是她父亲是个被镇压的反革命分子，因而她的身份应是可教育好的子女。

蛾眉生得身姿娇小，面黄肌瘦，乌黑的眼睛噙满泪花，像是野葡萄挂满露珠，闪烁着惊魂不定的神色。

唐二古怪正要把她领走，马国丈的老婆在屋里断喝一声："等一等！进屋来换上她本人的衣裳。"

蛾眉进屋去，拉上窗帘，脱下上身的的确良花汗衫，下身的三合一涤纶裤，脚穿的白塑料凉鞋；换上一件油渍渍的男人制服褂子，一条打满补丁的粗布裤子，光脚穿着稻草鞋走出来。

"你们为什么扒下她的衣裳？"唐二古怪瞪起眼睛问道。

"那是我临时借给她穿的行头。"马国丈拉长了下巴，"处理品，便宜货，没有包装。"

唐二古怪把蛾眉领回家，唐春早也刚收工回来，正光着膀子在柳荫下乘凉。这个小伙子书生气十足，一见老爹领来一个年轻姑娘，慌忙扯下挂在柳枝上的衣裳，穿在水淋淋的身上。

"春早，爹给你搞了个对象！"唐二古怪笑眯着眼睛，得意地说。

唐春早羞得满脸通红，看也不敢看蛾眉一眼，嘟哝着说："您怎不跟我商量商量，也不知人家……是不是自愿？"

"她是自卖自身，也就讲不得什么愿意不愿意！"唐二古怪沉下脸，灶王爷的模样儿，一家之主的神气，"你二十三，她整二十，不够公社晚婚的尺寸，登不了记；反正千里姻缘一线牵，月下老儿已经把你们拴成一对了，今晚上就入洞房。"

吃过晚饭，天大黑了，唐二古怪关上柴门；像把一对鸟儿关进竹笼，他把唐春早和蛾眉锁进西屋。

蛾眉面无血色，背靠着墙，可怜巴巴地坐在炕沿上，不敢抬头；唐春早两眼直勾勾地盯着她，一副木呆呆的神情。

两人都很害羞，谁也不开口。

忽然，唐春早闷声闷气地说了一句："你先睡吧！"便转过身，在临窗的桌前坐下，拉开抽屉，拿出书，读起来。

这一句话，一个动作，蛾眉感到很惊奇，忍不住悄悄瞟了他一眼。

唐春早好像有所觉察，不是芒刺在背，也是如坐针毡，在椅子上不安地扭来扭去，踏不下心，书在面前，一个字儿也没有映入眼帘。

"关灯睡觉吧！"东屋，唐二古怪吼道，"明天公社在咱们的大寨田开现场会，还要起五更。"

唐春早听得懂老爹的弦外之音，万般无奈地熄了灯，可是仍然一动不动地坐在椅子上。

"大哥，睡吧！"蛾眉柔声细气地劝道。

唐春早猛一掉脸，只见在青幽幽的月光中，蛾眉像一朵雾中的小花，隐隐约约，朦朦胧胧，引人心动。温情和欲望，在他的胸膛中一阵阵鼓荡，春潮涨满了全身。

他霍地从椅子上站起来，向蛾眉身边走去，蛾眉低叫一声，紧贴住墙壁，像是要把她那娇小的身子嵌进墙去。

唐春早粗手笨脚地把她放倒在炕上，她直挺地仰躺着，不反抗，也不挣扎。

唐春早解开了她的上衣，她的双手蒙住了脸，轻轻啜泣；唐春早柔情如缕地抚摸着她，她放声大哭了。

"大哥，开恩吧！"蛾眉凄厉地哀叫，"我……不愿意……"

唐春早像被狠抽了一鞭子，发昏的头脑清醒过来，羞愧交加，撞出屋门。

唐二古怪从东屋扑出来，张开胳膊拦住他的去路。

"爹！我不能欺侮这个无依无靠的姑娘……"唐春早痛心地喊道。

蛾眉也从西屋追出来，跪倒在唐二古怪的膝下，哭道："大伯，收下我给您当干女儿吧！女儿是为了替父申冤，葬母还债，才走这一步的。"

人心都是肉长的，唐二古怪本来就是个软心肠的人；他从地上搀起了蛾眉，颤声问道："孩子，你家里遭了什么凶险，爹娘是怎么死的？"

蛾眉一字一泪地说："我们那个地方，本是天府之国的聚宝盆，接连打了八九年的派仗，草盛苗稀荒了地，官儿们一边年年上报大丰收，一边给社员开介绍信，出外逃荒讨饭。我爹爹本是个不爱多言多语，树叶落下来也怕砸破脑壳的人，只因为饿得肚子咕咕叫，说了几句气话：'这个文化大革命不是请客吃饭，再革下去，男女老幼都饿死，黑五类绝了种，红五类也断了根。'就被打成犯下'恶攻罪'的现行反革命分子，抓了起来，评法批儒吃紧，判处死刑枪毙了……"

"轻声！"唐二古怪蹑手蹑脚走到屋门口，侧着耳朵听了听，扒开门缝看了看，才又踮着脚尖走回来。"你老爹的这些气话，可不许在外人面前学舌呀！别人的话你学舌，也一律同罪。"

"你母亲是怎么死的呢？"唐春早又问道。

"她带着我的两个弟弟，到百里以外的火车站讨饭，听说我爹冤屈而死，就一头撞了火车，粉身碎骨了。"

"两个弟弟呢？"

"我赶到火车站收尸，正遇上马国丈收购青年女子，我就把自己卖了五十斤粮票，三十元现金，交给了两个弟弟：十五元还旧债，十五元买粮食，算是尽到我这个做姐姐的最后一份心意了。"

"你这才是跳出苦井，又掉进火炕呀！"唐春早哀叹地说，"你是尊贵的人，怎么能像鸡、犬、牛、羊一样出卖自己呢？"

蛾眉哭着说："我只想来到北方，能到北京告御状。"

"告不得，告不得！"唐二古怪货郎鼓似的连连摇头，"赶上了这个天狗吃日头的年月，小人得势，奸臣当道，哪座庙没有屈死的鬼？包龙图进了牛棚，你到哪个衙门递状纸？"

"我……走投无路，进退……两难呀！"蛾眉哭成了泪人儿。

"你进了我家的门，就是我家的人！"唐二古怪一拍瘦骨嶙峋的胸膛，"三张嘴吃两口人的饭，饿不死就等得来天睁眼。"

蛾眉留在了细柳营，是唐二古怪的干女儿，还是唐春早的未婚妻？身份不明，也报不上户口。

三

报不上户口，就不能到队里干活；不能到队里干活，就不能挣工分；不能挣工分，也就不能分口粮，只得三张嘴吃两口人的饭。

数着米粒下锅，只吃七成饱，一到来年青黄不接时节，仍然要闹饥荒；地上刚返青，唐二古怪就剜野菜，兜回家去，野菜合汤煮。

"阿爹，这……能吃吗？"蛾眉皱着眉头问道。

"怎么不能吃呢？"唐二古怪嘻嘻哈哈地说，"神农尝百草，长生永不老。"

"您老人家还是不要吃吧！"峨眉央求地说。

"你爹我天上不吃风筝，地上不吃板凳！"唐二古怪叫起来，"一方水土养一方人，我自幼是吃运河滩的野菜长大的，练就了一挂铜肠铁胃。"

"是我累赘了你们爷儿俩，苦了您老人家……"峨眉神色凄然地说。

唐二古怪喟然长叹，忧心忡忡地说："这个大革命再闹腾个没完，等着瞧吧！明年家家揭不开锅，灶膛里长青草，烟囱上搭鸟窝。"

但是，苦中也有乐。这座泥棚茅舍，自从住上峨眉，就有了活力，有了喜色，有了笑声，三丈高的穷气也矮下了二尺。

有了峨眉管家，缝缝补补，洗洗涮涮，唐春早和唐二古怪父子俩，头上脚下都干净利落。洒扫庭除，小院子镜面似的，坍倒的篱墙编笆打桩，旧貌换新颜。房前屋后，种瓜点豆，饭桌子不必再蘸盐花，啃咸菜了。有峨眉做饭，农忙时节累得散了架，进门就吃现成的，还能躺在炕上喘口气。养了十几只鸡，鸡窝是银行，天天拣几个蛋，打油买醋，手上见着了零钱。喂了一口肥猪，够分量卖个大数目，还马国丈的债。另外，又喂养了两只羊，过年吃一只，卖一只，羊皮剥下来垫在炕头上，给唐二古怪当褥子，隆冬腊月不腰疼。运河滩上水草丰茂，打草晾晒，完秋供销社收购，峨眉的干草有几垛。

峨眉住在西屋，唐春早搬到他爹的东屋去，两人井水不犯河水；不过，平日也有说有笑，只是不许动手动脚。

天一黑唐二古怪就睡觉，脑袋一挨枕头就鼾声如雷，所以唐春早每天晚上还得到西屋去读书。开头，峨眉便躲出去，避免两人接近。后来，一口锅里舀饭也日久天长了，就渐渐消除了戒心；唐春早读书的时候，峨眉就远远地坐在墙角落，偷一片灯光，飞针走线，可是一声不吭。

唐春早对于自己的才学，十分自负，他在细柳营的男女青年中，还没有棋逢对手，甚感寂寞。一天，他忽然想起，峨眉也是个高中毕业生；然而，看峨眉那样子，对于他的读书，视而不见，充耳不闻，一点不感兴趣，倒像个目不识丁的文盲，于是，便想测一测她的高低虚实，故意逗她说："峨眉，拳不离手，曲不离口，你也跟我一块来复习功课呀！"

峨眉无动于衷地摇了摇头，说："书读得越多越蠢，我还是从生活中学点聪明吧！"

唐春早只当她腹无实学，找出这个金口玉言，掩饰自己；便又紧逼一步，叹了口气，话中带刺儿，说："女学生从小学到初中，大多数能压男学生一头；可是，升入高中以后，女大十八变，心眼多，走神思，又爱面子，大多数都要走下坡路，男学生就占了上风。"

峨眉陡地红了脸，冷冷地一笑，但是又话到嘴边留半句，哼了一声，说："我就是走下坡路的典型！"

第二天，蛾眉一反常态，没有外出打草拾柴。

晚上，唐春早又到西屋复习数学，从抽屉里拿出习题手册，打开一看，大吃一惊；在最近几天的作业上，每页都有娟秀工整的小字细心评阅，正误精确严密，不禁目瞪口呆。

他如梦方醒，大喊道："蛾眉，是你给我批改的吧?"

"我怎么敢?"蛾眉脸上像下了霜，"我这个走下坡的……"

"别拿我的话堵我的嘴，拿我的手打我的脸吧!"唐春早打断她的话，"你得收下我这个学生，当我的家庭教师。"

"折杀了我!"蛾眉仍然是一副冷冰冰的神色，"我不配。"

"答应我，答应我!"唐春早走上前去，抱住蛾眉的肩膀摇晃她。

蛾眉被他揉搓得心神把握不定了，脸红了红，啐了一口，说："依你!……可就是这一桩。"

从此，夜深人静，他们便同桌切磋学问，白窗纸上，映现着他们那耳鬓厮磨的身影。

细柳营的工值，一年不如一年，唐二古怪和唐春早父子俩，年年竹篮打水，两手空空；倒是蛾眉养鸡、喂猪、打草，每年收入二三百元，偿还马国丈的阎王债。

唐春早过意不去，于心不安，跟唐二古怪说："爹，给蛾眉留下一百元；她在家乡还有两个弟弟，寄回去给那两个孩子买口粮。"

"欠下这笔债，好比蛇缠腰，早还早脱身呀!"唐二古怪面有难色，不过还是点出十张十元的票子，递给了蛾眉。

蛾眉接过钱，眼圈一红，说："我那两个弟弟，还不知到哪一方讨饭，是死是活；我想拿这笔钱当路费，回家乡看看。"

"你不能走!"唐二古怪急了，一声断喝，"你还没有跟春早结婚，不许回娘家。"

蛾眉眼泪汪汪地说："我还回来的。"

"我不答应!"唐二古怪一甩袖子，回到东屋，跳上炕，倒下身，呼呼刮风一般生气。

"蛾眉，别难过。"唐春早轻声柔语，"我劝服老人家，放你走。"

蛾眉也回到西屋，关上门，淅淅沥沥哭得像六月连阴雨。

夹缝中的唐春早，心情非常痛苦，在小院里徘徊到半夜，才进屋睡觉。

"让那孩子走一趟娘家吧!"唐二古怪已经风停了，气消了，"蛾眉这两年也真是忠心保主，咱们不能亏待她。"

唐春早赶忙说："她说一定回来，您要信得过她。"

"她敢不回来!"似睡非睡中，唐二古怪狡黠地咯咯发笑，"她的命根子——户口卡片，攥在我手里。"

唐春早在黑暗中眼珠一转，低低地说："您收藏在哪儿？可别叫她发现了。"

"房后……老枣树下……一口坛子里。"唐二古怪呢呢喃喃，坠入黑甜乡了。

黎明时分，有人敲西屋的后窗，蛾眉惊醒了，披上衣裳一听，唐春早在窗下轻轻唤她。

她迟迟疑疑地打开窗户，问道："你……"

"给你户口卡片！"唐春早伸进一只胳臂，"你回到家乡，日子比这边好过，就不必回来了。"

"我不走了！"蛾眉从窗口扑出半个身子，搂紧唐春早的脖颈，"我……离不开……你了。"眼泪像清晨的露珠儿，洒满唐春早的头。

四

八百元失而复得，唐家盖起了三间青砖房，房顶还铺上了红泥瓦。这是因为十年浩劫到了头，光明赶走了黑暗，马国丈坐了牢，法院勒令马家，退赔那六七个被贩卖来的四川农村姑娘的身价。

新房坐落在花红柳绿中，墙里开花墙外香，绿柳浓阴中冒出冲天的喜气。

唐二古怪心满意足，笑不拢嘴，绕着新房转来转去，不敢进屋子；他到河边洗净了两只泥脚，还是怕踩脏了方砖地面，唐春早和蛾眉一人扯住他一只胳臂，拖进了新房。

蛾眉收到了弟弟从四川家乡的来信，那边的日子比细柳营还强。

"你拿主意吧！"唐二古怪低声下气地说，"人往高处走，鸟奔高枝飞，我跟春早欠下你还不清，报不尽的情分，也不敢开口要你回来。"

"阿爹，您好糊涂！"蛾眉哭笑着，"我在运河滩上扎了根儿，鞭打也不走，棒打不分离。"

"那……那……"唐二古怪吞吞吐吐，吭吭哧哧，"你……你跟……春早……"

"我们马上就登记！"蛾眉清亮地笑道，"咱们不摆酒席，不请宾客，不声不响办喜事。"

"不忙，不忙。"唐春早搓着两只手，一副窘态，"咱俩还没有自由恋爱呢！"

"书呆子，你真不开窍！"蛾眉狠狠地戳了他额角一指头，"自由恋爱并不像小说里、电影上描写得那么疯疯癫癫，要死要活，叫人头发昏，脑发胀，眼花缭乱。"

"我怕……不够格儿……"唐春早痴痴呆呆，"委屈了你。"

"你少给我头上扣炭篓子！"蛾眉叫道，"阿爹，他变心了！"

"我打折这个小畜生的腿！"唐二古怪举起一根顶门杠。

蛾眉拉起唐春早就跑，到公社登记，领取结婚证书去了。

他们走到公社门口，只见人山人海，围观一张告示；唐春早挤进人群，翘起脚看，原来是全国大学招考的布告，忙又挤了出来。

"咱们别结婚了！"唐春早兴奋得满面通红，激动得两眼放光，"集中精力，抓紧时间，复习功课，报考大学。"

"也好。"蛾眉沉吟了一会儿，"你报名，我不考，帮你复习。"

"有难同当，有福同享！"唐春早和蛾眉原路而回，"咱俩要双双报考，双双考中。"

"你真是个不开窍的书呆子！"蛾眉苦笑了一下，"我不跟你登记，就报不上户口；报不上户口，就不能在北京地区报名。"

"呵！"唐春早站住了脚，愣怔了半晌，"你赶快回四川家乡吧，咱俩得争分夺秒。"

"我……离不开你，还是不考吧！"

"那我也不考，咱俩同归于尽！"

唐春早是个一条道走到黑的脾气，蛾眉虽然比他聪明伶俐，却拗不过他的认死理儿，只得顺从了他。

临别之夜，他们在西屋最后一次温习功课。但是，蛾眉神不守舍，心乱如麻，目光散乱；心头和眼底，笼罩着浓雾一般的离愁，看不见书中的字，算不出一道题。

"你累了。"唐春早收拾桌子上的书籍和纸笔，"睡吧！明天还要起早上路。"

"等一等！"蛾眉两手紧抓住唐春早不放，生怕失去他。

"还有什么话要叮嘱我吗？"唐春早问道。

"我要跟你约定……"蛾眉哽咽着说，"你考上了，我考不上，我不……拦你……爱别人；你考不上，我考上了，我仍然属于你。"

"这也是我的誓言！"唐春早眼也不眨地说。

他们拥抱在一起，这还是他们共同生活了几年的第一次。

"今晚……"蛾眉脸色苍白如纸，声音颤弱，"你跟我……睡在一起吧。"

"干什么？"唐春早摸不着头脑。

"我要给你留下一个纪念……"

"什么……纪念……"

"我要把……身子给了你。"

"不！"

"我不能让你枉担了虚名。"蛾眉激情地亲吻着唐春早那淳朴天真的脸儿，"我把身子给了你，别人就不能打我的主意了。"

"不能！"唐春早惊慌而又执拗地躲闪着她，"我要保持你的清白之身；不能对不起你，更不能对不起……将来你可能爱上的那个人。"

他把蛾眉推倒在炕上，破门而出。

蛾眉走了，唐春早送她到车站；一路上他们默默无语，分手时也没有洒泪而别。

他们都考中了，一个在北京，一个在四川，山重水复几千里。

要知后事如何？聚在瓜棚柳下聊闲篇的人们，都不敢断定。

且等几年后见分晓吧！

（原载《长春》1981 年第 1 期）

赵本夫
ZHAO BEN FU

1947 年出生，江苏丰县人。1971 年参加工作。历任江苏丰县革委会通讯组成员，丰县广播站编辑，丰县文化馆创作员。1988 年毕业于南京大学中文系。1983 年加入中国作家协会。现为徐州市文联主席，江苏省作家协会专职副主席，《钟山》杂志主编。

1981 年发表处女作《卖驴》。出版有小说集《寨堡》《空穴》《走出蓝水河》，长篇小说《黑蚂蚁蓝眼睛》《刀客与女人》《混沌世界》《天地月亮地》《走出蓝水河》《无土时代》及《赵本夫文集》（4 卷）等。小说《卖驴》获 1981 年全国优秀短篇小说奖。

卖　　驴

大千世界，无奇不有，一件意想不到的事，促使孙三老汉最终下了决心："卖驴！"

那天，他给收购站往县城送货，交完货，又给人代买了东西，便赶着大青驴急忙往回返，离家还有六十里，一会儿也松不得。

毕竟是上了岁数的人，四更起床，五更上路，加上刚才买东西爬了几个楼，没出城，就觉有些困顿。他迷迷糊糊往前赶，出了城，路上行人锐减。他想，离下路还有好远，反正是轻车熟路，索性睡上一阵，于是跳上车，怀抱鞭子，和衣躺下，任凭大青驴嗒嗒地踩着路面往前走。

说来巧，前头不远，有人赶一头草灰驴，拉一辆躺着死人的平板车，奔郊区火葬场。车两旁，几个护葬的男女正哽哽咽咽。

大青驴看见异性同族，顿生痴情，也不管去得去不得，加快步子一路尾随，直奔火葬场去。此时，孙三老汉大梦沉沉，睡意正浓。

火葬场院子里，已有几个死者，分别躺在软床、担架、平板车之类的物件上，排队等候。死者家属们面色阴郁，三三两两，或蹲或站，冷冰冰地看着这一簇新来的人马。

大青驴拉着孙三老汉，紧挨灰草驴那辆车，也规规矩矩地挨上了号。

大约是两辆车同时来到，使人误解一家死了两个人。于是，一些人同情而又好奇地围上来，先是用探询的目光看着，而后终于有人发话："一家的？"

前车有人摇摇头，冲大青驴这边一努嘴巴："半道跟来的。"

大伙更觉稀奇：后一辆车既无赶车的，又无护丧的？有几个人壮起胆子，悄悄围上了孙三老汉，探头细看：此人面色红润，神态安详，哪里像个死人？再一听，鼻孔呼呼有声……霎时，人们像大白日见鬼，毛骨悚然！咂着舌纷纷退后，真不知眼前出了什么事。

大青驴不知是被惊吓，还是责怪人们轻薄了自己的主人，于是不平则鸣，一耸鼻子，"啊哈啊哈"地大叫起来，引得另外几头毛驴一齐共鸣。一时驴声大作，静穆的火葬场仿佛成了驴市。

孙三老汉猝然惊坐起来，不知出了什么事。他揉眼一看，这是哪里？一群人围着自己：惊、窘、奇、怕，一人一态，有人手拿架势，好像随时准备逃跑。他定定神再看，这才发现是到了火葬场。孙三老汉激灵打个寒战：我的爹！可拉到好地方来了。一圈人这么看，是当我"炸尸还魂"哩！

孙三勃然大怒！跳下车就要打驴，又想：不妥！还是先离开这块晦地。他圈过牲口，头也没抬，打一鞭冲出门去！

这种事要放在别人身上，不过是个笑谈，但孙三老汉却把它看重了。他认定，这件事正好应验了自己多少天来的一桩心事，是个极不吉利的征兆！

要说孙三有心事，一般人不会相信。大伙都知道，这两年他给收购站当脚力，挣了一笔钱，加上队里实行责任制，老伴做家务，儿子闺女顶趟干活，分配好转，两下一凑合，光景大变。但问题也就出在这里。因为他至今不敢断定，家里富了是福还是祸！尽管一家人挣的全是血汗钱。

单说孙三老汉当脚力吃的苦，就决非常人可比。

孙三的家在老黄河沿上。这一带是三省交界的穷乡僻壤，上级管顾不周全，庄稼没种好。倒是一种叫"沙打旺"的茅草特别茂盛，黄河故道里里外外全是，一望无边。庄稼人也像这耐贫瘠的茅草一样，具有在困境中求生的能力，家家都养了许多羊。人们除了种地，就是放牧。每逢夏秋季节，蓝天之下，风吹草低见牛羊，颇有塞外风光。养羊所得，成了农家生活的重要来源。

上级在这里设了收购站。收购的羊皮、羊毛等农副产品，积攒多了让汽车拉走。可是收购的活羊却不能存留。每日五七头，上派汽车不值得，很需要雇个脚力，随收随往县城送。这叫公家运输的一种补充。

按说，脚力挣钱较多，应当好找，其实却不然。一来往县城一趟往返百多里，起五更睡半夜，天天如是，一般人吃不了这个苦；二来庄户日子琐碎，极少有人能脱开家务常年外出；还有条更头疼，这里偏僻，买东西不方便。有人进城，东家要扯几尺布，西家要捎几斤糖，生产队买水泵、化肥等物资，有时也让代捎。一二百户人家的村子，这类事天天都有。干脆，不挣这份钱，也不劳这个神。尤其前几年"大批促大干"的时候，收购站的老脚力孙三老汉，被定为"自发分子"后，更没人敢接这个活了。有力气哪儿不能使！

老脚力孙三被折腾了半年多，那因常年奔波而隐积的风寒症，一下子迸发啦。大病一场后，左腿成了残疾，走起路来光打战；原本好说好笑的一个老汉，也变得痴痴呆呆。谁见了谁想掉泪。

庄稼地里多了这么个半瘫半痴的老汉，生产并没有上去，收购站和村子里少了这么个脚力和"代办"，却显得处处不方便。收购的活羊不能及时外运，瘦、病、死都来啦，收购站由盈利变成亏损。村里人要买什么东西，以往本可以让孙三老汉在县城代办的，现在却不得不亲自跑一趟，反倒无形中浪费了许多劳力。日子久了，都希望再有一个人干，却又没谁出头。于是又有人把目光投向孙三老汉。意思很明白，不过谁也没出口，怕的是戳痛老人家尚未平复的创伤。

但孙三老汉生就一副热心肠。他从那些期待的目光里，感受到了乡亲们对自己的信任，一颗僵冷的心重新激荡起来。前年春天，政策刚一放宽，他立刻借钱买来大青驴，二次当了脚力。这一下，大伙全乐了。

说真的，孙三老汉重操鞭子，并不是没有顾虑。前几年吃尽苦头，大难不死，现在政策放宽，谁又敢担保这不是一股风呢？但他思之再三，这件事对国家、对大伙、对自己都有益处，不亏心！这才壮着胆子干了两年。两年间，他一个六十多岁的老汉，拖着一条半瘫的腿，伏天能热个昏，数九能冻个僵，付出比常人多数倍的血汗，终于使日子有了转机。三十岁的儿子说上了媳妇，原准备给儿子换亲的闺女也有了中意的婆家，还筹备扒旧屋盖新房。

正当他踌躇满志，重整家业的时候，最近忽然听传，政策要"收"。天天晚上，都有一些人围在孙三家里闲唠，议题都是：庄稼人啥时候才能清清静静地过日子呢？结果谁也回答不了。当然，这些都是小道消息。至于上级要"收"要"管"的是哪些事，拉脚是否犯禁，孙三老汉并不清楚，也无从判断。因为多年来政策好变，昨天是允许的事，今天也可能会禁止。因此，只这一个"变"字，已使他先有三分惊慌。

那天，又听队长报信，公社将要调来的新书记，正是当年抓他"自发"的县委韩副部长。这一惊更是非同小可。事隔数年，如今这位姓韩的领导是否还会干那种"大批促大干"的蠢事，孙三老汉更是无从打听。那次挨批时，有人发言说孙三忘本。老汉不服，韩副部长当场表态："你走的是资本主义道路，顽固坚持，只有死路一条！"这话通过大喇叭轰的一声传出来，把老汉吓坏了。此后，他像中了魔法一样，曾把"死路一条"几个字念叨了半年。如今回想起来，仍然头皮发紧。现在，他又要回来了，孙三老汉越想越害怕。至此，心里已有七分恐惧。

这几天，孙三老汉一直惊魂不定，疑神疑鬼。正在这当口，平空出了这么个晦气事：让大青驴拉进火葬场，差点给"活化"了，可不正应在"死路一条"上！迷信，在人们不能掌握自己的命运时，最容易复活。此时，孙三老汉犹如"伤弓之鸟，落于虚发"，经不得一点风吹草动了！

孙三老汉把大青驴赶出火葬场，重新拐到正路上。他越想越恼，把车停在路旁，照准大青驴，举鞭就打。孙三老汉一肚子窝囊气全都倾泻到驴身上了。大青驴暴跳不止，一会便乱了缰套。孙三一身臭汗，松开手喘息了一阵，便转到驴腚后头，倒过鞭杆，敲了敲驴蹄子，说声："提起来！"那意思本想整好缰套赶路，大青驴却以为又要打它，尥起一蹄子，正踢在孙三左额上。他惨叫一声，忙用手捂住，血却顺指缝直流出来。孙三恼上加恼，照头一鞭，大青驴一下子惊了，拉起平车就跑，平车横冲直撞，不上百十步，便轰隆一声栽到路沟里去了。等别人帮着拉上来，大青驴也摔脱了右胯。

　　回到家里，孙三老汉躺倒三天，长吁短叹。他思前想后，连头发梢那么细的事也没落下，一种被命运捉弄的悲哀苦苦地缠绕着他。最后，终于得出一个老掉牙的结论：死生由命，穷富在天，不由你不信！想到此处，他忽然觉得大青驴是个"恩物"，多亏它提前报个凶信，现在收摊子，还算有惊无失！

　　孙三老汉卖驴铁了心，可是这么卖得折大钱，怎么行？他头上的伤口刚好，便牵着脱了胯的大青驴，上了公社兽医站。

　　兽医站的刘站长人倒热情，可惜医术不高。十年前，老站长王老尚，因为在军阀张作霖的军队里当过马医，被清除回家。那是这一方有名的神医。要是他还在，多好啊！

　　刘站长围着大青驴转了一圈，叫孙三把大青驴拴绑到桩架上。刘站长抱着脱胯的右腿，一下又一下地往上顶，吭哧了半天，也没对上，末了甩一把汗珠子说："没治，宰了吧！"说着，就要批条子。

　　"宰？"孙三舍不得。他记着大青驴的许多好处，人和驴共局，也不能不讲良心！还是到柳镇庙会上碰碰运气吧，说不定有个能人买去，调理好，也算救它一命哇！至于折钱不折钱，孙三老汉就不去管它了。

　　孙三老汉四更起床，喂饱牲口，自己稍吃了点饭，便牵着大青驴，一颠一颠地上了路。等他十多里路赶到时，赶会的人已从镇里溢出镇外。

　　孙三无心也无法进入镇里，便牵着大青驴，直奔镇北的牲口市。

　　牲口市设在一片乌压压的柳林里，里面拴着近千头牲畜，牛、马、驴、骡，一应俱全。相比之下，这里却安静得多。除牲畜不时发出的一声声鸣叫，大多数人都在默默地转悠、相看和等待，完全没有街里市场上那种令人头晕的喧嚣。须知，在牲口市上，无论卖主还是买主，都是些沉稳而有心计的庄稼人。多年形成的习惯，在这里搞交易，主要靠眼神和五个指头捏码子。

　　孙三选择了一棵弯柳树，把大青驴拴上，便拧了一袋烟点着，蹲在一旁静候起来。

　　庄稼人对牲畜像对土地一样，具有特殊的感情。自从准许私人养牲畜，柳镇庙会上的牲口市，就成了最引人的地方。如果调查一下，私人买牲口真正拉脚、跑运输的极少，一般都是家用。庄稼人手头有钱，宁愿买牲畜，不愿买自行车。因为自行车作用狭窄，而且越骑越折钱。如果买头毛驴，作用就大啦，出门可以骑上，在这处处有黄沙的土路上，速度并不比自行车慢。当然，主要还是干活用。这一带村庄稀少，有的大田离家十里八里，运粪拉庄稼，套上毛驴，犹如水乡轻舟，便当极了。此外，牲畜还能屙粪；毛驴、小牛犊喂二年长大了，价钱能成倍地翻。这些好处都是自行车无法比拟的。老实说，就是真正的经济学家，也未必能盘算得这样精细！

孙三老汉往周围打量了一下，今天卖主多，买主更多。心想，行情倒好。

不大一会，一个精瘦的老头子直朝大青驴走来，到跟前看着驴问孙三："喂！老伙计，这牲口是卖的吗？"

其实孙三早看见他了，却佯装不知，只管抽烟。听到问话，才朝他乜了一眼，微微点点头。他准备拉点硬弓。他懂得，买和卖是心计和意志的较量，热乎了倒不好。这在兵书上叫欲擒故纵。若认真考据起来，孙三是孙武子的后裔，也未可知！

对方并不外行，掰开驴嘴："哟！四岁口。"听话音，显然相中了大青驴，正捋着山羊胡子端详骨架，忽然发现了那条吊着的后腿："哎——瘸啦？"

"掉胯。小毛病。一整就好。"孙三老汉三句话只用了九个字。他要让对方相信：这根本不算一回事！可是睁眼一看，瘦老头已走了。他呼地站起来。冲那人脊背大声嚷道："嘿！算你瞎了眼。不敢吹，我这驴干活气死马！"瘦老头并不为其所动，头也没扭。

后来，又陆续来了几个人，可一看是头瘸驴，全都走开了。庄户人买头牲口，图的是当儿子用，谁愿意买个老爷伺候！

天已近午，牲口市上已进入成交阶段。多数买主不再转悠，只拣相中的牲口，和卖主讨价还价。经纪人忙着从中撮合，这边打个码子，那边勾勾指头，三五个来回，就能成交一桩买卖。经纪人自己的腰包也渐渐鼓胀起来。已经有许多人牵着牲口，心满意足地离开了市场。

孙三老汉烦躁不安，一开始那种漫不经心的样子没了，只盼有个买主来，便立刻黏住他。

又等了一阵，仍不见有人来。孙三让邻近相识的照看着牲口，自己倒背着手在柳林里转了一圈。他看看听听，心里估摸，今天上市的牲口不下七百头，成交的不会少于四百头。买牛、驴的居多，也有一些买大骡马的，这有点出乎孙三的意料。看起来，庄稼人自信得很，社会上关于政策变化的传言，并没有引起多大骚动。也许，他们压根就不信政策会往孬处变！孙三老汉被这庙会上庄稼人的阵势和气魄振奋了！他开始怀疑这些天自己的神经是否正常。

孙三正在发愣，猛听一片喝彩声。他寻声左望，十几步开外，一群人围着一匹高大的黑骡子叫好，一个又矮又胖的老汉正拉着往外挤，脸上兴奋得放红光。咦！这不是小孩他大姨父吗？孙三心里一动，怎么？这个胆小鬼也买下大骡子啦！那年孙三挨批判，他只在晚上来看过一次，大约是怕株连。平时，孙三有点瞧不起他，可此时此地，却觉得自己远不如这位襟兄光彩、体面！这么多人围着看，好神气呀！在乡下庙会上，这要算最叫人眼热心动的镜头了。孙三使劲咽了一口唾沫，压住满肚子醋意，转脸就走。他真不愿在这种时候和他打招呼。

孙三怀着迷乱的心情回来时，大青驴已被一群人围住。他心里一热，卖驴的劲头又上来啦，忙挤进去，打量了一遍说道："哪个要买？这驴是我的。"

众人一齐把目光投来。孙三镇定了一下，正埋怨自己沉不住气，对面一个约有七十岁的老者凑了上来。他疏眉朗目，左腮下一颗黑痣，胸前飘着半尺长的白须，右肩上搭一根长竿竹节烟袋。孙三顿生三分敬重，又感到此人面善，却一时记不起来了。

那人显然已对大青驴相看过了，走过来和善地问道："老弟，你要多少钱？"

"你出多少？"

"哎——"那人微微笑了："讨价还价，哪有不讨价便还价的道理？"

孙三一时语塞："这个……我是这个价买的。"他先伸出一个指头，又伸出五个指头。

"这么好一头驴，你卖它何故？"老者并没急于问价，稳稳沉沉只打哨。

这话正触在孙三的心病上。他只好将实情隐瞒了，支吾道："这驴……嗳……这驴性太烈了。"说着摸摸左额的伤疤，引得众人都笑起来。孙三立刻又正色道："当真！这牲口活路没说的。"

"是哕！怪牲口都出好活路。"那位老者很同意地点点头，又转到大青驴身后，很随便地搭讪："掉胯喽！"

"小毛病，驴先生一整就好。"孙三忙解释。围看的又有人笑起来，老者也拈须笑了笑，然后说："那可难说哟！别看掉胯，会整治不过一鞭，不会整治吭哧半天，也未必能看好。"

这话说得玄妙！不是内行人决然说不出来的，孙三一个念头猛然间涌出来，忙问道："敢问老先生是——"

"我叫王老尚。"

"嗨！"孙三证实了自己刚才刹那间的猜想，这正是十年前被清除回家的老神医！怪不得一见面就觉面熟，他想起先前当着人家面说"驴先生"，很觉失言，连忙上前抓住王老尚的手，歉意地说："看我这记性，十年不见，硬是认不得了！王先生，你一向可好哇？"

王老尚连忙做了回答。原来，他回家后不准行医，一直闲居，去年才平了反，因年事已高，便当退休处理，最近身体好转，心性又开动了，就在家开个门诊。他又想，万一外村牲口病重，出诊也是少不了的，便打算买一头走驴。今天赶会，就为此事。另外，在牲口市眍露个面，也算开张。他刚买下一头善相的毛驴，又有几个熟人托他买牲口。王老尚满口答应，带一伙人转着转着，就瞅上了这头大青驴。

寒暄过后，王老尚指指身后三四个五六十岁的老汉，很客气地向孙三说："我是为人代买的，你就出个价吧。"

此时，孙三脑子里摆开了战场。他见今天私人买牲口的这么多，卖驴的决心早已动摇，而且越想越觉这事办得荒唐，它和柳镇庙会上的热闹景象无论如何也合不起拍来。现在听说王老尚也开了私诊，心里越发扑腾得欢了：这才叫人尽其才！搞四化不也和当年打日本一样？我孙三不够大材料，一根鞭子六条腿，总能为国家为大伙办点事！老怕政策变了自己吃亏，这叫私心！头二年政策不变我敢买驴？我能给儿子说上媳妇？眼下别听风就是雨！就是真变，只能更合民意，还能变哪去？

孙三老汉忽然来了劲头：他奶奶的，不卖啦！可是事到此处，已经骑虎难下。有言在先，怎好说不卖？

他沉吟半晌，脑瓜里一转：有了！先前本打算一百块钱就卖的，现在，他转轴了，冲王老尚伸出两个指头说："这个数！"心想，我多要了一半钱，还不把他吓跑？

"二百块！"围观的有人惊叫起来，心想，这老小子漫天要价，不是诚实买卖。

这时，外圈挤进一个人，粗喉大嗓地咋呼道："多少？二百块！就凭这头烂驴？吓！你掂个棍抢人家去吧，不怕牙碜！"这是屠户胡二的愤愤之声。

"咦？不买拉倒！"孙三硬邦邦地顶道，解开缰绳就走。

"好！就依你。"这当口，王老尚突然上前拦住，抓过缰绳，回头冲着托他买牲口的："你们谁要？"

几个人没一个搭腔的，你推我拥，自己尽往后缩，意思都嫌不值。孙三暗自高兴。

王老尚心里明白，笑笑说："看这副样子，价钱是高。治好腿，价钱可就低了。值这个数。"说着，他直直地伸出三个指头。

"三百？"又有人喊出声来。那几个买驴的老汉仍然犹豫不决。

王老尚收住笑容，突然挽起袖口，向周围看热闹的拱一拱手："请各位退几步，闪个空。"说罢，向正在发愣的孙三要过鞭子，藏在背后，又让他一手扶正大青驴悬着的右腿，自己慢慢蹾到大青驴左前方。围观的人越来越多，谁也不知王老尚要变什么戏法，忙闪开场子，一圈人鸦雀无声。

　　王老尚静静地站在大青驴左对面，和眉善目地看着它，足有半分钟。等它完全丧失警惕了，突然圆睁二目，暴喝一声："呔！"同时向大青驴左耳朵尖刷的就是一鞭！大青驴猝不及防，猛然惊跳起来，整个身子全压在右后方，只听"呱嗒"一声脆响。等大青驴前腿着地，右后方那条腿也不再吊着，四条腿轮番踩动着地面。这一着远近闻名，叫"神鬼鞭"。就是在突然的打击下，利用牲畜自身的力气接胯复位，这比抱着驴腿捋高明得多。

　　王老尚上前交过鞭子，接过缰绳在人圈内走了两遭。大青驴仅有微颤，那是余痛未消，腿骨显然已复了位！周围的人这才想起喝彩，一时间掌声、叫声响成一片。

　　响声未停，那几个买驴的一窝蜂抢上来："我要！"

　　"我先托王先生的！"

　　"我买！"

　　"……"

　　几个人正争得不可开交，孙三突然大叫一声："我不卖了！"

　　只这一声，里里外外的人全都愣住了。大伙一看，卖驴的老汉脸红得像个下蛋的鸡，噜噜噜！一连三步，从王老尚手中夺过缰绳，拉着大青驴扭身就走。

　　卖主突然变卦，使整个气氛为之一变！人们把目光在卖主和买主之间投来投去，不知事态会怎样发展。

　　在买主中有一个精瘦的老头子，正是孙三的第一个买主。一愣神，他立刻带头叫起来：

　　"讲好的价钱不卖，说话算放屁？"

　　其余几个也一哄而起：

　　"不卖不行！让大伙评评理。"

　　"不卖就揍他老小子！"

　　"先把牲口夺过来！"

　　一声呐喊，几个人抢过来要夺驴。

　　王老尚急忙从中调解，向几个买驴的劝说道："莫让人笑话，会上有的是牲口，再买，再买。"说完，和解地笑起来，众人也跟着劝说。

　　孙三老汉如愿以偿，决定不再纠缠。他装聋作哑，拉着大青驴冲出人群，翻身爬上驴背，吆喝一声："嘚！——驾！"

　　大青驴立刻翻动四蹄，一溜烟跑走了。

（原载《钟山》1981 年第 2 期）

王润滋

WANG RUN ZI

(1946—2002)。出生于山东文登一个农民家庭。1966 年文登师范毕业后，先后当过小学教师、县委报道组报道员。1982 年加入中国作家协会。曾任烟台地区创作组副主任，烟台市文联主席兼威海市文联主席，山东省作家协会副主席。

1968 年开始发表作品。作品有小说集《卖蟹》《鲁班的子孙》等。小说《卖蟹》、《内当家》分获 1980 年和 1981 年全国优秀短篇小说奖。

内 当 家

一

　　锁成老汉六十岁了，一辈子心眼儿窄巴，经不住个大事儿。会计账上，他家的户主姓名写的是李秋兰，他老婆。连领粮领钱用的手戳都是。下地干活回来，吃饱了饭，嘴一抹，就倚在铺盖卷上听广播。不听曲子不听戏，倒爱听新闻节目和对农村广播，说听那心里清亮。除此以外，柴米油盐、鸡鸭猪狗，大小事儿不管。

　　这几年，庄稼人兴在院里打机井，手一按就冒水，洗衣濯菜不出门。别人都打，问他，他说："等问问内当家。"

　　他老婆说：

　　"打！人家能，咱也能，不少胳膊不少腿的！"

　　于是，他便理直气壮地回别人话："打！人家能，俺也能！"

　　锁成对老婆，不光嘴上称道，心里也宾服。她实在是个挺有能耐的女人。大片脚，二毛子，小他十好几岁。嘴一份子，手一份子，说话办事儿一斧子一块，屋里屋外，她一人操持。冬添棉，夏换单，房上苫草，猪崽入圈……百样事，她心到手到，点水不漏。几十年来，小日子过得严丝合缝。不该破费的，苍蝇衔不出一粒米；该花销的，男子汉没她气魄大。内当家，是锁成叫惯了的称呼，其实内外都当家。

　　动工打井的头一天晚上，锁成推开筷子碗，往后一仰，架起二郎腿，点上一锅子烟，听起广播来。开始，听得有滋有味。可听着听着，不知咋烦了，"嘎叭"一声把开关拉死了。

　　内当家在正间地下刷碗，正听在瘾头上，就把一只湿漉漉的手伸进里屋来，摸到墙上的拉线，"嘎叭"一声又把开关拉开了。然后，一边刷，一边细细地听。

锁成老汉烦透了，嗞嗞地抽着烟，一袋接一袋，不歇气儿。往炕沿上磕第三锅烟灰的时候，随手又把开关拉死了。

内当家火了，冲进里屋来，在围裙上擦着手："你这人真是，自个儿不听，也不叫人家听！"锁成支吾着；"俺，俺头痛，想睡觉哩。"内当家火气立刻消了，伸手去按他的前额瓜："不热。恶心么？"

锁成含糊不清地应答着："唔，唔……"

内当家说："俺给你烧绿豆汤。真是的，屁事不用你操心，上的哪门子火！"

一会儿，绿豆汤端上了，还加了两勺白糖。锁成足足喝了两海碗，喝得汗淋淋的，躺下了，可一宿没睡着，翻过来，复过去，眼珠子溜滑，烟灰磕了半窗台。天傍亮，终于忍不住，把老婆推醒了："新槐妈……"

内当家揉揉眼："咋，还没松痛？"

"俺、俺跟你商量个事儿哩。"

"说呗！"

锁成为难地看了看老婆，又低下头，把烟袋捅进荷包里，抠索着，半天没装好一锅子烟。

内当家急了，一骨碌爬起来，穿衣服："你这人真是，谁给你嘴上贴封条咧！"

锁成憋足勇气说："咱那井，别打了。"

"咋？"

"你没听喇叭匣子里喊的啥？"

"啥？"

"俺不说你也明白。"

内当家急了，被一撩就下炕："你别说了，留肚里沤肥吧！"

锁成赶紧抱住老婆的胳膊："新槐妈，慌啥哩？俺说，俺说还不中！"

"说！说晚了不喜得听！"

锁成把嘴往老婆耳边凑了凑，小声说："嵩山的（地富）分子都摘帽了，连蹲过八年大狱的赵百万都在内。"

内当家点点头："嗯。"

"现时，人家又吃香了，跟咱贫雇农平起平坐呢！"

内当家咬咬嘴唇："嗯。"

锁成点上烟，嗞嗞抽。一边抽，一边说："就为这，咱这井别打了，别他妈把劲出瞎了！"

内当家愣了。

"唉，你这人真死心眼儿！挑明了说吧，这果实房归齐了还不知姓啥哩！

刘金贵还没死，听说他儿子在日本国，开家大饭店，挺有钱。他给县上捎回辆小鳖盖子车，还有电视机啥的。再说，就算他死了，还有儿孙后代呀！这房，不保险哩！"

内当家说："你净瞎寻思！"

"瞎寻思？你不见上头的政策，像奶头孩子的脸儿，一天十八变！吃不准哩！"

内当家低下头，不吱声了。

锁成说："咱家的事儿，从来是大小都你说了算，俺服气！这遭听俺一回，啊？保准吃不了亏。"

内当家突然笑起来。

锁成懵了："笑啥哩？"

还笑！笑得格格的，笑得前合后仰，笑得用拳头擂着老头子的脊背，擂得咚咚响。

锁成慌了神儿，伸手去捂老婆的嘴："笑啥哩？笑啥哩？你痴啦！左邻右舍都是耳朵，你就不怕……唉！笑啥哩！"

内当家擦着泪儿，狠狠瞪了老头子一眼："你呀，神经病！白赚俺两碗绿豆汤！俺就不信日头能跟西边出！俺就不信共产党的天下能叫人翻个个儿，老头子，没事瞎嘀咕，睡你的省心觉吧！啊？"

天大明，内当家下了炕，高声大嗓地冲对面房喊："新槐，日头照腚啦！"

没结婚的小儿子新槐扣着扣儿走进来："妈，做么？"

内当家掏出钱，塞进儿子手里："去，买盘鞭！"锁成问："不盖房子不上梁，买鞭做么？"

内当家没好气地说："放响儿听！"

乡下盖房上梁，一般人家都放鞭炮，以示吉庆。打井放鞭，老辈子没这讲究。老辈子没有的，李秋兰家做。她叫儿子用竹竿挑起长长的一串小红鞭子，站在院当央；叫老头子点火，老头子手不听使唤，划了好几根火柴没点着。她急了，一把夺过来，"嗤"地划着了，一凑上就冒火星儿。鞭声爆豆似的响了，引来满村看热闹的人。一群孩子围在下边抢落下的那些。满院子纸花飞扬，硝烟弥漫，火爆透了！

"新槐，擎高点！"内当家喊。

人们私下里咬耳朵。谁都吃不透，这个手紧如锁的把家婆，今儿怎么舍得拿着票子闹光景……

鞭串快燃尽了，内当家抓过一把锨，推进老头子怀里，朗声朗气道："槐他爹，动土吧！"

不知怎么的，锁成也有劲了，一锨铲下半尺深……

二

井打下两丈深，遇上酥石硼了，还连个水星儿不见。锁成主张填了，内当家不叫，说和邻家走的一条水线，咋会没水？龙王爷在石硼底下压着呢！她请来石匠，要放炮轰哩！

炮眼打好了，药装上了。这工夫，喇叭匣子里忽然喊李秋兰的名字，要她赶快到大队会计室去，说有要紧事。她正在往窗玻璃上贴纸条，防止震碎玻璃飞起来扎伤人，腾不开手，就对老头子说："你去听听，鱼事虾事�ㄨ喝么？"

锁成难得直搓手："俺行么？俺行么？人家点名要你去哩！"

"你这人真是，就不会捎个话回来？"

锁成去了。吃顿饭的工夫又回来了，一溜小跑。进门来，拉住老婆就往里间屋拖，说话舌头都不听使唤："槐、槐他妈，刘、刘金贵回来了！"

内当家一震，倚在门框上。

锁成说："先住在县城招待所，明儿就回村来，说是要来看看老住房。听听，这话味儿……"

内当家紧抿住嘴唇，半晌说不出话。

"槐他妈，快拿个章程吧！县里来人了，是个啥主任，看样子官儿不小，话头挺冲，这阵在会计室，跟支书谈，说过会儿就上咱家来……"

"来做么？"

"来看地场，说是要在咱家给刘金贵接风哩。噢，对了，会计室门前还停辆大汽车，软和椅子、花地毯、木头炕（床）……装得冒尖儿，比刘金贵当年还势派着呢！"

内当家想了一下，问道："你怕么？"

"谁？刘金贵？哼！"锁成吐了口唾沫说，"当年上台跟他说理斗争，俺怵过？俺怕啥？俺是怕咱靠山不硬戗。听主任那口气，他刘金贵如今有钱有势，像成了皇上爷哩！咱是啥！咱还不是个穷光当的庄稼佬？"

内当家说："别把鼻涕往自个儿脸上抹。告诉石匠老师点炮，这事儿你甭管！"

锁成犹豫地看着老婆："这……"

内当家瞪他一眼："咋？咱的房，咱的院，咱想怎的就怎的，怕啥！"

这时候，院里走进一帮人。锁成从窗上看见了，忙扯扯老婆的袖子，小声说："来了来了，打头的那个就是主任哩！"

内当家撩撩搭在眉心的一缕头发，从从容容走出里间屋，倚在正间门框上，眯着眼审视来人。

县政府办公室孙主任是个很认真的人，没顾得进门就在院子里左看右看起来："唔唔，这不好，院子里这么脏！哎呀，怎么现在打起井来了呢？"他小心地挪步到井口，探着头朝底下看，又扭头问陪他来的老支书："今、明能完工？"

老支书说："起码得三天四日。"

孙主任想了一下，果断地说："那得填，填！要不这像个什么样子？乱七八糟！再说，也得注意国际影响嘛！人家外国哪有这么落后的打井法？传出去，要给咱们中国人丢脸的！"

老支书说："庄稼人动动工程不容易啊！"

孙主任摇着头，坚决地说："不行，得填！小局服从大局嘛！走，屋里看看。"说着，转身朝屋里走。一抬头，门口堵着个忿忿的女人。

内当家两手撑着两边的门框，把门堵了个严严实实，依然眯着眼看孙主任。孙主任愕然了。老支书给他们做了介绍。孙主任立刻笑了："哦，你就是李秋兰同志？哈哈，百闻不如一见哪！"说着，热情地伸出一只手。

内当家没松脸，没挪身，连手也没伸，只冷冷地说："找谁？俺这屋里没主儿！"

孙主任嘴张了张，没说出话。

锁成在背后直扯老婆的衣角。

内当家把手往后一拨弄，直冲孙主任说："要是有主儿，进门来得通个名报个姓呀！俺没见这号人，踩着人家的门槛，管着人家的事儿，还没个商量！这家，你当？俺当？咹？"

孙主任脸一阵红，一阵白，哭笑不得。是啊，一个国家大干部，怎么好跟一个粗鲁的乡下女人论理呢！

老支书说："秋兰，孙主任是为工作，咱们得好生配合呀！"

内当家气不短，声不颤："他支书大伯，俺李秋兰跟谁都没有肚皮外的话。要说为工作，不是俺自个觉着，打从土改到如今，多咱跟咱上级两心眼儿？俺这家，不是当年刘家的衙门，谁都没觉着难进过。他姑，他姨，他婶子大娘，三六九地来走亲串门儿。刘金贵要回来，回来就回来呗，能不叫他进？俺家没养把门狗！可叫俺低三下四，没那步天地！别说他，就连县委书记来，俺都没两样待！人家张书记，拾起扫帚就扫院子。可你，孙主任，你嫌俺院里脏。住家过日子，能没鸡屎鸭浆？能没砖头瓦块？叫俺把井填了，为的啥？不就为刘金贵回来走一趟，看一眼！嫌俺丢人，领你城里大洋楼去，当老爷舅舅俺不管。进俺这个门来，就得服俺家的规矩。就这话！"

老支书紧张得一口大气不敢喘。

锁成呢？不知啥时候躲进里屋去了。

孙主任脸色变得十分难看，不过毕竟还是有涵养的人啰。他努力克制着自己，强笑道："李秋兰同志，你有朴素的阶级感情，这很好嘛！可也不能抱着旧有的农民意识不放呀！刘金贵先生现在是爱国华侨，为了搞四个现代化……"

"甭说了，主任！"内当家打断他的话，"国家大事，你该比俺懂得多，你想叫俺咋办吧？"

这工夫，一帮人把汽车上的床呀沙发什么的，都抬进院里来了，新崭崭地摆了一大片。

孙主任说："就这，想把屋里屋外重新布置一番，让刘先生看看咱们社会主义新农村的幸福生活。"

内当家又把眼眯起来，细细地瞅那些她见都没见过的高级家具。

"怎么样，满意吧？"孙主任问。

内当家嘴角浮上一丝狡黠的笑意："这么说，这些玩意儿往后都归俺了？那敢情好，留给俺新槐娶媳妇！"

孙主任连忙摇头："不不不……"

"哈哈哈哈！……"内当家开心地笑起来。立时，又不笑了，依然绷着脸，"那，送俺家来做么？摆臭谱儿呀？俺没那份穷心思！"她猛地仰起脸，朝外挥挥手："抬走，都抬走！俺不希罕！俺院里脏！俺家不开展览馆！"

老支书严厉地制止她："秋兰！"

孙主任再也忍不住了，一跺脚喊道："不准抬走！这井，也得填，马上给我填！"

"怎么？上俺家要赖放泼么？"内当家登登几步奔到井口，冲下面喊，"石匠老师，预备点火！"

井下仰起一张脸，拖着响亮的长腔回一声："好咧——"

满院子的人都傻眼了。

锁成老汉从屋里跌跌撞撞跑出来，扯住老婆的衣袖，苦苦哀求："新槐妈，低低头过去吧！"

内当家推开他的手说："你腿脚慢，先闪开点儿！"她登上猪圈墙，用手卷个喇叭筒，放到嘴上，朝左邻右舍喊起来："哎——放炮啰——他七大妈，他海奎叔，他五爷爷，把窗子都打开，别震破玻璃了，俺家放炮啰——"

满村满野都发出回响："放——炮——啰——"

孙主任脸色气得铁青："抬出去，快抬出去！"他焦急地朝那些手里抬着、肩上扛着的乱哄哄的人群喊着。

老支书暗自一笑，抬脚走了。

"轰——"炮声响了。是从地下发出的，很闷，很沉。谁都感觉到了，脚下在动。人们潮水般地朝李秋兰院里涌去，争看这一炮打出的成果。只有她，默默地站在一棵小树下面，眼里涌出两颗泪珠。那亮晶晶的泪珠落进她脸上很深的皱纹里，噗啦滚下来……

<h1 style="text-align:center">三</h1>

那是多年以前的事了。

天阴得很厚，下着大雪。黄昏时分，响起牲口脖子上铜铃铛的声音，一辆铁轮轿车从官道上奔来。赶车的是个寒酸的小伙子，抱着鞭杆儿，坐在车辕上打哆嗦。

车戛然停下了。小伙子跳下来，跑前几步，用鞭杆去拨挡在路中间一堆被雪盖住的东西。刚拨一下，又慌忙蹲下，伸手去扒，是个要饭的小姑娘，冻僵了，空篓子挽在胳膊上，挣不下…… 轿子里喊起来："快走！"小伙子抱起小姑娘，走回车边，毕恭毕敬地叫了声："东家……"轿窗的布帘掀开了，露出两只眼，一闪，又放下了："快丢开她，丢开！"小伙子眼里闪着怜悯的光："东家，她兴许还能活过来，救救她吧！"

"死了，你贴棺材？"

"东家……"小伙子眼里湿了。

轿子里面骂起来："真他妈傍年靠节败兴人，丢开！"

小伙子咬着牙，哆哆嗦嗦把小姑娘放在路边的雪堆上，脱下自己的棉袄给她盖在身上……

车子动了。小伙子拼命地打着马。铁轮碾碎着冻僵的土地。

回到村里，已是掌灯时分了。小伙子拴上牲口，拔脚就往回跑。他弯着腰，在雪地里摸，终于摸到了。他把小姑娘抱在怀里，回到那间冰冷的伙计屋子。他想给她暖和暖和身子，可没有一颗火星星。就那么抱了一宿。天亮的时候，小姑娘身上竟有了热气，睁开了眼……

小伙子兴奋地跑去找东家。"活了！活了！"他流着欢喜的泪喊。他哀求东家留下这个无家可归的孩子。他愿意养活她。他答应少拿一年的工钱，以表示对东家恩德的感激……

从此，这座高门大院里，多了一个十岁的丫头。她又矮又瘦，却要干很重很累的活儿：推磨、压碾、洗衣、濯菜……一天到晚，没完没了。东家拿冷冷的眼睛看她，连把门狗也总是向她发出呜呜的威胁声。她的心终年蜷缩着，像一只发抖的小兔。只有晚上，当她回到那间小屋的时候，才感到一点人世间的温暖。她叫他成哥，他叫她兰妹，兄妹俩问饥问冷，相亲相爱。命运把两颗苦难的心连到一起了。

七年过去了。小姑娘长大了。

一天，秋兰突然问："成哥，你都快三十岁了，怎么还不成个家呀？"

锁成老实地说："咱个穷扛活的，谁喜得跟。"

秋兰说："你看得上俺么？"

锁成愣了。

"你要不嫌，就娶俺吧！"

锁成直摇头："不不……"

秋兰眼里闪着亮亮的光："成哥，娶俺吧。咱们出去，自个儿安个家！俺一辈子都对你好……"

锁成心里扑通扑通跳："别、别叫东家听见……"

"听见就听见，俺在这儿够了，俺出去要饭！"

"唉！"锁成一跺脚，跑了。

东家问："锁成，想娶秋兰做老婆？"

"嗯嗯，不不……"

东家笑了。

一天傍晚，锁成出车回来，听见哭声。跑回小屋一看，一个秃头顶的老头，正把着秋兰的手腕往外拖。东家一手端着水烟袋，一手在后面推搡着。秋兰死命地抱住门框，不肯走。她见锁成回来了，便挣开那人的手，扑向他："成哥，快救俺……"

锁成扶住秋兰，愣愣地看着东家。

东家咕噜了一口水烟，说："你回来得正好，跟你妹妹见见面。她要走了，去享福，找了个挺好的主儿。喏，就是这位李掌柜。"

秋兰哭道："他把俺卖了！"

锁成像当头挨了一棒，差点晕倒："东家，你……"

东家低头吸着水烟。

秃顶老头用狐疑的目光盯着锁成，又逼近秋兰，恶狠狠地问："他，是你什么人？"

东家说："她哥，这还会错！"

秋兰使劲咬住嘴唇，不开口。

老头猛地抬起秋兰的下巴："你跟他睡过觉没有？说！"

秋兰使劲推开他的手，大声说："睡过，七年了！俺早就是他的人了！"

东家惊呆了。

锁成又羞又急："你，你，你……"

秋兰一头扑进锁成怀里，抱住他不放，热泪珠子叭嗒叭嗒掉。锁成鼻子一酸，也呜呜哭了……

老头冷笑了："刘先生，想不到你拿个烂婆娘糊弄我，还要那么高的价码！"说着，掏出契约，当面撕了，回身就走。

东家慌忙赶上几步："李掌柜……"

老头不回头，跨出了大门。

东家气得浑身发抖，脸色铁青，转回身，扑过来，一把揪住秋兰的头发，把水烟袋往额角撞去……

院子上空的硝烟散尽了。

内当家下意识地抬起手，按住额角。手掌下面，隔着一层花白了的头发，有水烟袋留下的伤痕。它今天好像还在隐隐作痛。别人能忘，她不能忘，那过去的仇恨……

她朝家里走。她不由得抬起头，看那青砖黑瓦的高门楼。她在这里面生活了大半辈子，过去是丫头，现在是主人；过去穷，现在也没怎么富。可苦瓜甜果两样滋味！那一天，她捂着血淋淋的额头冲出地主家的大门，穷乡亲帮她搭起一间小窝棚。在那里面，他们成了亲。新婚第二天，男人去打短工，她又拐起要饭篓。她觉得舒心多了，家好赖自个儿当了。一九四七年解放，斗争了刘金贵。农会主席（现任党支书）领着他们一家，来到这大门口，说："从今往后，这屋就归你们，是你们用血汗挣下的！这辈子住不烂，传给儿孙后代！"她扑到黑漆大门上，上下摸着，哭了。往后，不管世事多么乱，她从没想到过，谁能把他们的屋夺去。一九四八年国民党重点进攻，还乡团回来倒算，有人害怕，把土改果实退给地主了。她不退，杀头也不退！好在刘金贵识时务，没敢轻举妄动。国民党败退的时候，他们父子随着走了，先到台湾，又去国外。一九六二年，台湾派小股武装在沿海登陆。锁成睡不安稳，她说，怕啥？天能塌下来，共产党的龙墩也倒不了！她铁了心。可这回是怎么个景儿？地富的帽都一风吹了。说起来，也该吹，压这么多年了，好些人也改造了。可听孙主任那话味儿，这像共产党的意思么？

内当家觉得脑瓜子又热又胀，回到家，没顾上看井，一头栽在炕上了。锁成慌了神儿，又要找医生，又要烧绿豆汤。老婆说："苍蝇蹬一脚，咋呼啥？过来给俺捏几把就中。"锁成双膝跪在炕上，拇指对个"八"字，在老婆额前推拿起来。

晚上，老支书来了。内当家心里一热，落下泪来；"他大伯，真要变天么？"

老支书点上一锅烟，笑呵呵地坐在炕沿上抽："秋兰，你这钢性人，怎么也说这没筋没骨头的话？"

锁成在一边给老婆打边鼓："唉，俺内当家说的是，这年头又该有钱有势的人打腰啰！"

"你呀锁成，小庙的鬼！啥打腰打腔？还不是共产党的江山！"

锁成说："像孙主任那号共产党呀？哼，俺不宾服！"

老支书笑问道："那你昨天咋不跟他论理？"

内当家瞪了锁成一眼，说："他呀，锅台后的汉子，见不得人！"

老支书看着涨红脸的锁成，哈哈大笑。

内当家不笑，很认真地问："可孙主任也是顶着共产党的名儿下来的呀？"

老支书沉思地抽着烟。烟锅里嗞嗞响，烧得通红，"问得好啊，秋兰！这些年，就是这些顶名儿的把咱们党的威信抖落低了，说话办事儿老百姓不那么放心啰。这号人哪，都是气象大学毕业的，听见风就是雨，看见闪就是雷，就会顺着裤筒子放屁！别看他们咋呼老百姓吹胡子瞪眼挺有能耐，其实呀，都是些空心萝卜！他们说的话办的事儿，不能记共产党账上！锁成，你说呢？"

"嗯，嗯，这话公平，服俺心。"

内当家咬着嘴唇寻思，不吱声。

老支书磕磕烟锅里的灰，笑着问："秋兰，你说呢？"

内当家抬头一笑："那，明儿咋办呢？"

老支书说："你是主人，你待客，你说咋办就咋办！"接着，他告诉他们，刚才县里来电话了，张书记批评了孙主任。说刘金贵既是来探家，就该由他家乡的群众接待。要相信群众。还说，明天县里不陪干部来，只派车子送他回来……

内当家轻轻松了口气。

临走，老支书说："秋兰哪，跟你掏句心底话，这码事儿起先俺也不通！当初咱们打倒的仇人，又要咱们自个儿扶起来，当客待，心里不痛快呀！可后来往深里一寻思，就觉着咱思想老了，跟不上趟儿了。老皇历翻不得啰！眼睛不能总长在后脑勺上，你想想，土改多少年了，还压着人家，管制人家，拿人家当敌人待，说骂就骂，说斗就斗，不公道呀？能老老实实，听共产党的话，走社会主义道，咱跟这号人有啥过不去？人家也有儿女，一茬接一茬，一辈传一辈，还能辈辈世世把人家踩在脚底下？就说刘金贵吧，他爱国，是个中国人哪！"

锁成听得不眨眼。

内当家霍然抬起头："他大伯，你给张书记回个电话，就说俺李秋兰还有副中国人的心肝，俺不会给共产党丢人现眼！也告诉刘金贵，俺请他……回来！"

老支书满意地笑了。

锁成忙问："井呢？"

"打！"

四

井口，架起一辆扒掉胶带的小推车，轱辘朝天，代做滑轮。锁成一家依次把住绳子，将一筐筐石头从井底拉上来。为了统一动作，内当家领头喊着号子："一二——嗨哟……"早晨的阳光落满小院。圈里的猪吃饱了食，在猪圈墙上蹭痒痒。大白公鸡站在墙头上，抻着脖子打鸣。盘满草棚顶的葫芦叶儿上，兜满夜里落下的露水珠儿，风一刮，噼里啪啦往下滚，像掉银豆子。挂在檐下的棒棒穗子，闪着金火火的光……

空筐放到井底了。内当家擦了一把额上的汗，自言自语道："三十几个年头了，他老了……"

锁成说："属狗，七十一。"

"见面兴许认不得啰！"

"哎，槐他妈，你说他在日本国里找老婆了么？"

"听说没呢！"

"在那边吃香的、喝辣的，回来做么！真想倒算呀？听张书记那话味儿，他能么？你说……"

内当家说："故土难离呀！走那年，有人见他还偷着抹泪呢！也可怜见的……"

"哼，你可怜他，当初他可不可怜你！"锁成不平起来。

"当初归当初，现在归现在；他是他，咱是咱。"

新槐是个老实孩子，爹妈说话，从来不插嘴。

井下抖动了绳子。内当家喊了一声，全家人应和着。一筐又一筐石头拉上来了。井下不断地报着水情：

"见湿泥了！"

"渗水星儿了！"

三天，井硬是艰难地打下去三丈深。

九点钟光景，外面响起小汽车的马达声。锁成一阵紧张，压低声说："来了！"

内当家抿住嘴唇，想了想，说："新槐爹，你进去换件洗浆衣裳，在铺盖底下压着。"

"哎。"锁成得令而去。

"新槐，你骑车子上东庄割肉，不要那白肉膘子，要红肉枣儿，今儿晌午包发面包子，他爱吃这口儿。"儿子也去了。

内当家从外窗台上抓过一盒烟卷，走到井口，冲下边喊："喂，石匠老师，俺有客，顾不上你，见水喊一声。给，烟。"说着，把烟丢下去了。都铺排妥了。她拍了拍衣襟上的泥，朝大门口走去。

来了！在一群围观的孩子前面，颤巍巍地走来一个瘦小的老头。是他么，当年威风凛凛的东家？老成这个样子了！头秃得连白头发都没几根了，眉毛也差不多脱光了。嘴瘪得像个老太婆，脸上生满老人斑。他躬着腰，挂着拐杖，腿脚磕磕绊绊的，很不灵便了。惹人眼的是，他左手还擎着支水烟袋，看样子刚抽过，锅子里还飘出一缕青烟。噢，多少年了，他保留着过去的嗜好……

内当家心尖一抖，盯住那水烟袋。

走到门前，刘金贵停下了，抬起头，眯起松弛的眼皮，细细地看站在黑漆大门下的这个女人。他不自然地笑着，尴尬、怯生地摇摇头，表示不认识。蓦地，他那双浑浊的眸子里，闪出一道恐惧的光，手哆嗦了，水烟袋"哐啷"一声掉在地上。他痛苦地闭上了眼。他看到了她额角上的疤痕……

内当家嘴唇打战，扶在门框上面的手指要抠进木头里去了！

谁也说不出话。

突然，孩子群里谁喊了一声："看啰！洋老头水烟袋都拿不稳啰！"别的孩子也喊起来。随着，就是一阵哄然大笑。

内当家心里不知涌上一股什么滋味。她一咬牙，向孩子们挥挥手："滚开，都滚开！"

孩子们轰地跑散了，站在远一点的地方看。不过，没人再敢胡喊乱闹了。

内当家走前几步，弯腰拾起水烟袋。还是那一支，只是添了几道手指磨下的印痕。年岁久了，铜铁也磨得损。人心呢？

刘金贵颤索索地伸出一只手："秋兰姑娘么？我没认错人吧！能活着见到你，见到家，我真高兴，真高兴……"

内当家眼圈有些湿润。她用手抹去水烟袋上的泥尘，递到刘金贵眼前，朗声道："他大伯，屋里坐，锁成有好烟哩。"

刘金贵双手接过烟袋："锁成，他好么？"

"好，托共产党的福！"内当家扭头冲家里喊，"新槐爹，来客了！"

锁成扣着扣儿，急匆匆跑出来，一见刘金贵，愣在那儿了，挪不动腿，张不开嘴。

刘金贵感慨地摇摇头："也老了！"

锁成憋了好一阵，才说出一句话："俺属鸡，六十啦！"

内当家憋不住，嗤地笑了。

紧张的气氛缓和了。他们走进院子。内当家告诉他打井的事，刘金贵直点头，说："这地下有好水，当年盖房就想打，可怕捅漏了地气……"说着，自嘲地笑了。

"水！水！"井下突然喊起来。

内当家乐得大手一拍，踩着乱石块子奔过去，趴在井口往下看："水旺么？"

井下回答："指头粗的水眼直冒哩！"

内当家回过头大声喊："新槐爹，拿瓢来！"

锁成把一只葫芦瓢放进筐里，扯着绳子顺到井下，一会儿，又拉了上来。筐里放着一瓢刚接下的水。

"新槐妈，快尝尝，甜的？咸的？"

内当家端起瓢，递到刘金贵眼前说："这是家乡的水，你尝尝。"

刘金贵受宠若惊，竟不敢去接。

内当家爽快地说："喝吧！俺喝的日子还长哩！"

锁成也厚道地一笑："嘿，喝吧，你是客！"

刘金贵两手颤抖着把瓢接过了，没顾得让水中的泥沙沉淀下去，就把瓢沿接到嘴上，咕嘟咕嘟地喝起来，一口气下去小半瓢。他微微闭上眼，咂着没牙的嘴，品味着这水的滋味⋯⋯

锁成问："甜的？"

刘金贵把瓢沿又放到嘴上，大口大口地喝着。只见浑浊的老泪夺眶而出，大串大串地落进水中，又咕嘟咕嘟吞进肚里去了⋯⋯

内当家鼻子一酸，急忙把脸扭到一边⋯⋯

（原载《人民文学》1981 年第 3 期）

汪曾祺
WANG ZENG QI

（1920—1997）。江苏高邮人。从小受正规的传统教育。1930年考入西南联大中国文学系，师从沈从文等名家学习写作。1943年毕业后在昆明、上海的中学执教。1948年到北平，任职历史博物馆，后随中国人民解放军四野工作团南下，行至武汉被留下接管文教单位。1950年调回北京，从事文艺工作。1958年被划成"右派"，下放至张家口的农业研究所工作。1962年调北京市京剧团任编剧。后参与现代京剧《沙家浜》的定稿。1979年恢复写作。1982年加入中国作家协会。

1940年开始小说创作。出版有小说集《邂逅集》《晚饭花集》《汪曾祺短篇小说选》，儿童小说集《羊舍的夜晚》，散文集《蒲桥集》，文论集《晚翠文谈》及《汪曾祺全集》（8卷）等。小说《大淖记事》获1981年全国优秀短篇小说奖。

大淖记事

一

　　这地方的地名很奇怪，叫做大淖。全县没有几个人认得这个淖字。县境之内，也再没有别的叫做什么淖的地方。据说这是蒙古话。那么这地名大概是元朝留下的。元朝以前这地方有没有，叫做什么，就无从查考了。

　　淖，是一片大水。说是湖泊，似还不够，比一个池塘可要大得多，春夏水盛时，是颇为浩淼的。这是两条水道的河源。淖中央有一条狭长的沙洲。沙洲上长满茅草和芦荻。春初水暖，沙洲上冒出很多紫红色的芦芽和灰绿色的蒌蒿①，很快就是一片翠绿了。夏天，茅草、芦荻都吐出雪白的丝穗，在微风中不住地点头。秋天，全都枯黄了，就被人割去，加到自己的屋顶上去了。冬天，下雪，这里总比别处先白。化雪的时候，也比别处化得慢。河水解冻了，发绿了，沙洲上的残雪还亮晶晶地堆积着。这条沙洲是两条河水的分界处。从淖里坐船沿沙洲西面北行，可以看到高阜上的几家炕房。绿柳丛中，露出雪白的粉墙，黑漆大书四个字："鸡鸭炕房"，非常显眼。炕房门外，照例都有一块小小土坪，有几个人坐在树桩上负曝闲谈。不时有人从门里挑出一副很大的扁圆的竹笼，笼口络着绳网，里面是松花黄色的，毛茸茸，挨挨挤挤，啾啾乱叫的小鸡小鸭。由沙洲往东，要经过一座浆坊。浆是浆衣服用的。这里的人，衣服被里洗过后，都要浆一浆。浆过的衣服，穿在身上沙沙作响。浆是芡实水磨，加一点明矾，澄去水分，晒干而成。这东西是不值什么钱的。一大盆衣被，只要到杂货店花两三个铜板，买一小块，用热水冲开，就足够用了。但是全县浆粉都由这家供应（这东西是家家用得着的），所以规模也不算小。浆坊有四五个师傅忙碌着。喂着两头毛驴，轮流上磨。浆坊门外，有一片平场，太阳好的时候，每天晒着浆块，白得叫人眼睛都睁不开。炕房、浆坊附近还有几家买卖荸荠、茨菇、菱角、鲜藕的鲜货行，集散鱼蟹的鱼行和收购青草的草行。过了炕房和浆坊，就都是田畴麦垄，牛棚水车，人家的墙上贴着黑黄色的牛屎粑粑，——牛粪和水，拍成饼状，直径半尺，整齐地贴在墙上晾干，作燃料，已经完全是农村的景色了。由大淖北去，可至北乡各村。东去可至一沟、二沟、三垛，直达邻县兴化。

大淖的南岸，有一座漆成绿色的木板房，房顶、地面，都是木板的。这原是一个轮船公司。靠外手是候船的休息室。往里去，临水，就是码头。原来曾有一只小轮船，往来本城的兴化，隔日一班，单日开走，双日返回。小轮船漆得花花绿绿的，飘着万国旗，机器突突地响，烟筒冒着黑烟，装货、卸货，上客、下客，也有卖牛肉、高粱酒、花生瓜子、芝麻灌香糖的小贩，吆吆喝喝，是热闹过一阵的。后来因为公司赔了本，股东无意继续经营，就卖船停业了。这间木板房子倒没有拆去。现在里面空荡荡、冷清清，只有附近的野孩子到候船室来唱戏玩，棍棍棒棒，乱打一气；或到码头上比赛撒尿。七八个小家伙，齐齐地站成一排，把一泡泡骚尿哗哗地撒到水里，看谁尿得最远。

大淖指的是这片水，也指水边的陆地。这里是城区和乡下的交界处。从轮船公司往南，穿过一条深巷，就是北门外东大街了。坐在大淖的水边，可以听到远远地一阵一阵朦朦胧胧的市声，但是这里的一切和街里不一样。这里没有一家店铺。这里的颜色、声音、气味和街里不一样。这里的人也不一样。他们的生活，他们的风俗，他们的是非标准、伦理道德观念和街里的穿长衣念过"子曰"的人完全不同。

二

由轮船公司往东往西，各距一箭之遥，有两丛住户人家。这两丛人家，也是互不相同的，各是各乡风。

西边是几排错错落落的低矮的瓦屋。这里住的是做小生意的。他们大都不是本地人，是从下河一带，兴化、泰州、东台等处来的客户。卖紫萝卜的（紫萝卜是比荸荠略大的扁圆形的萝卜，外皮染成深蓝紫色，极甜脆），卖风菱的（风菱是很大的两角的菱角，壳极硬），卖山里红的，卖熟藕（藕孔里塞了糯米煮熟）的。还有一个从宝应来的卖眼镜的，一个从杭州来的卖天竺筷的。他们像一些候鸟，来去都有定时。来时，向相熟的人家租一间半间屋子，住上一阵，有的住得长一些，有的短一些，到生意做完，就走了。他们都是日出而作，日入而息。吃罢早饭，各自背着、扛着、挎着、举着自己的货色，用不同的乡音，不同的腔调，吟唱吆唤着上街了。到太阳落山，又都像鸟似的回到自己的窝里。于是从这些低矮的屋檐下就都飘出带点甜味而又呛人的炊烟（所烧的柴草都是半干不湿的）。他们做的都是小本生意，赚钱不大。因为是在客边，对人很和气，凡事忍让，所以这一带平常总是安安静静的，很少有吵嘴打架的事情发生。

这里还住着二十来个锡匠，都是兴化帮。这地方兴用锡器，家家都有几件锡制的家伙。香炉、蜡台、痰盂、茶叶罐、水壶、茶壶、酒壶，甚至尿壶，都是锡的。嫁闺女时都要陪送一套锡器。最少也要有两个能容四五升米的大锡罐，摆在柜顶上，否则就不成其为嫁妆。出阁的闺女生了孩子，娘家要送两大罐糯米粥（另外还要有两只老母鸡，一百鸡蛋），装粥用的就是娘柜顶上的这两个锡罐。因此，二十来个锡匠并不显多。

锡匠的手艺不算费事，所用的家什也较简单。一副锡匠担子，一头是风箱，绳系里夹着几块锡板；一头是炭炉和两块二尺见方，一面裱着好几层表芯纸的方砖。锡器是打出来的，不是铸出来的。人家叫锡匠来打锡器，一般都是自己备料，——把几件残旧的锡器回炉重打。锡匠在人家门道里或是街边空地上，支起担子，拉动风箱，在锅里把旧锡化成锡水，——锡的熔点很低，不大一会就化了；然后把两块方砖对合着（裱纸的一面朝里），在两砖之间压一条绳子，绳子按照要打的锡器圈成近似的形状，绳头留在砖外，把锡水由绳口倾倒过去，两砖一压，就成了锡片；然后，用一个大剪子剪剪，焊好接口，用一个木棰在铁砧上敲敲打打，大约一两顿饭工夫就成型了。锡是软的，打锡器不像打铜器那样费劲，也不那样吵人。粗使的锡器，就这样就能交活。若是细巧的，就还要用刮刀刮一遍，用砂纸打一打，用竹节草（这种草中药店有卖的）磨得锃亮。

这一帮锡匠很讲义气。他们扶持疾病，互通有无，从不抢生意。若是合伙做活，工钱也分得很公道。这帮锡匠有一个头领，是个老锡匠，他说话没有人不听。老锡匠人很耿直，对其余的锡匠（不是他的晚辈就是他的徒弟）管教得很紧。他不许他们赌钱喝酒；嘱咐他们出外做活，要童叟无欺，手脚要干净；不许和妇道嬉皮笑脸。他教他们不要怕事，也绝不要惹事。除了上市应活，平常不让到处闲游乱窜。

老锡匠会打拳，别的锡匠也跟着练武。他屋里有好些白蜡杆、三节棍，没事便搬到外面场地上打对儿。老锡匠说：这是消遣，也可以防身，出门在外，会几手拳脚不吃亏。除此之外，锡匠们的娱乐便是唱唱戏。他们唱的这种戏叫做"小开口"，是一种地方小戏，唱腔本是萨满教的香火（巫师）请神唱的调子，所以又叫"香火戏"。这些锡匠并不信萨满教，但大都会唱香火戏。戏的曲调虽简单，内容却是成本大套，李三娘挑水推磨，生下咬脐郎；白娘子水漫金山；刘金定招亲；方卿唱道情，……可以坐唱，也可以化了装彩唱。遇到阴天下雨，不能出街，他们能吹打弹唱一整天。附近的姑娘媳妇都挤过来看，——听。

老锡匠有个徒弟，也是他的侄儿，在家大排行第十一，小名就叫个十一子，外人都只叫他小锡匠。这十一子是老锡匠的一件心事。因为他太聪明，长得又太好看了。他长得挺拔斯称，肩宽腰细，唇红齿白，浓眉大眼，头戴遮阳草帽，青鞋净袜，全身衣服整齐合体。天热的时候，敞开衣扣，露出扇面也似的胸脯，五寸宽的雪白的板带煞得很紧。走起路来，高抬脚，轻着地，麻溜利索。锡匠里出了这样一个一表人才，真是鸡窝里飞出了金凤凰。老锡匠心里明白：唱"小开口"的时候，那些挤过来的姑娘媳妇，其实都是来看这位十一郎的。

老锡匠经常告诫十一子，不要和此地的姑娘媳妇拉拉扯扯，尤其不要和东头的姑娘媳妇有什么勾搭："她们和我们不是一样的人！"

三

轮船公司东头都是草房，茅草盖顶，黄土打墙，房顶两头多盖着半片破缸破瓮，防止大风时把茅草刮走。这里的人，世代相传，都是挑夫。男人、女人、大人、孩子，都靠肩膀吃饭。挑得最多的是稻子。东乡、北乡的稻船，都在大淖靠岸。满船的稻子，都由这些挑夫挑走。或送到米店，或送进哪家大户的廒仓，或挑到南门外琵琶闸的大船上，沿运河外运。有时还会一直挑到车逻、马棚湾这样很远的码头上。单程一趟，或五六里，或七八里、十多里不等。一二十人走成一串，步子走得很匀，很快。一担稻子一百五十斤，中途不歇肩。一路不停地打着号子。换肩时一齐换肩。打头的一个，手往扁担上一搭，一二十副担子就同时由右肩转到左肩上来了。每挑一担，领一根"筹子"，——尺半长，一寸宽的竹牌，上涂白漆，一头是红的。到傍晚凭筹领钱。

稻谷之外，什么都挑。砖瓦、石灰、竹子（挑竹子一头拖在地上，在砖铺的街面上擦得刷刷地响），桐油（桐油很重，使扁担不行，得用木杠，两人抬一桶）……因此，一年三百六十天，天天有活干，饿不着。

十三四岁的孩子就开始挑了。起初挑半担，用两个柳条笆斗。练上一二年，人长高了，力气也够了，就挑整担，像大人一样的挣钱了。

挑夫们的生活很简单：卖力气，吃饭。一天三顿，都是干饭。这些人家都不盘灶，烧的是"锅腔子"——黄泥烧成的矮瓮，一面开口烧火。烧柴是不花钱的。淖边常有草船，乡下人挑芦柴入街去卖，一路总要撒下一些。凡是尚未挑担挣钱的孩子，就一人一把竹笆，到处去搂。因此，这些顽童得到一个稍带侮辱性的称呼，叫做"笆草鬼子"。有时懒得费事，就从乡下人的草担上猛力拽出一把，拔腿就溜。等乡下人撂下担子叫骂时，他们早就没影儿了。锅腔子无处出烟，烟子就横溢出来，飘到大淖水面上，平铺开来，停留不散。这些人家无隔宿之粮，都是当天买，当天吃。吃的都是脱粟的糙米。一到饭时，就看见这些茅草房子的门口蹲着一些男子汉，捧着一个蓝花大海碗，碗里是骨堆堆的一碗紫红紫红的米饭，一边堆着青菜小鱼、臭豆腐、腌辣椒，大口大口地在吞食。他们吃饭不怎么嚼，只在嘴里打一个滚，咕咚一声就咽下去了。看他们吃得那样香，你会觉得世界上再没有比这个饭更好吃的饭了。

他们也有年，也有节。逢年过节，除了换一件干净衣裳，吃得好一些，就是聚在一起赌钱。赌具，也是钱。打钱，滚钱。打钱：各人拿出一二十铜元，叠成很高的一摞。参与者远远地用一个钱向这摞铜钱砸去，砸倒多少取多少。滚钱又叫"滚五七寸"。在一片空场上，各人放一摞钱；一块整砖支起一个斜坡，用一个铜元由砖面落下，向钱注密处滚去，钱停住后，用事前备好的两根草棍量一量，如距钱注五寸，滚钱者即可吃掉这一注；距离七寸，反赔出与此注相同之数。这种古老的博法使挑夫们得到极大的快乐。旁观的闲人也不时大声喝彩，为他们助兴。

这里的姑娘媳妇也都能挑。她们挑得不比男人少，走得不比男人慢。挑鲜货是她们的专业。大概是觉得这种水淋淋的东西对女人更相宜，男人们是不屑于去挑的。这些"女将"都生得颀长俊俏，浓黑的头发上涂了很多梳头油，梳得油光水滑（照当地说法是：苍蝇站上去都会闪了腿）。脑后的发髻都极大。发髻的大红头绳的发根长到二寸，老远就看到通红的一截。她们的发髻的一侧总要插一点什么东西。清明插一个柳球（杨柳的嫩枝，一头拿牙咬着，把柳枝的外皮连同鹅黄的柳叶使劲往下一抹，成一个小小球形），端午插一丛艾叶，有鲜花时插一朵栀子，一朵夹竹桃，无鲜花时插一朵大红剪绒花。因为常年挑担，衣服的肩膀处易破，她们的托肩多半是换过的。旧衣服，新托肩，颜色不一样，这几乎成了大淖妇女的特有的服饰。一二十个姑娘媳妇，挑着一担担紫红的荸荠、碧绿的菱角、雪白的连枝藕，走成一长串，风摆柳似的嚓嚓地走过，好看得很！

她们像男人一样的挣钱，走相、坐相也像男人。走起来一阵风，坐下来两条腿又得很开。她们像男人一样赤脚穿草鞋（脚趾甲却用凤仙花染红）。她们嘴里不忌生冷，男人怎么说话她们怎么说话，她们也用男人骂人的话骂人。打起号子来也是"好大娘个歪歪子咧！"——"歪歪子咧……"

没出门子的姑娘还文雅一点，一做了媳妇就简直是"姜太公在此百无禁忌"，要多野有多野。有一个老光棍黄海龙，年轻时也是挑夫，后来腿脚有了点毛病，就在码头上看看稻船，收收筹子。这老头儿老没正轻，一把胡子了，还喜欢在媳妇们的胸前屁股上摸一把，拧一下。按辈分，他应当被这些媳妇称呼一声叔公，可是谁都管他叫"老骚胡子"。有一天，他又动手动脚的，几个媳妇一咬耳朵，一二三，一齐上手，眨眼之间叔公的裤子就挂在大树顶上了。有一回，叔公听见卖饺面①的挑着担子，敲着竹梆走来，他又来劲了："你们敢不敢到淖里洗个澡？——敢，我一个人输你们两碗饺面！"——"真的?"——"真的!"——"好!"几个媳妇脱了衣服跳到淖里扑通扑通洗了一会。爬上岸就大声喊叫:"下面!"

这里人家的婚嫁极少明媒正娶,花轿吹鼓手是挣不着他们的钱的。媳妇,多是自己跑来的;姑娘,一般是自己找人。他们在男女关系上是比较随便的。姑娘在家生私孩子;一个媳妇,在丈夫之外,再"靠"一个,不是稀奇事。这里的女人和男人好,还是恼,只有一个标准:情愿。有的姑娘、媳妇相与了一个男人,自然也跟他要钱买花戴,但是有的不但不要他们的钱,反而把钱给他花,叫做"倒贴"。

因此,街里的人说这里"风气不好"。

到底是哪里的风气更好一些呢?难说。

四

大淖东头有一户人家。这一家只有两口人,父亲和女儿。父亲名叫黄海蛟,是黄海龙的堂弟(挑夫里姓黄的多)。原来是挑夫里的一把好手。他专能上高跳。这地方大粮行的"窝积"(长条芦席围成的粮囤),高到三四丈,只支一只单跳,很陡。上高跳要提着气一口气蹿上去,中途不能停留。遇到上了一点岁数的或者"女将",抬头看看高跳,有点含胡,他就走过去接过一百五十斤的担子,一支箭似的上到跳顶,两手一提,把两箩稻子倒在"窝积"里,随即三五步就下到平地。因为为人忠诚老实,二十五岁了,还没有成亲。那年在车逻挑粮食,遇到一个姑娘向他问路。这姑娘留着长长的刘海,梳了一个"苏州俏"的发髻,还抹了一点胭脂,眼色张皇,神情焦急,她问路,可是连一个准地名都说不清,一看就知道是大户人家逃出来的使女。黄海蛟和她攀谈了一会,这姑娘就表示愿意跟着他过。她叫莲子。——这地方丫头、使女多叫莲子。

莲子和黄海蛟过了一年,给他生了个女儿。七月生的,生下的时候满天都是五色云彩,就取名叫做巧云。

莲子的手很巧、也勤快,只是爱穿件华丝葛的裤子,爱吃点瓜子零食,还爱唱"打牙牌"之类的小调:"凉月子一出照楼梢,打个呵欠伸懒腰,瞌睡子又上来了。哎哟,哎哟,瞌睡子又上来了……"这和大淖的乡风不大一样。

巧云三岁那年,她的妈莲子,终于和一个过路戏班子的一个唱小生的跑了。那天,黄海蛟正在马棚湾。莲子把黄海蛟的衣裳都浆洗了一遍,巧云的小衣裳也收拾在一起,闷了一锅饭,还给老黄打了半斤酒,把孩子托给邻居,说是她出门有点事,锁了门,从此就不知去向了。

巧云的妈跑了,黄海蛟倒没有怎么伤心难过。这种事情在大淖这个地方也值不得大惊小怪。养熟的鸟还有飞走的时候呢,何况是一个人!只是她留下的这块肉，黄海蛟实在是疼得不行。他不愿巧云在后娘的眼皮底下委委屈屈地生活，因此发心不再续娶。他就又当爹又当妈，和女儿巧云在一起过了十几年。他不愿巧云去挑扁担，巧云从十四岁就学会结渔网和打芦席。

巧云十五岁，长成了一朵花。身材、脸盘都像妈。瓜子脸，一边有个很深的酒窝。眉毛黑如鸦翅。长入鬓角。眼角有点吊，是一双凤眼。睫毛很长，因此显得眼睛经常是眯缝着；忽然回头，睁得大大的，带点吃惊而专注的神情，好像听到远处有人叫她似的。她在门外的两棵树杈之间结网，在淖边平地上织席，就有一些少年人装着有事的样子来来去去。她上街买东西，甭管是买肉、买菜，打油、打酒，撕布、量头绳，买梳头油、雪花膏，买石碱、浆块，同样的钱，她买回来，分量都比别人多，东西都比别人的好。这个奥秘早被大娘、大婶们发现，她们都托她买东西。只要巧云一上街，都挎了好几个竹篮，回来时压得两个胳臂酸疼酸疼。泰山庙唱戏，人家都自己扛了板凳去。巧云散着手就去了。一去了，总有人给她找一个得看的好座。台上的戏唱得正热闹，但是没有多少人叫好。因为好些人不是在看戏，是看她。

巧云十六了，该张罗着自己的事了。谁家会把这朵花迎走呢？炕房的老大？浆坊的老二？鲜货行的老三？他们都有这意思。这点意思黄海蛟知道了，巧云也知道。不然他们老到淖东头来回晃摇是干什么呢？但是巧云没怎么往心里去。

巧云十七岁，命运发生了一个急转直下的变化。她的父亲黄海蛟在一次挑重担上高跳时，一脚踏空，从三丈高的跳板上摔下来，摔断了腰。起初以为不要紧，养养就好了。不想喝了好多药酒，贴了好多膏药，还不见效。她爹半瘫了，他的腰再也直不起来了。他有时下床，扶着一个剃头担子上用的高板凳，格登格登地走一截，平常就只好半躺下靠在一摞被窝上。他不能用自己的肩膀为女儿挣几件新衣裳，买两枝花，却只能由女儿用一双手养活自己了。还不到五十岁的男子汉，只能做一点老太婆做的事：绩了一捆又一捆的供女儿结网用的麻线。事情很清楚：巧云不会撇下她这个老实可怜的残废爹。谁要愿意，只能上这家来当一个倒插门的养老女婿。谁愿意呢？这家的全部家产只有三间草屋（巧云和爹各住一间，当中是一个小小的堂屋）。老大、老二、老三时不时走来走去，拿眼睛瞟着隔着一层渔网或者坐在雪白的芦席上的一个苗条的身子。他们的眼睛依然不缺乏爱慕，但是减少了几分急切。

老锡匠告诫十一子不要老往淖东头跑，但是小锡匠还短不了要来。大娘、大婶、姑娘、媳妇有旧壶翻新，总喜欢叫小锡匠来。从大淖过深巷上大街也要经过这里，巧云家门前的柳荫是一个等待雇主的好地方。巧云织席，十一子化锡，正好做伴。有时巧云停下活计，帮小锡匠拉风箱。有时巧云要回家看看她的残废爹，问他想不想吃烟喝水，小锡匠就压住炉里的火，帮她织一气席。巧云的手指划破了（织席很容易划破手，压扁的芦苇薄片，刀一样的锋快），十一子就帮她吮吸指头肚子上的血。巧云从十一子口里知道他家里的事：他是个独子，没有兄弟姐妹。他有一个老娘，守寡多年了。他娘在家给人家做针线，眼睛越来越不好，他很担心她有一天会瞎……好心的大人路过时会想：这倒真是两只鸳鸯，可是配不成对。一家要招一个养老女婿，一家要接一个当家媳妇，弄不到一起。他们俩呢，只是很愿意在一处谈谈坐坐。都到岁数了，心里不是没有。只是像一片薄薄的云，飘过来，飘过去，下不成雨。

有一天晚上，好月亮，巧云到淖边一只空船上去洗衣裳（这里的船泊定后，把桨拖到岸上，寄放在熟人家，船就拴在那里，无人看管，谁都可以上去）。她正在船头把身子往前倾着，用力涮着一件大衣裳，一个不知轻重的顽皮野孩子轻轻走到她身后，伸出两手咯吱她的腰。她冷不防，一头栽进了水里。她本会一点水，但是一下了慒了。这几天水又大，流很急。她挣扎了两下，喊救人，接连喝了几口水。她被水冲走了！正赶上十一子在炕房门外土坪上打拳，看见一个人冲了过来，头发在水上漂着。他褪下鞋子，一猛子扎到水底，从水里把她托了起来。

十一子把她肚子里的水控了出来，巧云还是昏迷不醒。十一子只好把她横抱着，像抱一个婴儿似的，把她送回去。她浑身是湿的，软绵绵，热乎乎的。十一子觉得巧云紧紧挨着他，越挨越紧。十一子的心怦怦地跳。

到了家，巧云醒来了。（她早就醒来了！）十一子把她放在床上。巧云换了湿衣裳（月光照出她的美丽的少女的身体）。十一子抓一把草，给她熬了半锦子姜糖水，让她喝下去，就走了。

巧云起来关了门，躺下。她好像看见自己躺在床上的样子。月亮真好。

巧云在心里说："你是个呆子！"

她说出声来了。

不大一会，她也就睡死了。

就在这一天夜里，另外一个人，拨开了巧云家的门。

五

由轮船公司对面的巷子转东大街，往西不远，有一个道士观，叫做炼阳观。现在没有道士了，里面住了不到一营水上保安队。这水上保安队是地方武装。他们名义上归县政府管辖，饷银却由县商会开销，水上保安队的任务是下乡剿土匪。这一带土匪很多，他们抢了人，绑了票，大都藏匿在芦荡湖泊中的船上（这地方到处是水），如遇追捕，便于脱逃。因此，地方绅商觉得很需要成立一个特殊的武装力量来对付这些成帮结伙的土匪。水上保安队装备是很好的。他们乘的船是"铁板划子"——船的三面都有半人高、三四分厚的铁板，子弹是打不透的。铁板划子就停在大淖岸边，样子很高傲。一有任务，就看见大兵们扛着两挺水机关，用箩筐抬着多半筐子弹（子弹不用箱装，却使箩抬，颇奇怪），上了船，开走了。

或七八天，或十天半月，他们得胜回来了（他们有铁板划子，又有水机关，对土匪有压倒优势，很少有伤亡）。铁板划子靠了岸，上岸列队，由深巷，上大街，直奔县政府。这队伍是四列纵队。前面是号队。这不到一营的人，却有十二支号。一上大街，就"打打打滴打大打滴大打"，齐齐整整地吹起来。后面是全队弟兄，一律荷枪实弹。号队之后，大队之前的正中，是捉来的土匪。有时三个五个，有时只有一个，都是五花大绑。这队伍是很神气的。最妙的是被绑着的土匪也一律都和着号音，步伐整齐，雄赳赳气昂昂地走着。甚至值日官喊"一、二、三、四"，他们也随着大声地喊。大队上街之前，要由地保事先通知沿街店铺，凡有鸟笼的（有的店铺是养八哥、画眉的），都要收起来，因为土匪大哥看见不高兴，这是他们忌讳的（他们到了县政府，都下在大狱里，看见笼中鸟，就无出狱希望了）。看看这样的铜号放光，刺刀雪亮，还夹着几个带有传奇色彩的土匪英雄的威武雄壮的队伍，是这条街上的民众的一件快乐事情。其快乐程度不下于看狮子、龙灯、高跷、抬阁，和僧道齐全、六十四杠的大出丧。

除了下乡办差，保安队的弟兄们没有什么事。他们除了把两挺水机关扛到大淖边突突地打两梭（把淖岸上的泥土打得簌簌地往下掉），平常是难得出操、打野外的。使人们感觉到这营把人的存在的，是这十二个号兵早晚练号。早晨八九点钟，下午四五点钟，他们就到大淖边来了。先是拔长音，然后各自吹几段，最后是合吹进行曲、三环号（他们吹三环号只是吹着玩，因为从来没有接受检阅的时候）。吹完号，就解散，想干什么干什么。有的，就轻手轻脚，走进一家的门外，咳嗽一声，随着，走了进去，门就关起来了。

这些号兵大都衣着整齐，干净爱俏。他们除了吹吹号，整天无事干，有的是闲空。他们的钱来得容易，——饷钱倒不多，但每次下乡，总有犒赏；有时与土匪遭遇，双方谈条件，也常从对方手中得到一笔钱，手面很大方，花钱不在乎。他们是保护地方绅商的军人，身后有靠山，即或出一点什么事，谁也无奈他何。因此，这些大爷就觉得不风流风流，实在对不起自己，也辜负了别人。

十二个号兵，有一个号长，姓刘，大家都叫他刘号长。这刘号长前后跟大淖几家的媳妇都很熟。

拨开巧云家的门的，就是这个号长！

号长走的时候留下十块钱。

这种事在大淖不是第一次发生。巧云的残废爹当时就知道了。他拿着这十块钱，只是长长地叹了一口气。邻居们知道了，姑娘、媳妇并未多议论，只骂了一句："这个该死的！"

巧云破了身子，她没有淌眼泪，更没有想到跳到淖里淹死。人生在世，总有这么一遭！只是为什么是这个人？真不该是这个人！怎么办？拿把菜刀杀了他？放火烧了炼阳观？不行！她还有个残废爹。她怔怔地坐在床上，心里乱糟糟的。她想起该起来烧早饭了。她还得结网，织席，还得上街。她想起小时候上人家看新娘子，新娘子穿了一双粉红的缎子花鞋。她想起她的远在天边的妈。她记不得妈的样子，只记得妈用一个筷子头蘸了胭脂给她点了一点眉心红。她拿起镜子照照，她好像第一次看清楚自己的模样。她想起十一子给她吮手指上的血，这血一定是咸的。她觉得对不起十一子，好像自己做错了什么事。

她非常失悔：没有把自己给了十一子！

她的这个念头越来越强烈。这个号长来一次，她的念头就更强烈一分。

水上保安队又下乡了。

一天，巧云找到十一子，说："晚上你到大淖东边来，我有话跟你说。"

十一子到了淖边。巧云踏在一只"鸭撇上"上（放鸭子用的小船，极小，仅容一人。这是一只公船，平常就拴在淖边。大淖人谁都可以撑着它到沙洲上挑蒌蒿，割茅草，拣野鸭蛋），把蒿子一点，撑向淖中央的沙洲，对十一子说："你来！"过了一会，十一子洇水到了沙洲上。

他们在沙洲的茅草丛里一直呆到月到中天。

月亮真好啊！

六

十一子和巧云的事，师兄们都知道，只瞒着老锡匠一个人。

他们偷偷地给他留着门，在门窝子里倒了水（这样推门进来没有声音）。十一子常常到天快亮的时候才回来。有一天，又是这时候才推开门。刚刚要钻被窝，听见老锡匠说："你不要命啦！"

这种事情怎么瞒得住人呢？终于，传到刘号长的耳朵里。其实没有人跟他嚼舌头，刘号长自己还不知道？巧云看见他都讨厌，她的全身都是冷淡的。刘号长咽不下这口气。本来，他跟巧云又没有拜过堂，完过花烛，闲花野草，断了就断了。可是一个小锡匠，夺走了他的人，这丢了当兵的脸。太岁头上动土，这还行！这种事从来没有发生过。连保安队的弟兄也都觉得面上无光，在人前矬了一截。他是只许自己在别人头上拉屎撒尿，不许别人在他脸上溅一星唾沫的。若是闭着眼过去，往后，保安队的人还混不混了？

有一天，天还没亮，刘号长带了几个弟兄，踢开巧云家的门，从被窝里拉起了小锡匠，把他捆了起来。把黄海蛟、巧云的手脚也都捆了，怕他们去叫人。

他们把小锡匠弄到泰山庙后面的坟地里，一人一根棍子，搂头盖脸地打他。

　　他们要小锡匠卷铺盖走人，回他的兴化，不许再留在大淖。

　　小锡匠不说话。

　　他们要小锡匠答应不再走进黄家的门，不挨巧云的身子。小锡匠还是不说话。

　　他们要小锡匠告一声饶，认一个错。

　　小锡匠的牙咬得紧紧的。

　　小锡匠的硬铮把这些向来是横着膀子走路的家伙惹怒了，"你这样硬！打不死你！"——"打"，七八根棍子风一样、雨一样打在小锡匠的身子。

　　小锡匠被他们打死了。

　　锡匠们听说十一子被保安队的人绑走了，他们四处找，找到了泰山庙。

　　老锡匠用手一探，十一子还有一丝悠悠气。老锡匠叫人赶紧去找陈年的尿桶。他经验过这种事，打死的人，只有喝了从桶里刮出来的尿碱，才有救。

　　十一子的牙关咬得很紧，灌不进去。

　　巧云捧了一碗尿碱汤，在十一子的耳边说："十一子，十一子，你喝了！"

　　十一子微微听见一点声音，他睁了睁眼。巧云把一碗尿碱汤灌进了十一子的喉咙。

　　不知道为什么，她自己也尝了一口。

　　锡匠们摘了一块门板，把十一子放在门板上，往家里抬。

　　他们抬着十一子，到了大淖东头，还要往西走。巧云拦住了：

　　"不要。抬到我家里。"

　　老锡匠点点头。

　　巧云把屋里存着的渔网和芦席都拿到街上卖了，买了七厘散，医治十一子身子里的淤血。

　　东头的几家大娘、大婶杀了下蛋的老母鸡，给巧云送来了。

　　锡匠们凑了钱，买了人参，熬了参汤。

　　挑夫，锡匠，姑娘，媳妇，川流不息地来看望十一子。他们把平时在辛苦而单调的生活中不常表现的热情和好心都拿出来了。他们觉得十一子和巧云做的事都很应该，很对。大淖出了这样一对年轻人，使他们觉得骄傲。大家的心喜洋洋，热乎乎的，好像在过年。

　　刘号长打了人，不敢再露面。他那几个弟兄也都躲在保安队的队部里不出来。保安队的门口加了双岗。这些好汉原来都是一窝"草鸡"！

　　锡匠们开了会。他们向县政府递了呈子，要求保安队把姓刘的交出来。

　　县政府没有答复。

　　锡匠们上街游行。这个游行队伍是很多人从未见过的。没有旗子，没有标语，就是二十来个锡匠挑着二十来副锡匠担子，在全城的大街上慢慢地走。这是个沉默的队伍，但是非常严肃。他们表现出不可侵犯的威严和不可动摇的决心。这个带有中世纪行帮色彩的游行队伍十分动人。

游行继续了三天。

第三天，他们举行了"顶香请愿"。二十来个锡匠，在县政府照壁前坐着，每人头上用木盘顶着一炉炽旺的香。这是一个古老的风俗：民有沉冤，官不受理，被逼急了的百姓可以用香火把县大堂烧了，据说这不算犯法。

这条规矩不载于《六法全书》，现在不是大清国，县政府可以不理会这种"陋习"。但是这些锡匠是横了心的，他们当真干起来，后果是严重的。县长邀请县里的绅商商议，一致认为这件事不能再不管。于是由商会会长出面，约请了有关的人：一个承审——作为县长代表，保安队的副官，老锡匠和另外两个年长的锡匠，还有代表挑夫的黄海龙，四邻见证，——卖眼镜的宝应人，卖天竺筷的杭州人，在一家大茶馆里举行会谈，来"了"这件事。

会谈的结果是：小锡匠养伤的药钱由保安队负担（实际是商会拿钱），刘号长驱逐出境。由刘号长画押具结。老锡匠觉得这样就给锡匠和挑夫都挣了面子，可以见好就收了。只是要求在刘某人的甘结上写上一条：如果他再踏进县城一步，任凭老锡匠一个人把他收拾了！

过了两天，刘号长就由两个弟兄持枪护送，悄悄地走了。他被调到三垛去当了税警。

十一子能进一点饮食，能说话了。巧云问他："他们打你，你只要说不再进我家的门，就不打你了，你就不会吃这样大的苦了。你为什么不说？"

"你要我说么？"

"不要。"

"我知道你不要。"

"你值么。"

"我值。"

"十一子，你真好！我喜欢你！你快点好。"

"你亲我一下，我就好得快。"

"好，亲你！"

巧云一家有了三张嘴。两个男的不能挣钱，但要吃饭。大淖东头的人家就没有积蓄，也没有什么东西可以变卖典押。结渔网，打芦席，都不能当时见钱。十一子的伤一时半会不会好，日子长了，怎么过呢？巧云没有经过太多考虑，把爹用过的箩筐找出来，磕磕尘土，就去挑担挣"活钱"去了。姑娘媳妇都很佩服她。起初她们怕她挑不惯，后来看她脚下很快，很匀，也就放心了。从此，巧云就和邻居的姑娘媳妇在一起，挑着紫红的荸荠、碧绿的菱角、雪白的连枝藕，风摆柳似的穿街过市，发髻的一侧插着大红花。她的眼睛还是那么亮，长睫毛忽扇忽扇的。但是眼神显得更深沉，更坚定了。她从一个姑娘变成了一个很能干的小媳妇。

十一子的伤会好么？

会。

当然会！

（原载《北京文学》1981 年第 7 期）

矫 健

JIAO JIAN

1954 年出生于上海。1969 年初中毕业后赴山东乳山县插队落户。1981 年烟台师范学院中文系毕业后任中学教师。1983 年加入中国作家协会。曾任烟台市文学创作室专业作家,《胶东文学》主编,烟台市文联副主席,烟台市作协主席,山东省作协主席团委员。

1973 年开始文学创作。有小说集《老人仓》《第七棵柳树》《矫健中短篇小说集》,长篇小说《河魂》《天良》《红印花》《金融街》等。小说《老霜的苦闷》、《老人仓》分获 1982 年和 1984 年全国优秀短篇小说奖。

老霜的苦闷

一

写完了《老茂的心病》之后，我又在村里住了几天。老实说，老茂的性格很吸引我，我不愿意刚刚认识他，便又匆匆离去。

晌午，社员们都在家里歇晌，我瞅这空闲，到老茂家去串个门。老茂家门口有个大水湾，湾里是活水，清澈，明净。几只白鸭浮在水面上，啄着倒悬在水中的柳丝。突然，水湾中央溅起一朵水花，金色的鱼尾在阳光下一闪，倏然而逝。那几只鸭子飞快地游过去，却已是晚了，鸭子们发起火来，拍打着翅膀，"呱呱呱"地叫嚷……望着这情景，我不由想起那天喝酒，桌上摆着的鸭肉、鸭蛋和两尾大鲤鱼来。我独自笑了，想：真是近水楼台先得月呀！老茂到底对我瞒了几笔账。

走进老茂的院子，就听见他在骂人："老茂，你这猴精！别人都没你吃得多，你还挤人家。你吃！你吃！你心眼越多，肥得越快，就越早挨刀！"

我知道：老茂发了财，心里过意不去，就要骂自己，便料想他又有新收获了。可是我往四下瞅瞅，没见人影，寻声走到兔子窝前，却看见猪圈里探出一张脸来。这脸，谁看上一眼，都会记一辈子——方阔嘴，细眯眼，招风大耳。我乐了："好啊你！发了财，一个人趴在猪圈骂自己；骂得心里轻松了，好再找门路捞钱！"

"哈哈哈……"老茂明白了我的意思，仰脸大笑起来。笑到紧处，他张着大嘴喘气，"哈哈哈"变成了"啊啊啊"，那嘴咧得有棱有角，恰像一个"口"字。

我走进猪圈，看见四只小猪在吃食。老茂说："我没骂自己，在骂它们哩！"

"骂猪？得了吧，我听你指名道姓地骂老茂呢！"我怕他再玩"兵不厌诈"，便盯住不放。

"我给你介绍介绍，看，这只花斑猪多俊？我叫它新娘子；这只猪老争不上食，你瞧瘦的，名叫痨病鬼；这头猪好凶，叫胡司令，胡传奎嘛！你看这猴精，它吃食怎么吃法：一边吃一边晃腚，把新娘子、痨病鬼挤到墙根下；可它连胡司令也不放过，那尖嘴专伸到胡司令嘴下去抢食……看，胡司令也不好惹，耍枪杆子的嘛，咬！咬！……哪里咬得着？那东西要托生个猴子才对哩！瞧，又抢着一口。胡司令真是个草包司令，光会耍威风，就抢不到食吃，哈哈哈……"

"这猪叫什么？"我迫不及待地问。

"老茂。"

"啊?!"

"老茂。"

"哈哈哈哈……"我笑得弯下了腰，眼里溅出泪花来。

"同名同姓有的是嘛！"老茂一本正经地说道。"我刚才就是骂它。你瞧它那鬼样，老茂！"

"老茂"猛地抬起头来，看着老茂，那小眼睛里闪着疑惑的光芒。鬼东西，只一看，就看出没啥危险，鼻子里哼了一声，便又伸出尖嘴和胡司令抢食。

"哈哈哈！"老茂得意地大笑起来，"嗨，我那油子，能赶上这小猪一半就好了！"

正说笑着，我看见打隔壁院里伸过来的枣树枝，窸窸窣窣地摇动了几下。这情景，猛叫我想起喝酒那晚上，偶然落在老茂酒盅里的那片枣叶来。我悄悄地推了老茂一把，小声说："那院里住着谁？好像在听咱说话呢！"

老茂头也没回，提高嗓门说："那是我老霜老弟，在演《墙头记》（《墙头记》是胶东农民熟悉的著名吕剧）呢！"他一边说，一边使劲摔打喂猪的家什；怒气蹿上脸儿，一点点笑意也没了。

我跟他走进屋里，问："怎么回事？"

老茂虎着脸，一个劲抽旱烟。我再三催逼，他才说："那是我的叔辈弟兄，贫协主任，老贫农，老党员！人家先进，眼睛专瞅我这落后分子。"我仔细问了问，老茂才告诉我：老霜在自己院子里架了一把梯子，利用枣树作隐蔽，经常监视他。

"他为什么要这样干？谁叫他这样干的？"我顿时火了。

"说来话长。你还记得我对你说养兔子挨批那件事吗？那时候，公社王书记带着工作组来整我，整完了，王书记对老霜下了指示，叫他负责监督我，管制我。从那时起，我那老弟就在院子里架起梯子，盯我的梢啦！"

我问："那是哪年的事情？"

老茂扒着手指头算计了一会儿，说："约摸是七四年。"

"打倒'四人帮'四年了，他还爬梯子盯你吗？"

"一天也不落。"

我大惊，急问道："谁指示他这样干的？那个王书记吗？"

"人家王书记早改口啦，升了官，当了县委副书记，整天在广播里吆喝落实农业政策。谁指示？谁知道谁指示？"

"你不是大队批准的专业饲养户吗？他为什么还要……"

"嗨嗨，你这老弟，真是书呆子！"老茂敲着烟袋，不耐烦地说，"一人心里一笔账嘛，为什么？为什么？你为什么不扒开他的心看看呢？告诉你，我那老霜老弟还算好人，心里怎想，他就怎么干；那些嘴上尽说好听的，心里的弯弯才多哩！我心里怕政策变，你当我有神经病啊？就是因为有那么些人，暗地里盯住我看，我才怕呢！"

我迷惑了：怎么在这样好的形势下，还有人监视老茂呢？怎么老霜这样一个老农民，不去努力致富，还在爬梯子监视他的老哥呢？更叫我百思不得解的是：没有人指示他，他为什么还要这样干呢？

我决心搬到老霜家去住，像老茂说的那样，"扒开他的心看看"！

二

这天早上，我挟着铺盖上老霜家。我一只脚刚跨进门，院子里就冲出一个干瘦干瘦的老头来。他低头走路，走得又急火，看也不看我就往门外撞。好！我们两人，加中间一卷铺盖，把院门塞满啦！我说："等一等，让我退出去……"可那小老头一使劲，就硬钻了出去，撞得我差点跌个跟斗。我心里嘀咕道："这个怪老头！"

没想到，这怪老头就是房东田霜理！进了屋子，他老伴，一个愁眉苦脸的女人对我说："唉，我叫他等一会儿再走，他不听。瞧瞧，他刚跨出门坎，干部就进家了……"

吃晌饭时，我见到老霜了。他似乎有点儿紧张，眼睛看着脚尖，喃喃地说："这家脏啊……你肯来就好！"说到这儿，他蓦地抬起头，伸出满是老茧的手，老练地和我握手。这时候，我觉得他到底是一个当过多年干部的人。

我问他；"在大队干什么活？""看山。""这活好干吗？""凑合事呗。"

再往下，我们俩都没有话说了，我看得出，他对我存有戒心，还略有点敌意——他肯定看见我和老茂两个喝酒了。

我上了炕，准备吃饭。照农村习俗，来了客人，男人是一定要陪的，女人蹲在锅台口吃。可是，我等了半天，还不见老霜老汉来。他老伴挨到炕沿前，探着身子，用耳语一般的轻声对我说："你吃吧，他在地下吃……已经吃了。"

我高声道："那还成？叫大爷上炕吧，也没有外人！"

锅台那边响起了老汉的咳嗽声，似乎是向我道歉。他老伴急了，稍稍提高点声音，说："同志，你别见他怪，他就是这么个人……你吃吧！"

　　我没法子，捧起碗，没滋没味地吃开了。吃了一会儿，我起了好奇心，十分想看看老汉吃饭的情景。墙上有个灯窝，两边透，打灯窝里看出去，正好能看见锅台。于是，我昂起头，朝外间屋看。这一看，一个难忘的形象映入我的眼帘：老霜老汉坐在门坎上，手里捧着一只大碗，不吃，不喝，在想心事。他皱着眉头，两道眉毛弯成一个"八"字，好像小孩快要哭了那模样。然而，他的眼睛里并没有哭的神情，怔怔的，呆呆的，只是失神。他脸上满是皱纹，那么细，那么密，好像一缕一缕的麻丝，把脸抽紧了……这张脸上，铭刻着多么深刻的愁苦啊！看着它，我的心，也好像被麻丝抽紧了。

　　吃完饭，老汉又默默地走了，连招呼也没有打。我想，他总是上山去了吧。他老伴一个人围着锅台忙乎，刷锅，洗碗，抹炕桌。她的动作很慢，很轻，好像怕惊动什么人似的，更增添了这个家庭里压抑人的气氛。我坐在门坎上——刚才老霜坐着的地方，看着房东大娘忙活，心里有说不出的忧郁。

　　我突然问道："这家里就没有别的人了吗？"

　　"有，还有个三小子。今天上他没过门的媳妇家去了，是叫他老丈母娘请去的。"

　　我又垂下头，用草棍在地上划，不说话了。

　　房东大娘不时地打眼角瞅瞅我，似乎觉得心头不安。她主动开腔了，还是那么细声细气，唧唧哝哝的："同志，你可别生他的气啊，他就是这么个怪性子！早年间，他的话就少！这两年，他的话更少……他心里难受啊！"

　　"难受什么？"我问。

　　"说不上。"女人低下头，看着锅里的浑水，"他老躲着人，好像见人抬不起头似的……"

　　我沉默着，想听她往下说。可是她却无声地抽泣起来，眼泪叭叭地滴在锅里。许久，她抬起头，激动地对我说："同志，你开导开导他吧，他从来肯听上级的话，别叫他胡思乱想了……唉，这日子，过得真闷人呀！"

　　听了这些话，我心里更加难受了，老霜，暗暗地监视别人，这令我十分反感；可是，当我接近他，马上发现他有比别人更多的苦闷，又叫我同情。真怪了，他的苦闷是从哪来的呢？他为什么在这样的重压下，还要爬梯子监视别人呢？

　　这颗心，真不容易解剖。

　　这时，院子里的小厢房门"哗啦"一响，我扭头一看，老霜从厢房里出来——原来他并没有上山。他锁好厢房门，回过头来，看了我一眼。我微微吃了一惊：他的眼睛发亮，目光里充满了骄傲的神情，比比刚才那愁苦的模样，真是判若两人，他没有和我打招呼，挺直腰板，大步走出门去。

　　奇怪，那厢房里，藏着什么灵丹妙药吗？

三

老霜老汉总是回避我，连吃饭，他也借口看山，晚回来吃。我有几次硬凑上去谈，可他闷头抽烟，就是不开口。我几乎失去信心了。

一天夜晚，天上亮着稀稀疏疏的星星，大地朦胧昏暗，隐约可见人脸。我从里屋出来解手，见茅房里黑咕隆咚，便又退出来，回去拿了手电筒。忽然，我听见西墙上有响动，就打开手电照了照。这一照，照见了老霜老汉，他狼狈极了，抱着一条梯子腿，惊慌失措地把脸藏到黑暗中去。我赶忙熄掉手电，钻进茅房里，只觉得脸上发烧。唉，我干吗要往那里照呢？我明明知道……

回到屋里，我努力看书，可心里老觉得不自在。我听见那屋里叽叽咕咕的，他三小子的嗓门最粗，但也听不见说些什么。我猜想，准在说那件事情……一会儿，老霜老汉无声无息地蹑进屋来，等我回过头去，老汉却紧贴在我的面前，吓了我一跳。

"嘿嘿。"他尴尬地笑着，"嘿嘿。"

"你，你快坐吧。"

他顺从地点点头，却只把半片腚挨在炕沿上。我倒了一杯水给他，他忙推却，慌里慌张的，杯里的水有一半泼在地上。然后，我们两个再也找不到话说了，就那么呆坐着，谁也不去看谁。

"嘿，你……你在看书啊？"老霜没话找话，指指我的书问。

"啊啊！"我赶紧答应，生怕断了话头。

可是，老汉又把嘴闭上了。他东张西望一阵，两只手不知往哪里放好，布满皱纹的额头上，却沁出一层汗珠。最后，他又站起来，道："那，那你忙吧……"说罢，他赶紧朝门外走去。

我急了，叫了一声："大爷！"

他转回身，怔怔地看着我。我顾不得什么了，冲口问道："你是为……为那事来吧？"

"对对对！"老汉连连说道，他长长地松了一口气，仿佛从肩上放下一副重担子。"你也看见了，我也用不着瞒你，我就来说这事情。"

我诚恳地点点头，鼓励他往下说。

"你知道，俺庄稼人，管偷听别人的话叫溜墙根儿，唉，溜墙根儿，这号事最不光彩，老娘们才爱溜墙根儿！……可是，我不是那号人，你信不信？我不是那号人！"他几乎是喊出最后那句话来，两只眼睛瞪得圆圆的，好像要喷出火来。这神态，使我联想起他走出那间小厢房时的情景。我感觉到他是一个很有血性的人，不像平日那样窝窝囊囊！我使劲点头，说："对，我信！"

他感激地看了我一会儿，说："我就讲这些。"便要走。我赶忙拦住他，问，"可是，你为什么要那样做呢？"

"为大伙。"他简单明瞭地答道。

"为大伙？"

"为集体！"他昂然说道，"我干的事，正大光明。总有一天，大伙都会知道的，知道我的心！"说完，他径直走出门去。

夜里，我躺在炕上，翻来覆去睡不着觉。我眼前老是浮现出老霜的面影：时而是那张被麻丝勒紧了的脸，时而是那张双眼圆睁，正气凛然的脸……我审视着这些脸庞，得出一个无可置疑的结论：老霜，他是一个正直，诚实的老农民！

可是，他为什么要做那种事情呢？

四

继爬梯子之后，小厢房又成了我心中的一个谜。老霜老汉常常钻进去，蹲一个时辰，再出来；每次都好像喝了人参汤，精神十足。我按捺不住好奇心，有几次趴到那厢房的小窗上望望，可里面黑乎乎的，什么也看不见。我很想问问老霜，他究竟去小厢房干什么？但我了解这个倔老汉的脾气，没敢贸然开口。

很快，我的注意力又被另一件事吸引过去：有一天晌午，这沉闷的家庭里，爆发了一场惊人的争吵。

吃完晌饭，我在自己屋里睡晌觉。正睡得迷迷糊糊，耳边听见一阵哭声；那哭声嘶哑，低沉，好像老牛叫，非常伤心。我忙爬起来，跑到房东屋里去。

一进屋，我就看见那三小子缩在炕角落，脸埋在被褥堆里，呜呜地哭。他妈坐在一旁抹泪，抽泣得透不过气来。唯有老霜老汉，捧着烟袋杆坐在门坎上，脖子梗着，满脸怒气。我一时不知说什么好，站旁边看。

"孩子，咱……咱拿不出一千块钱呀！"他妈哭着劝三小子，"你，你就想开点儿吧……"

"屁！就是有钱也不拿！"老霜老汉吼道，"我说过，咱干部家庭，贫农成分，不能干那号事情！老大、老二说媳妇，我就这么干的，一分钱彩礼也不送。怎么，如今世道变了？我老霜也要拿钱买媳妇？哼！"

老伴顶嘴道："可不是世道变了呗！那会儿，你是红人，手中有权，人家老大、老二媳妇娘家，都是中农成分，都要来巴结你！如今谁理会成分？没钱就办不成事……好端端的一个媳妇，就这么吹了……"她说着说着，又哭了。

老汉暴跳起来，吼："钱！钱！钱！哼，钱！！"

老伴擤了把鼻子，哭道："儿子结婚还能不花钱吗？还能不置办东西吗？你就是没钱！"

"我没钱怎么了？我人不低贱！这世道就叫钱埋起来了，我也清白！我一辈子穷，穷得光荣！如今风气一转，叫我也跟着钱打转转？不干，用钱买媳妇，玩资产阶级思想把戏？哼，豁上打光棍，咱也不干！"

那三小子忽地翻过身来，用手指着他老子的鼻子嚷："你别说好听的！你当初不就是用三斗苞米，把娘买进门来的？你早就玩过资产阶级思想把戏了！"老霜老汉两手一张，咧开嘴，半天没回过气来。这小子好厉害，一句话把老爹顶到南墙根儿，差点顶死了！

"那，那，是旧社会！"老汉结结巴巴地抵抗。

"旧社会、新社会都用钱！人家翠芝日夜和她娘做工作，说只要些买家具的钱就行了，这才要了一千。你访听访听去，谁家说媳妇不花一两千？人都想过好日子，没钱怎么过？要买柜、要买箱，要买褥子要买被，锅碗瓢盆都在里，一千还算多吗？你唱高调，动不动就资产阶级，全中国就你一个无产阶级？讲穿了吧，你熊，你弄不着钱回家，你没有治家的本事，就会开会，训人！"

好小子，噼噼啪啪一大串，好似放开机关炮。老霜气得张口结舌，两只手直抖，半天才喊出话来："你，你，你……你这是跟老茂学哩！"

"老茂怎么了？我看老茂叔就比你强！"

"什么?!"

"老茂叔就比你强！人家一家伙进出五头猪，拿回一千多块钱，自己富了，也为国家作贡献！你知道吗？就是因为有人给翠芝做媒，要把她说给老茂家的油子，翠芝娘才逼她和我散了……"

小伙子只顾说，越说越伤心，又把头埋到被褥堆里，哭了起来。我一直在看老霜：开始，他听儿子说老茂比自己强，好像一根针扎在心上，浑身猛地一颤抖；儿子又重复一遍这话，他脸皮铁青，举起手中的烟袋，要往儿子头上砸，可是，当他听到因为自己拿不出一千块钱，翠芝和儿子吹了，要嫁给老茂家时，他竟如霹雳轰顶，被震呆了。他的手还擎在空中，身子还在向前倾，却是一动不动。好像泥塑似的。许久，他的手渐渐松开了，"叭哒"，烟袋掉在地下；接着，人摇摇晃晃，好似要倒……我急忙上前抱住他，连声高呼："大爷！大爷！"

老伴、儿子全扑过来，哭的哭，晃的晃，急得手忙脚乱。半晌，老汉才缓过神来。他呆呆地瞅着儿子，好像不认识他似的。他没再骂人，只是站起来，把众人推开，踉跄地向门外走去……

五

我受房东一家之托，去赶老霜老汉。追到村口，看见了他那消瘦的背影。

我赶上去，拉住他胳膊说："大爷，回家去歇着吧；家里人都记挂你的身子……"

老汉从我手中挣脱胳膊，说："我到山上走走，心里清亮清亮。"

我便陪着他，朝山上走去。正是上工时候，社员们三五成群，扛锹荷锄，走在上山的那条大道上。这都是包工组的，一路上叽里呱啦，夸耀自己的庄稼好。有几个人从我们身边走过，向我打招呼，和我开玩笑，亲亲热热的。也有人客气，问候老霜；老霜硬挤出笑容，勉强答应。等这伙人过去了，老霜朝后面望望，扯住我衣角说："咱们走小道吧。"

我望了望路边的小道，尽石块杂草，料是难走，便问："为啥走小道呢？"

老汉答道："小道清静些。"

可是，小道也不清静。刚走了一小段，迎面来了一群小猪，赶猪的，却正是老茂。这才叫冤家路窄呢！老霜把头一昂，穿过猪群往前走。

老茂笑呵呵地招呼老霜："伙计，看山去？"

老霜"嗯"了一声，头也不回。我忙打圆场，对老茂说："你这家伙，又要上哪去发财呀？"

"上大道。小路不好走，大道宽敞，人也多，好叫大伙看看我的小猪！"老茂得意洋洋地说道。

老霜在前面走得更快了。

老茂对我眨眨眼睛，又冲老霜的背影撇了撇嘴，压低嗓门。"怎么样？这几天，摸到点底了吧？"

我长长地叹了一口气。老茂也叹了一口气，意味深长地道："农村的事，复杂呀！"说完，他赶着小猪径自走了。

我赶上老霜时，看见他坐在一棵老松树下，抽着旱烟，独自沉思。我轻轻地走到他身边，坐下了。四下都是青松，风一吹，松涛翻滚，放出呜呜的响声；这响声，低沉、悲怆，好像在唱一支很古老的歌，叫人听着心里惆怅。

老霜眯着眼睛，眺望远处平川上的一条河流。他说话了，好像是说给我听，也像是自言自语。"三十多年过去啦，可想起来，还像是昨天的事情。我就是顺着那条河，挑着一担粽子，跟老茂上流水集去卖。他呀，那时候就像现在一样会说，到了集上一阵功夫，就把粽子卖出去了。可我，挂着根扁担望眼儿，吆喝一声也费劲。集散啦，粽子还卖不出一半去。爷爷死时，留下两份穷家当，我和老茂一人一份。可人家老茂小日子过红火了，土改一划成分，富裕中农，我呢，卖粽子把本也赔光了，比贫农还贫呢！……发财，挣钱，这条路我走不通。我笨，我熊，我太老实了，八辈子也发不了财！

"解放了，村里要人搞工作，老区长找到我，叫我干贫协主任，还要发展我入党。我慌了，说：'不行，我穷，人家瞧不起咱……'老区长把眼一瞪，嚷：'穷怎么了？穷光荣！共产党就穷！我就穷！谁敢瞧不起咱？'这话，说得我心里透亮，我眼前'刷'地出来一条路：对，穷怕什么？跟着共产党干革命！三十多年啦，我就走这条路，错过吗？一步也没有错！"

他不说话了，一口接一口地抽烟，大团大团的烟雾缭绕着他，使他也变得那么遥远。我沉思着，审度他走过的路，评价他的选择……

忽然，他磕着烟灰喊叫起来："如今，我老啦，一辈子快到头了，要改这条路吗？要我跟着老茂走，再去卖粽子发财吗？哼，不如让我现在就死！我不愿回到旧社会，我不愿眼看着复辟！发财，我发不了，我也不稀罕！"

我小心地问道："那么，现在这样搞下去，就会回到旧社会，就会复辟？"

"这不明摆着吗？老茂一千一千地往回抓钱，早晚还不变成财主？我穷，早晚还不成他扛活的？如今这世道，什么都讲钱，说媳妇也得花一千。哼，就不讲讲成分？就不讲讲依靠贫雇农？老茂搞资本主义光荣，发财光荣，当模范啦；我呢？老贫农，老党员，老干部，反倒灰溜溜的，人前面抬不起头来，连儿子都……"

他说不下去了，佝偻着身子咳嗽起来。咳嗽了半天，他又抬起头来，咬牙切齿地说："都变了，世道变了，人也变了！前些日子，我去找了王书记，把老茂的情况报告给他；还告诉他，我想不通，为什么现在啥都变了？为什么现在不批资本主义了？可是，王书记当着办公室里那么多人的面，把我训了一顿，说我脑子里'四人帮'的流毒还没肃清。呸！我气得指着他鼻子骂：'命令我爬梯子的是你，说我脑子里有流毒的也是你，你的话还不如屁！你才不管什么主义呢，你只管升官！'骂够了，我转身就走，找家酒店喝闷酒。正喝着，王书记来了，硬拽我上他家去玩玩。到了没人的地方，他拍拍我肩膀，说：'好同志，坚持下去，形势会变的，懂吗？'我说：'不懂！你一个县委书记，为啥不出头说话呢？你就眼看着资本主义泛滥？'他说：'这是策略……'我说：'见鬼！我算看透啦，你们都是屋檐上的草，刮什么风，就顺风倒！'我一甩胳膊，一个人回村去了。走在路上，我掉泪了，我的心好疼，好像被人打伤了，在淌血哩……哎哎，人哪！"

老汉说不下去了，粗大的喉结动了几动，又把干瘦干瘦的脸埋到大巴掌里……我看着他心里说不出是什么滋味。我同情他。

松涛呜呜地响着，好像在为老霜的话伴奏。老霜慢慢地抬起头来，脸上涌现出崇高的表情："我不用他们了，我谁都不用！我自己干，干应该干的事！我爬梯子，看着老茂玩什么花招，看着他从集体的地里偷回几斤粮食，看着他从集体的山上拿回几根草！我这一片心，没人知道，他们都骂我，笑我……可是日后，大家都会明白的！还有孩子们呢，孩子们长大了，只要说一句：'老霜爷爷为咱们站过岗呢！'我这一辈子，就是穷死，屈死，也乐意！"

老汉说着，站了起来，面对着夕阳，他眯起了昏花的眼睛。我望着他，不由暗自感叹；多么美好的愿望，多么正直的心啊！然而，一个人，在历史的迷雾中走错了方向，这种愿望还有多少价值呢？人们很难理解他。

六

又发生了一件意外的事情。

我们在山中巡游，老霜扒开棘丛，摘了一把山马枣，准备请我吃。忽然，一阵细微的响动，从山洼里传来。老霜停住脚，把马枣塞到口袋里，侧着耳朵听了一会儿，便敏捷地穿过树林，朝山洼奔去。我跟在后面，不一会儿就看见了响声的出处：几个孩子趴在山洼里，猫着腰，飞快地割着嫩绿的青草……

"呔！我把你们这些毛猴……"老霜大吼一声，跳到孩子们面前。

小孩吓坏了，一腚坐在地上，乌馏溜的小眼睛，恐惧地望着老霜。老霜哼哼地喘着，将孩子们手中的镰刀，一把一把地拿到手中；又摘了几根长蒿草，把镰刀扎成一捆。"哼，到大队部去领镰刀吧！"

这几个孩子显然常和老霜打交道，摸得着他的脾性。他们互相看了看，齐声求饶道："大爷，饶了俺吧，俺再不敢了……"

"老师就教你们偷封山里的草吗？"老霜脸色缓和下来了，但嘴上还很凶。

"我错了。""俺听你的话就是了！""饶了我吧……"孩子们七嘴八舌地嚷嚷道。

"这是最后一遭，以后抓住再不饶了！"老汉开始解那蒿草。他解得很慢，嘴里教训着孩子们："小人，要学好，要读书，可不能把眼睛盯在钱上。小时偷草，长大偷宝，等你们把集体偷光了，吃什么？穿什么？要想想国家，别光瞅着鼻子尖下的小家……"

孩子们耐心地听着，眼睛却死死地盯着他解蒿草的手。等老汉解开了，他们呼地围上去，一个个伸出小手嚷："大爷，给我吧！""先给我！""这把是我的！"镰刀到手之后，他们轰地朝山口跑去，好像怕老霜反悔，再收他们的镰刀似的。

老霜看着飞跑的孩子们，舒展开细密的皱纹，呵呵地笑了："毛猴子们，就得常教导着点啊！"

孩子们跑上山口，却不走了，一起朝我们这边看。老霜愣了一会，诧异地道："丢了什么啦？"他转着圈，在草洼里看。忽然，他立住脚，两只眼睛直勾勾地盯住一丛小树看。

小树边上，有一个大水坑，坑沿上长着几蓬蒿草，那蒿草被压倒一片，显然是有人在上面打过滚。老霜向前走几步，来到水坑边上，蓦地，他吼了一声："出来！"

微风吹得小树摇摇晃晃，没有人从坑里出来。老霜趴下身子，伸手一抓，从水坑里拎出一个小孩。老霜暴怒了，将小孩一把搡倒在草地上。可怜的孩子，身上是水，脸上是泥，浑身颤抖着，用两只手撑地，一点一点地往后挪去……

"好哇，原来是你！"老霜是从牙缝里挤出话来的，"真是老茂的好孙子，和你爷爷一样滑头！"孩子的小嘴一张一翕，努力想说话，可是一句话也说不出来。

"你爷爷叫你来割草是不是？割了草回家喂兔子是不是？我说那兔子咋长得快哟，原来是吃了封山里的草！你爷爷就是这样发财的吗？就是这样一千一千地往回挣吗？"

老霜的脸被仇恨拧歪了，眼里却射出轻蔑、鄙视的光来。他转了个圈，迅速地把孩子们撂下的草收拾成堆，"这些草，一百斤一块钱！"

"这，这不是我一个人割的……"小孩结结巴巴地分辩道。

"把镰刀拿来！"老霜吼道。

小孩从腰间抽出镰刀，犹犹豫豫地向前递，口里可怜巴巴地叫道："二爷爷，饶了我吧……"

"饶你？你长大了，村上又多了个老茂！"

"二爷爷，我，我再不敢了……"

那凄切的声音，似乎打动了老霜，他看着孩子，半天没说话。孩子的衣服，在水坑里泡透了，秋风一吹，他浑身发抖……

"镰刀，拿来！"老霜终于还是伸出手去。

"当啷"，镰刀从孩子手里落下来，落在一块石头上。他咧开嘴，绝望地哭了，哭得非常伤心；脸上的脏水和着泪水，滴进他的口中……他一边哭，一边从地上站起来，趔趔趄趄地朝山口那边的伙伴们走去。

我觉得老霜做得太过分了，想劝一劝他。可是他刚刚还呆呆地看着孩子的背影，这会儿忽然捡起镰刀，飞跑着去撵孩子。我想，他还要干什么呢？便也跟着跑去。

接下来的事情，使我大吃一惊：老霜追上那孩子，一把将他抱入怀里，泥、水沾了他一身，他也不在乎。"别哭啦！镰刀……镰刀给你！"他一边喊叫，一边将镰刀硬塞到孩子手里。

喊声压倒了哭声。孩子由于惊骇，由于意外，闭紧了嘴巴，只瞪着两只黑亮的眼睛，惶惑地望着老霜。

老霜的神情急剧地变化着。他紧紧地搂着孩子，下巴的胡须触到孩子的耳朵尖上，急急地，喃喃地说道："二爷爷屈着你啦，你甭哭、甭怕啦……你呀，你为啥趴在水坑里呀？……嗨嗨，都怪你爷爷不好，自己财迷脑袋，还教坏了孩子……二爷爷老啦，脾性不好，爱发火吵吵，你别往心里去，啊！"

我听着这充满柔情的话语，几乎不敢相信自己的耳朵了。我看了看老霜的脸，那每一根皱纹里，都嵌满了痛苦与矛盾，失悔与希望。于是，我似乎理解他的极其复杂的心理了。

老霜把孩子放到地上，让他走。可那孩子紧紧地握住镰刀，惊异地看着喜怒无常的二爷爷，竟没有挪步。老霜就地转了个圈，仿佛要找什么东西，来弥补孩子感情上的创伤。忽然，他把手插到布袋里，摸出了那把山枣。他掰开孩子的拳头，将山枣塞满他的小巴掌。"吃吧，吃吧，吃着枣回家念书去！"

山口上的孩子们，打起了响亮的嘡哨。这嘡哨声似乎唤醒了老茂的孙子，他猛地转过身，跑了。跑了几步，他一撒手，把马枣扬在道边上；又用两只手紧握镰刀，更快地向山口跑去……

老霜迈着沉重的步伐，向前走了几步。他蹲下身，垂着花白的脑袋，将草丛里的山枣一颗颗地捡起来。然后，他又站起身，朝老茂孙子跑去的方向看。那孩子已经跑到山口，伙伴们发出一阵胜利的欢呼，仿佛在奚落老霜。老霜怔怔地站着，许久，用力一扬手，将山枣扔到沟里去了……

"这是何苦哩，这是何苦哩……"当我走近他身边时，听见他这样自言自语道。我看了老霜一眼，只见两行老泪，沿着那满脸的皱纹，弯弯曲曲地淌了下来……

七

从山上回村，有人告诉我，报社里来电话叫我回去。

我在老霜家宿最后一个夜晚。我整理好行装，捆好书本，等着老霜从厢房里出来，好和他话别。从吃过晚饭，他就钻进厢房里，一直不肯出来。我是知道那小厢房的特殊功能的，便想：或许是他这一天受了太多的打击，被苦闷所压倒，又要到那神秘的小屋里去恢复精神吧？于是，我没有去打扰他。

约摸等到小半夜，我靠在桌子上昏昏欲睡了，忽听见厢房门"哗啦"响了一下，便惊醒起来。我正要上院子去，老霜却轻轻地踅了进来。他径直走到炕前坐下，闷头抽烟。

我对他说："大爷，明天我要回去了。"

"知道了。"老霜应了一声，依然抽他的烟。

我很想对他讲点什么，比如劝他认清形势，思想转弯云云，却又很难启齿。看看面前这干瘦干瘦的老头——那迟滞的目光，那愁苦的皱纹，那固执的唇角（这次厢房里的"妙药"竟没起多大作用），我觉得说什么都是多余的。

"你要走了，"老汉忽然开了口，用一种低沉的声调说话，"我想给你看一样东西。"

"什么东西？"

"我的宝贝。"

"宝贝？"

老霜不再说话了，磕磕烟袋，起身走出屋去。我赶紧跟出去，只见他径直走到小厢房前，把门打开了。我怀着激动而又好奇的心情，走进厢房。我感到庆幸：在我离开老霜家的最后时刻，终于有机会解开厢房的谜了！屋里一团漆黑，黑暗中，一股潮湿的霉味向我袭来。老霜划着了火，点亮一盏小油灯。借昏暗的灯光，我看见了挂在梁上的苞米串，放在地下的大圈子，还有一铺没有锅灶的小炕……

老霜擎着油灯，走到小炕前。他把油灯挂在一颗钉子上，又将炕中央的一只小箱拖到怀里，抱好。然后，他抬起头看着我，郑重地说："你要走啦，回报社去写文章。我的事，你也知道不少，再叫你看看这箱子吧！"

他把箱子打开了，我凑到跟前去看。箱里有一块绿绸子，好像是从旧时的袍子上剪下来的。我想：这或许是他老伴出嫁时的新衣？或许是土改时分给他的果实？但不管是什么，我确信这块绿绸子下面，珍藏着老霜一生中最重要的东西！是什么呢？

老霜庄严地瞅了我一眼，轻轻地掀开了那块绸子。我急忙去看，啊！箱子里面竟放着一叠奖状！面对着老霜的"宝贝"，我不知道问什么好，也不知道说什么好！

老汉拿起一张张的奖状，对我讲起过去的故事——他当英雄的故事。他那神态，活像关云长败走麦城时，讲起他当年过五关斩六将的往事。他讲得很兴奋，我心中却渐渐地涌起一阵酸楚。

"瞧，这七张！都是大跃进时得的，那一年我就得了七张奖状啊！嗬，那可真是一个红红火火的年头，公社建起小高炉，庄稼人自己炼钢铁！我带着民兵队，把全村的坟都扒了，扒出棺材板子炼钢铁，倒出地来好种小麦，还破除了迷信哩！干啥都要带头，我自己动手，把我爷爷的坟扒了……为这，县里发了奖状给我——'破除迷信急先锋'。老茂那家伙出来装孝子，满街骂我，骂我没良心。他有良心？他处处和社会主义捣蛋！就说办食堂吧，大家都把粮食交给集体，偏偏他埋起一袋面粉来，给自己开小灶。可是，我每夜都带着民兵队巡逻呢，眼睛就盯住烟囱看；他的烟囱一冒白烟。就让我逮住啦！这事情报到县里，县委又发给我一张奖状，就是这张，'阶级斗争的哨兵'。嗨，想一想，我每走一步都要和老茂斗啊，一松劲儿，他就钻空子啦！

"这些年，我也得了老鼻子奖状了。我年年都是学'毛选'的积极分子。哼，那晚上老茂还背语录给你听，想吹牛哩！他背一句，能错半句；脑子那么灵还会错？就是心不诚！我脑子笨，可我背语录，连一个字都不差。那年开'贫农爱学老三篇'大会，五个代表比赛背《为人民服务》，我得了第二名。瞧，就是这张。为了背那篇文章，我还落得个头痛病；现在想想，我还觉得丢人：学毛主席的书，怎么好头痛呢？嘿嘿……"

"你再看这些奖状……"老霜一边讲，一边把一张张的奖状排在炕上，铺成一条金色的路。他讲累了，两只眼睛盯住奖状看。他的皱纹全舒展开了，眼睛里跳着两朵火花；油灯一晃，那干枯的脸上，泛出一阵红光来……

我看着他，心里蓦地一动，想到：难道这不是他的财富吗？我只看见老霜穷，却没想到他竟有这样一笔财富！这笔财富像一只沉重的包袱，压得老霜老汉步履蹒跚……他还像过去一样，是一个贫农吗？他还能像过去那样，丢下卖粽子的担子，积极投身于社会变革吗？

老霜收起了奖状，依旧盖上绿绸，盖上箱盖儿，慎重地锁好那只小箱子。他抬起头，望着我，没有话说。过了许久，他平静而庄重地对我说："我知道，你在我这儿住，是要摸底，是要写文章批我。批吧，我不怕，只要你写得实在！我就是这么一个人，你写出来，好叫大家知道。我心里也苦闷，人，谁还不巴望好好过日子？媳妇吹了，儿子怨我，小孩子也不把我当人待……我在人前抬不起头来，我还会好受吗？遭罪太大了，我也想：这是何苦哩？可是，转过身，看看这些奖状，我就好像靠在一堵墙上，脚跟站得稳了；静下心来，把过去的日子，从根到梢地想一想，我心里就更踏实啦！人不能三心二意。走一条路，就得走到底，遭罪也不能变。谁对？谁错？我心里明白。心里明白，还跟着老茂这号人瞎哄哄，就是昧了良心！我老霜不肯昧良心，我是一个老贫农，老党员！"

我听这番话，久久地沉思着。难道老霜仅仅为了守住那奖状——他的财富吗？认真追究一下，问题并不那么简单。奖状，还有它另一方面的意义。回到屋里，我上炕睡觉，翻来覆去地不能入睡。我苦苦思索着；那另一方面的意义是什么呢？

我回味着老霜讲的故事。这些故事一个一个地联结起来，变成一条锁链。这条锁链的每一个环节，都是老霜性格的一个部分。每当他荣获一份奖状，锁链上就增添一个新的环节，他的性格也就随着奖状的性质，发生一些新的改变。如此看来，奖状竟在塑造着老霜的性格！这不正是我要寻求的另一方面的意义吗？

天蒙蒙亮了。隔壁院子里，响起了老茂粗犷，响亮的歌声，他是在唱"锯大缸"；几只小猪哇哇地叫着，好像在为老茂伴奏。我闭上眼睛，仿佛看见了那个院子里欢腾、辛劳的情景。

这时，我听见一阵窸窸窣窣的声响，接着，门"吱呀"一声，轻轻地打开了——是老霜出去了。我重又闭上眼睛，这回，我看见了老霜！他站在梯子上，披着一件夹袄，正监视着他的老哥。那张脸，也清晰地浮现在我眼前：细密的皱纹布满脸庞，好似无数根麻丝勒着，勒得那么紧，那么深，一直勒进肉里，勒进灵魂里……

（原载《文汇月刊》1982 年第 1 期）

路 遥
LU YAO

（1949—1992）。原名王卫国。出生于陕北清涧一个世代农民的家庭。7岁时因为家里困难被过继给延川县农村的伯父。1969年在延川县立中学毕业后回乡务农。其间曾在乡下教过书，在县城做过各种临时性工作。1973年进延安大学中文系学习。1976年毕业后，先后在陕西省文艺创作研究室、中国作家协会陕西分会、《陕西文艺》（今为《延河》）杂志社工作。1982年加入中国作家协会。曾任中国作家协会陕西分会副主席。

1973年开始发表文学作品。出版有中短篇小说集《惊心动魄的一幕》《当代纪事》《姐姐的爱情》，长篇小说《平凡的世界》等。小说《惊心动魄的一幕》获1977—1980年全国优秀中篇小说二等奖，《人生》获1981—1982年全国优秀中篇小说奖，长篇小说《平凡的世界》获第三届茅盾文学奖。

人 生

第 一 章

农历六月初十，一个阴云密布的傍晚，盛夏热闹纷繁的大地突然沉寂下来；连一些最爱叫唤的虫子也都悄没声响了，似乎处在一种急躁不安的等待中。地上没一丝风尘，河里的青蛙纷纷跳上岸，没命地向两岸的庄稼地和公路上蹦蹿着。天闷热得像一口大蒸笼，黑沉沉的乌云正从西边的老牛山那边铺过来。地平线上，已经有一些零碎而短促的闪电，但还没有打雷。只听见那低沉的、连续不断的嗡嗡声从远方的天空传来，带给人一种恐怖的信息——一场大雷雨就要到来了。

这时候，高家村高玉德当民办教师的独生儿高加林，正光着上身，从村前的小河里蹚水过来，几乎是跑着向自己家里走去。他是刚从公社开毕教师会回来的，此刻浑身大汗淋漓，汗衫和那件漂亮的深蓝涤确良夏衣提在手里，匆忙地进了村，上了硷畔，一头扑进了家门。

他刚站在自家窑里的脚地上，就听见外面传来一声低沉的闷雷的吼声。

他父亲正赤脚片儿蹲在炕上抽旱烟，一只手悠闲地捋着下巴上的一撮白胡子。他母亲颠着小脚往炕上端饭。

他两口见儿子回来，两张核桃皮皱脸立刻笑得像两朵花。他们显然庆幸儿子赶在大雨之前进了家门。同时，在他们看来，亲爱的儿子走了不是五天，而是五年；是从什么天涯海角归来似的。

老父亲立刻凑到煤油灯前，笑嘻嘻地用小指头上专心留下的那个长指甲打掉了一朵灯花，满窑里立刻亮堂了许多。他喜爱地看看儿子，嘴张了几下，也没有说出什么来，老母亲赶紧把端上炕的玉米面馍又重新端下去，放到锅台上，开始张罗着给儿子炒鸡蛋，烙白面饼；她还用她那爱得过分的感情，趔趔趄趄走过来，把儿子放在炕上的衫子披在他汗水直淌的光身子的上，嗔怒地说："二杆子！当心凉了！"

高加林什么话也没说。他把母亲披在他身上的衣服重新放在炕上，连鞋也没脱，就躺在了前炕的铺盖卷上。他脸对着黑洞洞的窗户，说："妈，你别做饭了，我什么也不想吃。"

老两口的脸顿时又都恢复了核桃皮状，不由得相互交换了一下眼色，都在心里说：娃娃今儿个不知出了什么事，心里不畅快？

一道闪电几乎把整个窗户都照亮了，接着，像山崩地陷一般响了一声可怕的炸雷。听见外面立刻刮起了大风，沙尘把窗户纸打得啪啪价响。

老两口愣怔地望了半天儿子的背景，不知他到底怎啦？

"加林，你是不是身上不舒服？"母亲用颤音问他，一只手拿着舀面瓢。

"不是……"他回答。

"和谁吵啦？"父亲接着母亲问。

"没……"

"那到底怎啦？"老两口几乎同时问。

"……"

唉！加林可从来都没有这样啊！他每次从城里回来，总是给他们说长道短的，还给他们带一堆吃食：面包啦，蛋糕啦，硬给他们手里塞；说他们牙口不好，这些东西又有"养料"，又绵软，吃到肚子里好消化。今儿个显然发生什么大事了，看把娃娃愁成个啥！

高玉德看了一眼老婆的愁眉苦脸，顾不得抽烟了。他把烟锅在炕栏石上磕掉，用挽在胸前纽扣上的手帕揩去鼻尖上的一滴清鼻涕，身上往儿子躺的地方挪了挪，问："加林，到底出了什么事啦？你给我们说说嘛！你看把你妈都急成啥啦！"

高加林一条胳膊撑着，慢慢爬起来，身体沉重得像受了重伤一般。他靠在铺盖卷上，也不看父母亲，眼睛茫然地望着对面墙，开口说："我的书教不成了……"

"什么？"老两口同时惊叫一声，张开的嘴巴半开也合不拢了。

加林仍然保持着那个姿势，说："我的民办教师被下了。今天会上宣布的。"

"你犯了什么王法？老天爷呀……"老母亲手里的舀面瓢一下子掉在锅台上，摔成了两瓣。

"是不是减教师哩？这几年民办教师不是一直都增加吗？怎么一下子又减开了？"父亲紧张地问他。

"没减……"

"那马店学校不是少了一个教师？"他母亲也凑到他跟前来了。

"没少……"

"那怎么能没少？不让你教了，那它不是就少了？"他父亲一脸的奇怪。

高加林烦躁地转过脸，对他父母亲发开了火："你们真笨！不让我教了，人家不会叫旁人教？"

老两口这下子才恍然大悟。他父亲急得用瘦手摸着赤脚片，偷声缓气地问："那他们叫谁教哩？"

"谁？谁！再有个谁！三星！"高加林又猛地躺在了铺盖上，拉了被子的一角，把头蒙起来。

老两口一下子木然了，满窑里一片死气沉沉。

这时候，听见外面雨点已经急促地敲打起了大地，风声和雨声逐渐加大，越来越猛烈。窗纸不时被闪电照亮，暴烈的雷声接二连三地吼叫着。外面的整个天地似乎都淹没在了一片混乱中。

高加林仍然蒙着头，他父亲鼻尖上的一滴清鼻涕颤动着，眼看要掉下来了，老汉也顾不得去揩；那只粗糙的手再也顾不得悠闲地捋下巴上的那撮白胡子了，转而一个劲地摸着赤脚片儿。他母亲身子佝偻着伏在炕栏石上，不断用围裙擦眼睛。窑里静悄悄的，只听见锅台后面那只老黄猫的呼噜声。

外面暴风雨的喧嚣更猛烈了。风雨声中，突然传来了一阵"轰隆轰隆"的声音——这是山洪从河道里涌下来了。

足足有一刻钟，这个灯光摇晃的土窑洞失去了任何生气，三个人都陷入难受和痛苦中。

这个打击对这个家庭来说显然是严重的，对于高加林来说，他高中毕业没有考上大学，已经受了很大的精神创伤。亏得这三年教书，他既不要参加繁重的体力劳动，又有时间继续学习，对他喜爱的文科深入钻研。他最近在地区报上已经发表过两三篇诗歌和散文，全是这段时间苦钻苦熬的结果。现在这一切都结束了，他将不得不像父亲一样开始自己的农民生涯。他虽然没有认真地在土地上劳动过，但他是农民的儿子，知道在这贫瘠的山区当个农民意味着什么，农民啊，他们那全部伟大的艰辛他都一清二楚！他虽然从来也没鄙视过任何一个农民，但他自己从来都没有当农民的精神准备！不必隐瞒，他十几年拼命读书，就是为了不像他父亲一样一辈子当土地的主人（或者按他的另一种说法是奴隶）。虽然这几年当民办教师，但这个职业对他来说还是充满希望的。几年以后，通过考试，他或许会转为正式的国家教师。到那时，他再努力，争取做他认为更好的工作。可是现在，他所抱有的幻想和希望彻底破灭了。此刻，他躺在这里，脸在被角下面痛苦地抽搐着，一只手狠狠地揪着自己的头发。

对于高玉德老两口子来说，今晚上这不幸的消息就像谁在他们的头上敲了一棍。他们首先心疼自己的独生子：他从小娇生惯养，没受过苦，嫩皮嫩肉的，往后漫长的艰苦劳动怎能熬下去呀！再说，加林这几年教书，挣的全劳力工分，他们一家三口的日子过得并不紧巴。要是儿子不教书了，又急忙间不习惯劳动，他们往后的日子肯定不好过。他们老两口都老了，再不像往年，只靠四只手在地里刨挖，也能供养儿子上学"求功名"，想到所有这些可怕的后果，他们又难受，又恐慌。加林他妈在无声地啜泣；他爸虽然没哭，但看起来比哭还难受。老汉手把赤脚片摸了半天，开始自言自语叫起苦来：

"明楼啊，你精过分了！你能过分了！你弗过分了！仗你当个大队书记，什么不讲理的事你都敢做嘛！我加林好好地教了三年书，你三星今年才高中毕业嘛！你好意思整造我的娃娃哩？你不要理了，连脸也不要了？明楼！你做这事伤天理哩！老天爷总有一天要睁眼呀！可怜我那苦命的娃娃！啊嘿嘿嘿嘿嘿……"

高玉德老汉终于忍不住哭出声来，两行浑浊的老泪在皱纹脸上淌下来，流进了下巴上那一撮白胡子中间。

高加林听见他父母亲哭，猛地从铺盖上爬起来，两只眼睛里闪着怕人的凶光。他对父母吼叫说："你们哭什么！我豁出这条命，也要和他高明楼小子拼个高低！"说罢他便一纵身跳下炕来。

这一下子慌坏了高玉德。他也赤脚片跳下炕来，赶忙捉住了儿子的光胳膊。同时，他妈也颠着小脚绕过来，脊背抵在了门板上。老两口把光着上身的儿子堵在了脚地当中。

高加林急躁地对慌了手脚的两个老人说："哎呀呀！我并不是要去杀人嘛！我是要写状子告他！妈，你去在书桌里把我的钢笔拿来！"

高玉德听见儿子说这话，比看见儿子操家具行凶还恐慌。他死死按着儿子的光胳膊，央告他说："好我的小老子哩！你可千万不敢闯这乱子呀！人家通天着哩！公社、县上都踩得地皮响。你告他，除什么事也不顶，往后可把咱扣掐死呀！我老了，挣不行气了；你还嫩，招架不住人家的打击报复。你可千万不能做这事啊……"

他妈也过来扯着他的另一条光胳膊，接着他爸的话，也央告他说："好我的娃娃哩，你爸说得对对的！高明楼心眼子不对，你告他，咱这家人往后就没活路了……"

高加林浑身硬得像一截子树桩，他鼻子口里喷着热气，根本不听二老的规劝，大声说："反正这样活受气，还不如和他狗日的拼了！兔子急了还咬一口哩，咱这人活成个啥了！我不管顶事不顶事，非告他不行！"他说着，竭力想把两条光胳膊从四只衰老的手里挣脱出来。但那四只手把他抓得更紧了。两个老人哭成一气。他母亲摇摇晃晃的，几乎要摔倒了，嘴里一股劲央告说："好我的娃娃哩，你再犟，妈就给你下跪呀……"

高加林一看父母亲的可怜相，鼻子一酸，一把扶住快要栽倒的母亲，头痛苦地摇了几下，说："妈妈，你别这样，我听你们的话，不告了……"

两个老人这才放开儿子，用手背手掌擦拭着脸上的泪水。高加林身子僵硬地靠在炕栏石上，沉重地低下了头。外面，虽然不再打闪吼雷，雨仍然像瓢泼一样哗哗地倾倒着。河道里传来像怪兽一般咆哮的山洪声，令人毛骨悚然。

他妈见他平息下来，便从箱子里翻出一件蓝布衣服，披在他冰凉的光身子上，然后叹了一口气，转到后面锅台上给他做饭去了。他父亲摸索着装起一锅烟，手抖得划了十几根火柴才点着——而忘记了煤油灯的火苗就在他的眼前跳荡。他吸了一口烟，弯腰弓背地转到儿子面前，思思谋谋地说："咱千万不敢告人家。可是，就这样还不行……是的，就这样还不行！"他决断地喊叫说。

高加林抬起头来，认真地听父亲另外还有什么惩罚高明楼的高见。

高玉德头低倾着吸烟，一副老谋深算的样子。过了好一会，他才扬起那饱经世故的庄稼人的老皱脸，对儿子说："你听着！你不光不敢告人家，以后见了明楼还要主动叫人家叔叔哩！脸不要沉，要笑！人家现在肯定留心咱们的态度哩！"他又转过白发苍苍的头，给正在做饭的老伴安咐："加林他妈，你听着！你往后见了明楼家里的人，要给人家笑脸！明楼今年没栽起茄子，你明天把咱自留地的茄子摘上一筐送过去。可不要叫人家看出咱是专意讨好人家啊！唉！说来说去，咱加林今后的前途还要看人家照顾哩！人活低了，就要按低的来哩……加林妈，你听见了没？"

"嗯……"锅台那边传来一声几乎是哭一般的应承。

泪水终于从高加林的眼里涌出来了。他猛地转过身，一头扑在炕栏石上，伤心地痛哭起来。

外面的雨不知什么时候停了，只听见大地上淙淙的流水声和河道里山洪的怒吼声混交在一起，使得这个夜晚久久地平静不下来了……

第 二 章

高加林醒来以后，他自己并不知道时光已经接近中午了。

近一个月来，他每天都是这样，睡得很早，起得很迟。其实真正睡眠的时间倒并不多；他整晚整晚在黑暗中大睁着眼睛。从搅得乱翻翻的被褥看来，这种痛苦的休息简直等于活受罪。只是临近天明，当父母亲摸索着要起床，村里也开始有了嘈杂的人声时，他才开始迷糊起来。他朦胧地听见母亲从院子里抱回柴禾，叭哒叭哒地拉起了风箱；又听见父亲的瘸腿一轻一重地在地上走来走去，收拾出山的工具，并且还安咐他母亲给他把饭做好一点……他于是就眼里噙着泪水睡着了。

现在他虽然醒了，头脑仍然是昏沉沉的。睡是再睡不着了，但又不想爬起来。他从枕头边摸出剩了不多几根的纸烟盒，抽出一支点着，贪婪地吸着，向土窑顶上喷着烟雾。他最近的烟瘾越来越大了，右手的两个手指头熏得焦黄。可是纸烟却没有了——准确地说，是他没有买纸烟的钱了。当民办教师时，每月除过工分，还有几块钱的补贴，足够他买纸烟吸的。

接连抽了两支烟，他才感到他完全醒了。本来最好再抽一支更解馋，但烟盒里只剩了最后一支——这要留给刷牙以后享用。

他开始穿衣服。每穿完一件，总要愣怔半天，才穿另一件。好长时间他才磨磨蹭蹭下了炕，在水瓮里舀了一勺凉水往干毛巾上一浇，用毛巾中间湿了的那一小片对付着擦擦肿胀的眼睛。然后他舀一缸子凉水，到院子里去刷牙。

外面的阳光多刺眼啊！他好像一下子来到了另一个世界。天蓝得像水洗过一般。雪白的云朵静静地飘浮在空中。大川道里，连片的玉米绿毡似的一直铺到西面的老牛山下。川道两边的大山挡住了视线，更远的天边弥漫着一层淡蓝色的雾霭。向阳的山坡大部分是麦田，有的已经翻过，土是深棕色的；有的没有翻过，被太阳晒得白花花的，像刚熟过的羊皮。所有麦田里复种的糜子和荞麦都已经出齐，泛出一层淡淡的浅绿。川道上下的几个村庄，全都罩在枣树的绿荫中，很少看得见房屋；只看见每个村前的打麦场上，都立着密集的麦秸垛，远远望去，像黄色的蘑菇一般。

他的视线被远处一片绿色水潭似的枣林吸引住了。他怕看见那地方，但又由不得看。在那一片绿荫中，隐隐约约露出两排整齐的石窑洞。那就是他曾工作和生活了三年的学校。

这学校是周围几个村子共同办的，共有一百多学生，最高是五年级，每年都要向城关公社中学输送一批初中学生。高加林一直当五年对的班主任。这个年级的算术和语文课也都由他代。他并且还给全校各年级上音乐和图画课——他在那里曾是一个很受尊重的角色。别了，这一切！

他无精打采地转过脸，蹲在硷畔上开始刷牙。

村子里静悄悄的。男人们都出山劳动去了，孩子们都在村外放野。村里已经有零星的叭哒叭哒拉风箱的声音，这里那里的窑顶上，也开始升起了一柱一柱蓝色的炊烟。这是一些麻利的妇女开始为自己的男人和孩子们准备午饭了。河道里，密集的杨柳丛中，叫蚂蚱间隔地发出了那种叫人心烦的单调的大合唱。

高加林刷牙的时候，看见他母亲正佝偻着身子，在对面自留地的茄子畦里拔草，满头白发在阳光下那么显眼。一种难受和羞愧使他的胸部一阵绞痛。他很快把牙刷从嘴里拔出来，在心里说：我这一个月实在不像话了！两个老人整天在地里操磨，我怎能老呆在家里闹情绪呢？不出山，让全村人笑话！是的，他已经感到全村人都在另眼看他了。大家对高明楼做的不讲理的事已经习以为常了，但对村里任何一个不劳动的二流子都反感。庄稼人嘛，不出山劳动，那是叫任何人都瞧不起的。加林痛苦地想，他可再不能这样下去了！生活是严酷的，他必须承认他目前的地位——他已经是一个地地道道的农民了！

高加林这样想着，正准备转身往回走，听见背后有人说："高教师，你在家哩？"

他转身一看，认出是后川马店村一队的生产队长马拴。

马拴虽然不识字，但是代表马店大队参加学校管理委员会，常来学校开会，他们很熟悉。这是一个老实后生，心地善良，但人又不死板，做庄稼和搞买卖都是一把好手。

他看见平时淳朴的马拴今天一反常态。他推一辆崭新的自行车，车子被彩色塑料带缠得花花绿绿，连辐条上都缠着一些色彩鲜艳的绒球，讲究得给人一种俗气的感觉。他本人打扮得也和自行车一样体面：大热的天，一身灰的确凉衬衣外面又套一身蓝涤卡罩衣，头上戴着黄的确凉军式帽，晒得焦黑的胳膊上撑一支明晃晃的镀金链手表。他大概自己也为自己的打扮和行装有点不好意思，别扭地笑着。加林此刻虽然心情不好，也为马拴这身扎眼的装束忍不住笑了，问："你打扮得像新女婿一样，干啥去了？"

马拴脸通红，笑了笑说："看媳妇去了！人家正给我说你们村刘立本的二女子哩！"

加林这才明白为什么他今天里外一崭新。眼下农民看对象都是这种打扮。他问："是巧珍吗？"

"就是的。"

"那你这把川道里的头梢子拔了！你不听人家说，巧珍是'盖满川'吗？"加林开玩笑说。

"果子是颗好果子，就怕吃不到咱嘴里！"憨厚的马拴笑嘻嘻地说了句粗话。

"看得怎样？成了吧？"

"离城还有十五里！咱跑了几回，看他们家里大人倒没啥意见，就是本人连一次面也不露。大概嫌咱没文化，脸黑。脸是没人家白，论文化，她也和我一样，斗大字不识几升！唉，现在女的心都高了！"

"慢慢来，别着急！"

"对对对！"马拴哈哈大笑了。

"回我们家喝点水吧？"

"不了，在我老丈人家里已经喝好了！"

这回轮上高加林哈哈大笑了。他想不到这个不识字的农民说话这么幽默。

马拴戴手表的黑胳膊扬了扬，给他打了告别手势，便跨上车子向川道里的架子车路上飞奔而去了。

加林靠在硷畔的一棵枣树上，一直望着他的背影没入了玉米的绿色海洋里。他忍不住扭过头向后村刘立本家的院子望了望。

刘立本绰号叫"二能人"，队里什么官也不当，但全村人尊罢高明楼就最敬他。他人心眼活泛，前几年投机倒把，这二年堂堂皇皇做起了生意，挣钱快得马都撵不上，家里的光景是全村最好的。高明楼虽然是村里的"大能人"，但在经济线上，远远赶不上"二能人"。对于有钱人，庄稼人一般都是很尊重的。不过，村里人尊重刘立本，也还有另外一个原因。立本的大女儿巧英前年和高明楼的大儿子结婚了，所以他的身份在村里又高了一截。"大能人"和"二能人"一联亲，两家简直成了村里的主宰。全村只有他们两家圈围墙，盖门楼，一家在前村，一家在后村，虎踞龙盘，俨然是这川道里像样的大户人家。

从内心说，高加林可不像一般庄稼人那样羡慕和尊重这两家人。他虽然出身寒门，但他没本事的父亲用劳动换来的钱供养他上学，已经把他身上的泥土味冲洗得差不多了。他已经有了一般人们所说的知识分子的"清高"。在他看来。高明楼和刘立本都不值得尊敬，他们的精神甚至连一些光景不好的庄稼人都不如。高明楼人不正派，仗着有点权，欺上压下，已经有点"乡霸"的味道；刘立本只知道攒钱，前面两个女儿连书都不让念——他认为念书是白花钱。只是后来，才把三女儿巧玲送到学校，现在算高中快毕业了。这两家的子弟他也不放在眼里。高明楼把精能全占了，两个儿子脑子都很迟笨。二儿子三星要不是走后门，怕连高中都上不了。刘立本的三个女儿都长得像花朵一样好看，人也都精精明明的，可惜有两个是文盲。

虽然这样，加林此刻站在硷畔上只是恼恨地想：他们虽然被他瞧不起，但他自己现在又是个什么光景呢？

一种强烈的心理上的报复情绪使他忍不住咬牙切齿。他突然产生了这样的思想：假若没有高明楼，命运如果让他当农民，他也许会死心塌地在土地上生活一辈子！可是现在，只要高家村有高明楼，他就非要比他更有出息不可！要比高明楼他们强，非得离开高家村不行！这里很难比过他们！他决心要在精神上，要在社会的面前，和高明楼他们比个一高二低！

他把缸子牙刷送回窑，打开箱子找一件外衣，准备到前川菜园下面的那个水潭里洗个澡。

他翻出一件黄色的军用上衣，眼睛突然亮了。这件衣服是他叔父从新疆部队上寄回的，他宝贵得一直舍不得穿。他父亲唯一的弟弟从小出去当兵，解放以后才和家里联系上，几十年没回一次家。一年通几次信，年底给他们寄一点零花钱，关系仅此而已。叔父听说是副师政委，这是他们家的光荣和骄傲，只是离家远，在他们的生活中不起什么作用。

高加林拿起这件衣服，突然想起要给叔父写一封信，告诉一下他目前的处境，看叔父能不能在新疆给他找个工作。当然，他立刻想到，父母亲就他一个独苗儿，就是叔父在那里能给他找下工作，他们也不会让他去的。但他决定还是要给叔父写信。他渴望远走高飞——到时候，他会说服父母亲的。

他于是很快伏在桌子上，用他文科方面的专长，很动感情地给叔父写了一封信，放在了箱子里。他想明天县城遇集，他托人把信在城里很快寄出去。

这个突然冒出来的想法，给他精神上带来很大的安慰。他立刻觉得轻松起来，甚至有点高兴。

他把这件黄军衣穿在身上，愉快地出了门，沿着通往前川的架子车路，向那片色彩斑斓的菜园走去。

黄土高原八月的田野是极其迷人的，远方的千山万岭，只有在这个时候才用惹眼的绿色装扮起来。大川道里，玉米已经一人多高，每一株都怀了一个到两个可爱的小绿棒；绿棒的顶端，都吐出了粉红的缨丝。山坡上，蔓豆、小豆、黄豆、土豆都在开花，红、白、黄、蓝，点缀在无边无涯的绿色之间。庄稼大部分都刚锄过二遍，又因为不久前下了饱垧雨，因此地里没有显出旱象，湿润润，水淋淋，绿茵茵，看了真叫人愉快和舒坦。

高加林轻快地走着，烦恼暂时放到了一边，年轻人那种热烈的血液又在他身上欢畅地激荡起来。他折了一朵粉红色的打碗碗花，两个指头在花茎上捻动着，从一片灰白的包心菜地里穿过，接连跳过了几个土塄坎，来到了河道里。

他飞快地脱掉长衣服，在那一潭绿水的上石崖上扩胸、下蹲——他已经决定不是简单洗个澡，而要好好游一次泳。

他的裸体是很健美的。修长的身材，没有体力劳动留下的任何印记，但又很壮实，看出他进行过规范的体育锻炼。脸上的皮肤稍有点黑；高鼻梁，大花眼，两道剑眉特别耐看。头发是乱蓬蓬的，但并不是不讲究，而是专门讲究这个样子。他是英俊的，尤其是在他沉思和皱着眉头的时候，更显示出一种很有魅力的男性美。

高加林活动了一会，便像跳水运动员一般从石崖上一纵身跳了下去，身体在空中划了一条弧线，就优美地没入了碧绿的水潭中。他在水里用各种姿势游，看来蛮像一回事。

一刻钟以后，他从跌水哨的一边爬上来，在上面的浅水里用肥皂洗了一遍身子，然后躲在一个石窝里换了裤子，光着上身回到石崖上面，躺在一棵桃树下。这棵桃树是一辈子打光棍的德顺老汉的。桃子还没熟的时候，好心的老光

人　生

.... 路　遥

棍就全摘了分给村里的娃娃。现在这树上只留下一些不很茂密的树叶，倒也能遮一些荫凉。

高加林把衫子铺到地上，两只手交叉着垫到脑后，舒展开身子躺下来，透过树叶的缝隙，无意识地望着水一般清澈的蓝天。时光已经到了中午，但他的肚子也不觉得饿。河道离得很近，但水声听起来像是很远，潺潺地，像小提琴拉出来的声音一般好听。这时候，在他右侧的玉米地里，突然传来一阵女孩子悠扬的信天游歌声：

　　　　上河里（哪个）鸭子下河里鹅，
　　　　一对对（哪个）毛眼眼望哥哥……

歌声甜美而嘹亮，只是缺乏训练，带有一点野味。他仔细听了一下，声音像是刘立本家的巧珍。他一下子记起刚才马拴看媳妇的洋相，又联想到巧珍唱的歌，忍不住笑了，心里说："你哥哥专门来望你哩，没望见你；他人走了，你现在才望他哩……"

他这样想这件可笑事时，就听见他旁边的玉米林子里响起沙沙的声音。坏了！大概是巧珍从这里过路回家呀。

高加林慌忙坐起来，两把穿上了衣服。他的最后一颗扣子还没扣上，巧珍提一篮子猪草已经站在他面前了。

刘巧珍看起来根本不像个农村姑娘。漂亮不必说，装束既不土气，也不俗气。草绿的确凉裤子，洗得发白的蓝劳动布上衣，水红的确凉衬衣的大翻领翻在外边，使得一张美丽的脸庞显得异常生动。

她扑闪着一双水灵灵的大眼睛，局促地望了一眼高加林，然后从草篮里摸出一个熟得皮都有点发黄的甜瓜递到高加林面前，说："我们家自留地的。我种的。你吃吧，甜得要命！"接着，她又从口袋里掏出自己洗得干干净净的花手帕，让加林揩一揩甜瓜。高加林很勉强地接过甜瓜，但没有接她的手帕，轻淡地对她说："我现在不相吃，我一会再……"

巧珍似乎还想和他说话，看他这副样子，犹豫了一下，低着头向上边地畔的小路上走了。

高加林把甜瓜放在一边，下意识地回过头朝地畔上望了一眼，结果发现走着的巧珍也正回过头望他。他赶忙扭过头，烦恼地躺在了地上，他在感情上对这个不识字的俊女子很讨厌，因为她姐姐是高明楼的儿媳妇！

他并不想吃甜瓜，此刻倒很想抽一支烟。他明知道纸烟早已经抽光，卷着抽的旱烟叶子也没带来，但两只手还是下意识地在身上所有的衣袋上都按了按，结果只是失望地叹了一口气。

"加林！加林！快回去吃饭嘛！躺在这儿干啥哩？"他听见父亲在上地畔上叫他。他站起身，把巧珍送的那个甜瓜装在上衣口袋里，向菜地畔上走去。他上了地畔，先把父亲的烟锅接过来，点着一锅，拼命吸了一口，立刻呛得他弯下咳嗽了半天。

他父亲叹息了一声，说："别抽这旱烟了，劲太大！"他把旱烟锅从儿子手里夺过来，说："加林，我在山里思谋了一下，明儿个县里逢集，干脆让你妈蒸上一锅白馍，你提上卖去！咱家里点灯油和盐都快完了，一个来钱处都没有嘛！再说，卖上两个钱，还能给你买一条纸烟哩！"

高加林揩了揩咳嗽呛出的眼泪，直起腰看了看父亲等待他回答的目光，犹豫了半天。他很快想起他给叔父写好的信，觉得明天上一趟县城也好，他可以亲自把信发出去——要是托给加别人邮，万一丢了怎么办？

他于是同意了父亲的这个提议，决定明天到县城赶集去。

第 三 章

吃过早饭不久，在大马河川道通往县城的简易公路上，已经开始出现了熙熙攘攘去赶集的庄稼人，由于这两年农村政策的变化，个体经济有了大发展，赶集上会，买卖生意，已经重新成了庄稼人生活的重要内容。

公路上，年轻人骑着用彩色塑料缠绕得花花绿绿的自行车，一群一伙地奔驰而过。他们都穿上了崭新的"见人"衣裳，不是涤卡，就是涤良，看起来时兴得很。粗糙的庄稼人的赤脚片上，庄重地穿上尼龙袜和塑料凉鞋。脸洗得干干净净，头梳得光光溜溜，兴高采烈地去县城露面：去逛商店，去看戏，去买时兴货，去交朋友，去和对象见面……

更多的庄稼人大都是肩挑手提：担柴的，挑菜的，吆猪的，牵羊的，提蛋的，抱鸡的，拉驴的，推车的；秤匠、鞋匠、铁匠、木匠、石匠、箩匠、毡匠、箍锅匠、泥瓦匠、游医、巫婆、赌棍、小偷、吹鼓手、牲口贩子……都纷纷向县城涌去了。川北山根下的公路上，蹚起了一股又一股的黄尘。

当高加林挽着一篮子蒸馍加入这个洪流的时候，他立刻后悔起来。他感到自己突然变成一个真正的乡巴佬了。他觉得公路上前前后后的人都朝他看。他，一个曾经是潇潇洒洒的教师，现在却像一个农村老太婆一样，上集卖蒸馍去了！他的心难受得像无数虫子在咬着。

但这一切是毫无办法的。严峻的生活把他赶上了这条尘土飞扬的路。他不得不承认，他现在只能这样开始新的生活。家里已经连买油量盐的钱都没了，父母亲那么大的年纪都还整天为生活苦熬苦累，他一个年轻轻的后生，怎好意思一股劲呆下吃闲饭呢？

他提着蒸馍篮子，头尽量低着，什么也不看，只瞅着脚下的路，匆匆地向县城走。路上，他想起父亲临走时安咐他，叫他卖馍时要吆喝，他的脸立刻感到火辣辣地发烧。

天啊，他怎能喊出声来！

"可是，"他想，"如果我不叫卖，谁知道我提这蒸馍是干啥哩？"走到一个小沟岔的时候，高加林突然想：干脆让我先跑到这没人的拐沟里试验喊叫一下，到城里好习惯一些嘛！

他满脸通红朝公路两头望了望，见没什么人，于是就像做一件见不得人的事一样，匆忙地折身走进了公路边的那条拐沟里。他在这荒沟里走了好一段路，直到看不见公路的时候才站住。他站住，口张了一下，但没勇气喊出声来。又张了一下口，还是不行。短短的时间里，汗水已经沁满了他的额头。四野里静悄悄的，几只雪白的蝴蝶在他面前一丛淡蓝色的野花里安详地飞着；两面山坡上茂密的苦艾发出一股新鲜刺鼻的味道。高加林感到整个大地都在敛声屏气地等待他那一声"白蒸馍哎——！"

啊呀，这是那么的难人！他感到就像要在大庭广众面前学一声狗叫唤一样受辱。他用手背擦了一下额头的汗水，决心下一声非喊出来不可！他狠狠地咽了一口唾沫，把眼一闭，张开嘴怪叫一声："白蒸馍哎——"他听见四山里都在回荡着他那一声演戏般的、悲哀的喊叫声。他牙咬住嘴唇，强忍着没让眼里的泪花子溢出来。

他直愣愣地在这个荒沟野地里站了老半天，才难受地回到公路上，继续向县城走去。从他们村到县城只有十来里路，但他感到这段路是多么的漫长和艰难。他更知道，更大的困难还在前头——在那万头攒动的集市上！

当他走到大马河与县河交汇的地方，县城的全貌已经出现在视野之内了。一片平房和楼房交织的建筑物，高低错落，从半山坡一直延伸到河岸上。亲爱的县城还像往日一样，灰蓬蓬地显出了它那诱人的魅力。他没有走过更大的城市，县城在他的眼里就是大城市，就是别一番天地。他对这里的一切都是熟悉的、亲切的；从初中到高中，他都是在这里度过。他对自己和社会的深入认识，对未来生活的无数梦想，都是在这里开始的。学校、街道、电影院、商店、浴池、体育场……生活是多么的丰富多彩！可是，三年前，他就和这一切告别了……

现在，他又来了。再不是当年的翩翩少年，衣服整洁而笔挺，满身的香皂味，胸前骄傲地别着本县最高学府的校徽。他现在提着蒸馍篮子，是一个普通的赶集的庄稼人了。

往事的回忆使他心酸。他靠在大马河桥的石栏杆上，感到头有点眩晕起来。四面八方赶集的人群正源源不绝地通过大桥，进了街道。远处城市中心街道的上空，腾起很大一片灰尘，嘈杂的市声听起来像蜂群发出的嗡嗡声一般。

他猛然想到一个更糟糕的问题：要是碰上他在县城的同学怎么办？他下意识地抬起头，先慌忙朝前后看了看。这时候他才真正后悔赶这趟集了。一般的赶集倒也没什么，可他是来卖蒸馍的呀！现在折回去吗？可这怎行呢！他已经走到了县城。再说，家里连一点零花钱都没有了，这样回去，父母亲虽然不会说什么，但他们肯定心里会难受的——不仅为这篮没卖掉的蒸馍，更为他的没出息而难受！

"不，"他想，"我既然来了，就是硬是头皮也要到集上去！"当然，他也在心里祈祷，千万不要碰上县城里的同学。

他很快提起篮子，过了桥，向街道上走去。他准备穿过街道，到南关里去。那里是猪市、粮食市和菜市，人很稠，除过买菜的干部，大部分都是庄稼人，不显眼。

当他路过汽车站候车室外面的马路时，脸刷一下白了——白了的脸很快又变得通红。他感到全身的血一下都向脸上涌上来了：他猛然看见他高中时的同班同学黄亚萍和张克南正站在候车室门口。躲是来不及了，他俩显然也看见了他，已经先后向他走过来了。高加林恨不得把这篮子馍一下扔到一个人所不知的地方。张克南和黄亚萍很快走到地面前了，他只好伸出空着的那只手和克南握了握手。他俩问他提个篮子干啥去呀？他即兴撒了个谎，说去城南一个亲戚家里走一趟。黄亚萍很快热情地对他说："加林，你进步真大呀！我看见你在地区报上发表的那几篇散文啦！真不简单！文笔很优美，我都在笔记本上抄了好几段呢！"

"你还在马店教书吗？"克南问他。

他摇摇头，苦笑了一下说："已经被大队书记的儿子换下来了，现在已经回队当了社员。"

黄亚萍立刻焦虑地说："那你学习和写文章的时间更少了！"

高加林解嘲地说："时间更多了！不是有一个诗人写诗说，'我们用镢头在大地上写下了无数的诗行'吗？"

他的幽默把他的两个同学都逗笑了。

"你们出差去吗？"加林问他们俩。他隐约地感到，他两个的关系似乎有点微妙。在中学时，他俩的关系倒也很一般。

"我不出去。克南要到北京给他们单位买彩色电视机。我是闲逛哩……"黄亚萍说，似乎有点不好意思。

"你还在副食公司当保管吗？"加林问克南。

"不。前不久刚调到副食门市上。"克南说。

"高升了！当了门市部主任！不过，前面还有个副字！"亚萍有点嘲弄地看了看克南，不以为然地撇了一下嘴。

"要买什么烟酒一类的东西，你来，我尽量给你想办法。我这人没其他能耐。就能办这么些具体事。唉，现在乡下人买一点东西真难！"克南对他说。

　　尽管张克南这些话都是真诚的，但高加林由于他自己的地位，对这些话却敏感了。他觉得张克南这些话是在夸耀自己的优越感。他的自尊心太强了，因此精神立刻处于一种藐视一切的状态，稍有点不客气地说："要买我想其他办法，不敢给老同学添麻烦！"一句话把张克南刺了个大红脸。

　　黄亚萍也是个灵人，已经听出他俩话不投机，便对高加林说："你下午要是有空，上我们广播站来坐坐嘛！你毕业后，进县城从不来找我们拉拉话。你还是那个样子，脾气真犟！"

　　"你们现在位置高了，咱区区老百姓，实在不敢高攀！"加林的坏毛病又犯了！一旦他感到自己受了辱，话立刻变得非常刻薄，简直叫人下不了台。

　　张克南已经明显地有点受不了了，正好车站的广播员让旅客排队买票，这一下把大家都解脱了。

　　克南马上和他握了手，先走了。亚萍犹豫了一下，对他说："……我真的想和你拉拉话。你知道，我也爱好文学，但这几年当个广播员，光练了嘴皮子了，连一篇小小的东西都写不成，你一定来！"

　　她的邀请是真诚的，但高加林不知为什么，心里感到很不舒服。他对亚萍说："有空我会来的。你快去送克南吧，我走了。"

　　黄亚萍的脸刷一下红了，说："我不是去送他的！我来车站接一个老家来的亲戚……"她显然也即兴撒了个谎。加林心里想：你根本没必要撒谎！

　　高加林再不说什么，他向她很礼貌地点点头，便转身向街道上走去。他一边走，一边心里为他和亚萍各自撒的谎感到好笑，忍不住自言自语说："你去接你的'亲戚'吧，我也得看我的'亲戚'去了……"

　　但是，刚才和克南、亚萍的见面，很快又勾起了他对往日学校生活的回忆。在学校时，亚萍是班长，他是学习干事，他们之间的交往是比较多的。他俩也是班上学习最好的，又都爱好文学，互相都很尊重。他和克南平时不是太接近的，因为都在校篮球队，只是打球的时候才在一块交往得多一些。

　　黄亚萍是江苏人，她父亲是县武装部长和县委常委。亚萍是在他刚上高中的那年随父亲调来县上，插入他那个班的。她带有鲜明的南方姑娘的特点，又经见过世面；那种聪敏、大方和不俗气，立刻在整个学校都很惹眼了。高加林虽然出身农民家庭，也没走过大城市，但平时读书涉猎的范围很广；又由于山区闭塞的环境反而刺激了他爱幻想的天性，因而显得比一般同学飘洒，眼界了宽阔。黄亚萍很快发现了他的这种气质，很自然地在班上更接近他。他同样也喜欢和她在一块。因为在这之前，他还没有接触过这样的女生。本地女同学和黄亚萍相比，都有点不大方，有的又很俗气，动不动就说吃说穿，学习大部分都赶不上男同学，他很少和她们交往。他俩有时在一块讨论共同看过的一本小说，或者说音乐，说绘画，谈论国际问题。班上的同学一度曾议论过他们的长长短短。他当时并不敢想什么出边的事。他和黄亚萍相比，有难以克服的自卑感。这不是说他个人比她差，而是指家庭、经济条件和社会地位这些方面而言。在这些方面，张克南全部有，克南父亲是县商业局长，他母亲也是县药材公司的副经理，在县上都是很像样的人物。当时克南也对亚萍有好感，经常设法和她接近，但看出她并没有和他过多交往的愿望。

很快，高中毕业了。他们班一个也没有考上大学。农村户口的同学都回了农村，城市户口的纷纷寻门路找工作。亚萍凭她一口高水平的普通话到了县广播站，当了播音员。克南在县副食公司当了保管。生活的变化使他们很快就隔开很远了，尽管他们相距只有十来里路，但在实际生活中，他们已经是在两个世界了。

高加林回村后，起初每当听见黄亚萍清脆好听的普通话播音的时候，总有一种很惆怅的感觉，就好像丢了一件贵重的东西，而且没指望找回来了。后来，这一切都渐渐地淡漠了。只是不知什么时候，他隐约听另外村一个同学说，黄亚萍可能正和张克南谈恋爱时，他才又莫名其妙地难受了一下。以后他便很快把这一切都推得更远了，很长时间甚至没有想到过他们……

他刚才碰见他们，感到很晦气。他现在一边提着蒸馍篮子往热闹的集市中间走，一边眼睛灵活地转动着，以防再碰上城里工作的同学。

刚到十字街口，接近人流漩涡的地方，他又碰到了一个熟人！

不过，这回他倒没什么恐慌。当他们城关公社文教专干马占胜有点尴尬地过来和他握手时，他这一刻不觉得胳膊上挽的蒸馍篮子丢人了——哼！让他看看吧，正是他们把他逼到了这个地步！

当专干问他干啥时，他很干脆地告诉他：卖蒸馍！他并且从篮子里取出一个来。硬往马占胜手里塞；他感到他拿的是一颗冒烟的、带有强烈报复性的手榴弹！

马占胜两只手慌忙把这个蒸馍捉住，又重新硬塞到篮子里，手在已经有了胡茬的脸上摸了一把，显得很难受的样子说："加林！你大概一直在心里恨我哩！我一肚子苦水无处倒哇！有些话，我真想给你说，又不好说！现在你听我给你说。"马占胜把高加林拉在十字街自行车修理部的一个拐角处，又摸了一把脸，放低声音说：

"唉，好加林哩！你不知情，咱公社的赵书记和你们村的高明楼是十几年的老交情了。别看是上下级关系，两人好得不分你我。前几年，明楼家没什么要安排的人，就一直让你教书。今年他二小子高中毕业了，他在公社跑了几回，老赵当然要考虑。你知道，这几年国民经济调整哩，国家在农村又不招工招干，因此农村把民办教师这工作看得很重要。明楼当然想叫他小子干这事嘛！下另外村子的教师，人家谁让哩？因此，就只好把你下了，让三星上。这事虽然是我在会上宣布的，可这不是我决定的嘛！我马占胜哪有这么大的牛皮！因此，好加林哩，你千万不要恨我！”

高加林心不在焉地用手指头理了理头发，对专干说："老马，你太多心了。你不说，我也都了解这些情况，我们共事几年了，你应该了解我。"

"我当然了解你！全公社教师里面，你是拔尖的！再说，你这娃娃心眼活，性子硬，我就喜欢这号人。不怕！……噢，我忘记告诉你了，我已经调到县政府的劳动局，算是提拔了，当了个副局长。我前几天还给公社赵书记谈过，叫他有机会就考虑再让你当教师。赵书记满口答应了……不怕！你等着！……你快忙你的，我还要开个会哩。新官上任三把火！咱烧不起来火，最起码得按时给人家应酬嘛！……"

马占胜说完，手在脸上摸了一把，和高加林握了一下手，像逃避什么似的很快就钻到了人群里。

高加林因为一直就对这个公社有名的滑头没有好感，所以基本上没认真听他说了些什么。他现在只知道他离开了城关公社，高升到县政府了。但这些和他有什么关系呢？他现在最要紧的是把胳膊上挽的这篮子蒸馍卖掉！

高加林很快从街道里的人群中挤过，向南关的交易市场走去。

第　四　章

县城南关的交易市场热闹得简直叫人眼花缭乱。一大片空场地，挤满了各式各样买卖东西的人。以菜市、猪市、牲口市和熟食摊为主，形成了四个基本的中心。另一个最大的人群中心是河南一个什么县的驯兽表演团，用破旧的蓝布围了一个大圈当剧场，庄稼人挤破脑袋两毛钱买一张票，去看狗熊打篮球，哈巴狗跳罗圈。市场上弥漫着灰尘，噪音像洪水声一般喧嚣，到处充满了庄稼人的烟味和汗味。

高加林提着那篮子馍，从本县那条主要的大街上满头大汗地挤过来，就投入到这个闹哄哄的人海里了。

他提着篮子盖在人群里瞎挤了一气，自己也不知道该到哪里去。他是个讲卫生的人，雪白的毛巾一直把馍篮子盖得严严的，生怕落进去灰尘。谁也看不出他是个干什么的，有几次他试图把口张开，喊叫一声，但怎么也喊不出声音来。他听见市场上所有卖东西的人都在吆喝，尤其是一些生意油子，那叫卖的声音简直成了一种表演艺术。他以前听见这样的喊叫，只觉得好笑。可现在他在心里很佩服这种什么也不顾忌的欢畅舒坦的叫喊声；觉得也是一种很大的本事。他自己明显地感到，他在这个界里，成了一个最无能的人。

正当他在人堆里茫然乱挤的时候，听见背后有个妇女对旁边一个什么人说："今儿个死老头子又要喝酒，请下一堆客人，热得不想做饭，国营食堂的馍又黑又脏，串了半天，这市场上还没个卖好白馍的⋯⋯"

高加林一听，赶忙转过身，准备把蒸馍上的毛巾揭开。可他身子刚转过去，马上又转了过来，慌忙躲到一个卖木锨的老汉身后——他看见那个寻找着买馍的妇女正好是张克南他妈！以前上学时，他去过克南家一两次，克南他妈认识他！

可怜的小伙子像小偷一样藏在那个卖木锨的老汉背后，直等到看不见克南他妈才又走动起来。也许克南他妈早认不得他了，但他的自尊心使他不能和这样一个过去认识的人做这笔买卖。

这时候，满城的高音喇叭响了起来。喇叭里传来了黄亚萍预报节目的声音。亚萍的声音通过扩音器，变得更庄重和柔和；普通话的水平简直可以和中央台的女播音员乱真。

高加林疲乏地背靠在一根水泥电杆上，两道剑眉在眉骨上一跳一跳的。他眼睛微微地闭住，牙齿咬着嘴唇。他想到克南此刻也许正在长途汽车上悠闲地观赏着原野上的风光；黄亚萍正坐在漂亮的播音室里，高雅地念着广播稿⋯⋯而他，却在这尘土飞扬的市场上颠簸着为几个钱受屈受辱，心里顿时翻起了一股苦涩的味道。

他已经完全无心卖馍了。他决定离开这个他无能为力的场所，到一个稍微清静的地方呆一会，至于馍卖不了怎么办，现在他也不想考虑了。到哪里去呢？他突然想起了他已经久违的县文化馆阅览室。他很快又从大街里挤过来，来到十字街以北的县文化馆。因为他爱好文学，文化馆他有几个熟人，本来想进去喝点水，但他很快又打消了这个念头——他今天怕见任何熟人！

他径直进了阅览室，把馍篮放在长椅的角上，从报架上把《人民日报》、《光明日报》、《中国青年报》、《参考消息》和本省的报纸取了一堆，坐在椅子上看起来。这里没什么人。在城市喧嚣的海洋里，难得有这平静的一隅。

他最近由于生活发生了混乱，很多天没看报纸杂志了。他从初中就养成了每天看报的习惯，一天不看报纸总像缺个什么似的。当他好多天以后重新进入报纸的世界，立刻就把所有的一切都忘了个一干二净。

他首先看《人民日报》的国际版。他很关心国际问题，曾梦想过进国际关系学院读书。在高中时，他曾钉过一个很大的笔记本，里面虚张声势地写上"中东问题"、"欧洲共同体国家相互政治经济关系研究"、"东盟五国和印支三国未来关系的演变"、"中美苏三角关系中美国的因素"等等胡思乱想的"研究"题目。现在他想起来已经有点可笑，但当时的"气派"却把同学们吓了一跳！其实他也并没能"研究"什么，只不过剪贴了一点报刊资料而已。

他先把各种报纸翻着浏览了一遍，然后找了一篇长一点的文章"过瘾"。他身子蜷曲在长椅子里，看起了韩念龙在联合国召开的柬埔寨国际会议上的发言。

他把几种大报好多天的重要内容几乎通通看完以后，浑身感到一种十分熨帖舒服的疲倦。

直到阅览室的工作人员来关门的时候，他才大吃一惊：现在已经到城里人吃下午饭的时光了！

他慌忙提起蒸馍篮子，出了阅览室。

太阳已经远远向西边倾斜过去了。市声基本落下，街道上稀稀落落的没有了多少人。

啊呀，他在阅览室呆的时间太长了！现在怎么办呢？庄稼人大部分都已经像潮水一样退出了城市，这时候他要是再出现在街上，很容易碰见熟悉的同学。

想来想去，没有什么办法了。他站在阅览室的门口踟躇了半天，最后只好决定提篮子回家去。

他垂头丧气出了城，向大马河川道那里走去，一切都还是来的样子，篮子里的白馍一个了没少。他赶这回集，连一分钱的买卖都没做。

他走到大马河桥上时，突然看见他们村的巧珍立在桥头上，手里拿块红手帕扇着脸，身边撑着他们家新买的那辆"飞鸽"牌自行车。

巧珍看见他，主动走过来了，并且站在了他的面前——实际上等于把他堵在了路上。

"加林，你是不是卖馍去了？"她脸红扑扑的，不知为什么，看来精神有点紧张，身体像发抖似的微微颤动着，两条腿似乎都有点站不稳。

"嗯……"高加林应承了一声，很奇怪地看了她一眼，没话寻话地说："你也赶集去了？"

"嗯……"巧珍用手帕揩着脸上沁出的汗珠，眼睛斜看着她的自行车，但精神却在注意他，说："我来赶集，一点事也没……加林，"她突然转过脸看着他说，"我知道你一个馍也没卖掉！我知道哩！你怕丢人！你干脆把馍给我，你在这里把我的车子看住，让我给你卖去！"

巧珍说着，两只手很快过来拿他的篮子。

高加林闷头闷脑的还没反应过来这是怎么一回事，巧珍已经从他胳膊上把篮子夺走了。她什么话也没说，提着篮子就返身向街道上走去了。高加林望着她远去的苗条的背影，不知该如何是好。他两只手在桥栏杆摸来摸去，怎么也弄不清楚为什么突然出现了这样的事情。

对于巧珍来说，她今天的行动是蓄谋已久的。不是一天两天，而是多少年埋藏在她心中的感情，已经忍无可忍——她要爆发了！否则，她觉得自己简直活不下去了!

刘立本这个漂亮得像花朵一样的二女子,并不是那种简单的农村姑娘。她虽然没有上过学,但感受和理解事物的能力很强,因此精神方面的追求很不平常。加上她天生的多情,形成了她极为丰富的内心世界。村前庄后的庄稼人只看见她外表的美,而不能理解她那绚丽的精神光彩。可惜她自己又没文化,无法接近她认为"更有意思"的人。她在有文化的人面前,有一种深刻的自卑感。她常在心里怨她父亲不供她上学。等她明白过来时,一切都已经为时过晚了。为了这个无法弥补的不幸,她不知暗暗哭过多少回鼻子。

但她决心要选择一个有文化、而又在精神方面很丰富的男人做自己的伴侣。就她的漂亮来说,要找个公社的一般干部,或者农村出去的国家正式工人,都是很容易的;而且给她介绍这方面对象的媒人把她家的门槛都快踩断了。但她统统拒绝了。这些人在她看来,有的连农民都不如。退一步说,就是和这样的人结婚,男人经常在外门,一年回不来几次;娃娃、家庭都要她一个人操磨。这样的例子在农村多得很!而最根本的是,这些人里没有她看得上的。如果真正有合她心的男人,她就是做出任何牺牲也心甘情愿。她就是这样的人!

她父亲虽然生了她,养活了她,但根本不理解她。他见她不寻干部、工人,就急着给她找农村的。并且一心看下个马店的马拴。马拴这人前几年公社农田基建会战时,她和他接触不少。他人诚实,心眼也不死,做买卖很利索,劳动也是村前庄后出名的。家里的光景富裕而殷实,拿农村的眼光看,算是上等人家。但她就是产生不了爱马拴的感情。尽管马拴热心地三一回五一回常往她家里跑,她总是躲着不见面,急得她父亲把她骂过好几回了。

其实,她并不是没有自己心上的人。多年来,她内心里一直都在为这个人发狂发痴——这人就是高加林!

巧珍刚懂得人世间还有爱情这一回事的时候,就在心里爱上了加林。她爱他的潇洒的风度,漂亮的体型和那处处都表现出来的大丈夫气质。她认为男人就应该像个男人;她最讨厌男人身上的女人气。她想,她如果跟了加林这样的男人,就是跟上他跳了崖也值得!她同时也非常喜欢他的那一身本事:吹拉弹唱,样样在行;会安电灯,会开拖拉机,还会给报纸上写文章哩!再说,又爱讲卫生,衣服不管新旧,常穿得干干净净,浑身的香皂味!

她曾在心里无数次梦想她和这个人在一起的情景:她把她的手放在他的手里,让他拉着,在春天的田野里,在夏天的花丛中,在秋天的果林里,在冬天的雪地上,走呀,跑呀,并且像人家电影里一样,让他把她抱住,亲她……

可是在现实生活里,她的自卑感使她连走近他的勇气都没有。她时时刻刻在想念他,又处处在躲避他。她怕她的走路、姿势和说话在他面前显出什么不妥当来，惹她心爱的人笑话。但是，她的心思和眼睛却从来也没有离开过他啊！

加林上高中时，她尽管知道人家将来肯定要远走高飞，她永远不会得到他，但她仍然一往情深，在内心里爱着他。每当加林星期天回来的时候，她便找借口不出山，坐在她家院子的硷畔上，偷偷地望对面加林家的院子。加林要是到村子前面的水潭去游泳，她就赶忙提个猪草篮子到水潭附近的地里去打猪草。星期天下午，她目送着加林出了村子，上县城去了，她便忍不住眼泪汪汪，感到他再也不回高家村了。

加林高中毕业没考上大学，灰溜溜地回到村里以后，巧珍高兴得几乎发了疯。她多少次的梦想露出了希望的光芒。她谋算：加林现在成了农民，大概将来就得找个农村媳妇吧？如果他找农村户口的姑娘，她虽然没文化，但她自己有信心让他爱她。她知道她有一个别的姑娘很难比上的长处：俊。

可是，希望的光芒很快暗淡了。加林当了教师。教师现在是唯一有希望进入商品粮世界的。按加林的能力来说，将来完全有把握转成正式教师。

她又陷入了深深的痛苦之中。她常常一个人躲在她们家硷畔上的那棵老槐树后面，向学校那里呆呆地张望。她目送着加林从那条被学生娃踩得白光刺眼的小路上向学校走去；又望着他从那条路上向村里走来……

她是个心眼很活的姑娘！所有这一切做得谁也看不出来。是的，村里谁也不知道这个俊女孩子的梦想和痛苦！只有她在县城正上高中的妹妹巧玲，似乎有一点觉察，有时对她麻木的发呆和莫名其妙的焦躁不安，诡秘地一笑，或真诚地为她叹息一声！现在，在高加林又一次当了农民的时候，她那长期被压抑的感情又一次剧烈地复活了。这次就好像火山冲破了地壳，感情的洪流简直连她自己也控制不住了。她为他当了农民而高兴，又同时为他的痛苦而痛苦——为此，她甚至还在她大姐面前骂高明楼不是个人。

她不知道该怎样心疼他。昨天中午，她看见他去游泳的时候，匆忙提了猪草篮在水潭边的玉米地里穿过，顺便摘了自留地的一个甜瓜，想破开脸皮去安慰一下他；今天她看见他上集了，又骑了个车子撵来了。她今天上集的确什么事也没；她赶这回集，完全是想找机会对他说出她全部的心里话！她今天实际上一直都不远不近地跟着加林在集上的人群里挤。她看见亲爱的人提着蒸馍篮子，在人群里躲躲闪闪，一个也卖不了，后来痛苦地靠在水泥电杆上闭起眼睛的时候，她脸上的泪水也刷刷地淌着，手帕揩也揩不及。

后来，她看见加林进了文化馆，知道他的蒸馍是卖不出去了。她当时很想也进阅览室去，但她想自己不识字，进那里去干什么？再说，那里面人多，她不好和加林说什么话。于是，她就骑车来到大马河桥上，在那里等他过来，从中午一直站到下午……

刘巧珍现在提着一篮子蒸馍，兴奋地走在县城的大街上，感到天地一下子变得非常明亮了；好像街道上所有的人都在咧开嘴巴或者抿着嘴向她笑。迎面过来一群幼儿园刚放了学的娃娃，她抱住一个就亲了一口！

直到过了十字街，穿过城里那条主要街道，来到南关的自由交易市场时，她才停住了脚步，忍不住害臊地笑自己的荒唐：她原来根本不是打算来卖这篮蒸馍的，而是准备送给城里她的一个姨姨家。她姨家住在十字街上面的山坡上，她现在却疯头涨脑地跑到了这里！至于馍钱，她不会向姨姨要的，她早已给加林准备好了。她并且还给加林买了一条好烟，已放在自行车的花布提包里了。

她很快又掉转身，向姨姨家走去。

巧珍把一篮子蒸馍给姨姨家放下，折转身就起身。她姨和她姨夫硬拉住让她吃饭，她坚决地拒绝了，她怕加林在桥上等她等得不耐烦。

她提着空篮子从姨姨家出来，几乎是跑着向大马河桥上赶去。

第 五 章

高加林立在大马河桥上，对刚才发生的事半天百思不得其解。他后来索性把这事看得很简单：巧珍是个单纯的女子，又是同村人，看见他没把馍卖掉，就主动为他帮了个忙。农村姑娘经常赶集上会买卖东西，不像他一样窘迫和为难。

但不论怎样，他对巧珍给他帮这个忙，心里很感谢她。他虽然和刘立本家里的人很少交往，可是感觉刘立本的三个女儿和刘立本不太一样。她们都继承了刘立本的精明，但品行看来都比刘立本端正；对待村里贫家薄业的庄稼人，也不像她们的父亲那般傲气十足。她们都尊大爱小，村里人看来都喜欢她们。三姐妹长得都很出众，可惜巧珍和她姐巧英都没上过学；妹妹巧玲正上高中，听说是现在中学里的"校花"。对于一个农民来说，找到刘立本家的女子做媳妇的确是难得的。高明楼眼急手快，把巧英给他大儿子娶过去了。现在巧珍的媒人也是踢塌门槛；这一段马店的马拴又里外的确凉穿上往刘立本家愣跑哩。高加林想起马拴那天的打扮，又忍不住笑了。

太阳正从大马河西边无垠的大山中间沉落。通往他们村的川道里，已经罩上了暗影；川道里庄稼的绿色似乎显得深了一些。夹在庄稼地中间的公路上，几乎没有了人迹，公路静悄悄地伸向绿色的深处。东南方向的县城，已经罩在一片蓝色的烟气中了。从北边流来的县河，水面不像深秋那般开阔，平静地在县城下边绕过。向南流去了；水面上辉映着夕阳明亮的光芒。河边上，一群光屁股小孩在泥滩上追逐，嬉耍；洗衣服的城市妇女正在收拾晒在岸边草地上花花绿绿的衣服和床单。高加林不时回头向县城街道那边张望。他觉得巧珍也不一定能把那篮子馍卖了——因为现在集市都已经散了。

当他终于看见巧珍提着篮子小跑着向他走来时，他认定她没有把馍卖掉——这其间的时间太短了！

巧珍来到他面前，很快把一卷钱塞到他手里说："你点点，一毛五一个，看对不对？"

高加林惊讶地看了看她胳膊上的空篮子，接过钱塞在口袋里，心里对她充满了非常感激的心情。他不知该向她说句什么话。停了半天，才说："巧珍，你真能行！"

刘巧珍听了加林的这句表扬话，高兴得满脸光彩，甚至眼睛里都水汪汪的。加林伸出手，说："把篮子给我，你赶快骑车回去，太阳都要落了。"巧珍没给他，反而把篮子往她的自行车前把上一挂，说："咱们一块走！"说着就推车。

加林一下子感到很为难。和同村的一个女子骑一辆车子回家，让庄前村后的人看见了，实在不美气。但他又感到急忙找不出理由拒绝巧珍的好心。

他略踌躇了一下，对巧珍撒谎说："我骑车带人不行，怕把你摔了。"

"我带你！"巧珍两只手扶着车把，亲切地看了加林一眼，又不好意思地低下了头。

"啊呀，那怎行呢！"加林一只手在头发里搔着，不知该怎办。

"干脆，咱别骑车，一搭里走着回。"巧珍漂亮的大眼睛执拗地望着他，突起的胸脯一起一伏。

看来她真诚地要和他相跟着回村了。加林看没办法了，只好说："行，那咱走，让我把子推上。"

他伸手要推车，巧珍用肩膀轻轻把他推了一下，说："你走了一天，累了。我来时骑着车，一点也不累，让我来推。"

就这样，他俩相跟着起身了，出了桥头，向西一拐，上了大马河川道的简易公路向高家村走去。

太阳刚刚落山，西边的天上飞起了一大片红色的霞朵。除过山尖上染着一抹淡淡的橘黄色的光芒，川两边大山浓重的阴影已经笼罩了川道，空气也显得凉森森的了。大马河两岸所有的高秆作物现在都在出穗吐缨。玉米、高粱、谷子，长得齐楚楚的，都已冒过了人头。各种豆类作物都在开花，空气里弥漫着一股清淡芬芳的香味。远处的山坡上，羊群正在下沟，绿草丛中滚动着点点白色。富丽的夏日的大地，在傍晚显得格外宁静而庄严。

高加林和刘巧珍在绿色甬道中走着，路两边的庄稼把他们和外面的世界隔开，造成了一种神秘的境界。两个青年男女在这样的环境中相跟着走路，他们的心都由不得咚咚地跳。

他俩起先都不说话。巧珍推着车，走得很慢。加林为了不和她并排，只好比她走得更慢一点，和她稍微错开一点距离。此刻，他自己感到了一种从来没有过的精神上的紧张：因为他从来没有单独和一个姑娘在这样悄没声响的环境中走过。而且他们又走得这样慢，简直和散步一样。

高加林由不得认真看了一眼前面巧珍的侧影。他惊异地发现巧珍比他过去的印象更要漂亮。她那高挑的身材像白杨树一般可爱，从头到脚，所有的曲线都是完美的。衣服都是半旧的：发白的浅毛蓝裤子，淡黄色的的确凉短袖衫；浅棕色凉鞋，比凉鞋的颜色更浅一点的棕色尼龙袜。她推着自行车，眼睛似乎只盯着前面的一个地方，但并不是认真看什么。从侧面可以看见她扬起脸微微笑着，有时上半身弯过来，似乎想和他说什么，但又很快羞涩地转过身，仍像刚才那样望着前面。高加林突然想起，他好像在什么地方见到过和巧珍一样的姑娘。他仔细回忆一下，才想起他是看到过一张类似的画。好像是一幅俄罗斯画家的油画。画面上也是一片绿色的庄稼地，地面的一条小路上，一个苗条美丽的姑娘一边走，一边正向远方望去，只不过她头上好像拢着一条鲜红的头巾……

在高加林这样胡思乱想的时候，他前面的巧珍内心里正像开水锅那般翻腾着。第一次和她心爱的人单独走在一块，使得这个不识字的农村姑娘陶醉在一种巨大的幸福之中。为了这一天，她已经梦想了好多年。她的心在狂跳着；她推车子的两只手在颤抖着；感情的潮水在心中涌动，千言万语都卡在喉咙眼里，不知从哪里说起。她今天决心要把一切都说给他听，可她又一时羞得说不出口。她尽量放慢脚步，等天黑下来。她又想：就这样不言不语走着也不行啊！总得先说点什么才对。她于是转过脸，也不看加林，说："高明楼心眼子真坏，什么强事都敢做……"

加林奇怪地看了看她，说："他是你们的亲戚，你还能骂他？"

"谁和他亲戚？他是我姐姐的公公，和我没一点相干！"巧珍大胆地回过头看了一眼加林。

"你敢在你姐面前骂她公公吗？"

"我早骂过了！我在他本人面前也敢骂！"巧珍故意放慢脚步，让加林和她并排走。

高加林一时弄不清楚为什么巧珍在他面前骂高明楼，便故意说："高书记心眼子怎个坏？我还看不出来。"

巧珍一下子停住了脚步，愤愤地说："加林！他活动得把你的教师下了，让他儿子上！看现在把你愁成啥了……"

高加林也不得不停住脚步。他看见他面前那张可爱的脸上是一副真诚同情他的表情。

他没有说什么，只是叹了一口气，就又朝前走了。

巧珍推车赶上来，大胆地靠近他，和他并排走着，亲切地说："他做的歪事老天爷知道，将来会报应他的！加林哥，你不要太熬煎，你这几天瘦了。其实，当农民就当农民，天下农民一茬人哩！不比他干部们活得差。咱农村有山有水，空气又好，只要有个合心的家庭，日子也会畅快的……"

高加林听着巧珍这样的话，心里感到很亲切。他现在需要人安慰。他于是很想和她拉拉家常话了。他半开玩笑地说："我上了两天学，现在要文文不上，要武武不下，当个农民，劳动又不好，将来还不把老婆娃娃饿死呀！"他说完，自己先嘿嘿地笑了。

巧珍猛地停住脚步，仰起头，看着加林说：

"加林哥！你如果不嫌我，咱们两个一搭里过！你在家里盛着，我给咱上山劳动！不会叫你受苦的……"巧珍说完，低下头，一只手扶着车把，另一只手局促地扯着衣服边。

血"轰"一下子冲上了高加林的头。他吃惊地看着巧珍，立刻感到手足无措；感到胸口像火烧一般灼疼。身上的肌肉紧缩起来，四肢变得麻木而僵硬。

爱情？来得这么突然？他连一点精神准备都没有。他还没有谈过恋爱，更没有想到过要爱巧珍。他感到恐慌，又感到新奇；他带着这复杂的心情又很不自然地去看立在他面前的巧珍。她仍然害羞地低着头，像一只可爱的小羊羔依恋在他身边。她身上散发出来的温馨的气息在强烈地感染着他；那白杨树一般苗条的身体和暗影中显得更加美丽的脸庞深深地打动了他的心。他尽量控制着自己，对巧珍说："咱们这样站在路上不好。天黑了，快走吧……"

巧珍对他点点头，两个人就又开始走了。加林没说话，从她手里接过车把，她也不说话，把车子让他推着。他们谁也不知该说什么好。半天，高加林才问她："你怎猛然说起这么个事？"

"怎是猛然呢？"巧珍仰起头，眼泪在脸上静静地淌着。她于是一边抹眼泪，一边把她这几年所有的一切一点也不瞒地给他叙说起来……

高加林一边听她说，一边感到自己的眼睛潮湿起来。他虽然是个心很硬的人，但已经被巧珍的感情深深感动了。一旦他受了感动的时候，就立即产生了一种奇异的激情：他的眼前马上飞动起无数彩色的画面；无数他最喜欢的音乐旋律也在耳边响起来；而眼前真实的山、水、大地反倒变得虚幻了……他在听完巧珍所说的一切以后，把自行车"啪"地撑在公路上，两只手神经质地在身上乱摸起来。

巧珍看着他这副样子，突然笑了起来。她一边笑，一边抹去脸上的泪水，一边从车子后架上取下她的花提包，从里面掏出一包"云香"牌香烟，递到他面前。

高加林惊讶地张开嘴巴，说："你怎知道我是找烟哩？"

她妩媚地对他咧嘴一笑，说："我就是知道。快抽上一支！我给你买了一条哩！"高加林走近她，先没有接烟，用一种极其亲切和喜爱的眼光怔怔地看着她。她也扬起脸看着他，并且很快把两只手轻轻地放在他的胸脯上。加林犹豫了一下，轻轻地搂住她的肩背，然后坚决地把他发烫的额头贴在她同样发烫的额头上。他闭住眼睛，觉得他失去了任何记忆和想象………

当他们重新肩并肩走在路上的时候，月亮已经升起来了。月光把绿色的山川照得一片迷蒙；大马河的流水声在静悄悄的夜里显得非常响亮。村子就在前边——在公路下边的河湾里，他们就要分手各回各家了。

在分路口，巧珍把提包里的那条烟掏出来，放在加林的篮子里，头低下，小声说："加林哥，再亲一下我……"

高加林把她抱住，在她脸上亲了一下，对她说："巧珍，不要给你家里人说。记着，谁也不要让知道！……以后，你要刷牙哩……"巧珍在黑暗中对他点点头，说："你说什么我都听……"

"你快回去。家里人问你为啥这么晚回来，你怎说呀？"

"我就说到城里我姨家去了。"

加林对她点点头，提起篮子转身就走了。巧珍推着车子从另一条路上向家里走去。

高加林进了村子的时候，一种懊悔的情绪突然涌上他的心头。他后悔自己感情太冲动，似乎匆忙地犯了一个错误。他感到这样一来，自己大概就要当农民了。再说，他自己在没有认真考虑的情况下就亲了一个女孩子，对巧珍和自己都是不负责任的。使他更难受的是，他觉得他今夜永远地告别了他过去无邪的二十四年，从此便给他人生的履历表上画上了一个标志。不管这一切是愉快的还是痛苦的，他都想哭一场！

当他走进自己家门时，他爸他妈都坐在炕上等他。饭早已拾掇好了，可是，他们显然还没有动筷子。见他回来，他爸赶忙问他："怎才回来？天黑了好一阵了，把人心焦死了！"

他妈瞪了他爸一眼："娃娃头一回做这营生，难畅成个啥了，你还嫌娃娃回来得迟！"她问儿子："馍卖了吗？"

加林说："卖了。"他掏出巧珍给他的钱，递到父亲手里。

高玉德老汉嘴噙住烟锅，凑到灯前，两只瘦手点了点钱，说："是这！干脆叫你妈明早上蒸一锅馍，你再提着卖去。这总比上山劳动苦轻！"

加林痛苦地摇摇头，说："我不去做这营生了，我上山劳动呀！"

这时候，他妈从后炕的针线篮里拿出一封信，对他说："你二爸来信了，快给咱念念。"

加林突然想起，他今天为那篮该死的馍，竟然忘了把他给叔父写的信寄出去——现在还装在他的口袋里！他从他妈手里接过叔父的信，在灯前给两个老人念起来——

大哥、嫂嫂：

你们好！今天写信，主要告诉你们一件事：最近上级决定让我转到地方工作。我几十年都在军队，对军队很有感情，但要听党的话，服从组织安排。现在还没有定下到哪里工作。等定下来后，再给你们写信。

今年咱们那里庄稼长得怎样？生活有没有困难？需要什么，请来信。加林侄儿已经开学了吧？愿他好好为党的教育事业努力工作。

祝你们好！

弟：玉智

高加林念完，把信又递给他妈，心里想：既然是这样，他给叔父写的信寄没寄出去，现在关系已不大了。

第 六 章

刘巧珍刷牙了。这件事本来很平常，可一旦在她身上出现，立刻便在村里传得风一股雨一股的。在村民们看来，刷牙是干部和读书人的派势，土包子老百姓谁还讲究这？高加林刷牙，高三星刷牙，巧珍的妹妹巧玲刷牙，大家谁也不奇怪，唯独不识字的女社员刘巧珍刷牙，大家感到又新奇又不习惯。

"哼，刘立本的二女子能翘得上天呀！好好个娃娃，怎突然学成了这个样子？"

"一天门外也没逛，斗大的字不识一升，倒学起文明来了！"

"卫生卫生，老母猪不讲卫生，一肚子下十几个胖猪娃哩！"

"哈呀，你们没见，一早上圪蹴在硷畔上，满嘴血糊子直淌！看过洋不洋？"

……

村里少数思想古旧、不习惯现代文明的人，在山里，在路上，在家里，纷纷议论他们村新出现的这个"西洋景"。

刘巧珍根本不管这些议论，她非刷牙不可！因为这是亲爱的加林哥要她这样做的啊！痴情的姑娘为了让心爱的男人喜欢，任何勇气都能鼓起来。她根本不管世人的讥笑；她为了加林的爱情什么都可忍受。

这天早晨，她端着牙缸，又蹲在他们家的硷畔上刷开了牙，没刷几下，生硬的牙刷很快就把牙床弄破了，情况正如村里人传说的"满嘴里冒着血糊子"。

但她不管这些照样使劲刷。巧玲告诉她，刚开始刷牙，把牙床刷破是正常的；刷几次就好了。

这时候，碰巧几个出山的女子路过她家门前，嬉皮笑脸地站下看她出"洋相"；另外一些村里的碎脑娃娃看见这几个女子围在这里，不知出了啥事，也跑过来凑热闹了；紧接着，几个早起拾粪路过这里的老汉也过来看新奇。

这些人围住这个刷牙的人，稀奇地议论着，声音嗡嗡地响成一片。那几个拾粪老头竟然在她前面蹲下来，像观察一头生病的牛犊一样，互相指着她的嘴巴各抒己见。后面来的一个老汉看见她满嘴里冒着血沫子，还以为得了啥急症，对其他老汉惊呼："还不赶快请个医生来？"逗得在场的人都哈哈大笑了。

巧珍本来想和周围的人辩解几句，大大方方开个玩笑解脱自己，无奈嘴里说不成话。她也不管这些了，照样不慌不忙刷她的牙。她本来想结束了，但又赌气地想：我多刷一会让他们看，叫他们看得习惯着！

她右手很不灵巧地拿牙刷在嘴里鼓弄了好一阵后，然后取出牙刷，喝了一口缸子里的清水，漱了漱口，把牙膏沫子吐在地上，又喝了一口水漱起来。周围一圈人的眼光就从那牙缸子里看到她的嘴上，又从她的嘴上看到土地上。

这时候，巧珍她爸赶着两头牛正从河沟里上他家的硷畔。这个庄稼人兼生意人前几天又买了两头牛，还没转手卖出去，刚才吆着牲口到沟里饮水去。

立本五十来岁，脸白里透红，皱纹很少，看起来还年轻。他穿一身干净的蓝卡其衣服，不过是庄稼人的式样；头上戴着白市布瓜壳帽。看起来不太像个农民，至少像是城里机关灶上的炊事员。

刘立本吆牛上了硷畔，见一群人围住巧珍看她刷牙，早已气得鬼火冒心了！他发现巧珍这几天衣服一天三换，头梳个没完没了，竟然还能翘得刷起了牙。他前两天早想发火了，但觉得女子大了，怕她吃消不了，硬忍着没吭声。

现在他看见巧珍在一群人面前丢人败兴，实在起火得不行了。他丢下两头牛不管，满脸通红，豁开人群，大声喝骂道："不要脸的东西，还不快滚回去！给老子露到门外丢人来了！"

刘立本一声喝骂，赶散了所有看热闹的人。娃娃女子们先跑了，几个老汉慌忙提起拾粪筐，尴尬地出了他们本不该来的这个地方。巧珍手里提着个刷牙缸子，眼里噙着两颗泪珠说："爸，你为啥骂人哩！我刷牙讲卫生，有什么不对？"

"狗屁卫生！你个土包子老百姓，满嘴的白沫子，全村人都在笑话你这个败家子！你羞死人哩！"

"不管怎样，刷个牙算什么错！"巧珍嘴硬地辩解说："你看你的牙，五十来岁就掉了那么多，说不定就是因为没……"

"放屁！牙好牙坏是天生的，和刷不刷有屁相干！你爷一辈子没刷牙，活了八十岁还满口齐牙，临殁的前一年还咬得核桃吃哩！你趁早把你那些刷牙家具撇了！"

"那巧玲刷牙你为什么不管？"

"巧玲是巧玲，你是你！人家是学生，你是个老百姓！"

"老百姓就连卫生也不能讲了？"巧珍一下委屈得哭开了。她大声和父亲嚷着说："你为什么不供我上学？你就知道个钱！你再知道个啥？你把我的一辈子都毁了，叫我成了个睁眼瞎子！今儿个我刷个牙，你还要这样欺负我……"她一下背过身，双手蒙住脸哭得更厉害。

刘立本一下子慌了。他很快觉得他刚才太过分——他已经好多年不这样对待孩子了。他赶忙过来乖哄她说："爸爸不对，你别哭了，以后要刷，就在咱家灶火圪崂里刷，不要跑到硷畔上刷嘛！村里人笑话哩……"

"让他们笑话！我什么也不怕！我就要到硷畔上刷！"巧珍狠狠地对父亲说。

刘立本叹了一口气，回头向院子后面看了看，立刻惊叫一声，撒开腿就跑——他的那两头牛已快把他辛苦培养起来的几畦包心菜啃光了！

巧珍擦去泪水，委屈地转身回了家。她先洗了脸，然后对着镜子认真地梳起了头发。她把原来的两根粗黑的短辫，改成像城里姑娘们正时兴的那种发式：把头发用花手帕在脑后扎成蓬蓬松松的一团。穿什么衣服呢？她感到苦恼起来。

自从那晚上以后，巧珍每时每刻都想见加林；相和他拉话，想和他亲亲热热在一块。可是不知为什么，加林好像一直在躲避她，好像不愿意和她照面，她想起加林哥那晚上那么喜爱地亲她，现在又对她这么冷淡，忍不住委屈得眼泪汪汪了。

她看见他这几天已经出山劳动了，一下子穿得那么烂，腰里还束一根草绳，装束得就像个叫花子一样。他每天早上都扛把老镢头，去山上给队里掏麦田塄子，中午也不回来，和众人一块吃送饭。他有新衣服，为什么要穿得那么破烂？昨天她看见他在井边担水，肩背上的衣服已经被什么划破一个大口子，露出的一块皮肉晒得黑红。她站在自家硷畔上，心疼得直掉泪，想跑下去看他，可加林哥好像不愿理她，担着水头也不回就走了——他明明看见了她啊！

她昨个晚上，一夜都没睡好觉。想来想去，不知道加林为啥又不愿理她了。后来，她突然想到：是不是加林嫌她穿得太新了？这几天，她可是把她最好的衣服都拿出来穿过了。

可能就是因为这！你看他穿得多烂！他大概觉得她太轻浮了！人家是知识人，不像农村人恋爱，首先换新衣服。她太俗气了！她看见加林哥穿那身烂衣服，反而觉他比穿新衣服还要俊，更飘洒了！可她却正好相反，换了最新的衣服！加林哥一定看见反感了。可她又难受地想：加林哥呀，我之所以这样，还是为了你呀！

现在她决定把那件米黄的确凉短袖衫和那条深蓝色的确凉裤子换下来，重新穿上平时她劳动穿的那身衣服：半旧的草绿色裤子，洗得发白的蓝劳动布上衣，再把水红衬衣的大翻领翻在外面。

她打扮好后，就肩起锄头向前村走去。今天组里锄玉米，正好加林在玉米地对面的山坡上挖麦田塄，他肯定会看见她的……

高加林在赶罢集第二天，就出山劳动了。像和什么人赌气似的，他穿了一身最破烂的衣服，还给腰里束了一根草绳，首先把自己的外表"化装"成了个农民。其实，村里还没一个农民穿得像他这么破烂。他参加劳动在村里引起了纷纷议论。许多人认为他吃不下苦，做上两天活说不定就躺倒了。大家很同情他；这个村文化人不多，感到他来到大家的行列里实在不协调。尤其是村里的年轻妇女们，一看原来穿得风风流流的"先生"变成了一个叫花子一样打扮的人，都啧啧地为他惋惜。

高家村村子并不大，四十多户人家，散落在大马河川道南边一个小沟口的半山坡上。一半家户住在沟口外的川道边，另一半延伸到沟口里面。沟里一股常年不断的细流水，在村脚下淌过，注入了大马河。大马河两岸的一大片川地，是他们主要舀米挖面的地方。川道两边的山上，耕地面积倒比川里大得多，但都是广种薄收，大部分是麦田。

前些年由于村子小，四十多户人家一直是集体生产和统一分配，实际上是大队核算。这两年随着政策的改变，也分成了两个生产责任组。许多社员要求再往小划一些，有的甚至提出干脆包产到户。但高明楼书记暂时顶住了这种压力。他们直到眼下还没有分开。这两年书记心里并不美气。他既觉得现时的政策他接受不了——拿他的话说，"把社会主义的摊子踢蹬光了"；另一方面又觉得他无法抗拒社会的潮流；感到一切似乎都势在必行。他常撇凉腔说："合作化的恩情咱永不忘，包产到户也不敢挡。"实际上，他目前尽量在拖延，只分成两个"责任组"（实际上是两个生产队），好给公社交差，证明高家村也按新政策办事哩。

高加林家在前村一组。川道里现时正锄玉米，他不太会锄地，就跟山上翻麦田的人去挖地畔。

他的劳动立刻震惊了庄稼人。第一天上地畔，他就把上身脱了个精光，也不和其他人说话，没命地挖起了地畔。没有一顿饭的工夫，两只手便打满了泡。他也不管这些，仍然拼命挖。泡拧破了，手上很快出了血，把镢把都染红了；但他还是那般疯狂地干着。大家纷纷劝他慢一点，或者休息一下再干，他摇摇头，谁的话也不听，只是没命地抡镢头……

今天又是这样，他的镢把很快又被血染红了。

犁地的德顺老汉一看他这阵势，赶忙喝住牛，跑过来把镢头从加林手里夺下，扔到一边，两撇白胡子气得直抖。他抓起两把干黄土抹到他糊血的两手上，硬把他拉到一个背阴处，不让他逞凶了。德顺老汉一辈子打光棍，有一颗极其善良的心。他爱村里的每一个娃娃。有一点好东西，自己舍不得吃，满庄转着给娃娃们手里塞。尤其是加林，他对这孩子充满了感情。小时候加林上学，家境不好，有时连买一支铅笔的钱都没有，他三毛五毛的常给他。加林在中学上学时，他去县城里卖瓜卖果，常留半筐给他提到学校里。现在他看见加林这般拼命，两只嫩手被镢把拧了个稀巴烂，心里实在受不了。

老汉把加林拉在一个土崖的背影下，硬按着让他坐下。他又抓了两把干黄土抹在他手上，说："黄土是止血的……加林！你再不敢要二杆子了。刚开始劳动，一定要把劲使匀。往后的日子长着呢！唉，你这个犟脾气！"

加林此刻才感到他的手像刀割一般疼。他把两只手掌紧紧合在一起，弯下头在光胳膊上困难地揩了揩汗，说："德顺爷爷，我一开始就想把最苦的都尝个遍，以后就什么苦活也不怕了。你不要管我，就让我这样干吧。再说，我现在思想上麻乱得很，劳动苦一点，皮肉疼一点，我就把这些不痛快事都忘了……手烂叫它烂吧！"

他抬起乱蓬蓬的头，牙咬着嘴唇，显出一副对自己残酷的表情。

德顺老汉点起一锅旱烟，坐在他旁边，一只手在他落满黄尘的头上摸了一把，无可奈何地摇摇白雪一样的脑袋，说："明天你不要挖地畔了，跟我学耕地。你看你的手，再不敢握镢把了，等手好了再……"

加林坚决地摇摇头："不，我要让镢把把我的烂手上再拧好！"他说完就站起来，向地畔走去，向两只烂手唾了两下，掂起镢头又没命地挖起来。阳光火爆爆的晒着他通红的光脊背，汗水很快把他的裤腰湿透了。

德顺老汉看着他这副犟劲，叹了一口气，把崖根下一罐水提过去，放在离加林不远的地方，说："这罐水都是你的。天热，你不习惯，都喝了……"他叹了一口气，又去犁地去了。

高加林一个人把一道地畔挖完，过来抱住水罐，一口气喝了一半。他本想又一下全喝完，但看了看像个土人似的德顺爷爷，就把水又送到地头回牛的地方。

现在他一屁股坐下来，浑身骨头似乎全掉了，两只手像抓着两把葛针，疼得万箭钻心！

不过，他也感到了一种无法言语的愉快。他让所有的庄稼人看见：他们衡量一个优秀庄稼人最重要的品质——吃苦精神，他高加林也具备。从性格上说，他的确是个强者；而这个优点在某些情况下又使他犯错误。

他用一只烂手摸出一支烟，点着，狠狠吸了一口。他觉得这是他有生以来抽得最香的一支烟。

这时，他突然看见巧珍正站在对面川道里的玉米地畔上，仰起头向他这里张望。他虽然看不清她脸上的表情，但他感到她就像要腾空而起，向他这边飞来了。

他的心立刻感到针扎一般刺疼……

第 七 章

高加林疲乏地躺在土炕上，连晚饭都累得不想吃了。他母亲愁眉苦脸地把饭端上端下，规劝他，像乖哄娃娃一般絮叨说："人是铁，饭是钢，你不想吃，也要挣扎着吃……"他父亲叫他明天干脆别出山去了，歇息一天，好慢慢让习惯着。

他们说了些什么，加林一句也没听见。此刻他的思想完全集中到巧珍身上了。

赶集那天以后，他一直非常后悔他对巧珍做出的冲动行为。他觉得自己目前的处境，根本不是谈情说爱的时候。他甚至觉得他匆忙地和一个没文化的农村姑娘发生这样的事，简直是一种堕落和消沉的表现；等于承认自己要一辈子甘心当农民了。其实他内心里那种对自己未来生活的幻想之火，根本没有熄灭。他现在虽然满身黄尘当了农民，但总不相信他永远就是这个样子。他还年轻，只有二十四岁，有时间等待转机。要是和巧珍结合在一起，他无疑就要拴在土地上了。

但是，更叫他苦恼的是，巧珍已经怎样都不能从他的心灵里抹掉了。他尽管这几天躲避她，而实际上他非常想念她。这种矛盾和痛苦，比手被镢把拧烂更难忍受。

巧珍那漂亮的、充满热烈感情的生动脸庞，她那白杨树一般苗条的身体，时刻都在他眼前晃动着。

尤其是晚上劳动回来，他僵硬的身体疲倦地躺在土炕上，这种想念的感情就愈加强烈。他想：如果她此刻要在他身边，他的精神和身体也许马上会松弛下来；她会把他躁动不安的心潮变成风平浪静的湖水。

她是爱他的，爱得那么强烈。他看见她这几天接二连三换衣服，知道这完全是为他的。今天他收工回来，锄地的人都走了，他还看见她站在对面河畔上——那也是在等他。但他却又避开了她。他知道她哭了；也想象得来她一个人在玉米地的小路上往家里走的时候，心情会是怎样的难受啊！他太不近人情了！她那样想和他在一起，他为什么要躲开她呢？他自己实际上不是也渴望和她在一起吗？

　　他在土炕上躺不住了，激情的洪流立刻冲垮了他建立起的理智防堤。眼下他很快把一切都又抛在了一边，只想很快见到她，和她呆在一块。

　　他爬起来，下了炕，对父母亲说他到后村有个事，就匆忙地出了门。

　　夜静悄悄的。天上的星星已经出齐，月光朦胧地辉耀着，大地上一切都影影绰绰，充满了一种神秘的气氛。

　　高加林走到后村，在刘立本家的坡底下站住了。他不知道怎样才能把巧珍叫出来。

　　正当他犹豫地望着刘立本家的高墙大院时，突然看见大门外那棵老槐树背后转出一个人，匆匆地向坡下走来了。啊，亲爱的人！她实际上一直就在那里不抱什么希望地等待着他的出现！

　　高加林的心咚咚地狂跳着，也不说话，转而下了沟底，沿小河上面的小路，向村外走去。他不时回头看看，巧珍不远不近地跟着他。

　　他走到村外河对面一块谷地里，在一棵杜梨树下舒服地躺下来，激动地听着那甜蜜的脚步声正沙沙地走近他。

　　她来了。他马上坐起来。她稍犹豫了一下，就胆怯地、然而坚决地靠着他坐下了。她没说话，先在他胳膊上衣服被葛针划破一道大口子的地方，在那块晒得黑红的皮肤上亲了一口。然后她两只手抱住他的肩头，脸贴在她刚才亲吻过的地方，亲热而委屈地啜泣起来。

　　高加林侧身抱住她的肩头，把脸紧贴在她头上，两大颗泪珠也忍不住从眼里涌出来，滴进了她黑漆一般的头发里。他现在才感到，这个亲他的人也是他最亲的人！

　　巧珍头伏在他胸前，哭着问他："加林哥，你这几天为什么不理我？"

　　"你一定难过了……"高加林用他的烂手抚摸着她的头发。

　　"你知道人的心就对了……"巧珍抬起头，闪着泪光的眼睛委屈地望着他。

　　"巧珍，我再也不那样了。"加林在她额头上亲了一下。

　　巧珍两条抖索的胳膊搂住他的脖子，笑逐颜开地流着泪，说："加林哥，你给天上的玉皇大帝发个誓！"

　　加林被逗笑了，说："你真迷信！巧珍，你相信我……你为什么没穿那件米黄色短袖？那衣服你穿上特别好看……"

　　"我怕你嫌不好看，才又换上了这身。"巧珍淘气地向他撅了一下嘴。

　　"你明天再穿上。"

　　"嗯。只要你喜欢，我天天穿！"巧珍一边说，一边从身后拿出一个花布提包，选掏出四个煮鸡蛋。又掏出一包蛋糕，放在加林面前。

　　高加林感到惊讶极了。他刚才只顾看巧珍，根本没发现她还给他拿这么多吃的。

巧珍一边给他剥鸡蛋皮，一边说："我知道你晚上没吃饭。我们这些满年劳动的人，刚回家都累得不想吃饭，别说你了！"她把鸡蛋和一块蛋糕递给他。"蛋糕是我妈前几天害病时，我姐给拿来的，我妈没舍得吃。我今晚是从橱子里偷出来的！"巧珍不好意思地笑了笑，"你要是不来找我，我今晚上非到你家给你送去不可！"

加林咽下去一口蛋糕，赶忙对她说："千万不敢这样！让你爸知道了，小心把你腿打断！"加林开玩笑对她说。

巧珍又把一个剥了皮的鸡蛋塞到加林手里，亲切地看着他那副狼吞虎咽的样子，然后手和脑袋一齐贴在他肩膀上，充满柔情地说："加林哥，我看见你比我爸和我妈还亲……"

"傻话！你真是个傻女子！"高加林把手里的半个鸡蛋塞进嘴里，在她头上轻轻拍了一下，正好手上一个破了的泡碰在巧珍的发卡上，疼得他"哎哟"叫唤了一声。

巧珍像触了电一般抬起头，不知他发生了什么事。很快，她明白了。她手忙脚乱地在提包里翻起来，嘴里说："看，我倒忘了……"她从提包里掏出一瓶红汞水，把加林的一只手拉过来，放到她膝盖上，给他抹药水。

加林又一次惊讶得张开嘴巴，问她："你怎知道我手烂了？"

巧珍低着头给他手上擦药水，说："天上玉皇大帝告诉我的。"她嘿嘿地笑了一声，"村里谁不知道你的手烂了！你们先生的手真是娇气！"她仰起脸朝他亲昵地笑着，微微咧开嘴巴，露出两排刷过的洁白的牙齿，像白玉米籽儿一般好看。

巨大的感情的潮水在高加林的胸膛里澎湃起来。

爱情啊，甜蜜的爱情！它像无声的春雨悄然地洒落在他焦躁的心田上。他以前只从小说里感到过它的魅力，现在这一切，他都全部真实地体验到了。而最宝贵的是，他的幸福正是在他不幸的时候到来的！

在巧珍把的两只手涂满药水以后，他便以无比惬意的心情，在土地上躺了下来。巧珍轻轻依傍着他，脸紧紧贴在他胸脯上，像是专心谛听他的心如何跳动。他们默默地偎在一起，像牵牛花绕着向日葵。星星如同亮闪闪的珍珠一般撒满了暗蓝色的天空。西边老牛山起伏不平的曲线，像谁用碳笔勾出来似的柔美；大马河在远处潺潺地流淌，像二胡拉出来的旋律一般好听。一阵轻风吹过来，遍地的谷叶响起了沙沙沙的响声。风停了，身边一切便又寂静下来。头顶上，婆婆的、墨绿色的叶丛中，不成熟的杜梨在朦胧的月下泛着点点青光。

他们就这样静静地、甜蜜地躺在星空下，躺在大地的怀抱里……

当爱情在一个青年人身上第一次苏醒以后，它会转变为一种巨大的力量。

甚至对生活完全失去信心的人，热烈的爱情也可能会使他的精神重新闪闪发光。当然，奥勃洛摩夫那样的人是例外，因为他实际上已经等于一个死人。

高加林由于巧珍那种令人心醉的爱情，一下子便从灰心丧气的情绪中，重新激发起对生活的热情。爱的暖流漫过了精神上的冻土地带，新的生机便勃发了。

爱情使他对土地重新唤起了一种深厚的感情。他本来就是土地的儿子。他出生在这里，在故乡的山水间度过梦一样美妙的童年。后来他长大了，进城上了学，身上的泥土味渐渐少了，他和土地之间的联系也就淡了许多。现在，他从巧珍纯朴美丽的爱情里，又深深地感到：他不该那样害怕在土地上生活；在这亲爱的黄土地上，生活依然能结出甜美的果实！

高加林渐渐开始正常地对待劳动，再不像刚开始的几天，以一种压抑变态的心理，用毁灭性的劳动来折磨肉体，以转移精神上的苦闷。

经过一段时间，他的手变得坚硬多了。第二天早晨起来，腰腿也不像以前那般酸疼难忍。他并且学会了犁地和难度很大的锄地分苗。后来，纸烟变得不香了，在山里开始卷旱烟吃。他锻炼着把当教师养成的斟词酌句的说话习惯，变成地道的农民语言；他学着说粗鲁话，和妇女们开玩笑。衣服也不故意穿得那么破烂，该洗就洗，该换就换。

中午回来，他主动上自留地给父亲帮忙；回家给母亲拉风箱。他并且还养了许多兔子，想搞点副业。他忙忙碌碌，俨然像个过光景的庄稼人了。

白天是劳苦的，但他有一个愉快的夜晚。正是因为有这么一个幸福的向往，他才觉得其他的熬累不那么沉重了。

夜晚，天黑严以后，他和巧珍就在村外的庄稼地里相会了。他们在密密的青纱帐里，有时像孩子一样手拉着手，默默地沿着庄稼地中间的小路，漫无目的地走着；有时站住，互相亲一下，甜蜜地相视一笑。走累了的时候，他们就找一个僻静的地方，加林躺下来，用愉快的叹息舒散劳动的疲乏，巧珍就偎在他身边，用手梳理他落满尘土的乱蓬蓬的头发；或者用她小巧的嘴巴贴着他的耳朵，轻轻地、轻轻地给他唱那些祖先流传下来的古老的歌谣。有时候，加林就在这样的催眠曲中睡着了，拉起了响亮的鼾声。他的亲爱的女朋友就赶忙摇醒他，心疼地说："看把你累成个啥了。你明天歇上一天！"她把他的手拉过来蒙住她的脸，"等咱结婚了，你七天头上就歇一天！我让你像学校里一样，过星期天……"

高加林每天都沉醉在这样的柔情蜜意里，一切原来的想法都退得很远了。只是有些时候，当他偶尔看见骑自行车的县上和公社的干部们，从河对面公路上奔驰而过，雪白的确凉衫被风吹得飘飘忽忽的惬意身影时，他的心才猛然感到一种说不出的惆怅；一股苦涩的味道翻上心头，顿时就像吞了一口难咽的中药。他尽量使自己很快从这情绪中解脱出来。直等到他又看见了巧珍，骚乱的心情才能彻底平息——就像吃完中药，又吃了一勺蜜糖一样。

他现在时时刻刻都想和巧珍在一起。遗憾的是，他们不在一个生产组，白天劳动很难见面，他们都想得要命。有时候，两个组劳动离得很近时，一等休息，他就装着去寻找什么，总要跑到后村组劳动的地方磨蹭一会。在这样的场所里，他并不能和巧珍说什么话；他只是用眼睛看看她。这时候，旁的人谁也不知道，只有他们两个心里清楚，这反而更有一种说不出的甜蜜味道。

有时候，他没有什么借口，去不了她那里，她就会用她带点野味的嗓音，唱那两声叫人心动弹的信天游——

　　　　上河里（哪个）鸭子下河里鹅，

　　　　一对对（哪个）毛眼眼望哥哥……

他在远处听见这歌声，总忍不住咧开嘴巴笑。

而在巧珍那边，她刚一唱完，姑娘们就和她开玩笑说："巧珍，马拴骑着车子又来了，快用你的毛眼眼望一下！"

她气得又骂她们，又撩着给她们扬土，可心里骄傲地想："我的哥哥比马拴强十倍，你们将来知道了，把你们眼红死！"

在高加林和巧珍如胶似漆地热恋的时候，给巧珍说媒的人还在刘立本家里源源不断地出现。刘立本嘴说如今世事不同以往，主意得由女子拿，可他心里有数。他只看下个马拴——他家光景好，马拴人虽老实，但懂生意，将来丈人女婿合伙做买卖，得心应手。只是巧珍看不下这个黑炭一样的后生，得他好好做一番工作。他甚至想请他亲家明楼出面说服巧珍。

在高加林这方面，也有不少庄户人家不时来登门说亲。加林父母一看他们穷家薄业的，还有人给说媳妇，高兴得老两口嘴巴都合不拢。尤其是山背后村里一个不要彩礼就想跟加林的女子，着实使高玉德老两口动了心。但所有他们认为的大喜事都被加林一笑置之了。

这样，加林和巧珍觉得也好，可以掩盖一下他们的关系。他们暂时还不想公开他们的秘密；因为住在一个村，不说其他，光众人那些粗鲁的玩笑就叫人受不了。他们不愿让人把他们那种平静而神秘的幸福打破。

有一次，加林和德顺爷爷一块犁地的时候，老汉问他："加林，你要媳妇不？"

加林笑了笑说："想要也没合适的。"

"你看巧珍怎样？"老光棍突然问他。

加林的脸刷地红了，一时不知道该说什么。

德顺爷爷笑眯眯地说："我看你们两个最合适！巧珍又俊，人品又好；你们两个天生的一对！加林，你这小子有眼光哩！"

加林有点惶恐地说："德顺爷爷，我连想也没想。"

"小子，甭哄我，我老汉看出来了！"

加林向他努了努嘴，说："好爷爷哩，你千万不敢瞎说！"

德顺爷爷两只老皱手抓住他的手说："我嘴牢得铁撬都撬不开！我是为你们两个娃娃高兴啊！好啊！就像旧曲里唱的，你们两个'实实的天配就'……"

中午，他和德顺爷爷犁罢地往回去，在村口突然又碰见了马拴。他还和上次一样，里外的确凉，推着那辆花红柳绿的自行车。加林有点不愉快地想：他肯定又是到巧珍家去了。

马拴把加林热情地挡在了路上。他先不说什么，等德顺老汉走前一段以后，才开口说："高老师，唉！我在刘立本家都快把腿跑断了，人家巧珍根本不理茬嘛！我这见庙就烧香哩，你是这本村人，又是先生，你大概也和立本的女子熟着哩，你能不能也从旁给我出一把力？"

高加林心里很不痛快，但他尽量不在脸上露出来。他勉强笑了笑，对马拴说："你别再瞎跑了，巧珍已经看下对象了。"

"谁？"马拴吃惊地问。

"你慢慢就会知道的……"

高加林说完，绕开丧气的马拴，回家去了。

第 八 章

关于高加林和刘巧珍的谣言立刻在全村传播开来了。

他们的坏名声首先是从庄里几个黑夜出去偷西瓜的小学生那里露出来的。他们说有一晚上，他们看见以前的高老师在村外打麦场的麦秸垛后面，正和后村的巧珍抱在一块亲嘴哩。又有人证实，他看见他俩在一个晚上，一块躺在前川道高粱地里……

谣言经过众人嘴巴的加工，变得越来越恶毒。有人说巧珍的肚子已经大了；而又有的人说，她实际上已经刮了一个孩子，并且连刮孩子的时间和地点都编得有眉有眼。

风声终于传到了刘立本耳朵里。戴白瓜壳帽的"二能人"气得鼻子口里三股冒气！这天午饭时分，他不由分说，先把败坏了门风的女儿在自家灶火圪崂里打了一顿，然后气冲冲地去找前村的高玉德。

"二能人"现在才恍然大悟：这多天来，巧珍能得刷开，一天衣服三换，黑天半夜在外面疯跑，原来都是为了高玉德那个败家子儿啊！

他先跑到玉德家的破墙烂院里，站在门外问高玉德在不在。

加林妈在窑里告诉他：老汉不在。

"这亮红晌午，都在家里吃饭哩，他跑到什么地方去了？"立本在院里坚持问。

"大概又到自留地刨挖去了。"加林妈跑出来，让村里这个体面人进窑来坐坐。

立本说他忙，掉转头就走了。

他出了大门，下了小河，拐过一个小山峁，径直向高玉德的自留地走去。一路上他在心里嘲笑："哼，就知道在土里刨！穷得满窑没一件值钱东西，还想把我女子给你那个寒窑里娶呀！撒泡尿照照你们的影子，看配不配！"

他老远照见高玉德正佝偻着罗锅腰锄糜子，就加快脚步向那边走去。他上了地畔，尽管满肚子火气，还是按老习惯称呼这个比他大十几岁的同村人："高大哥，你先歇一歇，我有话要对你说。"

高玉德看见村里这个傲人，在这大热天跑到地里来找他，慌得不知出了什么事，赶忙把锄往地里一栽，向立本迎过来。

他俩圪蹴在土崖影下，玉德老汉把旱烟锅给他递让过去。立本摆摆手，说："你吃你的，我嫌那呛！"他说着，从口袋里摸出一根四川出的"工"字牌卷烟噙到嘴里，拿打火机点着，加烟带气长长地吐了一口，扭过头，脸沉沉地说："高大哥！你加林在外面做瞎事，你为什么不管教？咱这村风门风都要败在你这小子手里了！"

"什么事？"高玉德老汉吃惊地从白胡子嘴里拔出烟锅，脸对脸问立本。

"什么事？"刘立本一闪身站起来，嘴里气愤地喷着白沫子，说："你那个败家子，黑天半夜把我巧珍勾引出去，在外面疯跑，全村人都在传播这丢脸事。我刘立本臊得恨不能把脑袋夹到裤裆里，你高玉德倒心安理得装起糊涂来了！"刘立本说着，夹卷烟的手指头气得直抖。

"啊呀，好立本哩！我的确不知道这码子事！"高玉德老汉冤枉地叫道。

"我现在就叫你知道哩！你要是不管教，叫我碰见他胡骚情，非把他小子的腿打断不可！"

高玉德虽然一辈子窝窝囊囊，但听见这个能人口出狂言，竟然要把他的独苗儿腿往断打，便"呼"地从地上站起来，黄铜烟锅头子指着立本白瓜壳帽脑袋，吼叫着说："你小子敢把我加林动一指头，我就敢把你脑壳劈了！"老汉一脸凶气，像一头逗恼了的老犍牛。

乖人不常恼，恼了不得了。刘立本看见这个没本事的死老汉，一下子变得这么厉害，吃惊之中慌忙后退了一步，半天不知该如何对付。他索性转过身，傲然地背操起两条胳膊，从高玉德的土豆地里穿过去，一边走，一边回过头说："我和你没完！咱走着瞧吧！我不信没办法治你父子俩！真个没世事了！"

　　刘立本穿过高玉德正在吐放白花的土豆地，又从来路下了河湾。这个能人又急又气，站在河湾里竟不知道自己该到哪里去。

　　他是农村传统道德最坚决的卫道士，平时做买卖，什么鬼都敢捣，但是一遇伤面子的事，他却是看得很重要的。在他看来，人活着，一是为钱，二还要脸。钱，钱，挣钱还不是为了活得体面吗？现在，他那不争气的女儿，竟然连体面都不要了，跟个文不上武不下的没出息穷小子，胡弄得满村刮风下雨。此刻，他站在河湾里，把巧珍恨得咬牙切齿！坏东西啊！你做下这等没脸事，叫你老子在这上下川道里怎见众人呀？

　　刘立本在河湾里趑摸了半天，突然想起了他亲家。他想：好，让明楼出面把他加林小子收拾一顿！他不怕我刘立本，但他怕高明楼！明楼是书记！他小子受不下地里的苦，将来要再谋个民办教师，非得过明楼的关不行！

　　他于是从河湾里拐到前村的小路上，上了一道小坡，向明楼家走去。

　　高明楼家和他家一样，一线五孔大石窑，比村里其他人家明显阔得多。亲家不久前也圈了围墙，盖了门楼。但立本觉得他亲家这院地方根本比不上自己的。明楼把门楼盖得土里土气，围墙也是用横石片插起来的；而他的门楼又高又排场，两边还有石刻对联一副。再说，明楼的窑檐接的是石板。石板虽比庄里其他人家的齐整好看，可他家是用一色的青砖砌起，戴了"砖帽"，像城里机关的办公窑一样！更重要的是，他亲家的窑面石都是皮条錾溜的，看起来粗糙多了。而他的窑面石全部是细錾摆过，白灰勾缝，浑然一体！不过，他今天来这里没心思比较双方院落的长长短短。他今天来是有求于亲家的。在这些方面，不像挣钱和箍窑，他清楚自己不如明楼。

　　大女儿巧英和亲家母热情地把他招呼着入了中窑。中窑实际上是明楼的"会客室"，里面不盘炕，像公社的客房一样，搁一张床，被褥干干净净地摆着，平时不住人。要是公社、县上来个下乡干部，村里哪家人也别想请去，明楼会把他招待在这里下榻的。靠窗户的地方，摆着两把刚做起的、式样俗气的沙发，还没蒙上布，用麻袋片裹着。

　　立本坐下来，亲家母手脚麻利地端来一壶茶，放在他面前。立本没喝，抽出一根卷烟点着，问："明楼上哪儿去了？"

　　"你还不知道？他到公社开会已经走了好几天。说今天回来呀，现在还不见回来，大概要到后晌了。"亲家母说。

　　"我前一段去内蒙草地里买了一匹马，回来这几天也没到哪里去，因此我不知道明楼出去开会……"刘立本轻淡地说。

　　"有什么事吗？"亲家母问他。

　　"没什么事。一点小事……他不在家就算了，我走了。"立本站起就准备起身。巧英掂沾满面粉的手，堵在门口说："爸爸，我都把面和上了，你就在这里吃!"他亲家母也竭力留他吃饭。

立本想了想，家里刚闹过架，巧珍和他老婆都正在哭，回去也心烦。再说，他肚子也的确有点饿了，这阵回家没人做饭。于是他又重新坐到了明楼家的土沙发上，喝起了茶。他想：吃完饭，我干脆到村前的路上等他明楼回来！

当刘立本重新在高明楼家坐下来的时候，高玉德老汉还下巴支在锄把上，站在他的自留地里发愣怔。

刚才刘立本没头没脑给他发了顿脾气，说他儿子勾引他的女子，实在叫老汉摸不着头脑。

本来，高玉德老汉最近情绪不坏。他看见他的儿子从苦恼中解脱出来，收心务正，已经蛮像一回事了。他已经日薄西山，但儿子正活在旺处，将来娶个媳妇，生儿育女，他就是闭了眼睡在黄土里，也平了心。加林性子比他硬，将来光景肯定能过前去的。现在突然听见这码子事，心头感到非常沉痛。乡里人谁不讲究个明媒正娶？想不到儿子竟然偷鸡摸狗，多让人败兴啊！再说，本村邻舍，这号事最容易把人弄臭！

他同时又想：巧珍倒的确是个好娃娃，这川道十几个村子也是数得上的。加林在农村能找这样一个媳妇，那真个是他娃娃的福分。但就是要娶，也应该按乡俗来嘛，该走的路都要走到，怎能黑天半夜到野场地里去呢？如果按立本说的，全村人现在大概都把加林看成个不正相的人了。可怕啊！一个人一旦毁了名誉，将来连个瞎子瘸子媳妇都找不上；众人就把他看成个没人气的人了。不光小看，以后谁也不愿和他共事了。糊涂小子！你怎能这么缺窍？

高玉德老汉已经没心思锄地了。他拖着风湿性关节炎病腿，一瘸一拐从小路上下了河湾。

虽说他还没吃午饭，但此刻肚子一点也不饿。他坐在河边的一棵老柳树下，瘦手摸着赤脚片，思谋这事该怎么办才好。他虽然老了，但脑筋还灵。他又从巧珍那方面想。他想：说不定这女娃娃真的喜欢我加林呢！要不要正式请个媒人光明正大说这亲事？但他一想到刘立本，就心寒了。他这个穷家薄业，怎敢高攀人家？别说是他，就是比他光景强的人家，也攀不上刘立本！

太阳已经偏过了头顶，西面的山把阴影投到了沟底，时分已到后响了。玉德老汉仍坐在树荫下摸他的赤脚片儿，不知这事该怎样处理。

"哎！你一个人坐在这里思谋什么哩？"有一个人在背后说话。玉德老汉转过头，看见是老光棍德顺。他很想和他拉拉话。他们虽然年龄相差不少，却是一辈子的老朋友了；旧社会扛长工找的常是一个事主家。他招招手说："德顺，你来坐一坐。我这阵心烦得要命！"

德顺一边往他身边坐，一边把肩上的锄头放下，说："我还忙着哩！今后响要赶着把我那块自留地再锄一下，满地又草糊了！"他接过高玉德递过来的烟锅，问他："熬煎什么事哩？你有那么彪正个好儿子，光景一两年就翻上来了。加林实在是个好娃娃！别看他明楼、立本现在耍红火哩，将来他们谁也闹不过加林的世事！"

"唉！"玉德老汉长叹一声，"你还夸他哩！这二杆子已经给我闯下乱子了！"

"什么乱子？"德顺一脸皱纹都缩到了眼角边上。

高玉德犹豫了一下，才说："这小子和刘立本那个二女子一块胡鬼混哩，现在满村都在风一股雨一股的传播，我不信你没听说？"

"我早看出来了！谁说他们鬼混哩？年轻人相好，这有个什么？"

"啊呀，你早知道了，为啥不给我早说？"高玉德生气地对老朋友头一拐，把他瞪了一眼。

"我还以为你知道这事哩！两个娃娃正好配一对！年轻人看见年轻人好嘛！"德顺老汉笑嘻嘻地对恼悻悻的玉德老汉说。

"老不正经！要好，也看怎个好哩！怎能黑天半夜胡逛哩！"

"哎呀，你这个老古板！咱又不是没年轻过！我一辈子没娶过老婆，年轻时候也混账过两天，别说而今的时兴青年了！"

"好你哩，别说狂话了！立本刚刚来给我发了一顿凶，还说要把我加林的腿打断哩！我看要出事呀！你看这该怎么办？"高玉德一脸愁相，一只手不断摸着赤脚片。

"你别管刘立本那两声吓唬话！只能把狐子吓跑！他再逞强，也强不过他女子！只要巧珍看下加林，谁都挡不定！就是这话，不信你等着看！你甭愁了，你这人就是爱忧愁！我还忙着哩，你快回去吃饭咯！"

德顺老汉把烟锅交给高玉德，站起身一肩锄就走了，嘴里还有上气没下气地哼起信天游小曲。

高玉德看着他远去的背景，觉得他比自己年龄大得多，但身子骨可比自己硬朗。他在心里说：哼！天下光棍没忧愁！一个人饱了全家都饱了。你能说争气话哩！叫你也有个儿子看看吧！把你愁不死才怪哩！小时候急得长不了，大了又急得成不事；更不要说给娘老子闯下一河滩乱子了！

高玉德老汉感到两腿不光疼，而且已经麻了，就站起来，一瘸一拐往家里走去。高玉德进了家门，见加林正光着上身躺在炕上看书。加林他妈不在，大概到旁边窑里睡觉去了。

老汉把锄往门圪埕里一挂，对正在看书的儿子说："你还看书哩！硬是书把你看坏了！这么大的小子，还不懂人情世故！你什么时候才不叫人操心啊……"

高加林坐起来，摸不着父亲这番话是什么意思。他看着父亲说："我怎啦?"

"怎啦?你做的好事嘛!今儿个刘立本跑到咱自留地找我,说你和巧珍长了短了的,说满村都在议论你们两个的没脸事!"高玉德又蹲在脚地上,用手摸起了脚。

高加林脑子一下子嗡嗡直响。他把手里的书放到炕上,半天才说:"我的事你不要管,众人愿说啥说啥哩!"

高玉德抬起苍白头,说:"你小子小心着!刘立本说要往断打你的腿哩!"

高加林牙咬住嘴唇,轻蔑地冷笑了一声,说:"既然是这样,我会叫他更不好看!"

高玉德站起来,走前一步,痛心疾首地对儿子说:"你千万不要再给我闯乱子了!你早早死了心!咱这光景怎能高攀人家嘛!人家是什么光景?这一条大马河川都是拔梢的!"

高加林把两条光胳膊交叉帮在结实的胸脯上,对一脸可怜相的父亲说:"谁高攀谁哩?爸,你一辈子真没出息!你甭怕!这事我做的,由我做主!"

高玉德看着儿子那张倔强的脸,痛苦地叫道:

"我的憨娃娃呀,你总有一天要跌跤的……"

第 九 章

高明楼从公社开罢会,独个儿一人在简易公路上步行往回去——他家的自行车被二小子三星推到学校去了。车子是他主动让儿子推去的。儿子当了教师,各方面都要体面一些,没个车子不行!

高家村的当家人五十岁已出头,但走起路来精神还蛮好。他一身旧蓝卡其布制服,颜色已经灰白;单布帽檐下面,一张红堂堂的脸上,两只眼睛炯炯有神。

明楼此刻走在路上,心情儿不太美气。这次公社召开的还是落实生产责任制的会议。看来形势有点逼人了。旁的许多村已经有联产到劳的。公社张书记一再要叫大队书记解放思想,能联产到户、到劳的,要尽快实行。

"名词不一样了,可这还不是单干哩?"高明楼心里不满地想。实际上,他自己也清楚,现时的新政策的确能多打粮,多赚钱,尤其是山区,绝大部分农民都拥护。

他不满意这政策主要是从他自己考虑的。以前全村人在一块,他一天山都不出,整天圪蹴在家里"做工作",一天一个全劳力工分,等于是脱产干部。队里从钱粮到大大小小的事他都有权管。这多年,村里大人娃娃谁不尊他怕他?要是分成一家一户,各过各的光景,谁还再尿他高明楼!他多年来都是指教人的人,一旦失了势,对他来说,那可真不是个味道。更叫他头疼的是,分给他那一份土地也得要他自己种！他就要像其他人一样，整天得在土地上劳苦了。他已多年没劳动，一下子怎能受了这份罪？

在强大的社会变化的潮流面前，他感到自己是渺小的。他高明楼挡不住社会的潮流。但他想，能拖就拖吧，实在不行了再说，最起码今年是分不成了！

他一路思谋着，不知不觉已经快到村子了。

"明楼，你回来了？"

高明楼听见公路边的山坡上，有人给他打招呼。

他抬头一看，是德顺老汉。德顺虽然比他死去的父亲小六七岁，但两个人年轻时相好过，他一直叫老汉干大。他虽然是村里的领导，面子上的人情世故他都做得很圆滑，因此对德顺老汉常显出尊重的样子。

"干大，你今年自留地的庄稼还不错嘛！能打不少粮哩！"他站下，朝上面的德顺老汉随便这么说。

"多给我一点地，我还能打更多的粮哩！明楼，人家旁的村都往开分哩，咱们村怎还不见动静？这多少年众人搅混在一起，都耍二流子哩，一个哄一个哩，而今虽说分成两个组，实际上和没分差不多！"

"干大，不要急嘛！咱集体搞了多少年，一下子就能分个毬净毛干？这几天两个组麦地都快翻完了吧？"明楼转了话题问老汉。

德顺老汉把锄放下，拿着旱烟锅下来了；老光棍大概又想给书记建个什么议。他总是这样，爱管个闲事，常动不动给干儿在生产上指拨指拨。明楼一般说来还听他的——一辈子的庄稼人嘛，说什么都在行。

明楼现在看老汉从坡上下来了，知道他又要给他建议什么了，只好耐下心等他唠叨一阵。

他给德顺老汉抽了一根纸烟，两个人就圪蹴在了路畔上。

德顺老汉在明楼的打火机上吸着烟，说："明楼，现时麦地都翻完了，马上就是白露，光一点化肥种麦子怎行？往年这时候，都要到城里去拉一些茅粪，今年你怎不抓这件事？"

明楼摇摇头："往年一个队，说做什么，统一就安排了，今年分成两个组，你长我短的，怎个弄？再说，两个组都还有没锄二遍的地呢，人手怕抽不出来。"

"这有什么难的？这几天先少去两个人嘛！两个组合在一起拉，拉回来两家都能用。"

明楼想了一下，说："这也行。还像往年一样，你把这事领料上。先套上两个架子车，前村连你先去两个人，再让后村巧珍到城里用她姨家的空窑，给你们晚上做一顿饭。过几天等地里的活消停了，再多套几个架子车，两个组多去一些人。你看这行不行？"

"行，我去！前村先叫加林去。队里这一段活重，娃娃没惯了，叫歇息几天；拉粪活总轻一点。"

提起加林，明楼脸有点红，嘴里很快"嗯嗯"着同意了德顺老汉的安排。

老汉见他的"建议"被干儿采纳了，就站起身又锄地去了。明楼也把纸烟把子一丢，思思谋谋又起身往回走。

德顺老汉刚才提起加林，使他又不由得想到这个被他赶回生产队的本村后生了。

加林是高明楼眼看着长大的。他小时候就脾气倔犟，性子很硬，人又聪敏。在庄前村后，显得比他同年龄的娃娃都强。高明楼在那时候就对这娃娃很感兴趣。加林城里上学时，每逢星期六回来，他常爱到加林家串门。他虽是个老百姓，还爱关心点国际大事，加林正好这方面又懂得多，常给他说这个国家那个国家的事，把个高明楼听得半夜不回家。他常在心里感叹：高玉德命好！一辈子死没本事，可生养下一个足劲儿子！他自己的两个儿子太平庸了。老大上了两年学，笨得学不进去，老是一年级，最后只好回来当了农民。不是他在村里的威望，刘立本怎能把巧英给他的儿子？三星不是他用队里的东西在公社、县上巴结下几个干部，也怕连初中都上不了。按成绩不行，可那二年是推荐。现在总算把高中混完了。

二儿子高中毕业后，他着实发愁了。旁的工作一眼看见不行——而今入公家的门难！他决心要给儿子谋求个民办教师的位置；他决不愿意两个儿子都当农民。有个教师儿子，他在门外也体面。再说，三星也从没吃过苦，劳动他受不了，弄不好会成个死二流子！

他原来想两全其美，和公社教育专干马占胜商量，看能不能下旁的村一个教师，叫三星上；最好不要叫三星顶加林。他有恻隐之心。他盘算过，别看村里几十户人家，他谁也不怕，但感到加林虽然人小，可心硬人强，弄不好，将来说不定会成为他的仇人，让他一辈子不得安生！再说，他老了，加林还年轻，他就是现在没法活自己，但将来得了势，儿孙手里都要出气呀！他的两个儿子明显不是加林的对手！因此他不想惹这后生，想尽量不下加林的教师。

可马占胜马上嘲笑他想得太美了！是的，哪个村愿把位置让给他们村呢？就这样，他只好狠着心把加林的教师下了，让三星上。但这以后，这件事总是他个心病。尽管高玉德老两口比以前更巴结他了，可高加林明显地在仇恨他。加林刚开始劳动，听说手上的血把镢把都染红了，谁也说不下他，照样拼命，说要让手烂得更厉害些！他听后心里忍不住打了个冷战。心想：妈呀，这小子的心残着哩！他从这件事上，更看出加林不是个松动货。于是他的心病越来越加重了。

高明楼之所以好多年统辖高家村，说明他不是个简单人。他老谋深算，思想要比一般庄稼人多拐好多弯。

高明楼一路低头走着，思谋着这件事，觉得没什么好办法能使他的心灵安宁一些。

他走到大马河河湾的岔路上，抬起头向村里照了照，突然看见他亲家刘立本圪蹴在一棵老枣树下抽卷烟。他心想：大概到内蒙古又买了匹便宜马，等着给他能哩！

刘立本在亲家母家里吃完饭，就圪蹴在这里等上了明楼。

女儿给他做下的丢脸事，使他感到自己的个子都低了几寸。他现在想让明楼先把加林收拾一顿，把这事先镇压下去。然后得马上给巧珍找人家。今年能出嫁就出嫁，最迟不能拖过明年。女子大了，不寻人家，说出事就出事！他还想让明楼出面，说服巧珍和马店的马拴结亲。他是书记，面子大！

高明楼走到枣树下，很自然地蹲在了立本的对面。两亲家先让了一番烟。明楼嫌卷烟太硬，立本嫌纸烟没劲。两个人只好各吸各的。

"怎样？又买了便宜货了吧？能挣多少钱？"明楼问他的生意人亲家。

"挣钱顶个毬！"立本粗鲁地叫道，情绪败坏地把头一拐。

"我头一次听你把钱不当一回事。"明楼脸上露出一丝讽刺的笑容，同时也不知道亲家有什么不高兴。看他满脸气呼呼的样子，就问："你有什么不顺心的事？你今年钱挣得快把口袋都撑破了，还不满意吗？而今这政策正是你的好政策！"他又不由得露出讽刺的笑容。

"好你哩，不要挖苦我了。我现在滚油浇心哩！"刘立本两条胳膊朝亲家一摊，脸上显出一副哭相。

高明楼一看他这样子，也认真起来，说："哭了半天还不知道你哭谁哩！你说你倒究出了什么事嘛！"

刘立本把正在抽的半截子卷烟扔到旁边的草地上，难受地说："巧珍给我做下丢脸事了！"

"那么好个娃娃，弄下什么事了？"高明楼惊讶地问。

"唉，真叫人没法提！高玉德那个缺德儿勾引我巧珍，黑地里在外面疯跑，弄得满村都风风雨雨的。你看我这人现在活成个甚了！"刘立本咽了一口唾沫，难受地把头倒勾了下来。

高明楼一下子笑了："哈呀，我还以为是什么事哩！不就是他们两个谈恋爱吗？"

"狗屁恋爱！连个媒人也没经，黑天半夜在外面鬼混，把先人都羞死了！"刘立本抬起头，气愤地吼叫起来。

高明楼把刘立本溅在他脸上的唾沫星子揩掉，说："立本，你整天走州过县做买卖，思想怎还这么古板？你没吃过猪肉，连猪哼哼都没听过？现在的年轻人还像咱们过去那样吗？你还没见的多着哩！我前几年每年都要到大寨参观一回，路过西安、太原，看见城市的青年男女，在大街上的稠人广众面前胳膊套胳膊走路哩！开始看见还觉得不文明，后来看惯了才觉得人家那才是文明……"

刘立本听了亲家这一番话，又气又失望。他原来还想叫明楼训一顿高加林，想不到明楼竟然指教起他来了。他嘴唇子抖着说："加林是个什么东西？文不上武不下的，糟蹋我巧珍哩！"

高明楼眼一瞪："怕人家加林看不下巧珍哩！只要人家看下了，你能都能不过来哩，还说人家糟蹋你女子哩！"

"加林有个什么出息？又不会劳动，又不会做生意，将来光景一烂包！"

"人家是高中生，你女子斗大字不识一升！"

"高中生顶个屁！还不是要戳牛屁股？"刘立本轻蔑地一撇嘴，并且又加添说："牛屁股都不会戳！"

高明楼身子往立本旁边挪了挪，开始苦口婆心劝解起亲家来："好立本哩，你的目光太短浅了。你根本不能小看加林。不是我说哩，这一条川道里，和他一样大的年轻人，顶上他的不多。他会写，会画，会唱，会拉，性子又硬，心计又灵，一身的大丈夫气概！别看你我人称'大能人'、'二能人'，将来村里真正的能人是他！他什么学不会？他要是愿意做，怕你骑上马都撵不上他哩！现在我把他的教师下了。为的是叫三星上。这事明说哩，我做得有点强。以后有空子，我还要给他找个营生干哩！要是他和巧珍结婚了，不是和我也成亲戚了吗？"

刘立本对他这一番话根本不以为然。他鼻子里哼了一声说："看高玉德那是什么家庭？塌墙烂院，家里没一件值钱东西！高玉德又死没本事，加林他能什么哩？"

"哈呀！值钱东西是哪里来的？还不是人挣的？只要立得住，什么东西也会有！至于高玉德有本事没本事，那碍不了大事。巧珍是寻女婿哩，又不是寻公公！你别看家他现在穷，加林能把家立起来的！你我当年是什么样子？旧社会，你老子和我老子还都不是给地主刘国璋扛长工吗？"

刘立本仍然没有被他亲家的雄辩折服，反而一闪身站起来，火气十足地说："你别给我灌清米汤了！我长眼睛着哩！难道自己看不清高玉德家的前程吗？他那不成器的儿子，我看不下！你能说风凉面子话哩！巧珍是我的女子，我不能把她往黑水坑里垫！"

"你看不下，可巧珍能看下哩！看你还有什么办法！"高明楼也站起来，觉得他亲家已经有点可笑了。

"我没办法？我把他龟孙子的腿往断打呀！"

"咦呀？看把你能的！……好亲家哩，你这阵在气头上，我没办法说服你。不过，你也别太逞能了！这而今都是自由恋爱，法律保护婚姻哩！只要娃娃们同意，别说娘老子，就是天王老子也管不住！你敢动手动脚，小心公安局的法绳！"高明楼终究是大队书记，懂得法律政策，立刻将这武器拿出来警告他亲家。

刘立本的确被他这话唬住了。他怔了半天，在自己的脑袋上狠狠拍了一巴掌，转过身丢下明楼，独自一个人扯大步走了。两亲家今天第一次没把话说到一块！

高明楼在他后面慢慢往家里走。他心想：刘立本做生意算个把式，其他方面实在不精明。

按明楼的想法，巧珍最好能和加林结亲。一方面，他觉得巧珍能寻这么个女婿，也的确不错了；另一方面，他很愿意加林和他大儿子成担子，将来和立本三家亲套亲，联成一体，在村里势众力强。这样一来，加林和他成了亲戚，也就不好意思为下了教师而恨他了。本来，高明楼刚听立本说这件事，心里有点高兴——他一路上正盘算怎样平息加林仇恨他的火焰哩！现在他看亲家对此事这样坚决地反对，也就摸不来事情的结局倒究会怎样了。

第 十 章

早晨，太阳已经冒花了，高加林才爬起来，到沟里石崖下的水井上去担水。他昨晚上一夜翻腾得没好觉，起来得迟了。

石头围了一圈的水井，脏得像个烂池塘。井底上是泥糊子，蛤蟆衣；水面上漂着一些碎柴烂草。蚊子和子孓充扩斥着这个全村人吃水的地方。

他手里的马勺犹豫了半天，终于还是没有舀水。他索性赌气似的和两只桶一起蹲在了井台边。

此刻他的心情感到烦躁和压抑。全村正在用各种各样的风言风语议论他和巧珍的"不正经"，还听说刘立本已经把巧珍打了一顿，事情看来闹得更大了。眼前他又看见水井脏成这样也没人管（大家年年月月就喝这样的水，拿这样的水做饭），心里更不舒畅了。所有这一切，使他感到沉重和痛苦：现代文明的风啊，你什么时候才能吹到这落后闭塞的地方？

他的心躁动不安，又觉得他很难在农村呆下去了。可是，别的出路又在哪里呢？

他抬起头，向沟口望出去，大山很快就堵住了视线。天地总是这么的狭窄！他闭住眼，又由不得想起了无边无垠的平原，繁华热闹的大城市，气势磅礴的火车头，箭一样升入天空的飞机……他常用这种幻想来满足自己的精神需要。

当他睁开眼睛的时候，他仍然在现实中。他看了看水井，脏东西仍然没有沉淀下去。他叹了一口气，想：要是撒一点漂白粉也许会好点。可是哪来得这东西呢？漂白粉只有县城才能搞到。

他的腿蹲得有点麻了，就站起来。

他忍不住朝巧珍硷畔上望了望。他什么人也没看见。巧珍大概出山去了；或者被她父亲打得躺在炕上不能动了吧？要么，就是她害怕了，不敢再站在他们家硷畔上那棵老槐树下望他了——他每次担水，她差不多都在那里望他。他们常无言地默默一笑，或者相互做个鬼脸。

突然，高加林眼睛一亮：他看见巧珍竟然又从那棵老槐树背后转出来了！她两条胳膊静静地垂着，又高兴又害臊地望着他，似乎还在笑！这家伙！

她的头向他们家硷畔上面扬了扬，意思叫加林看那上面。加林向山坡上望去，见刘立本正在撅着屁股锄自留地。

高加林立刻感到出气粗了。刘立本之所以打巧珍，还放肆地训斥他父亲，实际上是眼里没他高加林！"二能人"仗着他会赚几个钱，向来不把他这一家人放在眼里。

加林决定今天要报复他。他要和巧珍公开拉话，让他看一看！把他气死！他故意把声音放大一点喊："巧珍，你下来！我有个事要和你说！"

巧珍一下惊得不知该怎办。她下意识地先回过头朝她家的硷畔上看了看。刘立本不知听见没听见。但仍然在低头锄他的地。巧珍终于坚决从坡里下来了。她甚至连路都不走，从近处的草洼里连跑带跳转下来，径直走向井台。

她来到他面前，鞋袜和裤管被露水浸得湿淋淋的。她忐忑不安地抠着手指头，小声问："加林哥……什么事？村子上面有人看咱两个呢，我爸……"

"不怕！"加林手指头理了一下披在额前的一绺头发说，"专门叫他们看！咱又不是做坏事哩……你爸打你了吗？"

他有点心疼地望着她白嫩的脸庞和亭亭玉立的身姿。

巧珍长睫毛下的眼睛里闪着泪花，含笑咬着嘴唇，不好意思地说："没打……骂了几句……"

"他再要对你动武，我就对他不客气了！"加林气呼呼地说。

"你千万不要动气。我爸刀子嘴豆腐心，不敢太把我怎样。你别着气，我们家的事有我哩！"巧珍扑闪着漂亮的眼睛，劝解她心爱的人。她看了看他身边的空水桶，问："你怎不舀水哩？"

加林下巴朝水井里努了努，说："脏得像个茅坑！"

巧珍叹了一口气，说："没办法。就这么脏，大家都还吃。"她转而忍俊不禁地失声笑了，"农村有句俗话，说不干不净，吃了没病……"

加林没笑，把桶从井边提下来，放到一块石头上，对巧珍说："干脆，咱两个到城里找点漂白粉去。先撒着，罢了咱叫几个年轻人好好把水井收拾一下。"

"我也跟你去？一块去？"巧珍吃惊地问。

"一块去！你把你们家的自行车推上，我带你，一块去！咱们干脆什么也别管了！村里人愿笑话啥哩！"加林看着巧珍的眼睛，"你敢不敢？"

"敢！你送桶去！我回去推车子，换个衣服。你也把衣服换一换！你别光给水井讲卫生，看你的衣服脏成啥了！你脱下，明天我给你好好洗一洗。"

加林高兴得脑袋一扬，用农村的粗话对他的情人开了一句玩笑："实在是个好老婆！"

巧珍亲昵地撅起嘴，朝加林脸上调皮地吹了一口气，说："难听死了……"

他们各自都怀着无比激动的心情，各回各家去了。

对于巧珍来说，在家里人和村里人众目睽睽之下，跟加林骑一个车子去逛县城，这无疑是一个大胆的挑战。对于她目前的处境来说，这需要多大的勇气啊！她之所以不怕父亲的打骂，不怕村里人笑话，完全是因为她对加林的痴迷的爱情！只要跟着加林，他让她一起跳崖，她也会眼睛不闭就跟他跳下去的！

对高加林来说，他做出这个决定，是对他所憎恨的农村旧道德观念和庸俗舆论的挑战；也是对傲气十足的"二能人"的报复和打击！

加林把空水桶放到家里，从箱子里翻出那身多时没穿的见人衣裳。他拿香皂洗了脸和头发，立刻感到容光焕发，浑身轻飘飘的。他对着镜子梳了梳头发，觉得自己强悍而且英俊！

他父亲出了山，母亲上了自留地，家里没人。他在一个小木箱里取出几块钱装在口袋里，就出门在硷畔上等巧珍——后村人出来都要经过他家门前硷畔下的小路。

巧珍来了，穿着那身他所喜爱的衣服：米黄色短袖上衣，深蓝色的确凉裤子。乌黑油亮的头发用花手帕在脑后扎成蓬松的一团，脸白嫩得像初春刚开放的梨花。

他俩肩并肩从村中的小路上向川道里走去。两个人都感到新奇、激动，谁连一句话也不说；也不好意思相互看一眼。这是人生最富有的一刻。他们两个黑夜独自在庄稼地里的时候，他们的爱情只是他们自己感受。现在，他们要把自己的幸福向整个世界公开展示。他们现在更多的感受是一种庄严和骄傲。

巧珍是骄傲的：让众人看看吧！她，一个不识字的农村姑娘，正和一个多才多艺、强壮标致的"先生"，相跟着去县城啰！

加林是骄傲的：让一村满川的庄稼人看看吧！大马河川里最俊的姑娘，著名的"财神爷"刘立本的女儿，正像一只可爱的小羊羔一般，温顺地跟在他的身边！

村里立刻为这事轰动起来。没出山的婆姨女子、老人娃娃，都纷纷出来看他们。对面山坡和川道里锄地的庄稼人，也都把家具撇下，来到地畔上，看村里这两个"洋人"。有羡慕地咂吧嘴的，有敲怪话的，也有撇凉腔的。正人君子探头缩脑地看；粗鲁俗人垂涎欲滴地看。更多的都感到非常新奇和有意思。尤其是村里的青年男女，又羡慕，又眼红；川道一组锄地的两个暗中相好的姑娘和后生，看着看着，竟然在人背后一个把一个的手拉住了！

高加林和刘巧珍知道这些，但也不管这些，只顾走他们的。一群碎脑娃娃在他们很远的背后，嘻嘻哈哈，给他们扔小土圪垯，还一哇声有节奏地喊："高加林、刘巧珍，老婆老汉逛县城……"

高玉德老汉在对面山坡上和众人一块锄地。起先他还不知道大家跑到地畔上看什么新奇，也把锄搁下过来看了。当他看见是这码子事时，很快在人家的玩笑和哄笑声中跌跌撞撞退回到玉米地里。他老脸臊得通红，一屁股坐在锄把上，两只瘦手索索地抖着，不住气地摸起了赤脚片。他在心里暗暗叫道：乱了！乱了！刘立本这阵在哪里呢？要是叫"二能人"看见了，不把这两个疯子打倒在地才怪哩！

刘立本此刻就在他家碥畔上的自留地里。所有这一切"二能人"也都看见了。不过，高玉德老汉的担心过分了。"二能人"正像他女子说的，刀子嘴豆腐心。他此刻虽然又气又急，但终于没勇气在众人的目光下，做出玉德老汉所担心的那种好汉举动来。他也只是一屁股坐到锄把上，双手抱住脑袋，接二连三地叹起了气……

第二天早晨，高家村的水井边发生了一场混乱。早上担水的庄稼人来到井边，发现水里有些白东西。大家不知道这是何物，都不敢舀水了，井边一下子聚了好多人。有人证实，这些"白东西"是加林、巧珍和另外几个年轻人撒进去的。有人又解释，这是因为加林爱干净，嫌井水脏，给里面放了些洗衣粉。有的人又说不是洗衣粉，是一种什么"药"。

天老子呀！不管是洗衣粉还是药，怎能随便给水井里放呢？所有的人都用粗话咒骂：高玉德的嫩小子不要这一村人的命了！

有人赶快跑到前村去报告高明楼——让大队书记看看吧！更多担水的人都在急躁地议论和咒骂。那几个和加林一起"撒药"的年轻庄稼人给众人解释，井里撒的是漂白粉，是为了讲卫生的。众人立刻把他几个骂了个狗血喷头：

"你几个瞎眼小子，跟上疯子扬黄尘哩！"

"你妈不讲卫生，生养得你缺胳膊了还是少腿了？"

"胡成精哩！把龙王爷惹恼了，水脉一断，你们喝尿去吧！"

那几个拥护加林这次卫生革命的人，不管众人怎骂，都舀了水，担回家去了；但他们的父亲立刻把他们担回的水，都倒在了院子里。

　　水井边围的人越来越多了。而刘立本家里正在打架：刘立本扑着打巧珍；巧珍他妈护着巧珍，和老汉扭打在了一起，亏得巧英和她女婿正在他们家，好不容易才把架拉开！刘立本气得连早饭也不吃，出去搞生意去了——他是从自家窑后的小路上转后山走的，生怕水井边的人们看见他。

　　高加林听说井边发生了事，要出来给乡党们说明情况，结果被他爸他妈一人扯住一条胳膊，死活不让他出门。老两口先顾不上责备儿子，只是怕他出去在井边挨打。

　　这时候，刘立本的三女儿巧玲从后沟里拿一本书走出来。她刚考完大学，在家里等结果。她起得很早，到后沟里背英语单词去了，因此刚才家里打架的事，她并不知道。现在她看见井边围了这么多人，就好奇地走过来打问出了什么事。

　　有人马上嘲讽地说："你二姐和你二姐夫嫌水井脏，放了些洗衣粉。你们家大概常喝洗衣粉水吧？看把你们脸喝得多白！"

　　巧玲的脸刷地红到了耳根。她虽然还不到二十岁，但个子已经和巧珍一般高。她和她二姐一样长得很漂亮，但比巧珍更有风度。巧玲早已看出她二姐在爱加林——现在知道她真的和加林好了。她对加林也是又喜欢又尊重，因此为二姐能找这么个对象，心里很高兴。昨晚给水井里撒漂白粉的事，她也知道。于是她就试图拿学校里学的化学原理给众人说漂白粉的作用。

　　她的话还没完，有人就粗鲁地打断了她："哼！说得倒美！你爬下先喝上一口！和你二姐夫一样咬京腔哩！伙穿一条裤子！"

　　众人哄然大笑了。

　　巧玲眼里转着泪花子，羞得转身就跑——愚昧很快就打败了科学。

　　这时，听到消息的高明楼，赶忙先跑到巧珍家问情况。本来他想去问加林，但想了一下，还是没去，先跑到亲家家里来了。他一进亲家的院子，看见他们家四个女人都在哭。刘立本已经不见了踪影。他的大儿子正笨嘴笨舌劝一顿丈母娘，又劝一顿小姨子。

　　明楼叫她们都别哭了，说事情有他哩！

　　他在巧珍和巧玲嘴里问明情况后，很快折转身出了刘立本家的大门，扯大步向沟底的水井边走去。

　　高明楼来到井边，众人立刻平静下来；他们看村里这个强硬的领导人怎办呀。

　　明楼把旧制服外衣的扣子一颗颗解开，两只手叉着粗壮的腰，目光炯炯有神，向井边走去，众人纷纷把路给他让开。

　　他弯腰在水井里象征性看一看，然后掉过头对众人说："哈呀！咱们真是些榆木脑瓜！加林给咱一村人做了一件好事，你们却在咒骂他，实实的冤枉了人家娃娃！本来，水井早该整修了，怪我没把这当一回事！你们为什么不担这水？这水现在把漂白粉一撒，是最干净的水了！五大叔，把你的马勺给我！"

高明楼说着，便从身边的一个老汉手里接过铜马勺，在水井里舀了半马勺凉水，一展脖子喝了个精光！

这家伙用手摸了一把胡荏子上的水，笑哈哈地说："我高明楼头一个喝这水！实践检验真理呢！你们现在难道还不敢担这水吗？"

大家都嘿嘿地笑了。

气势雄伟的高明楼使众人一下子便服帖了。大家于是开始争着舀水——赶快担回去好出山呀，太阳已经一竿子高了！

第 十 一 章

高加林在他的"卫生革命"引起一场风波以后，心情便陷入了很大的苦闷中。

夜晚，他有时也不主动去找巧珍了，独自一个人站在村头古庙前那棵老椿树下面，望着星光下朦胧的、连绵不断的大山，久久地出神。全村人都已入了梦乡，看不见一星灯火；夏夜的风把他的头发吹得纷乱。

有时，在一种令人沉重的寂静中，他突然会听见遥远的地平线那边，似乎隐隐约约有些隆隆的响声。他抬头看，天很晴，不像是打雷。啊，在那遥远的地方，此刻什么在响呢？是汽车？是火车？是飞机？不知为什么，他总觉得这声音好像是朝着他们村来的。美丽的憧憬和幻想，常使他短暂地忘记了疲劳和不愉快；黑暗中他微微咧开嘴巴，惊喜地用眼睛和耳朵仔细搜索起远方的这些声音来。听着听着，他又觉得他什么也没有听见；才知道这只不过是他的一种幻觉罢了。他于是就轻轻叹一口气，闭住眼睛靠在了树干上。

巧珍总会在这样的时候，悄悄地来了。他非常喜欢她这样不出声地、悄然地来到他身边。他把他的胳膊轻轻搭在她的肩头。她的爱情和温存像往常一样，给他很大的安慰。但是，已不能完全冲刷掉他心中重新又泛起的惆怅和苦闷了。过去那些向往和追求的意念，又逐渐在他心中复活。他现在又强烈地产生了要离开高家村，到外面去当个工人或者干部的想法——最好把巧珍也能带出去！

他虽然这样想，不知什么，又不想告诉巧珍。

其实，聪敏的巧珍最近已经看出了他的心思。从内心上讲，她不愿意让加林离开高家村，离开她；她怕失去他——加林哥有文化，可以远走高飞；她不识字，这一辈子就是土地上的人了。加林哥要工作了，还会不会像现在一样爱她？

但是，当她看见亲爱的人苦闷成这个样子，又很想叫他出去工作。这样他就会高兴和愉快的。要是加林高兴和愉快，她也就感到心里好受一些。她想加林哥就是寻了工作，也再不会忘了她；她就在家里好好劳动，把娃娃抚养好。将来娃娃大了，有个工作的老子，在社会上也不受屈。再说，自己的男人在门外工作，她脸上也光彩。

这样想的时候，她就很希望加林哥出去工作，好让他少些苦恼。可是，她又认真一盘算，觉得根本没门！现时这号事都要有路哩！加林哥当个民办教师，都让瞎心眼子高明楼挤掉了，更不要说找正式工作了。

这一天晚上，还是在那棵老椿树下，当她看见加林还是那么愁眉苦脸时，就主动对他说：

"加林哥，你干脆想办法出去工作！我知道你的心思！看把你愁成啥了！我很想叫你出去！"

加林两只手抓住她的肩头，长久地看着她脸。亲爱的人！她在什么时候都了解他的心思，也理解他的心思。

他看了她老半天，才开玩笑说："你叫我出去，不怕我不要你了吗？"

"不怕。只要你活得畅快，我……"她一下子哭了，紧紧抱住他，像菟丝子缠在草上一般。说："你什么时候也甭把我丢下……"

加林下巴搁在她头上，笑着说："你啊！看你这样子，好像我已经有工作了！"

巧珍也抬起头笑了。她抹去脸上的泪水，说："加林哥，真的，只要有门道，我支持你出去工作！你一身才能，窝在咱高家村施展不开。再说，你从小没劳动惯，受不了这苦。将来你要是出去了，我就在家里给咱种自留地、抚养娃娃；你有空了就回来看我；我农闲了，就和娃娃一搭里来和你住在一起……"

加林苦恼地摇摇头："咱们别再瞎盘算了，现在要出去找工作根本不行。咱还是在咱的农村好好打主意……你看你胳膊凉得像冰一样，小心感冒了！夜已经深了，咱们回！"

他们像往常一样，互相亲了对方，就各回各家去了。

高加林进了家门，发现高明楼正坐在他们家炕栏石上，和他父亲拉话。

见他进门来，他父亲马上说："你到哪里去了？你明楼叔等了你半天！"

高明楼对他咧嘴笑了笑，说："也没什么事喀！唉，加林！咱这农村，意识就是落后！你好心给水井里放了些漂白粉，人还以为你下了毒药呢！真是些榆木脑瓜！"

他父亲笑嘻嘻地对高明楼说："全凭你了！要不是你压茬，那一天早上肯定要出事呀！"

他母亲也赶忙补充说："对着哩！咱村里的事，就看他明楼叔拿哩！"加林坐在脚地的板凳上，也不看高明楼，说："也怪我。我事先没给大家说清楚。"

高明楼吐了一口烟，说："事情已经过去了，再不提了，过两天两个组都抽几个人，把水井整修一下，把石堰再往高垒一些。哈呀！不整修再不行了！我前一个月看见一头老母猪躺在里面洗澡哩！"他两个手指头把纸烟把子捏灭，丢在脚地上，"我今黑夜来是想和你商量个事。是这，咱准备到城里拉一点茅粪，好准备种麦。后组里正锄地，人手抽不出来；准备前组先去两个人。我考虑了一下，想让你和德顺老汉去，不知你愿意不愿意？"

加林没说话。

他父亲赶忙对他说："你去！你明楼叔给你寻了苦轻营生嘛！晚上只拉一回，用不了两三个小时，白天一天就歇在家里。往年大家都抢着去做这营生哩!?"

高明楼又掏出一根烟，在煤油灯上吸着，看着低头不语的加林说："你大概怕城里碰上熟人，不好意思吧？年轻人爱面子！其实，晚上嘛，根本碰不上！"

高加林抬起头，只说了两个字："我去。"

明楼一看他同意了，便从炕栏石上下来，准备起身了。高玉德慌忙赤脚片溜下炕，同时加林他妈也从灶火旮旯里撺出来，准备送书记。

高明楼在门口挡住他们，然后对后面的加林说："你大概还不知道，拉粪去的人还是老规程，在城里吃一顿饭，钱和粮由队里补贴。今年还是巧珍去做饭，城里她姨家有一孔空窑。"

高加林点点头，嗯了一声。

高玉德一听是巧珍去做饭，嘴张了几张，结结巴巴说："明楼！做饭苦轻，最好去个老汉！巧珍年轻，现在劳动正繁忙，后组的地还没锄完哩……"

高明楼想笑又没好意思笑出来。他对玉德老汉说："还是巧珍去合适。城里做饭的窑是她姨家的，生人去了怕不方便……"说完就拧转身走了。

德顺老汉和加林、巧珍在村对面的简易公路上套好架子车，已经临近黄昏；远远近近都开始模糊起来了，对面村子里，收工回来的人声和孩子们的叫闹声，夹杂着正在入圈的羊的咩咩声，组成了乡间这一刻特有的热闹和骚乱气氛。

德顺老汉一巴掌在驴屁股上打掉一只牛虻，过来把草垫子放到车辕上，说："甭怕臭！没臭的，也就没有香的！闻惯了也就闻不见了。"他走到前面车子旁边，从怀里掏出一个扁扁的酒壶，抿了一口，诡秘地对加林和巧珍一笑："你们两个坐在后面车上上，我打头。吆牲灵我是老把式了，你们跟着就是。现在天还没黑，两个先坐开些！"他得意地眯眯眼，坐在了前面的车辕上。

加林和巧珍被德顺老汉说得很不好意思，也真的别别扭扭一人坐在一个车辕上，身子离得很开。

德顺老汉"得儿"一声，毛驴便迈开均匀的步子，走开了。两辆车子一前一后，在苍茫的暮色向县城走去。

德顺老汉在前面又抿了一口酒，醉意便来了，竟然张开豁牙漏气的嘴巴唱了两声信天游——

　　　哎哟！年轻人看见年轻人好，
　　　白胡子老汉不中用了……

加林和巧珍在后面车上逗得直笑。

德顺老汉听见他们笑，摸了一下白胡子，说："啊呀，你们笑什么哩？真的，你们年轻人真好！少男少女，亲亲热热；我老了，但看见你们在一块，心里也由不得高兴啊……"

加林在后面喊："德顺爷，你一辈子为啥不娶媳妇？你年轻时候谈过恋爱没？"

"恋？爱？哼！我年轻时候比你们还恋的爱！"他又抿了一口酒，皱纹脸上泛起红潮，眼睛眯起来，望着东边山头上刚刚升起的月亮，不言语了。

驴儿打着响鼻，蹄子在土路上得得地敲打着。月光迷迷蒙蒙，照出一川泼墨似的庄稼。大地沉寂下来，河道里的水声却好像涨高了许多。大马河隐没在两岸的庄稼地之中，只是在车子路过石矻石崖的时候，才看得见它波光闪闪的水面。

高加林又在后面问："德顺爷，你说说你年轻时候的风流事嘛！我不相信你那时还会恋爱哩！"他朝身边的巧珍做了个鬼脸，意思是对她说：我激老汉哩！

德顺老汉终于忍不住了，抿了一口酒，说："哼！我不会恋爱？你爸才不会哩！那时我和你爸，还有高明楼和刘立本的老子，一块给刘国璋揽工，你爸年龄小，人又胆小，经常鼻涕往嘴里流哩！硬是我把你妈和你爸说成的……我那时已经二十几岁了，刘国璋看我心眼还活，农活不忙了，就打发我吆牲灵到口外去驮盐，驮皮货。那时，我就在无定河畔的一个歇脚店里，结交了店主家的女子，成了相好。那女子叫个灵转，长得比咱县剧团的小旦都俊样。我每次赶牲灵到他们那里，灵转都计算得准准的。等我一在他们村的前矻上出现，她就唱信天游迎接我哩。她的嗓音真好啊！就像银铃碰银铃一样好听……"

"唱什么歌哩？"巧珍插嘴问。

"听我给你们唱！"老汉得意地头一拐，就在前面醉心地唱起来了——

　　　走头头的那个骡子哟三盏盏的灯，
　　　戴上了那个铜铃子哟哇哇的声；

你若是我的哥哥哟招一招手，

你不是我的哥哥哟走呀走你的路……

老汉唱完，长长吐了一口气，说："我歇进那店，就不想走了。灵转背转她爸，偷得羊肉扁食，荞面饸饹……给我吃。一到晚上，她就偷偷从她的房子里溜出来，摸到我的窑里来了……一天，两天，眼看时间耽搁的太多了，我只得又赶着牲灵，起身往口外走。那灵转常哭得像泪人一样，直把我送到无定河畔，又给我唱信天游……"

"大概唱的是'走西口'吧？对不对？"加林笑着说。

"对着哩!"说着，老汉又忍不住唱了起来。他的声音是沙哑的，似乎还有点哽咽；并且一边唱，一边吸着鼻涕——

哥哥你走西口，小妹妹实难留；

手拉着哥哥的手，送你到大门口。

哥哥你走西口，小妹妹送你走；

有几句知心话，哥哥你记心头：

走路你走大路，万不要走小路；

大路上人马稠，小路上有贼寇。

坐船你坐船后，万不要坐船头；

船头上风浪大，操心掉在水里头。

日落你就安生，天明再登程；

风寒路冷你一个人，全靠你自操心。

哥哥你走西口，万不要交朋友；

交下的朋友多，你就忘了奴——

有钱的是朋友，没钱的两眼瞅；

哪能比上小妹妹我，天长日又久……

德顺老汉上气不接下气地唱着。到后来，已经曲不成调，变成了一句一句地说歌词；说到后来，竟然抽抽搭搭哭起来了；哭了一阵，又嘿嘿笑出了声，说："啊呀，把它的！这是干甚哩！老呀老了，还老得这么不正相！哭鼻流水的，惹你们娃娃家笑话哩……"

巧珍不知什么时候已经靠在了加林的胸脯上，脸上静静地挂着两串泪珠。加林也不知什么时候，用他的胳膊搂住了巧珍的肩头。

月亮升高了，远方的山影黑魆魆的，蒙上一层神秘的色彩。路两边的玉米和高粱长得像两堵绿色的墙；车子在碎石子路上碾过，发出轻微的沙沙声；路边茂密的苦艾散放出浓烈清新的味道，直往人鼻孔里钻。好一个夏夜啊！

"德顺爷，灵转后来干啥去了？"巧珍贴着加林的胸脯，问前面车子上黯然伤神的老汉。

德顺老汉叹了一口气："后来，听说她让天津一个买卖人娶走了。她不依，她老子硬让人家引走了……天津啊，那是到了天尽头了！从此，我就再也没见我那心上的人儿！我一辈子也就再不娶媳妇了。唉，娶个不称心的老婆，就像喝凉水一样，寡淡无味……"

巧珍说："说不定灵转现在还活着？"

"我死不了，她就活着！她一辈子都揣在我心里……"

车子拐过一个山峁，前面突然亮起了一片灯火，各种建筑物在月亮和灯火交织的光气里，影影绰绰地显露了出来——县城到了。

德顺老汉摸出酒壶抿了一口。他手里虽然不拿鞭子，也还像一个吆牲灵出身的把式那样，胳膊在空中一抡："得儿——"

两辆车子轻快地跑起来，驴蹄子得得地敲打着路面，拐上了大马河桥，向县城奔驰而去……

第 十 二 章

加林和德顺爷装满一车粪以后，老汉体力已经有点不支；加上又喝了不少酒，走路都摇摇晃晃的。加林硬把老汉送到巧珍做饭的窑里，让他坐到热炕头上歇着；他就一个人拉着另一个架子车去淘粪。

他拉着车，尽量不走大街，也尽量不走灯光明亮处。虽然已经到夜里，街巷里基本没什么行人，但他仍然紧张地防备着，生怕碰见熟人和同学。

他拉着架子车，在街道北头那边一些分散的机关单位之间转悠。这个季节，乡里来城里淘粪的人很多；有时在一个单位的厕所里，茅坑底上还刮不了一担粪。他已走了几个单位，架子车的大粪桶还没装满一半。

前面就是县广播站。他犹豫地站在了街角一个暗影里。他想起了他的同学黄亚萍。他站了一会，决定还是不去广播站的厕所淘粪。

他远远地绕开路，向车站那边走去——那里过往人多，说不定厕所里粪要多一些。他在灯光若明若暗的街道上走着，心里忍不住感叹：生活的变化真如同春夏秋冬，一寒一暑，差别甚远！三年前，这样的夜晚，他此刻或者在明亮温馨的教室里读书；或者在电影院散场的人群里，和同学们说说笑笑走向学校。要不，就是穿着鲜红的运动衣，潇洒地奔驰在县体育场的灯光篮球场上，参加篮球比赛，听那不绝耳的喝彩声……

现在，他却拉着茅粪桶，东避西躲，鬼鬼祟祟，像一个夜游鬼一样。他忍不住转过头，又望了一眼灯光闪烁的广播站。黄亚萍此刻在干什么呢？读书？看电视？喝茶？

他很快觉得自己有点可笑了。自己现在这副样子，想这些干啥呢？他现在应该赶快把这车子粪装满才对。是的，人做啥就为啥操心哩！他现在的心思主要在淘粪上。哪个厕所要是没粪，他立刻失望丧气；哪个厕所里粪要是多一点，他高兴得直想笑！因为德顺爷爷就是这个样子，他感染了他，也使得他的心理渐渐自觉地成了这个样子。劳动啊，它是艰苦的，但也有它本身的欢乐！

高加林把粪车放在车站大门外，然后进去看厕所有没有粪。他在厕所前面看了看，高兴得像发现了金子一般：厕所里的粪多得几乎几架子车也拉不完！

当他转到厕所后面的时候，一下子又不高兴了：不知哪里的生产队，已经在茅坑后面做了一个门，并且还上了锁。

高加林气愤地想：屎尿都有人霸占哩！他妈的，我今天要"反霸"了！

高加林的坏脾气遇到这类事最容易引逗起来。他拾起一块石头片，没有砸锁，而是把锁下的铁扣环撬起来，打开了门。

他从车子上把粪担子和粪勺取下来，开始在车站厕所的茅坑里舀起了粪。

他刚担了一担粪灌到架子车上的粪桶里，正准备去担第二担，突然有两个壮实的年轻人也来拉粪了。他们一色的的确凉裤子，红背心上面印着"先锋"两个黄字。加林知道，这是城关"先锋"队的人。这个队是蔬菜队，富足是全县有名的。

这两个年轻人一看加林正在担粪，气呼呼地放下架子车，过来了。

"你为什么偷我们的粪？"其中一个已经挡住了加林的路。

"粪是你们的？"加林不以为然地反问。

"当然是我们的！"另一个在旁边喊叫。

"怎能是你们的？这是公共厕所，又不是你们队的人屙尿的！"

"放你妈的屁！"前面那个后生已经破口了。

"把嘴放干净！骂谁哩？"加林浑身的肌肉绷紧了。

"骂你哩！你小子知道不知道？我们为了这点粪，满年四季给车站上的干部供菜，一分钱都不要！你凭什么来偷？"旁边那个人立眉竖眼地朝他喊叫。

"放下两块钱！赔锁子！"前面那人双手叉腰，说。

"赔钱？"加林头一扭，"我还要担哩！你们这些粪霸！"说着就担着粪担往前走。

那两个人都握住了拳头。前面的那个眼明手快，当胸就给了高加林一拳。

加林两眼冒火，把粪担往地上一摞，拉起舀粪的粪勺。就向那后生砍去！

前面的人一跳，躲过去了，后面的那个刹那间也操起了粪勺。于是，三个淘粪的人就在车站的停车场上打了起来；长柄粪勺在空中飞舞，粪点子把三个人都溅了满身。迷蒙的月光静静地照耀着这个骚乱的场面。一个小伙子的脚被加林一粪勺打麻了，叫唤了一声蹲在了在下；而加林自己的脊背上却被另外一个人砍了一粪勺。

直到车站的人跑出来，才把架拉开。光头站长把双方劝说了半天，让加林不要拉了；说车站已经和先锋队订了"合同"，粪只能由他们拉。

加林在心里骂道："还有脸说'合同'哩！拿你这个臭厕所白换着吃菜哩！"他觉得再要担这粪，肯定还要打架的。人家两个人，他一个人，打不过。再说，他们离队近，要是再叫来一群人，把他打不死才怪哩！他于是只好把粪担放在车上，拉起架子车离开了车站。

这附近只剩副食公司没去拉了。他原来主要考虑他的另一个同学张克南在那里工作，所以没去。

现在他猛然记起，克南不是已经调到副食门市去工作了吗？他很快决定去副食公司的厕所再看看。

他拉着车子，闻见自己满身的臭气；衣服和头发上都溅满了粪便。脊背上被砍了一粪勺的地方，疼得火烧火燎。他也不管这些；他只想着赶快把这车子粪装满，好早点回村——德顺爷和巧珍大概已经等急了。

他把架子车放在副食公司的大门口上，先进去看厕所有没有粪。他从来没到过这里，找了半天才把厕所找见。他看了看，粪并不多，也很稀，但还是可以把他的粪桶子装满的。可只有一个不方便处：厕所到大门口路不太好，有几个地方很狭窄，粪车拉不到厕所旁边。

他于是决定一担一担往外担；担出来再倒进车上的粪桶里。高加林忙碌地从车上取下粪担，到后面的厕所里担出了第一担粪。

担过副食公司院子的时候，在院子东南角一棵泡桐树下坐着的几个人，连连呕巴起了嘴，哼哼唧唧，显然嫌臭味打扰了他们在院子里乘凉。高加林自己也觉得很抱歉。但这是没法的事。他内心里希望这些干部原谅他。

第二回他把粪担出来的时候，情况仍然是这样。但他还是硬着头皮担。

第三回担出来的时候，有一个妇女出口了。声音很大，是故意说给他听的："迟不担，早不担，偏偏在这个时候担，臭死人了！"

高加林听见这刺耳话，忍不住脚步停住了。但他想，再有一两回车上的粪桶就装满了，忍着点，赶快装满就走。

当他把这担粪灌完，又担着空担子进了院子的时候，那妇女竟然站起来，朝他这边喊：

"担粪的！你把人臭死了！你到其他地方去担喀，甭在这里欺负人了！"

高加林一下子站在院子里，两只手气得索索抖，牙齿狠狠咬住了嘴唇：明明是她在欺负人，竟然反咬说他欺负人。

火气从他心里冒上来，又被他强压了下去。他刚才已经和别人打了一架，不愿再发生什么冲突和纠葛；而且车子上的粪桶再有一两担就能装满，忍一忍，今晚上的任务就完成了。于是他就又去担粪了。

等这回担出来的时候，那妇女竟然又站起来，气更大了，嗓门更粗了，话也更难听了："你这人耳朵坏了？给你说了一遍你不听，还在这里担，讨厌死人了！"

她旁边一个似乎老一点的干部说："你不要费嘴舌了，叫担去；担完了就不臭了！"

"这些乡巴佬，真讨厌！"那妇女又骂了一句。

高加林这下不能忍受了！他鼻根一酸，在心里想：乡里人就这么受气啊！一年辛辛苦苦，把日头从东山背到西山，打下粮食，晒干簸净，拣最好的送到城里，让这些人吃。他们吃了，屁股一撅就屙就尿，又是乡里人来给他们拾掇，给他们打扫卫生，他们还这样欺负乡下人！

他对这个妇女产生了一种强烈的愤恨心理。

他一下子把一担茅粪放在副食公司的院当中，鼻子口里三股冒气向那棵泡桐树下走去。他要和那个放肆的女人辩几句。

当他快走到那几个人跟前的时候，那妇女先站起来，一下子不知这个愣后生要干什么呀。她旁边的几个老干部也紧张地站起来了。

高加林猛地停住了脚步，立刻感到惶愧不安了：天啊，这妇女竟然是张克南他妈！

他离她十几步远，已清楚地认出是她。他一下子不知如何是好了，前不好前，后不好后，两只手慌乱地扣起了手指头。不论怎样，他不能和他妈吵嘴呀！这事太叫人尴尬了！他想：怎办呀？给她道个歉？可他又没惹她！要不说个"对不起"？

正在他进退两难时，克南他妈竟然一指头指住他，问："你是哪里来的？拉粪都不瞅个时候，专门在这个时候整造人呢！你过来干啥呀？还想吃个人？"

她显然已经记不得他是谁了。是的，他现在穿得破破烂烂，满身大粪；脸也再不是学生时期那样白净，变得粗粗糙糙的，成了地地道道的农民。他以前只去过克南家两三次，她怎能把他记住呢？既然是这样，他高加林也就不想客气了。但他出于对老同学母亲的尊重，还是尽量语气平静地解释说："您不要生气，我很快就完了。这没有办法。我们在晚上进城拉粪，也是考虑到白天机关工作，不卫生；想不到你们晚上在院里乘凉哩……"

旁边那几个干部都说："算了，算了，赶快装满拉走……"

但克南他妈还气冲冲地说："走远！一身的粪！臭烘烘的！"

　　加林一下子恼了。他恶狠狠地对老同学他妈说："我身上是不太干净，不过，我闻见你身上也有一股臭味！"

　　克南他妈一下子气得满脸肉直颤，就要过来拉扯他了；亏得旁边那几个人硬把她挡住，然后叫加林不要闹了，去拉他的粪。

　　高加林掉转身，过去担起那担茅粪，强忍着泪水出了副食公司的大门。他把粪倒进车子上的粪桶里，尽管还得两担才能满，他也不去担了，拉起架子车就走。

　　他拉着架子车，转到了通往街道的马路上，鼻子一阵又一阵发酸。城市的灯光已经渐渐地稀疏了，建筑物大部分都隐匿在黑暗中。只有河对面水文站的灯光仍然亮着，在水面上投下了长长的橘红色的光芒，随着粼粼波光，像是一团一团的火焰在水中燃烧。

　　高加林的心中也燃烧着火焰。他把粪车子拉在路边停下来，眼里转着泪花子，望着悄然寂静的城市，心里说：我非要到这里来不可！我有文化，有知识，我比这里生活的年轻人哪一点差？我为什么要受这样的屈辱呢？

　　这时候，他的目光向水文站下面灯火映红的河面上望去，觉得景色非常壮观。他浑身的血沸腾起来，竟扔下粪车子，向那里奔去。

　　快到河边的时候，他穿过一大片菜地。他知道这是"先锋"队的。想起刚才车站上的斗殴，他便鼻子口里热气直冒，跑过去报复似的摘了一抱西红柿。

　　他来到河边的一个被灯光照亮的水潭边，先把一抱西红柿抛到水里，然后他自己也跟着一纵身跳了下去。

　　他在水里憋着气，尽量使自己往下沉；然后又让身体慢慢浮上水面来。他游了一阵，把西红柿一个个从水面上捞起，洗净，又扔到岸上。他自己也拖着水淋淋的衣服爬上来，一屁股坐下，抓起一个西红柿，狼吞虎咽吃了起来……

　　高加林折腾了半夜，才和德顺老汉、巧珍拉着两架子车茅粪回到村里。巧珍先回了家。他和德顺老汉把粪倒在村前的粪坑里，拿土盖起来。德顺老汉独个儿去经管牲口去了。他便怀着一颗怏怏不快的心回到了家里。

　　他父亲在前炕上拉呼噜；他母亲爬起来，问他怎这时候才回来。他没有回答，在箱子里寻找干衣服。他母亲摸索着，从后炕头的针线篮里取出一封信递给他，说："你二爸来的。你先看，我睡啦，明早上再给我们念……"说完就躺下睡了。

　　高加林先没换衣服，赶忙拆开信，凑到煤油灯前看起来——

　　　　大哥、嫂嫂：

　　　　你们好！

　　　　我要告诉你们一个好事：组织已经同意了我的请求，让
　　我转业到咱们地区工作了。现在听地方上来函说，初步决定

安排让我在地区专署当劳动局长。

我是很高兴的，几十年离别家乡，梦里都常想回来。现在我也年过半百，俗话说，落叶归根；在家乡度过晚年是我最大的愿望。

我的几个孩子都已在新疆参加了工作，为了不给党增添麻烦，就让他们在当地工作吧，不转回来了。我和孩子妈，再有最小的加平，一共三口人回来。

我要是回到咱地区，等工作定下来，就准备回咱村子一回，看望你们。

余言见面再叙。

弟：玉智

高加林看完信，激动得在炕栏石上狠狠拍了一巴掌，大声喊："爸！妈！快醒一醒……"

第 十 三 章

早饭时分，一辆草绿色的吉普车开进高家村，在村子中央那块空场地上停下来。高玉德当兵走了几十年的弟弟回来了！消息风快就传遍了全村。村里的人，不论大人还是娃娃，纷纷丢下正在吃饭的碗，向高玉德家的破墙烂院里涌来了。

高家村好多年都没有这样热闹过。老婆老汉们拄着拐杖，媳妇们抱着吃奶娃娃，庄稼人推迟了出山的时间，学生娃们背着上学起身的书包，熙熙攘攘，大呼大叫，纷纷跑来看"大干部"。全村的狗不知这里发生了什么事，也吠叫着跟人跑来了。村子里乱纷纷的，比谁家娶媳妇还红火。

高玉德家的窑里已经挤满了人。更多的人都涌在院子里和硷畔上，轮流挤到门口，好奇地看他们村出门在外的这个最大的人物。

加林妈在旁边窑里做饭。好多婆姨女子都在帮助她。有的拉风箱，有的切菜，有的擀面。遇到这样的事，所有的邻居都乐意帮忙。

高加林从叔父的提包里拿出许多糖，正给人群里的娃娃们散发。他尽量想保持一种含蓄的态度，但掩饰不住的兴奋仍然使他容光焕发，动作也显得比平时零碎了。

高玉德、高玉智两弟兄被一群年纪大的人包围在他家的脚地当中。玉智已经换上了地方干部的服装，比他哥看上去不是小十岁，而是小二十岁。他身材不高，但挺胖，红光满面，很少有皱纹。头发还是乌黑的，只是两鬓角夹杂几根白发。他笑容满面，辨认他小时候的伙伴们。这些人都已年过半百，又亲切又拘束地接过他双手敬上的纸烟。德顺老汉和另外一些长辈进来的时候，玉智把他们一个个搀扶着坐在炕栏石上，问他们的身体和牙口怎样？这些老汉们又都从炕栏石上溜下来，在他身上摸一摸，或者拍一拍，纷纷张开没牙的嘴抢着嚷嚷：

"啊，好身体……"

"听说你身上挂了不少彩？"

"有一阵子，你杳无音信，还传说你牺牲了呢！"

"哈呀，就听说你而今把官熬大了！"

……

高玉智笑呵呵地回答他们的问话。玉德老汉站在他旁边，嘴里噙着旱烟锅，一边笑，一边用瘦手抹眼泪。

陪同高玉智回村的县劳动局副局长马占胜同志，出去解了个手，就再挤不进高玉德家的院里了。

高加林在硷畔上碰见他，硬拉着他往回挤。但马占胜说："先等等。你叔父几十年第一次回家，村里人都想看他哩！你要是不忙，咱先到吉普车里坐一坐！"

加林今天很高兴，说他现在没什么事，就和老马向吉普车那边走去。

吉普车里已经挤满了一群娃娃，占胜要赶他们下来，加林拦住他说："算了，算了，娃娃没见过这东西，叫坐一坐，咱先就在这树下站一会。"

占胜一条胳膊亲热地搂着加林的肩头，对他说："旁的事我先不和你拉搭；我先只对你说一句话，你的工作我们会很快妥善解决的……"高加林的心猛一阵狂跳。这句话对他的神经冲击太大了！在他还没有反应过来的时候，高明楼已经站在了他们面前。

明楼笑着说："加林，你还不回家招呼你二爸去？你爸你妈人老了，手脚不麻利，家里又再没个人……"他说完转过身，热情地和马占胜握起了手。

加林说："老马挤不到我家里，我陪他在这儿站一会。"

明楼说："你去你的。叫马局长先到我家里坐一坐。另外，你告诉你妈，你叔父头一顿饭在你们家吃，下一顿饭就不要准备了，我们家已经准备上了。啊呀，多不容易呀！玉智几十年闹革命不回家，说什么也得在我家里吃一顿饭！"他转过头对占胜说："玉智是我们村在外最大的干部，是整个高家村的光荣！"

"高玉智同志现在是咱们地区的劳动局长，我的直接上级。"马占胜对高明楼说。

"我已经知道了！"高明楼一边说，一边让加林回家忙去，他便拉着马占胜到前村他们家去了。

吃过饭以后，加林跟着父亲和叔父上了祖父祖母的坟地。

祖坟在村子后面一个向阳的山坡上。两座坟堆上长满了茂密的蒿柴茅草——两位老人在这里已经长眠十几年了。

玉德老汉从随手提来的竹篮里取出一些馍和油糕，放在石头供桌上；又拿出一把黄裱纸点着烧了；然后拉着玉智和加林跪下磕头。玉智稍犹豫了一下，但看见他哥脸像黑霜打了一般难看，就跟着跪下了。在这样的场合，劳动局长只得入乡随俗。

他们三个连磕了三个头。加林和他叔父站了起来。玉德老汉却一头扑在黄土地上，啊嘿嘿嘿嘿地哭开了，弄得他两个都很尴尬。听见他哥伤心的哭声，玉智也掏出手帕抹着不断涌出来的泪水。他从小离开父母亲，直到他们入土，他也再没见他们。他记起在他小时候老人们受的苦，又想到他以后一直没有在他们身边，也由不得失声痛哭起来。加林皱着眉头在一边看他们哭。

两弟兄哭了一阵后，玉智把他哥搀扶起来。玉德老汉哽哽咽咽说："咱老人……活的时候……把罪受了……"

高玉智非常内疚地说："我一直在外，没好好管老人，想起来心里很难过。这已经没法弥补。现在，我已回到咱家乡工作了，以后我要尽量帮扶你们哩……有什么困难，你就说，哥！我要把对咱老人欠的情，在你和嫂子身上补起来……"

高玉德怔了一阵，说："我们老两口也是快入土的人，没什么要牵累你的。现在农村政策活了，家里有吃有穿，没什么大熬煎。要说大熬煎，就是你这个侄儿子！"他朝加林看了看，"高中毕了业，就在村里劳动。大家有腿的，都走后门工作了，他……"

"你不是在村里教书着哩？"玉智转过头问加林。

没等加林回答，玉德老汉赶忙说："现在学生娃少了，用不了那么多教师，就回来了。"他生怕加林在他兄弟面前告高明楼。他不愿意让玉智知道明楼下了加林的教师。不管怎说，明楼是他们村的领导，不能惹！玉智屁股一拍就走了，但他们要和明楼在一个村生活一辈子哩！

高玉智沉默了一会，对他哥说："好哥哩，按说，你提出什么要求，我都要尊哩！但这件事你千万不要为难我！我任职后，地委和专署领导找我谈了话，说地区劳动局的前任局长，就是走后门招工太多，民愤很大，才撤换了的。领导说我刚从部队下来，又一直是做政治工作的，就让我担任了这个职务。这是信任我哩！我怎能辜负组织的信任，刚上任就做这些违法事呢？其他事怎样都可以，但这种事我可是坚决不能做啊！哥，你要理解我的心情哩……"

高玉德老汉听兄弟这么一说，思谋了半天，说："既然是这样，也就不能为难你了。唉……"老汉长叹了一口气，拍了拍膝盖上的土，便叫玉智和加林回村；他说走时明楼一再安咐，他们家的饭做好了，专门等着玉智哩……

高明楼此刻正和马占胜在他的"会客室"里拉话。

明楼现在心里很慌，生怕高加林给他叔父告他，说他走后门让自己儿子当了教师，而把他弄回队里参加了劳动。当时这事是他和占胜共同谋划的，因此这两个当事人现在首先就谈这事。

"万一这事让高局长知道了怎办？"明楼问正在喝茶的马占胜。

占胜咧嘴一笑："有个比教师更好的工作让他干，他还能再对咱说个一长二短吗？"

"更好的工作？"明楼瞪起眼，"现时国家又不在农村招工招干，哪有比民办教师更好的工作？"

"正好最近地区给咱县上的小煤窑批了几个指标。当然，这几个指标本来没城关公社的，因为城关以前走的人太多了。"马占胜接过明楼递上的纸烟，点着吸了一口。

"加林恐怕不愿去掏炭！"

"谁让他掏炭哩？现在县委通讯组正缺个通讯干事，加林又能写，以工代干，让他就干这工作，保险他满意！"

"这恐怕要费周折哩！"

"我早把上上下下弄好了。到时填个表，你这里把大队章子一盖，公社和县上有我哩。反正手续做得合合法法，捣鬼也要捣得实事求是嘛！"马占胜一句不通顺的笑话，不光逗笑了高明楼，他把自己也逗笑了。

两个人哈哈大笑一番，明楼才问："高局长提起给加林找工作的事没？"

"啊呀！你就在高家村是个精明人！"马占胜讥讽地看了一眼高明楼，"而今办这类事，哪个笨蛋领导明说哩？这就看手下人的心眼活不活嘛！咱主动给领导把这种事办了，领导表面上还批评你哩，可心里恨不得马上把你提拔了！"

高明楼惊得张开嘴半天合不拢。他心里想：怪不得占胜年纪不大，三十刚出头，就公社的一般干部提成副局长了！这人不得了，以后的前程大着哩！

正在他俩拉说话的时候，三星已经引着高玉智进了院子。

明楼和占胜慌忙迎了出去。

高明楼把地区和县上的两位局长接进"会客室"，他老婆上茶，他的大媳妇敬烟点火。

高玉智本不想来这里，但他哥不让；让他一定得去吃这顿饭！说明楼是村里的领导人，不能伤了他的脸。再说，老先人都姓高！他只好来了。

高明楼让占胜先陪高局长喝茶抽烟，他过来在厨房里安咐他老婆和儿媳妇先别忙着上菜。他出了院子，把正在院墙角里抽烟的三星叫过来，压低声音问："你怎不把你高大叔和加林也叫来？"

"你没给我安咐叫他两个嘛！"他儿子困惑地看着他爸恼悻悻的脸。

"糊脑瓜！实实的糊脑瓜！你他妈的把书念到屁股里了！你快给我再叫去！"

在上饭的前一刻，高玉德终于被三星捉着胳膊拉来了。明楼慌忙出去，亲热地扶住他的另一条胳膊，问："加林怎不来？"

玉德老汉说："那是个犟板筋，不来就算了！"

高玉德立刻被明楼父子俩簇拥着进了窑，扶在了上席上；高玉智和马占胜分坐在两边。明楼在下席上落了座。

饭菜很快就上来了。偌大的红油漆八仙桌，挤满了碟子、盆子、大碗、小碗，山珍和海味都有，比县招待所的客饭要丰盛得多。这家伙不知从哪里搞来这么多稀罕东西！

明楼起来敬酒。第一杯满上，双手齐眉举起，敬到高玉德面前。高玉德两只瘦手哆哆嗦嗦接过了酒杯。一杯酒下肚，老汉的五脏六腑搅成了一团！他看看高明楼满脸巴结的笑容，又看看身边的弟弟，老汉内心那无限的感慨，还用在这里细细摆出来吗？

半个月以后，高玉德的独生子高加林就成了国家正式工人；并且只去县煤矿报个到，尔后就要在县委大院当干部了。他是怎样走到这一步的？中间经过些什么手续？这些连他自己也不知道。他只填了一张招工表。其余的事都由马占胜一手包办了。

生活在一瞬间就发生了巨大的转折！

村里人对这类事已经麻木了，因此谁也没有大惊小怪。高加林教师下了当农民，大家不奇怪，因为高明楼的儿子高中毕业了。高加林突然又在县上参加了工作，大家也不奇怪，因为他的叔父现在当了地区的劳动局长。他们有时也在山里骂现在社会上的一些不正之风，但他们的厚道使他们仅限于骂骂而已。还能怎样呢？

高加林离开村子的时候，他父亲正病着。母亲要侍候他父亲，也没来送他。只有一往情深的刘巧珍伴着他出了村，一直把他送到河湾里的分路口上。铺盖和箱子在前几天已运走了，他只带个提包。巧珍像城里姑娘一样，大方地和他一边扯一根提包系子。

他们在河湾的分路口上站往后，默默地相对而立。这里，他曾亲过她。但现在是白天，他不能亲她了。

"加林哥，你常想着我……"巧珍牙咬着嘴唇，泪水在脸上扑簌簌地淌了下来。

加林对她点点头。

"你就和我一个人好……"巧珍抬起泪水斑斑的脸，望着他的脸。

加林又对她点点头，怔怔地望了她一眼，就慢慢转过了身。

他上了公路，回过头来，见巧珍还站在河湾里望着他。泪水一下子模糊了高加林的眼睛。

他久久地站着，望着巧珍白杨树一般可爱的身姿；望着高家村参差不齐的村舍；望着绿色笼罩了的大马河川道；心里一下子涌起了一股无限依恋的感情。尽管他渴望离开这里，到更广阔的天地去生活，但他觉得对这生他养他的故乡田地，内心里仍然是深深热爱着的！

他用手指头抹去眼角泪水，坚决地转过身，向县城走去了。

在前面，在生活的道路上，他将会怎样走下去呢？

（原载《收获》1982 年第 3 期，本文为上篇）

铁 凝
TIE NING

原姓屈。1957 年出生于北京，祖籍河北赵县。四岁回保定。1975 年在保定高中毕业后到河北博野农村插队务农。1979 年，在保定地区文联《花山》编辑部任小说编辑。1982 年加入中国作家协会。1984 年调入河北省文联任专业作家。历任河北省文联副主席、中国作家协会理事、河北省作家协会主席、中国作家协会副主席。现为中国作家协会主席。

1975 年开始发表作品。出版有小说集《夜路》《没有纽扣的红衬衫》《麦秸垛》《棉花垛》《给我礼拜八》《红衣少女》《谁能让我害羞》《第十二夜》，长篇小说《玫瑰门》《无雨之城》《大浴女》《笨花》，散文集《草戒指》《女人的白夜》《回到欢乐》《惊异是美丽的》，艺术随笔集《遥远的完美》及《铁凝日记》《铁凝文集》(5 卷) 等。小说《哦，香雪》、《六月的话题》获 1982 年和 1984 年全国优秀短篇小说奖，《没有纽扣的红衬衫》获 1983—1984 年全国优秀中篇小说奖，散文集《女人的白夜》获第一届鲁迅文学奖，中篇小说《永远有多远》获第二届鲁迅文学奖。

哦，香雪

　　如果不是有人发明了火车，如果不是有人把铁轨铺进深山，你怎么也不会发现台儿沟这个小村。它和它的十几户乡亲，一心一意掩藏在大山那深深的皱褶里，从春到夏，从秋到冬，默默地接受着大山任意给予的温存和粗暴。

　　然而，两根纤细、闪亮的铁轨延伸过来了。它勇敢地盘旋在山腰，又悄悄地试探着前进，弯弯曲曲，曲曲弯弯，终于绕到台儿沟脚下，然后钻进幽暗的隧道，冲向又一道山梁，朝着神秘的远方奔去。

　　不久，这条线正式营运，人们挤在村口，看见那绿色的长龙一路呼啸，挟带着来自山外的陌生、新鲜的清风，擦着台儿沟贫弱的脊背匆匆而过。它走得那样急忙，连车轮碾轧钢轨时发出的声音好像都在说：不停不停，不停不停！是啊，它有什么理由在台儿沟站脚呢，台儿沟有人要出远门吗？山外有人来台儿沟探亲访友吗？还是这里有石油储存，有金矿埋藏？台儿沟，无论从哪方面讲，都不具备挽留火车在它身边留步的力量。

　　可是，记不清从什么时候起，列车的时刻表上，还是多了"台儿沟"这一站。也许乘车的旅客提出过要求，他们中有哪位说话算数的人和台儿沟沾亲；也许是哪个快乐的男乘务员发现台儿沟有一群十七八岁的漂亮姑娘，每逢列车疾驰而过，她们就成帮搭伙地站在村口，翘起下巴，贪婪、专注地仰望着火车。有人朝车厢指点，不时能听见她们由于互相捶打而发出的一两声娇嗔的尖叫。也许什么都不为，就因为台儿沟太小了，小得叫人心疼，就是钢筋铁骨的巨龙在它面前也不能昂首阔步，也不能停下来。总之，台儿沟上了列车时刻表，每晚七点钟，由首都方向开往山西的这列火车在这里停留一分钟。

　　这短暂的一分钟，搅乱了台儿沟以往的宁静。从前，台儿沟人历来是吃过晚饭就钻被窝，他们仿佛是在同一时刻听到大山无声的命令。于是，台儿沟那一小片石头房子在同一时刻忽然完全静止了，静得那样深沉、真切，好像在默默地向大山诉说着自己的虔诚。如今，台儿沟的姑娘们刚把晚饭端上桌就慌了神，她们心不在焉地胡乱吃几口，扔下碗就开始梳妆打扮。她们洗净蒙受了一天的黄土、风尘，露出粗糙、红润的面色，把头发梳得乌亮，然后就比赛着穿出最好的衣裳。有人换上过年时才穿得新鞋，有人还悄悄往脸上涂点胭脂。尽管火车到站时已经天黑，她们还是按照自己的心思，刻意斟酌着服饰和容貌。然后，她们就朝村口，朝火车经过的地方跑去。香雪总是第一个出门，隔壁的凤娇第二个就跟了出来。

七点钟，火车喘息着向台儿沟滑过来，接着一阵空哐乱响，车身震颤一下，才停住不动了。姑娘们心跳着涌上前去，像看电影一样，挨着窗口观望。只有香雪躲在后面，双手紧紧捂着耳朵。看火车，她跑在最前边，火车来了，她却缩到最后去了。她有点害怕它那巨大的车头，车头那么雄壮地吐着白雾，仿佛一口气就能把台儿沟吸进肚里。它那撼天动地的轰鸣也叫她感到恐惧。在它跟前，她简直像一叶没根的小草。

"香雪，过来呀，看！"凤娇拉过香雪向一个妇女头上指，她指的是那个妇女头上别着的那一排金圈圈。

"怎么我看不见？"香雪微微眯着眼睛。

"就是靠里边那个，那个大圆脸。看，还有手表哪，比指甲盖还小哩！"凤娇又有了新发现。

香雪不言不语地点着头，她终于看见了妇女头上的金圈圈和她腕上比指甲盖还要小的手表。但她也很快就发现了别的。"皮书包！"她指着行李架上一只普通的棕色人造革学生书包。就是那种连小城市都随处可见的学生书包。

尽管姑娘们对香雪的发现总是不感兴趣，但她们还是围了上来。

"哟，我的妈呀！你踩着我的脚啦！"凤娇一声尖叫，埋怨着挤上来的一位姑娘。她老是爱一惊一乍的。

"你咋呼什么呀，是想叫那个小白脸和你搭话了吧？"被埋怨的姑娘也不示弱。

"我撕了你的嘴！"凤娇骂着，眼睛却不由自主地朝第三节车厢的车门望去。

那个白白净净的年轻乘务员真下车来了。他身材高大，头发乌黑，说一口漂亮的北京话。也许因为这点，姑娘们私下里都叫他"北京话"。"北京话"双手抱住胳膊肘，和她们站得不远不近地说："喂，我说小姑娘们，别扒窗户，危险！"

"哟，我们小，你就老了吗？"大胆的凤娇回敬了一句。

姑娘们一阵大笑，不知谁还把凤娇往前一搡，弄得她差点撞在他身上。这一来反倒更壮了凤娇的胆，"喂，你们老呆在车上不头晕？"她又问。

"房顶子上那个大刀片似的，那是干什么用的？"又一个姑娘问。她指的是车厢里的电扇。

"烧水在哪儿?"

"开到没路的地方怎么办?"

"你们城市里一天吃几顿饭?"香雪也紧跟在姑娘们后面小声问了一句。

"真没治!""北京话"陷在姑娘们的包围圈里,不知所措地嘟囔着。

快开车了,她们才让出一条路,放他走。他一边看表,一边朝车门跑去,跑到门口,又扭头对她们说:"下次吧,下次一定告诉你们!"他的两条长腿灵巧地向上一跨就上了车,接着一阵叽里咣啷,绿色的车门就在姑娘们面前沉重地合上了。列车一头扎进黑暗,把她们撇在冰冷的铁轨旁边。很久,她们还能感觉到它那越来越轻的震颤。

一切又恢复了寂静,静得叫人惆怅。姑娘们走回家去,路上还要为一点小事争论不休:

"谁知道别在头上的金圈圈是几个?"

"八个。"

"九个。"

"不是!"

"就是!"

"凤娇你说哪?"

"她呀,还在想'北京话'哪!"有人开起了凤娇的玩笑。

"去你的,谁说谁就想。"凤娇说着捏了一下香雪的手,意思是叫香雪帮腔。

香雪没说话,慌得脸都红了。她才十七岁,还没学会怎样在这种事上给人家帮腔。

"他的脸多白呀!"那个姑娘还在逗凤娇。

"白?还不是在那大绿屋里捂的。叫他到咱台儿沟住几天试试。"有人在黑影里说。

"可不,城里人就靠捂。要论白,叫他们和咱们香雪比比。咱们香雪,天生一副好皮子,再照火车上那些闺女的样儿,把头发烫成弯弯绕,啧啧!'真没治',凤娇姐,你说是不是?"

凤娇不接茬儿,松开了香雪的手。好像姑娘们真在贬低她的什么人一样,她心里真有点替他抱不平呢。不知怎么的,她认定他的脸绝不是捂白的,那是天生。

香雪又悄悄把手送到凤娇手心里,她示意凤娇握住她的手,仿佛请求凤娇的宽恕,仿佛是她使凤娇受了委屈。

"凤娇,你哑巴啦?"还是那个姑娘。

"谁哑巴啦！谁像你们，专看人家脸黑脸白。你们喜欢，你们可跟上人家走啊！"凤娇的嘴巴很硬。

"我们不配！"

"你担保人家没有相好的？"

······

不管在路上吵得怎样厉害，分手时大家还是十分友好的，因为一个叫人兴奋的念头又在她们心中升起：明天，火车还要经过，她们还会有一个美妙的一分钟。和它相比，闹点小别扭还算回事吗？

哦，五彩缤纷的一分钟，你饱含着台儿沟的姑娘们多少喜怒哀乐！

日久天长，这五彩缤纷的一分钟，竟变得更加五彩缤纷起来，就在这个一分钟里，她们开始挎上装满核桃、鸡蛋、大枣的长方形柳条篮子，站在车窗下，抓紧时间跟旅客和和气气地做买卖。她们踮着脚尖，双臂伸得直直的，把整筐的鸡蛋、红枣举上窗口，换回台儿沟少见的挂面、火柴，以及属于姑娘们自己的发卡、香皂。有时，有人还会冒着回家挨骂的风险，换回花色繁多的纱巾和能松能紧的尼龙袜。

凤娇好像是大家有意分配给那个"北京话"的，每次都是她提着篮子去找他。她和他做买卖故意磨磨蹭蹭，车快开时才把整篮的鸡蛋塞给他。又是他先把鸡蛋拿走，下次见面时再付钱，那就更够意思了。如果他给她捎回一捆挂面、两块纱巾，凤娇就一定抽出一斤挂面还给他。她觉得，只有这样才对得起和他的交往，她愿意这种交往和一般的做买卖有所区别。有时她也想起姑娘们的话："你担保人家没有相好的？"其实，有没有相好的不关凤娇的事，她又没想过跟他走。可她愿意对他好，难道非得是相好的才能这么做吗？

香雪平时话不多，胆子又小，但做起买卖却是姑娘中最顺利的一个。旅客们爱买她的货，因为她是那么信任地瞧着你，那洁如水晶的眼睛告诉你，站在车窗下的这个女孩子还不知道什么叫受骗。她还不知道怎么讲价钱，只说："你看着给吧。"你望着她那洁净得仿佛一分钟前才诞生的面孔，望着她那柔软得宛若红缎子似的嘴唇，心中会升起一种美好的感情。你不忍心跟这样的小姑娘要滑头，在她面前，再爱计较的人也会变得慷慨大度。

有时她也抓空儿向他们打听外面的事，打听北京的大学要不要台儿沟人，打听什么叫"配乐诗朗诵"（那是她偶然在同桌的一本书上看到的）。有一回她向一位戴眼镜的中年妇女打听能自动开关的铅笔盒，还问到它的价钱。谁知没等人家回话，车已经开动了。她追着它跑了好远，当秋风和车轮的呼啸一同在她耳边鸣响时，她才停下脚步意识到，自己的行为是多么可笑啊。

火车眨眼间就无影无踪了。姑娘们围住香雪，当她们知道她追火车的原因后，便觉得好笑起来。

"傻丫头！"

"值不当的！"

她们像长者那样拍着她的肩膀。

"就怪我磨蹭，问慢了。"香雪可不认为这是一件值不当的事，她只是埋怨自己没抓紧时间。

"咳，你问什么不行呀！"凤娇替香雪挎起篮子说。

"谁叫咱们香雪是学生呢。"也有人替香雪分辨。

也许就因为香雪是学生吧，是台儿沟唯一考上初中的人。

台儿沟没有学校，香雪每天上学要到十五里以外的公社。尽管不爱说话是她的天性，但和台儿沟的姐妹们总是有话可说的。公社中学可就没那么多姐妹了，虽然女同学不少，但她们的言谈举止，一个眼神，一声轻轻的笑，好像都是为了叫香雪意识到，她是小地方来的，穷地方来的。她们故意一遍又一遍地问她："你们那儿一天吃几顿饭？"她不明白她们的用意，每次都认真地回答："两顿。"然后又友好地瞧着她们反问道："你们呢？"

"三顿！"她们每次都理直气壮地回答。之后，又对香雪在这方面的迟钝感到说不出的怜悯和气恼。

"你上学怎么不带铅笔盒呀？"她们又问。

"那不是吗。"香雪指指桌角。

其实，她们早知道桌角那只小木盒就是香雪的铅笔盒，但她们还是做出吃惊的样子。每到这时，香雪的同桌就把自己那只宽大的泡沫塑料铅笔盒摆弄得哒哒乱响。这是一只可以自动合上的铅笔盒，很久以后，香雪才知道它所以能自动合上，是因为铅笔盒里包藏着一块不大不小的吸铁石。香雪的小木盒呢，尽管那是当木匠的父亲为她考上中学特意制作的，它在台儿沟还是独一无二的呢。可在这儿，和同桌的铅笔盒一比，为什么显得那样笨拙、陈旧？它在一阵哒哒声中有几分羞涩地畏缩在桌角上。

香雪的心再也不能平静了，她好像忽然明白了同学对她的再三盘问，明白了台儿沟是多么贫穷。她第一次意识到这是不光彩的，因为贫穷，同学才敢一遍又一遍地盘问她。她盯住同桌那只铅笔盒，猜测它来自遥远的大城市，猜测它的价值肯定非同寻常。三十个鸡蛋换得来吗？还是四十个、五十个？这时她的心又忽地一沉：怎么想起这些了？娘攒下鸡蛋，不是为了叫她乱打主意啊！可是，为什么那诱人的哒哒声老是在耳边响个没完？

深秋，山风渐渐凛冽了，天也黑得越来越早。但香雪和她的姐妹们对于七点钟的火车，是照等不误的。她们可以穿起花棉袄了，凤娇头上别起了淡粉色的有机玻璃发卡，有些姑娘的辫梢还缠上了夹丝橡皮筋。那是她们用鸡蛋、核桃从火车上换来的。她们仿照火车上那些城里姑娘的样子把自己武装起来，整齐地排列在铁路旁，像是等待欢迎远方的贵宾，又像是准备着接受检阅。

火车停了，发出一阵沉重的叹息，像是在抱怨着台儿沟的寒冷。今天，它对台儿沟表现了少有的冷漠：车窗全部紧闭着，旅客在黄昏的灯光下喝茶、看报，没有人像窗外瞥一眼。那些眼熟的、长跑这条线的人们，似乎也忘记了台儿沟的姑娘。

凤娇照例跑到第三节车厢去找她的"北京话"，香雪系紧头上的紫红色线围巾，把臂弯里的篮子换了换手，也顺着车身不停地跑着。她尽量高高地踮起脚尖，希望车厢里的人能看见她的脸。车上一直没有人发现她，她却在一张堆满食品的小桌上，发现了渴望已久的东西。它的出现，使她再也不想往前走了，她放下篮子，心跳着，双手紧紧扒住窗框，认清了那真是一只铅笔盒，一只装有吸铁石的自动铅笔盒。它和她离得那样近，她一伸手就可以摸到。

一位中年女乘务员走过来拉开了香雪。香雪挎起篮子站在远处继续观察。当她断定它属于靠窗的那位女学生模样的姑娘时，就果断地跑过去敲起了玻璃。女学生转过脸来，看见香雪臂弯里的篮子，抱歉地冲她摆了摆手，并没有打开车窗的意思。不知怎么的她就朝车门跑去，当她在门口站定时，还一把攥住了扶手。如果说跑的时候她还有点犹豫，那么从车厢里送出来的一阵阵温馨的、火车特有的气息却坚定了她的信心，她学着"北京话"的样子，轻巧地跃上了踏板。她打算以最快的速度跑进车厢，以最快的速度用鸡蛋换回铅笔盒。也许，她所以能够在几秒钟内就决定上车，正是因为她拥有那么多鸡蛋吧，那是四十个。

香雪终于站在火车上了。她挽紧篮子，小心地朝车厢迈出了第一步。这时，车身忽然悸动了一下，接着，车门被人关上了。当她意识到眼前发生了什么事时，列车已经缓缓地向台儿沟告别了。香雪扑到车门上，看见凤娇的脸在车下一晃。看来这不是梦，一切都是真的，她确实离开姐妹们，站在这既熟悉、又陌生的火车上了。她拍打着玻璃，冲凤娇叫喊："凤娇！我怎么办呀，我可怎么办呀！"

列车无情地载着香雪一路飞奔，台儿沟刹那间就被抛在后面了。下一站叫西山口，西山口离台儿沟三十里。

三十里，对于火车、汽车真的不算什么，西山口在旅客们闲聊之中就到了。这里上车的人不少，下车的只有一位旅客，那就是香雪，她胳膊上少了那只篮子，她把它塞到那个女学生座位下面了。

在车上，当她红着脸告诉女学生，想用鸡蛋和她换铅笔盒时，女学生不知怎么的也红了脸。她一定要把铅笔盒送给香雪，还说她住在学校吃食堂，鸡蛋带回去也没法吃。她怕香雪不信，又指了指胸前的校徽，上面果真有"矿冶学院"几个字。香雪却觉着她在哄她，难道除了学校她就没家吗？香雪一面摆弄着铅笔盒，一面想着主意。台儿沟再穷，她也从没白拿过别人的东西。就在火车停顿前发出的几秒钟的震颤里，香雪还是猛然把篮子塞到女学生的座位下面，迅速离开了她。

车上，旅客们曾劝她在西山口住上一夜再回台儿沟。热情的"北京话"还告诉她，他爱人有个亲戚就住在站上。香雪没有住，更不打算去找"北京话"的什么亲戚，他的话倒使她感到了委屈，她替凤娇委屈，替台儿沟委屈。她只是一心一意地想：赶快走回去，明天理直气壮地去上学，理直气壮地打开书包，把"它"摆在桌上。车上的人既不了解火车的呼啸曾经怎样叫她像只受惊的小鹿那样不知所措，更不了解山里的女孩子在大山和黑夜面前到底有多大本事。

列车很快就从西山口车站消失了，留给她的又是一片空旷。一阵寒风扑来，吸吮着她单薄的身体。她把滑到肩上的围巾紧裹在头上，缩起身子在铁轨上坐了下来。香雪感受过各种各样的害怕，小时候她怕头发，身上沾着一根头发择不下来，她会急得哭起来；长大了她怕晚上一个人到院子里去，怕毛毛虫，怕被人胳肢（凤娇最爱和她来这一手）。现在她害怕这陌生的西山口，害怕四周黑幽幽的大山，害怕叫人心惊肉跳的寂静，当风吹响近处的小树林时，她又害怕小树林发出的窸窸窣窣的声音。三十里，一路走回去，该路过多少大大小小的林子啊！

一轮满月升起来了，照亮了寂静的山谷、灰白的小路、照亮了秋日的败草、粗糙的树干，还有一丛丛荆棘、怪石，还有满山遍野那树的队伍，还有香雪手中那只闪闪发光的小盒子。

她这才想到把它举起来仔细端详。她想，为什么坐了一路火车，竟没有拿出来好好看看？现在，在皎洁的月光下，她才看清了它是淡绿色的，盒盖上有两朵洁白的马蹄莲。她小心地把它打开，又学着同桌的样子轻轻一拍盒盖，"哒"的一声，它便合得严严实实。她又打开盒盖，觉得应该立刻装点东西进去。她从兜里摸出一只盛擦脸油的小盒放进去，又合上了盖子。只有这时，她才觉得这铅笔盒真属于她了，真的。她又想到了明天，明天上学时，她多么盼望她们会再三盘问她啊！

她站了起来，忽然感到心里很满意，风也柔和了许多。她发现月亮是这样明净，群山被月光笼罩着，像母亲庄严、神圣的胸脯；那秋风吹干的一树树核桃叶，卷起来像一树树金铃铛，她第一次听清它们在夜晚，在风的怂恿下"豁啷啷"地歌唱。她不再害怕了，在枕木上跨着大步，一直朝前走去。大山原来是这样的！月亮原来是这样的！核桃树原来是这样的！香雪走着，就像第一次认出养育她长大成人的山谷。台儿沟呢？不知怎么的，她加快了脚步。她急着见到它，就像从来没有见过它那样觉得新奇。台儿沟一定会是"这样的"：那时台儿沟的姑娘不再央求别人，也用不着回答人家的再三盘问。火车上的漂亮小伙子都会求上门来，火车也会停得久一些，也许三分、四分，也许十分、八分。它会向台儿沟打开所有的门窗，要是再碰上今晚这种情况，谁都能从从容容地下车。

今晚台儿沟发生了什么事？对了，火车拉走了香雪，为什么现在她像闹着玩儿似的去回忆呢？四十个鸡蛋也没有了，娘会怎么说呢？爹不是盼望每天都有人家娶媳妇、聘闺女吗？那时他才有干不完的活儿，他才能光着红铜似的脊梁，不分昼夜地打出那些躺柜、碗橱、板箱，挣回香雪的学费。想到这儿，香雪站住了，月光好像也黯淡下来，脚下的枕木变成一片模糊。回去怎么说？她环视群山，群山沉默着；她又朝着近处的杨树林张望，杨树林窸窸窣窣地响着，并不真心告诉她应该怎么做。是哪来的流水声？她寻找着，发现离铁轨几米远的地方，有一道浅浅的小溪。她走下铁轨，在小溪旁边蹲了下来。她想起小时候有一回和凤娇在河边洗衣裳，碰见一个换芝麻糖的老头。凤娇劝香雪拿一件旧汗褂换几块糖吃，还教她对娘说，那件衣裳不小心叫河水给冲走了。香雪很想吃芝麻糖，可她到底没换。她还记得，那老头真心实意等了她半天呢。为什么她会想起这件小事？也许现在应该骗娘吧，因为芝麻糖怎么也不能和铅笔盒的重要性相比。她要告诉娘，这是一个宝盒子，谁用上它，就能一切顺心如意，就能上大学、坐上火车到处跑，就能要什么有什么，就再也不会被人盘问她们每天吃几顿饭了。娘会相信的，因为香雪从来不骗人。

小溪的歌唱高昂起来了，它欢腾着向前奔跑，撞击着水中的石块，不时溅起一朵小小的浪花。香雪也要赶路了，她捧起溪水洗了把脸，又用沾着水的手抿光被风吹乱的头发。水很凉，但她觉得很精神。她告别了小溪，又回到了长长的铁路上。

前边又是什么？是隧道，它愣在那里，就像大山的一只黑眼睛。香雪又站住了，但她没有返回去，她想到怀里的铅笔盒，想到同学们惊羡的目光，那些目光好像就在隧道里闪烁。她弯腰拔下一根枯草，将草茎插在小辫里。娘告诉她，这样可以"避邪"。然后她就朝隧道跑去。确切地说，是冲去。

香雪越走越热了，她解下围巾，把它搭在脖子上。她走出了多少里？不知道。尽管草丛里的"纺织娘"、"油葫芦"总在鸣叫着提醒她。台儿沟在哪儿？她向前望去，她看见迎面有一颗颗黑点在铁轨上蠕动。再近一些她才看清，那是人，是迎着她走过来的人群。第一个是凤娇，凤娇身后是台儿沟的姐妹们。

香雪想快点跑过去，但腿为什么变得异常沉重？她站在枕木上，回头望着笔直的铁轨，铁轨在月亮的照耀下泛着清淡的光，它冷静地记载着香雪的路程。她忽然觉得心头一紧，不知怎么的就哭了起来，那是欢乐的泪水，满足的泪水。

面对严峻而又温厚的大山,她心中升起一种从未有过的骄傲。她用手背抹净眼泪,拿下插在辫子里的那根草棍儿,然后举起铅笔盒,迎着对面的人群跑去。

山谷里突然爆发了姑娘们欢乐的呐喊,她们叫着香雪的名字,声音是那样奔放、热烈;她们笑着,笑得是那样不加掩饰、无所顾忌。古老的群山终于被感动得战栗了,它发出宽亮低沉的回音,和她们共同欢呼着。

哦,香雪!香雪!

(原载《青年文学》1982 年第 5 期)

张承志

ZHANG CHENG ZHI

回族。1948 年出生于北京。原籍山东省济南市。1967 年毕业于北京清华大学附属中学。1968 年到内蒙古锡林郭勒盟乌珠穆沁插队。1972 年入北京大学历史系考古专业学习。1975 年毕业分配到中国历史博物馆考古组工作。1978 年考入中国社会科学院研究生院民族历史语言系。1981 年获硕士学位后到中国社会科学院民族研究所工作任助理研究员。1981—1982 年曾在日本东京大学进修。1987 年调海军政治部文化部当专业作家，1989 年退伍。1982 年加入中国作家协会。曾任中国作家协会理事，北京作家协会副主席。现为自由作家。

1978 年开始发表文学作品。有小说集《黑骏马》《北方的河》《黄泥小屋》，长篇小说《金牧场》《心灵史》，散文集《荒芜英雄路》《清洁的精神》及仅以外文出版的著作《内蒙古大草原游牧志》《中国之中的伊斯兰教》《红卫兵的时代》等。小说《骑手为什么歌唱母亲》获 1978 年全国优秀短篇小说奖，《黑骏马》获 1981—1982 年全国优秀中篇小说奖，《北方的河》获 1983—1984 年全国优秀中篇小说奖，《阿勒克足球》获全国少数民族文学创作骏马奖。

黑 骏 马

引 子

　　也许应当归咎于那些流传太广的牧歌吧，我常发现人们有着一种误解。他们总认为，草原只是一个罗曼蒂克的摇篮。每当他们听说我来自那样一个世界时，就会流露出一种好奇的神色。我能从那种神色中立即读到诸如白云、鲜花、姑娘和醇酒等诱人的字眼儿。看来，这些朋友很难体味那些歌子传达的一种心绪，一种作为牧人心理基本素质的心绪。

　　辽阔的大草原上，茫茫草海中有一骑在踽踽独行。炎炎的烈日烘烤着他，他一连几天在静默中颠簸。大自然蒸腾着浓烈呛人的草味儿，但他已习以为常。他双眉紧锁，肤色黧黑，他在细细地回忆往事，思想亲人，咀嚼艰难的生活。他淡漠地忍受着缺憾、歉疚和内心的创痛，迎着舒缓起伏的草原，一言不发地、默默地走着。一丝难以捕捉的心绪从他胸中飘浮出来，轻盈地、低低地在他的马儿前后盘旋。这是一种莫名的、连他自己也未曾发现的心绪。

　　这心绪不会被理睬或抚慰。天地之间，古来只有这片被严寒酷暑轮番改造了无数个世纪的一派青草。于是，人们变得粗犷强悍。心底的一切都被那冷冷的、男性的面容挡住，如果没有烈性酒或是什么特殊的东西来摧毁这道防线，并释放出人们柔软的那部分天性的话——你永远休想突破彼此的隔膜而去深入一个歪骑着马的男人的心。

　　不过，灵性是真实存在的。在骑手们心底积压太久的那丝心绪，已经悄然上升。它徘徊着，化成一种旋律，一种抒发不尽、描写不完，而又简朴不过的滋味，一种独特的灵性。这灵性没有声音，却带着似乎命定的音乐感——包括低缓的节奏、生活般周而复始的旋律，以及或绿或蓝的色彩。那些沉默了太久的骑马人，不觉之间在这灵性的催动和包围中哼起来了：他们开始诉说自己的心事，卸下心灵的重荷。

相信我：这就是蒙古民歌的起源。

高亢悲怆的长调响起来了，它叩击着大地的胸膛，冲撞着低巡的流云。在强烈扭曲的、疾飞向上和低哑呻吟的拍节上，新的一句在追赶着前一句的回声。草原如同注入了血液，万物都有了新的内容。那歌儿激越起来了，它尽情尽意地向遥远的天际传去。

歌手骑着的马走着，听着。只有它在点着头，默然地向主人表示同情。有时人的泪珠会噗地溅在马儿的秀鬃上：歌手找到了知音，就这样，几乎所有年深日久的古歌就都有了一个骏马的名字：《修长的青马》、《紫红快马》、《铁青马》等等，等等。

古歌《钢嘎·哈拉》——《黑骏马》就是这无数之中的一首。我第一次听到它的旋律还是在孩提时代。记得当时我呆住了，双手垂下，在草地里静静地站着，一直等到那歌声在风中消逝。我觉得心里充满了一种亲切感。后来，随着我的长大成人，不觉之间我对它有了偏爱，虽然我远未将它心领神会。即便现在，我也不敢说自己已经理解了它那几行平淡至极的歌词。这是一首什么歌呢？也许，它可以算一首描写爱情的歌？

后来，当我遇到一位据说是思想深刻的作家时，便把这个问题向他请教。他解释说："很简单。那不过是未开的童心被强大的人性的一次冲击。其实，这首歌尽管堪称质朴无华，但并没有很强的感染力。"我怀疑地问："那么，它为什么能自古流传呢？而且，为什么我总觉得它在我心头徘徊呢？"他笑了，宽厚地捏捏我的粗胳臂："因为你已经成熟。明白吗？白音宝力格，那是因为爱情本身的优美。她，在吸引着你。"

我哪里想到：很久以后，我居然不是唱，而是亲身把这首古歌重复了一遍。

当我把深埋在草丛里的头抬起来，凝望着蓝空，聆听着云层间和草梢上掠过的那低哑歌句，在静谧中寻找那看不见的灵性时，我渐渐感到，那些过于激昂和辽远的尾音，那些世难以弥补的感伤，那古朴的悲剧故事；还有，那深沉而挚切的爱情，都不过是一些依托或框架。或者说，都只是那灵性赖以音乐化的色彩和调子。而那古歌内在的真正灵魂却要隐蔽得多，复杂得多。就是它，世世代代地给我们的祖先和我们以铭心的感受，却又永远不让我们有彻底体味它的可能。我出神地凝望着那歌声逝入的长天，一个鸣叫着的雁阵掠过，打断了我的求索。我想起那位为我崇拜许久的作家，第一次感到名人的肤浅……

哦，现在，该重新把这个问题提出来了。我想问问自己，也问问人们，问问那些从未见过面，却又和我心心相印的朋友们：《黑骏马》究竟是一首歌唱什么的歌子呢？这首古歌为什么能这样从远古唱到今天呢？

一

漂亮善跑的——我的黑骏马哟

拴在那门外——那榆木的车上

在远离神圣的古时会盟敖包和母亲湖、锡林河的荒僻草地深处，你能看到一条名叫伯勒根的明净小河。牧人们笑谑地解释说，也许是哪位大嫂子在这里出了名，所以河水就得到这样有理的名字。然而我曾经听白发的奶奶亲口说过：伯勒根，远在我们蒙古人的祖先还没有游牧到这儿时，已经是出嫁姑娘"给了"那异姓的婆家，和送行的父母分手的一道小河。

我骑着马哗哗地蹚着流水，马儿自顾自地停下来，在清澈的中流埋头长饮。我抬起头来；顾盼着四周熟悉又陌生的景色。二十来年啦，伯勒根小河依旧如故。记得我第一次来到这里时，父亲曾按着我的脑袋，吆喝说："喂，趴下去！小牛犊子。喝几口，这是草原家乡的水呵！"

前不久，我陪同畜牧厅规划处的几位专家来这一带调查仔畜价值问题，当我专程赶到邻旗人民委员会探望父亲时，他不知为什么又对我发了火："哼！陪专家？当翻译？哼！牛犊子，你别以为现在就可以不挨我的鞭子……你应当滚到伯勒根河的芦苇丛里去，在河水里泡上三天三夜，洗掉你这股大翻译、大干部的臭味儿再来看我！"

父亲，难道你认为，只有你们才对草原怀着诚挚的爱么？别忘了：经历不能替代，人人都在生活……

河湾里和湿润的草地上密密地丛生着绒花雪白的芦荻，大雁在高空鸣叫着，排着变幻不定的队列。穿行在苇墙里的骑手有时简直无法前进；刚刚降落的雁群吵嚷着、欢叫着，用翅膀扑棱棱地拍溅着浪花，芦苇被挤得哗哗乱响。大雁们在忙着安顿一个温暖的窠，它们是不会理睬自然界中那些思虑重重的人的。

我催马踏上了陡峭的河岸，熟悉的景物映入眼帘。这就是我曾生活过的摇篮，我阔别日久的草原。父亲——他一听到我准备来这里看望就息了怒火，可他根本不理解我重返故乡的心境……哦，故乡，你像梦境里一样青绿迷蒙。你可知道，你给那些弃你远去的人带来过怎样的痛苦么？

左侧山岗上有一群散开的羊在吃草，我远远看见，那牧羊人正歪在草地上晒太阳。我朝他驰去。

"呃，不认识的好朋友，你好。呃……好漂亮的黑马哟！"他乜斜着眼睛，瞟着我的黑马。

"您好。这马么，跑得还不坏——是公社借给我的。"我随口应酬着。

"呃，当然是公社借你的——我认识它。嗯，这是钢嘎•哈拉。错不了，去年它在赛马会上跑第一的时候，我曾经远远地看过它一眼。所以，错不了。
公社把最有名的钢嘎·哈拉借给你啦。"

钢嘎·哈拉?! 像是一个炸雷在我眼前轰响，我双眼晕眩，骑坐不稳，险
些栽下马来。但我还是沉住了气："您的羊群已经上膘啦，大哥。"我说着下了
马，坐在他旁边，递给他一支烟。

哦，钢嘎·哈拉……我注视着这匹骨架高大、脚踝细直、宽宽的前胸凸隆
着块块肌腱的黑马。阳光下，它的毛皮像黑缎子一样闪闪发光。我的小黑马
驹，我的黑骏马！我默默地呼唤着它。我怎么认不出你了呢? 这个牧羊人仅仅
望过你一眼，就如同刀刻一样把你留在他的记忆里。而我呢，你是知道的，当
你作为一个生命刚刚来到这个世界上时，也许只有我曾对你怀有过那么热烈的
希望。是我给你取了这个骄傲的名字：钢嘎·哈拉。你看，十四年过去了。时
光像草原上的风，消失在比淡蓝的远山和伯勒根河源更远的大地尽头。它拂面
而过，逝而不返，只在人心上留下一丝令人神伤的感触。我一去九年，从牧人
变成了畜牧厅的科学工作者；你呢，成了名扬远近的骏马之星。你好吗? 我的
小伙伴? 你在嗅着我，你在舔着我的衣襟。你像这个牧羊人一样眼光敏锐，你
认出了我。那么——你能告诉我，她在哪里吗? 我同她别后就两无音讯，你就
是这时光的证明。你该明白我是多么惦念着她。因为我深知她前途的泥泞。你
在摇头? 你在点头? 她——索米娅在哪儿呢?

"呃，抽烟。"牧羊人递给我一支他的烟。

"好好，哦…晒晒太阳真舒服！大哥，你是伯勒根生产队的人么?"我问。

"不是。不过，我们住得很近。"

……那时，父亲在这个公社当社长。他把我驮在马鞍后面，来到了奶
奶家。

"额吉！"他嚷着，"这不，我把白音宝力格交给你啦。他住在公社镇子里
已经越学越坏了。最近，居然偷武装部的枪玩，把天花板打了一个大洞！我哪
有时间管他呢? 整天在牧业队跑。"

白头发的奶奶高兴得笑眯了眼。她扔给父亲一个牛皮酒壶，然后亲热地把
我揽进怀里，喷的一声在我额上亲了一下。亲得头皮那儿水滑滑的。我使劲挣
出她油腻的怀抱，但又不敢坐在父亲身边，于是慢慢蹭到在一旁文静地喝茶
的、一个黑眼睛的小姑娘旁边。她望望我，我望望她；她笑了，我也笑了。

"你叫什么名字?"我打听道。

"索米娅。你是叫白音宝力格吗?"她的嗓音甜甜的，挺好听。

父亲喝足了奶酒，微醉地扶着我的肩头，走到外面去抓马。盛夏的草地湿
乎乎的，露水珠儿在草尖上沾挂着，闪着一层迷蒙晶莹的微光。我快活地跑

着，捉住父亲的铁青走马，使劲解着皮马绊。

"白音宝力格！"父亲一把扳过我的肩头。我看见他满腮的黑胡子在抖着。"孩子，从你母亲死掉那天，我就一直想找这样一个人家……你该知道我有多忙。在这儿长大吧，就像你的爷爷和父亲一样。好好干，小牛犊。额吉家没有男子汉，得靠你啦。要像那些骑马的男人一样！懂么？"

"骑马？"我向往地问，"我会有自己的马吗？"

父亲不以为然地答道："当然。可是要紧的是，你不能在公社镇上变成个小流氓。"

这样，我成了一个帐篷里的孩子。我学会了拾粪，捉牛犊。轰赶春季里的带羔羊；学会了套上犍牛去芨芨草丛里的井台上拖水；学会了用自己粗制滥造的小马杆套羯羊和当年的马驹子。我和索米娅同岁，都是羊年生的，也都是白发奶奶的宝贝。我们俩一块干活儿，也一块在小学里念过三年蒙文和算术：夏天在正式的学校里，冬天则在民办教师的毡包里。她喊我作"巴帕"；我呢，有时喊她"沙娜"，有时喊她"吉伽"——至今我也不明白草原小孩怎么会制造出那么多奇怪的称呼来，这些称呼可能会使研究亲属称谓的民族学家大费脑筋吧。

草原那么大，那么美和那么使人玩得痛快。它拥抱着我，融化着我，使我习惯了它并且离不开它。父亲骑着铁青走马下乡时，常常来看我，但我已经不愿缠他，只要包门外响起牛犊偷吃粮食或是狗撞翻水桶的声音，我就立即丢开父亲，撞开门出去教训它们。有时父亲正在朝我大发指示，我听见索米娅在门外吆牛套车，也立即就冲了出去。

当我神气活现地骑在牛背上，驾着木轮车朝远处的水井进发的时候，回头一望，一个骑铁青马的人正孤零零地从我们家离开。不知怎么，我心里升起一种战胜父亲尊严的自豪感。我已经用不着他来对我发号施令了。在这片青青的、可爱的原野上，我已经是个独当一面的男子汉。我望望索米娅，她正小心翼翼地坐在大木缸上，信赖而折服地注视着我，我威风凛凛地挺直身子，顺手给了犍牛一鞭。蓝翅膀的燕子在牛头前面纷纷闪开，粗直的芨芨草在车轮下叭叭地折断。我心满意足地驱车前进，时时扯开嗓子，吼上一两句歌子。

十四年前是羊年：我和索米娅都十三岁了。

十三岁是蒙古儿童第一次得到众人礼遇的年头，过年的时候，奶奶给我和索米娅都穿上用牛粪烟熏得鲜黄的、花边鲜艳的新皮袍。我们套上牛车到处去串门，因为是我们的本命年，所以牧人们照规矩送给我们各式各样的礼物。索米娅高兴地数着自己的礼物，一个个地翻看着那些月饼、花手巾、瓷茶碗。而我，却不免开始有了一丝感慨：在这样重要的节日，我居然和女人家一样，赶着牛车去串门；而其他有畜群人家的孩子，却神气地跨着剪齐鬃毛的高头大马，随着大人的马队，在飞扬的雪雾中吆喊着，从一个蒙古包驰向另一个蒙古包，唉！我什么时候才能有匹马呢？

索米娅安慰我说："别急，会有的。奶奶说，过两年，我们向队里要一群牛放。那时你就有整整五匹乘马啦。"

"哼！两年！"我愤愤地朝她喊道，"可是这两年里怎么办？"

没想到，事情变化得那么快。

春天，热清明前几天的一个夜里，刮了一场天昏地暗的风雪。整夜我们都缩在皮被里，挤在奶奶身边，倾听着嗷嗷的风吼声、包顶咔咔的摇晃声和分辨不清的马群的驰骤。奶奶不安地拖长了声说："唔，马群被风雪抓跑啦……唔，怀驹的骒马要死啦……"

第二天清晨，奇迹出现了！

我和索米娅使劲推开被雪封住的木门后，突然看见，在我们包门外站着一匹漆黑漆黑的马驹子。远处依然在刮着白毛风的雪坡上，隐隐可以望见一匹黑骒马的僵尸。

我们惊叫着，又牵又抱地把马驹拉进了包内。它害怕地睁着泪汪汪的眼睛，四肢弯曲着，靠着毡墙打战。炉火烤化了它身上冻硬的毛片，愈发显得漆黑闪亮。

奶奶连腰带都顾不上系了，她颤巍巍地搂住马驹，用自己的被子揩干它的身体，然后把袍子解开，紧紧地把小马驹搂在怀里。她一下下亲着露在她袍襟外面的马驹的脑门儿，絮叨叨地说着一套又一套的迷信话。她说，这黑马驹很可能是神打发来的。因为白音宝力格已经到了骑马的年龄。白音宝力格是好孩子，是神给她的男孩，所以神应该记着给白音宝力格一匹好马。如果不是这样，有谁见过骒马在风雪中产驹冻死，而一口奶没吃的马驹子反而能从山坡上走下来，躲到蒙古包门口呢？她还说，她一辈子见过多少马驹子，可是没见过这么漂亮的。看来，把这马驹子养活喂大，是神打发她这把老骨头这辈子干的最后一件事啦……

我和索米娅听得入了迷。我们完全被奶奶的思想征服了。后来，我们看到她在用红帘块给黑马驹缝护身符时，我们都忘了老师教过我们的、要反对迷信的教导。

晚雪尚未化净，山野还是一片斑驳。每天，黑马驹喝了一小桶牛奶以后，常在柔软的草地上挺直脖颈，轻轻跃起，又缓缓卧下，久久地凝望着山峦和流云。我和索米娅在山坡上拾粪回来时，总喜欢鼓起腮，尖尖地打个唿哨；或者拖长声音喊一声"嘀——依——"黑马驹会像灵巧的兔子一样，蹦蹦跳跳地，躲闪着它害怕的马莲草丛和牛粪堆，用那让人心疼又美丽无比的步法飞一般朝我们奔来。我们则扔下筐，帮它把弄脏的黑皮毛擦净，把歪了的红布护身符挂正，把我们省下来的月饼块、红糖、油果子，一块块地喂给它吃。远处，奶奶飘着一头银发，勤奋地忙碌着，挤奶、拴牛犊，像是为着一项神圣的使命。我们当然不让它在外面过夜，晚上总是用软羊毛绳把它拴在包里的炉火旁。小马驹加入了我们的家，我们四个愉快地生活着，享受着它给我们带来的无限乐趣。

一天，我们正在逗黑马驹玩呢，蹲在乳牛脚旁的奶奶突然来了兴致。她一面挤着奶，一面哼起了一支歌子，那就是《钢嘎·哈拉》——《黑骏马》。

奶奶旁若无人地干着活儿，唱着。她挤完奶，又把豆饼掰成小块，放进木食槽里，挨个地牵过乳牛和牛犊。她唱着、教训着贪嘴的牛："漂亮善跑的——黑骏马，嗬哟……滚开！白鼻子！还吃不够么！——拴在……那榆木的车上，嗬哟……"

奶奶在情在意地唱着，没料到，她还是一个歌手呢！在她拖出婉转的长长的尾音时，她的嗓音嘶哑而高亢，似乎她能随便唱出很难唱的花音，也许是我以前听惯了学校教的那些节奏欢快的儿童歌曲吧，这朴直古老的《黑骏马》，使我觉得那么新奇。索米娅和我对望着，连气也不敢出，呆呆地听着奶奶自我陶醉的吟唱。奶奶唱的是一个哥哥骑着一匹美丽绝伦的黑骏马跋涉着迢迢的路程，穿越了茫茫的草原，去寻找他的妹妹的故事。她总是在一个曲折无穷的尾腔上咏叹不已，直到把我们折磨够了才简单地用一两个词告诉我们这一步寻找的结果。那骑手哥哥一次次地总是找不到久别的妹妹，连我们在一旁听着都为他心急如焚。哦，这是多么新鲜，多么动人的歌啊，它像一道清清的雪水溪，像一阵吹得人身心透明的风，浸漫过我的肌肤，轻抚着我的心……我失神地默立在草地上，握紧拳头听着。神妙的曲调在我心灵中唤起阵阵感动，渐渐地化成一匹浑身宛如黑缎的、昂首长嘶的骏马；这匹黑马的一举足一甩鬃都在我脑海里印下了那么深、那么逼真的印象。

歌子唱完了。我醒过来。索米娅正搂着黑马驹的脖子，不出声地流着泪。我大喊道："喂，沙娜！我要给这匹马取一个响亮的名字！你知道吗，它就是奶奶唱的那黑马的儿子。我要叫它'钢嘎·哈拉'！它一定会成为一匹真正的快马。嘿，多棒的名字：黑骏马……我要骑着它去追那些讨厌的老牛。我，我要骑着它走遍乌珠穆沁，走遍锡林郭勒，走遍整个草原！"

索米娅惊讶地看着我。她说："当然啦，它会是一匹黑骏马。你看，它刚生下来就有本事穿过风雪跑到咱们家门口……可是，巴帕，"她闪着黑黑的眼睛盯着我，"嗯，等你真的走遍了锡林郭勒和全部草原以后，你会像奶奶唱的那样，骑着你的钢嘎·哈拉回到这里，来看看我吗？"

"当然！"我毫不迟疑地回答。

"喂！喂！"牧羊人推了我一把，"你怎么，生病了吗？朋友，你的气色很不好!"

我猛然一惊,"噢,没什么,"我回答说,"天气真暖和。"随即,我站起来,拉过钢嘎·哈拉。

二

> 善良心好的——我的妹妹哟
> 嫁到了山外——那遥远的地方

十四年光阴如流水。钢嘎·哈拉已经显得骨骼粗大,不再像以前那样修长苗条。它的胸脯虽然显得更加宽厚结实,可是作为一匹在赛会上与精选的好马争一步之短长的骏马来说,它的黄金时光已近结束。就像我们已经成人立业,步入坚实的中午,结束了那充满激动和幻想的青春年华一样。

牧羊人和我并马走着。他显然觉得独自陪伴羊群很无聊,乐意陪我走几步,消磨时间。

伯勒根小河在这里缓缓地绕了一个巨大的半圆,当马儿登上吾伽·古塔尔的阪道,走上山坡时,我看见蓝玻璃般的河水静静地嵌入浓暗的绿草,在远远的大地上划出我的故乡和邻队的界限,望着河湾里影绰可辨的星点毡包,我不觉带住了钢嘎·哈拉的嚼子。故乡——我默念着这个词,故乡,我的摇篮,我的爱情,我的母亲!河滩右侧的山岗下,那黄石头垒成的牛圈依然如故。在青格尔敖包和曼卡泰·海勒罕之间的狭长山谷里,还是蓝幽幽地开满着马莲花。哦,在这块对我来说是那么熟识,那么亲切的草原上,掩埋着我童年的幸福和青春的欢乐,也掩埋着我和索米娅的美好的爱情……

我离开她整整九年。我曾经那样愤慨和暴躁地离她而去,因为我认为自己要循着一条纯洁的理想之路走向明天。像许多年轻的朋友一样,我们总是在举手之间便轻易地割舍了历史。选择了新途。我们总是在现实的痛击下身心交瘁之际。才顾上抱恨前科,我们总是在永远失去之后,才想起去珍惜往日曾挥霍和厌倦的一切,包括故乡,包括友谊,也包括自己的过去。九年了,那匹刚进五岁的、宽胸细腰的黑马,真的成了夺标常胜的钢嘎·哈拉;而你呢?白音宝力格,你得到了什么呢?是事业的建树,还是人生的真谛?在喧嚣的气浪中拥挤;刻板枯燥的公文;无止无休的会议;数不清的人与人的摩擦;一步步逼人就范的关系门路。或者,在伯勒根草原的语言无法翻译的沙龙里,看看真正文明的生活?观察那些痛恨特权的人也在心安理得地享受特权?听那些准备移居加拿大或美国的朋友大谈民族的振兴?

而索米娅如今又怎么样呢?远处那星星点点的毡帐,哪一座才是她的家呢?

"呃,羊群远啦,老弟,再见吧。"牧羊人打了个哈欠,扯开了马头。

"等等！大哥，"我拦住他。"请指给我，哪个是索米娅和她奶奶的蒙古包？要知道……"

他眯着眼睛想了一阵。"噢——你说的是伯勒根的白发额吉呀！她家已经不在啦。"

"怎么？不在了？"我急了。

"唤，老人早死了，那姑娘嫁了人。"想了想，他又说："嫁到白音乌拉——很远的地方去啦。"

说罢，牧羊人纵马朝背后的羊群驰去。

暮色已经降临。西方半个天空斜斜地布着暗蓝色的条云。正将沉没的残阳把那厚重的云层底部烧得蓝里透红，暮霭轻轻飘荡，和远方盆地里的晚炊融成一片，我骑着钢嘎·哈拉，向罩着蓝红色晚霞的西方走着。水一样清凉的风扑入心里，我周身发冷，我心情沉重而坚决、朝西走着，像古代骑手走向自己的末日一样。

在分开伯勒根河流域和外部草原的那条峥嵘的山谷里，我追上了快要逝尽的落霞。这儿是一条人迹罕至的山沟。自古以来，畜群从不来这儿吃草，人家也不靠近这儿居住。如果细细察看的话，可以看见，那高得齐腰的幽深野草中有一簇簇白得晃眼的东西。那就是一代代长辞我们而去的牧人的白骨。他们降生在这草中，辛劳在这草中，从这草中寻求到了幸福和快乐，最后又把自己失去灵魂的躯体还给这片青草。我亲爱的银发额吉，同时给了我以母爱和老人之爱的奶奶，一定也天葬在这里。

她把我从小抚养成人。而我却在羽毛丰满时，就弃她远去，一去不返。我不知道在她死去的时候，她是否想到过我；我只明白，这件送葬老人的事情，本来应当是由我，由她唯一的男孩子来承当的……额吉，饶恕我。你不肖的孙子在为你祈祝安息。

夜幕四合。傍晚时已高悬半空的那弯镰月，此刻显得银光照人。我勒紧马肚带，整理了一下鞍鞯。在上马之前，我默默地单膝跪下，双手拔起一束野草，向这哺育过我的伯勒根草原告别，奶奶已溘然长逝，索米娅又远嫁异乡，我和这片青青草原之间维系的血脉断了。

我跨上马。突然，钢嘎·哈拉猛地竖起前蹄，在空中转了半周，然后用立着的两条后腿一蹬，嗖地冲了出去。正前方，是白音乌拉大山的依稀远影。

哦，白音乌拉，索米娅远嫁的地方！钢嘎·哈拉已经决定我们立刻去看她。我不能再做迟到的悔恨者。也许，我的沙娜正在生活的漩流中呼喊着我，等着我向她伸出救援的手……

索米娅，我来了。黑骏马像箭一样笔直地朝着朦胧的白音乌拉大山飞驰。宁静的夜激动了……

尽管我一本正经地给黑马驹命名为"钢嘎·哈拉",而且弄得全牧业队的男女老幼都习惯了这样称呼它;但我倒并没有像索米娅那样常常哼着《黑骏马》,对我来说,那支歌子毕竟还是古怪了一些。那时被我喜爱的歌子是《阿洛淖尔》,一支简单明快的骏马赞歌。因为在《阿洛淖尔》里,叙述了一匹神马从一岁开始,到两岁,到长成熟的种种奇迹和本事;一直到"在达赖喇嘛的赛会上,它七十三次跑第一"那样的总结。从黑马驹降临的那个可庆幸的春天开始,我差不多整整一年反复哼着"还是一岁驹哟,你就备上鞍。"等到第二年,它的大脑袋刚刚显得小了点,小沙狐般的短尾巴刚刚能甩上几甩,我就眼巴巴地盼它长大,盼它超过全公社的千万马群。那时,早晨在迷糊中被奶奶或索米娅推醒,我揉着发黏的眼皮,打着哈欠。直到端起奶茶碗,还没有清醒过来,只是觉得该说点儿什么。一张口,"二岁马哟……像飞箭!"

奶奶笑了。索米娅也格格地笑了。

第三个春天——奶奶从棚车深处找出一盘破碎的鞍子,央求附近的牧民修理。她说,这是索米娅的父亲留下的。自他死后,这个只有女人的家里就没有人用它。而现在该收拾齐整啦;钢嘎·哈拉已经成为三岁马,很快就要调教出来;白音宝力格也过了十五岁,是男子汉啦。

十五岁是儿童和青年的分界。对早熟的草原少年更是如此。那时,我正一心钻研畜牧业机械和兽医技术,索米娅则在给邻居家的羊群守夜。我早已不再傻乎乎地把半句《阿洛淖尔》哼个没完了,那时我寡言少语,喜欢思索。父亲来看我时已很少耍威风,因为我常常正在安静地读一本图文并茂的《怎样经营牧业》,或者是赤着上身在用镐头刨着圈里的羊粪砖——我的汗水淋淋的两臂肌肉发达,他看看就会明白:白音宝力格已经成人了。

那天天气晴朗,是春季里的一个好天。我束紧腰带,走到草地上,解下钢嘎·哈拉的马绊。昨天晚上我们商量过:如果天气好,就正式给马备上鞍,把它调教出来。

索米娅朝我跑来。可能因为天热的缘故吧,也可能是为了帮我调马,她脱去了臃肿的皮袍子,穿着一件奶奶穿旧的、显得很小很窄的旱獭皮薄袍。她气喘吁吁地跑来,阳光直射着她的脸。她抬起手臂擦着汗珠,紧束着的腰带立即勒出了她躯体的曲线。刹那间,我的心动了一下:呵……我说不出心里的滋味儿,只觉得跑来的好像不是那个和我耳鬓厮磨地一块儿生活了六七年的沙娜了。沙娜——那个为我熟悉的小索米娅是多么小、多么胖乎乎,眼睛眯得是多么可笑呵,而差几步就要跑到我面前的,却分明是一个颀长、健壮、曲线分明、在阳光下向我射出异彩的姑娘。

"巴帕,真的今天就骑么?嘿,真高兴!"她的大眼睛闪着喜悦的光,以前她也常为些小事兴高采烈的，但那时从来没有这样一种奇怪的味道。我的心绪乱了，不知为什么生起气来。我暴躁地把皮马绊摔到地上，粗声吆喝她："喂，收好马绊子！"接着我揪紧马鬃，跃上了马背。

钢嘎·哈拉挣咬着旋转起来。索米娅高喊着："骑稳，巴帕！"她的声音也完全不像从前那样甜甜的；而是那么圆润，扰得人心神不安，我朝她吼道："别乱嚷！"随即松松马缰，黑马立即发疯般又踢又跳起来。

晚春的三岁马没有多大劲儿。傍晚时，钢嘎·哈拉已经学会在马鞭子的拨弄下，忽左忽右地顺路小跑了，我下了马，把它绊好放开，让它去啃刚冒芽的绿草尖。

已经融得一片斑驳的残雪，在渐渐黯淡的天色里显得白亮亮的。露出去年枯草的土地，在薄暮中颜色很黑。凉风阵阵拂过，使山凹里的积雪、袅袅的炊烟和整个春牧场都涂上了一分纯净的青色。我和索米娅抱着鞍鞯鞭绊，吱吱地踩着含水很多的雪地朝家走去。索米娅快活得很，她总是一面说话，一面朝我转过身子，或者干脆侧着走，说着，哼着什么歌子。

"巴帕，你骑得真不错！我原来以为，恐怕钢嘎·哈拉会把你摔下来，喂，喂！你听着吗？"她像以前一样，扳着我的肩头，摇着我。

"嗯，喂——"我觉得自己在费劲地寻找话题。这是多么奇怪的、异样的感觉呐。"我说，今天晚上，吃什么好呢？"

"吃肉饼！"索米娅欢叫起来，"哈哈，我们吃肉饼！我去取肉！"她一阵风似的向前跑了。我注视着她的背影，惊奇她怎么会用这样婀娜的姿态在草地上奔跑……

哦，成年的日子！当油然而生、连自己也无法理解的那异样的兴奋和萌动，突然间从心田里破土而出的时候，惶惑中的我们究竟能理解它的几分含义呢？我们根本没有理解，甚至不知道这就是青春的来临。我们只记得心中涌起的，那神圣的激动……我真切地感到，自己正在体验着一个纯净透明的世界和一个可怕的、令人羞耻和心跳的世界的啮咬和更替。我在初次爱上了生活的同时，也意识到自己失去的东西。我们再不会在冬夜里一块儿钻进老奶奶的皮被，你捅我一下，我打你一下地瞎闹；再不会在开着蓝花的青草地上滚成一团，争抢一个染红的羊拐骨；再不会一块儿骑在犍牛的背上，后一个扶着前一个的肩，沿着一条被成行的牛群踏出的蜿蜒小道，去水井拉水啦……索米娅穿的那旧袍子太窄了，腰带也束得太紧了。她在明媚的阳光里朝我跑来的时候，突然蜕去了过去的躯壳。她以完全陌生的东西敲击了一下我的心扉，并在一瞬间完成了一次惊人的启蒙。哦，男子汉！我从那么小就盼着长成个男子汉。可是男子汉原来完全不仅仅是拥有一匹骏马。我根本没有料到，也没有理解这一切，我太年轻了。

　　在我独自咀嚼着这模糊的感受的时候，索米娅似乎也同时悟到什么。第二天，我看见她一个人套上牛车去拉水。她没有骑牛，而是像女人们那样，斜斜地坐在车辕一侧。她没有喊我，我也明白：不该再去插手女人们的家务活儿了，我望着她的影子消失在低洼不平的盐碱地里，然后提着十字镐和斧头走出去。那天，我把家里的木轮车一一修好，并且刨了整整半圈羊粪砖。

　　新的生活开始了。尽管没有人宣布过它的开始。不觉间，奶奶不太去张罗门口和停列成一排的勒勒车那儿的活计了，她更多的是撑起身子，在昏暗的包内发表着她对里里外外各种事情的看法。在阳光强烈的夏天，她喜欢蹒跚地迈出包门，舒服地晒着太阳，捉捉虱子。过路的牧人向她致意："好舒服呀！额吉！"她乐呵呵地说："当然。两个孩子都大了嘛！没有我干的活儿啰。"我已经成了见习兽医，每天跟着老兽医四处转悠，去对付一些难产的骒马和不要犊的乳牛。没事的时候，我喜欢读书，尤其爱读那本《怎样经营牧业》。那本书是有模范牧民参与讨论、由专家分门别类写成的。我不仅从那里面读到了知识，也从那里窥见了为我不知的、新鲜而博大的世界。当我吃力地读完一段时，就伸手去摸茶碗。"等一下，巴帕。"一个低柔的、姑娘的声音传来，索米娅在给我斟着茶。我看见她低垂着的、微微闪动的黑睫毛和红润的一侧脸颊。我念不下去了，于是推门出来，牵过钢嘎·哈拉。它已经是新四岁的马了。我喊着："喂！拿剪刀来！"索米娅跑出来，递给我剪刀。我给黑马修整着打齐的鬃，时而瞟索米娅一眼，那时，她会对我微微地一笑。

　　这样，到了我们十七岁的那个秋天。

　　一天，我们把一秋天拾来晒干的白蘑菇运到公社供销社去卖。索米娅和奶奶赶着装满蘑菇的棚车，我骑着钢嘎·哈拉相随。

　　在公社耽搁了好久——父亲要招待奶奶和我们吃饭。等我们返回伯勒根河湾的时候，天色已晚。索米娅拾来一些早枯的芦叶和干马粪；我在河畔的硝土岸上架起一口小锅。我们打算架起篝火，用河水煮一锅茶，吃些东西再赶路。

　　硝土岸旁长着细嫩多盐的碱草。芨芨草丛粗硬的根茎旁，也还有一些没有变白的绿叶。犍牛和钢嘎·哈拉贪婪地嚼着。几乎一步不移，任阵阵浮动的炊烟漫过它们黝黑的身体。我们祖孙三人围坐在篝火旁，随意闲谈着。河湾青濛濛的，通红的火焰里溅着橘橙色的火星，烤着我们的胸怀。流水跳跃着磷光，平坦无声地滑过，我们注视着恬静的家乡，心里充满了美好的感觉。

　　"就是这儿。孩子们，"奶奶啜着茶，用浑浊的眼光注视着河湾。"这儿就是出嫁姑娘告别亲人的地方。唉，这一辈子，我看见多少姑娘，唉，就像你一样的年轻姑娘，索米娅。一跨过这条小河，就再也没有见过面呀。我也一样，自从跨过这条河，来到这儿，已经整整五十多年啰……老人们唱过这样的歌：'伯勒根，伯勒根，姑娘涉过河水，不见故乡亲人'……"

我们收拾了锅碗，熄灭了篝火，准备继续赶路时，奶奶突然扯住我们俩。她急急地、紧张地说："索米娅！唉，如果你也跨过这条河，给了那遥远的地方，我，我会愁死的！我看，我看，你们俩就在咱们自己的家里成亲吧！你们结成夫妻！这样，我一个宝贝也不会丢掉……"

我们俩同时从奶奶怀里挣脱出来。我跳上马，连抽几鞭。在呼啸的风声中，黑马一蹦子冲上了山岗。等我勒住马时，身后响起了歌声。我扯转马头，远远看见那银发的老奶奶正精神抖擞地边走边唱，她一手牵着牛车，一手牵着姑娘。她步履坚定，银发在夜风中一飘一飘。她准是看见了一种最实在，最鼓舞她的美景，才滋生了如此蓬勃的精神。

当天夜里，奶奶执拗地躲到蒙古包西侧去睡；炉灶正北的、属于男女主人的那块白垫毡空出来了……

三

> 走过了一口——叫做"哈莱"的井呵
> 　那井台上没有——水桶和水槽

钢嘎·哈拉顺着黑黝黝的峡谷奔驰着。我紧闭着双眼，伏在马鬃上。河湾、芦苇，整个伯勒根草原，包括那肃穆的天葬沟，对我都已不堪回首。我知道，此刻也许奶奶正在哪丛茅草旁，责备地、目不转睛地注视着我。奶奶，忘掉我吧……我催马更快地跑着，奶奶，忘掉昔日的白音宝力格吧！是他粉碎了你人生流年的最后一个梦想，因为索米娅最终还是跨过了那道河水，给了陌生的异乡，我纵马跑着。夜，延伸着它黑色的温暖怀抱，默默地、同情地跟随着我，仿佛它洞悉我无法倾诉的委屈。当然，只有它，只有这孕育光辉黎明的夜草原才知晓一切。它知道在自己深邃怀抱里往事的细节，知道我——愚蠢而粗野的白音宝力格也曾有过真正温柔和善良的一瞬……

我和索米娅并没有占用炉灶北侧那块最大的白垫毡。奶奶好心的饶舌，反而使我们真的疏远了。我在一心迷入书本和兽医知识以后，已经开始不善言笑和有点儿不像草地上长大的年轻人。索米娅在给羊群下夜时，常常在门口的棚车里过夜，我们彼此间已经短少话语，但我们又都在相互猜测。好像，我们都愿意长久地、这样日复一日地过下去，并悄悄地保护住一株珍奇的、无形的嫩芽。只有在我们一块商议一些生活琐事时，比如准备给谁缝一件袍子啦，把在公社忙昏了头的父亲接来吃顿羊肉啦——我才发现，索米娅总是非常兴奋。她热心于每一件日常的小小的高兴事，甚至吃一次从公社买来的"酱"，她也那么兴致十足。我清楚地感到：她的身上已经燃起了一股灼人的希望之火。一个像明媚春光一样的幸福未来，已经迫不及待地要闯进我们的破毡包来了。

就在那时，父亲奉命调动工作。在他出发赴邻旗的一个边远公社前，曾来和我们告别。我蹲在外面宰羊时，听到奶奶在和他叽叽咕咕地说些什么。后来听见父亲的声音："他们还太年轻，刚十七岁多一点……不过，额吉，一切就按你的主意吧。白音宝力格首先是你的孩子啊……咦，有酒吗？应该喝点……我真是个有福气的人哪！"

他临走时，猛地把我搂住了。他浑身的骨节嘎巴嘎巴地响。我很不好意思，可是又推不开他。他喉音浓重地嘟嚷着说：

"白音宝力格！我真高兴，你母亲若是活着，唉——算了！我说，你真是个好小子！"

过了些日子，公社兽医站发给我一个通知：旗里准备开办一个牧技训练班，为牧业生产队培养畜牧兽医骨干，为期半年。

几年来，我一直对真正的专业学习向往不已。因为我觉得，如果继续跟着老兽医学下去，很可能会堕入旁门左道。想想看，把拖拉机排气管插进乳牛肛门吹气，医治那些不要犊的乳牛啦；用狗奶灌骒马，打下马肚子里的死胎啦，等等。这套办法虽然经常确是卓有成效，可是难道能用理论来阐明吗？也许，这个训练班将带我走进真正的牧业科学，我决定不放过这对一个牧民孩子来说是得之不易的机会。

我当然想到了索米娅。或者说正是因为她的缘故，我才有了这个抉择。等我半年后回来时，钢嘎·哈拉将是五岁马，真正的大马，我呢，也将满了十八岁。十八岁，成人的、使草原刮目相待的年龄，独立的男人和成家立业的年龄，十八岁的我将带着魁梧的身量和铁块一样的肌肉，还有一身本领回到草原。当然，十八岁的索米娅也会更勤劳、更能干、更善良和更美丽。那时我将以坚毅的神情和成熟的大人气，向她建议我们的生活。我和她将有一个使整个草原羡慕不已的家，在幸福中照顾好我们亲爱的奶奶，让她享受一个充满安慰的晚年。呵，我深深地被自己的计划迷醉了。我渴望走向这样的未来，渴望着那跨着黑缎子般漂亮的黑骏马重归草原的日子。生活已经朝我敞开了大门，那全部的劳动、温暖、充实和休憩正强烈地召唤着我的心。

我喊来索米娅，递给她那张通知书："喂，我准备去旗里参加学习，帮我收拾一下东西。"

她赶快去找马褡子，我也再没有多说什么——一切都留到将来再说吧。第二天，有一辆卡车来我们生产队拉秋毛，我同司机说好，搭他的车去旗里报到。那司机是个直爽的汉族小伙子，他说，驾驶室里已经有两个人先我一步占了座位，不过，他可以在装羊毛时，用羊毛捆在车顶给我搭一个没有顶的房子。"保险像坐飞机一样舒服。"他说。

我们伯勒根草原离旗所在地很远。为了当天赶到，司机嘱咐我：夜里——

也就是凌晨三点钟就要开车。

家里商量，决定由索米娅送我到旗里，帮助我安顿下来，顺便买点儿东西，再乘这辆车返回。

夜里，我俩攀着粗硬的绳索，爬上了装得比一座蒙古包还高的羊毛垛上。顶上，有一个用长方形的毛捆拦成的凹字形，这就是司机讲的房子啦。

汽车轮碾着草地上光滑的海勒格纳草，发出了均匀的密密切切的哗剥声。墨黑的天穹上星光稀疏；上半夜悬在中天的弦月潜进了辨不出形状的一抹暗云。夜，深远而浩莽。卡车偶尔驶上一道山梁时，苍茫的视野中一下子闪出一些橘黄色的光点，那是些帐篷里未熄抑或是早燃的灯火。而车子冲下黑暗的山谷时，神秘跳跃的火光熄灭了，只有座座朦胧的山影四下围合，并迎面向我们送来阵阵袭人的秋寒。

"喏，冷么？"我裹紧身上的薄皮袍，问她。

"冷。嗯，风太大……"她牙齿在打战。

我想了想，解开腰带，把宽大的袍子平摊开来，盖住我们两人的膝盖和前胸。靠着高高的羊毛捆，后背并不冷。只是冰冷的寒风马上从没盖严的肩头钻进来，我扯住袍角。

"不行，还是穿上吧。你会冻病的。"索米娅转过身来对我说。

"不。"

"你冻病了，奶奶会骂我。她会——"

"住嘴。"我顺嘴训她一句。

"喂！白音宝力格，挤过来些，你太冷啦！"

"我才不怕！"我故意坐得更高些，眺望着黯淡星光下起伏不定的原野。我们的卡车隆隆地吼着前进，路旁惊醒的黄羊从梦里跳了起来，痴呆地盯着我们这庞然大物。当车厢掠过它们伫立不动的侧影时，我觉得这些黄羊简直就像草坡上嶙峋的黑色岩石。伯勒根河上游的很多溪水在这儿汩汩地、昼夜不息地汇集着，流淌着，好像在引导着我们的车子奔向天明。我遐想着，心里突然涌起一阵激情。不是吗？像这些不辞劳苦的溪流一样，我也正在穿过荒僻空旷的漠野，把过去了的幼稚生活长留身后。就在这个宁静的草原之夜，故乡的姑娘正送我走上旅程。我当然不会感到什么冷的，傻丫头。脱下皮袍子又算什么？你知道我将来会怎样保护你和关怀你么……索米娅正在我身旁可怜巴巴地缩成一团，像只小羊一样躲在我搭在她身上的皮袍下面。在星光下，我看见她的大眼睛在一眨一眨地注视着黑暗，注视着这博大的夜草原。我的心里一下子涨起了一股强烈的、怜爱的潮水，一股要保卫这纯洁姑娘不受欺负和痛苦的决心。我猛然翻身掀起皮袍，把整个袍子都裹到她的身上，我不理睬她吃惊的叫唤和阻挠，起劲地把袍子塞紧在她的肩下、腰下和腿下。虽然寒风立即吹透了我里面穿的绒衣，呛得我喘不过气来，但我却感到那么痛快，不，是满足或者自豪。我从未有过这样的英勇的自豪感。

"不——"索米娅挣扎着跳了起来。"巴帕——白音宝力格……你疯啦？你会冻死的！"她吃惊地喊着，双手举着皮袍扑向我。

这时，汽车忽地一斜，冲进了一条浅浅的小溪，满载的羊毛捆沉重地晃了一下。我坐不稳，一下子倒在"房子"的侧墙上。索米娅叫了一声，重重地栽在我的怀里，她冰凉的脸颊一下碰到了我的脖颈。我胸中轰然掀起了雄壮的波涛，心儿像一面骤然响起的战鼓，我不顾一切地、疯狂地把她搂在自己的怀里，胡乱地抚摸着、亲吻着她，我把她搂得那么紧，以至她低低地呻吟起来。我激动得语无伦次，只顾一个劲儿地嘟囔着："索米娅，沙娜，沙娜……"

索米娅使劲贴紧我，把头死死地扎在我的怀里，不肯抬起来。等到我贴身的衣服热乎乎地湿了一小片时，我才发现，她哭了。

这时汽车正在一条开阔的、流水纵横的戈壁里行驶。马达轰鸣着，高高的羊毛捆一摇一晃，我摇晃着索米娅的身子，伸手捧起她的腮，我着急地朝她喊着："索米娅！你这傻瓜别哭！听我说，我早想好啦，等我明年回来，就——结婚！听见吗？半年，结婚！"

索米娅啜泣着，用力地点了点头。

就这样，我们紧紧抱着，用青春的热和更暖人心怀的美好憧憬，驱走了拂晓前秋夜的寒冷，卡车愈开愈快，宛如一匹高大的、黝黑的巨马。茫茫的草地，条条的山梁，都呼啸着从两侧疾疾退去。哦，世界多辽阔！未来多美好！我禁不住小声地哼起歌来，但是索米娅止住我。她伸出手捂住我的嘴，然后轻柔地摸着我的脸。最后，她把手指插进我的头发，把它弄乱，又抚平。她久久地、一言不发地亲吻着我，吻得那么潮湿、温暖，又使人心酸。黑暗中，她那双大眼睛一眨一眨地凝望着我，眸子深处那么晶莹。我胸中的涛声和鼓点又激越起来，带着幸福的晕眩，莫名的烦乱，和守护神般的、男人式的责任感，我又把皮袍子给索米娅裹紧，然后紧握住她的小手。车轮溅起溪流的水花，飞扬的水珠高高四散，像是碰上了我们灼热的脸。头顶上方可能浮盖着一层厚厚的云，我们看不见它，但可以相信：是它遮住了天上的乔里玛星和那片残月。我们拥抱着，默默地把手握在一起，让手心热得冒汗，东方的天空已经褪去那种夜的清冷。它虽然仍是一片墨蓝，轻缀其中的几簇残星虽然也依旧熠熠闪亮，但是那缀着星星的黑幕后面，已经苏醒般地升起、并悄然朝这儿飘来了一支壮美音乐的最初和声。它听不见，也许根本没有音响，但它确实已经出现并愈来愈近。它使莽莽的长夜失去了均匀的平静。也许它就是爱情吧，它汹涌而来，把不安宁的、富有活力的情绪注入这已经黑暗了太久的夜草原。

索米娅用鬓发触着我的面颊。她用几乎听不见的声音轻轻说道："你真好！

巴帕……"

就在这一瞬间，我们大卡车轰鸣着冲上了青格尔敖包一线最高的山口。朝向我的索米娅的脸庞在那一瞬突然变成通红通红的、妩媚的颜色。我吃惊地转向东方一看——

啊，日出……极远极远的、大概在几万里以外的、草原以东的大海那儿吧，耀眼的地平线上，有半轮鲜红欲滴的、不安地颤动的太阳露了出来。从我们头顶上方一直伸延东去的那块遮满长空的蓝黑色云层，在那儿被火红的朝阳烧熔了边缘。熊熊燃烧的、那红艳醉人的一道霞火，正在坦荡无垠的大地尽头蔓延和跳跃，势不可挡地在那遥远的东方截断了草原漫长的夜。

呵，话语已不能形容。这是我一生中见到的最美好、最壮丽的一次黎明。

我们已经不觉站立起来，在那强劲而热情地喷薄而来的束束霞光中望着东方。索米娅惊讶万分地睁大眼睛，注视着那天际烧沸的红云。她的脸上久久凝着感动的神情，金红的朝霞辉映着她黑亮的眸子，在那儿变成了一星喜悦的火花。我忍着心跳，屏住了呼吸，牢牢地抓着她的手。那半轮红日转动着，轻跳着，终于整个挣出了大地，跃进了人间。索米娅忽然抱住了我，我也把她紧贴在胸前。我们目不转睛地望着这千载难逢的美景，心里由衷地感激着太阳和大地，感激着我们的草原母亲，感激着她们对我们的祝福。

……哦，黎明，朝霞染红的黎明！你带给我们多么醉人的开始啊！

直至如今，我仍然认为，即使我失去了这美好的一切；即使我只能在忐忑不安中跋涉草原，去找寻找往昔的姑娘，而且明知她已不复属我；即使我知道自己无非是在倔强地决心找到她，而找到她也只能重温那可怕的痛苦——我仍然认为，我是个幸福的人。因为我毕竟那样地生活过。因为生活毕竟给过我一个那样难忘的开始。我将永远回忆那绚美难再的朝霞和那颤动着从大地尽头一跃而出的太阳。我觉得那天的太阳也曾显示过最纯洁、最优美的人间的感情。哪怕我现在正踏在古歌《黑骏马》周而复始、低回无尽的悲怆节拍上，细细咀嚼并吞咽着我该受的和强加于我的罪过与痛苦，我还是觉得：能做个内心丰富的人，明晓爱憎因由的人，毕竟还是人生之幸。

四

路过了两家——当作"艾勒"的帐篷
那人家里没有——我思念的妹妹

钢嘎·哈拉确实是匹好马。尽管它年纪稍嫌老了些，可是跑起来又快又稳。我骑着它，上坡走，下坡跑，一夜一天赶了二百多里路。道路左侧，已经看见白音乌拉大山巍峨的侧影在渐渐移近。

傍晚时分，在这片白音乌拉的草滩上，我信马走着，打量着每一个远远的女人的身影，直到天黑透了，我才下了决心，在一个破烂灰黑的小毡包前下了马。

我推开门，朝昏暗的包内问着好。好久才辨清毡子上端坐着两个默默吸烟的老头。简单的交谈中，我打量着这个包，没有女人。从简陋而条条有理的家什用具来看，我明白，这一定是两个过去的喇嘛。这种人家正是我最满意的宿处。

一个老头取出一块案板，从案板背的横木里抽出菜刀，慢腾腾地切了些肉，然后在那块尺来方的案板上做着面条，等他终于把面条下了锅，把案板翻过盖在锅上之后，我谨慎地向他们询问索米娅的消息。煮面条的老头说：

"知道啦，你问的是大车老板达瓦仓的老婆。不过，唔……他们不在草地上住，好像住在公社那边？是么？"他问另一个老汉。

那老汉又装上一袋烟，点燃。他久久地咂着假玉石的烟嘴，好久才懒懒地说：

"嗯。达瓦仓住在诺盖淖尔。前两天，我还见到过他老婆。"说罢，他伸出腿，仔细地在靴底上磕着烟袋锅里的灰，我没有再问下去。他打了个哈欠，开始收拾枕头皮被，然后躺下了。

油灯熄了。我裹紧毯子，枕着手臂，望着天窗外面的夜空。

这已经是白音乌拉草原的夜。

索米娅真的在这片夜空之下么？

那次的牧业技术训练班延长了两个月。等我回到伯勒根草原时，已经是五月初，草皮泛青的季节了。

我学得很好，在小畜改良和兽医这两门课程上，我都得到教师的赞扬。结业式上，我得到了一张奖状和一套奖品——一个装满兽医用的器械的皮药箱。

旗畜牧局李局长说，内蒙古农牧学院畜牧系和兽医系今年都在我们这里招收新生，根据我的学习成绩，如果我愿意的话，旗畜牧局愿意推荐我去其中任何一个系去上学深造。我看了那份表格。又还给了李局长，我说。这实在太诱人啦，但是我不愿离开草原。李局长劝我再考虑考虑。他说："你应当懂得什么叫机会。并不是每一个草原青年都能遇上它的。"而我却在第二天一早，就跨上一匹借来的马，朝伯勒根河湾飞驰而去。

走近家门口时，远远看见奶奶和索米娅都站在门口。风儿正掀得她们的袍角上下翻飞。

呵，这才是千金难买的机会！和心爱的姑娘一起，劳动、生活，迎接一个个红霞燃烧的早晨，做一个真正的男子汉。这样的前景是怎样地吸引着我啊！

奶奶依然饶舌地问这问那，索米娅给我搬出了那么多好吃的东西。我整理着带回来的一大包书籍，心里很快活。我把这些书齐齐地码在箱盖上，觉得我们的家已经焕然一新。一切都要开始啦，我们郑重地、仔细地商量了我和索米娅结婚的事。我们想等到秋天，等到忙完了接羔、剪毛和畜群检疫以后，而且那时父亲也许能有空闲。奶奶准备在夏天给他烧一大桶奶子酒，让他来这儿尽情地喝个痛快。

有了书，我当然更喜欢读书了。我还是习惯地在读完一页以后，就伸手去端茶碗。索米娅还是在那时立刻把热腾腾、香喷喷的奶茶斟进我手中的碗里。

那时，我照旧望她一眼，有时会遇见她出神的、直直地望着我的目光。但是，她的目光和神情非常古怪，甚至可以说是黯然神伤。她小心地、迟疑地盯着我，那眼光不仅使我感到陌生，而且似乎含着敌意的警惕。那是一种女人的眼神。

我奇怪了。难道新娘对她的未婚夫是这么疑心重重么？我说："索米娅。你怎么啦？咦，过来。"而她却慌忙连连摇头，急匆匆地推门出去。

回家几天后的一个傍晚，我出诊去一户牧人家医治几头跛腿的山羊，等我干完后。主人搬出一个塑料桶来，请我喝酒。这时又来了一群闲逛的牧民，于是，大家便围着炉火喝起来。

喝一阵，唱一会儿，大家都醉了，我的兴致很好，歌子唱得也特别响亮。这时，黄头发的希拉醉醺醺地扳过我的肩，问道：

"白音宝力格，你……可真高兴呀，把，把高兴事说给我们……听听嘛！"

"是这样，希拉兄弟。"我兴奋地对他倾吐心曲，"我不久就要……就要和索米娅结婚啦！我不去农牧学院！不去！我要永远和……和索米娅……和额吉，嗯……永远！"我的舌头僵硬可是心里却满是甜蜜。

"索米娅么？嘎，嘎、嘎，"希拉怪声怪气地哑笑起来。他端起半碗烈酒，咕咚咚地灌下肚，又凑向我，"那可真是……真是头漂亮的小乳牛哇……嘿嘿，那奶——那奶，甜哟——"他开心得前仰后合，最后竟哼唱起来。

昏暗中，有人厉声呵斥他："住嘴！希拉！""你胡说些什么！""住嘴，你喝醉了！"

"我胡说？"希拉突然蹦起来，呼呼地喷着浓烈的酒气，血红的眼珠乜斜着，恶狠狠地扫视着屋里的人。最后，他盯住了我，盯了好久。接着，他无耻地笑起来："反正白音宝力格最明白！对吧？你那漂亮的……小乳牛快下犊了吧？对！黄牛犊……嘎嘎嘎……对吧，兄弟？"

我气疯了。我暴跳起来，甩开揪扯着我的牧人，狠狠地抬起靴子，一脚把这个黄毛踢翻在毡子上，随即冲出了包门。

当我气急败坏地扯过钢嘎·哈拉的缰绳，踏住马镫时，包里传出那卑劣的黄毛恶毒的、发狂般的怪吼声："滚回去吧！摸摸你那头小乳牛……我希拉把她连牛犊子都送给你啦!"

我狠狠地鞭打着马,黑马的四蹄在石头上重重地击出一串串火星。这黄毛鬼的恶毒诅咒气昏了我。自从我生长在这片草原,还从没有听到过这样肮脏的话!我后悔没有揍那张污秽的嘴,或者用头号粗针头给他扎上一针冬眠灵——他居然如此放肆地侮辱和中伤我的爱情,还有我亲爱的索米娅!

黑马在门口猛地停住,我翻身下马,一下子撞开了家门。同时,我听见一声尖厉的惊叫。

索米娅正在换衣服。她还来不及扣上袍子的前襟。我的眼睛被牢牢地吸住了——在她敞开的长袍里面,我看见一个高高凸起的肚子。

我呆住了,手扶着门框一动不动,只顾直直地盯住她那怀孕至少五六个月的、隆起的肚子。刹那间,我似乎突然明白了黄毛希拉那些毒言恶语的含义,也明白了几天来索米娅古怪的神情和敌意的目光。

奶奶在一旁呼呼熟睡着。索米娅惶惑地、害怕地望着我,慢慢朝角落退去。她扣着袍子上的纽扣,可是总扣不上。我看见她睁圆的眼睛里溢满了泪水。酒精和狂怒已经攫住了我,但一种莫名的难过又一下涌来,使我痛苦而悲伤。我一步步地朝她走去,她一步步地退着。我绝望地问:

"真的吗……是黄毛鬼希拉吗?"我听着自己的声音,觉得它简直像是哭。

索米娅紧紧靠着毡墙,颤抖着。她一言不发地死盯着我,脸上已是泪水纵横。

我的眼前黑了……哦,黄头发希拉是一个真正的恶棍,他要弄过的牧民妇女究竟有多少,没有谁数得清。草原上已经有不少孩子长着一头丑陋的黄发,用呆滞阴沉的眼睛看人。我不止一次地听到人们指着那些孩子说:"哼,都是黄毛希拉的种子!"

我勃然大怒了,可怕的痉挛阵阵袭来,我觉得眼前直冒金星。我猛扑过去,抓住索米娅的衣领,拼命地摇撼着她,要她开口。可她却倔强地愈发沉默。我发狂地吼叫起来,更用力地摇着她:"你说!你说呀!为什么……说……你说!那个黄毛恶鬼!"。

"松开——"索米娅忽然锐声地尖叫起来,"孩子!我的孩子!你——松开!松开——"她哭叫着,在我死命钳住她的手里挣扎着。突然,她一低头,狠狠地在我僵硬的手上咬了一口!

我痛得倒抽了一口凉气,手瘫软地松开了。索米娅愣怔了一下,一下子捂住脸号啕大哭起来,她撞开我,披头散发地奔到外面去了。

我揩去手上的血,伤口处立即又渗出新的一层血珠。我颓然坐下,猛地看见白发蓬松的奶奶正在一旁神色冷峻地注视着我。原来她早就坐在一旁,我想喊她一声"奶奶",但是喊不出来。她那样隔膜地看着我,使我感到很不是滋味，一种真正可怕的念头破天荒地出现了：我突然想到自己原来并不是这老人的亲生骨肉。

奶奶慢条斯理地开口了。她讲了很多，但我没有听进去，也不愿听进去。那无非是古老草原上比比皆是的一些过程，是我们久已耳闻并决心在我们这一代结束它的丑恶。这些丑恶的东西就像黑夜追逐着太阳一样，到处追逐着、玷污着、甚至扼杀着过于脆弱的美好的东西。所以，索米娅也无法逃避在打水路上遇见黄毛希拉时的那种厄运。"唉，自从你去学习以后，那个希拉闹腾得叫我们一秋天都不得安宁，"奶奶感慨地说，"这狗东西。"听她的口气，显然也没有觉得事情有多严重。

我沉默了。包里一片寂静。奶奶低下头数着她的那串念珠。门外，在远处传来的声声狗吠中，隐约能听见索米娅在棚车里的啜泣。

我打开箱子，摸出一柄父亲送我的蒙古刀。我悲愤地用力拔出刀子，雪亮的刀光在灯下一闪。奶奶抬起头来，不解地望着我。

"白音宝力格，怎么，"她用充满了奇怪的口吻说，"怎么，孩子，难道为了这件事也值得去杀人么？"

我生气了。我怨恨地、愤愤地朝她问道：

"怎么？难道那样的坏蛋还配活到明天？"

她不以为然地摇头，然后开始搔着那一头白发。她嘟囔地说："不，孩子。佛爷和牧人们都会反对你。希拉那狗东西……也没有什么太大的罪过。"她朝我伸过一只瘦骨嶙峋的手来，"给我，好孩子。让我收起你那吓人的玩意儿来吧……有什么呢？女人——世世代代还不就是这样吗？嗯，知道索米娅能生养，也是件让人放心的事呀。"

我气得浑身哆嗦。但我更感到无法忍受的孤独。手里的匕首沉重地落在地上。我一句话也说不出，只是痛苦地、感慨地凝视着这一头银发的老人。我推门走到包外，皎好的银月正静挂中天。我倚门站着，久久注视着这一望迷茫的广袤草原。

钢嘎·哈拉嘶鸣起来。我看见它正披鞍挂镫，精神抖擞地跺着脚，像是等待着我。不，已经用不着我们去复仇啦，我的朋友。我走近它，开始松开它的肚带。那肚带勒得很紧，我解着它，流血的手背一阵疼痛。我感到身心交瘁，就把脸埋在骏马的鬃毛里，马儿不安地打着响鼻，用前蹄刨着草地。

……也许是因为几年来读书的习惯渐渐陶冶了我的另一种素质吧，也许就因为我从根子上讲毕竟不是土生土长的牧人，我发现了自己和这里的差异。我不能容忍奶奶习惯了的那草原的习性和它的自然法律，尽管我爱它爱得是那样一往情深。我在黑暗中搂着钢嘎·哈拉的脖颈，忍受着内心的可怕的煎熬。不管我怎样拼命地阻止自己，不管我怎样用滚滚的往事之河淹灭那一点诱惑的火星，但一种新鲜的渴望已经在痛苦中诞生了。这种渴望在召唤我、驱使我去追求更纯洁、更文明、更尊重人的美好，也更富有事业魅力的人生。

但我决不能没有索米娅！我回忆着远自童年就开始了的那漫长的十几年生活。昔日的生活是那样亲切，就像春季化雪时节在山谷里浸过草根，汩汩淌着的溪流。那溪水清澄又甘甜，浸泡着我心田的一寸一分。我仿佛又看见了那些两小无猜、无忧无虑的日子；又看到索米娅美丽眸子里的明亮火花，和那熊熊燃烧的、使一切自然界和人间的美都相形见绌的绚丽红霞。我走到棚车前面，轻声地呼唤着索米娅。我盼望她能再用湿润的嘴唇吻着我，把手指插进我的头。我等着她把满腹的委屈和痛苦向我诉说。我最终是会原谅她的，而且我坚信会有办法让恶魔希拉一直到死都不得安生。

索米娅已经不再哭了，但她不回答我的呼唤。我又在棚车旁站了许久，才回到包里。那一夜，我彻夜未眠。

两天过去了。索米娅已经恢复了平静。我一直在等着她来向我倾诉。每当我饮马回来，出诊回来，或者在夜里走到棚车附近时，我总以为，她会立即出现在我眼前并扑向我。

但是没有，两天就这样过去了。

第三天早晨，我去伯勒根河湾里赶牛，在一块被芦苇隔开的浅滩草地上，遇上了我的仇人：黄毛希拉。

他骑着一匹棕白相间的小花马，歪戴着一顶软软的鸭舌帽。他见了我，有些手足无措，似乎想搭讪着和我讲些话。可是他的嘴角刚一动，我就看见了那个恶毒下流的笑容。

我的怒火燃烧起来了。痉挛的手几乎握不住缰绳。突然间，钢嘎·哈拉嘶叫着跳了起来，朝着他冲上去。我也用力挥起马鞭，狠狠地朝地那丑恶的嘴脸抽过去。鸭舌帽打飞了，我看见那个焦黄的头倒栽向河滩的盐碱地，我下了马，朝他走去。希拉凶狠地瞪着我，突然一跃而起，朝我扑来。

我和他扭打了好久，踏倒了一大片芦苇。我的小腹被他踢得疼痛难忍，但他最终还是被我一拳打翻在蓝色的河水里，浪花溅得很高很远。

我浑身打着战，忍着小腹的剧疼，跨上黑马，慢慢走回家来。

在门外，我听见包里索米娅正在和奶奶说话，我捂着腹部，艰难地一步步捱到门口。我听见索米娅的声音："奶奶，这布多好看啊。"我的脚步太轻了，她们都没有听见。我口渴得要命，恶心得想呕吐。我想喊索米娅来扶我一下，可是喊不出声来。我费劲地拉开门，索米娅的声音停住了。我看见她正慌忙藏起一双红花绒布缝的婴儿鞋子。她警惕地望着我，把那双为腹中婴儿准备的小鞋子藏在背后，一声不响。

一阵从未体验过的绝望和伤心笼罩了我，我觉得一股酸酸的东西堵住了喉头。我转过脸，把一口黏稠的血吐在外面的草地上——像她们一样，我也没有让她们看见。我无力地倚着门框，缓缓地滑坐在门槛上，目不转睛地望着索米娅。而索米娅却像是想起来什么一样，突然不顾一切地朝门口冲来。我抬起一只手臂，轻轻地说："别到棚车那儿去了……索米娅，这里是你的家啊。"

一句话不知怎样滑了出来。后来，我曾经长久地感到奇怪：自己从哪儿找到了这样的一句话。我说：

"你不要走——是该我走了……索米娅，奶奶，我要走了。"

五

向一个放羊的人打听音讯

他说，听说她运羊粪去了

诺盖淖尔是个深幽幽的小湖，由于白音乌拉山侧面的陡壁斜斜插入湖水，所以从南面看去，这小湖很像融雪蓄成的那种山中湖，而和一般锡林郭勒草原上常见的那种洼地和泉眼生成的浅湖大有不同。由于深，所以湖水并不浑浊。清晨，在牧畜前来饮水之前，它平静地、蓝晶晶地在山谷里闪着光，大概就是为着这难得的水源吧，白音乌拉公社的许多单位都移建于此：乳粉厂、皮革作坊、食品公司收购站，还有小学，当我驱马走近这里时，甚至有一种觉得是离开了牧区的陌生感。这儿甚至还有啄食的母鸡和鸭子。索米娅难道会生活在这么一个地方么？

我找到了赶马车人达瓦仓的小泥屋。

这是一座傍着湖岸修成的、只有三面墙的那种低矮的地窝子式土坯屋。木门旁有一个烧得焦黑的泥炉灶，旁边停放着一辆双辕高高翘起的马车。车上已满载着货物，马轭马套散乱一地。绳子上晾晒着五颜六色的衣服，我还发现尘土里埋着一个廉价的橡皮动物玩具。

我犹豫着，迟迟没有下马。索米娅就在这土屋里面，我是敲门呢，还是喊一声？哦，所谓人生的重逢就要在我眼前出现啦……我的心跳了起来。不远的湖面上，灰蒙蒙的水均匀地一摇一荡，让人如刻如镂地感受着这难熬的时间。

我咬咬牙，把钢嘎·哈拉拴在马车跨杠上，然后踩着门前的羊骨头、牛粪块朝门走去。我俯身拾起一件踩在土里的格子布小衣服，然后用力推开了门。

屋里，充斥视野的是一条大炕。坑沿上的镶木少了一半，露出磨得圆滑的草泥坯。在炕上的皮被、大氅、山羊皮、蒙古式袍子和汉式棉袄中间，我数出三个酣睡着的小孩。他们七横八竖地挤作一团，污垢厚厚的光脚丫乱蹬着那些衣被——没有大人。西墙上还有一个小门，我推开那小门，一眼看见一个蛛网尘封的黝黑的蒙古包木格天窗。旁边堆着折叠的哈那墙，俄尼棍，还有一扇紫红色的小木门。我的眼睛湿润了：这是我们的家，这是我们祖孙三人，不，还有黑马驹曾一块儿生活其中的那个家……

我凝视着这个被拆散了的蒙古包。是的，索米娅真的在这儿。她真的嫁到了这个离我们伯勒根河湾那样遥远的地方。她已经像藏起这架毡包般地藏起了过去，在外面那间临湖的肮脏泥屋里，迎送着沉重的、而又是大家都在过着的生活。

"哟！你找谁？"一个女人的清脆声音在我脑后响起。我吓得浑身哆嗦了一下。

我转过身来。一个穿着西式女上衣，梳着齐耳短发的女人正温和地打量着我——不是她。我吁了口气，用汉语回答说：

"我找索米娅……噢，就是达瓦仓的……老婆，她是我的妹妹，我从伯勒根草原来。"

"啊，白音宝力格同志！"她惊喜地大叫起来，"我知道你！你不是念大学去了吗？"

"唔，是的。大学——已经毕业了。"我说，心里忐忑不安。她知道我？知道我多少呢？

"上的哪个学校？内大？师院？什么专业？唉，索米娅姐姐总说不清！"她兴致勃勃地问。

"农牧学院，"我回答说，"您是……"

她笑了，扶扶眼镜："哈，我姓林，是这儿的学校老师。内蒙师院毕业的——真难得啊，我第一次在这儿碰上个大学生，而且是我的小其其格的亲戚！"

"其其格？"我赶快追问了一句。

"怎么，你忘啦？索米娅姐姐的大女儿嘛！已经上二年级啦！一直是我的学生！"

我当然不会忘记。我永远不会忘记那一切的，连同那个万恶的淫棍。哦，在向奶奶天葬的山沟告别的时候，我没有想起来该去见见那个黄毛希拉。我们的账还没有结清……其其格，其其格，我默默念着这个名字。不幸的孩子，可怜的小花啊，你不至于真的长着那种污脏的黄头发吧？女孩总该比男孩纯洁些，就像索米娅比我要纯洁一样。我实心实意地愿这孩子能学好，能爱她的母亲。因为她毕竟是降生于索米娅的怀腹之中。不论我是否愿意，此时此刻我已经决不能否认她的存在了……

"林老师，其其格这孩子……听话吗？我想、嗯，她长得一定很高了？"

"长得很高？哈哈！哪里……看来，你上了大学以后，什么也不知道呀！"女教师叫嚷着，突然想起来什么，"咦，你看，我是来帮忙的！索米娅姐姐今天不回来，要我帮助提水呢！"

她麻利地拎起铁桶，歪着头望着我问："你呢，是坐在这儿等，还是也帮我去提一桶？"

我提起一对铁桶。在她带领下朝湖畔走去，苍茫天色和薄暮中的湖面融成一片，使我心绪淡凉。我等着她继续讲下去，因为这都是我所不知道的故事。而林老师并没有觉察到我的情绪，兴致勃勃地闲扯了好多才转回原题：

"你猜，其其格刚生下来有多大？哈哈——你猜不着！一支勺子！真的，我是在这孩子已经三岁那年才到这里的，如果现在我不是确实了解我的学生年龄，我怎么也不会相信那时她有三岁……天哪，比别人六个月的婴儿还要小呐！咦，你信吗？白音宝力格同志？"

"唔。"我含糊地答应着。

"索米娅姐姐告诉我，这孩子生下来时，还不满一尺长！一只小脚比不上你的大拇指！脑袋只有——唉！她像一只小猫崽那么小！"这年轻女教师激动了，她耸动着眉毛，用力挥着手，急匆匆地讲着。我拎着两只铁桶，小心不让它们晃响，紧张地听着。

"太小了！可能是不足月……你们伯勒根草原的人都跑去看新鲜，男人们用大拇指比比她的脚，孩子们用拳头比比她的脑袋，她小得出奇，用一张旱獭皮就能包起来，人们都说，不行呀，扔了吧，这样的孩子养不活呀。听说也有人恶言恶语，说索米娅生的不是人，是怪物！可是，索米姬姐姐的老奶奶——喂。白音宝力格同志，你总不会连你奶奶也忘了吧？哈哈！"她开玩笑地问我。

"唔，没有。"我嘟囔了一声，心里很难受。

"……你们的老奶奶坐在门槛上，对那些牧人说：'住嘴！愚蠢的东西！这是一条命呀！命！我活了七十多岁，从来没有把一条活着的命扔到野草滩上。不管是牛羊还是猫狗……把有命的扔掉，亏你们说得出嘴！我用自己的奶喂活的羊羔子今天已经能拴成一排！我养活的马驹子成了有名的好马……钢嘎·哈拉，你们这些瞎子难道还没有看见钢嘎·哈拉吗？只怕你们还没有福气骑那样的好马！哼，扔了吧——把这孩子扔给乳牛，乳牛也会舔她。走吧！你们走开吧！别用你们的脏手碰我的小宝贝儿！你们几年别来才好！等我把她养成个人，变成一朵鲜花，再让你们来看看！'"

林老师兴奋地说着，激动得满脸通红。这时我们已经来到湖边。她蹲下来，用手撩着湖水，突然又睁大眼睛朝向我：

"啊，你们的奶奶真好啊。你知道吗？自从听说了这个故事，每当我和小其其格在一块儿，给她讲课的时候，我总觉得自己错过了机会，没能亲眼见见这位老人，这位伟大的女性！"

……我再也听不见什么了。尽管这位热情的汉族姑娘还在抑制不住地谈着她对我奶奶的无限崇拜。暮色中的湖水宁静幽暗，西斜的太阳在这暗色的水面上洒着一些耀眼的、粉末般的光点。我把铁桶浸进水里，荡起的涟漪更使那浮动的波光闪烁无尽。我望着湖水，觉得那闪闪的银光正摇动着，现出奶奶飘拂的银发。我提出盛满的桶，那银发又化成奶奶昏花而又灼人的眼睛。我闭上了眼睛。我真想把这位有点学生腔的女教师立即支开，然后纵身跳进湖水，跳进奶奶那微微颤动着的、一闪一闪的呼唤中去，把我满心的痛苦，难言的委屈和悔恨，都埋进她那亲切温暖的银发和浑浊而深邃的目光中去。

我没有让林老师帮忙，一个人提着两桶水向小泥屋走去。女教师默默地跟着我，像是在回味刚才那故事的感受，也许，是我的沉默使她感到不解。我抱歉地说。

"林老师，再讲点什么吧。你知道，我离开得太久了，什么都不知道……"

"讲就讲……哼，你呀，真不像话，你还不知道索米娅姐姐有多好。唉，我总觉得，就算我这一辈子扔在这荒草地上，碌碌无为吧，但是认识了她，也可以说是有点收获啦……知道么？我总是摆脱不了这样一种幻觉：我总觉得索米娅姐姐是个刚刚生了孩子的女人。我总觉得，她一连多少年总是抱着一个哇哇哭的婴儿在这条路上慢慢走着。就这种幻觉。后来，有一天她来找我，说：'林老师，收下我的其其格做学生吧！'我非常奇怪，就问她：'姐姐，你的其其格能上学么？她顶多才三岁吧！'她急了，说：'哪里！我女儿已经七岁啦！求求你，收下她吧！我可以每天给你提水、烧茶、做饭！我可以给你挤乳牛，可以到草地上去给你拾牛粪烧！'唉，她说着说着就哭起来了，后来简直是号啕大哭，哇哇的，撕扯着我的衣服。啊，那样子真惨……她为什么那样伤心呢？我想，一定是为了把孩子养大，她熬得太艰难啦……"

女教师低下头，擦了擦眼角，又说下去：

"当时，我把其其格揽到怀里——噢，这哪里像个学龄儿童呀，又瘦又矮，看上去像是刚刚学会走路。可是，索米娅姐姐哭得那么凶，她穿的一件蓝布袍子湿了一大片。头发乱蓬蓬的，脸上又是泪水又是鼻涕。我——唉，也陪着她哭了一顿……就这样，开学了，我把其其格安排在我讲课前面的位子上。我想，这样孩子离我很近，我可以随时发现她的一切。我不敢大意——要知道，索米娅姐姐常常躲在教室窗子外面听着。有时候，外面下着雨，她就那样淋着，呆呆地站在窗子外面呀……"

直到我们回到那熏黑的小泥屋的门口，女教师还在不停地讲着。此时已经不是我要听，而是她自己要讲了。我觉得，她一定是受了太深的感染，才如此对人倾吐。当然，我看得出她是个直肠快语的人，这样的人喜欢用强烈的方式来表达内心。而不像我，只是默默地吞咽一切。从她瞟着我的眼神看，她似乎在怀疑我能否理解她的索米娅姐姐。或许，她的怀疑是对的。因为我实实在在地觉得，她描述的那个女人的作为不像是我的索米娅。我不能想象那一切。我也没有她那种幻觉。我的脑海里只深刻着一个脸颊妩媚的姑娘，她正动情地凝视着一派幸福醉人的红霞……索米娅，你哪里会像她讲叙的那样呢？你是个多么温柔，多么单纯的小姑娘呵。

推开门，我看见一个小姑娘正在忙碌着。

"其其格！"林老师高兴地喊着。"其其格，快喊舅舅！这是白音宝力格舅舅。知道吗？他是你妈妈的哥哥！"

小姑娘停下了手中的活儿，转过身来，目不转睛地盯着我。

看上去，这女孩子只有六七岁。她穿着一件打着补丁的汉族女孩儿那种对襟花布衫和一条蓝布裤子，光脚穿着一双显然尺寸和样式都不合适的黄球鞋。我发现乱七八糟的屋子已经被她收拾干净了，炕上靠里面叠放着一层层码齐的被褥和衣袍。地扫过了，连着土坯炕的灶里，干透的羊粪烧得轰轰响。炕上，三个一律剃成锅盖头的小孩正围着一块案板，跃跃欲试地想把小黑手伸向案板上的面团。

小姑娘拘谨地、慢慢地搓着手上粘着的面屑，忧郁地望着我。这眼光里混杂着惊讶、隔阂和思索。我还无法分辨出它究竟是友善的还是猜忌的。我有些手足无措，半晌，才喃喃地开口说：

"其其格，你好。我是……"

小姑娘的嘴唇轻轻地嚅动了一下——

"巴帕，"她小声叫道。

一股酸酸的滋味猛地涌向我的喉头和鼻尖。

"巴帕，我看见了门口拴着的黑马。"小女孩怯生生地说，"妈妈以前说过，我的巴帕会骑着一匹黑骏马来看我们。"

六

朝一个牧牛的人询问消息

他说，听说她拾牛粪去了

门外响起一阵纷沓的马蹄声，伴着一个粗嗓门的吆喝。女教师笑道："瞧，是达瓦仓回来了。喂——"她朝门外喊着，"车老板！来客人啦！索米娅的哥哥来啦！"

门外那个粗嘎的嗓门大声赞叹着："哈，好威风的一匹大黑马！"随即，一个四十来岁的魁梧大汉推开门跨进来。

女教师给我们介绍了一番，然后起身告辞。

"我回家啦，白音宝力格同志。你妹妹要明天才能回来——她给学校运煤去了。如果没事，明天到学校来玩吧，还没有听你讲讲城里的事情呢。"说罢，她走了。

大汉拍着我的肩头："坐，坐。上炕。嘿——"他朝炕上那几个小家伙吼着，"滚下来！让纳合齐*上炕坐！狗崽子们，把炕弄成狗窝啦！"一面吼着，他顺手把已经爬到炕沿的两个小孩一拨拉，两个孩子嗵地摔在地上。我慌忙伸手去扶，但那两个小机灵鬼却是司空见惯，打个滚儿爬起来，"赶马去哟！赶马去啰！"闹嚷着，撞开门朝外面奔去。最小的那个在炕上哇哇哭了，连滚带爬地要追随哥哥们去。大汉一把揪住他的开裆裤，把孩子提溜起来，搂在怀里。

"宝贝——别跑，别跟他们乱跑，给阿爸当宝贝——啧！"他粗鲁地用大嘴在那小孩的屁股上亲了一口，一巴掌抹掉孩子脸上的两道黄鼻涕，又顺手抹在炕褥上。"上炕坐嘛，白音宝力格兄弟……嘿！其其格，愣着干什么？快做饭呀！哼！"

我搭讪地说："一共这四个孩子么？"

"就这四个啦。没听说么，公社卫生院正到处抓女人，连割带阉。哼，妈的！索米娅——你妹妹，去年就给他们——咦，其其格！看我不揍肿你的脸！怎么还愣在那里？等死么？"他突然又暴怒起来，凶恶地朝小姑娘吼着。

"面条已经擀好了。"女孩子低声说。她靠着炕沿坐着，显得那么矮小。

"那么就去给纳合齐饮马！到房子后面找条绳子，把纳合齐的黑马和我的黄辕马连在一起放去吃草！怎么，你准备让马饿死么？"他挺着胸，唾沫星子乱溅在怀里的小男孩和我身上。我连忙跳下炕说："还是我自己去饮马吧，这马不太老实呢。"

"那么就去给纳合齐带路！提上我的帆布水斗，黑马如果不喝湖水就去井台！"他继续盘着腿大吼大叫，神气十足。"喂，白音宝力格兄弟，快去快回！我等你——今天咱们好好喝它一瓶子！"

天还没有黑透。我和其其格默默地走在通向湖畔的路上。这女孩子走路脚步很轻，而且一句话也不说。但是，每当我转脸看她一眼时，她都迅速地和我对视一下，并瞟瞟我牵着的钢嘎·哈拉。

"其其格，你妈妈给你讲过这匹马么？"我小心翼翼地开口问道。

"嗯。讲过的。"她简单地回答。

静静地走了一会儿。这回是她主动开口了：

"巴帕——这马真的名叫钢嘎·哈拉吗？"

"当然。"

她转过身来，轻轻地朝黑马喊道："钢嘎·哈拉！钢嘎·哈拉！"

---

* 纳合齐：母亲系统亲戚的泛称。

　　黑马猛地仰起头来，呼噜噜地打了一个响鼻。小女孩欣喜地笑了。"多好啊！"她说。

　　我感动地蹲了下来，轻轻抱起了她，她很轻，像一片羽毛。我把她举起来放到黑马的背上。这样她才差不多和我一样高了。我扶着她的小小的肩头，仔细地端详着她。

　　我没有在她脸上找到我记忆中的那个少女的痕迹。她不像她的母亲。索米娅没有这样瘦削，也没有这样忧郁的眼神。而她呢，也没有索米娅那红扑扑的脸颊和温柔的表情。不过我还是得承认，这小女孩生得挺好看。昏暗中，她默默地跨在马上，双手抚弄着黑马肩上的长鬃，小小的躯干显得那么单薄和弱小。我想把目光移向她的头发，突然又感到这样很可耻。于是，我提起帆布桶，牵着马，继续朝湖边走去。

　　钢嘎·哈拉埋头长饮。从它埋入嘴唇的地方，湖水漾起一圈圈次第扩展的波纹，在黯淡的湖面上画出条条闪光的弧线，一直密集地排向对岸轮廓朦胧的陡峭山崖。

　　其其格蹲在黑马旁边，洗着手上面粉结成的硬垢。"才九岁，已经在给家里做饭了。"我想着，望着她。黑马喝足了，侧过头来，好奇地打量着这个女孩，其其格高兴地伸出小手，触着马儿毛茸茸的嘴唇。

　　我凑过去问："你在学校里高兴么？学习好么？其其格？"

　　"昨天算术考坏了。林老师给了我二分。"

　　"题很难？"

　　"不，"她抬起脸望着我，"因为妈妈昨天一早就去海拉金山里运煤了。去年她是暑假里去的。所以我也一块去了。那地方很远，我知道。"

　　"你不该想妈妈，其其格。应当只想着怎样把题算对。"我开导说。

　　"嗯，是的，"女孩子说，"去年在回来的路上，有一辆勒勒车的轮子散了。妈妈抱着我。在黑地里坐了一夜……今年，牛车会不会又在那里坏了呢？我想着，就把题算错啦。今年她赶了四辆牛车。"

　　小女孩又沉默了，我也再说不出什么。我们牵着马，朝家走去。走了一会儿，我忍不住又问这孩子：

　　"其其格，阿爸对你妈妈——我是说，为什么你阿爸不去运煤呢？那么远。"

　　"不，那是妈妈的事，她在给学校干活儿呢。不光运媒，还挤奶，拉水。学校呢，就每个月都给我们钱。"

　　天全黑了。其其格把马笼头交给我，自己跑进黑暗中。一会儿．"嗨！嗨！"传来了她的吆喝声。一匹辨不出颜色的高头大马被她赶来，她把一条绳子拴在那马的双腿绊上，然后递给我绳子的另一头。"哎，让钢嘎·哈拉去吃草吧。我也该去煮面条啦。"她说。

我接过那绳头，触着了她凉冰冰的小手。

孩子默默地任我攥着她的手。半晌，她说：

"巴帕，要我明天带你去看妈妈的奶牛么？可好看啦。"然后，她小心地捏了捏我的手背。

达瓦仓已经脱了上衣，露着肌肉隆起的、黑毛丛丛的胸脯。那个小儿子在他怀里闹腾着，咬着他胸上那个硬硬的乳头，另外两个，则在旁边扭作一团，撕抢着什么东西。"白音宝力格兄弟！"他喜气洋洋地招呼着我，"快上炕！先喝一碗再吃饭！其其格，下面条！"

我们对饮起来。见到大人喝酒，那两个小鬼头更来了劲。他们拼命抢着酒瓶子和我们手里的杯盏，一边给我们添酒一边尖声喊叫。下午我曾觉得那么冷清凄凉的小泥屋沸腾起来，弥漫着面汤的蒸气、呛鼻的酒味儿和孩子们的喊叫。

我想起了一首什么时候读过的小诗。那诗令人感受真切地描写了一个充满橘黄色火苗的温暖的家庭晚餐。和这位虎背熊腰的赶车人一块儿喝着烈酒，我似乎又感受到了那小诗的意境。达瓦仓开心地饮着，说着，时时用粗野难听的骂人话吆喝着三个小狗崽般在炕上闹的小孩。干透的泥草墙吸着熊熊炉火的热，又把这热散向歪斜小屋里的生活。孩子们的吵嚷震着我的耳鼓，我有些微微发醉。车老板舒服地仰面躺着，和我议论着天气、风俗和草场的优劣，我发现，这魁梧大汉尽管粗野，但却也不失为豪爽有力。他无疑是这个家庭的坚强支柱和当然的主人。哦，可以想象，索米娅在这间小屋里度过的日子尽管可能艰难，但决非是无法容忍和水深火热。如果此刻她也在这间小屋里面，无论是蹲在灶火旁，坐在炕沿上，或躺在被垛上，都只会使这温暖起来的小泥屋增添更多的温暖和亲切。看来人的热力是能够点燃世界任何冰冷角落的生命的。真正被生活抛弃的，只是像我这样不能随遇而安的人。也许，这就是我的悲剧……

不过，其其格和这热烘烘的天伦之乐也不尽协调。整整一个晚上，她一直坐在屋角的一堆鞍具上，手里揉弄着一本皱巴巴的课本。只要我看她一眼，总是碰上她逃避般慌忙移开的眼睛。整个晚上，尽管我在和达瓦仓谈天论地，但我总觉得那小姑娘在用火辣辣的目光盯着我，那目光好像穿透了我的衣服和肌肤，灼得我的心隐隐作痛。

夜深了。透过窗户框子里嵌着的玻璃，我看见墨蓝的夜空和泛着灰白色的湖浪。不觉之间，那三个淘气鬼已经睡熟了，一个枕着另一个。达瓦仓打了个酒嗝，开始扯住小孩的腿和胳膊，把他们拉成一排。最后他把一条大皮被用力摔在小其其格身上，嘴中泄出一句低沉的咒骂："哼！这鬼老婆今天还不知道死在哪里！呃，连个铺炕的人都没有……"他狠狠地咬得牙响，眼角一瞥，我们的目光相遇了。他马上闭上了嘴。但我在那一瞬却感觉到了些什么。

难堪的寂静只持续了几秒钟。也许是借着酒力吧，我扳住了他粗壮的肩头：

"你大概讨厌我吧？"我问。

赶车人喘着粗气，想了一会儿，又斟上半碗酒。他沉吟了一下，低低地开口了：

"兄弟，我的话可能不好听——说真的，我们早把你忘了。我根本没想到你还会来看看。我以为，城里人就是那么没心肝，亲娘老子死了也不理睬……"

我难堪地低下了头。

达瓦仓和解地递过酒碗，宽容地说："唉，今天我才知道，是我想错了。看看，你这不是骑着马，爬山过河地找到我们白音乌拉来了？来，喝酒，喝酒。"

我看了看这碗苦酒，然后咕咚咚一饮而尽。我能说什么呢？

我俩挨着斜靠着一垛衣被躺着，默默地啜着酒。大车老板自言自语地说起来："唉，兄弟！说真的，那个时候你不该不在哟……那些事，实在不能甩给一个女人家呀！噢，快十年啰……"

我坐起来，缓缓地给他斟上酒。

"那天夜里，我吆着空车在月亮地里赶路。嗨，太困，睡着啦。后来，又不知怎么醒了。我好像听见一个女人的哭噎声。说真的，我吓得浑身打战。可是，准是鬼催的——我吆着马，朝那个哭音寻去啦。走近一看，哈！是个女人守着一辆碎了木轮子的牛车，哭得哇哇响。我下了车问她。嘿——她是给她奶奶送葬呢！黑夜里，路不好，车坏了，又伤心，就哭开啦。哎，还抱着孩子——那孩子像条剥了皮的猫，小得吓人。见她哭，我也心软啦。我说，姑娘，别哭啦！就算你家额吉有我这个儿子吧！这会儿他刚赶来给老人家送葬……就这样，我把包着老太婆的毡子抱上大车，又把她那辆倒霉的破车拆开，装上大车，把老人家运到了那个山沟里……等我把她们母子送回蒙古包以后，我问她，以后，你们打算怎样过呢？她说，不知道。后来，我就吆上车离开啦。回去以后，我总想起她。越想越觉得她可怜，这样，我就又赶上车，开了张结婚证，第二次去了伯勒根河湾……"

他端起酒，呷了一口。下炕给蜷在炉灶旁睡熟的其其格盖严了皮被，又在我身边躺下来。

"后来，我问过你妹妹。我问她，索米娅，你们家就没有个男人亲戚？送葬——那种事也非要你一个姑娘干？她说，有个哥哥，他上大学进城啦。兄弟，我这才知道还有个你。我又问她，那就一定要抱着个猫崽子自己去送老人？草原上有那么多人家！她说，我不愿意求别人，该我去。唉——真傻呀！"

第二天，天气晴朗。达瓦仓早早起来，把四匹马套上了大车。他在屋子里翻腾了好一阵，大概是没有找到什么像样的干粮吧，最后，他骂骂咧咧地把一壶酒揣进怀里，走出门来。

他拔下那杆大鞭，然后拍拍我的肩头："兄弟，天不坏，我要出车送货去啦。你饿了就催其其格那小猫崽子烧茶。我半路上能碰上你妹妹，她用不了天黑就能回来。我会催她狠狠地揍着学校那几头懒猪似的老牛跑的。哼，瞧她这个临时工……喂，"他又想起来什么，"你就多住几天吧。等我三五天回来，咱们再一块喝两瓶。你酒量不坏。"

他吆着车走了，顺着一条直直攀上湖畔高高山梁的车道，他赶车很凶，鞭梢尖锐地炸响着，车轮扬起弥漫的黄尘。他挺胸坐在跨杠上，粗声叫骂着，神气十足。"是条好汉子。"我独自想。一阵怅惘又漾上了心头。

学校课间休息的时候，其其格领着我去看了学校的奶牛。原来是我在大学里研究过的荷兰种改良牛。那些长着大块大块黑白相间的毛皮的乳牛优雅地踱着步子，在一个小小院子里晒着太阳。我走进了那稀泥塘一样的院子，污泥在我脚下咕卿咕卿响着。我在那烂泥地里站了好久。是的，索米娅每天都蹲在这片泥地里挤奶……其其格又把我领去看了学校的厨房后院，那儿堆着小山般的冬季燃料：黄褐的牛粪，黑亮的煤。当这女孩子领着我走近湖边的时候，上课铃响起来了，其其格远远地指给我湖畔的一块青石板，就慌忙跑去上课了。

我走到湖旁，在那块青石板上慢慢坐下。在冰封千里的冬天，索米娅就是在这块石头上蹲着，用力凿开诺盖淖尔的坚冰，把一桶桶水汲进水缸，运到学校。

我找到了她留在这片土地上的步步足迹。我看见了她的生活和劳动。一天一夜的耳闻目睹，使我视野里充斥着纷乱炫目的、简直应接不暇的印象。但是我仍然不能相信和接受它们，尽管它们是如此真实。我仍然只是看见她的那个形象：那是一个面对着朝霞的、眸子中闪跳着金红色的憧憬的美好姑娘。我伏在岸边的草丛里，难过地闭上眼睛，竭力不去再想这一切往事。后来，我睡熟了。

很久，我抬起头来，太阳已经偏西。我看见钢嘎·哈拉在我旁边的湖水里站着，它浑身的毛皮在湖水里洗过之后，像纯净的炭一样漆黑，向阳的一面闪着漂亮的漆光。

它笔直地站在清波摇荡的湖水浅滩里，一动不动。它高高地昂着头，箭一般的双耳耸立着——它在注意地眺望着什么。

我忙起身朝那边望去——在那条宛如浮在湖面蒸腾的烟气之上的青灰色的

高高山梁上，在那青青山梁上的那条宛如扶摇直上的轻烟般的车道上，有一连串四个小黑点，是四辆首尾相连的牛车，正在朝着这儿蜿蜒而下。

七

> 我举目眺望那茫茫的四野呵
> 那长满"艾可"的山梁上有她的影子

哦，如果我们能早些懂得人生的真谛；如果我们能读一本书，可以从中知晓一切哲理而避开那些必须步步实践的泥泞的逆旅和必须口口亲尝的酸涩苦果，也许我们会及时地抓住幸福，而不至和它失之交臂。可是，哪怕是为着最平凡、微小的追求吧，想完美如愿也竟是那样艰难莫测。也许，正因此人们才交口感叹生活。我们成长着，强壮和充实起来，而感情的重负和缺憾也在增加着，使我们渐渐学会了认真的感慨。而当我们突然觉得在思想上长大了一岁，并实地看清了前方时，往事却不能追赶，遗恨已无法挽回。我们望着比我们年轻些的后来者，望着他们的无畏、幻想和激情，会有一点儿深沉些的目光。在清风中，在人群里，我们神情平静地走着，暗暗地加快了一点儿步伐……

当见到了索米娅以后，我体会到了上述的这一切。

我们见面时，并没有出现什么戏剧性的情景。索米娅用力拽着牛鼻绳，大步迎面走来。她笑着向我问好："呵，白音宝力格！我听达瓦仓说你来啦。怎么样，路上累么？工作好么？你还是老样子！嗨——嘿！"她使劲拉着缰绳。

她牵着首车的一头红花牛，和我并排走着。她并没有哇地哭出来，更没有一下子扑进我的怀里，甚至也没有喊我"巴帕"，她丝毫没有流露对往事的伤感和这劳苦生涯的委屈。甚至在我挡开她，用力挥着三齿耙和平底锹，替她把那四车煤炭卸在学校伙房后面时，也是一样。她随口说着什么，若无其事。

她变了。若是没有那熟悉的脸庞，那斜削的肩膀和那黑黑的眼睛，或许我会真的认不出她来。毕竟我们已阔别九年。她身上消逝了一种我永远记得的气味；一种从小时、从她骑在牛背上扶着我的肩头时就留在我记忆里的温馨。她比以前粗壮多了，棱角分明，声音瘖哑，说话带着一点大嫂子和老太婆那样的、急匆匆的口气和随和的尾音。她穿着一件磨烂了肘部的破蓝布袍子，袍襟上沾满黑污的煤迹和油腻。她毫不在意地抱起沉重的大煤块，贴着胸口把它们搬开，我注意到她的手指又红又粗糙。当我推开她，用三齿耙去对付那些煤块时，她似乎并没有觉察到我的心情，马上又从牛车另一侧再抱下一块。她絮叨叨地和我以及前来帮忙的炊事员聊着天气和一路见闻，又自然又平静。但是，我相信这只是她的一层薄薄的外壳。因为，此刻的我在她眼里也一定同样是既平静又有分寸。生活教给了我们同样的本领，使我们能在那层外壳后面隐藏内心的真实。我们一块儿干着活儿，轰轰地卸着煤块；我们也一定正想着同样的往事，让它在心中激起轰轰的震响。

下午的诺盖淖尔湖边小镇阳光明丽。已经放了学的孩子们像小鸟一样在索米娅周围又吵又嚷。休息的教师们，乳品厂的临时工，还有蹒跚着串门的老汉，都围着这堆刚卸下的煤评头品足地议论。我发觉索米娅在这里人缘很好，她总是被那些人们喊住，谈笑上几句什么。

直到活儿干完了，她领着我回家时，我们还是用这样的方式随意闲谈着。当我们转过学校前面的低缓土坡，顺着湖畔的小路朝那间半地穴式的小泥坯屋走去的时候，突然传来一阵急促的马嘶。钢嘎·哈拉拖着脚绊，一蹦一跳地奔来。直到马儿蹦跳着来到我们眼前，不管不顾地径自把脖颈伸向索米娅、把颤动着的嘴唇伸到她的怀里时，我才明白了这黑马所具备的一切。

我惊奇万分地望着钢嘎·哈拉。它一声不吭地用黑黑的大脑袋在索米娅怀里揉搓着，双耳一耸一耸，不安地睁大着那对琥珀色的眼睛，好像在无言地诉说着什么。

索米娅用沾满煤末的手轻轻搂着黑骏马的头，久久地抚摸着它。我看见，她的眼睛里盈满着泪水，肩膀在微微地发抖。但是她始终背朝着我，一句话也没有说。

她飞快地收拾着屋子。打开窗子，点燃炉火，涮洗所有的锅碗什物，挨个地给三个男孩洗掉脸蛋上的脏污，把其其格支使得团团转。

泥屋里又充满了温暖，但不是昨夜那种热烘烘、乱糟糟。她烧了一大锅浓浓的酽茶，把大茶壶煨在炉灶旁的红灰上。她找出一罐黄油和一包黑砂糖，煎了很多黄澄澄的小面饼。她把炸饼摆在我面前，那散着诱人甜香的饼上，油花在嗞嗞地响着。

山那边白音乌拉公社没有送过柴油机发的电来，天黑了，屋里一片昏暗。索米娅点燃了煤油灯。又一个傍晚，我一直盼望着、又一直害怕的傍晚降临了。炉灶里的牛粪火闪着橘黄色的火焰。这活泼的暖色点缀了浓暮灰蓝的阴暗色彩，一闪一跳地，把那被严严压实的不安和激动引了出来，像一阵气浪，像一支无声的旋律，在这低矮的小泥屋里愈来愈浓郁地回旋着。

小面饼又甜又香，我吃了好多。这时我才想起：中午我在湖畔睡着了，忘了喝午茶。

孩子们在炕上闹着，争抢着被褥和枕头。

索米娅吩咐其其格给我铺一条新毡子。小姑娘跑进旁边的小屋，很快抱来一块白条毡。她把条毡铺在靠墙的炕头，又麻利地扫净上面的草末。最后，她把一个新皮袍子摊开在条毡上。然后下了炕，站在一旁，默默地望望母亲，又望望我。不知为了什么，我忍不住一把拉过她来，抚摸了一下她的头发。接着，我躺下了。

索米娅一口吹熄了灯。

黑暗中，我睁着眼睛，仔细地倾听着隔着四个孩子的土炕那一头传来的每一点轻微的声响。好久，我都判断不出索米娅是否已经躺下。我茫然望着屋顶，而那里也是混沌一片，数不清究竟有几条椽檩。最小的那个男孩，也就是马车夫的宝贝心肝突然哼了起来。于是我听见索米娅开始小声哄着他。我屏住呼吸，倾听着她低柔的嗓音。她在用那种只有母亲和孩子才懂的、只有在沉睡的蒙古包里才能听到的甜美的、气声很重的絮语在说着什么。这种声音使人近如咫尺地感觉到女人独有的浓郁气息……就这样，我和我昔日的姑娘，和我的沙娜躺在一个低矮的屋顶之下，躺在一条土炕上。我们都竭力使自己弄出的声响小些。我们是那么疏远，那么直似路人。哦，别了，我的草原上的百灵鸟儿，我的披着红霞的、眸子黑黑的姑娘，我已经永远地失去了你……

没有月光。夜空上大概布满了乌云，连窗棂那儿也是昏黑一片。只有炉膛里残存的牛粪火亮着微弱的红光，时而响起一星半点清晰的爆裂声。屋子里响起了均匀的鼾声：孩子们都睡熟了。

这时，我听见索米娅发出一声压低的、长长的叹息。像是一声颤抖的呻吟般的、缓缓舒出的叹息。

像是听见了召唤的号角，我猛地坐了起来，我宁愿去死也不能继续在这沉寂中煎熬。我哧哧喘着，对着黑暗大声说：

"索米娅！不，沙娜！你……你说点什么吧！"

说罢我就使劲闭上眼睛，死命咬着嘴唇。

过了好久，索米娅开口了。她低声说道：

"奶奶死了。"

又是沉默。我明白，该我对那湮没的质问回答了。

我开始艰难地讲起来。自从我跨着黑骏马踏上旅途，这个问题已经不止一次地撕扯着我的心。九年多了，在学院里和机关里，在研究室同事当中和在一切朋友之间，我从来没有想到荒僻草原上有这样一个严厉的法庭，在准备着对我的灵魂的审判。现在由索米娅进行的，也许是最后一次，我费劲地讲着，讲到了那条山石峥嵘的山谷，讲到了天葬的牧人遗骨，讲到了我怎样在那里向亲爱的奶奶告别并请求她的饶恕，我也讲到了赶车人达瓦仓对我的责备。我讲着，泪水止不住哗哗流下。

这是我第一次哭。以前我从来没有流过眼泪。甚至，我曾怀疑这是自己的一种生理缺陷。我总是咬着牙关，皱紧眉头，把一切痛楚强咽而下；人们则常常因此认为我是个冷酷和无情无义的家伙……

我拼命咬着袖子，生怕吵醒沉睡的孩子们。但是这次我忍不住了，我已经说不下去，只管没出息地发出一声声难听的哭声。

"别这样，白音宝力格……"索米娅低声唤着我。她哑声说，"难道有永远活着的老人么？"

而我已经悲恸难禁。我已经分不清究竟是在为奶奶，还是在为自己而哭泣。我想到自己把匕首扔在地上时对那老人的蔑视，也想到自己捂着被踢伤的小腹挣扎回家的情形。我想到荒凉的天葬沟旁那清冷孤单的感觉，也想到自己把皮袍披在索米娅身上时的柔情。我想到那红霞，那黑马驹，那卑污的希拉，那可怕的分离。又想到了像一柄勺子和一只小猫般大小的婴儿，想到女教师、马车夫和诺盖淖尔湖的清波。我想到自己那已无法分辨的委屈，更想起了那些简直已经无法全部记忆的、使我从一个儿童长成一个青年的许许多多的岁月，想起父亲怎样把幼年丧母的我托付给那个慈祥的老人……"奶——奶！"我伤心极了，只顾把头埋在手里呜呜地哭着。"奶——奶！"我只想拼命拉回那不归的老人，然后对着她痛快地大哭一场。

索米娅轻轻地下了地，往炉膛里添了些牛粪声，然后给我端来一碗茶。

她坐在炕沿上，看着我咽着茶水。喝完了茶，我渐渐平静了下来。

炉火在轻轻地闪跳，暗红的火焰摇动着索米娅映在土墙上的影子，无声地和我们一起默送着流逝的时间。

"索米娅。"我谨慎地用这个称呼叫着她。

"嗯？"她刚才仿佛沉入了遐思。

"你给学校干临时工，累吧？"我问。

"不，没什么，反正我也要干活儿的。一个月能挣四十五块钱呢。"

"昨天，一个姓林的女老师给我讲了好多你的事，她可喜欢你啦。"

索米娅淡然笑了，"她心肠好。"她说。

我又说："达瓦仓昨晚和我喝了好多酒，他也是个好人。"

索米娅没有回答。一会儿，她轻轻地说：

"白音宝力格，你还记得吗？那条伯勒根小河……"

"什么？我们家乡的伯勒根小河么？"

"嗯。"她的声音低得几乎听不见，"还记得么，奶奶讲过那样的歌谣：'伯勒根，伯勒根，姑娘涉过河水，不见故乡亲人……'奶奶还说过，希望我永远也不要跨过伯勒根小河嫁到异乡去。可是，看来，我还是没能叫她称心。知道吗，那天，我坐着丈夫的马车，离开了咱们住过那么多年的营盘。那营盘光秃秃的，只留着一层青灰的羊粪。蒙古包拆掉啦，装到了车上。钢嘎·哈拉……因为你走了，我把它卖给了公社。那天风刮得很凶，马车走进伯勒根河的芦苇里，风刮得苇叶哗喇喇地响，后来，我们路过了那个地方，那个咱们曾经和奶奶一块烧茶休息的硝土岸上的地方。那时候，我突然想起了奶奶说过的话，想起了她讲过的那个歌谣……我哭了，呵，我想，我到底还是没能逃开蒙古女人的命运；到底还是跨过了伯勒根的河水，成了这白音乌拉地方的伯勒根……"

索米娅终于讲完了，我听着，什么也没有说。从窗棂子往外望去，好像浮云已经褪尽，微微发亮的夜空上，闪着几颗晶亮的星，我转过身望见索米娅黑暗里的面影，觉得那儿也闪着晶莹的光亮。我想伸出手去替她擦掉那些泪珠，可是我没敢。

这时，索米娅又讲了："白音宝力格，那时我猜不出你在哪里，我只记得马车一摇一晃地走在河水里，车轮子溅起冰凉的浪头，溅了我一脸一身，我使劲搂紧女儿，把脸藏在她身子后面。哦，那时我多么感激其其格呀，我觉得只有这块小小的血肉在暖和着我……当然，白音宝力格，这样的话你是不愿意听的。我知道，你非常讨厌我有这么一个女儿……"

"不！"我绝望地喊起来。我打断了她的话，激动地分辩说："沙娜！你错了，我喜欢她，其其格是个好孩子……而且，好像她也、也喜欢我，她喊我'巴帕'。她还知道钢嘎·哈拉。我发现，和我在一块的时候，这孩子就爱说话……"

索米娅叹了口气，我似乎感到她在暗影里惨然一笑。

"你不知道真情，白音宝力格。"她迟疑着，犹豫了一阵，才继续说道：

"是这样的：我丈夫不喜欢这个女儿，去年他喝醉啦，打其其格，还骂她是……野狗养的。后来，啊，女儿就一直盯着我。天哪，一连几天盯着我，那眼神很吓人。我慌了，就悄悄对她说：其其格，你有一个巴帕，现在正骑着一匹举世无双的漂亮黑马在闯荡世界。我们给这匹马取名叫钢嘎·哈拉——黑骏马。这巴帕就是你父亲，他的名字叫白音宝力格。会有一天，他突然骑着黑骏马来到这里，来看我们……"

我望望炕上，其其格正拥着一角毯子睡着，小手枕在脸颊下面。索米娅疲惫地垂下了头，吁了长长一口气。

"别记恨我吧.白音宝力格！"她用微弱的声音喃喃着。"我实在没有别的办法。我想，反正这一生再也不会见到你啦……"我鼓足勇气。向她伸出手去，抚摸着她蓬乱的长发。索米娅佝偻着身子，用双手紧紧掩着脸庞。随着我的抚摸，她浑身剧烈地颤抖着。

过了许久，她猛然昂起头来，用一种异样的、嘶哑的声调大声问我：

"为什么你不是其其格的父亲呢？为什么？如果是你该多好啊……哪怕你远走高飞，哪怕你今天也不来看我！"

我木然地、僵硬地坐着，好久答不上话来。后来，我不知是背诵了一句谁的话：

"我不能够……索米娅，你是多么美好呵。"炉膛里的牛粪火完全熄灭了。灶口那儿早已没有了那种橘黄的或是暗红的火光。可是，这间小泥屋里已经不再那么黑暗，木窗框里乌蒙蒙的玻璃上泛出了一层白亮。不觉之间，我们的周围已经流进了晨曦。

天亮了。

这又是一个难忘的、我们俩的黎明。

八

> 黑骏马昂首飞奔哟，跑上那山梁
>
> 那熟识的绰约身影哟，却不是她

我在索米娅家的小泥屋里一共住了五夜。从那天黎明以后，我们再也没有去回顾那些不堪回首的往事。我想等达瓦仓回来以后再告辞，从各方面来讲，那样都更好些。

在诺盖淖尔湖畔的这个清净的小镇上，我们度过了平和的三天。每天除开照料黑马之外，我就到学校的乳牛圈和伙房后面去，尽力帮助索米娅干点活儿。此外，我把心思都花在其其格身上。我骑马从白音乌拉供销社给她买来新的书包和钢笔，还有一条天蓝色的纱巾。我想暗中帮助索米娅巩固那个谎言。为什么不呢？为什么要让这不满十岁的女孩子心里那一星幻想的火花熄灭呢？就让她继续把我想象成她的父亲吧，我愿一生致力于扮演这个角色。也许，这对于我要比对于她更为重要和迫切。

但是，我已经发现事情将不会那么简单。因为她在更固执地，用那种尖锐的眼睛盯着我。她并没有变得更快乐一些或者更孩子气些。

我想起在城里，我曾在一个朋友那儿看到过一帧他女儿的照片。那是一张寄自美国的、大幅柯达相纸印的彩色照片，照片上那女孩也和其其格差不多大小，她被已经同父亲离了婚的母亲带到了那个极乐世界。在那张彩色照片上，我看到那女孩穿着一件胸前印着"HAPPY"的套头衫。正在起劲地和一群黄发碧眼的小朋友们嬉戏。她笑得真是那么快乐和幸福。我曾感慨，她就那么无忧无虑地忘掉了父亲和自己的祖国。而其其格却完全不同。她衣衫褴褛，乱蓬蓬的头发结成毡片。她吃力地迈着小腿和挥着小手，从湖边提来满桶的水。她令人发笑也使人心疼地抱着比自己小不了多少的弟弟。她默默地接过我买的书包、钢笔和头巾，然后默默地走到一边翻弄课本，她时时用那清澈而严肃的眼神望着我，仿佛在和我的心灵进行着无止无休的辩论。

我懂了，这种留在孩子心灵深处的创伤是不会愈合的，这伤疤将随着他们的渐通世事而流血发疼。我恨透了制造这创伤的丑恶力量，难道还有比这更严重的残害么？

索米娅从那天天亮以后，也忘却了悲伤。当她来到学校的时候，我看见她脸上满是兴奋的，甚至是喜气洋洋的光彩。她走近那头高贵的黑白花荷兰乳牛，亲切地拍拍它的额头。那奶牛转动着闪着缎光的脖颈，聪慧地睁大温柔的眼睛等着她。她蹲下，把木桶放稳在袍襟上。唰，唰，雪白的奶浆一股股射向桶底。其余几头奶牛也慢腾腾地踱过来，围着她站成一圈，等着轮到自己。她挥动着双臂，上身一动一动地摇着，用力地挤着，脸上浮着平和的微笑。我站在圈墙外面看着她，看得出神。下课铃响了，一大群孩子喧闹着冲来，小脑袋在圈墙上露出齐齐的一排。他们七嘴八舌地议论着，争执着，用清脆的童声向索米娅问好。索米娅挤满一小桶，孩子们就震耳欲聋地喊成一片，拼命地朝她伸出手臂。她把奶桶递给孩子们，微笑地嘱咐着他们，目送着他们把奶桶送到伙房。铃声又响了，孩子们吵嚷着奔回教室，围墙外面像是飞走了一群乱叫的小鸟。

索米娅拴紧圈门，又走到住宿的牧区孩子的宿舍。在那儿，她已经用我提来的湖水泡上了一大堆要洗的窗帘和被单。早晨的太阳已经高高升上了白音乌拉大山。诺盖淖尔湖畔的这几排简陋的土房子渐渐显出了平稳的秩序和劳动的活力。索米娅洗着衣服，用湿漉漉的手撩着脸上的散发，随口和路过的人们说着话。阳光照着她黧色的面颊和黑黑的眼睛，她显得安详、自信而平静。不久，白杨树干上扯起了一条条绳子，洗好的床单在绳索上迎风飞舞，像是成排的旗子。索米娅吃力地站了起来，轻轻捶着后腰，拖着沉重的步子朝湖畔的泥屋蹒跚走去，随手在地上拾起一段铁丝，几块牛粪和木头。她从邻居的汉族老太婆家里把儿子们吆回来，顺便给那户人家养的一只山羊羔喂了奶。她点燃炉灶，用斧头砸碎茶砖。一家人围坐在炕上，奶茶正在铁锅里沸腾。

我长久地观察着她的一举一动。我觉得自己似乎看见了她过去的日子，也看清了她未来还要继续度过的生活。

我临行的前一天，达瓦仓赶着马车回来了。那天中午，学校的林老师跑来，把我们全家请到她的宿舍去吃午饭。

我们三个大人率领着四个孩子，一一围着她的炕桌坐好。这时，女教师乐不可支地咯咯笑着，满面红光地告诉我们一个消息：

"啊呀，你们听着！学校刚刚开完了会。会上决定，把索米娅姐姐转为正式职工啦！嗯，听说是让你专门管理学生内务。索米娅姐姐，知道吗？以后，孩子们就要喊你'老师'啦！"她快活地嚷着，一面飞快地把冒热气的白馒头摆在桌上。"嘿，真高兴呀！哈哈！喂——车老板！你瞪什么眼？"

她朝达瓦仓喊着。马车夫不以为然地晃晃脑袋，端起酒杯，对我说道："喝，白音宝力格兄弟。你瞧，她也能当老师！很可能，明天会派我去当自治区书记。唉！"

女教师摆着菜，骂着达瓦仓说："不害羞！你算什么？除了赶大车就会喝酒。可索米娅姐姐呢，开会时，有的老师说，只要索米娅在，住宿生就不会想家啦。"

索米娅惶恐地、害羞地坐着，不安地揉弄着筷子，忘记了吃饭。她呆呆地看着几个狼吞虎咽的儿女，好久没有说一句话。后来，她仿佛刚刚醒悟过来般失声叫了起来："哎哟！弄错啦……我怎么能，怎么能喊我老师呢！"

她丢掉筷子，双手捂住了脸。可是，我已经在她的脸上看到了一种复活的美丽神采，那是羞怯和紧张都遮掩不住的、一种难得出现的神采。林老师说笑着，给孩子们添着菜，给我们男人添着酒。其其格一面吃着，一面翻看着一本连环画。达瓦仓喝干一杯酒，就忙着教训一下伺机捣乱的儿子，只有索米娅坐在角落里，独自静静地出神。她在想什么呢？孩子们在吵闹，女教师在谈笑，丈夫在饮酒。她只是茫然向他们投去一瞥，随即又陷入自己的遐思。也许此时她第一次感到了疲乏和劳累，第一次有机会歇息一会儿。她一定正在安详地回想着那难熬的岁月，回想着那些快要淡漠了的酸辛。她的神情松弛了，痴痴的目光像是在注视着什么，那目光里充满了使我感到新奇的怜爱和慈祥。你变了，我的沙娜，我的朝霞般的姑娘。像草原上所有的姑娘一样，你也走完了那条蜿蜒在草丛里的小路，经历了她们都经历过的快乐、艰难、忍受和侮辱。你已一去不返，草原上又成熟了一个新的女人。

在古歌《黑骏马》的终句里，那骑手最后发现，他在长满了青灰色艾可草的青青山梁上找到的那个女人，原来并不是他寻找的妹妹。小时候，当我听着这两句叠唱的长调时，曾经百思不得其解。后来，成年以后，当我为思念索米娅哼起这首歌的时候，我一直认为这支古歌在这儿完成了优美的升华。它用"不是"这个平淡无奇的单词，以千钧之力结束了循回不已的悬念，铸成了无穷的感伤意境和古朴的、悲剧的美。

但是，这一回，当我真的踏着这古歌的节奏，亲身体味了歌中概括的生活以后，我不能不再次沉入了深深的思索。

第二天清晨，我牵着钢嘎·哈拉，告别了达瓦仓、其其格和孩子们。索米娅陪着我，牵马绕过了清澄的、早晨的诺盖淖尔湖水，慢慢地走上直插旗所在地的那条小路。

我尽量开朗地和她闲谈着，讲叙着我在自治区畜牧厅的工作和生活。当然也商量了许多事情，包括怎样抚养和教育正在长大的其其格。

那天早晨，湖面上低低地流动着淡白色的浓雾，天上湿润的云彩拉成长长的薄丝，在峡谷的避风处和湖雾连成一片。只有天幕后面那轮巨大的淡红朝日正在无声升起，把一束束微红的光线穿过流雾，斜斜地投向蓝幽幽的水面。

索米娅低着头走在我身旁，露水打湿了她的袍襟，在小路开始向山坡上伸延而去的一片马莲草地上，我转过身来。我决心不再制造那种感伤的离别场面，于是，我说了一声"再见吧，索米娅"，就奋力跃上了马背。

"巴帕！"索米娅突然撼人肺腑地喊了一声。

　　我浑身一震，猛地收住马缰。这是我第一次，也是最后一次听见她这样亲昵地称呼我。

　　索米娅急急跑上几步，双手抓住马勒，气喘吁吁地说：

　　"我有一件心事，不，有一个请求，我不知道是不是该说——"她满怀希望地凝视着我的眼睛，犹豫了一下。突然又用热烈的、兴奋的声调对我说："如果，如果你将来有了孩子，而且……她又不嫌弃的话，就把那孩子送来吧……把孩子送到我这里来！懂么？我养大了再还给你们！"她的眼睛里一下涌满了泪水。"你知道，我已经不能再生孩子啦。可是，我受不了！我得有个婴儿抱着！我总觉得，要是没有那种吃奶的孩子，我就没法活下去……我一直打算着抱养一个。啊，你以后结了婚，工作多，答应我，生了孩子送来吧！我养成个人再还给你……"

　　我震惊地听着她的表白。

　　我想起了我的奶奶。想起了奶奶总是一本正经地讲述而被我挤着鬼脸嘲笑过的、那许许多多的哲理。奶奶已经长眠不醒，但我此刻相信她一定得到了真正的安宁。我几乎要对索米娅冲动地说："沙娜，我的好姑娘！你将来一定会像奶奶一样慈祥！"可是我没敢说。而且，这样说也许并不正确。我只是僵坐在马鞍上，目瞪口呆地听着她的倾吐。我觉得，像我这样的人是很难彻底理解她们的一切的。我目不转睛地望着索米娅。那个梳着羊犄角小辫和我同骑一牛的小女孩，那个紧束着腰带朝我奔来的少女，那个红霞中的姑娘，还有那个赶车人泥屋里的主妇，都闪电般地从我眼前掠过，我似乎已经从中辨出了一道轨迹，看到了一个震撼人心的人生和人性的故事。——快点成熟吧！我暗暗呼唤着自己。

　　我放开勒紧的马嚼，钢嘎·哈拉抖动着满颈黑鬃，飞一样地冲向前方，把激动的风儿甩在身后，久久带着一阵远去的呼哨。我驰上了地平线，在高高的山冈上扯转马头。在茫茫的草海里，索米娅微小的背影正在向彼岸踽踽前行。再见吧，我的沙娜，继续走向你的人生。让我带着对你的思念，带着我们永远不会玷污的爱情，带着你给我的力量和思索，也去开辟我的前途……如果我将来能有一个儿子，我一定再骑着黑骏马不辞千里把他送来，把他托付给你，让他和其其格一块生活，就像我的父亲当年把我托付给我们亲爱的白发奶奶一样。但是，我决不会像父亲那样简单和不负责任；我要和你一块儿，拿出我们的全部力量，让我们的后代得到更多的幸福，而不被丑恶的黑暗湮灭。

　　钢嘎·哈拉沿着开阔的山坡飞驰。畜牧厅规划处的同事们一定已经完成了在旗里的调查。我要快马加鞭去和他们会合，然后去开始新的工作。

　　此刻，宇宙深处轻轻地飘来一丝音响。它愈来愈近，但难以捕捉，像是在草原上空的浓郁空气中传递着一个不安的消息。等我刚刚辨出它的时候，它突然排山倒海地飞扬而至,掀起一阵壮美的风暴。我被它牢牢地吸引住了,黑骏马追赶着它的步伐。接着,从那狂风般的雄浑前奏中,流出了一个优美悲怆的旋律,它激烈而又委婉地起伏着,好像在诉说着草原古老的生活。

那一浪浪涌来的、苍凉古朴的调子叩击着我的心,又伴和着钢嘎·哈拉急骤的蹄音,把我们的心绪向莽莽的大草原传递。在这天宇和大地奏起的浑厚音乐中,我低低地唱起了《黑骏马》,从那古歌的第一节开始,一直唱到终止的"不是"那个词。

当我的长调和全部音乐那久久不散的余音终于悄然逝尽的一霎间,我滚鞍下马,猛地把身体扑进青青的茂密草丛之中。我悄悄地亲吻着这苦涩的草地,亲吻着这片留下了我和索米娅的斑斑足迹和炽热爱情,这出现过我永志不忘的美丽红霞和伸展着我的亲人们生路的大草原。我悄悄地哭了,青绿的草茎和嫩叶上,沾挂着我饱含丰富的、告别昔日的泪珠。我想把已成过去的一切都倾洒于此,然后怀着一颗更丰富、更湿润的心去迎接明天,就像古歌中那个骑着黑骏马的牧人一样。

（原载《十月》1982 年第 6 期）

蔡测海
CAI CE HAI

土家族。1952 年出生。湖南土家族苗族自治州龙山县火岩乡人。先后从事过乡村民办教师、医生、电台记者等工作。1984 年至 1988 年在鲁迅文学院、北京大学作家班学习。1984 年加入中国作家协会。现为湖南省作家协会专业作家。湖南省作家协会副主席。

1979 年开始发表作品。著有中短篇小说集《刻在记忆的石壁上》《母船》《麝香》《今天的太阳》《穿过死亡的黑洞》《蔡测海小说选》，长篇小说《三世界》《套狼》及文论集《谁擦亮了小说这面铜镜》等。小说《远处的伐木声》获得 1982 年全国优秀短篇小说奖。

远处的伐木声

　　那时断时续的伐木声从远处飘过来，在古木河上弥散。这零零落落的声音，与潺潺的流水声融在一起，于是，就像流水一般的长久了。

　　这古木河怕是有了些年纪，水边的石菖蒲草下长满了厚厚的青苔，河底的大青岩流成了深深的石槽，那座大石山也给穿了十多里长的一个洞，天晓得几时完成了这么大的工程！

　　河边有一栋青瓦木楼，那最初的蓝图怕是鲁班画的。造型和格局有点像苏杭一带园林里的水榭楼台，只是不像那般玲珑。木楼简朴而又扎实。方圆数百里内，全是同样格式的房屋，这倒成了这些山里人家的特色。古木河边的这座木楼里，住着不知是鲁班的第几十代小弟子，一位年过花甲的老桂木匠和他的独生女儿阳春，还有一个半客半主的人，老桂木匠的徒弟和未婚女婿桥桥。这样的家规和师道并重的人家，那日子该是多么的庄严肃穆，连古木河流过这里，也变得庄重起来，那野马似的浅滩变成了大家闺秀似的十里深潭。

　　有几个洞幽察微的人物，并不把这一家人看得那么严丝合缝。阳春和桥桥都是二十几岁的人，正是男大当婚，女大当嫁。老桂木匠却不早给女儿圆成婚事，怕是迟早要出古怪。老桂木匠手艺精，这类事情却不如一个妇道人家。

　　老桂木匠之所以是老桂木匠，凡事自有他自己的打算。

　　这方圆百十里的古木青山中，你一遇上老桂木匠就知道是他。竹背篼装满了木匠行头，手里捏着把五尺杠杠（懂行的人都知道，那把五尺是木匠里面的最高级别——掌墨师的标志，像将军的肩章一样），背上五六十斤走长路腰不弯，腿不颤，比年轻人还经熬。他那张青岩板一般的脸从来不露颜色，满脸和上唇都刮得溜光，只有下巴上留出半尺来长的胡子，逢人像个不会开口的哑菩萨，他能跟你坐上一顿饭工夫不说一句话，开口说出话来也像用他那木匠尺量过的一样，不长不短，不高不低，不近不远，而且总离不开那本鲁班经。因此，山里的老班辈人爱对那些麻布口袋里装钉子——个个想出头的不轨的年轻人说："打发你到老桂木匠那儿学两年徒弟去!"

老桂木匠靠着祖传的手艺，成了个半神半仙的人物。父亲，祖父，曾祖父，曾祖父的曾祖父，一个墨斗一把尺，不知从哪一传下来，传到老桂木匠手里，他靠这两样行头当掌墨师。在这一行里从舜到宣统，哪一个皇帝子也不在话下，上有鲁班，下有老桂木匠的祖八代，今有老桂木匠。说秦始皇筑长城，隋炀修运河，他说你糊曰他。老桂木匠说起他祖宗修的转角楼，晚上你睡着了，梦到哪里，那楼转到哪里，说得像他见过的一样。听的人也有些相信，那话有假，他老桂木匠那祖传的手艺还有假? 这古木河两山两界方圆百十里，哪家盖房造屋不请他老桂木匠?

老桂木匠不像有些手艺人，酒来酒做，肉来肉做，无酒无肉七做八做。他答应了谁家的木工活，哪怕他屋里餐餐吃红苕喝稀饭他也来，做出的功夫家家一样，件件一样。他很看重自己的手艺。老桂木匠不是酒肉喂大的，他没少挨父亲的五尺杠杠。父亲对他是苛求的，严厉的。那把五尺是人格化了的父亲。他从父亲手上接过了那把五尺，做人和做手艺决不有违父亲的训诫。

老桂木匠没有儿子，老婆生下阳春后就死了，用他那行的话讲，没找到个接五尺的人。他带了几个徒弟，又都不合心意，最后看准了桥桥，将来一个墨斗，一把五尺，还有女儿阳春总算都有个着落了。

桥桥是老桂木匠一房远亲的儿子，那家孩子多，桥桥七八岁时就被老桂木匠收作徒弟。桥桥自幼跟师傅学，那秉性也跟师傅一墨线弹出来的一样，不走丝毫。如今，二十出头的桥桥长成腰壮膀子宽的大汉子，比师傅高出一头，一副关公脸，少言少语，在哪家做功夫，从不跟人家大男细女调笑。他成天放下斧头拿刨子，丢下刨子拿凿子，细活儿比师傅精，粗活儿比师傅快。不过，他还是像初学时一样，处处都看着师傅的，师傅开口了他动手，师傅点头了他放手。在家里，老桂木匠常常抱着一把大蒲扇，在躺椅上打呼噜。桥桥便去翻出那些用钝了的行头修整起来，或便找出一截木料变出一个小凳或者锅盖之类的东西。

老桂木匠看得起桥桥，便把徒弟当做女婿。

既然有了人事上的这层变动，家里也自然发生了一些小小的改革。

每到掌灯时分，老桂木匠便带着桥桥到东头上房去睡觉，留着女儿阳春一个在西头火塘屋里就着火光纳鞋底。早先，一家三口睡一个床。后来分散三处，阳春要起早做饭，睡火塘屋，桥桥手脚灵便睡东头楼上，老桂木匠睡东头楼下。这两年，两个孩子都大了，阳春那平平的胸脯也胀了起来，眼睛看人特别亮，像打闪一样。桥桥的胡子青了嘴边，尖尖的嗓子也变得浑厚了。老桂木匠这个师傅，这个父亲，这个岳丈老子，又生出一份责任来。孩子们一大就要操心。老桂木匠的心跟别的父亲的心一样，像一只鸟巢，护着蛋儿，孵出鸟儿，什么时候扎啦啦一飞，心就空了；老桂木匠又没有别的父亲那一份操心，这未来的女婿就在他家里，到时候，不用请客，也不用接来送出的许多礼节，桥桥和阳春就办了那个事。没有个儿子，这木屋里也能生儿育女，能把墨斗五尺传下去。

但现在还不是那个时候。老桂木匠才把东头楼上的铺拆了，叫桥桥搬下楼来跟他共一床。他知道如今有些年轻人一时性起，就干出那种"种早仓谷"的事来。桥桥虽然老实，但年轻人总归是年轻人，唉，谁没有个年轻的时候呢！

桥桥跟他睡一床，实实地给师傅掖好被子，通宵连身也不翻一个，腿也不缩一缩。老桂木匠喜欢这个守本分的年轻人，这个有出息的徒弟，这个放得下心的女婿。

老桂木匠不急着让桥桥和阳春结婚，他有肚量抗一抗那个男大当婚，女大当嫁的习俗，老桂木匠有老桂木匠的盘算。

有时候，老桂木匠当着阳春的面对桥桥说：

"等你当了掌墨师，就跟阳春把事办了，用我这把老手艺给你俩打套椿木脚料桑木方，樟木格子楠木面儿的新家具。枞木杉木柏子木的不要。"

阳春听了，心里就"咚"的一下，转身抄起一把筛子去筛糠。桥桥望着师傅，听师傅说话，像是给他安排一桩木匠活，等师傅画了墨，他就去做。

阳春偷偷地看了桥桥一眼，见那副一本正经地由老桂木匠活脱出来的木匠相，"咚咚"的心也不再跳了。她手里的筛子也转得慢了，然后停下来，把筛子上面的粗糠倒进火塘里。火熄了一阵又燃起来，生出好多烟子，把人呛得半死，阳春便跑到外面去。

古木河那边有人放岩炮，轰轰地响，斗大的石块和着那黄色的硝烟直冲到半天云里，浓烟滚滚而上，与云混在一起，石块坠落下来，落在土里，荒草里，古木河中也溅起了丈多高的水柱。

炸那些石头干什么呢？烧石灰吧？是哪里来人到这深山沟里烧石灰呢？这水边人家，除了鲁班行里的事，哪怕门口放炮也没人去问一问的。

阳春看得腻了，又钻进屋里去。

从那古木河上升起歌来，飘进木屋里。

> 太阳出来照白岩，
> 白岩上头晒花鞋，
> 花鞋再乖我不爱，
> 只爱你姐好人才——哎！

"人家有大男细女的，在那里乱吼叫！"老桂木匠有些生气，在屋里自己嘀咕。

"谁听见啦？"阳春嗔怪地吵爹爹一句。

其实，阳春要没听见，她反问爹爹一句做什么呢？那些放排人，年年打门前过，哪回不唱那些歌？只是在这屋里，阳春不该听，桥桥不该唱。有时阳春想，要是桥桥也唱那种歌呢？那阳春也会跟着哼哼的。鬼！桥桥一辈子也不唱那号歌。

桥桥钻出屋去，那些放排人把排散了架，一个个撅着光屁股在那儿忙乎。

桥桥用手做成喇叭筒，对着河心喊：

"喂，水上漂的，还没到常德汉口，就靠码头啦？"

河里抛上来一句：

"管你岸上鬼事，哪个没搞你婆娘！"

这句话岸上三个人都听见了，谁也不好还口。

"嘭哒——嘭——"这是从远处传来的伐木声。准是哪个寨子又在砍树，准备修新屋。老少木匠都侧耳听着，阳春也放下了手里的针线。父亲和桥桥一出去，屋里就只剩她了。这儿单门独户，连人气也闻不到。

也许是这儿太安静了，远处一个小小的响动，都像打了个闷雷。

一切又像睡着了一样，古木河两边的悬崖，像两遭栅栏，把天空夹成一条带子，河水在谷底静静地流，下常德，下汉口，到大洋大海去，放排人们也要跟着去看大世界。

阳春的眼睛，也跟着放排人去了。

远处的伐木声消失了，却荡起了整个生命里都有的音乐，老桂木匠眯上眼睛在躺椅上靠着，安详地打着呼噜，但他并没有睡去。

这古木河的两山两界，十里八里一处的寨子，那错错落落的木楼，哪一栋门朝东，哪一栋门朝西，老桂木匠都清楚。在一些旧了的木楼旁边，突然立起一栋新木楼，给山寨又添上多少光辉！这一份荣耀是他老桂木匠的，而且这荣耀会像炊烟一样越升越高。他知道，在这个世界上，只要有人，就要修房造屋，有什么比木匠手艺更长久呢！

他睁开眼睛坐起来，把桥桥叫到身边：

"好好学手艺，将来你什么都比我强。"

桥桥是该比他强些，他打了半辈子光棍，桥桥却有个阳春，他没有儿子只好招徒弟做上门郎，桥桥和阳春却可以生个儿子。

桥桥点点头，他对师傅的话并不是处处都心领神会，可是他总愿意让师傅知道：他懂了。

阳春朝这边看着，不知道这边两个演什么戏，那师徒间的事情，在这个家庭里，就像油和水一样，和别的事装在一起，却又是分开着的。阳春不知道那些鲁班行里的事，她是这个小天地里的"待业青年"。一个女子家，不能跟着父亲学手艺，当然也不便离开这地方，去哪一个生产队去包一块责任田。三个人都在家时，她一天做三顿饭。父亲和桥桥一出去，她常常几餐饭做一餐吃。晚上，阳春在松明子底下做针线。人家做针线都有当娘的教，阳春做针线是全靠她自己那一份天资，做什么成什么。她也没个样子，做出来的东西样样看着顺眼，随意绣出一朵花来，那色调，那格局，也都恰到好处。

山沟里毕竟见识少，也就没有城里那些"待业青年"的烦恼。低头看云在水里流，抬头见云在天上飘。花谢了又开了。山黄了又绿了。这两年来，只是那古木河晚上特别响，吵人，她常常不做针线也在火塘边坐到半夜，天未亮就起床，一鼎罐子水烧干了又添上。东头的老桂木匠听见女儿一次次往罐子里加水，便在床上嚷：

"你熬牛脑壳啊？"

阳春嘴巧，低声应一句：

"起来吃啰！"说完便"吃吃"地笑起来。

对这句多少有点出格的话，古板的老桂木匠自然是装不下，他长长地"唉——"了一声，发出只有他自己才能理解的叹息。

讲是讲，做是做，只要不做出什么错事来，讲句把出格的话，老桂木匠是宽容的。其实，阳春是个又懂事又谨慎的姑娘，能做出什么错事呢？可是，当父亲的总不如做母亲的，对女儿猜不着摸不透，所以，他不得不防范了又防范。

老桂木匠背着阳春对桥桥讲：

"阳春是许给你的，等什么时候我把墨斗五尺交给你了，你就领着阳春到公社去领张结婚证，给你俩圆成大事。可现在，你还是我们鲁班行里的下把手，不是掌墨师啦。"

桥桥比师傅出一头，听话时不得不躬着身子。他点头，嗯嗯着。对师傅的这番话，他是理解的。一个学艺的人，不就是要把手艺做出头吗！

阳春不懂鲁班行里那一套，老桂木匠便不跟她说那些大道理，只在小事上管严些。桥桥在近处的木场里做料，阳春跟着去捡木杂什做柴火，老桂木匠也跟着去，检阅小徒弟的手艺，女儿不离开，老子也不走。桥桥下河洗衣服，阳春跟着下河洗菜。桥桥在远远的石头上蹲着，勾起脑壳搓衣服，背对着阳春。这死桥桥越大越呆板。小时候，他俩一起到山上赶鸟，桥桥很灵，每次都能捉到几只红嘴鸟或画眉回来。有时到水边玩，打漂漂，桥桥比阳春打得远。桥桥下河游水，翻天躺在水上，鼓鼓圆的黑肚皮露出水来，为了炫耀他那凫水的本事，桥桥让阳春看他的肚脐眼，阳春使用泥巴坨砸他，直到桥桥像水鬼似的溺进去。

现在呢？桥桥是爹的徒弟，也不能像小时候那样做伢伢事了。但桥桥太老实得不像个人儿，可爹爹喜欢老实人，要不，爹爹为什么把别的徒弟都撵走了，单单留下桥桥呢？

阳春见那老实巴交的桥桥，有些可怜他，便对着桥桥喊：

"桥桥，把衣服拿过来，让我搓两把。"

桥桥脸也不掉过来，蚊子哼哼一样地应道：

"我自己搓。"

阳春自个儿发了一会儿呆，低着头瞧水里的影子，那胀起的胸脯让她羞红了脸，拿起一把青菜在水里搅着，那乖影子在水里模糊起来，随着一串涟漪荡到远处去。

"还没洗完啦？你俩！"老桂木匠在喊。

桥桥先起身走了，阳春一个人留在河边发呆，看着水里那散开了又聚拢了的影子。

古木河那边喊："放炮啦！——"

她起身回到屋里去。

年长月久，那吊脚楼里的日子，过得像门前的流水一样平和。那些预言这水边人家会出古怪事的观察家，又开始叹服起老桂木匠的治家本领来。

爹和桥桥出门了，照例是该炒点好菜。

阳春拿出她采的木耳炖猪脚，给爹和桥桥吃，她自己爱吃辣椒面拌鱼腥草根。

爹爹和桥桥出门，全是给人家造新屋，一去就是一个多月。阳春舍不得他们走，又巴不得他们走。

爹爹和桥桥出门了，是人家接去的。

阳春上山打柴，碰到一堆木耳一坨蘑菇也不叫她欢喜。那些满坡满岭的红花白花，开得她心里很乱。

远处传来闷雷一般的声音，那不是伐木声，阳春听得出，是谁家立新屋，用那百十斤的大木捶合排扇。新立一户人家真不容易呀，得添些锅碗柜什么的，如果也有阳春这么大的姑娘，那还得多一张床呢。

阳春胡乱地想着。

古木河那边没有人放岩炮了。阳春到河边的草地上玩，见河那边有人把那炸了的石头砌起来，又没冒烟，不像是烧石灰。是修寨堡吗？听爹讲过，从前为了躲土匪，许多人邀集起来，用石头围成一个寨堡，备上土枪火药防土匪，在寨堡里安身。现在解放三十多年了，太平天下哪来土匪呢？不修寨堡那些人又做什么？

她越过去看个究竟。要是爹爹在家，不管准不准，她可以问问爹爹。现在爹爹不在，阳春该自己做主了。

阳春解下拴在麻栗树上的小竹筏子，竹筏子在水上漂起来，到河那边靠岸了。阳春朝那些人走去。

在不近不远处，阳春站住了，她在那儿看着，那些人用这些敲打成方块的石头，掺和石灰和泥拌成的浆子，砌着垒着，围成一大片小围子。聪明的阳春看出来了，这是造房子。

那些人粗腿粗胳膊，像是专门为摆弄那些斗大的石块才生成的，他们吹着口哨，嘻嘻哈哈，一个个一副吊儿郎当的神气。可是，那些不方不正，不尖不秃不成器的石头，给他们那么随意一摆弄，就变得那么平整稳当。于是，那些匍匐在地上的方格子便渐渐长起来，变成了一个一个的围子，像蜂窝一样。

阳春觉得这些人是在干一件十分有趣的事，爹和桥桥盖房时，怎么没有这么大气派呢？她真想动手试试，她甚至想象着自己就是那些造石头房子的人。

对父亲和桥桥的那种事业，阳春有些好奇，又有点好笑，又有点胆怯，可眼前这些人干的全不是那样。

她走拢去，想问，又怕问错了给人家笑话，便对一个上年纪的人讲：

"老师傅，这地方盖这么大一片房子，谁来住呢？"

听这脆生生的声音，所有的人都停下手里的活计，打量起这古木青山中突然飘落的仙子一般的姑娘来。

"又出了一个张家界。"

不知是哪个说了这样一句俏皮话，拿那森林考察队员们刚发现的这大山中的一颗风景明珠和阳春做比。

这些外来人确实发现了一颗山中明珠。阳春那桃花般的瓜子脸，一对酒窝窝不笑也像笑，一双聪慧而又带点孩子气的大眼睛，不看人也那么闪亮，那身段不像穿紧身衣的城里姑娘显出的窄巴，也不像一般乡下姑娘宽衣肥裤那么庞大。她既未烫发也不坠耳环，没有现代的也没有古典的标志。那整个的神态，艳丽中透着淡雅，健美中显出秀气。

"这姑娘到了哪个剧团，怕比张家界还出名！"

"那不见得，张家界上过画报、电影，外国都晓得！"

"……"

阳春从来在这么多人面前出头露面，羞涩地低下头去。然后，她又对着那位上年纪的人说：

"老师傅，问你呢？"

那位上了年纪的人搓了搓手上的泥，笑着回答说："你问我们的掌墨师吧。"

那个正在比着量着的人转过身来，和阳春打了个照面。这不是水生吗？他手里那把拉长了又缩进去的圆东西，桥桥叫它"蜗牛尺"，当年就为那个"蜗牛尺"，爹爹把水生给撵走了。爹爹抢了水生的"蜗牛尺"扔在地上，骂他冲了鲁班，水生拾起那把"蜗牛尺"，头也没回就走了。

阳春当时为什么不留他一声呢？人到受气时，一颗胡椒也顺一口气呵。

当然，水生也有水生的错处，他平时不该挖苦桥桥总是一身木气，也不该唱那些放排人的疯歌。阳春要出来说情那不是火上浇油吗？

阳春像是有些不好意思，只叫了声"水生哥"。

水生也认出了阳春。他没有马上跟阳春搭话。他恨阳春的爹，那个不近人情的老古板师傅，留下了那个连屁都放不响的桥桥，倒把他给撵走了。撵了就撵了，为什么要留下桥桥？这对这个血性汉子是个侮辱！难道鲁班行里的母猪娘也比黄骠马强？当时他一气之下离开了鲁班行，发誓一辈子不见那老古板师傅。他不信，出了鲁班行就绝了路，猴子可以翻跟头耍把戏，人还干不出一番事业吗？他要让人知道，天地大着哩，一样吃五谷杂粮，哪儿都能出能人！

在对河对面做功夫，也不去师傅家讨口凉水喝。他和手下一班人在这儿"野营"，也不肯到河对面去借光。俗话说，人不低头一般高，事不求人一般大。

但是水生也不是那种没有见识的人，过去的事如这古木河的水，还能倒流回来吗？桥桥跟着师傅，他水生另起炉灶当了个泥水匠，各得其所。

再说，鲁班行里的官司，跟这个姑娘有什么相干呢？

水生笑了，和颜悦色地同已经长成大姑娘的师妹搭起话来：

"阿妹，师傅把我撵走，我却当起掌墨师来了。嘿！浪人浪福气！"

不在家里，阳春讲话也放肆起来：

"怕鲁班不保佑你这掌墨师，这石头屋造起来要倒呢！"水生也不示弱："我这掌墨师鲁班管不着，这石头归县政府管，要在古木河上修发电站呢，先在这儿起座大高楼，楼房一起来，房子抹上石灰装上玻璃，像水晶宫一样漂亮！"

"瞎吹！"

"对河对面，两个月以后你来瞧！"

阳春朝那边人群里望一眼，还有穿花格格褂子的姑娘，她心里有些痒痒了，顺口说道：

"你专挑我家对门造这石楼，是想叫我爹看，好出你一口气！"

"你当我是那号小气鬼？县里把这活儿包下来了，我们那边正闲着，我成头包了这功夫。"

阳春觉得今天特别饿，要回去烧夜饭了。走出好远，又丢回一个话把头：

"歇憩的时候过来喝口水，我家的门槛不高，水也不噎喉咙不塞牙。"

阳春今天走起路来也那么轻快，这深山沟里多了水生他们，世界变热闹了。真的要是建起发电站，沿河拉上电线，安上电灯，就像搬来一座城，那个世界是个什么样儿呢？

水生看着阳春的背影，那长辫子在腰间拂来拂去的，一身花衣服要在别处怕是有些不适宜，可在这绿水青山当中，却那么鲜亮、那么惹眼。

水生不由得想到桥桥，阳春的影子也就黯下来了。

阳春从那新楼场上回来，觉得自己长了许多见识。

当年那个头也不回的水生，手艺得了大半，叫爹爹给砸了，这不是毁了人家的那许多年月吗？想不到水生如今当了掌墨师，造起能发电的楼房来了。水生脑壳里一定装了星星，装了月亮，要不，他的路怎么越走越亮，越走越宽呢？

桥桥呵桥桥，爹爹把他的墨斗五尺许给了你，也把我阳春许给了你，就怕你不如水生那么有出息……

这样拿桥桥和水生比，阳春又有点为桥桥抱不平。再一想，自己比桥桥还不如哩！天天除了找柴火就是煮饭，只像一只会找食的小雀雀。

阳春突然记起有一年，家里来了一男一女讲四川话的人，两口子都是泥水匠，女的叫男的师傅，男的叫女的师傅，逗得连老古板爹爹都笑了。

阳春从来没有想过这么多，她好像一下长成了大人。其实阳春也真不小了，过了生日就满二十三。可在那个古板爹爹面前，活一百岁也长不大。

第二天，水生过河来，站在大门口喊：

"阳春，借你家几斤青菜，明天从排上捎海带还你。"

阳春从屋里走出来，看看那一本正经的水生，先笑出声来，然后说：

"吃惯了青菜萝卜不稀罕你那山珍海味，你要不嫌，那园子里多的是。"

阳春风快地到菜园子里拔了两大抱青菜，还带了一大把葱，一起给了水生。

阳春有句话，到了嘴边又缩回去，看水生动脚走了，阳春才说出口：

"水生哥，你那儿也有女徒弟？"

水生转过身来说：

"不光是徒弟，还有女师傅哩！"

"我们家的桥桥……"阳春没说完，脸一红，把头低下。

"你爹的宝贝女婿呀，他留着接墨斗五尺吧！"水生哈哈笑起来。

"水生哥，跟你说正经的，桥桥来了我也来。"

"你呀，我们要不起。"

"我给你们做饭，拌石灰也行。"

不知为什么，说了这句话，阳春眼圈红了，差点儿落下眼泪来。

水生看阳春那样子，心软了。他不想把话讲绝，叫阳春伤心。他跟阳春讲别的：

"桥桥这位兄弟真老实，实心实意跟着你爹干，可你爹，不到爬不动的时候不放手那把五尺。唉，鲁班行里学艺难啦！熬到掌墨师，好日月都过去了。真是修成庙来鬼也老。"

真神面前不烧假香，在这诚心诚意的师妹面前，水生说的都是实打实的话。可阳春听了，不免暗暗伤心起来。谁叫自己命苦，没个妈妈？爹爹只晓得教桥桥学手艺，把她扔在一边。

阳春想起一句话要问水生，可水生已经走到河边去了。

阳春从背后喊一声：

"水生哥，河中担心！"

水生在小筏上打了个颤，几张青菜叶子失落在水上，向下河漂去。满河墨绿，像是叫那青菜给染的。

不知是老桂木匠和桥桥出门后的第几天晚上，阳春早关了门，突然外面有人叫起来。是桥桥。

阳春起来，把火塘里的火扒开，吹燃，开大门。

桥桥勾起脑壳进来，只说是回来找两样家什，等着用。桥桥把几件家什装进背篓，阳春给他燃起一只火把，送他到大门口。

阳春看看天。锅底似的。垫脚石滑溜溜的。地返潮了，天要下雨。

"要下雨了，路上会熄了火把，这三沟两岔有豹子有狼，你明天早点动身不行？"

说话间，真的打起闪来。桥桥只得把迈出门槛的脚缩回来，上东头上房睡了。阳春关了大门，回到火塘旁边坐着。

桥桥一倒下就打起呼噜来。阳春想，在外面做功夫真累人呀。

桥桥小时候就爱打呼噜。那时阳春还是跟桥桥和爹一起睡。她用脚蹬桥桥，桥桥也不醒，直到把桥桥蹬到板壁上去……

羞！想到哪儿去啦？阳春脸一红，慌忙把火蒙熄，上床睡了。

阳春又醒了。要下雨的天真闷热，阳春心里像猫抓一样。那边的桥桥仍在打呼噜。

阳春想着天这么闷热，桥桥怕是把被窝给掀了。下雨过后天一转晴，桥桥准会伤风着凉的。病了是小事，许人家的功夫可耽搁不得。阳春起床来，点起松明子，到东头上屋去。桥桥没有关门，因为平时都是师傅上门闩。阳春推门进去，桥桥正大字朝天地压在被窝上。阳春羞得转过脸去，把松明子搁在一边，心在胸膛里咚咚地碰撞起来。

忽然阳春变得那么恬静，像月夜的森林，没有一丝风，连叶片也未摇一摇。她走近床边，给桥桥盖好被子。桥桥哼哼几声，又睡了，睡得那么着迷，鼻声也越来越响。阳春掐下一截垫铺草搅桥桥的鼻孔。

桥桥揉了揉鼻子，醒了。

床边有一个人，是阳春。

唔，阳春怎么来了？

在这屋里，有两块疆土。那界线在白天和夜晚的空气里，看不见，却碰得着。这条线像师傅画的墨线一样，乱不得，错不得，一错一乱，桥桥就会六神无主。

那条线是桥桥的神经。

桥桥这时候看见了阳春，他的那条神经颤抖了。他差点叫起师傅来。

桥桥想到师傅不在，便对阳春喊起来：

"阳春，你，不该来的……"

"我该来的，桥桥……"

阳春在桥桥的床边坐下来，用手去摸桥桥露在被子外面的冰凉的肩膀。

桥桥变得像小羊一样柔顺，他把阳春那只手拿过来，贴在自己那热烘烘的胸口上，阳春觉得桥桥那厚实的胸脯像敲鼓似的砰砰响。

桥桥猛地推开阳春的手，像被蜈蚣咬了一口似的突然叫起来："天亮啦，我要走！"

阳春看着那突然间变得半痴半疯的桥桥，她木然了。

然后，她镇住了抖起来的身子，用手理着头发，团在头上。她用一双泪汪汪的眼睛看着桥桥，静静地对桥桥讲：

"莫疯莫癫——桥桥——爹把我许了你，我就是你的人。商量个时候到公社去打结婚证吧！你别那么傻愣着。我没娘，我命苦——你把脸向着我——你比我还苦，我要让你过好……"

桥桥打断了阳春的话说：

"这些事该师傅管。你先回那边屋去。"

"你听我的，桥桥，为了我俩都好。你别跟我爹了。他管得你死，又不肯放手那把五尺。人家水生不是也走了？"

阳春仍然平声静气地讲。

"谁像他那样？歪门邪道！"

提起水生，桥桥好生气。

"人家是对路的。他当上造高楼的掌墨师了。不只为一家一户住，还为了全县，比我爹还光彩哩。"阳春停了停又说，"你别绷着脸，水生就在河那边，明早你去看看他，我们跟他一起做……"

"撒下师傅的人不得好死！"阳春还要说什么，桥桥猛地把头缩进被窝里去，紧紧密密地蒙起来。

　　阳春终于忍不住了，在被窝外面抽抽噎噎地哭起来。

　　外边雨停了，几丝清凉的风吹进屋来。阳春不哭了。哭过了，好像和先前离得很遥远。一哭一笑，是两个怪东西，浑身变松活起来。阳春有点头晕。

　　她对被子里裹着的人说：

　　"你真可怜，桥桥。"

　　阳春回到火塘屋去，把火烧得大大的。火苗呼呼地笑起来，一蹿一蹿的，像要和那青烟一起升到天上去。

　　火苗越笑越欢。"火苗笑，贵客到。"阳春想起那句俗话来。阳春拿火钳在火里捣了几下，火星子爆起来。"别那么轻狂！"阳春在心里骂了一句。古木河水涨了。响声越来越大，越来越急，像是和黑夜赛跑。

　　第二天，阳春把一包煮好了的鸡蛋悄悄放进桥桥的背篼里。她追出门，对着匆匆上路的桥桥后背说：

　　"等你和爹回来，给你俩一人一双新单鞋，一双新棉鞋。"

　　桥桥以为她讲疯话，女子家出嫁的时候，才兴给父老兄弟做这一单一棉的。

　　阳春又补上一句："回来了，新鞋子放在你和爹爹床前的踏板上。"

　　古木河边，一座高高的楼房，像是从天上掉下来的嫦娥宫，落在这古木青山中，嵌在这里，像生就了，长就了。

　　这是水生他们造的。

　　水生他们已经走了，到很远很远的地方去了。有人看见的，说他们修好这座楼，连一天都没住，就拔营揭寨，到县城去了。临走时还笑着说，这一回进县，要盖一座水泥厂，以后修房子，全用水泥了。哎呀，这古木河两山两界，这方圆百十里内同样格式的青瓦木楼，往后怕是要被人看不起呢！

　　阳春站在楼前，想了好多。她从这座崭新的楼，好像看到了另一种生活，另一个世界。她感到有些陌生。可是生疏使人向往。

　　古木河上的木排比先前似乎多了起来，不止木排上装着机器，比老桂木匠家的木楼还大。看来，真是要修发电站呢！

　　古木河那边，那栋式样古老的木楼，仍然那么结实，连大风都吹不出嘎吱声来。它与对河那栋楼房对峙着，做出跃跃欲试的样子，只是那石脊上的衰败的狗尾草，减少了一些这木楼的气势。

　　河边的麻栗树下常有一个蹒跚的老人，看着那随着古木河流来流去的木排。

　　他是老桂木匠。

　　那边楼房前面，有人对一位来歇脚的年轻放排人讲，那个老桂木匠有个像这大山中的锦鸡一样美丽的独生女儿，招了一个跟老桂木匠手艺一般的精巧上门郎，不知道里边有点什么蹊跷，后来，那玉石般的女儿赶水路坐木排走了。

"走到哪去了呢?"

"听说，上县城里去跟了一位泥水匠。"

"胡扯! 想必那个泥水匠是拐子!"

年轻的放排人有些为上门郎抱不平。

"不哩! 那年轻师傅可是个正派人。他那一班人修完这栋楼房要走，那个姑娘跑过来，跪着求他，要他带她一起走。"

"当真?"

"不信你问古木河水，这里奇山奇水出奇事。"

"后来呢?"

"后来的事，现在能知道吗?"

放排人撑着木排走了，岸边的闲话也随着古木河水流走了。

(原载《民族文学》1982 年第 10 期)

史铁生
SHI TIE SHENG

（1951—2010 年）。出生于北京，原籍河北省涿县（今涿州市）。1967 年毕业于北京清华大学附属中学。1969 年到陕西延川插队落户。1972 年因下肢瘫痪回到北京。1974—1981 年在北京北新桥街道工厂做工。1983 年加入中国作家协会。

1979 年开始发表文学作品。有中短篇小说集《我的遥远的清平湾》《礼拜日》《舞台效果》《命若琴弦》、散文随笔集《我与地坛》《病隙碎笔》《扶轮问路》，长篇小说《务虚笔记》《我的丁一之旅》以及《史铁生作品集》等。小说《我的遥远的清平湾》、《奶奶的星星》分获 1982 年和 1983 年全国优秀短篇小说奖，短篇小说《老屋小记》获第一届鲁迅文学奖，散文集《病隙碎笔》获第三届鲁迅文学奖。

我的遥远的清平湾

北方的黄牛一般分为蒙古牛和华北牛。华北牛中要数秦川牛和南阳牛最好，个儿大，肩峰很高，劲儿足。华北牛和蒙古牛杂交的牛更漂亮，犄角向前弯去，顶架也厉害，而且皮实、好养。对北方的黄牛，我多少懂一点。这么说吧：现在要是有谁想买牛，我担保能给他挑头好的。看体形，看牙口，看精神儿，这谁都知道；光凭这些也许能挑到一头不坏的，可未必能挑到一头真正的好牛。关键是得看脾气，拿根鞭子，一甩，"嗖"的一声，好牛就会瞪圆了眼睛，左蹦右跳。这样的牛干起活来下死劲，走得欢。疲牛呢？听见鞭子响准是把腰往下一塌，闭一下眼睛，忍了。这样的牛，别要。

我插队的时候喂过两年牛，那是在陕北的一个小山村儿——清平湾。

我们那个地方虽然也还算是黄土高原，却只有黄土，见不到真正的平坦的塬地了。由于洪水年年吞噬，塬地总在塌方，顺着沟、渠、小河，流进了黄河。从洛川再往北，全是一座座黄的山峁或一道道黄的山梁，绵延不断。树很少，少到哪座山上有几棵什么树，老乡们都记得清清楚楚；只有打新窑或是做棺木的时候，才放倒一两棵。碗口粗的柏树就稀罕得不得了。要是谁能做上一口薄柏木板的棺材，大伙儿就都佩服，方圆几十里内都会传开。

在山上拦牛的时候，我常想，要是那一座座黄土山都是谷堆、麦垛，山坡上的胡蒿和沟壑里的狼牙刺都是柏树林，就好了。和我一起拦牛的老汉总是"唏溜唏溜"地抽着旱烟，笑笑说："那可就一股劲儿吃白馍馍了。老汉儿家、老婆儿家都睡一口好材。"

和我一起拦牛的老汉姓白。陕北话里，"白"发"破"的音，我们都管他叫"破老汉"。也许还因为他穷吧，英语中的"poor"就是"穷"的意思。或者还因为别的：那几颗零零碎碎的牙，那几根稀稀拉拉的胡子，尤其是他的嗓子——他爱唱，可嗓子像破锣。傍晚赶着牛回村的时候，最后一缕阳光照在崖畔上，红的。破老汉用镢把挑起一捆柴，扛着，一路走一路唱："崖畔上开花崖畔上红，受苦人①过得好光景……"声音拉得很长，虽不洪亮，但颤微微的，悠扬。碰巧了，崖顶上探出两个小脑瓜，竖着耳朵听一阵，跑了；可能是狐狸，也可能是野羊。不过，要想靠打猎为生可不行，野兽很少。我们那地方突出的特点是穷，穷山穷水，"好光景"永远是"受苦人"的一种盼望。天快黑的时候，进山寻野菜的孩子们也都回村了，大的拉着小的，小的扯着更小的，每人的臂弯里都扛着个小篮儿，装的苦菜、苋菜，或者小蒜、蘑菇……孩子们跟在牛群后面，"叽叽嘎嘎"地吵，争抢着把牛粪撮回窑里②去。

越是穷地方，农活也越重。春天播种；夏天收麦；秋天玉米、高粱、谷子都熟了，更忙；冬天打坝、修梯田，总不得闲。单说春种吧，往山上送粪全靠人挑。一担粪六七十斤，一早上就得送四五趟；挣两个工分，合六分钱。在北京，才够买两根冰棍儿的。那地方当然没有冰棍儿，在山上干活渴急了，什么水都喝。天不亮，耕地的人们就扛着木犁、赶着牛上山了。太阳出来，已经耕完了几垧地。火红的太阳把牛和人的影子长长地印在山坡上，扶犁的后面跟着撒粪的，撒粪的后头跟着点籽的，点籽的后头是打土坷垃的，一行人慢慢地、有节奏地向前移动，随着那悠长的吆牛声。吆牛声有时疲惫、凄婉；有时又欢快、诙谐，引动一片笑声。那情景几乎使我忘记自己是生活在哪个世纪，默默地想着人类遥远而漫长的历史。人类好像就是这么走过来的。

清明节的时候我病倒了，腰腿疼得厉害。那时只以为是坐骨神经疼，或是腰肌劳损，没想到会发展到现在这么严重。陕北的清明前后爱刮风，天都是黄的。太阳白蒙蒙的。窑洞的窗纸被风沙打得"唰啦啦"响。我一个人躺在土炕上……

那天，队长端来了一碗白馍……

陕北的风俗，清明节家家都蒸白馍，再穷也要蒸几个。白馍被染得红红绿绿的，老乡管那叫"zì chuī"。开始我们不知道是哪两个字，也不知道什么意思，跟着叫"紫锤"。后来才知道，是叫"子推"，是为纪念春秋时期一个叫介子推的人的。破老汉说，那是个刚强的人，宁可被人烧死在山里，也不出去做官。我没有考证过，也不知史学家们对此作何评价。反正吃一顿白馍，清平湾的老老少少都很高兴。尤其是孩子们，头好几天就喊着要吃子推馍馍了。春秋距今两千多年了，陕北的文化很古老，就像黄河。譬如，陕北话中有好些很文的字眼："喊"不说"喊"，要说"呐喊"；香菜，叫芫荽；"骗人"也不说"骗人"，叫作"玄谎"……连最没文化的老婆儿也会用"酝酿"这词儿。开社员会时，黑压压坐了一窑人，小油灯冒着黑烟，四下里闪着烟袋锅的红光。支书

---

① 受苦人，即庄稼人的意思。陕北方言。
② 窑里，即家里之意。陕北方言。

念完了文件，喊一声："不敢睡！大家讨论个一下！"人群中于是息了鼾声，不紧不慢地应着："酝酿酝酿了再……"这"酝酿"二字使人想到那儿确是革命圣地，老乡们还记得当年的好作风。可在我们插队的那些年里，"酝酿"不过是一种习惯了的口头语罢了。乡亲们说"酝酿"的时候，心里也明白：球事不顶！可支书让发言，大伙总得有个说的；支书也是难，其实那些政策条文早已经定了。最后，支书再喊一声："同意啊不？"大伙回答："同意——"然后回窑睡觉。

那天，队长把一碗"子推"放在炕沿上，让我吃。他也坐在炕沿上，"吧达吧达"地抽烟。"子推"浮头用的是头两茬面，很白；里头都是黑面，麸子全磨了进去。队长看着我吃，不言语。临走时，他吹吹烟锅儿，说："唉！'心儿'家不容易，离家远。""心儿"就是孩子的意思。

队里再开会时，队长提议让我喂牛。社员们都赞成。"年轻后生家，不敢让腰腿作下病，好好价把咱的牛喂上！"老老小小见了我都这么说。在那个地方，担粪、砍柴、挑水、清明磨豆腐、端午做凉粉、出麻油、打窑洞……全靠自己动手。腰腿可是劳动的本钱；唯一能够代替人力的牛简直是宝贝。老乡们把喂牛这样的机要工作交给我，我心里很感动，嘴上却说不出什么。农民们不看嘴，看手。

我喂十头，破老汉喂十头，在同一个饲养场上。饲养场建在村子的最高处，一片平地，两排牛棚，三眼堆放草料的破石窑。清平河水整日价"哗哗啦啦"的，水很浅，在村前拐了一个弯，形成了一个水潭。河湾的一边是石崖，另一边是一片开阔的河滩。夏天，村里的孩子们光着屁股在河滩上折腾，往水潭里"扑通扑通"地跳，有时候捉到一只鳖，又笑又嚷，闹翻了天。破老汉坐在饲养场前面的窑顶上看着，一袋接一袋地抽烟。"'心儿'家不晓得愁，"他说，然后就哑着个嗓子唱起来："提起那家来，家有名，家住在绥德三十里铺村……"破老汉是绥德人，年轻时打短工来到清平湾，就住下了。绥德出打短工的，出石匠，出说书的，那地方更穷。

绥德还出吹手。农历年夕前后。坐在饲养场上，常能听到那欢乐的唢呐声。那些吹手也有从米脂、佳县来的，但多数是绥德人。他们到处串，随便站在谁家窑前就吹上一阵。如果碰巧那家要娶媳妇，他们就被推去，"呜哩哇啦"地吹一天，吃一天好饭。要是运气不好，吹完了，就只能向人家要一点吃的或钱。或多或少，家家都给，破老汉尤其给得多。他说："谁也有难下的时候。"原先，他也干过那营生，吃是能吃饱，可是常要受冻，要是没人请，夜里就得住寒窑。"揽工人儿难，哎哟，揽工人儿难；正月里上工十月里满，受的牛马苦，吃的猪狗饭……"他唱着，给牛添草。破老汉一肚子歌。

　　小时候就知道陕北民歌。到清平湾不久，干活歇下的时候我们就请老乡唱，大伙都说破老汉爱唱，也唱得好。"老汉的日子熬煎咧，人愁了才唱得好山歌。"确实，陕北的民歌多半都有一种忧伤的调子。但是，一唱起来，人就快活了。有时候赶着牛出村，破老汉憋细了嗓子唱《走西口》："哥哥你走西口，小妹妹也难留，手拉着哥哥的手，送哥到大门口。走路你走大路，再不要走小路，大路上人马多，来回解忧愁……"场院的婆姨、女子们嘻嘻哈哈地冲我嚷："让老汉儿唱个《光棍哭妻》嘛，老汉儿唱得可美！"破老汉只做没听见，调子一转，唱起了《女儿嫁》："一更里叮当响，小哥哥进了我的绣房，娘问女孩儿什么响，西北风刮得门栓响嘛哎哟……"往下的歌词就不宜言传了。我和老汉赶着牛走出很远了，还听见婆姨、女子们在场院上骂。老汉冲我眨眨眼，撅一条柳条，赶着牛唱一路。

　　破老汉只带着个七八岁的小孙女过。那孩子小名儿叫"留小儿"。两口人的饭常是她做。

　　把牛赶到山里。正是晌午。太阳把黄土烤得发红，要冒火似的。草丛里不知名的小虫子"嗞——嗞——"地叫。群山也显得疲乏，无精打采地互相挨靠着。方圆十几里内只有我和破老汉，只有我们的吆牛声。哪儿有泉水，破老汉都知道：几镢头挖成一个小土坑，一会儿坑里就积起了水。细珠子似的小气泡一串串地往上冒，水很小，又凉又甜。"你看下我来，我也看下你……"老汉喝水，抹抹嘴，扯着嗓子又唱一句。不知道他又想起了什么。

　　夏天拦牛可不轻闲，好草都长在田边，离庄稼很近。我们东奔西跑地吆喝着，骂着。破老汉骂牛就像骂人，爹、娘、八辈祖宗，骂得那么亲热。稍不留神，哪个狡猾的家伙就会偷吃了田苗。最讨厌的是破老汉喂的那头老黑牛，称得上是"老谋深算"。它能把野草和田苗分得一清二楚。它假装吃着田边的草，慢慢接近田苗，低着头，眼睛却溜着我。我看着它的时候，田苗离它再近它也不吃，一副廉洁奉公的样儿；我刚一回头，它就趁机啃倒一棵玉米或高粱，调头便走。我识破了它的诡计，它再接近田苗时，假装不看它，等它确信无虞把舌头伸向禁区之际，我才大吼一声。老家伙趔趔趄趄地后退，既惊慌又愧悔，那样子倒有点可怜。

　　陕北的牛也是苦，有时候看着它们累得草也不想吃，"呼哧呼哧"喘粗气，身子都跟着晃，我真害怕它们趴架。尤其是当年那些牛争抢着去舔地上渗出的盐碱的时候，真觉得造物主太不公平。我几次想给它们买些盐，但自己嘴又馋，家里寄来的钱都买鸡蛋吃了。

　　每天晚上，我和破老汉都要在饲养场上呆到十一二点，一遍遍给牛添草。草添得要勤，每次不能太多。留小儿跟在老汉身边，寸步不离。她的小手绢里总包两块红薯或一把玉米粒。破老汉用牛吃剩下的草疙节打起一堆火，干的

"噼噼啪啪"响，湿的"嗞嗞"冒烟。火光照亮了饲养场，照着吃草的牛，四周的山显得更高，黑魆魆的。留小儿把红薯或玉米埋在烧尽的草灰里；如果是玉米，就得用树枝拨来拨去，"啪"地一响，爆出了一个玉米花。那是山里娃最好的零嘴儿了。

留小儿没完没了地问我北京的事。"真个是在窑里看电影?""不是窑，是电影院。"

"前回你说是窑里。""噢，那是电视。一个方匣匣，和电影一样。"她歪着头想，大约想象不出，又问起别的："啥时想吃肉，就吃?""嗯。""玄谎!""真的。""成天价想吃呢?""那就成天价吃。"这些话她问过好多次了，也知道我怎么回答，但还是问。"你说北京人都不爱吃白肉?"她觉得北京人不爱吃肥肉，很奇怪。她仰着小脸儿，望着天上的星星；北京的神秘，对她来说，不亚于那道银河。

"山里的娃娃什么也解①不开，"破老汉说。破老汉是见过世面的，他三七年就入了党，跟队伍一直打到广州。他常常讲起广州：霓虹灯成宿地点着、广州人连蛇也吃、到处是高楼、楼里有电梯……留小儿听得觉也不睡。我说："城里人也不懂得农村的事呢。""城里人解开个狗吗?"留小儿问，"咯咯"地笑。她指的是我们刚到清平湾的时候，被狗追得满村跑。"学生价连犍牛和生牛也解不开。"留小儿说着去摸摸正在吃草的牛，一边数叨："红犍牛、猴②犍牛、花生牛……爷! 老黑牛怕是难活③下了，不肯吃!""它老了，熬④了。"老汉说。山里的夜晚静极了，只听得见牛吃草的"沙沙"声，蛐蛐叫，有时远处还传来狼嗥。破老汉有把破胡琴，"吱吱嘎嘎"地拉起来，唱："一九头上才立冬，阎王领兵下河东，幽州困住杨文广，年太平，金花小姐领大兵，……"把历史唱了个颠三倒四。

留小儿最常问的还是天安门。"你常去天安门?""常去。""常能照着⑤毛主席?""哪的来，我从来没见过。""咦?! 他就生⑥在天安门上，你去了会照不着?"她大概以为毛主席总站在天安门上，像画上画的那样。有一回她趴在我耳边说："你冬里回北京把我引上行不?"我说："就怕你爷爷不让，""你跟他说说嘛，他可相信你说的了。盘缠我有。""你哪儿来的钱?""卖鸡蛋的钱，我爷爷不要，都给了我，让我买裰裰儿的。""多少?""五块!""不够。""嘻——

---

① 解：陕北方言念 hài。
② 猴：小。
③ 难活：病。
④ 熬：累。
⑤ 照着：望见。
⑥ 生：住。

我哄你，看，八块半！"她掏出个小布包，打开，有两张一块的，其余全是一毛、两毛的。那些钱大半是我买了鸡蛋给破老汉的。平时实在是饿得够呛想解解馋，也就是买几个鸡蛋。我怎么跟留小儿说呢？我真想冬天回家时把她带上。可就在那年冬天，我病厉害了。

其实，喂牛没什么难的，用破老汉的话说，只要勤谨，肯操心就行。喂牛，苦不重①，就是熬人，夜里得起来好几趟，一年到头睡不成个囫囵觉。冬天，半夜从热被窝里爬出来的滋味可不是好受的。尤其五更天给牛拌料，牛埋下头吃得香，我坐在牛槽边的青石板上能睡好几觉。破老汉在我耳边叨唠：黑市的粮价又涨了，合作社来了花条绒、留小儿的袄烂得露了花……我"哼哼哈哈"地应着，刚梦见全聚德的烤鸭，又忽然掉进了什刹海的冰窟窿，打了个冷战醒了，破老汉还没唠叨完。"要不回窑睡去吧，二次料我给你拌上，"老汉说。天上划过一道亮光，是流星。月亮也躲进了山谷。星星和山峦，不知是谁望着谁，或者谁忘了谁，"这营生不是后生家做的，后生家正是好睡觉的时候，"破老汉说，然后"唉，唉——"地发着感慨。我又迷迷糊糊地入了梦乡。

碰上下雨下雪，我们俩就躲进牛棚。牛棚里尽是粪尿，连打个盹的地方也没有。那时候我的腿和腰就总酸疼。"倒运的天！"破老汉骂，然后对我说："北京够咋美，偏来这山沟沟里做什么嘛。""您那时候怎么没留在广州？"我随便问。他抓抓那几根黄胡子，用烟锅儿在烟荷包里不停地剜，瞪着眼睛愣半天，说："咋！让你把我问着了，我也不晓得咋价日鬼的。"然后又愣半天，似乎回忆着到底是什么原因。"唉，球毛擀不成个毡，山里人当不成个官。"他说，"我那阵儿要是不回来，这阵儿也住上洋楼了，也把警卫员带上了。山里人憨着咧，只要打罢了仗就回家，哪搭儿也不胜窑里好。球！要不，我的留小儿这阵儿还愁穿不上个条绒袄儿？"

每回家里给我寄钱来，破老汉总嚷着让我请他抽纸烟。"行！"我说："'牡丹'的怎么样？""唏——'黄金叶'的就拔尖了！""可有个条件，"我凑到他耳边，"得给'后沟里的'送几根去。""憨娃娃！"他骂。"后沟里的"指的是住在后沟里的一个寡妇，比破老汉小十九岁，村里人都知道那寡妇对破老汉不错。老汉抽着纸烟，望着远处。我也唱一句："你看下我来，我也看下你……"递给他几根纸烟，向后沟的方向示意。他不言传，笑眯眯地不知道想了什么。末了，他把几根纸烟装进烟荷包，说："留小儿大了嫁到北京去呀！"说罢笑笑，知道那是不沾边儿的事。

在后山上拦牛的时候，远远地望着后沟里的那眼土窑洞，我问破老汉：

---

① 苦不重：活儿不重。

"那婆姨怎么样?""亮亮妈,人可好。"他说。我问:"那你干嘛不跟她过?""唏——老了老了还……"他打岔,"算了吧!"我说:"那你夜里常往她窑里跑。"我其实是开玩笑。"咦!不敢瞎说!"他装得一本正经。我诈他:"我都看见了,你还不承认!"他不言传了,尴尬地笑着。其实我什么也没看见。

破老汉望着山脚下的那眼窑洞。窑前,亮亮妈正费力地劈着一疙瘩树根;一个男孩子帮着她劈,是亮亮。"我看你就把她娶了吧,她一个人也够难的。再说就有人给你缝衣裳了。""唉,丢下留小儿谁管?""一搭里过嘛!""她的亮亮也娇惯得危险①,留小儿要受气呢。后妈总不顶亲的。""什么后妈,留小儿得管她叫奶奶了。""还不一样?"山里没人,我们敞开了说。亮亮家的窑顶上冒起了炊烟。老汉呆呆地望着,一缕蓝色的轻烟在山沟里飘绕。小学校放学的钟声"当当"地敲响了。太阳下山了,收工的人们扛着锄头在暮霭中走。拦羊的也吆喝着羊群回村了,大羊喊,小羊叫"咩咩"地响成一片。老汉还是呆呆地坐着,闷闷地抽烟。他分明是心动了,可又怕对不起留小儿。留小儿的大②死得惨,平时谁也不敢向破老汉问起这事,据说,老汉一想起就哭,自己打自己的嘴巴。听说,都是因为破老汉舍不得给大夫多送些礼,把儿子的病给耽误了;其实,送十来斤米或者面就行。那些年月啊!

秋天,在山里拦牛简直是一种享受。庄稼都收完了,地里光秃秃的,山洼、沟掌里的荒草却长得茂盛。把牛往沟里一轰,可以躺在沟门上睡觉;或是把牛赶上山,在山下的路口上坐下,看书。秋山的色彩也不再那么单调:半崖上小灌木的叶子红了,杜梨树的叶子黄了,酸枣棵子缀满了珊瑚珠似的小酸枣……尤其是山坡上绽开了一丛丛野花,淡蓝色的,一丛挨着一丛,雾蒙蒙的。灰色的小田鼠从黄土圪垃后面探头探脑;野鸽子从悬崖上的洞里钻出来,"扑楞楞"飞上天;野鸡"咕咕嘎嘎"地叫,时而出现在崖顶上,时而又钻进了草丛……我很奇怪,生活那么苦,竟然没人捕食这些小动物。也许是因为没有枪,也许是因为这些鸟太小也太少,不过多半还是因为别的。譬如:春天燕子飞来时,家家都把窗户打开,希望燕子到窑里来做窝;很多家窑里都住着一窝燕儿,没人伤害它们。谁要是说燕子的肉也能吃,老乡们就会露出惊讶的神色,瞪你一眼:"咦!燕儿嘛!"仿佛那无异于亵渎了神灵。

种完了麦子,牛就都闲下了,我和破老汉整天在山里拦牛。老汉闲不着,把牛赶到地方,跟我交代几句就不见了。有时忽然见他出现在半崖上,奋力地劈砍着一棵小灌木。吃的难,烧的也难,为了一把柴,常要爬上很高很陡的悬

---

① 危险:严重、厉害之意。

② 大:爹。

崖。老汉说，过去不是这样，过去人少，山里的好柴砍也砍不完，密密匝匝的，人也钻不进去。老人们最怀恋的是红军刚到陕北的时候，打倒了地主，分了地，单干。"才红了①那阵儿，吃也有得吃，烧也有得烧，这咋会儿，做过啦②！"老乡们都这么说。真是，"这咋会儿"，迷信活动倒死灰复燃。有一回，传说从黄河东来了神神，有些老乡到十几里外的一个破庙去祷告，许愿。破老汉不去。我问他为什么，他皱着眉头不说，又哼哼起《山丹丹开花红艳艳》。那是才红了那阵儿的歌。过了半天，使劲磕磕烟袋锅，叹了口气："都是那号婆姨闹的！""哪号？"我有点明知故问。他用烟袋指指天，摇摇头，撇撇嘴："那号婆姨，我一照就晓得……"如此算来，破老汉反"四人帮"要比"四·五"运动早好几年呢！

在山里，有那些牛做伴，即便剩我一个人，也并不寂寞。我半天半天地看着那些牛，它们的一举一动都意味着什么，我全懂。平时，牛不爱叫，只有奶着犊子的生牛才爱叫。太阳偏西，奶着犊儿的生牛就急着要回村了，你要是不让它回，它就"哞——哞——"地叫个不停，急得团团转，无心再吃草。有一回，我在山洼洼里，睡着了，醒来太阳已经挨近了山顶。我和破老汉吆起牛回村，忽然发现少了一头。山里常有被雨水冲成的暗洞，牛踩上就会掉下去摔坏。破老汉先也一惊，但马上看明白，说："没麻搭，它想儿了，回去了。"我才发现，少了的是一头奶犊儿的生牛。离村老远，就听见饲养场上一声声牛叫了，儿一声，娘一声，似乎一天不见，母子间有说不完的贴心话。牛不老③在母亲肚子底下一下一下地撞，吃奶，母牛的目光充满了温柔、慈爱，神态那么满足、平静。我喜欢那头母牛，喜欢那只牛不老。我最喜欢的是一头红犍牛，高高的肩峰，腰长腿壮，单套也能拉得动大步犁。红犍牛的犄角长得好，又粗又长，向前弯去；几次碰上邻村的牛群，它都把对方的首领顶得败阵而逃。我总是多给它拌些料，犒劳它。但它不是首领。最讨厌的还是那头老黑牛，不仅老奸巨猾，而且专横跋扈，双套它也会气喘吁吁，却占着首领的位置。遇到外"部落"的首领，它倒也勇敢，但不下两个回合，便跑得比平时都快了。那头老生牛就好，虽然比老黑牛还老，却和蔼得很，再小的牛冲它伸伸脖子，它也会耐心地为之舔毛……和牛在一起，也可谓其乐无穷了，不然怎么办呢？方圆十几里内看不见一个人，全是山。偶尔有拦羊的从山梁上走过，冲我呐喊两声。黑色的山羊在陡峭的岩壁上走，如走平地，远远看去像是悬挂着的棋盘；白色的绵羊走在下边，是白棋子。山沟里有泉水，渴了就喝，热了就脱个精

---

①　才红了：指红军刚到陕北。

②　做过啦：弄糟了。

③　牛不老：牛犊。

光，洗一通。那生活倒是自由自在，就是常常饿肚子。

破老汉有个弟弟，我就是顶替了他喂牛的。据说那人奸猾，偷牛料；头几年还因为投机倒把坐过县大狱。我倒不觉得那人有多坏，他不过是蒸了白馍跑到几十里外的水站上去卖高价，从中赚出几升玉米、高粱米。白面自家舍不得吃。还说他捉了乌鸦，做熟了当鸡卖，而且白馍里也掺了假。破老汉看不上他弟弟，破老汉佩服的是老老实实的受苦人。

一阵山歌，破老汉担着两捆柴回来了。"饿了吧？"他问我。"我把你的干粮吃了，"我说。"吃得下那号干粮？"他似乎感到快慰，他"哼哼唉唉"地唱着，带我到山背洼里的一棵大杜梨树下。"咋吃！"他说着爬上树去。他那年已经五十六岁了，看上去还要老，可爬起树来却比我强。他站在树上，把一杈杈结满了杜梨的树枝撅下来，扔给我。那果实是古铜色的，小指盖儿大小，上面有黄色的碎斑点，酸极了，倒牙。老汉坐在树杈上吃，又唱起来："对面价沟里流河水，横山里下来些游击队……"那是《信天游》。老汉大约又想起了当年。他说他给刘志丹抬过棺材，守过灵。别人说他是吹牛。破老汉有时是好吹吹牛。"牵牛牛开花羊跑青，二月里见罢到如今……"还是《信天游》。我冲他喊："不是夜来黑喽①才见罢吗？""憨娃娃，你还不赶紧寻个婆姨？操心把'心儿'耽误下！"他反唇相讥。"'后沟里的'可会迷男人？""咦！亮亮妈，人可好！""这两捆柴，敢是给亮亮妈砍的吧？""谁情愿要，谁扛去。"这话是真的，老汉穷，可不小气。

有一回我半夜起来去喂牛，借着一缕淡淡的月光，摸进草窑。刚要揽草，忽然从草堆里站起两个人来，吓得我头皮发麻，不禁喊了一声，把那两个人也吓得够呛。一个岁数大些的连忙说："别怕，我们是好人。"破老汉提着个马灯跑了过来，以为是有了狼。那两个人是瞎子说书的，从绥德来。天黑了，就摸进草窑，睡了。破老汉把他们引回自家窑里，端出剩干粮让他们吃。陕北有句民谣："老乡见老乡，两眼泪汪汪。"老汉和两个瞎子长吁短叹，唠了一宿。

第二天晚上，破老汉操持着，全村人出钱请两个瞎子说了一回书。书说得乱七八糟，李玉和也有，姜太公也有，一会是伍子胥一夜白了头，一会又是主席语录。窑顶上，院墙上，磨盘上，坐得全是人，都听得入神。可说的是什么，谁也含糊。人们听的那么个调调儿。陕北的说书实际是唱，弹着三弦儿，艾艾怨怨地唱，如泣如诉，像是村前汩汩而流的清平河水。河水上跳动着月光。满山的高粱、谷子被晚风吹得"沙沙"响，时不时传来一阵响亮的驴叫。破老汉搂着留小儿坐在人堆里，小声跟着唱。亮亮妈带着亮亮坐在窑顶上，穿

---

① 夜来黑喽：昨天晚上。

得齐齐整整。留小儿在老汉怀里睡着了，她本想是听完了书再去饲养场上爆玉米花的，手里攥着那个小手绢包儿。山村里难得热闹那么一回。

我倒宁愿去看牛顶架，那实在也是一项有益的娱乐，给人一种力量的感受，一种拼搏的激励。我对牛打架颇有研究。二十头牛（主要是那十几头犍牛、公牛）都排了座次，当然不是以姓氏笔画为序，但究竟根据什么，我一开始也糊涂。我喂的那头最壮的红犍牛却敬畏破老汉喂的那头老黑牛。红犍牛正是年轻力壮的时候，肩峰上的肌肉像一座小山，走起路来步履生风，而老黑牛却已显出龙钟老态，也瘦，只剩了一副高大的骨架。然而，老黑牛却是首领。遇上有哪头母牛发了情，老黑牛便几乎不吃不喝地看定在那母牛身旁，绝不允许其他同性接近。我几次怂恿红犍牛向它挑战，然而只要老黑牛晃晃犄角，红犍牛便慌忙躲开。我实在憎恨老黑牛的狂妄、专横，又为红犍牛的怯懦而生气。后来我才知道，牛的排座次是根据每年一度的角斗，谁夺了魁，便在这一年中被尊崇为首领，享有"三宫六院"的特权，即便它在这一年中变得病弱或衰老，其他的牛也仍为它当年的威风所震慑，不敢贸然不恭。习惯势力到处在起作用。可是，一开春就不同了，闲了一冬，十几头犍牛、公牛都积攒了气力，是重新较量、争魁的时候了。"男子汉"们各自权衡了对手和自己的实力，自然地推举出一头（有时是两头）体魄最大，实力最强的新秀，与前冠军进行决赛。那年春天，我的红犍牛处在新秀的位置上，开始对老黑牛有所怠慢了。我悄悄促成它们决斗，把它们引到开阔的河滩上去（否则会有危险）。这事不能让破老汉发觉，否则他会骂。一开始，红犍牛仍有些胆怯，老黑牛尚有余威。但也许是春天的母牛们都显得愈发俊俏吧，红犍牛终于受不住异性的吸引或是轻蔑，"哞——哞——"地叫着向老黑牛挑战了。它们拉开了架势，对峙着，用蹄子刨土，瞪红了眼睛，慢慢地接近，接近……猛地扭打到一起。这时候需要的是力量，是勇气。犄角的形状起很大作用，倘是两支粗长而向前弯去的角，便极有利，左右一晃就会顶到对方的虚弱处，然而，红犍牛和老黑牛都长了这样两支角。这就要比机智了。前冠军毕竟老朽了，过于相信自己的势力和威风，新秀却认真、敏捷。红犍牛占据了有利地形（站在高一些的地方比较有利），逼得老黑牛步步退却，只剩招架之功。红犍牛毫不松懈，瞅准机会把头一低，一晃一冲，顶到了对方的脖子。老黑牛转身败走，红犍牛追上去再给老首领的屁股上加一道失败的标记。第一回合就此结束。这样的较量通常是五局三胜制或九局五胜制。新秀连胜几局，元老便自愿到一旁回忆自己当年的骁勇去了。

为了这事，破老汉阴沉着脸给我看。我笑嘻嘻地递过一根纸烟去。他抽着烟，望着老黑牛屁股上的伤痕，说："它老了呀！它救过人的命……"

据说，有一年除夕夜里，家家都在窑里喝米酒，吃油馍，破老汉忽然听见牛叫、狼嗥。他想起了一头出生不久的牛不老，赶紧跑到牛棚。好家伙，就见这黑牛把一只狼顶在墙旮旯里，黑牛的脸被狼抓得流着血，但它一动不动，把犄角牢牢地插进了狼的肚子。老汉打死了那只狼，卖了狼皮，全村人抽了一回纸烟。

"不，不是这。"破老汉说，"那一年村里的牛死的死，杀的杀（他没说是哪年），快光了。全凭好歹留下来的这头黑牛和那头老生牛，村里的牛才又多起来。全靠了它，要不全村人倒运吧！"破老汉摸摸老黑牛的犄角。他对它分外敬重。"这牛死了，可不敢吃它的肉，得埋了它。"破老汉说。

可是，老黑牛最终还是被人拖到河滩上杀了。那年冬天，老黑牛不小心踩上了山坡上的暗洞，摔断了腿。牛被杀的时候要流泪，是真的。只有破老汉和我没有吃它的肉。那天村里处处飘着肉香。老汉呆坐在老黑牛空荡荡的槽前，只是一个劲抽烟。

我至今还记得这么件事：有天夜里，我几次起来给牛添草，都发现老黑牛站着，不卧下。别的牛都累得早早地卧下睡了，只有它喘着粗气，站着。我以为它病了。走进牛棚，摸摸它的耳朵，这才发现，在它肚皮底下卧着一只牛不老。小牛犊正睡得香，响着均匀的鼾声。牛棚很窄，各有各的"床位"，如果老黑牛卧下，就会把小牛犊压坏。我把小牛犊赶开（它睡的是"自由床位"），老黑牛"噗嗵"一声卧倒了。它看着我，我看着它。它一定是感激我了，它不知道谁应该感激它。

那年冬天我的腿忽然用不上劲儿了，回到北京不久，两条腿都开始萎缩。

住在医院里的时候，一个从陕北回京探亲的同学来看我，带来了乡亲们捎给我的东西：小米、绿豆、红枣儿、芝麻……我认出了一个小手绢包儿，我知道那里头准是玉米花。那个同学最后从兜里摸出一张十斤的粮票，说是破老汉让他捎给我的。粮票很破，渍透了油污，中间用一条白纸相连。

"我对他说这是陕西省通用的。在北京不能用，破老汉不信，说：'咦！你们北京就那么高级？我卖了十斤好小米换来的，咋啦不能用?！'我只好带给你。破老汉说你治病时会用得上。"

唔，我记得他儿子的病是怎么耽误了的，他以为北京也和那儿一样。

十年过去了。前年留小儿来了趟北京，她真的自个儿攒够了盘缠！她说这两年农村的生活好多了，能吃饱，一年还能吃好多回肉。她说，黑肉①真的还

---

① 黑肉：瘦肉或精肉。白肉：肥肉。

是比白肉好吃些。

"清平河水还流吗?"我糊里巴涂地这样问。

"流哩嘛!"留小儿"咯咯"地笑。

"我那头红犍牛还活着吗?"

"在哩! 老下了。"

我想象不出我那头浑身是劲儿的红犍牛老了会是什么样,大概跟老黑牛差不多吧,既专横又慈爱……

留小儿给他爷爷买了把新二胡。自己想买台缝纫机,可是没买到。

"你爷爷还爱唱吗?"

"一天价瞎唱。"

"还唱《走西口》吗?"

"唱。"

"《揽工调》呢?"

"什么都唱。"

"不是愁了才唱吗?"

"咦?! 谁说?"

关于民歌产生的原因,还是请音乐家和美学家们去研究吧。我只是常常记起牛群在土地上舔食那些渗出的盐的情景,于是就又想起破老汉那悠悠的山歌:"崖畔上开花崖畔上红,受苦人过得好光景……"如今,"好光景"已不仅仅是"受苦人"的一种盼望了。老汉唱的本也不是崖畔上那一缕残阳的红光,而是长在崖畔上的一种野花,叫山丹丹,红的,年年开。

哦,我的白老汉,我的牛群,我的遥远的清平湾……

（原载《青年文学》1983 年第 1 期）

李杭育

LI HANG YU

1957 年出生于浙江杭州，原籍山东乳山。1973 年初中毕业后到农村劳动，1976 年底回杭州当工人。1982 年杭州大学中文系毕业后分配到浙江富阳教书，后调到县广播站当编辑。1983 年加入中国作家协会。1984 年调入杭州文联从事专业创作。曾任杭州市作家协会主席，现为浙江理工大学文化传播学院教授。

1979 年开始发表小说作品。作品有中短篇小说集《最后一个渔佬儿》《红嘴相思鸟》《白栎树沙沙响》（与李庆西合著），长篇小说《流浪的土地》等。小说《沙灶遗风》获 1983 年全国优秀短篇小说奖。

最后一个渔佬儿

太阳落山的当儿，福奎想起该去收一趟滚钓了。他猫起身子拱出船棚，站到堤坡上，野狗觅食似的有所期望地嗅着那带点咸味的江风，仿佛凭他这只闪闪发光的像是刚刷上油漆的鼻子便晓得有没有大鱼上钩。

他的船棚搭在堤岸下一条小水沟上，远远望去像座坟墓。这儿的死人没有被埋到地底下的。坟地上是一座座齐腰高的青砖小屋，盖着瓦片，还开了小窗，考究得叫活人都羡慕。福奎的船篷是茅草苫的。他穷得恐怕死后也住不上那样的屋子，只配缩在草窝里升天。

当然这会儿他离死还远。他精壮得像一只硬邦邦的老甲鱼，五十岁了，却还有小伙子们那种荒唐劲头，还能凭这点劲头搞上个把不大规矩的婆娘。他的赭红色的宽得像一扇橱门似的脊背，暴起一棱棱筋肉，像是木匠没把门板刨平；在他的右边肩胛骨下，那块暗红色的疤痕又恰似这橱门的拉手。这块伤疤是早先跟人家抢网干起仗来，被对方用篙子上的矛头戳的。

福奎提了一只盛满蚯蚓的氅子，朝沙滩尽头的江边走去。他光着上身，只穿了条又肥又大还带点碎花的土布裤衩，走起来十分凉爽，跟光屁股一样滋味。他睡觉也总喜欢赤条条的。光着睡舒坦、爽气。这条裤衩是阿七给他的。那几年他是她守寡后的头一个相好。她本来会嫁给他的，只因为他太穷了，穷得连裤衩都问她讨，才没嫁成。

江水退潮了，他的船搁浅在远离水边的沙岸上。他那双光着的大脚扑哧扑哧地踏着松软的沙土。沙滩整整晒了一天，这会儿还有点烫哩。不过福奎的脚底板厚得像是请鞋匠给掌了两块皮子，已经不大能觉出冷暖了。他走到船旁，背起一根拴在船板窟窿里的绳索，把船拖下江里。

这条平底小船比福奎的个头大不多少，躺下身去，每每叫他想到这家伙做他的棺材倒挺合身的，再加个盖儿就成。

他荡开船去，在船尾躺下身来，摊开两条毛茸茸的粗腿，左右开弓。蹬起双桨。葛川江上的渔佬儿都会玩这套把戏，为的是能腾出手来下网、收钓。福奎的熊掌似的大脚此刻比猫爪子还灵巧。他扯开那对蘑菇蛋似的脚拇趾，勾住桨柄，两条腿一屈一伸，桨板一起一落……

夕阳像在江上撒了一把簇新的金币，江面金光耀眼。

船到江心了。离小船不远有一个毛竹罐做的漆得红白相间的大浮筒，顺着水流往下数，一共有八个这样的浮筒，每个相隔三十多米，一溜排开。这就是福奎两个多钟头前布下的滚钓。他使劲蹬了几下船桨，靠向滚钓的第一个浮筒。

滚钓顺水布放，收钓也得顺头收起。在一条长几百米的只有单股电线那样粗细的尼龙绳的一端，拴着一块大石头，它沉在江底，以免滚钓漂去；凭借那些浮筒的浮力，尼龙绳从江底斜着升起，浮出水面；绳子每隔三五尺又系着一个猪尿泡做的小浮标，远看像一串水里冒起的气泡；浮标下垂着装有钓钩的尼龙鱼丝，长的有十多米，短的只有两三米，因为鱼群游来有深有浅；滚钓是专为钓大龟的，它的钓钩比一般人在河里用钓竿钓鱼所用的钓钩要大得多，穿上蚯蚓，就像套上塑料软管的衣架钩子；鱼上钩的话，这只钓钩上的浮标就会沉入水里，渔佬儿凭这个便知道该收哪只钓钩，而别的空钓则不必牵动；假如上钩的是一条特别大的鲤鱼或者花鲢，它拼死挣扎，全部钓钩就会一齐向它滚来，它越是翻腾，钓钩便扎得越多。这就是滚钓的厉害。

可惜，这厉害家伙越来越没有用武之地了。葛川江的污染一年比一年严重，两岸的渔佬儿又只捕不养，眼下江里的鱼怕是还没对岸的西溪自由市场上搁着卖的鱼多，更别提什么大鱼了。

福奎的船顺着那一溜浮标往下漂着。有几个浮标半沉半浮，上下跳动。他收起几条不到半斤重的小鲌条子，心里很不痛快。为这么几条小玩艺儿是犯不着下滚钓的。他撒一网也不止这点收获。这年头连鱼都变得鬼头鬼脑了，小鲌条子居然也潜下深水里去咬钩，并且居然也咬上了。福奎对此很不理解。他从钓钩上摘下小鱼，又在钩子上重新穿上了蚯蚓。

这时，福奎远远望见西岸船埠头走下一个穿得挺招眼的女人，她下到一条小舢板上，身子一扭一扭地朝他这边摇了过来。福奎眼力不错，老远就看清了这是阿七。他甚至能猜到她一准是到西岸找官法师傅去的。

西岸是省城滨洲的南郊，是个风景很好的疗养区，也是滨洲南郊最大的居民点。早些年，葛川江这段江面上少说有百把户渔佬儿，光他们小柴村就有七十来户，大都常年泊在西岸，一早一晚下江捕鱼，就近卖给西溪新村的居民；白天则补织渔网，修整滚钓。那日子过得真舒坦，江里有鱼，壶里有酒，船里的板铺上还有个大奶子大屁股的小媳妇，连她大声骂娘他都觉得甜溜溜的。那才叫过日子呢！而顶要紧的是，那时候，他柴福奎是个有脸面、有模样的汉子，受人敬重，自己也活得神气。西岸的居民们唯独对他不用"渔佬儿"这个带点轻蔑的称呼。他甚至还跟疗养院里养病的一位大首长交了朋友。那回官法师傅领来那位大首长到他船上挑了几条刚钓上的大鳜鱼，使得他有机会跟大首长一起喝喝老酒，拉拉家常。

官法师傅在疗养院当厨子，是小柴村人的本家。有这层关系，小柴村的渔佬儿常有用着他的地方，都拿他当大，打了鱼总给他送几条去。官法师傅吃鱼从不花钱，对此街坊们都羡慕不已。日子一长，自然有人求上门来，求官法师傅替他们牵线买鱼。官法师傅社会责任感很强，一向助人为乐，当然愿意为大家包揽鱼虾生意。起先，江里有的是鱼，足够供应所有的西岸居民，官法师傅的作用还不很突出，只是难得有一两回因为坏天气鱼打得少而有幸露一手。直到后来，鱼一年比一年少了，少得每天街口的鱼摊子刚摆起一根烟的工夫就得收摊了，这光景，官法师傅可大有作为了。他干脆取缔了街口的鱼摊子，叫渔佬儿们每天一早把鱼筐抬到他家里来，由他做主，该卖给谁和不卖给谁，甚至鱼价也由他定，仿佛他家就是国家的物价管理机构。久而久之，街坊们背地里给这位热心肠的大师傅起了个不大好听的外号——渔霸。

福奎和官法本是堂兄弟，早先十分要好。这两年，因为江里打不到鱼，小柴村的渔佬儿全都转业了，剩下他自己一个，偏偏又手气不好，官法也做不成"渔霸"了，他俩之间没啥生意上的来往；特别是阿七插了一杠子，从他的窝里爬到了官法的床上，弄得老哥俩见了面彼此都很不自在。官法像是有点歉意，他则觉着自己矮了一截。就这样，他俩渐渐疏远了。

阿七的船离他越来越近。他已经能看清她身上穿着的簇新的短袖衫的白底上那一个个深蓝色的圆点儿了。

前些日子，他听村里人说阿七常在对江官法那儿过夜，总有点将信将疑。阿七今年四十岁了，十年前她男人死在江里，此后她一直打算改嫁，却总没嫁成。她名声不好，村里人又总爱对她捕风捉影，那些糟蹋她的话不大靠得住。今天，他可是亲眼看见她从西岸过来的，还打扮得这么招眼，仿佛她觉着自己还是个大姑娘似的……八成是这么回事。无风不起浪嘛。

福奎正想着，忽然觉出手上刚拎起的那根钓丝有点分量。没等他收上鱼来，靠近他船旁的阿七对他嘲笑起来：

"哟！福奎，"她指着他船里那堆小鲳条子，"好大的鱼呀，今儿你可发了！嘻嘻……"

福奎脸红起来。真后悔刚才忘了拿草帽把这堆鱼盖起来。对葛川江上的渔佬儿来说，钓这种小不点儿的鸡毛鱼，就像没本事的狗偷自家窝旁的绒毛小鸡填肚皮，实在是很丢脸的。特别是在这个女人面前。他低下头，迟疑地捡起手里那根钓丝，心里赌咒着，老天爷给点面子吧，这回可别再出洋相了……

"哟！鲫鱼！"阿七抢在他头里惊叫起来，激动得眼珠子都快掉出来了，

"天哪！该不是龙王显灵，你时来运转了吧……我说福奎，好多年没听说这江里还有鲫鱼了，我都差不多把鲫鱼的样儿给忘了……真够瞧的！它少说有三斤重哩……这回可叫我说中了，今儿你可真是发了！"

"我脑子不糊涂。"福奎也得意起来，"你刚才是挖苦我来着。"

"话可不能这么说。我那是给你冲冲晦气呢！"

"你倒嘴巧……"

"可不是巧么！我一来，你的手气也来了；我话还没说完，你就钓起了这家伙……福奎，别不知好歹。今儿还有我一份功劳哩。"

说着嘴的当儿，福奎收拾好钓钩，掉转船头，随阿七一起往回划了。滚钓还留在原处。还有几条咬上钩的鱼来不及收起来。葛川江上的渔佬儿有个迷信的说法，以为有了意外的收获就不该再往下收了，免得越收越不景气，把先前的手气全给败了。留着好手气下回用，福奎也信这话。

"这条鱼能卖十块钱呢，福奎。"

"我不卖。"

"不卖？"

"留着自家吃。"他这是真话。他至少有五年没打着过鲫鱼了。刚才钓上它的那一瞬间，他愣了一会儿，简直没敢认它。鲫鱼是葛川江里最名贵的鱼种，肉嫩、味鲜，眼下自由市场上起码能卖三块钱一斤。要是每天能打着这么一条鲫鱼，哪怕就这一条，他倒真能发了。可惜呀，如今鲫鱼稀罕得很，几乎在葛川江里绝迹了。这条家伙是从哪儿钻出来的，他怎么也弄不明白。不过有一点他是明白的：这也许是葛川江里最后一条鲫鱼了，就像他本人是这江上的最后一个渔佬儿。最后一个渔佬儿享受最后一条鲫鱼，这倒是天经地义的。他相信自己有这个口福。这条鲫鱼他要留着自己独个儿吃了……也许，应该叫阿七也尝尝……瞧她这会儿馋的，像只猫儿似的……

福奎斜过眼盯着阿七那一扭一扭的屁股。她站着摇橹，舢板紧挨在他的船旁。他躺在船尾，还像先前一样用脚蹬桨。他的脑袋斜对着她的屁股。这娘们曾跟他一起过了八年。起先当然是偷偷摸摸的，她不敢留他过夜，因为她的宝子把她看得很紧。爹死那年，宝子已经懂事了。她只比宝子大十六岁，她当妈的时候真还是个小姑娘哩。她只有这么一个儿子，不愿在他眼皮子底下胡来。直到后来宝子娶了媳妇，小两口跟她分开过了，她的名声也臭开了，她才破罐子破摔，公然养汉了。约莫有一年光景。他俩每夜都一起睡，来往毫不避人，俨然是一对正经夫妻，就差在人家面前提起"我那口子"如何如何了。那时候，村里人认可了他俩，都等着喝他俩的喜酒。尽管是续娶、改嫁，酒总归要喝的。

"你老盯着我干吗？我没穿裤子吗？"

福奎把脸掉开了。不知怎么搞的，好像阿七对他施了什么妖术，弄得他这个半截入土的人还老想些不安分的念头。此刻，要不是隔着船，他真想把她按倒在地，拿拳头对着她说：嫁给我，阿七，别再跟官法鬼混了！我老了，一个人在江里打鱼太孤单了，咱俩做个伴吧……

可是话到嘴边他又改口了："这阵子，官法……还好吧？"

"哟，你怎么晓得我今儿去找官法了？"

他支支吾吾地答不上话来。他觉出自己好像在吃醋。在他这年纪上，跟人吃醋总不大像话。你这老东西中了什么邪！他骂自己，没沾过女人吗？

"病是好些了，"阿七告诉他，"可心病难除啊！打从咱村的人都改行上岸种地，官法当不成'渔霸'了，他就没早先那么虎生生了，就跟吃不上奶的娃儿似的。早先官法在街坊们眼里不比他们的疗养院长官儿小多少，眼下可比臭狗屎还不如了……他常闹病，提早退休了。如今一个人闲在家，孤单单的，只好成天价灌黄汤，灌得脸孔越来越干巴，像块揩屁股的草纸，又黄又皱……有个娘们照顾他就好啰！"她停下手里的橹把，直起身子，迟迟疑疑地说，"福奎，有件事儿……该问你讨个话。"

"啥事儿？"他也收住脚，任小船自己漂着。

"宝子成家后，我也挺孤单的……官法要我跟他去做伴。"

他差点没嚷嚷起来：我不孤单么！我也巴望有个娘们做做伴呀！……不过他马上想到，他能跟官法比么？人家是国家的人，老来生活有着落，吃穿不愁，而他连个像样的窝都没有。

"这些年你待我不错，这事儿我不瞒你。"

"我不管。"福奎有点恼了，"你爱嫁谁嫁谁，我管不着！"

"你不用跟我翻脸！"阿七也火了，索性扔下橹把，两条胳膊往腰上一叉，像要跟他干仗似的。"凭良心说，我待你不薄。我三十守寡，等了你十年，别的不要，只指望你能攒些钱盖幢屋，日子过得像个人样。可你偏不听，偏逞强，充好汉，像守着你爹坟似的守在这江里，打那点小鸡毛鱼还不够一顿猫食。你倒撒泡尿照照你这穷模烂样的，连条裤衩都买不起，大白天穿娟头的裤衩，你也不觉着丢脸！你不听我的话，弄得越来越潦倒，还有脸跟我耍态度……我可不能老给你当娟头！有本事，你盖幢屋，明媒正娶嘛！"

"你嫌我穷……"他有点委屈地说。

"嫌你穷又怎么的？你是自作自受！再说，眼下穷可不是桩光彩事儿，不比早些年了。我说福奎，人家能富，你怎么就富不了呢？有本事你也富富嘛！"她放下胳膊，重新操起橹把摇了起来。"说实在的，我可没受穷的瘾。我这辈子够苦的了，我得享点福了。跟着你睡草窝，喝西北风，我没这胃口。"

福奎不再还嘴了，没精打采地蹬起桨来。天色越来越暗，江面上升起灰蒙蒙的水汽，像是整个天地都被洗去了颜色。

"你啥时候过去?"他问。

"快了。不过我走以前还想帮你一个忙。"她像是舍不得跟他分手似的,亲亲热热地看了他一眼,"福奎,你帮我拉扯过宝子,我忘不了你的情分。"

"别提这些了。"他刚才被她数落得垂头丧气,此刻心里才好受起来。阿七还记得早先的情分哩。

"我走了,公社味精厂就缺一个打杂的。我跟队长说了,他答应让你顶我的缺,只要你自己再找大贵求个情,这事儿就成了。到厂里干,活儿轻快,又有固定收入,比在这连根毛儿都不见的江里打鱼牢靠多了。听我的话没错,福奎!人老了,总得有个靠头。"

大贵是社管会委员,也是福奎的表外甥。不过福奎从没沾过他什么光。

船到岸了。顺着东溪往上,到小柴村还有三里路。阿七得摇着船回家。福奎因为夜里还要再收一趟滚钓,就把船划进了他的船棚。他拴好船,把那条鲫鱼和一堆小鲻条子统统扔进鱼篓,走上了东溪的堤坡。他步行,走得比阿七的船快,不一会儿就赶上她了。

"阿七,到了家,你也来尝尝鲫鱼。"

"好,我一定来。"她在水上应着,吃吃地笑着。

福奎加快步子。他得赶紧到家,把鱼烧好。鲫鱼最好清蒸,光搁几片葱叶就成。路过人家的菜园子,福奎顺手拔了几根小葱。他边走边理,掐成一截一截,握在手里。

小柴村紧贴在东溪的北岸,溪上有条新架的拱桥,过了桥便是公社所在地大柴村,眼下倒更像个镇子了。桥的两旁,河埠头那些木桩上拴着好多渔船,横七竖八的,像是躺了一地死人。多半的船都常年不用了,有的已经霉烂,有的散了架,有的船帮上长满了青苔和寄生螺,仿佛它们几百年前就被扔在这儿了。

福奎的手上鱼腥味很重,到家的时候,那把葱叶像是已经跟他的鱼煮开过了一样。

他的家只是一座小草棚子,是拿竹片夹上麦草苫的。这地方瓦房叫"屋",草房叫"舍",而福奎的连"舍"都算不上,村里有些富足人家的猪圈都苫得比他的草舍考究。福奎好不费力地用肩膀撞开门板,呼的一声,门框往下一坠,险些碰着他脑袋。这扇门要关上可不容易。他扔下鱼篓,用脚使劲顶起那根蛀掉了底脚的门柱子,就势把门推上。他屋里没蚊帐,敞着门的话,夜里蚊子怕是会把他吃了。

时候不早了,鱼得赶紧剖洗。福奎坐在水缸旁的一块大橡树桩上,刷刷地刮着鱼。他的草屋只分两间,一间睡觉,这一间是灶间,连做带吃。除了吃饭、睡觉,他什么也不需要。灶间里堆满了杂物。破渔网挂着满墙都是,西边墙脚下长出了几簇带花点的蘑菇。一只胖得圆滚滚的大黑猫蹲在锅台上，不动声色地盯着福奎手上的大鱼。它在这儿常有鱼吃，而这份人家啥也没有，老鼠都不屑光顾，所以它清闲得很，享福得很。

一只蜘蛛从梁上吊下来，正好落在福奎的鼻尖上，怪痒痒的。他抹了一把，蜘蛛溜上去了，可是没等他把洗好的鱼放进锅里，那家伙又落下来了，在他脸上爬了一圈，仿佛对他这张黑不溜秋的老脸很感兴趣。

这当儿，外边忽然响起手扶拖拉机的突突声，越来越近，最后在他家门外停住了。

来者是大贵，他的表外甥，一进门便像个大喇叭似的哇啦起来："好哇，二舅，听阿七说您今儿钓上一条鲋鱼。好多年没吃到鲋鱼了。我那塘子里养不活鲋鱼。今儿借您的光，来尝尝。"

福奎很不情愿地把他让进屋来，心里一个劲地骂阿七嘴快。

"鱼蒸上了么？"大贵坐到床上，朝灶间那边使劲抽了抽鼻子。

"不忙……先做饭。"福奎咕噜了一句，走进灶间，呆呆地盯着这条搁在大盘子里的鲋鱼。他不是小气鬼，换作任何一个村里乡亲来跟他分享今日的口福，他都乐意，而偏偏对大贵，他一百个不情愿。他忘不了这个表外甥敲过他竹杠，敲得好狠啊！

那是前年春天的事。那回他倒霉透了。他的滚钓被不知哪条瞎了眼的轮船卷跑了，一个钓钩也没留下。他咒天骂地，把自己都骂糊涂了。等到脑袋清醒下来，他又得为钓钩犯愁。他跑了好多地方，却到处买不到他这号子的钓钩。在大柴村，生产资料门市部的营业员告诉他，这号背时货早就不生产了，眼下葛川江的渔佬儿都上了岸，成了庄稼佬儿。人家不会专为他一个户头生产那玩意儿。"拉倒吧，老爹！"那营业员好心开导他，"如今的渔业生产讲究科学化、现代化。在江里下滚钓打鱼，这方法实在太原始了，何况这些年江水污染得厉害，鱼都死光了。你看人家大贵，承包个鱼塘，好生养着，塘里的鱼就跟下饺子似的，一伸手就能捞上几条。去年他赚了八千块，自家买起了拖拉机。你呢，老爹？"他不以为然地哼了一声。他也实在琢磨不了什么"科学"呀、"污染"呀、"原始"呀。这些让牛去琢磨，它们脑袋大。照他想来，江里的鱼跟果木树一样，也分大年小年，没准明年又多起来了呢。早先，他手气好的日子，一天能钓百八十斤，最大的，一条就能卖二十块钱。说不定挺过这几年，早先的好年景还会再来。就这样，他去找了大贵，因为他知道大贵手头有一副钢火很好的上等钓钩，八成新的，正经是十八里铺大老胡的手工货。"大老胡死了，三个儿子都进城当工人了，他们家的祖传手艺也就到此为止了。"大贵看了他一眼，好像在等他琢磨琢磨大老胡的死跟他有什么关系。"说真的，二舅，这兴许就是大老胡留下的最后一副钓钩了，我想留着当个纪念……您知道么，往后这玩意儿值钱得很，没准能进博物馆呢……啥叫博物馆？啊，就是把七老八古的玩意儿统统堆在一幢房子里……啥？啧啧，您可真是土包子！打个比方说，要是您手头有一根姜太公用过的钓鱼竿，或者哪怕是托塔天王拉的一堆臭屎，您也能发大财了！……当然，大老胡才死不久，这副钓钩还不能算是出土文物，比不上姜太公的钓鱼竿值钱，不过报纸上说，眼下外国人都肯花大钱收买这号断子绝孙的手工制品……说到头来，这副钓钩我得留着，除非……那回五喜拿六条大鲤子来换，我都没答应呢。"大贵最后那句话他听明白了。那以后两个月里，他一共给大贵送去了十条大鲤鱼，才算把那副钓钩换到了手。跟听生产资料门市部那个营业员的开导一样，大贵这番指点他也多半琢磨不了。博物馆、出土文物、外国人如何如何，这些都离他十万八千里。他能琢磨的，就是吃饭、睡觉、下滚钓，还有到时候叫人家敲一下竹杠……

　　葛川江的渔佬儿八辈子碰不上一桩了不得的大事，所以，没有比被人家当做屠头敲了竹杠更叫他们觉得丢脸的了。被人骗了，耍了，还可以装傻，权当没觉出有这码事。可认了敲诈，你就没法装模作样了，因为敲诈总是明着来的。当一回傻子总比当一回屠头脸面上好受一些。

　　有过那样一回来往，今儿再让这龟孙吃他的鱼，喝他的酒，还给他看那副不吃白不吃的无赖相，这光景，福奎那点肚量可包涵不了。人家打你巴掌，你却弯下腰去亲他的屁股，这倒真够得上屠头了。

　　不过渔家从没有轰客人出门的道理。福奎揭开锅盖，为难地瞅着那条上面撒着些葱叶的鲥鱼。

　　黑猫跳上锅台，战战兢兢地凑近鱼碗。

　　"啥！你也想尝鲜？"他抓起老猫，想从窗口把它扔出去；可转念一想，反倒把鱼扔给了它。

　　今儿能帮他打发走大贵的，看来只有这畜生了。这倒也爽快！他宁肯自己也不尝。

　　黑猫大口大口地撕咬着鲥鱼，仿佛福奎自己在撕咬着大贵。他兴奋得浑身打战。

　　他走进隔壁屋里。大贵问道："鱼蒸上了吧，二舅？"

　　"屁！叫猫叼去了。"

　　"啥？"大贵像个爆仗似的蹦了起来，忽地冲进灶间，差点踩着饕餮而食的老猫。

　　"哎呀呀，该死的畜生！"他刚抬腿，那猫便倏地溜了，那鱼都被它撕烂了，"二舅，您怎么搞的！……哎呀呀，太可惜了……这该死的猫，换作我的话，非把它宰了不可！"

　　无论如何，鱼是吃不成了。大贵没精打采地跟福奎闲扯了几句，败兴地走了。

福奎望着大贵的手扶拖拉机蹦蹦跳跳地开上了大桥，快活得哼起小曲儿来。不过他哼得不成调儿，倒更像哞哞的牛叫。

他把小鳈条子都洗了出来。等一会儿阿七来了，他只能拿这些来招待。小鳈条子味儿也不错，只是刺多了些。他把盛了鱼的盘子放进了锅里，坐到灶膛跟前，点着了柴火。

火烧得不旺。他慢腾腾地往里添柴，一边等着阿七，一边想着心事。

等到了九点多钟，还不见阿七的影儿。她说好要来的，怎么能变卦呢？

他等不及了。今晚还得去江里收一趟滚钓。他匆匆吃下凉饭，提着马灯出了家门。

村子里好多人家在乘凉，有说有笑，还有广播喇叭里缠缠绵绵的越剧，不时地被一阵阵狗叫淹没。从江那边吹来咸丝丝的夜风，吹得福奎的破褂子底下的整个身子舒爽极了，像一只娘们的小手在轻轻摩挲着他。

这娘们正在前头等他。从他家往江边去，要经过阿七的小屋。尽管夜里很黑，她还是老远便认出了他的像头公牛的身影。

"你俩怎么喝这么久？酒当药喝？"她问。

"喝个屁！"

"你俩没喝？"

"我跟谁喝来着？"

"大贵呀！他没去你家？"

"嘻嘻……去是去了，屁也没尝着！"

阿七疑疑惑惑地盯着福奎这副孩子气的兴奋的面孔，听他有声有色地说完刚才怎么作弄大贵的详情细节。

"你真糊涂！"她正要开口大骂，忽又心里一软，可怜起他来。她今天是存心安排大贵去福奎那儿"尝鲜"的，为的是让福奎借此机会跟大贵提提去味精厂顶她缺的事。这可是个现成的机会。吃了他的鱼，喝了他的酒，想必大贵不会不答应的。老福奎能把这事儿办妥了，往后有个牢靠的着落，她就可以放心走了。常言道"一日夫妻百日恩"。她当了他八年姘头，尽管名目不正，好歹总顶得上一日夫妻了。"福奎，"她还抱着一线希望问道，"你跟大贵提过顶缺的事儿了吧？"

"提个屁！我可不想到工厂去受罪。"福奎没把她的好心当回事儿，"照着钟点上班下班。螺蛳壳里做道场，哪比得上打鱼自由自在？那憋气的活儿我干得了么？"

他说的是实话，葛川江上打鱼，老大的天地，自由自在，他从十四五岁起就干这门营生了。叫一个老头改变他几十年的生活方式，他一定很不情愿。对这生活，他习惯了，习惯得仿佛他天生就是个渔佬儿，在他妈的肚子里就学会撒网、放钓了。

阿七是个明白人，知道让一条狗去啃草地或者让一头牛改吃荤腥，都是办不到的事。她眼巴巴地望着福奎朝江边走去，去碰他的运气……

夏夜的葛川江很像一个浑身穿戴得珠光宝气的少妇。福奎老远望见对岸新铺的江滨大街那一溜恍如火龙的街灯。这些日子，一过晚上七点，仿佛有神仙作法，眨眼工夫，这条火龙刷的亮了。这奇景常叫福奎想到城里那帮照着钟点干活的屠头还真有点能耐。

他来到江边，点起马灯，把小船划出了船棚。岸上那片草虫咕咕的叫声越来越远，渐渐被扑通扑通的水声盖住了。这声音是一群小鸡毛鱼搅起来的，它们团团围着小船，跟随着他的灯光，一同往江心游去，仿佛虾兵蟹将簇拥着龙王。每天夜里，他要是照准它们撒一网的话，他如今的日子不会弄得这么寒酸。城里人嘴馋，鱼苗苗也照样买了吃，哪怕他每天只撒一网，他也能挣些钱的。可是他绝对不肯撒网捕小鱼。他想得挺美：既然他是这条江上的最后一个渔佬儿，那么，江里的鱼就全都是他的，他要等这些鱼长大了再捕。到那时候，从前的运道就会再来，从前的日子还会……从前样样都称心，他还跟大首长喝过酒呢。

不过，从前可没有对岸那条火龙。他每夜都数那一溜街灯，却从没数准过究竟是多少。他对这些街灯很感兴趣。尽管当初铺路的时候，炸药把江岸的山崖崩得惊天动地，把江里的鱼都吓跑了，但他得认了，如今西岸这富丽堂皇的气派，委实叫人着迷。

他划到了江心，顺着滚钓划了个来回。整串滚钓上一无所有。那些浮标全都懒洋洋地漂在水面上，一动不动。

福奎也懒洋洋地躺下身来，乱蓬蓬的脑袋枕着船尾的坐板，一双光着的大脚插进船头的板空里。他想，要是死的时候也能这么安安稳稳地躺着，那就好了。他情愿死在船上，死在这条像个娇媚的小荡妇似的迷住了他的大江里。死在岸上，他会很丢脸的，因为他不能像别的死鬼那样住进那种开着窗户让死鬼透气的小屋子；他会被埋到地底下去，埋他的人会用铁锹把坟堆上的土拍得很结实，叫他透不上气来。而死在江里，就跟睡在那荡妇怀里一般，他没啥可抱屈的了。

那群小鱼依然尾随着他的小船，好像还越聚越多了。

福奎搬过那只氅子，一把把地往江里撒着蚯蚓……

从前，"喂鱼"这个词是渔佬儿的耻辱。不过，从前的好多规矩眼下都不管用了。

（原载《当代》1983 年第 2 期）

邓 刚

DENG GANG

原名马全理。1945 年出生于大连，祖籍山东牟平。1958 年中学辍学后进工厂学徒。曾在大连机电安装公司当过工人、质检员。1979 年曾荣获大连市技术能手的光荣称号。1983 年加入中国作家协会。1984 年考入北京鲁迅文学院学习。历任辽宁作协副主席，大连市文联副主席，大连市作家协会主席。

1979 年开始发表文学作品。主要作品有中短篇小说集《迷人的海》《龙兵过》，长篇小说《白海参》《曲里拐弯》《山狼海贼》等。小说《阵痛》获 1983 年全国优秀短篇小说奖，《迷人的海》获 1983—1984 年全国优秀中篇小说奖。

迷人的海

蓝色的海，黄色的岸。

他像一个酱褐色的海参，慢慢地爬着，从冷如冰窖的海水里，爬向暖和和的岸。在他前面十几米的地方，有一堆救命的柴草堆，一盒半打开的火柴——这是他下水以前细心准备好的。细小的柴枝在最下面，粗一些的在上，一层层地重叠成人字形；火柴盒用一块鹅卵石压住，以防海风吹跑，精选出来的三支质量最好的火柴棍，半截露在外面——这完全是冻僵的人，准备的。此时他用双肘支撑着身躯挣扎地爬着，一寸一寸地与柴堆缩短距离。他的身后，拖着一个沉重的网包，鱼叉和鱼刀当当啷啷地撞击着地上的石蛋子；里面肥大的、肉乎乎的海参，还有贝壳上闪着七色彩光的鲍鱼、光滑似玉的大海螺。它们随着这个人每前进一步而紧张地蠕动着，并发出咕咕的吐水声。它们离开海就是死，他爬向岸就是生，显然，他战胜了它们，获得了胜利。

他是个身形魁梧的老海碰子，像棵苍劲的松树那样挺拔。但他的脑袋仿佛在滚水中烧炼过，面部的肌肉扭曲，皮肤褶皱，给他添上了几分粗犷的气息。据说，当年他在水下，突然被一条大鱼吞进肚里。他用刀剖开鱼肚钻出水面，但两只耳朵在鱼肚里化掉了，面孔也就模糊了。可是，他在海碰子中间，这张面孔却给他增添了光彩，使他在这弯弯曲曲的海岸线上享有盛名。

他能凭着一口气量潜进深深的水下，在那静静的蓝色世界里，在那刀锋箭镞般的暗礁丛中，游鱼一样钻来窜去，捕捉价值昂贵的海珍品，享受着迷人的猎获趣味。但这毕竟是凭一口气量，因为，死神紧紧地盘踞在喉头。稍不慎，尖削的牡蛎壳会轻易地划开皮肉，漫舞的海藻会无情地缠住身躯，狭窄的礁洞会突然截住出路，还有刺骨的，湍急的暗流、冷流、底流，会把人突然在水下冻僵、冲昏，拖向老洋深处。这一切，全凭着一口气量去对付，去周旋，去撞击。因此，人们赋予干这个行当的人，有个粗野、勇猛，甚至有些文理不通的称号——海碰子。千百年来，人们这样呼着、叫着，什么意义呢？谁也不知，也许是将生命抛进浪涛里碰大运吧。

终于，他挨进了这救命的柴草堆。但他并不是迫不及待地去抓那三根火柴。他是极有经验的，否则就会坏了大事。这就像一个饿枯了胃肠的人突然见到丰美的食物，必须抑制狼吞虎咽一样。他艰难地忍受着，用两肘支着地面，一点一点地收缩两条腿，一直到盘起双腿，渐渐坐稳。此时，他用哆嗦的手在干鹅卵石上反复地蹭着擦着，直到上面的水迹大部分消尽，才伸出手抓住了火柴杆。嚓——一束光亮送进柴草堆里，旋即漫出一缕淡淡的烟气。那突兀而生的火舌开始是懒散地在柴草里游动了一阵，然后呼地蹿起几尺高的火苗子。"啊啊！"那人从地面一跃而起，将整个身子向火堆倾去，就像一条活蹦乱跳的牙偏鱼，在火苗上反复烧烤。那火舌像无数枚炽热的钢针，穿透他的皮肤，扎进肉里，骨缝里，驱除使他激烈战栗的寒气。这种灼烫的疼痛不仅不使他感到一丁点痛苦，反而使他觉得说不出的舒适和快活。他的酱条石般的硬板板的身子变得柔软起来，黑黢黢的皮肤开始显出一块块红斑。"啊啊，烤出花来了！"他惊喜地喊道。这是海碰子的行话，就是烤到数了。火舌渐渐地往地面回缩，他的身子也跟着伏了下去，直至把肚皮烤得火辣辣地疼（这时他才有疼的感觉），然后，再慢慢地翻过身，将四肢反支起，烤脊梁。烤痛了再翻过去，就像一个杂技演员在反复做高难动作。身上的红斑渐渐扩大，连成云状的一片片，并放出光来。他这才长长地吁了一口气，恋恋不舍地放弃了那堆苟延残喘的炭火，随手从网兜里抓出几个大海螺扔进去，那海螺立即发出滋滋的声响，并冒出带着焦煳味道的鲜香气来。此时，潮流还没回长，他赶紧将网兜里的猎物倒在地上，并摆好再次生火的柴草，抓起那铁青色的鱼叉和鱼刀，朝奔涌的大海走去。

他在冰冷的海水里和灼烫的火烟中泡磨炙烤了五六十年，有岩石般坚硬的骨架，牛筋般扭紧的肌肉，黑胶板一样富有弹性的皮肤，伤痕累累的身躯。浪花砸上去，立即摔碎成千百滴油珠子，不剩一丝水迹。他对远近百里海域，水面上每一支暗流，水下每一处暗礁，他都了如指掌。他曾是个浓眉大眼、浑身乌亮的汉子时，俊俏的闺女们也朝他瞄过眉眼。但他不屑一顾，拥抱绸缎般的浪涛已使他筋疲力尽和心满意足了。后来，在漫长的碰海生涯里，曾有过一闪即灭的失悔，特别是当他偶尔看到乱石丛中伸出的一朵干枝梅，淡蓝色的海面上游着一对海鸭子时，他的心尖就异样地颤动了几下，但立刻就过去了。因为那汹涌的浪涛给了他更丰富的内容和乐趣。他是这个世界最穷和最富的人，穷得每一文钱的来源，都得使他把整个生命抛进浪涛里换取；富得一日三餐，他都大口地嚼着海参鲍鱼。他的一生都在搏击，拼杀，夺取和寻求，尤其这"寻求"二字给他腾波踏浪的一生，增添了无穷的乐趣和迷人的魅力。他却寻求到五垅刺儿的海参（一般海参身上只有四排小肉刺儿），这是奇迹！这奇迹不仅是多出一刀菜（海参做菜时，一坨刺儿切一刀），而是给人一种美好的想象和诱惑。是啊，只要敢于寻求，五坨刺、六坨刺儿算什么！他要寻找最珍贵的，世世代代海碰子终生寻找过但始终未寻找到的东西。当他还蹒蹒跚跚学步时，老一辈海碰子们讲到这个神物时，声音都颤抖着："那是宝啊！没有福气的人是得不到它的，有错鱼守护呢！"错鱼什么样？谁也没看见，但是谁都能说得有鼻子有眼，钢刀一样的身子，一公一母交错立在那里。"厉害呀，嚓——齐刷刷把人切成两段！……"老海碰子的爷爷不安分，强求过，结果他死在浪涛里；老海碰子的父亲强求过，结果他也同样惨死在浪涛里。老海碰子没见过爷爷的尸体，但见到父亲的尸体，虽然血糊糊的，但是完整的，并没有被错鱼切成两半。是根本没有那可怕的错鱼，还是父亲没有潜到错鱼守护的地方？老海碰子终生都在用行动揭这个谜。

山那面的海，叫半铺炕，那是个平静的海湾，即使是涌起风浪，也伤不了筋骨的。但也没有五坨刺儿的海参，更不用说那神秘的宝物了。老海碰子在那样的海里，可以横冲直撞，如走平地，但是他离开了那里。多年的经验告诉他，力气和收获是等价交换的。他选择了这边的海。

这边的火石湾，才是真正的海，刀一样直切下来的陡岸，全是坚硬的火石（因为这种橙黄色的石头受撞击就会迸出火花，所以海碰子称为火石），像一道金灿灿的屏障，贴着这陡岸直拔上去的是高高耸立着的火石山。在这刀削的陡岸中间，有一道豁口，下面有五十步长、五十步宽的小天地，铺着黄澄澄的鹅卵石。尽管这里天地狭小，但老海碰子却很满足，因为他的用武之地是豁口外的一铺万里的大海。他还满足的是背后那陡峭的高山，隔开了那个烟雾萦绕、噪噪营营的世界。豁口两侧的石壁轰轰地响着，迸碎的浪花从两面齐往豁口处喷撒，透着白光，现出一闪即灭的七彩光环。老海碰子兴奋了，这才是男子汉的海，只有他才会享受这种乐趣！就是死在这里也值得！可是，他哪里知道，现在，恰恰有另一个人，也悄悄地来到火石湾，要分享他的这种乐趣：与他一样寻找那迷人的希望！这个人已经来到火石湾，他却没有发现，浸沉在自己的欢乐里……

"我会得到的！"他执著地自语，高高地扬起手臂，将系着网兜的葫芦头扔进水里，一手攥着鱼叉，一手摸着鱼刀，一个鱼跃，扎进翻滚的浪涛里。身子便箭样地钻进黑绿色的水中。他手中的鱼叉鱼刀也朝前直竖，那闪着寒光的锋刃劈着水，一直向下沉去。这段行程只能用三分之一的气量，这是严格计算好的，因为必须保证三分之二的气量在水下工作。在这一团模糊的水层里，也会出现奇丽的景色，有时，一大群丁鱼（只有一根钉子长短的小鱼），铺天盖地而来。仿佛千万支金针银线，在黑沉沉的空间流曳，把老海碰子团团织在其中。这使他感到快活，也有些慌。因为他知道，凡是这种鱼的后面，往往会跟着一些追食的大鱼。他根据鱼的外形来叫名的。有一种鲨鱼，它的头部高高隆起，两腮很滑稽地向两旁凸出，很像古代的相公帽，这种鲨鱼似乎也像相公那样文雅礼貌，见人频频点头，然后，从左面蹭你一下，又从右边蹭你一下，好像亲昵地缠着你。其实它这是在试探人的能力，因此它蹭你的速度越来越快，直到把人弄得眼花缭乱，晕头转向时，才猛地露出狰狞相，恶狠狠地扑来。但也有那种直率的，毫不讲客气的鲨鱼。那是一种有尖削的头颅，火箭般身形的箭鲨，一排锯齿般的尖牙闪着白粼粼的光。它的凶狠远超过山中的虎狼，它那对阴沉的小眼睛能在几里以外的水下看见人肉闪光。当它在百十米之外发现目标，便像炮弹一样射来，饥饿使它的凶猛、残忍和智力增强了数倍，它不仅能在水下横冲直撞地扫荡鱼类，而且会自动地跃出水面，攻击站在船头和礁边的渔人。它那飞跃在半空中的身子灵巧地横扫一下，刀片式的长尾将人搧进水里，然后，再去吞噬。海碰子最提防这种鳖鲨。

老海碰子潜到海底一两米处，那水色便豁然亮堂了，五彩斑斓的礁石尽收眼底。在那一片白花花的牡蛎丛中，撒满了孔雀蓝色、玫瑰色、橘红色的五角海星，像艳丽的花朵，闪着莹莹的光。这些漂亮的海星并不是装饰海底景致，而是在残酷地吸噬牡蛎肉。一大群老态龙钟的黑鱼游过来，瞪着博士眼珠，在研究老海碰子是什么动物。然而老海碰子连看也不看这些肥美的大黑鱼，这些家伙是水层中间的鱼，灵得很，鱼叉是弄不到的。但对付底鱼（贴近沙滩活动的鱼），他的鱼叉便显出神功来。多年的碰海子生涯使他练就一对灼亮的神眼。只要他略一扫视，便会看出货色来。那些像一张树叶子似的浮在沙地上的牙偏鱼、牛舌头鱼、石茧子鱼（背面上长些石斑状保护色，极难辨认）和胖头鱼，它们总是紧贴在沙子上一动不动，一旦遇到不妙的情况，周身花边般的鱼翅就急速搧动，一股沙爝泥雾立即翻然而起，降落在鱼背上，渐渐就盖得严严实实。但是，鱼尽管伪装得巧妙，却要露出两个叽里咕噜的眼珠子观察动静。老海碰子最会识别这种假象的。这时，一条烟叶似的大牙偏鱼飘然而至，老海碰子稳住不动，等它伏沙伪装后，准备动手擒拿，谁知这鱼夺路而逃，攀礁而上，游过了横在它头前的一排围墙般的暗礁。老海碰子惊呆了，虽然他成千上万次潜进水下。却很少看见牙偏鱼侧着扁扁的身子，搧动着周身花翅，飞快地升到礁石的顶端，像一片金叶在湛蓝的空间翻然而下，顺着礁背面的斜坡逃遁了。老海碰子垂着鱼叉，眯着友善的目光，欣赏着那条扁鱼的精彩表演。他感到有种说不出的充实，虽然在冰冷的水下，他的心胸却炽烈地燃烧起来。这种燃烧常常使他有些神经质。有时，一块奇形的石子儿，一礅玲珑的暗礁，一片磨亮的贝壳，都使他精神振奋，也许这就是一个海碰子寻求美好愿望的激情。

他沿着狭窄的礁缝急速地游动，一个长长的大海参躺在那里，酱褐色的身子缀满了一行行小肉刺儿，刺儿尖泛着淡白色，像密密麻麻的花点，远远看去那样迷人。海参最熊，不会跑也不会蹦，只有老老实实地束手就擒。但它对付鱼类，有一套本领，当鱼张口扑向它时，它便来一个特殊反应，刷地将肚里的肠子喷出去，那鱼一口衔住，以为猎物到手，立即摇摆而去。海参这时早借着喷吐肠子的反作用，退出半尺远，保全了性命。但在人的面前，这一切伎俩就等于零了。老海碰子在一道礁缝里就捕捉了五个大海参，装进腰间的小网兜里，双脚照地猛的一蹬，身子嗖地升起，等脑袋蹿出水面，已是气力殆尽。他大声地呼吸了一阵，便又扎进水下。腰间的网兜装满了海参，他便浮出水面，踩着水，寻找漂浮的葫芦头，然后将海参转装进葫芦头上挂的大网兜里。渐渐地，他喘气的声音和活动的姿势不那么从容了，在水下呆的时间越来越短，升浮的速度越来越快，嘴巴露出水面的喘气声越来越大。但他还是继续拼命地扎着猛子，不断地寻找猎物，一个劲地呼吸、憋气、扎猛、升起，机械地重复这一系列动作。

终于，他感到冰冷的水泡透了他的皮肤，进而渗进肉里，骨头里。他开始慢慢地失去了活力，变得麻木了，眼球里的火花也逐渐熄灭。水、礁石、海参和鱼全融成模糊的一团，他这才推着被网包压得半沉下去的葫芦头，艰难地朝岸边游去。再度去烤火，再度去补充热量，再度去积蓄力气，再度攥着鱼叉鱼刀，把自己抛在冰冷的海涛里。

在一个潮流不到半天的时间里，海碰子一般是下三次水。就是说他们的肉体在灼烫的火苗里加热半个小时，然后在冰冷的海水里冷却半个小时，这种加热和冷却要反复六次。当老海碰子最后一次游向岸去，才发现豁口处多了一个小黑点。那小黑点渐渐变大，终于，他看清了，是一个小海碰子。

那小海碰子虽然块头小，却很神气地站在那里，默默地审视着老海碰子出水、上岸、点火和转身的每一个动作，俨然是个小监考官。老海碰子有些不快，他不愿意在这个最狼狈的情况下被别人这样注目，而且还是这么个乳臭未干的孩子！于是他尽力控制着全身的颤抖，故意装作不在乎，虽然烤火时照样翻来覆去地做着滑稽动作，但决不叫出声来，在小辈人面前呻吟，可真不像话了。当他在激烈的炙烤下恢复正常功能时，便把目光朝小海碰子那边瞥过去。小家伙看样子不到二十岁，还是个孩子，他在海碰子队伍中还没有见过这么个幼嫩的小东西。那翘起的鼻头和红嘟嘟的小嘴，勾勒出一条温柔的曲线，脸蛋上还毛茸茸的，像一个注满汁水的小香瓜。但脖子下面那套衣服却使老海碰子生出火气，小挽领，紧贴身，显得挺括利索。海碰子穿那种摆浪的衣服，逛海吗？就这身衣服也不合格！当海碰子应穿那种厚、肥、大、结实、保暖的衣服，白天烤火能遮风兜热；晚上睡觉能当被做褥。然而小海碰子根本没理会他的怒气，竟然仔细地将全身衣服脱下叠好。按规矩，应该过来拜上两句，用海碰子话说"借借风"。但小海碰子毫不理会，就地摆开架势，立了门户。老海碰子有一种被冷落之感，不禁怒气横生：太放肆了！方圆百里的海碰子，还没见过这个样的！不过看到赤身裸体的小海碰子时，他倒几乎要笑了。这麦面捏似的身子也能下海？没有棱角的骨架在圆润的嫩肉里包裹着，小肚皮溜光溜滑的，纤细的小脚被沙窝里的冷水泡了不一会儿就变成了粉红色。这样的小脚能蹬水？他撇了一下嘴，心想：差远啦！肚皮上的汗毛还没烧光呢！他的气消了大半。浪有些大了，豁口处不时地迸散着七彩光环的浪花，小海碰子有些惊奇，不时地张大嘴，露出一口小白牙，更显出嫩相来。看着这个柔嫩的小东西，老海碰子不由得想起那有力的蟹钳，锋利的鱼牙，尖削的牡蛎壳和那狭窄的暗礁缝。

"会弄碎的！"老海碰子揉搓着浑身烤出盐末末的皮肤，竟在心下为这个不顺眼的小东西叹息了。

小海碰子也许看出了老海碰子的神情，便故意晃着身子走过来，显示其老练。还盯着地上的一堆海参，说道："货挺厚呀！"老海碰子惊奇地扬起脑袋，他没想到小家伙会说出这么老成的一句海碰子的行话，便不由细细打量他一番。这时，他才看得清楚，那张小香瓜似的脸上呈现出一圈水镜压出的印痕，胳膊和大腿处已划出一道道稀疏的伤口，光滑的肚皮上面的汗毛，开始烧得焦卷起来。看来，有点来历！他问道："半铺炕那边来的吧？"

小海碰子脸似乎一红，但老实地点点头。

"怎不在那儿呆着？"

"那什么货色，四垅刺儿！"小海碰子露出很自负的样子。

老海碰子一怔，但没动声色，心里在冷笑，瞧不起四垅刺儿，哼，没看看你自己几垅刺儿！小嘴鱼吃蟹子，也不量量自己多大牙口！他轻视地扫了一眼小海碰子，谁知小家伙正朝他睖睁着眼，并突然喊道："你是从鱼肚子里钻出来的？"嫩嫩的小脸上充满了又惊又喜的神情。

老海碰子却闭上眼睛，不屑一顾，这正是老辈对少辈表示骄傲的一种方式。有什么大惊小怪的，在海碰子中间，谁不知道！

"那大鱼呢？"小海碰子并不是一味地敬仰，也不等他回答什么，却问起那鱼了，好像是几百年前就准备好的问号，终于盼到今天问了。

这个问号可大大地伤了老海碰子的自尊心，从那九死一生的鱼腹中逃出性命来，已是千幸万福了，已是天下第一了不得的事了，还要那鱼！真不知天高地厚！黄口小儿，不值一驳！老海碰子根本就没睁开眼皮。谁知小海碰子竟叹了一口气，为那条跑掉的大鱼惋惜，好像在说，你这事做得太缺心眼了，太欠考虑了，太不完美了，太不值得那么多的海碰子敬重了！老海碰子终于按捺不住，抬起眼皮，却见小海碰子正从裤衩后面拔出闪光的鱼刀，挥舞了一下，那气势，也要钻进鱼肚子一次，并豁开它，但不只是逃命，还要把那大鱼拖上来！

老海碰子终于什么话也说不出来，他有些疲倦，便就势往沙滩上一躺，闭上眼睛。但是他睡不着，小海碰子正在那边甩臂劈腿，做下水前的运动。"哼，海猫子不知潮流，涨潮下水！"老海碰子冷笑着自语，又投过一瞥——他被一道灼亮的东西刺了一下，不由得睁开眼睛。只见全身披挂整齐的小海碰子，手里正攥着一支亮铮铮的鱼枪。他近来模模糊糊地听说这个新玩意儿，是半铺炕那边的海碰子们用好钢打造的，上面安着一些巧妙机关，一勾扳机，枪头就会戳透鱼身，据说瞄哪儿打哪儿，极有准的。但是老海碰子并不认真听别人夸这家什儿，他从心里根本就不屑一顾。尤其是半铺炕那边的产物，他就更瞧不起。世世代代的海碰子都使鱼叉，叉的鱼还少吗？那可是腕子上的硬功夫，练不出来，便想新花样，懒人懒招儿，想不出力气弄鱼，笑话，不会使叉算什么海碰子！

小海碰子却走过来，嘻嘻地笑着，朝他那鱼叉踢了一脚，说道："该扔了，这破玩意儿！"老海碰子差点儿跳将起来，说我这鱼叉是破玩意儿，别闪了牙梆子！他这铁青色的鱼叉啊，爷爷使过它，父亲使过它，是一块车轴钢打出来的，什么样的车轴，拉两千斤石头的车轴！这鱼叉什么样的鱼没叉过？牙偏鱼、牛舌头鱼、胖头鱼……它还叉过一条十七斤八两的大鱼呢！别看它浑身是锈迹斑斑的，这是鱼血和盐水咬的，是业绩，是资格！你那鱼枪算什么，叉过十七斤八两的鱼吗？他想起那条麻袋大小的牙偏鱼，在鱼叉上捐动时的重量，使他在水里翻了好几滚儿……他充满感情地瞅了一眼横在地下的鱼叉，心里却忽地一下发虚了，这条立下过丰功伟绩的鱼叉此时竟那样难看，尽管他时时霍霍打磨，叉尖总闪着一簇寒光，但与那支机关巧妙、亮光光的鱼枪一比，简直就像废铁条一样毫无颜色，畏畏缩缩地躺在地上，没有一丝威风。老海碰子终于没跳将起来，突然，又被一件什物定住了。原来小海碰子那窄窄的小脚上正套着两只大胶皮脚（橡皮鸭蹼）！那胶皮脚又宽又扁又大，颤颤的，鲨鱼尾一样，捐起水来，比他乒乓球拍子似的脚有力多了！小海碰子身上的现代化武器多着哪，他也根本不使用老海碰子那个碍事踔脚的葫芦头做漂子，而是从衣兜里取出一小卷东西，鼓着腮帮子吹一阵，便凸起一个比葫芦头还大得多的圆气球，当然比葫芦头轻飘多了。"真他妈的！"老海碰子不知是恨还是爱地骂了一句，有些颓丧起来。但是，当小海碰子转过身去，小脚后跟闪出两块绑得紧紧的红布条时，他这才恢复了一丝元气，轻轻一笑。这也是半铺炕那边的胆小鬼发明的玩意儿，据说能防鲨鱼，哈哈，那凶猛的大鲨鱼会怕这小小的红布条吗？再说，怕鲨鱼还当什么海碰子，在家老老实实地呆着吃海菜得了！老海碰子得意地坐起来，这时，他觉得小海碰子身上的一切都暗淡无光了。

大海涨潮回流了。那城墙般的排浪"啊啊"地吼着，朝岸边压来，豁口两边交叉喷过来的浪花更猛烈了，犹似两扇白花花的水帘，遮住整个豁口，轰击的涛声夹带着咸味的海风又不断地朝豁口里灌，顺着他们背后狭窄的山径寻找出路。那小海碰子像故意演给老海碰子看，头戴水镜，腰挎鱼刀，足蹬脚蹼，手攥鱼枪，全副武装，雄赳赳地走向浪涛轰响的海。

"看不出潮流吗?!"老海碰子终于在后面发声喊，亮出老一辈海碰子的威风。

小海碰子却回过头来嘻嘻笑着："染染身子!"

这又一句老练的海碰子行话，不仅使老海碰子站立起来，并使劲地揉搓了一下眼睛。

这是一个莽撞的、毫无经验的小海碰子，但他却高傲而自负得很，他觉得世界就像晴天的海那样平坦，任他遨游。因此，他不相信什么艰难困苦，也不崇拜任何英雄，他觉得他会同那些英雄一样，当然要比他们更强些。其实他也有崇拜，那就是崇拜自己。半铺炕那温柔的海使他更坚定了"藐视一切"的信念。终于，他听到五垯刺儿的海参，听到了剐鱼肚子的老海碰子，听到了比这一切更美好和更可怕的、有错鱼守护的东西。他开始有些吃惊，有些思索，进而有些不服气，这种不服气使他不甘于同半铺炕的海碰子们为伍，于是他来到火石湾。青春的热血在他心胸里沸涌，他要干出一番惊天动地的事业来。

老海碰子默默地注视着小海碰子的每一个动作，他感到这是一个冒失鬼。下水之前，只是胡乱地蹦跳一阵，把烤火的柴草随便地往沙滩上一扔，任它散堆在那里；甚至连海都不看一眼，就扑通一声扎下去，泥鳅一样钻进绿色的浪涛里。下水之前要观察一下海，这是老海碰子最注意的事，在内行的海碰子眼里，海不是一块蓝色的平面。细细看去，在闪动的波纹里有几道颜色略异的带子，那就是海流子。海流子是海中的河流，有着湍急的流速，但海参、鲍鱼和扇贝最喜欢生活在海流子里，因这流动的水时刻保持新鲜、清凉、干净。这海流子的速度也是随着潮流的涨落而变化着的。坐南朝北的海，涨潮时，水流从西朝东奔走；退潮时，水流又掉过头来朝西流；潮终时，水流子稳住不动近半个钟头。多大多急的流子，老海碰子都能从里边捞出货来，这就是他拃住了稳流的时间和规律。小海碰子哪懂这个，只凭自己的力气和热情干，不管三七二十一地拍动脚蹼，在身后啪啪地打出两朵雪白的水花，拖着长长的浪道，身子挺得像一艘小炮舰，灼亮的鱼枪在头前开路，煞是威风。但这威风不一会儿就丧失殆尽，他扎了不几个猛子，就被哗哗流淌的海流子拖得远远的，这样，他大半的精力全用在挣扎着上岸。海底也不是到处都有暗礁（只有暗礁处才有东西），一个猛扎下去发现暗礁有货，要浮上来"定位"。这"定位"也是极有讲究的，游泳技术再高的人，只要漂在水上，就会被浪推流拖，暗暗移了位，再扎下去决不是原来的位置。小海碰子就吃这个亏，他刚刚扎一猛是暗礁，捕捉了几个海参，正想高兴，可第二个猛扎下去，却是一片白茫茫沙地。只好浮上来再扎猛找，连扎几个空猛，气力全部消尽。海碰子最怕扎空猛，同样是扎猛，手抓不上货来就觉得气力格外消损，常言道："好汉架不住三个空猛！"老海碰子是决不吃这个亏的，每当他发现一处暗礁有货时，先不急于干，而是赶紧浮上水面定位。他"定位"的方法既简单又高超，这就是看岸边的目标。俗话说"风吹浪打山不动"。老海碰子就是看准那稳坐四方的火石山峰。看准了火石山那金灿灿的尖顶，定住自己的位置，那浪下的暗礁怎么也不会丢的。

小海碰子毕竟太年轻了，他还没有这么多的经验，甚至他也根本不相信什么经验。他只相信自己那支亮灼灼的鱼枪、脚蹼和目空一切的想象。他看到老海碰子的那鱼刺状的骨架，锈斑斑的鱼叉和那可笑的葫芦头，完全像上一个世界的古物，就断定自己比老海碰子强一百倍。人们把老海碰子说得那样威风，那样神能，可真使小海碰子奇怪得不行，他嘲笑还来不及呢！但是，他被湍急的水流拖来拖去，又连连扎了几个空猛以后，终于筋疲力尽，浑身哆嗦起来，他这才感到火石湾的厉害，怪不得半铺炕那边的海碰子一提火石湾就脸色突变。他拼命地拍打着脚蹼，挣脱海流子的冲击，拖着空空如也的网漂子朝岸上奔命。他像小叭狗一样爬出水面，战战抖抖的朝柴草堆连爬加跑，因为他背后拖着的网兜只装几个可怜的海参，所以爬得速度更快些。老海碰子不声不响地盯着小海碰子，他倒要看看这个毛头小家伙怎样点燃这胡乱堆在地上的柴草。他毕竟是老人，感情还是细腻的，当看到这个稚嫩的小叭狗爬上岸时，心里就有些不忍。他虽然想看看这个狂妄的小海碰子的狼狈相，但同时又暗暗摆好一堆柴草，好让小家伙在点不旺火的急难之时，马上能得到温暖的火。谁知他白操了这份老心，人家小海碰子更有招儿。只见他从衣袋里摸出一小瓶汽油，朝柴草上转圈一浇，啪地按了一下打火机，那火苗轰然而起，竟蹿得一人多高。小海碰子欢快地蹦着跳着，那火舌也张牙舞爪地乱飞，似乎在嘲弄老海碰子，你那堆火算什么，萤火虫一样！老海碰子生气了，觉得受了委屈，看着自己刚刚尽心尽意摆的那堆柴草，不由得气哼哼地踹了一脚。

一次又一次地失败，一次又一次空着网兜上岸，终于使小海碰子垂头丧气了。尽管他年轻，有脚蹼，有亮光光的鱼枪，有吹气儿的水漂子，有汽油，有打火机，但他拿不上货来。当一次次看到老海碰子拖着沉甸甸的网兜，满载而归。他服气了，渐渐地变得聪明起来。他不再频频下水，凭自己的一腔热血蛮干了，而是垂手站立，将一对稚气的大眼睛投向老海碰子。他开始感到，那一身伤痕累累的老皮，那鱼刺状的骨架，那锈鱼叉，那葫芦头，都不那么简单了。他几乎是不眨眼地盯着老海碰子的每一个动作，每一个细节，像一个最优等的见习生。

小海碰子的这一明显的变化，当然逃不过老海碰子的眼睛，他暗暗感到一

股满足：这会儿知道厉害了吧？哼，差远哩！于是，老海碰子表现得更老练和
稳重了，甚至有些高兴地在这个小海碰子面前表演自己的精彩技巧。

老海碰子扎进黑蓝色的水下，一大群肥胖的黑鱼照例友好地围上来，它们
认熟了这个面孔模糊的人，知道他没有能力伤害自己，于是毫无顾忌地跟在他
身后转悠，一旦见到他去揪那橘红色的扇贝时，便一拥而上，去吞食扇贝根带
起的一些毛毛茸茸的小生物。老海碰子不耐烦地挥动鱼叉吓唬这些贪吃的家
伙，但它们只是稍微摆动一下尾巴，照样簇拥在刚刚揪下的扇贝根处。有的鱼
干脆连尾巴也不摆动。老海碰子叹了一口气，对付这些灵活的，浮在水层中间
的鱼，他那柄鱼叉连个渔夫的小鱼钩都不如。但是，老海碰子突然听到一个异
样的声响，蹼——一条大黑鱼在那里扑腾起来，并溢出一股淡淡的血雾，这血
雾还没来得及飘散，就被水流冲走。那鱼不动了，原来一支亮灼灼的枪刺穿透
了它黑硬的鳞片。顺着枪刺、枪杆和握着枪杆的手臂，他看到了小海碰子。这
鬼东西，竟尾随他而来。小海碰子倾斜着身子，漂浮在蓝色的水层里，两只大
脚蹼有节奏地摆动，控制着身子的平衡，却显得身子又细又小，像条小黄鱼。
但此时，小家伙很惬意，他一次又一次拉紧枪栓，一次又一次地穿透那些无知
的黑鱼。噗——又一条大黑鱼在闪亮的枪刺上打旋，翻动，并涌着血雾。老海
碰子看见小海碰子那一对大眼睛在水镜里笑成两道缝，心里不知怎么有些不舒
服。黑鱼冒出的一股股血腥气，招来了别的鱼类，一条大牙偏鱼急急地赶过
来，伏在暗礁根处。小海碰子灵巧地一个猛子扎下去，噗——几乎不用瞄准，
也根本不用什么。"鱼头往前半尺"的提前量，一下就把那牙偏鱼打个透心凉。
速度之快，把老海碰子都惊呆了，他只见小海碰子将鱼枪朝牙偏鱼头上一指，
那鱼随即就在沙地上挣扎翻动。尽管他睁大眼珠，也看不到枪刺从枪杆里射向
鱼身的行程。"太快了，什么鱼也跑不了的！"老海碰子竟自言自语地赞扬起
来。但他又忽地感到一阵痛楚。这可是他第一次赞扬一个初出茅庐的小海碰
子；第一次看到他奈何不了的东西，别人却轻易拿到手了；第一次看到，别人
也有比他强的地方！而这个人，竟是个肚皮上还没烧净汗毛的孩子！

那小海碰子找到了用武之地，一上一下地扎着猛子，身子如飞似的游动，
窜得水上水下一片水花烟雾。

老海碰子下意识地躲开了，他扎进更深的水下暗礁里，在那里寻找海参和
鲍鱼。尤其那鲍鱼，凭借着暗绿色的外壳，紧紧吸在暗绿色的礁缝里，很隐
蔽。弄鲍鱼，不同于捕捉海参海螺，得有极高的功夫，一叉下去，就得铲下
来，决不能拖泥带水地重叉第二下。因为这鲍鱼身下长个吸盘，吸附在礁石
上，叉它必须冷不防，否则它便立即死死吸住，任你将鲍鱼身上的壳叉得稀
碎，那肉也牢牢地死贴在礁石上。老海碰子有意在这儿露一手，让小海碰子看
看，打条黑鱼算得了什么，有本事再扎深点看看！但小海碰子此时根本不看，

他正兴高采烈地追逐着黑鱼群。弄得老海碰子满耳朵都是"噗噗"的打鱼声，有些心烦意乱。

上岸时，小海碰子推着满载黑鱼的水漂子，得意洋洋地游在前边，身后的两只脚蹼像唱歌似的打着节拍，拍得水花"嘭嘭"响，伸出水面的那支枪刺，一闪一闪的，仿佛在向老海碰子炫耀它的威力和功绩。烤火的时候，小海碰子手舞足蹈地蹦来蹦去，并故意大声地"啊啊"着，好像刚刚完成了一个极其伟大的任务。他朝老海碰子这边嘻嘻着嘴："那鱼……真笨!"

老海碰子没吱声，一直阴沉着老脸，把腰勾在火堆上。

小海碰子突然沉默了，满脸的欢喜倏地一下消尽。老海碰子网兜里的"货"使他目瞪口呆，一个个巴掌大的鲍鱼在那里蠕动着，迎着阳光，壳碗里闪着迷人的彩光，似乎在笑他：狂什么？这才是上等货呢!

小海碰子愣怔怔站在火堆旁，又开始垂头丧气了。

微微熏人的西南风转成略带凉意的小北风，轻轻地扫拂着海面。火石湾呈现出一片少有的平静，上面铺满一层金辉辉的阳光，显得那样平坦、敞亮，俨然是一个宽阔的大舞台。但是，这个舞台不再是老海碰子一个角色表演了，不再使他随意地驰骋腾跃了，那个才登上来的小角色使得他紧张并谨慎起来。他看出，那个攥着鱼枪的小海碰子在暗暗同他比试，大有要撵上他，超过他的架势。小海碰子扎猛的深度也越来越增加了，他有时竟和老海碰子并膀齐扎下去。这就使老海碰子拼足了全部气力，他是决不会让小海碰子超过他的。每次上岸，他的网兜里总是沉甸甸的，他要在重量、质量和数量上占绝对的优势，他要永远是强者。但是，他发现小海碰子一次又一次朝更深的水下冲击时，他开始感到，这个小家伙不仅是要超过他，而有着一个不露声色的目的，这目的是什么呢？老海碰子突然醒悟了，小海碰子也在寻找这个最珍贵的世世代代海碰子始终未寻找的东西。如果不是这个迷人的希望，他决不会这么执著地拼命。为了寻求，老海碰子不断地扎深猛子，朝更深的深处探望。他总觉得那里就有……也许就有锗鱼，那里就有那个他终生寻求的东西！于是他越扎越深。然而他的肉体终于以各种痛苦的感觉向他宣告，它们无法完成意志的要求：当他向更深处扎下去时，两个耳朵眼里像有两支钢针插将进来，水压似乎要击穿他的耳膜；水镜也突地压紧在脸上，把鼻子都压得扁扁的，两个眼珠子被抠出来一样痛。最受不了的是一股透骨凉的水朝身上袭来，这是底流。底流的水是从老洋里，从那阳光永远晒不透的地方流过来，因此底流比水面上的流子还多一个可怕点，那就是温差。当你一接触底流，就像掉进冰窖里，四肢立时僵硬麻木，就是鱼游进底流里，也显得不那么灵活了。海碰子称这为两层水，最怵不过的。现在，小海碰子就朝这种底流试探。在升浮到水面上换气时，老海碰子往往发现小海碰子从脖梗往上一片赤红，并冒着一缕缕冷气。他知道，这小家伙已把脑袋触进了底流,但是他发现,那赤红的色痕正一次次从小海碰子脖梗往下伸延,有一次竟齐刷刷红到胸部以下。他深信,小海碰子终将会把他全身投进底流里。于是他感到问题严重,感到一种力量的威胁,感到一种可怕的挑战。

一连几天,老海碰子紧封着嘴唇,默默地做着每一个动作。小海碰子开始还嘻嘻地同他寻话说,但渐渐地被他这种阴沉的情绪感染了,也跟着沉默起来。但他并没有看出老海碰子在故意对他冷漠,只是感到这是一个不苟言笑的老人,他反而逐渐习惯并欣赏这种沉默,这种沉默给人带来一股潜在的威严感。呼啸的浪涛砸在小海碰子身上,他就不由得咧开嘴"啊哈"地叫几声,可是砸在老海碰子身上,他却一声不吭,甚至连眉眼也不眨动。小海碰子完全被这种沉默的威严和力量慑服了,他开始一步一个脚印地模仿老海碰子。例如从冰冷的海水爬上来时,他再也不像小叭狗那样轻快了,而是沉着地爬行,显出一种历尽艰难的样子,烤火时,他也不欢快地蹦跳了,而是学着老海碰子的动作。突其而来的浪击和尖削的牡蛎壳划割,他也决不哼一声。渐渐地,火石湾除了单调的涛声,就像死一般寂静。退潮前这一老一少默默地分坐在豁口两端,各自把鲜嫩的鱼肉串在一根铁丝上,擎在火堆上烧烤,然后就是无声地咀嚼。下水时,他们各自错开时间和位置,这一堆火刚刚熄灭,那一堆火又呼呼燃起,这一个才艰难地爬上岸来,那一个又雄赳赳地跳进水里。但总有在水下相遇的时分,这时,便看出老海碰子的手段厉害了。碰到那黑乎乎的狭窄礁缝时,小海碰子犹疑地探一下头,便一掠而过,老海碰子却满不在乎地径直潜进去,捕捉着肥大的海参、鲍鱼。小海碰子漂在水层里,惊奇而钦佩地观望着老海碰子,脸上露出微红的愧色。这时,老海碰子的嘴角上便撇出一丝不易察觉的笑意。其实他每分每秒都在窥测小海碰子的不足之处。

海参有一个奇特的习性,它一离开水就要"熔化",变得黏糊糊、稀溜溜的。这时必须将它肚里的肠子迅速清除掉,否则加速"熔化"。清除的方法是用鱼刀在海参屁股上割一个口,那肠子便会自动流出来。但这刀口却极有讲究的,海碰子有句行话,叫"春三秋四"。春天的海参瘦,割三分刀口放肠子,秋天的海参肥,割的刀口要大一些,所以说"春三秋四"。小海碰子却不懂其中道理,只是胡乱地用刀在海参屁股上一剌完事。这刀口大小很重要,弄不好,不仅肠子放不干净,而且制出的海参干也外形难看。老海碰子看小海碰子胡乱地割,惋惜那一堆肥大的海参。这可是力气换来的!于是他忍不住,便喝道:"春三秋四,刀口再大些!"有时,海参已化得稀溜溜的发滑,小海碰子抓来捏去拿不住,没法下刀,干瞪两眼着急。这时老海碰子便又喝道:"使劲摔几下!"小海碰子便把海参朝石板上摔去,果然,没几下,那海参变戏法似的变得登登硬了。小海碰子便朝老海碰子感激地笑了,老海碰子却早把脸板着转向一边，根本不理会。心下当然得意极了，因为他那呵斥式的帮助，本意是显示自己的高强。

尽管老海碰子故意显示自己的高傲，但小海碰子也不在意，因为在摆弄海参这一套技术，他对老海碰子已甘拜下风了。但他也想把他那一套"现代化"推广给老海碰子。老海碰子撅着屁股在霍霍地打磨鱼叉，小海碰子走过来，说："我给你弄支鱼枪吧，这玩意儿……"老海碰子横了他一眼，没好气儿地说："咱使不惯那洋货，走了火，别穿了自家的脚丫子！""不会的。"小海碰子哗啦哗啦地拽着枪栓，说道："保险得很！"老海碰子一歪头，又格外用力去磨他那鱼叉，尽管他也看到用鱼枪打那黑鱼，噗噗，灵得很！……但却不愿承认。终于，他这宝贝鱼叉为他争了一次光，使小海碰子的鱼枪黯然失色。

火石湾底下布满了大大小小的石头，它底下的缝隙是海参藏身的窝穴。石头越大，货越多，只消把石头掀翻，就会看到下面聚满了海参，简直可以用手大把抓。但讨厌的是在这些石块下面，往往栖居着蛇一样形状的鳝鱼。这家伙有尖锐的牙齿，而且不怕人，任你掀得石块翻滚，也决不会惊慌失色地逃走。不仅如此，那个蛇形脑袋上的一双阴森森的绿豆眼一直瞄着你，要多可怕就多可怕。一般的海碰子宁肯舍弃那成堆的海参，也决不碰这家伙一下的。何况火石湾里大多是狼牙鳝，牙里有毒液，能咬死人的。小海碰子哪料到这一着凶险，只见老海碰子掀石块抓海参，很是丰收，心下羡慕，于是暗暗学下这一招。他在水下平坦的沙地上一气潜了几十米，连个礁石影儿也看不见，正要升出水面，却见一块几百斤重的大石块躺在那里。他乐坏了，因为越是在这样孤零零的石头下面，东西就格外多。他浮到水面上长长地吸足了一口气，便一猛子扎到石块跟前，然后双脚蹬地，两手猛力一掀，借着水的浮力，把大石块翻动，露出黑乎乎的沙窝（石头下面压出的沙窝全是黑色），小海碰子急切地刚伸出手又缩了回去，因为黑沙窝里卧伏着的一条擀面杖粗的大狼牙鳝正蜿蜒而出，在那灰白的尖头上，两粒小眼珠子泛着死光。它含着一股隐藏的恼怒，寻找毁掉它窝巢的仇敌，终于找到了。它瞄着小海碰子逼近过来，使小海碰子感到毛骨悚然，竟忘记了这是水下，张嘴惊叫了一声，立即呛了一嗓眼苦咸的海水，呼通一声冒出水面，脸色惨白，浑身战抖，踩水的步子也乱了路数，摇摇晃晃的。

老海碰子在旁边看得清楚，他小心地摸过去，一猛子扎近鳝鱼，把所有的力量都运到攥着鱼叉的手臂上，等到挨近鳝鱼的跟前时，出其不意，猛地一叉下去。那狼牙鳝欲发怒为时已晚，锋利的钢刃早已刺透它的脖子，把它紧紧按在沙地上。但狼牙鳝并不认输，它疯狂地卷动一阵，尖削的尾巴打得泥沙翻腾，老海碰子尽力憋住气，死按着鱼叉不动，但等那鳝鱼缠他。果然，狼牙鳝那蛇一样的身子顺着鱼叉一直狠狠地缠到他的胳膊上，而那鱼头也强力地扭过来咬老海碰子的手，因脖子被鱼叉扳住，咬不着，更凶了，张着嘴，咯嚓咯嚓地咬起鱼叉来。这时，老海碰子就势托起这条凶狠的鳝鱼，腾跃而起，浮出水面。他哗哗地踩着水，擎鱼的手高高举着，另一只手抽出鱼刀，用刀背朝鱼头猛击几下，那狼牙鳝才慢慢耷拉下脑袋。

这一系列动作，老海碰子干得那样从容、准确、果断，不动声色。小海碰子从头至尾看个清楚，惊诧极了。他踩着水靠上来，不知该对老海碰子说些什么话才好。

从打那条鳝鱼以后，小海碰子老是沮丧地垂着脑袋，并不时地瞅着那支亮光光的鱼枪发愣。老海碰子虽然还像往日那样不动声色，心里却痛快极了，嘲笑我这鱼叉是破玩意儿！口气太大了！你那鱼枪再高级有啥用，见了鳝鱼干瞪眼！

但没几天，小海碰子又神气起来，在他脚下，居然也躺着一条长长的，青白色的大鳝鱼。鱼头上血斑淋淋，看样子是被鱼枪打了个透心。"好家伙！"老海碰子看着差点叫出声来，鱼叉是没有这个准头的。但他赶紧收回目光，继续保持不动声色。

小海碰子在火堆上转了一阵，走过来，用鱼枪挑着一条冒着热香气的大黑鱼，嘻嘻笑道："尝尝鲜！"老海碰子哼了一声："那什么味道！"他用鱼叉从火堆里叉出一只烧得焦黄的大鲍鱼肉，也高高挑着，"这才是上品，不塞牙！"他知道，小海碰子还没有弄到大鲍鱼的功夫。谁知小海碰子毫不在乎地说："等我弄个比这还大的尝鲜！"他回头扫了一眼那条死鳝鱼，言外之意这么凶恶的家伙我都打上来了，鲍鱼算什么！

第一场凛冽的寒风扫过，进入初冬的大地，肃杀了的金色的山林，一夜之间消瘦了，露出了一条条弯曲的筋骨。火石湾变得严峻起来，滚动的浪涛似乎也冻凝了，缓慢地起伏着，偶尔泛起的白浪末，却像一簇簇寒光闪烁的冰楂。豁口下面的沙滩上镶了一层薄冰，鹅卵石变成了亮晶晶的冰蛋蛋。

两个海碰子咯咯吱吱地踩着这些冰硬的鹅卵石，走向水边。冷飕飕的小北风扫过来，使他们不由得打一个冷战。这水能否下得去，是决定一个海碰子整个初冬季节能否干下去的考验。老海碰子首先走进了这个寒冷的蓝色世界，紧接着小海碰子也跟了进去。当温热的肉体一接触冰冷的水时，它的感觉并不是冷，恰恰相反，倒像被火燎一下或是感到一把烧热的刀子在全身狠狠一刮，这个感觉倏地一过，那种透骨的凉意才刷地一下浸过来；紧接着像有千万支冰针穿皮肉而进，在骨头上啮着，锯着，钻着，这是最难忍受的第一关，两个海碰子默默地忍受着。但不一会儿，小海碰子开始颤动了，那柔嫩的脊骨一阵扭动，便"啊啊"地叫着，被什么东西咬了似的逃出水面。他仿佛从开水锅里跳出来，浑身烫得紫红，冒着热气。然而老海碰子没有丝毫反应，像一块石头，一块酱褐色的石头浸在水里。小海碰子有些茫然地瞪着惊讶的大眼睛，他下意识地揉搓着变了色的皮肤，又战抖着走下水里。又是千万束冰针扎透皮肉而来，"啊啊！"他哀号着，扭动着，但不得不重新跳上岸。老海碰子还是纹丝不动，就像死了。小海碰子望着老海碰子，有些迷惑了。他立了一会儿，终于咬紧牙关又走下水里。"啊啊！"他又尖叫起来，但声音不那么尖了，也没有跳出去，他望着石块一样浸在水中的老海碰子，终于坚持住了。一老一少在水中痛苦地熬着。老海碰子是有数的，他紧闭双眼，在等待着疼痛消失。小海碰子此时也学着他，闭着眼，咬着牙，佝偻着身子，死死地挨着。初冬的阳光羞羞答答地照着这两礅石像，没有一丝温意。但奇迹来了，约摸一袋烟的时间，那扎在身上的千万支冰针突然开始熔化了，不那么尖锐了，整个身上的皮肤出现一股微妙的"辣辣"的感觉，开始发热了。用海碰子的行话说"开始发烧"。这种难以置信的发烧只持续了一阵儿，便忽地消失了，这时他们开始缓慢地摆动胳膊，伸蹬两腿，像一条冻僵的鱼刚刚复苏，随即他们大动作地运动四肢，迅速游起来。现在，两个海碰子的感觉舒服极了，因为此时皮肤什么感觉也不存在了，没有冷的感觉，没有热的感觉，没有痛的感觉，甚至没有接触水的感觉。身子仿佛在一个莫明其妙的空间浮动，即使皮肤蹭到尖硬的礁石上也丝毫没有感觉。但这种"舒服"只能持续半小时，再次"返痛"就可怕了。海碰子就是抓住人体对寒冷的第一次"麻木"反应，而敢于潜进冰冷的水下。

他们飞速地游向火石湾深处。

整个大海犹如冻凝了的蓝色固体，被这两个酱褐色的长条切碎了，划出两股白花花的碎末来。猛然间，两个酱褐色的长条不见了，钻进了这蓝色固体的深处。

海碰子下水第一口气量是最长的，老海碰子的第一口气量总是先朝最深处扎，他猛力地蹬着那扁平的脚板，直挺在前面的鱼叉尖闪着一簇寒光，像一颗流星朝黑沉沉的水下划去。猛地，他腰骨一抖，一股更彻骨的凉意从伸在最前面的指尖，刷地一下扩展到全身，底流到了。老海碰子咬住牙，继续蹬下去，但实在难以忍受了，他的整个身子好似一点点往一个固体冰块里钻，而还没完全钻进去的两只脚，却觉得温乎乎的了，这说明底流的水冷到什么程度！一刹那间，老海碰子闪出个返回去的念头，但他看到身旁亮灼灼地一闪，攥着鱼枪的小海碰子竟扎了进来。于是老海碰子突地涌上来了力量，一直朝更深的暗礁扎下去，因为那里的海参几乎全是五垅刺儿的，而且个儿特别大。接近暗礁时，他脸上的水镜滋滋地压紧了，两个眼珠子往外鼓。他咬住牙，看准一个肥大的海参，尽全力抓上去，然后一个急返身，箭一样钻出水面。他"啊啊"地喘着气，踩着水，欣赏着手里肉乎乎的五垅刺的大海参，又长、又大、又肥，浑身布满了小奶头似的肉刺儿，真喜煞人，一只手几乎抓不过来。"呵！小猪崽儿!"他兴奋地叫起来。城里人形容大海参总是用"大灌肠、大黄瓜",但他总觉得不妥,城里人从没有亲自从水里抓一下这海参,懂什么,竟瞎形容!还是叫小猪崽儿好,肉乎乎的,多像!但是,老海碰子突然感到一阵空虚,他陡地转身四顾,海面平静无声,一股恐怖感刷地涌上全身——小海碰子没上来!老海碰子的脑袋立时胀得老大个儿,他赶紧朝水里探望,依旧是黑沉沉的寂静。这不祥的寂静使他的恐怖变成一副可怕的画面:小海碰子那柔嫩的身子正死死地夹在黑乎乎的暗礁缝中,并溢出一股鲜红的血沫沫……不可能!老海碰子在水面上疯狂地旋转了一下,希望在这静静的水面上窜出一个小脑袋,然而一切都是悄然无声,那蓝色的平面无穷无尽地伸延到茫茫的天际。他真正害怕了,一个翻身扎进水里——但他的动作在水层空间收住了。一个红色的小脑袋正飞也似的从水下升腾,冲出水面。一出水,小海碰子就疯狂地大口喘气,嘴里却溢出一口口血水。而且他的水镜里面也喷满了血沫子。第一次扎深水,都会出现口鼻冒血的现象,老海碰子年轻时下海,也有过这种现象,但没这么严重过。这说明小海碰子心太好胜,想一下子就干出个惊天动地来。

"快摘下水镜!"老海碰子大声喊。

小海碰子似乎没听见,他高高地举着鱼枪,为自己的胜利欢呼,因为枪尖上牢牢地插着两个肥大的五垅刺儿海参!此时,他什么也看不见(水镜里只是一片红色),却骄傲地踩着水,兴奋地喊着:"两个!两个!我扎了两个!……"

老海碰子一把摘下他脸上的水镜,用海水冲洗着上面的血沫子,喝道:"洗脸!漱口!"小海碰子把头扎进水里使劲晃着,然后大口喝那苦咸的海水,咕噜咕噜地漱着嘴里的血水。可是他接过老海碰子洗干净的水镜后,却不舍气地又要往下扎猛。"上岸!"老海碰子更严厉地呵斥他,并一把拽住他,朝岸边游去。

两个火堆并在一起燃烧了,老海碰子和小海碰子一齐扯着手,拥抱着火堆,那火堆因为燃料增多而呼呼地烧着,火苗子欢快地往上蹿,交织着,扭结着,飞舞着,显示出一股友好的情绪。老海碰子从一个最大的鲍鱼壳上剜下肥嫩的肉来,擎在火上滋滋地烤,然后送到小海碰子的手里。"吃!"下了一声充满感情的命令。

火石湾的夜是美的,黑蓝色的夜幕罩得海天浑然一色,远处,灼亮的海火与星光交织闪烁,流动的暗云同微涌的浮浪搅在一起,躺在铺得厚厚的柴草堆上,看着这奇妙的景色,是一种享受。潮流按照日升月落地推移,已转到早潮了。"早潮快似马",海碰子不在海边过夜是赶不上好潮流的。黑暗中,那堆还未燃尽的炭火红红的,熠熠闪光。豁口外面的海浪累乏了,正在轻轻地摩挲着岸礁,发出低低的鼾声。老海碰子睡不着,天幕上的星光正在他眼睛里变幻着色彩，一忽儿变成海参那泛着白光的肉刺儿，一忽儿又变成迷人的花点，一忽儿又变成刺眼的光团，像鱼叉尖，像鱼枪刺。甚至像那交叉而立的错鱼。这光团越来越近，终于垂下来，变成两只亮晶晶的大眼睛。老海碰子蓦地一愣，发现小海碰子正站在他的身前。

"你……见过错鱼吗？"他的一口小白牙在黑暗中显出来。

老海碰子没吱声。

"也许再扎深点就会看见的……"小海碰子还站在那里。

老海碰子坐起来，望着眼前这瘦小的身影。想到他毛茸茸的小香瓜脸，那柔嫩的小肚皮，那窄窄的小脚板，那被狼牙鳝惊吓的一瞬间，想到在水里冻得啊啊尖叫着往外跳……他笑了。

小海碰子被他笑得不好意思，转过身，回到他那堆柴草上，但他临躺下还自语道："再扎深点，我就能全看见……"

"全看见？"老海碰子望着他："全看见什么？"

黑暗中，小海碰子两只眼睛眯起来，狡狯地笑了："错鱼呗！……还有那个……"

老海碰子现在更加明白了，这个小海碰子所炽烈追求的，正是自己多年的愿望。"他会得到的！"老海碰子心里火燎似的默默想着。他想起那虽然柔嫩却已划出伤口的皮肤，想起虽然犹存但已烧得焦卷的汗毛，想起那灼亮的鱼枪，那脚蹼，那两只五垅刺儿的海参，那冒着血沫沫的小脑袋。……他似乎看到小海碰子已捧起那美好的东西，浮出蓝色的水面，向半铺炕的海碰子，向山那边的世界，兴奋地炫耀着："我得到啦！"啊，人们再也不会觉得老海碰子有什么能耐了，再也不会对他惊讶地瞪大眼睛，再也不会感到他的存在了！是的，尽管他拼杀寻求了将近一生，但他的时间毕竟不多了，他的力气毕竟消尽了，他的家什儿显然落后了（他的心里已对那亮光光的鱼枪有感情了），他一天一天衰老下去，这是谁也阻挡不了的，就像傍晚的太阳，虽能烧红满天云霞，绘出壮丽的景色，但终于要落下去的！小海碰子虽然稚嫩，但正是开始。一种痛苦的绝望情绪涌上来，使他霍地站起来，朝小海碰子那儿望去，黑暗中只有一束细长的光亮，那是鱼枪。他陡地感到，他那铁青色的鱼叉和亮灼灼的鱼枪，那扁平的脚板和橡胶脚蹼，烧光汗毛的老皮和烧卷汗毛的嫩皮，有着千丝万缕的联系。他看到这两种东西正扭结在一起，形成一股不可战胜的力量，这力量是错鱼切不断，浪涛冲不垮的。一种全新的充实感觉涌上来，老海碰子走过去。小海碰子睡着了，但紧紧地搂着鱼枪，老海碰子把自己身上的棉袄轻轻盖在小海碰子身上，然后坐在旁边，长久地注视着豁口外面，黑乎乎的海。

阴沉的东南风从茫茫的海天之间涌来，豁牙湾开始微微晃动。那些纷飞的碎浪突然像听到号令，排成一道长长的浪队，这长浪甚至几里长不断线，整齐而有节奏地向岸边推来。有经验的老海碰子对这异样的长浪是极有研究的。"碎浪两日静，长浪三天风"，这表示深海老洋里正风浪升腾。就像在水湾的中间投进一块石头，岸边就会荡来一道道涟漪一样，这是个狂风巨浪来临的讯号。坐南朝北的火石湾最怕东南风，长浪过后，火石湾就是一个倒海翻江、惊天动地的世界。它的到来几乎是一刹那，所以，一些没有经验的海碰子，往往被这整齐而有节奏的长浪所迷惑，毫不在意地游进去而突然遭难。但老海碰子却是不会上这个当的，在傍晚从豁口后面的山路分手时，他对小海碰子说："明天坏海，别来了。"小海碰子漫不经心地应了一声，心下却在反问："怎么会呢？这海多平！"他毫不在乎地昂头走了。小海碰子此时正热血奔涌，他觉得自己就要冲到胜利的终点。还能有什么难关呢？凶狠的狼牙鳝，他敢于射杀了，冰冷的考验，他经过了；深奥的底流，他钻下去了；五垛刺儿的海参，他捕到了。剩下的就是错鱼了。

第二天小海碰子迈着雄赳赳的步伐来到火石湾。望着白花闪闪的海面，一种即将获得惊人收获的感觉，在他的胸中燃烧。他高高扬起鱼枪，坚定而欢快地跃进冰冷的海湾里。

东南的天际升腾着一股灰雾般的云，难道它能染黑整个天穹吗？小海碰子全力地拍动脚蹼，向海里疾游而去。

仿佛一切都是提前安排好的，一旦等小海碰子游进火石湾深处，平静的海面突然露出狰狞的嘴脸，像一锅烧滚的开水，猛烈地沸动起来。那张牙舞爪的浪头，就像困锁了八百年的妖魔鬼怪，解脱出来了。顷刻，大海兜底荡动了，狂风驾着奔涌的浪头，哇哇地叫着扑向火石山岩。蓝湛湛的海水骤然变了颜色，暗礁下的灰沙黑泥乘机腾烟起雾，搅浑一切。小海碰子开始并不当一回事，当他潜进水下时，发现水镜外面一片漆黑，奔涌的浪涛即使在水下也激烈地摇摆他。他这才有些慌了，因为平时，海面上的风浪无论多大，只要一潜入水下，就稳如泰山。而现在，水下水上一齐动，他现在才明白老海碰子常说的那句话，"看着都是浪，浪和浪不一样！"也许现在他才有些感觉：原来他对世界还没看透。小海碰子钻出水面，我的天！各种形状的浪块拥挤着，撞击着，铺天盖地地向他头上压来，他慌忙拍动脚蹼，朝岸上奔去。但是，纷涌的浪头像无数只手掌，在后面既拖着，又推着，既扭挤着，又撕拽着，尽管他用尽气力地拍水奔游，却只能原地踏步。

狂风呼啸犹似号角齐鸣，巨浪奔涌就像万马飞奔，陡峭的岸墙炸着一道又一道四处喷沫的开花浪，轰隆隆的涛声此起彼伏，漫空回响。东南角的阴云已占领了整个上部世界，铅色的天空垂下冷漠的面孔，布满皱纹裂痕的山岩在默默地忍受。在这大风大浪轰击的劣势下登岸，是需要高超的技术和惊人的胆力，这对没有任何经验的小海碰子来说，将是一次可怕的考验。他疯子似的向岸边挣扎着，终于挣扎到离岸边几十米的地方，现在这几十米的短距离，也许是一个人永远走不完的路程。他想试探着朝岸边冲刺，但看到山一样高的浪头呼叫着扑向岸边时，他完全惊呆了，那黑色的浪块仿佛带着金属的硬度，高耸着，挺进着，驾着呼啸的风威，像一道移动着的黑色城墙，漫空压过去，那架势完全是要把豁口，把火石山，把火石山那面的世界一齐推平砸翻。在小海碰子前面高高地竖立着，豁口不见了，火石山不见了，整个世界被这道黑压压的城墙盖住了，似乎压根就没有豁口，没有火石山。突然，一声剧烈的轰响使整个天地震动了，那道黑压压的城墙破碎了，炸裂了，霎时，变成一片白花花的粉屑碎末，一落千丈地败下去，与此同时，那道金色的火石岸墙，那豁口，豁口下面的暗礁，像突然从地面升起，连同豁口外面水下犬牙般的礁峰，齐根露出，刀剑一样林立，但随即又沉下去，被第二道黑压压的浪头盖住。这种大起大落的浪涛使小海碰子畏惧了，他的体内热量一点点被海水淘尽，四肢开始发硬，他明白，再待下去就会活活冻死在水里。他后悔了，因为他想起老海碰子……而凶恶的风涛连后悔的时间也不给予他，更猛烈地颠簸着他。于是，他不顾一切地拼出全力向岸边冲刺，可是那道大浪撞在岸岩上，而产生的巨大的反作用力，猛烈地将岸底的沙土石块和小海碰子一齐卷拖了回去，还没等他来得及反应，后面的浪头又扑过来了。于是，两股巨流把小海碰子狠狠地按进水下，在那布满刀锋枪刺般的牡蛎礁上反复揉搓。等小海碰子被割得浑身血肉模糊，但风浪并不到此结束，而是继续把他抛来抛去地戏耍。此时小海碰子完全无能为力了，但他还有一丝知觉，这一丝知觉使他还紧握着鱼枪，在一个浪涛把他抛向半空时，还能睁一下眼睛。他觉得这是最后一眼看那个金色的火石山，那个小小的豁口，那个……不知为什么，他突然想看到那个老海碰子。真的，他看到了！——在那陡峭的岸壁上，贴着一个酱褐色的身影，正手打着凉棚，朝海湾里观望着，小海碰子猛地一震，他想哭，他想笑，他想喊，但他什么声音也发不出来。于是，他用尽全身最后一点力气，将那支鱼枪举起来……不知什么时候，他忽忽悠悠地感到身下触着一个硬实的东西，难道又撞在礁石上？他一惊，清醒了，却又觉得那物体是平坦的，柔和的，并有些温热的。他觉得自己正在升起，于是，他努力睁开眼睛，终于看清，一个熟悉的脑袋在水面浮动，而他的整个身子正伏在这颗脑袋下面的脊梁上。小海碰子一下抱住了老海碰子的脖梗，像一个孩子扑进母亲的怀中，他感到整个世界稳定了……

一个不祥的感觉把老海碰子驱赶到火石湾来。当他看到涌进豁口里的浪涛正在撕揪着打湿的柴草，蓦地看到小海碰子的棉袄在浪尖上翻腾。他愤怒了！这个小家伙太狂妄！但是他那充满怒意的脸随即又变成惊恐、绝望和痛苦。他贴着陡峭的岸壁站立，焦急地观望着火石湾。在开锅般沸滚的浪丛里寻找那个小脑袋。他疯狂地在陡峭的山岩上爬着，移动位置和角度，睁裂眼角，寻找着，寻找着。他扯着苍老的嗓门吼叫着，像一头老牛在呼唤丢失的小牛犊。老海碰子独身闯荡浪涛大半辈子，除了与风浪搏击而带来的收获而喜悦，而痛苦外，剩下的感情全枯萎了。今天却全部萌发而出。他吼着、叫着，一个巨大的开花浪差点把他砸下岸壁，但他全然不顾。他不相信，那个曾喷着血沫的小脑袋，那个套着胶皮脚的小海碰子，会这么快在世界上消失！现在他才发觉自己不能失去他。因为只有他和他在一起，才能寻求到那个迷人的希望。他知道，如果自己死了，这个小海碰子也会沿着他踏着的浪头干下去……

他终于在那黑色的浪丛里发现一道灼亮的闪光，那是小海碰子最后举起的鱼枪。于是，他不顾一切地纵身跃下岸岩。

老海碰子驮着小海碰子，飘浮在浪涛里。他观望着、等待着，最高最大最可怕的浪峰的来临。这正是他与众不同的硬功夫。因为正是这样的浪头才能把他举得最高，送得最远，才能越过豁口前那些枪刺般的暗礁峰。同时，他选择了陡峭的岸攀登，因为浪涛在这样的岸上撞得虽猛烈，但没有回旋的余地。但登岸者必须一下子就抓住岸壁，绝没第二次的机会。海碰子叫这一手为"抢硬滩"。今天，老海碰子决心拿出全身"抢硬滩"的本领。

终于，一道黑压压的巨浪从后面遮天盖地而来。老海碰子看准机会，紧驮着小海碰子，腾跃而上，保持着身子在浪峰尖顶上的位置，就像跳上一匹奔腾的烈马背上，那浪头确实像一匹从没驯过的烈马。它焦躁着、飞蹦着、嘶叫着，高高地举着这一大一小两个肉体，狂怒地朝豁口侧面的陡壁上摔去。轰——浪砸肉体却像一块泥巴似的粘在石壁上，并没随浪头栽下去。老海碰子这种驾驭浪头登岸的能耐是远近闻名的，此刻，他的手指脚掌，完全是钢钩鹰爪，牢牢地抓住石壁上每一道裂纹。但这仅仅是度过一半危险，因为第二个浪头随之就到，如果不在几秒钟的间隙时间往上爬出几米，就会被紧跟而上的第二个浪头拍下水去，那就前功尽弃。平常日子，老海碰子这一手登礁抢上的功夫，玩得相当干净，但今天不同过往，他身上驮着一百来斤的小海碰子。于是，他大叫一声，拼出老命往上又扒又蹬，随之而来的浪头贴着他那扁平的脚掌下炸裂了，冲着他在石缝里留下的血珠散落下去……

伤痕累累的小海碰子像死鱼一样躺在那里，老海碰子几乎是一根根手指掰着，才把鱼枪从小海碰子僵勾着的手掌里挣脱出来。一阵阵咸味的冷风扑过来，老海碰子开始浑身打开哆嗦了。但是小海碰子一点感觉也没有，他冻透了。黑紫色的嘴唇紧闭着，两只半睁的大眼睛失去了光彩，整个身子呈现出一片模糊的殷红色，犹如一块冰冷的石条，纹丝不动。老海碰子焦急地四顾，他想寻找一块木片，一缕柴草，一丝火星，但火石湾边沿已被风浪洗劫一空。在这初冬的大地和天空，到处泛着阴风冷气，没有一丝温暖来拯救这个生命垂危的小东西。风浪还在火石湾里呼呼隆隆地，发疯地唱着粗野的歌。浑身打冷战的老海碰子只得把小海碰子紧紧抱在怀中依偎着，并用两手急速地摩挲着小海碰子全身。但是这太不够了，可还能有什么办法呢？老海碰子睁着赤红的双眼，瞪着这个可怜的小肉体。突然，他猛地站起来，用自己的棉衣把小海碰子包好，放在背风的凹地上。然后他像疯子一样朝陡坡上狂奔，狂跳，拼命地活动四肢。他那久经风浪的老骨头由于不断地扭动而发出嘎巴嘎巴的声响，终于，他的热血在冰冷的皮肤下面奔涌，脑门沁出一层细密的汗珠，浑身开始热气四溢了。于是他发出"啊啊"的欢快叫声，猛扑到小海碰子身上，掀开棉袄，把他热乎乎的身子紧贴上去，亲热地摩擦着。小海碰子冰块一样的身子使他浑身一战，那点疯狂蹦跳出来的热量立即消尽，并又开始哆嗦起来。他只得又站起来疯狂地蹦跳，然后又扑上去搂紧那个冰块。这样反复地做着，温着，老海碰子终于将自己一次次生发的热量，传给了那个奄奄一息的小海碰子。那个小冰块开始在老海碰子身上融化了，颤动了，并像吸吮奶汁一样在吸吮着温暖。一股打着冷战的喜悦从老海碰子心胸里涌上来，他仰卧在冻着冰碴的地上，把这个开始蠕动的小肉体放在自己身上，再把所有的衣物盖上，尽最大可能不丢失一点热量。静静地挨着、盼着。

小海碰子终于睁开了眼睛，两滴冻凝的泪珠溶化了，滴进老海碰子干枯的眼窝。

两个海碰子站在岸上。小海碰子经过一场生死考验，已经恢复了元气，充满了自信，因为他感到海碰子所能遇到的最艰苦，最凶险的考验，几乎全走过来了，想象不出还会有什么样的磨难使他退却。当他又攥着鱼枪扎进暗礁丛时，甚至曾为自己在老海碰子面前哭过而难为情。老海碰子还是那样沉着和不动声色，但他的眼睛里含有一丝忧虑，每扎一个猛子前，他都要仔细地扫视一下平静的海面，因为那些难忘的经历时时在提醒他，风浪过后还会有更大的凶险。但他没有对小海碰子讲出这个忧虑，只是暗暗地观察着，提防着，保护着。他从心眼里喜爱这个莽撞而勇敢的小东西，无论多么可怕的打击，只要一过去，就毫不在乎，精神百倍。他相信小海碰子到了他的岁数，将会比他更老练，更有本领。

他们又跃进蓝色的海湾里。

小海碰子抢在前面，兴奋地拍打着水花，他的动作更熟练，更勇猛了，他认定前面只有最后一道难关，那就是错鱼。

小海碰子过分乐观了，老海碰子的忧虑是有根据的。海碰子的敌人不只是寒冷、激流、风浪和暗礁，还有前头说过的那凶如虎狼的鲨鱼。在这一场狂风恶浪后，一条凶恶的箭鲨窜进了火石湾。它在躲避风浪的日子里饿坏了。那对闪着凶光的眼睛在疯狂地扫视着，寻找着，终于，一道柔和的光线引起它的注意，并嗅出一股异样的肉香，它兴奋地加快了速度，流线型的身子哗哗哗切开水面，箭一样地飞射而来。

火石湾一下变了颜色，所有的游鱼嗖嗖地逃进礁洞，连牡蛎和扇贝也略略地关闭两扇贝壳，海水竟变得清了，冷了，静了，更恐怖了。

远处的海面刚刚翻腾异样的白花，老海碰子便大喊一声不好，拽着小海碰子就朝岸上游。小海碰子懵头懵脑地跟着游了一阵，有些不服气，快到岸边时，他转身回头看看，谁知刚一转头，却见一个黑乎乎的东西避着浪花已到跟前，他"啊"的一声滚到岸上，绑着红布的脚蹼在空中一闪，那箭鲨竟从水中腾跃而起。

两个海碰子在岸上愣住了。这是一条极漂亮又凶残的箭鲨，黑蓝色的背在阳光下闪着一道寒光，刀剐似的豁嘴在空中半张着，露出白森森的牙，金黄色的尾巴飞旋着甩过来一片水花。他们默默地站立在那里，没说一句话。刚才发生的这场可怕的景象，使整个火石湾变得深不可测了，小海碰子怔怔地瞪着两眼，脸上的余惊还未退尽。老海碰子站了一会儿，便顺着豁口后面的陡坡爬上高高的火石山，从那儿俯视整个海湾，能隐约看出那箭鲨的行踪。他看到那个黑乎乎的长影在蓝色的水面下时隐时现，这个家伙还不死心地在转悠。老海碰子坐在山岩上，静静地等着，等着那条箭鲨游走。是的，有了这个世界就有火石湾，就有箭鲨，就有海碰子，就有死亡，但海碰子从没断过根。他的父辈们就是这样同凶险拼杀、搏击和躲避。

天渐渐暗下来，老海碰子走下山岩，但他一愣——小海碰子走了！他感到一丝惆怅，也许小家伙害怕了，回到半铺炕那边去了。老海碰子呆立了好长一段时间，直到夜幕把大地盖得严严实实，他才长长地吁了一口气，躺在铺着柴草的沙滩上。火石湾这边的海曾吞噬过多少血气方刚的海碰子，他还不懂事的时候，就常常跟在村里送丧队伍的后面胡乱哭啼。但他还是勇敢地扎进了这个浸着父辈们血水、凶险而迷人的海湾！这里是好汉撵不走的地方！他深信，那个伤痕累累的小海碰子会回来的，如果他不回来，也丝毫不值得留恋，因为他不是好汉！

老海碰子安然地入睡了。

光是没有声音的，但却把鼾睡的老海碰子吵醒了。豁口外面，一道亮亮的丝线划出了海天的分界。他赶紧跳起来，爬上黑魆魆的火石峰朝东方眺望，那里的天空开始泛出暗红色的光，预示着一个金色的火球将在那儿升腾，红光在渐渐扩大，黑暗在悄悄退却。

风停止了吹拂，浪停止了波动，鸟不语，山无声，老海碰子屏住了呼吸——一切都在庄严地等待。

一个金红色的圆边冒出来，世界变得清晰了，那圆边升腾着，扩展着，变成大半个金红色的圆，于是，大海被煮沸了，火球在升腾，她要剥离和跳出大海的母体，飞向广阔的天穹。大海母亲恋恋不舍地拥抱着这个刚分娩的婴儿不放，于是这金红色的圆球的下半部被拉长了，变形了，像一个巨大的、站立着的金卵。最后的粘连剥离了，那伸长的下体渐收拢，脱开了母体，腾地跳向空中，骤然射出万道金线。

这金色的火球越升越高，越炽烈耀眼，那万道金光给山川大地和海洋，给火石峰顶上的老海碰子，注满了为生命而燃烧的活力。

老海碰子长长地吸了一口凉丝丝的，有点鲜味的空气，正要走下山来，却觉得脚上有异样的感觉，低头一看，两个脚脖子上正结结实实地绑着两块鲜艳的红布。这是小海碰子绑的，预防鲨鱼！他马上就意识到，小海碰子根本没走，他只不过是回去给他拿这红布，在他睡觉时给绑上的。他赶紧朝山下望去，小海碰子早已全身披挂，站立在火石湾前。那支鱼枪像柄长剑，在他手上亮光光的晃眼。老海碰子看了看那两块红布，他原本是瞧不起这胆小者发明的玩意儿，但此刻，他却觉得这两块红布似两股火苗，在他脚脖子上灼灼地烧，而且顺着小腿、大腿、胸脯一直烧上眉梢，他的整个身子发热了。老海碰子陡地飞下山来，直扑到小海碰子跟前，他想说"好样的！"但他的胸部剧烈地起伏一阵后，什么也没有说，只是迅速地抓起铁青色的鱼刀鱼叉，大步朝海边走去。

迎着冉冉升腾的红日，一老一少两个海碰子又并肩扎进了浪涛滚滚的大海……

（原载《上海文学》1983 年第 6 期）

乌热尔图

WU RE ER TU

鄂温克族。原名涂绍民。1952年出生于内蒙古兴安盟乌兰浩特，祖籍黑龙江省甘南县。父亲为鄂温克族，母亲为达斡尔族。长期在呼伦贝尔盟额尔古纳旗敖鲁古雅鄂温克民族乡生活，当过猎手、工人、民警、乡镇干部。1980年，调往呼伦贝尔盟文联工作，后参加了全国少数民族文学创作会议和内蒙古自治区第三次文代会。1981年在中国作家协会文学讲习所学习。1985年任中国作家协会书记处书记。

1976年发表处女作《大岭小卫士》，首次使用笔名"乌热尔图"（鄂温克语"森林的儿子"之意）。作品有《乌热尔图短篇小说选》，中篇小说《丛林幽幽》等。其中短篇小说《一个猎人的恳求》、《七岔犄角的公鹿》、《琥珀色的篝火》分别获得1981年、1982年和1983年全国优秀短篇小说奖。

琥珀色的篝火

猎人尼库和他的儿子，还有妻子塔列走在山路上。

尼库高个儿头。他那被九月的太阳晒得发黑的脸，拉得挺长，显得很难看。秋卡头发蓬乱，牵着驯鹿，一窜一窜地跟在父亲身后，几乎在小跑。孩子的母亲骑在一头粗壮的驯鹿背上。弓着腰，垂着头，用深绿色的头巾包住额头。还有两头驮着炊具和行装的灰白色驯鹿，张着大嘴，晃着锯掉了茸角的光秃秃的脑袋，颠着碎步，跟在最后。

现在是黄昏，林子里倾斜的光线变成了玫瑰色。树枝上的鸟儿扯着嗓门叫着，发出各种悦耳动听的音调，可谁也没有兴趣理睬它们。

"爸爸！"

走在前面的尼库扭过头来，瞥了一眼儿子。

"太阳快下去了，还没到呀？"

尼库紧绷着脸，没说什么。他把目光投向妻子。他的妻子脸色苍白，眼神暗淡无光。他皱起眉头，心好像被什么东西揪了一下。他步子迈得更大了，两眼盯着前面淡褐色的山脊。

他们走得很快。走进又高又密的松林，尼库收住脚步，低头盯着一条野鹿走过的小径。这样的小径常被人当成小路。小径上果真留着一片杂乱的印迹，不知是什么人走的脚印。这些足迹还很新鲜，被它踩倒的嫩草冒着叶浆，地面上几片掀翻了的枯叶散发着湿乎乎的霉味。

"秋卡——过来！"尼库呼唤着儿子。他声音不高，嘴撇了一下，脸上的皱纹连在一起。

秋卡牵着驯鹿的缰绳，倚在一棵小树上，真累乏了。听到喊声，他扶了扶被病痛折磨着的母亲，晃着又瘦又窄的膀子，慢腾腾地走来。

"哪儿飞来这么几只鸟儿？真他妈的笨透了！"尼库低声骂了一句，顿了顿脚，在地上吐了口痰，继续朝前走去。

谁也没有再说什么。天快黑了，人太乏了。当跨过这片足迹的时候，塔列挺起精神，在驯鹿背上皱着眉头朝下瞅了瞅。

太阳悄悄地溜走了，林子里已经看不见它的影儿。他们来到小河边。这是猎人常用的露营地。露营地是靠近河边的一块平地，平地中间有一堆残灰。尼库砍来一抱细软的树枝，铺在潮湿的地面。秋卡把母亲扶下驯鹿，扯过一张犴皮铺在地上，让母亲躺在那里。秋卡忙了起来。他卸下驯鹿的鞍具，找来旧木绊，给每头驯鹿上妥蹄绊。然后，把它们撵进林子，让驯鹿自己去找苔藓和蘑菇吃。

树枝上的鸟儿叫得真欢，这是几只喜欢熬夜的鸟儿。小河变得比白天还急躁，水流得哗哗响。天黑了。

篝火着了起来。尼库盘腿坐在火边，翻弄着木叉上的烤肉。吊锅里炖的肉粥咕咕地翻着气泡。从他背后传来塔列的咳嗽声，伴随着低沉的呻吟。

"我们吃饭吧，秋卡。"尼库说。

他从身旁的皮驮袋里取出三个小碗，两个厚厚的烤饼，还有一包白糖。他抽出猎刀，把烤饼切成块，摊在一张新剥的桦树皮上。这张米黄色的桦树皮成了干净的地桌。

"我……不想吃……一点也不饿。"塔列有气无力地说。

"还是吃点好。"尼库伸过粗硬的大手，在妻子额头上摸了摸，脸色阴沉，很难看。

"我……真挺不住了，驯鹿……都骑不稳，身子骨像散了架……咳……尼库，我胸口里有什么东西坏了，也许是烂了。"

"你累了，别瞎说。明天翻过前面的山脊，下午就能赶到公路。顺当的话，晚上就住上医院了。"

"医院也……"她的声音很低。

"上次你真不该从医院跑回来。"

"在山上……我死了也不觉得难受……要不是怕你生气，这次我真不想下山……我真要死的话，早晚也得埋在山上。"

"你老说死，死！真烦人。秋卡，吃饱了吗？去把毛毯拿来。"

"你们一口都没吃！"秋卡站起身，映着火光的嫩脸变得暗淡，两片厚嘴唇撅了起来。

尼库上下打量着站在眼前的十四岁的儿子。他脸上虽然带着孩子气，可从他的眼神，全身的骨架，已经看得出将来他会成为有力气、有筋骨的猎手。尼库操起猎刀割块熏成暗红色的烤肉，填在嘴里，慢慢地嚼着。

秋卡双手抱膝躺在火堆边，小狗似的蜷卧在一块厚毛的獐子皮上，身上盖着毛毯睡着了。他眯着眼，半张着嘴，好像在梦里也在为谁担忧。

林子里真静。尼库紧闭着嘴，两眼直愣愣地盯着一个地方。塔列侧身倚着什么，半卧着，不时从她喉咙里发出一阵揪动人心的咳嗽声。

"尼库！"

"嗯。"

"你看星星，真多……天太晚了，你不想睡吗？"她望着头顶墨蓝色的夜空。

"我，不想睡。你睡吧。"

他抽了一块木桦，扔在火堆上，两眼死死地盯着它，全身一动不动。这块灰白色的木桦先是被暗红的火炭熏烤，发出几声细微的脆裂声。隔了一会儿，呼地一闪，木桦由下而上蹿起几缕淡红的火苗。火苗开始的时候很弱，闪动了几下，转眼间变大了，变成一团明亮的，欢快的火。现在，他感到了这块木桦发出的全部热量，脸和手被它烤得热乎乎的。他感到说不出的快慰，还有一股由远而近，由近而远的暖气。可这一段时间太短暂了，短得真像一眨眼的工夫，那灼人的火光，透人心底的暖气，减弱了，消失了。这块木桦的全部热量燃烧掉了。它裂成几块，变成淡黄色的火炭，无声地跌落在火堆中。他看呆了，眼圈变得湿润，抓起一块烤肉，扔进火堆。烤肉冒了一缕细微的烟丝，眼看着烧成一团黑炭。他又把一块烤饼扔在里面，虔诚地望着，瞧着这堆有自己生命的火。

"尼库！"

"哦。"

"你转过脸来，我想再说几句。"

"别说了，我不想听。你说一句话，比喝一口水都费劲。"

"尼库，你别这样。我想……告诉你，今天我从你身后，瞅着你的背、你的胳膊、你的两条腿，看你迈步，甩胳膊，我觉得心里真好受。我……想起，你第一次在桦树林里亲我，那时候我们真年轻。"

"塔列，你在说些什么？"他扭头瞅瞅自己的儿子，"你是不是在说胡话？"

"这不是胡话。昨天晚上，我是说了胡话。可现在不是。我……想起，你亲我的时候，我的心是怎么跳的，还想起，从那以后，让我高兴的事儿。咳——咳——尼库，你那么能干，喝醉酒也不像别人那样打自己的老婆。你多爱我呀！从你那次亲我，谁也没偷去我的心。它是你的。可我，我还是觉得对不起你。"她的声音变得颤抖。

"算了。你说这些干啥？我们都老了，老了，真老了！"

"一路上，我把这一生高兴的事儿，都想起来了。"

"你别说了，好不好？"

"我知道你心烦。"

"我烦透了。塔列!"

"我知道为什么?"

"为什么?"

"为我。还为那些脚印!"

"你也看见了? 那几只鸟儿,真是笨透了。离小路只有几步远,蹭着边走过去,硬是没看见。好的,看见他们没准我会用柳枝抽一顿。"

"尼库,你别那样。到了他们的城里,你也会迷路的。"

尼库扭过头去,盯着火,又垂下脑袋,神态十分苦恼。

"尼库,你想去。可你怕我……"塔列打起精神瞧着丈夫。在这个世界她是最了解他的人。

"可他们是三个人呀! 是三个吗? 那一阵儿,我头晕,两眼发花。"

"是三个人。这三个家伙拖着脚后跟,像受伤的野猪,可能……还没吃的,我在那儿瞧见他们的一摊屎,就像黑熊拉的。"

"你——去——吧!"

尼库很烦躁,他站起身,弯腰抱起几块木桦,哗的一声,压在火堆上,随后一屁股坐在那里,一句话也没说。火堆中响起木柴噼噼啪啪的爆裂声。

"咳咳——尼库! 我说话真费劲,心都跟着跳。你——去——吧。我知道你在等我这句话。"

尼库转过身来,凝视着妻子失去血色的脸。这张脸罩了一层橘黄色的火光。她年轻的时候多漂亮呵,他和她一起过了这么多年,从来也没觉得她难看。可现在,谁都感到自己老了,到了更加难离难舍的年纪了。他轻轻地抚摸着她那变得粗糙和松弛的脸,心里的血变得热乎乎的。他第一次这么强烈地体会到生命的美好,还有残存在心底的青春的气息。他觉得这一切并没有离开他。

"不要说这个好,那个好。你比谁都好……那你一定吃点东西。"他说。

"我吃。为了你,我也要吃一点。"

尼库轻轻地推了推睡得正香的儿子。"秋卡,你醒醒。"

秋卡睡意正浓。他翻个身,蹬了蹬腿,睁开眼睛,一挺腰,坐了起来。阴森森的冷气一吹,他打个哆嗦,急忙扯过毛毯裹在身上。

"秋卡,天亮你就把驯鹿赶回来。你听——在那片林子里,没走远。明早吃完东西就走,下午能到公路。堵一辆拉木头的汽车,就说是尼库的儿子,送妈妈下山看病,他们会把你们捎去的。"

"那你去哪儿? 天这么黑!"

"去看那三个人。你在路上没看见他们的脚印? 那是迷路了。"

孩子瞧着母亲,神色不安。

"不怕，孩子。给爸爸装点吃的。"塔列说。她的声音变得又低又哑。

秋卡借着闪动的火光取出食品，装在父亲的背夹子里。

"给你，斧子也得带。"

尼库站在火堆旁，挺直了身腰，默默地望着妻子和孩子。他觉得该走了，弯腰把背夹子搭在后背，左肩挎上猎枪，右手拎着砍刀。火光在他的脸上闪来闪去。

"把路指给他们，我就往回走。明天也许能撵上你们。"说完，他迈开双腿，朝黑沉沉的林子里走去。

秋卡裹着毛毯站在那里，呆呆地望着父亲黑黝黝的身影，这身影消失在一片昏暗中。他什么也看不见了，眼前是一堵黑色的墙，还有，从高高的墙顶透出的几块深蓝色的光斑。从那没有边沿的黑墙里传来一阵有节奏的砍树标的声音。渐渐地，声音越去越远了。

"这么黑，爸爸怎么看路?"秋卡站在那里一动不动。

"是呀，这时候野鹿的眼睛也不管用，它们要靠鼻子和耳朵。你爸爸，现在得靠他的脑袋。睡吧，孩子。"说完，她按着胸脯咳嗽起来，全身像痉挛似的抽动。

在林子里走夜路要比白天费力。尼库正在横穿黑幽幽的密林。他把一只手臂探在脸前，防止干硬的树梢划伤眼睛。他认为眼睛是最值得保护的。天要放亮时，他走出很远。他走的方向与公路正好相反。为此，他在心里把三个迷路人又臭骂了一顿。

这一天真糟，太阳还没升起来，就被厚厚的云块围住了。天空中的乌云翻腾起来，像一群松鼠在撕咬，追逐。尼库在林子里大步跑起来。他闻到了暴雨的气息。

暴雨到来之前，他总算找到了那些脚印。他松了口气，站在一棵树干下，任狂风吹拂自己发热的胸脯。他琢磨着那些拖拖拉拉的足迹，揣想那几个可怜的迷路人准是在绕一个山包转圈。他知道，眼下，他们的处境很危险。

大雨泼下来了。林子里原有的声音消失了，只有大粒的雨珠噼噼啪啪地落在树叶上、岩石上、河水里，汇成气势无比的音响。雨越下越大。

尼库走得更快了。他被淋得浑身精湿。使全身颤抖的冷气，针刺般穿透胸脯，朝他的心底逼进。这样冷飕飕的秋雨是能冻死人的。他的脑袋里闪出迷路人的影子：绝望的，饥饿的，僵硬的。眼前出现的变幻不定的情景，鞭子似的抽打着他的脊背。

他觉得这一天特别长。雨势弱下来的时候，他终于发现自己全力寻找的目标。三个迷路人蜷缩在一个陡峭的石壁下。铁青的岩石用冰冷的爪子，抓住了他们的肉体。

他站在他们面前。这是三个穿着野外作业服的陌生人。看来，是从很远的地方来的。也许为干件大事儿，甘心来冒这么大风险。他盯着一张年轻的脸，这还是个孩子。他那又厚又密的黑发，被冰冷的雨水粘在一起，有几绺垂在平滑的额头上。手臂搂着这个年轻人的是戴着眼镜的老头儿。他额头光秃，脸上的皱纹已经不少，还有一个中年人，好像在做梦，脸上挂着青紫的笑纹。

他喘了口长气，甩了一把脸上的水珠，从肩上取下猎枪，倚放在一块岩石上，把背夹子一甩，砰地扔在地上，身上那件湿淋淋的上衣，也被他哗地一扯，抛在一旁。他凑上前去伸手摸了摸那一张张冰冷的脸，把手放在年轻人的嘴唇上。他感觉到一丝微弱的气息。他用力扯了一把，觉得这个活着的血肉像具由软变僵的新尸。他对准他的胸脯，猛捶一拳。年轻人哼了哼，声音那么微弱，眼神闪了闪，又被僵硬的眼皮遮住了。由于极度饥饿、疲乏引起的各种感觉，在他身上骤然消失了，一切都变得可以忍受，可以坚持。他解下背夹子上的斧头，左右望了望。附近青紫色的冷雾中，有片被雨水冲洗得十分新鲜的松林。他摇晃着双肩，迈着沉重的脚步，朝那里走去。

他在林子里四处寻找。他找到一棵枯死的松树，这棵树没有枝杈，光秃秃的。他用斧背敲敲外表湿滑的树干，树干发出咚咚的声音。他挥起锋利的小斧，砍着树干的根部，树被砍倒了。失去根基支撑的树干猛地摔在岩石上，拦腰断成两截，从断裂处露出灰白的、干硬的木质。他又在林子里找了截碗口粗干枯的柳木，挟在腋下。他把半截树干扛在右肩，拎着小斧朝回走来。

他干得真猛。一会儿工夫，半截树干劈成一堆细长的木桦，木桦散发着松脂的清香。

他蹲在地上，抽出猎刀，削起那截柳木。柳木外表的湿皮被削掉了，露出里面干爽的木芯，木芯很快又削成了花瓣似的木屑。这一切他做得熟练，迅速。随后，他从贴身衣兜里掏出一个小巧的桦皮盒，打开木塞，抖出一盒火柴。嚓的一声，微小的火花在那堆木屑上跳了一下，冒起一缕青烟。紧接着，木屑变成火团，发出呼呼的燃烧声。他在火团上横竖交叉压了几块木桦。一堆篝火着了起来，火光是琥珀色的，很好看。在这满是水汽、被暴雨糟蹋的林子里，用这么短的时间生起一堆火，他觉得挺愉快。

他砍来树枝，散铺在火堆四周，把三个冻僵的迷路人拖到火堆边。

他忙着，奔来奔去。帐篷终于搭成了，完全是鄂温克式的。它圆锥形，尖顶，四周的围子是用爬松枝排满的。简易帐篷里的火很旺，热气逼人。

"妈的，我干得不错，真顺当！"他对自己很满意。"我还没老，就是小伙子们这样干，也要累瘫的。"他想。

他用最后一点力气，把三个迷路人的湿乎乎的外衣脱掉，挂在火堆上面的枝杈上。从背夹子里取出带来的烤饼、烤肉，摊在火堆边。他想，这些很快就会暖和过来的迷路人，会吃掉这些东西的。

他觉得再也支撑不住了，难以忍受的饥饿，极度的疲劳，使他头晕、想吐、心慌。他还想干点什么，可失去头脑支配的肉体，软软地瘫在火堆边。他仰起头，望见树梢间露出两颗浅黄色的星星。好像有道闪电在他眼前划过。他想起病重的妻子，还有十四岁的儿子。他真想象不出他们是怎样度过这场暴雨的。

"你们怎么样？塔——列！"

他用手臂支撑沉重的身体："我要回去。回去，这就回去！"他命令自己。

太累了，脑袋越来越沉，全身松软无力。他身子一歪，昏睡过去。

不知睡了多久，朦胧中他感到难以忍受的饥渴。腰、腿，全身各部位，针刺般疼痛。他醒了，听见有人在耳边悄声细语。他睁开眼睛，天已经大亮。他眼前晃动着三个陌生人的面孔。他突然愣住了，仔细想想，想起了昨天发生的一切。

戴眼镜的老汉坐在他身边。脸蛋有了血色的年轻人，握着他的手，一会儿攥紧，一会儿放松。

"醒了，他醒了！"年轻人嚷起来。

"哦——"他喘口长气。他嘴唇干裂，心里很不好受。

"您救了我们三个人的命！"戴眼镜的老汉嘴唇在抖，眼眶湿了。

他坐起来，瞅瞅他们，没说什么。他觉得没什么可说的。不论哪一个鄂温克人在林子里遇见这种事儿，都会像他这样干的。只不过有的干得顺当，有的干得不顺当。他转过脸去，朝火堆瞥了一眼。火已经变成一摊残灰，木桩早已烧光。放在火堆边的烤饼、烤肉，一块也没剩下。他觉得心里不舒服。他太想吃东西了，哪怕是喝口水。他的眼神在这些陌生人脸上慢慢地滑过。那种不痛快的感觉消失了，他心里又觉得很顺畅。这是从大城市来的人呀！他们见过多少世面！现在，他们用这么恭敬的眼光望着他——一个鄂温克猎人。他发现自己被人推到一个尊贵的位置，这是难得的心灵里的位置。这是第一次！多漂亮的第一次呵！他很满意，很痛快，很高兴。

"你们——好了？"他问。

"好了，好了。就是饿了两天，身上还没劲儿。"年轻人说。

"您是猎人？"戴眼镜的老汉问。

他点点头。

"鄂温克猎人？"

他又点点头，脸上露出笑容。

"你们——在这个山转圈。"他提高了声音，汉语讲得生硬，"你们——住在帐篷——帆布的——在小河边。我知道。"

"对，我们的帐篷是在小河边。"

"你们——这样走——那个桦树林——穿过去——看见小河——顺小河走。"

"往哪里走?"

"顺流水走——半天——半天就到了。"

"谢谢您!"

"真谢谢您!"

他站起身,肩膀晃了晃。他觉得腰、腿一夜之间变得十分僵硬。

"您饿了吧?"戴眼镜的老汉问。"真对不起!您带的饼和熟肉让我们吃光了。"

"光了好——我去打猎。"他扛起猎枪,晃着双肩,朝林子里走去。

这次出猎很顺利。走出不远,在桦树林里他发现狍子的蹄印。这印迹新鲜,是刚走过去的。他放慢脚步,穿过树丛,瞧见那只狍子,它正在低头吃草。枪响了,狍子身子一抖,朝前蹿了两步,栽倒在那里。他走过去,抽出猎刀,剖开它的胸膛,掏空内脏。他干得非常利落。三下两下就弄妥了。他一屁股坐在地上,在草丛里擦了擦手,用猎刀把新鲜的、热乎乎的狍肝切成块,用手抓着,大口大口地吃起来。他饿极了,吃得很香。他觉得肚子不空了,身上添了劲儿。出猎的鄂温克人打到狍子,谁不先尝新鲜的生狍肝。

他把猎物扛了回来。三个饿得发慌的迷路人,瞪大了眼睛焦急地等待着他。

他没有心思再去理睬他们的问话,脸色变得阴沉。他默默不语,弯腰收起斧头。割了块狍子肉,绑在背夹子里。弄妥行装,他站起身。

"我——回去了。"他对他们说。他的声音很慢,语气挺重。"你们——那个桦树林旁过去——找到小河——能到家。"说罢,他把背夹子搭在后背,操起猎枪,手中拎着砍刀。他最后望了他们一眼。他想:有一天,在他们的城里见面,能认出他来,就行了。不能再耽误了。他转过身去。

"大叔——"年轻人在他背后喊他。

"大叔——"戴眼镜的老汉也在这样称呼他。

"您——别走!我们还会迷路的。"这是那个中年人的声音。

他的心猛地被什么东西紧紧地拉住了。他转过身来,呆呆地站在那里。他盯着年轻人的脸。这两只眼睛湿漉漉的,眼神是真切、诚实的。他瞧瞧戴眼镜的老汉。老汉脸上每个微小的表情,都在表达一个希望。这个希望他理解了。最使他愉快的是老汉刚才那声称呼:"大叔——"他心里想笑,因为他知道,眼前这位老汉比他的年岁要大。他又瞅了瞅那个中年人。他的脸像孩子似的,一下子变得这么哀愁。

他们站在那里,呆呆地对视着,彼此等待着。

尼库终于放弃走的念头。他摘下背夹子、猎枪。动作缓慢、凝重。

他笑了。他笑了。他也笑了。

尼库回到火堆旁，坐在那里，默默不语。不知为什么，他想起过去一些让他不愉快的事儿。他想起那次在小镇上喝醉了酒，舒舒服服地躺在路边的树阴下，一群孩子无缘无故朝他撒来一块块石头。他还想起，有一次，他扛着猎枪，穿着渍满血污的猎装，走在热闹的大街上，不少人用那样一种眼光盯着他，有的直躲。那种眼光他记得清清楚楚，好像他们在看一匹马，一头牛。他还想起，他走进招待所时，那个女服务员的神态。他记下了她扭歪了的小鼻子，捂得很严的、难看的大嘴。他还想起什么……他想哭，找个没人的地方，放声哭一场；他又想笑，扯开自己的喉咙，大笑一通。他没有哭，也没有笑，仰起头，望着遥远的蓝天。它是那么蓝，那么干净。他觉得这块蓝天现在离他并不远，一点也不远。

他心情变得明朗，变得痛快，变得舒服了。他忘掉了一切忧愁。

"我们——做饭——我会烤肉——炖肉——不会炒肉。"他笑了。几天没洗脸，他脸上留着几道污痕。笑起来反而很动人，很有神采。

"我们连个锅都没有。"

"我会——我都会。"他很自信。

"太好了，我来帮你。"年轻人说。

他忙了起来。他从白桦林剥来大张的桦树皮，折成盆形，用细软的松树根再把它缝得严严实实。他从河边捧来一堆卵石，把这些卵石扔在火堆中。他做桦皮桶很快。只把一块桦树皮折了折。用松树根缝了几下就成了。不过这个桶没有提手，装了水只能搂在怀里。他在盆形的桦皮锅里放上水，添了肉，又撒点盐，再用木棍把扔在火堆里的卵石，一块块夹出来，放在桦皮锅里。顿时，冰冷的水翻起白色的气泡，水开得翻花，滚烫的卵石炸裂了，桦皮锅里的肉变了颜色。弄妥炖肉，又忙起烤肉。他把切成片的生肉串在木叉上，抹了盐面，竖插在火堆旁，让年轻人照看。他没停手，翻出狍子的胃囊，去水坑洗净，在里面装水，添肉，把口扎紧，放在火堆里。炭火不紧不慢地熏烤着胃囊，等到胃囊被烧焦，里面的肉也就炖熟了。尼库兴致很高，他把祖辈传授的古老的生活经验表演出来了，就凭一把猎刀，一双手。

肉熟了，四周飘着香味。这些肚子变得又空又瘪的人，围着火堆，手拿把抓，大口大口地吃起来。尼库瞧着他们。

时间过得真快。尼库抿着嘴角，不说，也不笑，可心里痛快极了，不知是什么东西使他忘记忧愁，把他的心同陌生人连在一起，竟变得难离难舍。他累了，躺在地上，头枕着一块石头。该动身了，他想。

有什么响声？就在前面的林子里，声音微弱。他挺身坐起来，侧耳细听。那声音又传来了，还是那么微弱，可又这么熟悉。他的心狠狠地被揪了一下。他腾地跳起来，拎起背夹子、猎枪、砍刀，直朝林子里跑去。幽幽山林变得灰蒙蒙的。

他一头冲进桦树林，呆立在那里。被树枝划伤脸蛋，撕破外衣的秋卡，可怜巴巴地站在他的面前。

"你来干什么？"他吼起来。

"爸爸……"

"你妈妈怎么样？"

"爸爸，桥断了，大水冲的。公路上一个汽车也没有。"

"你还小吗？不会想办法？笨东西！找木头，扎木排，坐木排过河！"

"爸爸，我连一把斧头也没有。"

"别说了，别说了。你妈妈怎么样？"

"……"

秋卡用手捂住眼睛，泪珠顺他手指缝里流出来。

"你说，你妈妈怎么样？快说！"

他随手折根木棍，举在半空，猛抽在孩子的腰上。

秋卡被打个趔趄，撞在身后的小树上。他站在那里，既不躲，也不哀求，咬牙忍着疼痛，用泪汪汪的眼睛望着父亲。

"你哑巴了吗？"

"妈说：她哪儿也不去了，她说，她就死在那儿……"

"你来的时候，她还好吗？"

"妈说，等你回去，见你一面……才……才……"

"别说死，别说死。鬼东西！我问你：她还好吗？"

"好……"

"能说话吗？"

"能……可我一点也听不清了。"

"走！我们快点走！"

"爸爸，我走不动了。"

"鬼东西，我背你。走吧，我们快点，快一点。你真笨，笨透了。"

尼库回头望了望。他知道那些迷路人很快就会找到自己的帐篷。

灰蒙蒙的密林像墨绿色的海，淹没了父子的身影。

"大叔——"

从他们背后传来喊声。这是那三个人的呼唤。大概是在林子里的缘故，他们的声音变了，变得清脆，像孩子充满渴望的、纯真的童音。

森林沉默了，倾听着他们的呼唤。

（原载《民族文学》1983 年第 10 期）

王 蒙
WANG MENG

1934 年出生于北京。河北南皮人，祖籍河北沧州。中学时即参加革命，从事共青团工作。1956 年因小说《组织部来了个年轻人》被划为"右派"，下放京郊劳动改造。1962 年调北京师范学院任教。1963 年起下放新疆生活、工作十多年。1978 年调北京市作协。曾历任北京市文联专业作家，中国作协北京分会副主席，《人民文学》杂志主编，中国作协副主席、党组书记，中国艺术研究院院长，文化部部长等职。现为中国作协副主席，国际笔会中心中国分会副会长，中国国际交流协会副会长，文新学院院长。

1955 年正式发表文学作品。主要的作品有小说集《冬雨》《深的湖》《王蒙小说报告文学选》《王蒙中篇小说集》《淡灰色的眼珠——在伊犁》《坚硬的稀粥》《加拿大的月亮》，长篇小说《青春万岁》《活动变人形》《暗杀—3322》《恋爱的季节》《失态的季节》《蹉跎的季节》《狂欢的季节》）《青狐》《尴尬风流》、散文集《轻松与感伤》《一笑集》，诗集《旋转的秋千》、文艺论集《当你拿起笔》《文学的诱惑》《风格散记》，专著《红楼启示录》《王蒙评点红楼梦》《王蒙话说红楼梦》《王蒙讲稿》《王蒙新世纪讲稿》《老子的帮助》《老子十八讲》《庄子的享受》以及《王蒙文集》《王蒙文存》，自传《半生多事》《大块文章》《九命七羊》等。小说《悠悠寸草心》、《春之声》分获 1979 年和 1980 年全国优秀短篇小说奖，《蝴蝶》、《相见时难》分获1979—1980 年全国优秀中篇小说一等奖和 1981—1982 年全国优秀中篇小说奖，《访苏心潮》获1984—1985 年全国优秀报告文学奖。

葡萄的精灵

穆敏老爹是一个虔诚的穆斯林，而一个严肃的穆斯林，是既禁烟又禁酒的。

有一次，生产队的管理委员会在我的房东穆敏老爹家召开。会上，老爹对队长哈尔穆拉特的工作提出了尖锐的批评，说他安排生产没计划，致使场上的粮食大量受潮变质。老爹说了一句："头脑在哪里呢？"

哈尔穆拉特虽说已经四十岁了，还是个火爆性子，听了老爹的批评立即把头上戴的紫绒小花帽摘下，露出剃光了的尖而小的头。与他的一米八的身高相比，他的头实在太小了，头顶之尖，令人想起鸡蛋的小头。我在一旁闲坐旁观，看到他的头颅真面目，几乎笑出声来。

"就这儿，我的头！"哈尔穆拉特道，"看见这帽子了么？真正的绣花帽，不是路上捡的，也不是偷的，伊宁市巴扎上十二块钱买回来的！"

类似后面的话我常常从人们的争吵中听到，揣测它的意思是通过强调自己的帽子的价值和尊严来表述自己的脑袋和整个人的价值和尊严。

维吾尔族，确是一个讲究辞令和善于辞令的民族。

队长一着急，老爹就笑了，别的队委也笑了，旁观的阿依穆罕大娘与我也笑了。笑声中副队长批评哈尔穆拉特说："契达玛斯！"这句话直译是"受不了"，意译是"小心眼儿"！

哈尔穆拉特也尴尬地笑了，为了挽回面子，他慷慨地打开自己的烟荷包，拿一沓裁好了的报纸，每人发一条，然后一撮一撮地给大家分发金粒中杂有绿屑的莫合烟。

显然是在分发纸与烟的过程中得到了灵感，队长忽然给从不吸烟的穆敏老爹手中塞了一条纸，并宣称："今天我们要请穆敏吸烟，不吸不行。"

于是，大家笑了起来。

老爹无法拒绝，便也卷一支松松垮垮的烟，用火柴点着以后，别人是吸，他是吹，很认真地向外吹，发出一种只有五岁以下的孩子才可能发出的呜呜声。

所有的人都笑成了一团，老妈妈更是笑出了眼泪。生活愈艰难，人们愈是有取乐的要求。虽然事后想起来，也许我们分析不清楚，令一个操守严格者破戒，究竟为什么那么可喜。

这就是我看到的第一次也是最后一次穆敏老爹吸烟。

至于老爹饮酒的故事就要复杂一点了。

老爹与大娘是很重视食物的凉性与热性的，他们认为，一切食物都具有凉或者热的属性，非此即彼。例如包谷是热性的，抓饭是热性的，鸡蛋尤其热。如果是在夏天而又吃了包谷或抓饭或鸡蛋，就容易受热生病。生了这种热出来的病，需要吃凉性的东西。阿依穆罕最喜爱的凉性药用食品是醋拌萝卜丝。遇到老爹染恙，她采取的第一项医疗措施往往便是切萝卜，然后放上少许盐和大量的醋，而老爹吃后，症状立刻就会减轻一些。

防患于未然的办法则是在夏季制作清凉饮料。酸奶，浓缩酸奶——大娘把酸奶用干净的白纱布兜起，挂在葡萄架上，水珠滴滴答答地落下，剩下的雪白半流质半固体的浓缩酸奶，实在好吃极了。可惜，做得不多，穆敏老爹不是很爱吃酸奶，而且牛奶脱脂后经常要卖掉，换几个零花钱。

阿依穆罕大娘还用糜米放在瓦罐里，做出了一种既像黄酒、又像啤酒、也像喀瓦斯、还像哈萨克夏牧场的酸马奶一样的叫作"泡孜"的饮料，喝上一口，酸、苦、甜、凉、热俱全，我也很喜欢。

但穆敏老爹不满意，他说大娘做的这些都不好喝，不如干脆晾点凉茶。

一九六九年，是我们的小院里栽上葡萄的第三年。这一年，绿的和紫的葡萄圆珠累累，成堆成串，惹得许多嗜食甜汁的野蜂整天围着葡萄架飞，乌鸦与麻雀也常来光顾。

"您做的那些饮料都太没有劲，我这次要做葡萄酒。"穆敏向阿依穆罕宣布。

阿依穆罕撇一撇嘴。

秋后，老爹把葡萄摘下来，留出来吃的与卖的。又从卫生院找来两个有刻度的玻璃瓶，每个瓶可装药水五百克的那一种。他让老太婆把瓶子反复洗刷清洁，然后，他用煮过的白纱布挤压和过滤葡萄原汁，先用一个搪瓷盆子把葡萄汁盛起，再通过漏斗，将葡萄汁灌入两个玻璃瓶里。

知道老爹是酿酒，而且是原汁葡萄酒，我也有点兴趣，便拿出两块还是在北京王府井百货大楼食品部买到的糯米酒麴块："给，这是最好的酒药，请您把它化开，兑到葡萄汁里。"

老爹看了看它，大摇其头："不要酒药，不要酒药。"

"不要酒药怎么能酿？"

"这是最好的葡萄酒。好葡萄挂在藤上自己就会变成酒。老王，您没有吃过吗？摘晚了的葡萄本身就有一种酒味。哪有酿葡萄酒还要放酒药的道理？"

老爹的话使我将信将疑。葡萄这种东西的成分大概最容易变成酒，有时一串葡萄放的时间长一些，又有外伤，便会发酵，发酵的结果常常是酒香满口，这是我亲口尝过的。但葡萄汁灌到瓶里，再密封起来，自己就能变成酒？如果这样，造葡萄酒不是易如儿戏吗？

老爹信心百倍地把两个药瓶特用的橡皮塞芯子塞入瓶口，再把橡皮翻转过来把瓶口严严实实地包起来。现在，即使倒提瓶子，也不会洒出一滴水来了。

两个玻璃瓶悬挂在葡萄架向阳的那一面柱子上，晚秋的阳光把它们照得亮亮的。

一个多星期以后，瓶子里出现了气泡，液体开始变得混浊起来。我有些兴奋，也有些惊慌，把这个情况报告给穆敏老爹。

老爹笑嘻嘻地点点头，眼珠一转一转，满意地摆动着胡须，他说："就是要这个样子的。"

晚秋是多雨的季节，晚秋的连绵阴雨使瓶子的表面也变得污浊了，气泡也没有了。

我再次去报告。老爹说："好，好！它要沸腾的，沸腾几次，再平静几次，就变成好酒了。"

晚秋的雨变成了初冬的雪，葡萄秧已经从架上取下来，盘好，掩埋起来了。葡萄架显得空荡荡。天晴以后，我透过寂寞的葡萄汁瓶眺望白雪皑皑的天山，望到了一个神秘的变形的世界。

在无风的时候，初冬的太阳仍然是温煦的。透过花花点点的玻璃瓶，我看到，果然，已经平静的葡萄汁又活跃起来了，升腾翻滚，气泡一个接着一个，我感到，那里面不是装了准备酿酒的葡萄汁，而是装了《天方夜谭》里的魔鬼。

北风呼啸，来自西伯利亚的冷空气的前锋已经侵入伊犁河谷，我提醒老爹说："该把两只瓶子收回来了。"

"不用管它，那酒自身是热的。"

果然，什么东西都结了冰了，然而混浊的瓶子里装着的混浊的葡萄汁还是流动的。气泡没有了，装入瓶子的魔鬼的不安的灵魂又暂时平息了。

直到冬至，老爹才把瓶子收到室内，并一再嘱咐："酒还没有做成呢，谁也不准动。"

……终于，漫长的北疆的冬天过去了，伊犁河谷吹遍了解冻的春风，到处钻出了绿草芽儿，苹果树花开似锦，葡萄秧开墩见天日，百灵在空中边飞边唱，成双的家燕从南方回到了伊犁故乡。两个没有擦拭的玻璃瓶子，重新迎着太阳挂在了原来的地方。

"魔鬼"又闹了两次，葡萄汁在曝晒下煎熬翻滚，我提心吊胆，怕这两个瓶子像红卫兵武斗用的土造手榴弹一样爆炸。

还是老爹说得对，在经过这样几次沸腾以后，我们的葡萄原汁，不但平静了，而且净化了，不但不再混浊，不再有任何絮状沉淀物，而且没有颜色了，晶莹剔透，超凡脱俗，如深山秋水，观之心清目明。

一九七〇年夏季到来的时候，穆敏老爹把两个瓶子摘下来，擦拭干净，喜滋滋地告诉我："我的葡萄汁业已成为葡萄酒喽。"然后，他友好地问，"您不尝一点么？老王！"

我非常高兴能得到这种殊宠殊荣，而且，动乱的岁月，少数民族的朋友，农村的劳动，使我愈来愈爱上了酒，而这酒，又不同寻常，是我亲眼目睹、老爹一手制造的，经历了伊犁河谷的秋冬春夏全部季节。

我把一点点"酒"倒在一个小木勺里，用舌头一舔，几乎叫了起来："这不是酒！这是醋，不，这不是醋，是盐酸！"确实：酸得我舌头像着了火。

"那就更好了，酸，说明有劲！这个酒有劲得很！"老爹点点头，自我夸奖。

在维吾尔口语里，"酸""苦""辣"往往用一个词。维语中还有一个专门表述酸的词，我忘记了。我想，老爹一定以为我说的是"辣"，类似二锅头的那种辣了，所以我愈是说酸，他就愈得意地说他的酒造得好，有劲儿。

我把木勺递给了老爹："您自己尝一尝，我说的不是类似白酒的那种辣，而是咱们拌凉面用的醋的那种酸。"

穆敏老爹完全不理睬我的分辨，也不肯自己尝，他把木勺里的酒小心翼翼地倒回瓶子，点滴不浪费，然后一丝不苟地塞好瓶塞。他说："这样的酒是不能随便喝的，我要让老婆子做几个肉菜，再拌一个萝卜，我要请几个朋友来。"

"您请谁来呢？"这使我感兴趣了，因为，老太婆是经常请一些女客来共同喝茶、或者吃苹果、或者吃葡萄的，至于老爹，还从来没有见过他请客呢，更不要说请客饮酒吃肉了。

这个问题难住了老爹，他面孔变得严肃起来，看来他在认真思索，他终于变得十分惶惑了。"是的，请谁呢？谁是我的朋友呢？好像都是我的朋友，又好像都不是……"

一个月过去了，老爹没有请人来，我也不再想喝那两瓶酒。晚上睡觉的时候，平视着放在窗台上那两瓶非酒非醋的液体，我甚至为它俩觉得有些寂寞。

一天夜间，大雨刚住，大约有一点半钟了，我们都已睡熟，忽听门外大呼小叫："老王！老王哥！"随着叫声，还有一片哄笑。

我起床披衣去开院门，只见大队民兵连长艾尔肯和会计独眼伊敏还有邻近大队的一个精悍的青年人在那里，三个人酒气熏天。艾尔肯放低了声音说："老王哥，今天晚上在我家有个聚会，结果，三瓶子伊犁大曲都喝光了，巴郎子们还不满足，还要喝，我们去了经常贮酒的教员达吾德家，又到了公社干部穆萨哥家，不巧，他们的酒都喝完了。听说穆敏哥家有两大瓶自酿的酒，请你向穆敏哥要来，带上酒，与我们一起走。"

"那酒……"我正迟疑着，老爹已经起身走了出来，他拿着那两瓶酒，原来，他已听到了艾尔肯的话。老爹的样子非常愉快，好像十分乐于为这两瓶"酒"找到这样体面的出路，好像他早已在等待需要他的酒的人的到来。

"拿去吧！这酒的力量可大了！啊！"

"走，老王哥，我们一起走！"艾尔肯接过酒，欢呼道。

"请别生气，我不去了，我已经睡了……"

"睡觉算什么？去您的那个睡觉吧，我们过去睡过觉，今后也要睡觉的，我们有的是时间睡，有问题吗？没问题。如果您去了，啊，我们的聚会就真正地抖起来了。"艾尔肯喝得已经有点站立不稳，一面摇摆着他那健美的身躯，一面喘着气，做着手势，口若悬河。

艾尔肯是我们大队的一个机灵鬼，他的化险为夷、逢凶化吉的故事我将在另外的小说中讲，他的盛情是不能拒绝的，有时我甚至觉得我是需要他的保护的。于是，我跟着三个青年去了。

艾尔肯家里肉味儿、洋葱味儿、茶味儿、烟味儿、奶味儿十足，酒气熏天。人们靠墙坐着围成一圈，中间是饭单铺在毡子上，饭单上杯盘碗盏狼藉，酒已经喝到了八九成，由于酒没了，大家在喝茶，抽烟，东一句西一句地唱着歌。看到我们进来，一片欢呼，既是对艾尔肯手提着的穆敏老爹造的两瓶"酒"，也是对我。

我看到在座的有大队干部、有社员、有一名公社干部，还有一名正在公社搞"斗、批、改"的宣传队员，也有一名被宣传队揪斗、最近又解脱了的社员，有两派群众组织的头目，艾尔肯可真行，虎、牛、羊、鸟、鱼都能被他拉到一起吃酒赴宴！

艾尔肯拿起一个小小的酒杯，把老爹的"酒"满满地斟上，充满感情地先发表了一通对我的颇多溢美的"致敬演说"，然后在众人的欢笑声中，将这杯酒敬给了我。

　　再无别的办法，为了民族团结，为了与农民的友谊，也为了伊犁河畔父老兄弟对我的深情厚谊，我拿起这杯酒，一仰脖，咯地吞了下去。

　　我整个嘴都是火辣辣的，我张大了口。我的表情使座上众客体会到了酒的力量，纷纷议论："好酒！赛过伊犁大曲！穆敏老爹做的还能有错！"

　　过了一分钟，刚刚闭上嘴的我忽然辨出了一丝沁人心脾的幽香，我立刻忆起了这酒的前身前世，在一个轮回以前的玫瑰紫葡萄的甘甜、芬芳、晶莹、娇妍。原来这酒并不像我上次用舌尖在木勺里舔了一下时所想的那样糟，它当然不是醋，更不是盐酸！醋和盐酸里何曾有这样的夏的阳光、秋的沉郁、冬的山雪和春的苏醒？醋和盐酸里何曾有这伊犁河谷的葱郁与辽阔？酸涩之中仍然包含着往日的充满柔情的灵魂？

　　酒杯轮流下传，每人一杯，转了一圈以后，又一圈，大家又唱又跳又笑，齐声赞美老爹的酒好。

　　我也想，穆敏老爹酿的酒委实不赖。

（原载《新疆文学》1983 年第 11 期）

邵振国

SHAO ZHEN GUO

1948 年出生。北京人。1987 年毕业于武汉大学中文系。1991 年加入中国作家协会。历任甘肃省秦剧团编剧，甘肃省文学院专业作家，甘肃省作协副主席。

1981 年开始发表文学作品。作品有中短篇小说集《麦客》《日落复日出》，长篇小说《月牙泉》《祁连人》及《中国作家经典文库·邵振国卷》等。小说《麦客》获 1984 年全国优秀短篇小说奖。

麦　客

一

天还没亮，只是东边有些发白了。

这里是陕西千阳县城唯一的一条街，赶集卖当全在这达。

街，渐渐显出了轮廓。那是啥，像是过去富户人家门前的石狮子、石磙，黑糊糊的一堆？走近些看，一个个蜷腿躬腰，东倒西卧。

他们是做啥的？"跟场"的。噢，庄浪的"麦客子"嘛！

庄浪是甘肃的一个县，关山脚下，方圆几百里。别看庄浪地大，可人稠，天爷又年年不作脸，十有九旱，一亩打上二百就算是破天荒。包产后，听说有不少地方打五六百的，可也有部分山地没水少肥，说是有水也不敢浇，庄浪的土地怪着哩，一浇就结板，把苗活活地给箍死。哎，就是这么个势，一人一亩多地，种上算得了，闲下时间跟场走！

每年古历四月，庄浪人便成群结队来陕西割麦，一步跨到顶头，一站站往回走。宝鸡割罢，凤祥的麦刚黄；千阳的麦倒了，陇县的又跟上了。到了古历五月，便离家门不远了，回去割自家的麦还能跟上。

麦客跟场，可说是庄浪人的"祖传"。爹这相，娃也这相，习惯了，咋也改不下。一年不出来，总觉得有件啥事没做，全年不得坦然。出来闲心不操，一天三顿饭"掌柜的"管，要馍有馍，要汤有汤。可话说回来，那三顿饭不是个好吃的！太阳晒得肩胛子上戳下一层皮，晚上在哪个草窝窝、树荫荫、牛棚马圈里一睡，乏得像死驴一样不知道动弹；晒倒没啥，单怕天爷变脸，刚跌个雨星星，就像石头砸在了心上："害死喽，害死喽！麦割不成喽！"不割麦，掌柜的把饭一停，只得打开干粮袋子吃炒面，或吃平时攒下的干馍馍。这些都没啥，最怕跟不上场。这两年麦客子多，掌柜的少，来一个雇主，蜂一样地围住，步子稍迟就跟不上了。再说人多不值价，早先一亩三五元挣哩，现时，掌柜的胸脯一挺："一亩一元二，谁去哩！"麦客照样跟上走。过一半天，一亩几角，或是光管饭，看看再没雇主，眼见这达的麦快倒完了，"走，日他妈，肚子吃饱就行！"……

说时，天已大亮了，赶集、卖当的都来了，这条街渐渐红火起来。那些麦客早已坐起身，一边搔着昨夜蚊子咬下的腿，一边瞅着推车挑担南来北往的人们，看其中有没有"掌柜的"。

迎面，一个壮实的小伙大步流星地走过来。

"爸！你不会灵透些，只是个坐下等，等到啥时辰去！刚刚，汽车站那达，水川的一个队长来着，一下要走了四五十个……"

小伙身材匀称，满脸秀气，大眼珠灵透地闪着。白裰子上印满汗碱，黑裤子打着补丁，一双麻鞋磨掉了后跟，可他却浑身精神。

吴河东望了望气喘吁吁的儿子，仍旧坐在水泥台阶上吃炒面，待把那口干炒面咽下，这才一边刮着碗底一边说：

"甭急，甭急，这达我夜个就观点了，麦厚得很，广得很，一时它割不完。"

说着又把目光移向街上的行人。

儿子叫吴顺昌，对爹妈可说是"顺"哩。这会，尽管他心里急得火烧火燎，但还是一屁股坐在了石台阶上。

"吃些不？给，炒面、干馍馍，去，那面饭馆子里要碗面汤拌上、泡上吃！"

"我不吃！"

顺昌娃把头一甩，两只秀气的大眼竟直呆呆地发愣。记得前几年，一次跟老子去西安割麦，老子一看那八百里秦川黄黄的一片，麦厚得风都吹不动弹，两眼笑得弯成了镰刀。见掌柜的吝啬，不肯多给，他"哼"的一声躺在地上："哎，路上走乏了，咱'歇马三天'！"心说，看你不拿大价来抬我！结果第二天睁眼一看，那望不到边的麦全都割倒了，顺昌急得泪珠子直跌："现在好了，好了吧！"可吴河东望了望那满世界的麦捆子，又说："哼，光这麦捆子往场里捐，也够他狗日的捐几天！甭急，咱再'歇马三天'！"可是刚过头晌，再一看，那八百里地连一个麦捆子都没了。"好我的爸哩！'麦熟一晌'都不懂，你还算是个老庄农！龙口里夺食哩，谁家等你！头晌看着麦还发绿呢，后晌那麦芒就都北起了，麦粒子直落……""对了！对了！我啥不懂，要你说！……"

吴河东真就不怕误场？咋不怕，你看他那老长的头发，多久没刮了，麦土落了寸把厚。别人几把凉水往头顶一撩，抽下镰刀子噌噌几下刮个净光，又凉快，又舒坦。可他，听老人有个说实：头发长了不能刮，一刮就"断了"，搭不上场了。吴河东知道这是句迷信话，闲扯淡，可是你让他刮头他却说啥也不刮。

此时，他那两只浑浊的眼睛里深埋着忧虑，直盯盯地瞅着街上的行人；炒面末子狼藉在布满黑胡茬的下巴上，瘦凸的喉咙骨一上一下，不禁自语道：

"唉，早先还有个'当场的'，如今各顾各喽！……"

当场的，早先也叫"霸场"。一个身强力壮，自以为有些"武艺"的汉子，从麦客子群里通地站起来，胸脯一拍："这个场我当了！五个元一亩，没五个元谁也别想雇，谁也不准跟！"谁要雇、要跟，就是一场好打。掌柜的被唬住了，只得抬高雇价。

当年，吴河东就当过"当场的"，胸脯一拍天价响。可有一次，当他双臂一挥，举起石磙子的时候，并没把对方吓倒，几个赎买来的恶汉忽地拥上来把他压倒在地，打得再也没爬起。到现在，左腿还有些跛。吴河东牙一咬说："哼，三十年河东，三十年河西，咱走着看！等到你到老子的门上当麦客的时候再看，球！"……

"三十年"过去了，吴河东还是个麦客子，这些赶集卖当的、过路的、来寻短工的，都像是比他高着一头，那眼势一瞥一瞥的，不屑一顾地从他面前走过……

是的，谁把麦客子放在眼里哩？提起来都说：那些，十人有九个贼，见啥偷啥。饭馆里吃饭，把碗偷走，一双竹筷子也不放过；搭车哩，一眼看见了刹车绳，解下来跳车就跑……所以，每年一到过麦客的时候，家家提防，门户紧闭，生怕自家丢床被子少只鸡的。

可是你要想偷他一只"鸡"，给他割的地少算一亩，那可是打错了算盘。他的腿就是尺，二百四十步是一亩，二十四步是一分，一分也少不下。说是吴河东年轻的时候，扛活回来看见一只老鹰把他家的一只老母鸡抓走了，气得咬牙跺脚恨自己飞不上天。事过几天还一个疙瘩堵在心上。后来他想了个法，跑到山坡上，脱了个净光，把猪血往肚皮上一洒，猪下水往胸口上一摆，躺在地上闭住眼装死，单等那刁鹰盘旋下来吃"死人"肉。果然刁鹰落下了，翅膀遮天蔽日，光那鹰钩嘴就能把活人吓死，可吴河东躺得坦坦的，一动不动。等那鹰跳上他的胸脯，正要啄他的眼的时候，突然，他大眼一睁，双手一合，一把抓住了那刁鹰的脖颈。站起来把那猪下水一抖搂，笑着回了庄。满庄子人都跑来看，吴河东一边把鹰往死里打，一边说："我让你这贼知道哩！我都是偷人的人，你还偷我的鸡，我让你偷！我让你偷……"到了把个"大鹏"打咽了气，剥下皮拿到收购站上一卖，又换回一只肥嫩嫩的鸡来……

顺昌知道老子的脾气犟，看着雇主越来越少了，却也不敢吱声，一旁讨了碗面汤，默默地拌起炒面来。

正吃着，一辆拖拉机突突突地停在了街口上。车上站起个人，扯嗓一声：

"南川里谁去？麦不算厚，一亩两元二，去的上车！"

"顺昌，赶紧拾掇！"

吴河东大喝一声，通地腾起身，一根棍挑起那干粮袋子、破棉袄，连着那滴里当郎的镰把子、烂草帽，三步两步已蹦到了车上。

"昌娃子，快！快——！"

待顺昌奔到跟前时，那掌柜的已数完车上的人头，大手一挥说：

"不要了，不要了，你听见了没！"

他一边厉声喊着，一边用力掰着顺昌扒在车帮上的手。

顺昌仰起那张秀气的脸，央求着说：

"爸爸，爸爸！"他这样称呼着对方。"你把我要下呦，我跟我爸一道……"

"不行，人够了，多去了也白跑路！"

"爸爸，要下吧，爸爸……"

正在这时，只听一个轻盈、脆亮的女声喊道：

"临游，谁去？山地，到那达看了地再估价！"

麦客们蓦地回头，只见说话的是个年轻媳妇家，看上去二十四五，眉清目秀；中式小褂裹身，青麻布裤可腿，一双带祥儿、绣花儿黑布鞋紧脚，浑身上下干净利落。麦客们忽拉一下又涌向这边，可她却赶忙张口：

"我只要一个！"

说时，她那对儿深汪汪的眼睛跳过众人，直望着站在拖拉机旁的顺昌。

突然，拖拉机突突地启动了，顺昌禁不住回头喊了声：

"爸——"

二

临游这个地方，满山树木绿绿的，山泉汩汩地流。虽说亩产不高，可人少地多，风调雨顺，常有吃不完的粮食。但是，让谁到这达来安家，保准谁都摇头。因为这达水土更怪，十家有九户人"拐"着哩，患一种大骨节病、瘸腿、大头、矬身子。这种病又多患于男人，所以家庭劳动多数得靠女人。外地人说笑话呢，唉，那男人自家上不了炕，得让女人抱上去。爸爸见儿子不乖，恶狠狠地骂着："你再捣蛋，甭看我把你没治，哼，等你妈回来把我抱上炕，看把你治不死！"也有个"身强力壮"的，敢拍着腔子说："嘿，我这两条腿，甭看短，那天从这达到那达二十里路，没够我三天走！"

临游就是这么个地方，因而更短不了麦客子常去。聊起天，麦客们夸口说，临游那地面，不是咱麦客子去，粮食就全都撒掉了！

太阳金灿灿的，照着绿葱葱的山。

顺昌跟着那媳妇家的脚步，踏着山间的小路。谁也不多说话。绣花鞋，像两只黑蝴蝶扑扑地擦着地面飞；麻鞋露着脚后跟，像两片子连枷板，嗵嗵地砸得地面响……

"跟上！"

半天，媳妇家这样喊一声。

"噢。"

顺昌总这样应一声，最多说一句："跟上着哩！"意思是你头里走。

他把那根棍挑着的行装换了换肩，脸扭向坡下的一块块山地。那麦是薄，成色也就是个二百来斤，一天割上三亩没问题，这一亩的价……最少一个元给哩吧？哎，七八角也行哩，三七两元一，三八两元四……川地一天最多能割个一亩一二，算下来也差不多……

顺昌正琢磨着，仰脸往前一看，那媳妇家索性停住脚，扭过身直望着他。

"你是哑巴吗？两人走路呢，咋一声不喘？"

"噢？噢……"

顺昌那张秀气的脸一愣，嘴巴尴尬地往腮边咧了咧。

"掌柜的，你家包了多少地？"

只等他跟上来，她才齐着他的肩往前走，那双"黑蝴蝶"也不那么连紧了。小脸儿白里透红，转向他：

"够你割的！我家三口，一人包十亩，你算多少？"

"三十亩？那怕我一个人割不倒，麦就黄过头了！"

"还有我哩！"

说着她将摇曳在脸颊上的那缕青发往耳后一捋，深汪汪的眼睛斜瞅着他：

"咋？怕是我不像个割麦的？"

顺昌对着那双眼不敢多看，眼皮一低，却又落在被胸乳顶起的中式小褂上。

"掌柜哥哩？"

"他？还能割起个麦？……你没来过临游？"

"头一遭。"

说着来到庄上。这庄两面是山，中间是滩，大石头怪峥峥地乱撒着，一股浅浅的水曲曲弯弯绕着滩石，野雀儿在上面跳来跳去。

"瞧，那是我家的地，"她站在山坡上指着前面说，"那里，绿葱葱的那一块，就是我家。"

"噢，噢。"

吱呀一声，院门推开了。年轻媳妇啪啪地跺了两脚，把绣花鞋上的土抖落，先走了进去。

"进来，进来呀，站在门外面做啥？"

顺昌想是自己应该在院外呆着，听到叫，踌躇了半会，这才学着主人也把那双麻鞋使劲跺了跺，没想后跟没底儿，脚板跺了个生疼。

走进院来，只见这院整饬得利利落落，地扫得净净的，胡麻芥子摊晒在一边，一个老奶奶坐在当中用棍拨拉着。

"妈，晌午了，你不歇着?"

"哦，我娃回来了，那是……"

老奶奶手搭凉棚，虚眯着眼望来。媳妇家忙说：

"是给咱割麦的。"

"哦，饭做好了，在厨房里呢，快吃，吃罢就赶紧割，我看麦都黄得劲大了。"

顺昌把行装放在院墙根里，解开布包，拿出两把镰刃子和一块磨石，要了碗水蹲在一旁噌噌地磨起刃子来。

老人听着那"噌、噌——"的磨镰声，又眯起眼：小伙肩膀头圆圆的，一动弹那肌肉一鼓一鼓的，胸膛子挺着，两条长腿叉着，脚跟有劲地蹬着地石，看那相就是个做活的! 娃长得也心疼，脸圆圆个，鼻梁鼓鼓个，眼亮亮个……要是我的"白货什"生成这相该多好!

"老奶奶。"

顺昌亲亲地叫了老人一声。一边在大拇指上试着镰刃，一边说：

"麦黄得劲大些不怕，我割得快，我给你抢着割!"

老人连连眨巴着眼。

"哦，哦，我的好娃，这心疼哩! 水香——，快端饭来!"

扭头一看，只见水香早就端着饭站在一旁，不知想些啥……

拖拉机突突突地一到南川，等候已久的各家主事的便吵嚷开来："我定了三个""我要两个""我要个小伙"……加上大队广播喇叭里"大花脸"正唱着的一板"乱弹"，真是包谷散饭掺黄米，"搅"作一"团"。

陕西人爱吃"搅团"，张根发却另有胃口。他不慌不忙地蹲在一旁，两臂交叉，右手在左边捏着根烟抽着，左手腕戴着块新崭崭的表，在右边闪着……麦割得咋相，不图快可图个干净；"围腰"打得咋相，不在花而在个牢实，年轻娃子打的那捆，一提散脱了。娃子饭量大，大汉吃得终归不那么凶，好价，一顿七八碗……

他眯缝着眼瞅着吴河东，掏出一包"红牡丹"，锡纸沙沙地响。

"老哥，接住——"

一根牡丹烟落在吴河东的脚下。

"还有你，你，你们四位跟我走！"

一个背锅（罗锅）老汉，一个圈脸胡，还有一个四十开外的中年人一起来到地头。一眼望去，张根发的麦齐茬茬的一片，厚实得不进镰，穗粗芒壮，上面能铺张席让人睡觉！

吴河东把行装往地头一撂，一边给镰把镶刃子一边瞅着那麦说：

"掌柜的，这一亩怕过五百喽！……"

"唉——那没有！"张根发摇着头，又续了根牡丹烟。"你甭看'齐'，其实薄着哩，一天割个一亩半亩没问题！快收拾，收拾好就下镰！……噢，饿不？早饭的时辰过了，若不饿就等着吃'晌午'！"

"嗯，"背锅老抓着顶烂草帽拍着肚子，"吃两嘴能行，不吃也能行，还，还觉不出饿得像是……咋相？"他说着转向同伴，眉骨尴尬地耸着。

"……"吴河东那浑浊的老眼眨巴了两下，又移向麦田，瘸腿一抬，三步两步跨上前去，"嚓、嚓——"地割了起来。

这时，张家女人端着笸箩走来。望着麦客们的背影刚要招呼，见丈夫向她直摇手：

"娃他妈，走，取我的镰去，快哟！"

她不过意地半天扭不回身去。

……

"嚓、嚓、嚓……"只听镰响，不见挪步：几镰就是一捆，几捆就得换镰，时近晌午了，没割下几分地。吴河东那褪了色的麻黑褂子，像块蒸笼里的布，热气一股股地往上冒。觉得那条伤腿有些酸痛，想坐下来歇缓一会，眼前却立时望见了顺昌妈那张脸。他妈在屋做啥着哩，还在劈那毛竹？竹皮子一茎茎地劈开，剥得一般薄厚、一般长短；水里泡柔，编成席、编成筛……她愁倒了，苦倒了，可昌娃的婚事还是没着落，就因为付不起彩礼，说下的媳妇又另嫁了……想到这，他瘸腿一蹲往前赶：麦，一片片地倒下了，倒下了……

太阳已经偏过了，大队的广播喇叭又响起来，大花脸一板"乱弹"唱过之后，开始广播本队的稿子："今年比去年更上一层楼，'责任制'越搞越红火……"陕西腔，土语，高亢、洪亮。"'冒尖户'王家、赵家、张家得奖不骄傲，干劲更加高，他们……"

张根发站在树荫下听着，望着自己的麦田，抑不住笑咧了嘴。

"老哥——，树底下歇缓，吃'晌午'！来，都来！"

张家女人把那只笸箩又端了来。馍馍、青菜就地一摆，一盆面汤，勺子往里一放，说：

"哥哥们，快吃，饭不好，只管吃饱，喝的在盆里，自己盛。"

麦客们围成一堆，席地而坐，狼吞虎咽。

掌柜的走了。圈脸胡正要把馍馍往怀里揣，中年人用胳膊肘把他一捅，向那边努了努嘴。他手里的馍又放回笸箩里。

吴河东往老槐树那边一看，一个七十开外的老者躺着身，头枕在树根子上，像头累倒了的牛。没了牙的嘴里咕弄着啥吃什，一动弹抽起满脸的皱褶，麻胡子一撅一撅的。

"哦……没啥，装了装上些，没啥，没啥……"老者说着，脸上呈现出善良的微笑。

这下麦客们放心了，吴河东也将一个馍馍掰碎晒在了阳坡里。等它一干，好存起来。忽然，他想起了顺昌娃。娃这时吃"晌午"了没？娃，你在哪达哩？……

三

晌午，一顿"油泼面"，连吃四碗。末了见水香又端上了馍馍，顺昌不过意地忙说：

"唉，对了对了，还没做活计哩……"

"走了一早晨路，多吃些！"水香劝着。顺昌又拿起一个雪白的蒸馍，吃罢，嘴一抹便说：

"掌柜的，我割去。"

"唉，这时晒死哩，过一会吧！"

"那……不怕。"

说着，他镰刀一提走出院门，水香那深汪汪的眼睛直盯着他的背影……

早上在千阳咋就挑上了他？是见他可怜着，还是看出他老实、能干着？最初见他蹴在街口上，大眼睛寻着雇主，抑不住自己多打量了他一会；后来，商店门开了，她走进去随便转转，一抬头，又见到了他。他手里拿着双四十一码的胶鞋，抬起脚，在那磨掉了后跟的麻鞋底子上比试了半天，口里小声嘟囔着"五个元，五个元……"末了把鞋放在了柜台上。再后来，见他扒在拖拉机旁哀求那个人，不知咋，自己心上忽地涌上来一股子苦味，不由得喊出了声。对，是可怜他，可是，苦焦人多哩，为啥自己单就可怜他？忽地一下，水香脸涨得通红通红。她觉出，好像自己"相中"的不是个麦客，而是个别的啥，于是她狠狠地骂自己："你坏，不要脸，媳妇家生邪念！"

"水香！"

水香一怔，见妈妈站在上房石台阶上说：

"你呆愣着咋，咋不去招呼人家？"

"噢，我，我寻镰把哩！"

镰把、草帽就在眼前，她摘下来匆匆走出门。

顺昌割麦不算慢吧，别人用手割，他连脚都用上。割下的麦不见倒，随着左手转着圈儿地往回卷，刚卷成一大捆，镰头儿并脚尖一抱，刷地撂在一边。可是，顺昌往坡下那块地一看，"咦？怪，掌柜的咋那么快！"

水香也觉得自己快，虽说这块地小些，可不一会就割完了，身子还觉不出乏，竟像有使不完的劲。她站起身，从腰里解下汗巾，擦了擦红扑扑的脸颊和那纤长的脖颈，目光不觉投向那边。

她轻快地越过田埂，望着他的背影，他背后那割得干净利落的地。茬儿短，穗儿齐，捆子一般大。望着、望着，像是身上更添了劲似的，几步上去，插在顺昌的垄旁割了起来。

"唉，唉……掌柜的，你咋在这达割？"

"看你割得慢！"

顺昌一怔，紧赶了几镰，忽停下又说：

"到时候，工……咋算？"

"我知道该咋算！"

水香的话，硬得像镰碰麦秆，嚓嚓地响。

"那……"

"咋？你算二十亩，我算十亩还不行？"

"那、那咋能行！那、那就一家一半着算吧。"

草帽下面，那张红扑扑的小脸儿，偷偷地笑了，不觉，她更依近了他，依近了他……

暮色笼罩着南川，笼罩着那棵露出树根子来的老槐树。

几个麦客吃罢饭，坐在树下闲聊：聊，最能解乏。背锅老咂着冒烟，一口比一口有味：

"那天，打宝鸡走到凤祥，天麻麻个了，老腿些乎走断，看好碰着一个在城里工作的，像是个做官的，'哎——，上车来！'我心想，'咋，没偷没抢，麦客子犯啥法抓哩？'噢，才是叫着给他屋里割麦哩！'尕卧车'把我一捎么，屁股后面冒着烟就到了乡里。嘿嘿，甭看我背锅子，那有福之人不在忙，他们买得起班车票、过来得早能咋，还不是寻不上个掌柜的干扯淡！嘿嘿嘿……"

"呵呵呵……"圈脸胡半卧在地石上笑着，一个饱嗝打上了嗓。"我看外面逛还美，这不，小卧车都坐得一个劲的！呵呵呵……唉，是哪达都比咱庄浪强，你看人家川里人吃的啥么穿的啥！"

"就说着！"背锅老又接过话茬："你看这家掌柜的，新瓦房齐整整地盖了一院，怕把他孙子、重孙子的住处都有了！"

中年人咋那么小心，这次又是他用胳膊肘把说话的捅了捅，向树边努了努。

还是那位像累倒的牛一样的老者，不知他是掌柜家的啥，穿得比麦客好不了多少，吃饭也没人叫他，该到睡觉的时候了，他还在这达躺着；从不多说话，即使说，也不那么指手画脚、动眉挤眼，就像这棵老树，没有风，它那枝儿叶子从不动弹……

"那怕啥，看出，老人家是个不管事的。"背锅老还是将声音压低了些，"这家，四个娃一股是城里的干部……"

"噢，所以叫咱'四个老汉'割麦哩？"

圈脸胡粗声大嗓的一声，一下子把麦客们都惹笑了。

"甭打岔哟！"背锅老敲了敲烟袋，"言归正传"了："早起，我磨镰刀进庄子端水，见那屋里大车、推车、自行车，啥都有哩，你没见掌柜的戴的那表，怕是世上最好的表，新崭崭儿的，亮锃锃儿的。"

"看你馋得那相！"圈脸胡又插了一杠，"你可不过去抢着？"

"呵呵呵……"

"我说甭打岔、甭打岔么！我端着水正往出走哩，一个那么漂亮的女子走了进来，那身上香喷喷儿的，脸上白着——、白着——"

"扯你妈的淡，你咋不抱住哩！"

"哈哈哈……"麦客们抑不住大笑起来。

"呵呵，我，我怕人家朝我这背锅上捣给两捶，呵呵呵……"背锅老笑着又"言归正传"，"看，那就是人家的媳妇娃，快要上门了，'三千元'买下的！那娃心疼得没个说！"

吴河东不禁那黑胡茬抖了起来，旱烟袋噙在嘴上颤着，火星子落在脚巴骨上，却觉不出疼。

"老哥，你咋心事稠稠的？"

背锅老向他身边凑了凑说。甭看这一"凑"，它表示着麦客子相互间的关心、体贴，再有个啥哩，穷人没别的表示头。

"我知道，你又想娃呢？甭想了，娃二十六七了，还怕丢掉？饿下？他肯定寻上活计了，下个'场'，你两个就'跟'到一达里了。"

"你们吴家河今年粮食咋相？"圈脸胡也关切地、为他排解地问道。

"唉，比往年好些……"

可是说来说去，谁知道他的心事呢！

吴河东是个憋不住心事的人，加上同伴的几句体贴话，便哽哽咽咽地说了起来……

要说顺昌妈，那个要强，世上少有。为了给昌娃攒那彩礼钱，一天没黑没亮地干，晚上不敢耗油，凑着月亮，毛竹割破了手，嘴上一吮，血水自己咽到肚里。吴河东自瘸了腿以后，脾气越来越躁，好话到他嘴里都要变个味："你这么做啥！咱寻不起媳妇不会甭寻！"他妈脸一抬："胡拐（说）些啥，媳妇不寻了，日子不过？"当初，大儿子顺盛，就因为没个百把元，娘一狠心把儿给了后山一家"倒插门"。儿远了，日子淡了，当娘的一想起来心上总是苦巴巴的，觉得是自己对不住他爸，对不住娃。

他妈愈是这样，好像愈是伤了吴河东那"大男子汉"的自尊心似的，动不动就把一腔火发给女人："你一天光知道编你那竹席子草筛，两顿饭都做不到世上，老子要你着做啥，滚尿子！"可是打过骂过就又后悔，瘸着腿走到没人处去掉泪。末了，把泪一擦，"尿，男子汉，三十年河东三十年河西，咱往前走！"

包产的第二年，力努干了，麦子却又晒薄了。顺昌妈一着急，硬是把仅存的百十斤荞麦一股泼上，种了个二茬。庄浪这达一年一熟，伏里种穈种荞只是冒撞哩，收了收些子，不收赔把籽种。下种十天，滴雨不见，吴河东一看那苗，完了！顿时火冒三丈，回到屋里照准他妈一顿痛打，"老子说不种、不种，你个骚驴日的就是不听，白把个二百斤荞麦撒掉，过冬吃啥？剥你的皮吃肉哩吗？！"可是没到"处暑"，荞麦单单旺了上来，"秋分"刚过，红花子下面便是沉甸甸的黑颗粒。"昌娃，走！跟妈收荞麦去！"她抑不住满脸的喜，扑到地里一连三天，拔了捆，捆了背，背回来晒，晒罢了打……待到荞麦装满了大仓小囤的时间，她却累倒在炕头上。

顺昌自小懂得爹妈的苦辛，十来岁就跑几十里路，去关山采药、砍毛竹、打柴，卖些钱一股交到妈的手里。娃头一遭进山，见大山望不到顶、摸不着路，满世界树木黑压压的，咳嗽一声回音森森，吓得头皮子发麻，两腿发软。可到后来，什么大黄、枸杞、五味子都寻见了。

林管局有规定，进山一人收费五角；打柴只许打枯枝子，偷砍一根杉子罚款、坐班房。顺昌生就老实，二十六七了不知道啥是个"偷"。可那天，和爹两个在林子里一东一西忙到后响，各背一大捆毛竹走下山来。吴河东看着娃呼嗤嗤地喘，像是比往常吃力，便问："咋，身子不舒坦了？""没，没啥……""捆子往上，往中间背松活，腰躬低……"说时走到山口下面。突然嘣的一声，顺昌的捆绳吃不住劲挣断了，捆子落在地上，几个林管人过来检查，踢了一脚，哗啦一声捆心里露出几根胳腕粗的杉木。顿时吴河东惊呆了。林管人二话不说，上前揪起顺昌娃的脖领就打，吴河东两步拐上前去：

"慢打，要打打我，我是他爸……"

说着吴河东抽出那几根杉子放在一旁，末了的一根却留在了手里，他望着儿子，眼睛瞪得冒火，一瘸瘸地走过来：

"谁叫你偷人家的材料？"

"爸！爸……"

"说！！"通地一棒打在儿的腿上。

"哎哟——，爸……"顺昌娃哭嚎着倒在地上，有人拦挡不及，跟着几棒又落了下去。

"你给老子丢脸，惹祸，我吴河东是贼？是贼！！我打你个贼骨头！你为啥要偷哩！"

"爸，爸……饶下，饶下……"

"说！"

"我……我……"顺昌举着噙满泪水的眼睛，望爹只见一个黑糊糊的影："我……我妈吐、吐血了，我没敢告、告诉你，我想攒些钱给、给妈治病哩，爸呀……"

杉子从吴河东的手上咣当当地掉在了地石上。

吴河东奔回家，抱起妻子已是泣不成声了。

"他……他妈……我打你，骂你，我不……不是个好东西！"

"他爸，两口子过日子碗还不碰勺子？说这话哩……"他抽泣着把脸埋在丈夫的怀里，"我担心，我会……他爸，你要给娃说、说上个媳妇，呜——呜……"

吴河东紧紧搂着妻子，大手粗得像树皮一样，在她脸上、头上抚摸着，抚摸着：

"他妈，甭怕，病咱治，媳妇咱娶，娶，咱好夫妻一道，三十年河东……三十年……"

他抽泣着，再也说不下去了。

……

四

末了，吴河东把那早已熄灭了的烟袋锅一磕，咽了咽旱烟的苦味，说："唉，我不配是个当爸的！"

晚风轻轻地吹着那棵老槐树，它那枝儿叶子，似乎摆动起来。

麦客们默默的，想再说些啥，却又想不起个啥来。那位累倒了的"牛"，像是睡着了，一动不动。可谁也没见他那双眼，竟大大地睁着，睁着。

他们打开行装，正准备就地过夜，张根发哼着"乱弹"走了过来。

"没吃好？粗饭，又没个菜水……"

"唉，好得很，好得很！"

"走，老哥，寻个住处去！"

他说着朝庄子那面大咧咧地迈开了步。麦客们惊动了，呵，掌柜的要让咱进庄哩？上炕哩？虽然，土炕上一张席，家家都有，没啥稀罕，可出门在外的麦客子就以为那是"天堂",最受活的地方。于是他们赶忙挑起行装跟上走。不料,掌柜的绕过庄口,来到庄后的麦场上。

"老哥,甭嫌气,屋里窄狭,这里有棚棚,有麦草,那达还有间看场的小房,炕小没席,铺些草,能睡下两个人。"

掌柜的走了,麦客们躺下了,渐渐拉开鼾了。

吴河东躺在麦垛根里,身上褡着那件针麻线密的破棉袄。伤腿一阵酸痛,他将棉袄往下拉了拉。

夜,静悄悄的。他睁大眼睛望那密麻麻的星,像是在数数儿,一个、两个……又像是在想事,这颗是我,那颗亮的是他妈,那颗隔得最远的,是顺昌娃……

真的有使不完的劲!水香从地里回来,镰把子一挂,又拾起木杈,喊哩喀喳地把摊在院里的胡麻芥子挑成一推,靠在了院墙根里。妈妈踮着小脚,一股劲夺杈:

"唉,我的娃,你咋没个乏的时候,快歇下、快歇下!"

杈放下了,却又挑起担,担起桶。这时,正蹲在一旁洗脸的顺昌扔下毛巾,两步跨上来:

"掌柜的,让我去!"

"那……"

水香正在犹豫,顺昌却已夺过担走到门口,她忙将那绺浮在脸颊上的发丝往耳后一捋喊道:

"哎哎,你知道井在哪达?"

星星闪着,炊烟绕着,一个摇辘轳,一个接水,水哗哗地响……

吃罢饭,顺昌把镰刀子一片片地磨完,便打开行装往院墙根里一铺,准备过夜了。正要躺身,老奶奶叫着过来:

"我的娃,快拾起、快拾起,我早就把那间草房腾好了,去睡去!"

"妈——"水香娇滴滴地嗔怪地喊道。

"嗯?咋……"

说时,水香已推开了西厢房的门。

"他哥,进屋里住吧!"

"……"顺昌呆愣了,半晌才说,"唉,不,我是哪达一倒就行,不,不……"

老奶奶也愣了一会,可一看顺昌那老实相,却又不禁说:"对对,咱屋里宽展,随便住,走,走。"说着拽起顺昌那晒脱了皮的膀子走进西厢房。

屋里没啥家什,炕上一张席、一床被,地下一张桌,桌上摆着只闹钟滴滴嗒嗒地响。

"这是我那'白货什'的房，他走亲戚去了，转去、耍去了，割罢麦，他就耍回来了……"

"噢……"顺昌感激地望着老人家，不自在地坐在炕沿上，粗手摩挲着沿边那磨光了的横木。"奶奶……"

"哦，甭叫我'奶奶'，我看上去老气，其实才五十几岁，那是苦老了。我三十几上有了水香，才觉得日子好过些了。"

"噢，掌柜哥咋不能做活计？"

"……唉，跟他爸一样，完着哩！"看得出，老人家满肚子辛酸，她颤着手擦了根火柴，默默地点亮了一盏煤油灯。"我生了几个都是'白货什'，两个没活，丢下一个，还、还不如死了好，不是水香娃，我早就跟那'老鬼'一达'走'了……"

顺昌娃心软，眼圈早已湿漉漉的了，不过灯暗，看不亮清。

"哦，娃割麦乏坏了，睡吧，我去了……"

她刚要出门，却又折身回来，"哦，那达的被子，嗯，盖上……"半会、半会，总是迈不出屋去，末了蹭到桌前，吃力地、为难地伸出了手，抓起那只闹钟。昏黄的灯光照着她那张苍老的脸，尴尬地笑了笑退出门去。

顺昌知道这是不放心自己，但他却没有半点怪怨老人家的，反倒觉得自己使人家作难，过意不去。跟了一路场，见得多了，能让咱住到屋里，就把咱当人得很哩……

正在思想，吱呀一声门响，水香走进屋来，她一手抱着一把新新的花皮暖壶，一手拿着两只精细的瓷茶杯。

"他哥，渴了喝水！都给你放下。"

说着，她从衣袋里掏出了刚才那只闹钟，放回原处。

顺昌一见这钟，不觉脸红了，好像他真的对它动过心思似的。水香留意了他的神色，忙说：

"我妈不会给钟上弦，上个弦都得叫我干哩！"

顺昌听得出她是在说谎，但一片感激堆在脸上。麦客子吃百家饭，哪家水甜，心上尝来。虽说掌柜的们待人都好，可他真正尝到被人看起、信过、当人的甘甜滋味还是头一遭。它唤醒了他那麻木了的自尊感，细细品尝还有些苦涩，就像久不吃糖，一下吃多了就会觉得苦一样，不禁心上针刺似的痛，但他却又觉得像有只手在那痛处抚摸着、抚摸着。他由不得抬起两眼直直地望着水香。这时，她好像才发现她那张脸长得这么俊秀，这么温和、善良；特别是那对眼睛，像是两汪水，深得望不到底，亮得照见人……

水香一阵羞窘，垂落眼睑望着那盏灯。灯芯结了个花，扑扑地跳着，跳着。

"你喝水不?"说着她提起暖壶。

"噢,掌柜的,我不喝!"

"跟你说甭叫'掌柜的',你还叫,不会改改!"

"那……"

"我妈叫我水香,说自打有了我,井里的水都香甜开了……"

说着她倒了一杯水,凉在一边。沉吟了半会儿,突然问道:

"你二十六了,咋还不说亲哩?"

"嗯……嫂,嫂子,问这做啥?"

灯芯更跳了起来,她从鬓上摘下只卡子,一边挑着那灯花一边说:

"问问怕啥!"

"嗯……咱庄浪苦焦,说不起……"

半晌,半晌。

"我借给你些钱,你去说好不?"

"那,那咋行!嘿嘿,嫂子要笑人哩!"

"不,你好年年来……割麦!"

灯一下拨亮了,照着她那红扑扑的脸,把她那丰韵的身影映印在墙壁上。

"他哥,早些睡吧,明天早起咱早些走。"

水香扭身走出屋,匆匆奔向东厢房。

五

我吴河东年年割麦能挣几个元?啥时间……不,再不能让娃等了,最迟正月里完婚!不行我就拆间房,四墙留下,梁椽子门窗一卖,又多个百十元;过两天回去麦一割,我也照他妈那相种荏荞麦,吃荞麦过冬把麦全卖掉,又是个百十元,凑个七八百看他宋家成不,单不成,我就跟"背锅"结亲家!他说他那女子要得少……

"'亲家爸'!你慢坦些,小心老腿挣断着!呵呵呵……"背锅老站在另一块麦地里,一边活动着蹲麻了的腿,一边开着玩笑喊道,"咋,把我背锅的工钱你想一个人挣上去哩?"

吴河东又赶了几镰,才一屁股坐到麦地上。草帽子向上一抬,眼皮使劲眨巴着,挤掉眼角边的汗珠子:扯淡,他咻女子别再也是个背锅……

"掌柜的,割麦还戴着表,不怕土钻给?!"那个中年人紧靠张根发那边,他一边给镰换刃子,一边望着掌柜的胳腕上的表说道。

"嘿嘿,咱这表防水、防震,就防不下个土?全钢的,那'钢'在外面挡着,土钻不着进去!嘿嘿嘿……"

　　吴河东扭过脸望了望掌柜的那满脸神气，轻轻一叹，唉，我要是有块表就用不着拆房喽！……

　　晌午割麦，太阳正毒。但麦干不伤镰，割得快，唯怕太阳不毒哩！

　　掌柜的拿起汗巾满各处擦，塞到那"松紧"表带子里面，"嘣"地一下，表带子断了。

　　"娃他妈——，送茶水来——！"

　　中得人头一扭，手不停镰地说：

　　"掌柜的，两天没见送茶的，咋今个想起了？嘿嘿，耍笑的，甭见怪，你渴了我给咱进庄里端去！"

　　"哎，甭甭甭，紧着割麦，紧着割麦，我看麦黄得劲大了……"

　　他说着，悄悄把褂子一脱，紧紧裹作一团放在脚下，继续往前赶。

　　麦田，像退潮似的，忽忽地倒了过去。太阳毒狠狠地晒着，晒着。

　　不知咋，吴河东那后背上却一阵阵地凉，凉……

　　汗珠子噼哩啪啦地掉着，镰狠狠地砍，不怕把那麦砍倒后再伤着腿，伤着身子、心口子……

　　吴河东赶出地头，一捆捆地往回扎麦。扎，扎，不知咋，背着太阳发冷，迎着太阳还冷；浑浊的老眼使劲地眨，眨，不知挤出的是泪还是汗。

　　他没命地使着劲扎那捆子，嘣的一声，"围腰"扎断了，撇掉，抓起股麦重新打一个。手嗦嗦得不听使唤。这是咋，我吴河东咋，要死？老鬼！你真单要死，就找个没人的地方死去！甭在这达丢人现世！但还是抑不住那红丝丝的眼，往那裹作一团的褂子上瞭，瞭……

　　水香的麦已经全都割倒了。最后一块地在那深深的谷里，像一条卧蚕吐尽了它的丝，需要休息似的，静静地躺着。

　　地上，一堆堆麦捆整齐地摆着，不多的一些未及打捆的麦散落着；两把镰刀撇在旁边，东一只、西一个，但相距不远，一摸，烫手……

　　"哥！你喝水——"

　　不知她啥时把那个"哥"前面的"他"字去掉了。她说着大步走到地头，端起碗凉茶咕咚咚地自己先喝了下去，之后提着茶壶走了过来。

　　落日的余晖，从那郁郁葱葱的谷口射过来，把水香染成金黄色的，勾勒着她那腰和臀部的曲线，苗条，丰腴……

　　"汩汩汩……"茶壶嘴儿吐出一连串清脆的响声，像是这山谷里的鸟儿叫。

　　"喝！"

　　顺昌一骨碌从麦捆上滚起身，接过碗一口气喝了个痛快。

　　"再喝不？再喝自己倒，甭让人侍候！"

"嘿嘿，嫂子……"顺昌憨笑着。

水香把那绺湿漉漉的头发往耳后一捋：

"你胡叫些啥呀，我比你小好几岁，不会叫我妹妹！"

"那……"

"'那'啥，不想叫？"

说时，她纤细的脖颈一梗，侧脸望着顺昌。

一股热流忽地在顺昌身上一闪，胸口呼呼的，他禁不住一声：

"妹妹——"

她，甜甜地笑了。

"叫了几天，今个才叫到相上！"

收割后的麦田，散发着泥土味和清馨的麦草味，水香躺在一堆未及打捆的麦子上，舒展着身子。青麻布裤紧绷着圆圆的腿部，轻轻地蠕动着；那厚厚的胸脯，凸起那汗湿的小褂，一起一伏的。顺昌望着她，心上一阵阵麻嗦嗦的，那里，那一切，对于他都是个神秘的世界。她头枕着胳膊肘，扭过脸来。

"我也是庄浪人……咋，不信？"

"嘿嘿，当然不信，说话都不像么！"

"说话咋！甭看临游尽出拐子，说话比你们庄浪人好听！咋，不对？"

"就是，就是，我们庄浪人说话侉着哩，把人耳瓜子往死里刺！"

"咯咯咯……"一串笑声，像那谷底的水，放荡不羁地流。

"你看临游好不？"

"好，好得很！"

"你……想来不？"

"……"

"……"

水香扭过脸去，是那样望着收割后的麦田，像是抱怨那麦倒得太快了似的。

"哥，别走，帮我打场好不？"

顺昌忽地一怔，也像是失去了什么似的，不由自己地走近她身边。

他咋不恋她？二十六七的人了，从来没有一个女娃对他这么亲近过，这样把他个穷杠子看起过；他没有和谁多说过几句话，没能摸一下哪个女娃的手！而她，这么个善良、温柔、俊秀的女人，竟把他一句一声"哥"地叫着哩，他咋不动情！刚才，咋不叫出那声"妹"来！可是，可是她……她只能是个"嫂"呵！

"不，我还是走，跟我爸说好的，在下一站会面哩！……"

水香像是有满肚的话要说，却又说不出来，只把那深汪汪的眼睛望了过去。突然，一股顽强的力，在她身上冲撞起来：

"哥……"

"……妹妹！"

她慢慢伸出手，像是有些抖。

他握住了它，心，怦怦地要冲出胸膛。

他轻轻地拉，向着那堆未及打捆的麦。

他渐渐俯着身，喘着气；泥土味，麦草香，和那汗味，人体的味混合一气；麦草喊喊喳喳的，轻得听不见声似的，"哥，晚上……到东屋里……"

这晚，吴河东依旧躺在麦垛根里，睁大眼瞅着天上的星。

天上的星稠着，咋密密麻麻的，那颗最亮的咋寻不着了。他妈，你好着么？做活计不要没黑没亮的，心放坦然，春上我一准给娃办事情，你等着。我快到回去的时间了。

他忽地一轱辘翻起身，大手按在干粮袋上。这咋枕着不合适，硬邦邦得硌人哩；哎，净是些掰凉下的干馍馍么，咋不硌哩！他搓巴搓巴又躺下身去。不一会，觉得肚里空荡荡的，怕是饿了，他又翻起身，打开干粮袋。那袋子大着没个底，怕能盛个几百斤，白洋布缝下的，现时像是块油抹布，污垢垢得一片子黑。

星光照着，忽听一声咳嗽，握袋子的手不觉一颤。抬头一看，是那位老者，颤巍巍地站在跟前。他手里拿把木杈，倒把子当拐杖。

"老人家还没睡么？"吴河东问候道。

"哦，还没，我看看场，抽烟小心着火。"说着，他又瞅了瞅那口袋，刚才像是啥亮锃锃地一闪，又没了，老眼不中用了，把星星望着地下，地下的望着天上，哎……

吴河东不由得手索索的，忙说：

"我，咋觉得饿了，想、想吃些！"

"哦，他哥，快吃、快吃，甭饿坏身子，我给你端些水去……"

老者感情真挚，脸上依然是那样善良地笑着，皱褶抽起，麻胡子一撅一撅……

星光照着东厢房那虚掩着的门，照着那静悄悄的窗。

水香没有睡，呆坐在炕边上，想去重新点亮那盏灯，却又没心思。屋里黑黑的，只有窗子是亮的，把那一块块窗格子印在窗幔上。

看来，他不会来了，她又一次撩起窗幔，望着西厢房……

顺昌躺在炕上，翻来覆去。

　　眼前浮现出一个人，拐腿，大头，数数儿都数不到十上。但他也是一个人，一个身心残了的可怜人，咋能去伤害他，良心哩！"哥……"麦草喊喊喳喳的，轻得听不见声，他握着她的手，握着，握着，嗅到一股浓郁的泥土味、麦草味、汗味、人体的味……不知不觉，发出拨动门闩的响声，星光从门缝射入，照见一双战栗的手，呵！这是做啥，做啥哩！门紧闭了。顺昌不知自己啥时站在了门前，他那壮实的身子痛苦地贴在门上。不觉眼前又映出那位老人的面容……

　　从地里回来，老奶奶炒了四大盘菜，还斟上了酒，"娃明早就走了，好好吃一回！"顺昌拿不起那筷，搛不动那菜，因为他握了水香的手，觉得对不住奶奶，没脸领这份情。"娃，吃吧，愣着咋？""奶奶……嫂哩？""说是去供销社灌煤油，就回来，娃先吃，先吃！"哎，手摸了就摸了罢，不是又太冷淡了水香妹子……他大口大口地吃着"年饭"。真的，庄浪人过年也没吃这么好。老奶奶把一沓钱票子点了又点，末了放在饭桌上，"给，娃，快收起，按二十亩算，一亩三个元。""啊——？奶奶，不能这么，不能……""哎，你再甬犟，我水香娃说话算话哩！好好吃，好好吃……"

　　顺昌回到炕上，想起前前后后，不禁自语道："妹子，你要亮清，我不能这么做！但我……忘不了你，心上记着哩……"

　　窗幔轻轻地从手上滑落下去。

　　她转过脸来，呆滞地望着为他擦亮的桌，为他凉下的茶，为他铺开的被……突然一声，"我也是庄浪人，"使她回想起很远、很远的事……

　　她是庄浪人，是的。亲娘生下她就殁了，那是五八年，接着闹灾荒，庄浪养不住她，把女儿换了粮食。这个庄浪儿，从记事到现在不知道自己的亲娘老子是谁。一问这个妈，她老人家便落着泪说："娃，我就是你的亲妈，亲亲个的，甬问了，甬听外人瞎说……"问啥哩，襁褓里奶大了，五九年、六〇年没饿死，还不比亲妈更亲？"寡妇带娃，连滚带爬"，多少辛酸的日子是她老人家一个人"爬"过来的，记得自己刚会说话的时间，"妈，我几岁？""娃三岁。""你几岁？""我……三十三岁。""我啥时能给妈做活计？""我的娃，问这咋？"她不说话了，小眼珠滴溜溜地斜向"白货什"哥哥，妈一下明白了，"我的娃呀……"抱起水香泪簌簌地流。

　　可是，最初当妈的是把她当"童养媳"买来的，后来见她出落得那样，却又不落忍，一心认她做亲女儿。再后来，眼看着娃一天天大了，要出门做人家的人了，当妈的半生辛苦、一点盼头全都要化为乌有了，咋办，老人心一硬："娃，跟你哥成婚吧！""成婚？！妈——我是你的亲女儿，亲女儿呀！……"她哭了，妈也哭了，但她没能觉出自己的眼睛湿，看到的却是妈脸上的泪："妈，你甬哭，甬落泪，娃咋个都能行……"

　　……她呆滞地望着窗幔上的格子影，像是数着她从十四岁成婚到现在的日子。她，没有爱过人，从来没有，咋会爱上了他，她不知道，只记得最初骂自己的时候……是的，她的确认为自己坏，眼前她依旧这样认为：我是个坏女人，坏女人呵！哥，你不来对着哩，对着哩，对着……

她倒了下去，一股风掀动着窗幔上的格子影……

六

天麻麻亮，顺昌从炕上爬起。

悄悄地把这屋收拾一遍，桌子抹净，把那闹钟、暖壶、茶杯……还有那盏结过花的油灯，一一摆了摆。

他走出屋，想着等她们起来后说一声再走，可见了水香咋说，说些啥！末了，只把那东屋望了望，行装一挑走出院门。

这达，是他俩割过的麦田；这达，是他俩走过的那条小路……"临游，谁去……我只要一个！"……"跟上，你是哑巴吗?"……"哥——"……

他走着，像是又看见了水香，又听到那声声呼唤；不禁停住脚步回身望去——庄子已看不见了，只是空空的山谷，间或几声破晓的鸟叫。

"哥——"又是一声。

他转过身来，正要往前迈步，忽地怔呆住了。

水香站在前面小径上。她背着光，只见一个黑黑的影。

他大步奔上前去，在五步开外又停下来。看清了，她那张脸，白得像窗户纸一样；她那身，新换了件青色的大襟袄，显得那样朴素、庄重……

"我送送你……"

她说罢愣了一会儿，取下挎在胳膊肘上的布包，打开，那是几个馍馍和一双新新的四十一码的胶鞋。

"哥，馍，饿了吃；鞋，路上穿……"

她捧着，渐渐地抖动起来。

"咋，你不要?"

两行泪，从顺昌的脸颊上悄悄地流下来。那镰刀、草帽、干粮袋慢慢从肩头滑下，他再也抑制不住自己了，一声"妹妹"，奔上前，紧紧地把她搂抱在怀里，在那失去了血色的脸上、唇上亲着，亲着；这时，一股流不出的泪，才从水香紧闭着的眼睑里涌流出来……

吴河东呆到天亮，和同伴一起背上行装走出场院。经过庄口正准备上路，突然，一片急促地脚步声、吵嚷声在身后响起："我的表肯定在他身上……"吴河东不觉加快了脚步。

"站住——！"

麦客子四人一同扭回身。圈脸胡和中年人忿忿地瞪着眼；背锅老蔫笑着走上前；唯有吴河东脸上怔怔一怔，呆若木鸡。

"咋？掌柜哥、掌柜嫂，又咋？"背锅老笑着问。

张根发推开他，望着吴河东走过来：

"老哥，昨天割麦，你……你在我边里哩！"

吴河东半晌呆愣着，脸上没有任何表情，但是不由他竟慢慢放下肩上的干粮袋，突然，一个苍老的声音喊道：

"甭动弹！"

抬头一看，那位累倒了的牛似的老者，竟挺着腔子蹒跚过来。

"没有，夜个我把他的袋子翻过了，没有，你让他走，"老者说着转向吴河东："你走，你们走，走！"

"爸，你这是做啥哩！"张根发喊叫着。

老者声色俱厉地说："表在哩，我赔你，是我偷上了！"

"在？……在哪！"

"在看场房里放着哩！"

老者一声高过一声，张根发无奈吞没了声气。老者转对大家说：

"走吧，大家走吧！"

吴河东反倒迈不动步了，直到那三个麦客头里走了，他仍旧呆立在这达。这时，老者又返回原来的样，善良地笑着，皱褶抽搐着，麻胡子一撅一撅：

"他哥，甭难过，我亮清你，我旧社会打了大半辈子短工，我知道，知道，我的娃错怪了你，甭记恨，快走，快走，给，这是我攒下的几个钱，你装上……"

一双干枯的手战战抖抖地举着钱伸了过来。

吴河东像是从梦中渐渐醒来，不禁老泪纵横了。那浑浊的泪眼，似乎才看清老者的面容：

"老爸，……呜，呜……"

他哭号着俯下身去打开干粮袋，老者急忙跌抢上去，一把攥住了袋子口，是吴河东硬掰开老者的手，从袋子里摸出一块馍馍，又从那馍缝里抽出了那块亮锃锃的表。

"我、我吴河东是个贼，是个贼呀！呜呜呜……"

年迈苍苍的老者，竟抑不住那同情的泪珠扑簌簌地掉，张家女人也抽泣起来……

七

古历五月十几，麦客们陆续从陕西回到甘肃境内。

这里是华亭的一个小镇——安口。十字街口有块路标，箭头西指，写着

"庄浪 150 公里"。时有拉煤的卡车路经，扬起那掺着煤末的尘土，灰蒙蒙好久不散。把那黑色的粒子，洒向卖猪肚子羊肠的小摊，洒向凉粉儿、糁糟、一锅子面……

时已黄昏。

一家店铺外面，一张小四方桌，几条低板凳，围坐着五六个人。桌上一盆汤，一碟儿盐，几双湿筷子头儿在那盐里一蘸，放在那泡着干馍馍的碗里搅和起来。

吴河东例外地端着碗面条，从店铺里走出，一步一小心地看着碗，走到桌前。

"昌娃，给，吃上！"

"嗯不，你吃，你吃吧。"

"快端上，端上呗！"

顺昌接过面条，一边吃一边却眼盯着爸爸的伤腿，再往下又望见那双脚板，忽地想起了那双四十一码的胶鞋，于是几口把饭吃罢，从行装里把它取了出来。

"爸，明早回家哩，把鞋换上！"

"嗯——？你咋买这么贵的鞋哩！"

"不是买的，是……"

顺昌忽地脸红了，咋也说不出口。

"'不是买的'？"

吴河东望着儿子那神色，两眼渐渐地落在那双鞋上，浑身嗖地一个冷战。

"那是从哪达来的？"

"嗯，是……"

吴河东心碎了，通的一声碗筷磕在了桌上。

"爸，是……是别人送的！"

"'送的'？嘿嘿，贼骨头，谁把你教下的，还……还会编、编谎！"他强抑住伤心的泪水，一把从行装上抽出那条棍，忽起身一棍打落了儿手上的鞋。

顺昌双膝跪下，一把接住棍，说：

"爸，真的是人送下的！"

"谁！谁会送你个驴日的哩！"

"爸，是、是……是水香——"

顺昌呜呜地抑不住声。

第二天，吴河东还是让娃自己穿上了这双鞋，爷俩扛着棍、挑着行装回家。快走，回到家还能跟了割麦……

（原载《当代》1984 年第 3 期）

张　炜

ZHANG WEI

　　1956 年出生于山东省龙口市，原籍山东省栖霞县。1978 年考入烟台师范学院中文系，毕业后分配在山东省办公厅工作。1982 年加入中国作家协会。1984 年调山东省文联创作室任专业作家、副主任。现为山东省作家协会主席，万松浦书院院长。

　　1975 年开始发表文学作品。主要作品有长篇小说《古船》《九月寓言》《家庭》《柏慧》《外省书》《能不忆蜀葵》《丑行或浪漫》《刺猬歌》《你在高原》，长诗《皈依之路》《松林》、散文随笔集《在半岛上游走》《张炜散文精选集》，专著《楚辞笔记》《芳心似火》及《张炜自选集》（6 卷）、《张炜文库》（10 卷）等。小说《声音》、《一潭清水》分获 1982 年和 1984 年全国优秀短篇小说奖。

一潭清水

　　海滩上的沙子是白的，中午的太阳烤热了它，它再烤小草、瓜秧和人。西瓜田里什么都懒洋洋的：瓜叶儿蔫蔫地垂下来；西瓜因为有秧子牵住，也只得昏昏欲睡地躺在地垄里。两个看瓜的老头脾气不一样：老六哥躺在草铺的凉席上凉快，徐宝册却偏偏愿在中午的瓜地里走走、看看。他个子矮矮的，身子很粗，裸露的皮肤都是黑红色的，只穿了条黑绸布镶白腰的半长裤子，没有腰带，将白腰儿挽个疙瘩。他看着西瓜，那模样儿倒像在端量睡熟的孩子的脑壳，老是在笑。他有时弯腰拍一拍西瓜，有时伸脚给瓜根推压上一些沙土。白沙子可真够热的了，徐宝册赤脚走下来，被烙了一路。这种烙法谁也受不了的，大约芦青河两岸只有他一个人将此当成一种享受。

　　一阵徐徐的南风从槐林里吹过来。徐宝册笑眯眯地仰起头来，舒服得了不得。槐林就在瓜田的南边，墨绿一片，深不见底，那风就从林子深处涌来，是它蓄成的一股凉气。徐宝册看了一会儿林子，突然厌烦地哼了一声。他并不十分需要这片林子，他又不怕热。倒是那林子时常藏下一两个瓜贼，给他送来好多麻烦。那树林子摇啊摇啊，谁也不敢说现在的树阴下就一定没躺个瓜贼！

　　种瓜人害怕瓜贼哪行！徐宝册对付瓜贼从来都是有办法的，而老六哥却往往不以为然。白天，徐宝册只这么在热沙上遛一趟，谁也不敢挨近瓜田，而老六哥却倒在铺子上睡大觉。如果是月黑头，瓜贼们从槐林里摸出来，东蹲一个，西蹲一个，和一簇簇的树棵子混到一起，乘机抱上个西瓜就走，事情就要麻烦一些。有一次徐宝册火了，拿起装满了火药的猎枪，轰的一声打出去……天亮了，徐宝册和老六哥沿着田边捡回几十个大西瓜，那全是瓜贼慌乱之中扔掉的。老六哥抱怨地说："何必当真呢？偷就让他偷去，反正都是大家的，偷完了咱们不轻闲？你放那一枪，没伤人还好，要是伤着个把人，你还能逃了蹲公安局？"宝册只是笑笑说："我打枪时，把枪口抬高了半尺呢！嘿，威风都是打出来的……"

562

一些赶海人都知道，老六哥的确是个大方人，所以常在瓜铺里歇脚。每逢这时，宝册由不得也要和他一样大方。有一次他烧开了一桶桑叶子水端上来，被一个满脸胡子的海上老大提起来泼到了沙土上。老六哥哈哈大笑着，便到瓜田里摘瓜去了。他一个腋下夹着一个熟透的西瓜，仍然哈哈大笑说："反正都是集体的瓜，吃就吃吧，只要不在夜里偷就行。"宝册也来了一句："人家把开水泼了，咱就乖乖地摘来瓜，威风都是泼出来的！"说完也哈哈大笑起来，接过老六哥腋下的一个花皮大西瓜，顶在圆圆的肚子上，转回身子，来到一块案板前，放手摔下去。西瓜脆生生地裂成几块儿，红色的瓜瓤儿肉一般鲜，赶海的每人抢一块吃起来。

有个叫小林法的十二三岁的孩子常来瓜铺子里。这孩子长得奇怪：身子乌黑，很细很长，一屈一弯又很柔软，活像海里的一条鳝。他每次都是从北边的海上来，刚洗完海澡，只穿一条裤头儿，衣服搭在手臂上，赤裸的身子上挂着一朵又一朵泛白的盐花。盐水使他周身的皮肤都绷紧起来，脸皮也绷着，一双黑黑的眼睛显得又圆又大，就连嘴唇也翻得重一些，上边还有几道干裂的白纹。滚热的沙子烙痛了他的脚，他跷起脚尖，一跛一跛地走过来，嘴里轻轻叫唤着："梭！梭！梭梭……"

徐宝册一看到他这个样子就不禁乐了起来，躺在铺子里幸灾乐祸地喊着："小林法！小林法！快来……"他还常常跑上几步，把小林法拦在铺子外边，故意把他掀倒在地上，让沙子炙他赤裸的身子，小林法"哎哟哎哟"地叫着，在沙子上翻动着、笑着、骂着……徐宝册把自己的一只脚扳到膝盖上，指点着那坚硬的茧皮说："你的功夫不到，你看我，烙得动吗？"

小林法到了铺子里，就像到了自己家里一样。他躺在凉席上，两脚却要搭在宝册又滑又凉的后背上，舒服得不知怎么才好。宝册常拿起烟锅捅进他的嘴里，他就闭上眼睛吸一口，呛得大家咳嗽起来。老六哥在一旁对小林法说："嘿，不中用！我像你这么大已经叼了三年烟锅了！"小林法这时候就把脚从宝册的后背上抽下来，蹬老六哥一脚说："你中用，敢跟我到海里走一趟吗？我到哪你到哪，敢吗？"老六哥不吱声了。他当然不敢的：小林法长得像条鳝，水里功夫也是像条鳝的。

小林法在铺子里玩不了一会儿，就嚷着要吃西瓜。只是在这个时候，徐宝册和老六哥的意见才是完全一致的，二人毫不犹豫地起身到瓜田里，每人抱回一个顶大的西瓜来。小林法很快吃掉一个，又慢悠悠地去吃另一个……他的肚子圆起来时，就挪步走出铺子，往瓜地当心那里走去了。

那里有一潭清水。

那潭清水是掘来浇西瓜的。平展展的水面上，微风吹起一条条好看的波纹。潭水湛清，潭中的水草、白沙都看得一清二楚。这实在是一个可爱的水潭。小林法常在这儿游上几圈,洗去身上的盐水沫儿。徐宝册和老六哥笑眯眯地蹲在潭边上,看着他戏水。

小林法就像是水里生的、水里长的一样,游到水里,远远望去,还以为他是条大鱼呢。他不怎么吸气,只在水里钻,一会儿偏着身子,一会儿仰着胸脯,两手像两个鳍,一翻一翻,身子扭动着。有时他兴劲上来,又像一只海豚那样横冲直撞,搅得水潭一片白浪,水花直溅到潭边两个老人的身上。

他从水中出来,圆圆的肚子消下去了,又重新吃起西瓜,直到只剩下一块块瓜皮。老六哥说:"你真是个'瓜魔'!"徐宝册点点着:"瓜魔!瓜魔!"

日子长了,他们仿佛忘记了小林法的名字,只叫他"瓜魔"了。

瓜魔原来是个收养在叔父家里的孤儿。他对读书并没有多少兴趣,叔父对管教他也并没有多少兴趣,他从五六岁起就在大海滩上游荡了。他在瓜田,绝对没有白吃西瓜,他常常帮着给瓜浇水、打冒权,一边做活一边笑,在太阳底下一做就是半天。徐宝册疼他,喊他进草铺里歇一歇,老六哥却总是吸一口烟,笑眯眯地望他一眼说:"让他做嘛!用瓜喂出来的一个好劳力嘛!"瓜魔实在做累了,就到海里去玩,回来时总在身后藏两条鱼,还都是少见的大鱼哩。两个老人怎么也弄不明白,他一个小小的孩子两手空空,怎么就能捉住那么大的鱼?不过也从不去问,因为他们觉得瓜魔也和一条很大的鱼差不多,"大鱼"逮条"小鱼",大概总不难吧?两个人自己起灶,把鱼做成鲜美的鱼汤、鱼丸子、鱼水饺。有时瓜魔带来几个螃蟹,还有时带来几个乌鱼、八腿蛸、海螺、海扇子……应有尽有。有一次他们吃过饭之后,问瓜魔怎么逮住了那条鱼,像腰带一样、细细的长长的那条?瓜魔说:"拣条粗铁丝就行。这鱼老爱往岸边游,你瞅准它,一下子抽过去,就被抽成两截了,百发百中的。"两个老头儿笑了,嘴里学他一句:"百发百中的!"

瓜魔隔不了几天就要来一次,徐宝册和老六哥吃不完他的鱼,就用柳条儿穿了晒鱼干。这个小小的瓜铺就像磁石一样吸引着瓜魔,因为他一来,徐宝册和老六哥总乐于为他摘最大的西瓜。他们对这么个瘦小的孩子能一气吃下那么多西瓜,开始觉得奇怪,后来倒觉得有趣了,来少了就念叨他。

这天,太阳偏西的时候,瓜魔又来了。入夜,他破例留下来,就睡在这铺子上。徐宝册没有娶过老婆,当然也没有儿子逗,半夜里常要伸手去摸摸瓜魔那热乎乎的肚子,觉得是一大快事。他想象着如果早几年结婚,有个儿子如今也该这般大了。他和老六哥是轮流睡的,要有一个为瓜田守夜。该他守夜时,他就把瓜魔叫醒,两人一起到地边上支起小锅煮东西吃。东西都是瓜魔出去找来的,无非是些刚才成小纽的地瓜、鼓成水泡仁的花生……这些东西洒上盐末煮一煮,味道都是极鲜的。

海风送过来一阵阵腥味儿。夜气很重,他们坐在火堆边上,衣服还是有些潮湿。空中的星星又密又亮，他们都觉得这会儿离星星近了许多。海潮的声音永无休止，虽是淡远的，但远比水浪拍岸深沉，那是硕大无边的海和整个地球岩石磨擦的声音。在这幽深的夜里，它和高空眨动的星光、远方林涛的振响一起，组成一个极为神秘的世界。芦青河在连夜急匆匆地奔向大海，那声音嘹亮而昂扬，不断安慰和鼓励着守夜的人们。

瓜魔斜倚在徐宝册的身上，看着远处升起的半个月亮。他突然说："宝册叔，我明年也跟你们来干吧！我喜欢这个活儿，晚上不会瞌睡……"

徐宝册从铁锅里捞出一块地瓜纽儿填到嘴里嚼着，摇摇头。

"怎么呢？"

"你该到海上学拉网，那才叫有出息！等你老了，年纪像我们差不多时，再来吧。"

瓜魔沉默着。从海岸隐隐传来拉夜网的号子声，他倾听了一阵，说："我去要几条鱼来煮上！"

瓜魔去了，提来几条鲅鱼煮到了锅里。徐宝册又点上了烟锅，吸了几口，说："讲点故事吧……"

铁锅下的木炭响了一声。瓜魔说："你讲吧，你是老人，老人十个里面有八个装了说不完的故事。"

徐宝册把那条又宽又肥的半长裤子提了提，说："那一年上，我种了棵南瓜，就种在屋后头。最后你猜怎么了？生出了一窝地瓜。"

瓜魔笑得肚子都疼了。他嚷着："我有一年种了一棵包米，到头来你猜呢？生出一棵蓖麻！"

"胡说！"徐宝册严厉地打断他的话，磕掉了烟灰，"你胡乱编排些什么！"

瓜魔说："你不也是胡乱编排吗？"

"我不是，"徐宝册摇摇头，"我邻居家的孩子给我偷着埋下了地瓜呀……你看，是这样的。"

瓜魔无声地笑了。他把身子滚动一下，接近一棵西瓜，摘下一个瓜来。他吃着瓜说："我想起一个故事来——这可不是编的，一点不是，是我亲眼看见的。那一年芦青河涨水，听人说河里的鱼多极了。好多人都鼓动我进河捉鱼去。我那几年就愿睡觉，头一碰着什么就粘上了，再也不愿抬起来……"

"小孩子都这样的。"徐宝册也掰了一块西瓜，咬了一口说。

"也不都这样。恐怕这是种毛病——我叔叔就说这是种毛病的。"瓜魔这时候不吃瓜了，一只手撑着地，半挺着身子讲他的故事了，"那一天雾，芦青河就笼在一片灰白色的雾里。哎呀，好大的雾呀，我从家里走到河边上，衣服都湿了……河里这天没有多少人捉鱼，他们都怕雾呀，怕在对面不见人的时候被水里的妖怪拖进水里去。我倒不怕，直顺着水游下去，就在河口那儿的一片大水湾里停住了……"

徐宝册一直眯着眼睛，这时睁开眼插一句："是那片在三伏天也冰凉的水湾里吗？"

瓜魔点点头："嗯。"

徐宝册重新眯上了眼睛："那里面听说有不少鳖哩。"

瓜魔摇摇头："我在那儿捉到一条很大的鱼——它用鳍把我的小腿肚儿划开一道口子，惹恼了我，我用拳头砸了一下它的脑袋，它才显得老实了。我像抱个小孩儿一样把它抱上岸来，它直拱动，老想再回到河里去。我就紧紧抱着它……后来走在路上，累了歇息的时候，我就搂着这条鱼睡去了。醒来一看，鱼不见了，肚子上只沾了几片鱼鳞……"

"哪去了呢？"徐宝册蹲起身子，惊讶地问。

瓜魔揉揉眼睛："谁知道！到现在我也不知道。只是第二天我到龙口镇上赶集，看见一个小姑娘卖一条鱼，越看，那鱼越像我捉的那条……"

徐宝册不做声了。他开始吸那杆烟锅。

瓜魔讲到这儿像是疲倦了，身子一仰躺了下来。他又伸手去拿起一块吃剩的瓜，放在嘴里吮着，并不咬，两眼一直望着那布满星星的天空。

蝈蝈儿在瓜垄里叫了起来。各种小虫儿也用千奇百怪的声音应和着。铁锅往外扑扑地冒着气，鱼的香味儿很浓了。徐宝册起身把铁锅端下火来。

一个人迈着拖拖拉拉的步子走过来，走到近前才看出是老六哥。他不做声，蹲在了火堆旁，怕冷似的烘了烘手。他看到那一片片瓜皮，就伸手在瓜魔的肚子上捅一下说："真是个瓜魔！"

他们三个人一块儿将鱼吃了。这是一顿很丰盛的、也是一顿很平常的夜餐……

第二天，徐宝册和老六哥摘下了堆得像小山一样的西瓜，叫队上的拖拉机拉走了。搬弄瓜的时候，他们发现一个黑皮上带有花白点的大个儿西瓜，立刻就挑拣出来，藏到了铺子下边。他们记得去年就有这样的一个瓜，切开皮儿就有股香味扑出来，咬一口，甜得全身都要酥了。徐宝册说："留着瓜魔来一块儿吃吧。"老六哥点点头："一块儿吃。"

一连两天瓜魔没有来。西瓜从铺子下滚出来，徐宝册用脚把它推进去，说："瓜魔这东西把我们两个老头子给忘了。"老六哥说："瓜魔能忘了我们老头子，可他忘不了瓜！"徐宝册点点头："也忘不了海——这小东西，简直是鱼变的！这小子该到海上学打鱼。他原想以后跟我们来做营生呢……"

老六哥听到最末一句想起个事情。他说："听人讲，村里的土地以后都要搞责任承包了——还没讲瓜田承包不承包呢。"

徐宝册笑笑："承包怕什么？承包不就是咱俩的事了？别人也不敢揽这瓜

田——这得有手艺呢!"

老六哥点点头:"就是呀,我讲的意思,也就是到时候咱俩瞪起眼睛来,可不能让别人承包走了。"

天气出奇的热,傍晌午的时候,瓜魔胳膊上搭着衣服从海上来了。徐宝册坐在铺子上,老远就瞅见了,兴奋地吆喝着:"嘿,你这小子!这几天跑哪去了?"

瓜魔仰着脸儿走过来,似笑非笑地眯着眼睛,身子晃晃荡荡的,像喝醉了酒。他唱着什么歌儿,一扭一扭走过来,躺在了铺子上。他喊着:"吃瓜吃瓜!"

"这个瓜魔!"徐宝册招呼一下田里的老六哥,从铺子下边滚出了那个大西瓜,……真快意呀!谁吃过这样的西瓜呢?瓜魔兴奋得在铺子上打了几个滚儿,然后才到那潭清水里洗澡去了。徐宝册和老六哥也到瓜田里做活,路过水潭,每人顺便抓起一把沙子扬了进去,使得瓜魔在里面骂了一句。

村子里来人告诉徐宝册和老六哥,晚上要开会商量责任田承包的事,让他们去一个开会。

这个消息使两个看瓜的老头子整整兴奋了半天。徐宝册要去开会,老六哥不同意,说:"你这个人关键时候话来得慢,我不放心。我去算了。"争执的结果,决定由老六哥去参加。

徐宝册觉得这事情不比一般,很需要运用一番自己的智慧。他想了好多,都想对老六哥嘱咐一遍,这使得老六哥都有些腻烦了。徐宝册打着冒权,说:"比如这冒权吧,不比往年长那么旺——这是瓜秧不壮啊!不错,化肥也使了不少,可天旱,也只得不停地浇。结果呢?肥料都给冲到地下去了……这些,你都得跟领导说,让他们知道承包下来也不是便宜的事。"

老六哥听了暗暗发笑,徐宝册想到的他全想到了,他只不过将什么都藏在心里罢了。他觉得,今天手腕子也好像比过去强劲了些。他像囫囵吞下了一个大西瓜,心里老觉得沉甸甸的。他步量了一遍瓜田,又在靠近槐林的地边停住了步子。他想:如果承包下来,就是和自己的瓜田一样了,那么,这儿最好能架起一排荆棘篱笆,挡住那些瓜贼……

傍晚老六哥回村开会去了,半夜时分才回来。

老六哥笑模笑样的,这使徐宝册的心一下子放了下来。他问:"六哥,承包给咱们了吧?"

老六哥点点头:"不承包给咱们,谁敢揽这技术活儿?我一发话,会上没说二话的。没给你商量,我就代你在合同上按了手印。我早算准了,咱们年底每人少说也能赚它五百块钱!"

"哎呀!哎呀!"徐宝册上前搂住了老六哥的腰,呼喊着,捶打着,说:"瓜魔算'魔'吗?你才算'魔'!你这家伙鬼精明,你掐一掐手指骨节,计谋就来了。行啊，亏了这回承包！新政策是谁定的？我老宝册要找到他，敬他一杯大曲酒！"

老六哥搬来小铁锅，找来一条干鱼，放在里面煮上了。两人坐在一块儿吸着烟锅，谁也不想先去睡觉。老六哥吸着烟，伸出手捏住徐宝册的半长黑裤，拉了两下说："看看吧！多丑的一条裤子……"徐宝册满脸愠怒地斜了他一眼，把他的手扳掉。老六哥笑吟吟地说："这都是没有老婆的过。有老婆，她早给你做条好裤子了。"徐宝册的脸有些烧起来，只顾一口接一口地吸烟。老六哥又说："今年卖了瓜，赚来钱，先去娶个老婆来，你总不能一个人老死在屋里吧……"徐宝册抬头望着远处月光下那片黑黝黝的槐林，嗫嚅道："也……不一定……"

"哈哈哈哈……"老六哥听了大笑起来。

徐宝册也笑起来，这笑声直传出老远，在夜空里回荡着，最后消失在那片槐林里了。

天亮，他们立即着手在靠近槐林处架荆棘篱笆了。瓜魔来了，就忙着为他们砍荆棵子……徐宝册告诉瓜魔：瓜田承包下来了，这片西瓜就和自己的差不多了。瓜魔听了乐得不知怎么才好。老六哥低头绑着篱笆，这时回头瞅了瓜魔一眼，没有吱声。瓜魔于是走到他的身后，在他的腰上轻轻按了一下。老六哥突然抛了手里的东西，瞪起眼睛喝道："你小子打人没轻重，乱戳个什么！"

老六哥的样子怪吓人的，瓜魔吃了一惊，往后蹦开了一步。

徐宝册很惊奇地望望老六哥的腰，说："就那么不禁戳吗？"

老六哥没有吱声，只是涨红着脸低头做活。

三个人整整用了一上午的时间才架好篱笆。午饭做的鱼丸子、玉米面锅贴儿，瓜魔只吃了很少一点，就躺到铺子上去了，仰着脸，扭动着。他嘴里哼唱着，一边把脚搭在徐宝册光滑的脊背上。老六哥一直皱着眉头吸烟，这时一转脸看到了，说："真是贱东西！他整天做活累得不行，你还要把脚搭在他背上！真是贱东西！"瓜魔在过去总要把脚挪到他背上的，可是这回看到他阴沉沉的脸色，就无声地把脚放在了铺子上。

吃完饭后，照例要吃西瓜了。徐宝册见老六哥不愿动弹，就自己到田里摘来两个。可是吃瓜时，老六哥只是吸烟……瓜魔离开以后，徐宝册扳过老六哥的膀子问：

"六哥，你身上有些不对劲儿？"

老六哥只是吸烟。

"你不吱声我也知道。你掐一掐手指骨节就生出来的计谋，我都知道！你心里想心事，嘴上只是不说！"徐宝册盯着他的脸，硬硬地说。

老六哥磕打着烟锅，板着脸，慢声慢气地说："瓜魔不能多招惹的，他不是个正经孩子。"

徐宝册哼一声，扭过头去说："瓜魔是个好孩子！"

"你看看吧，"老六哥往瓜魔常来的那个方向指点一下说，"正经孩子有他那个样儿吗？黑溜溜像铁做的，钻到水里又像鱼，吃起瓜来泼狠泼愣！"

徐宝册气愤地将卷在膝盖上的裤脚推下去，站起来说："你有话就直说，用不着这么转弯抹角的。瓜魔一个孩子又碍了你什么！哎哎，你真是变成'魔'了！"

这是他们最不愉快的一次。这一天，他们简直没有说上几句话，只顾各忙自己的事情了。

以后瓜魔来到，老六哥总是离他远远地坐着。瓜魔带来的鱼，他似乎也不感兴趣了。瓜魔到水潭里洗澡，也只有徐宝册一个人跟去看了。徐宝册背着瓜魔对老六哥说："六哥，你心胸窄哩！你不像个做大事情的人！"老六哥顶撞一句："我也没见你做成什么大事情！"

瓜魔不知有多少天没来了，徐宝册常常往大海那边张望。可他除了看到远处海岸上那一长溜儿活动的拉网的人之外，几乎没有看到别的。夜里，他一个人烧起小铁锅，或者一个人走在瓜田里，总觉得少了些什么。

一天早上醒来，他对老六哥说："昨夜我刚睡下，就梦见瓜魔来了，蹲在瓜田南边，就是篱笆那儿，和我煮一锅鱼汤。"

老六哥点点头："煮吧。"

徐宝册眼神愣怔怔地望着篱笆说："煮好以后，我梦见他跟我要烟锅，我没给他。"

"你该给他！"老六哥讪笑着说。

"我没有给他。"徐宝册摇摇头，"我梦见他好像生了气，说再也不来了……"

老六哥嘴角上挂了一些讥讽的笑容。

又有一天，徐宝册正给瓜浇水，一抬头看到海边上有个人在向这边遥望，那身影儿很像是瓜魔。他抛了手里的水桶，上前几步喊道：

"瓜魔呀？是你这小子！你怎么不过来呀？瓜魔——瓜魔——"

那是瓜魔，徐宝册越看越认得准了，于是就一声连一声地喊他，用手比划着让他过来。可是瓜魔无动于衷地站在那儿，望了一会儿，就晃晃荡荡地走开了……徐宝册愣愣地站在那儿，两手紧紧地揪着自己肥大的裤腿。

老六哥对他说："你再不要喊那东西了——他是再也不会来了。有一次你不在，他坐在铺子上吃瓜，吃下一个还要吃，我阻止了他。这小子一气走了。"

徐宝册听着，啊了一声，瞪大眼珠子盯着老六哥。

老六哥有些慌促地挪动了一下身子，避开对方的眼睛。

徐宝册却只是盯着他……停了一会儿，徐宝册寻了一个最大的西瓜，顶在肚皮上抱回铺子，对准那个案板，狠狠地摔下去，碎成一块一块，他两手颤抖着拢到一起，捧起一块吃着，瓜瓢儿涂了一腮。吃过瓜，他就躺在凉席上睡着了。

老六哥把这一切看在眼里，不敢说上一句话。

徐宝册醒来后，老六哥坐在他的近前。徐宝册眼望着北边的海岸线说："我早就知道你是舍不得那几个瓜！你要发一笔狠财，你不说我也知道！瓜魔平日里帮瓜田做了多少活儿？送来多少鱼？你也全不顾得了……"

当天下午，徐宝册就到海上寻找瓜魔去了。

瓜魔在海里，他爬上海岸，坐在徐宝册的身旁哭了。眼泪刚一流下来，他就伸出那只瘦瘦的、黑黑的手掌抹去，不吱一声。徐宝册要他再到铺子里去，他摇摇头，神情十分坚决。最后，老头子长叹了一声，走开了。

两个老头子还像过去一样，每天给瓜浇水、打杈子；晚上，还像过去那样给瓜田守夜……可是，他们不再高声谈论什么，也不再笑。徐宝册无精打采，他觉得自己突然变得没有力气了……终于有一天他对老六哥说：

"六哥！我忍了好多天了，我今天要跟你说：我不想在瓜田里做下去了。你另找一个搭档吧。真的，开始我忍着，可是以后我不能再忍了。咱俩在一起种了多年瓜，我今天离去对不起你哩，你多担待吧！"

老六哥惊疑地咬住嘴里的烟锅，转着圈儿看徐宝册，说："你，你疯了……"

徐宝册说："我真的要走，今天就回村里去。"

老六哥这才知道他是下了决心了，有些失望地蹲在了地上。

徐宝册说："还是李玉和说的好：'我们是两股道上跑的车，走的不是一条路啊！'……"

老六哥声音颤颤地说："什么时候了，还有心去说这些！"他洒下了两滴浑浊的眼泪……突然，他站起来，低着头，只把手一挥说，"走吧，宝册，有难处再来找你老哥我！"

徐宝册离去了。半月之后，他重新与别人合包下一片海滩葡萄园，到园里看葡萄去了……瓜魔又常常去园里找他玩，两人像过去那样睡在草铺子里，半夜点火烧起鱼汤……

一个晚上，他们仰脸躺在草铺里，瓜魔又把脚搭在了徐宝册光滑的后背上。他用那沙沙的嗓子唱着什么，声音越来越轻，终于一声不响了。停了一会儿，他对徐宝册说："我真想那个瓜田……"

徐宝册笑笑："你想吃瓜了？瓜魔！"

瓜魔坐起来，望着迷茫的星空，执拗地摇摇头："我是想那潭清水……真的，那潭清水！"

徐宝册没有做声。

这是个清凉的夜晚，风吹在葡萄架上，刷刷地响……徐宝册声音低缓地自语道："葡萄也需要个水潭呢，我想在这儿动手挖一个……"

瓜魔的眼睛一亮："那水潭不是好多人才挖成的吗？我们能行？"

徐宝册点点头。

瓜魔笑了："我真想那潭清水……"

一个早晨，一老一少真的找块空地，动手挖水潭了。大概泥土很硬，他们一人拿一把铁锹，腰弯得很低，在橘红色的霞光里往下用着力气……

（原载《人民文学》1984 年第 6 期）

古　船

（内容梗概）

　　洼狸镇坐落在东莱子国的旧城址上，现在住着隋、赵、李三大家族。老隋家靠粉丝生产家业兴旺，在洼狸镇上无人相比。长子隋迎之接过了父亲隋恒德的庞大家业；其弟隋不召不听老父之言，连夜出走。解放了，隋迎之人缘好，被划为开明绅士，可后来死得很惨。隋不召坐船出海，回来后一蹶不振。迎之有三个孩子！儿子抱朴、见素，女儿含章，个个长得标致都掌握了一身好手艺，可是怀才不遇。老赵家反而蒸蒸日上。辈分最高的赵炳，人称"四爷爷"，早年革命积极，是镇上最老的党员，又执掌着镇上政权。后来退了职，用余威震慑着乡里，操纵着镇上的大权。赵多多也是赵家的风云人物。他在历次运动中杀人、玩妇女，如家常便饭。隋迎之妻子茴子自杀后，尸体遭到多多的百般凌辱。"文革"中含章差一点被多多奸污，赵炳站出来，保护了含章。

　　社会变了，赵多多承包了镇上的粉丝厂，抱朴兄妹三人在厂子里工作。困难时期抱朴木呆呆地在老磨屋里做粉丝。见素对赵多多的言行异常愤恨，发誓要夺回粉丝厂，对哥哥的麻木非常不满。见素的心思被喜欢他的女工大喜探知，大喜略施小计，赵多多的粉丝漏不出来。赵多多一筹莫展。抱朴不计前嫌，排除了故障，生产恢复正常。见素愈加怨恨抱朴。老李家的李知常心灵手巧，与隋不召交谊深厚。他经常琢磨着为全镇人装发电机，安电灯，帮粉丝厂搞机械化什么的。见素知道后，说服了知常，等粉丝厂易手于老隋家再装不迟。见素明里暗里盘算、奔波，终于让上级同意一年期满后重新投标。但投标会上赵多多不断抬价，见素无奈，只得到城市去闯荡。他在城里的生意越做越大，便倒卖起进口旧服装来，不料一下子被没收。他就整日混迹于暗娼堆里，得了绝症。赵多多用劣质淀粉，使粉丝出口受损，结果被查，贷款停止。一天，他开着小车，撞到了墙上，他也被烧死。粉丝厂又回到了懂行的抱朴手里。抱朴将见素接回家中，悉心关怀他，大喜也还爱着他，见素很受感动。抱朴在一系列大灾难面前，深入地思考着人类的苦难，反复阅读《共产党宣言》，眼界开阔了。含章一直被赵炳保护着，可同时被他占有。她想自杀，又想报仇，面对李知常的爱更加矛盾和痛苦。一天她拿着锋利的剪刀刺进了赵炳白胖的肚子，鲜血流出，吓坏了含章。结果赵炳被救活，含章进了监狱。抱朴兄弟才知道妹妹二十几年的遭遇，悲愤不已，将一份起诉书交给了法院。知常仍等着含章，直到她出来。抱朴他们在东莱子国的城墙边上谈论着悠远的历史和迷离的未来。

（人民文学出版社 1987 年版，翟兴娥编写）

何立伟

HE LI WEI

1954 年生于湖南长沙。1971 年参加工作。1978 年毕业于湖南师范学院中文系。先后从事过工人、教师等工作。后调入长沙市文联。1985 年加入中国作家协会。现为湖南省作家协会副主席，长沙市文联主席，《创作》杂志社主编。

1981 年开始发表文学作品。出版有中短篇小说集《白色鸟》《小站》《小城无故事》《天下的小事》《老康开始旅行》《老何的女人》，长篇小说《你在哪里》《像那八九点钟的太阳》，散文漫画集《何立伟漫画与戏语》《失眠的星光》《情文情画》《亲爱的日子》等。《白色鸟》获 1984 年度全国优秀短篇小说奖。

白 色 鸟

夏天到来，

令我回忆。

——外国民歌《夏天的回忆》

设若七月的太阳并非如此热辣，那片河滩就不会这么苍凉这么空旷。唯嘶嘶的蝉鸣充实那天空，云和风，统不知趁到哪个角弯里去了。

然而长长河滩上，不久即有了小小两个黑点；又慢慢晃动慢慢放大。在那黑点移动过的地方，迤逦了两行深深浅浅歪歪趔趔的足印，酒盅似的，盈满了阳光，盈满了从堤上飘逸过来的野花的芳香。

还格格格格盈满清脆如葡萄的笑音。

却是两个少年！一个白皙，一个黝黑，疯疯癫癫走拢来。那白皙的，瘦，着了西装的短裤，和短袖海魂衫。皮带上斜斜插得有一把树丫做好的弹弓。那黝黑的呢，缺了一颗门牙，偏生却喜欢咧开嘴巴打哈哈；而且赤膊。夏天的太阳，连他脚趾缝都晒黑了，独晒不黑他那剩下的一颗门牙。同时脑壳上还长了一包疖子，红肿如柿子的疖子。

少年边走边弯腰，汗粒晶晶莹莹种在了河滩上。

"唉呀，累，晒死人呐！"

"就歇歇憩吧。城里人没得用。"

在高高的河堤旁，少年坐下来歇憩。鼻翅一扇一扇。河堤上或红或黄野花开遍了，一盏一盏如歌的灿烂！就把两只竹篮懒懒扔在了足旁。紫色的马齿苋，各各有了大半篮。这马齿苋，乡下人拿来摊在门板晾晒干了，就炒通红通红的辣椒，嫩得很，爽口得很。城里人大约是难得一尝的。故而那白皙的少年，也就极喜欢外婆喷喷香香炒的马齿苋干菜，咽绿豆稀饭。外婆呢，自然淡淡一笑："这伢崽！"

"扯霸王草?"黝黑的少年提议道。

"要得，要得!"

"输了打手板心?"

"打手板心就打手板心。"

便一来一去扯霸王草。输赢并不要紧的，所要的是快活。蝉声嘶嘶嘶嘶叫得紧。太阳好大。

待这游戏玩得腻了，又采马齿苋。满满的一篮子了，再也盛不下一点点了，就又坐下来歇憩。那白皙的少年解下弹弓，捡了颗石子努力一射，咚地在那河心地方，就起了小小一朵洁白水花。

"哎呀好远!"

"我要射过河去。"

"吹牛皮。"

"我才不吹呐。"

而那河水，似乎有了伤痛，就很匆遽地流。粼粼闪闪。这是南方有名的一条河，日夜地流去流来无数美丽抑或忧伤的故事，古老而新鲜。间常一页白帆，日历一样翻过去了，在陡然剩下的寂寥里。细浪于是轻轻腾起，湿津津地舔着天空舔着岸。有小鱼小虾蹦蹦跳跳。卵石好洁净。

"我现在要考一考你。"白皙的少年说。

"考么子? 最不喜欢考试!"

"你看出来左边的岸和右边的岸，有哪样不同?"

"左边有包谷地，右边没有。"

"不是问这个呐。"

"左边……有个排灌站，右边没有。"

"不是问这个呐!"

到后来那黝黑少年终于摇脑壳了。

"唉呀你，看呐，左岸要平一些，右岸要高一些。还没看出来?"

"吔，吔，真的咧!"

"这里头有道理。你晓得啵?"

又把那生了疖子的脑壳摇来摇去：

"讲吵，晓得就讲吵。"

"我表哥，他讲这是地球自己转动造成的!"

"啧，啧，你晓得好多道理。"

白皙的少年于是笑了。乌黑眼瞳熠熠地亮。然而忘记了，采马齿苋却是那乡下少年教会了他的；还教会了他如何烧包谷吃，如何钓麻拐（田鸡）……人各有自己的聪明与骄傲，奈何不得的。

蝉声稍稍有了歇止。

"好安静。"

"是咧。"

"采了这样多马齿苋，回去外婆会高兴咧！"

"当然啰。表扬你做得事。"

那白皙少年，于默想中便望到外婆高兴的样子了。银发在眼前一闪一闪。怪不得，他是外婆带大的。童年浪漫如月船，泊在了外婆的臂湾里。臂湾宁静又温暖。

却忽然一天，外婆就打起包袱到乡下来了。竟不晓得为什么。

方才吃午饭时候，有人隔了田塍喊外婆，声音好大。待外婆回来，就带了这黝黑的少年——他的朋友，叫他们一起去玩，远远地到河边上去玩。采马齿苋，划水，随便。总之要痛快玩它一下午。"听话，莫出事，没断黑不要回来。"一人给了一只大竹篮。其时头上太阳，正如烧红的一柄烙铁。白皙的少年好高兴，同时又惊讶。因为平日的下午，外婆一定逼他睡午觉，一定不许他出来玩。然而今日全变了。外婆你几多好！

蝉声又抑扬了起来。一只两只野蜂在头上转，嗡嗡营营。

黝黑的少年于是说："划水好啵？划到对岸去。"

"好的。"眯了眼睛望对面绿色的岸，和远远淡青的山，"好的，好的。"

"比赛？"

"比赛。"

"输了是狗变的？"

"狗变的就狗变的。"

黝黑的少年便笑了。缺了门牙的笑很羞涩很动人。

因此扑通地一齐扎到河里头去。河水清凉又温柔。轻轻托起一黑一白赤条条两个少年；轻轻忽开忽谢着一朵一朵漂亮水花。那城里来的少年，几乎呛水了。因为他想要笑，因为他看到他的朋友，游泳的姿势应当叫做"狗爬式"，几多滑稽。又还从那缺了牙的口里，噗噗地朝他喷水。远处一页白帆，正慢慢慢慢吻过来。真好玩，真快活。

并且这边的岸，景致又不同。是泱泱的一片水草咧。水草好葳蕤。后面呢则是芦苇林。汪汪的绿着，无涯绿着，恰如了少年的梦想。

"咦呀！这地方，几多好看。"

"城里来的才讲它好看。"

赤条条的少年站在岸上。一个白皙，一个黝黑。头发湿漉漉的，情绪倒比天空还要晴朗。

然而那白皙的少年，陡然闷声一喊，就朝后面倒退数步，踉踉跄跄。

——水草里头有条蛇!

"莫怕,"黝黑少年说,"莫怕,水蛇。"

同时猫腰下去,极快地捉住蛇尾随手一扬,那蛇便如闪电,倏忽落在了河里头。好吓人。白皙的少年出了大半身汗,立即对他的朋友生出了景仰。

朋友就又问他:"你眼睛好不好?"

"右边是一点二。"

"莫怕。明日我捉了金环蛇银环蛇,取了胆来给你吃,包你眼睛就好!"

自然又凭添了若干的景仰。看到那缺了的门牙像小小一眼鼠洞,便觉得又亲切,又好笑。

刚刚的还要讲几句话,朋友忽然竖起食指止住了,耳语道:"莫做声,快看。""什么?"

"那边。"

"——咦呀!"

在那边,白皙的少年看见了两只水鸟。雪白雪白的两只水鸟,在绿生生的水草边,轻轻梳理那晃眼耀目的羽毛。美丽。安详。而且自由自在。

什么时候落下来的呢?

白皙的少年想:唉呀,要是把弹弓带过河来,几多好!然而立即又自行取消了这法西斯主义。因为那美丽和平自由生命,实在整个的征服了他。便连气也不敢大声地喘了。

四野好静。唯河水与岸呢呢喃喃。软泥上有硬壳的甲虫在爬动,闪闪的亮。水草的绿与水鸟的白,叫人感动。

"要捉住就好咧。养起它来天天看个饱。"黝黑的少年悄声道。

"不。"

"你不喜欢?"

"比你喜欢得多!"

黝黑的一笑,也就哑默无语了。疖子隐隐地痛。

那鸟恩恩爱爱,在浅水里照自己影子。而且交喙,而且相互地摩擦着长长的颈子。便同这天同这水,同这汪汪一片静静的绿,浑然的简直如一画图了。

赤条条的少年,于是伏到草里头觑。草好痒人,却不敢动,不敢稍稍对这画图有破坏。天蓝蓝地贴在光脊的背。

空气呢在燃烧。无声无息,无边无际。

忽然传来了锣声,哐哐哐哐,从河那边。

"做什么敲锣?"

"啊呀,"黝黑的少年,立即皮球似的弹起来,满肚皮都是泥巴。"开斗争会!今天下午开斗争会!"

啪啦啪啦,这锣声这喊声,惊飞了那两只水鸟。从那绿汪汪里,雪白地滑起来,悠悠然悠悠然远逝了。

天好空阔。夏日的太阳陡然一片辉煌。

(原载《人民文学》1984 年第 10 期)

中国当代
乡土小说大系

SERIES OF CONTEMPORARY
RURAL STORIES IN CHINA

第一卷 （1979—1989） 下

主编 白烨

副主编 舒楠 兴安

农村读物出版社

目 录
Contents

目　录
Contents

第一卷（下）

贾平凹

JIA PING WA

原名贾平娃。1952 年出生。陕西省商洛市丹凤县人。1975 年西北大学中文系毕业后任陕西人民出版社文艺编辑、《长安》文学月刊编辑。1979 年加入中国作家协会。历任中国作家协理事，陕西省作家协会副主席、主席，西安市文联主席，西安建筑科技大学人文学院院长，西安美术学院兼职教授，《美文》杂志主编。

1973 年开始发表作品。出版的作品各种版本达 300 余种。主要有中短篇小说集《兵娃》《姐妹本纪》《山地笔记》《野火集》《商州散记》《小月前本》《腊月·正月》《天狗》《晚唱》，长篇小说《商州》《浮躁》《妊娠》《逛山》《油月亮》《美穴地》《废都》《白夜》《土门》《高老庄》《州河》《黑氏》《怀念狼》《病相报告》《秦腔》《高兴》《情劫》，自传体长篇《我是农民》、散文集《月迹》《爱的踪迹》《心迹》《贾平凹长篇散文精选》《坐佛》《朋友》《我的小桃树》、诗集《空白》以及《平凹文论集》《贾平凹文集》（18 卷）等。小说《满月儿》获 1978 年全国优秀短篇小说奖，《腊月·正月》获 1983—1984 年全国优秀中篇小说奖，散文集《爱的踪迹》获 1995—1996 年全国优秀散文奖，《贾平凹长篇散文精选》获第三届鲁迅文学奖，长篇小说《秦腔》获第七届茅盾文学奖。

天　狗

井

　　如果要做旅行家，什么茶饭皆能下咽，什么店铺皆能睡卧，又不怕蛇，不怕狼，有冒险的勇敢，可望沿丹江往东南，走四天，去看一处不规不则的堡子，了解堡子里一些不伦不类的人物，那趣味儿绝不会比游览任何名山胜地来得平淡。

　　《旅行指南》上常写：某某地"美丽富饶"。其实这是骗局，虽然动机良善可人。这一路的经验是，该词儿不能连缀在一起：美丽的地方，并不如何富饶，富饶的地方，又不见得怎么美丽，而美丽和富饶皆见之平平的，倒是最普遍的也是最真实可信的。这堡子的情形便是如此。

　　之所以称作堡不称作村，是因早年这一带土匪多，为避祸乱，孤零零雄踞在江边的土疙瘩塬上。人事沧桑，古堡围墙早就废了，堡门洞边的荒草里仅留有一碑，字迹斑驳，暮色里夕阳照着，看得清是"万夫莫开"四字。居家为二百余户，皆秦地祖籍，众宗广族却遗憾没有一个寺庙祠堂。虽然仍有一条街，商业经营乏于传统，故不逢集，一早一晚安安静静，倘有狗吠，则声巨如豹。堡子后是贯通东西的官道，现改作由省城去县城的公路，车辆有时在此停留，有时又不停留，权力完全由司机的一时兴致决定。

　　路北半里为虎山，无虎，石头巉巉。石头又不是能燃烧的煤，所生梢林全砍了作炭作柴，连树根也刨出来劈了，在冬天长夜里的火塘中燃烧。生生死死枯枯荣荣的是一种黄麦管的草，窝藏野兔，飞溅蚂蚱，七月的黄昏孩子们去捕捉，狼常会支着身坐在某一处，样子极尽温柔，以为是狗，"哟，哟，哟"作唤狗的招呼，它就趋步而来；若立即看见那扫帚一般大的拖地长尾，喊一声"是狼！"这野兽一经识破，即撒腿逃去。

　　丹江依堡子南壁下哗哗地流，说来似乎荒唐，守着江，吃水却很艰难。挑水要从堡门洞处直下三百七十二个台阶，再走半里地的河滩。故一到落雨季节，家家屋檐下要摆木桶、瓷盆，叮叮当当，沉淀了清的人喝，浊的喂牛。于是这二年兴起打井，至少十丈深，多则三十丈。有井的人家辘轳吱咀咀搅动，没井的人家听着心里就空空地慌。

有井的都是富裕户。富裕的都是手艺人家，或者木匠，或者石匠。本来人和人差异是不大的，所以他们说不上是聪慧，也不能说是蠢笨，一切见之平平的堡子既没有得天独厚的条件发展经济，又没有财源茂盛通达四海的副业可做，身怀薄艺倒是个发家致富之道。打井，成了新兴的手艺人阶层的标志，是利市，是显富，是一项伟大的事业。

打井的李正由此应运，数年光景，竟成就了专有的手艺，为别人的富裕劳作而带来了自己的富裕，并把式日渐口大气粗，视自己的手艺如命符。又曾几何，故作高深，弥布神秘，宣布水井三不打：不请阴阳先生察看方位者不打；不是黄道吉日不打；茶饭不好、工钱低贱、小瞧打井把式的不打。俨然是受命于天，降恩泽世的真人一般神圣。

堡子里的人没有不对他热羡的，眼见着他打井如挖金窖，好多父母提了四色重礼，领着孩子拜师为徒，这把式，却断然拒绝。

"这饭不是什么人都可吃的！"

"孩子是笨，下苦好。"

"这仅仅是下苦的事吗？"

把式说这话，拜师者就噎住了，再要乞求，把式就说一句"我家是有个五兴的"作结。五兴是把式的独子，现在还在上中学，那意思很明白，手艺是不外传的。

把式的女人看不惯把式这样不讲情面。男人可以在外一意孤行，女人则是屋里人，三百六十五天要和街坊邻居打交道，想得就周全，担心这家人缘会倒，每日用软言软语劝丈夫，也不同意五兴废了课业来"子袭父职"。劝说多了，把式就收了天狗作徒，但有言在先：只仅仅作下苦帮手，四六分钱，技术是不授的。

天狗是穷途末路之人，三十六岁，赚不来钱娶妻成家，拜人为师，自然言听计从。此角色白脸，发际高而额角饱满，平日无所事事，无人管束，就养有逮兔、钓鱼、玩蚂蚱的嗜好，天生的不该是农民的长相和德行，偏就作了万事不如人的农民。

六月初六，不翻历书也是个好日子，师徒二人往堡子东头胡家打井。头天晚上，女人就点了一支蜡烛在中堂，蜡烛燃尽，突又绣出一个小小的烛花胎柄，心里兴奋，清早送师徒出门，却又放心不下叮咛一番，说话间，眼泪就扑簌簌流出来了。

天狗看见师娘落泪，心里就怦然作跳，默念这是一尊菩萨。三十六年来他虽是童男身子，什么事理心上却也知晓，明白这女人的眼泪一半为丈夫洒的，一半却是为他。师娘待他总是认作没有成人的人、一只小狗。他就圆满着师娘的看法，偏也就装出一脸混混沌沌天地不醒的憨相。

果然师娘说："天狗，你是'门坎年'呢……"

没事的，天狗说他腰里系有红裤带，百事无忌。"师傅是福人，跟了他天地神鬼不撞的。"

在胡家，师徒坐在土漆染过的八仙桌边，主人立即捧上茗茶，两人适意品尝，院子里的气氛就庄严起来。一位着黄袍的阴阳师，头戴纸帽，手端罗盘，双脚并着蹦跳，样子十分滑稽。天狗想笑，看师傅却一脸正经，笑声就化作痰咔出来。阴阳师定了方位，便口嚼清水，噗地喷上柳叶刀刀，闭目念起"敕水咒"来。咒很长，主人在咒语的声乐里洒奠土地神位，师傅就直着身子过去，阴阳师问："有水没?"师傅答："有了水。"再问一句："什么水?"再答一句："长江水。"�的一声，师傅的镢头在灰撒的十字线上挖出一坑。天狗寻思，堡子就在江边，什么地方挖不出水?! 心里直想笑。

以十字灰线画出直径二尺的圆圈，挖出半人深，这叫起井，不能大，不能小，圆中见手艺，由师傅完成。完成了，师傅跳上来在躺椅上平身，喝茶吸烟，天狗就下去按师傅的尺码掘进。天狗手脚长，收缩得弓弓的，握一柄小镢，活动的余地太小，成百成千次用力使镢，很不得劲，是一项窝囊的劳作。越往深去，人越失去自由，像是一只已吐完丝的蚕，慢慢要将自身裹住气绝作蛹。下深到三丈五五，世界为之黑暗，点一盏煤油灯在井壁窝里，天狗的眼睛渐渐变成猫的眼睛，瞳孔扩大，发绿的光色，后来就全凭感觉活着。

洞上的院子里，许多四邻的人来看打井。把式交识的人广，就十分忙，忙着喝茶吃烟;忙着讲地里的粮食收得够吃，要感激风调雨顺，感激现今政府的现今政策;忙着论说水井的好处，哪个木匠的井是十五丈，哪个石匠的井是二十丈，滚珠轳辘，钢丝井绳;忙着和妇女说趣话，逗一位小妇人怀里的婴儿，夸道婴儿脸白目亮，博取小妇人的欢悦。总之，有天狗这个出苦力的徒弟，师傅的工作除去起井和收井的技术活外，井台上他是有极过剩的时间和热情来放纵得意的。

天狗在井洞作死囚生活，耳朵失去用处，嘴巴失去了用处;为了不使自己变得麻木，脑子里便作各种虫鸟鸣叫的幻觉来享受。虫鸟给他唱着生命的歌，欢乐的歌，天狗才不感到寂寞和孤独。企望着师傅在井口唤他，上边的却并不体谅下边的，只是在井口忙着得意的营生，师傅待天狗不苟言笑，用得苦，天狗少不得骂师傅一句"魔王"。停下来歇歇，看头顶上是一个亮的圆片，太阳强烈的时分，光在激射，乍长乍短，有一柱直垂下来，细得像一根井绳。天狗看见许多细微的东西在那"绳"里活泼泼地飞。他真想抓着这"绳"也飞上去。天狗突然逮到了一种声音，就从地穴里叫道：

"五兴，五兴！"

五兴是从县城中学回来的。学校里要举办游泳比赛。这小子浮水好，却没有游泳裤衩，赶回来向爹讨要。打井的把式却将他骂了一顿，说要水还穿什么裤子，真是会想着法子花钱！"念不进书就回来打井挣钱！"五兴在娘面前可以逞能，单单怕爹。当下不作声，蹲在一边嘤嘤地哭。

天狗的声沉沉地从井洞里出来，把式就吼了一声："尿水子在流?!"自个下井去换徒弟，又嚷道井筒子不直。

天狗从井洞里出来，像一具四脚兽，一个丑八怪，一个从地狱里提审出的黑鬼。五兴一见他的样子，眼泪挂在腮上就笑了。

"五兴，你作什么哭，你是男子汉哩！"

"我爹不给我买裤衩，要我停学回来打井。"

"你爹是说气话呢。"

"爹说啥就是啥，他说过几次了。你给我爹说说，天狗哥。"

"叫我什么？我是你叔哩！"

五兴很别扭地叫了一声"天狗叔"。

大娃头满足地笑了。一抬头看见矮墙头的葫芦架上，跳上来一只绿翼蝈蝈，鼓动着触器嘶嘶地叫。一时旧瘾复发，蹑脚过去猛地捉了，给五兴玩去。把式的儿子也是顽皮伙里的领袖，抓逗蚂蚱、蝈蝈之类的班头，当下破涕为笑，回家向娘告老子的状去了。

师傅又爬出井，天狗又换下去。后来井口上就安了辘轳吊土。土是潮潮的，有着酸臭的汗味。天黑时分拉上一筐来，里面不是土，是天狗坐在筐里。一出来就闭了眼睛，大口吸着空气，赤赤的前胸陷进一个大坑，肋条历历可数。

一口井打过三天，师傅照样多在井上，而徒弟多在井下。师傅照样是忙，多了一层骂老婆和骂儿子的话。骂到难听处，胡家的媳妇说："让儿子念书到底是正事，韩玄子家两个儿子都写一笔好字，在县上干国家事哩。"把式说："念书也和这打井一样，好事是好事，可不是什么人都能干的，即使书念成了，有了国家事干，那三个月的工资倒没一个井钱多哩。"胡家媳妇说："那是长远事呀！"把式再说："有了手艺，还不是一辈子吃喝?!"说完就嘿嘿地笑，奚落那媳妇看不清当今社会的形势和堡子的实际。

胡家媳妇以和为贵，也不去论曲直是非，收拾好了井台，打出一桶清亮亮的水喝了半瓢，把一百二十元的工钱交给了李正。回转身看天狗，天狗却早走了。天狗听说五兴还没到学校去，就惦记着家里那几笼红脊背的蝈蝈，要拿给五兴显夸。

天狗的家门朝西，晚霞正照射在墙檐上。编织得玲珑精巧的六个蝈蝈笼——四个是竹篾的，两个是麦秆的——一起在黄昏的烦嚣里嘶鸣。天狗喜欢这类小生命，也精于饲养，没学打井之前，他干完地里活就在家闲得无事，口也寡淡，耳也寡淡，这蝈蝈之声就启示着他自得其乐的独身生活观念。如今打井归来，舒展展地在炕上伸一个硬挺，听一曲自然界的生命之音，便深感到很受活。这实在有诗的味道，可惜天狗文化太浅，并不知道诗为世间何物。

不用找，五兴倒寻上门了。这小子学习上不长进，玩起来倒会折腾，看见六个笼里的蝈蝈唱六部散曲，心热眼馋，忘记了自己的烦恼，竟将所有的蝈蝈集中到一个竹笼里，欣赏动物界的联合演出，果然就热闹非凡，声响比先前大了几倍。

"天狗叔，"徒弟的徒弟说，"这么多蝈蝈，你能说清哪一只是母的吗？"

天狗说："能的。"

"是哪一只？"

"你去取个镜子放在那里，跳上镜面的就是母的，其余的就是公的。"

五兴乐得直叫。这时节，就听得堡子的南头有人喊"五兴"，五兴才想起要执行的任务，说："天狗叔，我娘是让我来叫你吃饭的。"天狗说："你个要嘴的猴精，你娘哪里是在喊我？"五兴就急了，发咒说："谁哄你叫上不成学！"天狗就换了衣服厮跟着去了。

到了师傅的门口，那女人果然一见儿子就骂："牛吃草让羊去撵，羊也就不回来了？！"

天狗说："五兴就迷我那蝈蝈。"

女人拿指头点天狗的圆额角，说："你什么时候才活大呀，三十六的人了，跟娃娃伙玩那个！"

天狗在这女人面前，体会最深的是"骂是爱"三个字，自拜师在这家门下，关系一熟，就放肆，但这种放肆全在心上，表现出来却是温顺得如只猫儿，用手一扑索就四蹄儿卧倒。也似乎甘愿做她的孩子，有几分撒娇和腼腆，其实他比这菩萨仅仅小三岁。当下心里说："你怎么不给我物色一个呢，有了女人我就长大了。"

饭桌上，师傅吃得狼吞虎咽。这把式是硬汉子，在妻子、徒弟面前自尊自大，一边剥脱了上衣很响地嚼着菜，一边将桌上的两沓钱，一沓推给天狗，一沓推给女人，说："给，把这收下！"口气漫不经心，眉眼里却充满了了不起的神气。女人就把钱捏在手里。五兴给娘说："娘，这么多钱，给我买个游泳裤吧。"做老子的就瞪了眼："算了算了，指望你还能成龙变凤，你瞧瞧，天狗跟我三天，四十八元钱也就到手了。"女人叹了一口气，给儿子拨了一些菜，打发到院里去吃。

天狗觉得没了意思，饭也吃着不香，虚汗湿了满脸。女人让天狗把衫子脱了，天狗不肯，女人就说："这么热的天，是焐蛆呀?"硬要他脱下不可。

做丈夫的生了气，说："你这人才怪! 不脱就不热嗮，哪儿有你这样的人!"说罢也不看天狗。

女人尴尬，天狗更尴尬，三个人默默吃了一阵。女人直担心天狗要放下碗，就把菜往天狗的碗里拨，天狗忙起身说吃好了，和师傅说话。

"师傅，堡子南头来顺家的井几时去打呀?"

"人家没口信。"

"我夜里去问问。"

"罢了，他找上门再说。你回去，到时我来叫你。"

天狗起身走了，女人送到院门口，说："早早歇着。"天狗说："嗯。"女人又说："没事了，就过来坐。"天狗还是"嗯"。走出很远回头一看，女人还站在门口。

天狗回到家里，夜里没有睡稳。无论如何，他是很感激这一家人的。师傅给了他赚钱的出路，师傅的女人又给了他体贴。对于一个健全的男人，天狗不免常会想着世上女人的好处，但一切皆缥缈，是怎么个好，好到如何程度，他缺少活生生的感受。到了现在，天狗急切切需要一个女人在他身边了，虽然他已经过了生理最容易冲动的饥饿年龄。

人一旦被精神所驱使，就忘却饥饿，忘却寒暑，忘却疲劳和瞌睡。这时的天狗就达到了这种境界。他的心、脑、血液和四肢都不肯安静，就从屋里走出来，提了他的蝈蝈笼子，走到街上，要做一种是悠闲也是无聊的夜游。

街上站着许多人，清一色的妇女。妇女是这个堡子最辛劳的人，往往在服侍了男人和孩子睡眠之后，她们还要纺织浆洗，收拾柴火，或者去河边挑水。但现在好多人家有了水井用不着再去挑水。这些妇女手里又没有什么活计，却都拿了擀面杖往堡下的江边去。天狗猛地明醒了什么，拉住一个妇女问道："要月蚀了吗?"

回答是肯定的："可不，天狗要吞了月亮!"

"天狗吞月"，这在当今城镇里的人眼里，只不过是平淡无奇的天文现象，这堡子里的人也多少知晓。但是，传统的民间活动，已经超越了事件本身的范畴而成为一种象征的仪式。这一现象并未失去神秘的色彩，从上古的时候起，堡子里的人都认为天狗吞掉了月亮，出门在外的人就会遭到不吉。于是妇女们就要在月亮快被吞掉之时，以擀面杖去江水里搅动，唱一种歌子，一直到月亮的复出。如今堡子的男人已不再为躲债而背井离乡，也不再逃匪乱远走高飞，但手艺人皆纷纷出去挣钱，家里的女人照例很注重这一天晚上的活动。

天狗看见了几乎所有手艺人的女人。

"师娘也在这人群中间吗?"天狗想着,看着妇女们走下堡子门洞,三百七十二个台阶上人影憧憧,天狗分辨不出。

门洞上的墙垣废了,荒草里有一块长条青石,天狗在上面坐下。三十六年前,堡子里一个男人出外逃丁,九月十二日夜正逢着今夜一样的月蚀,堡子里的活寡女人都去江边祈祷,那逃丁去了的妻子才到江边,肚子就剧疼,在沙滩上生下一个婴儿,这婴儿就是现在的天狗。爹娘死后,差不多已经有了好多次月蚀出现,天狗每每看着女人的举动,只觉得好笑。今夜里,手艺人的女人们又去江边祈祷,保佑丈夫吉祥,已经作了打井徒弟的天狗,陡然间一种伤感袭上心头。

他死眼儿看着月亮。

月亮还是满满圆圆。月亮是天上的玉盘,是夜的眼,是一张丰盈多情的女人的脸。天狗突然想起了他心中的那个菩萨。

江边倏忽唱起了一种歌声。歌声是低沉的,不易听清每一句的词儿,却音律美妙。天狗觉得这歌声是从天上降下来的,从水皮子走过来的,心中好笑的念头消失去,充满了神圣的庄严的庙堂气氛。月亮开始慢慢地蚀亏,然后天地间光亮暗淡,以致完全坠入黑暗的深渊,唯有古老的乞月的歌声,和着江水缓缓地流。

天狗默默地坐在石条上,闭住了呼吸,笼子里的蝈蝈也停止了清音。

一个人,站在了门洞下的石阶上,因为月亮的消失,她看不清走到江边的路;天狗也认不清失了路途的人的面目。这人在轻轻地唱着:

> 天上的月儿一面锣哟,
> 锣里坐了个女嫦娥,
> 有你看得清世上路哟,
> 没你掉进了老鸦窝,
> 天狗瞎家伙哟。

声调是那么柔润,从天狗的心上电一般酥酥通过。当她第二遍唱到"没你掉进了老鸦窝",夜空里果然再不黑得浓重,明明亮亮的月亮又露出了一角,那人就轻轻地笑了一下。

"师娘!"天狗看清了这女人,颤颤地叫一声。女人似乎也吃了一惊,抬头看见了天狗,说:"天狗,你怎么在这儿?"

"我来看你乞月的。"天狗也学会了说巧话,说过倒慌了,补一句,"师娘,你唱得中听哩!"女人骂道:"天狗,你别说傻话!"

天狗看见这女人有些愠怒,而且还要再往江边去,就说:"师娘,月亮已经出来了,你还去吗?"女人迟钝地站住了。

　　江边的歌声渐渐大起来，台阶上的女人又和着那歌声反复唱，天狗一时便觉得女人很美。今夜心里太受活，见了师娘越发不能自控，竟使起小小的聪明，认为这些女人万不该到江边水里去乞月看月出，手艺人家里都打了新井的，井水里看月复出，那不是更有意思吗？也就接口唱道：

　　　　　　天上的月儿一面锣哟，
　　　　　　锣里坐了个女嫦娥，
　　　　　　天狗不是瞎家伙哟，
　　　　　　井里他把月藏着，
　　　　　　井有多深你问我哟。

　　台阶上的那个就不唱了，说："天狗，天狗，你要烂舌头的！"石条上的说："师娘，我也需要一个月亮呢。"下边的那个就走上来，站在石条边："天狗，你可不敢胡唱，这是什么时候？你没有月亮我知道，我就是来给你师傅求的，也是给你求的。"天狗说："师娘说的可是真话？"女人说："说假话，让天狗把我也吞了！"说天上的天狗却与地上的天狗名字同了，女人觉得失口，不自在地说："我都急糊涂了！"

　　天狗却被冲动得完全忘却了在这女人面前的腼腆，又唱道：

　　　　　　天上的月儿一面锣哟，
　　　　　　锣里坐了个女嫦娥，
　　　　　　天狗心昏才吞月哟，
　　　　　　心照明了好受活，
　　　　　　天狗他没罪过哟。

　　"天狗，你是疯了？"

　　"师娘说天狗疯了，天狗就疯了！"

　　女人立时正经起来，不理天狗，天狗就软了，恢复了驯服腼腆的样子。女人见天狗老实了，就把一些重要事托付给他。

　　"天狗，你师傅近来有些异样了。"

　　"怎么个异样？为甚事吗？"

　　"他心重得很。先前没钱，钱支配着他，现在有了钱，钱还是支配着他。夜里回家常唠叨，挣上九十九，还要想法儿借一个，凑个整数，就嚷道不让五兴念书……你是他徒弟，你也好好劝说劝说你师傅。"

　　"五兴的游泳裤还没买吗？他已经几天没去学校了。"

　　"没有。五兴刚才睡时还在哭，你师傅又骂了他一顿。"

　　"我给师傅说说。"

　　"你快回去歇着吧，打了几天井，也不乏？月亮已经圆了，我要走了。"

　　女人说罢，悄没声地走了，她汇在了江边乞月归来的妇人群里，不可辨认了。街道上一阵人声嘈乱后，堡子里又沉沉静静。天狗并没有听从师娘的话，他不回去，守着那天上的月亮，慢慢地在长条石上睡着了。

菩萨脸一样的月亮照着。笼子里的蝈蝈得了夜的潮润，鸣叫清音，天狗没有听到。

黄 麦 管

"五兴，五兴！"

天狗一上堡子门洞，就看见五兴在前面街道上走，走得懒懒的；叫一声，这孩子瞥见是天狗，竟不作答，转身钻到小巷去再不出来。天狗觉得奇怪，偏是个好事的鬼头，追进巷里，五兴面壁而站，拿指甲划墙。

"五兴，犯什么病，叔叫你也不理！"天狗拿手去扳五兴的头，五兴却把天狗的手推开，说："天狗叔，你不要叫我，叫我我就要哭哩！"天狗就笑了："你这没出息的男子汉，还是为你爹不给买游泳裤生气吗？你瞧瞧，叔拿的什么？"天狗手里亮的是一件艳红的游泳裤。

五兴却并不显得激动，抬脚就走，天狗一把扯住，知道一定有了什么事故，连声追问。五兴说："这裤衩用不着了，我爹让我打井哩。"

天狗听了，就给五兴道着不是，怨怪自己还没有来得及完成师娘的重托，这井把式就专横独断了。"五兴，我给师傅说去，我和他打井能忙得过来，用不着叫你回来！"。

五兴说："我爹不会见你。"

天狗说："这你甭管，师傅在家吗？"

五兴说："爹不让我说给你。"

五兴虽小，却有他娘的德行，看着天狗，眼泪就流下来，天狗骂他"流尿水儿"。这孩子却说："天狗叔，你以后还让我去你家玩蝈蝈吗？"天狗点了点头，取笑这小东西尽说多余话，五兴却跑出巷再喊也不回头了。

天狗一脸疑惑，来到师傅的家门口，菩萨女人脸色有些浮肿，出来招呼他，当下心里着实慌了。说起五兴的事，女人长长出了一口气，一脸苦相。

"师傅呢，他怎么真的就不让五兴念书了？"

"他在来顺家打井，一早就走了。"

"师傅不是说要等来顺家请吗？"

"……"

"怎么没给我吭一声？"

女人看着天狗，说："天狗，你一点还不知道？"

"出了什么事？"

"他现在不是你的师傅了。他说他好不容易学了打井这手艺，不愿意让外人和他在一个碗里扒饭，要挣囫囵钱，就让五兴替了你……"

"这是真的?"

女人说："……昨日一早到今天，我就盼着你来，又害怕你来……"

天狗站在那里没有说话。他的眼睛避开了女人的脸，从口袋里摸出烟来点上，发现太阳光的照射下，落在地上的烟缕竟红得像蚯蚓的血。

矮墙那边的邻家院子，媳妇在井上吊水，辘轳把儿发出吱咂咂的呻吟。

"你把那裤子退了吧，天狗，你也再不要来见他，你墙高的大人，有志气，也不是离了他就没得吃喝的……"

天狗看着女人的痛苦，反倒不感到自己受了什么沉重的打击，越发懂得了这女人的好心肠，就沉沉静静地对女人笑笑，说："师娘，这没啥，师傅这么做，我想得开，我不恨他。他毕竟还领了我一年时间。现在我要离开他了，只是担心让五兴停学打井，这终不是妥事。五兴还小，总恋着这裤子，就留给他，我还是要常常来这边呢。"

女人很感激地送天狗出来，过门坎的时候，掉了几滴眼泪。槐树上的一只鹁鸪在叫，女人说："天狗，这鸟儿叫得真晦气，你将它撵了去。"天狗最后一次听师娘的盼咐，一石子将鹁鸪打飞了。鹁鸪飞在他头上的时候，撒下一粒屎来，落在他的肩上。女人一边替他拍去，一边说："你再找找别的什么事干干，男子汉要有志气，要发狠地挣钱，几时有了钱物色了女的了，过来给我说一句，我给你料理。"

天狗苦笑笑就走了，但他并没有回去，却极快地走过了街道；他害怕街道上的人看出他的异样，信步出了堡子，一直上了后山，睡倒在密密的黄麦管草丛里。天狗长久地不动，想心思。

山梁上有割草的人，拉长声调在唱花鼓：

> 出门一把锁喂，
> 进门一把火喂，
> 单身汉子我好不下作喂。
>
> 床上摸一摸嘞，
> 摸出个老鼠窝嘞，
> 单身汉子我好不下作嘞。
>
> 锅洞里捅一捅哟，
> 捅出个大长虫哟，
> 单身汉子我有谁心疼哟。

天狗想，这单身汉子真恓惶，我天狗离了师傅，没有了惦我牵我的师娘；

先前也是胡胡涂涂过了，好容易得到了一点女人的疼怜，又从此失去，往后的日子怎么过呢？

山坡上起了风，风在草丛里旋转，天狗被黄麦管埋着。草原看来并不纷乱，根根纵横却来路清楚，像织就的一张网，网朝下是套住了他天狗，网朝上又套住了天。黄麦管在风里全部倒伏之后，天狗就显现出来。他又在作想："钱真是个坏东西，没它的时候，它让人狼狈不堪；有了它，它又这么无情地害人。"想着，心里闷闷的，天狗不是有愁睡不着的人，恰巧相反，越愁闷越瞌睡，竟睡着了。

远处的天边有了沉沉的雷声。

但雨并没有落下来，天狗一觉醒来，听见了一片快乐的清音。原来，他的腿上、胳膊上、整个胸膛上，爬满了绿翼红肚的蝈蝈。蝈蝈是不生分他的，顺手捉了几只，装在口袋里。天狗静静立了一会，突然获得了一种豁达的心境，就自己给自己那么笑笑，完全又是一个往日的天狗了。

在天狗的屋子里，天狗是不缺吃的，也不缺喝的，他只是缺钱没能娶个女人。天狗虽然没读过小说，但小说作者编造的那些故事，也有些能在天狗的生活里发生。比如，当他在蚊帐里躺着，喷出一口烟去，蚊帐顶上的蚊子在烟里翻动，天狗也会把蚊子看作仙鹤，消受那翩翩飞翔的乐趣。这时候，他就想起许多事，甚至骂过师傅，虽然师傅已不是他的师傅，但天狗惦念的却是师娘。故隔三隔四，天狗仍要去那个家的。

天狗有一件宝贝越来越不能离身，这就是蝈蝈笼子。每每一到这家门口，就戳弄得蝈蝈嘶嘶地叫，喊"五兴，五兴"。喊的是"五兴"，跑出来的却是另一个人。

"天狗，又是什么好蝈蝈？"

"师娘又忙甚事了？"

师娘说："天狗，玩蝈蝈可不是大人的事，你不会干点儿别的赚钱营生吗？"

天狗又总是腼腆地笑笑，心里却说："蝈蝈不是大人玩的，有做了孩子娘的却爱看嘛！"

"师娘，你要我干什么营生呢？"

"你是男人，你倒问我？！你攒不下钱，就是攒下了，这么浪荡上了心，看哪个女的嫁你，女人最小瞧浪子呢！"

这话说得正经八板，天狗就不言语了。

天狗十天里再没到师傅家来。他睡在自家的土炕上，百无聊赖，唱堡子里流传了几代的一首情歌：

庭当门上一树椒吧，

繁得股股儿弯了腰，
我去摘花椒。

长棍短棍打不到吔，
脱了草鞋上树摇，
刺把脚扎了。

叫声姐儿来把刺挑吔，
狠心的拿来锥子刨，
实实痛死了。

这歌子不能说是给师娘唱的，但也不能说不是给师娘唱的，反正天狗下了决心，要正经地干一样营生。他去拜木匠为师，木匠拒绝了；去拜泥瓦匠，泥瓦匠也不收他。匠人们有自己的儿子和女婿。在现今的农村，他们要保护和巩固他们自家长久得以富裕的手艺。于是天狗索性带了全部积存，上省城去了。

在堡子天狗是能人，能说能道能玩；到城里，天狗则不行。街道宽宽的，天狗却贴墙根走，街上谁也不认识他，他也眼睛羞羞的不敢看别人。师娘老说他是白脸子，在这里，天狗的脸就算不得白了。在城里人的眼光里，天狗是个十足的"家娃"。

当然，这一切袭来的惊恐和羞耻，主要来自他天狗自身。他也意识到了自己来到这个地方，首要的是自己得战胜自己。天狗可不是一名哲人，这种思考却大有哲学意味。

"城里的女人都是仙人。"天狗夜里睡在旅馆，脑子里充满了白天的见闻。"师娘才是一个女人。"这鬼念头一占据头脑，天狗就有天狗的逻辑。"仙人是在天上的，供人敬的拜的，女人才是地上的，是水，是空气，是五谷粮食。"天狗需要的是师娘这样的女人。

那一张菩萨脸是他心上的月亮，他走到哪里，月亮就一直照着他。第三天里，他看见许多人都在一家商店抢购一种衬衣，衬衣极其便宜，他便想到若买一批回去，一件加二元钱，堡子里的人也会一抢而空。天狗凭着山里人的力气，挤到了柜台前，但掏钱的时候，才发现钱被人偷去了。

天狗痴了，坐在车站独自流泪。无钱做营生，无钱买返回的车票，而且肚子饥得前腔贴了后腔。饥不择食，天狗沦落到去附近的食堂吃人剩饭。食堂服务员恶语相赶，他道了原委，一个女服务员才同情了他。

"那你怎么回去呀？"

"我不知道。"

"你愿意在这里帮忙刷碗吗？一天付你二元钱。"

天狗的命好，又遇到了菩萨女人，他于是作了临时工。

天狗干活是不偷懒的。但刷洗用的是抹布，连个刷子也没有。问起女服务员，回答说，城里什么都有，就是缺这玩意儿。天狗就笑笑，认为城里还是有不如山里的地方——那堡子后边的山上，满是黄麦管草，将草根扎成一束，他们世世代代就用它刷洗锅碗。但天狗没说出口，怕人家笑话。夜晚，食堂关门，别人下班，天狗就睡在车站候车室椅子上。

这天食堂关门之前，天狗以挣得的钱买了酒喝，喝醉了，趴在桌上成了烂泥。店里的人都怨怪这山里人。那女服务员则一一劝说，末了一个人守着店门等他醒来，因为让一个临时帮小工的夜宿店里，店规是不允许的。

天狗醒来，已是半夜，他已躺在了三个长凳拼成的床上，床边坐着一个娇小的女人。

"师娘！"天狗叫。

"还没醒吗，又说醉话！"

天狗立即就全醒了，从床上坐起来，悔恨交加，不敢看女服务员。

"这下醒了吗？"

"真对不住你……"

"醒了就好，你到候车室去吧，我也该回去了。"

女服务员锁了门。对于她的温柔、宽容、同情，天狗非常感激，同时，也感到自己作为一个男子汉的无能、龌龊、羞耻。

"我明日该回去了。"天狗说。

"车钱够了吗？"

"够了。"

"回去也好，你往后寻个事干吧，喝什么酒呢，你走吧。"

天狗却并没有走，木木讷讷地要说什么，却说不出来，天狗突然拙口了。女服务员已经走远，他才发急地叫了一声："我还想来的！"女服务员回头说："还来？"他说："你不是说城里缺锅刷吗？我们那儿满山都是黄麦管，用根做刷子好使着哩，我回去做一担来卖，行吗？"女服务员眼里放光了："这倒是门路，光城里饭店就需要的多了，天狗寻着钱路啦。"

天狗回到堡子，当真就在后山上挖黄麦管。山上的草窝是养天狗的心的，他可以打滚，可以赤着身子唱，还有在他身前身后飞溅鸣叫的蚂蚱、蝈蝈。

一担刷子，果然在城里卖了好价钱，城里人不知这是什么原料做的，问天狗，天狗不说。再一次回到堡子，又是在后山上刨草根。

山上来了好多孩子捉蝈蝈，五兴也来了，他当了小小的手艺人，说："天狗叔，你好久不去我家了。""我进城了。""进城要花钱，你有钱？""我也是手艺人。""什么手艺？""编刷子。一个卖一角钱。""天狗叔有钱了，就不到我家去了。"

天狗听了，心里就隐隐作痛，问道："五兴，你娘好吗？"五兴没听见，跑到一座坟头上嚷叫发现了一只红蝈蝈。

天狗突然很想五兴的娘，是这菩萨的话，才促使他天狗到城里寻了活路。当他再一次从城里返回时，就去了师傅家。

井把式并没有不好意思，因为天狗现在也是手艺人了，也挣了钱，做师傅的心里也就不存在内疚不内疚。女人是喜欢的，多少显出些轻狂，待天狗如贵宾，吃罢饭锅也不洗，坐在炕沿上和天狗说话：

"天狗，城里是什么鬼地方，烂草根也能卖了钱！"

"师娘，明日你也去刨黄麦管根吧。"

"我的爷，你好不容易寻了一个钱缝，我就挤一条腿去？"

"山上有的是草，城里需要的又多，我还怕你夺了我的饭碗？"

把式脸上就不自在了，喊五兴去打井水给他擦身。五兴趴在炕上正看一本书，听见了装着不理会。天狗说："五兴这孩子是个慧种，我还是我那老话，让他去念书的好。"

把式说："已经停学这段时间了，还念什么书？你瞧瞧，你现在也成了手艺人，钱挣那么多，我父子俩怕也顶不住你，还敢剩下我一个人？"

女人见天狗也说不通男人，就问城里的孩子都干什么，末了说："五兴脑子是灵，只是有些慌，孩子或许将来能干个大事，现在只好在地里打窟窿了。"

把式是听不得作践打井手艺的，何况在一个新发财的外人、自己原先的徒弟面前，就骂女人："打窟窿咋啦，就这打窟窿可以打一辈子，是给五兴留的铁打一样的饭碗！"骂过了，不屑地对天狗说，"天狗，你说是不？我这手艺长久，还是你那生意可靠？"

天狗说："当然师傅的长久，我这是抓个便宜现钱。可我也是没了办法，要是我天狗有文化，我肯定去育蘑菇了。你听说过吗，东寨子的王家育鲜蘑菇，存了三万元了。人家就是高中生，他弟弟又是医学院毕业的，提供技术，搞的是科学研究哩。"

井把式就不再吱声，吸了一阵烟，趿趿到院中的捶布石上想心事去了。

女人极快地给天狗挤挤眼，天狗懂得这女人眼里的话，也就到院里，把五兴叫出，说："五兴，你说想上学还是不想上学？"五兴说："想。"井把式却冷冷地说："我知道了。你去吧，咱家的井水浅了，下去淘一淘，淘出沙我在井上吊，水不到腿根，你不要上来。"

女人的脸都变了颜色，说："你是疯了，他一个人能淘了井？"井把式瞪了一眼，只是对五兴说："下去！"五兴不敢不下去。

这家人地处居高，井是深到二十二米才见水的，固井底是响沙石，水浸沙涌，水就不比先时旺。五兴脱了衣服，只留下裤衩，手脚分开，沿湿漉漉的井壁台窝下去，就像被吞食在一个巨兽的口里。三个大人站在井台，望着那地穴中的一潭水亮，看黑蜘蛛一般的孩子站在水里，一切都处于幽幽的神秘中。水声，吭哧声，即从那里传了上来。

辘轳将井绳垂下去，拉得直直的，力在颤抖中变硬，井把式把一筐沙石吊上来，井绳再垂下去。一筐，二筐……十筐，二十筐。井下的喊："爹，有一块大石头。"井上的说："淘出来！""石头太大，我装不到筐里。""装不进也要装！""爹，我手撞破了。""手离心远着哩。"井上的还说："好好淘，把嘴闭上！""我闭上了。""闭上了还说话?！"

作娘的不忍心了，扳住辘轳说："你要失塌了五兴?"男人把她推开了。

井台边已吊上了老大一堆沙石，把式的腿也站酸了，胳膊摇辘轳也乏了，坐下来吸烟。五兴还在井下干着，井壁上一块沙土掉下去，正好砸在他的腿上，五兴终于受不了，在下边呜呜地哭起来。天狗说："师傅，让我下去淘吧?"把式没言语，黑封了脸，让五兴上来，上来的五兴成了怪胎，坐在那里是一丘泥堆。

井把式说："五兴，知道了吧，打井不是容易的事，你要念书，你就去把墨水狠狠往里倒，若念不好，你就一辈子吃这碗饭！"

女人背过身抹了眼里的泪水，就钻进厦房的锅台上去刷碗。刚跨进那门坎，就听她锐声喊天狗来厦房地窖里舀包谷酒。天狗跑进去，见女人满脸生辉，就说："要喝庆贺酒啦，是谢师傅，还是谢我?"女人说："你说呢?"天狗揭了窖盖，要下去了，女人点着灯交给他，说："你瞧瞧，你这师傅，要说坏他也坏，要说好他也好。"天狗说："师傅是坏好人。"一缩身，钻进窖里去了。

秋　　天

九月三日，是天狗的生日。天狗属鼠，十二属相之首。三十六岁的门坎年里，却仍是一种忌讳影子般摆脱不掉，干什么事都提心吊胆。

去年的九月三日前几天，大姨就早早提醒着他。

说起来，天狗在这事上够可怜的。王家的里亲外戚，人口不旺，正人也不多，爹娘下世后，大半就断绝了来往；小半的偶有走动，也下眼看天狗不是个能成的人物，情义上也淡得如水。他是舅家门上最大的外甥，舅死的时候，他哭得最伤心，可给舅写铭旌，做第一外甥的天狗，名字却排不上。已经死去的三姨的儿子在县银行当主任，有头有脸有妻有子，竟替换了天狗，天狗那时很生气，人没了本事，辈数也就低了? 于是又跪倒在舅的坟前哭了一场。从此只和大姨感情笃。

大姨是天狗娘的姊妹里唯一幸存者，该老的人了没老，她说是"牵挂天狗"的原因。牵挂天狗，最牵挂的是天狗的婚姻。眼看着天狗三十五岁上婚姻未动，就更恐慌三十六岁这门坎年，便反复叮咛这一年事事小心，时时小心，并一定要天狗在生日这天大过，以喜冲凶，消灾免祸。

给天狗过生日的，不是别人，却是师娘。她前三天就不让师徒二人去打井，九月初三里七碟子八碗摆了酒席。席间，大姨从江对岸过来。她先去天狗家里未找到天狗，来这里看着席面，倒说了许多感恩感德的话。当时就将所带的挂面、面鱼放在柜上，又将一件衫子，一个红绸肚兜，一条红裤带交给天狗。这种以婴儿过岁的讲究对待三十六岁的天狗，天狗当场就笑得没死没活。大姨一走，他就要将这些东西让给五兴，师娘恼了脸，非叫他穿上不可。那神色是严肃的，天狗就遵命了。

现在，危险的一年即将完结，大姨又从江对岸过来，见天狗四肢强健，气血红润，念佛一般喜欢，说："看来你是个命壮的人，门坎年里没出大事，往后就更好了。"大姨说到快活处，就唠叨这王家总算没有灭绝，想起早死的姊妹，眼圈就红了。

"天狗，生日一过，就要动动你的婚姻了。阎王留姨在人世，姨不看着你成亲，姨就不得死去。你给姨说，这一年里，还没有物色着一个吗？"

天狗说："没有。"

姨说："姨给你瞅下一个，是个二婚，人倒体体面面，又带一个三岁娃娃，是春天离的婚，不知你可中意？"

天狗说："姨也胡涂了！我还见都没见过这人，怎么好说愿意不愿意？"

姨说："那你说说，你要啥样的女人？"

天狗支吾了半天，还是说不出口。大姨就拧了他的耳朵："这羞什么口？三十六七的人了，提说女人还脸红，心窍不开！"天狗在心里直笑大姨，天狗有什么不知道的！但听了大姨的话，却越发做出不好意思的样子，表明天狗是心实的人。不想弄巧成拙，大姨倒长出短叹，再不问他。天狗终于耐不住了，说："姨，有五兴娘好吗？"说完就屏住了气。

大姨说："没五兴娘的性儿软，却比五兴娘要年轻呢。天狗，你不懂女人，栽红薯要越大越好，讨女人是越小的越金贵哩。"

天狗做出没听懂的样子。

大姨就扳过天狗的肩，发现肩背的衣服裂了一个口子，拿针缝着，说："那寡妇有个娃，有娃也好，不是亲养的也不见得对咱不孝。我对那寡妇提说了你，人家倒愿意，只是说她娘家有个老娘和一个小兄弟，平日靠她养活。她要再嫁，得给娘家出些钱。你现在手里攒了多少？"天狗说："有三百。"大姨说："那是老虎嘴里的一个蝇子！你还要好好攒钱哩。"天狗心就凉了，说："既是这样，也就算了。"大姨倚老卖老，说："算什么着？这事你要不失主意！

你是不吃糖不知糖甜，女人好处多哩，白日给你做饭，夜里给你暖脚，给你作伴说话，生儿育女，你敢再打马虎？几时我来领你去相看人家，把人先订下，钱你慢慢攒。"

三天后，天狗去见了那寡妇，人虽不是大姨说的光彩照人，却也整头平脸。回来将这事说给五兴娘，菩萨欢喜异常，说："这总算有了着落，天狗，你咬着牙，这几个月多出些力，手头把自己吃喝刻苦些，好生攒钱。"天狗说："那女的就是心太重，她不是为着找男人，倒是寻债主的。"女人说："哎，做妇道的，就是眼窝浅；可也难怪，啥事妇道人家都得前前后后的想得实在啊。"天狗说："师娘就不是这样！"师娘就笑了，骂一声"天狗贫嘴"。天狗是贫嘴，天狗不会文绉绉说甜蜜话，冷丁就冒一句"酸话"，冒过了龇着白厉厉的牙笑。天狗又说："我跟她怎么总热火不起来？"女人瞧他说得认真，用白眼窝瞪着天狗："你嫌人家是寡妇？""这我倒不嫌弃。师娘，就是有比她再大的，只要人好，我还愿意哩！"话一出口，女人变了脸，天狗也觉得说漏了，两个人很是一阵别扭。女人就说她要去后山割黄麦管晒柴，天狗也便起身走了。

临出门，女人叫住天狗，说："天狗，夜里你擦黑就来，我给你擀长面吃。"

天狗说："哟，日子真是过富裕了，晚上也吃长面？"

女人说："不光长面，还有红鸡蛋呢！你想想，明日是什么日子？"

天狗猛地记起明日是自己的生日，脸就红了，说："师娘，我天狗没爹没娘，只有你记着我的生日，天狗不知怎么谢你呢！"

女人说："瞧瞧，贫嘴又来了，天狗学会了不实在！"

天狗说："我说的没一句不是心上来的。师娘，只要有你这一句话，天狗什么都够了。天狗能活九十九！至于过生日吗，我看算了，现在既然已经不是师傅的徒弟了，还要你操心？"

女人说："哟，媳妇八字还没一撇，就跟我说起外人话来了？怕也是我给你过的最后一个生日，等你成了家，明年我清清净净去你家吃那妹子擀的长面哩！今日无论如何要来，门坎年完了，也给你贺一贺！"

女人说着，眼里就媚媚地动人。没出息的天狗最爱见这眼光，也最害怕，他是一块冰做的，光一照就要化水儿了。

天狗回到家里，情绪很高。在屋檐下站着看了一阵嘶鸣的蝈蝈，就想着师娘的许多善良。想到热处，心里说，这女人必是菩萨托生，每个人来到世上都是有作用的，木匠的作用于木，石匠的作用于石；他师傅生来是作用于井，我天狗生来是作用于黄麦管，而这女人则是为了美，为了善，恩泽这个社会而生的。天狗如此一番的见地，自己觉得很满意。忽然又想，菩萨现时要到山后去割草晒柴，那么细脚嫩手的人，能割倒多少柴火，我怎么不去帮她？就拿镰往后山走去。

后山上的草遍地皆是，将近深秋，草叶全黄了。黄麦管一成熟，就变得僵硬，黄里又透了金的重色，风里沙沙沙作响。天狗站在草丛中，四面看着，却没见那女人出现，就弯腰砍割了一气，把三个草捆子扎起来立栽在那里了。他想等女人走来，出其不意地从草捆后冒出来，吓一吓她。

可是菩萨没有来。

天狗就拿了镰，走到一个洼子里的小泉边磨。水浅浅的，冲动着泉边的小草颤颤地抖，几只蚰蜒八脚分开划在水面，天狗的手已经接近了，它们还沉着稳健不动，但才要去捉，它们却影子一般倏忽而去。天狗用镰在水里砍了几砍，就倒在泉边的草窝里。看着一面干干净净的天，想着丹江对岸那个白脸子小寡妇，想着耸着奶子正在家擀长寿面的菩萨，心里就又一阵美，像是坐了金銮殿充皇帝老儿。天狗这些年里有了爱唱的德性，这阵心里便涌涌地想唱，便唱了：

> 想姐想得不耐烦呐，
> 四两灯草也难担呐，
> 隔墙听见姐说话吔，
> 我一连能翻九重山呐。

天狗唱完，兴致未尽，就又作想：这歌声谁能听到？于是就想起另一位，拟着口气唱道：

> 郎在对门喊山歌，
> 姐在房中织绫罗，
> 我把你发瘟死的早不死的唱得这样好哟，
> 唱得奴家脚跛腿软腿软脚跛，
> 踩不动云板听山歌。

唱过了，天狗也累了，一边拿眼看山下的路。路上果然跑过来一个人，天狗认出那是师娘，偏不起身，只是拿歌子牵她过来。那女人也就发现了他，立着大喊："天狗，天狗！"

声音有些异样，天狗就站起来了。

女人也看见了天狗，就用哭腔喊叫："天狗，快来呀，你师傅出事啦！"

天狗立时停了歌声，也停了笑，拔脚跑下去，女人说："你怎么到山上来了。到处找不着你！你师傅打井，井塌了，一块大石头把他压在下边，人都没办法救，你是打过井的，你快去救他啊，他毕竟做过你的师傅，天狗！"

天狗的血轰地上了头，扭身往堡子跑。女人却瘫在地上不能起来。天狗又过来架着她，飞一样到了刘家。刘家的院子里拥满了人。原来井打到二十五丈，出现一块巨石，师傅用凿子凿了眼，装炸药炸了，二次返下井去，石头是裂了，却掏不出那一块大的，便从旁边挖土，土挖开了，只说那石头还是不动，就在下边用撬杠撬，不想石头塌下去，将他半个身子压住了。井上的人都慌了，下去又不敢撬石头，害怕石头错位伤了把式的性命，消息报给五兴娘，女人就四处找天狗。

天狗当即下井，师傅已经昏死过去了，石块还压在下身。他一边喊着"师傅"，一边刨师傅身下的土，又急，又累，又害怕稍不小心石头再压下来，好不容易把师傅拉出来，血淋淋地背在身上爬上井台。

几天几夜的抢救，井把式的命是保住了，保不住的却是他腰以下的神经。一个刚强的打井手艺人，从此瘫在了炕上，成了废人。

做农民的，什么都不怕缺，就怕缺钱；什么都应该有，就是不敢有病。天狗的师傅英英武武打了几年井，如今打到这一步，这家人就完全垮了。女人在医院侍候了丈夫三个月，伤心落泪，眼睛肿烂，口舌生疮。天狗没有吃上那生日的长寿面，在后山上割倒的黄麦管柴火也让谁家的孩子背走了。他再没有上山刨黄麦管根，当然也再没有进省城。为了师傅的伤病，天狗和师娘背了把式住国营的医院，也找了民间的郎中。井把式还是站不起来。师傅的心也灰了，在炕上老牛似的哭，拿头往墙上撞。好说好劝，这要强心重的汉子才没有自尽，却日夜伤心悲观，把脑子也搞坏了，显得痴痴呆呆的。

几个月的折腾，女人就失去了往常的光彩，形容憔悴，气力不支，蹲下干一阵活起来，眼前就悠悠地浮一片黑云。更使她备受折磨的是家里的积蓄流水似的花去，日渐空虚，又不敢对丈夫半句高声，常在没人处哭。

天狗看着，心里如刀扎，想自己不能代替了师傅。师傅是有长久手艺的人，能代替他瘫在炕上，这个家就不会这般受罪；看着师娘如此可怜，比天狗自己瘫在炕上还要难受。可天狗不是这家的人，只能在炕头劝说师傅，在院里安慰女人。帮着种地、喂猪、出圈粪；出外请医生抓药，就拿自己的钱来支应。

一场事故，把人囫囵地改变了性格。井把式褪了专横，女人变得刚强，天狗说过："有了女人就长大了"，现没个伴他的女人，天狗也长大了。

这天，天狗又割了几斤肉和豆腐提来，女人说："天狗，你要总是这样，我也就恼了！这家里成了无底的黑窟窿，你有多少积存能填得满?!"天狗说："师娘，现在就不要说这些话，我一个人毕竟好将就。"

女人说："你也不是有金山银山，这么长时间也没去做刷子卖，你是另有什么手艺不成？你把钱花光了，那江对岸的女的怎么娶得回来？"

天狗没有给师娘说明。前天夜里，大姨又过江来找了他，说是那小寡妇有了话，问这边钱筹得怎样，若月底还是拿不出一千元，她就不再等了，有钱的几个光棍都在托媒了。天狗生了气，说："看谁钱多让她给谁去；我有一千元，一千元我天狗可以买十头猪给师傅补身子哩！"话说得难听，大姨好生骂了一顿，问他想不想要个儿子？天狗说得更粗野："我一千元放在那里，生的也是钱儿子！"大姨气得脸色煞白，吵了一夜，不欢而散。

师娘当然不知道这件事，还是说："天狗，眼看就是三月三乡会了，女婿都走丈人，你虽说没结婚，却也该到对岸那家去。这肉既然买回来，咱就不要吃，我夜里再蒸二十个馍，你明日提前去走走吧。"

天狗听了，一时心火上攻，竟忘记了自己是在这苦难的菩萨面前，焦躁地说："我不去！"

女人说："你敢胡说！"

瘫了的师傅在上屋土炕上全听见了，就敲着炕沿叫天狗，天狗进去，师傅说："你怎能不去？你想老死了做绝鬼?!"说罢拉天狗坐下，缓了口气又说："师傅现在是没用的人，别的话你可以不听，只要你听一句，明日乖乖去江对岸。这身上衣服也成油匠穿的了，夜里让你师娘洗一把，唉！"

天狗这才说了实话："人家早不成啦！"

说完也不再解释，走出门，一直从院子里走出去了。

井把式和女人倒一时愣了，末了女人就哭出声来。

夜里，师娘来到天狗的家里，问清了原委，知道一切因自家的拖累所致，就连连叫："造孽！"骂天狗不该为她家花了积存，又骂小寡妇认钱不认人，下贱坏子。天狗见女人骂自己，越发觉得这女人贤惠可敬。女人骂着骂着，就骂了自己，哭泣不止。

天狗立在那里倒真像个手足无措的孩子。

女人说："天狗，是我家害了你，这我和五兴爹一辈子有赎不完的罪。事情落到这田地，我家里是空了，你也空了，即使你天狗还有分文，我也不让你再往我家里贴赔。可这个家，有出的没入的，啥事都要钱，我思谋了，还是让五兴回来干干别的事吧。"

天狗说："师娘，这使不得。五兴先头耽误了几天学习，好不容易让他又复了学，就是再穷再苦，也不敢误了五兴的学业。"

女人怎不明晓这层道理。可妇道人家是一副软心肠，经天狗一番道理之后，同意了不让五兴停学。可回到家里，一进屋，眼看着狼狈不堪的丈夫，一颗心又转了。这对中年夫妇一夜没有睡好，一会决定让五兴停学，说停学好；一会又不让停学，说不停学好。拉屎撒尿做不了主，井把式就大声吸着鼻子，哭了，"这都是我害了你们娘儿，害了人家天狗，我怎么就不死呢！你给我买包老鼠药来，让我喝了，反正活着没用，也不花钱吃药了！"女人听了这话，两股眼泪流下，说道："他爹，你别说这话，家里人嫌弃你了吗？你就是睡在这里任事不干，你也是这一家的定心骨。你要再说这话，就是拿刀子杀我。你是还嫌我心没伤透吗?"男人就再不作声。

夫妇俩自结婚以来说了这最多的一场话,才各自深深体会到对方的温暖;生活的苦绳拴住了一对蹦跶的蚂蚱,他们谁也离不得谁。夜深了,油灯在界墙的灯窝里叭叭地响过一阵,油尽灯灭,女人重要点灯,男人说:"算了。"为了省下一根火柴和一盅油,黑夜里泪眼在闪着光。男人被平放着睡下了,失去知觉的双腿日渐萎缩,女人在被窝里为他揉搓,活动血脉,在扳着下身为男人翻了几次身后,女人就脱得光光的猫儿似的偎在丈夫的身边睡着了。睡到四更,女人突然被男人摇醒,她叫道:"你咋没瞌睡?"男人说:"我睡不着,我有一件事想给你说呢。"女人就坐起来,拥着被子,被子的一角湿漉漉的,是男人流下的眼泪。月光从窗棂里昏昏地照进来,女人看着丈夫一张被痛苦扭歪的脸。

男人说:"我好强了一辈子,也自私了一辈子。和你做夫妻了十几年,我没有好好待你,这是我现在一想起来就心愧的事。我现在是完了,到死也离不了这面土炕了。人常说'病人心事多',我是终日在想,啥事都想过了,想过死。你骂了我,你骂是对的,我也没脸面再去死,我就活着吧。可咱家里,总不能这样下去啊,五兴他娘!因此上我就思想,你可以不离开我,我还是你的男人,但世上都是男人养活女人,女人怎能养活了男人,那南北二山都有'招夫养夫'的……"

女人静静地听男人叙说,越听越有些害怕,听到最后,一把将井把式的口捂住了,说:"我不听,我不听,你睡在炕上胡想了些什么呀!"眼泪吧吧地掉在被面上。

招夫养夫,深山里是有这种习俗的。平日里菩萨女人也听说过这种事例,只当是一种新闻,一种趣谈。现在丈夫竟要她充当这事例中的角色,她浑身痉挛,抖得像筛糠。

男人见女人如此悲凄,自己也裂心断肠,长吁短叹,说:"我这样说,是我这男人的羞耻。可你不让我死,又不这样,你是让我睡在这里看你受苦受难,我不死在绳上药上,也会用心杀了我自己!"

女人就扑在男人身上,悲不成声:"只要为了你,我什么都可以做得,可你让我招夫,我到哪儿去招?哪个单身男子肯进咱的门?就是有人来,好了还罢,若是个坏的,待你不好,那我哭都没眼泪了!"

夫妇俩抱头哭到天明。天明的时辰,听见远远的后山上有狼的嗥声,犹如人在呼号。

清早,女人又要去后山割草晒柴,男人叮咛说到阳坡割,不要去阴洼,若遇见什么狗了,先"狼,狼!"叫喊试探,以防中了狼的伪装;若不慎惊撞了马蜂,万不要跑,用草遮了头脸就地装死。女人一一记在心上,走了。男人见女人一走，就在家大放了悲声，惊动了街坊。有人进来，他就求人去把天狗找来，说他有话要叙说。

天狗苦苦闷闷窝在家里，什么事也慌得捏不到手里，就无聊地编织起蝈蝈笼子来。三月的蝈蝈还没活跃，没有清音排泄他的烦愁，就痴痴看着空笼出神。他到了师傅的炕边，以为师傅又要说让五兴退学的事，便说："师傅，有我天狗在，我天狗就永远是你的徒弟，我不是那喂不熟的狗，我天狗是没大本事的，可我不会使师傅这一家败下去，无论如何，五兴要让他好好念书。"

师傅说："天狗，也怪我先前瞎了眼窝，没让你跟我继续打井。人就是这没出息的，只有出了事，才会明白，可明白了又什么也来不及了。你给师傅说，江对岸那小寡妇真的吹了？"

天狗说："吹了，那号女人只盯钱！甭说她不愿意了，就是她那德性，十七、十八的开的是一朵花，我走过去拾一片瓦盖了理也不理。你想想，要是师娘也是那样的人，她不知早离开你多长日子了。"

师傅说："唉，你师娘是软性子，受了我半辈子气，可她心善啊，逢着这样的老婆，我李正什么也就满足了。可如今，她受的苦太重，毕竟是一个妇道人家，地里没劳力，里外没帮手，不让兴退学吧，要吃要喝又要花钱，还加上侍候我这废人，一想到这，我心就碎了。天狗，我想让她走一条招夫养夫的路，你实话对我说，使得使不得？"

天狗听了，心里不禁一阵疼。伤残使师傅变成了另一个人。作出这般决定，师傅的心里不知流过了多少血？不行，不行，天狗摇着头。可不走这条路，可怜的师娘就跳不出苦海，天狗头又摇起来。天狗没有回天力，只是拿不定主意地摇头。两人沉默了半天，天狗说："师傅，这事你给师娘说过？"

师傅说："说不通。可从实际来看，这样好。这又不犯法，别人也说不上笑话。你说呢？"

天狗说："那有合适的人吗？"

做师傅的却不作答，为难了许久，拉天狗坐近了，说："作难啊，天狗，谁能到这里来呢？你师娘一听我说这话，就只是哭。我想，你师娘那心肠你也是知道的，这堡子里也没几个能赶上她的。虽说是快四十的人了，但长相上还看不出来……"说着就直直地看天狗的脸。

天狗并不笨，品得出师傅话里的话，心里别地一跳，将头低下了。

屋子里沉沉静静。

天狗从炕上溜下来，坐在了草蒲团上。院子里，女人背着高高的一背笼柴火进来，在那里咚地放了。院墙的东南角上，积攒的柴草已俨然成山。女人一头一脸的汗，头发湿得贴在额上，才要坐下歇口气，瞧见天狗从堂屋走出来，就叫了一声："天狗！"

天狗痴痴地从院子里走出去，头都没有转一下。

三天里，丹江岸上的堡子，沉浸在三月三乡会的节日里。农民们在这几天停止一切劳作，或于家享乐，或频繁地串亲戚。未成亲的女婿们皆衣着新鲜，提四色大礼去拜泰山泰水。泰山泰水则第一次表现出他们的大方，允许女儿同这小男人到山上去采蕨菜。三月里好雨水，蕨菜嫩得弹水。采蕨人在崖背洼，在红眼猫灌丛，也采着了熟得流水的爱果。天狗家的后窗正对着山，窗里装了一幅画，就轻轻唱出了往年三月三里要唱的歌：

> 远望乖姐矮陀陀噢，
> 背上背个扁挎箩哟，
> 一来上山去采蕨噢，
> 二来上山找情哥哟，
> 找见情哥有话说。

唱完了，天狗就叹一口气，把窗子关上，倒在炕上蒙被子睡了。天狗从来没有这样恍惚过，他不愿意见到任何人，直到夜里人都睡下了，天狗就走到堡子门洞上的长条石上。旧地重至，触景生情。远处是丹江白花花的沙滩，滩上悄然无声。今晚的月亮再也不是天狗要吞食的月亮，但人间的天狗，三十七岁的童男，心里却是万般感想。师傅的女人，师娘，菩萨，月亮，使天狗认识到了一个实实在在的女人。在一年多徒弟生涯里，在十几年一个堡子的邻里生活中，天狗喜欢这女人。女人的一个腰身，一步走势，一个媚眼，都使他触电一样地全身发酥，成百上千次地回忆着而生怕消失。他天狗曾怀疑过和害怕过自己的这种感情，警告过自己不应该有这种非分之想。但天狗惊奇的是，对于这个女人，他只是充满着爱，而爱的每次冲动却绝对地逼退了别的任何邪思歪念。天狗不是圣人，他在这女人面前能羞耻，能检点，也算得是圣人了。所以，天狗也敢将这种喜欢和爱，作为自己的生命所需，变成一副受宠的样子，在这菩萨面前要作出孩子般的腼腆和柔顺。

月蚀的夜里，女人在这里为丈夫和另一个小男人祈祷而唱乞月的歌，天狗也为女人唱了两首歌。歌声如果有精灵，是在江水里，还是在草丛里？

"现在要我做她的第二个男人吗？"

说出这话的，不是他天狗，也不是他天狗爱着的师娘，竟是自己的师傅，女人的真正的丈夫！天狗该怎么回答呢？"我愿意，我早就愿意！"天狗应该这么说，却又说不出口。她是师娘，是天狗敬慕和依赖的母亲般的人物，天狗能说出"我是她的男人"的话吗？天狗呀，天狗，你的聪明不够用了，勇敢不够用了，脸红得像裹了红布，不敢看师傅，不敢看师娘，也不敢看自己。面对着屋里的镜，面对着井底的水，面对着今夜头顶上明明亮亮的月亮，不敢看，怕看出天狗是个大妖怪。

第四天，是星期天。五兴从学校回来，到江边的沙地上挖甘草根。

天狗看见了，问："五兴，你掘那甘草作甚？"

五兴说："给我娘采药。"

天狗慌了："采药？你娘病了？什么病？"

五兴说："我从学校回来，娘和爹吵架，娘就睡倒了，说是肚子鼓，心疼。爹让我来采的。"

天狗站在沙地上一阵头晕。

"天狗叔，你怎么啦？"

"太阳烤得有些热。五兴，念书可有了长进？"

"天狗叔，我娘又不让我念了。"

"不是已给她说好不停学了吗？"

"我娘说的，她跪着给我说的，说家里困难，不能老拖累你，要我回来干活。"

天狗默默回到家里，放声大哭了。他收拾了行李，决意到省城去，从这堡子悄悄离开，就像一朵不下雨的云，一片水，走到天外边去。但是天狗走不动，天狗在堡子门洞下的三百七十二台石级上，下去三百台，复上二百台。这时的天狗，若在动物园里，是一头焦躁的笼中狮子；若在电影里，是一位决战前夜地图前的将军。

天狗终于走到了师傅家的门口。

"师娘，我来了，我听师傅的！"

正在门口淘米的女人愣住了，极大的震撼使女人承受不了，无知无觉无思无欲地站在那里，米从手缝里流沙似的落下去，突然面部抽搐，泪水涌出，叫一声"天狗！"要从门坎里扑过来，却软在门坎上，只没有字音的无声地哭。

堡子里的干部，族中的长老，还有五里外乡政府的文书，集中在井把式的炕上喝酒。几方对面，承认了这特殊的婚姻。赞同了这三个人组成一个特殊的家庭。当三个指头在一张硬纸上按上红印，瘫子让人扶着靠坐在被子上，把酒敬给众人，敬给天狗，敬给女人，自己也敬自己，咕嘟嘟喝了。

五兴旷了三天学，再一次去上学了。这是天狗的意志，新爹将五兴相送十里，分手了，五兴说："爹，你回去吧。"天狗说："叫叔。"五兴顺从了，再叫一声"叔"，天狗对孩子笑笑。

饭桌，别人家都摆在中堂，井把式家的饭桌却是放在炕上的。原先在炕上，现在还在炕上。两个男人，第一个坐在左边，第二个坐在右边，女人不上桌，在灶火口吃饭，一见谁的碗里完了，就双手接过来盛，盛了再双手送过去。

麦田里要浇水，人日夜忙累在地里，吃饭就不在一块了。女人保证每顿饭给第一个煮一个荷包蛋在碗里，第一个却不吃，偷偷夹放在第二个碗底里。天狗回来了，坐在师傅身边吃，吃着吃着，对坐在灶火口的女人说："饭里怎么有个小虫?"把碗放在了锅台上。女人来吃天狗的剩饭，没有发现什么小虫，小虫子变成了那一个荷包蛋。

茶饭慢慢好起来，三个人脸上都有了红润。

几方代表在家喝酒的那天晚上，第一个男人下午就让女人收拾了厦房，糊了顶棚，扫了灰尘，安了床铺，要女人夜里睡在那里。女人不去。天没黑，第一个男人就将炕上的那个绣了鸳鸯的枕头从窗子丢出去，自个儿裹了被子睡。女人捡了枕头再回来，他举着支窗棍在炕沿上发疯地打。

女人惊惊慌慌地睡在厦房。一夜门没有关。一更里听见了狗咬，起来把门关了；二更里听见院外有走动声，又起来去把门栓抽开，睡在床上睁着眼；三更里夜深沉，只听蛐蛐在墙根鸣叫；四更里迷胡打了个盹；五更里咬着被角无声地哭。天狗他没来。

> 这天狗，想当初，
> 精刚刚，虎赳赳，
> 一天到晚英武不够。
> 自从人招来，
> 今日羞，明日愁，
> 一下成个泪蜡烛，
> 蔫得抬不起头。
>
> 这女人，想当年，
> 话不多，眼不乱，
> 心里好像一条线。
> 自从招来人，
> 今日愁，明日羞，
> 一下成个烂门扇，
> 日夜合不拢严。

日月过得平平淡淡、拘拘谨谨。过去的一日不可留，新来的一日又使人愁。又是一次吃罢晚饭，两个男人在炕上吸烟，屋外淅淅沥沥下雨。下了一个时辰，烟袋里的烟末吃完了，天狗站起来，去取柱子上挂着的蓑衣。为大的就说："天狗，你……"天狗装糊涂，说："不早了，你歇下吧，明日一早雨还要下，我给咱叫了自乐班来，咱家热闹热闹。"为大的发了怒，将支窗棍咚地磕在炕沿上，说："你要那样，我就死在你面前!"天狗木然地立在那里，恭敬得像个儿子，叫道："师傅……"末了还是默默地走了出去。

雨下得哗哗哗的越发大了。

蝎　子

　　暑假，五兴从学校回来。近半年的新式家庭生活，孩子也日渐鬼灵地开窍了许多事理。地里的活，天狗一揽子全包了，不让他插手，他就协助着娘忙活家务，忙毕，搬炕桌在把式爹身边坐定，用了心地读书。把式现在有时间，静心看读书人的举动，心里就作美。五兴一抬头，见爹正含笑看他，忙回爹一笑，爹的脸又冷却了。把式养的狗，知道狗的脾性，常冷脸待五兴，不让他轻狂、顺杆子往上爬。天狗锄完包谷地回来，脚步声谁也没听到，把式就听到了，说："五兴，给你爹打水去！"

　　五兴怕亲爹，听见吩咐，就忽地下炕去了。院里并没有小爹的影，吱咽咽把水搅上井，天狗果然进了院，五兴兴冲冲叫一声："果真是爹！"

　　做爹的这个并不应，放下锄说："五兴，书念过了？"答说："念过了。"便从后腰带上取下两件宝，一件是竹根烟袋，一件是蓖麻叶，烟袋叼在口里吸，蓖麻叶里包着三只绿蝈蝈。说声"给！"蝈蝈却从叶里蹦出来，一只公鸡猛见美食，上前就啄，五兴急得脚踏手拍，三只蝈蝈却跳在鸡背上，嘶嘶地叫。五兴就势捉了，装在竹笼儿里。三只蝈蝈一叫，厦房屋檐下的蝈蝈笼里，一个一个都歌唱起来，满院清音缭绕。

　　五兴喜欢这个爹，这爹不板脸，脸是白的，发了怒也不觉惧怕，又能和他玩蝈蝈。故叫这个"爹"倒比叫那个"爹"口勤。

　　家里小的爱蝈蝈，来了个大的也爱蝈蝈，这家人的爱欲也就都转移了。往日五兴去上学，天狗去下地，女人头明搭早出来开鸡棚，蝈蝈笼也就挂在厦房檐头下。天要下雨，炕上的瘫子先听到雨声，就说："他娘，快把蝈蝈笼提进来！"蝈蝈吃的是北瓜花，院墙四角都种了瓜，于是种瓜不为吃瓜，倒为了那花，花开得黄艳艳，嫩闪闪。

　　地里的包谷旺旺地长，堡子里的人该闲的就闲下，闲不下的是手艺人，都出去揽生意了。有好几家，造起了一砖到顶的新屋，脊雕五禽六兽，檐涂虫鱼花鸟。有的人家开始做立柜，刷清漆，丑陋肥胖的媳妇手腕上已不戴银镯，换了手表，整个夏天里不穿长袖。看着四周人家的日子滋润，天狗心里很是着急。好久没去城里干他那独门的生意了，就和五兴去后山挖了几天黄麦管根，女人就点灯熬油在家扎刷子。瘫的人腿不能动，手上有工夫，夜里便让大家都去睡，他来扎刷子。天狗又起身回他的老屋去，为大的就不言语，却要五兴一定跟他睡。五兴要去关院门，把式不让关。

　　五兴睡着了，把式还坐在炕上扎刷子，扎好了一筐，一夜却听不到院门响，也一夜叹息不止。夜半子时，女人出来小解，听见上屋男人的叹息，跑上来问:"哪儿不美?"见这可怜的瘫人还在扎锅刷,倒气得一把夺了:"你真个不要命了!""我白日把觉睡了,我没瞌睡。""……""现在几时了?""正半夜了吧。""他还没来?"女人点着头。"我把这天狗!……"叫起天狗啊,爱你还是恨你,说你是好人还是坏人,害得师傅夜夜睡不着。井把式说过这话,心里一股黑血流过,脸上却强露了笑,女人最怕的就是瘫人的这种笑,恨天狗忠于师傅,忠于师娘,却忠得愚蠢,忠得千不该万不是!瘫人说:"五兴娘,这事你让我怎么个说?!你,你也该……"瘫人气喘得说不下去。女人一下子附在了男人的身上,泪脸对着泪脸,让他的胡子扎扎她的腮。男人说:"你要权当我是死了!"说完,脸转向炕里去。

但天狗太执意,女人也没办法。世上的水太清了,水就养不了鱼;完全的黑暗是看不见东西的,完全的光明也是看不见东西的。天狗不知这道理。

天狗领了五兴到省城里,又见到食堂那个女服务员。五兴第一次进城,无知也就无畏,到处钻动,见啥问啥,又一口一声叫"爹"答。女服务员说:"你年纪不大,孩子这么大了?!"天狗应一声,脸就绯红,装着解衣领,说天热,食堂的锅刷还有积存,天狗让五兴在食堂呆着,他挑了担子去叫卖。女服务员就逗五兴说闲话:"叫什么名?""李五兴。""你爹姓王,你倒姓李?""我跟我娘姓。""你娘多大了?""四十了。""你爹才三十七,你娘倒四十?""我娘是虚岁。""你长得可不像你爹!"五兴不回答了,装得傻傻的,问食堂要不要蝈蝈,他养有四十只蝈蝈。

半下午,天狗回来了,一担锅刷只卖了五分之一,脸上气色很不好。说:"这生意做不成了,五分钱一个也没人要了。"父子俩当下没了话。天狗看着五兴也知愁,脸上就做出笑来,说:"挣钱不挣钱,先落个肚肚圆,五兴,咱去吃一顿!"买饭时,五兴说:"爹,我想吃素面。"爹却偏买了炒肉。肉端上来,天狗吃着吃着就发痴,筷子不动了,定眼看五兴。五兴也不吃。他就又笑着说:"吃呀,多香哩!"自个儿带头大口吃。

从城里回来,天狗什么也没买,只给五兴买了一套课外复习材料,对女人说:"钱难挣了,这门生意做不成了。干脆我再给人打井去。"

一说打井,女人就发神经,嘴脸霎时煞白,说:"天狗,什么都可做得,这井万万打不得,这家人就是去喝西北风,我也不让你去干这鬼营生!"

天狗听女人的,也不敢多说,抱脑袋蹴下去。女人看着心疼,就又劝道:"钱有什么?挣多了多花,挣少了少花,一个不挣,地里有粮食吃,也不至于把咱能穷逼到绝路上去。"

做男人的本是女人的主事人,天狗却要叫女人来宽慰,天狗这男人做的窝囊。但办法想尽,没个赚钱的路,免不了在家强作笑脸,背过身就冷丁显出一种呆相。

女人敏感，没事睡在炕上的那个更敏感，见天狗一天天消瘦下去，也不大唱那山歌和花鼓了，两人明里说不得，暗里却想着为天狗解愁。

这一天，天狗进院听见师傅在上屋炕上唱花鼓，师傅从来没唱过，天狗就乐了，进来说："师傅行呀，你啥时学会了这一手？"

师傅说："我年轻时扮过社火穗子，学了几句丑丑花鼓。"

难得师傅心绪好，天狗就说："师傅，你再唱一段吧。"

瘫人就唱了：

> 树不成材枉点地吔，
> 云不下雨枉占天吔，
> 单扇面磨磨不成面哟，
> 一根筷子吃饭难。

瘫子唱毕，女人说："今日都高兴，我也唱一段。五兴，去把院门关了，别让邻居听见了笑话！"

五兴飞马去将门关了，听娘用低低的声音唱：

> 日头落山浇黄瓜哎，
> 墙外有人飘瓦碴，
> 打下我公花不要紧哎，
> 打了母花少结瓜。

唱完，瘫人又说："天狗，把蝈蝈都拿来，让我看看斗蝈蝈，谁个能斗过谁呢！"

只要师傅高兴，师娘快活，天狗干什么都行，就拿蝈蝈上炕，放在一个土罐里斗。一只红头的，脚粗体壮，气度不凡，先后斗败了所有的对手。一家人正笑着看，屋梁上掉下一物，不偏不倚正好落在蝈蝈罐里。一看，是一只蝎子。

蝎子冷丁闯入，蝈蝈吃了一惊不再动，蝎子也吃了一惊不再动。五兴急着去拿火筷来夹，天狗说："这倒好看，看谁能斗过谁？"看过一袋烟时辰，两物还都惧怕，各守一方。天狗要到地里去干活，说："五兴，就让它们留在罐里，晚上吃饭时再来看热闹。"说完就盖了罐子放在一边。晚饭后揭盖一看，一家人就傻了眼，英雄不可一世的红头蝈蝈，只剩下一个大头、一条大腿，其他的全不见了，蝎子的肚子鼓鼓的，形容好凶恶。

天狗说："哈，玩蝈蝈倒不如玩蝎子好！五兴，明日咱到包谷地去，地里有土蝎，捉几只回来，看谁能斗过谁？"第二天果然捉了三只回来。

这蝎子在一块，却并不斗，相拥相抱，亲作一团。五兴的兴趣就转了。将竹笼里的蝈蝈每天投一只来喂，没想玩过十天，蝎子不但未死，其中一只母的，竟在背部裂开，爬出六只小蝎。一家人皆很稀奇，看小蝎一袋烟后下了母背，遂不认母，作张牙舞爪状。从此，家人闲时观蝎消遣，也生了许多欢乐。

这期间，井把式突然觉得肚子鼓胀，先并不声明，后一日不济一日，茶饭大减，才悄悄说知于女人。女人吓得失魂落魄，只告之天狗。天狗忙跑十三里路去深山背来一位老中医看脉。拿了处方去药房抓药，不想药房药不全，正缺蝎子，天狗说："蝎子好找，我家养的是。"药房人说："能不能卖几只给我们？一元一只，怎么样？"天狗吃了一惊："一只蝎子值这么多？"药房人说："就这还收不下哩。你家要有，有多少我们收多少。"天狗抓了药就往家跑，将此事说给家人，皆觉惊奇。天狗就说："咱不妨养蝎子，养好了这也是一项大手艺哩！"女人说："蝎子是恶物，怎么个养，咱知道吗？"炕上的瘫人说："咱试试吧，这又不摊本，能成就成，不成拉倒，权当是玩的。"于是蝎子就养起来了。

天狗在地里见蝎子就捉，捉了就用树棍夹回来。女人在堡子门洞的旧墙根割草，也捉回来了几只。拢共十多只了，就装在一个土瓦盆里。五兴见天去捉蝈蝈来喂。几乎想不到，这蝎子繁殖很快，不断有小蝎子生出来。

天狗想，这恶物是怎么繁殖的，什么样是公，什么样为母，什么时候交配？若弄清这个，人为地想些办法，不是就可以繁殖得没完没了吗？

五兴上学去了，他让五兴去县城书店买了关于蝎的书回来。书是好东西，上边把什么都写了，天狗就认得了公母，成对成双搭配着分装在大盆小罐里。整整三天，一早起来就将盆罐端在太阳下，看蝎子什么时候交配，如何交配。终在第三天中午，两个蝎子突然相对站定，以触器相接良久，为公的就从腹下排出一个精袋在地，然后猛咬住母的头拉过来，将腹部按在精袋上。又是良久，精袋被生殖腔吸收。这么又观察了三天三夜，就总结出蝎子交配要在正午太阳端时，而且温度要不可太热，也不可太凉。他鬼机灵竟买了个温度计，记下是二十度。天狗大喜，于是将蝎盆蝎罐早端出晚端回，热了遮阳，冷了晒日，果然不长时间，数目翻了几番。

天狗捉了二十只大蝎去药房，第一次获得了二十元。他并没有回家，径直去了江对岸的商店，给师傅买了一盒高级香烟，给女人买了一件咔叽衫子，给五兴买了一双高腰雨鞋；孩子雨天去上学，就用不着套草鞋了。

女人当即将新衣穿上，问炕上的人："穿着合不合体？"炕上的就说："人俏了许多！"女人就又问天狗："这么艳的，我能穿得出去？"天狗说："这又没花，色素哩。"一家四口，三口就都欢心，师傅说："天狗，你给你买了什么？"天狗说："只要蝎子这么养下去，还愁没我穿的花的吗？"

天狗养蝎上了心，就亲自去书店买书来看。天狗喝的墨水没有五兴多，看不懂就让五兴做老师。饲养方法科学了，养蝎的气派也就更大了。院子里高的瓮，低的盆，方的匣，圆的罐，一切皆是蝎，而公的母的大的小的又分等分类。从此，堡子里的人叫天狗，也不再叫名，直呼"蝎子"！

到年底，这家又成了大手艺户，恢复了往日的荣光。一家人吃起香来，穿起光来。又翻修了厦房。县城里一家要养蝎的人，知道了天狗的大名，跑来叫天狗"师傅"，要请教经验。天狗亲授了一个通宵。临走时徒弟要买蝎种，一次买六百只，一只种蝎一元二角，收入了七百多元，天狗把钱交给女人，女人颤巍巍捏着，将钱分十沓分在十处保藏。

女人是过日子的，没有钱的时候受了恓惶，有了钱就不显山露水，沉住气合理安排，以防人的旦夕祸灾。

下了一场连阴雨，丹江里发了水，整日整夜地呼呼。堡子南头的崖土垮了一角，压死了一个孩子和一头猪。天狗的老屋是爷们在民国年间盖的，木头朽了许多，女人就担心久雨会出什么意外，让天狗过来睡。天狗说没事，睡在那边，一是房子哪儿漏雨可以随时修补，二是防着不正经的人去偷摸东西。女人不依，于是天狗的家产全搬过来，窖里搬不动的一家四口人的红薯、洋芋都存在那里。

雨停了，天又瓦蓝瓦蓝的。女人将蝎子盆罐抱出来在院子里晒太阳，就出门到地里看庄稼去了。天狗也不在家。太阳一照，泡湿了的土院墙就松了，"咔"地倒下来，把三个蝎子瓮砸碎了，又砸倒了鸡棚。井把式听见响声，隔窗一看，吓得半死。连声喊人，没人应。眼见得鸡从棚子里出来，到处啄吃逃散的蝎子。他就大声吓鸡。鸡是不听空叫的，把式就把炕上的所有物什都丢出来撵鸡。末了就往出爬，从炕上掉下来，硬用两只手，支撑着牵引着瘫了的身子爬过中堂，到了门口，总算把鸡打飞出院墙，但一只逃散的蝎子却咬了他的肩。把式"哎呀"一声疼得昏在台阶上。

女人在地里察看庄稼，心里突然慌得厉害，返回一推门，失声锐叫，把男人背上炕，就在院子里四处抓蝎。等天狗回来，一切皆收拾清了，女人坐在门坎上哽咽着哭。

没了院墙，夜里女人睡在厦房觉得旷，给天狗说了，天狗回答道："我到窑上把砖货已订下了，等这一窑烧出来，咱买回来就垒墙。"女人就不再说什么，把一口唾沫咽了。

蝎子还要每天中午端出来晒晒，天狗不时用手去拨拨，不让恶物纠缠。天狗的手已经习惯了，不怕蜇，要看蝎子就用手捏，吓得别人嗷嗷叫，他却轻松得很。这回趴在蝎罐看了一会，瞥见女人坐在厦房门口纳鞋底，金灿灿的太阳光洒落她一身，样子十分中看，天狗心里毛毛的，想和她说说笑话。

"这做的是谁的鞋，师娘。"

"谁是你师娘！"

天狗笑了一下，忙又去看蝎子，心里怦怦直跳，过了一会，天狗又忘了一切，满脑子是蝎子了，说："你快来看呀，这一罐不长时间就要分作两罐啦！"

女人捏着针过来，蹴在蝎罐边，她闻到天狗身上的烟味汗味，说："哪儿就多了，还不是昨天的数吗？"

天狗说："原数是原数，可瞧它们正欢呢。"

有三对蝎子，正在罐内面对而趴，触器相接，作爱的挑逗……

女人悄声说："天狗，蝎子是咋啦？"

天狗说："这是交配呀。"

女人说："虫虫都知道……"

女人是明知故问的，女人说完，便脸色绯红，反身看天上的一朵云。天狗能是能，这次却不经心失了口，自己也就又羞又怕，竟也显出那一种呆相。女人回过头来，用针尖扎了天狗的腿，天狗"哎哟"一声。炕上的把式听到了，忙问道："天狗，你怎么啦？"天狗说："蝎子把我手蜇了。"

第五天，院墙修成了砖院墙。天狗又请了泥水匠人，一定要搬倒原先的土门楼，要造个砖柱飞檐的。把式说："天狗，算了吧。"天狗说："师傅，门楼好坏当然顶不了吃穿，可是个面子上的事。咱把它修得高高的，也是让人瞧瞧咱家的滋润！"做师傅的再没阻拦他，却把女人叫到炕上，说："他娘，咱现在手里有多少钱？"女人说："一千三。""数字还真不小。""亏了天狗撑住了这个家。"两个人下来却没了话。过了一会，把式说："他娘，现在日子顺了，你也要把自己收拾清净些。你毕竟比我年轻，人也不难看，可三分相貌七分打扮，衣服穿新了，头梳光了……"男人没说下去，女人便低了眼，无声地去做饭了。

女人果然注意了收拾，浑身添了光彩。中午太阳出来她洗头，让天狗提了壶给她头上浇水，又让天狗打碎一块瓷片儿："我要刮刮额头荒毛。"天狗到底是天狗，不是木头，不是石头，看见女人容光美妙，心里生热，但这个时候，天狗就走了，走到蝎子罐前看蝎子。

一个初六的下午，天狗在地里浇麦地二遍水，女人也去了，两人天擦黑回来，院门掩着，堂屋的门却上了锁。女人以为瘫人是爬出去了，隔窗看时，把式正躺在炕上，手里拿着门上的钥匙瞌睡了。才明白可怜的人一定是叫隔壁人来锁了堂屋门，要让天狗和她回来单独在厦房里吃饭……

女人站在那里，把瘫人足足看了一袋烟的时间。

天狗说："师傅他……"

女人说："他……"

眼里红红的进了厦房做饭。天狗也坐下抱柴生火。两人没有说话，上面是擀面杖的磕撞声，下面是拉动的风箱声。饭做熟了。天狗盛了一碗，寻钥匙开堂屋门给师傅端。女人说："他睡着了，钥匙在他手里，叫不醒他的，咱们吃吧。"一个坐在灶火口吃，一个立在锅项后吃。饭毕，天狗说："你歇着吧，我刷洗。"女人说:"这不是男人干的活。"天狗就站在旁边看了她洗。院墙的外边,有猫叫春,叫了好一会,天狗这时是木了,麻了,不知下来该怎么办,为难得要死。女人擦了碗,又去擦盆子,擦缸子,不该擦的都擦了,还是要擦,把手占住,把眼占住,但心占不住,说:"你累了?"天狗说:"累,也不累。"却加一句,"歇下吧。"就要出门,女人把他叫住了。

女人说:"天狗,我有话要给你说呢。"

天狗一脚在门坎里,一脚在门坎外,说:"什么事?"

女人拉过一条凳子让天狗坐了,一边替天狗拍打肩上的土,一边要说话,却也好为难:"天狗,他近日又添病了哩。"

天狗说:"师傅吗?怎么不早对我说,我就发觉他饭吃得少了。"

女人说:"你哥他……"她第一次对天狗称瘫人是"你哥",不是"师傅",自己倒再也启不开口了。

天狗说:"明日我去请医生。"

女人就抬起头来,泪眼婆娑:"天狗,你是真的什么都不懂,还是和我打马虎眼?"

天狗有什么不懂的,自进这家门,他就时时预备着女人要说出这样的话来,天狗本性是胆小的。

女人说:"天狗,是不是我人不人,鬼不鬼的……"说着就趴在了床沿上,拿了牙咬嘴唇。

天狗知道胡涂是装不得了,就过去扶起了女人。女人软得像一摊泥,天狗扶她不起,自己也跪下了,说:"我,我……"又急又怕又窘,支吾不清。女人抬起了头,一双抖抖的手,托住了天狗的脸。

"师娘!"

"谁是你师娘?法院让你叫我师娘?街坊四邻让你叫我师娘?"

"……姐!"

天狗叫出了一个深埋在心底里的"姐",女人突然软在了天狗的怀里。

外边的夜黑严了,黑透了,不是月蚀的夜,天空却完全成了一个天狗,连月亮,星星,萤火虫都给吞掉了。屋里灯很亮,灶火口的火炭很红。夜色给了这两个人黑色眼睛,两个人都看着亮的灯和红的炭,大声喘气。天狗抱着女人,女人在昏迷状态里颤栗。天狗的脑子里的记忆是非凡的,想起了堡子门洞上那一夜的歌声,想起了当年出门打井时女人的叮嘱。过去的天狗拥抱的是幻想,是梦;现在是实实在在的女人,肉乎乎软绵绵的小兽,活的菩萨,在天狗的怀里。天狗怎么处理这女人?曾经是女人面前的孩子的天狗,现在要承担丈夫的责任了吗?天狗昏迷,天狗清白,天狗是一头善心善肠的羊,天狗是一条残酷的狼,他竟在女人头发上亲了一口,把颤栗的菩萨轻轻放在了凳子上。

女人在黑暗里睁大了一双秀眼。

"天狗，你还要到老屋去吗?"

"我还是去的好。"

"我知道你的心，天狗，可我对你说，我和他都了解你，你却不了解我，也不了解他。我是老了，我比你大三岁……"

"姐，你不要说，你不要说!"

"你让我把话说完。天狗，这一半年里，咱家是好过了，怎么好的，我也用不着说出来。你既然不这样，我也觉得是委屈了你，我将卖蝎的钱全都攒着，已经攒了一千三了，我要好好托人给你再找一个，让你重新结婚，就是花多花少，把这一院子房卖了，我也要给你找一个小的。兄弟，五兴他爹，我和你哥欠你的债，三生三世也还不完啊!我不知道我怎么才能报答你，看着你夜夜往老屋去，我在厦房里流泪，你哥在堂屋里流泪……他爹，你怎么都可以，可你听我一句话，你今夜就不要过去，我是丑人，是比你大，你让我尽一夜我做老婆的身份吧。"

"姐，姐!"

天狗痛哭失声，突然扑倒在了尘土地上，给女人磕了三个响头，却疯了一般从门里跑出去了。

第三天里，打井的把式死在了炕上。

把式是自杀的。天狗和女人夜里的事情，他在堂屋的炕上一一听得明白，他就哭了，产生了这种念头。但把式对死是冷静的，他三天里脸上总是笑着，还说趣话，还唱了丑丑花鼓。但就在天狗和女人出去卖蝎走后，他喊了隔壁的孩子来，说是他要看蝎子，让将一口大蝎瓮移在窗外台上，又说怕瓮掉下，让取了一条麻绳将瓮拴好，绳头他拉在手里。孩子一走，他就把绳从窗棂上掏进来，绳头挽了圈子套在了自己脖上。然后背过身用手推掉大瓮，绳子就拉紧了。

天狗回来，师傅好像是靠在窗子前要站起来的样子，便叫着"师傅，师傅!"没有回音，再一看，师傅的舌头从口里溜出来，身上也已凉了。

把式死了，把式死得可怜，也死得明白。四口之家，井把式为天狗腾了路，把手艺交给了天狗，把家交给了天狗，把什么都交给了天狗。他死得费劲，临死前说了什么话，谁也不可得知。天狗扑在师傅的身上，哭死了七次，七次被人用凉水泼醒。后悔的是天狗，天狗想做一个对得起师傅的徒弟，可是现在，徒弟对于师傅除了永久的忏悔，别的什么也说不出了。

堡子里的人都大受感动。

埋葬把式的那天，天狗虽不迷信，却高价请了阴阳师来看地穴，天狗就打了一口墓，墓很深。深得如一口井。他钻在里边挥镢挖土，就想起师傅当年的英武，就想起那打井前阴阳师念的"救水咒"。

堡子里的人都来送葬。这个给堡子打出井水的手艺人，给家家带来了生存不可缺少的恩泽。他应该埋到井一样深的地方，变成地下的清流，浸渗在每一家的井里。

棺木要下墓了，女人突然放声号啕，跳进了墓坑，乞求着埋工说："让我给他暖暖墓坑，让我给他暖暖啊！"

天狗也跳进去，解开了怀，将胸膛贴在冷土上。

日光荏苒，转眼到了把式的"百日"。这天，堡子里来了许多悼念的人，这一家人又哭了一场，招呼街坊四邻亲戚朋友吃罢饭，天狗就支持不住，先在师傅睡过的炕上去睡了。他做一个梦，梦见了师傅，师傅说："天狗，这个家就全靠你了！家要过好，就好生养蝎，养蝎是咱家的手艺啊！"天狗说："我记住的，师傅！"就过去扶师傅，师傅却不见了，面前是一只大得出奇的蝎子，天狗醒来，出了一身汗，梦却记得清清楚楚。翻身坐起，女人正点着灯，在当屋察看着蝎子盆罐。地上还有一批小瓦罐，上边都贴了字条，写着字。

天狗说："五兴呢？"

女人说："刚才把这些字条写好，看了一会书，到厦屋睡了。"

"蝎种全分好了？"

"好了，每家五只，除过五十家匠人顾不得养外，拢共是七百五十只，你看行吗？"

堡子里的人都热羡着这家养蝎，但却碍于这是这家的手艺，便不好意思再来学养。天狗和女人商量了，就各家送些蝎种，希望全堡的人家都成养蝎户，使这美丽而不富裕的地方也两者统一起来。

天狗听女人说后，就轻轻笑笑，说："明早咱就送去。中午去药房再卖上几斤，五兴再过十天就要高考了，要给他买一身新衣哩。"

女人说："五兴考得上吗？"

天狗说："问题不大吧。"

女人揭开那个大瓮，突然说："天狗，你快来看看，这个蝎子好大！我还没见过这么大的，怎么长得这么大呀！"

天狗走过去，果然看见蝎子很大，一时又想起了师傅，心里怦怦作跳，就坐回炕上大口喘气。

（原载《十月》1985 年第 2 期）

王安忆

WANG AN YI

　　1954 年出生于南京。祖籍福建。后随母亲迁至上海。1970 年初中毕业赴安徽淮北五河县农村插队。1972 年考入江苏省徐州地区文工团。1978 年回上海，任《儿童时代》编辑。1982 年加入中国作家协会。1987 年进上海作家协会从事专业创作至今。现为上海市作家协会主席，中国作家协会副主席，复旦大学教授。

　　1978 年开始发表文学作品。著有小说集《雨，沙沙沙》《黑黑白白》《流逝》《尾声》《小鲍庄》《乌托邦诗篇》《荒山之恋》《小城之恋》《锦绣谷之恋》《伤心太平洋》《海上繁华梦》《香港的情与爱》《叔叔的故事》《人世的沉浮》《隐居的时代》《忧伤的年代》《化妆间》《剃度》《现代生活》《文工团》，长篇小说《69 届初中生》《黄河故道人》《流水三十章》《纪实和虚构》《长恨歌》《富萍》《上种红菱下种藕》《桃之夭夭》《遍地枭雄》《米尼》《长恨歌》《启蒙时代》《月色撩人》、散文随笔集《蒲公英》《独语》《走近世纪初》《重建象牙塔》《街灯底下》《窗外与窗里》《漂泊的语言》，文论集《故事与讲故事》《心灵世界》《我读我看》《王安忆说》等。小说《本次列车终点》获 1981 年全国优秀短篇小说奖，《流逝》、《小鲍庄》分获 1982 年和 1985—1986 年全国优秀中篇小说奖，长篇小说《长恨歌》获第五届茅盾文学奖，中篇小说《发廊情话》获第三届鲁迅文学奖，儿童文学作品《谁是未来的中队长》获全国儿童文艺创作二等奖。

小 鲍 庄

引　子

七天七夜的雨，天都下黑了。洪水从鲍山顶上轰轰然地直泻下来，一时间，天地又白了。

鲍山底的小鲍庄的人，眼见得山那边，白茫茫地来了一排雾气，拔腿便跑。七天的雨早把地下湿了，一脚下去，直陷到腿肚子，跑不赢。那白茫茫排山倒海般地过来了，一堵墙似的，墙头溅着水花。

茅顶泥底的房子趴了，根深叶茂的大树倒了，玩意儿似的。

孩子不哭了，娘们不叫了，鸡不飞，狗不跳，天不黑，地不白，全没声了。

天没了，地没了。鸦雀无声。

不晓得过了多久，像是一眨眼那么短，又像是一世纪那么长，一根树浮出来，划开了天和地。树横漂在水面上，盘着一条长虫。

还是引子

小鲍庄的祖上是做官的，龙廷派他治水。用了九百九十九天时间，九千九百九十九个人工，筑起了一道鲍家坝，围住九万九千九百九十九亩好地，倒是安乐了一阵。不料，有一年，一连下了七七四十九天的雨，大水淹过坝顶，直泻下来，浇了满满一洼水。那坝子修得太坚牢，连个去处也没有，成了个大湖。

直过了三年，湖底才干。小鲍庄的这位先人被黜了官。念他往日的辛勤，龙廷开恩免了死罪。他自觉对不住百姓，痛悔不已，扪心自省又实在不知除了筑坝以外还有什么别的做法，一无奈何。他便带了妻子儿女，到了鲍家坝下最洼的地点安家落户，以此赎罪。从此便在这里繁衍开了，成了一个几百口子的庄子。

　　这里地洼，苇子倒长得旺。这儿一片，那儿一片，弄不好，就飞出蝗虫，飞得天黑日暗。最惧怕的还是水，唯一可做的抵挡便是修坝。一铲一铲的泥垒上去，眼见那坝高而且稳当，心理上也有依傍。天长日久，那坝宽大了许多，后人便叫作鲍山，而被鲍山环围的那一大片地，人们则叫作湖。因此别处都说"下地做活"；此地却说"下湖做活"。山不高，可是地洼，山把地围得紧。那鲍山把山里边和山外边的地方隔远了。

　　这已是传说了，后人当作古来听，再当作古讲与后人，倒也一代传一代地传了下来，并且生出好些枝节。比如：这位祖先是大禹的后代，于是，一整个鲍家都成了大禹的后人。又比如：这位祖先虽是大禹的后代，却不得大禹之精神——娶妻三天便出门治水，后来三次经过家门却不进家。妻生子，禹在门外听见儿子哭声都不进门。而这位祖先则在筑坝的同时，生了三子一女。由于心不虔诚，过后便让他见了颜色。自然，这就是野史了，不足为信，听听而已。

一

　　鲍彦山家里的，在床上哼唧，要生了。队长家的大狗子跑到湖里把鲍彦山喊回来。鲍彦山两只胳膊背在身后，夹了一杆锄子，不慌不忙地朝家走。不碍事，这是第七胎了，好比老母鸡下个蛋，不碍事，他心想。早生三个月便好了，这一季口粮全有了，他又想。不过这是作不得主的事，再说是差三个月，又不是三天，三个钟点，没处懊恼的。他想开了。

　　他家门口已经蹲了几个老头。还没落地，哼得也不紧。他把锄子往墙上一靠，也蹲下了。

　　"小麦出的还好？"鲍二爷问。

　　"就那样。"鲍彦山回答。

　　屋里传来呱呱的哭声，他老三家里的推门出来，嚷了一声："是个小子！"

　　"小子好。"鲍二爷说。

　　"就那样。"鲍彦山回答。

　　"你不进来瞅瞅？"他老三家里的叫他大伯子。

　　鲍彦山耸了耸肩上的袄，站起身进屋了。一会儿，又出来了。

　　"咋样？"鲍二爷问。

　　"就那样。"鲍彦山回答。

　　"起个啥名？"

　　鲍彦山略微思索了一下："大号叫个鲍仁平，小名就叫个捞渣。"

　　"捞渣？！"

　　"捞渣。这是最末了的了，本来没提防有他哩。"鲍彦山惭愧似的笑了一声。

"叫是叫得响，捞渣!"鲍二爷点头道。

他老三家里的又出来了，冲着鲍彦山说："我大哥，你不能叫我大嫂吃芋干面坐月子。"说完不等回答，风风火火地走了，又风风火火地来了，手里端着一鬻小麦面，进了屋。

"家里没小麦面了?"鲍二爷问。

鲍彦山嘿嘿一笑："没事，这娘们吃草都能变妈妈。"此地，把奶叫作了妈妈。

大狗子背了一箕草从东头跑来："社会子死了!"

东头一座小草屋里，传出鲍五爷哼哼唧唧的哭声，挤了一屋老娘们，唏唏溜溜地抹眼泪甩鼻子。

"你这个老不死的，你咋老不死啊!你咋老活着，活个没完，活个没头。你个老绝户活着有个啥趣儿啊!"鲍五爷咒着自个儿。

他唯一的孙子直挺挺地躺着，一张脸蜡黄。上年就得了干痨，一个劲儿地吐血，硬是把血呕干死的。

"早起喝了一碗稀饭，还叫我，'爷爷，扶我起来坐坐。'没提防，就死了哩!"鲍五爷跺着脚。

老娘们抽搭着。

队长挤了进来，蹲在鲍五爷身边开口了:

"你老别忒难受了，你老成不了绝户，这庄上，和社会子一辈的，'仁'字辈的，都是你的孙儿。"

"就是。"

"就是啊!"周围的人无不点头。

"小鲍庄谁家锅里有，就少不了你老碗里的。"

"我这不成吃百家饭的了吗!"鲍五爷又伤心。

"你老咋尽往低处想哇，敬重老人，这可不是天理常伦嘛!"

鲍五爷的哭声低了。

"现在是社会主义，新社会了。就算倒退一百年来说，咱庄上，你老见过哪个老的，没人养饿死冻死的!"

"就是。"

"就是啊!"

鲍五爷抑住啼哭："我是说，我的命咋这么狠，老娘们，儿子，孙子，全叫我攥走了……"

"你老别这么说，生死不由人。"队长规劝道。鲍五爷这才渐渐地缓和了下来。

二

鲍山那边，有个小冯庄，庄上有个大闺女，叫小慧子。六〇年，跟着她大往北边要饭，一去去了二三年。回来时，她大没了，却多了个二岁的小小子，说是路边上拾来的。她就叫他拾来，他就叫她大姑。于是，渐渐的，一庄子人都改口叫大姑了。大姑一辈子没嫁人，守着拾来过。大姑疼拾来，疼亲儿似的。拾来吃稠的，大姑喝稀的；拾来穿新的，大姑穿补的。只见大姑对拾来翻过一次脸，倒也不是为什么大事。拾来不知从哪翻出个货郎鼓，坐在门口摇着耍，大姑劈手夺过去，给了他一耳巴子。多少好东西叫拾来糟蹋了，大姑也不心疼，也不知这货郎鼓是金打的，还是银打的。倒是有些蹊跷。还有一桩蹊跷事。有一天，几个媳妇姊妹坐在一堆晒太阳纳鞋底，拾来走过来，一头钻进大姑怀里，伸手就掀她的褂子前襟。大姑脸变了，推开拾来，站起身拾了板凳就朝家走，留下拾来呆站着。媳妇们逗拾来：

"想吃妈妈？找你娘去，这是你姑啊！"

拾来扁扁嘴，要哭又没哭。

渐渐的，庄上传出一个怪话，说的什么怪话，从不叫大姑听见，倒是常常有人去问拾来：

"拾来，你大姑那货郎鼓找来让我耍耍可管？"

"拾来，你大姑的妈妈你吃过吗？"

"拾来，你大姑……"

拾来虽小，却晓得问的不是好话，倒不回去向大姑学嘴，只是一味地沉默。问的人便越发觉着蹊跷，越发地要问。

拾来阴沉沉地看着他，然后一声不作地走了。于是，人们更加觉着这一大一小共同保守着一个什么秘密。而拾来则变得孤寂起来，尽力躲着人，和一切人疏远着，只与他大姑接近。

就这样，大姑带着拾来过。到如今，大姑老了，没人上门提亲了；拾来大了，长得又高又大，堂堂一条汉子，干活拿九分五的工了。住的还是大姑她大盖的那间小屋，快趴到地底下去了，拾来要弯下腰才能进门。屋里黑洞洞的，一眼两块砖大的窗，冬天塞团草，夏天把草扔了。灶底下是张案板，案板边上是一张床，床板上一领凉席，凉席上一个枕头一条被。拾来大了，一头睡不下了，大姑缝了个布口袋，塞进麦穰，又做了个枕头。一人一头睡。大姑抱着拾来的脚丫子睡，拾来的脚丫子一直伸到大姑暖暖的怀里，心里才觉着踏实，不一会儿就睡过去了。

初春的夜里，拾来觉着有点燥热，忽然睡不着了。一双脚搁在大姑的怀里，暖暖的，软软的。他轻轻地动了一下脚指头，脚指头碰到了一个更加柔软的地方，他头皮麻了一下，不敢再动了。他听见了自己的心跳。风吹进窗洞，窗洞里的草"嗞啦啦"轻响了一下。他试探着又动了一下脚，想离那柔软远一些，不料他的脚在那柔软暖和中陷得更深了。拾来这才发现，他的脚是在一个温暖的峡谷里。这双脚已经在这峡谷里沉睡了十五年了。他感觉到那峡谷最底层，最深处，有一颗心在跳动。风吹进窗洞，轻轻地响了一声。

第二天早起，拾来眼皮子耷拉着喝稀饭，不吭一声。大姑问他：

"怎么啦？哪儿不好过？"

他不说话。

大姑去摸他的脑门。

他一扭头，让开了。

中午，大姑烧开了锅，才见他扛了个凉床架子回来了。问他从哪扛来的，他不吱声，闷着头，扯绳子网床。

夜里，他自个儿睡在凉床上，枕着枕头，裹着一床破棉絮，缩成了一团，直到下半夜才慢慢伸展开来。他梦见自己的一双脚又搁进了温和的峡谷里，岂不知大姑把棉被给他盖上，自己和衣蜷了一宿。

三

鲍仁文缠定了老革命鲍彦荣，要了解他的生平，以著成一部长篇小说。题目已经起定，就叫作《鲍山儿女英雄传》。老革命这一生尽管有过几日峥嵘岁月：跟着陈毅的队伍打了好几个战役，可谓是九死一生，眼下每月还从民政局领取几元津贴，可他极不善于总结自己，也一无自我荣耀的欲望。他最关心的是一家六七张口，如何填得满。见了鲍仁文成天拿了个本本问那早已作了古的事，而且问了一遍又一遍，心下早已烦了。想起身而去，又经不住鲍仁文烟卷的笼络。十分的折磨。

"我大爷，打孟良崮时，你们班长牺牲了，你老自觉代替班长，领着战士冲锋。当时你老心里怎么想的？"鲍仁文问道。

"屁也没想。"鲍彦荣回答道。

"你老再回忆回忆，当时究竟怎么想的？"鲍仁文掩饰住失望的表情，问道。

鲍彦荣深深地吸着烟卷："没得工夫想。脑袋都叫打昏了，没什么想头。"

"那主动担起班长的职责，英勇杀敌的动机是什么？"鲍仁文换了一种方式问。

"动机？"鲍彦荣听不明白了。

"就是你老当时究竟是为什么，才这样勇敢！是因为对反动派的仇恨，还是为了家乡人民的解放……"鲍仁文启发着。

"哦，动机。"他好像懂了，"没什么动机，杀红了眼。打完仗下来，看到狗，我都要踢一脚，踢得它嗷嗷的。我平日里杀只鸡都下不了手，你大知道我。"

"这是一个细节。"鲍仁文往本子上写了几个字。

"大文子，你赔了这么多工夫，还搭上烟卷，是要干啥哩?"他动了恻隐之心，关切地问道。

"我要写小说。"鲍仁文回答他。

"小说?"

"就是写书。"

"是民政局让你写的?"

"不是。"

"是公社要你写的?"

"不是。"

"那是给谁写的呢?"

问到了文学的目的，鲍仁文作难了。这是历代多少大文豪争辩不清的问题，他小小的鲍仁文作何回答。他只草草地说了一句："我自己想写呢!"

"写成书能得钱吗?"老革命锲而不舍地问道。

"没得钱。'文化大革命'了，稿费取消了。"鲍仁文耐着性子解释道。

"那你图啥?"又回到了"文学的目的"的问题上。

鲍仁文不再回答，只是微笑了一下，笑得有点忧郁。停了一会儿，他又问:

"我大爷，你老再说说涟水战役可好?"

鲍彦荣沉默了一会儿，从兜里摸出烟袋。

"你老吸这个。"鲍仁文递上烟卷。

"我还是吸这个过瘾。"鲍彦荣执意不接受烟卷，他忽然觉着自己在小辈面前做的有点不体面。

鲍仁文只得自己点了一支吸起来。

烟雾缭绕着一盏油灯，一点火光跳跃着，把人的影子投在墙上，鬼似的乱扭着。

影子在霉湿的墙上扭着，忽而缩小，忽而护张起来，包围住整间屋子。人坐在影子底下，渺小得很。

"我要写一本书。"他心想。他在县中念了二年，晓得苏联有个高尔基，没上过一天学堂，结果成了大作家;他有一本《创业史》，听说那作家是在乡里的;他有一本《林海雪原》，听说那作家是个行伍出身，不识几个字的……古今中外，无穷的事实证明，作家是任何人都能做得的，只要勤奋。"勤奋出天才",他写在自家床上。

他没日没夜地写着,写在中学里没用完的练习本上,写了有几厚本了。他大他娘要给他说媳妇,他也拒绝了。先著书,后成家,这也是他的座右铭,记在了心里。

人家叫他"文疯子",这里有着几重的意思。一是他的名字叫仁文;二是他这个疯子是文的,而不像鲍秉德家里的,是武的,耍起疯来几个男人也弄不了她;三是这"文疯子"的"文"里还有着一层"文章"的意思。

面对大家善意的讥讽,他不动声色,心里想着他记在本子上的又一句话:"鹰有时飞得比鸡低,而鸡永远也飞不到鹰那么高。"

四

牛棚里,孤老头子鲍秉义坐在凉床上,唱花鼓戏:

"关老爷门口字两行,古人又留下劝人方。这一字出马一杆枪,二字上横短来下横长。三字立起来像川字,四字好比四堵墙……"老革命鲍彦荣目不转睛地看着他,听得出神。

鲍彦山家老大建设子替他喂牛,铡齐的麦穰子填进槽,刷啦啦地响。

鲍秉义打小跟一个戏班子唱戏,卖过嘴,叫族里人瞧不起。老了,回来了。孤身一人去、孤身一人回。问他在外成过家吗?他微微一摇头。有多事的人,给他说过几回寡妇,他还是微微一摇头。

后来,传出一个怪话,说他在戏班子里,和那挂头牌的女角儿相好了,那女戏子又把他甩了。还有个怪话,说他对东头鲍彦川家里的有点意思。鲍彦川死了有四年了,他家里的拖了四个孩子,再嫁也是难。只不过,都是一族里的,论起辈分来,鲍彦川家里的该叫鲍秉义叔,是想也不敢想的。

如今,他单身一人,就让他喂牛,住在牛棚,他有落脚处了,牛也有照应了。

虽瞧不起他干的那行当,可大人小孩都爱听他唱,都叫他作唱古的。一段曲儿能唱遍上下五千年的英雄豪杰:

> 一字出马一杆枪,韩信领兵去见霸王。
> 霸王逼在乌江死,韩信死在厉未央。
> 写个二字两条龙,王母娘娘显神通。
> 花果高山摆下阵,水帘洞里捉妖精。
> 写一个三字三条街,陈世美求官未回来。
> 家里撇下他的妻,怀抱琵琶又上长街。
> ……

一把坠子吱吱嘎嘎地拉着过门。

五

捞渣满地乱爬了。小脸儿黄巴巴的，一根头毛也没有，小鬼似的。就是笑起来的模样好，眼睛弯弯的，小嘴弯弯的，亲热人，恬静人。大人们说他看上去"仁义"。

他没得什么吃，只有他娘的奶。他娘像头老牛——他大说的，吃什么都能变成妈妈。开始是吃红芋，后来红芋也不能吃净的了，要掺红芋秧子。

他大哥建设子过年十九了，还没说上媳妇。媒人还没进门，就吓回去了。黑洞洞的三间屋，给水泡松了，眼看着就要瘫成一堆烂泥。屋里两块床板，两床棉花套子破成渔网了。

这天，门前来了个打莲花落子要饭的，一个十一二岁的小丫头，尖尖的下巴颏，圆圆的一对眼睛。他大姐抱着捞渣站在门前玩，那小妮子站定了，打响莲花落子。滴溜溜地打了一转，才开口唱道：

"这大嫂，实在好，抱小孩，也不闹……"

他大姐还没过门呢，涨红了脸，唾了一声，进屋去。他娘却乐了，觉着这妮子鬼得喜人，从大锅里舀了一瓢稀饭给她喝。她不喝，倒在一个大瓷碗里，说要端给她娘喝。

"你娘在哪里？"他娘问。

"在庄东头大柳树底下，有病了。"小丫头说着走了。

他娘一顿饭吃得不踏实，心里七上八下的，像是搁进了一桩事。吃罢饭，她把锅擦下，又盛了一满碗稀饭，抓了两张煎饼，往庄东头去了。

庄东头大柳树是小鲍庄最高的地方，那年夏天，下了九天九夜的雨，一整个庄子，全淹在水里，只露出大柳树的梢，一丛子草似的，停了几十只老鼠。

柳树下果然靠了个病病歪歪的女人，蜡黄的脸皮。小妮子偎在她身边自己给自己梳小辫。干巴巴猴儿似的人儿，倒有两条乌黑油亮的大辫子。鲍彦山家里的往这娘俩身边一蹲，摸摸丫头的辫子，说：

"早年，我也有这么一头好头毛。那时，只扎一根独辫子，这么长一段红头绳。"她将手指伸成一拃。

后半晌，有人看见鲍彦山家里的，带着外乡人模样的娘俩，往家去了。过了二日，那女人脸色滋润了一些，走了。小闺女留下了。每日里，跟着捞渣那十二岁的小哥文化子下湖割猪菜，回到家就抱着捞渣在门前玩，唱小调儿，嗓门又尖又脆，听着喜人，惹得那些二流子似的小伙站在门前不走：

"小翠子，唱个'十二月'！"

鲍彦山家里的便从门里蹦出来，先把二流子们骂退了，再骂小翠子：

"甭唱了，没脸没皮的，唱什么！"说急了，还在她身上拍两下。渐渐的，小翠子便不唱了。嗓门也像暗了似的，哑哑的，连说话都懒得说了。她唱，她不唱，捞渣总和和气气地对着她笑，笑得她也只好笑了。

人人喜欢捞渣，独独鲍五爷见了他就来气。为的是捞渣落地的时候，正是他的社会子咽气。于是他便认定他的社会子是叫捞渣抓了替身。如今他被队里五保起来了，心中却是很不乐意听说这"五保"两个字。"五保户"在人们心目中，就算是"绝户"的代名词了。鲍五爷脾气倔，见不得自己成了大伙的累赘，总到队里争活儿干。队里便给了他些烂草烂绳头，让他搓绳。于是，他每日里就坐在磨房的墙根下，晒着太阳搓绳。

磨房里人不断。小驴蹄子得得打着地；石磨轱辘辘地压着石盘；推磨的娘们尖起嗓子吆喝驴；面，沙沙地从筛子上洒下箩。他听着总觉得心窝里暖烘烘的，不那么寂寥了。

小翠子背着捞渣，一手挎着篮子，一手牵着小叫驴，来磨面了。

小叫驴套上了套，戴了眼罩，捞渣被放下了地，坐在太阳下抓石子玩，就在鲍五爷脚边上。鲍五爷斜起眼瞅他，轻轻骂了声："鬼！"

"鬼"听见了，伸出手拍了一下鲍五爷的大毛窝，笑了。

鲍五爷心里头格登一下子，觉得那笑模样实在像他社会子，鼻子一酸，叫道：

"你这个鬼哦！"

小叫驴得得地围着磨盘转，小翠子轻轻吆喝着："吁，吁。"

六

鲍秉德家里的又闹了，爬树上梁的，把锅都砸了。几个大男人拉住她，被她拖了几丈远。最后把她四脚朝天翻倒在地，才捆住了。她龇牙咧嘴地吼着，没人声了。

鲍秉德抱着脑袋蹲着。鲍彦山家里的端了一碗稠得能挑上筷子的芋干子稀饭，夹了两张煎饼，给他送去。他不吃，说心里堵得慌。众人们也没得法子，只能陪他叹气。

鲍秉德家里的疯了有八九年了。她娘家是鲍山那边十里铺的人家，做姑娘时如花似玉。都说鲍秉德交了桃花运，娶了十里铺的一枝花。不料这娘们中看却不中用。来的头年怀了一胎，生下是个死孩子，第二年又是一胎，还是个死孩子，怀了有三四胎，胎胎是死的。暗地里就有人说怪话：兴许是做姑娘时不规矩来着。生下第五个死孩子时，疯了。疯了以后，那怪话才没有了。说疯子的怪话就太不厚道了。

刚疯的那阵子，曾经有人劝过鲍秉德，把她离了，再娶一个。鲍秉德一口回绝："我不能这么不仁不义。一日夫妻百日恩，到这份儿上了，我不能不仁不义。"他说不出过多的道理，只是口口声声的"不能不仁不义"。后来，"文疯子"写了一个广播稿，题名大约是"阶级感情深似海"，还是"阶级情义比海深"之类的，投给了公社广播站，给广播了一下。后来，他又往县广播站投，就没投中。不过，鲍仁文的名声还是出去了，知道小鲍庄有了个舞文弄墨的。鲍秉德的名声也出去了。这下子，就是他想离也离不成了。就这么凑合过吧，只是鲍秉德一日比一日话少，成了个哑巴。他心底深处，很奇怪的，暗暗的，总有点恨着鲍仁文。好像，他给自己的事情做了包办，后来却又撒手不管，很不负责。而鲍仁文，隐隐的，也有些畏着鲍秉德，似乎觉着自己欠了他些什么。总之，有些尴尬起来。

鲍秉德家里的在地上乱挣着，一会儿，地上就被她歪了一个坑，浮土一蓬一蓬地扬起来。这疯子虽说是武的，却不伤别人，只打她男人，打孙子似的揍。鲍秉德是不怕她揍的，这么捆起来只是为了怕他伤了自己。有一年腊月里，她一股劲跑到湖里跳了大沟，鲍秉德忘了自己不会水，也跟着跳了下去，让人一起救了上来。

鲍秉德闷着头，不由滴下一滴泪来。他遮掩着大声咳了几声，吐出几口痰，把那滴泪盖住了。

"你也别太愁了。"鲍二爷劝他，"啥事都有个头，你又没做过缺德事，凭什么这样难为你。"

"我家里的她娘家，有个疯子，疯得蹊跷，好得也蹊跷。"鲍彦山说，"不知怎么就疯了，疯了有十几年，爬树上梁的。后来，他奶奶死了，棺材一落地，他这边立马就好了。醒过来了哩，就好比做了一场梦。问他是怎么啦！他什么也不知道，这十多年就像是睡过来似的。"

"真是的吗？"大家都问问他，连鲍秉德也抬起眼睛，好像看到了一丝希望。

"现在都有两个儿子，好好的，清冷得很。"

"这是胡八扯的。"远远的，蹲着鲍仁文，"说正道的，该送我七奶去城里疯人院。"

"那是不成的。"大家一起反对。

"那么些疯子都关在一起，不打成一堆，撕碎了才怪。"

"听人说，那就像坐大狱似的。"

"大夫都拿着带钉的棍哩！"

"这不是病！"

鲍秉德自己是不用再说什么了，只是恨恨地盯着了鲍仁文。

鲍仁文长叹一声，立起身，走了。傍晚的太阳，落在地沿上，把他的影子拉得细溜溜长，孤孤单单地斜过去了。

七

拾来和他大姑分床睡了，到了夏天，他便把凉床抬出去，在大槐树下睡。等到秋凉了，外面睡不住人了，他把凉床子扛进屋的时候，他大姑猛然发现拾来长成了一条汉子，屋子越发的小了。

拾来越发的孤独了，唯一可接近的大姑，这会儿他却疏远起来，比对平常人还要疏远得厉害。一天没有三句话，吃饭只听得喝稀饭响。吃罢饭，对坐着，连喝稀饭的响都没了，只觉得又腻味又不自在，只得早早上了床睡去。夜里听见大姑的磨牙声，打鼾声，睡也睡不踏实。到后来，他见了大姑就要躲，怕似的，又像是恨似的。自己也琢磨不透，只觉得心窝里烦躁得慌。

早起，他大姑和他商议，把猪卖了。

"卖就是了。"他没好气地说，像有一肚子火似的。

"卖了猪，扯几丈布，给你缝个新被窝。"大姑说。

"扯就是了。"

"买个凉床子。"

"买就是了。"

"那凉床，冯大家虽然没说要，可话里那音，总是急着要使的意思。"

"还就是了。"他就好像吃了枪子儿似的，绷着脸，埋着头。

"你向队长告个假，上街一趟。"

"不管。"他一口回绝。

"咋不管？"

"不管就是不管。"他硬邦邦地说。自己也不晓得为啥不管，故意要找别扭。

"你不去我去。"大姑也气了。她也弄不明白，这些日子咋侍弄不好这个侄儿了。

大姑换了一身衣裳，借了一挂平车，把猪捆了，推起就走。她迎着早晨的太阳走去了，蓝白花的褂子裹着她健壮的身子，肩膀头圆滚滚的，轻轻快快地上了路。

拾来眼睁睁看着他大姑上了路，心中又十分的后悔起来。一整天，他心里都不安生，不时抬头看看日头，再往大路上眺一眼。大路上走着一挂平车，却不是他大姑，是个大男人，推着一平车的红芋。

直到收工，他大姑还没回来。拾来烧开了锅，馏上馍，蹲在家门口等着。不晓得怎么回事，这会儿，他想起了他大姑的种种好处。他心里那一团无名火溶成了一片热腾腾的东西，像水似的荡漾开来，流遍了他的全身。他想着，该对他大姑好。

上弦月升起来了，碧空上细弯弯的一勾，却把个大地照得明晃晃，白花花。

他心里忽然不安起来，会不会出什么事了？都什么时候啦？他浑身一激灵，站起身，来不及锁门，就往庄头走。迎面过来几个割猪菜的小孩，背上的草箕子比人高，小山似的。走到跟前，让开了道，看着拾来过去，看稀罕似的。拾来总叫人觉得稀罕。而面对这么些探究的眼光，拾来更与人接近不了了。他成天价唬着个脸，叫人见了害怕，岂不知他心里是害怕人的。

白花花的一条大路，弯弯曲曲盘过一道坝子，没了。

坝子上翻过来一只黑虫，顺着白花花的路爬了过来，越来越大了。定睛一看，是一挂平车哩！

拾来一拍大腿，三步并两步地迎上去。果然见他大姑推着一挂平车，平车上是凉床，凉床底下一只篮子，篮子里，有布，有二斤肉，还有一盒卷烟。拾来眼窝热了一下：她见我吸烟了？

拾来捡了一个烟嘴，拾掇了一个烟袋，背着人吸呢。

他跑上去，接过大姑的车把子，迈开大步，把大姑甩下了二丈远。他的两张大脚片子踩在白花花的大路上，轻轻巧巧地走着。车轱辘"嗞咕嗞咕"转着。路边一只小虫"吱吱"地唱，秫秫"刷刷"地在拔节儿。月亮婆婆把什么都照得明明晃晃，清清白白。拾来心里一片空明，又平静又欢愉。他不明白，事情咋会变得那么好，叫人觉得，活着是一桩多大的美事，受了多大的恩德。

八

小翠子长个儿了。细溜溜的身子，穿了她大姐的紫花布褂子，直拖到膝盖上。烧锅，刷碗，割猪菜割的比谁都多。人喜欢她，她也喜欢人。就是不和建设子说话，建设子也不理她。两人不能搁一个桌上吃饭。有时见了面，隔老远眼皮子就耷拉下来了，像是几百年的仇人似的。鲍彦山家里的倒喜欢，说这才稳重，稳重好。她对小翠样样满意，就是有一桩搁在心里老放不下，这丫头子太聪明了。她时常想起第一次看见小翠的情景：滴溜溜地打着莲花落子，小嘴一张："这大嫂，实在好，抱小孩，也不闹！"太鬼了！其实，她最怕的也就是当时她最爱的。看看建设子那么蔫，几棍子打不出一个响。这丫头子能乖乖地跟他过吗？鲍彦山家里的心中没有一点数。因此，有时候，她难免觉得自己要吃亏。逢到这种念头上来，她就拼命地使唤小翠子，似乎要在鸡飞蛋打之前把本给捞回来。

"翠，喂猪了！"

"翠，把你哥的衣裳拿河里洗了！"

"死妮子，水缸见底了。"

　　小翠给使唤得滴溜溜转。她眼睛里的笑模样一天比一天少，变得十分严肃，下巴颏越发的尖，两条乌黑的大辫也有点见黄。有人看见她在庄东头大柳树下哭过，不出声，抹抹眼泪，赶紧地又走家了。看见的人自然要叹息，可是大家都晓得，比起别庄上的童养媳，小翠可说是享福了，不挨打，给吃饱。小鲍庄的童养媳是最好做的了，方圆几百里都知晓，这庄的人最仁义，可惜是太穷了。

　　有了小翠这一把割猪菜的好手，文化子下了晚学，再不必急急忙忙地下湖了。他深感得着了小翠的好处，嘴甜得很，赶着小翠叫"翠姐"。他叫一声，小翠的脸就红一下。文化子不愧是文化人，读着书，晓得男女平等的道理，有着很先进的民主思想，见他娘吆喝小翠吆喝得紧了，他常常会挺身而出："我去担水。"

　　他担着桶去了，小翠撵着喊他放下。他不干，飞快地跑，小翠便飞快地追。这么跑着追着到了井沿上，他抢什么似的把桶放了下去，桶脱钩了，漂在水上。傻眼了。

　　"你看你，慌啥？"小翠说他。

　　"都是叫你赶的。"文化说她。

　　"看你咋办？"小翠说。

　　"这有啥难的！"文化弯下腰去，伸下扁担去勾，扁担绳晃悠晃悠。

　　"看你能的！"小翠撇撇嘴，弯下腰去夺扁担。

　　"我能行。"文化不放手。

　　"给我。"

　　"不给。"

　　两人趴在井沿上，水上漂着一只桶，一根扁担勾晃悠晃悠。井底映着两个人影，一个小翠，一个文化。扁担钩子勾着了桶，却没吊起来，倒把水搅花了，花了一阵，又平了。小翠和文化又出来了，看电影似的。

　　"你看你那样儿！"小翠说文化。

　　"我看你还怪俊哩，翠姐！"文化嘻嘻着脸说小翠。

　　"呸！"小翠唾了他一下。

　　"怎么，我说错了？"

　　"错了。"

　　"你丑吗？"

　　"不是这个错。"

　　"那又怎么错了？"文化子纳闷。

　　"就是错，就是错！"小翠点着他鼻子说，那活泼泼的样子又回来了一点。文化子又傻了眼，不吭气了。

桶，捞上来了，水打满了。两桶水搁中间，文化在后，小翠在前。文化把扁担搁上肩，弯着腰，半蹲着，等着小翠上肩。刚要上肩，小翠又直起腰回过头问道，

"你多大，我多大？"

"你属牛，我属鼠。"文化立即回答。

"那么你咋叫我姐？"

文化一愣。

"可不是你错了！"小翠直起腰，扁担上了肩，刷溜溜地就走，把文化拽得一踉跄。

扁担悠着。水在桶里悠着，悠到桶边上，又回来了。

九

捞渣歪歪扭扭地能走了，话也能说不老少了。正吃晚饭，鲍五爷拄着拐来了。鲍彦山招呼他：

"五爷，来吃。"

捞渣学嘴："来七（吃）。"

鲍五爷装没听见，不理会他，在门槛上坐下来，看蚂蚁搬家。

"吃过了吗？"鲍彦山紧问着。

"吃过了。"鲍五爷回答。

"咋吃的？"

"煎饼，稀饭，咸菜。"

"你老要懒得烧锅了，就过来。咱家人多锅大，多一人少一人见不着。"鲍彦山家里的说。

"我能烧。"鲍五爷回答。闷着头看地。天黑了，看不见蚂蚁了，一只蚱蜢蹦跳过去。

什么东西碰了他的嘴，定睛一看，捞渣什么时候到了跟前，小手里攥着一块煎饼，捏成了团，直送到他嘴边。他看看捞渣，捞渣朝他笑着，一脸厚道相。他心里又是格登一下，扭过了脸去。

月亮升起了，眼前豁亮了许多。

鲍五爷掉回头，捞渣正坐在他脚边抓土玩，稀稀的黄头毛底下露出了头皮。鲍五爷伸出手在那头皮上胡噜了一下，心想："我咋像是在哪见过这鬼哩。"

前边牛棚里在唱古，队子吱吱嘎嘎地传得老远：

> 写一个五字无底洞，薛仁贵跨海又去征东。
>
> 征东招够人共马，回马枪挑凤凰城。

写一六字变化开，我配姣娥女裙钗。

带领三千人共马，才把唐王我主救出来。

……

十

在一千里外的北京，正进行着一场江山属于谁的斗争。

一千里外的上海，整好了装，等着发枪了。

十一

里外三新的新被窝，软软和和地裹着拾来。拾来钻在被窝里，舒服得心里发虚，有点不实在。翻来覆去，不知怎么舒服才好，反倒睡不踏实了。

月光照进堵了一半的窗洞，落在大姑的床上。大姑盖着一床旧棉被，薄得像纸，硬得也像纸。

大姑是真疼自己，拾来想。这世上不会再有像大姑这样疼自己的人了。是媳妇也不能这样，是娘也不能这样，是姊妹更不能这样。拾来这辈子没娘，没姊妹，还没媳妇，他不知娘、媳妇、姊妹的疼是啥味道，他只觉得大姑的疼是天底下最最好，最最好的了。

是大姑给铺的被，身下垫一层，身上盖一层，腿后跟还折了一道，紧紧地裹住了脚。脚一暖，浑身都暖了，俗话说："寒从脚底来"。好多日子，脚没这么暖和过。可是，这暖和又和那暖和不一样。拾来想起那温暖的峪谷。那柔软的暖和是非常特别地包围着他的脚。

月光移到了大姑的脸上，那脸庞近二年丰腴了起来，只是眼角的皱纹很密。

大姑好像微微地哆嗦了一下，拾来赶紧闭上了眼，等他再睁眼时，大姑已经掉过身去，脸朝里了。月光移到了她的身上，洼下去而又凸起来的地方。

过了几日，有一天，大姑对拾来说：

"拾来，你过年就十八了吧！"

"嗯哪！"拾来生硬地回答。天一亮，他夜里的那些柔情便全退潮似的退去了，不晓得退到什么地方，找也找不见了。

"也该说媳妇了。"她停了一下。

拾来不吭声，心跳了。

"二奶她娘家高庄有个闺女，比你长一岁。啥都好，就是小时出花，脸上落了疤。"她又停了一下。

拾来不吭声，心跳得凶，气都喘不过来了。

"她不嫌咱家穷，愿意跟你过。你要是愿意，明天就上高庄去一下。我让冯大家二小子进城捎了两斤果子。"她停住不再说了。她听见拾来的喘气声，像牛一样。

只听得"砰"的一声，碗碎了。拾来站起身跑了，带倒了案板，带倒了板凳，咸菜碟子掉了，臭豆子撒了一地。

大姑怔怔地望着一地的碗渣子。进来一只鸡，啄着臭豆子。啄啄，又丢下；啄啄，又丢下。

拾来出去一天，直到夜半才回来，三星都偏西了。大姑坐在床沿，没睡，等他。

他一进门，拉开被子，蒙上头就睡倒了。

"拾来。"大姑叫他。

他不动弹。

"拾来，"大姑脸对着窗洞，一字一句地说，"我给你置一副货郎挑子，你走吧！"

他不动弹。

"你成人了，自己过去吧。我不能养你一辈子，你也不能守我一辈子。"

他不动弹，只觉得从头到脚都凉了，就像掉进了冰窟。

一个风和日暖的早晨，拾来挑着一副货郎挑子，上路了。上路前，大姑不知从哪摸出一个货郎鼓，她用手抹了抹鼓面，轻轻摇了一下："叮咚"，货郎鼓响了一下，响得还脆。她看看鼓，又看看拾来，张张嘴，要说什么，又没说。然后把鼓交给了拾来。拾来接过鼓看了看，恍恍惚惚记着小时玩过，为了玩它还挨了一耳巴子。这是他从小长成人，第一次挨耳巴子，就一次，也记得住了。他随手把货郎鼓往货架上一插，径直走了，没有回头。货郎挑子在他宽厚的肩上晃悠着，货郎鼓清清脆脆地响着：

"叮咚，叮咚，叮咚，叮咚。"

大姑听着那鼓声一步一步远远地去了，眼泪直流了下来。

十二

早几天就听说，县上要来个作家，来此地采访治水的事。

这几天又听说，那作家日后就到了，住宿都安排妥了，住县一招。

鲍仁文要去见见那作家。早几天，就把他这些年写的文章拾掇出来，看了几遍，改了几遍。这几天，又重新抄了一遍，整整齐齐地摞在一起，用他娘糊的鞋靠子贴上光溜溜的画报纸，做了个精装的封面，封面上用墨笔写了两个立体的美术字——作品。直弄到夜半。他只迷盹了一小会儿，天就亮了。他起床洗了脸，刷了牙，又用他娘的破梳子沾了点清水梳梳头，穿上他的蓝卡其学生装，夹着"作品"出发了。

他娘撵了他有半里地，要他捎上半蓝鸡蛋上街卖了。他装没听见，大步流星地走出了庄子。

太阳很好，把风都暖热了。半个多月没下雨，大路上的浮土有半脚深了。大车过去，平车过去，自行车过去，人走过去，把个浮土踢起来，扬了个半天，遮黄了太阳。

他感到燥热，走过大方家井沿上，向个提水的老头讨了半瓢水喝，再接着赶路。

路，向前蜿蜒，看不到头，难得遇见个人。远远的，看见个小黑点。走着走着，渐渐大了，大了，大了，显出人形了，辨清男女了，认出眉眼了。到了跟前，过去了，前边只有一条白生生的路，蜿蜒到看不见的远处去了。太阳到了头顶，踩着自己的影子走。

他觉得困顿，像是睡着了。"作品"的封面滑溜溜的，老往下打滑，他把它搂搂好，向前走。

这是他的宝贝，他的心肝，他的所有的一切，一切的所有。他为它熬了多少夜，熬了多少灯油。他累极了，困极了，难极了，写不出一个字却又非要不停地写下去，写下去，这时候，他便会困惑起来：

"这么苦究竟是为啥？究竟图的啥？会有个什么结果呢？"于是他会一下子萎顿下来，心里充满了虚无的情绪。这种心情冲击得最强烈的一次，他竟把他写了九个晚上还没写完的一篇小说撕了。然而，等那一阵狂暴过去之后，他望着一地的碎纸片，落寞地哭了。这时，他特别想往什么上面偎靠一下，温暖一下，安慰一下自己这颗破碎而孤寂的心。他觉得自己苦得很，苦得很。他蜷缩着，自己偎依自己，慢慢地平静下来，又重新摊开一张纸，拿起笔。除此以外，他不明白还有什么能给自己安慰和偎靠的。只有这么写着，他才能够希望着什么，妄想着什么。

路，无穷无尽地延伸着，这是一条寂静的路。他又觉着渴，却再不能遇上一口井了。

日头偏过正午，他走上了刘庄的地，前边就是县城了。有人担着空挑子往回走，是从街上下来的。

城里很安静。街中央馆子里，一地的鸡骨鱼刺，一个围着稀脏的围裙的娘们，正往外扫，招来了两条狗。剃头店里只有一个师傅靠在剃头椅子上打呼噜。一只猪大摇大摆地从百货店走出来。

他走过邮局，走进招待所。他心中忽然有些紧张。他努力回想着"作品"中最叫自己满意激动的段落，语句，想给自己增添一点信心和勇气。然而，却怎么也想不起来，那些绞尽脑汁写下来的章句全消失得无影无踪。他发觉，自己过去的半生的价值，和今后半生的价值，马上就要得到一个裁决。他有些腿软，几乎要掉过头走去了。

传达室的老头在打盹，口水流在衣襟上。一个女人低着头织毛线。没人理会他。

"大姐。"他犹豫了一下，还是叫了。

"大姐"皱着眉头抬起脸，不太耐烦的样子。

"大姐，这里住的可有一位作家？"

"什么'坐'家，'站'家，不知道！"她回答。

"就是从外面来的，写文章，写书的。"

"叫什么名儿？"

"不知道。"

"男的女的？"

"不知道。"

她低下头继续织毛线，不再搭理他。

他又恳切地叫了一声"大姐"，没有回应。无奈，只好罢了。他站在招待所门口，思忖了一会儿，掉过身往县委走去。他有个中学里的老同学，在县委宣传部打字。

很顺利地找到了那老同学，她也还认得他。而当他向她打听作家时，她却茫然了好一阵，然后才想起带他去找一位王科长打听。王科长皱皱眉头，抬起手，抖一抖手腕，把袖子抖下去，露出亮晶晶的坦克链表带，然后才去抚摸锃亮的分头：

"听说过这么一件事，不清楚，不清楚，听说过。"

"你去问问张科长嘛！"那老同学微微撒娇地扯扯他的袖管。

原来这位王科长只是个干事，"科长"不过叫叫听听而已。等找着了张科长，真相才大白。是有这么回事，曾经是要来个作家。可是后来不来了。也许是这里治水的事情不够典型吧，犯不着曲里拐弯地到此地来。于是，便不来了。

鲍仁文寂寞地走在大街上，心中不知是喜还是悲。倒像是放下了一块石头，觉得轻了，又觉得空了。他慢慢地走着，觉出了饿，口袋里有一卷夹了大葱的煎饼，他打算出了城就吃它，走过邮局，他站在报栏前看一会儿报纸。他注意到一张报纸的下角有一块目录，是省里一个文艺刊物的目录。何不向他投一稿试试呢？他忽然想到。不由激动起来，血液向上涌去，脸红了。他镇定了一会儿，默记下那刊物的地址。然后，走进邮局，在角落里坐下，翻开他的作品。

他把"作品"放在桌沿底下看，没有人瞅见。邮局里没有人，只有一个老头，在缝一只包裹。那老头像是个先生，文质彬彬的样子，戴了一副框架发黄的眼镜，笨手笨脚地拿着一管大针，一针一针缝合着包裹。包裹是寄往青海的——鲍仁文偷看了一眼。

鲍仁文挑了一篇小说，又挑了一篇散文，想想，再挑了一篇小说，卷在一起。

柜台里的人问他："是什么东西？"

"稿子。"他迟疑了一下，脸红了。

"什么？"那人不明白。

"稿子。"他说，脸又白了，好像在做一桩极见不得人的勾当似的。

那人把稿子往秤上一扔，过了秤，然后又拿起来往一个大筐里一扔。鲍仁文瞅在眼里，怪心疼的。就好像自己亲手养大的孩子要去远门游历去了。

从邮局出来，他心里却又一片恬静。太阳落了，黄黄地照着路边的土墙。有人进了馆子，传出划拳声。猪，哼着。广播里在播放一支快活的曲子。

他算着那稿子的路程，什么时候可以到省城了。他从这一刻起，就在等待了。他从此便有了理由等待，有了东西可希望了。

他觉着很幸福，不由跟着广播哼了一句，没合上调，哼得难听，赶紧住了嘴。

晚霞在他身后的天空上变幻着。他看不见晚霞，只觉着了那绚烂的光。

十三

大姑耳朵跟前，老有一只货郎鼓在响着：

叮咚，叮咚，叮咚，叮咚。

十四

太阳落到地边上，割猪菜的孩子都往家走了。小翠和文化来得晚，草箕子里还差点儿才满。

"文化子，你每日价，在学校，一早晨，一白天，忙的啥呀？"小翠子问道。

"上课呗。语文、算术、地理、历史、自然……学习就是了。"文化告诉她。

"学啥哩？我看你啥也不懂，桶掉井里也勾不起来，割猪菜割得多笨！"小翠子讥笑文化。只有在湖里，对着文化子，她才敢撒野。

"哼，我懂的，你不懂的，多着呢！"文化子不服气，他在学校里尽得两分，只有在小翠跟前，才有得显摆。

"你说说看！"小翠斜着眼瞅瞅他。

"你知道，人是打哪儿来的？"文化问。

小翠噗哧笑了："娘肚子里生出来的呗！我当你知道什么哩。在学校里就学了这个？躲滑罢了。"

文化微微一笑，不与她斗嘴，继续深入问道："娘是打哪儿来的？你会说娘是姥姥肚里生出来的。姥姥打哪来的？姥姥的姥姥打哪来的？"

小翠果然被问住了，扑闪着大眼睛，不吱声了。

"告诉你吧，人是猴子变的。"文化压低声音，极其神秘地说道。

小翠轻轻地惊呼了一声。

"你看，猴和人像吧？活像！"

"那，猴又是什么变的呢？"小翠怔怔地问。

"猴子，是鱼变的。"文化犹豫了一下，最终还是很肯定地说出来了。

"咋是鱼变的？"小翠困惑极了，鱼和人可是一点也不像。

"你知道吧，这是地球。"

"地球？啥球？"

文化打了个格愣，感到和小翠说话十分困难，由此领会到了进行启蒙教育的必要性："就是咱们住的这地。"文化用脚跺跺地，又伸出胳膊画了个圈。

小翠转头看看周围，大地笼罩在苍茫的暮色里。

"这地上，最早，最早，最早，最早，什么也没有，只有水，只有水。"

"哦！"小翠抬起眼睛，望着渐渐暗下去的天，出着神。

"只有水，只有水。"

"那可不就像闹水的时候。"小翠轻轻地说。

"你们那地方也闹水？"文化问。

"差不多年年闹。我小时候，刚满周岁那一年，闹的可凶。听俺娘说，没天没地了，只有水。"

"你能记得？"

"我记得，……有一条长虫。"小翠怔怔地说。暮色越来越浓，她的眼睛在暮色里闪亮着，像两颗星星。

"回家吧。"文化有点害怕。

"割满了就走。"小翠子垂下眼睛割了一棵富富苗。

文化低下头，割了一棵七七芽："回家吧！"

"你割不满没事，我割不满可不管。"小翠忽然气了。

"瞧你说的，我娘就这么偏心吗？"文化有点难堪。

"你娘偏心，天底下没有比你娘更偏心的娘了。"

"你咋胡说哩！"文化也有点气了。

"咋是胡说？你娘为啥叫你念书，不叫你哥念书？"小翠回过头，一双黑黑的眼睛看定了他。

文化说不出话了，半天才结结巴巴地说："我哥人老实哩。"

"谁稀罕他老实。"小翠子提起草箕子，跨过两条芋头趟，又蹲下了。

"老实人靠得住。"文化又结结巴巴地说了一句。

小翠不理他，手脚麻利地割着猪菜。她眼尖，哪儿有猪菜都逃不过她的眼。她的手快，眼到了、手也到了。过了一会儿，小翠说话了。

"文化，你往后给我讲讲，你们上的学吧。"

"管。"文化说，又加了一句，"那还不管。"

小翠说："我不会亏待你，我唱曲儿给你听。"

"唱个'十二月'。"文化子立马说。他是从那些二流子嘴里听说有个"十二月"，也不知"十二月"究竟是什么，想得心里痒痒的。

小翠子稍停了会，唱了一句：

"正月里来本是个新年。"

她调门起的很高，声音细细的，尖尖的，颤颤的。文化觉着，小草抖索了一下。四下，毕静。

"喜欢笑那哈万象更新。牵挂个美少年，知心人难见，相思对谁言……"她哀哀怨怨地唱着，并不懂一字一句里的意思，听大人唱，她也唱，唱熟了，便觉出那一股凄戚很对她心思。

她凄凄戚戚地唱着，文化子凄凄戚戚地听着。

十五

捞渣会给鲍五爷送煎饼了。这倔老头才怪，谁送他饭食，他都不要，似乎一吃人家饭，他便真成绝户了。可是捞渣给送去，他便为难了。看看那张小脸，不收就觉着不过意。

捞渣会拉呱了，见鲍五爷一个人孤得慌，晓得同他问长问短地解闷。

"吃过了吗？"他问鲍五爷。

"吃过了，你哪？"鲍五爷搭理他。

"吃过了。"

"吃的啥饭食？"鲍五爷问他。

"吃的面条子。"

"不孬。"

"你吃的啥？"他问鲍五爷。

"煎饼，稀饭，臭豆子。"鲍五爷一字一句地回答，毫不含糊。

"蛐蛐儿。"他拿给鲍五爷看。

"是蛐蛐儿。"五爷点头。

"是男的，是女的。"

五爷笑了："这鬼。蛐蛐儿咋说男女，要说公的，母的。"

"是公的，是母的?"

五爷自己默了一会儿神，感叹道："要论起来，说男女也没错，也是个性灵。"

"把它放了吧!"捞渣忽然抬头说。

"放就放吧。"五爷说。

一老一小看着那蛐蛐儿一蹦，蹦没影了。

捞渣和鲍仁远家二小子说"斗老将"。鲍五爷帮着捞渣将杨树叶子，将了满满一大鞋壳，一小鞋壳。鲍五爷捂一只鞋，捞渣捂一只鞋，一捂捂两天。捂出来的杨树叶梗子，黑得油亮，比麻还韧。鲍仁远家二小子的杨树叶梗子捂得嫩，拉不过捞渣。斗一个，断一个，斗一个，断一个。急眼了，越急越断。捞渣就把自己的换给了二小子。然后，二小子便翻本了，斗一个，赢一个，斗一个，赢一个。捞渣输惨了，可他不急不躁，依然是喜眉喜眼的。鲍五爷在边上瞅了这半晌，等二小子走了，他问捞渣：

"捞渣哎，你咋把你的'老将'全换给二小子了?"

"我看他要哭了。"捞渣说。

"你输了不难受吗?"

"难受。"

"那你还换给他?"

"我看他要哭了。"捞渣又说。

鲍五爷不问了，看看捞渣，在他稀稀拉拉的黄头毛上胡噜了一下，叹了一口气。停了一会儿，自语似的说：

"你也该让他，论起来，你是他叔哩。"

十六

大姑老听得见一只货郎鼓响：

叮咚，叮咚，叮咚，叮咚。

十七

鲍仁文每天收工都要往庄东大路上走两步，见有没有送信的来。大前天迎到一回，有两封信，一封是鲍彦海家大小子打金华部队上来的；一封是鲍二爷家的，打关外来的，鲍二爷家里的是那年他闯关东从关外带来的。昨天又迎到一次送信的，却没有信，送信的只是打这里路过，往大刘庄去的。

今天他又往大路上走去，远远地听见有什么在响：叮咚，叮咚，像是一只货郎鼓，渐渐地才看见过来一个人，是个走路的，担着货郎挑，慢慢地近了。

他背后是太阳，红通通的停在大路的尽头，他走在大路上，货郎鼓叮咚叮咚响着。

"兄弟，你见没见有骑车子的往这边来？"鲍仁文大声问道。

"没有。"卖货的回答。走近过来了，剃得雪青的头皮，黑黝黝的脸膛子，宽肩大膀，嘴唇上的胡子却还没硬，软软地趴着。

"大哥，前面的庄子叫什么名？"他问道。

"小鲍庄。"鲍仁文回答他，慢慢转过身往回走。

"哦，这就是小鲍庄。"小伙子说，和鲍仁文齐着肩走，货郎鼓叮咚叮咚地响。

"怎么，你知道小鲍庄？"鲍仁文瞅瞅他。

"咋不知道？小鲍庄的名声可响哩。都知道这庄上人缘好，仁义。"小伙子说。

"哦。"鲍仁文不再问了。

小伙子东张西望着，早有几个小媳妇听见货郎鼓声音，探出头来了。

"大兄弟，你停一停，让我挑个顶针儿。"有人喊。

回头一看，见是个四十多岁的女人从台子上走下来。她黄白的皮肤，头发在脑后随随便便窝了个纂，耳朵边上散落下几绺头发。身上穿的褂子破得可以，好像就前后披了块布，闪闪忽忽，飘飘荡荡，结实的身躯时隐时现着。她走到货郎挑子跟前，低下头，在匣子里挑顶针儿，手腕圆圆的。垂下的眼睑上长着密密长长的眼毛，是个毛呼眼。

"收工啦？大文子。"她招呼鲍仁文。

"买针啊？二婶子。"他招呼鲍彦川家里的。

又来了几个媳妇儿，要买针头线脑的。鲍彦川家里的，挑个顶针儿挑个没完了。

"他二婶，你再挑也挑不出金的银的来。"鲍彦山家里的说她。

"我就是买根针，也要挑个可心的。"她回答，耐心地挑着。"大兄弟，打哪儿来的？"鲍彦山家里的问他。

"打山那边来的。"

"家里有父母吗？"

"没了。"小伙子瓮声瓮气地说。

"有兄弟姐妹吗？"

"没。"

"呀，是个苦命的孩子。"鲍彦山家里的抬起头看他，看他宽鼻大眼，生得厚道，不由怜惜起来。

鲍彦川家里的正试着一个顶针儿，试戒指似的。这会儿回过头来问：

"你叫个啥名儿?"

"拾来。"他说。他发现这女人的声音好听,低低的,厚厚的,听起来就好像一股温吞吞的河从心上淌过去。

她终于挑好了,把一个两分的分币递到货郎手里,温呼呼的,有点儿潮。

一群媳妇姊妹围着他,都抬头看他,看得他背上冒冷汗,不自在得很。

"咦唏!"娘们同情地叹息着。

拾来脑门上开始冒汗,虽说别扭,可心里却暖和和的。自打走出冯井,他第一次露出了笑脸儿。

那么些媳妇姊妹的手在他匣子里翻江倒海地翻腾,他一点不生气,蹲下来,拔出烟袋。烟荷包里却挖不出烟了。忽然,"啪"的一声响,一样软呼呼的东西掉在他手上,一个烟荷包。抬头一看,那买顶针儿的二婶正看着他,说了声:"吸吧!"转身走了。一件破大褂子挂在身上,飘飘忽忽地上了台子,闪进一扇门里。

这天夜里,拾来宿在牛棚,和唱古的鲍秉义挤一床。晚上,牛棚里照例挤了一屋人,听他唱古:

写一个七字把腿翘,关老爷手提偃月刀。

我问老爷哪儿去,霸王桥上去逮曹操。

写一个八字两边排,八仙随后过海来。

兰彩和撕掉阴阵板,四海龙王又糟糕。

……

十八

鲍彦山家里的很纳闷:小翠可不是天天在眼皮底下转,怎么猛地一下,开始长身子了。那身板不再是竹杆子似的直溜到底,不知什么时候圆了,结实了,胸脯子满满的,小腿肚子鼓了起来,尖下巴颏子圆了。女大十八变,变俊了,水灵了。

多少人同她说:"该给孩子圆房了。"

她同男人商量:"该给孩子圆房了。"

建设子已经二十四,该圆房了。

小翠子觉出了不对劲。她娘待她和气多了,那天失手打了个碗,也没说她,只叫她扫干净碗渣子,别让捞渣扎了脚,便完事了。文化子却又远着他,不再与她说长道短的了。建设子白天黑夜地收拾里屋,往地上垫土,往墙上抹石灰。而庄上那些大嫂大婶们,都对着她挤鼻弄眼的,诡计得很。

小翠子把捞渣从屋里拽出来,带到井沿上,问他:

"捞渣,翠姐待你好不好?"

"比亲姐还好。"捞渣说。

"那你为啥骗翠姐?"

"我没骗。"

"你骗了。"小翠激将他。

"没骗,真没骗!"捞渣急了。

"好,你不骗我,那你告诉我,这几天,我娘和我大商量啥了?家里要办什么事了吗?"

"俺大哥要娶媳妇了。"捞渣说。

小翠子只觉得头脑子"轰"的一声,炸了似的。她定定神,夸奖捞渣:"说实话才是好孩子,你回家吧。"

"你上哪儿?翠姐。"捞渣问。

"我站一会儿。"她说,又改口道,"我上二婶家去借个鞋样子。"

捞渣走了,没走远,站在树影里瞅着小翠,他是个有心眼儿的孩子。

小翠一会儿,回转身,慢慢地朝东头走去,越走越快,捞渣撵不上了。

她跑到庄东头大柳树前,一头歪倒在树底下,抱着树号啕大哭起来,一边哭一边嚷,嚷一句话:

"我才十六岁,我才十六岁!"

哭声几乎把全庄的人都招来了,捞渣早已跑去报了信,鲍彦山和他家里的一起跑来了,要把小翠拖回家去。小翠死抱着柳树干不松手,嚷着:

"我才十六岁,我才十六岁!"

旁边的人都忍不住滴下泪来,特别是刚过门的小媳妇们,更是触景生情,哭成泪人儿了。

鲍彦山家里的流着泪劝小翠:"咱娘俩一起过了这些年,有什么话儿不好说,要你这么伤心?"

小翠往树身上撞着头,声泪俱下:"我才十六岁,我才十六岁!"

"娘也不瞒你了,娘是想着要给你们圆房了,建设子过年就二十五了……"鲍彦山家里的哭得比小翠还凶,又伤心又忍不住觉得委屈,眼泪像小溪似的流了个满脸。

"我才十六岁,我才十六岁!"小翠嚷累了,抽抽搭搭地说着。

"建设子虽说生得笨,心眼是好的,丫头。你跟他过,亏不了你的。"

"我才十六岁……"

"你是老大媳妇,这个家就是你当了。丫头,你就不想想娘的心了吗?"

小翠只是摇头,一个字也说不出来,手却牢牢地抱住树干,拖也拖不开。直到鲍彦山当着众人面,宣布圆房再缓二年,她的手才从柳树干上松开了。

事情过去了。小翠子的下巴颏子又削了下去,而身子上圆起来的地方却不再平复下去。她眼睛里的神情越来越严肃，连个笑丝儿也没了。她娘对她又抠起来了，文化子却有点讨好她，见她扫地，就来夺她的扫帚。而她呢，却对文化子结下了仇，把扫帚"啪"地朝地上一扔，转身就走。

终于有一天，文化子在井沿上截住了她：

"小翠，你咋啦，我怎么你了？"

"你没怎么我？"

"那你呕啥？"

"呕你没怎么我。"小翠恶作剧地笑笑，担起扁担要走。

文化子按住扁担，不让她起："你把话说明白。"

"我的话再明白不过了。"

"我咋听不明白？"

"你没长耳朵，你没长人心。"

"你咋骂人！"

"就骂你，没心没肝没肺没肚肠！"她一猛劲，担起了水桶。

文化子没防备，跌了个四脚朝天，恼了。

小翠子却笑了起来，"咯咯咯咯"，清脆的笑声把树上的鸟儿都惊飞了。打那以来，她是第一次笑。

文化子就不好再恼了。

十九

早起，鲍秉德家里的忽然清清泠泠地说道：

"也苦了你了。"

鲍秉德心窝里一热，鼻子一酸，不由落下了泪来。

他家里的也落泪了："我拖了你半辈子了，也该到头了。"

鲍秉德一听这话不吉祥，赶紧喝住了她："什么到头不到头的，一日夫妻百日恩，咱们这一辈子好歹都守在一起了。"

她不言声，抹了一把泪，便起身去喂猪。猪食烧得稠稠的，搅得匀匀的。鲍秉德好久没见她这么利索过了。头发梳平了，光溜溜地在脑后窝了个纂，海昌蓝的裿子很可体。鲍秉德不由看呆了。他想起她做姑娘的时候：他提着两包果子去相亲，一上台子就看见一个小姊妹坐在门口纳鞋底。她看看他，他也看看她。她脸庞像一轮满月，额头上一排牙子齐崭崭地盖到眉毛上头，细细的眉，细细的眼，眼稍微微挑了挑。他看呆了，她忽然脸红了，站起身进了偏屋，只见一条大粗辫子在他脸面前扫了过去。他想起她做新娘子那天：大辫子窝成一个硕大的纂，小山似勾坠得脑袋往后仰，乌黑的头发里埋着一截红头绳，大红袄儿，脸儿像一朵桃花。她端坐在那里，任人怎么闹她只不言声，也不笑，也不恼。鲍秉德只盼着闹房的快走，快走……他想她刚有喜的那阵子：她想吃酸，他跑到山那边去找杏子。每天夜里，他都要趴在她肚子上听听动静，他听得清清泠泠，有一颗心跳，扑通扑通的。他记得他做了个梦：她生了，下了一个大蛋，再仔细瞅瞅，不是蛋，是个大地瓜。后来，生了个死孩子。他揍过她，关着门揍。她一声不哼，任他拳打脚踹，也不哭，也不叫。揍过了，也不和他怄气，照样的，他要咋，她就咋。他揍过了，也心疼，也后悔，可是急了，便什么都忘了，外人是一点儿也看不出来。渐渐的，她的圆脸变长脸了，红颜色褪去了。后来有一天，鲍秉德收工回家，见地没扫，锅没烧，一地的碎碗渣子。正要发火，却见他家里的坐在小凳上拔自己的头发玩儿，一边拔，一边朝他乐……

"上工去吧！"她叫醒了他。他这才听见上工的锣在敲：嗵，嗵，嗵，嗵，嗵，他抹了把眼睛，站起身走了。

在湖里平地，鲍二爷和他挨着趟。他告诉鲍二爷：

"她的病见好哩！今天早起清清泠泠的说话哩！"

"她咋说？"鲍二爷问。

鲍秉德一五一十地把那些话都说了。不料鲍二爷变了脸，锨把子拍了一下地：

"不对啊！秉德。"

"咋了？"鲍秉德头皮一麻，心里格登的一下。今儿早起，他心里隐隐的，也有点觉着，不对劲。只是说不上来。

"我说老七，你还是回去守着她的好。"鲍二爷说。

"她今早清泠得很哩，比往常都要清泠。"他说，心里"怦怦"地乱跳。

"就是这清泠不对啊，她糊涂着倒不怕。"鲍二爷跺跺脚。

众人都围拢过来，纷纷劝鲍秉德回家去守着她。鲍秉德额头上沁出了冷汗，提起铁锨走了。

他快快地抄着大步往庄里跑。平整过的土地一大片，一大片，看不到边。远远的地方有一丛绿树，那就是小鲍庄。他快快地跑着，跑了半天也跑不近。四下里静静的，隐隐传来说笑声。太阳高了，烤得背上发烫。好像有鸟叫。风贴着地过来了，把裤腿灌满了。

他跑进了庄子，庄子里静静的，见不到人。像是有个小孩担着水穿过杨树林子走过来，再一细瞅，又没了。他跑得喘不过气来了，稍稍放慢了脚步，心想：不会有什么事了。这一庄子都静得睡着了似的，能有什么事？一只狗在喉咙里吼着跑过来，几只鸡悠闲地散着步，啄着土坷垃。太阳，明晃晃地照着。

他吐出一口气，有点笑话自己疑神疑鬼。这会儿，再跑回湖里去，也不值得了。他捎起铁锨，慢慢地上了台了。

有一只烟囱冒烟了，不是他家的。

他家的门闩着。他推了推，推不动。里面扛上了。他拍着门，叫"哎——"

他叫她"哎"，她也叫他"哎"。不能像别人那样，叫"孩他爹"，"孩他娘"。没个孩子，连个叫头也没了。

她不应声。

他又叫："哎——"

还不应声。

他急了，砰砰地拍着门，脚上来踹了几下，铁锨头拍掉了。招来一群小孩和老娘们，一起打门，一起叫。门硬是叫顶开了。进了门，鲍秉德扑通一下坐倒在地上了，只看见一件海昌蓝裣子在眼前晃悠，地上一把踢翻的板凳。他家里的，悬在梁上。

众人七手八脚地把她放了下来，放平在地上。她居然还有气，没勒对地方。鲍秉德上前一把搂住她放声大哭起来，屋里顿时唏嘘一片。

捞渣早已往湖里去喊人了。不一会儿，呼啦啦来了一大下子人。鲍仁文拖开鲍秉德，上来就做人工呼吸，是那年在中学里上生理卫生课时学的。队长那边就招呼人，整好了凉床，把人抬起就走。

"钱！"鲍秉德绝望地叫道，"我兜里半个钱也没啊！"

"队里给你齐。"队长回头对他嚷。

"大伙儿给你齐。"众人对他嚷。他这才踉踉跄跄地跟着跑去了。

两天以后，鲍秉德用挂平车，把他家里的推回来了。他家里的坐在平车上，啃一颗青桃，三岁毛娃似的。像是什么事也不记得了，什么事也不曾有过似的。

二十

耕读老师来动员捞渣上学了。捞渣七岁了，该上学了。

可是文化子已经在公社上中学了。一家供不起两个学生。他大说：要就是捞渣上，要就是文化上。

要早二年，就好办了，文化子巴不得不上学呢！可如今不同了，文化子不知咋的开了窍，一下子学进去了。从班上最后一名蹿到第一名。小鲍庄只有三名考上公社中学的，他就占了一名。他读书上劲多了。家里没得粮票给他带去吃食堂，他就每天来回跑，二十里路哩，中午带一卷煎饼，泡着茶吃。苦死了。

捞渣也想读书。庄上在学校的孩子，脖子上都有一条红围脖，这就叫他羡慕。他虽然还不知晓这红围脖是啥意思，可他知道是叫人学好的。那天二小子的红围脖叫老师要回去了，因为他和人打仗，把人门牙敲掉了。可见，做了坏事是不能得的，反过来，就是做好事才能得红围脖了。

他大说，还是让捞渣读吧，文化子能写个信儿记个账就算了，回来做活也算是个大半劳力。文化子不干了，又哭又闹还不吃饭，捞渣便说："让我二哥念吧，我不念了。"

文化子这才收了眼泪，下湖去给捞渣逮了一只叫天子，小翠用秫秫秸编了个小笼子。捞渣玩了小半天，就把它给放了。"它自个儿在笼子里，太孤独了。"他说。他大摸摸捞渣的头，叹着气："好孩子，过年大一定叫你念。"

捞渣不念书了，成天下湖割猪菜，和着一班小孩子。小孩子都围他，欢喜和他在一起。谁走得慢，捞渣一定等他。谁割少了，不敢回家，捞渣一定把自己的匀给他。谁们打架了，捞渣一定不让打起来。跟着捞渣，大人都放心。这孩子仁义呢，大家都说。

捞渣能割猪菜了，鲍五爷却连绳头都搓不动了，成天价只能坐在墙根底下晒太阳，一直晒到中午，懒懒起来走回家烧锅。捞渣就不让他走了："来俺家吃吧！"

鲍五爷也不推了。吃长了，他大就逗捞渣："你老叫五爷来家吃，俺家粮食不够吃了，咋办？"

捞渣认认真真地回答："我少吃一张煎饼，少喝一碗稀饭。可管？"

他大这才笑出来，摸摸老儿子的脑袋。

这天，嫁到山那边的大闺女带着孩子回来了。捞渣就到鲍五爷那里去借一宿，和鲍五爷脚对脚地挤一床。鲍五爷偎着捞渣小猫似的身子，说：

"捞渣，五爷的被窝叫你焐热了。"

"五爷，我每天给你捂被窝。"捞渣说。

鲍五爷偎着捞渣暖暖和和的小身子，心窝里滚烫滚烫的。话也多了：

"捞渣，你来和五爷睡，你大答应吧？"

"我大最依我了。"捞渣说。

"你娘答应吧？"

"我娘也依我。"

"他们要说我这老头子啰嗦哩。"

"不会哩。"

"我老不死，自己都活烦了。"

"好日子都在后头哩，"捞渣开导五爷，"二小子每天上学，他说老师说的，好日子都在后头哩！'四人帮'打倒了，立马有好日子哩！"

"捞渣，你想不想上学？"

"想。"捞渣说，然后又说，"不想。"

鲍五爷看出他是想的："你们学费要几块钱呢?"

"不少，三块多哩。"

"五爷给你付了吧。"

"不能，五爷，你的钱是大伙儿的……"

这一句话提醒了鲍五爷："是的，我吃的是百家饭，我是个老绝户噢!"

"五爷，你咋是绝户呢! 咱都叫你爷爷哩。"捞渣说。

"鬼哦，你的嘴好乖哟!"鲍五爷说，过了一会儿又说，"捞渣，你有点像我那社会子哩。"

捞渣没应声，睡着了。

"眉眼像，脾性也像。"鲍五爷说。

捞渣睡得安静，连丝鼻息声都没有。窗洞叫堵上了，屋里黑得伸出手不见五指。

"和社会子一样，都仁义。从不和人吵嘴磨牙……"鲍五爷对着黑暗拉着呱。

墙根有一只虫吱吱地叫着。

二十一

牛棚里在唱古：

> 写一个九字挂金钩，七狼八虎审幽州。
>
> 就数十字写的全，刘邦去也没回还。

二十二

拾来走了两日，又回来了。他把货郎鼓插在腰里，没让它响。他走到他头回停下来卖货的那台子下，对着台子上喊：

"二婶!"

喊了两声，二婶出来了，穿了一件半旧的褂子，不露肉了。两手黄澄澄的大秫秫面：

"大兄弟，咋又回来了!"

"我上回把二婶的烟荷包带走，忘还来了。"拾来从兜里掏出烟荷包，朝她举了举。

"这还值得送回来吗? 给你了，不要了。"二婶说。她低低的，哑哑的，又带点甜味儿的声音叫人心里十分舒坦，像喝了一口热茶。

"哪能。"拾来说着走上台子来了，把那烟荷包朝二婶跟前递过去。

"不要了呢?"二婶说，举着两手黄澄澄的面，朝后退着。

"哪能。"拾来朝他走去。

她只能要了，可是两手的面，怎么好拿？她便侧过身子："替我搁兜里吧！"

拾来把手伸进她斜开的兜，兜里暖暖和和的。他的手停了一下才抽出来，手上带着她的体温。

"进来坐坐，喝碗茶吧！"她说。

"不了，走了。"他说，脚却不动窝。

"坐坐歇歇吧。"她说。

"走了。"他却不走。

"进来坐坐嘛！"她伸出肩膀头子抗了他一下，他顺势进了屋。

屋子不小，有三间。可是空荡荡的，没什么东西。地上爬着两个小孩，一个三岁模样，一个四岁模样。门前架了张鏊子。二婶接着和面，拾来坐在板凳上吸烟。

"这是老几？"拾来问。

"老三老四。"二婶回答。

"怪喜人的。"

"烦人呗。"

他们一句去一句来地拉呱。不知咋的，他在这个二婶跟前，觉着很自在，很舒坦。他觉着这二婶虽说是第二次见面，却好像老早就认得了似的。

"他大做活还没收工？"他问。

"他大做鬼去了，死了！"她回答。

"哦。"他愣了。过了一会儿，慢慢地说："二婶也是个苦命人啊！"

"苦惯了。大兄弟，你能帮着烧把火吗？"

"能。"拾来忙不迭地站起来，挪到鏊子跟前去，点了火。

"大兄弟。"二婶叫道。

"嗯哪！"拾来答应道。

"你打山那边来，那边是分地了吗？"

"都吵吵呢，嗷嗷叫。怕是快了。"

"分了地，就够俺娘几个苦的了。"二婶叹气。

"大伙儿会帮忙的，这庄上的人情特好。"拾来安慰她。

"一分地，劳力就是粮，劳力就是钱，谁知道会是咋样哩。"

"都是一个庄一个姓，大家锅里有，不会少你几张碗的。"拾来说。

"你这个大兄弟嘴怪会说哩。"二婶笑了。

"我嘴最笨了，我说的是实情。"拾来红了脸。

"你说的是实情。"二婶瞅了他一眼，小声说，像是说给自己听的。

面和好了。二婶搬了张小板凳坐到鏊子前，伸手将面团在鏊子上轻轻一抹。嗞啦啦的一阵轻烟腾起。拾来忽然心里一格登，他咋在这轻烟里看见了大姑的脸。

一只竹劈子将那煎饼一挑，二婶的脸又清澄起来："别走了，在这儿吃吧。"

"不了。"拾来喏嚅着，二婶没听见，将面团子在鏊子上一抹，抹得溜溜圆，再一挑。拾来看着二婶的手：手腕圆圆的，手指肚鼓鼓的，手背的皮有点起皱，却结结实实的。他见过最多的是媳妇姊妹的手，每日里有多少双媳妇姊妹的手在他眼皮子底下翻腾，挑来拣去。可他却从没觉得有哪双手像这双那样，看着心里就自在，就舒坦，就亲近，就……怎么说呢，心里就暖暖和和的。他像是在哪里见过这么双手，要不，咋这样眼熟呢！

"你也是个苦命的，"二婶抹着面团子，悠悠地说，"往后路过这里了，就进来喝碗茶，吃顿饭，歇歇脚，就算是个落脚的地方吧！"

拾来鼻子酸酸的，不说话。

"有洗的涮的，就搁下。一人在外苦，不容易。"

"二婶！"拾来抬起头喊了一声，眼睛里满满的都是泪。

二十三

这天夜里，大姑耳朵边没听见货郎鼓响。一夜睡得安恬。

二十四

地分到户了。不论文化子怎么哭怎么闹，他大都不让他念书了。文化子急得没法，找了鲍仁文来说情。鲍仁文对他大说：

"我叔，你眼光得放长远点。分地了，要多收粮食，就看个人本事了。让文化子上学，学点科学，种田才能种好哩，单凭死力总不行。"

鲍彦山只是吸烟，不搭话。

鲍仁文又翻报纸念给他听：某某地方一个高中生养长毛兔成了万元户；某某地方一个大学生种水稻，也挣了不老少……听得鲍彦山眼珠子都弹起来了，可话一回到文化身上，他便又泰然下来。似乎文化子与那些人是一无联系的。任凭鲍仁文深入浅出地解释，他亦是不动。说：

"远水救不了近火啊，大文子！你不知晓。"

"还是多读书好哇！"鲍仁文不放弃努力。文化子在一边抽抽搭搭的，要放弃也放弃不得。

鲍彦山斜过眼瞅瞅鲍仁文，不吱声。其实，鲍仁文来做这个说客是最不合适的了。他自己本身就是一个极有力的反证，证明着读书无用，反要坏事。时时提醒着人们不要步他的后尘，万万别把自己的孩子们弄成这样：赔了工夫赔了钱，弄了一肚子酸文假醋，不中看、不中用，真正是个"文疯子"。

没有任何办法了。文化子晓得哭也是没用，便也不哭了，省些力气吧。倒是小翠背地里说他：

"就这样算了？"

"算了。"文化子垂头丧气地说。

"甩！"小翠子鄙夷地说了一个字。

文化子脸涨红了。在此地，无能，窝囊，饭桶，狗熊，用一个"甩"字就全包了。一个男人最坏的品质怕就是"甩"了，一个男人"甩"，那还怎么做人？还怎么叫人瞧得起？文化子动动嘴唇，没说什么，站起来要走。小翠子上前一把拽住他的袖子：

"你把我唱的曲儿还给我。"

"这怎么还！"文化子朝她翻翻眼。

"你唱还给我，唱个'十二月'！"小翠揍了他一下。

"我不会唱。"

"不会唱也得唱。"

文化子愣了一会儿，晓得是犟不过小翠的，他总也犟不过小翠，犟不过心里还乐滋滋的，真不知见了什么鬼！"那我唱个别的。"他请求。

"也管。"小翠通融了。

文化子苦着脸想了想，又说"唱个革命歌曲"。

"唱吧！"

文化子沉吟了一会儿，咳了几声，清清嗓子，开口了："一条大河波浪宽——"他唱了一句便停下来，偷眼瞅瞅小翠，看看她的反映，他怕她笑。

她没笑，看着他，微微张着嘴，倒有些吃惊似的。

"风吹稻花香两岸，我家就在岸上住——"文化子一边唱一边偷看她，她默着神，像在想什么。

"听惯了艄公的号——"文化子唱得鼓起了喉咙，只好认输，"实在是吊不上去了。"

小翠子像醒过来似的抬起眼睛看看他，轻轻地说："这个曲儿怪好听的。"

文化得意起来，雪了耻似的。

文化子不读书的消息一传开，那耕读老师便闻讯而来，动员捞渣上学。不得已，他向鲍彦山兜出了心底话：

"说实在的吧！我这个耕读老师做了这些年，至今也没转正。您让捞渣上学，也是给我脸面。这第一期的学费，我替捞渣交了吧！"

鲍彦山看看老师，终于点头了。不过学费没让老师交，他说："真让他念书了，我就得供他学费，万不能让你老师掏腰包。"

他是说话算话的，一口气交了学费，还花了六毛七分钱，给捞渣买了个新书包。鲍五爷在拾来的货郎挑子上拣了支花杆铅笔，给放在书包里了。

捞渣上学了，做小学生了。第一学期，就得了个"三好学生"的奖状。

小翠把捞渣的奖状拿在手里，颠来倒去地看个不停，看完了便问文化子："你念这些年咋没带回过一张花纸来家?"

文化子不屑地看了一眼奖状："这不算什么。"

"啥才算什么?"小翠回他嘴。

他俩时常这么一句去一句来的拌嘴，鲍彦山家里的都看在眼里了，慢慢地看出了些个意思，夜里，在枕头上，和男人商量：

"小翠十七了，该给他们圆房了。"

可是就在这时候，小翠忽然不见了。割完最后一垄麦子，小翠说：

"你们先回家，我去沟里涮涮毛巾。"然后就再没回来。

二十五

现今文艺刊物多起来了，天南海北，总有几十种。鲍仁文往四面八方都寄了稿，那一厚本"作品"已经拆开寄完了。寄出去一份，他就增加一份期待。他的生活里充满了期待，没有空隙去干别的了。他和他老娘那三亩四分地里，苗比别人少，草比别人多，都种不过二婶的地。真不知他是中了什么邪魔了。他娘甚至跑到二十里地外，三里堡的土地庙去烧了一炷香。那土地庙早已被毁了，她就把香插在庙前边的大树上。这个庙的菩萨灵，她认为。

他那在县委宣传部打字的老同学给他个消息，省里要开一个笔会。笔会，就是许多作家聚在一起，谈谈，玩玩，以文会友的意思。笔会先在省城开，然后就要到这鲍山去玩玩。这些年旅游风盛，稍有点来历的地方都叫拿出来作胜地了。鲍庄要说起也算有点来历的，据说，那上边还有个什么脚印儿，是那位鲍家的先人巡察治水情况时留下的。还有一个洞，洞里有石桌石椅，是那位先人坐镇指挥时用的。据说，那里也要设置旅游点了，当然，眼下只有一座小房子，里面有卖茶的。荒荒的，野野的，作家们就是要看这野味，亭台楼阁，绮山绣水看惯了，要换换口味。

于是，这批作家便要来游一下鲍山。

于是，省里早早就通知了县里，要县里早早做好准备。县文联——现在县里都有文联了——计划着请这些作家们和本县的文学青年见见面，座谈座谈，讲讲话，指导指导，以繁荣基层文学创作。海报贴出去了，要听讲座要见面的，得买票。不到两天，票就全卖出去了。现今的文学青年也是非常多的。

那老同学也代鲍仁文买了一张票。鲍仁文早早地就在盼望这一天了。长这么大，读了这么多小说，这么地热爱文学，可他却从来没见过一个作家。这实在是太不公道了。

他早早地就在盼这一天了。眼看着这幸福的一天之前的那些不幸福的日子，一日一日熬了过去。那老同学却托人带话来说：讲座见面会取消了。作家们不来鲍山了。因为有的要到西双版纳开笔会，有的要到九寨沟开笔会，还有的要到西藏参观访问，剩下二三个虽没别处的笔会邀请，却也没了兴致，终于没能成行，早早地分散到各地去开笔会了。近来的笔会是非常多的。比起那西双版纳、九寨沟、西藏，这鲍山又野得很不够了。

于是，他又只能继续往各地刊物寄稿子，继续期待着，继续什么也期待不着。

每日里，他在自家那三亩四分地里做活，脑子里就像在开锅，种种事情涌上心头，种种滋味充斥在心里。想想年龄是偌大，著书是偌渺茫，没有业，也没有家，这么一日一日过去，实在令人惧怕的很。那一日复一日的单调平凡的生活后面，究竟掩隐着什么？前头的希望究竟什么时候才能到达？他又恨不能马上跨过五年八年，看看那前景是如何锦绣，或者如何黯淡，也好早早死了心。因此，他望着那毒辣辣的日头，就有些为难起来，究竟要它过去的快还是慢呢？

和他的地挨边儿的是鲍彦川家里的地。她每日里带着十一岁的大儿子在地里做活，不兴歇歇的。天不亮来了，天黑了还不归。吃饭也不回去，她八岁的闺女提着个篮子给送来，就在地里把张煎饼卷巴卷巴，吃了，喝几瓢凉水。然后再接着干。

"一个人管吗？二婶。"他每日都要招呼她一声。

"管。"她回答。她就是说不管，也不见得有人来帮她忙。这地一到手，人就像疯了似的，恨不能睡在地里，谁也顾不上谁了。这阵子，真是谁也顾不上谁了。

不过，每隔三五日鲍仁文就看见有个膀大腰圆的外乡小伙子在二婶家地里做活。看看不像是雇工，二婶待他像自家兄弟，他待二婶也不外。他干活肯下力得很，一点不掺假。再说，这年头，又上哪儿去请雇工。就算有雇工，二婶也未必请得起。

那小伙子最多有二十岁，憨憨厚厚的。要来总是晌午后来，一干干到天黑。有一次，他直起腰左右看了看，正好看到鲍仁文，便龇着牙笑了一下，牙白得耀眼。鲍仁文认出了，就是那天挑货郎挑的。

小伙子和二婶不外得很。有一次，见他给二婶翻眼皮，二婶眼里进了颗沙子；有一次，见二婶帮他挑手上的刺儿。二婶吸烟，小伙子帮她点火；小伙子吸烟，二婶帮他点火。他叫她"二婶"，她叫他"大兄弟"，孩子们叫他"叔"。

瞅不透他们是什么关系。瞅着只觉得怪有趣儿的。

日子过得那么平淡，难捱，看看他俩，倒也解解闷。

二十六

这天，那小伙子正给二婶锄地，却呼啦啦地跑来了一伙子人，为首的正是鲍彦山。他抢起扁担，一家伙把那小伙子掀翻在地上了。接着，一伙人就拥上来，连打带踢，那小伙子抱着头在地上乱滚。

二婶担着一挑水走到地边，来不及搁下桶就朝这边奔过来了。桶翻了，水涓涓地流着。

二婶跑着跑着，绊倒了，爬起来再跑，一边叫道："要打打我，要打打我。"

她跑到跟前，就去拖鲍彦山，鲍彦山给了她一脚："连你一起打。"

她被踢得蹲了一下，又站直了，跑上几步，扑倒在鲍彦山脚边，抱住鲍彦山的膝盖："大哥，你饶了他小命一条吧!"

鲍彦山不由放下了扁担，瞅了一眼弟妹，叹了一口气，骂道："你这不要脸的娘们，还有脸给他说情!"说罢，就一使劲甩脱了她。

二婶翻转身，索性抱住了那小伙子，不管不顾地嚷："是我偷了他汉子，没他的事! 是我偷了他汉子，没他的事!"

一阵更加激烈的拳脚交加。二婶和那小伙子紧紧抱成一团，再不作声了。任他们怎么踢，怎么打，怎么骂，只是不作声。

打累了，终于歇了手，在他身上踹了一脚，说道："下次再叫我瞅见你往这庄上跑，没你好果子吃。"

他们抱成一团，一动不动，像死过去了似的。人走了，半晌过后，才动了起来。

小伙子哇的一声哭了"二婶，我干了缺德事，败了你家的门风。你揍我吧!"

"这不怪你，"二婶整了整衣衫。眼里没有一滴眼泪，干干的。

"我连累了你，二婶。"

"是我连累了你，拾来。"

"我这就走，再不敢来了。"

"你要走，就走吧。"二婶幽怨地看着他。

他爬起来，要走，却又蹲倒了，脑袋垂在了裤裆里。

"你咋不走?"二婶问他。

"我走了，这地你自己咋锄得完。"拾来说。

"我能锄。"

"那，我走了。"他回过头，犹犹豫豫地对二婶说。

"慢，你的货郎挑子叫他们砸散了，你拿什么去做买卖？"

"我能拾掇。"

两人不再说话，低着头。过了一会儿，二婶慢悠悠地说："我说，拾来。"

"我听着哩。"

"我说，你要不嫌我年岁大，不嫌我孩子多，不嫌我穷，你，你就不走了！"二婶说罢，猛地扭过脸去了。

拾来却抬起了脸，眼睛里流露出欣喜的光芒，他感激涕零地叫了声："二婶！"

"你别叫我二婶了。"

"管。"

"你叫我，孩他娘。"

"管。"

二婶慢慢地转过脸，望着拾来，泪糊糊地笑了。拾来也憨憨地笑了。两张鼻青眼肿的脸，就这么泪眼婆娑地相对着，傻笑着。

拾来留下了，却不敢叫本家兄弟们看见。可是这怎么瞒得过人！鲍彦川的本家兄弟到处寻着拾来。

拾来去找队长，现在分地了，没有队了，也就没队长了，队长叫作村长了。村长不如队长能管事。他说他管不了鲍家兄弟，他心里也是不想管，这事儿不能管。这是小鲍庄百把年来头一桩丑事，真正地动了众怒。

拾来是个五尺高的汉子，不是一只烟袋一只鞋，不能藏着掖着。早晚叫他们瞅见了，便跑不了一顿饱打。拾来叫他们打急了，撒腿就跑。二婶在后边大声地叫：

"往乡里跑，往乡里跑！"

一句话提醒了拾来，拾来抱住脑袋，掉转身子就往乡里跑。一气跑了七八里地。到了乡里，才算有了公断：照婚姻法第几第几条，寡妇再嫁是合法的，男方到女方入赘也是合法的。从此，拾来在小鲍庄有了合法的身份，不用躲着人了。

可是，倒插门的女婿难免叫人瞧不起，连三岁小孩都敢在头上动土。干干净净的鲍姓里，忽然夹进一个冯姓，并且据说这个冯姓也不那么地道，纯净，是硬续上的，来路十分不明。叫众人难以认可。一篓瓜里夹进了葫芦，叫人怎么看得顺眼。再加上拾来和二婶的年龄，总给人落下话把。好在，拾来从小是在这种好奇又鄙夷的目光中长大，这对他不新鲜了。而他漂落了这几年，终于有了个归宿。他一点儿没觉着二婶对他有什么不合适，他想不出他怎么去和一个大闺女过日子。和着一个小姊妹过日子，那也叫过日子吗？二婶对他，是娘，媳妇，姊妹，全有了。拾来心满意足，胖了，像是又高了一截子，壮壮实实，地里的活全包了。

二十七

今天晚上和明天白天天气预报：

今天晚上，阴有雨，雨量小到中等，局部地区有大到暴雨。预计明天，仍有中到大雨。希望有关部门及时做好防汛工作……

县里成立了防汛指挥部。

乡里成立了防汛指挥部。

村里也成立了防汛指挥部。

二十八

雨下个不停，坐在门槛上，就能洗脚了。西边洼处有几处房子，已经塌了。

县长下来看了一回。

乡长下来看了两回。

村长满村跑，拉了一批人上山搭帐篷，帐篷是县里发下来的。

这天，天亮了一些，云薄了一些，雨下得消沉了一些，心都想着，这一回大概捱过去了。不料，正吃晌饭，却听鲍山西边轰隆隆地响，像打雷，又不像打雷。打雷是一阵一阵的轰隆，而这是不间断的，轰轰地连成一片，连成一团。"跑吧！"人们放下碗就跑，往山东面跑。今年春上，乡里集工修了一条石子路，跑得动了。不会像往年那样，一脚插进稀泥，拔不起来了。啪啪啪的，跑得赢水了。

鲍秉德家里的，早不糊涂，晚不糊涂，就在水来了这一会儿，糊涂了，蓬着头乱跑。鲍秉德越撵她，她越跑，朝着水来的方向跑，撒开腿，跑得风快，怎么也撵不上。最后撵上了，又制不住她了。来了几个男人，抓住她，才把她捆住，架到鲍秉德背上。她在他背上挣着，咬他的肩膀，咬出了血。他咬紧牙关，不松手，一步一步往东山上跑。

鲍彦山一家子跑上了石子路，回头一点人头，少了个捞渣。

"捞渣！"鲍彦山家里的直起嗓门喊。

文化子想起来了："捞渣给鲍五爷送煎饼去，人或在他家了。"

"他大，你回去找找吧！"鲍彦山家里的说。

水已经浸到大腿根了。

鲍彦山往回走了两步，见人就问："见捞渣了吗？"

有人说："没见。"

有人说："见了，和鲍五爷走在一起呢！"

鲍彦山心里略略放下了一些，还是不停地问后来的人："见捞渣了吗？"

有人说："没见。"

有人说："见了，搀着鲍五爷走哩！"

水越涨越高，齐腰了。鲍彦山望着大水，心想："这会儿，要不跑出来，也没人了。"

后面的人跑上来："咋还不跑！"

"找捞渣哩！"

"他早过去了，拖着鲍五爷跑哩！"

鲍彦山终于下了决心，掉回头，顺着石子路往山上跑了。

鲍秉德家里的折腾得更厉害了，拼命往下挣，往水里挣。鲍秉德有点支不住了。

"你不活了吗？"他大叫道。

她居然把绳子挣断了，两只手抱住她男人的头，往后扳。

"狗娘养的！"鲍秉德绝望地嚎。他脚下在打滑了，他的重心在失去。他拼命要站稳。他知道，只要松一点劲儿，两个人就都完了。水已经到胸口了。

她终于放开了男人的头，鲍秉德稍稍可以喘口气。可还没来得及喘气，她忽然猛地朝后一翻，鲍秉德一个趔趄，不由松了手。疯女人连头都没露一下，没了。

一片水，哪有个人啊！

水撵着人，踩着石子路往山上跑。有了这一条石子路，跑得赢水了。跑到山上，回头往下一看，哪还有个庄子啊，成汪洋大海了。看得见谁家一只木盆在水上漂，像一只鞋壳似的。

村长点着人头，除了疯子，都齐了，独独少鲍五爷和捞渣。

"捞渣——"他喊。

"捞渣——"鲍彦山家里的踩着脚喊。

鲍彦山到处问："你不是说见他和鲍五爷了吗？"

"没见，我没说见啊！"回说。

鲍彦山急眼了，到处问："你不是说见了吗？说他牵着鲍五爷！"

都说没见，而鲍彦山也再想不起究竟是谁说见了的。也难怪，兵荒马乱的，瞅不真，听不真也是有的。

鲍彦山家里的跳着脚要下山去找，几个娘们拽住她不放："去不得，水火无情哪！"

"捞渣，我的儿啊！"鲍彦山家里的只得哭了，哭得娘们儿都陪着掉泪。

"别嚎了！"村长嚷她们，皱紧了眉头。自打分了地，他队长改作了村长，就难得有场合让他出头了，"还嫌水少？会水的男人，都跟我来。"

他带着十来个会水的男人，砍了几棵杂树，扎了几条筏子，提着下山去了。

筏子在水上漂着，漂进了小鲍庄。哪里还有个庄子啊！什么也没了，只有一片水了。一眼望过去，望不到边。水上漂着木板、鞋壳子。

"捞渣——"他们直起嗓子喊，声音飘开了，无遮无挡的，往四下里一下子散了，自己都听不见了。

"鲍五爷——"他们喊着，没有声，好比一根针落到了水里，连个水花也激不起来。

筏子在水上乱漂着，没了方向。这是哪儿和哪儿哩？心下一点数都没有。

筏子在水上打转，一只鸟贴着水面飞去了，鲍山矮了许多。

"那是啥！"有人叫。

"那可不是个人？"

前边白茫茫的地方，有一丛乱草，草上趴着个人影。

几条筏子一齐划过去。划到跟前，才看清，那是庄东最高的大柳树的树梢梢，上面趴着的是鲍五爷。鲍五爷手指着树下，喃喃地说："捞渣，捞渣！"

树下是水，水边是鲍山，鲍山阴沉着。

男人们脱去衣服，一个接一个跳下了水。一个猛子扎下去，再上来，空着手，吸一口气，再下去……足足有一个时辰。最后，拾来一个猛子下去了好久，上来，来不及说话，大口喘着气，又下去，又是好久，上来了，手里抱着个东西，游到近处才看见，是捞渣。筏子上的人七手八脚把拾来拽了上来，把捞渣放平，捞渣早已没气了，眼睛闭着，嘴角却翘着，像是还在笑。再回头一看，鲍五爷趴在筏子上早咽气了。

筏子比上来时多了一老一小，都是不会说话的。筏子慢慢地划出庄子，十来个水淋淋的男人抬着筏子刚一露头，人们就呼啦的围上了。

一老一小静静地躺在筏子上，脸上的表情都十分安详，睡着了似的。那老的眉眼舒展开了，打社会子死，庄上人没再见过他这么舒眉展眼的模样。那小的亦是非常恬静，比活着时脸上还多了点红晕。

鲍彦山家里的瞪着眼，一字不出。大家围着她，劝她哭，哭出来就好了。

村长向人讲述怎么先见到鲍五爷，而后又下水去找捞渣。

拾来结结巴巴地向大家讲述："我一摸，软软的。再一摸，摸到一只小手。我心里一麻，去拽，拽不动，两只手搂着树身，搂得紧……"

人们感叹着："捞渣要自己先上树，死不了的。"

"捞渣要自己先跑，跑得赢的。"

"那可不是？小孩儿腿快，我家二小子跑在我们头里哩！"

"捞渣是为了鲍五爷死的哩!"

"这孩子……"

打过孟良崮的鲍彦荣忽然颤颤地伸出大拇指:"孩子是好样儿的!"

"我的儿啊——"鲍彦山家里的这才哭出了声,在场的无不落泪。

捞渣恬静地合着眼,睡在山头上,山下是一片汪洋。鲍秉德蹲在地上,对着白茫茫的一片水,唔唔地哭着。

天渐渐暗了,大人小孩都默着,守着一堆饼干、煎饼、面包,是县里撑着船送来的,连小孩都没动手去抓一块。

天暗了,水却亮了。

二十九

这次大水闹得凶,是一百年来没遇到过的大水。可是全县最洼的小鲍庄只死了一个疯子、一个老人和一个孩子。这孩子本可以不死,是为了救那老人。

水下去了,要办丧事了。大伙儿商议着,不能像发送孩子那样发送捞渣。捞渣人虽小,行的是大仁义,好歹得用一副板子送他。万不能像一般死孩子那样,用条席子卷巴卷巴。

男人们去买板子了,女人们上街扯布。蓝的卡,做一身学生制服,鱼白色的确良,缝个衬里褂子。还买了双白球鞋。捞渣打下地没穿过一件整褂子,都是拾他哥哥们穿破穿烂的。要好好地送他,才心安。

全庄的人都去送他了,连别的庄上,都有人跑来送他。都听说小鲍庄有个小孩为了个孤老头子,死了。都听说小鲍庄出了个仁义孩子。送葬的队伍,足有二百多人,二百多个大人,送一个孩子上路了。小鲍庄是个重仁重义的庄子,祖祖辈辈,不敬富,不畏势,就是敬重个仁义。鲍庄的大人,送一个孩子上路了。

小鲍庄只留下了孩子们,小孩是不许跟棺材走的,大人们都去送葬了。

女人们互相拉扯着,唔唔哭,风把哭声带了很远很远。男人们沉着脸,村长领着头,全是彦字辈的抬棺,抬一个仁字辈的娃娃。

刚退水的地,沉默着,默不作声地舔着送葬人的脚,送葬队伍歪下了一长串脚印。

送葬的队伍一直走到大沟边。坑,挖好了,棺材,落下了,村长捧了头一捧土。九十岁的老人都来捧土了:"好孩子哪!"他哭着,"为了个老绝户死了,死的不值啊!"他跺着脚哭。

风吹过大沟边的小树林子,树林子沙啦啦的响。一满沟的水,碧清碧清,把那送葬的队伍映在水上,微微地动。土,越捧越高,越捧越高,堆成了一座新坟。坟映在清凌凌的水面上,微微地动。

他大在坟上拍了两下，哑着嗓子说：

"孩子，大委屈你了，没让你吃过一顿好茶饭！"

刚止住的哭声又起来了，大沟的水哭皱了，荡起了微波。把那坟影子摇得晃晃的。

天阴阴的，要下似的，却没有下。鲍山肃穆地立着，环起了一个哀恸的世界。

这一天，小鲍庄没有揭锅，家家的烟囱都没有冒烟。人们不忍听他娘的哭声，远远地躲到牛棚里，默默地坐了一墙根，吸着烟袋。唱古的颤巍巍地拉起了坠子：

> 十字上面搁一撇念作千字，
>
> 千里那哈又送京娘。
>
> 有九字往里拐念力字，
>
> 力大无穷有燕张。
>
> 有人字一出头念入字，
>
> 任堂辉结拜杨六郎……

鲍二爷轻轻问老革命：

"鲍秉德家里的找到没有？"

老革命目不转睛地看着唱古的，轻轻说："没有。"

"这就怪了。"

"大沟都下去摸过了。"他盯着唱古的回答。

"这娘们……兴许……怪了……"鲍二爷摇头。

老革命一字不拉地听着：

> 有五字添一个单人还念伍，
>
> 伍子胥打马又过长江。
>
> 有四字添一横念西字，
>
> 西凉年年反朝纲。
>
> ……

三十

鲍仁文把拾来和二婶的故事，写了一篇文学色彩很浓的广播稿，寄给了广播站。题目叫作《崇高的爱情》。他写拾来不嫌二婶年纪大，孩子多，二婶则不嫌拾来没根底，没地又没房。由于有了崇高的爱情，他们便结为伴侣。白日辛勤地劳动，夜里在灯下制定"致富计划"。等等等等。不出一星期，就广播了，引起了极大的轰动。有人从十几里外来小鲍庄，为了看一眼拾来和二婶。可是，这并没有改变拾来在小鲍庄的地位，人们还是叫他"倒插门"的。

和他家地连边的还有鲍仁远家。他光天化日之下，犁去二婶两犁地，拾来也不敢作声。因此二婶没有男人时没受过欺负，这会儿有了男人，倒任人欺负了。而没有男人的二婶不是个省油灯，到处敢和人争和人吵，和人理论理论，现如今有了男人倒不敢了，像有了什么短处似的。她总觉得自己这个男人不是明门正道的，自己心里先亏了三分理，便再也嚷不出去了。可不管怎么说，还是有个男人好啊，不论是明道还是暗道。有个男人，心里踏实多了，过日子有个帮手，到底不那么累人了。她从心底里是感激拾来的。可是她又隐隐地觉着，自己也是收容了拾来。所以，她使唤拾来起来，那话里总难免有一种不客气的味道：

"拾来，水缸见底了！"

拾来便去挑水。

"拾来，烧锅！"

拾来便烧锅。

"拾来，锅溢了。"

拾来便不烧。

"拾来，猪跑了。"

"我正吃饭哩！"拾来说。

"你不能吃着撵着吗？"

于是拾来便卷巴一张煎饼跑去了，嘴里"罗、罗"地叫着。

拾来也习惯了，任她使唤。使唤不怕，就怕她嘟囔。有时候，拾来任务完成得不那么圆满，她就会嘟囔个没完。拾来虽说是个倒插门的，毕竟也是个男人，也有脾气，发作起来也是不得了的，于是就要闹。不过，他们闹起来和别人不一样。他们插着门闹，压着声儿闹，打死了也不叫唤。闹完了，打完了，开了门，又像没事人一样了。夜里，两口子还是恩恩爱爱，该干啥还干啥。

拾来隐隐有点不满足的是，这个家他作不了主。这个家是二婶的家，有什么事，人家从不找他，而是直接去找二婶。其实，就是来找他，他也会去问二婶的，可人们连这个过场都不记着要走一走。而二婶呢？也常常忘记和他打商量。比如，小三子上学的事。其实，她要来问他，他也会让三子上学的，她的孩子就是他的孩子，他能亏待的了吗？可是二婶问都不来问他，好像他不是这家的男人似的。他心里自然有点不自在。心里不自在吧，又不好说出来，憋又憋不住，就在别的事上露出了脸色：

"稀饭咋这么稀，是涮锅水吗？"

"我多放了半瓢水，你凑合喝吧，老爷！"二婶说。

"干一天活，喝这个管吗？雇的短工也得管饱饭！"拾来放下锅，搁重了一点，"砰"的一声响。

"你走街串巷卖货的时候,能喝上这个就不错了哩。"二婶撇撇嘴说。

打人不打脸,揭人不揭短,这话说到了拾来的短处,也是痛处,他干脆把碗摔了。

二婶也会摔碗,摔得比他响,"乒乓"的,当然,没忘了先关门。

打一次,闹一次,当时不觉得什么。可一次一次多了,总归要留下一点什么。一点一点地积了起来,自然是个事儿。虽然不大吧,可搁在心里也是个疙瘩,怪不畅快的。不过,过日子嘛,不畅快原来就比畅快多,没什么大不了的,也能过下去。不如人家的有,可人家不如的也有。就是这么回事。

广播稿在乡里广播了不久,又在县广播站广播了。拾来和二婶觉得怪臊的,可毕竟有点得意。成了名人了,便也觉得不该闹。想不闹就能不闹了吗?也不能。他们只能把门关得更严,声音压得更低。

鲍仁文听到县广播站广播了,便激动得了不得。要知道,被县广播站选中稿子,这在他的文学生涯中,是一个制高点。他自己都不晓得怎么来的一个印象,就是县广播站广播过的稿子都要在县文联办的一份名叫《文苑》的刊物上发表。他沉住气等着县文联给他寄到有他稿子的《文苑》。等了半个多月,也不见动静,又不好意思问上门去,只好作罢。他又想着再加工成一篇小说,给省里的刊物寄走了。接下来,就又是无穷无尽的等待。至于拾来和二婶在屋里打架,他就不负责了。

三十一

捞渣死后,文化子叫他娘数落得够呛。样样事情,他娘都要拿捞渣来对照他。而他自己也奇怪起来,怎么相对着自己每一处缺点,捞渣都有一处优点。而他的缺点又那么多,一动弹就露出了马脚。于是,便不时提醒起他娘对捞渣的怀念,数落之后便是哭,哭起来就没个完了。

"文化子,给娘捶捶背。"他娘叫道。

"我在喂猪哩。"他说。

他娘便哭了:"捞渣要在,不用我说,他就给我捶了。捞渣在,我一进门,他就递洗脸水过来了,不要我动弹了。捞渣,你咋走得那么早哩……"

哭得人心里酸酸的,烦烦的。文化子憋得慌。他心里也难受,难受的不仅仅是弟弟死了。当然,弟弟死了,他也难受得像心里剜去一块肉似的。这个弟弟好,虽然比他小许多,却处处让他。要不为让他,也能早一年读书,多挣两"三好学生"的奖状来家了。可是,难过归难过,死的死了,活着的还得过日子哩。因此,活着的人就不免要多想想活着的人,活着的事。

他想小翠子。自打小翠子走了,他才渐渐明白过来,小翠子是喜欢自己的,而自己也是喜欢小翠子的。并且,小翠子对他的希望,也一日一日的明瞭起来了。文化子变闷了，比他哥还闷。小翠子走，他哥也难过，难过的是媳妇没了。他哥二十六了，想媳妇呢。而他文化子难过的不是媳妇，她不是他的媳妇。哥哥还没媳妇，他不敢想媳妇。所以，他又盼着他哥快娶媳妇，但是，最好不是小翠子，一定别是小翠子，可千万别是小翠子。哦，小翠子，可千万别回来。可是他又耐不住地想小翠子回来。下湖去，他想着，小翠子跑过来，推了他一个脸朝天；井沿上，他想着，小翠子蹦出来，按住他的扁担："还我的'十二月'！"他想起他"还"她的那支歌儿，叫她一下子就唱会了，一丝音儿都不跑。"你该是上学念书的。"文化子叹了一口气。他发现小翠子对他的希望其实也是她自己的希望。她真该去上学的。而如今，连他自己都没得学上了，还谈什么小翠子呢！

他想学校，想看书了。他常常跑到鲍仁文那里去，借书看，和他拉呱。他自己也觉得出奇，如今和谁都不大能拉得来，却和鲍仁文能拉。

"文哥，你不能老一个人这样过下去吧！"他说。

"我不能像众人那样过下去。"鲍仁文回答。答得莫名其妙，可文化子全懂。

"你不觉得苦？"

"苦倒不怕，只要有盼头。"

"你有盼头吗？"

"想就有，不想就没有。"鲍仁文极其微妙地笑了一下，可文化子全领悟了。

"怎么过不是过一辈子呀，是不是？文哥。"

"只要自己觉得有滋味。"

"各人有各人的过法，是不是，文哥？"

"别看别人怎么过，只管自己，就行。"

"也别管别人怎么看咱们过，只管自己过的，就行。"

他俩像参禅似的，能拉一夜。每次从鲍仁文那破得不成样的屋子里出来，文化子便觉得心时敞亮了一点。

有一天夜里，他从鲍仁文家回来。走到家门口，忽然从黑影地里闪出一个人，站在了他的跟前，一双乌溜溜的眼睛看牢了他。是小翠！他险些儿叫出了声，小翠一把将他的嘴捂住，拖住他，跑到了家后。小翠的手滚烫滚烫，他拽住再不松开了。

两人跑下台子，钻进秫秫地，这才站定。小翠回过头，看着文化，文化也看着小翠。小翠的脸盘子瘦了一圈，眼睛更大了，黑洞洞的，深不见底。月光将秫秫叶的影子投在她脸上，影子摇晃着，她的脸一明一暗，像在梦里似的。

"你跑哪儿去了？"文化子想去摸摸她的脸，却不敢，倒被这个念头弄得哆嗦起来了。

小翠子不回答，只是看定了他。

文化子不由害怕起来了，推推她："你咋又回来了？"

"为你回来的。"小翠子说，眼泪直流了下来，很大很大的泪珠儿，打在秫秫叶儿上，"啪啪"的响。

这下轮到文化子不说话了。

"你不要我回来？"小翠艾怨地问。

"我正想着找你去。"

小翠子一把抱住了文化子的脖子，文化子这才敢抱住她。月亮悄悄地看着他们，看了一会儿，挪了一点，再看一会儿，再挪一点儿。下露水了。秫秫在拔节，"刷刷"地轻响着。一只秋虫在"吱吱"地唱。秫秫叶子摇晃着，把影子晃到小翠身上，又晃到文化子身上。露水凉凉的，甜甜的。

"翠，别走了。要走，我们一起走。"

"我回来，就是来讨你这句话的。你这么说，我就不怕了。"

"我也不怕，翠。"文化子喃喃地说。

"我就要你这句话，文化。"小翠喃喃地说。

"我想你想得好苦。"文化子哭了。

"我想你想得好苦。"小翠哭得更伤心了。

"我都想你来骂我，打我。"

"贱骨头！"小翠破涕而笑了。笑了一声，又哭了。

两人轻轻地笑着，又轻轻地哭着。月亮悄悄地看着他们，秫秫叶儿悄悄地拍打着他们。

三十二

鲍秉德结婚了。娶的是十里铺的一个麻脸大姊妹，虽是麻脸，人长得粗笨，可还是大闺女的好啊！是鲍彦山家里的给做的媒，一说便成了。立马定好了日子，说娶就娶过来了。虽然那疯子才死了不过三个月，但大伙儿都谅解：这男女两头都不能等了。三亩四分地躺在那里了，天天要人侍弄，家里没个做饭的不成。再说，鲍秉德年已过四十，等着抱儿子哩。

庄上有头有脸的，鲍秉德全请，还请了鲍仁文。可是鲍仁文却推托有事，没去。他坐在他那小破屋里，听到鲍秉德家里传过来的划拳喊令声，心中十分怅惘，像是失落了什么。他觉着，有些寂寥。一盏孤灯伴着个孤魂，自己不明白自己究竟在活的个什么。

那边像是更喧哗了，许是在闹房。又静了下来，大约新娘子在唱小曲儿了。静了一阵，又闹起来，大约是唱毕了。鲍仁文屏着气听那边的动静，没提防门开了，进来了一个文化子，把他结结实实地吓了一跳。

"看新娘子了?"鲍仁文问他。

"瞅了一眼。"文化子说。

"咋样?"

"一脸的坑。"文化子坐在床沿上，翻着书。

鲍仁文脑袋枕着胳膊，躺在床上，望着黑洞洞的梁。

"俺娘又在哭，想捞渣了。捞渣去年这个时候，和俺娘坐一条板凳掰大秫秫棒哩。"

"捞渣是个好样儿的，连鲍彦荣这个功臣都敬着他几分。"鲍仁文说。

"文哥，你不能把捞渣的事写个文章吗?"

"写捞渣?"鲍仁文坐了起来。

"捞渣不是为自己死的，是为鲍五爷死的，有写头哩!"

"可不是，可以写个报告文学。"鲍仁文自言自语道。

"俺这弟弟够苦的，才过了九个年，还没做人呢! 就没了。"

"他人虽然小，做的是大德行。"

"俺娘一哭就叨叨，没给他吃过一顿好茶饭。今年能收得多，能吃饱肚了。他又不在了。"

鲍仁文下了地，脚在床下边摸着鞋。他完全被激动了起来，浑身充满了一种幸福的战栗。"灵感来了。"他说，"是灵感来了。"他肯定。赶紧地摸笔、摸纸，把文化子完全忘了，撇在一边。

他不理会文化子，文化子也不理会他，脱了鞋，上了床，枕着胳膊躺倒了，和鲍仁文换了地方。他望着黑洞洞的梁。

小翠子今天晚上不知会不会来了，庄上这么大的动静，人来人往走马灯似的，到三更也消停不了。小翠子在十里地以外的柳家子给人做短工，说一得闲就过来。让文化子每天晚上，月到中天了，就到家后台子上去望望。他们约好，咬着牙等，等建设子娶上了媳妇，小翠回来，和文化子成亲。她虽然和建设子一没结婚，二没登记，可全庄的人，所有的人都认定她是建设子的媳妇了。而文化子，则是她的小叔子。所以，她必须等建设子成了家才能露面。

鲍彦山家里的，为建设子的事愁得不能行。她明白，建设子说不上媳妇的重要原因，是家里没房子。那三间破泥屋，经这么一场百年不遇的水一泡，又趴下去了一截，屋顶天天往下掉土坷垃，就不定什么时候就全趴下了，把一家几口人全埋在了里面。她和男人筹划着，收了秋，把粮食除了留种，全卖了，盖房子。可是没粮食吃什么呢? 这又是要发愁的事。两口子，每天夜里在枕头上烙饼，翻来翻去，翻到鸡叫天亮。

文化子望着屋梁，那屋梁上头像是有个黑不见底的大洞，望着望着，文化子觉着自己好像陷进了那大洞。

那边静下来了，有人打门前走过，说话的声音碰地响：

"麻脸倒不怕，能生养就行。"

"看她那粗腰大腚，能生一窝哩！"

"奶奶的，清泠。"

脚步沓沓地敲着泥地，远去了。

月到中天了。

三十三

二婶家大小子有十六了，长成个大个儿，黑黑的脸膛子，不笑。去年，还叫拾来"叔"，今年不叫了。拾来叫他，他也爱理不理的。二婶什么事都跟他商量，就更不和拾来商量了。拾来常常窝气，实在气不过了，他便把那散了架的货郎挑找出来拾掇拾掇，看见了货郎鼓。他拿在手里轻轻一摇：

"叮咚，叮咚。"

货郎鼓的声音生脆生脆。拾来愣愣着，像是想起了什么，最后又什么也没想起。他把货郎鼓往腰里一插，挑起货挑子走了。也没跟二婶打个招呼。二婶烧好了锅，等拾来吃饭，等等不来，等等不来。庄前庄后找了一遍，人说，没见拾来，倒见有个货郎，打大路上走过去，那模样确是有点像拾来。她赶紧跑回家找那散了架的挑子，一找没找到，她便明白了。

"我怕你不回来？贱样！"她撇撇嘴，自己盛碗稀饭，抓张煎饼吃了，把锅刷了睡了。一夜没睡踏实，一有个风吹草动，她就要竖起耳朵听听，是不是有人敲门。没人敲门。

第二天早起，她该干啥还干啥。第三天也这么过了。到了第四天，她有些沉不住气，夜没合眼，围着被坐在床上，吸着烟愣一宿。天亮了，她换了件海昌蓝的半新褂子，决定去找拾来了。

"我娘，你去找啥？找个熊！"大小子粗鲁地对她说。

"我去找你大！你个没良心的杂种！"她乱骂着，大小子不敢作声了。她还骂："要没他，你早死了，不饿死也得累死。他是你大。别看他大不了你多少岁，也是你大。你敢不叫他大，你看着……"二婶骂着，不由有点心酸。她想起拾来刨地的模样，光着脊梁骨，背上的汗珠子亮晶晶的，把裤腰都滚湿了。

拾来挑着货郎挑走在大路上，大路白生生的，翻过了前边的坝子，不见了。他忽然想起了一个月亮夜，这路白花花的，坝子上翻过来一只甲虫，慢慢的近了，近了，是一架平车，一个穿着蓝白花夹袄的女人拉着平车，车上有个凉床架子，一个篮子，篮子里有布，有棉絮，有果子，还有一盒烟卷。他心乱跳着，眼窝里热乎乎的，像有什么东西流了出来，他抬起手摸了一把。庄子里静悄悄的，只有老人和孩子。他走到他家的草屋跟前，那草屋几乎全陷到地底下去了，地面上只剩个烂屋顶了。前前后后的倒有了好些青砖到顶的房子。

门上没锁，虚掩着，推门推不动，再使劲，门倒了。屋子里空空的，一地的碎麦穰穰子。阳光从窗洞里透进来，卷着几缕灰。屋里只有一眼灶，两个床，一个板床，一个凉床。他站着，头快碰上屋梁了。门口拥着几个小孩儿，愣着眼看他。

"这屋的人呢？"他问小孩儿。

"走了。"小孩儿回答。

"走哪儿了？"

小孩儿面面相觑，一个大点儿的说："上北边了。"

拾来站了一会儿，走了出来，把门装好，掩上，回过身来。

阳光扎着他眼疼，睁不开。太阳晃眼。

拾来挑着货郎挑走在大路上，走过一片一片的地，这是两个，那是三个，在做活。他想着二婶的那地。他想着那地被太阳晒得烫脚，烫到心里去的滋味儿；想着那地腥苦腥苦的气味儿；想着那地种什么收什么，一点儿骗不得，也一点儿不骗人的诚实劲儿；想着二婶刨地时，那破褂子飘飘忽忽的，时隐时现着一双柔软结实的妈妈。他懒懒地走在大路上，货郎鼓无精打采地响：

"叮——咚，叮——咚。"

进了庄子，有个媳妇儿来挑花线，有个姊妹来拣纽子……各色各样的手在匣子里翻腾着。他瞅着那些个手，心里闷闷的。好歹等她们挑够了，买了，或是不买了。他整理了一下挑子。上了肩。直起腰，刚迈步，又站住了，离他十来步的地方，站着个娘们，脸上又是土，又是汗，成花的了。手掐着腰，恨恨地瞅着他。

"二，二，"他又改口道，"孩、孩他娘。"

"孩他娘死了！被她男人甩了，上吊了，投河了，一头撞在鲍山上撞死了！"

"哪，哪能。"拾来赔着笑脸，心里却像喝了一碗滚烫的茶，舒坦极了。

"她男人找着黄花大姊妹了！找着穿高跟鞋儿，烫狮子头的洋妞了！找着住楼的小姐了！"

"哪，哪能！"拾来走近去，抬起手，碰了碰二婶的肩膀，被二婶一巴掌打掉了。

"她男人死了，她守寡了，她改嫁了，嫁山那边去了！"

"哪，哪能。"拾来把打回来的那只手放到脑袋上，挠着脑袋。

"生了一大嘟噜孩子，有男的，有女的，有长的，有短的，有方的，有圆的……"二婶自己也笑了，赶紧又掩住。

拾来朝前走了两步。

"你走哪去！"二婶嚷道。

"回家呀！"他回答。

"哪是你的家？你还记得家？"

拾来不敢动了，站在那里。

"你是死了吗？还不动弹，你想死在野地喂狗了？"

拾来这才敢走动，跟在她后边。他心里就像放下了一块石头，他问自己：究竟有啥事呢？什么事也没有，啥事也没有。他回答自己。他越走越轻快，不由走到了二婶头里。

太阳照着土地，风吹着大柳树，柳枝子飘拂来飘拂去，一只雀子唱着。货郎鼓"叮咚叮咚"地响。他走着走着一回头，见二婶在抹眼泪，他又傻了：

"你，这是干啥呢？"

"你这个没良心的！"二婶哽咽着骂。

"我去去就来家了。"

"我不找你，你来家？"

"不找也来家。"

"说瞎话。"

"要是瞎话天打五雷轰！"拾来赌咒发誓。他望着二婶泪糊糊的毛呼眼，鼻子也酸了。

两口子相跟着回了庄，天已到晌午了。二婶开了锁进了屋，一边吆喝拾来："烧锅！"

拾来还没坐到锅跟前，她又嚷：

"水缸见底了，还不挑水去，这么没眼色的。"

于是，拾来又站起来去挑水。

三十四

鲍秉德不明白自己咋会有这么多话的。天黑，他脑袋一挨上枕头，就开始对着新媳妇叨叨，叨叨个没完。他告诉她小鲍庄的来历：鲍家祖上做过官，莫看如今贫寒，却是有根底的。他告诉她自己家那些啰啰嗦嗦的事：自己过去的那女人，那女人怎么变疯了，又怎么想上吊没死成，后来发大水时，又怎么摔下去，淹死了，至今连根头毛都没找着。

媳妇总是静静地听着，黑里见不着她脸上的麻子，什么也看不见，只觉着她的脸贴着他的脸，眼睛眨巴着，半天眨巴一下，半天眨巴一下。他知道，她醒着，在听他说呢！

鲍秉德原以为自己是不好说话的哩。他常常一连几天不说一个字，猛一开口，把自己都吓了一跳。如今这么说个没完，连自己都觉着烦人了。可不会是这几年的话全憋在肚里了。说也奇怪，人一说话就像是活过来似的。他像是活过来了。回想那几种，都不知道自己在活个什么劲。他就是觉得自己说的太多了，怕人烦。

她的脸贴着他的脸，半天一眨巴眼，半天一眨巴眼。她醒着，在听他说哩。

她肚里已经有了，不知为啥，他不用趴到她肚子上去听，也晓得一定是个活跳跳的孩子。他这么断定。他觉得这个娘们就是专给他生孩子过日子的，就是个不折不扣的娘们，家里的。搂着这样的娘们睡，睡得踏实，睡得实在。

可是，有时候，他坐在板凳上，脚泡在脚盆里，吸着烟袋，看着她忙活。看着看着，不由得会看到一个苗苗条条的背影，一条大辫子在背上跳着，长虫似的。他的心，就会像刀剜似的一疼。他觉得那疯子是有意跳下水，给这个媳妇儿让路的，也是给他让路的。唉，要是找着她的尸体，埋在地头，也好时常看看，捧捧土，拔拔草，心里的难受也好有个地方发落。可她不知躲哪儿去了，连根头毛也找不见了，连把土也不让他捧，草也不让他拔，连个地头也不占他的，连个难受也不给他。是放他过去，也是叫他放她过去。

鲍秉德心里酸酸的难受。可是天一黑，一搂着那娘们，话又来了。耳根子隐隐的好像家后秫秫地里有人唱小曲，声音细细的，风吹似的。再凝神一听，又没了。

三十五

鲍仁文熬了几宿，写成了捞渣的报告文学。这回，他发了狠，一连抄了四、五、六、七份，发通知似的发给了好几处：省里的，地区的，县文化馆的；刊物，报纸；青年报，少年报……

收过了秋，粮食进了屋，囤了起来。过年了，鲍秉德家里的肚子挺得老高，快生了。

庄前庄后连连响着鞭炮，起屋上梁哩！

这一天，大路上来了一辆吉普车。进庄就问鲍仁文家住在哪里，然后就一径找了过来。

鲍仁文正在地里做活，见一辆吉普车老远的来了。车停了，下来两个人，朝他走过来了，是朝他走过来的，踩着刚出头的麦苗。他站直了腰，用手搭起凉棚望着，心里"怦怦"地跳起来了。他看得出这两个人不是乡里人，其中一个甚至不是此地人。他们是来做什么的？太阳照着眼，眼睁不开。那两个人从太阳照眼的地方走来了。

那两个人一步一步走来了。

两个人一步一步走来了。

两人一步一步走到了跟前，问道：

"你是鲍仁文同志吗？"

"是的。"他说，声音有些打颤。

"这是地区《晓星报》的记者老胡同志。"那个像此地人的人指着那个不像此地人的人说，"我是县文化馆的，我姓王。"

老胡同志早已伸出手，握住了他的手。老胡同志戴了副眼镜，嫩相得很，不敢判断他的年龄。城里人的年龄不好说。他热情地摇摇鲍仁文的手，拉他在地头上坐下，好像是他家的地头似的。

他果真是为捞渣的报告文学而来的。他们收到稿子，先是看了一遍，压起来了。后来，过了年，临近三月份了。三月份是礼貌月。领导上要他们好好地抓一个典型，以配合五讲四美的宣传。于是他们又想起了这篇报告文学，重新找出来看了一下，传阅了一下，都觉得事迹是可以的。就是，怎么说呢？文章还要润色，并且要更加充实加强捞渣几年如一日照顾五保户这一情节。要知道，如今老人问题，简直是个世界性的社会问题。所以就派老胡同志来和鲍仁文同志合作，一起完成这篇报告文学。事情很紧急，今天，鲍仁文就要跟他们进城去。要力争在三月以前完成，让老胡同志带着稿子回报社发排，三月一日见报。

鲍仁文听他说着这一切，就好像坠入了五重云雾中。"我不是在做梦吧？"他问自己。"我可不是在做梦吧！"他又问自己。他觉着头晕，觉着身子软软的无力，连微笑也微笑不动了。他看着老胡同志那张嫩生生的脸，听不见他在说什么，就好像放电影出了故障，只有人影没有声音似的。老王同志递过烟卷，他糊里糊涂地接过来，居然让老胡同志点的火，连声谢谢也没说。

最后，老胡同志站起来，拍拍屁股上的土，说："就这样。"

鲍仁文也站起来，拍拍屁股上的土，说："好，就这样了。"

"我们现在就走吧！"

"好，走吧。"鲍仁文跟着说。恍恍惚惚的，不知要走到哪里去。走出麦地，上了吉普车，一股子臭汽油的味，叫他清冷起来：老胡同志是要上捞渣家去瞅瞅，和他父母拉拉。

鲍彦山家里的在烧锅，见来了两个陌生人，有些着慌。忙不迭地站起来。老王同志说：

"这是地区《晓星报》的记者，专来采访你家鲍仁平的事迹，要写文章报道哩！"

他娘还是惶惑。

"这是县上、地区上的干部，来问问你家捞渣的事，要写文章表扬哩！"鲍仁文解释说。

她便懂了,释然了:"屋里坐,屋里坐!"

屋里漆漆黑,一个粮食囤子占了三分之一的地方。老胡似有些吃惊地左右看看,没有说话。有人到湖里把鲍彦山喊来了。

"这是鲍仁平的父亲。"鲍仁文介绍。

两人一齐上前,一人握住了一只手,使劲摇着。鲍彦山惶惑地看着他们,好容易把手解脱出来:

"坐,坐吧!"

各就各位坐下以后,老胡同志扶了扶眼镜,低沉地问道:

"鲍仁平是从几岁开始照料五保户鲍五爷的?"

"打小就跟鲍五爷亲呢。会说话就会邀鲍五爷吃饭;会走路,就会去给鲍五爷送煎饼。"

"他为什么会对鲍五爷这么好呢?"

"他俩有缘分。鲍五爷不理人,倔,就理捞渣,和捞渣亲。"

"鲍仁平生前记不记日记?"

"日记?"

"捞渣活着时每天写不写文章?"鲍仁文解释道,无形中他成了翻译。

"自打他上学,每天放过学,割过猪菜,吃过饭,就趴在桌上写作业。写个不停,冬天手冻麻了,还写;夏天,蚊子咬疯了,还写。叫他,捞渣,明天再写吧!他说:明天还有明天的作业哩!"

"他写的东西还在吗?"

"和他的书包一起烧了。"

"烧了?"老胡同志很吃惊。

"此地的风俗:少年鬼,他的东西不兴留家里,统统都烧,烧不了的就埋了,扔了。"鲍仁文解释。

"哦。"老胡同志轻轻地吸了一口气。

"这孩子命苦,没吃过一顿好茶饭。"他大唏嘘起来,眼泪啪啪地落在了地上。他咳了一声,吐了两口痰,用脚搓搓,搓去了。

老胡同志不再说话,过了半晌,轻轻地说:"走吧。"

鲍仁文带他们到大柳树下去看看。老胡同志仰起头望望那树梢,想象着当时那鲍五爷是怎么趴在那树上的。又低头看看树干,想象着捞渣又是怎么抱住这树干死的。老胡摸摸那粗糙的树身,不说话。

鲍仁文又带他们到大沟边捞渣的坟上去看了看。坟上长了一些青青的草,在和风里微微摇摆着。一只雪白的小羊羔在啃那嫩草,一个小孩在大沟里洗脚,瞪大眼睛严肃地瞅着他们。

"小孩，过来。有话问你。"老王喊他。

他跑上来，牵起小羊羔，转头就跑了。一边跑一边回头看。

"乡里小孩没见过世面。"鲍仁文代他抱歉道。

老王摇摇头，笑了："我想问问他，鲍仁平的事。"

老胡一直没说话，站在捞渣的坟前。

坟上的草青青嫩嫩的，随着和风微微摇摆。

三十六

鲍秉德家里的生了，生得毫不费难。人到湖里喊鲍秉德，他忙不迭地往家跑。刚到门口，还没搁下锄子，里面就"嗷"的一声，下地了。是个大胖闺女。

不是小子，鲍秉德也不泄气。闺女小子，他都要，一样的金贵。梦里都做过几回了，有人喊他大。

不过两个月，他家里的又怀上了。乡里来动员计划生育，要他女人去流产，去结扎。他嘴里答应着，第二天就把他家里的送回了娘家。留得青山在，不怕没柴烧。

他一个人从她娘家十里堡走回来，想想要乐，想想要乐。

没想到一个人都活到这份上了，眼瞅着没什么指望了，不料，山回路转，又行了。他走到了大沟边上，走过了捞渣的坟。风吹过坟头，青草沙沙地响。他腿一软，蹲下了，他想起了那疯女人。他望着小小的坟，坟下黑黝黝的大沟水，不由生出一个奇怪的念头：

"没准是捞渣把她给拽走了哩，他见我日子过不下去了，拉我一把哩。"

他又望望坟，坟上的草在月光下发亮。

"都说这孩子懂事。这么小，就这么仁义。"

他看看大沟，水，在月光下闪闪发亮。

"这孩子也真奇，仁义得出奇。和鲍五爷的缘分也出奇，这是个小怪孩。"

他抓起一把土，拍在坟头上：

"好孩子，你保佑你七爷生个你这样的好儿子吧！"

他把土拍结实了。又停了一会儿，走了。

庄里噼里啪啦的鞭炮响，起屋上梁哩。

大沟对面，树影地里。有两个人，在说话：

"你家收这么多粮食，还不盖屋？"

"我大说先还账哩！这么些年咱家欠队上的账不少，大说，做人要讲个信义，借了账不能不还。"

"那房子，什么时候盖呢？"

"收了麦，卖了粮食，就盖屋。"

"你家咋不去做生意？光死种粮食。也种点别的，上街卖去。"

"我大说了，最要紧的是粮食。有了粮食，什么也不怕了。再说——"

"再说什么？"

"我大说，咱是本分人，不是生意人。"

"做生意怎么啦？"

"那得会坑人，心要狠才管。"

"一街都是做生意的，一街都是狼了。"

"我不是这个意思。"

一颗石子扔进了大沟，荡起一个水花，水花一圈一圈地荡开了。

"生气了？"

"生什么气？我是怕为了盖房子，把你饿毁了。我知道你是个大肚汉。"

"满地里青的黄的，什么不能吃？灰灰菜，妈妈菜。"

"吃得你生浮肿病。我大是生浮肿病死的。"

"不能。我娘说是把粮食都卖了，总还要留一点儿。"

"这才对了。"

风吹过树林子，一大沟的水微微荡起波纹，闪闪地亮。

"你在想什么！翠。"

"我想，以后来，我带馍馍给你吃。"

三十七

鲍仁文跟着老胡，在县一招住了三天。说是合作，其实就是鲍仁文提供材料，老胡执笔。写完之后，再让鲍仁文看一遍，看有哪些地方失真，不符合事实的。鲍仁文指出后，老胡就改去。弄了两天，鲍仁文只动了嘴，却没有动笔，心里是很不过瘾的。

而这三天与老胡的接触，却使他打破了一些对记者的神秘感。他没料到记者也是和他一样的人，要吃饭，要睡觉，睡觉还打呼，打得如雷贯耳，害得他两宿没睡踏实。而且他晓得了老胡比他要小三四岁，插过队，然后自学成才，进了报社。他有时请鲍仁文喝酒，喝多了就发牢骚。抱怨自己没有文凭，如何地吃不开。房子挤，工资低，奖金制尚在争取之中，等等，等等。鲍仁文只是不明白，从事这么崇高的事业的人，怎么会有这么多俗事的困扰。而有了这许多繁杂俗事的打扰，还怎么能够对人类的灵魂开展工作！

当他从县城往家走的时候，心里充满了一种失落的感觉。不过，等他进了小鲍庄，面对着人们完全改变了的尊敬的目光时，那失落感又消失了，内心渐渐地充实起来。一周以后，《晓星报》上头条登出了文章：《鲍山下的小英雄》。

他的名字赫然地用铅字印在了题目下边。老胡后边。他对着那报纸，心跳得厉害，像要从嗓子眼里蹦出来了。镇定了一会儿，他开始看文章，心跳渐渐缓了下来，正常了。文章里没有一句是他写的。他慢慢地平静下来，又从头看了一遍。这一遍，他发现有几句话一定是出自于他最早的原稿。比如："死亡面前，他把生留给他人，把死留给了自己"。这句话在原稿上，他记得就有的。当他看到第五、六遍的时候，他从字里行间看到了自己的劳动。他确确实实地认可了，这是老胡的文章，也是他鲍仁文的文章。他的文章终于用铅字印出来了，他的名字，终于用铅字印出来了。这铅字，便是一种认可，一种肯定。他的名字不再是无足轻重的。他的存在像是更加确定，更加切实了。如果说他原本对自己是否存在还有一些怀疑，一些犹豫，一些不敢肯定，那么这会儿，是完完全全放心了。

文化子把这文章念给他大他娘听，不料他大他娘脸上却淡淡的，好像在听一个别人家的故事似的。那些激动人心的话，对他大他娘作用不大似的。文章里的捞渣，离他们像是远了，生分了。只是当文章提到鲍彦山的名字时，鲍彦山抬起头问了一声：

"提我了？"

"提你了，你是捞渣的大嘛！"

"提我干啥，怪没趣儿的。"

"你是捞渣的大嘛！"

他便不再吱声。

文章里还提了许多人，比如组织救人的村长，捞起捞渣的拾来，他们都让文化子或别的读过书的孩子念了好几遍。

这文章激动了许多人的心，有人给鲍庄小学写信。有人给捞渣他大他娘写信，也有人给小鲍庄全体乡亲写信。清明那天鲍庄小学全体师生，来给捞渣扫墓。照此地规矩，在坟头上压了块土坷垃。然后献上一只花圈，用野花野草扎的。五颜六色的，在阳光下，灿烂得很。

过了两个月，收毕麦子。小鲍庄又来了一辆吉普车，下了三个人。一个是县文化馆的老王，一个是个小妞，穿着连衣裙，另一个是个男的，有四十来岁。他们一起步入了鲍彦山的家。这是从省里来的省报记者。省里决定，要大力宣传捞渣。

鲍彦山比上回镇定多了，握过手，请客人坐下。然后把捞渣牺牲的前后经过讲了一遍。不免要伤心，掉眼泪。

"鲍仁平生前最尊敬的是哪一位英雄人物？"那女的问道。

鲍彦山有点不大明白，可究竟不好意思叫人再三地解释。便点点头，想了一会儿说："捞渣对大人孩子都很尊敬的，见了老人总问好：'吃过了吗？'和小孩儿呢，从不打架磨牙。"

那女的便在笔记本上刷刷地记了一阵，又问："他这样做，是受了谁的影响呢？"

鲍彦山又想了一会儿："我和他娘打小就对他说：'见了人要说话，要招呼，比你年长的人，万不可不理会。比你小的呢，要让着，这才是好孩子。'咱这庄上哩，自古是讲究仁义，一家有事大家帮，方圆几十里都知道。这孩子，就是受了这个影响。"

那女的又在笔记本上刷刷地记了一阵。又抬头问道："他照顾鲍五爷，是不是学校安排的任务？"

"不是。他就是对鲍五爷好。他俩有缘分呢！说实在的，鲍五爷也对他好，两好才能合一好呢！"鲍彦山说。

那男的开口了："鲍仁平生前用过的书包，能让我们看看吗？"

"全烧了。"鲍彦山说："此地的规矩，少年鬼的东西不留家，统统烧的烧，埋的埋。"

"他有没有照片呢？"他又问道。

"没有，他没照过照片。"

"哦。"那男的好像吸了一口气。

"这孩子命苦，没吃过一餐好茶饭。"鲍彦山眼圈又红了，指指屋里的粮食囤，"能吃饱了，他又不在了。"他哽咽起来，再也说不下去。

"我们再去找拾来同志谈谈。"他们站起身来，告辞了。

鲍彦山站在门口，目送他们走去，心里凄然地想：捞渣这孩子，活着虽不咋的。可死了，有这么些人来问他，也算是有了福分。心下不觉安慰了一些。

他倚着门站着，好像听见一阵货郎鼓的响："叮咚、叮咚、叮咚、叮咚！"展目望望，前边村道上，走着一个挑货郎挑的老头。

三十八

拾来正烧锅。见有省里的干部来找，二婶便推起拾来，自己烧了。拾来就吸着烟，和省里的干部说话。

"那天，是你下水去捞上了鲍仁平，是吗？"那男的问。

"大家都下水了，有的捞上来烂鞋壳子，有的捞上来烂棉花套子。最后，我才把捞渣捞上来。"拾来诚实地说。

"你是怎么摸到他的呢？"那男的问。

"我闭着眼一个猛子扎下去，"他正说着，二婶端来了几碗茶，一人一碗，也给拾来端了一碗，拾来赶紧去接。

二婶让开了，放在案板上："别烫着了。"

拾来感激地看了她一眼，接着说："我一个猛子扎下去，手碰到了大柳树，我扶着树干沿着树身摸下去，碰到了一只小手。我的气已经吐完了，浮上来吸了一口，再扎下去，就把他拖上来了。拖不动，他手抱着树，抱得死紧。"

"哦。"那男的吐了一口气，那女的不停地往本子上记。

"他是为鲍五爷死的。"拾来说。

那两人很感动地看看拾来，尤其是那小妞，眼睛里水汪汪，亮晶晶，像是要哭了，拾来被她看得脸上有点发热，低下了头。

"我们再到村长那儿去。是他组织救人的，是吗？"那男的问拾来。

"是他，一听说少了人，立马带我们下山了。"

"他家住在哪里？"

"他家就住在村东，高台子上，有一排……"

"孩他大，你陪二位同志跑一趟不完了。"二婶发话了。

拾来看看二婶，二婶也正看他。他便站起身陪他们去。

不久，省报上登了一大块文章，题目是：《幼苗新风——记舍己为人小英雄鲍仁平》。文章写的很长，很详细，还配了一幅画。大家传着看下来，都说很像捞渣的。文章里提到了拾来，并且进行了一番描写，说他是：纯朴憨厚，身体强壮，几次下水，终于救上了鲍仁平，可是鲍仁平已经在他怀里永远地闭上了眼睛。还把拾来和二婶的事提了一下，说他不嫌二婶穷，把二婶的孩子当自己孩子待。这是作为英雄成长的背景来写的。甚至也提到老革命鲍彦荣。介绍了一番他的光荣历史。说，小英雄从小生长在这么一个地方，前辈们为人民不怕牺牲的精神，无疑对他起了潜移默化的影响作用。

这一段，鲍彦荣找人念了一遍，琢磨了好久，不由唤起了他早已沉睡的荣誉感。有那么一二天，他寻着鲍仁文，想和他拉拉。可是鲍仁文已经不得闲了，他正在抓紧写一个更长、更富有文学性的作品，他决定写一本小英雄的传记。

文章发表后不久，便有邻庄、邻乡，甚至邻县的小学生，排着队，抬着花圈，来到捞渣的墓上，过队日，凭吊小英雄，向小英雄宣誓。各色各样的花圈盖住了坟上的青青草，渐渐的，堆得高了，把小小的坟也盖住了。远远望过去，只看见一个花包子。像绿海上的一个花岛似的，被太阳照出了五光十色。

这时，省里出版社来了一个作家和一个编辑，为了编辑出版一本《小英雄的故事》。

鲍仁文终于这么贴近地看见了一位作家。

作家是个小矮个子，瘦瘦的，四十岁上下的年纪，抽烟抽得厉害。好像有着极严重的气管炎，坐在那里不说话，也听到他喉咙里咕噜咕噜地响。他看了鲍仁文写的草稿，决定和鲍仁文一起来搞这本《小英雄的故事》。在这"传记"

的基础上搞,这"传记"确实收集了小英雄的大量生平材料。他们一起对小英雄的亲人进行了反复采访,然后,又去找拾来。

拾来不在,二婶在。鲍仁文就向作家介绍"这是拾来家里的"。

"拾来家里的,你上湖里去喊一下拾来吧!"鲍仁文对她说。

拾来家里的便去了。

鲍仁文对作家说:"此地叫妻子都叫:家里的。我这么叫给你听,是好让你知道此地的风俗习惯。"作家笑笑。

拾来回到家,先和作家们招呼,然后对家里的吆喝一声:

"烧茶!"

于是,家里的便去灶前蹲下,引火烧锅。

拾来便向作家们叙述他捞小英雄的过程:"我一个猛子扎下去,没有。再一个猛子扎下去,也没有。后来,我想,鲍五爷趴在大柳树上,捞渣准保不能离大柳树远。就挨着树又扎下去,手摸着了树。这是庄东头的树,咱们小鲍庄最高的树。那回,水淹得只剩树梢了。你想,还能有别的了吗?"

作家点头,往本子上记。

"我扶着树干,沿着树干摸下去,碰到了一只小手,冰凉……"他讲述着,渐渐被自己的叙述感动,声音也昂扬起来。这时,二婶端上茶来了。

如今,二婶要敬着拾来三分了,庄上人都要敬着拾来三分了。拾来自己都觉得不同于往日了,走路腰也直溜了一些,步子迈得很大,开始和大伙儿打拢了。

"拾来,今晌午,作家在你家吃晌饭了?"有人找拾来拉呱。

"没有。他们上乡里去吃了。"

"你咋不留作家吃呢?"

"留啦。他们才客气。城里人才客气。"拾来说。

"拾来,你咋不回老家瞅瞅?"

"太远了,不回了。"

"老家还有人吗?"

"就我一人哩。"拾来声音放低了,有些伤感。

过几天,有人给拾来捎了个话:庄口走过一个老货郎,见鲍庄的人就打听拾来,问他成亲过后好不好?有没有娃娃?鲍庄人给他还说得过去吗?那人一一回答了他。临了,那老货郎让他捎信给拾来,他大姑在北边过得不错,有吃有穿的。问他:"不去看看拾来吗?"老头犹犹豫豫地说:"不了。"

这天夜里,拾来做了一个梦,梦里有一只货郎鼓,老在耳边响:"叮咚,叮咚,叮咚!"

三十九

这天，县上来了一部吉普车，车子停在鲍彦山家门口。车上走下县委书记，一把握住鲍彦山的手，告诉他："鲍仁平被省团委评为少年英雄了，光荣啊！"

鲍彦山愣愣着，枯树根似的手被县委书记温暖柔软的手包裹着。他不明白，少年英雄究竟意味着什么，只明白被县委书记这般器重是不可多得的。心中激动，一时上什么也说不出来。

县委书记搀着英雄父亲，走进英雄的家，沉默了，半天才说出一句话："苦了你们。"

"现在不苦了，粮食有了。"鲍彦山指指粮食囤子，"就是捞渣他，不在了。"

"粮食够吃吗？"县委书记摸摸粮食囤。

鲍彦山家里的忽然插了进来："咱们商议着把粮食卖了，盖房子哩。"

县委书记抬起头，环顾着黑洞洞的房屋，说："这房子不能住了。"

"没有房子，大孩子二十七了，还说不上媳妇儿。"她抹了一把眼泪。

县委书记望着黑洞洞的房子，说了一句："粮食万万不能卖。"然后紧紧地握了一下鲍彦山的手，走了。

第二天，村长来告诉鲍彦山，县里批给了他家木材，水泥，砖瓦，给他家盖房子呢。

又过了几天，村长告诉鲍彦山，乡里农机厂派给建设子一个名额，让他转吃商品粮了。

正是捞渣死了一周年，县里决定：迁坟。

县里的小学抬着花圈来了，乡里的小学抬着花圈来了，鲍庄的小学抬着花圈来了。

捞渣的棺材从大沟边起出来，迁到了小鲍庄的正中——场上。填了十几步台阶，砌了一个又高又大的墓，垒上砖，水泥抹上缝，竖起一块高高的石碑，碑上写着：

永垂不朽。

现在，鲍庄最高的不再是庄东的大柳树，而是这块碑了。碑，矗立着，后面是青幽幽的鲍山。

队鼓敲起来了，队号吹得嘹亮，县委书记讲了话，献上了第一只花圈……

鲍彦山和他家里的痴愣愣地坐着，想哭又不敢哭。事先，不少人交代过他们："这场合，再哭就不大好了。"

捞渣的墓迁到小鲍庄正中来了，又大又高，像一座房子。砖砌的，水泥抹了缝，再不会长出杂草来了，也不会有羊羔子来啃草吃了。

四十

鲍彦山家的新屋上梁了，封顶了。开了大大的窗，粉白墙，洋灰地，敞敞亮亮的四大间屋。

建设子在农机厂上班了。上门提亲的不断，现在轮到他挑人家了。

建设子结婚的那天，小翠子回来了。她进门就在她大她娘脚边跪下，磕了一个响头。不等她大她娘返过神来，爬起来拿了扁担水桶就去挑水，一趟一趟，把两口大缸都挑满了，满得溢到缸沿上了，还挑。文化子叫她别挑了，她还往井沿上跑，文化子去撵她，撵到井沿上。她正把桶放了下去，文化子夺桶，桶落到了井里，两人便趴在井沿上勾桶。

"笨死了！"小翠说他。

"怎么怪我？"文化子很委屈。

"就怪你，就怪你！"小翠对他撒野。

"怪我什么呢？"文化子越发的委屈。

"怪你不是老大是老二。"

"是老大咋了？是老二又咋了？"

"要是老大，我生成是……用得着费这么大周折？"小翠眼圈红了。

文化子眼圈也红了。

两人眼泪都落了下来，啪啪地落在井里，井里横飘着一只桶。

村里开路，把原先的村路拓宽，压平，铺石子。来的人和车一日比一日多，没条路不方便。开路，要开掉拾来家一垅菜地，拾来和他家里的，爽爽快快地答应了，连赔偿也不愿收。拾来说："我要收了这钱，我的人，就没了。"

县里要在捞渣墓后盖纪念馆，收集遗物时犯了难。小英雄生前用过的穿过的，所有的东西都烧了。后来二小子发现，他家茅房泥墙上，有着捞渣写的字，写的是自己的名字——鲍仁平。

问他，确实是小英雄写的吧？他说：

"没错。那天，我和捞渣一起拉屎，各人写各人的名字玩哩！"

当然，边上还有二小子写的字：鲍兆和。

可那泥墙一碰就烂，起不了。只能放那儿了。

尾　声

捞渣的墓，高高地坐落在小鲍庄的中央，台阶儿干干净净的。不用村长安排，自然有人去扫。他大，他娘，他哥，他嫂自然不必说了。还有鲍仁文，鲍秉德，拾来，也隔三差五地去扫。只是要求村长买一把公用的扫帚，用自家扫地的扫帚扫坟头，总不大吉利。

太阳照在那碑上，白生生的，耀眼得很。

碑后面是一片新起的瓦房，青砖到顶，瓦房后面是鲍山，青幽幽的，蒙在雾里似的，像是很远，又像是很近。

还是尾声

鲍秉义拉着坠子，曲儿唱到了终了：

有二字添一竖念千字，

秦甘罗十二岁做了宰相。

有一字添一竖带一勾念丁字，

丁郎又刻苦孝敬他的娘。

一二三四五六七八九十，

十九八七六五四三二一，

珍珠倒卷帘那么一小段。

鲍彦荣听着，像是走了神，像是想起了什么。他想着自个儿的那些好样儿的年月：班长死了，他吼了一声："跟我来！"打得只剩两个半人了。那个只剩半拉胳膊半拉腿的战友，现如今也不知在哪里了。

床板上还抱着腿坐了一个人，一个老头，罗锅腰，一脸皱皮，是打很远的北边来的一个老货郎，在这里借宿。他坐在墙角里，听着古，两只眼却盯着坐在门槛上的拾来。

拾来觉出有人看他，朝墙角里瞅瞅，看见了一双老眼。他瞅了一眼，又瞅了一眼，心下奇怪，觉着有点熟。再瞅了一眼，就挪不开了。两双眼睛远远地对视着。

一把坠子吱吱嘎嘎地拉着。

1984.11.17 徐州

1984.12.30 北京

（原载《中国作家》1985 年第 2 期）

郑 义

ZHENG YI

原名郑光召。1947 年出生于重庆市。原籍四川双流。10 岁来到北京。1966 年北京清华附中高中毕业。1968 年在山西太行山区插队 6 年，后又在吕梁山区煤矿当工人 4 年。1977 年入晋中师专中文系学习。1981 年毕业分配到晋中地区文联，任文学期刊编辑。曾任中国作家协会山西分会专业作家、《黄河》杂志主编、独立中文笔会会长等。1992 年到香港。1993 年去美国。现旅居国外。

1979 年开始发表文学作品。出版有小说集《远村》《老井》等。小说《远村》获 1983—1984 年全国优秀中篇小说奖。

老　　井

一

在苍茫太行山深处，有一条小小的青龙河。这河最终流出深山，汇入汾河。它途经一座大山时，在山根下稍稍流连片刻，轻轻一拐，弯出了一个小山坳。这小山坳里，便嵌了一小小山村，叫作"老井"。

这是一个雨雾迷漫的清晨。

村东头辘轳井旁的小院儿里，闪出一起早担水的妮子。头上搭一方花手巾，小扁担一横，挂一双吱吱轻响的铁桶，悠悠向后山走去。

其时，一场飘飘洒洒的春雨刚住。诚然不过星星点点，刚刚打湿地皮儿，但究竟是天降甘霖。于是，干旱的群山以及山坳里的小村儿，竟也精神起来。山岩、林木、房舍以及一块块缺苗断垄的山坡地，都显得容光焕发，如情似梦了……

大门又吱呀一响。一个男人咳嗽两声，说：

"巧英子，去后井呀？"

"嗯，去后井呀，爹。"

"——这雨，能攒下水了？"

再攒不下还没我的一担？巧英心里说。晃着一担空桶，仰起脸儿，不停脚儿地只是走。一冬无雪，一春无雨。一带自古水贵如油的旱山，终于河断井干。原本，老井村是很有几眼古井的。不大旱时，倒能绞起半桶浊水。天若大旱，也便不济。村人们只有破上一大清早或半前晌时间，到五里十里之遥的旺水井，抢得一担水来，作全家一日之用。几个月旱季，巧英担怕了。后井近。后井不是井，不过是一片大石滩中央的石凹，只要下雨，总要攒积上一些的。

里许地，几步儿便到了。青石凹中，果然攒上一些。赵巧英从桶里拿出水瓢，一会儿便舀了一桶半。然后从头上抹下花手巾，舀半瓢水打湿，痛痛快快洗了个脸。

老井村一带，地处太行山巅，素有"老井无井渴死牛，十年九旱水如油"之说。老井村人并不忌谈他们用水之拮据，自编顺口溜道："洗了脸，洗山药，洗了山药喂猪喝。"——骗嘴吧！——川里人讪笑道：嘻，他们舍得洗脸？至多是站起队来，当家的含上口水，嗯——转圈儿一喷！县城人则说：山里人洗脸，是大清早从炕上爬起来，鼻子对鼻子，呸！呸！——互相往脸上唾哩！这些传言，未免刻薄了，但山里人确实难得洗脸。汉们是剃一次头正式洗一次；妮子婆姨们，自然珍视每一个洗衣担水这种靠近水源的机会了。

小而挺直的鼻子，翘翘的，好一股儿傲傲的心气儿。凉水刚擦过的脸，红扑扑的，直透出山里妮子们所特有的俏爽劲儿。但衣着竟是一派城里人的时新打扮：紫红皮鞋，半高跟的；银灰色的筒裤，裤线笔挺；浅蓝色的西装上衣，大翻领里，露出一片猩红的毛衣和雪白的衬衣领；长长的黑发，油亮亮的，只一条花手绢在脑后随便一扎……

——赵巧英本来就不是山里姑娘！至少她自己这般认定。虽说填入团志愿书时，籍贯还得写上"老井村"，但如若不是赶上那三年人祸天灾，大批压缩城市人口，把他父母动员还乡，她是断然不会"怀在省城，生在老井"的。团支部开会时，她有一番妙论：共产主义就是物质财富极大的丰富——城里甚都丰富——我的目标，就是两个字儿：回城！她想进城，却又怕进城：城里人，总能透过她这身时新打扮，嗅出点土腥气，视她为"山姐儿"。倒是在老井村里，村人知巧英心高命薄，肯承认她是个半拉子城里人；不管她高中毕业回村后"科学种田"如何镇服住了老井，谁也认定，她日后嫁也要嫁个城里人的。

巧英擦罢脸，在雨后清新的晨风中梳起长发。她还要等等，总得等石凹里再积上半桶水，好凑上满满一担。忽然，她听到一种"叭哒叭哒"的舔水声：一条被雨淋得浑身精湿的大黄狗，正偷偷趴在石凹边，伸出长而阔的红舌头，急煎煎舔水吃。

"哒！死狗儿！"赵巧英一跺脚，喝骂道。

那瘦狗抬头瞅瞅她，顾不上理会，又埋下头急急舔水。

"哒！妨主货！"巧英气恼地踹它一脚，说，"死狗儿，死狗儿，叫你抢水喝！叫你——"

她愣怔了：那黄狗并不惧人叱骂，往旁一跳，猛地呲出尖利的长牙，作出一脸凶相！而且，她蓦地瞥见，那东西拖一条长长的大尾巴……

"嗷——狼狐！"赵巧英发一声尖叫，调转屁股就没命跑。

碎石山道儿，没跑两步，半高跟皮鞋蹉掉一只。再跑几步，便面色煞白，气儿也喘不上了。惊恐之际，蓦地瞥见一块顺下坡道儿慢慢移动着的大青石板。

"旺泉哥！"巧英扯嗓子大喊一声。

"昨?"那石板不动了,石板下传来瓮瓮的一声答。

"狼狐!"赵巧英东倒西斜地跑过去,仍然锐声叫道,"狼狐!啊……"

石板缓缓向后一掀,一个黑瘦高大的后生转过身来。宽厚的胸肩,略小的头,拧起的黑眉下一双亮亮的长眼睛紧张一扫,问:

"狼狐在甚地方,巧妮儿?"

"后井……"巧英扑过去,一头扎在那黑后生怀里,说,"在后井,……抢我的水喝哩!"

那黑瘦后生一把推开她,三步两步向山洼跑去。

……等赵巧英怯怯地返回后井,狼已杳无踪影。只见旺泉手握着打断的扁担,正愣愣地看那断茬儿,一道血痕从额角缓缓流下。

"这是咋啦?"巧英慌慌地问。她夺过折断的扁担,往地下一扔,掏出手绢儿,便要给他擦去血迹。

"扁担钩……"旺泉微微一苦笑,头向后一闪,"倒是便宜那野畜生了。"

霎时间,那捏着花手绢儿的手在空中凝住了。一双好看的杏子眼里,流溢出淡淡的怨恨之情。旺泉似乎毫无觉察,眼睛一亮,猛地抓住她双手,轻声说:"坐下!"

没等巧英说话,旺泉已强拉她一起坐在水洼边一块大青石上。顺他目光望去,她不禁一惊:那被打瘸了的狼,又一拐一拐地偷偷逡巡而来。她失声尖叫起来。旺泉一手紧搂着她,一手捂住了她嘴。

那狼怔了怔,止住了脚步。瞅瞅石凹里的水,又斜眼偷偷地瞅瞅人,再瞅瞅石凹里的水,终于还是忍不住走过来,急煎煎舔起水来。

突然间,旺泉推开巧英,扭身一跃,压到那狼身上。等巧英从地上爬起来,人与狼已在石滩上滚作一团。

"石头!……石头!"旺泉一边奋力扼住狼脖颈,一边向巧英喊。巧英忙慌慌找到一块石头递给他时,那狼已停止了挣扎,旺泉接过石头,随手朝狼头上碰了两下,气喘吁吁地一屁股坐在大青石上,石头一扔,掏出烟抽起来。

"嗨……"赵巧英长舒口气,贴着他也坐下,惊魂未定地抱住他一只胳膊,顺势把下巴枕他肩上,说,"瞅你能的!——一霎霎倒把人家掐死啦?"

"有甚能的?没饮足,撵还撵不走哩!"孙旺泉生淡淡一笑,说,"恓惶得这些野物们,一春没雨,渴成甚啦!……连人都不怕了……"

忽然,那狼挣扎起来,鼓起最后的力量,向积水的石凹爬了几步,一头扎在水里,慢慢伸直了后腿。从嘴里淌出的血丝,静静地在泉水里弥散开来……

看着那死狼,巧英圆圆的杏子眼里闪出了两点泪光,怔怔地说:

"瞅,死也不当渴死鬼哩……这是甚的鬼地方?"她扭过脸,看着旺泉,热切地说,"旺泉哥,咱们想法儿出去吧!"

"这不是一句话的事。"旺泉扔掉烟头，郁郁地说，"故土难离，根太深啦！……狗的，又来一个……"说着，又猫腰去捡石头。

一只小野物在乱石中一闪，逃到一块碾子大小的青石后头，探头探脑往这边看。

"狐子，一个小狐子……"巧英忙拽住他手，说，"走哇，回呗，甭砍石头了，叫人家饮上些呗，看恓惶的！"

旺泉望了望那泛着血丝的水洼，提起桶，把水匀了匀，拎起就走。没走两步，忍不住笑道：

"怪不得村里人们唤你'狐狸精'呢！——是一见狐子就亲，就待见？"

"怕是哩！"赵巧英也笑了，"也不知咋的，就待见个狐子，它们见我也不怕哩！"

"我看看？"旺泉停了步。

赵巧英嫣然一笑，返身向那黄灿灿的小狐子走去。小狐子正低头舔水吃，离那死狼远远的，舔舔水，便抬眼瞅瞅那死狼，怕怕的。见巧英过来，一惊，猛可一跳，转身便逃。

"哎，乖乖，小狐子乖乖，跑甚哩？"巧英亲昵地唤道。

那小狐子停了脚，扭回头，瞪起眼看她。

巧英圪蹴在水边，招着手儿唤道："啧啧啧啧，小狐子乖乖，喝好啦？——再喝些呗，别怕，不认得啦？是巧巧，是我呀！"

那小狐子瞅瞅水，又瞅瞅巧英，居然颠颠儿跑回来，放心大胆地舔起水来，稍稍躲闪着，还让赵巧英抚摸了两下它湿漉漉的长毛。

旺泉在不远处看着，惊愕得闭不上嘴！赵巧英几步蹦过来，孩子气地往他面前一跳，笑道："嘿，咋说？"

"狐狸精……"旺泉一时悟不出个因由儿，只好嘴里嘟噜道，拎起桶又走。没几步，见小路中央横躺着一只紫红半高跟皮鞋，便忍不住轻笑道，"叫你上地甭穿这鞋吧，哼……干甚没个干甚的样样！狐狸精……"

"狐狸精？咋？狐狸精给你丢人啦？给你败兴啦？"巧英跐上鞋，在地上一跺，穿好，一边撵上来，一边耍泼："告诉你，旺泉子，我爹我妈还不敢训我哩——你？是我是你婆姨呢是你是我汉！"

旺泉一声不吭，只是拎着桶奔前走。巧英撵上去，偷偷斜他一眼，见他脸色沉沉的，便再不言语，两人静静走路。

到旺泉撂石板处，两个年轻人站下来歇脚。这阵儿，巧英才发现：这青石板大得吓人，竟然有席片大。

"不是瓦吧？这么大！"

"炕面子。"

她掐指一算，说："垒墙的料石和上顶的石板瓦都差不多啦？"

他疑问地瞅她一眼。

"我数过。"巧英气哼哼地撅起嘴儿。见他不吭气了，又搭讪道，"新房的料是备齐了，新媳妇呢？"

"多少钱？半吨（一千元）还是一吨（二千元）？——不用啦！眼下妮子们太贵，等市场价格落一落再说啵！"旺泉越说越冷。

自打没考上大学一回村，他爹他爷就给他张罗开了婚事。开头他还不让，后来才发现，这事根本还轮不上他表态发言哩！——说了好几个妮子，都不肯来老井，家里冒着穷烟，人家妮子不往他家走！县中毕业生那点子傲气，一风吹得精光。他到底懂得了四个字，叫：农村现实。这两天，家里好像又秘密活动开了。他不问，但也不反对，走着瞧。至于青梅竹马的巧英这头，不光是躲，连想也不敢想了。人家梦梦都是进城。

巧英见话儿拉不下去了，便踢踢大青石板，问道：

"有多重，这？"

"没多重，三百来斤吧。"

嗨，没说的，到底是全村最有骨头的好后生哩。巧英瞅瞅大青石板，又望望云遮雾罩的青龙岭，心里不由一颤：每天天不明，就摸黑上山打石头，然后从半山腰的石窝里，一步不歇地背回家；再胡乱扒几口小米捞饭，灌老鼠窟窿似的喝上碗米汤，这只手放碗，那条腿出门，揣上几个煮山药蛋，便扛上大镢铁锹，上山修地——高中同学时的跳高冠军，眼下的"地球维修工"，筹办盖房娶亲的石匠！——巧英实在想不透，正如她想不透自己为何投胎城市而终究又回到农村一样。她偷偷端详起他：肩比一般人宽厚，头比一般人略小，加上黑黢黢的肤色，于是便像山岳一样，给人一种伟岸有力的印象。那件印着"田径·和县一中"的紫红球衣，早已褪了色，打了补丁，而且汗迹斑斑了。每天扛石料、石板，后脑勺都磨秃了一片，而且还磨出了亮亮的老茧。她记起，旺泉头一次上山背石板，是震惊全村的！他背起一块大青石板，竟一气不歇地从青龙岭背回村。当他硬挺着把那石板靠墙立起后，却就势躺倒，昏厥过去！村人们见那石板上血迹斑斑，才发现他后脑勺早已磨得血肉模糊。那血，竟顺颈沟、脊梁淌下，浸湿了衣裤。事后问起，他淡淡一笑，说只是想试试自家有没有骨头……唉，男人！离开学校不过一年多，倒成了顶门户、立家业的男子汉哩！一瞬间，巧英觉出心里倏然一动——与早些年半懂人事时互相打闹撩逗那味道大不一般了——她心里第一次生出一种女人疼男人的情意。趁他不备，她掏出小手绢儿，给他擦了擦额头腮边的汗，还擦了下他后脑勺磨短了的头发茬上沾的草棍石渣儿。

"叫人瞅见，巧巧……"旺泉躲闪着，一把抓住她捏着手绢儿的手。

"有人瞅，由他瞅！"巧英没有抽手，又把另一只手放到他手背上，轻轻抚弄着那些伤疤和裂子。在这抚触之中，两人都感到一种微微的战栗。她瞥他一眼，赶紧低下头，红起脸儿，说："旺泉哥，人家都说咱俩搞对象哩！你说有这么回事吗？"

沉默半晌，旺泉抽出手，拧着眉，一双细长有神的眼睛望着山坡下炊烟蒸腾的村子，长叹一口气，说：

"唉，巧英子，咱俩别再耍笑了！……知道你漂亮，知道你俊，别馋人成不成？这不是在学校那阵儿，浪漫主义！爱情！……你不是总想进城攀高枝儿吗？——猪往前拱，鸡往后刨，咱们各是各的道儿！……就这。"

说罢，他弯下腰，提起水桶就走。

"谁要笑啦？谁要笑啦？"巧英几步撵上去，"你站住……"她气急败坏地从他手里夺过一只桶，往地上一掼。那桶一滚，水洒得精光。

"水！"旺泉急忙把另一桶水放稳，转过身来挡住巧英，"别疯啦！"

"谁疯啦？谁疯啦？"巧英使劲捶打着他胸膛，"自打毕业回村，你就变了！要盖房，要婆媳妇，天天躲着我走！今清早要不是那狼狐，你还不理我哩！"说着说着，她一头撞到他怀里大哭起来：

"呜呜……孙旺泉！你……我……算我没出息……呜呜……想死人了！……你就不能想法儿娶了我吗？！……呜呜……说话呀，没良心的，死人……呜呜……"

旺泉一下愣怔了：没想到用凉水狠泼了一年多的火，至今还燃烧得如此炽烈！他不由自主地抱住她。她伤心地向他仰起泪脸，抽泣着，期待着……但他一动不动，铁下心，抑制着感情，木然地站着。然而，这暴风雨般的爱情终使他深深感动了。唉，巧巧！过去的好就是过去的好，过去咱俩都太小啦！憨打憨闹的，真能说些傻话……甭犯那憨啦，好巧巧，亲巧巧……咱二人不是一根蔓儿上的瓜！咱这片穷山，留不住女人。就像青龙河的水，总要往山外流，妮子们，谁不盼早一天远走高飞？你是咱老井，咱公社的"金凤凰"，更是早晚要飞出去的！我不怨你，你也别怨我！真的！谁让咱这老家故土是这么一片兔子不拉屎的旱山哩！

忽然，坡下传来一阵山歌声，一个男人咿呀拿腔地唱道：

> 并头莲开花离不开，
> 今日你走了（哥哥呀）哪天来？
> 胡麻开花蓝上蓝，
> 见亲亲喜欢（妹妹呀）回去难！
> ……

旺泉见来人了，想把巧英推开。但巧英却把他搂得更紧了，微微抽泣着说："……你那疯二爷……"

一个衣衫褴褛的老汉慢慢沿小路上山来。头上戴一柳圈儿，那些刚刚萌发出来的嫩柳芽儿和绿生生的细枝儿中，冒出一绺肮脏的白发。走近这对年轻人，他张开豁牙嘴，拊掌一笑，"哈哈。你俩做甚来？"不待他俩说话，他把老牛眼一瞪，问道，"在这道儿上站着，可见俺丑妮儿来？"

巧英忙说："见来，顺这道儿上山去咧！"

疯老汉不信任地瞪她一眼，顺山道蹒跚而去……

这疯老汉是孙旺泉的亲二爷。村人传说，年轻时候是个打井迷，一回被埋在井里一天一夜，出来后便疯了，再见不得人们打井，还常常一人上山，找他青年时的恋人丑妮儿，或者一人卧在灌木丛中，听那山风在岩石、草丛和林间低回，自称为"游山"。终年无所事事，破衣烂衫地在村里、山上游逛，俨如一个遭天罚的罪人。

疯二爷的出现，他的爱情传说，使旺泉心冷如冰。他痛苦地掰开巧英搂住他的双手，拎起剩下那桶水，径自朝坡下的村庄走去。

一阵阵山风，揉弄雨后乍起的云雾和凝聚于山坳的炊烟，于是山村便在云烟中飘飘缈缈，若隐若现，宛如一处青山绿树环拥的仙境。而旺泉知道，这不过是一个露珠儿般脆弱的梦。一旦云开日出，那点儿使群山增色的水汽散去，山便恢复作黄不黄绿不绿的旱山，河边摆满白厉厉的大小鹅卵石。然后，那滚烫的旱风，便从旱山上聚集起来，流泻到山谷，再沿干涸的河床滚滚奔流，焚毁一切绿色的生命。几百上千年来，在这片旱山上苦熬苦挣而存活下来的，只有最耐旱的醋柳葛针、野苹、山菊花与活不起、死不绝的人了……

山上，那疯二爷又唱了：

豆荚荚开花弯回来，
不想走了（哥哥呀）你返回来。
茜草开花扎不下根，
无有银钱（妹妹呀）成不了亲。

……

这太行山歌委实高亢粗犷，萦回于这旱天旱地之间，使人平添几多苍凉……

在一个山道转弯处，旺泉偶一回眸，见坡顶上，静静伫立一个人影。旁边一大石上，蹲坐着一只动物，大约是那只刚饮足的小狐子，竖起双耳，傻愣愣地听啊听……

二

老井村开山始祖叫什么名字，早已无人知晓。只知他姓孙排行老二，便叫他孙老二。老井村开山始祖什么年代上的太行山，亦无人知晓，只一代传一代，说是大宋朝，但并无碑碣为证。

这是一个苦难而美丽的传说。

那一年河北发大水，眼看到手的庄稼，一水漂了个净打光。见河北地面不养活人了，人们纷纷逃难。孙家父亲早逝，老母长年卧病，孙老大便留下服侍老母，照看房宅产业。老二老三逃荒出走。当时有句话，叫做"能往西走一千，不往东走一砖"。山东人稠地少，只有远走山西、陕西、内蒙、青海一带才有穷人的生路。临上路，娘叫老大把那口小口大肚的锣锅端来，一下砸成三半，兄弟三人，各揣一片，作为日后认亲的凭证。然后给娘磕几个响头，各自逃生而去。

老二奔正西而行，一路上讨吃要饭，餐风宿露，受尽苦难。同行者中，有人实在挺不住，给二升小米，便把孩子卖了。到后来，白给也无人收留，只有一狠心，或趁孩子睡熟弃于檐下庙中，或称寻水觅食，叫孩子坐路旁等候。最后河北山西间官道上，草根树皮掘剥殆尽，弃子盈路，饿殍遍野。直到越过省界，爬上太行山，才渐渐有了吃食。倘能存站下来，便又思想起离散的骨肉，又是别一样凄楚。

有一天，老二爬上太行山巅，钻进一处树林，在林子里转了三天三宿，也未寻到出路。但山林中每株青草都有情，伏下身子，用软软的叶片垫着他的赤足；每棵果木都有意，探出枝条，把累累果实悬在他眼前，落进他担子。再看那山林，青青的是松树、柏树，金灿灿的是杨树、榆树，红得耀眼夺目的是枫树、柞树、黄栌。草间有雉、兔，山巅有羊、鹿，山猪横行，狼狐出没……确是一处世外桃源！最后，老二来到青龙河畔。古时的青龙河啊，水又深又碧，阳光直泻水底，和鱼儿水草一起游动、颤抖。森林和草地从两岸围拥过来，一直长到水中。一阵河风徐来，山菊花香蒿子浓浓的药香便裹住了你。哟，真叫人疑心到了蓬莱仙境哩。

老二喝了两捧甜甜的青龙河水，擦了把脸，朝东方大喊了一声："娘，俺就在这儿落下吧！"然后拿出斧子，在河边林子里搭了个小茅庵。这便是老井村的第一户人家。

不久，又来了几户，有段、李、赵、王诸姓，都在河畔搭了茅庵，先上山狩猎，下河捕鱼，进林采果，后来便开始插旗圈地。每家人，各制一色小旗，把自己看中的那片林地圈起，然后放火烧山，开荒种粮。后世子孙，在每春开犁播种之先，都要在自己的土地中央，用柴灰撒出一个符号：或"口"，或"井"，或"田"，以纪念祖先插旗圈地的功绩。习俗一直绵延至合作化之前。

没几年，逃荒上来的人们，把这一带太行山砍伐殆尽，除了村边公约留下的"禁坡"还林木葱郁，到处都开成了耕地。人们越聚越多，日子越过越富足，但青龙河却渐渐干涸了，天气也干旱起来。于是，山秃了，草枯了，花谢了。一遇旱年，连人畜吃水也金贵起来。

老二爬山越岭，立誓找到水源。一天正午，来到一座小房前。柴门吱呀一响，闪出个年轻妮子，担一对紫红水桶顺长满奇花异卉的小径走去。老二正想寻水源，便悄悄跟在后面，一声不吭。没走多远，到了一眼水井边，那妮子用扁担钩住水桶打起水来。这时正烈日当头，老二渴得忍耐不住，只好走过去，央告道："这位大姐，俺是个过路人，借个光，喝口水。"

那妮子只顾拔水，头也不抬。

老二又说："大姐，俺喝口水！"

那妮子还不做声。

老二恼了，小声嘟噜道。"喝点凉水，让不让也说话嘛，不把桶掉井里！"

老二话音未落，"咕咚"一声，那桶果然脱钩落井。老二后悔起来，觉得自己不该咒得人家丢了一只水桶。

妮子一笑，自语道："毁了我一朵喇叭花！"说着，伸手在井台边摘下一朵紫红喇叭花，吹一口气儿，眨眼工夫，喇叭花变成了一只紫红水桶。那妮子又拔起一桶水，这才笑盈盈地对老二说；"过路的，喝水吧！"

老二这才看清，那妮子穿一身绿衣裳，鸭蛋脸，大眼细眉，长得十分俊俏。那妮子一见老二不转睛盯着她看，低下头，羞红了脸。

老二也脸一红，赶紧圪蹴下喝水。喝足了，押袖口擦擦嘴，问道："你……你刚才咋不让我喝哩？"

那妮子斜他一眼，嗔怒道："不知好歹的东西，这么凉的井水，走得又急又热的，不怕炸了你肺！"说完，担起桶，忽闪忽闪走了。

老二目送那妮子进了院门，心想：要是这妮子给自己做了媳妇就美了，只是咱家穷，怕没那命！心里一软，一屁股坐在井台上。忽然觉得不对，站起身一看，青石井台竟被坐出一个屁股印儿！他立刻觉得心里发热，手发痒，骨头都嘎叭嘎叭响。便两手抠住井口，使劲一提，竟连井带水从地里拔起来。他一高兴，也不想那妮子了，把井背脊梁上硬往回走。刚走两步，那妮子风快地撵上来，顿着脚儿地骂：

"那后生，把俺井偷走了，叫俺孤单单地咋活？"

老二说："俺也是孤单单地活哩！"边说边走，头也不回。

那妮子脸一红，骂道："坏种！坏种！"

老二偷笑着，扛上井大步往回走。那妮子骂得嘴困舌乏，拽不住老二，又舍不得井，只好跟着老二翻山越岭。到后来，不骂了，上坡下峁，还搭把手。一回村，当晚就给老二作了媳妇。

有了女人，生男育女，便有了后代子孙。有了水井，人们聚集而居，便有了村庄。村名"老二媳妇的井",村人嫌拗口,渐渐喊作"老井"。

人一代代生,又一代代死,天也越来越旱。连老二媳妇的井也终于干涸。每到旱季,青龙河断流,大大小小的旱池也晒裂了池底。老井的先民们,只有一口接一口地在旱土上挖掘深井。请来的看井先生们,好吃好待,三餐有酒。吃得睡得熨帖了,便在某日清晨,说昨夜梦到了地穴,唤上村人往某个方向寻去。或见一石,或见一树、一碾、一岔路口,作大惊状,说与所梦并无二致。社头根据人头地亩,给各户摊派好尺寸,然后在看水先生所撒灰圈里,挖土凿石,不打到先生所嘱深度誓不罢休。风水先生,则用罗盘找水。后来更科学了,则掘三尺深坑,将细瓷盆抹上油,扣在坑里。次日清晨,来看盆内水珠:水珠大,则水浅,水大;水珠小,则水深,水小。随即闭眼一估,报个尺寸,村人们又是数月半年的苦掘。先生们皆说"人头有血,山头有水",老井先民,便在漫长岁月中,遍掘青龙岭阳坡,给后人留下几十孔坍塌残毁的旱窟窿。

于是,老井的人们只有在缺水的苦痛中煎熬。每日花费一半时间,爬坡下沟,到几里十几里外去担水。逢下雨下雪天,爬不了坡,但可吃山水、雪水。造物好安排,天无绝人之路。山水浑浊,放上点明矾或豆面,澄清后倒甜甜的。雪轻轻扫聚起来,拍成雪堆,做饭时切一大块在锅里化开,味道却涩涩的。纵然万般缺水,但老井人绝不背井离乡。逢旱年,若有少不更事的后生们熬煎不住了,骂天摔地,叫喊出走,老人们就说:没水吃可以担,没粮吃咋办?咱老祖宗们到这地界,不是没水,是没吃的!嗨,娃娃,地广人稀,又没老财,敢说不是个养穷人的地方!

就这样,老井从宋、元、明、清穷到民国,又从民国穷到共和国。千年过去,看不到任何富发起来的希望。

太行山在旱风中抖瑟了整整一日,终于在夜雾中沉没了。清凉蓝色的山岚,带来一股潮湿的慰藉,使山野、村庄、草木和人在一种模糊的允诺中睡去……

大山深处,唯有老井村灯火阑珊,现出一种少有的闹热。开戏前的锣鼓敲打得越来越紧,顺静静的山坳传到极远。方圆十里八村的山民们,被这锣鼓与灯火所吸引,循山间小径而来。庙会庙会,解放时打神砸庙,庙破败了,但会与给神祇们献演的戏文,尚沿袭至今。所不同的,先前是神人共看,如今神不看了,就是年轻的人也不看了。无论哪村唱戏,戏台跟前,坐的站的都是老人、中年汉子和婆姨们。年轻人则隐在远离戏台的暗影中,先是寻来觅去,说说笑笑,宛若城里人逛公园一般;接着便成双作对,各自方便了。可以说,这一晚,没有一对情人不相会的。因为,这是村社舆论认可后生妮子们公开交往的唯一场合。平日干活儿,则是牛蹄蹄两分开,过过话儿便说"风流"的。这时，后生们叼上好烟，揣上几元钱，在相好面前摆摆阔绰大方；妮子们则洗净脸儿，搽上些儿香香的护肤油，换上件鲜亮的过节衣裳，在赶会的小摊儿上称把零嘴儿，瓜子儿，往后生跟前一蹭。于是两人全不管什么《打金枝》还是《下河东》，《薛仁贵征东》还是《杨令公救驾》，只是悄悄地捏捏靠靠，说些儿白日里想起来都脸红心热的赖话疯话。倘若再亲热得熬煎不住了，便悄悄儿溜出龙王庙戏场，到野地里去自由了。对这些，老婆婆老汉汉们，至多笑骂一句："又逢二八月呀，狗儿们又该走草哩！"实实是睁一眼闭一眼，对年轻人表现出一种难得的宽容。

谁人没活过年轻？谁人没打这条道儿走过哩？

老井村的戏还没正式开场，老人们搬来小杌子、树墩儿、砖头、石块，已在前场坐定。孙旺泉急匆匆从人缝中挤进场来。也许是落第后从来不振衣冠，今晚不过是一顶军帽扣住了磨秃了的后脑勺儿，一身七八成新的蓝涤卡学生服掩住了破球衣，便格外有了几分精神。黑瘦的长脸上，也一扫平素那凡人不理的寡淡劲儿，一双亮亮的长眼在人丛中急急搜寻。自打捏上锄把子，他便逃避一切赶会看戏的场合，到处躲巧英。今晚不躲了——那日帮巧英打狼担水后，巧英的真诚和初恋的旧情烧灼得他坐卧不宁！吃晚饭时，巧英从他家门口一过，下巴儿一扬，眉梢儿一挑，他便再也无法打坐修炼了。而且，他还有件当紧事要告她：今儿晌午，他家老人们又给他说亲事，没明说，竟编排出个圈套来哄他钻。他不知情，钻了，好悬，但总算又出来了！

"呀呀，好稀罕！"支书孙福昌的大小子孙旺才凑过来堵在他眼前，戴着那顶终年不脱的绿军帽，递过一盒烟，说，"给，熏根好烟儿——'凤凰'带把把的！"

同巧英一样，孙旺才也是他高中同班同学，学习不努力，仗他爹手中有点小权，横踢竖咬，游手好闲，又是癫痫头，同学们便沿用阿Q忌"亮"一说，婉转地赠他一绰号：亮公子。高考落第，这绰号竟也尾随他回了老井。孙旺泉平日就不愿与他敷衍，点上烟便要走道儿。

"我说旺泉子，这阵儿是回村啦，别再扎起你那个副班长架子！"亮公子孙旺才撞他一膀子，一挤眼，说，"背星星躲月亮的，又和巧妮儿搞上啦？……唉，咱是嘴皮儿薄，没福吃那块唐僧肉！……别瞪眼呀！——她让我来告你，在老槐树底……"

——这又是戏场上的规矩：年轻人互相递信儿，总得叫一双双、一对对都对上象，说上话儿。亮公子一下抬出个巧英，把孙旺泉弄得点头不是，摇头也不是，只好不尴不尬地淡淡一笑，绕圈儿往大槐树下挤去。

"喂——"巧英站在树底，一招手儿，冲他盈盈一笑。看得出，今晚她是特意打扮过一番的：一条白手绢束起的长发，稍稍卷了卷，在额上耳边翻卷起几个好看的小波浪，筒裤笔挺，一件大红西装领衣裳，晃眼夺目，使她从蓝、黑、灰色的人丛中顿时闪跳出来，很有些儿不协调。

"这么洋气！"一见面，孙旺泉没话找话地说了一句。见巧英一撅嘴，忙小声补说道，"看人们笑话！"

"还不都为你！满眼塞的尽是石头、土坷垃，不想换个颜色？……嗯，过来点……别动！……你闻闻，香呀不香？比这洋槐花儿香啵？"巧英抓住孙旺泉胳膊，硬往他身上凑。

大庭广众的，孙旺泉不好意思硬推。他紧张地扫视周围，发现一个年轻女人正往这边张望，心里一紧，窘得出了一头细汗。

"巧巧！"他脸上笑着，可话音儿里已是告饶了。

"嘻……"巧英做了个怪样儿，心满意足了。

"哈哈，现代青年！你俩也来看这老戏啦？"两位中年干部，一男一女，忽然笑容满面地出现在他们面前。

孙旺泉把巧英手一拂，不无尴尬地点头招呼道："马书记，张主任！"

"哈哈，你俩！咋？不请示，不汇报的，倒偷偷'自由'上啦！"公社书记马志国压低声音，笑呵呵地开起年轻人的玩笑来。

孙旺泉遮遮掩掩地想辩白两句，嗫嚅道："我们……是老同学了……我们……"

"咯咯咯……马书记，"妇联主任掩嘴一笑，说，"——他俩是同班同学，过去在学校就有基础！咯咯咯……旺泉子今年二十一，巧妮儿正好小他两岁，十九啦……"

听话听声，赵巧英听出这话里撒了点作料儿，两眼圆睁，说：

"当然有基础！一搭儿长大，又十来年同学！甭说'有基础'，再自由自由，发展发展，也受法律保护！"

"哈哈哈，当然受保护啦！"公社书记腆着肚子，弥勒佛一般哈哈一笑，"——这不是，我就是来数受法律保护的青年相好们呀！随便转转，数到多少？……四十七、八对儿了！不光保护，还得创造点条件呀！刚才我们还商议呢，回去再打个报告，要点钱，建个公社文化站。往后，劳动回来，你们也好有个学文化、谈恋爱的去处……"

"哼，从打倒'四人帮'就数念起……现在是一九七九年了吧？都快四年了……"赵巧英嘟噜道。

"哈哈，办事有轻重缓急，也有个过程嘛，是不是？好，这事儿咱们以后再说，听听你们青年团的意见！"马书记拍拍孙旺泉肩膀，准备再往别处转。

妇联主任显得格外亲热，拂去赵巧英肩头上落的一瓣洋槐花儿，小声关照道：

"回来一年多了，又搞科学种田，谁也说好，就是人们背后对你还有点小反映……"

"咋啦？说呀！"

"衣裳打扮上，也得适当注意些儿才……"

"注意着哩！给社会主义新农村，给咱老区人民长脸增光！"

"死妮子，谁跟你针尖对麦芒来？"妇联主任似笑非笑地轻轻拍打一下赵巧英肩头，口气缓和地劝说道，"……瞅你这半高跟鞋，包屁股裤儿，这唤不出个样法儿的衣裳！……甭瞅人家城里人。一年四季，咱的本分，就是欺负土坷垃，在地里迎送日头——瞅瞅人家旺泉子，艰苦朴素！装龙像龙，装虎像虎——是农民，就得有个农民的样样！你说不是？"

"农民……农民……农民咋？低人一头？农民……农民就得破衣烂衫，就得土？"赵巧英实在按捺不住了，"城里人能穿，农民咋不能穿！哼，都戳我脊梁，骂我风流，不要脸，穿塑料凉鞋，露出了脚指头，——现下咋说？你不也穿上了！——时新的衣裳，我不带头，你们领导咋敢穿！"

"哎呀呀，今日是咋啦？我这好心喂了狗儿啦？马书记，你给评评理儿，我这话没大差吧！"

赵巧英还要张嘴，孙旺泉赶紧盯她一眼。

马志国沉吟片刻，用商量的口气慢慢说道：

"是不是这么说：穿甚的衣裳，梳甚的头，这些都不打紧。打紧的，是这衣裳打扮后头的思想。嗯……我听说，有一回巧英子赶上牲口往地里驮粪，自己一边走一边看书，到地里粪也没倒，又赶着毛驴儿看着书回来了！——有这事吧，巧英？"

"咋？"巧英气虎虎地沉下脸子。

"我还听说，你俩都还在复习功课——还是想考大学出去吧？"

"我……"孙旺泉想解释一下，实际上他一年多不摸课本了。赵巧英暗中拧了他一把，抢说道，"是想考大学，是一搭儿复习来！这也不许？"

"怎么不许哩？建设四化需要人才，好事嘛！……可是，最优秀的青年，上的上大学，当的当兵，都是肉包子打狗一去不回。咱这老区的建设，交给谁？解放四十几年了，老区是面貌未改，河山依旧！就说咱这太行山区人畜吃水问题吧，旧社会几百上千年没解决，新社会三十年也没解决！这咋交代哩！现在好——外村的妮子不来老井，老井的妮子们奔平川，光棍好几十，早晚还得断了根哩！不管理论该怎么讲，反正啊，在我这个公社书记眼里，这是个实际问题。你俩说哩？"马书记再不打哈哈，十分诚恳地看着两个青年，说，"你们是县中的高中毕业生，青年团员，旺泉还是个团支书。巧英子，你说说，不指靠你们，指靠谁？所以，才跟你们扯这些长长长，短短短……"

赵巧英没话了。咬着嘴唇儿，仰起脸儿，不服气地瞅着马书记同公社妇女主任那一胖一瘦的背影发狠。接着，一撇嘴，便冲孙旺泉撒火，说：

"你就眼瞅着他俩一红一白地说我，也不帮忙说两句！"

"我也正想说哩！"孙旺泉轻笑道，"你那衣裳，也甭越穿越洋气，干活也吃不下苦——我那次从青龙岭往下背石板……"

"不听不听不听！不想瞅人脸色过日子！人要活个自在！"赵巧英越说越委屈，一下收不住缰了，"你也瞅我不顺眼？去去去，我不稀罕！——找你的段喜凤去吧，打你的猪食槽子去吧，当你的倒插门女婿去吧！"泪水倏地汪满一双杏子眼。

"晌午的事，你咋就知道啦？"孙旺泉惊诧莫名。

"我咋就知道啦？——屁股大个村村，哼……说吧！"她瞅也不瞅他。

今儿打早起来，旺泉还是摸黑上山，赶吃饭时捎块石板下来。吃完饭，旺泉爹叫他去段喜凤家打帮干点石匠活儿。

"明儿吧，我的凿子锤子还在山上撂着哩。"旺泉答道。

"拿上俺的。这就去吧。和你三婶相跟上。"旺泉爹说。

到段喜凤家一看，是叫他接着打一个猪食槽子。那食槽子刚方出料来，干开了个头儿，她男人就死了。扔院里，一撂两年多。喜凤把烟和茶水拿到院里来，放在旺泉手边儿，进进出出还总叫歇着。神婆子三婶一直没走，活儿做了一半，便拽旺泉进屋歇息。刚往炕边一坐，段喜凤脚步轻轻盈盈，像一股小旋风似的走进来，端上碗热腾腾的荷包蛋，往旺泉面前轻轻一磕。

"哟哟哟，喜凤子，"神婆子三婶笑道，"你也不能这么偏心哩！干活计的有吃，香油小葱的，俺这个陪客，便是一口也不让吃咧？"

段喜凤嫣然一笑，脸上开了一朵花儿，说：

"哪能哩！俺妈唤你进里间吃哩！说想跟你拉拉话儿。"

段喜凤今儿穿了一身新，站在旁边瞅旺泉吃，笑盈盈地，慢慢寻着些话儿说：

"他叔，先吃几个蛋，压压饥。等会儿咱就做饭，吃完饭歇歇看戏去！这猪食槽子，不是甚当紧东西，不着急……今儿这个会，来的人不少，还真红火哩！……咋，你吃饭也是用左手？——咋就跟俺秀秀她爹一般般的！还有做活计、抽烟那架势，都说不出有哪点像……"

我咋像来富？旺泉想把这话头岔开，就说：

"我来富哥是咋出的事哩？那阵儿我还在县城上学，只听说是给哪个村打井来，水峪？"

"水峪，给水峪打村东头那眼井来……多少丈深的石头，在井筒里放炮。

等那死鬼点着了炮捻子，不是正往起吊呢？那井绳，也不知咋弄的一下滑到辘轳轴上了，手忙脚乱的，嗨，等把井绳又绕到辘轳上的时候，那炮到先响了……”年轻女人笑笑地说着说着，泪花花倒扑闪开了。一个泪蛋蛋悄悄儿地从脸儿上跌下来，落到秀秀头上。旺泉这才瞅清楚，秀秀今儿也是一身新。小妮儿快两岁了，满地乱跑了。

“妈?”秀秀不解地仰起小脸儿。

“嗨，这是咋啦！好不易把你请来，也没说些个高兴的事儿……走，秀秀，跟妈到姥姥那儿去。”段喜凤用指尖弹着泪，轻轻移步进里屋去了。转眼工夫，又踅出来，把几张“大团结”票子往炕桌上一放，笑模样儿地说：“他……他叔，……这几十块钱，你先拿去置办两身衣裳。往后，甭总穿这些破衣烂衫。咱再恓惶吧，这日子，还就缺这些儿？”

“这是作甚?”旺泉有些发呆了。

“这……这不是老规矩吗？……”年轻女人飞红了脸，羞头软面地，半天才憋出一句话。头一低，又进了里屋。

一会儿，喜凤妈出来了，一边给旺泉点烟，一边夸上了他的人才、手艺，说：

“……这往后呀，俺母女们算是有指靠啦！”

旺泉这才听出些儿大概，问道：

“大婶，这钱……”

“这不是老规矩吗？——你不懂？——见头一面，相准了，总得给上身新衣裳呀！俺喜凤子说，人家是文化人，自己看下的衣裳合心！……俺女婿子一死，想来俺门上的后生可是不少哩！她一个也没看上，就是待见你！瞅这钱，置办两身衣裳许是够了吧?”

“倒插门？招女婿?”这回孙旺泉可是清楚得够够的了！

“咋，你爹你爷没告你说?”喜凤妈一愣怔，抬腿便进了里屋。

这回，神婆子三婶出来了，屁股往炕沿儿上一歪，起根拔梢儿地给孙旺泉叙开了段门宗家史。（到这时，孙旺泉才觉着自己傻得没边了：神婆子三婶除了装神弄鬼，不还是村里有名儿的媒婆婆吗?）

原来，段家老祖宗也是从河北逃荒过来的，比孙家老祖宗晚来几辈儿。孙家在这儿分成两大股，人丁越来越兴旺。段家却越来越败落，总是哪一辈上得罪了哪一位风水先生，给段家踩了处“绝户坟”，一辈比一辈家败人亡。到喜凤爷爷辈儿，就是一线单传了。到喜凤这辈，只养下她一个妮子！——段家真断了！为了顶起段家几百年的门户，只有让喜凤招亲。好不易招了个来富吧，刚养下个妮子倒短了命。喜凤爹一气之下，前后脚撵女婿去了。喜凤妈发愿立誓，说甚也要再给女儿招个女婿，养下男丁，传继下段家香火……

"她们也不嫌你家穷，图个人哩！有了人，日子过得和美，慢慢甚也会有哩！走遍天下吧，不是这理儿？"神婆子三婶说得有点嘴困舌乏了，续上根烟，接着动员，"人家喜凤子，要本事有本事，要长相有长相，炕头地头，又是婆姨又是汉！……不就是大你三岁？——大三岁咋啦？哼，女大疼男人！等一个锅里搅开了稀稠，你就清楚了！——嗳，旺泉子，半天你咋不吭气哩？"

孙旺泉早就想一推六二五，抬屁股就走了！可一瞥见白布门帘子后段喜凤屏息偷听的影子，只好忍了又忍，说："让我想想再回话儿吧。"

"彩礼的数数，你两家还没说定，还得两家老人们再商议。这你放心，包俺身上了！你们的口也不要开太大，人家喜凤家也不会亏待了你们的！"神婆子三婶得意洋洋地往炕下一跳，捶打着压麻了的大腿，一迭声唤道，"喜凤子，喜凤子！"

年轻女人一撩门帘出来，脸儿红红的。

"今儿黑夜吃罢饭，秀秀给你妈招呼着，你也去看看戏！恓惶得俺们喜凤子，花红柳绿的年纪倒守了寡，打里照外的，可是吃够了没男人的苦把把了！"神婆子三婶一边和喜凤说话，一边拿眼角斜旺泉，"说甚也得去看戏啊！"

"嗯，去呀，去呀！"段喜凤连声应道，声音都有些儿抖了。

"快瞅，东边那土坎儿上！——去呀！找你的喜凤子去呀！"赵巧英轻轻搡了他一下。见那年轻女人并不看戏，总扭头往大槐树下张望，便又拽住孙旺泉胳膊，把他往怀里一拉，靠得紧紧的，说，"瞅吧瞅吧，让她瞅清楚了！……就是咱俩不成，也不能便宜了你们！哼，想挖我的墙脚来了！……一听就知道是你在打石头，害得我在她街门外转悠了多半天！嘿，你倒好，在人家小寡妇热炕头上熨熨帖帖地吃红糖荷包蛋哩！——你够意思吗，孙旺泉？"

旺泉一笑，说："我又没应承下来。"

"没应承下来？当面锣，对面鼓，你咋不一口回绝了哩？"

"我……当面锣，对面鼓，你不知道那场面，我咋能当下就叫人家下不来台哩！回家了，不是跟我爷我爹大吵了一顿？……你……你不是还说过两个对象吗？"

"是说过两个，咋？——谁要你一年多不理我呢？总不能叫人家黄花妮子在你这一棵永辈子不开花的歪脖枣树上吊死吧？"

"我敢开花花？——你不是天天叫唤着要出去？"

"是要出去！为甚不能咱俩人相跟上出去哩？"

这回是迎风吃炒面，孙旺泉张不开嘴了。半晌，使劲一搂巧英，兴奋地说，"嗨，巧巧，我咋就没想到一搭儿出去哩！一遍也没敢往这头想，只说你是非城里人不嫁……"

"真是那，我早嫁了！自卖自身，我不干！……世上男人千千万，人家真正动过心思的，就你一个……"巧英紧紧抱住孙旺泉胳膊，把下巴搁在他肩上，亲热地说，"泉哥，你也甭自卖自身，给段家当生育机器了，也甭再上山打石头盖房子。听我的，从明天起，咱俩一搭儿复习功课，今年再考一次大学！就算再考不上，还有招工的机会，真的，只要咱俩下定决心，总能出去的……"

巧英的话，孙旺泉再也听不见了……一个彻底改变旧生活的新的希望，在他心中倏然萌生，那被长久压抑的对巧英的爱情，也火辣辣地烧灼起来，无法忍耐。他满怀情意地给她摘掉落在头上的几瓣槐花儿，焦躁不安地摸抚着她的手儿……她分明感觉到一种无声的祈求，向他仰起脸儿，用一双亮闪闪的眼睛望着他……最后，他们悄悄溜出戏场，拥抱着向村外走去。

春深了。村边河畔，到处飘散着诱人的洋槐花香……

有一个年轻女人看见了这一切。

她挤出人丛，低下头，吞咽着咸涩的泪水，轻轻啜泣着跑回家去……

三

一场透雨后，清清的山泉水，急急从太行山的沟沟岔岔里涌出来，汇往低处。于是，青龙河又哗哗啦啦地唱起来。绕过青龙岭，流过双井沟，从三四里外的洋槐林里，带来满河白生生的花串儿、花瓣儿。这水花四溅的山区小河，和落花一路嬉戏，亲热，好不情意绵绵。不想流到老井村东，那河水忽然消失，潜入地下，抛下一片片水凌凌、香喷喷的槐花儿，在湿漉漉的卵石河床上萎黄、腐烂。隔过老井村，到了村西二里之外，俨如它的忽然消失一般，青龙河又从地底冒出来，依旧向西流去。那水自然清了许多。可也孤单了许多，落寞了许多。虽则还在流，但已失却了以往流花溢香的欢欣……

人世间的事儿也正是这般。

还没等孙旺泉同赵巧英挎胳膊在村街上试验一遭儿，孙、赵、段三家之间便已掀起轩然大波。

旺泉爷爷万水老汉死也不能容让旺泉同赵家巧妮儿"自由"。家境过于贫穷，孙子的亲事，他早已盘肠绕肚地愁煞了。一见段家提亲，便立即应承下来。纵然大孙子倒插门受些委屈，究竟是不花钱便成了一门亲事。段家虽说也不阔绰，但多少有些儿积蓄。要上一笔彩礼，再凑上些儿，过两年二孙子总能往回娶了——合算哩！"嫁"一娶一，咋不比俩都打光棍儿强！只是这底儿不能给旺泉露。他站院里咳嗽带喘地大骂孙子，说巧妮儿不是个正经坯子。洋烟花花（罂粟花），结毒果子，中看不中吃！声言若不立马同那"狐狸精"断，不应承下同段家这门亲事，他便豁老命同他拼了！私下里，同旺泉爹说：巧妮儿不是个过日子的女人，看着还怕哩！不准哪天寻上个城里的工作人，一脚蹬脱了你吧又能咋？咱家底穷，能招架住！旺泉爹担忧地说，孩儿天生偏脾气，自由上的，怕不好硬往开拆辦哩！万水老汉思忖片刻，口气松动些儿，说，倘若少要些彩礼嘛，倒又是一说。赶紧生养下两个娃娃，许也能把她心拴住……

这风儿不知咋递到巧英爹耳里，他只从鼻子里笑一声：

"哼，就算人家的妮子都是金蛋蛋、银蛋蛋，咱家的妮子都是驴粪蛋，羊粪蛋！——一年五十元口粮款，二十年就一千——要甚彩礼？把这口粮款掏出来就行！就算一天一个烧饼，一角钱吧，一年三十六元，二十年也是七百二！这还没算穿戴念书，看病吃药——还饶得你哩！门扇高的妮子，白给不成？家里有些的嘛，还好说；旺泉子那家境？没两个整数数，趁早盖上十八条被子梦梦去啵！……巧妮儿，你不用耍泼，也不用嘴硬，这两千块，从你口袋掏出来也算！芝麻绿豆大年纪，倒会寻汉找男人？呸，死不要脸！"

喜凤妈撺掇起神婆子三婶，一天两三趟踢孙家门槛儿。今日给旺泉爹送一条好烟，明日给万水老汉拎二斤城里捎回来的细软点心。倒插门，虽说眼下已无须立字画押，声言"小子无能，更名改姓"，但终是羞辱，媳妇再好，男人也抬不起头；往回娶，瞎子拐子也是得意舒心的。纵然万般无奈，要"嫁"也"嫁"到平川，和妮子们一样，寻上个肥富平坦的地界。因此，喜凤家往老井村招女婿，决非易事，更甭说像孙旺泉这样有人才有本事的高中学生了。所以，为接续上祖宗的香火，喜凤母女不计较钱财，甚至也不大计较他同赵巧英的瓜葛。年轻时光，谁个又没有过一番风流？乱（恋）爱乱爱！男人女人，卷到一个被筒子里，也乱了，也爱了！年盛的后生们，还不是拽上谁家炕头，是谁家的汉！

于是老井村热闹起来。老人们来来往往，讨价还价，紧张活动。年轻人每晚溜出村，在河边草滩上亲热一阵哭一阵，悲一阵喜一阵。如胶似漆，难舍难分，立下山盟海誓，非男不嫁，非女不娶。老人们对他们毫不理睬，似乎与他们完全无关，只是一步一步有条不紊地筹办。除了一茬自小光屁股玩尿泥的伙伴，全老井村没人向着他们。

说来也巧，正这时，巧英爹忽然接到一封从省城邮来的挂号信——六二年将巧英爹精简回来的那家机械厂，叫他回去办理复职手续。巧英爹前脚一走，村人便舆论，巧英子也不是在山旮旯里能存站住的人。旺泉子同她的"伙计"①是再也打不长久了！两个年轻人，这才发现：人们根本没有认真看待他们的关系！——恋爱是"打伙计"，父母之命，媒妁之言才是天经地义的婚姻。

---

①　当地称婚外男女关系为"打伙计"。

父辈们都是这样过来的，便只有仍然这样认定。

事情提到嗓子眼儿上来了。孙旺泉去问巧英。巧英一跺脚，马上商议第二天去公社领结婚证。巧英以老同学之谊，让亮公子孙旺才从他爹那儿偷来一份介绍信。但不知消息咋走漏了——第二天大清早，万水老汉便将孙子反锁在屋里，叱骂不休。当巧英帮孙旺泉从后窗翻出，正打算双双遁逃时，背后传来一声断喝："旺泉子，你给俺站下！"转身一看，万水老汉提口铡刀片，捋着袖子，浑身哆嗦，宛如一尊恶神。他双肩往后一抖，把披着的破棉袄甩在地上，火声炸气地吼喊道：

"好小子，你走，你走，今日咱爷孙们拼个家败人亡！"

一瞅那小铡刀，一瞅万水老汉抖起了当年的倔脾气，围观的村人没一个敢上去劝阻。旺泉心里一凉：完啦！

谁不知晓万水老汉当年那段偷龙祈雨的轰轰烈烈的历史！

那是流传已久的一段故事了。

民国二十四年，和县大旱。头伏已尽，未见一场透雨。人们惶恐不安，纷纷设坛祈雨。

老井的祈雨，是最为隆重虔诚的。别村祈雨，不过是请出本村龙王。贫困山庄窝铺，还有几村合用一龙王的。一般是游行祭祀之后，在村界上交接龙王。今年老井祈雨，议定到河北老家去偷龙王。据说老家的龙王是极灵验的。村中老人们公推孙石匠长子孙万水去河北偷龙王，他属龙，且信神而年轻剽悍，方圆几十里，是头一条好后生。

偷龙王，是晋冀二省的旧俗。偷来的下雨，文明去抬反不行的。而龙王灵验的村镇，从不外借，但被偷，倒也不兴问罪之师。只是如若行了雨，送还时须光明正大用轿抬回，放炮打鼓，感恩不尽，还要给龙王爷穿一身新衣的。

孙万水日夜兼程而去。一个对时后，太阳刚刚冒出山尖，他已然背着老家的龙王爷，戴着破草帽，一瘸一拐赶回老井。村人见他那身偷龙王、赶夜路被狗撕成条条的衣裳和满身血迹，直念阿弥陀佛。那紫金泥塑的龙王，虽说不重，但一天一夜二百里山路，空身也不好走，还不用说腿上有狗咬的伤。那伤口凝着黑血痂，淌着淡淡的血水，翻出被咬断的白白的筋腱。老人们看了，啧啧赞叹，都说心诚则灵，有万水子这份虔诚，这番祈雨有望了。

人们谨遵礼俗，给龙神发完旱文，再将黑龙驾抬上，转遍全村地界，请龙神验旱象，然后去赤龙洞请来神水。一帮二三十岁后生，到官房集体生活，忌葱姜韭芥蒜五味调料，忌女人，每日以极稀薄寡淡的米汤维系生命，轮流到龙王爷面前下跪祈求，唤作跪香。

不管老井村民如何虔敬，也未感动黑龙。整整跪香七日，滴雨未下，还扫了一溜冰雹。于是有人暗地里开始咒祈雨的香首，埋怨他总有甚缺德事得罪了神祇。这年祈雨，村人公推的香首是孙万水之父孙石匠，在村里是中上人家，笃信佛教，温良敦厚，常急人所难，对穷苦乡亲，多有周济。这次未能祈得雨来，孙石匠于心不安，跟社头及各大门宗老人商议一番，决心"恶祈"了。

"恶祈"所难，在于"罪人"难寻。众人议来议去，举不出合适人选。其实，孙石匠早已成竹在胸了。回到家里，老大万水，老二万山，老三万金都自告奋勇。孙石匠摇着头笑笑，说："年轻后生家，青皮嫩圪节的！按规矩，总得四五十岁人，骨头长硬了……不要争咧，去把铡刀准备好啵！"说罢，在祖宗牌位前烧了香。然后关上房门，一人喝了两口闷酒。

第二天清晨，老井村的气氛变得紧张而喜悦。设坛祈雨，这"恶祈"是最高形式了。不到万不得已，是闹不起来的。万般无奈之时，只好用"罪人"自甘受罪受罚的惨状，来触动神祇的恻隐之心。那受苦流血的场面，对神祇而言，不无要挟之意味；对观众而言，自然颇为热闹刺激的。

人们扶老携幼，倾村而出。挤在龙王庙外，塞满了村街。紧张的等待中，人们议论纷纷，猜测着"罪人"如何装束打扮，是否真受大罪等等。

河北牛王堡老家恶祈，罪人赤膊，十字披挂铁链，粗长沉重的铁链在地上拖曳着，在毒日头下暴晒着，罪人身上烫满了泡。邻村恶祈，罪人用铁钩勾住两锁骨，一边吊一把铡刀，也很威风好看的……

一时三刻，几声炮响，锣鼓齐鸣，只见庙里窜出几个报子，手执拂尘，在人群中劈头盖脑乱抽打，人们忽地闪出一条路。报子们后腰都悬一比驼铃还大的铃铛，在屁股上一颠一响地向村口跑去。

随后，锣鼓仪仗出来。手持铁炮的汉子们，以满不在乎的神气点燃火药捻子，将手平伸出那形似火炬，又称三眼枪的铁炮，便连响三声，威风凛凛，震耳欲聋，把三个硕大的烟圈喷上天空。

这仪仗之后，用小轿抬着的便是从老家偷来的黑龙驾了。黑龙之后，排列着赤、白、黄、紫诸龙神。诸龙神大驾之后，是老井村民们供奉的牲礼，活猪活羊、鱼肉点心，绑缚于八仙桌上。羊傻瞪着大大的凸眼球，猪则半闭起眼，一声长一声短地作拼命的嘶鸣，给这游行增加了一些儿血腥的气氛。

最后，在一伙人簇拥之下，受苦的"罪人"出来了。村人们哗地拥上去，又哗地退下来。一瞬间，人人都失声恸哭，不由自主，一片一片地纷然下跪……

孙石匠除一短裤，全身赤裸。善祈取水时那柳枷，现已换作刀枷。那刀枷是六把二尺许的小铡刀绑扎成的：三把铡刀成一三角形，套在罪人肩颈上；在这三个接点处，再各立起一把铡刀，在头顶上交于一点。六把刀片，都是刃朝里，罪人的头颅便枷禁于刀丛之中了。稍不留意，头上颈上便会被那刀刃创伤，流出血来。而所谓恶祈，便恰要这血与苦难作供献以飨神灵的。孙石匠头上已绽出一道并不汹涌的血流，从右额上挂到下巴颏。他一如平素，温良敦厚地笑着，向乡亲们微微点头致意。他向左右伸直的胳膊上，各悬挂着两把铡刀，每把铡刀最后通过三条小绳，三个小铁钩，勾挂在胳膊下侧皮肤上。那铡刀的重量，经每一个小钩传达上来，把皮肉扯成一个个倒立的三角形。而每一创口中的血液，则顺着每一股小绳淌流下去，再汇于一根绳上，最后赫然触目地凝于铡刀片上。

村人跪倒在尘埃之中，哭声震天。他们见过三把铡刀的刀枷，也见过两臂各悬一刀的受罪，但从未见过这等恐怖的虔诚。在这惊天动地的恸哭声和锣鼓铁炮声中，罪人作出微笑，勇敢地踏上祈雨长途。

每至一村，报子们甩着屁股上的大铃，用拂尘打出一条通路。村人莫不早早跪地迎候，焚香顶礼。及至见到"罪人"，莫不大作悲声。愈往后，罪人愈惨了。长途跋涉体力不支，刀刃已在头上砍出道道血痕。那血与汗，在赤膊上从头到脚淌流，再顺脚踵拓印在干热的道路上。在罪人身旁，有一人提水壶侍候，不时用清凉的泉水浇到两臂上，冲掉簇拥产卵的苍蝇，也冲洗伤口，降低温度。伏天骄阳下，常有罪人走不到预定庙宇，皮肉便腐烂得挂不住铡刀了。

喧天的锣鼓，威风的铁炮，血与汗，疲劳，疼痛，震耳的哭声，漫天的香烟……这一切使孙石匠进入一种亢奋迷离的梦境。一种半人半神的感觉，一股献身成仁的英雄豪气。一村又一村，他疲惫不堪，跟跄着向前走，脸上勉力微笑着。愈往后，人们愈加不安，都劝告他不必再走了。从来恶祈，罪人很难支撑到终点，多有半途而返的。但孙石匠不，说不出话来，只笑笑地摇头。他觉得，他能走到那终点。

赤龙洞在赤龙山。方圆上百里，唯有此山古木参天，葱葱郁郁。因此山上神庙中有一副对子，口气威严可怖，恫吓得千百年来，无人敢动一草一木。那对子刻于山门上。上联是："伐吾山林吾无语"，下联是："伤汝性命汝难逃"。刻有横批的青石门楣已杳无踪迹。据老人们传说，那横批是："作恶必报"。虽山神庙早已坍塌败落，但人们却是畏惧在心的。

后半晌，祈雨的队伍终于走到赤龙庙，进得庙来，人们七手八脚为孙石匠卸掉刀枷，摘下铡刀，架他进殿歇息。此时他已面无人色，神志恍惚，一双眼定定地望着大殿里的壁画《赤龙行雨图》。那作官宦装束的红脸龙王骑一巨龙上，前有诸小神高举"回避"牌，后有一小神为他张举华盖。他手执玉笏，向一领旨小神厉声指示。雷公猛然敲击着一串环鼓，生着长长的尖喙，像只啄木鸟。电母从掌中释放着尖利的闪电，形象俨然一民间老妪。在诸神护卫之下，龙王胯下的巨龙张牙舞爪，腾云驾雾，从口中喷吐出清泉，从云天直降人间……

　　注视良久，孙石匠仿佛被这壁画吸引，眼睛格外明亮起来。那虚脱的脸膛上，又现出一丝良善的微笑。他站起来，招招手儿，把侍候他的人唤来，用微弱的声音说：

　　"来，"他指指那刀枷与悬挂的铡刀，"……俺要走到赤龙洞哩！"

　　人们纷纷劝阻，说暑伏天气，带着大枷，能走完这四十里路，已是头一条硬汉子了。但他执意不肯，顽固地指着那枷，浑身颤抖。最后，同行的长者只好长叹一声，说："由他啵！没几步，顺遂了他这心愿啵……"

　　人们只好含泪替他披挂停当。他推开打算搀扶他的人，晃摇着，一步步向庙后的赤龙洞走去。半里地不到，孙石匠走得好艰难……手臂上的创口迸裂了，又流出鲜红的血，顺铡刀滴在地上。刚用凉水拭净的脸上，又血流满面……他扛着那刀枷，低垂着两臂，一步一步挪动。人们悄悄饮泣着，在他身后围成半圆，随着他移动脚步。他步履支离，神志恍惚了，他嘴唇翕动着，喃喃自语："龙王爷……俺、俺替咱……全村老少赎罪来了……龙王爷……俺、俺……"谁也听不清他嘟噜什么，但知那是一桩以命相还的宏愿。他硬挺着，用跟石头磨了一辈子的骨头在地上走。他不曾跌倒，终于走到赤龙洞口……

　　人们一拥而上，架扶着他，卸了刀枷及臂上的铡刀。但他却再也站立不起来了。

　　次日午时，锣鼓及震天的铁炮，把罪人孙石匠送回老井。

　　孙万水伤口发作，小腿肿得大腿粗，躺炕上不能出门。一听到院里的人声哭声，翻身下炕，连爬带滚地挣出房门。他一把拽起正跪在孙石匠尸首前大哭不止的两个兄弟，圆睁双目，大喊道：

　　"门板，快摘下门板！哭个毬，哭！快摘门板！"

　　万山万金被骂愣了，不知大哥要做甚。万水一人狠狠踢了一脚，两人吓得慌忙摘下门板。万水往门板上一歪，吼道："快，去龙王庙！"

　　一进庙门，孙万水从门板上滚下来，一瘸一拐地冲进黑龙爷的凉棚。解下绑抬杠的绳子，三两下将黑龙爷五花大绑起来。然后将绳头往搭凉棚的椽子头上一扔，喊道：

　　"二子、三子，拽，发力拽，把狗儿的吊起来晒！"

　　老二万山性子绵善，稍一迟疑，说：

　　"哥，这使得？"

　　"没出息的东西！"万水一巴掌将他劈倒在地。

　　老三万金一看，一咬牙，将黑龙爷高高扯起，吊在毒日头下暴晒起来。

　　村人哗然。有胆大的，想过来劝说孙家兄弟，放下黑龙爷，以免殃及全村同遭塌天大祸。孙万水一声喊，抢起一把铡刀片，往凉棚下一站，眼眦俱裂，叫道：

"今日就是今日了!"

万山万金也一人操起把铡刀,往大哥身边一站,横眉立目。

跪香跪苦了的一把子后生们,哇一声喝起彩。胆小些的全吓跑了:以为自己未亲眼见黑龙爷遭灾,日后降罪时也许能幸免……

不到一个时辰,天空阴沉起来。刹那间雷鸣电闪,天地昏暗。全村人都跑出房门,站院里看天。那走石飞沙的狂风一过,铜钱大的雨点扑扑地砸下来,一霎霎便成了滂沱大雨。暴雨中,孙万水拄着铡刀跪倒在泥泞中,仰天大叫:

"爹,爹,打不出水来俺誓不为人!"

万金陪跪着,搀扶着大哥。万山也陪跪着,兀自掩面大哭……

雨过天青。山绿了,河满了,庄稼抬起了头,人们露出了笑脸。夕阳西下,那湛蓝的暮霭又弥漫开来,凉凉爽爽,滋滋润润,轻笼着太行山凹里的老井村,宽恕着人们千年以来的罪孽,安抚着一个个备受磨难的灵魂。安详宁静的晚烟升起了……

几日后,没等老井送还黑龙爷,河北牛王堡老家来人兴师问罪。村人再三央告,只罚了孙万水给黑龙爷穿一身真缎了事。孙万水盛怒之下,砸碎了祖传的锣锅片,发誓永世不去河北认亲。

从此,孙万水绑龙祈雨的故事不胫而走,传遍了整个太行山区。村人记忆里,永远刻下了他那手执铡刀的英武暴烈的形象。

几十年后的今天,孙万水的这把铡刀,又生生将旺泉巧英的婚事砍断。三天之后,村里传说,孙旺泉应承了段家的那门亲事。只提了一个条件:孩子姓段,但他不改姓。喜凤妈思谋一番,爽声同意了。

当晚,赵巧英背上个小挎包,连夜几十里山路走进城,坐上了去省城的火车。从此音讯杳无,信都没往家捎一封。

巧英被逼走,使村人的同情立即转向。唯有神婆子三婶得意非凡,逢人便说,巧英真真是个狐狸精,昨晚她刚烧了一道驱狐符,不出一顿饭工夫,巧英便神色张皇地蹿上青龙岭,连夜遁逃了。不管信与不信,是狐是人,人们都深深地同情着这位心高命薄的俏妮子。

这一顿棒打鸳鸯散,把跟旺泉巧英一茬儿光屁股玩尿泥长大的后生妮子们看得好不心寒。人世间的事儿也许正是这般。譬如青龙河水,在老井村前抛甩下水凌凌、香喷喷的槐花儿,自然孤单了许多,落寞了许多,但也清了许多。虽则失却了以往的欢欣,毕竟还在流……

四

转瞬间,便是麦熟麦收。一挂镰,段孙两家急急办了喜筵。

新婚之夜，孙旺泉喝得酩酊大醉。喜凤则通宵不眠，坐在炕头上，打扫他呕吐的秽物，端茶递水。大约有半月之久，他都是和衣而睡，被子裹得紧紧的。一天半夜醒来，发觉她正轻轻给他解扣脱衣。见他醒了，女人叹一口气，说！

"脱了睡吧，泉子。到底是咋啦？俺又不是老虎……"

旺泉沉默半晌，坐起来脱了衣裳，仍旧裹上被子。听喜凤那边再无动静，终于又睡去。

鸡叫头遍，他又醒来，感到手臂上痒痒的。原来喜凤正悄悄地轻吻着他伸出被子的裸露的胳膊。只穿着小背心和短裤的白净的身子，在朦胧的晓色中微微蜷缩着，轻轻依他身畔。他赶紧闭上眼，一动不动。然而她已经觉察到了，几颗泪珠无声地滴洒到他胳膊上。渐渐的，隔着被子，他也感到了那个身子抑制不住的啜泣。泪是凉的，那贴在他臂上的脸也是凉的，不知在被子外冻多久了。他心里酸酸的，再也无法装睡，身子侧了侧，撩起一个被角，给她搭在腰上。

女人啜泣着缩进被子，把自己冰凉的身子软软地贴在男人暖和的身子上。怀着一种含混不清的痛苦，旺泉伸手轻轻拍拍她因啜泣而颤抖不止的肩背，女人哇地放声大哭起来。

"喜凤！"他用手掌捂住她嘴。她却抓住他的手，一边大哭，一边发疯地亲起他的手来……

一切感情都不可抑制地燃烧起来。喜凤，唉，喜凤！这就是命！唉，我认命了！终于，旺泉一翻身，把他的女人紧紧搂在怀里……

渐渐地，那伤心的泪水化作委屈的饮泣，又慢慢化作难言的欣喜……那紧贴着他、迎合着他的冰凉的身子，顷刻之间竟变得灼热而鲜活……他要抛开一切苦痛。他在心中大声提醒着自己："我的女人！我的女人！！我的女人！！！……"

"唉——"女人长长地叹息道，"泉子，俺的好亲亲……"她软软地趴在他胸上，贪婪地亲他的嘴，脸膛……

"喜凤子？"忽然喜凤妈在门外小声喊，"是你哭来？又是咋啦？"

女人一惊，赶忙把头紧紧埋在男人臂弯儿里，大气儿不敢出。

"喜凤子？天都亮了，还不快起？"紧接着"嘎"一声，大约喜凤妈随手推了推房门。

"妈！"喜凤恼怒地喊一声，门外静了。旺泉却从这一声喊中，觉出了一种喜喜的娇嗔。

他从枕边摸出了烟。喜凤赶紧夺过火柴盒，要给他点火。火柴盒空了。眼一转，喜凤从被窝里钻出来，趿上鞋，蹑手蹑脚从炕对面的桌子上拿过一盒火柴。明亮的晨光里，女人成熟的光身子显得十分好看。旺泉心一抖，赶紧扭过脸。女人跪坐在他身旁给他点上烟，然后又溜进被窝，枕他臂上定定地看他。偶一侧目，他发觉她的那双泪迹未干的眼睛也很好看，亮亮的，宛若在清晨，在朝阳照耀下，嫩草叶尖儿上的两颗露珠……

犹如在骄阳旱风中萎顿不堪的山花被甘洌的晨露洗涤一新，段喜风一扫素日的凄郁，活得新鲜振奋起来。目光再不躲闪，她定定地瞅他，欣喜地瞅他一举一动。连骂孩子打猪，都透着挥霍不尽的活力。她觉得，生活恰如白糖蘸蜂蜜，甜得没了底儿。她爱他，疼他，处处是无微不至的关切和小心翼翼的温存。她总想对他好，简直恨不得把心掏出来喂了他！她知道自己没多少文化，不合他意，但不信滚在一盘炕上，她还揽不住这个胡茬茬还没长硬的男人！把这个寄托着她终身的男人死死抓握住，她越来越有信心。

好像生活找到了一个新的起点，孙旺泉竭力在女人身上寻找着优点，寻找着安慰和爱。万没料到，婚姻带来的安适与幸福感很快就作烟云散。连他自己都感到了：他和她在一起，咋也放不开，像中间隔了一层什么，咋也不自然，像有一条绳绳把他绑得死死的！这绳绳，就是巧巧，就是他同他心爱的巧巧在一起时那如醉如痴的激情！很快，他又发现，每月总是那几日，喜风母女俩便要背过他说几句焦灼的体己话儿。巧巧！他痛切地想起了巧巧。除过巧巧，一切都是义务，都是……忍受！"生育机器"——他记起巧英说过的一个词儿。一旦记起，这词儿就如一根挑不出来的葛针，叫人片刻不止地隐隐作痛。越体会便越准确：机器，动作都有，就是缺点感情，缺点灵性，更没有那激得人想喊想骂，想燃烧，想死想活，想如雷霆山洪一样轰然爆发的神奇的热情。

还有什么呢？剩下的，只有努力当好段家的倒插门女婿了。渐渐地，孙旺泉甚也不图不想，每天给人家到地里去接送日头，牲口似的狠受。上地回来，不是捎上把猪草，就是砍上捆荆条。吃罢晚饭，再编上阵子筐筐篓篓。日月如梭，一晃便是秋去冬来。一进腊月门，地光场净，想做也没甚可做了。孙旺泉还是书不看，广播不听，天一擦黑，蹬掉鞋片子就上炕，眼一合，不知是睡着了，还是在想那些永辈子想不完的心事。这种变化，喜风也看出来了。她不知咋办才好，常常看他脸色好些时候，小心翼翼劝慰几句：没甚事了，就出去转转，散散心吧！也是，旺泉想，转转就转转，省得心里没着没落的，好赖不还得活下去吗？于是，他便成了"夜游神"。每天吃完晚饭，碗一推，便出门去，野地里转转，林子里转转，亲戚邻居家转转。

这晚，刚逛游到村口，蓦然觉着一小野物脚下一窜。定睛一看，小狐子！那小东西轻松优美地窜了几步，又驻足回眸，瞅着他一动不动。狐狸精！他想起了他的巧巧。狐狸精！他慢慢圪蹴下，伸出手掌，轻声唤道："小狐子！小

狐子！来，过来……"那小狐子愣怔着不动。他刚一起身，小狐子又往野地里
窜几步，依旧回首瞧他。

不一会儿，他来到青龙河畔。一眨眼，小狐子无影无踪了。夜风轻轻吹
着，没踝的荒草发出幽幽的啸声。旺泉觉得这地方好熟，仔细看，原来竟到了
先前他和巧英常来幽会谈心的地方。那软软的草窝还在，只是草已枯黄。有点
凉，他裹裹棉衣，慢慢躺在草窝里。草很香、很软。已淡忘的往事揪心地在寒
风中流动起来。他痴痴地望月亮。月亮很圆……

月亮很圆，风很冷。旺泉冻醒了，便把双手伸向一堆野火的余烬。这火刚
才还很旺，现在已然熄灭了，每当夜风掠过，才不时飘闪出三两星小火苗儿
……四周围坐的小伙伴们都打着盹睡去了。一长溜儿排着队的水桶，通向一处
石崖，那分外茂盛的青苔与水草里，渗出一小股泉水，像小小子儿尿尿一般，
从石嘴上泻入第一只桶里。

旺泉揉揉眼，到现在他才清醒过来：他是在村东一里外的"滴滴井"熬夜
等水哩。这泉一天一夜不过"尿"十几二十担水，各家当事的男女，忙忙的，
谁能等得起？只有他们这些小后生和半桩桩孩儿们才到"滴滴井"边昼夜
排队。

启明星已经升起了……

露水浓重的小径上，闪过来一位身段苗条的十四五的小妮子，好像是巧妮
儿。她蹑手蹑脚走到泉边，把手里拎着的一只小桶轻轻放下。"嘿！"旺泉轻声
喊。巧妮儿回过头来，冲他招招手儿。

"你爹病还没好利索？"旺泉悄声问道。

"没哩，"巧英子压低声音，贴着他耳朵说，"连坐锅的水都接续不上咧！"

"等着，我帮你偷！"旺泉接过小桶，到泉边每只接满水的桶里悄悄匀出一
股儿。然后一手拎桶，一手拉起巧妮儿手便跑。

跑到村边上的小槐树林里，他放下桶，甩了一把汗，说："你回吧。"

"倒撵我啦？"巧妮儿喘着气儿，撅起小嘴巴。她一把抓起他的手，塞到自
己衣兜里。

"嗬，好吃的！"旺泉子掏出一把黑枣、柿饼，就要往嘴里塞。

巧妮儿照他手背上"啪"的一下，嗔怒道："瞅瞅，都上初中的人了，还
不知道讲究卫生！"她掏出小手绢，一颗一颗黑枣，一个一个柿饼地轻轻擦，
喂到他嘴里，一边怨怨地说，"这些日子在学校，你见人家就躲，不跟我
好了？"

旺泉子满嘴是吃食，使劲嚼着，舌头不灵便地说。

"帮你家……帮着……偷水还不好哩？"

"偷水就好？是金是银？谁不能帮我偷些儿水？"巧妮儿瞪起她那双好看的杏子眼，剜他一眼，又往他嘴里恨恨地填了颗黑枣，说，"叫人牙痒痒哩，——真恨不能咬你一口！"

"咬啵！"旺泉子伸出胳膊，笑着说，"快咬块肉去，倒顶了你的柿饼黑枣儿啦！"

"容易哩？你一块肉倒顶了我这些年的瓜子核桃柿饼黑枣啦？"

"那你要咋？"旺泉子睁大了眼。

巧妮儿那晶亮的眼睛忽闪了几下，说："听我跟你说……"她凑过去，趁他一动不动准备听悄悄话之际，一口咬住了他耳朵。

"哦呀呀……"旺泉子猝不及防，疼得手舞足蹈，又推又搡。忽然间，他的手触碰到巧妮儿那有如雨后山洼洼里野蘑菇一样迅速膨起的小胸脯儿，像过电一般，两人心里一阵酥麻，赶紧分开了。

巧妮儿脸一烧，捂住胸口，小声骂道："坏种！坏种！坏种……"

旺泉子心怦怦乱跳，出了一头汗，捂住耳朵，说："还说哩！——耳朵快叫你咬掉了！"

一人说过一句，便再没话了。

两颗嫩嫩的心儿，顿时变得软软的，甜甜的，醉醉的。一瞬间里，仿佛懂了些儿什么，却又像甚也未懂……四周的草丛野地里，蟋蟀不住声儿地唱，风儿也清清爽爽，从人的脸儿、手儿上拂过，带来一种无言的诱劝……

"哈！……"忽然，小伙伴们从地里钻出来似的包围了他俩，嘻嘻哈哈地乱叫乱嚷："搂抱来啵？——瞅见咧！""不是搂抱，是逮偷水贼哩！""亲嘴来，是啵？"不待两人辩白，全体拍着手儿，顿着脚儿地数念起顺口溜儿来：

"巧妮——旺泉，老婆——老汉！巧妮——旺泉，老婆——老汉……"

巧妮儿臊得一句话也没有了，拎起小水桶，埋下头便走。

"嗨，"亮公子旺才撵两步，喊道，"偷了我们大伙儿的水，不说句好听的倒要走呀！"

"还你！"巧妮儿一转身，把一小桶水全泼到他身上，甩着小辫儿，气噎噎地跑了。

那水也溅了旺泉一身。嗬，好凉！……

旺泉一激灵，睁开了眼。仍旧是月亮、月亮、月亮！月亮很圆很圆！依旧是那拾不起、斩不断的思念随寒风在草滩上流动、回旋！他倏地站起身，朝着夜的深处大喊：

"巧巧——"

风声把一切都吞噬了。

"巧巧——"他发疯地呼喊。

在风的间歇中，大山冷漠地重复着："巧巧——巧巧——巧巧……"

……还得活！是啊，还得活！孙旺泉木然地走回村去。村街上，撞上一伙去亮公子孙旺才家打扑克的年轻人，不由分说，拽上他嘻嘻哈哈奔支书家去。

孙旺泉从来不去亮公子家。他爹是支书，旺泉不想到人家鼻子底下去低眉顺眼。虽说他们是县中同学，但处得不甚好。旺泉见不得亮公子一个毛病：见了妮子们便腿不会走道儿。可偏偏妮子们还总躲他。他不光长了个癞痢头，而且鼻子也大了点。头上可以扣顶军帽遮丑，可鼻子总得露天，鼻孔翻翻的，像狮子。据传闻，这就是他爹给他传下的那点儿风流病。有人说，旺才手上有县医院开下的诊断，证明他没那号脏病。有人说，这阵儿的事，提上三斤香油，看换不来张纸儿？又有人说，有是有点，不传染的……但这种事，云天雾海的，谁能弄得清楚？因此，虽说他是支书家小子，有权有钱，有房子有家具，也没人敢跟。妮子媳妇们，没人敢和他太走近。打闹撩逗起来，隔裤子捏掐两把不恼，再多点儿就谁也不让了。他还有一个怪癖：爱偷妮子们的花裤衩、奶罩罩，被窝里过干瘾，揉搓脏了，再隔院墙给人家扔回去，气得妮子们直跳脚儿，但谁也没脸声张。人们背地诋毁他：女人们越躲，癞后生邪火越旺，实在熬不住了，还偷偷和狗、和骡子干过哩！是真是假，天知道！

骂是骂，笑是笑，年轻人还是常去亮公子家。他爹给他盖了一排五间新房，除了农村结婚必有的扣箱、躺柜，还摆设上县城里时兴的大衣柜、五斗橱、写字台、沙发茶几。粉墙上贴满了电影画报上剪下来的美人头。九尺长的新炕、炕席上面铺毡子，毡子上面压线毯，线毯上面苫床单。电灯一开，屋里亮瓦瓦，漂亮亮的。除了缺一个女人，可说应有尽有了。

孙旺泉一进屋，真有些目不暇接之感。不想这老林深山里，还有这等人家。

"嗬，旺泉子！稀罕稀罕！老同学大驾光临寒舍，本人不胜荣幸之至！"亮公子从沙发上跳起来，亲热地递给他一根烟，"熏一根'进门烟'；凤凰带把把的！"泡上茶，摆上烟，然后请所有人脱鞋上炕，两副扑克牌，八个人打"升级"。年轻人爱来旺才家，除过自由自在没人管，还有这烟茶免费招待。旺才在外面横踢竖咬，在家里，对朋友还够意思的。

八个人围着张小炕桌，孙旺泉觉得太挤了点。打着打着，便慢慢觉出这"挤"的味道来。后生妮子插花花围坐的牌圈子，打过几把，越来越自在随便。不时有吃吃的笑声和嗔骂声，先头他还以为是因为牌，后来才发觉男男女女开始偷偷捏掐起来。反正是人靠人，腿压腿。坐在他右边的春梅，总出错牌，再一看，狗的喜柱儿把脚丫探到春梅大腿下撩逗人家呢！

洗牌的空空，春梅讲了段新闻，说起昨天进城，在招待所看了一晚电视，二十时的,跟看电影一样真。是冰上跳舞,冰冻得老来厚,男人穿包屁股喇叭裤,女人脱得光光的,只剩下肚皮上一块布儿了。光胳膊光大腿,让男人在怀里抱来抱去。大电灯泡照得亮瓦瓦的,转圈上千人瞪着眼看,不知人家羞呀不羞,还放着曲儿。还有……她红起脸儿一笑,不说了。大伙儿不打牌了,嘻嘻哈哈地,非鼓动春梅说出来不可。春梅脸儿红了又红,"还有……还有,那男人岔开腿,把女人往……往他大腿岔底下塞……"

——年轻人立时愣怔了。半晌,旺才一拍炕桌,怪叫道:"够味儿!"满屋人起着哄地大笑大叫。笑了一气儿,接着甩牌。

又甩了两把,没说没笑就又乏味儿了。

喜柱儿提议:"输了甭顶枕头啦,咱们玩个新鲜吧!"

"亲嘴儿!"亮公子怪模样笑了。

"好哇!——亲嘴儿!"喜柱儿斜睨着春梅,做着怪样,"男的女的捉对对儿,重新坐过!"

"放屁!"坐旺泉左手的枝儿骂道,"我们亲你们后生们一口,倒自认倒楣,谁叫输了嘛!赢了呢?哦,倒让你们那臭嘴来乱啃?欺负你姑奶奶们不够数儿——是七成?——要真来亲嘴儿的,我得跟亮公子一家……"

"咋?"亮公子听见枝儿竟愿跟他一家,一时悟不清因由儿。

"哼,美得你!……调主!……我是怕你那鼻子。"

轰!天塌了,地陷了,狗儿长出犄角了!春梅笑得捂着肚子弯着腰,一膀子撞到喜柱儿怀里,喜柱儿哈哈大笑,就势把她搂揽过来,俩人只差抱在一起了。亮公子哭笑不得,照枝儿大腿肥厚处狠狠拧一把。枝儿笑骂着躲闪,顺势把头靠在旺泉肩上。几个人笑得满炕乱滚。孙旺泉也笑了。

"亲亲嘴算甚?城里还兴脱衣裳哩!"亮公子赶紧转移大方向。

"放你娘的拐弯儿屁!"枝儿笑道,"该你了,喜柱儿!……亮公子,你龟孙子又编排甚来欺负人了?"

"真的嘛!——县公安局的,我和旺泉子的同学,二班的王胖儿告我来,是他去办的案嘛……谁输了,谁脱一件衣裳!赶脱到只剩背心裤头了,就连输两盘才脱一件……"

"呀!——有男有女?"春梅倒吸了一口气儿,眼睛瞪成个铜铃铛。

"那可不!"亮公子一仰脸,鼻孔更翻翻了,"赶脱光了,就……就不打牌了……嘻嘻……"

正当年的妮子后生们,赶紧埋头出牌,跟喝醉了酒一般,脸直红到脖子根儿……

"三五"牌座钟敲了十点,不知谁家大人来寻闺女,拍着大门叫唤。妮子们这才理理头发,用脚尖到炕底下够着自己的鞋,一起相跟上回家了。

"你们不走?"孙旺泉也要下炕。

"等一霎霎,再熏根烟儿,"亮公子诡秘地一笑,"还有个压轴戏哩!"

等院门闭住,窗外的脚步声也消失了,几个后生一齐跳下炕,穿上棉大衣,掏出手电,溜上杳无人迹的村街。旺泉想问,喜柱儿总是憨笑,亮公子一劲摆手。左不过又是个无聊,倒也能解解闷儿。总是偷鸡摸狗吧,反正自己不上手。

一行人从村中间悄悄窜到村西头,摸到卧虎山下吴二旦的小独院。趴墙头一看,屋里还亮着灯。

"十点二十五了!"孙旺才一看手表,"快些! 干这码事儿,狗的可是有钟点儿哩!"

后生们掐了烟,急急脱掉鞋,拎在手里,摘掉虚插的酸枣葛针,从石墙上的一个豁口悄悄爬进院。黑天半夜的,这算甚? 孙旺泉死不肯进。亮公子附耳告他,二旦婆姨偷了人家东西,他们帮失主侦察破案哩!"有甚情况你也不要出声,等会儿总叫你人赃俱全!"喜柱儿一听这话,忍不住吃吃偷笑。亮公子便照他孤拐上踢了一脚。

一摸进堆柴草的小敞棚,后生们轻轻埋伏下,便一声不吭了。不过一根烟工夫,豁口上又出现了个黑影。那人也同他们一样,摘掉虚掩上的酸枣葛针,蹬着猪圈顶轻轻爬进来。孙旺泉捅捅亮公子,想问这人是谁,亮公子旺才使劲捏他一把。那人向窗前走来,站在窗户根瞅了瞅,听了听,轻声敲敲玻璃,然后向房门走去。在他一扭脸时,孙旺泉认出是老光棍孙宝成。门半开了,孙宝成闪进去,门又吱溜溜闭上。

一听插门的声音,后生们拎着鞋,蹑手蹑脚,争先恐后地朝窗户根前摸去。

哪里是捉贼? ——听了一阵儿,孙旺泉恍然大悟:原来这帮坏种是跑来"听房"! 老光棍孙宝成今年三十七八,穷得从未娶过婆姨,正是盛年,便三天两头和女人们"打伙计",和二旦婆姨扯挂上,倒还没听说过。吴二旦终年在家守着婆姨娃娃,政策放宽了,这才到外面去揽活计,刚走没几天。

不知甚缘故,孙旺泉忽然觉出一种隐隐的酸楚和无聊。他想走。他想离开这伙人,离开这种地方。不小心,一下碰响个小瓦罐儿。屋里立时没声了。旺才捏他一把,他不动了。后生们泥胎似的足足挺了半根烟儿工夫,里面才又有了声音……

听了半天,还不过瘾。亮公子和喜柱儿又轻手轻脚地把横在院墙根底的上房梯子搬过来,立在窗前。先是亮公子爬上去,用舌尖舔破窗户纸往里看。喜柱儿不顾亮公子用脚端他,犟着劲硬爬上去。等三则再爬上去后,梯子横蹬儿"喀嚓"折了,三个人叽哩咕隆摔作一堆。疼得龇牙咧嘴,谁也顾不上叫唤,摸起鞋，掉转屁股就跑。

并没人追撵。屋里电灯"咔嗒"拉灭了。

跳出墙头，后生们才醒过劲儿来，不再狂逃了，小声呻吟着笑骂着穿上鞋。

亮公子摸起块半头砖，隔院墙就撂进去，"咚"一声砸在房顶石瓦上。又开花开朵地泼骂道："认得你哩，认得你哩，好你个跑黑道儿的老杂种！马棍子？驴棍子？……狗儿的占便宜也不见你这样占的，占上一两遍就行了，也不能天天来呀！"

亮公子脚脖子扭伤了，看样子够疼。三则、喜柱儿几个人架着他，笑骂着往回撤。疼厉害了，亮公子倒捏着女声，咬着牙，咿咿呀呀唱起《小姑听房》：

> 谯楼上打一更，
>
> 哥嫂亲又亲，
>
> 看见他窗户上灭了个灯，
>
> 俺把那房来听。
>
> 谯楼上打二更，
>
> 俺走出了绣房门，
>
> 悄悄儿抬脚慢慢儿走，
>
> 留在他窗户根。

开始，孙旺泉听见那七高八低的怪调儿想笑，但一股心思上来，又蓦然想哭了——为亮公子孙旺才，更为他自己。他没爬梯子，但听到的已经够了。他不能不想起巧英，想起她同他在一起时火辣辣、活鲜鲜的恋情！……一条黑影一闪，唉，小狐子！他停了脚步。

"走哇，傻愣着做甚哩！"喜柱儿笑着往他肩上狠拍一掌。

"小狐子，一只小狐子……"

"哪儿？……撞见鬼咧？"后生们瞅了几眼，笑嘻嘻地骂了几句，便又走腔拿调地合唱起来：

> 谯楼上打三更，
>
> 听见些小声音，
>
> 嫂嫂嫌她炕头上冷，
>
> 哥哥你过来温一温。
>
> ……

旺泉分明瞅见那小狐子没跑，优美地窜跳着，赶到他们前面，然后倚在巧英家大门口，探出一个脑袋，瞪起眼，依依地瞅他走过……

是你吗，巧巧？你在哪儿？

五

千年间，老井的祖先，焚净了远山的老林，又砍净了村边的禁林，只给后人留下几十眼井。说是井，大多不过是青龙岭和卧虎山根儿上打出来的干窟窿。真正有水的，说来也有五六眼，只是水不旺盛，更吃架不住干旱。青龙河有水，井们都有水；青龙河一干，井们也都干。于是，打一眼深井，直达青龙河在河床以下的地层，便成了老井人世世代代梦寐以求的夙愿。

七九年冬，一直勉强维持着全村饮用的东井又搅开了泥汤儿。队里下决心淘井，如若可能，并把井加深。人们选中了西井。因为西井年代较近，和万水老汉同龄，成井是民国三年，至今不到七十年。不少老人还能记起他们父辈告给他们的情况。而且西井最深，至少打了十五丈。淤来淤去，年代越深，西井越浅了。

淘西井的事儿一定，趁冬闲便急急动工。不料淘井刚淘到八九天头上，井上出了件天大的事儿。

这天挺冷，天放亮前，还飘了薄薄一层雪。井口上，早早就围了一伙人，点着一堆玉茭秆烤火，一边扯着这淘井的故事。旺泉爹孙福贵正在跟从三十里外的岭底村请来的"井博士"四堂争吵，说他不顾质量，只管往上起土，不下修补井筒的砖石料。旺泉爹憨实寡言，但有技术，这里他是组长。当众人面，争执不下，只好一起下井察看。临下井，两人还赌着气，谁也不答理谁，拧着脖根。

吊桶一落底，井上的人们又撒开辘轳把儿，聚到火堆前烤火道古说今。过一阵儿，人们似乎听到井底轰隆一响，立时闭了嘴，支愣起耳朵。紧接着又是轰的一声。这回听清了！人们一下子扑到井口，往下一看，漆黑一片，电灯看不见了。

喊了几声，没人应。

快，往起绞！人们转身扑向辘轳，一齐上手。已经迟了。——钢丝绳绷成弓弦了，铁辘轳把儿扳成弓背了，吊桶没绞起一寸来。

井筒塌了。

旺泉爹和四堂被活埋了。

等孙旺泉闻讯从地头跑来，村人已将井口围得水泄不通。用电话从邻村请来的几位"井博士"，正指挥着打井队的后生们准备抢救。公社马书记、卫生院丁院长都来了，圪蹴在大队支书孙福昌身边。三人都不说话，只管抽烟。

旺泉扑到井口，井下点着明晃晃的电灯，已经下人干开了。那条绞不动的钢丝绳，已从辘轳上解下来，捆在一块大料石上。

"这是咋啦！四彪叔……"他一把抱住一位正指挥抢救的邻村"井博士"，

喉咙一哽，泪水一下溢满眼眶。

"旺泉子，走吧，""井博士"拍打着他脊背说，"这儿没你的事！"

孙旺泉接过"井博士"递的烟，猛吸两口，往地上一圪蹴。他猛然间觉得天空很亮，头很晕，很飘。四周的人，也都木木的，呆呆的，沉着脸子，仿佛谁也认不得谁。心想：这莫非是个梦？

县井队也来了个副队长张三货，同几位"井博士"一商议，说人怕是保不住了，尽个心吧。二十个人三班倒，一气挖了十天九夜才见了人。首先发现的是旺泉爹那满是脑油的黑乎乎的白羊肚手巾，然后是四堂那秃脑袋——两人是站着的，贴着井壁。再往下刨，发现两人手拉着手。——"井博士"们说，看情况，一准是旺泉爹先听见响动，一把拽住四堂手腕往井壁上一靠。若是塌下不多，总能躲过的；可惜塌得太多了。人埋住了，难受时，四堂就势反手拽住了旺泉爹的袖口，至死两人都没撒手，一个攥住一个手腕，一个攥住一个袖口，死死的。

人已经发烂了，抬不起，只好一人一个麻袋吊上来。停在席片上，先用水冲洗干净，再一人三丈白洋布裹成人形，最后穿上衣裳。卫生院丁院长上过战场，他指挥包扎的死人。尸臭难闻，遍地洒上白酒，连口罩上也是。

洗好，穿好，装了棺材，这才让家里人靠前。四堂他村里只来了个队长，说妥除棺材、衣裳以外，老井要出一百五十元，算是抚恤，马上派拖拉机把死人送回他村，以后两村永无干系。孙福贵家，女人早过世，旺泉旺来兄弟早已成丁，队里除了棺材、衣裳，只是负责按五保户待遇，给万水老汉养老送终。

福贵家没甚好陪葬。他活着时候也没甚特殊嗜好。只是在手边给他放上个白玉石嘴的铜烟锅锅。烟袋上绣的那对鸳鸯鸟，还是他那早年间死去的女人作姑娘时绣的，他一直压在箱底儿舍不得用，因此还不显旧。又从供销社买来两盒饼干，这是他顶喜欢吃的。其他的，便再想不出了。旺泉兄弟旺来拎来个沉甸甸的小包袱，给死人装在棺材里。万水老汉一看，涕泗横流，花白胡子参参着，半天说不成一句话："人都死了，还……不让歇歇？一辈子啦……去了阴曹地府，还是石匠？……还得、还得打磨儿……打井？……"

孙旺泉一看，包袱里竟是一把凿子一把锤。他二话不说，拎起来抡了老远，面颊抽搐不止，一下跪倒在棺木前，只喊了一声"爹！"便泪如涌泉……

顿时又勾起一片哭声。旺泉左边通地又跪下了他兄弟旺来，右边跪下了早就哭得跟泪人儿似的喜凤和两岁的小秀秀……

全老井村的人们都围聚在这里。男人默默无语，女人们低头垂泪。整个村子哀哀的，连狗们也不叫不咬，顺墙根儿悄悄儿跑。

有人在旺泉耳边说："旺泉子，该打发你爹上路咧！"披麻戴孝的孙旺泉举起孝棍，抡圆了，照面前那燃着谷糠的砂锅就是狠狠一棍。砂锅碎了，谷糠带着烟火扬起来，惊得近前的人们一退。主事人高唱一声："起——"于是，送葬的队伍便沿村子走过石桥，出村后向老坟疙瘩迤逦而去。

　　这一天，从县城上来两辆北京吉普，县里领导也来了。人们还送了不少花圈。除了公社、大队以外，县水利局、水资源办公室、旺泉爹打过井的两个邻村也送了花圈。排场倒很有一些，村人说，老辈千秋，老井的历史上还真没有过。

　　第二天晌午，井口立灶支锅，插红旗贴标语："前仆后继多壮志，甘洒热血换新天！"老井党支部下决心把淘井工程进行到底。既然历史上老财打井都打到了"鬼门关"，我们一定要做到旧社会财主做不到的事情。别说"鬼门关"，阎王殿也敢闯！一定要把历代死去的亲人们没见到的水挖出来！

　　头一班，是死者的儿子，团支书孙旺泉和党支书孙福昌。县委李书记特意赶来，还带来了县小报、广播站记者。下井前，询问了安全措施，又与两位老少支书合影留念。平日里显得寂寞麻木的山村，一时间轰动了。人人为之感动，为之振奋。看来，西井有了指望。老井村终久能成就一件大事。

　　一听说旺泉要下井，段喜凤急哭了，揪住他衣襟不放，说："谁不知道打井是吃的阳间饭，干的阴间活儿！你爹刚殁，秀秀他爹不也是因为个打井，家有猫儿逼了鼠，嫁下男人作了主。你要再有个长短，咱这一家人可咋活哩？"

　　"先前咋活，往后咋活！我的命就那么值贵？"旺泉冷冷说。他下井，除了他爹的死对他的刺激，还有一个对谁也没露过的心思：找死！——和段喜凤的日子，他觉得越来越受不了。喜凤也算得上个俊俏女人，脸儿、身段都不错。白日里，在家里掌着大权，打里照外，有点吆五喝六。黑夜里，上了炕，对自家汉还是亲亲的。但旺泉咋也觉得不对劲，一闭眼，就看见巧英，看见她自然鲜活的千姿百态。耳边总响着四个字："生育机器"！每次他都觉着一种机械、虚假，千篇一律。再加之倒插门的长工感，他真觉得活不如死！自杀吧，好像还没到那份儿上，也下不了手。打井最好，说出事，反悔都来不及。那轰一声，不觉就过去了。

　　段喜凤自然不知他这些心思，只当是公公的死，冷了他心，便拢拢头发擦把脸，红着眼睛去找万水老汉。

　　万水老汉眯缝着眼，问孙儿媳妇道："为打井，你家死了多少人？"

　　"一个……秀他爹。"

　　"一个？——仨！——就我记下的，段家顶少是三个。俺们孙家是个大门宗，顶少是这个数数哩——"万水老汉一闭眼，伸出大拇指和食指，"为这水，咱老井村死的人，海啦！死得比这恓惶的，也海啦……几十辈啦……旺泉家的，叫去吧，去吧！命里一升，不求一斗，死生有命，富贵在天！命里该死，你躲？有水，甚都有啦！真挖出了水，咱这老少三代，就算对起睡在老坟里的列祖列宗了！……叫去吧，去吧……"

西井很快淘净。一量，果然如老人们传说：十五丈七。其中，有九丈多硬是从石头上一下下凿出来的！只是井底找不见那个"通阴曹地府"的"鬼门关"。石窟窿似乎有一个，靠井东边，填满了石头。就不知是当年老财叫人填的，还是后来地震填了。要超过当年的老财，就得从这个深度算起。打井组的后生们摩拳擦掌，抖足了精神泼命地干。沉闷的炮声，日日不断。这轻微可感的震动，给全老井村的老婆婆、老汉汉、女人们、汉们、待嫁待娶的后生妮子们，带来了从未有过的希望！

每日进尺将近一米。万水老汉隔三间四，就拐着瘸腿溜到井边看岩石。老石匠打了一辈子井，村人笑话道：见了石头比女人亲！——女人？女人见过！老汉偷笑了。年盛时，他也是条出名剽悍的好汉子。他这双手，摩挲过的女人总有数数，可经这双手从地底下起出来的石头，简直是成百成千，成千成万，起码不垒半架青龙岭！女人？女人能有多少样样？女人有多少脾性？石头，海啦！他认得每一种石头，知道哪一种石头含水，哪一种石头隔水；哪层石头挨哪层石头，或是有水的征候，或是无水的绝地。这一回，万水老汉越看越像有水，心里高兴得不得了。但一过了二十来丈，竟越打越不像有水了。眼瞅着后生们的疯劲，老汉半字不敢吭，只是把自家的忧虑，悄悄儿跟孙子说。孙家世代石匠，人说"门里出生，自带三分"，加之又跟爹打过两年石头，旺泉也算认得石头的。一日，孙旺泉同支书孙福昌一起跑来找万水老汉，说井下见了水珠。老汉到井口，圪蹴在刚吊上来的石头跟前瞅了又瞅。潮气倒有的，但不是存水的石头。三人一起下到井底。老汉用辛苦劳作得变了形的、永也伸不展的手指，在凝满水珠的石壁上一抿，于是三人便屏息等待：倘若这一划两边的水珠很快就涨大，就碰到一起，还算有指望。倘若半天碰不到一起，干脆不要再往下打了。

水珠毫无变化。

当下停工。后生们四仰八叉地在井口躺倒一片。

第二天，从县凿井队把张三货副队长请上来。人家连井也没下，拣了几块石头一看，便说这是石灰岩地区，地下水情况复杂，叫找水"禁区"。

在场的人们，谁也说不出一句话来。

孙福昌沉着脸，憋不住冒出一句话来："老张，前些日子，我们接着往下打那阵儿你可是也在哩！你、你咋不早说'石灰岩禁区'甚的？"

张三货一笑，说："哼，敢！大支书带头下井，咱县委李书记又支持又表扬的，就咱是促退派？"

孙福昌黑脸上泛了一抹红，噎住了。

半晌，孙旺泉说："老张，这不是给咱村判了死刑啦？"

"也不算死刑吧——说是'禁区'，是按目前技术条件来说。主要是定不准井位，技术手段也跟不上……"

旺泉瞅瞅爷爷那张核桃皮脸和孙福昌那张生铁脸，轻声问："——缓期执行？"

张三货仿佛未听见，把手中的石头扔掉，拍拍手，问道："井深多少？这井——"

旺泉说："二十六丈多，合八十六米……"鼻子猛一酸，于是泪水夺眶而出，无声地滴落在干旱的土地上……"

旺泉爹的惨死，淘西井的失败，给老井人以沉重的打击。这打击在孙旺泉心中激起以死相拼的反抗。血管里奔涌着的孙氏门宗不屈的血液，烧灼得他坐卧不宁。几日后，他串联上喜柱儿、亮公子、三则等一把后生，悄悄去淘双井。

"双井？——双井不是石门的吗？"喜柱儿不解地问。

"石门的？"旺泉说，"东边那眼差不多！靠咱村这眼，是咱老井村的，井底下有碑哩……"

双井是两眼紧靠一起的井，间隔不过丈许。两个井口，都用整块青石板凿出。井口上，布散着四、五道光溜溜的沟槽，皆寸许深浅，是因天极旱时，老井、石门两村人全聚集到双井取水，等不及辘轳，纷纷用井绳扯水磨成。双井位于老井村东二里之遥，距石门却只有半里，俨然是石门一村之井。本来，双井的东井归石门村，西井归老井村。据说是井洼（距老井、石门皆三里）黄姓迁移到老井时带上的产业。但几代前，黄姓断了香烟，这西井也便糊糊涂涂归了石门。老井的人不再去担水，无人经管，日久天长，渐渐淤了。

一听说井底有碑，一伙后生们便在夜里带上旧桶破脸盆，偷偷淘开了双井中的西井。后生们想为村里争回西井，立一大功，犹如初生牛犊，正不知道自己有多大劲，歇人不歇家伙地猛干一通，竟真把双井的西井淘出来了。水面以上一尺的井壁上，果然嵌有一高三尺、宽二尺之石碑，记载了双井西井的历史归属。

一见有碑，年轻人欢喜若狂，干脆不加避讳，大模大样地干到天明。来双井担水的石门村人，先与他们争执，后听说有碑为证，便唤来支书。支书从旺泉子手中拿过抄写的碑文，看了几遍，一句话不说，沉着脸子回村了。于是年轻人便欢呼呐喊，得胜回朝。一眨眼工夫，全老井村都知道了。吃罢早饭，都担上桶，去双井担水看碑。到得井边，见石门人正在挥锹填井，全愣怔了。旺泉几人走上前去理论。石门支书笑笑，说：

"我正想寻你哩！旺泉子，你那碑文从甚地方抄的？我刚才下去看了，碑是有一块，只是那碑上没字儿哩！云天雾罩的，后生家，有的能说，没的也敢道……"

"你——"旺泉气噎得说不出话来，好像头上被人砸了一闷砖。急急抓过根井绳，下到井底。再上来时，半截泥汤，满头冷汗，一把揪住石门支书胸口，火声炸气地嚷："你们！你们！……"半天说不出一句囫囵话。

老井支书孙福昌过来，掰开他抓住石门支书前襟的手，脸上没风没雨地问："咋啦，旺泉子？有话慢慢讲。"

"他们！他们把碑上的字儿全砸了！"旺泉子攥着拳头，眼里喷出火来。

孙福昌倏地沉下那张生铁脸，走到石门支书面前，逼住脸地说：

"伙计，瞎子吹喇叭，咱心里都有个谱谱吧？老井没吃这眼井，也过了上百年！砸碑挖坟，你们不能干这号伤天害理的事啵！今日这事，你不说个过来过去，怕不好了哩！"

石门支书奔后一跳，梗着脖颈，嚷道：

"咋不好了哩？咱们是，信碑不信人！说这井是你老井的，拿将碑来，拿将碑来！拿不出碑来，我们就不客气了——"他瞅瞅石门的一伙手执铁锹的社员，一挥手，"咱石门自家的井，填！"

"敢！"一直没说话的万水老汉抖着山羊胡子，伸出两根手指戳点着石门支书，"做下亏心事，倒成了霸王的弓，越拉越硬了！反了你们！"

石门人认得这是当年绑晒黑龙爷的孙家老大，不由心里一颤，又见老井人多势众，吓得一个个直往后圪缩。

这时候，神婆子三婶扭跶上前，冲孙福昌和万水老汉说：

"大支书，俺家倒是有块碑……俺那死鬼说，刻的是这西井周围三分地，旧时候是由咱老井给官府纳的粮。这地是咱的，井还能成了他石门的哩？"

"碑呢？在甚地方？"孙福昌问。

"说是，说是先前立在观音庙里……"

"瓜儿蔓儿的！问你这阵儿！"孙福昌急眼了。

"这阵儿？"神婆子三婶脸面上臊臊的，小声说，"……垫在俺家茅厕上，当茅厕板使唤了……"

"哗！"两村的人都忍不住笑了。但立刻又沉下脸来——事情马上就要有分晓了。

万水老汉没笑，瓶不倒架不乱地冲旺泉子一摆头，说："去，瞅瞅！能抵事了，扛来！"

旺泉一挥手，一把子后生风风火火地跑回村去。

石门支书也给一后生使了个眼色，那后生也转身往村里跑去……

……待旺泉一把子急煎煎地把石碑扛来时，石门村里冲出一大股手执棍棒铁锹的社员，已把老井人从井边赶走，将西井团团围定。

旺泉把石碑往地上一栽，大喘着气，叫道：

"看，同治七年的碑！"

"不看！"井边有人嚷叫，"茅厕板，臭！"

石门人纷纷举起家伙，哈哈大笑。

石门支书大吼一声："填！看他能把咱竖吞横咽了！"石门人见支书做了主，便发疯般地挥锹填土。

万水老汉手脚气麻了，炸雷似的吼道："着啊！十几二十年不打械斗了！"顺手夺过根扁担，瘸着腿腾腾腾地往前闯，"打！怕死不做鬼了！打！打死了俺抵命！"

"打！打！打！"老井人的血也点燃了，乒乒乓乓把桶一扔，抡起扁担呐喊着跟万水老汉后面冲上去。

顷刻间，叫骂声，棍棒声响成一片……

到底是石门人多势众，铁锹镢头比扁担厉害，老井人被放倒几个，退了回来。石门人并不追赶，只是护在井边急急填井。

"不许填！"孙旺泉一见石门人填井，气血一冲，单人匹马冲过去。

石门的见他赤手空拳冲过来，一时没反应过来。猝不及防之际，孙旺泉已冲进圈子，奋身跳入井中。

"通！"一声闷响，人们全愣怔了！人在井中，是死是活尚不得知，更无人再敢填土。正在这时，刚刚赶来的段喜凤，哇的一声，嚎啕着向井口扑去。老井人发一声喊，不顾死活地冲上去。石门人眼瞅要出人命，心慌底虚地落荒而逃了

太阳刚刚磕山，公社书记、县委书记、公安局长先后赶到械斗现场。摸清了情况，提出三点处理意见：一、根据惯例，各方伤员不得由队里承担医疗费用，一律自行解决；二、石门书记，挑起械斗，致使二人重伤，多人轻伤，开除党籍；老井支书械斗发生后，逃离现场，制止不力，党内警告；三、根据神婆子三婶家茅厕里那幢石碑及孙旺泉抄录的西井碑文，双井西井断给老井，报县存档，从此永息争端……

老井虽人伤得多点，但扳倒了石门支书，又争回了西井，俨然如过节一般喜庆。

万水老汉亲自给旺泉包扎了脚上的伤口，在院里小石桌上摆一壶老酒，调几盘豆腐干、山药丝、白菜、青豆之类的凉菜，与长孙促膝共酌。

老汉一边仔细地询问井下的情况，一边同孙儿对饮。他喝得兴起，对旺泉道："咱爷孙俩，今儿这酒喝得痛快，听我给你讲段古！"他自顾自地端起一盏酒，"吱儿"一声啜完，摇头晃脑地说，"不知道在哪一辈儿上，流传下这么两

句隐语，说是：'要降甘霖并不难，石龙出世吐清泉！'可是石龙是甚宝物？藏于何处？那隐语并未说清，谁也悟不出。直到咱孙家出了个孙小龙……"

孙小龙是个年轻石匠，门里出身，上数三代，都是老井最有名的石匠。手艺传至小龙手中，更加神妙高强。他打出的石料，要方就方，要圆就圆；他锻的磨，打的碾，磨出的面来雪白，碾出的米来金黄；他雕刻出来的花鸟鱼虫，更是栩栩如生、活灵活现。

看到家乡的干旱，小龙立志要找到那神秘的石龙。觅遍了这一带群山，仍一无所获。一天晚上，小龙宿在深山，半夜里被一道红光惊醒。他循那光，走进一个山洞，见洞壁上一大片紫红石头闪闪放光。小龙被这怪石迷住了，目不转睛地瞪起大眼。仔细看来，那片紫石张牙舞爪，摇头摆尾，酷似一条云中神龙！小龙出神地望着那石壁，想起"石龙出世"的隐语，顿然醒悟。他拿起锤子凿子，循那片红石，在洞壁上雕刻出一条飞腾的石龙。整整熬了九天九夜，那石龙终于凸现出来。然而，这石龙没有生命，虽然栩栩如生，终不能耕云播雨。小龙长叹一声，悲愤难忍，一拳打到石壁上，手都打破了。神奇的事情发生了：那条沾上小龙鲜血的龙爪，竟然红光闪闪，微微活动起来。小龙又把血涂爪上，那爪立时上下飞舞，在石壁上抓出一串串火星，仿佛急不可耐。小龙急匆匆咬破手指，开始用血描画那石龙。他的血一涂到哪儿，哪儿就红光晔晔，鳞甲生辉。他欢喜若狂地跑回村，抱来一只山羊。但羊血毫无作用。小龙明白了：只有他的血，才能叫石龙出世。小龙想了想，对洞壁大声说："石龙，你该出世啦！"说罢把尖尖的钢凿刺进胸膛……

"不对，爷爷，"旺泉打断万水老汉话头，说，"不是用凿子，是用双手撕的！小龙用双手撕开自己胸膛，血一下喷出来，溅满了洞壁。'轰隆隆'天崩地裂一声响，石龙变成一条遍体鲜红的赤龙，就是咱村龙王庙过去供养的泰华赤龙，一下子挣脱石壁，冲上云天！"

"用手撕开的？"老汉不服气地眨眨眼，说，"这事儿几十年没人叙道了，你咋知道？"

旺泉努力回忆着，说：

"我好像自小就知道哩！……爹死的那天晚上，梦梦也见来……好像自家就是小龙，撕开胸膛时还疼得喊了一声，把喜凤子还给喊醒了！"他不好意思地笑笑，又说，"到现在，胸前这胎记还有点疼哩……"

万水老汉痴了。渐渐，他惊骇地睁大了眼，伸出一手指，戳点着孙子的前胸，紧张得直结巴：

"把衣裳……你把、把衣裳解开！"

旺泉被爷爷的神态所感染，紧张地解开衣扣，撩起小背心，裸出胸膛：在两块筋肉结实的胸大肌之间，从上至下，现出一道长长的暗红胎记！他刚一呱呱坠地，这印痕就把老人们吓了一跳，担忧这孩孩能否长成。日久习以为常，再无人去思想。

"小龙？"

"咋啦，爷爷？"

"不咋。"老汉默默坐下。

注视良久，万水老汉恢复了常态，说：

"旺泉子，咱孙家从河北老家逃荒到老井，千儿八百年，几十代了，自打咱的开山老祖宗孙老二和后来的小龙往后，再没出过人物。养儿跟种，种地跟垄，这气运只怕都攒下了。你这辈儿，又有文化，眼界又展得宽宽的，只怕是总得出个神哩！——三辈出一个人，十辈出一个神！……你，孙子，只怕你并非常人哩！……找水吧，给咱老井把水找出来，让咱孙、段、李、吴各姓子子孙孙存站得稳稳的！"万水老汉捏起酒壶壶，满满地斟上一杯，站起身，双手递给旺泉，泪眼晶莹："来，这盅酒，算爷敬你的。干！"

"爷爷，你也喝。"旺泉也给老人斟满，恭恭敬敬摆他面前，然后双手接过酒盅，一饮而尽。

鱼鳞般的石瓦房顶上，高高的青龙岭在夜空中耸出黑黝黝的山尖。初升的明月，在群山上漫洒着柔和的光……青龙岭，你作证：不找出水，不叫咱这千年古村在这块土地上稳稳存站住，孙旺泉誓不为人！

"好。"万水老汉也一口干掉，颤巍巍转过身，醉态可掬地向房门走去。临进门，他站住了，头也不回，留了几句话儿。

"……你跟巧英子的事，俺知道你在段家难活哩……你跟巧英子的事，照说俺不该管，那也是没奈何……爷知道你结记着她，你结记着出去……你先把水给咱找出来，到时候，你是去找巧英子，你是出去，爷都不管你啦！……只怕是——嗨！"老汉咽下一口唾沫，同时咽下一个悲凄的沉甸甸的预感。他蓦地想起不久前儿子的惨死，想起孙子淘西井和争双井的自行寻死，更想起那传说中小龙的结局。

旺泉一声未吭。

万水老汉费力地迈过门槛，进屋去了。

旺泉凝望着夜空，心如死灰。迟了，甚也迟了！巧巧，我的好巧巧，我的亲亲巧巧，你在哪儿……

六

一辆小吉普轻捷地爬上老坟疙瘩，然后一路下坡驶到老井村口。支书孙福昌同孙旺泉赶紧从青石桥栏上站起，迎上前去。

在弥散着汽油香味的尘雾里，人们握手寒暄。来人除了县水资源办公室王工程师、县凿井队副队长张三货，还有一位白发苍苍的老知识分子——省地质局孙总。王工介绍道：三百年前和你们一家。

"呀呀，辛苦辛苦！"孙福昌双手握住孙总工程师的手使劲晃，"俺老井村多少辈子也没盼来一个孙总工程师这样的大救星啊！"

"不敢不敢，"孙总谦虚地笑笑。他是一个瘦得跟柴火棍儿一般的干巴老头，"谁也不敢冒充神仙，有水没水这是自然规律，客观存在，我只是下来转转。王工、张队长介绍你们村是个典型的石灰岩地区……"老头儿又握住旺泉的手，上下打量一番，感叹道，"开门锁的就是他吧？有道是心诚则灵，心诚则灵……"

几个人都笑了。

孙总说的是今天前晌的一件趣事。

天一闪亮，孙福昌带着儿子亮公子和孙旺泉一辆拖拉机下了城。亮公子想好赖在城里混个差事，说上个对象。孙旺泉一是想躲开自己扛长工当"生育机器"的家，二是他爹一死，给老井村打井找水，竟成了一桩生命的寄托。红脸白脸，软的硬的，三个人在人家县凿井队办公室足唱了一台戏，也没闹下个长短。临时工名额看来早已内定了。

恰巧孙总从省里来，人们要到门口去迎接，便想趁此机会把他们撵出去。一气之下，孙旺泉上了股子犟牛劲儿，心想：省里的？天王老子来了又能咋？干脆拎把椅子往屋当中一坐，一言不发，决心跟他们磨缠到底了。

院里汽车一响，人们再顾不得跟他们磨嘴，气哼哼地摔上门出去了。恓惶得个穷井队只有这一间像样的屋子，人们迎上孙总，只有又回办公室。

万万不料，门打不开了。

——敲门声，支书孙福昌忙去开门，一看门锁，愣怔了：这是一种新式撞锁，他不知该拧扳哪儿。慌乱中，竟碰动了把门锁死的卡销。于是，不管门外的人怎样讲解，指挥，即或掏出钥匙，这门也打不开了。万般无奈，有人想起翻窗户。幸好这是一楼。等小秘书刚打开窗户，旺泉已经琢磨出了这锁的窍门，把门打开了。

一瞅这满头冒汗的三个"老乡"，人们不禁哄笑起来。奇妙的是，一阵友好的笑声中，那许多纷争、怨怒竟作烟云消散。谁不知道呢？——老井嘛，典型的缺水地区，争水械斗，女人一辈子也才洗三次澡，哈哈哈……笑声中定下来：孙总今天先去老井转。临时工的事，再谈——请省里的总工程师到老井来看水，这是盖上十八条被子梦梦也想不到的美事。三人忙跳上拖拉机，一气奔回老井，准备酒菜款待……

——记起前晌的事，人们又是个笑。孙福昌老老实实认账说："俺们山里人，成天欺负个土坷垃，还解下甚？快不用说咧，快不用说咧！除过麦子不是碾捣的，媳妇子不是婆养的，还能解下个新式锁子？山汉哩，山汉哩！"

"说是说，笑是笑，老孙，先领咱孙总去看那幢碑吧。那井的历史，孙总很感兴趣。"水资源办公室王工说。

从桥头到西井，几乎要走半个村子。一路上，孙总问起旺泉想去县凿井队的打算，说："井队可不是个美差呀！"

"苦不怕，只要能给咱山区人民打出水来就成。"孙旺泉说了句门面话，耳根子便自觉发烧了。除过这一层，他还有别一层心思。喜凤妈的眼色，喜凤的支派，他受够了。

结婚不久，旺泉便觉着喜凤不知不觉变了个人。先前守寡时光，她单门小户，活像个快下崽的母猪，柴一把，草一把，甚也得往窝里搂扒，支撑起门户，喂鸡撵狗，打里照外，谁人不说个好！头几天，喜凤真把他供在炕头上，横草不用捻，竖草不用拿。日子越往下过，便慢慢打了颠倒。几年缺男人，家像个老燕儿扔下的窝，女人像一苗旱卷了叶叶的草。几年的亏空，好像都得由孙旺泉补起，好难支应！照常理儿，官凭印，虎凭山，婆姨凭的是汉。孙旺泉不是懒人，但说甚也咽不下一口气。许是连喜凤自己也没意识：她渐渐恢复了和前夫王来富过日子时的支配欲。来富生就个绵软脾性，加上倒插门女婿住人家屋，端人家碗，姓人家姓，腰板硬不起，便更由人家揉搓了。俗话说，习惯成自然。可孙旺泉偏偏不习惯，反倒生出一股反抗。段家的活计要由他做，段家的事情不由他主，不仅担起了全家的生活担子，而且连老井村汉们从来羞耻的洗衣裳、倒尿盆都干上了。

这一日，孙旺泉起得晚了点，来不及倒尿盆便担上桶去井上担水。水担回来，那盆尿还在屋里等着他。他装作没见，吃罢饭扛上家伙上地动弹。晌午回来，那盆尿还没人动。他咬咬牙，还是装作不觉。等晚上回来，终于一场大发作。

夫妻俩带着小秀秀在院里围着小石桌喝米汤，喜凤妈在屋里嚷叫开了。

"咦呀！这是谁家的金枝玉叶？天天倒尿盆盆，今日倒怕闪了腰？"

喜凤斜了旺泉一眼，见他不动，忙说道：

"妈，等一霎霎不成？人家吃饭哩！"

"谁家的八哥？说的比唱的好听！——咋，还瘟在外头不动弹？——你今日是威风初一哩，还是威风十五哩！"

喜凤剜了他一眼，见他还不动，软中带硬地说：

"还等甚好果子咧，快去！"

孙旺泉还能听不出个子午卯西？只是强忍着，横竖不接茬口罢了。自家女人这口气，却叫他按捺不住了。

"要去你去！扛长活，扛长活还不管给东家倒尿盆盆哩！"

喜凤一下子愣怔了。

"啊呀呀，好你个旺泉子！"喜凤妈一下蹿出房门，一拍大腿，"鞋帮子当了帽檐子——抬举得你有了媳妇成了家，你倒烧灼得不能活了！甚唤扛长活？俺们娘们儿是地主是老财？还文化大革命哩！你不说个醋酸盐咸，今日咱俩就没个了！"

一股心火直冲脑门。旺泉把碗一蹾，蓦地站起：

"我生得穷贱，不用你们抬举！"说罢，抬腿便往院门走。

"喂！你，"喜凤撵上去，抱住他胳膊，小声劝说道，"快不用和俺妈理论。铺排咱们这门子亲事，她也是把浑身的骨油星儿都榨干了。今日咱低低头，下颗软蛋倒过去了……"

"拉扯甚？让他走！俺这碗里不少他这棵菜！养不家的野牲口，倒想跳槽了！"喜凤妈见有人拉，越发摔天骂地，"咱们揭开笼盖明说吧，有灰不愁驴打滚，你把彩礼钱吐出来，就圪夹上你那张破镰走吧……"

"妈！"喜凤打断她话，厉声叫道。

——已然迟了。树怕伤皮，人怕伤心。喜凤妈把孙旺泉伤得太深了。他"嫁"到喜凤家，正值麦秋时节，那天还在地里割了一大早麦子，还真是夹上把镰刀就去了段家。既然是"嫁"，旺泉把所有衣物都留给了兄弟旺来。听见这通泼骂，旺泉心中一阵明亮，俨如连阴的天空上陡然泄露出一线灿烂阳光。可算受够了！他咬咬牙，说：

"走就走！这辈子当牛变马，也一准把那卖身钱还给你！"他把喜凤一搡，深一脚浅一步地奔院门走去。

"旺泉子！"喜凤一个跟跄栽过去，死死抱住他腰，哀告地说，"你听俺一句！……你就不觉？俺有两个多月没来身上的了……尿盆盆，往后俺倒还不成？"

孙旺泉只觉耳边嗡一声，顿时停住脚步，木雕泥塑般再不能动。喜凤妈也底虚了，张着嘴，悄悄闪回屋去。

那一线灿烂的阳光永远泯灭了……

现在，他只想远远躲开那个家，躲开那个屈辱的地位。而这些，却是在谁人面前都说不出口的深深的隐痛。

人们说说笑笑，不知觉间便到了西井。春旱一过，井里又有了点水。但还是吃不住全村人绞，只消一两个时辰，便是半桶半桶往起绞泥汤儿。二十六七丈的井，井深绳重，绞水总得三四个好后生。半桶半桶绞，实在费工力。于

是全村公约锁了井。每日闷井二十多个小时，只天亮至早饭间开锁绞水。天不
明，人们便列起长队。因为锁了井，大多可以绞满桶的。

孙总看那井上并无井盖，问："怎么锁的，这井？井盖呢？"

"——不用井盖儿，"孙福昌解释说，"这不是：把井绳跟挂桶的三环套锁
上，辘轳就没法儿使了……咋？不用辘轳？呀呀，谁家有这来长的井绳？就算
有，没辘轳谁能拔水？光二十几丈井绳有多重？快一虎口粗哩！"

"那么，为什么是两根井绳，两副三环套呢？"孙总研究着辘轳，又问道。

孙福昌一笑，说："不是两根，是一根，这不，你瞅，一边一股。这是因
为井太深，一桶一绞太费工夫，两个桶，一上一下，正好。"

"唉，劳动人民的智慧！"孙总拍抚着那个他从未见过的大辘轳，感慨不
已，"……那么，那幢碑呢？"

"这不，拐过去就……"话没说完，孙福昌愣怔了：墙拐角，那幢光绪三
年的石碑下，躺着一个人。此人破衣烂衫，头枕块半头砖，躺碑下石条上，还
架着二郎腿，悠悠地摇，脚尖勾一只磨塌了的烂鞋片，跷得天高。

支书停了步，脸一沉，跟旺泉悄声说："快，把你二爷请走。丢人败
兴咧！"

孙旺泉脸儿一红，紧走两步，推推疯万山肩膀，小声求告道："二爷，家
睡去吧，二爷……"

疯万山一激灵，倏地坐起，瞪起两只眼屎巴沙的老眼，吃惊地问：

"刚歇得一会儿，就又呼叫上山咧？"

此时，客人们才看到他脖子上套着个柳条圈儿，一时间吃惊起来。黑灰色
的白羊肚手巾里冒出一缕肮脏的白发，破败的衣衫，加上这暮春初夏的嫩嫩的
青青的柳圈儿，真真显出了疯相。

"是呼叫上山哩，二伯，"孙福昌只好亲自来搀疯万山，"你丑妮儿在山上
等你打酸枣儿哩！"

"不是啵？"疯万山把老牛眼一斜，张开豁牙嘴笑了，"哈哈！想瞒哄
俺？——偷泥偷到土地爷手里哩！那是些谁们?！俺知道，又请得风水先生来
看水咧？"他无法从孙旺泉怀里挣出来，便用脏手指头戳点着几位客人，神秘
地说，"山神爷爷跟俺说啦：你们，永辈子不敢打井啦！"

孙福昌使了个眼色，孙旺泉不由分说把他推上便走。疯老汉边走还边回头
喊叫："先生不成，博士不成，龙王爷，甚也不成！不成不成不成！……"

"疯老汉！"孙福昌目送他拐进一家院门，扭头对客人们说，"这不，光绪
三年的碑，'县志办'的同志还来拍过照相哩！"

这是一幢高可五尺的石碑。岁月风尘，加之孩童砖石叩击，字迹已十分
模糊。

"'老井石门大旱记',"孙总戴上老花镜,伸长脖子费力地辨认道,"唉呀,这字实在……石门是个地名?"

"顺青龙河奔上走五里地。也是个大村子。"

孙总继续念:"光绪三年,天雨缺乏。夏天薄收,秋田全无……"

"嘻,俺来咧,"疯万山不知甚时又蹿回来,往人们身边一立,得意洋洋,"这是好东西,"他拍拍石碑,"要知这天机,得求俺哩!"

支书孙福昌和孙旺泉还没来得及开口攥,他举起湿漉漉的白羊肚手巾轻轻在碑上一擦,碑面立时变成黑色,而阴刻的碑文清晰地显露出来。他于是牛眼一瞪,瞅着孙总:

"咋,咋说?"

"真谢谢您啦,这下可清楚多了!"孙总受不了他那疯癫目光的逼视,支吾两句,赶紧埋头念道,"……人无度用,刨食草根。草根已尽,刮吃树皮……"

疯万山忽地往碑前一站,用身子挡住碑文:

"天机不可泄露!俺下过十八层地狱哩!俺扳倒过井哩!给根洋旱烟!"

孙总忙不迭抢先拿出烟来,捏出两支,递过去。不料,疯万山一把将两支烟都攥住了。孙总只好再往外掏。就着客人的火,疯万山点上一支烟,狠命抽着,把另一支夹在耳后。

"二伯,烟也熏上了,行了啵?"孙福昌在客人面前不好发作,说,"该上山寻你丑妮儿去了啵!"

"又瞒哄俺?俺丑妮儿死了……"疯万山怔怔地说,眼眶里立时汪满泪花花。

"没听见?丑妮儿唱哩……"孙福昌轻声念说道,"酸枣开花米来大,俺妈她不在你来吧'——不是?"

疯万山伸着脖颈,仄楞起耳朵凝神细听。仿佛真听到甚,眼睛里越来越惊诧莫名,渐渐将那牛眼瞪作拳头大,嗫嚅道:

"日怪了,还真是她?……半道儿把俺闪脱了她又回来咧?……这下好了,这下好了……"

一拍腔,掉转屁股就跑。刚跑两步,一眼瞥见几个孩孩儿当马骑的柳棍棍,夺一根过来说是他的酸枣杆。再待跑时,他忽然好像想起什么话,扭回脸,望着几位客人,却又张口结舌,半晌才吐出一句:"——又,又忘啦!回头见!"终于颠颠向山上走去,肩着柳棍棍,冒着浓烟,好不怡然自得。那柳圈儿在颈上一晃一晃。

"这位老人……那柳条圈儿——"孙总瞧着疯万山的背影,不解地瞥孙福昌一眼。

"疯老汉。打年轻时候就爱个花花草草甚的……"支书孙福昌笑笑,给客人讲起了孙万山。

孙万山是孙石匠的二儿。跟他大哥孙万水一样，生来就是能受苦的庄稼人，也是石匠。两人年龄相差无几，但脾性却大相径庭：老大万水粗犷剽悍，透一股英雄气概；老二万山却憨实绵善，活得自自然然。跟牲口一般在山上狠受上一天，收工回来，还总爱挽把野花野草，不是摆在野菜篮篮里，就是插在黑瓷饭罐子里；或是一束蓝茵茵的药香四溢的山菊花，或是几枝背阴洼洼里采的山丹丹，猩红猩红的，一闪一闪。有时用细柳枝儿扎成个柳圈儿戴上，出号的大脚跐双烂鞋片儿。人们碰上，总要揶揄一番说："二子，到山神庙祈雨哩？"或说："二子，瞅你这悲花惜草的，该不是红楼梦里的林妹妹、宝二爷转世吧？咋不小心来？——一下投胎到咱这穷山旮旯来咧！"而万山脾气绵善，腼腆一笑，头一低便过去了，从不还嘴的。

万山自小有个相好，叫丑妮儿。两家比邻而居，两家孩儿便也一起要尿泥、玩土土长大成人。别的相好们，一钻了沟，便急急地要撒野。万山不是的。他总要采来各色野花，好好把丑妮儿打扮一番。或在泉边，在树荫里，或在山凹里，在如茵浅草上，万山把野花插在丑妮儿的头上，大辫子上，耳朵眼里，扣眼里……本来丑妮儿就不丑，这下更好看了。于是万山便怔怔地瞅着她发起了呆，说：

"丑妮儿，你真好看……丑妮儿，你嫁给俺，做俺婆姨呗？"

丑妮儿慢慢长大些儿了。见万山又发起了愣怔，便一朵朵把花儿摘下来，一边扔，一边嗔怒地说：

"丑妮儿不好看。丑妮儿不嫁给呆万山。"

"哎哎哎，"万山扑上去，一把抓住丑妮儿的手，使劲拧到背后，"不敢糟蹋这花儿哩！"就势搂定丑妮儿，去亲她那微微撅起的小嘴儿……

这天大清早，万山听隔壁大街门吱呀一响，便急急担上桶，撵到井上。丑妮儿今天好俊俏，自己掐了两朵大大的粉嘟嘟的山菊花插在鬓角上。

万山帮丑妮儿摇辘轳，闻着那山菊花的香气，情不自禁，又说："丑妮儿，你真好看……丑妮儿，你嫁给俺，做俺婆姨呗？"

丑妮儿笑笑，还是那句话："丑妮儿不好看。丑妮儿不嫁呆万山。"

"咳咳咳……"丑妮儿爹忽然出现在他们背后，"啊呀，鸡娃儿大小的人，倒会自家找汉子咧？摸揣摸揣你那脸，涩呀不涩？"

丑妮儿捂上脸，掉转屁股跑了。

丑妮儿爹担上水，迈步儿前给万山砍下一句话，说："万山子，让俺把丑妮儿嫁给你，先把这井儿扳倒吧！"

"把井儿扳倒？……"万山把眼睛瞪下拳头大，吃惊地望着他。

"咋？软蛋了啵？"丑妮儿爹颤悠起扁担，头也不回地走了。

万山瞪着那井，沮丧地慢慢圪蹴下。

——"扳倒井"，这是个谁也解不开的历史之谜……

相传宋太祖赵匡胤下河东时，曾从老井附近路过。时值盛夏酷暑，正当午时，人困马乏，口干舌燥。走到一处山洼，战马渴得以蹄刨坑，鞭子抽打也再不肯走。赵匡胤知道，马也是三天三夜没饮了，便下马觅野井山泉。没走多远，竟然在一丛茂密的茅草中寻见一眼荒弃的野井。扒开荒草，向井中投一石，果然听到水声咚咚。赵匡胤大喜，自语道："今日渴中得水，来日定得江山！"忽然发现，井深数丈，又无取水器具，只好望井长叹。正为难时，战马跑来，拖缰绕井口转几圈，恰把井口的茅草缠在缰绳上。赵匡胤心神一动，对天祈祷说："如苍天助我成事，就让匡胤将井扳倒。"说罢，拽缰绳，使尽平生气力，猛一拉，果然井口倾斜，井水自流。人马痛饮一番，跃马扬鞭而去……

看来，这不过是一个传说。但老人们都赌咒发誓，说历史上确有过井水自流的"扳倒井"，只是时代久远，早已失传了。渐渐地，这典故，在这一带，如同"太阳打西边出来"一样，成了一个不可能实现的事物之譬喻。因此，丑妮儿爹说"把井扳倒"，使万山感到说不出的沮丧。但渐渐的，绝望之余，万山却以一个石匠的眼光认真琢磨起来——他要把井扳倒。

从此，万山见井就发怔，在井边上一圪蹴就是半晌一天，盘肠绕肚地苦思冥想。一天夜里，他在梦中蓦然悟出来：井是扳不倒的，水却是能自流的。他欢喜若狂，跳下炕，趿起鞋片，扛上镢头、铁锹、凿子便偷偷跑到青龙岭阳坡脚的北井，一个人闷头干起来。

大清早，丑妮儿来担水，见万山在远处村街上挖沟，好不奇怪，过去问道，"哎，呆子，挑渠挑到村里来咧？"她看见万山挖了照准北井井台一条水渠。

万山抬起头，见是丑妮儿，抻起衣襟，抹一把汗，怔怔地说："俺要把井扳倒……丑妮儿，你真好看哩！"

"好看！"丑妮儿气得哭笑不得，转身就跑，又粗又长的辫子在屁股上甩动，"呆子呆子，俺跟你没话了！"

万山一怔，喃喃对自己说："俺能把井扳倒！真的……"

几日之后，村里的石匠们渐渐不要笑万山了。他们看出了点儿门道：万山那渠越挖越深，平平地向坡上的北井掘进。挖到一人深以后，再往前，万山掏了个洞。这样掏过去，掏到井里，若是这渠正在水面以下，井水便会自流而出的。

其时，孙石匠已祷雨中暑而死。老大万水悟出了老二的心思，明白他将要成就一桩大事：让那神秘的早已失传的扳倒井重新出世！对一个好石匠，掏几丈远的土石洞并非难事，要紧的是这思路。因此万水并不打算帮兄弟一把，去分享他的荣耀。让狗儿的独自家把北井扳倒啵，还有那门和丑妮儿的亲事哩！

二十天头上，井水沿暗洞明渠汩汩流出。井扳倒了！全村人都来看，只有丑妮儿爹紧闭上大街门。万山得意地钻进钻出，浑身水湿，修理着暗洞。不料，"轰"的一声闷响，暗洞塌了，老二被埋到洞里！老大老三同村人们轮班刨了一天一夜，终于把人刨出来。他蜷曲地躺在洞里，没伤着一根汗毛。人们将他拽出来，他圆睁双眼，俨如大梦方觉，想对人们说点什么，但话到嘴边，又忘却了。于是他不掸土，也不瞅哭得跟泪人儿似的丑妮儿一眼，拔腿便往山上跑。

少顷，青龙岭半坡上传来老二万山的山歌声：

> 酸枣开花米来大，
> 俺妈她不在（哥哥呀）你来吧。
> 花椒树开花一溜麻，
> 想和你说句（妹妹呀）知心话。
> 山药蛋开花下了窖，
> 只因为想你（哥哥呀）上了吊。
> 小扫帚开花常扫炕，
> 难得你一片（妹妹呀）好心肠。
> ……

丑妮儿哭得更响了。那是他俩在山上玩耍时常唱的歌儿。

于是村人说：万山到底把井扳倒了。万山到底也疯了。

"了不起！了不起的设计构思！"孙总激动万分，一把抓住孙福昌的手，说，"我想去看看！"

北井早已颓败坍塌，万山当年开掘的水洞及明沟，只剩下隐约的痕迹可循了。

怀着一种崇敬之情，孙总绕井一周，询问了一番，然后又问起了万山老汉目前生活状况。

"生活？甚的生活？"孙福昌一时没听明白。

"生活！"张副队长说，"孙总是说，你们怎么不把人家生活照顾好些？"

"咋照顾？五保户待遇，还咋照顾？"孙福昌无可奈何一笑，接着说，"你发他口粮他不吃，发他衣裳他不穿，就是个破衣烂衫给你可山乱窜！……不信问问旺泉子……天黑了，走哪儿倒哪儿睡，也不管山洞、破窑、草窝子、山上河边的，也不病，十冬腊月也冻不死。收了秋，一放猪，就跟在猪后头，捡猪们从地里拱出来的红薯、萝卜，蹭蹭土，就吃。瞅他恓惶吧，比谁活得不自在!"

"那么，他的那位丑妮儿姑娘呢?"孙总怔怔地又问。

"嗨，早死啦，可他还总觉着她活着!"孙福昌笑道，"后来嫁到平川，没几年就病死了。男人家姓胡，她生养了两儿一女……"

孙总一言不发，沉着脸，逃跑一般离开北井，往山上走去。

……看来，老工程师是个能爬山的人。只歇一气，便爬上了村后的青龙岭。站在这里，整个老井村尽收眼底。孙福昌指划着，把几百年来老井村人打的几十眼井——指给他们看。青龙岭山腿上的那几十个干窟窿，自然早已坍塌，且为荒草灌木掩埋，但绝非无迹可寻：那每一溜顺坡流泻的石渣上端，必然是一处井口。阳坡上，那在不同高度上密布的几十溜草木不生的石渣，看得地质专家瞠目结舌。这里面到底消耗了多少汗水和鲜血，简直不敢细想。而先人们一代接一代寻找水源的毅力，实在使人肃然起敬。

擦了把汗，抽了支烟，一行人从山顶往下走。没过一会儿，孙总首先发觉了蹊跷：孙旺泉一直走在最前面，而自己想走的路恰恰是他带出来的路!巧合?

"喂，小孙啊，这大山上，你知道我要走的路?"

孙旺泉脸一红，点点头。

"我要走哪条路?"

"这不，这层红石头。……我看你一直在顺着这层石头走哩……"

孙总和同行的王工与张三货默默地交换了个兴奋的眼色，停住脚步，捡起一块石头问道：

"这叫什么石头，含水不含水?"

"红砂石。书上叫砂岩。是含水层。打井打到这层石头就有指望了。"

"你看过什么书?"

"自家胡乱翻过本《山区找水》，又没老师……"

孙福昌见老工程师惊喜的目光，笑道："这俩后生是高中毕业生。别瞅我不常摆弄这石头，没念过书，也多少认得点。那一块，烧石灰的青石头，你们书上叫石灰岩，也有水，就是不易打出来哩。"

"唉，了不起了不起，缺水地区的人民就是了不起!"孙总十分感慨。

"有甚的了不起，一些山汉们!"孙福昌淡淡地说，但话音儿里却透着一股自豪，"旺泉子家，祖传的石匠。说这打井吧，只我们孙氏门宗死过伤过多少人?擩出俩巴掌来总算不清。这点子本事，血汗换的，人命换的。旺泉爹就死在西井里，才没几个月的事。戴柳条儿那疯老汉，就是他亲二爷哩。"

老工程师用一种异常的目光，慈祥地打量着孙旺泉。他感到了这目光中的同情，赶紧介绍起正寻觅的这层红砂岩的走向："咱们脚底下是松沟。叫山水冲断了——这层砂岩对面的卧虎山，那丛醋柳葛针边上，不又露出来了，四五丈长一截……在我们村，能瞅见的是东西走向，再往西，就看不见了，要转到卧虎山背后才又露出头……"

"这是什么？输水管？"孙总忽然发现在他们立脚的山腿上，有一节节残破的陶瓷管，散乱地摆着，直通往松沟深处。

"这吧？"半晌插不上嘴的亮公子，这回逮住个空空，拿脚踢了下破管子，急匆匆说，"这，这是一条输水管道。松沟尽里，有一股股水泉。天不太旱，还有些些小水。早先是用竹管管，一冷一热都崩了，后来就用上这瓷管管了。钱花了不老少，妈的，还是不抵事。"

"为什么瓷管也不行呢？"老工程师问。

亮公子一下愣怔了，小声嗫嚅道："反正，反正是过不来水……"

从刚才亮公子说话的神气里，旺泉觉出了点什么，于是他不再插嘴，只是紧走两步，找了截破瓷管递给他。亮公子是陡然记起了，叫道："哦，对了，你看，妈的，这些植物的根子把管子堵死了！"

"这……"孙总接过那节堵塞着根须的破瓷管，颠来倒去地看，大惑不解，"可是……用水泥封的接口吧？——这根子怎么能长进去呢？"

亮公子又愣怔了。孙福昌看来心里明白，但一时也说不清楚。孙旺泉只好开口，说："咱这旱山上过于缺水，瓷管但有一个针鼻儿大的眼眼漏水，醋柳葛针甚的就把根子探过去，没几天就摸到那眼眼……"

"是咧是咧，"亮公子急急抢过话头，说，"狗儿的一钻进去就给你长成个蛋蛋，你管子多粗，它长多大，总得给你堵得死死的才算！几里地长的管道，这儿不漏那儿漏，谁能斗过这些醋柳葛针根子，疯子样的！"

"唉，真想不到，真想不到！"老工程师叹服道，"这缺水地区，连植物也能旱成这个样子！"

"要不请您下来跑跑呢！"王工说，"我们县二十五万人，就有十五万人缺水。前年大旱，从全地区抽调了一百多辆汽车拉水！自己的拖拉机也是一百多台，小平车一千六百多辆，从三月份一直拉到下雨，长达四个月之久。占用全县三分之一的劳力，三分之二的畜力，光国家花在拉水上的钱，就将近五十万元哪！"

孙总连连点头，说："我有感受，我有感受。住在县委招待所里，早晨起来去找洗脸水，小服务员背着手只是笑！一问嘛，好！——贵县招待所一律不提供洗脸水！厕所也是，抽水马桶一律封死。盥洗室的水龙头，也全都是摆设。嗨，说来惭愧啊，搞一辈子水文地质了，为什么没到太行山上这几个缺水县来多跑一跑！"

"现在也不晚哪，孙老总！"井队长张三货笑嘻嘻地说，"在咱们县多住住，从理论上武装武装我们……"

"老张啊，咱俩搞个买卖吧!"孙总打断他的话，"你手里捏的那几个临时工名额，给我留两个怎样?"

张三货瞥一眼孙旺泉和亮公子，有点为难地说:"孙总，照理说您这面子……"

"不难为你，老张，尽管回去'研究研究'。"老工程师慈祥地扶着旺泉的肩膀，不无感慨地说，"高中毕业生还当不了个井队临时工? 缺水地区出来的，宝贵啊，这些青年! 好好培养一下，前途不可限量……"

忽然，一阵高亢的山歌从卧虎山腰飘来，分明是一个男人捏着嗓儿学女声:

> 八月中秋秋风凉，
> 姐妹二人打酸枣。
> 西山低来东山高，
> 东山有片好酸枣。
> 手拿竹竿轻轻敲，
> 酸枣打得绕地跑。
> 东山酸枣个个大，
> 西山酸枣个个小……

这歌儿唱得磕磕绊绊，又是嘶哑的嗓儿学着女声，但在这荒凉干旱的太行山听来，却极质朴且自由舒展。不如此，倒好像味道不纯正了一般。

"是刚才那位老汉?"孙总望着卧虎山惊异地说。

"疯老汉，戴着柳圈圈，满世界吼唱，总是个这。"孙福昌看见已经往回走了，大事还没谈，连忙问道，"这水，孙总，你看这水咋说?"

"没把握，走马观花。石灰岩地区地下水情况十分复杂，不做过细的调查勘察，摸清地质构造，谁敢轻易定井位! 看年轻人吧，把希望寄托在他们身上!"

"那是那是……"孙福昌点着头，但无论如何努力，青青的生铁脸上也作不出一种笑容来了。

一路上，怔怔的。老工程师回了几次头，那山，那歌，那人，总轻轻地拨着他的心弦，使人生出一些说不清、道不明的感受。

从那山腰的灌木丛里，现出一个微微佝偻的人影。走到山梁上，缓缓坐下，再也不动，宛若一块古老的没有生命的山岩，远远地，漠漠地，望着这旱山、村庄，这人世。

七

一辆风尘仆仆的"铁牛55"，沿青龙河畔的公路向大山里驶去。这是往老井村拉水的拖拉机。拖车上，装着个鼓鼓囊囊的大橡皮水袋，一日两次，从四十里开外的红石坎往里拉水。红石坎也没人畜用水，全凭县办煤矿的窄轨铁路，在小火车后挂上几节水罐车，跑一段扔一节。红石坎是一个供水点，老井一带的山庄窝铺，大多到那里拉水。

一九八二年孟夏。十年不遇的大旱。

孙旺泉穿一身小帆布工作服，背个小挎包，站在拖车里，扶着高栏，灰眉土眼的，俨如一土人。去年这阵儿，由于孙总的大力推荐，他和亮公子孙旺才都去县凿井队当了"亦工亦农"的临时工。亮公子见无转正希望，活计又苦重，还不自在，干了一个半月，便夹上铺盖卷回了老井。从此，便在村里三天打鱼两天晒网地混着，等待着合适的机会。而孙旺泉，抱着种种希望和苦痛，咬牙干下来。在这一年的时光里，他极少回家。每日做完分内的工作，也不管井队的其他弟兄们打牌下棋还是喝酒赌烟，只是拿两指堵住耳朵，潜心钻研起山区找水的学问。昨晚上，段喜凤托人捎信，说她得了急病，叫他千万回家看看。一日夫妻百日恩，念及喜凤对自家的种种好处，又想她一人在那深沟老林中卧病，旺泉请准假，便急急往家赶。

拖拉机拖着重载，在厚可半尺的浮土中颠簸着破浪前进。公路沿河蜿蜒。一冬春无雨无雪，青龙河早已断流。干涸的河床上，大小卵石在阳光下白厉厉的，俨如陈满山沟的干枯散乱的尸骨。东一瓢西一碗挂满山坡的田地，到处缺苗断垄。即或已艰难地从旱土中生长起来的玉茭、高粱苗子，也都畏怯怯地把叶子卷作圆筒。路旁的杨柳树，灰尘仆仆，几簇灰不灰绿不绿的树叶儿，在热风中簌簌作响，都干萎得似可一火点燃。拖拉机引擎声令人烦躁地在山谷里震响，拖车后更卷起漫天土尘，给这本已失却了绿意的夏日再蒙上一番灰黄。

离村愈近，心愈沉重了。孙旺泉完全想象得出来，在这片可怕的旱象背后人们的生活。

快到村子了。老坟疙瘩上一群正在吃草的羊儿，听见引擎声，都抬起头来，向公路上张望。忽然，有几只野性十足的山羊，从土崖上跳下来，引动得一整群绵羊山羊一齐冲上公路。坏了！旺泉心里一沉。果不其然，羊群堵死了公路，拖拉机只好停下。他跳下车，同司机李三则一起轰赶羊群。这种情况常常发生，干渴难耐的羊群，一见拉水的拖拉机，便一窝蜂拥上公路拦截水车，疯魔得不怕骂、不怕打了。不只羊群，大牲口更认得出水车。前年春旱，旺泉赶着一犋牛在老坟疙瘩耙地，一见拉水拖拉机路过，老牛猛一跑，旺泉不及提防，从耙板上摔下来。两头脱缰的老牛，拖着耙板，发疯地往路边跑。拖拉机没追上，一头牛后腿被耙板砸拐了，于是呆呆地望那拖拉机远去。

正当他们在车前踢打羊群时，拖车后传来哗哗的水声。两人一惊，急急跑到车后。原来是万山老汉不知甚时候爬上了拖车，疯疯癫癫拧开了橡皮水包的龙头，正哗哗放水呢！

好我的疯二爷哩！孙旺泉心中暗暗叫苦，一个箭步跳上车，顾不得说话，掰开疯老汉的手，关紧水龙头。三则直气得脸色煞白，攥住老汉一条腿，一把便拽下车来，大骂道：

"疯万山，不死等甚哩！"

"死？"疯老汉满身是泥，从地上爬起来，圆睁一双混浊的牛眼，一时糊涂了，说，"饮羊儿也不叫咧？猴儿拉稀，坏了肚肠咧！癞杂种们，尽管吃草，不叫饮，你狗儿的能行？"

三则正想回话，突然见羊群全都挤到了车后，急急地抢喝车辙里汪的那点泥水，忙咽下嘴边的话，跳上驾驶楼，开上车便逃。

不多点水，转眼被旱土吸干了。羊群扭回头来，望着远去的拖拉机发怔。疯万山立在羊群中，摘下挂在颈间的柳圈圈喂羊。见几只羊儿撕扯起那柳圈圈来，便天真得意地拊掌大笑……

从老坟疙瘩到村口是一溜下坡，拖拉机关上油门滑了过去。但村人还是听到了，纷纷担上桶跑出院门，一霎霎便在村口石桥头乱作一片。拖拉机尚未进村，人们便担上桶排着队，紧撵着车屁股走。光顾排队了，没人和旺泉搭话。纷乱中，有的后生妮子只冲他点头一笑。人喊人，桶碰桶，乱糟糟一片，甚也听不清。每人拿着水票，或在唇上粘着，或在手心攥着。每到大旱时节，一用拖拉机拉水，水票便兴起了。六口以上，每日两担，三口以上一担，两口一桶，一口半桶，够不够就是这。拖拉机一天跑两趟，来回一百六十里，只能拉这么多了。

眼看着生养自己的故土在干渴中熬煎到如此地步，孙旺泉羞愧交加，悄悄跳下车，低下头，趁乱挤出人堆，溜墙根往家走去。他黑瘦的长脸上没有一丝儿笑意，嘴唇紧紧闭起，在嘴角抿出一道浅浅的有棱角的纹线。

"呀呀，旺泉子回来咧？"支书孙福昌担着空桶迎面走来，"嗨，咋扎拱得脑袋往家奔咧？急甚？今儿迟早爬不上炕！……过来歇一霎霎，我跟你有话。"

在街角，两人站下来，点上烟，先抽两口。

孙福昌盯着旺泉的脸看了好久，说："前几天，我下了县里一趟，到'水办'找了老王，求他们派人上来给咱老井看水……老王说我抱着金碗碗讨吃，'你村就有个定井位的专家嘛！'——真的？"他将信将疑地打量着旺泉，"说你这一年看了几十本本找水的书？还住了三个月训练班？给好几个村村看井，井井见水？"

孙旺泉低下头。半晌抬起头来，说："福昌叔，咱村是石灰岩地区，这水，是难找……"

"难找咋？咱老井永辈子不找水咧？"孙福昌喃喃低语道，一下圪蹴下去，一声不吭，脸上浮起一层阴云。

旺泉也慢慢圪蹴下去，一声不吭，更不敢瞅他那失望与痛苦交织的生铁脸。

"责任制好不好？好！"孙福昌的思路不知跑到哪儿去了，突然没头没脑地冒出一句来，"中央的主张政策，能不好？……旺泉子，咱不是外人，叔跟你说句过心话：这不地已然分啦？只怕往后这村里的事，就不用我来操那份闲心咧！"

怕丢权呀！旺泉这才明白了。他依然一声不吭，心里愤愤地。咋？捞扒得也差不多了吧？

"这阵子我甚也不结记，只是有一桩心事没了……旺泉子，你帮叔一把！我想在我手上打成一眼井！"孙福昌抬起眼，痛苦地瞅着他，接着往下说，"我当这支书，十几二十年了，修过大寨田，填过沟，修过干水库，淘过西井……反正是，一桩一件事没给咱村办成……'劳民伤财'，'极左'，眼下说的是。临下台前，我只想在我手上打成一眼井，给咱老井的儿孙后辈留下件产业，积阴德，心安，别叫人至死戳后脊梁骨，我也算好好歹歹没白来这人世上走一遭！"

旺泉心一震，被这番掏心窝子的话感动了。他动感情地看着孙福昌，看见他那双平时总是暗淡无光、不显山不露水的眯缝眼里闪动着明亮的光芒。

"这阵子我说了还算。我听你的。我把宝押在你身上！咱叔侄俩摽住劲儿，破上性命干一遭！让全村人勒两年裤带也算！一样样的太行山，不信就咱老井脚底下这片地球里没水！就算没水，咱也再戳它个黑窟窿再说！……没水，不过是给咱这地方判了死刑。打出水来，咱全村父老兄弟给你旺泉子立碑！……打不出水？"孙福昌慢慢立起，把烟头奔地上轻轻一弹，"打不出水也立碑，告诉咱子孙后代，你们再也不要在这地方流血舍命了！"

孙旺泉热血沸腾。抑制着轻微的悚动，他起身就往家走。他想起他爹。他怕自家忍不住会流出眼泪。

"旺泉子，你扔下一句话！"

他回过身，看着党支书，说："福昌叔，你发了话，打到十八层地狱，我顶上一颗人头。"说罢，扭头便走，嗓子一哽，泪水刷地汪满眼眶。我不要立碑！爹、二爷、老爷爷，咱孙家的祖先，咱老井村埋在井里的列祖列宗，我孙旺泉如若打出了水，头一碗祭奠你们！

在决心成就一桩史无前例的大事业的激动里，孙旺泉回到家来。小秀秀正圪蹴在街门口拿扫帚苗、石片玩土土，一听见他喊，忙站起来推开街门跑进去，喊道："姥，俺爹回来啦！"一跨进街门，便见喜凤妈在当院勤快地洗着一堆喜凤的衣裳。少见！他心里说。未及开口，喜凤妈却喜眉笑脸地迎上来，说："啊呀呀，俺们这甩手掌柜倒是回来咧！"

"咋了，喜凤子？"

"好记性！"喜凤妈一拍大腿，气噎噎地说，"能咋？一个女人家！咋也不咋，就是有些个肚儿疼……"

肚儿疼？旺泉边往屋里走，边思忖。撩门帘时，他发现总有些异样，定睛一看，门帘儿上挂了红。而且一个细细的、哑哑的、尖尖的哭声又忽然从屋里传出来。娃娃！他一怔，记起来了，一挑帘儿，打着软膝地走进里屋。果不其然，炕正中，躺着一个小东西。

他从未认真地想过这件事，一时愣怔了。

喜凤半坐半躺地倚在被窝垛上，头上严严地包着块蓝格格手巾，抬起眼来，冲他软软一笑，说："回来咧！"

旺泉走到炕跟前，低下头瞅那小东西，问："甚时候？"

"夜里。急急的性子，这小东西，不等爹回来，倒一头圪钻到人世上咧！"女人脸儿白白的，像是有些儿浮肿，看不够地端详着娃娃，"瞅那鼻子，那嘴儿，鼻子以下跟你，上头像俺哩！"

旺泉看了看，发了一阵子呆，想起来问道："丫头、小子？"

"哼，好个没眼窝的汉！就不见俺妈那喜色？"喜凤得意地娇嗔道，"这东西，看精神的，落地就撅着条小尾巴哩！……瞅瞅？俺给你打开啵……别哭别哭，爹的胖小子，亲小子儿，哟哟哟……"

儿子！我的儿子！孙旺泉鼻子一酸，把头靠在女人的肩上。他未曾料想，一个小小的生命，会使生活、家、女人都有了全新的意义。儿子！儿子！一种愧疚之情油然而生，他记起了自己对女人的种种冷淡。

喜凤似乎觉出了男人的情绪，默默地把脸贴上来。这温存的摩触刺痛了他的心。他猛地捧起女人的脸儿，发疯地在那脸蛋、嘴唇、眼睛上亲。喜凤软软地挣着，说："疯了，哎哎……看妈，坏种……"她努力想笑一笑。但刚一笑，眼泪刷地汪上来，挂不住了，竟扑簌簌跌下来。她伸出手，紧紧搂住男人的脖颈，不肯放松，她从未得到过这些！渐渐地，她竟抽泣得透不过气来。她委屈，她可怜她自己。枉为半世女人！上一个死鬼，这一个男人，好像不是捆来的就是绑来的，规规矩矩，从未给过她半点烧灼人心的、有滋有味的感情……

门帘儿轻轻一响，喜凤忙把男人推开。原来是小秀秀，瞪着眼，悄悄地立在门边。

"秀！"旺泉招招手，说，"秀，过来，瞅爹给你买了甚来？"他从挎包里掏出一包水果糖、几本小人书递给小秀秀，又拿出两包点心搁在炕上。孩子抓了一把糖，懂事地出去了。

　　掉过几个泪蛋蛋，喜凤心里清亮多了。喜凤拍拍炕沿叫男人坐下，眼圈儿红红地笑着说：

　　"起个名字吧，给咱孩儿！俺妈说，姓……还得姓俺爹的那段……"她担心地闪他一眼。

　　"嗯、嗯……"旺泉自然记得这是早就说妥了的，连连点头应承。

　　"……第一个字儿由了俺妈。俺的意思，把你那孙字也用上——这第二个字就由了俺。第三个字儿由你，从你念的那些书里抓挖一个好字儿，你说？"女人笑着讨好地问。

　　"井！"旺泉脱口而出，"叫个'井'吧！这个字儿现成，不用翻书。咱这地界，井不是命根儿？有了井就有了一切，子孙万世，绵绵不绝！"

　　"井就井！"喜凤笑道，"俺妈只结记俺爹姓段；俺是结记俺汉姓孙；你是井队的，祖辈石匠，一天到晚，只结记个打井！只怕你也变成口井咧！只你变成井还好说，俺孩儿也要变口井？'井儿'——这名儿可起好了——段孙井！不拗口，他爹？"念到嘴上，她又疑惑起来。

　　"拗甚的口？叫两天倒顺了。"

　　女人把一绺散乱的头发掖到手巾里，把襁褓抱在怀中轻晃着，埋头和那嫩嫩的小生命说话儿：

　　"井儿！井儿！哟哟哟，是又尿咧，又屙咧？俺孩儿甭哭，甭哭，枣花花大小的命芽儿，倒有正儿八经的大号儿啦……"

　　趁喜凤和井儿说话儿，孙旺泉悄悄走出街门，一气爬上村后的青龙岭。找水去！这桩老井村几十代人尚未成就的大事业从今天开始！刚才和孙福昌谈时，他只是想到为打井而死的先人。儿子的出生，使他的奋斗有了更为深沉的涵义。儿子！现在，他不单单是承继先人的事业，更是在为儿孙后代开拓。记起他刚才的誓愿，头一碗祭奠祖先？他轻笑了。不，如若我真打出水，头一碗一定给我儿子，给我的井儿！儿子！亲儿子！儿子长大，寻上个女人就会养下孙子。孙子再寻上个女人就养重孙子……不行，走，今天就开始野外勘察！井，有井就有一切！有井就有儿孙万世！一种从未体验过的责任感从他心底升起。他依恋地看一眼自己的村庄、院落，拔腿向深山走去……

　　孙旺泉爬岭下沟，追觅着出露的岩层进了大山，等他浑身是汗地往回返时，已是后晌时分。几十里山路，已然是唇干舌燥。本打算在山顶的一处小泉喝足了水再回，但那小泉也干涸了，他只好咽着黏稠的唾液往山下急急蹬行。半山腰上，蓦然瞥见一个女人挑了几个饭罐子，一闪便走进了山洼洼里的醋柳丛。山里人，一看那走动姿势，便知道那饭罐里担的有东西，沉沉的。在五里十里的远处山地里劳作，晌午一般专有一人送饭。上山时送饭，下山则往往在某处小泉里洗了饭罐碗筷，再捎回满满几罐泉水，否则，勤谨人便觉空走了一程。那女人从醋柳丛中走出来，等孙旺泉喊叫一声，也不知听见没有，便又一闪，从一处石崖边拐过山前，看不见了。离村还远，抗不住那又凉又甜的山泉水的诱惑，旺泉沿山路急匆匆撵上去。

"是谁？喝口水啵？"他边喊边转过山嘴。

那女人已歇下，正坐在石崖下的一片凉荫里。扁担倚在石壁上，几只黑瓷饭罐子稳稳地摆在她脚旁，堵死了下山的路。

巧妮儿！旺泉一下愣怔了。万万不料会在这深沟狭路上相逢！

……他一订婚，巧英便连夜去了省城。在她爹那儿，一住就是半年多。她回来时，他已然到了井队。有人说，巧英子是寻不下工作回来的；有人说她还恋着旺泉子；议论纷纷，莫衷一是。有一条却是众口一词：这次回来，巧英子变得更洋气了，不光穿衣打扮，说话走路，连种地都种出了花样样。责任田里种那一大片花生、棉花！有经验的老人们劝她，她家没劳力，管理不过来的。结果她撒上"除草剂"，只中耕了一次，平日连锄把也不摸，那地里竟然寸草不生！有劳力的人家，锄板都磨秃了，地里还没巧英的干净！棉花封顶、打掐，是最费工的活计。巧英用从省农科所搞来的"缩节安"一喷，那棉花竟然不用封顶打掐也不抽条疯长了……村人们一边眼气着、怀疑着，不服气地等着秋后算账，一边嘲讽着，议论着，对巧英的举止百般挑剔。一句话：巧妮儿越来越不像个农民了！三天打鱼，倒有两天晒网！去地里，转一转，看一看，撒点化肥，喷点农药就往回返。人家在地里撅起屁股累得贼死，她倒好，在地里动弹的时间还比不上花在道儿上的时间！回家后，不做鞋，不补衣，在街门口挂张网子，划上灰线，还打甚的"鸡（羽）毛球"！——对这，旺泉倒是亲眼见过——一次回村，见巧英门口的小空场上聚着一伙年轻人，男男女女，不时发出一阵哄笑。瞥一眼，原来真是在打羽毛球。"嘿，旺泉子，回来咧？"亮公子眼尖尖的，一把拽住他，说，"巧英子没对手，你还不上！欺负得咱村没人了！上！"后生妮子们一下转过脸来，瞅着旺泉，有人还又瞅瞅巧英，脸上露出各种表情。巧英却连眼也不斜一下，拾起羽毛球，叫一声"嗨！"奋力把球打给对面的喜柱儿。她穿一件单薄洁白的短袖线衫，腮边挂着汗，脸儿红红的，胸脯鼓鼓的，直透出一股股青春的活力。旺泉拂下亮公子的手，尴尬一笑，走了。后来，羽毛球再也没人打了——每天在地里受了个死，谁有劲头回到村里还玩命蹦跶？于是老人们更有了说头：哼，说甚要"改变农民生活方式"？喊，打孙老二逃荒到咱老井，插旗圈地，打井立村，几百上千年了，谁人改变过？合作化，人民公社，"农业学大寨"，那般大的阵势还改变不了甚哩，她一个妮子家，容易！——虽然他同她再不过话儿，在村街上偶尔走个对脸，也是各人贴住一边墙根低头便过。但他看见巧英仍如过去那样，挺着胸，扬起脸儿，心气足足地在生活，心里便不由泛起一丝惨淡的慰藉……

也许是听见他的喊声了，赵巧英抬起头来，斜他一眼，又掉过了头。孙旺泉屏住急促的喘息，看那几个挡在路中的饭罐子一眼，转身便往山上走。

"去哪儿！"身后一声喝叫。

旺泉站住了。

"做了些儿亏心事，连水都不敢喝口啦？过来！"

嗨，低头不见抬头见，斗那气，何苦来！到底亲亲热热好过一场哩！旺泉心里一酸，慢慢走过去。

巧英抱起一个饭罐子，倒下小半碗水，站起身，又斜他一眼，说："咋，还要我给你端过去？"

旺泉只好走前两步，抻起袖口抹把汗，接过洋瓷碗。

他刚把碗往嘴边送，巧英摘下花头巾，使劲一抻一抖，那灰尘、草籽、草棍便飞扬起来，顿时落了一满碗。旺泉一时闹不清这是不是故意的，怔了一怔，见巧英再不说不动，便一边轻轻吹着气，一边小口地啜饮起又甜又清、又凉得碜人的山泉水来。娘！那不多点的草籽草棍实实别扭，一口气不吹，便游动到嘴边来了。他只好一边吹，一边一丝丝抿。这小半碗好不解恨，旺泉把碗递过去，实指望她再倒点，但巧英把碗往饭罐子上一坐，担上便走，再不瞅他一眼。

也好！旺泉平平静静地思忖：往后就是这，长草短草，一把挽倒，重打锣鼓另开张！再不用纠记那些永辈子说不清的旧事儿啦……

远远地，远远地传来一阵儿山歌：

> 高粱开花顶顶儿上，
> 得病得在（哥哥呀）你身上。
> 马连开花路边儿上，
> 你把良心（哥哥呀）扔背上。

> ……

这事怕没完！旺泉一屁股坐在一丛马连上。他顺遂了爷爷，照顾了兄弟，也给段家接续上了香火，单单坑害了一个爱他爱得刻骨铭心的女人！那因为事业、因为儿子而平静下来的心，顿时翻波卷浪，失去平衡……

巧英已然走得极远，悠悠地，担着那些黑瓷饭罐，隐没在一片醋柳黄栌灌木丛中。虽然久旱不雨，那些极耐旱的灌木和野草，在山洼洼里依然繁荣茂盛。

干热的山风旋来，在石崖山嘴上呜呜呜叫。听不见那山歌了——也不知是这风声淹没了，还是她随口唱了两句，便再不唱了……

八

老井村后松沟口，有一个大旱池。水面约有十丈见方，紧贴在青龙岭西南山腿上，一条渠把松沟出来的山洪引进旱池。

　　这一带山庄窝铺，旱池也叫麻池。因为麻秆一收，人们便一捆捆束起，用石块压在池里，沤上一段时间，去了那绿，方可剥出麻皮。旱池也叫官圪洞。圪洞是土语，本泛指洞穴或坑凹处，在这一带则多指水洼。官圪洞的"官"字，与官道、官碾、官房一样，指村社公有。于是全村的人们都到这儿来洗衣、沤麻、饮牲口。这浮绿泛黑的水，刚从外地买来的牲口是不吃的。只有自小在村里长大的牲口才吃。新买来的牲口，只有快渴死了，才慢慢开始一口口啜饮那水。倘若心疼牲口，便将旱池水同井水兑上饮。总得一个来月，牲口才能牵到池边。人不行，再强壮的山民，也抗不住三口旱池水，只消一时三刻，便能拉得你再也系不上裤带。

　　旱池边的山腰上，立一块巨石，足有几串院子大小。学大寨那年夏天，放炮震下来一块大石，等洗衣裳的女人们听见响动抬起头来，那块房大的山石已砰然入池，激起喧天大浪，把女人们冲得斜斜歪歪，哭天骂娘。最叫人失笑的是几头正在旱池边饮水的牲口，吓得挣脱缰绳，掉转屁股就跑，瞪起眼，尥着蹶子，一溜烟儿逃回饲养院（第二天起早上山耕麦茬儿地，还惊得不敢打旱池边过）。过不一会儿，风平浪静，满地泥浆也慢慢澄清。到如今，那石头上长满青苔、石花，石缝里还冒出一苗小石榆树，倒成了老井村一景。

　　——孙旺泉同巧英的事正是如此。纵是喧天大浪，终有平复的一天。自打旺泉喝了巧英那小半碗泉水，两人慢慢开始过话儿，但绝口不提旧情。也正如那些牲口，再难喝的苦水，时间一长，只有闭起眼来一口一口啜饮。

　　也就是从那天起，旺泉开始了老井周围的野外勘察。石灰岩地区定井位，老专家们说起来都摇头，孙旺泉自然不敢在井队声张，只有趁节假日回村，拉上老同学亮公子、赵巧英上山乱跑。地质资料奇缺，要自己搞一些基本测量，只有这两个学过几何三角的老同学能帮上点忙。赵巧英从来幻想着山外的世界，对打井本无大的热情。她是为了旺泉。旺泉每次回村，家也不顾，背上干粮水壶就爬山架梁。要是在山上碰见，巧英若说："旺泉子，咋疯子似的，一下爬上最高的山圪梁，一下又栽到最低的沟底？"旺泉则说："在高处是看整个地貌，最低处是看岩石在水流切割下的出露。"巧英若说："旺泉子，一月不回家，不和你婆姨亲热亲热就钻山沟子？"旺泉总是把那张黑瘦的脸庞涨红起来，支吾两句，低头便过。久而久之，这精神不能不使她深受感动。她恨他，但到底还是爱他。她要帮助他成就这桩事业。亮公子孙旺才对打井更不感兴趣。靠他爹关系，不挑不拣，他进县城混个临时工、合同工本无大问题。他是小半冲旺泉，多半冲巧英。俏俏的、傲傲的个妮子，在村里斜都不斜他一眼，到了山上，倒变得有说有笑起来。爬山过岭，难走处在手上拉一把，腰上推一把，只要不捏掐，有时还能得到笑脸儿。饥渴了，坐下来吃干粮喝水，亮公子总是直眉瞪眼地看巧英从水壶里喝水，然后接过来，大声嘬那壶嘴。若巧英还不理会，便叹一口气，说："唉，咱活得还不如这壶嘴嘴哩！——一前晌就和你亲了这么多嘴儿！"巧英顶多骂几声灰鬼，从未真恼过一次。这使亮公子心里很感激巧英，虽然她从未容他生出一些儿非分之想。

花开花落，从春到冬，在半年多的时间里，旺泉利用节假日同他们一起拿着用指南针、量角器自制的罗盘、水平仪，扛着标杆，跑遍了全公社的山峁峭壁、峡谷沟壑，行程千余里。对地貌、土质、补给水做了详细的勘察。最后，根据全部资料，孙旺泉确定了井位，做了单井设计。于是，支书孙福昌一拍炕沿，老井村的人们，趁冬闲便欢欢地干起来。县凿井队把孙旺泉"支援"给老井村当了打井专业队队长，也是想通过第一眼石灰岩地区深井摸索点经验，打开"禁区"。

干了两个来月，旺泉发现地质情况与原来估计的有点出入，心里有些不踏实起来，决定再悄悄复查一遍。他推断在松沟口附近潜伏有一个二百米断距的水断层。可是在周围的青龙岭、卧虎山上始终没找到。只要找到这个断层，井位便可进一步肯定了。

一个朔风凛凛的冬日，巧英陪着旺泉背着罗盘上了山。在青龙岭上转悠了整一天，太阳快磕山时，才在后山上发现了点痕迹。

这是一个坐西朝东的绝壁。方圆几十里内，颇有点小名声。一是它高，人称"烙饼崖"，是说如若自崖顶抛下石头，得吃完一张烙饼，才能听到石头落底的声音。二是它在山西河北两省边界上。人们玩笑说，从这儿去河北最快，跳下烙饼崖就到地方了。三是抗战时期，日本人扫荡到此，单围住个没人烟的烙饼崖打了一天一夜。据说没有几个八路军，大多牺牲，还有人跳了崖。

崖上长满酸枣葛针，那无法确认的断层痕迹向崖边延伸过去。

两人正循那痕迹往崖边走，巧英忽然觉得有什么东西扯住她裤管往后拽，吓得她"噢"一声惊叫。低头一看，一只金黄的小狐子！那小东西也吓一跳，撒开嘴便往后跑。"嗳，小狐子，小狐子！"巧英惊喜若狂，转身便去撵那小动物。这次，那小狐子却再不让她抓住，跑跑停停，停停跑跑，把她引了老远。

"嘿，去哪儿？天不早了！"旺泉笑着喊道，"还真个成了狐狸精？"

"不是狐狸精，是狐仙！"巧英喘吁吁跑回来，兴奋得神采飞扬地说，两颊被寒冷的山风吹得通红。喘口气，两人小心翼翼地走到崖边。往外一探头，巧英"妈呀"一声，眼一闭，死死攥住旺泉胳膊。两人也顾不得许多，连忙趴在地上，手拉手往下望。

这万仞悬崖，刀劈斧剁一般，从山顶直落山脚。孙旺泉摸块石头扔出去，一眨眼便小得看不见了，确是过了许久，才从昏晦而深不可测的崖底传来一阵脆声。巧英看着手表，又扔了一块碗大的石头，数到第八秒，听到了一串儿回声。

"八秒!"巧英眼一转，心算道，"自由落体公式：$S=1/2gt^2$ 对啵? ……八秒……三百二十米! 对啵?"

旺泉说："要是三百多米，还得减去一秒，声音传过来的时间。按七秒算，就不到三百了吧?"

"就有三百米!"巧英没想到旺泉比自己算得准确，一撅嘴要赖说，"八秒是第一声，我那石头还没到底儿哩! 就有三百米!"

"有有有!"这许久不见的天真样儿，把旺泉引得微笑了。他继续看那石壁，说，"这断层怎么还瞅不真?"

"到这边来瞅瞅。"巧英不十分害怕了，撒开旺泉的手，沿着崖边向另一侧走去。

"不行啦! 旺泉哥……啊——"随一阵土石塌落声，传来一声恐怖的尖叫。

孙旺泉一扭头：人没了!

他只觉"轰"一声，血往头顶一冲，跳起来便飞奔过去。

一米多长风化的崖边塌陷了! 弯腰一看：万丈深沟! 血在周身脉管里狂奔! 他感到头一阵晕眩，赶紧趴下，探出头去，绝望地大喊一声：

"巧巧——!"

"旺泉哥……快，快点救我……"崖边发出一个紧张而微小的声音。

天! 旺泉往鼻子底下一看，在他下面两米多的地方，巧英正脸朝里贴在万仞绝壁之上。

"不行咧，不行咧!"巧英一手抓住岩缝里露出的树根，一手在石壁上乱摸，紧张得连舌头都打卷了，"我抓挖不住了，快、快……"

旺泉定睛一看：赵巧英奇迹般地站在一个一尺多宽的石台上。倘若在平地，谁也站得稳当，只是在这绝壁之上，一股风儿便似乎要把人刮下去。

孙旺泉困难地咽了口唾沫，哄孩子般地尽量平静，说："巧巧，好巧巧，你听我说。你瞅不见你脚底下，实际上还挺宽……别往下瞅! ——你听我的，慢慢地脚往外挪半尺……"

"不!"巧英哆嗦着说，"我怕!"

"听话，亲巧巧，挪出半尺，就站得稳当了……好，不挪算了! ——你左手往上一点，有个能扒牢的小台儿，对，对，扒住!"孙旺泉屏住气接着指挥她，"好啦，再把脚往外挪半尺，这阵儿该听话了啵? ……对，再来点，好了!"

好，站稳了! 这时旺泉才发现，自己满头的冷汗顺发梢、鼻尖哗哗直淌。

旺泉说："我回村拿绳子去!"

巧英哭腔地说："赶你回来，就再也瞅不见我啦！"

旺泉急急地四下打量着，一边稳住她，说："巧巧，你等着！我拼上死也把你救上来！"

"不行了，我腿咋发软……"巧英哆嗦着，绝望地说，"泉哥，你把我这辈子毁塌了……我爱你！我舍不得你！你听见了没有？"

泪水刷地涌上来。巧巧，我的亲巧巧！至这阵儿你想的还是这！他想说话，但心里乱得翻江倒海，喉咙哽得厉害，张了张嘴，一个字儿也没挤出来。他顾不得酸枣葛针扯破衣裳、皮肉，忙慌慌地在崖边跑蹿，只想当下能寻见个可以蹬踩的地方，或是帮巧英爬上来；或是自己爬下去，要死要活相跟上！

沿崖边跑了两个来回，好像看出点门道。在巧英身边不远，有一个石台。从崖顶到那石台，还有些抓挠之处。至于爬到巧英站的石台上又怎么上来，旺泉顾不得细想了。有他在，她一时半会儿是掉不下去的。如若她迟迟得不到救助，很快就会耗尽气力和意志。他招呼巧英一声，就开始往下爬。开头还好，到最后，怎么也没蹬踩抓挖的地方了。他低头一看，离那石台只有半米多高了。便贴住石壁一撒手，轻轻落在石台上。——万没料到，着地时膝盖稍稍一弯，一下磕碰到紧贴的石壁上，只这轻而又轻的一碰，他身子失去了平衡，不可挽回地开始往外倾斜！完了！他心里轻呼一声，绝望地向那万丈悬崖扭过脸。这一瞬，头脑清澄得宛如一潭山泉。他瞥见侧面不远的峭壁上横出一棵碗口粗细的小石榆！石榆。最耐实的树！未及再往下想，他双腿一蹬，斜刺里冲那棵石榆飞去！——抱住啦！天！他终于死死抱住那粗糙的树干！……惊魂稍定，他便发现这石榆在石缝里长得很牢实，而且，树下是个一丈见方的石台，平平的，长满一片枯草。这平台较刚才立足未稳的那平台低，似乎有路可下来。而且，他只要一撒手，就可以稳稳落在大平台上——现在不行，他扒在树上正好能瞅见巧英。巧英还在峭壁上成十字地贴着，不知道他这一番惊骇呢！幸好没乱喊，弄不好把她惊得抛了崖！

旺泉顺顺气，说："巧巧，我寻见一个好地方了，有一间房大小。我过不去，你能过来。你往右边挪五、六米就行了。"

巧英头也不敢扭，说："一米也不行，我怕！"

旺泉说："再多呆一会儿就冻僵了，巧巧，好巧巧，听我话！左手扒牢，右手往右半尺，有个石头缝，对，抠住！右脚先挪半步……"

第一步之后，巧英有了信心，居然在旺泉指挥下战战兢兢地走到他刚才失足的小平台上。

"巧巧，你扒牢了，扭过头来。"

巧英慢慢扭过头，见旺泉悬在横长在崖上的小石榆上，吓得尖叫一声。

"我这就跳到脚底下这大平台上，你再跳下来，咱俩就有救了！"说罢，他手一撒，稳稳地落在荒草上。

"我不敢跳，泉哥，"巧英可怜巴巴地说，"这当间还隔着这来宽哩！我一跳，一准就到河北了。"

"你在学校立定跳远是多少？"

"两米。"

"这还不到一米五宽！跳！"旺泉口气硬硬地说，"再过一霎霎天大黑了。你一个人在那儿挂一夜？"

看看毫无出路，巧英只有心一横，眼一闭，一撒手跳过去，和张臂接她的旺泉一起倒在枯草里。孙旺泉抱着她，一个滚儿将她让到里边。两人抱在一起，浑身哆嗦，泣不成声。在鬼门关前绕了一遭，恍若二世之人了。巧英的刻薄、负气，旺泉的歉疚、矜持，都被死神砸得粉碎！

哭了一阵儿，旺泉用袖管擦干眼泪，咽哑着说："巧巧，趁天还没黑尽，让我想想主意……"

巧英死死搂住旺泉脖颈，不让他起来，上牙打下牙地说："我全身抖得厉害，……别离开我！使劲搂住……"

旺泉只好紧紧抱她一会儿，像哄孩子一般，一边说些宽心话。好不容易才从她怀里挣出来，趁暮色，急急把四周查看一番。山里的天，说黑就黑，几分钟就黑尽了。今晚是上不去了。孙旺泉只好把枯草拔起来，敛作一堆，又把几根枯树枝捡起，准备过夜了。

一会儿，在紧靠山壁的背风处，燃起一小堆火。两人烤起早已冻僵的手。迫在眉睫的死亡解脱了。死里逃生的激动一过，两个人都略有些儿不自在起来，不知该再说些儿什么……

刺骨的山风在烙饼崖下游逛着，在崖头、石嘴、树梢、草丛中萦绕，一阵儿高一阵儿低地吹着瘆人的口哨儿。

汗一落，越发冷了。孙旺泉抱来一搂干草，打算在避风的崖根儿给巧英铺个小窝，舒展腰腿。他清理着从崖顶落下的陈年碎石，扒出一小块平地。骨碌碌，几块小石头竟滚进石壁里，从山肚子里发出一串空洞的响声。孙旺泉听那声音不对，又从那似乎是被碎石堆掩埋住的洞口扔进一块石头。没错，那响声证实里边确是一个山洞。

"嘿，山洞！"孙旺泉精神振奋地双手刨起碎石来。果不其然，一会儿工夫便刨出个黑黢黢的洞口。

扔一个燃着的草把子，猫腰一看：嗬，平展展的一个山洞！过夜的地方可找见了！旺泉拧了个火把，拉着巧英钻进去。

刚走几步，两人惊呆了：飘摇的火光中，分明有一些很大的齿轮、飞轮、

744

金属杆臂。两人瞠目结舌，紧张得手拉着手，一步一步往里走。机器！是机器！

——在这个显然是人工修整过的曲折的山洞里，摆列着几台老式机床。靠洞壁还摞着十几个木箱，装满各种枪炮零件。灰尘和铁锈，说明岁月久远。显然，这只能是这一带山区唯一的一场战争——抗日战争的遗迹了。

"谁的？"巧英问。她心里已猜出八九分。

"八路军。"旺泉说，"我爷说过，这一片山里有个秘密兵工厂，只见大骡子隔三间五把木箱子驮进驮出，跟着护兵，不知道在甚地方……快，火！"

火把快着完了。他递给巧英，几脚踹烂了一个木箱。那木头已然朽了。火苗从木头上冒出来，亮亮的，暖暖的，叫人心里真稳实。

孙旺泉把洞外的荒草树枝全抱进来，又搬石头砌死了洞口，然后在火边给巧英铺了个草窝，两人面对面坐下烤火。

"先将就一夜，"旺泉说，"天放亮了再想办法上去。"

"明天我不管。"巧英用树枝拨拨火，俏俏地撅起嘴儿，"反正今儿晚上又跟俺泉哥在一起啦！"

旺泉脸一热，低下头，说："你不是早就恨透我了吗？……那回山上遇见，水都不给口喝哩！"

"甚？"巧英斜起眼珠想了想，笑道，"水都不给口喝？那半碗水是喂狗儿咧？"

"水都不让喝透，不就是个半碗水的面子！还说哩，抖洒进那么多草圪节，土星星！"

"好个没心没肺的汉，你死了吧！"巧英一听这话，拿细细的食指狠狠戳他脑门一下，说，"跑那么热，不给喝口水吧心疼你，给喝吧又怕喝出毛病——那水多凉，冰牙哩！……不记得老二媳妇咧？我是没那紫红喇叭花嘛，人家一急眼，才给你往碗里抖了些草圪节、脏东西。你不是得吹？一吹就把气儿缓过来了。喝得也慢了，抿住嘴慢慢喝了……"

巧巧！巧巧！孙旺泉低下头，没话了。他忆起那湛蓝的荫凉里那甘洌的清泉，那甘洌的清泉水里那漾动的草棍和幽幽的大眼睛，那幽幽的大眼睛里那怨恨的歌声……

"喂，"巧英用拨火的树枝敲他一下，说，"没心没肺的，今天你咋没把我闪脱了，死都不怕！"

"咋？"孙旺泉不解其意。

"上次你爷一拎铡刀，你不是一转身倒把人家闪脱了！"

"我？"真是跳进黄河洗不清了！旺泉无可奈何地解释道，"两家老人不应承，偷着开不出结婚证，明媒正娶掏不出彩礼，我爷跟我寻死觅活，你爹又回省城复了职，你也是鞋底抹油，在老井存站不住的人……唉，我屹挤住眼一嫁，我兄弟倒能往回娶了，你也方便了……天地良心，我咋舍得闪脱个你！"

巧英耐着性子，郁郁地说："——就是哩，巧嘴儿八哥，咋也是你道理多……"

旺泉说："我去找你商议，说你走了，又一气撵到火车站，车开了……不说你自家，一去几个月，都做甚来？"

"都做甚来？能吃吃些，能喝喝些，上街压马路，上床磨枕头，还能做甚？……你不要我，我不求你！你不跟我商议，我也不跟你商议！"赵巧英抬起一双圆圆的杏子眼，恨恨地说，"……把你儿子给刮了。"

——儿子？甚？孙旺泉好像明白了什么，但头发飘，总像梦。他哆嗦着往火堆里加块碎板子，恍恍惚惚地问："你咋知道是小子？"

"我总觉得像，心里就觉着像咧……"巧英双手抱膝，低着头，缩作一团。火光在她那张好看的脸上一闪一闪。她泪麻麻地笑着，说："梦梦都总觉着能给你养个儿子……"

旺泉再也稳不住，一下跪倒在巧英面前，紧搂着她膝盖，半天才挤出一句"巧巧！"像打翻了五味瓶，悔恨、歉疚、悲愤、绝望……霎时间从心底冲涌而上，噎得他透不过气。

巧英轻轻给他拂去肩头的尘土，把肩上被石榆树挂得开花开朵的棉花一绺绺塞回去。跌了几个泪蛋蛋，半晌，叹口气说：

"唉，瓜儿蔓儿的，再不用拉扯那些伤情事儿咧……命，这是……"

她倦倦地把手扶在他膀子上，不言声了。

一会儿，她轻声一笑，说："嗨，瞅咱俩，你还跪着哩。"她搂着旺泉腰，帮他站起来，温存地说，"睡下说会儿话吧！"

这一瞬，孙旺泉感到她身子软软地贴着自己，心一抖，忙抽身去加火。

巧英脸子一沉，往草窝上一躺，留给他一个脊梁。想了想，还是翻过身来，腾出一半地方，眼皮不抬，寡淡淡地说："咋，旺泉子，还得我请？"

孙旺泉愣怔了，像根朽木桩似的杵在当地一动不动。他知道，那草窝里等着他的是这一辈子中最最金贵的贴心贴肺的爱情，但他，已然是"嫁"给段家的男人了！

巧英恨恨地剜他一眼，又翻转了身。忽然，她好像看见了什么，眼瞅着昏暗的旮儿，紧张地慢慢地从草窝里撑起来。她扭过头，满脸惊恐。旺泉扑过去，抱着她肩，顺她的目光看去：机器下的暗影里，躺着一具骷髅。

在火把的光亮中，可以清楚地看出骷髅上厚厚的积灰和白厉厉的枯骨。死者躺得很周正，手边上还有一个洋瓷碗和一支锈蚀的步枪。

巧英扭回头，睁着惊恐的大眼，喑哑地说：

"那是一支枪？"

"那是一支枪。"旺泉说。

巧英闭上眼，抱住旺泉，说：

"那是一个洋瓷碗儿？……泉哥，咱俩出不去了……"

旺泉把她拥回草窝子，不顾一切地搂紧了她……

……一只冰凉柔和的小手，从旺泉内衣里伸上去，在宽厚的胸膛上轻轻摩抚。渐渐地，那充满感情的手指徘徊于两块强健的胸大肌之间，指尖细微的动作里，仿佛隐含着一种神秘的探寻。

他看着她的眼睛。

她说："撩起来……让我再细瞅一眼……"

……一阵热吻印满了他的胸膛，最后痛苦地流连于那奇怪的胎记……

"泉哥，你真是小龙再世？"

"那你，真是狐狸精？"旺泉努力想笑一下，但终没笑出来。巧英那凄切的神情使人感到一种莫名的恐惧。

"我也许是哩。"巧英点点头，说，"我自小待见狐子，见狐子就亲，狐子见我也不跑……人们都说，我走那天，神婆子三婶烧了道符。我那晚还真是心神不安，心痛得忍不住……还有，今儿在崖顶上，那小狐子就是来引咱俩的，不叫、再往边儿上去……"

"你真是狐狸精我也喜欢！"旺泉的眼睛里充满怜爱。

巧英高高地撩起衣裳，解开浅绿色的乳罩，把青春饱满的胴体呈现出来。一双丰满结实的乳峰痛苦地迎贴在旺泉赤裸的胸上："来……"

那软软的唇儿也迎上来，贪馋地、叫人透不过气来地贴死了……

"泉哥，咱俩要死在这儿了……命啊。小龙一进洞，找到赤龙就死了……"

旺泉只觉得心脏猛然一缩，一股在劫难逃的恐怖感凉飕飕地从脊梁上慢慢爬到脑后……他拼命抱紧了巧英，像拥抱着自己的整个儿的生命：

"不，巧巧！"

"死也死在一起……"

"好巧巧……"

……无涯的黑暗中，一切都渐渐融化了。在死亡面前，绑缚着人生的一切绳索顿然消失。渐渐地，连死亡也消失了。一种强烈的生活的欲望不可抑制地奔涌起来，像火，像青龙河的山洪，像六月的暴雨，正月的狂风一样猝然来临！一种除了巧巧，任何女人都无法激起的想死想活的情欲征服了他。

于是，一个苦涩而神奇的梦，自由狂乱地弥散到天宇之中……

"亲亲，让我死……"

——是巧巧的喊声？……飘得太远太远啦……他仿佛走迷了路，努力要从一个晕眩迷离的所在挣扎出来。不明白！不明白！不明白！他实在不明白这一切是怎么回事！甚至不明白巧巧是不是狐狸精，自己是不是小龙！一睁眼，是暗红的篝火的余烬。稍稍一动，巧英便将他死死搂住。他痛苦迷恋地捏紧她的一只乳房，直到她忍不住叫疼，他才感到世界如她温热的肉体一样，存在而结实。但他仍然什么都不明白！不明白自己为甚没娶了天底下最爱自己的巧巧，而憋憋屈屈、半死不活地给段家当了倒插门女婿！更不明白能不能回去；倘若回去，又拿巧巧、喜凤，以及那刚刚会叫爹妈的小井儿咋办？

他怔怔地问：

"往后哩？巧巧……往后哩？"

巧英不说话。

一会儿，巧英在他耳边轻轻地、倦倦地哼起来：

> 三五的席子二五的毡，
>
> 顶上咱俩小命无人管。
>
> 亲亲亲亲你不要抖，
>
> 顶上咱二人两颗头。
>
> 咱二人抱得紧紧的，
>
> 哪怕是人头就落地。
>
> 咱二人抛上天大的胆，
>
> 哪怕两颗人头挂高杆。
>
> ……

她那双好看的杏子眼里，游动着两点火星，也游动着说不清、道不尽的深沉的怨恨。孙旺泉俯下身子，又把她深深地、深深地揽进怀里……

人世上的事儿，就如此蹊跷。譬如那坠入旱池的大石，只道是早已风平浪静了，不料一个月黑风高的黑夜，又是山崩，一群大小石块滚入旱池，不只掀起喧天大浪，竟然还在那水中巨石上撞出拳头大小的漫天火花……

九

那晚，孙旺泉同赵巧英困在烙饼崖山洞里回不了村，村里却唱了出好戏。见旺泉睡觉时分还不回家，段喜凤不放心地叫她妈出去看看。问过几家，打听出是上山了，而且今日亮公子没去，是跟赵巧英相跟上的。喜凤妈憋忍了多日的邪火一下冲上来，腾腾腾走到村东头赵巧英家大门口，拍着屁股叫喊起来："旺泉子、旺泉子，你倒是钻到哪个骚窟子里去咧！咦呀，只说是旧社会偷人养汉，蹬的那高跟空气鞋，每天唱的'光荣属于八十年代的新一代'，狐狸精样的，胎毛没褪尽，倒学会了养汉子！哼，咱青龙岭坡场大了，还没见过这号的野蹄蹄……还将人来，还将人来！不还将人来，看俺臭你一村！狐狸精，狐狸精，狐狸精偷人啰！……"

巧英妈原本也正要出门寻妮子，一听喜凤妈的叫骂，知道巧英和旺泉在一起，心上倒放下许多。当妈的，早知道自家妮子同那后生不清楚，如今是只求不出大闪失便也罢了，因此直不起腰板儿去和喜凤妈对阵。喜凤妈叫唤一阵儿，嘴困舌乏，见无人接仗，又是黑更半夜，看热闹的人也没有，便只有鸣金收兵，偷人养汉地一路骂回村西头去。

第二天一大早，亮公子可有做的了。歪戴个黄军帽，满村转悠。见后生便问："昨黑夜是你窝藏人家妮子来？"若见妮子，便问："喜凤妈没去你家寻？不是你窝藏人家汉来？"闹得满村风雨。

吃罢早饭，还不见人影，三家人才都慌了神，央上人满山去寻，等寻到烙饼崖，又用井绳把人吊上来，已是大晌午时分。村人们背地里纷纷称奇：咋就能从烙饼崖顶顶上，成双作对地跌到八路军山洞里？没送命，皮儿都没蹭一块，总是这一对儿的缘分还没尽！有好事者，竟当着众人面涎着脸，话中带话地笑问他们道："可是个好地方啵？——那山洞？美活了？——整整一夜，你俩都干甚来？"旺泉瞅着他，细长眼眨也不眨，豁出去地冷笑着说："能干甚？——睡觉来！"吓得再没人敢吭气儿，连喜凤妈也悄悄的，居然风平浪静。

却不料一回村，旺泉巧英各回各家，收拾起一个小挎包就走。瞅他俩那神色，村街上的人们连去哪儿也不敢打问。眼瞅着他俩走过村口石桥，上了公路奔县城而去，才顿然醒悟。等万水老汉同孙福昌叫住他俩，追撵上来时，他们已经走上了老坟疙瘩，马上就要出老井地界了。

两人对两人，眼瞪眼，谁也不知该说甚好。等气出匀了些，万水老汉才问旺泉："你俩这是作甚？"

"能作甚？"旺泉冷冷地说，"早晚是这——老井不让活了，我俩走！说不清那些个长短，天塌地陷，咱先走出这一步再说！"

万水老汉山羊胡子哆嗦着，瞅瞅巧英，又瞅瞅孙子，为难得张了几回嘴，终于开口问道："你俩到了是咋回事儿？旺泉子，今日你把这层纸儿给俺捅破！——你爹不在了，好赖俺是你爷！福昌是你叔，也不是外人，唵？"

孙旺泉扭过脸，恨恨地说："捅破就捅破！——我俩早就是夫妻，还不是你们活活拆散的！"

听到这句话，万水老汉真是迎风吃炒面，再也张不开嘴了。巧英却激动得抱住旺泉一根胳膊，把脸贴在他肩上，欢喜得泪水在眼眶里直打转转。

"私对私，公对公。旺泉子，我不光是你叔，还是咱老井支部的班长。"孙福昌根不动梢不摇地思忖片刻，脸上没风没雨地说，"今晚有个支部会，与你有关，这阵儿通知你。要走，光明正大。开完支部会，明日大早也来得及。"

一听这话，万水老汉立时傻了，张着嘴惊疑万分地瞪着孙福昌。

"大伯，"孙福昌叫着万水老汉，眼角却扫着两个年轻人，冷声冷气地安慰道，"甭怕，你们谁也甭怕！"

村口石桥边，七老八小已经竖了好大一群人，远远地瞧着这一边。巧英瞅瞅人群，瞅瞅孙福昌，又瞅瞅旺泉，傲傲地说：

"回就回！敢做就敢当，天大的事总得有个了。旺泉子住几年法院我等几年！——还能咋？"说完，把耳边散发理了理，扬起脸儿，同旺泉肩并肩朝人群聚集的村口走去……

没一顿饭工夫，一个消息便悄悄传遍全村：今晚党里要开会，处理孙旺泉同赵巧英打伙计。因此，支部会一开始，赵巧英就穿上棉衣，裹上头巾，到大队部门口守候。一会儿，段喜凤也来了。她本不想来，但在家东站站，西坐坐，挪挪盆，端端碗，心里七上八下的，做甚也收不住心。两个女人，谁也不答理谁，惴惴不安地在寒风里守候着，凄凄地，各人想各人的心事……

大约半夜时分，会散了。孙旺泉一出来，两个女人便急急迎上去。

"旺泉子！"喜凤怯怯地小声叫他。

谁知油熬火燎的心只碰上个冷眉淡眼。他没理会，只是答应着巧英。喜凤一扭脸一把拽住个段家的党员，刚说了声："二叔，你们咋处理来……"便捂住嘴，泣不成声了。

旺泉心肠一硬，头也不回，和巧英相跟上沿暗寂的村街走去。

看着旺泉心事重重的阴郁的脸，巧英温存地挽起他胳膊，半天，才轻声问道："啥处分？"

旺泉还是沉默不语。

巧英耐住性子，温柔地说："泉哥，说嘛！天塌下来，咱一块儿顶！……嗯？"

"把我从井队要回来，让我接孙福昌的支书了。"

巧英一下站住，睁圆了眼，疑心自己听错了。

……会还没开始，就有人七嘴八舌议论起旺泉和巧英的事。看看人来得差不多了，孙福昌拍拍炕沿，宣布支部会开始，说："那种事，民不举，官不究，人家段家不告，用得上咱穷操心？今晚这会，先研究打井的事……"接着宣布他已经征得县井队的同意，把旺泉调回村；又征求了公社党委意见，提请支部大会讨论孙旺泉的接班问题。事出意外，会议一下子冷了场。等到孙旺泉对两件事都表示了反对意见，屋里吵成了一片。随着一个个发言，孙旺泉毕业回村后的种种表现渐渐被人们记忆起来，连这次上烙饼崖重新确定井位，也被赋予了"不顾自家性命，为全村人找水"的意义。最后，不管孙旺泉如何反对，在老支书孙福昌的力主下，支部会选举孙旺泉为支书。孙福昌为副，工作暂时还由他主持……

"甚的支书？——拴你腿的绳子！"巧英愤愤地喊道。她那颗想和自己以身相许的男人一起受苦受难、一起远走高飞的火喷喷的心，一下子凉到了底儿！她陡然沉下脸，冷冰冰地问道："那咱俩的事咋说？"

"我想法离……"

"离？在这村里呆着你离？你有家，有婆姨，有儿子！你舍得离？……天底下的男人都死绝了，偏叫我死不了活不成地看上个你！"

"你听我说，巧巧，"旺泉劝慰道，"孙福昌下了保证，成井以后放我走：'甭说离开老井，离开地球也不管你了！'这井十有八九能出水……这阵儿撇下这井，拔腿就走，是有些儿缺德哩……"

"缺德？你把我闪脱了就不缺德？——这是第二回了！不够个男人气！我不信了！不信了！"巧英越说越气，把捏在手心里原先准备给他吃的一把黑枣劈脸砸过去。

旺泉一把抓住她手，动感情地说：

"巧巧，这井……你总该知道我对井的感情，盼了多少代了！为这井，咱俩还险些儿没送了命……一听他们提起井，心就软了！成井后咱俩再走吧！……这井在我心里，就像命根子，像自家亲生的儿子……"

他戛然而止，自知失言了。

果然，不提儿子倒罢，一提儿子，巧英顿着脚儿地大哭起来：

"我的儿子呢？我的儿子呢？你这没骨头的，良心叫狗儿叼了的！井，井，井！你是井，不是人！……还我儿子！还我儿子！……"一边哭骂，一边把衣裳里的黑枣柿饼掏出来，尽数砸在他身上。

巧英呜咽着转身跑了。

旺泉没有挽留，默默无语地伫立在绝望的暗夜中……直到此刻，他才发现：除了巧英，他还爱儿子！而且，所有这些对亲人的感情加在一起，也无法替代他对这块旱土，对这井的深深的，深深的挚爱！

巧巧，我对不住你……

不久，县委宣传部、县志办公室、党史办公室都来人看了那山洞，掩埋了烈士遗骨，拍了照，补写了关于烙饼崖战斗、秘密枪械修造所的材料，并打报告要求保持原状，将山洞划为"太行山八路军总部纪念馆"的一部分。

转眼间，离放炮破土已是三个来月。根据设计，井深是二百五十米。井队的机器打不了这么深，只好"人打上，机打下"：人工打到第一层水后，再用钻机接着打。打井专业队一色后生妮子，在一起自然红火热闹。只是活计太苦太重，太危险。井越来越深了，从井底往上一望，两米大的井口，就像墨黑墨黑的夜里，在天上悬挂的一颗黄豆大小的孤星。井绳开过一回，吊土的空桶掉下来，三尺高的大汽油桶蹾成一尺高一截。钢丝绳和井下电灯线长期磨来磨去，总有些不明不白的漏电之处，人坐在汽油桶里上下，有时竟一股一股来电。"娘，过电刑还不敢撒手！"——亮公子讲话——"下井就是活死人，井筒一塌，连烂炕席都捞不上一领，还说棺材？"

这天晚上，听说瞎子演唱队进了村，年轻人们便罢了工，谁也不愿干夜班。孙旺泉一转念，正是图红火热闹的年纪，恓惶得一年到头没半点文娱活动，干脆放了假。

在山里人看来，属于他们的艺术，除去庙会上的古戏，便是瞎子演唱队了。五六个老少瞎子，背着简单的包袱和几件乐器，便可一道川一道山地串村卖唱。走到前村，后寨的人早已得了信息，待那左手扶前人肩、右手或持棍或携物的一长队，横不横顺不顺，一溜歪斜地出现在村边大路上时，孩子们便呐喊着蜂拥而上，一路欢蹦乱跳地把先生们引到早已准备好的官房里去歇息。不一会儿，支书或队长总要去看望先生们，倒水递烟，恭敬打问一声何方人氏，旅途劳顿。紧接着，伙房里的风箱也"嗯哒嗯哒"响起来了，白面剔尖、拉面、葱花花、姜末末，酸辣咸麻五味调和，给予山区小村的最高礼遇。这传统不知绵延几百上千年了。因为除过这些流浪的盲艺人，无人知晓这些深川老林里的农民，更无人如此平等亲切地把轻松欢笑奉献给他们。而瞎先生们也只是在太行山里转悠，一进城，他们那磨出厚茧的哑嗓子，那令老人陶醉的古戏文，那使大姑娘小媳妇脸红心跳的山曲儿，叫孩子们着魔入迷的杂耍，全沦为招人白眼的乞讨。与其在车辆人流的嘈杂中边唱边数那钢镚儿抛落在水泥地上的脆响，不如稳坐在山村的新麦草铺上，抽着好烟，等着主事人把每人或一元或一元五角的谢忱恭敬送到手中。

村中的龙王庙戏台前，早扯起了亮瓦瓦的电灯。全村人围了个铁桶般的场子。几个瞎艺人，一胡、一笙、一唢呐，一板、一鼓、一锣，便红火热闹地吼喊起来。一个眼窝总不干的老瞎子用旧山曲儿调调唱了段《十唱责任制》作为开场白。然后，又说了段《只生一个好》的顺口溜儿，利用方言土语插科打诨，引逗得人们一阵阵笑。接着一个棋盘脸、宽肩膀的瞎后生拿着唢呐站起来。他摸索着在八仙桌上找到香烟，一火点上两根，每个鼻孔一根，插得严严实实。然后拿起唢呐，吹起了《百鸟朝凤》。一换气，便可见烟光灼灼，于是，从铜喇叭里出来的，不光是曲子，还有一股股浓烟了。一片喝彩声中，瞎后生把烟一扔，从兜里掏出根胡萝卜，一边大嚼着胡萝卜，一边吹起《大观灯》，待到小曲儿吹完，一根胡萝卜也嚼完了。

半桩桩孩子们特别喜欢这些节目，拼命拍小巴掌呐喊鼓噪。而心里有事的后生妮子们则开始一双一对地往一搭里挤凑。

旺泉和喜凤站在一起，见巧英一个人孤单单站在远处灯影里，心里一阵阵酸楚。喜凤很少有机会同旺泉一起带着孩儿们在人前露面儿，自然喜滋滋的，一阵一阵偷眼看自家男人。这使旺泉好不自在。

过一会儿，巧英不见了。他用目光寻遍了全场，没有。她一人悄悄走了。

他陡然记起两年前那个春夜，也是在这儿看戏，情况恰恰相反。那时，他和她是多么自由而欢悦啊。他再也看不下去了，只推说困乏了便要往回走。喜凤一声没吭，只把小井儿往他怀里一放，说："井儿也瞌睡咧。"心里却恼恼地说：带上俺井儿，看你俩能咋！

村街上空荡荡的。再没有心爱的女人在痴情地等候，再没有爱情。心，也空荡荡的。甚至没有一丝儿风，也没有一条狗。一路上，旺泉轻拍着正要睡去的小儿子，把脸贴在儿子那嫩嫩的脸皮儿上，惨笑着跟儿子亲热说："小井儿！儿子！我的好儿子！我的小命芽儿……"

……戏台前的场子里，唱得已然红盛。

唯一的那瞎女人，一气唱了几支小曲儿都收不了场，亮公子带着一把子后生起哄叫喊："不成，来点荤的！来点荤的……"

瞎子们嘴角一歪，忍不住悄悄儿笑了。那瞎女人二十七八，长得蛮周正，虽说脸上总木木的没有表情，但这一笑还有点入眼。

瞎女人清清嗓子，唱道：

再不要唱曲打哨哨，
摇一摇门环俺知道。
要来你就后半晌来，
大人娃娃都不在。
关住大门跳墙来，
怕人家听见提上鞋。
黄狗子咬你俺捞饭，
黑狗子断你俺给你看……

"不成，不成，还不成！太素咧，来点正格的！"没等唱完，后生们又起哄了。

那瞎女人正不知如何是好时，老瞎子提着二胡站起来，冲人们作了个揖，笑模样地说："各位父老乡亲同志们，抬抬手儿咱这些瞎鬼们就过咧！给咱二两颜色，咱可不敢开染房哩！不是不唱——不敢唱！毛主席、共产党教育多少年代啦，还能总没个思想觉悟儿？……"

老支书孙福昌见人们僵持不下，埋头就走。女人们看阵势不对，也都小声骂念着，恋恋不舍地三五结伴儿而去。

老瞎子正儿八经地还在说："……到甚地方也是讲共产党的领导，要是咱村支书放话儿……"

"支书？"亮公子嘻嘻一笑，"两位支书都早走他娘的啦！"

老瞎子听出这是那在场面上忙前忙后张罗的后生，也听出亮公子的话音不善，怔怔问道："你是作甚的？"

"他——？支书家小子！"喜柱儿和后生们七嘴八舌地笑道，"落第秀才！候补副支书！"

老瞎子点点头，抻起袖梢揩揩湿漉漉的塌眼窝，冲众人一笑，说："也算。"坐下便拉起《摘豆荚》的过门儿。

瞎女人嘴角掠过一丝笑意，随即绷起脸，开口唱来：

> 七月里来七，
> 八月里来八，
> 提着篮篮摘豆荚，
> （哎呀）大娘呀！

刚启口唱出一句，后生们便哗地笑了——这是流传颇广的一首"荤曲儿"，几乎人人会唱。因此年轻人憋足了劲等到末句，一齐大笑着合唱："（哎呀）大娘呀！"

除了站在八仙桌前的瞎女人，瞎子们又都一咧嘴，悄没声地乐了。那瞎女人越发板起脸子唱道：

> 那愣后生，
> 不说情理，
> 一把就把俺们拉进了高粱地，
> （哎呀）大娘呀！

"嗨，拽高粱地里作甚来？"喜柱儿趁过门，高声喊了一嗓门儿。

"嘘！"亮公子维持着秩序，"要紧的地方就到咧！"

再往下，那瞎女人板着脸子也不好唱了，有的词儿只好哼过去。但人们知道那些词儿，便哼哼呀呀地替她唱了出来……

等人们尽了兴，已是夜半时分。

第二天，亮公子没到井上出工。

第三天清早来时，被喜柱儿逼住问是不是在那瞎女人身上把元气走空了。

"起开！"亮公子架起根瘦胳膊把喜柱儿挡开，"你才是个一挤就空的瘪臭虫！除过胳膊腿儿硬，浑身上下，再也没硬地方……"

后生们"哗"地大笑起来，几个妮子却飞红了脸儿，在嘴里低声骂道："灰鬼！"

"灰鬼？"亮公子嘴一歪，做出副鄙夷不屑的嘴脸，说，"就你们那眉眼，倒贴'一吨'咱也不想沾！"

妮子们气得只是骂，却想不出一句对答。

喜柱儿说："不想沾？咋瞅空儿就偷人家妮子们的裤衩、奶罩罩？过干瘾哩？——老乌鸦死了二三年，烂得只剩下张硬嘴了！哼……"

亮公子脸一下子白了，扑上去扭住喜柱儿就要打："你……你他妈的造谣！"

"谁造谣谁烂鼻子！这阵儿你身上没准就套得奶罩罩哩！"喜柱儿一边招架，一边叫唤，"有种你把衣裳扒下来让大伙瞅瞅……"

"噢！"妮子们一拥而上，趁他俩搂抱在一起，动了手。有的扳脚，有的搂腰，三两下把亮公子按倒在地。一阵混乱后，喜柱儿跳起来，手里攥着个浅绿色的乳罩，边晃摇边喊："——我说甚来！我说甚来！"

一片哄笑声中，亮公子狼狈不堪地爬起来，先戴上帽子，扣住那癞痢头，然后一边蹬上防水靴，一边涎着笑脸，说："不识抬举的货们！孙公子看上你们，是你们的福分。倒一个个装成黄花闺女咧！"

妮子们一个个羞红了脸儿，围上去又要动手。

"别闹啦！"旺泉喊一声，沉下脸说，"下井。"

在整个打闹过程中，唯有两个人没参与。其中一个是巧英（这次闹翻后，她没走，在家闷了几天，一言不发地回到打井专业队，还当她的护桶员），另一个是旺泉。一看那浅绿色乳罩，再看巧英那羞恼不语的神色，旺泉心里甚也明白了。他从后生们哄笑着扔来递去的手中夺过那乳罩，一把扔到驱寒的火堆上，跟在亮公子后头，默默地下了井。

一到井底，爬出吊桶，孙旺泉劈胸揪住亮公子，二话没说，顺手就是一个耳刮子。亮公子一愣，心虚胆怯地说：

"咋啦，咋啦?！"

"——咋啦？"旺泉又是一脚，"偷谁的？"

"与你毬相干！"亮公子气愤不过，嘴硬起来，说，"我想想女人犯了甚王法？甚他妈的支书，还动手打人哩！"

"老子早不想当这支书了！"旺泉气得浑身打战，一拳把亮公子打得靠在井壁上。

没等孙旺泉再打，亮公子泪水哗地顺面颊淌下来。

"旺泉子……你，你自家占着……一个，又……又霸着一个，想、想跟谁睡……就跟谁睡！……我、我……我连女人味儿都没尝过两遍！"他双手捂住脸，伤心地号啕大哭着软瘫到地上，"我、我、我活得……呜呜……活得还算个人吗？……你打吧……踢吧……你、打……你打死我算毬了……呜呜……"

孙旺泉蓦然愣怔了。沉默良久，他狠狠地挥铁锹装起土来……

快接班的时候，井上出事了：偏滑轮脱挂，卷扬机闸失灵！这时，护桶员赵巧英刚刚探手抓住大吊桶。没等人们看清，刚吊出井口的一大桶上千斤的土石，便带着巧英又返回井里，飞速坠落……

"快，快别……别住卷扬机！"喜柱儿慌得连话也说不清了。人们随手抄起手边的木杠、锹把冲到卷扬机前……由于吊桶飞速下落的巨大惯性，几根木杠锹把连连撬烂，卷扬机还是刹不住……

事情是怎样发生的，巧英一点也不清楚。她只觉得身子一轻，眼前一黑，便挂在桶上向一个无底深渊坠落……

耳边风声呼呼……完啦！她记起这井深已将近一百米。在一百米的井底，等待你的只有死亡！……只有吗？她觉得是哪儿不对，使劲想着……旺泉！旺泉！！旺泉！！！她猛然觉得眼前一亮！在井底等待着你的，除了死亡，还有你以身相许的亲人，你的贴心贴肉的亲亲！——再过几秒，你们便同归于尽了！不！不——

"泉哥！快闪开！快——闪——开——"巧英用自己的全部爱情和生命，喊出了最后一句话。她恨自己的赖脾气，后悔自己对他的种种不好。太难为他咧！一瞬间里，心中生出千万般柔情，她要像在烙饼崖上那样再喊一声："我爱你！我舍不得你！你听见没有？"只要再给她一两秒钟，让她喊出这一句话，她宁愿再死一千遍！但她终未再喊出什么。一切都来不及了。

这喊声惊动了正在井底埋头干活的两个年轻人。他们往后一退，刚把身子贴住井壁，吊桶便带着巧英砸下来。孙旺泉毫毛未损。亮公子当场毙命。赵巧英大腿骨折，内出血，昏死过去。

霎时，老井村又乱了营。旺才家哭天抢地，给死人料理后事。旺泉同喜柱儿一把子后生在拖拉机上抬着担架，十万火急地把巧英送了县医院。紧接着抢救、输血，两天两夜没离床头……很快，村里有了舆论，说赵家巧妮儿为了救她旺泉子，想拎那桶没拎住才被拽下去的。旺泉子也够君子，两天就给他巧妮儿输了两次血。他俩的事儿，只怕是十成有九成没跑。不说那身子皮肉，连血都流到一搭里啦！命都扑上了，还咋？有好事的，过段家大门总要斜一眼。结果喜凤妈不仅没拍屁股骂街，连大门都没开，实在没有一丝儿风雨。

亮公子下葬这天，县委李书记又来了。旺泉也从医院里出来，挤在水利局的小吉普里昏头昏脑地上了山，来给旺才送行。

钉棺之前，亲人、领导们看了最后一眼。

亮公子孙旺才满头裹满雪白的绷带，只露出个翻翻的狮子鼻和一张嘴。头上，还是戴了顶黄军帽，崭新的。那顶旧的，据说被桶底儿从帽檐那儿齐齐地切了下来。家里早已把棺材装好了。手边放上他生前爱玩的扑克牌。还有两盒过滤嘴凤凰烟，打火机。还有几本尽是漂亮女人头的电影画报。上衣口袋里别上一支钢笔一支圆珠笔。还不知从哪儿寻来个大学校徽，也给他别在胸前。手表还是他自己的，一块八成新的"上海表"。

不早不晚，这时又来了一辆县公安局的小车。来人进村便打问孙福昌家，听说正给他小子办白事，愣了。李书记问起，那两人才吞吞吐吐说明来意：原来，那一晚瞎子演唱队在老井村唱荤曲儿的事一传十十传百，竟传到了县文化局。时值正抓这方面的典型，便会同公安局调查了一下。一问两问，竟把那瞎女人同亮公子睡觉的事也诈出来。开始那女人说拿了亮公子四元钱、五斤粮票，后来，听同被收容的女人们讲，承认了收钱，事情就严重了，于是再次问讯时反了口，死死咬定是强奸。这样，公安局只好上山来带人……

孙旺泉正好站在李书记身边。这番话像钢刀在他心中猛然一剜。旺才子！旺才子！他在心中一遍遍呼唤着……同学……县井队……打扑克、听房……打井……——亮公子简单的一生电一样在他眼前闪过。他木木地站着，一任冰凉的泪水经过鼻翼、嘴角流进嘴里，咸丝丝的……

钉棺了。

咚咚的斧子敲击声中，孙福昌无动于衷，如一根栽在野坟里的青石柱，立在棺材边一动不动。旺才妈一屁股坐在地上，拖着长腔哭唱起来……

丧事办完，却没人愿下井了。村人私下传说这眼井打在了龙背上，龙王爷显了灵，发了威。先前祖宗们定井位，哪敢不请阴阳先生！如今惹下神神了，再往下打，只怕再有多少性命也填不满这血窟窿哩！旺泉同孙福昌一查，都是村西头神婆子三婶传出来的，当下把她叫到大队。一拍桌子，便要往县公安局送人，吓得她浑身肥肉直筛糠。末了，老支书黑虎着生铁脸，说："神神说来，不让打？今黑夜再去问，看他说个甚！"

神婆子三婶偷偷抬起肿泡泡眼，忽眨个不停，猜不透这闷葫芦里头装的甚药。

"哪回来运动能跑了个你？反正你也是个'老运动员'了。"孙福昌沉吟一会儿，给旺泉使了个眼色，说，"你去吧，就是今黑夜，就是你，就是龙王爷！……去吧去吧，别再麻缠咧，咱心里有数数。"

太阳一磕山，神婆子三婶把香表、馍馍、鸡蛋、猪肉罐头、高粱白酒装上一柳篮篮，大模大样扭趄着往松沟口上的井口去了。屁股后撵着一群要孩儿，几个没见过请神的年轻人也跟上去看稀罕。

神婆子三婶把供献摆列在井口西北方，点上香表，跪下冲东南方向磕了几个头，嘴里一直数念着，最后把酒瓶盖打开，念念有词地把整瓶酒都咕咚咕咚倒在黑洞洞的井口中。回到村里，还没走回家门倒疯魔了，手脚舞弄着，白眼朝天，把馍馍罐头鸡蛋扣了一地。跳跶了一阵子，累得上气不接下气，两条腿软得像柿子捏的，在当街瘫成一堆肉。待缓过气来，疲软地冲众人们说："神神说来，能行，可以，打吧，有水，龙王爷不怪罪！"最后又瞪起肿泡泡眼，半疯癫地喊："龙王爷爱喝酒！……龙王爷一回灌了俺一瓶两块三的'高粱白'！"吓得紧靠前的孩儿们往后直圪缩。

既是神神允诺了，老人们婆姨们便舌头短一截，再无话可说。当晚党团支部开了会，决定把这眼深井打到底，专业队人心散了党团员下！第二天一早，天刚放亮井口就围满了人。孙福昌、孙旺泉老少两代党支书第一班下。

下到井底，一见到那浸着黑血的泥土，孙福昌便软瘫了。他靠着井壁无力地站着，一句话没有，只一根接一根抽烟。和平日一样，那张生铁脸上没风没雨，只是夹着烟卷的手有些抖瑟，眼也有些发呆。

孙旺泉把那些还散发着丝丝血腥气的泥土铲进吊桶，叫上面吊上去了。孙福昌仰着脖，目送那半桶土绞上地面，膝盖一软，一屁股坐在井底，用那双满是老茧裂口的大巴掌一下下拍打着土地，咧着嘴，无声地抽泣了……

井口的人们，在这浸满黑血的泥土前也默然了。喜柱儿、三则、枝儿、春梅这些常去旺才家打牌的年轻人，眼里又汪满了泪花花。

仿佛从地缝里蹦出来似的，疯万山忽然一溜歪斜地晃到井边。头上还是扎着邋遢得看不出本色的白羊肚手巾，脚上还是趿着双烂鞋片儿，破棉袄棉裤，也不知几辈辈没拆洗，棉花都坠到下面。上面成了夹袄夹裤，衣服下摆和两只裤脚被棉花坠得鼓鼓的，活像一大两小的三只桶。他傻怔怔地站在井口边，瞅瞅井口，又瞅瞅人们，惊诧莫名地瞪起一双老牛眼，仿佛又遗忘了一句什么"天机"。万水老汉走过去，正要把他往远处撵，他却一顿脚，拍着手儿笑嘻嘻问：

"嘻，又毁人来？总是个打井打井……"

万水老汉叱骂着，不由分说把这因打井疯魔了的老兄弟往远处架。疯万山却强扭过颈子来，一边打自家耳光，一边笑嚷：

"敢说不是报应？……嘻嘻，手指肚上扎根酸枣葛针，还要好出股儿脓血，新媳妇进洞房还要疼一遭哩！——哦，打这来粗的黑窟窿，那山就不疼！……嘻嘻……"

人们不由得抬眼看头顶这山。

天空已一片霞霭，太阳还未出山。高高的青龙岭依然用它湛蓝阴冷的山影覆盖着河流村庄。清晨很静，只听得微风在山坳里轻轻徘徊。在燃烧的天穹之下，大山怀抱积雪，蓝蓝的，冷冷的，幽幽的，宛若心埋千载沉冤。

它痛苦而顽固地缄默着，永不对人说一句话。

<h1 style="text-align:center">十</h1>

这山，这土，这人，都在连年的干旱中熬煎着，蓬头垢面，打着软膝地走进八三年春天。地土干干的，没有一些儿底墒。好不容易顶出旱土的苗子，青青的便干死，又在阳光下发了些灰黄。放眼望去，山刚刚返青。细看时，便可见草芽儿萎卷软瘫在地的惨景。狗耷拉着舌头。鸡架起翅膀。连在荫凉草棵子里的蝎虎子，也是蹿上几步，张大嘴喘口气儿。从扁担、小车到汽车、拖拉机、火车，一切运输工具都动员起来了，但水荒仍无法解决。县城里，不少工厂学校停产停课，旅店、招待所关闭，医院停止接收病人。这一带旱山里，大批牲畜开始向邻县水源地、水库转移。老井村口，每日可见一群接一群的牛羊马骡，低垂着脑袋，鬃不抖，尾不摇，没精打采地沿热土飞扬的公路，向山外作长途迁徙。车辆、牲畜和热风扬起的尘灰，像一层薄薄的雪花儿，渐渐覆盖了山野村庄，在山民们心上蒙了一抹惊惑不宁的灰黄。

松沟深井工程还在继续，但远水不解近渴。而且能不能见水还是两说。于是人心浮动起来。人们实在悟不出这连年干旱的因由儿，老人们又开始聚一起，头顶头、火对火地悄悄嘀咕。终于有一天，万水老汉领着几位老汉汉，不尴不尬地迈进了副支书孙福昌的门槛。烟一递，话一开板，万水老汉一不漫山二不架岭，照直就把祈雨的事捅出来。

孙福昌笑吟吟说："万水伯，这可是犯封建迷信的事哩！你们不怕，我怕！共产党是吃甚的！"

老汉们忙不迭解释，保证不搞旧时抬龙王游行、顶净瓶请水那一套老封建，"不过是想用用队里拖拉机，请个戏班子，给老爷唱两出戏。"

"唱戏能行。"孙福昌在肚里掂量了一番，慢吞吞说，"只是话得说在头里，这包产到户了，队里可没票票，不比先前。"

老汉们又忙说，钱不怕，朝廷爷吃煎饼——君（均）摊：已经说好各户按地亩、人头摊派，跟互助组时候一样。

——就这些儿成色，还要在背地里掂算我？把你们这些老棺材瓢子！孙福昌在肚里偷笑着。万水老汉们秘密串联祈雨求神，他早得了风声，只是没料到队里能一个子儿不出，还与他个人毫无干系。之所以不便出面干预，一来碍于万水老汉在村里的特殊地位——万水老汉三兄弟万金解放时随军南下到了四川，现今在成都当了个四川省的大干部，邮回一张二指宽的条子，县委书记也不敢怠慢；加之万水老汉在村里又是最大的孙氏门宗的最老的长辈，因此，孙福昌虽捏着印把子，万水老汉也要当他一小半家。二来，祷雨求神有利于稳定民心，只要不出大格儿，自己不担大干系，还是利多弊少的。再说，他还有个交换条件：按眼下进尺，只怕松沟井成井前还缺一笔款项，得向群众摊派，不如先埋下个话把儿。于是他笑笑地瞅着万水老汉，说：

"你们思谋着唱戏，我思谋着打井，这可咋说？我要遇个坡，撞个坎，背地里有人圪搅可又咋说？"

老汉们一个个都张着嘴，瞪起眼，一时没翻透支书的意思。半晌，万水老汉小心翼翼地试探着说：

"说壶是壶，说碗是碗。唱戏归唱戏，打井归打井，各有各的用场，咱再迷信脑瓜吧，还能解不开这理儿？"

孙福昌一拍炕沿儿，顺风扬土，就坡下驴地说：

"好，就你这话！——唱戏的事，咱们当面锣对面鼓说清楚：按人头地亩摊派可以，可不自愿的，不能强迫自愿——明说哩，我家不出；拖拉机找开车的三则去，车在他手里；这打根上起就是封建迷信，碰上下雨了咱不邀功，惹出麻烦了咱不知道！这三条，你们可是记住啦？"

老汉们点头弯腰，忙不迭应承下来，然后跟得了喜冰糖的孩子一般，欢天喜地告辞而去。

几天后，万水老汉和神婆子三婶带两辆拖拉机下城，把戏班接上来。在村口青石桥头卸戏箱时，一辆浙江包工队的拖拉机，拉着整猪整羊，呼一声超车，向深山里驶去。神婆子三婶急急捅万水老汉一下，小声说："瞅，就是那话儿，奔赤龙洞去了……"

——在老井村下游五里，正修建着一座横跨青龙河的公路桥。包工队一色浙江人，有男有女，个子干瘦干瘦，却极能吃苦。今年一春无雨，青龙河断流，有利施工，他们很是惬意。一见各村山民们背着政府偷偷摸摸祈开了雨，他们倒慌了手脚，怕一旦真祈来大雨，山洪暴发，误了他们的工期。于是准备黪出些钱财，到赤龙洞祈不下雨。神婆子三婶同万水老汉说的"那话儿"，便指关于这事的传闻。

万水老汉瞅瞅远去的烟尘，又瞅瞅正在卸戏箱的大呼小叫的戏班子，定定神儿，稳悠悠地说："不怕，他送他的牲礼，咱唱咱的戏！哼，千秋古代，甚西洋景没有？单单没听说过到爷爷跟前祈旱的！"

早年间，祈雨谢神的戏，头一台要把龙王爷的大驾抬出大殿，戏班子便在对面戏台上，面对庙宇，冲老爷泥胎咿呀舞蹈一番，村人一个也不敢来偷看的。如今泥胎也没了，头一台便人山人海。说是谢神，其实与平素并无二致。不过是开戏前出三人在台口念白一番。第一人念道：

> 节节高，节节高，
> 节节高上架金桥。
> 有人想过桥，

不知牢不牢。

　　然后对神庙一揖。另二人亦照此各诵四句，各作一揖。最后，三人各诵一句，合诵第四句，一起作揖。

　　当晚头一台戏散时，风凉丝丝的，月亮星宿也被云彩遮去。人们都将信将疑，讪笑道："看这天气，说不定还真有神神？"

　　第二天，第二台戏将完，东南上冒起一团黑云。远山顿时晦暗起来，仿佛还扯起了斜斜的雨脚。高兴得个万水老汉拐着老残腿，趔趔趄趄爬上后台，逢人便散烟陪笑："心诚则灵，心诚则灵……"还许下愿：加把劲儿，下了雨，每人添一份赏银。于是演员们着实发力吼喊一阵，博得一片喝彩。一阵黄风过后，雷鸣电闪，天昏地暗。人们戏都不看了，眼巴巴望着天。只可惜来得猛，去得快，只抖洒了一阵儿豆粒儿大的雨点子，砸得浮土飞扬，地皮也没湿。黑云过后，又是个红巴巴的艳阳天。

　　晚上又唱了一台，倒愈不灵验了。人们议论纷纷，说大约是人家浙江包工队祈旱的缘故。人家整猪整羊地给爷爷往庙上送牲礼，咱们只是个唱戏，怕不抵！气得万水老汉一句话也说不出来，也不管老残腿疼不疼，埋下头，背上手，腾腾腾地往家走。一路走一路暗自思忖：咋神神也讲实惠？唱戏不比供献牲礼破费银钱？这世道，怪道共产党又要整不正之风，连神神也走开了后门！老汉越想越不痛快。他抬头望了望当空皓月，往道边草丛中啐了口唾沫，小声骂道：

　　"呸，说不清这一派糊涂理儿！"

　　井架早已立起。开钻那天，万水老汉特意从队里寻了面红旗，叮咛再三，叫旺泉千万插到井架上。旺泉心里明白，这是避邪之意。但一转念，图个红火喜庆也好，一样事体，各有各的解释罢了。

　　那红旗没飘了几天，县凿井队来了电话，说省里孙总工程师来县办一周水文地质讲座，点名叫孙旺泉去。旺泉算算进尺，觉得一周时间还走得开，便骑车下了城。一报了到，就上街买了罐头点心，到医院去看望巧英。又一次九死一生，使两个人都感到了生命和爱情的金贵，其余的一切，都变得那么无关紧要，无所谓了。

　　刚吃过晚饭，孙总正拉着旺泉在招待所院里散步，赵巧英打扮得精精神神来了。她早已痊愈，只是医生叫她等几天，还要作一次出院前的全面检查。她大大方方叫一声"旺泉子！"笑盈盈一招手，闹得他满脸通红。怕人们看见问起，便忙慌慌跑过来，一句话顾不得说就往大门口走。

　　出了招待所大门，他脸上还红晕未消，恼恼地问："去哪儿？"

　　巧英见旺泉穿得干干净净，和自己并排走在街上，个头高高的，壮壮实实的，便高兴得跟孩子一般，根本不在意他的气恼。想了想，说：

"电影看过，晋剧团唱老戏，没意思……要不陪我去车站，马上就有一趟从北京来的车，看人去！"

"看人？"

"瞪甚眼？你不来看我时候，我常去车站解闷，接车去，看看从北京、从太原来的人。可比看电视有意思！……等会儿就知道了，快走！"看看前后没人注意，巧英一把拉起了旺泉的手。

……北京来的快车进站了。不一会儿，下车的人便大包小包地从出站口挤出来。巧英的眸子灵活地转动着，在嘈杂混乱的人流中选择着对象。

"哼，倒卖衣裳的——"巧英嘴一撇，瞥那几个气喘吁吁提着背着大彩条塑料编织包的中年人一眼，然后将目光移向大模大样地拖拽着彩色艳丽且有"北京"字样轮式旅行袋的一对对男女青年，他们或拎着北京糕点、北京蜜饯，或抱着一大束塑料花儿、一尊石膏像，得意洋洋地挤出车站。"——嗨，去北京旅行结婚的……"巧英软软地叹一口气，"结婚"二字，羡慕的语气中那股子淡淡的忧郁，使旺泉不敢看她一眼。而巧英最感兴趣的，却是那些老家在北京，因为插队或工作的调动而在本县定居下来的青年夫妇，电镀旅游轮车上，十四吋彩电、四喇叭立体声收录机、生日蛋糕、细粉丝、电饭煲、北京酱菜……巧英眼都不眨地盯着一对三十出头的夫妇死看：男的穿一件挺帅的淡黄色的皮夹克，拖着旅游轮车；女的穿着高跟鞋，料子很好的浅灰裤子极合身地包着屁股大腿，牵一个五六岁的男孩儿，打扮得洋娃娃似的，一条鲜红的小喇叭裤……

巧英目送他们渐渐远去，紧紧抱住旺泉的胳膊，情不自禁地把下巴搁他肩膀上，感叹道：

"人比人，气煞人！唉，泉哥，甚时候咱们也能跟人家那样活上两天！……那男的，长得可不如你吧？脸儿没脸儿，个头没个头。那女的，一脸疙瘩，黑得像块炭儿，比我没差十万八千里！可人家活得就是比你有人样！这些日子，我一闷就来车站看人，一边看一边猜想他们是咋生活的，都吃甚、喝甚、想甚？咋工作、咋玩儿、咋睡觉的？结果总是越想越憋闷，简直想找个没人地方，像狼狐一样扯着嗓门儿吼喊几声！"

孙旺泉笑笑，说："巧妮儿，你总是这！人穷志不穷，稀罕人家的作甚？咱农民得有农民的志气！过日子，总是这山望着那山高。城里人还说咱山区好哩！"

巧英说："人家好，咱不稀罕——这就叫志气？——阿Q精神！啊呀呀，人家汽车洋楼住腻了，到山里来散散心，啃两棒嫩玉茭，半根黄瓜，美得你农村倒比城里好啦！"

　　旺泉一愣怔，一时说不出理儿来，看天又晚了，便打住话头，说："不早了，以后再说，回吧。"

　　"就不！"巧英娇嗔地挽起他胳膊，拥着他往候车室走，"陪我再坐会儿！人家多想你哩！村里人多眼杂的，好容易出来了……"

　　候车室的长椅上，两人紧紧依偎在一起，倾诉着许久以来没有机会诉说的心里话儿。时光不知觉间逝去。等旺泉记起，拽过巧英手腕一看，时针已过十二点。

　　"坏了，招待所十一点半就关门了！"

　　"没坏，"巧英调皮一笑，说，"早就没计划让你回！——哦，你来了，还要把我一人扔在医院里呀！把你个没良心的东西！别打算回了，就在这儿睡吧，暖暖和和的，咋不比在烙饼崖半崖崖上好！"

　　旺泉心中暗暗叫苦。这次下山，他本想利用一切机会，好好向孙总学习。现在倒好，连假也没请，头一天便违反了纪律。但巧英的一片真情倒也真感动了他，反正也是个回不去了，又说了一会儿话，两人便像别的青年男女一样，倦倦地依偎在一起，打算睡去了。这种亲热，两人感到又甜蜜又痛苦。趁人不觉，偷偷一吻，心儿怦怦的，却总入不了那迷人的梦境。越睡越清醒，两人只好头倚头闭起眼，想着烙饼崖那一夜，你一言我一语，细细地重温一遍，悄悄儿说些疯话。

　　巧英醉醉地说："亲亲，你爱我甚？"

　　旺泉陡然记起一句歌词儿，暗暗一笑，耍笑地说："我爱你好劳动！"

　　"灰鬼，灰鬼，你再扯淡……"

　　"我爱你那对毛眼眼！"

　　"哼，……还有呢？"

　　"还有……不行，说不出口了……"

　　"说！咬着我耳朵说……"

　　突然，一个粗哑的声音在他们耳边响起了：

　　"嘿！起来起来！"一个尖鼻子的高个儿警察板着脸立在他们面前，似乎眼皮也懒得抬，"车票。去哪儿？"

　　巧英理理头发，说："不去哪儿，坐坐。"

　　"这儿不能坐！要过夜到旅馆，这儿是候车室！"

　　巧英看看左邻右舍，问："咋只查我们？"

　　"尖鼻子"把下巴朝门口一扬，说："谁说只查你们？——那不都是！"

　　几个原来摊开行李在地上睡觉的农民，正背上行李，抱着孩子，趿拉着鞋往门外走。

　　巧英一看，忿忿不平地质问："凭甚只查我们农民？"

"农民怎么啦？腰里掖上几张票票，倒抖得要上天呢！""尖鼻子"嘲弄地说，"想查谁就查谁。不怕，有意见找你邓副主席提去！"

赵巧英气得呼地站起，恨恨地剜了那"尖鼻子"一眼，拽上旺泉便冲出门去。

"发那么大火儿？"孙旺泉宽解地说，"人家瞧咱没带行李，和尚头上的虱子。"

"就不是。"巧英余怒未息，瞪他一眼，说，"瞧你那身土气吧！"

路灯下稀疏的树影里，旺泉扫一眼自己那身皱皱巴巴的蓝涤卡，井队发的翻毛皮鞋，笑笑地说："咋，这还站不到人跟前？你穿得好，我喜欢；我穿得朴素点，也不至于就给你丢人现眼啵？"

"真有脸哩，旺泉子，"巧英越说越来气，"有钱的才讲朴素。没钱的还讲朴素咧？——还不是那唾出来能打死人的字儿——'穷'！"

"朴素总是好的……"旺泉讷讷地说。他隐隐觉出巧英话里确有些刺人心肺的真理。

又一列火车到达。广播里招呼上车旅客准备检票进站了。

赵巧英瞧着进站口拥挤的人群，说：

"去北京的车。真想去看看哩！人家是咋生活的？……唉，咱这儿男的打十来岁起，就开始攒钱，准备盖房娶媳妇结婚，攒上十来年。没本事的，要光棍，打伙计。有本事的，盖上房结了婚，两口子就拉扯孩儿。赶孩儿长大了，又得给孩儿攒钱，准备盖房娶儿媳妇。再往后，不就是个攒棺材？——就这，人一辈子！也不知道人活着是图甚？——就是个受苦？就是个撅着屁股在黄土地里刨食儿？"

"巧巧，你这不算甚新理论，"孙旺泉想想说，"九九归一，不就是个三大差别。这不假。可到底咋办哩？还不是得咱们一镢头一镢头去建设吗？比方说这打井，咱村要打出了水，那可真是天翻地覆一变哩……"

"不管说甚，我想去北京看看。"巧英打断他的话，挑动地看着他，说，"敢不敢，这就去！"

"这就去？别胡闹了，开着会哩！"

"等你开完会！"

"我？松沟的井呢？正节骨眼上。还有钱……"

"——瞅瞅，就是这！"巧英点着头，恨恨地说，"人就是这样被捆得死死的！地，庄稼，井，人都捆死了！还有你的婆姨，儿子！"说罢，巧英大步往站里闯去。

火车马上要开了。巧英扬着脸儿，半高跟儿清脆地叩打着水泥地，匆匆朝进站口急走。没等那两个正要关门的女检票员阻挡，已然闯进去。旺泉却被挡住。没有票，又是那一身该死的衣裳。开车铃声响了。已经登车的列车员打开车梯上的盖板，等巧英上车。任孙旺泉怎样说，女检票员也不理会，还慢悠悠地"咔"一声落了锁。旺泉真急眼了，他伸出打石头挖井磨出来的茧手，从栅栏中伸进去，握住那锁，咬牙一拧，锁落门开。女检票员不知他要干什么，吓得转身便跑。等旺泉跑到车前，火车已启动了。他只来得及从车窗里塞进一个钱包，里面有二十元钱十斤山西粮票。

"巧巧下一站坐车往回返吧！"

巧英不接那钱包，脸儿一扭，只说了一个字："不。"

第二天，孙旺泉到县医院，跟病房医生打了招呼，补了假（怕人家到公安局去找人），然后白天听孙总讲座，晚上抄孙总那本到处买不到的《地质学基础》，他不敢给自己留下一点空闲。但生活中总有小小闲暇，使他甩不开、抛不去地思念起巧英，担忧她在北京的遭际。于是神魂颠倒，提暖瓶打水进了厕所，上厕所蹲下忘了解裤带，惹得弟兄们好一阵笑话。

直到会议结束，仍不见赵巧英回来。旺泉结记着正在打钻的井，只好上山了。第二天后晌，他正在井场上看岩芯时。听见了一阵熟悉的歌声：

高山流水一条线，

想亲亲想得见不上面。

六月红豆长起荚，

忘了你人样忘不了话……

巧巧！旺泉心一跳，寻声望去，只见一个熟熟的人影儿一闪，往河滩里去了。

等他绕着弯儿跑到河滩里，见巧英正坐在地头上等他。

"想死个人啦！"她向他闪一眼，红起脸儿说，"一个人，好没意思！"

也知道一个人没意思！想起那晚的事，旺泉心里还有股火儿，说：

"咋这阵儿才回来？把你疯的！"

"瞅！"巧英从地上拎起一小口袋，得意地扬起脸儿，说，"——优种甜玉荚，专吃青的，叫'水果玉米'哩！跑了好几个专家、教授家，搞回来好些全国还没推广的优种、农药哩！"

"人家北京的大教授，认得你是谁？不嫌你麻烦？"

"哼，还请我吃饭哩！说我是基层第一线的农业科技人员，还欢迎我再去哩！"

唉，巧巧，巧巧，服你了！旺泉心里感叹不已。记起那晚的话头，便又说：

"看见北京人咋生活咧？"

巧英脸儿陡然沉下来，郁郁地说：

"自以为穿得可以了，可北京城里，满街人就自己土气！人家穿件劳动布也比咱有风度！王府井、前门、故宫、满街大广告牌儿、外国人……嗨，甚也不用说了，就说那马路吧，比咱家炕上还干净！我把手绢儿掉地上，趁捡手绢儿工夫摸了一把，黑黑的那油漆马路，一星土都抹不起！住几天才知道，每天夜里拿洒水汽车洗地哩！咱这深川老林的，活得真没一些儿意思！……马路边儿，种着花种着草，拿铁栏杆圈上，比咱菜园子作务得还精细……哪儿的马路也是那么宽，那么平——走道儿都能抬起头走哩！像咱，不是沟，就是石头蛋，一辈子驼着背，勾着脑袋，打空手也不敢不瞅道儿！这一回，我才明白过来一个理儿：为甚人家城里女人脸儿仰仰的，奶子挺挺的，屁股都扭得俏俏的？我也买了双高跟鞋，在王府井、前门大街试了两天。嗨，哪有甚狗儿的'风度'啊？——全是马路、鞋、衣裳，衣裳、鞋、马路！满街是人，男人看女人，女人看男人，能不精神着点儿？像咱，穿戴上给土坷垃看还是给玉茭秸秆看？每天在地里接送日头，回家往炕上一歪，活像头使乏了的老草驴，谁还扭得动！……其余的更不用说了，只要一想起那马路，就想哭，活在这太行山上，好憋屈啊……"

巧巧，那咱们该咋办哩？到底该咋办哩？旺泉被深深地震动了。但他仍然信心十足地说：

"北京城不也是人建的？不怕，巧巧，咱们有了水，存站住，也能把山区建设得跟北京一样好的！——你不信？"

"信。只怕到那阵儿，人家早就住到龙宫里，每天开着火箭到月亮上去上班了！……"

"嗨，大声些！"喜柱儿牵着一犋牲口，扛着犁杖走来，要笑他俩道，"说甚私房话哩？不叫咱听听？"

旺泉理也不理，心情沉重地接着说：

"巧英子，那咱们到底该咋办哩？找堵墙，一头撞死啵？"

"喜柱儿，不瞅日头？快着些儿！赶紧种到地里倒歇心了。"巧英又扭脸对旺泉说，"我也没说甚呀！不也在泼命干吗！……来，帮着撒粪，把磷肥掺上，这阵儿咱村的都不敢用磷肥作底肥……"

于是，喜柱儿吆着枣红马和大青骡子认垄开墒，旺泉拎起粪筐撒粪，巧英挎上小篮篮溜籽子。一行人在块巴掌大的河滩地里忙活起来。

"哎，天这么旱，咋这地底墒还不错嘛！"巧英慢慢发觉这块地有些儿与众不同之处。

"这，问你旺泉哥啵！"喜柱儿头也不回，赶着牲口扶着犁，说，"你住院，人家有空就往这地里背冰。从河里把冰砸开，一块块背到地里埋上。这底墒还能有错儿!"

巧英心里一热,闪旺泉一眼,不说话了。埋冰防旱,据老人们讲,单干时有人干过,但过于苦重。如今在老井,除了前面默默撒粪的这个铁打的旺泉子,怕是找不出第二个能吃下这苦的人了。哎,泉哥!巧英越来越觉得,旺泉是一座高高的石头山,干枯、沉默而有力量,而自己不过是一条小河,水花四溅地往前流,却虚虚的,飘飘的,总缺少像大山那样坚如磐石的根!她深深地感到:她需要他!老天爷,救救我,给我们一条路吧!……

孙旺泉一言不发地撒着粪。别说背冰,就是背山他也心甘情愿!去年巧英使用除草剂和缩节安,一点大气力没出,轻轻巧巧捞了个花生棉花大丰收,这使旺泉感到了希望。他想帮她把地种好,科学种田,种出点水平,把她的心拴住!这样,她便不会离开故土,离开他。而他们的事,终有一天会成功的……

不大工夫,专吃嫩棒子的"水果玉米"种上了。为了赶日月,抗旱,巧英还铺了塑料布条子。一阵阵旱风,刮得三人灰眉土眼的。

"不会光长甜秆啵?巧英子,真能发财了,秋后可得匀给咱些籽种啊!"喜柱儿牵上牲口,扛上犁杖,在暮色中悠悠走了。

见四下没人了,旺泉掏出手绢儿,给巧英擦擦腮边的汗珠儿,心疼地说:

"伤还没好利索,看作下毛病……在北京跑了一个礼拜,回来就受苦,也不觉累?"

巧英乏乏地笑了,说:"泉哥,在北京可旅游好啦!……噢,狐子!狐子!"

旺泉吓一跳,顺巧英目光一瞅,果然是一只狐子在河边草窝中逡巡。

他忍不住笑了,说:"嗬,你的老朋友来了!"

巧英得意地瞟他一眼,慢慢向那狐子走去:

"喂,小狐子,乖乖,亲戚,老朋友!啧啧,来,过来,别怕,过来,我是巧妮儿呀!不认得啦?"

那狐子奓拉着长长的尾巴,警惕地瞅着巧英。目光冷冷的,似乎全然不认识。巧英一伸手,便机警一跳。见巧英越靠越近,猛地掉转屁股,风快地朝青龙岭遁去。

巧英扫兴地走回来,说:"狐子见我不亲了。大概我不是狐狸精了?"

"说你的北京吧,狐狸精!"旺泉笑道。

"反正是跑得四蹄朝天!动物园、天象厅、中山公园、景山公园、北海、颐和园、天坛、故宫、北京大学、自然博物馆、人大会堂……嗨,能去的好地方,全去了!"

"你不是光专家教授家就跑了好几天?咋有时间跑这么多地方?"

巧英说:"我没细转悠,进大门瞭一眼,转身就出来了……"

旺泉奇怪地瞥她一眼，说："图甚哩？"

图甚？——傻哥哥，图给你认道儿哩！说心里话，只想往后能和你一起去北京，挎起胳膊压马路，陪你把所有好地方玩遍！但巧英一句也不想说。因为她不知道将来。这些，也许只是一个梦，只是一个仅属于她的秘密的期望。于是她并不答理旺泉，只是抿住嘴，把脸儿微微扬起，看那刚刚泛出些许绿意的远远的群山……

十一

太阳溜坡了。

家家烟囱都冒起袅袅晚烟。顺青龙河谷荡来微微的风，把那些轻盈的烟柱揉散，于是老井村所在的山坳里，漾起一层又一层淡蓝色的薄雾。几场雨一过，初夏的山野绿了，在清晨与黄昏，更是一阵阵翠色逼人。

透过这飘飘绵绵的暮霭，村中传来一阵锣声。仿佛还听得一个嘶哑的嗓子在吆喝晚饭后开会。大喇叭愈来愈失却效用。倒是这古老的铜锣，在村人心目中还有着崇高的信用。近一二年，这土地，这牲畜、农具，都是在阵阵锣声中分下来的。因此这锣声总在村人心中勾起一种对生活的古老而新的希冀。

吃罢晚饭，各家主事的男女，或抽着烟，或拿着鞋底儿往龙王庙来。一进院门，不由一惊：戏台上，停一口黑漆棺材。台口边，还立着一幢五尺高的大石碑。细一看，是幢旧碑：旧时奶奶庙大殿门口立的。迎、背两面字迹都铲平磨光，碑头的雕花和正中那"千古流芳"四字没铲，但也用凿子见了新。仍如瞎子演唱一样，在戏台下摆了张八仙桌，扯了盏电灯，支书孙旺泉、副支书孙福昌和万水老汉等几人坐在桌旁。

见人来得差不多了，孙福昌站起来，拿拳头捣捣桌子，说：

"今晚这会，不是农业社开的，是村民会，由咱万水伯主持。咱村这眼深井，县里拨给咱五千，队里投资一万三，至这阵，算来还得再有一个整数数才能打到设计深度。队干部们开会研究来研究去，除了卖河边上那几十棵杨柳树是没辙。牲口、农具都分了，拖拉机是三则包了，卖没卖的，当没当的，大伙说吧，咋办？"

一听要动经济，谁也不敢贸然开口。满院的人们，只在下边交头接耳，像蜂儿分了窝一般嘤嘤嗡嗡一片响。

万水老汉理理山羊胡子，清了清嗓儿，站起来说：

"咱是灶王爷升天，实话实说。春旱时，唱戏是俺老汉挑头起的钱；打井缺钱，来正格儿的了，咱不能往后圪缩，也来挑个头。自打老祖宗从河北牛王堡讨饭要饭逃到这儿，千百年了，这山，这地土没亏待过咱，养活了几十辈子孙后代！人家说'累断腰、渴死牛，有女不嫁老井沟'，还不是个没水，穷气八丈高，人家妮子们不往咱村走。一茬一茬的后生们打光棍，打伙计，弟兄合用女人，脸红哩！羞哩！给祖宗丢人败兴哩！昨晚上，俺们几个老鬼们扳指头掐算来，咱村孙段赵李几大门宗，死在这打井上的，从俺爹那辈算起，有名有姓的，不下十五六个，伤的就甭说了！我爹死在祈雨，我兄弟疯在扳倒井上，淘西井，俺福贵子也死了……命能舍，财不能舍？俺这阵儿是黄土掩到脖根儿，一天一天算日子了。只一桩心愿：把这眼井打成，叫咱躺在老坟疙瘩的几十代先人们知道，咱老井脚底下终究有水，他们没白受苦、白舍命！……俺拿不出现钱，叫孙子们把这口材抬来了，折几个钱算几个。只要能见了水，死了炕席一卷，狼啃狗拖也算！"

"死了狼啃狗拖也算——这是说出水嘛，出不来水哩？"有人把头夹在人缝里小声嚷叫，"不是把咱的血汗钱全填了无底洞！"

孙福昌说："要说这填无底洞，咱村历史上倒填得少啦？不用去别处，到青龙岭阳坡上跑跑，这阵儿还数得见的干窟窿好几十！多少辈儿来，用科学看井，到旺泉子这儿是大姑娘上轿头一遭。山西跑到河北，河北跑回山西，围着这片山，少说跑了一两千里地！在烙饼崖，命都险没搭上！不记得了？先前那些看水先生，吃上喝上，不是梦梦，就是拿罗盘瞎转转，最多使个脸盆子扣上。旺泉子看的这井，我信……我出一百，记旺才子名下。"

见孙福昌提起死人名字，人们静了静。

"旺泉子心里有数，让旺泉子说说吧！"人群里又有人嚷。

"我能说甚？"孙旺泉嘟噜道，"我总是觉得哪儿能打出水，才把井位定在哪儿的。现在是缺钱，深度没打到嘛……"

"——就这吧。自家村子的子弟们，总不能是烟囱里招手，把乡亲们往黑道儿里引。该说这起钱的事咧，"万水老汉指着戏台，说，"这幢旧碑，俺叫旺泉子们连明彻夜铲出来，起上钱，按多少在背面刻上户主姓名，万代流传。正面等井成了，写上碑文再刻，写上咱村打井这难处……"

"打出水了咋也好写，打不出水来写甚？"喜柱儿嬉皮笑脸说，"写咱全村老少，流血牺牲，起粮捐款，艰苦奋斗了半天，给咱村又杵了个最深最深的机械化黑窟窿？"

人们"轰"一声笑了。

孙旺泉绷着脸，忿忿地说：

"那也好写！就说咱这一茬人也孬种，用钻机也没打出水来，叫咱子孙后代忍了，永辈子再不要舍命流血打井了！要不就顺青龙河往平川逃，永辈子抛开这老坟故土，背井离乡！"

赵巧英火不打一处来，一扬脸儿，说：

"哎呀，瞅这架势，是打井打出不是来咧！老人们总说古时候南蛮子'看地如筛'，过去那几十眼黑窟窿又昨日鬼出来的？外公社外村来请旺泉子看水，磕头捣蒜还得看他个愿意不愿意，有空没空。咱村倒好，只认外来的道士会念经。要不说人这东西是贱骨头呢！人家旺泉子看水的经验都出了书了——"她举起一本刊物，"你们大家伙听听——"

巧英用普通话洋声洋气地念起来：

……我自学了《地质力学找水基础知识》和《地质力学找水》等大量书籍，结合自己的基岩找水实际经验，把观察到的水文地质条件放在一个空间的"蓄水构造"立体概念中进一步分析，总结出了符合和县一带实际的成井年出水量概算公式，即成井年出水量＝蓄水构造内的年入渗量＝蓄水构造在平面所控制的面积×当地的年平均降水量×当地出露岩石的入渗系数……

"——算啦，再念你们也听不懂！干脆，咱也不用三刀子扎不出一滴血，都是些白萝卜货！少说些肮脏话，计划把井打成嘛，我报一百。要不干脆拉倒，也不用捐款起粮的，磕头作揖，求人难！——停钻撤井队！反正谁都说我是在咱村存站不住的人，十五里二十里担水——一百里吧与我毬相干！"

给巧英这么锣一阵鼓一套地一骂，人们都闭了口，悄悄地老实了。一来是那段上了书的"理论"，二来是巧英的"科学种田"让老井的老少把式都服了输。去年秋天下来，那洒了"除草剂"，只中耕了一次的花生，喷了"缩节安"没有打掐的棉花，收成之多是老井历史上头一份，投工之少更是不敢想象！于是，人们都一个个搭讪着找巧英要那些稀奇古怪的农药，巧英也便在老井舆论中占了地盘。

人们终于明白需要出血动经济了，便纷纷埋头按地亩人头掐算起自己应出的款项，叽叽喳喳议论起来。

段喜凤眼对眼地冲旺泉忽闪了两眼，意思是叫他出来一下。但旺泉装作没看见。他知道喜凤要跟他商议，但这份家产不是他的，惹急眼了，让她妈再骂，叫他圪夹上那张破镰滚？滚是求之不得的，只怕受了这番羞辱，也是挣不出段家门的！不报最好！——他满怀情意地想起巧英对他的支持——不报他心里就更好下决心。一刀两断，趁早！

段喜凤见男人不理睬，讪讪地站了站，只好转过身，一个人往家走去。她明白这是他男人扑上性命的大事业，绝不可有半点轻慢。又想起自己年轻俊俏，只因为村子缺水，穷招个女婿好难，旺泉又总和她隔着一层，说是夫妻，实则虚凤假凤，不禁很掉了几滴伤心泪……

人们正一家一户地报着捐款，喜凤回来了，背后跟两个小后生，抬着她那九成新的缝纫机。众人"哗"地让出一条缝，把缝纫机让到场子正中。

喜凤有些儿畏怯怯地说："松沟这井是俺井儿他爹看的，要打不出水来，咱倾家荡产也赔不起咱村的损失！大家伙抬举他，要凑钱把井打下去，俺也没顾得上跟他商议，这二年俺家经济紧些儿，俺抬来这缝纫机子，也不知道少呀不少？要能行，就记在井儿他爹名下。多了少了总是一份心意！真打不出水来了，也不用赌气说那要走的话——几百年了，见谁走出去来？故土难离哩！咱这一茬儿人不行，等俺井儿长大了，那阵儿也四个现代化些了，叫他再接着给咱打井！总有打出水的时候，老天爷长着眼哩！"

话音一落，人们好拍了一阵儿巴掌。孙旺泉却低下了头，心乱如麻。他做梦也没想到，喜凤会这么知他的心事，而且想得这么远。

于是，拿不出现钱的人家，都趁着明明的月光，沿鹅卵石砌成的村街，搬来了各种东西。不一会儿，会场中央成了个旧货市场：大件的有自行车、缝纫机、棺材、棺板；有些妮子拿来了嫁妆、被面、衣料；有的老婆婆还交出了古董、旧首饰、银元，提来一篮篮鸡蛋……有人报，有人记，没事儿的人们便在"旧货市场"里逛来逛去，心里都热热的。几百上千年了，先人们苦熬苦挣没做成的事儿，这一遍总该有结果啦！

一转眼，秋风一吹，满坡的高粱便开始红脸了。钻机日夜不息，马上就要打到设计井深。

这天傍晚，孙旺泉一家坐在院里白杨树下吃晚饭，小石桌上摆着两碗粉丝调豆角之类的凉菜，端着的大海碗里，是小米、南瓜、山药蛋熬的合子饭，调了醋，烹着野韭花、花椒油，香香的。秀秀端着小碗，在院当中喂着她的小黑猫。小井儿也会走路了，趴在旺泉大腿上，咿咿呀呀地，兀自啃着山药蛋。喜凤边吃边和男人说着秋后的打算，总想着手头宽裕些还是买架缝纫机回来……

拖拉机手李三则忙慌慌闯进来，说："旺泉子，拖拉机出毛病了，井边上正好没水，叫你快去呢！"

孙旺泉把碗一蹾，问道："多会儿能修好？"

"我知道？"三则把手一摊，"包给我的时候，就是头使乏了的老牲口，豁嘴缺牙的，叫我咋侍弄？"

孙旺泉眉一拧，噌地站起，跟三则说："你马上跑去跟福昌叔说，叫全村人担上桶，拉上平车往井口运水。就说拉水的拖拉机坏了，井里停止灌水，一时三刻，就有塌方毁井的危险！"扭头又冲喜凤吩咐道，"你马上去跟我爷说，叫他赶紧招呼人！井上出塌天的大事啦！"

说完便窜进房里，担出一担桶。走到院里，一怔，又返回去，从水瓮里按了两桶水，担起来风快地朝松沟去了。

锣声、广播声在暮色中急急响起，蹲伏在山凹里的小小山庄，顿时人喊马叫，车声桶声响成一片。很快，从深井工地到村西青龙河又自旱河滩里神奇地涌流出来之处，二三里长的小路上，走满了几十担桶、十几辆拉水平车。寂静的小山庄，平添了一种紧张不宁的气氛。

孙旺泉担着一对桶，也在人流中急急走。村人们见他，总要问两句。或说："是娃娃掉井里啦，是火上房啦？又打锣又广播，可把俺们吓了一回！出村一看，嗨呀，二三里远，排起队来担水，还真是那救火的架势哩！打井打井，咋就打出火来啦！"或说："哈哈，说叫担桶到井上去，俺们还当是上水了，叫尝尝新哩！结果是硬叫担水往井里灌！从古到今，你们见过这号井哩？"旺泉哭不得，笑不得，恼不得，只有埋下头来担水走路。

"嘿！歇歇吧，"旺泉抬头，见巧英趴拖拉机上冲他挤眼一笑，扔过一块香香的花手绢儿，说，"绕车这边来，没人能看见！"

旺泉擦了把满脸满腮的大汗，把湿透了的手绢儿捏作一团扔过去，说："人家三则在修车，你在那儿起甚哄？——找担桶也来担水吧，不怕人们说，拈轻怕重……"

"说他的哕！"巧英一扬眉毛，解释说，"去公社找零件的人，大半夜才能回，三则翻出些旧零件，试试能不能将就一下。车早点修好，不早点解放你们吗？"

"对，你总有理，"孙旺泉把扁担调了调肩，抬腿便走，嘟噜道，"反正你缺点儿吃苦精神，骨头软。那年我在青龙岭背石板……"

"——一天没吃饭，累得昏过去了还干。是吧？"巧英从拖拉机上跳下来，拽住他扁担，冷冷地说，"这点事，说七八遍了！你是铁打的，俺也不是泥捏的！——今天我昏一遍给你看看，往后再别说了。"说完扭头朝黑暗中跑去。

过一会儿，人们在担水的队伍里发现了巧英：穿一身破得不能再破的衣裳，担一担大桶一溜小跑。人们开头还跟她要笑，见她一反常态，沉着脸子，一言不发，便再没人吭气了。路上没人时，旺泉又是赔不是，又是说好话，但她睬也不睬，反倒越走越快。一气之下，旺泉也把心一横，只管闷头担水了。半夜时分，井队灶上熬了米汤，烙了饼，唤人们吃饭，她也不吃。一口气不歇，一口水不喝地担下去。旺泉只有陪着她，担着水，跟在她身后寸步不离。

这些，喜凤早已看在眼里。她走到井架旁的黑暗中，把人们塞给她的白面饼撕着喂了拉水的毛驴。然后咽下泪，担起空桶，插进紧张运水的行列之中。

巧英的伤腿越来越沉重。她一步一拐，打着软膝地挣扎前行。她一步也不肯歇，反而拼足了全身的气力。她想看看自己骨头有多硬。旺泉看在眼里，早已不能自持，跟在后面求告道："巧巧，别再担了，都是我的错儿，找个没人地方，给你磕两个头还不成！"巧英大喘着，愤愤地说："你是我谁呀？凭甚来管我！"

——巧英终于昏倒了。当她把一担水倒进贮水池后，再一直腰，便连人带桶倒在池边的泥泞中。旺泉同井队的工人们赶紧把她抬到旁边干地上，好一阵儿才缓过来。见旺泉急得满头大汗地圪蹴在她身畔，便倦倦一笑，说：

"咋说，我也累昏过去了吧？——往后，青龙岭背石板那话儿再不用说了，好啵？"

孙旺泉说不出话来，只点点头苦笑了一下。

巧英头枕一段岩芯，睁着圆圆的杏子眼望着月亮，轻声说：

"人要累昏过去还真不易哩！……泉哥，看来我就是缺点吃苦精神——可是，为甚人生一世，总要准备吃苦受罪呢？"

旺泉说："不是谁想吃苦受罪，生活本身就是这样。哪一辈儿人不是汗珠顺屁股沟儿流，在地里死爬活挣死受出来的！"

巧英扭了扭身子，躺得舒服点，若有所思地说："可我总觉着，生活本身不应该是这样的……我乏了，让我在这儿躺躺……"

等旺泉从井架的帐篷里找出两件破棉袄来，巧英已睡着了。他把一件棉袄铺在草丛里，把她轻轻抱过去，又把另一件给她盖上，然后掏出手绢儿，拭去她脸上的虚汗。

"旺泉子！"正待走开时，黑暗里有人悄声叫他。过去一看，是万水老汉。他圪蹴在一排一排的岩芯前，冲孙子伸出一只手，说，"洋旱烟，有没有？"

爷孙俩点上烟，半晌没说话。

万水老汉抽了半根烟，拍着一截还没来得及用油漆写上编号及深度的岩芯，说："最新的吧，这截？……怕是不敢再往下打咧，再打就打透了！"

"还没打到设计深度。"旺泉轻声说，"打过这个隔水层，还有一个蓄水构造哩！"

万水老汉说："俺解不下你那些理论，俺会认石头，圪蹴在这儿看好几天了。万一把这层隔水的石头打透了，下面再没水，上面这层水可就全顺这窟窿漏了啊！听俺话，咱见好就收，停钻，试试有水没有。"

贮水池满了，担水的人们回家了，钻机也停钻了。

试水的工具是个能装八担水的细长铁筒。用卷扬机把它放下去，盛满水提起来，倒掉，再放下提起。连提三次，一量水位，还保持在一百八十二点三米，一公分也没下降！

孙旺泉不敢相信地抬起头来，探询地望着井队的弟兄们那一张张油污的脸。弟兄们都同情地拍拍他肩，咧嘴一笑。旺泉顿时觉得头昏沉沉的，他抓起一个军用水壶，按满一壶水，喝醉酒般晃悠着走出帐篷，走到坐在岩芯上正忐忑不安地等候消息的万水老汉跟前，腿一软，咕通一声直挺挺跪倒在老汉面前，半天叫出一声"爷爷！"便倒在万水老汉怀里猛烈抽泣起来。

"俺孩咋啦？"万水老汉慌慌地拍抚着孙子脊背，哄孩子般说，"咋啦，说，爷爷年岁大了，不敢吓着爷爷哩！"

"水……"旺泉努力抑制着全身的战栗，把头紧紧地抵在爷爷胸前，哽咽着说，"出水了！"

万水老汉一听，全身一软，背顿时更驼了。两行老泪，顺着满脸皱纹弯弯曲曲流淌下来，在山羊胡子上凝成一串串亮亮的水珠儿。他伸出枯瘦的老手，接过水壶，站起身，面朝老坟疙瘩方向，哆哆嗦嗦把水倒在地上，轻轻念叨说：

"孙氏始祖考妣，历世祖考妣及祖宗三代考妣，该合眼啦！……爹！福贵子——俺的儿！你们……也该合眼啦！一方水土养一方人，咱老井有土也有水啦……"

旺泉悄立在万水老汉背后。他那汗污的胡子巴碴的黑瘦脸膛上，泪痕点点……

他想叫醒巧英，但巧英睡得正甜……

天放亮了。群山一抹青黛，巍然屹立。晨露打湿了巧英的长发和汗迹斑斑的脸。一朵浅蓝色的山菊花，缀着小露珠儿，从她破袖口窟窿里容光焕发地探出头来，在清凉的晨风中微微摇曳……

半月后，十五里外的杜家峪死了个妮子，急病死的。十二岁。孙福昌家托人花一百五十元买来，与半年前死去的孙旺才合葬，算是他鬼妻。人们都吐了口气。恓惶得个后生，活着熬光棍，死了总算成了一门冥婚。

埋葬那天，孙福昌找了个差事，蹬上车子下县城去了。

仪式由老人们主持。党支部书记孙旺泉到场，并敬献了花圈。

太阳磕山时分，孙福昌从县城回来了。把车子架在公路边，爬上老坟疙瘩，一个人在儿子媳妇坟前站了站。

这时节，高粱正红了。太行山青青的，缀着些儿各色山菊花。一块块未收割的高粱地，和山腰上一丛丛黄栌林，却红艳艳的，燃烧得有如熊熊野火。

十二

寒露一过，秋深了。一阵秋风一阵凉，吹得杨树叶儿黄了，黄栌叶儿红了。渐渐地，那些黄、红、紫、灰各色老叶儿，又被风从枝头拂下，纷纷坠在根旁的土地上，静静的，再不在阳光与风中摇曳。

这天晚上，正晚饭时，村东头的人们都端上大海碗跑到赵巧英家看稀罕。巧英家里屋小柜上，摆放着一台崭新的十二吋黑白电视机。这就是她从北京要来的优种甜玉茭，结了棒子到县城自由市场卖了青的钱。人们听说巴掌大块河滩地，一茬庄稼就值这么多钱，不禁眼红起来，都堆起笑脸，死磨活缠地跟巧英要籽种。一传十，十传百，不一会儿，看电视的人便把巧英家挤得满满腾腾。人多就有事。不是把炕踩塌了，把窗帘拽下来了，就是把玻璃砸了。但巧英妈和巧英都笑盈盈的，一点儿不恼，还见人就递烟，跟办喜事一般。

七点一到，巧英胸有成竹地一按开关。荧光屏立即明亮起来。人们霎时安静下来，瞪大眼等着看"小电影"。但半天不出人人，不管巧英怎么拧来拧去，荧光屏上只是些跳来闪去的黑白道道。巧英看了看表，疑疑惑惑地说："不是我这表快了？……在县百货买时候还试过，演得蛮好哩！"人们七嘴八舌地赞同道："只怕就是表快了。人家要演，全国一起演，不到点嘛还能先给你老井村演咧？好几百块钱的东西，公家卖的，总不能有毛病的。"一根烟抽完了，再打开，还是些道道，连个人影儿也没闪一下。旺泉跟巧英要来说明书，一看，说："可能是山挡住了！"巧英看着说明书上的图表，又看看电视，擦着满脑门汗珠儿，委屈得一句话也说不出来。

老人们撇着凉腔儿，要孩儿们起着哄，都走了。屋里只剩下几个平素要好的年轻人。说来道去，唯一的办法只有等公社以后建个差转台了。巧英泄气地说：等猴年马月吧！旺泉说：咱们叫唤一阵，公社文化站不是办起来了！

"文化站，有个甚？"巧英火了，说，"除了象棋、扑克，不就是有几本图书画报？人家县城民国满清就有图书馆了！"

旺泉想了想，抱起电视机就往外走，说：

"上青龙岭！看山还挡不挡！"

几个年轻人扛着电视机，带上电线、脚扣、电工工具，在暮色中爬上了高高的青龙岭山梁。通往深山的电线从这里经过，山梁上正好有根电杆。年轻人爬上电杆，接上电线，信心十足地一按开关，还是跳来闪去的黑白道道。

大山！

"他娘那大腿！"喜柱儿跳起来，眺望着一眼望不到边的黑压压的群山，双手叉腰破口大骂。

群山在迟暮中泛着美丽的深蓝，和天边黛色的云霭溶在一起，阴阴冷冷，更说不出有多深多远……

旺泉深深地吸了一口气，仿佛感到一种喘不过气来的窒息。往日雄伟壮阔的太行山，此刻像大海里层层叠叠的巨浪，吼叫着压过来，劈头盖脸，势不可当！东西几百里，南北上千里，全是一个接一个的隆起的荒山秃岭！全是！全是！到底哪一座山挡住了电波，他无从分辨，甚至也无从想象！蜷缩在山凹里的老井，已经灯火点点了。在群山的围困之中，显得太微小，太偶然了！——他感到一种从未体验过的说不清的惶惑……

巧英绝望地环顾着。白日里色彩绚烂的群山，在晚暮中泛着单调的黑暗。

那些好看的山石、树木、村舍、花草都隐去了……耸峙的群峰，宛若一群群硕大无朋的怪鱼，紧迫着孤岛，在黑沉沉的大海中沉着地游弋。那一个个高高耸起的背脊，抖动着，沉浮着，透露出一丝儿阴险与冷漠……她打了一个寒噤，垂下眼睛，一言不发地往山下走去……

孙旺泉吩咐喜柱儿们把电线拆了，把电视背回去，然后大步去追巧英。两人并肩走了一段，巧英一把将他拉上另一条小路，拐到一片一人多高的黄栌林中。两人紧紧搂在一起，不顾一切地出声亲吻起来。巧英那不加抑制的热情，使旺泉感到一种晕眩，经常处于麻木状态的情感，又像火一样点燃了。然而正是这种热情，使他生出一种不祥的预感。于是他只是紧紧地，痛苦地搂住她……

"窸窸窣……"——忽然，枯干的落叶上，一阵细碎的脚步声。定睛看去，一只野物引着两只小崽儿钻出灌木丛，急急走过来。巧英"妈呀"尖叫一声，转脸扑到旺泉怀里。那东西也吓一跳，猛地停了步，向这边张望。

"巧巧，甭怕，"旺泉拍拍她背，轻笑道，"你的亲戚！"

"狐子？"巧英怯怯扭回头，有些想看又不敢看。

那大狐子见巧英一动，忙引上小狐子，惊惶地向黑黝黝的山巅窜逃而去。

巧英惊魂未定地说：

"不知道咋了——这些日子来，狐子见我不亲，我也开始怕狐子了……"

"大概是变成人了，狐狸精！"

"大概就是哩！……听人们说，最近狗的神婆子三婶又烧过两道符咒我，我一点儿感觉也没了！"

"——久食人间烟火？"旺泉要笑道。

巧英含羞一笑，把头枕在他肩上，附耳低语：

"……因为你！——这二年，你身子把我暖的！——唉，爱情！……"

亲热一番，巧英挣开他怀抱，拢拢头发，说：

"泉哥，我要走了。"她抬起好看的杏子眼，定定地望着他，说，"跟我一搭走吧，咱们走得远远的。"

"去甚地方？干甚呢？"旺泉忧郁地问。

"你问我？"巧英听出他的话里回避了主语，冷冷地说，"你不信？——我去哪儿也能踢打开！这阵的政策，干甚不行？农工商，科技咨询，最新农业科技推广，育种，市场预报，我干哪样也比在地里欺负土坷垃强！你不用替我担心！"话说得淡淡的，但她还是望着他眼睛，怀着最后一线渺茫的希望。

"巧巧，我……"旺泉痛苦得眯缝起眼，说：

"我的心拴在你身上，又拴在水上。前几天，孙总来信，说省水利厅的一些专家，都肯定了我在《水利科技》上发表的文章，特别是又有石灰岩地区找水实践的证明。他希望我从理论和实践两方面来完善它，有可能成为一种独特的理论。对这，老实说我兴趣还不算大。我只想跑遍咱这片旱山，彻底解决人畜吃水问题！一想到咱村过去缺水的恓惶，心里就有一种沉甸甸的责任感……"

巧英打断他，说：

"——就是哩，你的责任多咧：又是水，又是支书，又是你小子，你婆姨，又是我……我，你就不用责任啦，看难为得你！"

孙旺泉深深地沉默了。

"还告你一事：大前天，我悄悄到公社去了一趟……真憨透咧。想找人打听一下离婚手续咋办……"巧英声音哑哑的，颤了一下，又接着说，"公社办公室墙上，有一张新画的全县地理图：咱这一大片旱山，标的都是'林牧区'。马书记说，眼下粮食够吃了，生产门路也多了，咱们这儿要缩减农业生产，尽快退耕还林，将来要恢复一千年前的大森林。还说专家讲，原来咱这儿有森林时候，到处都有水，树砍光了，地表水才没了的。整个太行山，整个黄土高原，中央的意思，都要退耕还林哩！只要一成了大森林，气候也好了，水也有了。大概就跟咱祖先们刚到这儿一样，河里有水，有鳖，有鱼，山上长着人参、灵芝，林子里跑着野鹿、山猪……这么一来，你说咱这几十代人开荒、种地、打井、流汗、流血、死人，到底干了个甚？毁了林子种地，再把地种上林子；没水了打井，打出水来气候又要变好，又要有水了！——你说，这历史不是跟咱老井祖先子孙们开了个大玩笑吗！"

"石榆……"旺泉一怔，嘴唇翕动着，说出两个字。

巧英奇怪地瞥他一眼。

天哪！一瞬间里，孙旺泉觉着心一下提起来，空落落的，就像他从烙饼崖跳下，膝盖轻轻一碰石壁，在万丈悬崖前失去重心一样。那时他扭头一看，转身扑向一棵长在岩缝里的石榆。石榆！现在，那棵石榆在哪儿？

他稳稳神，说：

"不管咋说，咱不能怪祖宗。不砍林子，不开荒，他们早就饿死绝了。还有，不打井，没有一代传一代的找水的盼头，咱村早就没了，还有咱这些儿孙后代？……再说，等这片旱山长上林子，气候再缓过来，总得三五十年工夫吧？——我打的井，帮咱这一代两代人站稳脚跟，种树种草，生男育女，值当了。"

"嗨，泉哥，你一开口就总有理儿，可我总觉着又没理儿。"巧英往起一站，一枝黄栌扯她头发一下。她顺手折下，递给旺泉，说："北京人管这叫红叶，爱情的象征。真是这样倒好了，那咱这儿，满山满沟都是爱情！……算啦，不扯这些淡了……"巧英长吁一口气，站起来拍拍屁股上的土。

"巧巧，我问你一句话，"旺泉想不通地问道，"你若不想留在农村，那这二年，你又搞除草剂、缩节安，又搞优种、科学种田的算甚？"

"不算甚。"巧英静静地说，"我只想看看自己能不能干成一两件事儿。现在，我心里踏实了：我甚也能干成！我该走啦……"说完，她也不叫旺泉，一个人径自向山下走去。

脚步声、草叶灌丛的拂扫声、小石子沿山路滚动的骨碌声都渐渐远去了，消失了……

旺泉猛然站起，发疯似的朝山上走去。

起雾了。

白蒙蒙的夜雾不知从哪里溢漫过来，在野花、醋柳丛中流连，在杨槐林里缠绵，在山岩间翻卷……渐渐，一切都被笼住了……陈年的腐叶、坚硬的青石被打湿了，盛开的花瓣、抖瑟的草茎被打湿了，新鲜的羊粪蛋、小狐子野兔的毛皮被打湿了，人的脸、手、头发和心也都被打湿了……

在雾的世界里，孙旺泉有如幽灵一般跌撞着满山徘徊。是啊，该走啦！该走啦！该走啦！他明白：巧英同他这段生死之情该彻底了结了！是啊，该走啦！可是，不明白！所有的一切都不明白，也不想弄明白！他狂怒地走，他绝望地走，柔肠寸断地走，他凄凄地走，使劲地走，迷迷糊糊地走……

……几块石头塌落，身子猛然腾空……他心一提，又一静：好，完了！……等他清醒过来，明白自己失足落进一眼从未出过水的老井！是哪一眼呢？想不起来——这山上的老井太多咧！他活动一番手脚，怪事，没伤！——原来井底积了厚厚一层陈年的枯枝败叶。

出不去啦？出不去了！也好，干脆躺这儿想想。他翻上倒下地寻思，想理出一点头绪，但仍是一片混乱。他抬头望天，只见井口上仅有锅大的一片灰白。这是雾气，他想，没雾呢？大概能看见一小片天。也许有一两颗星星，也许一颗星星也看不见！——井太小了——天空是由无数星星构成的。每一颗星星都是一个世界。他说，那么，天地之间该是一个大世界；可是这老井里，能有多大一片天，多大一片世界！

……夜的寒气带着雾丝儿从井口慢慢垂泻下来。渐渐地，手边可触到的枯枝叶、石头，都蒙上一层潮湿，冰凉的，沁手。他越来越感觉冷、麻木、僵硬。一瞬间，他不知道自己是否已然变成了一块石头，一块嵌砌在井壁上的石头，变成了一眼老井！他活动起来。他抬头冲井口大喊：

"山！——"

没有任何回声，那雾气弥漫的夜空将这呼喊吞噬了。

他愤怒了。他憋足气，拼命大喊：

"井！！——"

除了井壁一阵短暂的混响，仍然没有一丝回声。

是梦？不是。他咬舌头，疼。但他总疑心自己似乎已经不存在了，消失了！他狂怒了。他一跃而起，扯开领口，疯狂地仰天长啸：

"人！！！——"

只有几声细碎土粒震落的窸窸声。世界沉默着，不予回答。

他大声说：

"我记起来了：这种堆着烂东西的老井里，有毒气，人挺不了多久的……我现在觉着冷，觉着迷糊，透不过气儿……出去，我得出去！"

他在井底摸索起来，沿着坍塌的陡坡，踩着石碴，扒着石缝，发疯地向上爬……

真好！外面有秋虫的鸣叫，有流动的夜雾，有凉凉的风……他躺在井口边的枯草丛中，大口大口呼吸着，渐渐清醒过来。……该走啦！是该走啦！他想起巧英……凄冷的风，把思想梳理得如此明晰。

他与爷爷，与福昌叔曾有约在先：打不出水来誓不罢休；打出水来，任他远走高飞，"哪怕离开地球"！——现在，井终于成了，他却无力拔腿了！

巧巧！

一头，是支持几十代人苦熬苦挣下来的理想、儿子，加上贫困的故土和没有爱情的家；一头是刻骨铭心的爱情，自由富足的生活加上失去了存在依据和理想的陌生的世界。

双方同样结实，有力，互不相让。

他想，他无法挣脱他的理想和故土。

这理想和这干旱的群山，曾哺育了几十代人，使他们在任何绝境之中，都保有生活下去的勇气。

第二天，天刚一闪亮，弟弟旺来就来砸院门，说爷爷唤旺泉有事。到家一看，巧英一身出门打扮，背个小黄挎包，坐炕沿儿上默默无语。爷爷也像是刚爬起来，披件蓝布小衫子，盘腿坐炕上，一边抽烟锅锅，一边伸着舌头不停地咳嗽。见旺泉撩帘进门，两人都如没见一般。万水老汉好不易止住咳，吐出一口黏痰，嘶哑着嗓子对巧英说：

"……你爹出去了几年，六〇年不是又回咱村来了吗？这阵儿责任制了，咱农村的光景也是越展越宽，听爷爷话，就不用再出去啦。"

巧英沉着脸儿，犟犟地说：

"我要出去干一番事业！我不是我爹，好牲口不吃回头草，出去了就不打算回了！"

"妮妮，可不敢一嘴咬死了，旺泉子他三爷，在外面做了多大的干部，不也要回来了？老人说：'树高千尺，叶落归根'，谁敢说不念这故土亲人哩！"

巧英说："人家是回来光宗耀祖哩！往后我成大事了，也回来光宗耀祖，也回来死！——可这阵儿，我得出去活！'树高千尺，叶落归根'，可我这片叶叶，刚冒了个芽芽哩！"

"这话儿，听起来也对，"万水老汉点着头，讷讷地说。想了想，他从炕角的旧黑柜子里摸索出一个薄薄的牛皮纸小包。打开纸包，里面是一小块蓝花绸绸包着的生铁片，小孩儿巴掌大小，生着黄锈。老汉瞅瞅巧英，又瞅瞅旺泉，说，"听说过咱老祖宗砸锅逃难的古话？就这。土改那年，不是河北老家捎信儿叫咱这一股回去分祖坟上的柏树？咱没去，不是锣锅片丢了，是咱祈雨绑晒了老家的龙王，人家不依，罚咱给龙王爷穿了一身真缎。打那往后，一个孙字就掰两瓣了……妮妮，你们的事没成，是俺的过。这二年来，俺心里总挽着个斗大的疙瘩，总觉着对不住你两个……嗨，到这阵儿，甚也不用再说咧！妮妮，在心里，俺总把你当俺孙儿媳妇。你拿上这锣锅片……有灾有难了，别想不开，想着老井还有你亲人，还有你退路，人亲，土亲，把心展得宽宽的，宽宽的……"

巧英双手接过锣锅片，冲万水老汉深鞠一躬，说：

"爷爷，我走了。"然后扭头朝门外走去。

这一声"爷爷"，叫得万水老汉眼眶里霎时汪满泪水。老脸一仰，硬不让那点咸水水跌下来……

村街静静的，只有旺泉和巧英在默默走，只有狗儿在悄悄跑。

"喔喔喔……"远处传来几声公鸡的啼叫。清爽的晨风中，杂着牛粪的清香和扁担钩跟空桶摩擦的吱吱声。"自来水"未安好，早起的汉们，揉着惺忪睡眼，走过那巨石蹲踞的旱池，到松沟深井去担水了。深井哦，深井哦！——一阵凄凄的怅惘笼住了巧英，哎，浸透了自己和祖先血泪的故土啊！……粉绿的鱼鳞般摆列的青石板瓦上，长着紫色的毛茸茸的瓦松。清晨的雾气，把那些五色的石墙、路面和官碾都打得湿漉漉的，颜色都浓重了些儿。红的苹果，黄的柿子，偶尔从墙上探出一枝，抖几珠露水，把你勾进一种神奇的梦境之中！哟哟，好美的老井村哟！好叫人爱，又好叫人恨的故土哟！……

……鲜红的"铁牛55"停在青石桥头。巧英跟正在加水、发动的三则说了一声，便同旺泉一起走上石桥，向通往县城的大路走去。

在过桥的一瞬，旺泉听见那哗哗水声，忽然觉得巧英真像这青龙河纯净的流水，翻波卷浪地，永远向山外奔流。山挡不住，坎挡不住，什么也挡不住，永远不息地寻找，不息地流！而他自己，则是一座沉重的大山，承受着，屹立着，目送着河水走向更广阔的世界……

——这就是他和她的命运？

爬上长坡，走到老坟疙瘩，旺泉拐进茔地里，看看那几十亩地大的坟场，抓了把潮土，包在手绢里，默默地递给巧英。

巧英接过来，打开结子，把那把土倒在公路边上，泪花花一下汪上来。她咽了口唾沫，泪麻麻地一笑，说：

"够土的啦，还要带土！——我的血全洒到这土里了，我身子里全是你的血，咱村年轻人的血，这还不够？我咋能忘了咱村哩！……泉哥，我不能等你一辈子，我是个女人，往后总得嫁人。可我至死也忘不了咱俩在一起……天下人数人，到底还是咱俩最好！……这锣锅片，你留着吧。我拿着你们孙家的祖传算甚！走了，就断了，再不回来了！"

一阵响亮的引擎声。"铁牛55"爬上长坡了。

"不要送了，"巧英停住脚，望望卧虎山山梁上的一个小小人影儿，说，"人家喜凤在圪梁上瞭哩……往后你待她好点。她人性好。我把她气够了……"

拖拉机超过他们两米，停下了。三则轰着马达等她，头也不敢回。

"好了，走啦！握握手儿，咱们还没握过手儿哩！"巧英长出口气，伸过手来。

旺泉那瘦长脸上，凝结着难言的悲痛。他紧咬牙关，一声不吭，更不伸出手去。

巧英依恋地看他一眼，苦笑一下，扭头向拖拉机跑去，飞快拉开门，跳上车。

拖拉机猛然起步了……

一瞬间，孙旺泉意识到自己永远失去了巧巧，永远失去了爱情。他撕心裂肺地狂喊一声，蓄积已久的孤独、苦痛、徬徨、压抑像血、像岩浆一样喷发出来！但他咬紧牙关，并未喊出声来。他只是感觉自己在心里狂喊一声。于是，种种令人无法忍受的痛苦，便在他五脏六腑中熬煎，冲撞，真正撕心裂肺！

他永远记住了这一声未曾喊出然而震彻灵魂的呼号。

拖拉机一下坡，被一个小山峁隐住了。几步爬上老坟疙瘩的山腰，便又可眺见。它急匆匆地奔跑着，颠簸着，在山间散布着响亮的引擎声。掠过一片红彤彤的黄栌林，又穿行在另一片红彤彤的黄栌林中。在这象征爱情的红叶丛中，它走得那样匆忙，洒脱，仿佛全然不懂些许离愁别恨。

从这里，可以眺望茔地全景。"大跃进"、"学大寨"毁过的茔地，仍可看到数不清的呈扇形排列的坟茔。和这祖坟隔河相望的，是蓝色山影中的山村。晨炊的烟雾，凝成一片界线鲜明的乳白，在山凹里浮荡着、流动着，使人感到一股盎然生机。看着这坟茔，这村庄，这锅片，他又一次意识到自己的根太深了。他没有力量把它拔出来，而且，拔出来他也就死了。

拖拉机又消失了。孙旺泉干脆爬上山圪梁。那匆匆忙忙的拖拉机越走越远，在沿河蜿蜒的山区公路上，小得宛若一只瓢虫。它艰难地爬行着，迎向千万重大山古老的包围，寻找着山外的世界。渐渐地，它跃入那山的波涛之中，永远消失了，永远消失了，永远消失了……

一阵歌声却隐隐飘扬起来：

> 高粱开花顶顶儿上，
>
> 得病得在（哥哥呀）你身上。
>
> 马连开花路边儿上，
>
> 你把良心（哥哥呀）扔背上……

太阳就要出山。

深蓝浅黛的山的浪，拍击着晨曦，从朝阳喷薄欲出的天边奔涌而来，和有力的山风一起，一头扑进旺泉怀里。他蓦然感到，土地的气息，羊粪味，山菊花、香蒿子馥郁的药香，无边的群山，都一起温情脉脉地拥抱着他，仿佛巧巧献给他的不需回报的爱情。这无言的爱抚使他泪眼模糊了。

他向山下走去。

山脚下，在长满山菊花的青龙河畔，在浮漾着冉冉晨烟的小山村里，有他干旱的土地，有他幼稚的儿子，贤惠的女人，有他相濡以沫的父老兄弟，还有他永世难忘的爱情的回忆……

（原载《当代》1985 年第 2 期）

阿 城

A CHENG

原名钟阿城。1949 年出生于北京，祖籍四川江津。1968 年中学未读完即到山西、内蒙古插队，后又去云南农场。1979 年回北京，曾在中国图书进出口公司、东方造型艺术中心、中华国际技术开发总公司工作。现旅居国外。

1984 年开始文学创作。作品有小说集《棋王》、系列短篇《遍地风流》、演讲集《闲话闲说》及文论《文化制约着人类》等。小说《棋王》获 1983—1984 年全国优秀中篇小说奖。

孩 子 王

一

一九七六年，我在生产队已经干了七年。砍坝，烧荒，挖穴，挑苗，锄带，翻地，种谷，喂猪，脱坯，割草，都已会做，只是身体弱，样样不能做到人先。自己心下却还坦然，觉得毕竟是自食其力。

一月里一天，队里支书唤我到他屋里。我不知是什么事，进了门，就蹲在门槛上，等支书开口。支书远远扔过一支烟来，我没有看见，就掉在地上，发觉了，急忙捡起来，抬头笑笑。支书又扔过火来，我自己点上，吸了一口，说："'金沙江'？"支书点点头，呼噜呼噜地吸他自己的水烟筒。

待吸完了水烟，支书把竹筒斜靠在壁上，掸着一双粗手，又擤擤鼻子，说："队里的生活可还苦得？"我望望支书，点点头。支书又说："你是个人才。"我吓了一跳，以为支书在调理我，心里推磨一样想了一圈儿，并没有做错什么事，就笑着说："支书开我的玩笑。有什么我能干的活，只管派吧，我用得上心。"支书说："我可派不了你的工了。分场调你去学校教书，明天报到。到了学校，要好好干，不能辜负了。我家老三你认得，书念得吃力，你在学校，扯他一把，闹了就打，不怕的，告诉我，我也打。"说着就递过一张纸来，上面都明明白白写着，下面有一个大红油戳，证明不是假的。

我很高兴，离了支书屋里，回宿舍打点铺盖。同屋的老黑，正盘腿在床上挑脚底的刺，见我叠被卷裤子，并不理会，等到看我用绳捆行李，才伸脖问："搞哪样名堂？"我稳住气，轻描淡写了一番。老黑一下蹦到地上，一边往上提着裤子，一边嚷："我日你先人！怎么会让你去教书？"我说："我怎么知道？上边来了通知，写得明白。难道咱们队还有哪个和我重名重姓？"老黑趿拉上两只鞋，拍着屁股出去了。

一会儿，男男女女来了一大帮，都笑嘻嘻地看着我，说你个龟儿时运转来，苦出头了，美美地教娃娃认字，风吹日晒总在屋顶下。又说我是蔫土匪，逼我说使了什么好处打通关节，调到学校去吃粮。我很坦然，说大家尽可以去学校打听，我若使了半点好处，我是——我刚想用上队里的公骂，想想毕竟是要教书了，嘴不好再野，就含糊一下。

大家都说，谁要去查你，只是去了不要忘了大家，将来开会、看电影路过学校，也有个落脚之地。我说当然。

老黑说："锄头、砍刀留给我吧，你用不着了。"我很舍不得，嘴里说："谁说用不着了？听说学校每星期也要劳动呢。"老黑说："那种劳动，糊弄鸡巴。"我说："锄你先拿着，刀不能给。若是学校还要用锄，我就来讨。"老黑很不以为然，又说："明天报到，你今天打什么行李？想快离了我们？再睡一夜明天我送你去。"我也好笑，觉得有点儿太那个，就拆了行李，慢慢收拾。大家仍围了说笑，感叹着我中学上了四年，毕竟不一样。

当晚，几个平时要好的知青，各弄了一些菜，提一瓶酒，闹闹嚷嚷地喝，一时我成了人人挂在嘴边的人物，好像我要去驻联合国，要上月球。

喝了几口包谷酒，心里觉得有些恋恋的，就说："我虽去教书，可将来大家有什么求我，我不会忘了朋友。再说将来大家结婚有了小娃，少不了要在我手上识字，我也不会辜负了大家的娃娃。"大家都说当然。

在队里做饭的来娣，也进屋来摸着坐下，眼睛有情有意地望着我，说："还真舍不得呢！"大家就笑她，说她见别人吃学校的粮了，就来叙感情，怕是想调学校去做饭了。来娣就叉开两条肥腿，双手支在腰上，头一摆，喝道："别以为老娘只会烧火，我会唱歌呢。我识得简谱，怎么就不可以去学校教音乐？'老杆儿，'"我因为瘦，所以落得这么个绰号，"你到了学校，替我问问。我的本事你晓得的，只要是有谱的歌，半个钟头就叫它一个学校唱起来！"说着自己倒了一杯酒，朝我举了一下，说，"你若替老娘办了，我再敬你十杯！"说完一仰脖，自己先喝了。老黑说："咦？别人的酒，好这么喝的？"来娣脸也不红，把酒杯一顿，斜了老黑一眼："什么狗尿，这么稀罕！几个伙子，半天才抿下一个脖子的酒，怕是没有女的跟你们做老婆。"大家笑起来，纷纷再倒酒。

夜里，老黑打了一盆水，放在我床边，说："洗吧。"我瞧瞧他，说："嗬！出了什么怪星星，倒要你来给我打水？"老黑笑笑，躺在床上，扔过一支烟，自己也点着一支，说："唉，你是先生了嘛。"我说："什么先生不先生，字怕是都忘了怎么写，去了不要闹笑话。"老黑说："字怎么会忘！这就像学凫水，骑单车，只要会了，就忘不掉。"我望着草顶，自言自语地说："墨是黑下一个土。的是名词、形容词连名词，地是形容词连动词，得是——得是怎么用呢？"老黑说："别穷叨叨啦，知道世上还有什么名词形容词就不错，就能教，我连这些还不知道呢。我才算上了小学就来这儿了，上学也是念语录，唉，不会有出息啦！"看时间不早，我们就都睡下。我想了许久，心里有些紧张，想不通为什么要我去教书，又觉得有些得意，毕竟有人看得起，只是不知是谁。

第二天一早，漫天的大雾，山沟里潮冷潮冷的。我穿上一双新尼龙丝袜，脚上茧子厚，扯得袜咥拉咥拉响，又套上一双新解放鞋，换了一身干净裤褂，特意将白衬领扯高一些，搓一搓手脸，准备上路。我刚要提行李，老黑早将行李卷一下甩到肩上，又提了装脸盆杂物的网兜。我实在过意不去，就把砍刀抢在手里，一起走出来。

场上大家正准备上山干活，一个个破衣烂衫，脏得像活猴，我就有些不好意思，想低了头快走。大家见了，都嚷："你个憨包，还拿砍刀干什么？快扔了，还不学个教书的样子？"我反而更捏紧了刀，迸出一股力，只一挥，就把路边一株小臂粗的矮树棵子斜劈了。大家都喝彩，说："学生闹了，就这么打。"我举刀告别，和老黑上路。

队上离学校十里山路，一个钟头便到了。望见学校，心里有些跳，刀就隐在袖管里，叫住人打听教务处在哪儿。

有人指点了，我们走过去，从没遮拦的窗框向里张望。里面有人发觉了，就出来问："你是来报到的吗？"我点点头，他便招我进去。

我和老黑进去，那人便很热情地招呼座位和热水。屋里还有两位女同志，想来是老师，各坐在木桌上一本一本地改什么，这时都抬了头望我，上上下下地打量。我和老黑坐下不由得也打量一下这间办公室，只见也是草房，与队上没什么两样，只是有数张桌子。招呼我们的人就笑眯眯地说，带很重的广东腔："还好吧？我们昨天发了通知，你来得好快。我们正好缺老师上课，前几天一个老师调走了，要有人补他的课。我们查了查，整个分场知青里只剩下你真正上过高中，所以调你来。"我这才明白了原由，就说："高中我才上过一年就来了。这书，我也没教过，不知教得了教不了。您怎么称呼呢？"那人笑一笑，说："我叫陈林呢，就叫我老陈好了。教书嘛，也不是哪个生来就会，在干中学嘛。"我说："怕误人子弟呢。"老陈说："不好这么说。来，喝水，喝水。"我忘了袖里还有一把刀，伸手去接水碗，刀就溜出来掉在地上，哐当一声。窗户上就有孩子在笑。原来上课时间未到，许多学生来看新老师。我红了脸，拾起刀，靠在桌子边上，抬起头，发现老陈的桌上有一本小小的新华字典。老陈见了，说："好。学校里也要劳动，你带了就好。"老黑说："学校还劳什么动？"老陈说："咦？学校也要换茅草顶，也要种菜，也要带学生上山干活呢！"我说："怎么样？老黑，下回来，把锄带来给我。"老黑摸摸脸，不吭声。

老陈与我们说了一会儿话，望望窗外立起身来说："好吧，我们去安排一下住处?"我和老黑连忙也立起身,三个人走出来。大约是快开始上课了,教室前的空地上学生们都在抓紧时间打闹,飞快地跑着,尖声尖气地叫。我脱离学校生活将近十年,这般景象早已淡忘,忽然又置身其中,不觉笑起来,叹了一口气。老黑愣着眼,说:"哼,不是个松事!"

教室草房后面,有一长排草房,房前立了五棵木桩,上面长长地连了一条铁线,挂着被褥,各色破布和一些很鲜艳的衣衫。老陈在一个门前招手,指点说:"这间就是你的了,床也有,桌椅也有。收拾收拾,住起来还好。"我钻进去,黑黑的先是什么也看不清,慢慢就辨出一块五、六平方米的间隔来。只见竹笆壁上糊了一层报纸,有的地方已经脱翻下来,一张矮桌靠近竹笆壁,有屉格而无抽屉,底还在,可放书物。桌前的壁上贴了一些画片,一张年历已被撕坏,李铁梅的身段竖着没了半边,另半边擎着一只红灯。一地乱纸,一只矮凳仰在上面。一张极粗笨的木床在另一边壁前,床是只有横档而无床板。我抬头望望屋顶,整个草房都是串通的,只是在这一个大草顶下,用竹笆隔了许多小间,隔壁的白帐顶露出来,已有不少蛛网横斜着,这格局和景象与生产队上并无二致。我问老陈:"不漏吗?"老陈正笑眯眯地四下环顾,用脚翻捡地上的纸片,听见问,就仰了脖看着草顶上说:"不漏,去年才换的呢。就是漏,用棍子伸上去拨一拨草,就不漏了。"

老黑把行李放在桌上,走过去踢一踢床,恨恨地说:"真他妈一毛不拔,走了还把竹笆带走。老陈,学校可有竹笆?有拿来几块铺上。"老陈很惊奇的样子,说:"你们没带竹笆来吗?学校没有呢。这床架是公家的,竹笆都是私人打的,人家调走,当然要带走。这桌,这椅,是公家的,人家没带走嘛。"老黑瞧瞧我,摸一摸头。我说:"看来还得回队上把我床上的竹笆拿来。"老黑说:"好吧,连锄一起拿来,我还以为你会享了福呢。"我笑笑,说:"都是在山沟里,福能享到哪儿去呢?"老陈说:"你既带了刀,到这后边山上砍一根竹子,剖开就能用。"我说:"新竹子潮,不好睡,还是拿队上我的吧。"

前面学校的钟响了,老陈说:"你们收拾一下,我去看看。"就钻出门,甩着胳膊去了。我和老黑将乱纸扫出屋外,点一把火烧掉,又将壁上的纸整整齐,屋里于是显得干净顺眼。我让老黑在凳上歇,他不肯,坐到桌上让我坐凳。我心里畅快了,递给老黑一支烟,自己叼了一支,都点着了,长长吐出一口,慢慢坐在凳上,不想一跤翻在地上。坐起来一看,凳的四只脚剩了三只,另一只撇在一边。老黑笑得浑身乱颤,我看桌子也晃来晃去,连忙爬起,叫老黑下来,都坐到床档上。

二

上午收拾停当,下午便开始教书了。老陈叫我去,交给我一个很脏的课本和一盒粉笔，还有红、蓝墨水，一支蘸水钢笔，一个备课本。老陈说："课本不要搞丢，丢了，不好再找。"我见课本实在脏得可以，已被折得很软，捏在手里沉甸甸的有些凉，翻开，当中用铅笔钢笔批注了许多，杂以粉笔灰，便有些嫌恶，说："这是谁的课本？没有病吧？"办公室里几个女教师笑起来，说："当然有病。"我看看她们，见她们面前的书本都干干净净，就自己捏住书脊抖。老陈也笑起来，说："哪里有病？走了的李老师有些马虎，不太注意就是了。可他课本没有搞丢，就不容易了。你看，这是课表。"说着递给我一张纸。我看看，心里一颤，说："怎么？教初三？我高中才念了一年，如何能教初三？"老陈笑眯眯地说："怎么不能教，教就是了，不难的。"我坚决推辞，说了无数理由，其中主要是学历太浅。老陈摸摸桌子，说："那谁教呢？我教？我才完小毕业，更不行了。试一试吧？干起来再说。"我又说初三是毕业班，升高中是很吃功夫的。老陈说："不怕。这里又没有什么高中，学完就是了，试一试吧。"我心里打着鼓，便不说话。老陈松了一口气，站起来，说："等一下上课，我带你去班里。"我还要辩，见几位老师都异样地看着我，其中一个女老师说："怕哪样？我们也都是不行的，不也教下来了么？"我还要说，上课钟响了，老陈一边往外走，一边招我随去。我只好拿了一应教具，慌慌地跟老陈出去。

老陈走到一间草房门前，站下，说："进去吧。"我见房里很黑，只有门口可见几个学生在望着我，便觉得如同上刑，又忽然想起来，说："教到第几课了？"老陈想一想，说："刚开学，大约是第一课吧。"这时房里隐隐有些闹，老陈便进去，大声："今天，由新老师给你们——不要闹，听见没有？闹是没有好下场的！今天，由新教师给你们上课，大家要注意听！"说着就走出来。我体会该我进去了，便一咬牙，一脚迈进去。

刚一进门，猛然听到一声吆喝："起立！"桌椅乒乒乓乓响，教室里立起一大片人。我吃了一惊，就站住了。又是一声吆喝，桌椅乒乒乓乓又响，一大片人又纷纷坐下。一个学生喊："老师没叫坐下，咋个坐下了？"桌椅乒乒乓乓再响起来。我急忙说："坐下了。坐下了。"学生们笑起来，乒乒乓乓坐下去。

我走到黑板前的桌子后面，放下教具，慢慢抬起头，看学生们。

山野里很难有这种景象，这样多的蓬头垢面的娃子如分吃什么般聚坐在一起。桌椅是极简陋的，无漆，却又脏得露不出本色。椅是极长的矮凳，整棵树劈成，被屁股们蹭得如同敷蜡。数十只眼睛亮亮地瞪前。前排的娃子极小，似乎不是上初三的年龄；后排的却已长出胡须，且有喉结。

我定下心，清一清喉咙，说："嗯，开始上课。你们已经学到第几课了呢？"说一出口，心里虚了一下，觉得不是老师问的话。学生们却不理会，纷纷叫着："第一课！第一课！该第二课了。"我拿起沉甸甸的课本，翻到第二课，说："大家打开第四页。"却听不到学生们翻书的声音，抬头看时，学生们都望着我，不动。我说："翻到第四页。"学生们仍无反应。我有些不满，便指了最近的一个学生问："书呢？拿出来，翻到第四页。"这个学生仰了头问我："什么书，没得书。"学生们乱乱地吵起来，说没有书。我扫看着，果然都没有书，于是生气了，啪的将课本扔在讲台上，说："没有书？上学来，不带书，上的哪样学？谁是班长？"于是立起一个瘦瘦的小姑娘，头发黄黄的，有些害怕地说："没有书。每次上课，都是李老师把课文抄在黑板上，教多少，抄多少，我们抄在本本上。"我呆了，想一想，说："学校不发书吗？"班长说："没有。"我一下乱了，说："哈！做官没有印，读书不发书。读书的事情，是闹着玩儿的？我上学的时候，开学第一件事，便是领书本，新新的，包上皮，每天背来，上什么课，拿出什么书。好，我去和学校说，这是什么事！"说着就走出草房，折身去找老陈。

老陈正在仔细地看作业，见我进来，说："还要什么？"我沉一沉气："我倒没忘什么，可学校忘了给学生发书了。"老陈笑起来，说："呀，忘了，忘了说给你。书是没有的。咱们地方小，订了书，到县里去领，常常就没有了，说是印不出来，不够分。别的年级来了几本，学生们伙着用，大部分还是要抄的。这里和大城市不一样呢。"我奇怪了，说："国家为什么印不出书来？纸多得很嘛！生产队上一发批判学习材料就是多少，怎么会课本印不够？"老陈正色道："不要乱说，大批判放松不得，是国家大事。课本印不够，总是国家有困难，我们抄一抄，克服一下，嗯？"我自知失言，嘟嚷几下，走回去上课。

进了教室，学生们一下静下来，都望着我。我拿起课本，说："抄吧。"学生们纷纷拿出各式各样的本子，翻好，各种姿势坐着，握着笔，等着。

我翻到第二课，捏了粉笔，转身在黑板上写下题目，又一句一句地写课文。学生们也都专心地抄。远处山上有人在吆喝牛，声音隐隐传来，我忽然分了心，想那牛大约是吃了什么不该吃的东西，被人赶开。我在队上放过不少时间的牛。牛是极犟的东西，而且有气度，任打任骂，慢慢眨着眼吃它想吃的东西。我总想，大约哲学家便是这种样子，否则学问如何做得成功？但"哲学家"们也有慌张的时候，那必是我撒尿了。牛馋咸，尿咸，于是牛们攒头攒脑地聚来接尿吃，极是快活。我甚至常憋了尿，专门到山上时喂给牛们，那是一滴也不会浪费的。凡是喂给牛过尿的牛便死心塌地地听你吆喝，敬如父母。我也常觉是领了一群朋党，快快乐乐以尿做领袖。

忽然有学生说："老师，牛下面一个水是什么字？"我醒悟过来，赶忙擦了，继续写下去。

一个黑板写完，学生们仍在抄，我便放了课本，看学生们抄，不觉将手抄在背后，快活起来，想：学生比牛好管多了。

课文抄完，自然开始要讲解，我清清喉咙，正待要讲，忽然隔壁教室歌声大作，震天价响，又是时下推荐的一首歌，绝似吵架斗嘴。这歌唱得屋顶上的草也抖起来。我隔了竹笆缝望过去，那边正有一个女教师在鼓动着，学生们大约也是闷了，正好发泄，喊得地动山摇。

我没有办法，只好转过身望着学生们。学生们并不惊奇，开始交头接耳，有些兴奋，隔壁的歌声一停，我又待要讲，下课钟就敲起来。我摇摇头，说："下课吧。"班长大喊："起立！"学生们乒乒乓乓站起来，夺门跑出去。

我在学生后面走出来，见那女教师也出来，便问她："你的音乐课吗？"她望望我，说："不是呀。"我说："那怎么唱起来了？闹得我没法讲课。"她说："要下课了嘛。唱一唱，学生们高兴，也没有一两分钟。你也可以唱的。"

教室前的空地上如我初来的景象，大大小小的学生们奔来跑去，尘土四起。不一刻，钟又敲了，学生们纷纷回来，坐好。班长自然又大喊"起立"，学生们站起来。我叹了一口气，说："书都没有，老起什么立？算了，坐下抄课文吧。"

学生们继续抄，我在教室里走来走去。因凳都是连着的，不好迈到后排去，又只好在黑板前晃，又不免时时挡住学生的眼睛，便移到门口立着，渐渐觉得无聊。

教室前的场子没了学生，显出空旷。阳光落在地面，有些晃眼。一只极小的猪跑过去，忽然停下来，很认真地在想，又思索着慢慢走。我便集了全部兴趣，替它数步。小猪忽然又跑起来，数目便全乱了。正懊恼间，忽然又发现远处一只母鸡在随便啄食，一只公鸡绕来绕去，母鸡却全不理会，佯做无知。公鸡终于靠近，抖着身体，面红耳赤。母鸡轻轻跑几步，极清高地易地啄食。公鸡搬一下毛，昂首阔步，得体地东张西望几下，慢慢迂回前去。我很高兴，便注意公鸡的得手情况。忽然有学生说："老师，抄好了。"我回过头，见有几个学生望着我。我问："都抄好了？"没有抄好的学生们大叫："没有！没有！"我一边说"快点儿"，一边又去望鸡，却见公鸡母鸡都在撒着羽毛，事已完毕。心里后悔了一下，便将心收拢回来，笑着自己，查点尚未抄完的学生。

学生们终于抄好，纷纷抬头望我。我知道该我了，便沉吟了一下，说："大家抄也抄完了，可明白说的是什么？"学生们仍望着我，无人回答。我又说："这课文很明白，是讲了一个村子的故事。你们看不懂这个故事？"学生们仍不说话。我不由说得响一些："咦？真怪了！你们识了这么多年字，应该能看懂故事了嘛。这篇课文，再明白不过。"随手指了一个学生，"你，说说看。"这个学生是个男娃，犹犹豫豫站起来，望望我，又望望黑板，又望望别的学生，笑一笑，说："认不得。"就坐下了。我说："站着。怎么会不知道？这么明白的故事，你又不是傻瓜。"那学生又站起来，有些不自在，忽然说："我要认得了，要你教什么？"学生们一下都笑起来，看着我。我有些恼，说："一个地主搞破坏，被贫下中农揪出来，于是这个村子的生产便搞上去了。这还不明白？这还要教？怪！"我指一指班长："你说说看。"班长站起来，回忆着慢慢说："一个地主搞破坏，被贫下中农揪出来，于是那——这个村子的生产便搞上去了。"我说："你倒学得快。"话刚一说完，后排一个学生突然大声说："你这个老师真不咋样！没见过你这么教书的。该教什么就教什么嘛，先教生字，再教划分段落，再教段落大意，再教主题思想，再教写作方法。该背的背，该留作业的留作业。我都会教。你肯定在队上干活就不咋样，跑到这里来混饭吃。"我望着这个学生，只见他极大的一颗头，比得脖子有些细，昏暗中眼白转来转去地闪，不紧不慢地说，用手抹一抹嘴，竟叹了一口气。学生们都望着我，不说话。我一时竟想不出什么，呆了呆，说："大家都叫什么名字，报一报。"学生们仍不说话，我便指了前排最左边的学生："你。报一报。"学生们便一个一个地报过来。

我看准了，说："王福，你说你都会教，那你来教一下我看。"王福站起来，瞪眼看着我，说："你可是要整我？"我说："不要整你。我才来学校，上课前才拿到书，就这么一本。讲老实话，字，我倒是认得不少；书，没教过，不知道该教你们什么。你说说看，李老师是怎么教的？"王福松懈下来，说："我怎么就真会教？"我说："你来前面，在黑板上说说。第一，哪些字不认识？你们以前识了多少字，我不知道。"王福想了想，便离开座位，迈到前边来。

王福穿一件极短的上衣，胳膊露出半截。裤也极短，揪皱着，一双赤脚极大。他用手拈起一支粉笔，手极大。我说："你把你不识的字在底下划一横。"王福看了一会儿，慢慢在几个字底下划上短线，划完了，便抬脚迈回到后排坐下。我说："好，我先来告诉你们这几个字。"正要讲，忽然有一个学生叫："我还有字认不得呢！"这一叫，又有几个学生也纷纷叫起来。我说："好嘛。都上来划。"于是学生们一窝蜂地上来拿粉笔，拥在黑板前，七手八脚划了一大片字。我粗粗一看，一黑板的课文，竟有三分之二学生认不得的字。我笑了，说："你们是怎么念到初三的呢？怪不得你们不知道这篇课文讲的是什么。这里有一半的字都应该在小学就认识了。"王福在后面说："我划的三个字，是以前没有教过的。我可以给你找出证明来。"我看一看黑板，说："这样吧，凡是划上的字，我都来告诉你们，我们慢慢再来整理真正的生字。"学生们都说好。

一字一字教好，又有一间教室歌声大作，我知道要下课了，便说："我们也来唱一支歌。你们会什么呢？"学生们七嘴八舌地提，我定了一首，班长起了音，几十条喉咙便震天动地地吼起来。我收拾着一应教具，觉得这两节课尚有收获，结结实实地教了几个字，有如一天用锄翻了几分山地，计工员来量了，认认真真地记在账上。歌声一停，钟就响了，我看看班长，说："散吧。"班长说："作业呢？要留作业呢！"我想一想，说："作业就是把今天的生字记好，明天我来问。就这样。"班长于是大喊起立，学生们乒乒乓乓地立起来，在我之前窜出去。

我将要出门，见王福从我身边过去，便叫住他。王福微微有些呆，看看门外，过来立住。我说："你说你能证明哪些是真正的生字，怎么证明呢？"王福见我问的是这个，便高兴地说："每年抄的课文，凡是所有的字，我都另写在纸上。我认识多少字，我有数，我可以拿来给你看。"说罢迈到他自己的位子，拿出一只布包，四角打开，取出一个本子，又将包包好，放回去，迈到前边来，将本子递给我。我翻开一看，是一本奖给学习毛著积极分子的本子，上写奖给"王七桶"。我心里"呀"了一声，这王七桶我是认识的。

王七桶绰号王稀屎。稀屎是称呼得极怪的，因为王七桶长得虽然不高，却极结实，两百斤的米包，扛走如飞，绝不似稀屎。我初与他结识是去县里拉粮食。山里吃粮，需坐拖拉机走上百多里到县里粮库拉回。这粮库极大，米是山一样堆在大屋里，用簸箕一下下收到麻袋里，再一袋袋扛出去装上车斗。那一次是两个生产队的粮派一个拖拉机出山去拉。早上一上车，我们队的司务长便笑着对三队的一个人说："稀屎来了？"被称作稀屎的人不说话，只缩在车角闷坐着。我恰与他是对面，见他衣衫破旧，耳上的泥结成一层壳，且面相凶恶，手脚奇大，不免有些防他。两个队的人互相让了烟，都没有人让他。我想了想，便将手上的烟指给他，说："抽？"他转过眼睛，一脸的凶肉忽然都顺了，点一点头，将双手在裤上使劲擦一擦，伸过来接。三队的司务长见了，说："稀屎，抽烟治不了哑巴。"大家都笑起来。我疑惑了，看着他。他脸红起来，摸出火柴自己点上，吸一大口，吐出来，将头低下，一支细白的烟卷像插在树节上。车开到半路遇到泥泞，他总是爬下去。一车的人如不知觉一般仍坐在车上。他一人在下死劲扛车帮，车头轰几下，爬上来，继续往前开，他便跑几步，用手勾住后车板，自己翻上来，颠簸着坐下。别人仍若无其事地说笑着，似乎他只是一个机器部件。出了故障，自然便有这个部件的用途。我因不常出山，没坐过几回车，所以车第二次陷在泥里时，便随他下车去推。车爬上去时，与他追了几步。他自己翻上去了，我没有经验，连车都没有扒上。他坐下后，见我还在后面跑，就弓起身子怪叫着，车上人于是发现，我喊叫起来，司机停下车。他一直弓着身子，直到我爬上车斗，方才坐下，笑一笑。车到县里，停在粮库门前。三队来拉粮的人除了司务长在交结手续，别的人都去街上逛，只余他一人在。我们队的人进到库房里，七手八脚地装粮食。装到差不多，停下一看，那边只他一人在装，却也装得差不多了。百多斤的麻袋，他一人扛走如飞。待差不多时，三队的人买了各样东西回来，将剩下的一两袋扔上车斗，车便开到街上。我们队的人跳下去逛街，三队的人也跳下再去逛街，仍是余他一人守车。我跳下来，仰了头问他："你不买些东西？"他摇一摇头，坐在麻袋上，竟是快乐的。我一边走，一边问三队的司务长："哑巴叫什么？"司务长说："王七桶。"我问："为什么叫稀屎呢？"司务长说："稀屎就是稀屎。"我说："稀屎可比你们队的干屎顶用。"司务长笑了，说："所以我才每次拉粮只带他出来。"我奇怪了，问："那几个人不是来拉粮的？"司务长看看我，说："他们是出来办自己的事的。"我说："你也太狠了，只带一个人出来拉一个队的粮，回去只补助一个人的钱。"司务长笑笑，说："省心。"我在街上逛了一回，多买了一包烟。回到车边，见王七桶仍坐在车上，就将烟扔给他，说："你去吃饭，我吃了来的。"王七桶指一指嘴，用另一只手拦一下，再用指嘴的手向下一指，表示吃过了。我想大约他是带了吃的，便爬上车，在麻袋上躺下来。忽然有人捅一捅我，我侧头一看，见王七桶将我给他的烟放在我旁边，烟包撕开了，他自己手上捏着一支。我坐起来，说："这烟给你。"将烟扔给他。他拿了烟包，又弓身放回到我旁边。我自己抽出一支，点上，慢慢将烟吐出来，看着他。逛街的人都回来了，三队的司务长对王七桶说："你要的字典还是没有。"王七桶"啊、啊"着，眼睛异样了一下，菠萝一样的手松下来，似乎觉出一天劳作的累来。司机开了车，一路回到山里，先到我们队上将粮卸了，又拉了王七桶一队的粮与人开走。我扛完麻袋回到场上，将将与远去的王七桶举手打个招呼。

　　我于是知道王福是王七桶的儿子，就说："你爹我知道，很能干。"王福脸有些红，不说话。我翻开本子，见一个本子密密麻麻写满了独个的字，便很有兴趣地翻看完，问王福："好。有多少字呢？"王福问："算上今天的吗？"我呆了一下，点点头。王福说："算上今天的一共三千四百五十一个字。"我吃了一惊，说："这么精确？"王福说："不信你数。"我翻开本子又看，说："一二三四五六七八九十，这十个数目字你算十个字吗？"王福说："当然，不算十个字，算什么呢？算一个字？"我笑了，说："那么三千四百五十一便是三千四百五十一个字了？"王福没有听出玩笑，认真地说："十字后面是百、千、万、亿、兆。这兆字现在还没有学到，但我认得。凡我认得而课文中没有教的字，我都收在另一个本上。这样的字有四百三十七个。"我说："你倒是学得很认真。我现在还不知道我学了多少字呢。"王福说："老师当然学得多。"这时钟响了，我便将本子还给王福，出去回到办公室。

　　老陈见我回来了，笑眯眯地问："怎么样？还好吧？刚开始的时候有些那个，一下就会习惯的。"我在分给我的桌子后面坐下来，将课本放在桌子上，想了想，对老陈说："这课的教法是不是有规定？恐怕还是不能乱教。课本既然是全国统一的，那怎么教也应该有个标准，才好让人明白是教对了。比如说吧，一篇文章，应划几个段落？段落大意是什么？主题思想又是什么？写作方法是怎么个方法？我说是这样了，别的学校又教是那样。这语文不比数学，一加一等于二，世界上哪儿都是统一的。语文课应该有个规定才踏实。"老陈说："是呀，有一种备课教材书，上面都写得有，也是各省编的。但是这种书我们更买不到了。"我笑了起来，说："谁有，你指个路子，我去抄嘛。"老陈望望外面，说："难。"我说："老陈，那我可就随便教了，符不符合规格，我不管。"老陈叹了一口气，说："教吧。规定十八岁人才可以参加工作，才得工资，这些孩子就是不学，也没有事干，在这里学一学，总是好的。"我轻松起来，便伏在桌上一课一课地先看一遍。

课于是好教起来，虽然不免常常犯疑。但我认定识字为本，依了王福的本子为根据，一个字一个字地落实。语文课自然有作文项目，初时学生的作文如同天书，常常要猜字到半夜。作文又常常仅有几十字，中间多是时尚的语句，读来令人瞌睡，但想想又不是看小说，倒也心平气和。只是渐渐怀疑学生们写这些东西于将来有什么用。

这样教了几天，白天很热闹，晚上又极冷清，便有些想队里，终于趁了一个星期天，回队里去耍。老黑见我回来，很是高兴，拍拍床铺叫我坐下，又出去喊来往日要好的，自然免不了议论一下吃什么，立刻有人去准备。来娣听说了，也聚来屋里，上上下下看一看我，就在铺的另一边靠我坐下。床往下一沉，老黑跳起来说："我这床睡不得三个人！"来娣倒反整个坐上去，说："那你就不要来睡，碍着我和老师叙话。"大家笑起来，老黑便蹲到地下。来娣撩撩头发，很亲热地说："呀，到底是在屋里教书，看白了呢！"我打开来娣伸过来的胖手，说："不要乱动。"来娣一下叫起来："咦？真是尊贵了，我们劳动人民碰不得。告诉你，你就是教一百年书，我还不是知道你身上长着什么？哼，才几天，就夹起来装斯文！"我笑着说："我斯文什么？学生比我斯文呢。王七桶，就是三队的王稀屎，知道吧？他有个儿子叫王福，就在我的班上，识得三千八百八十八个字。第一节课我就出了洋相，还是他教我怎么教书的呢。"大家都不相信，我便把那天的课讲了一遍。大家听了，都说："真的，咱们识得几个字呢？谁教过？"我说："我倒有一个法子。我上学时，语文老师见班上有同学学习不耐烦，就说：'别的本事我不知道你们有多大，就单说识字吧。一本新华字典，你们随便翻开一页。这一页上你们若没有一个不会读、书、解的字，我就服。以后上课闹，要管我就不姓我的姓。'大家不信，当场拿来新华字典一翻，真是这样。瞧着挺熟的字，读不出来；以为会读的字，一看拼音，原来自己读错了；不认识，不会解释的字就更多了。大家全服了。后来一打听，我们这位老师每年都拿这个法子治学生，没一回不灵的。"大家听了，都将信将疑，纷纷要找本新华字典来试一试，但想来想去没有人有字典，我说我也没有字典。来娣一直不说话，这时才慢慢地说："没有字典，当什么孩子王？拉倒吧！老娘倒是有一本。"我急忙说："拿来给我。"来娣脸上放一下光，将身仰倒，肘撑在床上，把胖腿架起来，说："那是要有条件的。"大家微笑着问她有什么条件。来娣慢慢团身坐起来，用脚够上鞋，站到地上，抻一抻衣服，拢一拢头，向门口走去，将腰以下扭起来，说："哎，支部书记嘛，咱们不要当；党委书记嘛，咱们也不要当，也就是当个音乐老师。怎么样？一本字典还抵不上个老师？真老师还没有字典呢！"大家都看着我，笑着。我挠一挠头，说："字典有什么稀奇，可以去买。再说了，老陈还不是有？我可以去借。"来娣在门口停下来，很泄气地转回身来，想一想，说："真的，老杆儿，学校的音乐课怎么样？尽教些什么歌？"我笑了，把被歌声吓了一跳的事讲述了一遍。来娣把双手叉在腰上，头一摆，说："那也叫歌？真见了鬼了。我告诉你，那种歌叫'说'歌，根本不是唱歌。老杆儿，你回去跟学校说，就说咱们队有个来娣，歌子多得来没处放，可以请她去随便教几支。"我说："我又不是领导，怎么能批准你去？"来娣想了想，说："这样吧，你写个词，我来作个曲。你把我作的歌教给你们班上的学生唱，肯定和别的班的歌子不一样，领导问起来，你就说是来娣作的。领导信了我的本事，笃定会叫我去教音乐课。"大家都笑来娣异想天开，老黑站起来说："作曲你以为是闹着玩儿的？那要大学毕业，专门学。那叫艺术，懂吗？艺术！看还狂得没边儿了！"来娣涨红了脸，望着我。我说："我才念了几年书，现在竟去教初三。世界上的事儿难说，什么人能干什么事真说不准。"来娣哼了一声说："作曲有什么难？我自己就常哼哼，其实写下来，就是曲子，我看比现在的那些歌教好听。"说完又过来一屁股坐在床上，一拍我的肩膀："怎么样，老杆儿？就这么着。"

出去搜寻东西的人都回来了，有干笋，有茄子、南瓜，还有野猪肉干巴，酒自然也有。老黑劈些柴来，来娣支起锅灶，乒乒乓乓地整治，半个钟头后竟做出十样荤素。大家围在地下一圈，讲些各种传闻及队里的事，笑一回，骂一回，慢慢吃酒吃菜。我说："还是队里快活。学校里学生一散，冷清得很，好寂寞。"来娣说："我看学校里不是很有几个女老师吗？"我说："不知哪里来的些斯文人，晚上活着都没有声响。"大家笑了起来，问："要什么声响？"我也笑了，说："总归是斯文，教起书来有板有眼，我其实哪里会教？"老黑喝了一小口酒，说："照你一说，我看确是识字为本。识了字，就好办。"有人说："上到初三的学生，字比咱们识得多。可我看咱们用不上，他们将来也未必有用。"来娣说："这种地方，识了字，能写信，能读报，写得批判稿就行，何必按部就班念好多年？"老黑说："怕是写不明白，看不懂呢。我前几天听半导体，里面讲什么是文盲。我告诉你们，识了字，还是文盲，非得读懂了文章，明白那里面的许多意思，才不是文盲。"大家都愣了，疑惑起来，说："这才怪了！扫盲班就是识字班嘛。识了字，就不是文盲了嘛。我们还不都是知识青年？"我想一想，说："不识字，大约是文字盲，读不懂，大约是文化盲。老黑听的这个，有道理，但好像大家都不这么分着讲。"老黑说："当然了，那广播是英国的中文台，讲得好清楚。"大家笑起来，来娣把手指逼到老黑的眼前，叫："老黑，你听敌台，我去领导那里揭发你！"老黑也叫起来："哈，你告嘛！支书还不是听？国家的事，百姓还不知道，人家马上就说了。林秃子死在温都尔汗，支书当天就在耳机子里听到了，瘟头瘟脑地好几天，不肯相信。中央宣布了，他还很得意，说什么早就知道了。其实大家也早知道了，只是不敢说。来娣，你的那些乱七八糟的歌哪里来的？还不是你每天从敌台学来的！什么甲壳虫，什么埃巴，什么雷侬，乱七八糟，你多得很！"来娣夹了一口菜，嚼着说："中央台不清楚嘛，谁叫咱们在天边地角。告诉你，老黑，中央台就是有杂音，我也每天还是听。"老黑说："中央台说了上句，我就能对出下句，那都是套路，我摸得很熟，不消听。"我笑起来，说："大约全国人民都很熟。我那个班上的学生，写作文，社论上的话来得个熟，不用教。你出个庆祝国庆的作文题，他能把去年的十一社论抄来，你还觉得一点儿不过时。"大家都点头说不错，老黑说："大概我也能教书。"我说："肯定。"

　　饭菜吃完，都微微有些冒汗。来娣用脸盆将碗筷收拾了拿去洗，桌上的残余扫了丢出门外，鸡、猪、狗聚来挤吃。大家都站到门外，望望四面大山，舌头在嘴里搅来搅去，将余渣咽净。我看看忙碌的猪狗，嘴脸都还是原来的样子，不觉笑了，说："山中方七日，学校已千年。我还以为过了多少日子呢。"正说着，支书远远过来，望见我，将手背在屁股上，笑着问："回来了？书教得还好？"我说："挺好。"支书近到眼前，接了老黑递的烟，点着，蹲下，将烟吐给一只狗。那狗打了一个喷嚏，摇摇尾巴走开。支书说："老话说：家有隔夜粮，不当孩子王。学生们可闹？"我说："闹不到哪里去。"支书说："听说你教的是初三，不得了！那小学毕业，在以前就是秀才；初中，就是举人；高中，大约就是状元了。举人不得了，在老辈子，就是不做官，也是地方上的声望，巴结得很。你教举人，不得了。"我笑了，说："你的儿子将来也要念到举人。"支书脸上放出光来，说："唉，哪里有举人的水平。老辈子的举人要考呢。现在的学生也不考，随便就念，到了岁数，回到队上干活，识字就得。我那儿子，写封信给内地老家，三天就回信了，我叫儿子念给我，结结巴巴地他也不懂，我也不懂。"来娣正端了碗筷回来，听见了，说："又在说你那封信，也怕臊人。"支书笑眯眯地不说话，只抽烟。来娣对了我们说："支书请到我，说叫我看看写的是什么。我看来看去不对头，就问支书：'你是谁的爷公？'支书说：'我还做不到爷公。'我说：'这是写给爷公的。'弄来弄去，原来是他儿子写的那封信退回来了，还假模假式的当收信念。收信地址嘛，写在了下面，寄信的地址嘛，写在了上面。狗爬一样的字，认都认不清；读来读去，把舌头都咬了。"大家都哄笑起来，支书也笑起来，很快活的样子，说："唉，说不得，说不得。"

我在队里转来转去，耍了一天，将晚饭吃了，便要回去。老黑说："今夜在我这儿睡，明天一早去。"我说："还是回去吧。回去准备准备，一早上课，从从容容的好。"老黑说也好，便送我上路。我反留住他，说常回来耍，自己一个人慢慢回去。老黑便只送到队外，摇摇手回去了。

天色正是将晚，却有红红的一条云在天上傍近山尖。林子中一条土路有些模糊，心想这几天正是无月，十里路赶回去，黑了怕有些踌躇，便加快脚步疾走。才走不到好远，猛然路旁闪出一个人来。我一惊，问："哪个?"那人先笑了，说："这么快走，赶头刀吗?"原来是来娣。我放下心，便慢慢走着，说："好晚了，你怎么上山了?"来娣说："咦? 你站下。我问你，你走了，怎么也不跟老娘告别一下?"我笑了，说："老嘴老脸的，告别什么。我常回来。"来娣停了一下，忽然异声异气地说："老杆儿，你说的那个事情可是真的?"我疑惑了，问："什么事?"来娣说："说你斯文，你倒腆着脸做贵人，怎么一天还没过就忘事?"我望一望天，眼睛移来移去地想，终于想不出。来娣忽然羞涩起来，嗯了一会儿。我从未见来娣如此忸怩过，心头猛然一撞，脸上热起来，脖子有些粗，硬将头低下去。来娣叹了一口气，说："唉，你真忘了? 你不是说作个曲子吗?"我头上的脉管一下缩回去，骂了自己一下，说："怎么是我忘了? 那是你说的嘛。"来娣说："别管是谁说的，你觉得怎样?"我本没有将这事过心，见来娣认真，就想一想，说："可以吧。不就是编个歌吗? 你编，我叫我们班上唱。"我又忽然兴奋起来，舔一舔嘴，说："真的，我们搞一个歌，唱起来跟别的歌都不一样，嘿! 好!"来娣也很兴奋，说："走，老娘陪你走一段，我们商量商量看。"我说："你别总在老子面前称老娘。老子比你大着呢。"来娣笑了："好嘛，老子写词，老娘编曲。"我说："词恐怕我写不来。"来娣说："刚说的，你怎么就要退了? 不行，你写词，就这么定了。"我想一想，说："那现在也写不出来。"来娣说："哪个叫你现在写? 我半路上等你，就是为这个，老黑几个老以为我只会烧火做饭，老娘要悄悄做出一件事，叫他们服气。"我看看天几乎完全黑下来，便说："行，就这么定了，你等我的词。我得走了。"说完便快快向前走去。走不多远，突然又听来娣在后面喊："老杆儿，你看我糊涂的，把正事都忘了!"我停下来转身望去，来娣的身影急急地移近，只觉一件硬东西杵到我的腹上。我用手抓住，方方的一块，被来娣的热手托着。来娣说："喏，这是字典，你拿去用。"我呆了呆，正要推辞，又感激地说："好。可你不用吗?"来娣在暗虚中说："你用。"我再也想不出什么话，只好说："我走了，你回吧。"说罢车身便走，走不多远，站下听听，回身喊道：

"来娣，回吧！"黑暗中静了一会儿，有脚步慢慢地响起来。

三

当晚想了很久的歌子，却总是一些陈词在盘旋，终于觉得脱不了滥调，便索性睡去。又想一想来娣，觉得太胖，量一量自己的手脚，有些惭愧，于是慢慢数数儿，渐渐睡着。

一早起来，雾中提来凉水洗涮了，有些兴奋，但不知可干些什么，就坐下来吸烟，一下瞥见来娣给的字典，随手拿来翻了，慢慢觉得比小说还读得，上课钟响了，方才省转来，急急忙忙地去上课。

学生们也刚坐好。礼毕之后，我在黑板前走了几步，对学生们说："大家听好，我要彻底清理一下大家的功课。你们学了九年语文……"学生们叫起来："哪里来九年？八年！"我疑问了，学生们算给我小学只有五年，我才知道教育改革省去小学一年，就说："好，就是八年。可你们现在的汉语本领，也就是小学五年级，也许还不如。这样下去，再上八年，也是白搭，不如老老实实地返回来学，还有些用处。比如说字，王福那里有统计，是三千多字，有这三千多字，按说足够用了。可你们的文章，错字不说，别字不说，写都写不清楚。若写给别人看，就要写清楚，否则还不如放个臭屁有效果。"学生们乱笑起来，我正色道："笑什么呢？你们自己害了自己。其实认真一些就可以了。我现在要求，字，第一要清楚，写不好看没关系。第二——嗯，没有第二，就是第一，字要清楚。听清楚了没有？"学生们可着嗓子吼："听清楚了！"我笑了，说："有志不在声高。咱们规定下，今后不清楚的字，一律算错字，重写五十遍。"学生们"欧"地哄起来。我说："我知道。可你们想想，这是为你们好。念了八年书，出去都写不成个字，臊不臊？你们这几年没有考试，糊里糊涂。大道理我不讲，你们都清楚。我是说，你们起码要对得起你们自己，既学了这么长时间，总要抓到一两样，才算有本钱。好，第二件事，就是作文不能再抄社论，不管抄什么，反正是不能再抄了。不抄，那写些什么呢？听好，我每次出一个题目，这样吧，也不出题目了。怎么办呢？你们自己写，就写一件事，随便写什么，字不在多，但一定要把这件事老老实实、清清楚楚地写出来。别给我写些花样，什么'红旗飘扬，战鼓震天'，你们见过几面红旗？你们谁听过打仗的鼓？分场那一只破鼓，哪里会震天？把这些都给我去掉，没用！清清楚楚地写一件事，比如，写上学，那你就写：早上几点起来，干些什么，怎么走到学校来，路上见到些什么——"学生们又有人叫起来："以前的老师说那是流水账！"我说："流水账就流水账，能把流水账写清楚就不错。别看你们上了九年，你们试试瞧。好，咱们现在就做起来。大家拿出纸笔来，写一篇流水账。就写——就写上学吧。"

　　学生们乱哄哄地说起来，纷纷在书包里掏。我一气说了许多，竟有些冒汗，却畅快许多，好像出了一口闷气。学生们拿出纸笔，开始写起来。不到一分钟，就有人大叫："老师，咋个写呀？"我说："就按我说的写。"学生说："写不出来。"我说："慢慢写，不着急。"学生说："我想不起我怎么上学嘛。"我靠在门边，扫看着各种姿势的学生，说："会想起来的。自己干的事情，自己清楚。"

　　教室里静了许久，隔壁有女老师在教课，声音尖尖地传过来，很是激昂，有板有眼。我忽然觉得，越是简单的事，也许真的越不容易做，于是走动着，慢慢看学生们写。

　　王福忽然抬起头来，我望望他，他又不好意思地低下头，将手里的笔放下。我问："王福，你写好了？"王福点点头。我迈到后面，取过王福的纸，见学生们都抬起头看王福，就说："都写好了？"学生们又都急忙低下头去写。我慢慢看那纸上，一字一句写道：

　　　　我家没有表，我起来了，我穿起衣服，我洗脸，我去伙房打饭，我吃了饭，洗了碗，我拿了书包，我没有表，我走了多久，山有雾，我到学校，我坐下，上课。

　　我不觉笑起来，说："好。"迈到前边，将纸放在桌上。学生们都仰起头看我。我问："还有谁写完了？"又有一个学生交了过来，我见上面写道：

　　　　上学，走，到学校教室，我上学走。

　　我又说："好。"学生们兴奋起来，互相看看，各自写下去。

　　学生们已渐渐交齐，说起话来，有些闹。终于钟敲起来。我说了下课，学生们却并不出去，拥到前边来问。我说："出去玩，上课再说。"学生们仍不散去，互相议论着。王福静静地坐在位子上，时时看我一眼，眼睛里问着究竟。

　　钟又敲了，学生们纷纷回到座位上，看着我。我拿起王福的作文，说："王福写得好。第一，没有错字，清楚。第二，有内容。我念念。"念完了，学生们笑起来。我说："不要笑。'我'是多了。讲了一个'我'人家明白了，就不必再有'我'。事情还是写了一些，而且看到有雾，别的同学就谁也没有写到雾。大体也明白，只是逗号太多，一逗到底。不过这是以后纠正的事。"我又拿了第二篇，念了，学生们又笑起来。我说："可笑吧？念了八年书，写一件事情，写得像兔子尾巴。不过这篇起码写了一个'走'字。我明白，他不是跑来的，也不是飞来的，更不是叫人背来的，而是走来的。就这样，慢慢就会写得多而且清楚，总比抄些东西好。"

　　王福很高兴，眼白闪起来，抹一抹嘴。我一篇一篇念下去，大家笑个不停。终于又是下课，学生们一拥出去，我也慢慢出来。隔壁的女老师也出来了，见到我，问："你念些什么怪东西，笑了一节课？"我说："笑笑好，省得将来耽误事。"

四

　　课文于是不再教，终日只是认字，选各种事情来写。半月之后，学生们慢慢有些叫苦，焦躁起来。我不免有些犹豫，但眼看学生们渐渐能写清楚，虽然呆板，却是过了自家眼手的，便决心再折磨一阵。

　　转眼已过去半个月，学校酝酿着一次大行动，计划砍些竹木，将草房顶的朽料换下来。初三班是最高年级，自然担负着进山砍料运料的任务。我在班上说了此事，各队来的学生都嚷到自己队上去砍，决定不下。我问了老陈，老陈说还有几天才动，到时再说吧。

　　终于到了要行动的前一天。将近下课，我说："明天大家带来砍刀，咱们班负责二百三十根料，今天就分好组，选出组长，争取一上午砍好，下午运出来。"学生们问："究竟到哪个队去砍呢？"我说："就到我们队，我熟悉，不必花工夫乱找，去了就能砍。只是路有些远，男同学要帮着女同学。"女学生们叫起来："哪个要他们帮！经常做的活路，不比他们差。"忽然有学生问："回来可是要作文？"我笑了，说："不要先想什么作文，干活就痛痛快快干，想些乱七八糟的东西，小心出危险。"学生说："肯定要作文，以前李老师都是出这种题目，一有活动，就是记什么什么活动，还不如先说题目，我们今天就写好。"我说："你看你看，活动还没有，你就能写出来，肯定是抄。"王福突然望着我，隐隐有些笑意，说："定了题目，我今天就能写，而且绝对不是抄。信不信？"我说："王福，你若能写你父母结婚别人来吃喜酒的事情，那你就能今天写明天怎么砍料。"大家笑起来，看着王福。王福把一只大手举起来，说："好，我打下赌！"我说："打什么赌？"王福看定了我，脸涨得很红，说："真的打赌？"我见王福有些异样，心里恍惚了一下，忽然想到这是再明白不过的事，就说："当然。而且全班为证。"学生们都兴奋起来，看着王福和我。我说："王福，你赌什么？"王福眼里放出光来，刚要说，忽然低下头去。我说："我出赌吧。我若输了，我的东西，随便你要。"学生们"欧"地哄起来，纷纷说要我的钢笔，要我的字典。王福听到字典，大叫一声："老师，要字典。"我的字典早已成为班上的圣物，学生中有家境好一些的，已经出山去县里购买，县里竟没有，于是这本字典愈加神圣。我每次上课，必将它放在我的讲桌上，成为镇物。王福常常借去翻看，会突然问我一些字，我当然不能全答出，王福就轻轻叹一口气，说："这是老师的老师。"我见王福赌我的字典，并不惧怕，说："完全可以。"我将字典递给班长。学生们高兴地看着班长，又看着我。我说："收好了，不要给我弄脏。"王福把双手在胸前抹一抹，慢慢地说："但有一个条件。"我说："什么条件都行。"王福又看定我，说："料要到我们三队去砍。"我说："当然可以。哪个队都可以，到三队也可以，不要以为明天到三队去砍，今天你就可以事先写出来。明天的劳动，大家作证，过程有与你写的不符合的，就算你输。不说别的，明天的天气你就不知道。"王福并不泄气，说："好，明天我在队里等大家。"

我在傍晚将刀磨好，天色尚明，就坐在门前看隔壁的女老师洗头发，想一想说："明天劳动，今天洗什么头发，白搭工夫。"女老师说："脏了就洗，有什么不可以？对了，明天你带学生到几队去？"我说："到三队。"女老师说："三队料多？"我说："那倒不一定，但我和学生打了赌。"女老师说："你净搞些歪门邪道，和学生们打什么赌？告诉你，你每天瞎教学生，听说总场教育科都知道了，说是要整顿呢！不骗你，你可小心。"我笑了，说："我怎么是瞎教？我一个一个教字，一点儿不瞎，教就教有用的。"女老师将水泼出去，惊起远处的鸡，又用手撩开垂在脸前的湿发，歪着眼睛看我，说："统一教材你不教，查问起来，看你怎么交待？"我说："教材倒真是统一，我都分不清语文课和政治课的区别。学生们学了语文，将来回到队上，是要当支书吗？"女老师说："德育嘛。"我说："是嘛，我看汉语改德语好了。"女老师噗嗤一笑，说："反正你小心。"

晚上闲了无聊，忽然记起与来娣约好编歌的事，便找一张纸来在上面划写。改来改去，忽然一个"辜负"的"辜"字竟想不起古字下面是什么，明明觉得很熟，却无论如何想不起来，于是出去找老陈借字典来查。黑暗中摸到老陈的门外，问："老陈在吗？"老陈在里面答道："在呢在呢，进来进来。"我推门进去，见老陈正在一张矮桌前改作业本，看清是我，就说："坐吧，怎么样？还好吧？"我说："我不打扰，只是查一个字，借一下字典，就在这里用。"老陈问："你不是有了一本字典吗？"我说："咳，今天和王福打赌，我跟他赌字典，字典先放在公证人那里了。"老陈笑一笑，说："你总脱不了队上的习气，跟学生打什么赌？虽说不讲什么师道尊严，可还要降得住学生。你若输了，学生可就管不住了。"我说："我绝不会输。"老陈问："为什么呢？"我说："王福说他能今天写出一篇明天劳动的作文，你说他能赢吗？我扳了他们这么多日子老老实实写作文的毛病，他倒更来虚的了。王福是极用功的学生，可再用功也编不出来明天的具体事儿，你等着看我赢吧。"老陈呆了许久，轻轻敲一敲桌子，不看我，说："你还是要注意一下。学校里没什么，反正就是教学生嘛。可不知总场怎么知道你不教课本的事。我倒觉得抓一抓基础还是好的，可你还是不要太离谱，啊？"我说："学生们也没机会念高中，更说不上上大学了。回到队里，干什么事情都能写清楚，也不枉学校一场。情况明摆着的，学什么不学什么，有用就行。要不然，真应了那句话，越多越没用。"老陈叹了一口气，不说什么。

我查了字典，笑话着自己的记性，辞了老陈回去。月亮晚晚地出来，黄黄的半隐在山头，明而不亮。我望了望，忽然疑惑起来：王福是个极认真的学生，今天为什么这么坚决呢？于是隐隐有一种预感，好像有什么不妙。又想一想，怎么会呢？回去躺在床上时，终于还是认为我肯定不会输，反而觉得赢得太容易了。

第二天一早，我起来吃了早饭，提了刀，集合了其他队来的学生，向三队走去。在山路上走，露水很大。学生们都赤着脚，沾了水，于是拍出响声，好像是一队鼓掌而行的队伍。大家都很高兴，说王福真傻，一致要做证明，不让他把老师的字典骗了去。

走了近一个钟头，到了三队。大约队上的人已经出工，见不到什么人，冷冷清清。我远远看到进山沟的口上立着一个紧短衣裤的孩子，想必是王福无疑。那孩子望见我们，慢慢地弯下腰，抬起一根长竹，放在肩上，一晃一晃地过来。我看清确是王福，正要喊，却见王福将肩一斜，长竹落在地下，我这才发现路旁草里已有几十根长竹，都杯口粗细。大家走近了，问："王福，给家里扛料吗？"王福笑嘻嘻地看着我，说："我赢了。"我说："还没开始呢，怎么你就赢了？"王福擦了一把脸上的水，头发湿湿地贴在头皮上，衣裤无一处干，也都湿湿地贴在身上，颜色很深。王福说："走，我带你们进沟，大家做个见证。"大家互相望望，奇怪起来。我一下紧张了，四面望望，迟疑着与学生们一路进去。

山中湿气漫延开，渐渐升高成为云雾。太阳白白地现出一个圆圈，在雾中走着。林中的露水在叶上聚合，滴落下来，星星点点，多了，如在下雨。

忽然，只见一面山坡上散乱地倒着百多棵长竹，一个人在用刀清理枝杈，手起刀落，声音在山谷中钝钝地响来响去。大家走近了，慢慢站住。那人停下刀，回转身，极凶恶的一张脸，目光扫过来。

我立刻认出了，那人是王七桶。王七桶极慢地露出笑容，抹一抹脸，一脸的肉顺起来。我走上前去说："老王，搞什么名堂？"王七桶怪声笑着，向我点头，又指指坡上的长竹，打了一圈的手势，伸一伸拇指。王福走到前面，笑眯眯地说："我和我爹，昨天晚上八点开始上山砍料，砍够了二百三十棵，抬出去几十棵，就去写作文，半夜以前写好，现在在家里放着，有知青作证。"王福看一看班长，说："你做公证吧。字典，"说着忽然羞涩起来，声音低下去，有些颤，"我赢了。"

我呆了，看看王福，看看王七桶。王七桶停了怪笑，仍旧去砍枝杈。学生们看着百多根长竹，又看看我。我说："好。王福。"却心里明白过来，不知怎么对王福表示。

王福看着班长。班长望望我，慢慢从挎包里取出一个纸包，走过去，递到王福手上。王福看看我，我叹了一口气，说："王福，这字典是我送你的，不是你赢的。"王福急了，说："我把作文拿来。"我说："不消了。我们说好是你昨天写今天的劳动，你虽然作文是昨天写的，但劳动也是昨天的。记录一件事，永远在事后，这个道理是扳不动的。你是极认真的孩子，并且为班上做了这么多事，我就把字典送给你吧。"学生们都不说话。王福慢慢把纸包打开，字典露出来，方方的一块。忽然王福极快地将纸包包好，一下塞到班长手里，抬眼望我，说："我输了。我不要。我要——我要把字典抄下来。每天抄，五万字，一天抄一百，五百天。我们抄书，抄了八年呢。"

我想了很久，说："抄吧。"

五

自此，每日放了学，王福便在屋中抄字典。我每每点一支烟在旁边望他抄。有时怀疑起来，是不是我害了学生？书究竟可以这样教吗？学也究竟可以这样学吗？初时将教书看得严重，现在又将学习搞得如此呆板，我于教书，到底要负怎样的责任？但看看王福抄得日渐其多，便想，还是要教认真，要教诚实，心下于是安静下来，只是替王福苦。

忽一日，分场来了放映队。电影在山里极其稀罕，常要年把才得瞻仰一次。放映队来，自然便是山里的节日。一整天学生们都在说这件事，下午放学，路远的学生便不回去，也不找饭吃，早早去分场占地位。我估摸队上老黑他们会来学校歇脚，便从教室扛了两条长凳回自己屋里，好请他们来了坐。待回到屋里，却发现王福早坐在我的桌前又在抄每日的字典，便说："王福，你不去占地位吗？电影听说很好呢！"王福不抬头，说，"不怕的，就抄完了，电影还早。"我说："也好。你抄着，我整饭来吃，就在我这里吃。抄完，吃好，去看电影。"王福仍不抬头，只说着"我不吃"，仍旧抄下去。

老黑他们果然来了，在前面空场便大叫，我急忙过去，见大家都换了新的衣衫，裤线是笔挺的。来娣更是鲜艳，衣裤裁得极俏，将男人没有的部位绷紧。我笑着说："来娣，队上的伙食也叫你偷吃得够了，有了钱，不要再吃，买些布来做件富余的衣衫。看你这一身，穷紧得戳眼。"来娣用手扶一扶头发，说："少跟老娘来这一套。男人眼穷，你怎么也学得贼公鸡一样？今天你们看吧，各队都得穿出好衣衫，暗中比试呢。你们要还是老娘的儿，都替老娘凑凑威风。"老黑将头朝后仰起，又将腰大大一弓，头几乎冲到地下，狠狠地"呸"了一下。来娣笑着，说："老杆儿，看看你每天上课的地方。"我领了大家，进到初三班的教室。大家四下看了，都说像狗窝，又一个个挤到桌子后面坐好。老黑说："老杆儿，来，给咱们上一课。"我说："谁喊起立呢？"来娣说："我来。"我就迈出门外，重新进来，来娣大喝一声"起立"，老黑几个就挤着站起来，将桌子顶倒。大家一齐笑起来，扶好桌子坐下。我清一清嗓子，说："好，上课。今天的这课，极重要，大家要用心听。我先把课文读一遍。"来娣扶一扶头发，看看其他的人，眼睛放出光来，定定地望着我。我一边在黑板前慢慢走动，一边竖起一个手指，说："听好。从前，有座山，山里有座庙，庙里有个和尚，讲故事。讲的什么呢？从前，有座山，山里有座庙，庙里有个和尚讲——"老黑他们明白过来，极严肃地一齐吼道："故事。讲的什么呢？从前有座山，山里有座庙，庙里有个和尚讲故事。讲的什么呢？从前有座山，山里有座庙……"大家一齐吼着这个循环故事，极有节奏，并且声音越来越大，有如在山上扛极重的木料，大家随口编些号子调整步伐，又故意喊得一条山沟嗡嗡响。

闹过了，我看看天色将晚，就说："你们快去占位子。我吃了饭就来。"大家说好，纷纷向分场走去。来娣说："老黑，你替我占好位子，我去老杆儿宿舍看看。"大家笑起来，说："你不是什么都知道么？还看什么？"来娣说："我去帮老杆儿做做饭嘛。"大家仍在笑，说，"好，要得，做饭是第一步。"便一路唱着走了。

我与来娣转到后面，指了我的门口，来娣走进去，在里面叫道："咦？你在罚学生么？"我跟进去，见王福还在抄，灯也未点，便一面点起油灯，一面说："王福，别抄了。吃饭。"来娣看着王福，说："这就是王福吗？好用功，怪不得老杆儿夸你。留了许多功课吗？"王福不好意思地说："不是。我在抄老师的字典。"来娣低头看了，高兴地说："妈的，这是我的字典嘛！"我一面舀出米在水里洗，一面将王福抄字典的缘故讲给来娣。来娣听了，将字典拿起，啪的一下摔在另一只手上，伸给王福，说："拿去。我送给你。"王福不说话，看看我，慢慢退开，又蹲下帮我做事。我说："字典是她送给我的。我送给你，你不要，现在真正的主人来送给你，你就收下。"王福轻轻地说："我抄。抄记得牢。我爹说既然没有帮我赢到，将来找机会到省里去拉粮食，看省里可买得到。"来娣说："你爹？王稀——"我将眼睛用力向来娣盯过去，来娣一下将一个脸涨起来，看我一眼，挤过来说："去去去，我来搞。你们慢得来要死。"于是乒乒乓乓地操持，不再说话。

吃过饭，王福将书用布包了，夹在腋下，说是他爹一定来了，要赶快去，便跑走了。我收拾收拾，说："去看吧。"来娣坐下来，说："空场上演电影，哪里也能看，不着急。"我想一想，就慢慢坐到床上。

油灯昏昏地亮着，我渐渐觉出尴尬，就找话来说。来娣慢慢翻着字典，时时看我一下，眼睛却比油灯还亮。我忽然想起，急忙高兴地说："歌词快写好了呢！"来娣一下转过来，说："我还以为你忘了呢！拿来看看。"我起身翻出来写完的歌词，递给来娣，点起一支烟，望着她。来娣快快地看着歌词，笑着说："这词实在不斯文，我真把你看高了！"我吐出一口烟，看它们在油灯前扭来扭去，说："要什么斯文？实话实说，唱起来好听。只怕编曲子的本领是你吹的。"来娣点点头，忽然说："副歌呢？"我说："还要副歌？"来娣看着我："当然。你现在就写，两句就行。前面的曲子我已经有了。"我望望她。来娣很得意地从椅子上站起来，在屋里旋了半圈，又看看我，喝道："还不快写！"

我兴奋了，在油灯下又看了一遍歌词。略想一想，写下几句，也站起来，喝道："看你的了！"来娣侧身过去，低头看看，一屁股坐在椅上，将腿叉开到桌子两旁，用笔嚓嚓地写。

远处分场隐隐传来电影的开场音乐声，时高时低。山里放电影颇有些不便，需数人轮番脚踩一个链式发电机。踩的人有时累了，电就不稳，喇叭里声音于是便怪声怪气，将著名唱段歪曲。又使银幕上令人景仰的英雄动作忽而坚决，忽而犹豫，但一个山沟的人照样看得有趣。有时踩电的人故意变换频率，搞些即兴的创作，使老片子为大家生出无限快乐。

正想着，来娣已经写完，跳起来叫我看。我试着哼起来，刚有些上口，来娣一把推开我，说："不要贼公鸡似的在嗓子里嘶嘶，这样——"便锐声高唱起来。

那歌声确实有些特别，带些来娣家乡的音型，切分有些妙，又略呈摇曳，孩子们唱起来，绝对是一首特别的歌。

来娣正起劲地唱第二遍，门却忽然打开了。老黑一帮人钻进来，哈哈笑着："来娣，你又搞些什么糖衣炮弹？唱得四邻不安，还能把老杆儿拉下水么？"我说："怎么不看了？"老黑说："八百年来一回，又是那个片子，还不如到你这里来吹牛。来娣，你太亏了。五队的娟子，今天占了风头。有人从界那边街子上给她搞来一条喇叭裤，说是世界上穿的。屁股绷得像开花馒头，真开了眼。不过也好，你免受刺激。"来娣不似往常，却高兴地说："屁股算什么？老娘的曲子出来了。我教你们，你们都来唱。"

大家热热闹闹地学，不多时，熟悉了，来娣起了一个头，齐声吼起来：

> 一二三四五
> 初三班真苦
> 识字过三千
> 毕业能读书
>
> 五四三二一
> 初三班争气
> 脑袋在肩上
> 文章靠自己

又有副歌，转了一个五度。老黑唱得有些左，来娣狠狠盯他一眼，老黑便不再唱，红了脸，只用手击腿。

歌毕，大家有些兴奋，都说这歌解乏，来娣说："可惜词差了一些。"我叹了，说写词实在不是一件容易的事，凑合能写清楚就不错。平时教学生容易严格，正如总场下达生产任务，轮到自己，不由得才同情学生，慢慢思量应该教得快活些才好。

六

第二天一早上课，恰恰轮到作文。学生们都笑嘻嘻地说肯定是写昨天的电影。我说："昨天的电影？报上评论了好多年了，何消你们来写？我们写了不少的事，写了不少我们看到的事。今天嘛，写一篇你们熟悉的人。人是活动的东西，不好写。大家先试试，在咱们以前的基础上多一点东西。多什么呢？看你们自己，我们以后就来讲这个多。"班长说："我写我们队的做饭的。"我说："可以。"又有学生说写我。我笑了，说："你们熟悉我吗？咱们才在一起一个多月，你们怕是不知道我睡觉打不打呼噜。"学生们笑起来，我又说："随便你们，我也可以做个活靶子嘛。"

学生们都埋了头写。我忽然想起歌子的事，就慢慢走动着说："今天放学以后，大家稍留一留，我有一支好歌教你们唱。"学生们停了笔，很感兴趣。我让学生们好好写作文，下午再说。

太阳已经升起很高，空场亮堂堂的。我很高兴，就站在门里慢慢望。远远见老陈陪了一个面生的人穿过空场，又站下，老陈指指我的方向，那人便也望望我这里，之后与老陈进到办公室。我想大约是老陈的朋友来访他，他陪朋友观看学校的教舍。场上又有猪鸡在散步，时时遗下一些污迹，又互相在不同对方的粪便里觅食。我不由暗暗庆幸自己今生是人。若是畜类，被人类这样观看，真是惭愧。

又是王福先交上来。我拿在手中慢慢地看，不由吃了一惊。上面写道：

我 的 父 亲

我的父亲是世界中力气最大的人。他在队里扛麻袋，别人都比不过他。我的父亲又是世界中吃饭最多的人。家里的饭，都是母亲让他吃饱。这很对，因为父亲要做工，每月拿钱来养活一家人。但是父亲说："我没有王福力气大，因为王福在识字。"父亲是一个不能讲话的人，但我懂他的意思。队上有人欺负他，我明白。所以我要好好学文化，替他说话。父亲很辛苦，今天他病了，后来慢慢爬起来，还要去干活，不愿失去一天的钱。我要上学，现在还替不了他。早上出的白太阳，父亲在山上走，走进白太阳里去。我想，父亲有力气啦。

我呆了很久，将王福的这张纸放在桌上，向王福望去。王福低着头在写什么，大约是别科的功课，有些黄的头发，当中一个旋对着我。我慢慢看外面，地面热得有些颤动。我忽然觉得眼睛干涩，便挤一挤眼睛，想，我能教那多的东西么？

终于是下课。我收好了作文，正要转去宿舍，又想一想，还是走到办公室去。进了办公室，见老陈与那面生的人坐成对面。老陈招呼我说："你来。"我走近去，老陈便指了那人说："这是总场教育科的吴干事。他有事要与你谈。"我看看他，他也看看我，将指间香烟上一截长长的烟灰弹落，说："你与学生打过赌？"我不明白，但点点头。吴干事又说："你教到第几课了？"我说："课在上，但课文没教。"吴干事又说："为什么？"我想一想，终于说："没有用。"吴干事看看老陈，说："你说吧。"老陈马上说："你说吧。"吴干事说："很清楚。你说吧。"老陈不看我，说："总场的意思，是叫你再锻炼一下。分场的意思呢，是叫你自己找一个生产队，如果你不愿意回你原来的生产队。我想呢，你不必很急，将课交代一下，休息休息，考虑考虑。我的意思是你去三队吧。"我一下明白事情很简单，但仍假装想一想，说："哪个队都一样，活计都是那些活计。不用考虑，课文没有教，不用交代什么。我现在就走，只是这次学生的作文我想带走，不麻烦吧？"老陈和吴干事望望我。我将课本还给老陈。吴干事犹豫了一下，递过一支烟，我笑一笑，说："不会。"吴干事将烟别在自己耳朵上，说："那，我回去了。"老陈将桌上的本子认真地挪来挪去，只是不说话。

我走出办公室，阳光暴烈起来。望一望初三班的教舍，门内黑黑的，想，先回队上去吧，便顶了太阳离开学校。

第二天极早的时候，我回来收拾了行李，将竹笆留在床上，趁了大雾，肩行李沿山路去三队。太阳依旧是白白的一圈。走着走着，我忽然停下，从包里取出那本字典，翻开，一笔一笔地写上"送给王福 来娣"，看一看，又并排写上我的名字，再慢慢地走，不觉轻松起来。

（原载《人民文学》1985年第2期）

乔典运

QIAO DIAN YUN

（1929—1997）。祖籍河南西峡县五里乡北堂村。1948 年毕业于陕县师范简师部。1949 年入伍，曾担任文化教员。复员后历任《西峡报》编辑、西峡县文化局干部、县文联主席。1979 年加入中国作家协会。曾任河南省南阳市文联副主席、南阳市作家协会主席，河南省作协副主席等职。

1955 年开始发表作品。出版有小说集《磨盘山》《霞光万道》《贫农代表》《小院恩仇》《美人泪》《问天》《乔典运小说自选集》，长篇小说《金斗纪事》，散文集《西峡游记》及自传体小说《别无选择》等。小说《满票》获 1985—1986 年全国优秀短篇小说奖。

满　　票

　　大队变成了村，大队长也要变成村长了。

　　模范大队何家坪召开选民大会，选举村长。原大队长何老十是个老模范，三十多年来一贯吃苦在前，享受在后，官清如水，没捞过集体的一根柴火麦秸。何老十宝刀不老，选举前发下弘誓大愿，要把模范大队变成模范村，上千选民听了这个消息，无不拍手叫好，大家互相约定，还要选何老十当村长。选举完毕，王支书公布了票数，没想到何老十竟然只得了两票。听了结果，选民们一个个像做了亏心事，都羞红了脸，低下了头，还有人抽泣着哭了。

　　何老十迷糊了，拖着一双后跟磨透了的烂鞋，高一脚低一脚跟着王支书踉踉跄跄走去。此时是白天还是黑夜，此事是在梦中还是醒着，何老十也弄不清了。

　　何老十在旧社会是个长工，人人都能管他，他也服人人管。他没有敢想过当官，连当官的梦也没做过一次。可是，无心栽柳柳成荫，想当官的当不上，他没想当官却当上了。土改时，有一次分果实抓纸蛋，他自知身份低下，就畏缩地退到后边，让别人先抓，剩下最后一个才给了他。谁知吉人自有天相，他不抢不争偏偏抓住了大瓦房大老犍。正当他暗自庆幸命好时，却爆发了一场战争：抓得不好的要求再抓，抓得好的坚决反对。双方互不相让，眼看就要大打出手，何老十实在看不顺眼了，就长叹一声，说出了一句惊天地泣鬼神的话："算了吧，要还是旧社会，不要说草房了，连根茅草也没有；不要说小牛了，连根牛毛也没有。别争了，我要草房，我要小牛！"真是一言兴邦，就凭这一句话，平息了一场内战。就凭这一句话，他成了全县的典型。他的这句话也成了全县人人会背的语录。就凭这句话，农会主席的纱帽搁到了他头上。以后，时势不断变迁，农会变成了小乡，又变成了合作社，又变成了公社的生产大队。每变一次照例来次选举，每次选举照例事先安排停当，还不等他弄懂旧名变新名的伟大意义，他就跟着变成乡长、社长、大队长。纱帽铸到了他的头上，头和纱帽成了浑然一体，头掉纱帽也不会掉。人们对他的称呼也在不断地变，先是何十哥，然后变成何十叔，如今又变成了何十爷，他虽然老了，可是榛椒越老越中用，不能因为老了就倒过去当儿子当孙子。人们都这样讲，他也这样想，所以他从来没有想过会丢官，连丢官的梦也没做过一次。没梦见的事如今发生了，那一定还是个梦。

何老十梦游般地跟着王支书，来到了昨天的大队部今天的村政府。这是土改时没收地主的厅房，很宽很大，当中放了一张乒乓球案大小的会议桌。两个人在桌子两边面对面坐下。王支书看着何老十，心里涌起一股说不出来的滋味。他的头发苍白了，胡子也苍白了，脸上布满了渠路沟，眼眶里盛满了惶惑和痛苦。他穿着一件又脏又旧的黑土布袄子，腰里勒着一根皮绳。王支书记得，他上小学时何老十就穿着这件袄子，勒着这根皮绳。经过了五十年代、六十年代、七十年代，他还是这身打扮，只是袄子上多了几个补丁而已。王支书看着他的面孔和穿戴，不由想起了一句古话："狗咬扎篮的，人敬有钱的。"这是旧社会待人的标准。到了新社会，敌人拥护的，我们就要反对，待人的标准就变成了"狗咬有钱的，人敬扎篮的"。一个干部只要穿得又脏又旧又破，就是思想好品德高，入党和提拔就享有优先权。穿戴好一点新一点，不是资产阶级也必定是沾染上了资产阶级思想，要想入党和得到提拔就得先滚一身泥巴，要不，没门。何老十的这身穿戴，可不是为了受到表扬和提拔，是真心实意地认为只有地主老财才讲穿讲戴，正正经经的庄稼人是生就的苦虫，就该穿烂一点，如果穿戴一新，和地主老财还有啥区别？再说，他家里常常连买盐的钱都没有，就是想变成地主老财穿好一点也没变的条件。何况他压根就不想变。早先，王支书对何老十的这件袄子也充满了感情，因为他也曾分享过这袄子的温暖。五十年代初期，王支书还是婴儿时，哥哥夜里抱着他去开会，何老十常常把他搂在怀里，就是用这件袄子裹着他。多少年来，他把何老十当成革命前辈看待，崇拜他的为人，崇拜他这件袄子，把这看成是真革命的象征。后来，他高中毕业了，又出去当了几年兵，回来当了支书，和何老十成了伙计。两个人在工作上常常不和，后来为了一个偶然的事件，使王支书对何老十和他的袄子产生了一种厌恶的感情。

一次，两个人一同去县里开会。何老十去他家里等他。王支书却不急不忙地换了干净衣服，然后又是刮脸又是梳头。何老十看得憋了一肚子气，实在忍不住了，强笑道："又不是去相亲照女人！"王支书不在意地笑道："孬好是个大队干部，不能给咱何家坪丢脸。"说者无意，听者有心。两个人一同去开了几天会，突然有一天叫何老十大会发言，本来是让他讲"继续革命"的事，他讲不出多少道理，就只好又诉起苦。台下的人听他跑了题，闹哄哄地开起了小会。主持会议的一位领导火了，站起来训斥道："笑什么！何老十同志就是一个字不讲，单凭他穿的这件袄子就形象地阐述了马列主义的精髓。有的干部和地主的小老婆一样，脸要刮白，衣服要穿新，和何老十同志比比，难道不感到脸红！"这一番训导，确使许多人红了脸，王支书不仅脸红了，心也跳了。

这天半夜，何老十突然喊醒了睡得正香的王支书，说有件大事要和他商量。王支书睁开睡眼看看，见他靠墙坐在被窝里，屋里烟雾缭绕，床前扔了一堆烟头，看样子已经思考了很长时间。王支书问他有什么事，他又摇头又叹气地说："现在的青年人真不得了，不知道苦是啥味，好了还想好。就说穿的吧，穿了洋布要穿呢子，现在又嫌呢子不好了，要穿的凉，得寸进尺，这样下去咋得了呀！"

王支书听得心烦，冷冷地问："你说咋办？"

何老十来了劲，折起身兴致勃勃地说："咱们何家坪是县里的老模范队了，咱们得带个好头才行。我想了个办法，你听听中不中？"

王支书打了个呵欠，不言不语看着他。

何老十语重心长地说："这事也不能都怨年轻人，他们不知道旧社会的苦是啥样，咱们得想办法，让他们也受受旧社会的苦。我想，光说不行，得玩实的。回去后，借助这个会议的东风，全大队每个人都得做一身忆苦衣……"

"干脆再回到旧社会不是更好么！"王支书在心里顶了一句，接连打了几个呵欠，半睁半闭的眼合上了，又突然打起了呼噜，打得很响很长，任他再喊也不醒了。

"唉，年轻人就是不知道操心！"何老十宽容地叹息一声，又开始思考着治队大计。

何老十的伟大创举，在上级的赞同下终于实现了。在大年三十这一天，人人穿忆苦衣，个个吃忆苦饭。"旧社会又回来了！"人们用不同的口气奔走相告。男女老少怀着不同的感情对待这件事，老的哭，少的笑，有人怒，有人骂，每个家庭都在争吵，节日的欢乐气氛一扫而空。上级来了，记者来了，邻队的干部群众也来了，别开生面的现场会开始了。来的人心里怎么想不得而知，每个人的脸上都统一地抹着一层悲伤的表情。何老十哭得和泪人一样，诉说着旧社会的苦。真正苦坏了的是王支书，他用最大的耐力掩藏着不可告人的心情，还得强作出一副苦相陪着这些参观者。现场会很快结束了，可是由何老十这件破棉袄引起的悲喜闹剧才刚刚开了个头。从此，大小领导在大小会上表扬他这件袄子，夸他不忘本色，大小记者也为这件袄子写出了一篇篇锦绣文章，只有王支书却对这件袄子失去了最后一点感情。

何老十穿着这件袄子上了台，隔了三十多年之后，还是穿着这件袄子下了台。对他的下台，王支书早有预感，可没想到会这么惨，竟然只得了两票！他也是个大队干部，对这样的结局很有些心酸。他看着何老十的袄子忽然产生了一种莫名的愤慨：何老十在旧社会就够苦了，到了新社会为什么还不叫他享一天福？虽然是他心甘情愿受苦，可又是什么力量使他心甘情愿受苦？难道他这一生就不该换上一件新袄？难道他就该穿着这件旧袄走完他的一生？可怜的何老十，该对他说些什么呢？事到如今，一切道理都是多余的，只好作出笑脸安慰他了。

何老十模模糊糊看着王支书的笑脸和一张一合的嘴巴，王支书讲的什么，他一句也没听清，但他却看清了王支书背后满墙的奖状。一张张的奖状记录了何老十的奋斗史，记录了何老十的功绩。从土改开始，镇反、统购统销、合作社、大跃进、公社化、大炼钢铁、大办食堂、学习毛著、清理阶级队伍、贫下中农管理学校、批林批孔、计划生育、新村规划、鸡蛋派购、生猪派购、植树造林、兴修水利、三夏三秋生产等等，何老十都被授过奖，大小不同的奖旗奖状多不胜数，三十多年的历史都贴在墙上了。这一张张奖状意味着什么？是欢乐还是痛苦？哪一张给人民带来了欢乐？哪一张给人民带来了痛苦？可能在同一张奖状中就包含着一些人的笑和另一些人的哭。欢乐也罢，痛苦也罢，谁也没有长前后眼。反正，何家坪曾经不断地光荣过，不断地激动过。何老十盯着这一张张奖状感到委屈、伤情，他为了这些奖状付出了大半生生命，自己并没有得一丝一毫收入。偶尔有一点点物质奖励，他也全部缴了公。就是指名道姓奖给他私人的，他也不肯拿回家，他说人都是公家的，何况一点点东西。他用心血和汗水为何家坪换来了无数次荣光，没想到何家坪竟用两张选票来回报他。他想不通这是为了什么，不由自言自语地喃喃道："我犯了什么错误？我哪一点对不起乡亲们了？"

这是何老十自公布票数以来的第一句话。王支书顺着他发呆的目光回头看去，见他的目光死死地盯在满墙奖状上，心里便明白了八九，就安慰他道："你想到哪里去了，是你立的功劳太多了，大家心疼你，想叫你歇歇。"

"歇歇？"何老十叹了口气，摇了摇头。

"是该歇歇了。这二年你的身子骨瘦多了，大家背地里都埋怨上级不心疼你……"王支书真真假假地讲了群众的许多关心，又讲了他许许多多的功劳，讲了他清清白白的一生，讲了群众如何念诵他的好处。又说，他退下来是为了让他更好地进步，往后还要靠他指点，讲得十分恳切动情，催人泪下。

三句好话暖人心，何老十听得心里热烘烘的。只要人们没忘记自己就够了，人生一世还求个啥？他激动得发抖，制止住王支书的话，说："别说了，我也真老了。干部又不是祖传世业，就是喝酒也该换换盅了。现在当不当干部都一样，有田有地，自种白吃，又没人打没人骂，不比旧社会强到天上了！要还是旧社会……"他又讲了不知讲了多少次的旧社会的悲惨日子，讲得很细很痛，讲得又哭了。过去的苦，是他解开一切思想疙瘩的万能钥匙，是他解脱一切不满和苦恼的万能灵药。他想通了，真通了，才离开他坐了几十年的大队部。

王支书被他的话打动了，送他到十字路口，又后悔又惭愧地说："这事都怨我。我只说选举是走熟的路，只要支部提个名，只要带头投个票就行了，麻痹大意了一下，没有做工作，准知道……唉!"

"这咋能怨你!"何老十突然攥紧了王支书的手，攥得很紧很紧。是的，这一票是他投的。何老十感激得眼泪丝丝，攥住王支书的手抖了好久才松开。何老十走着想着，王支书这娃子不是忘恩负义的人，推举他当支书没看错人。他想起了王支书的许许多多好处。远的不说，前些天自己生了病，大夫讲最好喝点老鳖汤，多冷的天，自己的亲生儿子都怕冷不动弹，王支书却破冰下水，给自己捉来老鳖补养身子。这一票不是他投的还有谁? 往后自己虽说不干了，人退心可不能退，还得不断地扶着他。他还年轻，别让他跌了跤，别让他把几十年老模范的何家坪领上了邪路!

何老十想着，走到了五眼泉河边。这是一条小河，两三丈宽，夏天山洪暴发，波浪滔天，冬天水落，深不及膝，清澈见底。往年入了冬，大队只要开开口一道命令下来，生产队就派人派木料搭起了便桥，这几年大队干部说句话还不如放个屁，催了多少回也没人动弹。今天一早，何老十想着上午要开选举大会，男女老少都得参加，河水冰冷刺骨，年轻人蹚水吃点苦不要紧，冻冻结实；老年人和妇女们可不中，冻冻会出事的。他早早吃过饭，就来河里搭踏石。腊月的河水像钢刀像乱箭，赤脚跳在水里冷得刺骨扎心，他来来回回搬着石头，手脚冻木了冻硬了。人们本来以为要脱鞋赤脚过河，想到冷劲头皮都发麻了，谁知到了河边一看都笑了。大家看他冻得面皮发白，一个个都叹服、感激，说他修桥补路是积福行善，说他是个真共产党。何老十听得心里暖了，脸上笑了，便乘机教育大家道："你们没经过旧社会，没吃过大苦，这算个啥? 要是旧……"

不等他说完，就有人抢过话茬替他讲下去："要是旧社会，十冬腊月，滴水成冰，抬地主过河……"

人们哄一下笑了，笑得很开心地走了。

人们的嘲笑刺伤了何老十的心，他首先是无趣，继而是气愤，他把人们对旧社会苦难的蔑视看成是对他的蔑视。他肚里暗暗骂娘，咬牙切齿，甚至惋惜旧社会结束得太早了，应当叫这些人也过过旧社会的牛马般生活，他们就知道是啥滋味了，就不会漠视往日的苦难岁月了。可怜的何老十还不曾料到会有更大的不快在等着他。他心疼人们，用自己一人受冻搭的踏石来免除了众人的受冻，而那些踏着他搭的踏石过了河的人们，说的好话都像河里的水一样无情地流走了，竟然都没有投他的票。现在，何老十面对着河里的踏石，不由一阵阵难过，心里和身子比早上搭踏石时还冷。

"十哥，你……"一声颤抖的呼叫。

何老十扭头看去，张五婆从河边柳林里走出来。她穿着破旧，面相苍老，扛着一个箩头，里边装满了柴草。何老十怜惜地问："又在拾柴呀？"

"我拾的都是干枝和落叶，没折一个活枝活叶。"张五婆本能地声明着走近了何老十，看着他不由噗噗嗒嗒滚下了眼泪，伤情地说，"十哥，你……"

"怎么了？"何老十惊疑地问。

"你可要想开一点，别心里不美，气下了病。"张五婆字字连心地劝着，又愤愤不平地表白道，"上午在会场里，我只当人们都和我一样投你的票，谁知道人们没一点良心。"

"你！"何老十心里咯噔一下，睁大了眼审视着张五婆。

张五婆被看得低下了头，哭声哭气地强调道："我就是埋到坟里沤成骨头渣，也忘不了你的恩德。要不是你，我……"她泣不成声了。

张五婆说的是真心话。她的丈夫早死了，只有一个儿子，名叫小成，母子相依为命。小成十七岁那一年夏天，就在面前这条小河里，山洪卷着树木泥沙滚滚而来。小成站在一边看大水，只见一根木头冲到了河边，他家想盖房子正愁没有木料，便见财眼黑伸手去拉，突然一个巨浪打来，把他和木头一齐冲走了。一河两岸的人狂呼乱叫，看着滔滔大浪谁也不敢下去送死。这时，何老十跃身跳进浪里，浪头把他吞没了几次，死了几死，终于把小成救了出来。寡妇的独生子就是寡妇的命，张五婆要把小成认给何老十当干儿。何老十是干部，不肯答应，可是耐不住张五婆的哭哭啼啼，只好认下了，从此两家来来往往，亲如一家。张五婆怎能忘了救子之恩，她又一次倾诉着旧情："要是小成叫大水冲走了，我还有啥活头？你是一手救了我们两条命啊！别说一张票，就是要命我也舍得呀！"她眼巴巴看着他，实怕他不信。

"别说了！"何老十就够烦了，还得反过来劝她，"别哭了，你的心意我领了，你投我一票。我信！"

张五婆看他真的相信了，才止住了泪。两个人结伴而回，何老十夺过她的箩头托着，关心地问："小成的病轻了吧？"

"轻了，轻多了，到了啥年月还能不轻？"张五婆只顾高兴，不防说漏了嘴，忙回话道，"这年月好药越来越多了，还能不轻？"

"唉！"何老十叹了一声。

张五婆偷偷看了看他脸上的气色，暗自埋怨自己不该犯忌，怎么能说"到了啥年月"，这不是打亲家的脸吗？原来，小成高中毕业后回家务农，学了一手好木匠活，做家具又快又省料，样式又新，请他做活的人争先恐后。二年过去，他确实攒了一笔钱，本打算先把草房翻修成瓦房，然后再找个如意对象，好快快活活过一生。谁知突然间来了个割尾巴运动，凡是搞过副业的人都被算了大堆罚款，还要游街示众。只因为这些人里面有个小成，小成又是何老十的干儿，这场运动不死不活地瘫了。何老十没想到自己干了一辈子革命，到如今成了拦路虎，深感对不起党，便在一天夜里去张五婆家里，动员小成自觉闹革命，带头缴钱游街，赶快回到革命路线上来。

小成的发家计划被粉碎了，已经在床上躺了几天，不吃不喝生闷气，开口闭口如今劳动人民的天下，却不准人民用劳动来创造自己的幸福，小成一肚子学问也弄不明白这个道理。他看见干爹来了，像在危难中见到了久别的亲人，顿时泪水涌到了眼里，委屈涌到了嘴里，悲愤欲绝地讲个不休不止，讲社会发展史，讲革命的目的，讲人生的追求。何老十坐在床前似听非听，似懂非懂，不时和张五婆讲一些别的事，听任小成滔滔不绝地说下去。小成把满肚子的学问和理论倒完了，把憋了多天的闷气也发泄完了，何老十才淡淡一笑，问："说完了？"

"完了。"小成看着他，等待他的理解和同情。

何老十蔑视地笑笑，用长者的口气说："我就知道你们这些年轻人只懂得个理梢，不懂得理根。"

"啥是理根？"小成不服地追问。

"你娃子别认为喝了几年墨水就啥也懂了，还不中得很哩，我干了几十年算摸透了。啥是理根？理根就是一个穷字。咱们这个天下，是穷人的天下，穷就是最大的理，千理万理都得服从这个穷字。一穷九分理，不要说平时穷沾光，就是犯了王法，你只要是穷人，也得让你几分。你没看看，有钱的人还得装穷，穷要不好，为啥放着排场不排场，偏偏要去装穷？你本来就是穷人，这多好，多硬棒，为啥要削尖脑袋出力流汗往那些有钱人堆里钻？不是自找苦吃，不是自己要把自己弄得低人一头？你别信那些胡说八道，九九归一，有钱人终究也跑不出穷佛爷的手心，没早的有晚的，迟早都得收拾他们。别再迷了，听干爹的话没有错，早觉悟早干净早光荣……"

小成听得浑身上下凉透，知道再讲啥理也不中了，便咚一声躺下去装死了。只有张五婆听得不住咂嘴，好像烧香敬佛，一辈子今天才听到了真经。

张五婆送何老十到路口，何老十站住迟疑了一阵，从口袋里掏出个纸包，手颤抖着递给张五婆，说："给！"

"啥？"张五婆问。

"五十块钱。"何老十胸有成竹地说，"我知道成娃挣的钱断断续续花了一些，把这添上，明天拿去缴给大队。"

张五婆看看他穿了几十年的旧袄，想想他家常常没盐吃的日子，顿时感激得又哭了。还能说什么呢？她回来劝儿子道："算了，别气了，财去人平安就是福，听你干爹的话吧。"

小成虎生一下坐起，怒火烧红了眼，呵斥道："他是谁的干爹？他是穷的干爹！啥玩意儿呀，还当大队干部哩！"

张五婆吓得睁大了眼，求告道："人可不能没良心，别忘了人家救过咱的命。"

小成鄙薄地反驳道："他想救！哼，救了人又不叫人好好活着！前头救了人，后头又用慢刀子杀人。稀罕他救，还不如死了好！"

张五婆为何老十开脱道："咱出了事别埋怨人家，人家也够可怜了，怕咱们过不了这个关口，给了咱五十块钱。"

"给你五十块钱叫你买啥哩？是叫你买肉吃哩，还是叫你买衣服穿哩？是叫你买砖瓦盖房子哩，还是……"小成气得咚一下又躺下去，拉住被子蒙严了头。

何老十帮助张五婆终于买来了贫穷和屈辱，小成几年来用聪明和汗水换的钱被罚完了，还像盗窃犯奸污犯一样游了街。房子哩？对象哩？希望哩？幸福哩？都到哪里去了？都被谁抢走了？从此，小成得了怪病：看见人就躲，听见钱就抖。

张五婆心里要多难过有多难过。早先，人们都夸她没有白熬寡，儿子聪明能干，老了会有享不完的福，谁知福没享到，儿子倒变憨了。她背着人不知流了多少眼泪，暗自埋怨何老十不该不挡一阵，挡不住也该拖一阵，现在许多事不都是拖拖就算了，就你积极！天长日久，张五婆也想开了。自从小成憨后，不能挣工分和挣钱了，大队却年年救济，虽说日子穷些，但是不用自己出力了，也平安了，张五婆也由埋怨变成感激了。

现在，何老十又提起了小成的病，张五婆心里不由犯疑：何老十是不是认为对他还有意见！她又看了他一眼，见他黑丧着脸，就继续表白道："你心里也别不美，我想了，咱们这个世道憨儿比能儿好，憨儿自有憨儿福。"

何老十一个字也没有听见，只是心事重重地走着。到了张五婆门口，他还一直走着。张五婆叫住了他，他把箩头给了她，一言不发地走了。他心里忽而是王支书，忽而是张五婆，搅得他心烦意乱。当他走到村前小桥时，正在担水的何从喜叫住了他："十爷，我找你半天了。"

何老十站住了，愣愣地看着双喜。

何双喜是全村有名的糖嘴葫芦，他放下水桶，跑到他面前，甜甜地讨好道："十爷，平常我说你，你还批评我哩。这下可看清了吧，全大队上千号人，只有孙娃子忠心保国；今上午我那一票可是没有便宜外人！"

又是一票！何老十没有回话，脸板得死死的，一双眼直直地盯着双喜。双喜发毛了，打了个冷战，忙挖心剖肝地说："上午一公布票数，和摘了我的魂一样，孙娃子心里咋能不难受呀！你介绍我入了党，这是给了我第二生命呀！"说着落泪了，"一辈子啥都能忘了，也不会忘记了自己又一个生命的入党介绍人呀！"

何老十差一点陪着落了泪，感激地点点头，回身走了。路上，他又碰见了许多人，都面带愧色地念诵着他的好处，都说投了他一票，他也都相信，因为每个人都说得真切动情。于是，一大堆人在他脑子里争着抢着乱叫："是我投了你一票！是我投了你一票！"吵得何老十耳聋了，眼花了，头要炸。

何老十的心又乱又酸。他不是舍不得村长这顶纱帽，他是觉着太伤情了。要是自己提出不干还有情可原，偏偏是人们把他抛弃了。方圆附近的干部他都熟透了，哪一个大小没点问题？有的盖起了楼房瓦屋，有的安排子女亲戚，有的多吃多占化公为私，有的对群众恶眉瞪眼像老子，谁没一点私心，谁像自己这样清清白白？为啥人家没垮，偏偏自己垮了？自己行了一辈子好，只说行下了东风，为啥没有西雨？人们平常见了亲热得心贴心，为啥一到关口就变了心？就说刚才路上碰见的人，少说也有一二十个，说起来都感激得一把鼻涕一把泪，恨不得把心捧出来，真要都投自己的票，也不只两票呀！不过，到底谁是虚心假意？是王支书？不会。这个人有一是一，有二是二，从来不口是心非。再说，候选人是支部研究决定的，他是支书，能当面一套背地一套，自己不执行自己的决定？是张五婆？不会。这个可怜的女人实话都说不好，还能说瞎话？正像她说的，恩都报不完，还能负义？她不会哄我的。双喜能说假话吗？也不像。不伤心不会落泪，看样子是一片真情。一个人本来只有一条命，入了党就等于有了两条命，这话嘴里说不出来，是从心上出的，假不了。还有……他想来想去，每个人说的都是真话。可是，票数又在证着。不选就不选，我又不会不依谁，为啥还要哭声流泪来表心迹，这是为了啥呀？

何老十心里乱成了一团麻，梳不开，理还乱，头都想疼了，不愿再想了。他想赶快回家，被子包住头好好睡一觉。快到家了，远远看见老婆扛着一篮红薯迎面走来。在他心里，老婆不过是一个会做活做饭的机器，需要她干什么，他只要下达一个口头指令，这个机器就转动了。他没有把她当成一个会思想有感情的活人看待过。他们之间也曾有过一点点相依为命的爱情，可是被二十年前的一场矛盾埋葬了。那年秋天，食堂已经烧锅断顿多天了，何老十浮肿得像一个黄皮冬瓜，还没明没夜泡在野地里护秋。许多人突然间变成了贼，像野猪群一样，眨眨眼就会把一块庄稼糟蹋完。何老十的老婆也瘦成了麻秆，走路都摇摇晃晃了，可她还想着男人关紧，得给他补补亏。她好不容易弄了一点点嫩玉谷，用两个石片对着搓成糊糊，又挖来了野菜，在洗脸盆里煮成菜糊涂。她控制着疯狂的食欲，连尝都没舍得尝一口，因为男人第一，孩子第二，最后才是自己。好不容易等到何老十少气没力地回来了，他坐下去后就大口大口喘着粗气，头上冒出一层一层虚汗。她心疼死了，忙给他盛来一碗糊涂。何老十饥饿难忍，失去了意志，接过碗就狼吞虎咽地吃起来。她站在一旁看着，可怜男人饿坏了，不由一阵心疼；看他吃得如此香，心里又不由一阵甜。何老十一碗饭还没吃完就发现了问题，忽然停住不吃了，抬起头怔怔地问："你在哪里弄的玉谷？"

"你只管吃你哩。"她会心地笑着。

"说！到底你在哪里弄的？"他怒了。

这还用说吗？能是天上掉下来的？"偷"和"贼"两个字在他心里一闪而过，他像疯了一样把手中的碗砸向了她。然后，他又把洗脸盆端到了大队，痛哭流涕地检讨了一番：自己护秋，自己的老婆却带头偷，对不起党对不起群众。接着，他带头发言，开了她一夜批斗会。从此，她对他只有怕了，怕得完全彻底。他说啥她干啥，他没说的不干。不仅和他很少说话了，还像老鼠见猫一样总是躲着他。她正在和别人又说又笑，一看见他就马上合住了嘴。二十多年来，他一直没有平等地看过她一眼，总认为她怕他。现在看见她迎面走来，他却突然感到有点没趣和有点怕她了。他想绕个弯避开她。可是，她一直冲他走过来了，他只好也硬着头皮迎上去。两个人面对面站住了。她怕他怕了二十多年，现在她突然变得胆大了，竟敢两只眼直直地盯着他，眼神里充满了怨恨和快意。她憋了几十年的话就要出口了，可是看见他脸红了，头低了，忽然间心又软了，酸了，忍不住噗噗嗒嗒掉下了几滴泪水，已经到了嘴边的狠话也变了调子，叹道："算了，别难过。三十多年了，落个啥？上午……要不是我投你一票，真要变成……独生子女了……"还没说完就抽泣着走了。

何老十看着她的背影，心里一阵难过。他忽然发觉了她许多好处。几十年了，她跟着他吃苦受罪，从没有说过一句怪话。不像有些干部的老婆，光拉男人后腿，还仗着男人的势力占便宜。她不仅没有多拿过队里的一根柴火麦秸，没有给他脸上抹过灰，还给他脸上添光。就说给张五婆的五十块钱吧，是她在外地工作的娘家弟弟给她寄的，叫她治病的。他说声要，她二话没说就掏给了他。一夜夫妻百日恩，老婆到底是老婆，打断胳膊也是往里扭的。他好像突然发现了这个真理，心里一下亮了，什么都看清了。假的，假的，别人说的都是假的，老婆这一票才是真的。想到这些，心里第一次对老婆产生了感激之情。要不是她，自己真会变成独生子女了。

何老十终于到家了。这是三间旧草房，院子破落，农具到处乱扔着，没一点新气象，和旧社会贫困的农家小院差不了多少，唯一具有现代特色的东西是门上钉的一块牌子，上面写着"模范家庭"四个大字。触景生情，何老十想起这个小院的光辉时期。当年防修反修时，全县的干部都来朝拜过这块干净的圣地。县领导带着人群看了一件件实物，然后热泪盈眶地发表了讲话："同志们，何老十当了二十多年大队干部，掌管着上千个人的党政财文大权，只要动动私心要啥没有？可是大家看看吧，看看吧，他家没有一床囫囵被子，没有一条囫囵席，没有一件囫囵家具，"他举起了一个三条腿的小板凳，"甚至连一个囫囵凳子都没有。这说明了什么？说明了何老十同志是个真正马列主义者，是防修反修的模范家庭！"接着，在一片掌声中钉上了模范牌子。牌子是红色的、鲜艳的、耀眼的，可惜曾几何时，牌子已被风吹雨打得退了色，再加落了厚厚一层灰尘，又被蜘蛛网网住，使这个小院仅有的一点点时代感也失去了。

何老十在院里站了一会儿，突然一阵孤独和凄凉袭击着心头，感到了一种莫名的悲伤。他像走了几万里路，疲劳得难以维持了，似乎有一种马上要倒下去的感觉。他拖着沉重的双腿跨进了门槛，迫不及待地在当间坐下喘口气。外边是多么明亮的天空，屋里却是阴森森的暗淡无光。这房子不知旧社会存在了多少年，新社会又坚持到现在，也算得永远健康了。当间被烟熏火燎得比用土漆漆过还黑，梁上挂着密密麻麻的玉谷棒子，地下放着一张破桌子和几个旧凳子。两边界墙上倒是花花红红地贴了不少奖状，可惜也都抹上了烟色，失去了光泽。何老十扫了屋里一眼，看见了锅台上的热水瓶，忽然感到了口渴，多想喝口水呀，可是又不想动弹。他叹了口气，正想喊人，突然传来了一阵窃窃的笑声。他的渴意顿时消失了，疲劳也消失了，神经又紧张了，一双怒眼瞪着笑声来处的里间，可惜隔着界墙什么也看不见；也多亏看不见，要是看见了会活活气死他！

里间是又一个截然不同的世界。墙壁刷得粉白，顶棚糊得粉白，墙上贴着千姿百态的电影明星相片，床上虽不豪华却干净整齐，窗前桌上放着文房四宝。何老十的儿子苦根和媳妇秀花站在床前，互相对笑。苦根穿着一身半新半旧的劳动布衣服，平平常常不显眼。秀花却脚登半高跟鞋，下穿有条纹的淡青裤子，上穿一件粉红色半长大衣，脖里还围着时新的尼龙纱巾，打扮得青枝绿叶开红花。苦根把她扭过来扭过去，这边看看，又从那边看看，看个不住，笑个不停。秀花一眼一眼挖勾他，往他脸上戳一指头又一指头。男人们生贱，有个漂亮妻子又怕别人染指，又想叫别人眼红。苦根多么希望秀花穿着这一身衣服到外边走走，让大家看看他的妻子有多么漂亮。可惜得很，这只能是个梦。何老十坚决不允许自己的年轻儿媳妇穿红戴绿，更不必说到人场里去了。啥人啥打扮，又不是地主资本家的小姐小婆，又不是城里的干部洋学生，更不是招蜂引蝶的窑姐，为啥要打扮得和狐狸仙一样？庄稼人穿这种衣服就不怕人耻笑，就不怕别人说作风下流？别人穿是别人穿，咱管不着，咱可是干部家属，可不能在村里带头做伤风败俗的事。苦根不服这个家教，怂恿秀花穿着这身衣服出去了一回，何老十便认为家门不幸，好像秀花在外边偷人养汉了，一连几天指鸡骂狗，闹得差一点砸了锅。苦根无奈只好隔几天高兴了，就叫秀花打扮打扮，在里间转几圈，自己独一个看看，也算多少满足了一点点私心杂念。今天，这对年轻夫妻又高兴了，便在里间乐个没完没了。突然当间里"吭咳"一声，两个人的笑脸顿时变成了傻脸。苦根赶紧帮着秀花换装，换了上衣换下衣，手忙脚乱，心里不住埋怨爹爹不该扫他们的兴。

何老十在当间不止听见一次嬉笑，气得肚子都要炸了。儿媳妇是外姓人，讲说不起，儿子可是亲生骨肉，看着老子从半天云上摔下来，不光没叹一声，还在寻开心逗着婆娘笑，良心叫狗吃完了。他憋不住想骂一场，又没个借口不好张嘴，只好"吭咳"一声，也算给儿子打个知了。

苦根和秀花一前一后从里间走出来，装作没事人一样，好像才发觉爹爹。苦根招呼道："爹回来了。"

不待何老十回话，秀花又献好道："爹，你喝水吧。"说着便倒了一碗开水递给苦根。苦根接过，恭恭敬敬双手端给爹爹，叫道："爹，给。"何老十不说喝也不说不喝就是不接，苦根一直端着碗进退不得，心里不由暗暗发火：社会都跑到哪一步了，你还死死拉住大家不准往前走四指，都不选你怨谁？他真想把一碗水当面泼到地下算了。秀花看看爹又看看苦根，见他俩都在使性怄气，再停一会儿肯定有一个先忍不住要发作，就会爆发一场战争，她忙上去接过苦根的碗，说："爹总是饿了。我妈去洗红薯了，爹，你想吃啥，我先给你做一点。"说着看着何老十甜甜地笑着，等他回话。

伸手不打笑面人，何老十强压住火，闷声闷气地说："我不饿。"

苦根实在看不过眼，就忍气吞声地劝道："老早一家人都说不叫你干，你总是不服。谁当干部像你？你干了一辈子，没起过一回外心，一年三百六十天一颗心都扑在工作上，没有睡过一个安生觉，没有吃过一顿安生饭，对群众比对自己亲儿亲女还好，你图个啥？落个啥？上午要不是秀花俺俩投你两票，就会吃大鸡蛋。"

"放你妈的屁！你也来日哄老子！两票是你们投的？老子还自己投自己一票哩！"何老十的不满终于爆炸了，虎生站了起来，冲进了自己住的里间，一头扎倒在床上，止不住老泪纵横，默默地流着……

（原载《奔流》1985年第3期）

朱晓平

ZHU XIAO PING

1952 年出生于四川，原籍河北。1968 年到陕西边远小村插队务农。1969 年底应征入伍，1975 年复员后至某大型国有企业当工人。1978 年考入中央戏剧学院戏剧文学系，1982 年毕业后留院科研所工作。1985 年调至中国作家协会。1986 年加入中国作家协会。1991 年到北京电影制片厂文学部工作。为中国作家协会和中国电影艺术家协会会员。

1983 年开始小说创作。作品有小说集《私刑》《好男好女》《说梦》《西府山中》《陕甘大道》、长篇小说《粉川》以及话剧影视作品《桑树坪》《黄河谣》《编辑部的故事》《三国演义》等。小说《桑树坪纪事》获 1985—1986 年全国优秀中篇小说奖。

桑树坪纪事

金　斗

出差去四川，正碰上宝成铁路故障，我被阻在宝鸡。

入夜，我漫步在这秦西重镇的街头，看秦岭巍峨苍茫，渭水哗哗东流，我的心头不由一热，这地方离我插队的小村桑树坪不远了。

往北翻过岐山，再行百多里，就是我日夜思念的小山村：黄土坡梁黄土窑洞，塬上有飘香的金黄麦垄，沟里有清清溪水和青翠的梢林，塬畔是挺拔的钻天杨，那叶片儿总是唦啦啦唱个不停。还有……还有山坡上脆响的羊鞭和牧羊人悠扬的山歌：

> 羊儿嘛吃草往东坡去哩，
>
> 东坡嘛有妹子等着哥哩……

离开小村十多年了，她如今是什么模样？我多想再看她一眼。可是，我更想见到的，却是那个生产队长李金斗。

第二天一早，我便踏上了去桑树坪的路。

你说怪不怪，一个人时刻牵动着你的情怀，搅动着你的心绪，却又让你说不清道不明。这个李金斗，跟我打了两年的交道，叫我怎么说他才好呢？

六八年三月，我插队到了林游。

这是关中西北部山区一个贫瘠、闭塞的县份。汽车把我们扔在山根下一所破破烂烂的中学操场，扭屁股就开走了。司机们不愿意在这冷寂荒凉的地方过夜；而我们，从此要在这里安家落户。

山区的三月天气还凉，正午的日头也显得无精打采没有生气。我们不言不语等着，抬头望去，林游小县城就在山上。

这一带没有很大的村落，多是八、九、十来户人家的小村。知青分得很散，一村至多两三个。到下午三四点光景，各村派人来把分给他们的知青陆续接走了。天快落黑的时候，操场上只剩下我孤零零一个人。我要去的桑树坪不见有人来。

我只好给县安置办公室去电话。他们说，桑树坪离县城四十多里，怕是接到通知晚了，安排我去县革委会招待所住一夜，等明天再说。

躺在招待所潮湿的被窝里，又凉又臭，气味让人作呕。跟虱子跳蚤打了一夜交道，几乎整夜没合眼，又烦又躁。火气上来了，仗着当时年轻气盛胆子大，天刚透点亮我便起身，准备买六点半的长途汽车票，绕道宝鸡开小差回西安去。

我急冲冲拉开招待所的大门，一脚踩着个软绵绵的东西，差点把我绊到台阶下去。那堆东西也发出哎哟一声惊叫。我吓了一跳，原来是个人。他身边堆满着从街上捡来的大字报纸。看样子，这个人昨晚是在招待所的门洞里过夜，用这堆废纸来挡御风寒的。

那人一骨碌爬起来。我们互相打量着。

这人有六十岁左右（后来我才知道自己眼力太差，山里人面相显老，他当时不过四十六岁），干巴巴的枯黄脸，几根枯黄的胡须，两只小眼睛总是滴溜溜转个不停。这人给我的第一个感觉是：面不善！再看他那身打扮，浑身上下破破烂烂，数不清黑裤黑袄上有多少五颜六色的补丁。

我踩了人家，惊醒了人家的好觉，按说应该给人家赔个不是才对。可看看这人的模样儿，不过是个露宿街头的叫花子。我扭身就想走。谁想那人打量这么一会儿，突然开口问：

"你是省里来的学生娃？"

"嗯！"

"可是去桑树坪？"

"对，咋样？"

"哎呀，我的婆，可寻着哩，叫我好找呀，我是来接你的！"他一声惊叫，上来紧紧握住我的手，我赶忙把手抽回来。他的手简直是锉刀！

这个人就是李金斗。

桑树坪后半晌才接到公社转来的通知，金斗急忙往城里赶来接我，走到县城天已落黑。金斗在街上转几圈，又到县革委会的门房问了一声，没人认识我，也没人愿意搭理这个"叫花子"，金斗只好在招待所门洞里睡了一夜，想等天亮再说。

可以说，金斗是我所接触的第一个地道的农民。可他怎么也和我印象中的农民对不上号。我印象中的那农民形象是从哪里来的？

"你咋不住招待所？"我问他，心想这么个破破烂烂的地方是人人都能住的。

"这哪是咱住的地方。"

"那你住旅馆去嘛，街上多冷。"

金斗不言语，掏出烟袋点上，怕是觉着没必要回答我提出的这个问题，只说了句："城里的娃娃经见少，让我睡在这搭门洞里算不错，没撵我走哩……"说完再不吭气，只顾哑他的烟。后来我到了桑树坪才知道，金斗拼命干三天活路，也挣不下在旅馆大通铺上睡一夜的钱。

金斗圪蹴在那里只管抽烟。从这一刻起，一种复杂难言的感觉就开始缠绕在我心头，我想到金斗为了接我，在寒冷的夜里露宿街头，我那股子无名火也消了。

"走，咱去吃点饭再上路。"我向金斗发出邀请，许是为了报答他为我吃的苦。

"罢咧罢咧，我带着馍哩。"

任我怎么叫，金斗就是不跟我去吃饭。我忽然明白过来，这庄稼人怕是没明白我的意思。于是我说："我出钱请你客！"

这一句果然灵。金斗赶忙起身，嘴里说着："娃娃家还客气啥哩。"一边先我之前往街上的饭馆走去。

我们走进街口一家开市早的小饭铺，我掏出钱和粮票刚要去开票，金斗上前一把夺过去，说："你寻个地方坐着，我去给咱开票。"我便坐下来，脑子里又开始胡思乱想。

小饭铺只卖一种饭食，关中风味的"红肉煮馍"，五毛钱半斤粮票一份，连馍带汤一大海碗，上面有几块肥腻腻的红烧肉。

我无意朝煮馍的大锅那里溜了一眼，立刻就发现金斗在搞鬼。他刚才没有买饭铺里的馍，只开了一份汤的票，他把自己带来的干粮分到两个碗里，再用一份汤煮成两份。那么，省下的七毛钱和一斤粮票呢？金斗再没有对我提起，不用说是装进自己的腰包了。

初次见面，金斗就欺生要小心眼，我有点气。可是从早上我认识了他，心里就有一种难言的怪滋味，说不清是反感还是怜悯，火始终发不起。这时我才想起来，我印象中的农民形象，是从电影里画报上和小说中得来的。李金斗和这样的农民，其间没有等号。因为一个是艺术中的农民形象，一个是现实中的农民。金斗只能算是我印象中属叫花子那一类人中间的一个。过去见了叫花子，我总会问大人："他们为啥要饭吃呀？"

"这些人不好好劳动，出来不劳而获。好好参加生产的人，是不会出来要饭的……"不管哪个大人，总是给我这样的回答。我可怜叫花子，也反感他们向人伸出污脏的手。那么对金斗呢？既然我印象中已经把他划到这一类人中间，眼前的事也只当没看见算了。

金斗端着两海碗煮馍过来，热气腾腾。我闭着眼扒了几口，尽管汤又辣又香又浓，也掩不住金斗的干粮发出的一股霉馊的糠麸子的气味。金斗吃得香极了，脸几乎是埋进碗里，不喘气把一海碗赶进肚子。吃完才抬头，见我放下筷子呆坐着。

"咋不吃，咱还有几十里路呢！"

"我不饿。"

"唉，城里人的嘴娇，这么好的红肉煮馍都吃不下咧！"金斗一边发着感慨，一边不由分说把我剩下的大半碗三下五除二送进肚。

吃完饭，金斗抹嘴，咂烟，打饱嗝……显得舒服极了。

我去招待所取来行李，大小六七件，足有二百斤。金斗惊呼："我的婆！一个娃娃这么多东西，赶上我全家了。"他用皮绳把两件必须用的大行李卷捆好背上，还有一口帆布箱子实在拿不了，金斗说："你先找地方放下，过几天我叫人来取。"（过了几天，他派了一个叫王志科的人来，这个人的故事以后专章叙述）我只提着两个装杂物的小网兜，踏上了去桑树坪的路。

林游山里的早春季节，岭上坡上、枝头树梢现出点点嫩绿，铺展开来，山与水全是一片赏心悦目的春意。我心里那股不怎么舒服的感觉让这盎然春意冲淡了，这地方真美。

百十斤重的东西压在金斗背上，如同背了一捆灯草，金斗的步子迈得又快又稳又轻松，我不由佩服起来。

不言不语行了几里路。赶路人最怕寂寞，金斗便开口跟我搭话。

"学生娃，吃饱饭没事到这搭穷沟沟来干啥？"

"接受贫下中农再教育。"我回答。

"对咧对咧！说的个好听，你当我庄稼人都是傻子？我知道，你这些娃娃成天在城里造反呀夺权呀！保不准把哪个脑系（当官的）得罪下了，明着不整治你们，罚到穷沟沟里来受屈。"

我不明白这李金斗是从哪个角度来理解上山下乡运动的。不过我到林游刚一天，就能感觉到，人们都把我们这些插队知青看成是一只虎，好像随时都会扑上去咬人一口。我们走到哪里，人们都是用七分怕三分闹不清白的眼光看着我们。这也难怪，庄稼人怕官，而我们这些知青，是把城里那些大大小小的"脑系"们打翻在地的人。

金斗接着又说："你们胡折腾够了，脑系们惹不起又养不下你们，把你们又弄到这搭，来夺我们庄稼人的衣食来咧。唉，说来说去，还是我庄稼人最可怜啊……"

金斗说完不言语了。原来，在他们心目中，上山下乡运动是夺庄稼人衣食的！

我们彼此还生分，说话不那么投机。而且，金斗看问题又跟我格格不入，我们不再说什么，闷头朝前赶路。

人走热了，等进了沟，清凉凉的山风贴着沟底扑面而来，舒服极了。金斗不甘寂寞，放开嗓子唱起"乱弹"（秦腔）：

> 山坡上草青青花香醉人，
> 惹得我小女子怀里藏春，
> 九曲桥走过来一俏书生，
> 赛宋玉比潘安不由心动……

金斗是沙哑的闷葫芦老腔子，唱的却是细绵绵的生生郎（小生）调。看他那一身叫花子打扮，再听他拿腔拿调打喉咙跟里憋出来的戏词，我不由笑了。这个李金斗怪有意思，怕就是农村里那种闲汉二流子。

四十里山路不知不觉过去，翻过豆荚沟，我看到了小村桑树坪。

走进桑树坪，这个李金斗可就不是刚才的那个李金斗了。

我们刚进村，打塄上走过来一个精壮的汉子。金斗看见这人就大声喊，话里还带着粗鲁的脏字。

"贵全，你妈的×眼瞎咧，不赶紧来接我一把……"那汉子听见，一溜小跑到金斗身边，把金斗背上的东西接下来。

"送到西窑里去，给你四妈说一声，快给这学生娃弄饭吃！"

那汉子背起行李，俯首帖耳的模样，走了。

这个金斗，跟刚才判若两人。进了桑树坪，就像"山大王"回到自己的山寨，说话虎虎有生气。我们往西窑去的路上，遇到的人都有点恭顺地同他打着招呼。金斗呢，背着手，叼着烟袋，边走边指手画脚，咋咋呼呼，一句话就有一串串脏字。

"一晌午忙啥活路？"他顺嘴问一个社员。

"拉肥哩。"

"几车？"

"十几车。"

"你妈的×，一晌拉十几车？"

"还给牲口拉了一车料哩。"

"日你的先人，后晌要把肥送完！"

⋯⋯

我这才知道，李金斗是桑树坪的生产队长。

桑树坪村子不大，只有十来户人家。可金斗俨然一方土地，说话很有权威。村里不管男女老少，言听计从，都要看他的眼色行事。金斗说一不二。

原来，这个小村除了一户人家之外，其他全姓李，一姓一族。金斗上面除了有一个叫李言的爸（关中人把叔伯称爸），再就是他的一个叔伯哥李金盛。村里人很讲究辈分，宗法观念很重。再者，金斗自打解放就当村干部，把这个小村治理得井井有条。我想起初次见金斗时产生的印象，真觉得怪好笑，实在想不出一个人只凭辈分和资格能换来这么高的威望？若看看村里人对他服服帖帖的样子，里面绝对没有半点的虚假和勉强。在当时那个动乱的年月，还有这样一个说话极管用的农村基层干部，金斗凭的是什么？

慢慢去了解吧，因为从此时，我就算桑树坪的一户人家了。

进村后我歇了两天，收拾一下住处。第三天早上，出工的钟声一响，我就随大伙起身下地。

社员们聚拢到村口大榆树下，金斗早就在那里等着。他头也不抬，吃蹴着咂烟。社员早就对我说过，桑树坪自打合作化，出工的钟就是金斗打，十来年一天不落。他打完钟就咂一袋烟，咂完烟便张三李四分派活路，分完他自己也跟着下地。若是他咂完烟谁还不到，金半也不管不等。他不给谁分派活路，这个人便是主动去干了，一晌工也不给记。当然，出工迟到在桑树坪是极少见到的。

果然，金斗咂完烟，立起来三言两语就把活路派定了，谁干什么出言即定，纹丝不乱，话出口连一个磕绊都不会打。可唯独没安排我干啥。

"队长，我干啥？"我只好开口问。

"你，"金斗看看我，只迟疑了几秒钟，说："你刚来，再歇两天。"

刚来农村，凡事都觉着新鲜，我不愿闲着。金斗没给我派活路，这是关心我，是好意，我心里很感动。想起我们学校早我两个月插队的同学曾说过，他们那里的村干部极差劲，一点都不让知青闲着，大清早总是先把知青喊起来，然后再喊社员下地。重活累活苦活全交给知青，连女同学来"例假"也要干重活。我问同学们这是因为什么？他们说，村里人总把知青看成是来抢他们嘴里的饭，不让知青拼出命来，村里人觉得亏得慌。

相比之下，我庆幸碰上个能体恤人的好队长。既然人关心我，我更不想闲着。金斗不派我活路，我便自己去找活路干。见人吃喝着牛耕地，我就凑上去想学；见人撒包谷种，我也跟着⋯⋯

可我发现，人们对我的这种积极性和热情并不欣赏，对我的态度很反常，处处总在躲着我。好像队长不给我派活路，社员们就不敢让我干。他们不是装着无意把我挤出地垄，就是不让我用农具。我闹不清这是怎么回事，只觉得，金斗在村里人心目中的威望实在至高无上，谁让我干活，就是对金斗的不敬，就好像有什么惩罚在等着。

没办法，我只好借了一把长柄木锤，跟在一群婆娘娃娃后边去打土坷垃。干这活路，才没有人想挤对我了。

我打了三天的土坷垃，就赶上队里的评工会。

队里的规矩，每三个月评一回工分，就是按每个人体力强弱和技术高低评工分等级。能干苦重活路和庄稼手艺精道的是全劳，村里叫他们壮劳。这样的劳力一般都在九分工以上。以此类推，六分工以下是半劳力，一般都是些老汉儿和老婆儿或十四五的娃娃，因为这些人本来就可干可不干。

桑树坪村子小，能下地干活的就那么几十口，谁有多大能耐都清楚，这评工会不过是走走形式。不到一顿饭工夫，一个个都评了过去。方法是大家先发言，某某人能评多少，最后金斗说一句"错不多咧"，就算一锤定音。没有一个人对自己所评定的工分表示不满意。因此，在我感觉里，这次评工会如果不是因为村里又多了个我，恐怕就不用开，只由金斗给每个人定下来就行了。由于我，这个会才开，而且还让我见识了一下金斗的工作方法和桑树坪"民主集中制"的好传统。

轮到给我评工的时候，冷场了，会场里没有一个人开口。

婆娘就着队里的灯油嗞嗞纳鞋底，汉子闷头只顾咂烟，谁也不开口，似乎有为难处，又像是等着金斗的什么命令。果然金斗先开了腔：

"大家还是发个言嘛，虽说人家学生娃家里有钱，不愁吃穿，也不在乎咱这几个穷工分，可现如今人家也是咱队里一个社员嘛！"金斗说完用眼睛扫视一下全场，婆娘赶忙收起针线，汉子也定神。金斗先定下个基调，就是我"不在乎"这几个"穷工分"。于是，社员们便七嘴八舌发了言。

"娃这两天没做活路，先给五分工吧，下回评再说。"一个老者说。

"谁说人家没做活，这两天打坷垃，给五分半吧。"一个汉子说。

……

大家发了言，数目始终没超过五分半！简直把我闹了个不知所措。我满以为少说也能评八分，因为跟我干活的婆娘娃娃都在六分半以上，她们都可干上大半晌活就收工回家，做饭抱娃娃处理家务。同她们比我是全劳力。这种全劳力里面，只有几个像我这样的"小汉子"，其中一个是金盛的儿子福良。我在地头同福良较过气力，他几回输给我。福良可是八分工，再怎么说也不能低过这个数吧。我的确不在乎几个工分，只怕人小瞧了我。

我不服气，说："福良八分我才五分半，我的力气可比他大多了。"

社员们哄的一声笑了。

"福良干活可比你细巧得多，庄稼活也讲究技术哩！"社员们七嘴八舌，我无言可对。这时，金斗用烟锅嘣嘣敲了几下桌子，会场顿时静了。

"错不多咧。咱们要多看人家的长处，干不动重活又没啥手艺，慢慢学嘛，我看给娃再加半分，六分吧！"

金斗一锤定音，也不会再有人争论了。我当时心里别提多感激金斗，他到底说了句公道话，要大家今后多看我的长处，还鼓励我慢慢学手艺，而且多加了我半分工。

从此，我就是桑树坪一个每天拿六分工的半劳力了。

评工的第二天，金斗就给我派了活路：用架子车往地里送肥。一人一辆车，连装带拉。从饲养室到地头，少说有一里路，而且地刚翻过，又松又软，车轮动一下都要拼命。绳子勒在肩头，一条又红又深火辣辣疼的印子。两晌活干下来，我腰酸腿疼。到后晌，我坐在车把上，简直就不想动一步。

放羊的李言老汉打坡上回来，经过我身旁，见我这付可怜模样，便对我说："娃娃，你还嫩，不知营生艰难，你看都是谁干这苦活路？"

我这才注意到，干这活路的，全是一天拿十分九分工的壮劳，唯独我一个半劳。辛苦干一天才六分，这是咋回事？

"金斗那灵勾子货，他日弄你哩！"日弄就是关中方言糊弄整治的意思。金斗日弄我啥呢？

李言老汉是村里长者，即自年轻时就出外闯荡，解放后才从新疆回到桑树坪。他跟村里人的关系相处得很不好，也只有他敢有时说金斗个不字。怕就是因为这，村里人都拿他当外人对待。经李言老汉点拨，我对评工的事才灵醒过来。

原来，这全是一场欺生排外的戏。当然，对桑树坪人来说，演这种戏根本不用排练，也不用"导演"李金斗用嘴去说如何如何日弄某个人；金斗眼色一动，全村人就深解其意，就会主动配合，让这场戏演得有声有色。最初金斗不派我活路，社员们就知道，金斗想等评工时压低我的工分，因为我什么也没干呀！可我主动去找活路干，大家就挤对我，怕我干了壮劳的活，到评工那天我有意见就不好说了。这样，只能逼着我去打土坷垃。这活路是半劳的活路，可比其他人，我打的又不如人家细巧点，那么，不给我六分工又给多少呢？等评了工分，又安排我去干苦活路，如果我有意见，人家的话也早准备好了，不是我自己在评工会上说，我比福良力气大吗？力气大就去送肥。

一种上当受骗被欺负的感觉油然而生，我一气之下，准备找金斗去。

"妈的，我明天不干这活路了！"

"娃，你不干，下回怕连六分工也评不上了。你能盘算过金斗那灵勾子货?"李言老汉说。

"那咋办呀?"

"事情就是这么个样,心里清亮就行,憨娃才挂在嘴上说。咬牙干三个月,金斗会给你好处,要说金斗这人也不坏。"

"不坏!不坏他算计我干啥?"

"他哪是跟你过不去,唉,人都穷急眼咧……"

六分工,我拼命干两天,才能挣下一盒二毛八分钱的"海河烟",难怪人都穷急眼了。我立刻想起金斗说我们插队是来夺庄稼人衣食那句话,又想起金斗沾了我七毛钱的光,却心甘情愿背着我百多斤重的行李不歇气走了四十来里路。金斗这个人啊,真不知怎么说他才好!

李言老汉还想说什么,可转目一想又算了。他叭地一甩羊鞭,悠悠回村去了,留下一串牧羊调子:

小妹子说话哥听哩,

世上的路难走着哩……

天落了黑,我仍没有动地方,坐在车把上胡思乱想。扭身看看桑树坪,炊烟缭绕,雾气蒙蒙,点点昏黄灯亮,多像小村幽深又神秘的眼睛,你猜得透它在想啥么?

社员已经收工回去了,老远打沟边走来个人。这人走走停停,像是地里寻摸着什么东西,在四处转来转去。模模糊糊的身影,像是金斗。这几天我就发现,他收工总是最迟。

果然是金斗,他好像发现了什么,走到塬畔,朝村子里大声吆喝起来。村子很小,站在塬上喊,角角落落都听得真。

只听金斗叫喊着:"我日你保娃的先人,这是你扬的粪!你日弄谁哩!你干这号活路,能挣下个毬毛吃!"

骂完干活不认真的保娃,金斗又喊记工员李福全:"福全你听着,扣保娃一晌的工!"

他发现了我,像是自言自语说:"十分精心才挣回半饱,还敢日弄土地?"他嘟嘟嚷嚷走了。

我想起评工分日弄我的事,没有生气反而苦笑一下。

这个李金斗哟……

说话间就到了收麦时节。庄稼人苦劳苦作艰难了一年,盼的是这个日子,怕的也是这个日子。

那个动乱的年月,除了极少数的人,怕是人人都在吃苦受屈。学校关门,工厂停产,干部挨斗靠边站……唯独庄稼人不敢放下他们手中的活路。没人去管他们的饥苦艰难，可他们却要用加倍的血汗生产粮食，去维持这乱纷纷的世道。除了农民，似乎人人都关心着国家的大事，关心中国的前途和命运；只有庄稼人，眼巴巴盯着土地，关心着庄稼。

桑树坪这一年的年景不坏。过了五月端阳，麦子泛黄，塬上密匝匝的麦垄，真是十里翻金，十里飘香。

村里老少开始忙活起来，最忙的还要算队长金斗。

金斗比别人多操十分的心，里里外外要靠他去支应。麦收季节，上面的人下来的也格外多，这个工作组刚走，那个检查团又到……这些人到下面来除了吃喝，就是在庄稼人面前指指点点耍威风。我若不到农村，恐怕永远也不会知道，干部和群众的关系是这般模样。在那个年月里，大小"脑系"们能抖威风的地方，只剩下农村。只有庄稼人还没生出"舍得一身剐，敢把皇帝拉下马"的胆子。

金斗里里外外忙活，几天工夫就消瘦下去。他本来就是个精瘦汉子，如今只剩下嘴皮子上的肉还没掉。开镰前几天，金斗在社员会上宣布，让我在夏收期间当他的帮手，也就是跟着他跑跑颠颠去支应事儿。

我忘不了金斗在评工分会上日弄我。自己咬着牙干了快三个月，眼看又要到评工分的时候了，金斗怕是又想啥点子，让我干轻活，然后再给我半劳的工分。

"算咧！"我学着当地人的口气，在会上把话挑明了，"我还是去地里收麦吧，拿六分工，可把我整日塌（垮了）哩！"

金斗听这话赶忙说："娃，不日弄你，你跟着我干，咱当下就说好，从现在起，娃的工分是八分半！"

给金斗当个帮手，有这么重要吗？给我八分半工！我有点莫名其妙，可看看社员的神情，那里面有热切的希望。自然，他们对李金斗的决定从来不说二话。我用眼神搜索到角落里的李言老汉，像征求他的看法，免得再吃亏上当。谁想到就连经常对金斗表示不满的李言老汉，这次也完全站在金斗一边对我说："娃，就这么干吧，队里少吃点亏，金斗也不会亏待你。"

我同意了，第二天一大早，公社的估产工作队就进了桑树坪。

每年到了收获季节，估产工作队就进驻各村，他们能根据庄稼的长势和其他一些情况，估计出产量，一亩地能收多少。他们和庄稼人一样，估得相当准。然后，根据他们估计的产量，上面就要制订交售派购方案。估得高，交售派购任务就定得高。

因此，各级"脑系"中，只有估产的最叫庄稼人头疼。其他人到村里来不过是混个吃喝耍耍威风，好应付。估产的嘴皮一动，就关系着庄稼人的衣食温饱和一年生计。各村无不把估产的当祖宗先人敬着。

金斗为应付估产的早就做了准备，队里杀了两只肥羊，又从各家收来不少鸡蛋，还有十几斤酒和好烟。桑树坪今年能收多少，社员能分多少，就看这一锤子买卖了。

就在金斗让我给他当帮手的会议上，金斗也给全村人交了底：桑树坪二百多亩麦，今年满算，扣去亏损，每亩地可以打到一百九十斤左右，真是山里难碰上的好收成！

社员们很兴奋，因为金斗下了保证，他今年豁出老脸，舍上皮肉，挨打受骂，也要想办法让估产的把数字定在一百六十斤左右，这样的话，每亩地就有二三十斤归桑树坪（我后来知道，这就是"瞒产私分"，不过桑树坪是个集体，私分对全村人有好处，而金斗是从不多得一斤一两的）。金斗对全村人说："我的打算要是成了，队里每个人的基本口粮从三百九十斤提高到四百二十斤！"

金斗说完这番话，会场的气氛却变得沉闷了，大家唉声叹气，有的婆娘眼里还噙着泪珠珠。

这是干什么？又不是给谁出殡送丧。可几个月同甘苦的日子，我的心也跟桑树坪贴到一块了。她穷她富，她喜她悲，我不是局外人。我已经能感觉到，庄稼人为了多分一斗半斗，为了来年春荒不至于拉亏空，不至于靠麸子野菜度日或拉着棍棍去讨饭，多么艰难的路在等着他们！可他们，却是耕种和收获庄稼的人啊！

"娃，"开完会后金斗对我说，"今天会上的事可不敢跟外人说一个字啊！"

不会的，桑树坪人已经把我不当外人，就凭这一点，我也愿意尽力去维护他们的利益。

……

估产的进了村，带队的是公社革委会一个副主任，"文革"前不过是县委一个小办事员。

金斗让我把估产的带到队部，桌上已摆好了八个大碗：炖羊肉，摊鸡蛋……村里的娃娃趴上窗，看里面大吃大喝，口水流了多长。难怪金斗自己不来陪客，他说："心疼死咧，就跟咬我的肉一样！"

金斗让我往酒里对了不少水，叮咛我千万不敢让估产的喝醉，一醉事情就难办，酒疯子张口乱说乱估，拧都拧不过来。

吃喝完，金斗陪着上塬去估产。四处干活的村里人，顿时心全抽紧了。

今年的麦好是瞒不住人的，那个副主任剔着牙花，看满塬翻滚的金波金浪，开口就估了个二百一十斤！

金斗一听这数，吓得脸蜡黄。这个数就是经过努力再往下落，也落不了个十斤八斤。金斗只好强装轻松凑上去打趣。

"二百一！把去年加上也收不回这数！"金斗嘻嘻哈哈说。

"你说能收多少?"一个估产的问金斗。

"你也务过庄稼,地里抛撒,场上糟蹋,这天又保不准,说黑(下雨)就黑,能打一百三四就不错咧!"

我在漆水镇上见过做买卖的怎么讨价还价,很有意思。一个价出得老高,一个价压得老低,出价的一分一厘往下落,讨价的一点一滴往上涨。有时争个大半晌,还是在一毛两毛钱上兜圈子。

金斗已经镇定下来,见估产的有人问他能收多少,便当是可以讨价还价,就准备来个"马拉松"式的交易。可是,金斗今天的盘算错了!

金斗说的一百三四刚出口,"呸!"那个副主任一口浓痰夹带着肉渣渣菜丝丝吐到金斗脸上,金斗当下就傻了眼,我更是惊得目瞪口呆。

"你给谁讨价钱哩!"那个副主任吐完,还朝金斗逼过来。

金斗吓得直往后退。他没跟上今年的形势。这一年,各级革委会在暴风雨中诞生了,形势大好,后来我听说,各级领导为了证实自己是"无产阶级司令部"里的人,纷纷抢功卖好。运动弄得人没法好好生产,可运动的丰硕成果,到头还要靠生产去收获。这丰硕成果从何处来?地里拿不出多少,就要从庄稼人嘴里往外掏。桑树坪所在的公社已经向上级夸了口,今年能打多少多少粮食……

金斗乱了方寸,他一时弄不清怎么办才好。见这副主任带着人往沟里去,他急了,桑树坪就指望塬上的地。金斗急忙冲上前,抓住副主任的衣袖,苦苦哀求:"主任,你看看呀,塬上啥时收过二百一的麦?你也知道咱农民的营生熬煎,咱都是乡党,你也给自家落个人缘嘛!"

谁知这副主任不仅不为金斗的哀求所动,反而不知哪句话招惹了他,回身眉毛一横:"你拉着我是想打人哩!"说着用另一只手"咚"地当胸给了金斗一拳。金斗只是用手招架了一下,许是咯疼了他那只打人的手,副主任来气了,一把揪住金斗领口,又打又搡。金斗一屁股圪蹴到地上,捂着脸呜呜哭了起来。他是一条汉子呀,家里有婆娘娃娃一大家子人,如今……

干活的社员都赶忙扭转脸去,不敢看,也不忍心看这个场面。

金斗呜呜哭着,一会儿,他站起身来,眼窝里噙着泪对我说:"娃,主任要走哩,回去给二婶子说一声,赶紧给工作队弄饭。"

金斗若不说这话,我只是伤心难过,听金斗这一说,我心里的火呼的一下蹿上头顶。我一步步走到副主任跟前,从牙缝里挤出一句话:

"你为啥打人!你再打一下让我看看!"

一伙人诈唬起来,"咋!咋!你跑到我们这搭也想搞武斗!"

武斗我没参加过,不过我今天是准备动手教训一下这个人了。我咬牙拉开了架势,"你再打一下我看看!"我又憋出一句,这伙人立刻住了嘴,原来是一伙欺软怕硬的家伙。

正当我要动手的时候，村里人怕我惹事，纷纷过来把我往村里撕扯。我让村里人连拉带扯，那副主任又来劲了，命令他手下的人："把他给我弄到公社去，看我咋治他！"

估产的人围上来，我的胳膊还让村里人架着。我急了，朝着围上来的人，不管三七二十一踹出一脚去，一个估产的人哎哟一声惨叫，其他的人赶忙又回到副主任四周。村里人见我真动了手，不顾死活把我往回拉，我急得大喊："狗日的混蛋主任，我不打断你一条腿才怪！"

我到底被村里人拉走了。我一边走一边骂，最后，气头上不知出自什么动机，我亮出了父亲的牌子。父亲"文革"前曾在这个地区工作过，如今也是革委会成立的喜报上有名字的人物。

不知是我的蛮横，还是父亲的名字起了作用，估产工作队连饭都没吃，当时就到别的村去了。

金斗说我惹了事，他想把估产的追回来，挪了几步，叹口气又回来了。

后晌，从大队传来口信，桑树坪今年亩产估计是一百七十斤！金斗和全村人嘘溜溜吐了口气。

"好娃！"李言老汉见了我说。

"好娃！"全村人见了我都这么说。

这天晚上，全村人几乎都涌到金斗家里，看望挨打的队长，炕上有一大篮鸡蛋，不用说，是各家送的。

金斗见了我忙说："娃，收麦活路忙，不敢把你累日塌了，你就专门给咱烧水吧。"

我知道，这是金斗对我的酬劳。

金斗说完又喊记工员福全："福全，今天一天给娃算二天的工。从今天起，娃一天九分半工！"

村里人高兴得笑了。金斗又说："我今天的工就不记咧，今天我没弄好，差点把大事给耽搁咧，亏了你呀！"他说完拍拍我肩。

金斗的婆娘却撩起衣襟抹泪。

"你哭毬哩，我好好的，"金斗冲着婆娘嚷，"还不快给娃煮几个鸡蛋！"煮鸡蛋是山里人用以待贵客的。

我们从金斗家里出来，李言老汉一路上自言自语："金斗可真是精啊！把个学生娃娃抬出来，倒把事办成哩！"

老汉的话不由使我打个机灵，原来我又上了金斗的当！金斗的精明正在于此，他知道为估产的事会有麻烦，学生娃少见多怪，气火又大，碰到这事准会出来打抱不平，跟估产的打一架。知青若受了委屈，会纠集起来找公社干部去

算账，告他个破坏上山下乡运动。山里人都把我们看成是天不怕地不怕的虎。即使是办不成事，也能教训一下那些蛮横不讲理的"脑系"。但是这件事却意外成功了。可是，假如我没有个好爸爸，眼下，恐怕正在那个副主任手里吃皮肉之苦呢！

想起这些，我也不由叹口气，即使是上金斗的当，为贫穷可怜的桑树坪人出点力，也是值得。

开镰收麦的时候到了。

烧开水这活路我是不能干的。因为在农村生活这几个月，我多少也成熟了一点。庄稼人千百年形成的某些观念意识，是不能用一两件事就让他们彻底改变的。我为桑树坪做了一件大好事，村里人对我有好感，金斗为酬劳我，让我干轻活，从短时间看，的确对我有利，忙不着累不着。可长期去想，这也是坏事，我整天这样混，学不好地里的手艺，今后靠什么吃饭。我跟金斗的关系也一样，总有磕磕绊绊的时候。今后如果我没有什么值得金斗去利用，我这闲汉二流子一样混营生的社员，岂不自己给人以口实吗？我已经感觉到，金斗及桑树坪人同我这样的人之间，永远隔着一层。因此，我要学手艺。他李金斗在桑树坪人心目中之所以威望那么高，有一点，就是这李金斗对全套庄稼活路样样精到，全村第一！

金斗见我不愿意去烧开水，于是对我说："你去给咱招呼麦客吧！"

我同意了，而且想干这活路。跟麦客打交道，会丰富我的知识，他们是走南闯北的人。

林游山区地广人稀劳力少，到收麦时节，就要请外地来的麦客割麦。麦客是苦作劳力，也是招惹不起的人物。山里人的衣食，大半指望他们。麦客肯下劲，收得快割得净，队里能多收半成麦。可麦客要存心整治谁，能毁一半收成。天要落雨，他们会不紧不慢，逼你加工钱。当然，这种事极少有，因为麦客也要指望割麦糊口。不过，割得粗，随抛随撒的情况还常有，这就看对麦客招呼得好坏了。

我的活路很轻巧。队里把面分到各家去蒸馍，再把馍收回来放在队部炕上的三个大蒲篮里，到时候由我用木盘端去给麦客吃就是了。

麦客早上下地时天还不太明，收工回来，已经见星星。早晚两顿饭我把馍送到麦客住的窑里去，中午一顿就送到地头。

金斗交代任务时再三叮咛，三蒲篮里的馍哪个早上吃，哪个中午往地头送，哪个晚上吃。让我记准，千万不能拿错。还嘱咐我，三顿饭都要守着麦客，免得麦客把馍偷到干粮袋里带走。

为什么要这样小心仔细？我不想多费脑子。到村里这几个月，我也习惯了跟村里人一样，对金斗言听计从。他干什么，目的总是让村里人不吃亏或少吃亏。在这一点上，金斗一点也不自私自利。

头几天，我严格按金斗的吩咐去做。早晚两顿，我从金斗规定的蒲篮取了馍送去，麦客们就着一盏昏黄的小油灯，急匆匆吃饱肚子，或赶紧下地，或倒头呼呼大睡。中午，我把饭担到地头。

因为估产的事我为桑树坪出了力，金斗信任我，派给我任务交代完后，他就去忙自己的活路，没顾上来看看我工作得如何。过了几天我也就疲沓了，到吃饭时，不管哪个蒲篮里的馍，装上一木盘端着就走。这样一来，祸事就来了。

这天，金斗急匆匆来找我，开口就问："娃，你照我说的去做啦？"

我说："是呀！"

金斗说："毯，一定是你不精心惹出麻烦啦，你看哪来这多拾麦的？"

我一看，桑树坪塬上的麦地果然有不少人在拾麦穗。有几块地里，拾麦的比干活的人还多。拾麦的人都是打山外来的婆娘、娃娃和老头儿老太太。山里地亩多人手少，收麦一般都顾不上细割净收。因此，这么一点好处年年都招引不少人进山。他们白天下地拾，晚上就找破窑烂庵子栖身。麦子收完了，他们也扛着满满的口袋走了。

拾麦的人多，同我送饭招呼麦客，这中间有啥内在联系？我弄不清白，只觉金斗有点神经质。

金斗没办法，只好对我讲了实话。

原来，三个蒲篮里的馍是不一样的，有好有孬。早上麦客在窑里吃饭，天似明非明，可如果因啥事耽搁点时间，正吃饭说不准天就全明了。因此，早上给麦客的馍里只掺了一点粗面；中午不用说，往地里送的全是细面大白馍；晚上收工天已落黑，麦客干了一天活路已经很疲倦，胡乱吃，吃了想赶紧睡。因此，晚上的馍有一大半是粗面……菜和汤也都这样，不同程度搞了点鬼。

这个李金斗啊，算盘真是打到家了。

金斗这么一说，我也只好承认，后两天我是随便拿的馍。金斗听完一拍大腿，说："罢！我说拾麦的咋这多！"

麦客们四处闯荡，都是些见过场面的人，三顿饭不一样，他们也明白这是主家贪小便宜日弄麦客们。于是，占了小便宜，他们也就让你吃点小亏，割得不那么精心仔细，随收随撒。地里的抛撒大，拾麦的人最清楚，他们是啥地方能多拾就朝啥地方涌。拾麦的人多和我送饭的关系也就在此。

金斗每到难过伤心时，不是嘴里乱骂一通，就是圪蹴下来，双手捧着脑袋半天不言不语。他说"完咧"之后，一屁股圪蹴下去，足足有两袋烟工夫才见他把头抬起来，说："算咧算咧，三顿都换成好面好馍。"

可是，这已经有点晚了，因为到此时，麦收已经到了最后阶段，再有个一天半天就该歇镰了。

……

不到十天工夫，桑树坪的二百多亩麦全放倒了，麦收大忙季节就这样过去了。

那天晌午，麦客们到队里结算了工钱，便三五成群，踏上了归乡的路。沟里坡上，四处回荡着他们粗犷的山歌调子：

> 太阳下去哟，
> 麻哟下了，
> 想起娃娃他妈哟，
> 哎哟的哟，
> 赶忙回去亲亲哟……

拾麦的婆娘娃娃，也扛着沉甸甸的口袋走了。沟里坡上，到处是他们嘻嘻哈哈的笑闹声。

> 姐妹上山采花哩，
> 哥哥晚间来家哩，
> 妹子有话要说哩……

桑树坪人脸上也有些许笑容，麦子总算平平安安收进了仓……

只有李金斗，气鼓鼓圪蹴在西梁上，用恨恨的眼光目送喜孜孜远去的人群。他伤心极了，想到恨人处，他跳起来，冲着远去的人大声叫骂起来：

"……我日你麦客的先人，黑了心的麦客子，挣下这黑心钱不怕亏了你祖宗先人？不怕你屋里的婆娘也出去挣野汉钱……"

骂完了麦客，他又扭过身朝东骂拾麦的人：

"拾！拾！拾你妈的×！你拾了我的麦不怕断了后人的香火！拾了我的麦不怕生个鳖娃子……"

不歇气地骂，唾沫星子乱飞。人群早就远去，只有金斗粗野的叫骂声回响在空落落的沟谷里。

他骂够了，气出够了，浑身也筋疲力尽。回身看见我，见我面有难色和愧意，他长长叹口气，像是为了安慰我，说："娃，不难过，这次你没弄好，还是个不精心。不打紧，到底是娃娃家么。我思量了一下，前后亏数不算大，桑树坪还算没吃啥亏。明年咱精心点就是了，不怕捞不回来。算咧算咧，咱就只当这些麦让驴儿啃吃咧……"

听完金斗这番动感情的话语，我也只能报之苦笑。

这个李金斗哟，叫我怎么说他才好呢？

黄昏时，我又回到了久别的小村桑树坪。

西岭上铺展的晚霞慢慢消失了，朦朦胧胧的夜色中，轻烟绕着麦秸堆缓缓流动。点点灯火，像是小村幽深、神秘却又诱人的眼睛。塬畔高大挺拔的钻天杨，那叶片儿的歌，哗哗啦啦还没唱完……

这天晚上，我就歇在队部，差不多全村的人都来看我，分别十多年又相见，格外亲热。可是，唯独不见我最想见到的李金斗。

村里人告诉我，如今李金斗已经不当队长了，接替他的是汉子李福成。我在村里时，李福成还是个小后生。金斗呢？别人说他出山走亲戚去了。

我不相信，七月正是忙季，精明的金斗咋会有闲心走亲戚呢？

"老汉憋着气哩！"福成告诉我。

这是咋回事？

原来，金斗是个闲不住的人，我在桑树坪的时候，就见他只要得空，总是顺手在塬边、道旁、坡上梁上刨几个树坑子。他说准备种树，可他的盘算一直没能实现。

前年桑树坪实行责任制试点，他刨下的树坑子已经遍布山野。金斗不当队长了，他种树的心又活了。可是，桑树坪历来穷，实行了好政策，也不是一两年就能富起来，这几千棵树苗子从何处弄？金斗又耍上了小精明。

去年实行"大包干"，福成在会上问金斗准备承包多少地，金斗说："五亩！"

山里人就靠地亩多吃饭，五亩地只够糊口，谈不上发家致富，村里人很惊奇，这么精明的金斗会干傻事。

谁想金斗一点不犯糊涂，他说："我包二十亩，只种五亩。"那么十五亩地怎么办，金斗说："我用这十五亩地给队里换些树苗子。"当时村里家家只嫌地少，金斗就利用了这一点，地还没包到手，他就准备跟队里换树苗。

村里人笑得前仰后合，这老汉真是精到家了。

谁知金斗认准了这一门，还说："好，你队里不给我树苗子，我就让这十五亩地闲荒着！"土地闲荒着是很可惜的。可是谁也没办法解决金斗提出的这个难题。

金斗的目的没达到，老汉一气出了山。

"你当他真的走亲戚去了？"福成对我说，"他回来你看，一准是弄树苗去了。这老汉一辈子不干吃亏的事。我也思量，山里穷就穷在光靠地里那点庄稼，种树油水大得很。金斗想干啥，不会吃亏！"

这一点我完全相信，听说金斗这次出山前，把家里准备盖房的木料石料砖瓦全卖了，这个同贫穷打了大半辈子交道的金斗，的确是精明。为了些许小利，他也是挣扎搏斗了大半辈子。如今看准了一条致富的路，他是敢豁出去的。

这一夜，我想着金斗，整夜没合眼。从十几年前认识金斗时那七毛钱一事，直想到以后。如今的金斗，怕是有点后悔。那些年月，他为了些许小利吃了多少苦头，不值得！可不这样做又有什么办法？因为他是农民，是大块地大块地耕种收获，却要一粒粮食一粒粮食算计着过日子的农民。金斗算是"勤劳、智慧、质朴、可亲可爱"的农民么？我不知如何回答。这个李金斗哟，叫我怎么说他才好呢……

桑 塬 麦 黄

天刚麻麻亮，生产队长李金斗就在我的门外连打门带喊叫："娃，都啥时候了还不起身，喊不来好麦客，今年咱吃毯哩！"

我猛然想起，今天是桑树坪开镰收割的日子，金斗早就安排好，让我今天同他一起去张家坪的"麦客市"上喊麦客。

头年冬里有几场雪，今年开春又碰上透雨，桑塬上的麦子长势格外好。过了五月端阳，又是连天的好日头，没几天工夫，塬上已经是一片金波金浪。说来也怪，六九年这一年，天底下到处是乱纷纷的。贫穷又闭塞的小山村桑树坪，却赶上这么个好年景。端阳一过，桑树坪男女老少就开始忙起来，紧张地做着收麦的准备工作。我跟金斗路过麦场时，壮劳力都在那里拾掇担麦用的扎担和皮绳，清理麦仓和小场屋。

东岭有几片薄云，日头迟迟不见露脸，人们的心揪得紧紧的。收获季节对庄稼人来说，并不是兴高采烈的好日子，一场风雨，就能让一个丰收在望的村子，霎时变成哭声盈野的叫花子窝。桑塬麦黄，那一粒粒不只是苦劳苦作的辛勤汗水，还有庄稼人多么巨大的精神负担和压力。

在这种时候，也有人兴高采烈。

我和金斗刚走到塬边时，金斗的干女儿彩芳和一群男女娃娃抢着草篮子，嘻嘻哈哈笑闹着往沟里去。她们去摘杏叶，用米汤泡杏叶发酵，是一种清凉可口的农家饮料，年年收麦必备的。

金斗本来就又急又恼，听见这无忧无虑的笑闹声，不由大喊一声："死女子！"

彩芳赶紧站住了。

"你还是娃娃？疯打疯闹的！"金斗呵斥。

彩芳规规矩矩刚想走，金斗又想起什么，把她喊住了。

"麦客晌午就来咧。"金斗说。

"知道。"彩芳回答。

"我可把话说在前面，在人面前你得规规矩矩的，大和你妈可架不住你再胡毡折腾。"

彩芳不言语，扭身去了。

听人说过，彩芳娘家姓许，是山外武功县人。那一年随妈进山要饭，精明的金斗用几十斤苞谷粒粒和几十元钱收养下来，认作干女儿（解放后不兴买卖童养媳妇，山里人便想出这么个好名词）。

那一年彩芳才十二岁。

没几年，彩芳出落成一个俊女子，秀眉秀眼，皮肤又细又嫩，这在桑树坪一带的确是件怪事。听说有一年，山外有个剧团来唱戏。山里唱戏，戏台子搭得低，看戏的人只能坐在地上或圪蹴着。台口两侧站着一些壮汉，不时把手里的长竿子在人头顶上扫来扫去，谁把头抬高了，就要挨一下。这些人是"维场子"的。彩芳去了，就有汉子和后生抬头看，挨了"维场子"的打，又不服气，双方就打起架来，一场戏让彩芳搅散了。村里老人讲迷信，说彩芳是"太真妃死后转世"，日后要给人惹祸。唐代那个杨贵妃的确是死在武功县的马嵬坡，彩芳正是那里人。但村里长者李言老汉在世时，常说彩芳不仅相貌好，心肠也好。说她时常接济他这孤老汉。我那会儿也常见李言老汉从坡上放羊回来，小布帕里包着些山杏和各种野果给彩芳吃。李言老汉六九年四月去世，听说死前还喊着彩芳的名字。

六七年冬天，十七岁的彩芳和金斗的大儿子满娃成了亲。小两口在北坡打了一孔新窑，日子过得也挺热火。谁知就在第二年开春，也就是我到桑树坪之前一个来月，满娃揽牛上山，一头公牛发情，乱顶乱冲，满娃上前调教。让一头牴到沟里，没等抬到公社卫生院就断了气。彩芳年纪轻轻守了寡，这一年她还不到十八岁。金斗说彩芳孤零零过日子太苦，再次认她做了干女儿。彩芳愿意不愿意都没办法。她在桑树坪无亲无故。

打这以后，不时就有闲话传来传去，说彩芳不是规矩女子。村里人传这种闲话总是津津乐道，编排得有鼻子有眼。恐怕在人心目中，一个年轻漂亮的女子守寡，不可能安分守己过日子，也不会规规矩矩守节操。

闲话归闲话，我来桑树坪之后，发生了这么几件事。

有一回，公社革委会一个副主任在村里驻队。这天中午通知金斗下午去见他。金斗性急，接到话就去了，一推门，见这副主任正搂着彩芳亲嘴儿。彩芳见有人来，脱开身子溜了。金斗当场不敢发作，却憋了一肚子火。

这天晚上，从金斗家里传出打骂声，我们跑去看，只见金斗和满娃的弟弟仓娃，一人手里一根柴棒棒。彩芳躺在地上，一边来回滚动躲棍子，一边口中不停地乞求哀告。

"你男人死了才几天你就胡折腾！"金斗骂。

"大呀！不怪我，那人叫我去，说给我上户。我一去他就动手动脚，我没应啊！"

上户就是报户口，不上户是盲流，收容这个人的村子按规矩是不算人头，不给分粮食的。

这件事不出一顿饭的工夫就在全村张扬开，过去风传的闲话，到此时似乎不再是谣言闲话了。

过了大半个月。

公社机耕站的拖拉机来给桑树坪耕地。那个机手，歪带着绿军帽，斜叼烟卷，一副流里流气的痞棍模样。金斗让我们几个人跟车，就是在拖拉机犁铧后面拖一个耙，人站在上面把耕过的地耙平。我们去了，只见拖拉机突突突没熄火，可机手不见影子。我们四处去找，就见塬坡上一蓬树棵子里，那机手正捺着彩芳撕扯她的衣服。彩芳极力挣扎着，见我们赶来，大声喊叫。机手气恼地放开彩芳，跳上车子，说了声："车子坏咧，不能耕咧！"开着拖拉机就走了。

地耕不成，金斗就去机耕站问。谁知那机手说彩芳不正经，几回勾引他，他不敢去桑树坪了。这下就可好，金斗回来，打得彩芳满村乱哭乱跑，披头散发寻死觅活。就这样，村里有些婆娘还说："朝死里打，不打死她咱村吃毬哩！"一句话又让金斗添一分火。

其实，这两件事心里清亮的人都明白，能怪彩芳不好么？可不怪彩芳又怪谁呢？

从此之后，彩芳挨打就成了家常便饭。人家骂她，她回一句嘴，回去就挨打；干活跟哪个汉子后生说句话，回去也要挨打！彩芳在桑树坪无亲无故，挨了打也无处诉苦，倒让村里不少人眉开眼笑。我们知青见不惯这事，几回跟公社反映过。可这种家务事告到啥地方，都是不了了之。告不下，金斗更是肆无忌惮，白天不打夜里打，有人不打没人打，一打就用被子蒙住彩芳的头，没头没脑一顿乱棍。

这样打来打去，到底把彩芳打急了。

这年快收麦的时候，打山外来了个三十上下的"布客"（就是用土布来贩卖或换粮食的人）。彩芳没几天就跟布客搭上话茬，她要跟布客私奔出山！

那一晚，布客在村外等着，彩芳悄悄回去收拾了个小包袱，又拿了金斗家仅有的五块钱。出家门没几步，刚好让金斗碰上。当下就演了一场惨剧，彩芳挣扎着往外跑，金斗使劲往家里拉，那凄厉的哭叫声让人听了头皮都发麻。最后到底彩芳让扯回家，布客吓得早就溜得不见影子了。

这次打得更狠，彩芳整整三天没下炕。她那屋里的哭声三天没断线。

三天过后，彩芳走出家门，从此，桑树坪人再也见不到彩芳过去的模样了。她不言不语，不哭不闹，常常一个人独坐着想心事发呆。李言老汉怕彩芳想不开寻了短见，暗暗跟了她几天。

又是几天过去了，彩芳两条黑油油的大辫子不见了，乱蓬蓬的头发用一条花手帕系着。丰满好看的身子把月白小衫绷得紧紧的。撒疯卖俏，风里风骚，没事就四处串门，拿着一只正纳的鞋底，专捡汉子和后生家走动。

有的婆娘好事，问她："给谁纳的？"彩芳白牙一露："给你男人，夜黑儿给我说的。"偏偏有些醋劲大的婆娘，明知彩芳胡说，却借故打架闹仗，调唆着男人去彩芳家门口吐口水跺脚，这叫"撺脏"，目的不过是让金斗再打彩芳一顿罢了。

保娃就是一个。他不知跟彩芳有啥仇气，帮金斗打过彩芳。彩芳就撩拨了保娃媳妇几次。媳妇跟保娃干仗，逼保娃找上门去，吐了口水跺了脚，还骂了半晌。害得彩芳又挨了打，金斗还非让彩芳去赔礼不可。彩芳真的去了。这天保娃一个人在家，两人没说几句话，彩芳斜眼看见他媳妇进了院门，猛地脱了上衣，只穿一件护胸脯的小兜兜。保娃媳妇一进屋门，彩芳拎着衣服就溜。还没走到院门口，屋里两口子就打起架来。嘭嘭一阵乱响，锅砸了，碗摔了，保娃的脸让媳妇抓得血里糊拉。保娃起了蛮牛性子，抄起小孩胳膊粗的擀杖，只一下子，就把媳妇打得有半个月下不了炕。

里面打着，彩芳在外面又笑又喊："打，往死里打！打死我跟你过！"保娃见媳妇憋过了气，害怕了，才想起上了彩芳的当，捞着擀杖冲到外面。彩芳胸脯一挺："你敢动一下，我告你个糟蹋女人，牢里不让你蹲上三年才怪！"

蛮牛一样的汉子，竟吓得大气都不敢出。

老人过去讲的闲话，过了还没几年果然应验，桑树坪凡是背后曾糟蹋过她的、骂过她吐过她口水的，家家都不得安宁。夫妻闹架，婆媳不睦……村里人开始害怕这女子，老实人家一见她走过来想串门，赶紧关门上杠。

李言老汉也直摇头叹气。"彩芳娃，不敢糟害自己，日子长着哩，日后你还要寻婆家过活哩！"

谁知，这么一个浪荡到家的女子，听了老汉的话，竟吧嗒吧嗒掉了眼泪，"不这样又能咋样，我还有啥好日子过，我大他——"

彩芳的话没说下去，伤心和哽咽噎回去后边的话。

彩芳刚刚十八岁呀……

我想着彩芳的事，跟在金斗的后面急急赶路，十多里路，一会儿工夫就到了张家坪。

张家坪是个有六七十户人家的大村子，桑树坪公社的所在地，也是这一带较大的一处"麦客市"。

关中西北部山区地广人稀劳力少，每年收麦大忙季节要请不少人来帮助割麦，这些人就是当地人说的麦客。这一带所使唤的麦客，多是来自与之毗邻的陇东平凉、庆阳一带，当地人叫他们"平凉客"。林游山里有句老话说："塬上麦黄，眼望平凉。"陇东出麦客由来已久，就如同陕西蓝田出布客；风翔出"烧锅客"（酿酒卖酒）一样。每年过了端阳，陇东汉子便三五成群，沿着当年左宗棠辟筑的"陕甘大道"（今西兰公路）涌入陕西关中。麦熟是由东至西，先平川后山区。麦客开镰先在礼泉县乾县一带平川，边收边往我们山区走。等割到我们这里，整个关中地区的收麦大忙季节就进入了尾声，不多几天工夫，地净场空，关中麦收就算过去了。这时节，麦客家乡陇东的麦子也成熟，该是麦客"撩拨归心动"的时候了。

最初，麦客是沿村挨户自去找活干。有人用就割，没人用再走着去寻。麦客自己找上门，是处于被动地位，于是，麦客自发地组织起来据地为市，有人想用麦客就去市上喊，这样省跑许多冤枉路，也有了讨价还价的余地。麦客割麦是以地亩计价，割得多就挣得多。用麦客的人不怕割得多，就怕身单力薄割得少割得慢。因此，用麦客的人就讲究到市上去挑麦客，准能出大价，谁先喊走能干的精壮汉子，挑剩下的，只好落点价待雇。选麦客对庄稼人来说，是一门大学问。凡是来市上喊麦客的，都是各村各队的能人。

我跟金斗赶到市上的时候，已经日上三竿。要在过去，已经到了散市的时候。金斗一路上时不时抱怨我几声："哎呀呀，都是你贪睡，咱只能喊几个没人要的把把客了。"

但是我们到了张家坪，竟然还没开市！大槐树下还集着成百的陇东汉子。金斗惊奇得眼都瞪圆了，赶忙凑到一伙各村来喊麦客的人跟前打听究竟。

原来，这一带今年麦好是人人都能看见的。麦好了有人就敢出价高一点，麦客也利用人们的这种心理，齐心协力抬价不落。我们来时已经听说东边有几个公社，价已经出到二块八到三块钱了。麦客在东边挣下了钱，到这来后就有点拿架。张家坪的市其实已经开过一回，麦客的价始终不落下三块二，雇主出不起，又没有能耐跟麦客叫劲，这市就歇了下来。

金斗来了，雇主们又有了希望。刚才他们等就等着远近闻名的"灵勾子货"李金斗。把金斗推出去也是很精明的办法，金斗得来好处大家都有份。惹下麻烦，麦客也只能记恨金斗。

金斗悄悄对我说："娃，你学着点，赶明年我就不来咧。"

说完，他朝着麦客大声开了腔："桑树坪要二十个，塬地一块五，坡地一块六，谁去？"

这叫起首喊价，随着这一声喊，麦客市又开了。

能在麦客市上起首喊价不简单，说明此人在这一方的身份地位与众不同。过去，起首喊价的人都是富家大户。他们开口一个价，就是基准价，麦客再出个价，是最高价。起首的人喊价之后，便不管了，认旁人去争去抬，等到价钱落在一个点不再上下浮动时，起首喊价的人这时再开口，加个毛八分的，就算"定秤"了。如果有不识相的人想再叫劲，那么，起首喊价人会把价再抬上去，对他来说，这不过是多破费几个罢了，跟他叫劲的人却可能会把老本都贴上。有经验的麦客心里有底，都愿意跟起首喊价的人去干活。高兴了，会加几个工钱；走的时候，许能给点陈仓旧麦。

金斗喊了价，麦客没应声。好大一会儿，才出来个四十上下的汉子，慢吞吞说："老哥嘴狠呀！今年麦好，塬上麦稠，坡地蛮（不好割），三块五都不多呀！我在东边个就是这价！"

三块五，这是麦客出价。

"西边东边我不管，有给你三块五的地方，你寻，咱这搭最多出一块六！"

金斗说完，圪蹴下来掏出烟袋点上，悠悠咂着。但他的双手已经在微微颤抖了。金斗一袋接一袋抽烟，到后来，他手抖得连烟叶都挖不满一锅，哆哆嗦嗦点上火。可是，金斗到底是个精明人，总算把麦客的火点了起来。

"老哥，三块二！"还是那汉子。

金斗根本就不理他，又点一锅，青烟徐徐飘散开，他那过早衰老的脸，额上已沁出细汗珠。

雇主们在一旁静观，没有人给金斗争抬价钱，麦客们闹不明白咋回事，有点乱方寸了。

"三块！"汉子又退一步，时间是不等人的。

"我说咧！"金斗不紧不慢地开腔，"咱这搭最多就一块六！"

"我算豁出去了，二块八！"汉子一拍大腿。

雇主开价不升，由麦客自己往下落价，这叫"滑坡"。这种情况，据说是以前没麦客市的时候才有。那时候，麦客可怜巴巴立在人家门前，出一个价，雇主不满意根本不搭理，麦客只好一点点往下落，直到出的价雇主认可。

有了麦客市，就是要讨价还价的。可今天谁也不吭声，麦客自己往坡下滑，他们的自尊心受了污辱，一群陇东大汉骂起街来。

"狗毬欺负我麦客哩，不给他割！"人群一阵骚乱。我也不由紧张起来，雇主们呢？有些蠢蠢欲动，想开口在金斗出的价钱上抬价了。

这时，金斗慢悠悠站起来，走到刚才骂街的那个汉子跟前，亲热地拍拍他的肩，不酸不凉地说："我的好兄弟，出门人嘴可不敢重啊！实话给你说了，不割我吃啥！不割你又吃啥！不要当你麦客在东边个挣下几个钱，你平凉那毬地方谁不知道，你挣下那几个还不够给队里交口粮钱哩。我这搭的钱你不挣，你回去连口拌汤也喝不着……"

一番话不软也不硬，说得实实在在，麦客们冷静了。是啊，平凉那地方谁人不知，不穷不苦，日子能将就过去，谁又肯抛家离乡，扔下婆娘娃娃，到关中来挣这份血汗钱呢？

金斗见自己几句话产生了效果，又说："这样吧，咱的口也不能太紧，我加个狠数：塬地一块七，坡地一块八！要去就去，有这半晌功夫，你麦客怕五块钱都到手了。"

麦客里有个后生，嘴里嘟嘟囔囔："今年麦这好才出这几个钱，去年麦不咋样还出二块哩！"

麦客市上有严格的讲究，雇主吐一个价，只能往上去，麦客吐出个价，只能往下走，不管有意无意，出言即定。这后生麦客说了个二块，空子立刻让金斗抓住了，他啪的一声把腿拍个山响，兴奋地大喝一声："好！就应这个价，二块！你们误了这半晌功夫，我再加一毛，二块一！"

麦客们把责备的目光投向说漏嘴的后生，那人内疚地低下了头。这时，人群里面一个长点岁数的老麦客走出来说："错不多少了，这地方不能跟东边比，二块一应下了，多下点力也就回了。"

这老者才是麦客的头儿，那个汉子是出来支应事的。

定秤！今年割一亩地的价钱是二块一！

……

拥挤着的麦客开始散开，等着金斗挑选。

金斗只需在一个人身上溜一眼，说声："跟咱去！"一条精壮的汉子就站到一边。

十九个麦客，一个接一个单另站在一边去，正在这时，那个说漏了嘴的后生麦客越过金斗也想站到那边去，金斗用眼斜了一下，伸手把这人挡住了。

"娃，咱那里活路苦，你还嫩，累塌你的身子骨，一辈子就麻搭哩！"这是拒绝雇用的客气话。

这是一个面目清秀的小后生。在这群五大三粗，古铜皮肤的陇东汉子中间，这后生有点出众，个头不高不低，眼睛又大又活泛，看岁数，最多不过二十。

这后生见人拒绝用他，挺难过地低下头，他恐怕只当桑树坪是能挣大钱的好地方。

"队长，让他去吧。"我情不自禁替这后生说情。

"不行，我寻人去干活，又不是给你寻要货朋友！"金斗绷紧着脸说。到桑树坪一年多，由于给队里办了几件好事，我说什么，金斗还从来没这样冰冷地拒绝过我。

我心里清楚，除了这后生看上去身单力薄之外，金斗另有一层意思，就是担心彩芳。自从去年彩芳跟布客私奔出山的事发生后，碰见年轻一点或能说能道的外乡手艺人买卖人来桑树坪，金斗总是想方设法不让他们在村里多呆一会儿，有时甚至做得很不近情理。

但因为出价的事，麦客心里已有老大不满，此时借机发作了。大群麦客嚷嚷着："这狗日的欺人太甚，不要这个谁都不去！"

金斗听得出来，这呼声可是实实在在的，他害怕，正没有台阶下，主事儿的老麦客走出来说："乡党，事情不敢做得太绝，咱都要做活吃饭哩！"

金斗叹口气，顺着下了台阶，说："行！有老哥一句话，是跛子瞎子咱也搭上了。"

小后生高兴地跑到大树下取他的行李，嘭的一声，一把板胡跌落在地。我不由愣了，这麦客，出来挣血汗钱，竟有心思带这玩意儿？

二十个麦客喊齐了，时间正是晌午。金斗安排得真是滴水不漏，等走回村，也过了吃晌午饭的时间，麦客只能放下行李就下地。

往桑树坪去的一路上，这个清秀的后生麦客没有一刻安闲的时候。他一会儿钻进刺笼笼里去逮野鸡娃，一会儿摘片叶子放在嘴里学鸟叫。玩乏了，就亮开喉咙唱山歌儿，陇东习俗和方言都跟我们这里很相似，这后生麦客唱的是著名的陇东民歌《割麦走关中》：

> 走哩走哩哟，
> 越哟远了，
> 眼泪花花飘满了，
> 哎哟的哟，
> 泪花花把心儿淹了……

陇东人生性粗犷豪放，歌风也是如此。歌的曲调虽十分简单，只有一句反复咏唱，却能根据声腔高低，节奏快慢，唱出来变化无穷，格外有味。这后生嗓音圆润洪亮，吐字干脆，唱出来一跌三伏，悠扬动听。一句"哎哟的哟"，他故意把尾音拖得长长的，让声腔从强到弱慢慢消失，歌声在空荡荡的山谷里四处回荡，久久不息。

我对这后生麦客格外留意，一路走一路攀谈起来。我知道了他叫榆娃，家在平凉以东的灵台县，读过二年中学，家境不好退学了。这一年他刚满二十岁。

"榆娃，你有媳妇吗？"我问他。这里农民之间的亲热，往往由此开始。

"没，连订都没订哩！"

"咋？"我不解，因为在这一带，二十岁是成家立业的年岁。

"我家穷，弟弟妹妹还小，我妈眼睛又瞎咧，全指望着我哩。人穷得快光勾子（屁股）了，可订个媳妇开口就是几百！"他说完，眼里有股哀伤的神色。

可不过一会儿，榆娃又恢复了原状，笑着对我说："我割麦要是挣下大钱，回去就寻个。先把定钱交下，明年我再来，后年我还来，有个三两年，就成咧!"他说得眉飞色舞，说完说唱：

> 水灵灵的妹子，
> 想得我牙花疼，
> 十八岁不嫁人，
> 你妈憨憨脑筋……

这个后生麦客，真是头一回出门，只知自家穷苦，还不知世间愁事多。在我们又穷又小的桑树坪，他又能挣下啥大钱？可是，他又给我一种多么新鲜的感觉，我怎么也想不出来，那贫穷熬煎的日子，是怎么生成他这乐观的脾性。

十几里路又是不知不觉过去了。等我们走回桑树坪的时候，我和榆娃已经是无话不说的朋友了。

麦客开镰的第一件事是丈量好麦地，几亩几分包给你，日后好结算工钱。

二百四十步一亩。方法是：雇主和麦客同时从地头起步，迈几乎同样的步子，到地头最后一步一落地，双方同声报出所量的步数。比如一块地正好是二百四十步，在脚落地的同时，雇主喊："二百三十五!"麦客喊："二百四十五!"

"对咧，我让五步。"雇主说。

"行咧，我也让五步。"麦客说。

双方各让五步，取折中数二百四十，正好是这块地的实数。丈量土地不同市上讨价还价，土地是实实在在的，无法漫天乱报。所以这样做，只是双方习惯上的一种不信任感。因此，这就需要很精确的计算，在脚落地之前，准确知道这块地的实际数，双方虚报的数，最后又要折中到实数上。如果报多了或者报少了，吃亏的一方会用木尺量，否则，吃一两步的亏，就少挣几毛钱。有经验的麦客，在丈量土地上不会争来争去，不会沾光也不会吃亏。

但是，麦客里就有人吃亏，这就是榆娃。

金斗跟榆娃每量一块地，到地头后开口报数，榆娃出口不是实打实报地亩的实数，就是少报几步，一取折中数，榆娃总要吃几步的亏。我去年跟金斗学过一点，知道点门道。其实在迈步的时候，一个脑子要分做三处用：心里算实际数，又要计算报出的虚数。同时，嘴里还要装着无意识念出自己数的步子，其目的在搅乱对方。没有经验的人，迈不了几步就情不自禁跟着对方嘴里数的去数自己的步子了。榆娃就是吃了金斗这个亏，金斗嘴里念的，不是实数就是少几步。到地头一落脚，榆娃一紧张，张口就报出这个数来。

我替榆娃着急，但又不敢说。正巧这时，彩芳跟着一伙人下沟，走到地头，便站下来看热闹。金斗一见彩芳，便大声呵斥："去! 做活去! 多大个女子，啥地方有热闹往啥地方钻。"

平时彩芳要是挨了金斗的呵斥，会像一只驯服的小羊，不声不响地走开。可今天，彩芳撅着嘴，嘟嘟囔囔地说："坑人家麦客！"

这句话恰好传进榆娃耳中，他死活不干了，嚷嚷着要用木尺把量过的地全重量一遍。其他麦客也纷纷帮腔，金斗无法，只好让我回去取来木尺。一量，榆娃揽下的几块地果然每块都少算了几尺。

金斗恨得直咬牙，等麦客都下地去干活，他对我嘟囔着："罢！罢！我寻来个祸害精！你看那麦客，"他指着榆娃的背影对我说："像是个正经庄稼人么？"

到底正经庄稼人应该是个什么样？我直到今天也没完全弄明白这个问题。不过，当时我已经感觉到，榆娃的确不像那些只知拼死下力、吃饭挣钱的麦客。这个后生似乎还不明白什么叫苦，什么叫愁……

榆娃这清秀后生，看起来身子骨单薄，割起麦来一点也不差。他会使一手麻利的"跑镰"（一种割麦的方法），割起来刷刷往前走，割得干净利落，茬根落得低，麦捆也摆得匀。村里老者都说这后生会使巧劲，不见他忙，活干得并不少，金斗也稍稍有些满意了。

更让人感到奇怪的是，榆娃不像别的麦客，只知闷头干活，轻易不说一句话。榆娃爱说爱动，刚来那天，整个桑塬上只有他的声音。谁跟在他后边捆麦，他就跟谁说个不停，他平凉如何如何，这桑树坪又如何如何……刚来半天，他就直率地说出自己对桑树坪的看法，"你看那副脸子，像是给谁抬老屋（棺材）哩"……

这便成了一种不可抗拒的吸引力，榆娃来村才半天，就跟不少人混熟了。娃娃去逮野兔，他放下镰帮着去撵；队里运麦的车翻在地里，他也不管是不是麦客的事，放下活路就去帮着拾掇。他整天说个不停忙个不停干个不停，这情绪很快就感染了桑树坪人。他在啥地方割，身后就有一大群婆娘娃娃。尤其那些大姑娘小媳妇，爱跟在他后面捆麦，边干活边有一句无一句跟榆娃说笑。

"小麦客，寻下媳妇么？"翠萍嫂子问他。

"没哩！"榆娃应一声。

"嫂子给你寻一个。"保娃媳妇赶忙接话口。

"不敢！"榆娃搭眼看看保娃媳妇，看出这是个辣婆娘，开多大的玩笑也不会在乎的人，便放肆地说："咱穷麦客的毬没那么长……"

这一句话可好，惹逗出婆娘们恶作剧的笑骂。保娃媳妇一声令下："这小麦客人不大，嘴里不干不净，脱裤儿看看有多长！"一群婆娘拥上去，按着榆娃就扯裤子。榆娃挣脱出来在前面跑，一大群婆娘娃娃笑着在后面追。桑塬上割麦的人直起了腰，见这场面，情不自禁也跟着笑了。

这一笑不打紧，揪心的麦收大忙季节，庄稼人心里突然感到一阵轻松。人们笑着割说着干，气氛不再那么让人感到压抑和沉闷。麦客来的头一天，只半晌活路干下来，金斗到地里转了一圈，对我笑笑说："行！这样下来，有个六七天就能把新麦吃到嘴咧！"

收工的时候，我跟榆娃边走边说，快到塬边的时候，彩芳打沟里上来（金斗让她在沟里捆麦，不准她上塬，因为塬上有外来的麦客，金斗怕彩芳疯闹），榆娃见到彩芳，不由站住了，两眼直看她。这不是晌午帮他说话的那个女子吗？

我拉了榆娃一把，他才憨憨地往回走，可心神没收回来。我说："这是个疯女子，浪浪荡荡不像话。"榆娃听后，噢了一声，说："不像呀？"关中人说这个疯字有多种含意，榆娃恐怕理解成是精神病人了，这更诱发了他的好奇心。

第二天，榆娃挑头在塬上"甩腔子"，就是唱对山歌小调。我们这一带山区，山歌、民谣、小调多得俯拾即是，从几岁的娃娃到六七十的老人，似乎人人都会唱两句。精到一点的，会自编自排，把各种不同的山歌曲调混合在一起，顺嘴唱顺口编。但收麦时季，是很难听人唱的。榆娃挑了头，偌大的桑塬，渐渐地你唱我对，你问我答，汇成了山歌的海洋和潮涌。

榆娃这边一甩长腔：姐妹上山做啥哩？

那边就有人应和着：采花哩！

然后，东西南北便热闹起来，此起彼伏，一句接一句：

采花做啥哩？

经商的哥哥要回来哩。

妹子有朵鲜花哟，

由着哥哥去采哩……

歌声不断线，惊得雀儿都不敢来吃麦。邻村的人纷纷从麦垄里抬起头朝桑树坪人张望。那神情像是在问："今年桑树坪这是咋咧，人都疯张咧，穷日子活得不耐烦咧……"

他们哪知道，只因多了一个榆娃，这多年闭塞的小山村便有了几分活力和生机。新鲜的活力和生机倒让庄稼人不可思议了。

我给塬上的人送完水，又挑着往沟里送，就见塬上的欢声笑语，早把沟下的人引得呆不住了。彩芳站在坡上，探头朝塬上出神地张望，她多么想汇进这歌潮笑浪中去，却又踌躇着不敢。

我见彩芳这副模样，学着金斗的声调喊了声："看啥？做活去！"彩芳吓得差点一屁股坐在地上，发现是我，嗔怪地瞪了我一眼，问："死后生！塬上唱歌的是不是那个小麦客？"

我没回答她。

这天收工吃罢夜饭，月上树梢，清风习习，村里人都到屋外纳凉去乏气。麦客们呼呼大睡，榆娃却独自坐到村口涝池边，伴着咯咯蛙声和啾啾虫鸣拉板胡。

曲声悠扬动听，在小村轻轻滑动。村里有人懂这门道，说榆娃已经有相当的功夫了。他指法娴熟，弓法轻松自如。他拉的秦腔《上庙》，有板有眼，委婉动听。当拉到"哭夫"一段凄凉处，弓子在弦上轻轻跳动，真像是日暮黄昏时，荒郊野岭有个小寡妇呜咽着诉说哀伤。

我冲完凉走到涝池边，只见榆娃双目微闭，身子轻轻抖动。人世间的一切愁苦事，在这个小后生心里，早就冲得干干净净。什么都看不见听不着想不到了，只有这溶溶夜色，只有那寒凉皎洁的明月，只有漆苍茫茫的山岭。夜幽幽山寂清远，月明明谷静缠绵……我想不到，在这贫穷的小山村，我竟然有了让魂灵飞升的心境，竟然得到了心灵的陶冶和净化！夜色多么美，生活也是多么美，苦寒贫穷并不能让所有的人都沮丧下去，都认了输，就有顽强不屈的人在拼命挣扎着，想乐呵呵地在贫苦中求生存。

榆娃的心肯定早就飞远了，不在平凉，也不在桑树坪，在什么地方？恐怕在一个充满着希望和生机的世界里。我不忍惊动他，站了一会悄悄地回去了。

这天晚上，我很晚才睡，也不知到了什么时候，榆娃的琴声住了，这个小麦客该歇下了，明天，还有忙忙的活路。

我们知青户就在村口，过一条村道就是涝池。榆娃回他的住处要经过我的门口。朦胧中，我听外面有个女子轻微的话语：

"小麦客，你不忙走，我有话说。"

这是彩芳！我的心不由地咯噔了一下。

第二天，沟里几块零零散散的麦地收割完了，彩芳她们全上了塬干活。

我跟麦客走到地头时，就见彩芳早已等在榆娃揽下的那块地里。她选定了这个位置，要跟在榆娃后面捆麦。

彩芳昨天夜里喊住了榆娃，他们都说了些啥？我不知道，只觉着今天看见彩芳，她的模样变了，真好看！两条大辫子梳得光溜溜的，又黑又亮，月白细布衫儿，裸露出细腻白腻的胳膊。脸儿红扑扑的，领子上胳膊上的皮肤呈现出一种娇艳的粉色，那对眼睛格外有神。从我来到桑树坪，也只见了几回彩芳过去的模样，后来她那浪浪荡荡的举止，让我把从前的彩芳忘光了。今天，彩芳又复了原。

榆娃有点神魂不定，闷着头只顾割麦，我发现，他不敢接触彩芳的目光，似乎那目光会灼伤他。他俩一前一后，一个刷刷地割，一个不言不语地捆。他们埋身在密匝匝的麦垄里，彩芳看见榆娃割乏了直直腰，便悄悄跟上去，掏出一条小花手帕，碰碰榆娃的腿递过去，榆娃扭身，憨憨地一笑。

这个动作没逃出我的眼睛。

这天收了工，村里人耐不住冷清清的寂寞，找金斗嚷嚷要唱戏耍。过去这一带村村都有"自乐班"，没事就在麦场上唱着玩。这几年光景乱，"自乐班"都散了。村里人一嚷嚷，金斗心也动了，是啊，何苦跟自己过不去？不要也是个苦。金斗让人从库里把锣鼓家伙搬了出来，桑树坪人又在麦场上闹起了"自乐"。

唱的是老戏《芙奴传》里的几段，就好像今天戏台上的清唱，不用扮不用场子，几个人吹吹打打，围个圈子唱几段就是了。榆娃唱女角陶芙奴，喂牲口的金明唱许元，村里人乱嚷嚷："金明是沙沙腔子，不对路。"这时，不知彩芳是早有准备还是急中生智，自告奋勇上场，这才凑成有男有女一台真戏。

彩芳唱陶芙奴，榆娃改扮书生许元。虽说是唱着玩，可两人也真卖力。彩芳口生，榆娃连教带比画，当芙奴唱到"为春愁抱琵琶弹曲消遣，瞒过了高堂上一双椿萱，呀！隔窗有一书生容颜罕见，真是个美宋玉昔日潘安"时，两人的眼睛紧盯着对方，都闪动着异样的光。

村里人看出点眉目了，汉子和后生又一阵乱嚷嚷："下去！下去！这哪是唱戏，明明是要骚情哩……"

金斗到此时忽而转过筋来，"哎呀，唱戏给我惹下麻烦了！"

第二天，彩芳没有下地。

榆娃慌得六神无主，活干得一点不顺手，不时抬头朝村子张望。我见榆娃这神情，开玩笑说："留神镰砍了腿，你怕再唱不成戏了。"榆娃竟没心思跟我搭腔。

吃罢晌午饭下地时，彩芳一扭一拐上了塬。金斗见了，脸发青，从我身边过，把地上一只喝水的空碗一脚踢到麦垄里。

后来我才知道，昨晚彩芳唱完戏，回到家金斗就动了家法，用被子蒙头盖脸打了她一顿。又用绳子把彩芳捆住锁在家里，想等麦客走之后再放出来。哪知道彩芳在炕沿上磨断了绳子，抬开门板跑到地里。

到此时，金斗只能忍一口气，塬上有不少麦没收回来，麦客还不能招惹。彩芳呢，金斗也只好随她去。他只当彩芳又是引逗人家麦客，耍疯耍俏胡骚情，等麦客走了也就好了。没想到，金斗暂忍这一口气，倒给了这一对男女一点机会。精明的金斗，这次可把彩芳估计错了。他用打逼出一个浪荡女子。他以为浪荡女子不会正正经经同人交往。他不明白，山里后生和女子一旦有了情，就像这贫瘠裸露的黄土塬一样，坦荡，直露，不用任何哼哼唧唧。其后两天多工夫，村里人就发现彩芳和榆娃到了形影不离的程度。

过了两天，收工后我们几个知青去沟里冲凉。回来时听见草垄里有窸窸窣窣的动静，知青小虎用电筒一照，只见彩芳和榆娃紧紧依偎在一起，脸贴着脸。彩芳见有人看见，慌得忙抽身，羞得把脸紧紧埋在两膝间。真叫人难揣摸，这么一个动不动就敢亮开胸脯子，开口闭口就敢说"我跟你睡觉"的浪荡女，竟会为这而羞得无地自容？

我为憨实的榆娃担着心。这天晚上，我把榆娃喊到塬坡上。

"榆娃，你可要当心，彩芳可会耍弄人。"我讲了彩芳几件不光彩的事。我以为榆娃会吃惊，他却望着天上的闪星，竟没有一丝吃惊的表情，反而对我说："我知道，彩芳自己也说了，她不是那号人！"话十分干脆。

"我还没你了解她，你才来几天？"我说。

"这不在时光长短，人要知心哩，彩芳是个苦女子，她受了屈，又敢对谁说，只能糟害自己，有啥法子哩！人到这一步，你想量不出有多难！"

榆娃对我讲了他和彩芳第一次见面时的谈话。

原来，彩芳死了男人，精明的金斗又认彩芳做干女儿。因为彩芳若是小寡妇，就有改嫁的可能。这不能完全由着金斗；若是干女儿，金斗说话就算数。满娃有个弟弟仓娃，今年满十七岁，金斗打算把彩芳嫁给仓娃。有几回，金斗把彩芳捆起来，逼着她同仓娃"生米做熟饭"。

我惊呆了，实在想不出，天底下会有这种事！

仓娃是啥人？他自小就落下个"拐子病"，就是我们说的大骨节病。十六七的人，长的还没有七八岁的娃娃高，平日只能吃不能做。可是打起彩芳来，手下得狠，而且，专打彩芳的下身……

彩芳能跟这个人过吗？我问榆娃，榆娃没回答，他发痴地望着天上的明月。过了好久，他开了口："我对你说，彩芳要跟我到平凉去哩！"

我心里一震，立刻就想到彩芳曾有过私奔不成的事，忙问："你答应了吗？"

榆娃摆弄着一片草叶，说："我心里麻乱，想应又不敢应。我那里穷，彩芳跟上我要吃苦哩。说不准还要拉棍棍跟我妈去要饭。可不应人家，彩芳在这搭又有啥好营生？彩芳女子心硬得很，她说，不成她就去死！"

我的心，被这一对可怜的农村青年深深打动了。他们像沉重青石下压着的小草，挣扎生存为的是什么呢？只为自己是有血肉的生灵，应该挣扎活着。他们应该得到的东西太多了，可挣扎着去追求的，又是这么可怜的一点点啊！为了这么一点，也许，却要付出巨大的代价。

榆娃对我笑了一下，那笑容里分明饱含着一种难言的苦滋味。

......

不知咋的，这一夜我的心乱极了，像是有一种不祥的征兆。我真后悔，不该认识榆娃，也不该知道这件事，那样，我对这小村，还能感觉到它的一点可亲可爱之处......

榆娃跟我谈话后的第三天，也是桑树坪麦收的最后一天。

我发现，榆娃和彩芳都有些紧张不安，尤其彩芳，一举一动，像是紧绷着的发条，好像再一使劲，就嘣的一声断了。我知道，这是决定他们命运的关键时刻。榆娃拿定了主意么？

后半晌干活时，我见了彩芳，她羞怯地一低头擦身走过去。她的事我知道，榆娃肯定告诉她了。我见了榆娃，他冲我神秘地笑笑。

我心头一块巨石顿时落了地，榆娃已经拿定主意了。我为这一对农村青年的最终决定而高兴。也许，到明天早上，村里人发现彩芳不见了，她跟着榆娃双双远走高飞，到那贫穷荒漠的另一个地方，开始一种美滋滋的新生活。的确，那地方苦，穷，可这一对相亲相爱的人会乐呵呵生活下去。清晨，他们结伴下地；傍黑，小屋里会有彩芳爽朗的笑，榆娃浑圆的嗓音，还有悠扬的琴声......

金斗算计得十分精确，吃夜饭前一个来钟头，塬上最后一垄麦放倒了。麦客收起镰来。

麦客一收镰，队里便按规矩不管饭了。麦客们到队里结算了工钱。当西岭铺展彩霞的时候，三五成群的陇东麦客，踏上了归乡的路，山岭间有他们粗犷的陇东调子：

> 太阳下去哟，
> 麻哟下了，
> 想起了娃娃他妈哟，
> 哎哟的哟，
> 急慌慌把路走错了......

我送榆娃到西塬垭口，他狡黠地冲我笑笑说："不送，还见哩！"

我全明白了。

就在这天深夜，我被村里一阵阵喧闹声惊醒。窗外，有人举着点燃的柴棒往村外跑。我们几个人赶忙起身，随着大家跑过去。只见村外一间堆放草料的小屋前，榆娃让人绑在木桩上，保娃和几个人抡着手腕粗的柴棒使劲地打。不一会榆娃疼昏了过去。小屋里，一群婆娘也按着彩芳，又拧又打又踢，彩芳，倔强得一声不吭。

原来，榆娃并没有走，他和彩芳商量好了，夜深人静时在这里会合，双双私奔到榆娃家乡去。

可是，这一对纯真无邪的小男女，能算计过李金斗么？有人早就盯着他们。当彩芳和榆娃来这里会合，埋伏好的人一拥而上。彩芳的私奔，又一次失败了。

金斗站在小屋门前，沉着脸，恼怒地喊着："打！往死里打！"

棍棒在呼啸着，那声响凄厉可怖。

我实在看不下去，上前拦住保娃。保娃蛮横地喊着："拉住偷婆娘的人，打一顿算是轻的！"我急了，到桑树坪一年多，我头一回跟李金斗急了眼："队长，你要再让人打，我可不客气了。"

金斗知道我们是不怕官的人，骂骂咧咧带着人往回走。我们给榆娃松了绑，他扑通一声倒在地上，原来他的腿让打坏了。彩芳从小屋里出来，一头扑在榆娃身上号啕大哭起来。

榆娃让打伤了腿走不成了，我们只好扶他到塬下一孔堆放大农具的旧窑里，想让他在这养几天伤再说。这一夜，榆娃昏乱地说着胡话，彩芳流泪一直伴在旁边……

天亮时，彩芳镇定地走回桑树坪。

她找了几件满娃留下的衣服，又拿了些干粮，端着一碗面条给榆娃送去。在村中间，金斗堵住了她。

"回去！"金斗恶狠狠地说。

彩芳不理睬。

"回去！"金斗又喊了一声。

我从屋里出来，看见了这个场面。我以为，彩芳会哭会闹，或者又喊又叫。谁知，彩芳只是冷笑了一下，那笑冷得吓人，看热闹的人只当彩芳又发了疯，吓得躲在远远的朝这边张望。

"你给我站一边去，不要挡我的路！"彩芳说得很轻很缓，眼里却有两道灼热逼人的光。

"我是你大！你给我回去！"

彩芳已经完全没有了往常的胆怯和在金斗面前的驯顺，她声音低缓地说："你姓李，我姓许，你不要挡我的路。"

"回——"

金斗后一个"去"字没出口，彩芳发作了，她圆瞪双目，一步步朝金斗逼过去，用一个弱女所能使出的力，恶狠狠从牙缝里挤出几个字："闪开！让我过去！"

金斗不由自主闪开身。就这样，彩芳挪一步脚步紧一下眉头，一步步往村外走去。

我目送彩芳出村，回头再看看金斗。我恨他，自私、狭隘、卑小，却又冷漠、残忍无情，一只为人抽打的羔羊，又是一只吞噬生灵的恶虎……

金斗突然灵醒过来，一头栽倒在地，头和脸往厚厚的尘土中使劲拱着，他哭，呜呜大哭："我可怜的满娃，你咋不想想你可怜的大，你咋走在大的前面啊！天爷呀，我李金斗苦了一辈子，你咋忍心绝了我一门呀……"

他在尘土中爬着滚着，爬到墙边，头沉重地一下下朝墙撞击。他抬起脸来，老泪和着泥土，混混浊浊往下淌着。我心里刚刚筑起的一道是与非、善与恶的界线，又呼啦一声崩溃了！塬下，正有一对凄凄艾艾的苦人儿；这里，也有一个悲悲切切的可怜人，天哪，人世间怎么会有这种事呢！

快落黑的时候，我听到一个吓人的消息，金斗要以队里的名义，把"拐骗民女"的麦客榆娃送到公社那个"学习班"。

公社有这么一个"群众专政"学习班，养着一班虎狼一样的"群专"队员，关着一些犯了大小"错误"的社员群众。白天下河滩背石头，晚上挨打交代问题。那里面整天鬼哭狼嚎。尤其对那些犯了"作风问题"的人，打一遍让你枝枝叶叶说一遍，说不出再打，打着让你编……榆娃要送去，正属这一类，不死也会掉层皮啊！

还是赶紧让榆娃离开桑树坪。

我赶到塬下窑里，把这消息带给他们。

彩芳当下就吓傻了，瞪着眼说不出话。

"怕啥，咱去告他！"榆娃倔强地说。

"你告谁去呀！"彩芳清醒过来，哭着说："只怕你就有口难张咧！"

"我跟他们拼上了！"榆娃在炕上挣扎着。

彩芳扑进榆娃怀里："榆娃，不说傻话了，你不怕拼不成，落个不死不活，叫我这一生一世咋过呀！"说完两人哭作一团。

我的心像是一道伤口又揉进了盐，谁来看看这个场面啊！我拧过脸去不看他们，说："榆娃，你赶紧离开桑树坪，有心也等过了这一阵再说，你不是说，年年要来吗？"

榆娃点点头答应了。

我和彩芳把榆娃扶下了炕，他的腿挨不得地，就那么坐着。

彩芳含着泪把榆娃的小行李卷替他捆在背上，我们扶着他出了门。他久久望着彩芳，舍不得走。彩芳心一硬，把身子背过去，泣不成声说："走吧榆娃，我是你的人，走到啥地方想着我就是哩……"

"我还回来哩，你等我呀！"

"嗯！"又滚落一串晶莹的泪花。

走了，麦客榆娃顺着青草覆盖的小径，一点一点爬着离开了桑树坪。

我忘不了那个夜晚，天上一轮明晃晃圆月，青茸茸的草叶折射着清寒的月光，像滚动着珠珠清泪。黝黑的山岭苍苍茫茫，山风在呜咽着。榆娃爬到塬边，停下来朝回望着，风里像有他的低声呼唤："我还回来哩，你等着我呀……"

我在桑塬上无目的地走着。

小村桑树坪掩在灰蒙蒙的轻烟中，它是多么幽深、静寂、神秘，能看得透它么？能同它心贴心地亲近么？它总是跟我保持着不远又不近的距离，让你爱它不能，恨它又不忍心……

这个晚上，我一直做着梦——

桑塬麦黄时，一个清清秀秀的小后生，无忧无虑地唱着歌走来了：

> 走哩走哩哟，
>
> 越哟远了，
>
> 眼泪花花飘满了，
>
> 哎哟的哟，
>
> 泪花花把心儿淹了……

榆娃离开桑树坪的第二天，金斗便忙活着彩芳的婚事，那孔当年满娃和彩芳只住了几个月的窑洞，又修整一新。门上是褚色漆，墙上是新灰泥……彩芳是无法抗拒这命运的安排，她只是一个孤苦无依的弱女。就在成亲的这个晚上，她投进了桑树坪村口那眼深井。

一个弱女苦女的死，没激起星点波澜，因为那井也太深了，尸首是打捞不上来的。一口井便废弃了，一块青石板盖住了井口。村里有的婆娘最后还不忘吐一口，骂一声："死了也会糟害人哩！"

只有金斗，坐在井台上一袋接一袋抽烟，他的眼里噙着混浊的泪，是可怜他的干女儿彩芳？还是心疼一眼井？就这么呆坐着一直到夜深人静。

那口井真深啊，有十六丈。多么长的井绳，一头满桶上来，另一头空桶下去。可在我们塬上，这还算是一口浅井哩……

李 家 老 叔

出桑树坪往东下了塬，顺一条小径再走不到一里路，那里有个小土洼。三面环崖，一面朝阳，洼口正对着景色宜人的羊儿沟。这里就是桑树坪李姓人家的坟地。坟地里十二座坟头，葬着李青翰老人和老伴，以及这一对老人的五个儿子和儿媳。桑树坪最先只有几孔采药人废弃的破窑洞，如今的桑树坪村，实际是李青翰老人一副担子从永寿那边挑来的。

坟地洼口有一孔破窑，也不知是那一年让进山采药的人废弃的。门板没有了，门口堵着几捆苞谷秆挡御风寒；窗屉不见了，几块大青石堵得严严实实。

这孔破烂不堪的窑洞里，住着一个老汉。

有几回，清晨我经过坟地时，总见这老汉佝偻着苍老的身子，在仔仔细细打扫坟地。他拔去坟头上的杂草，培上新鲜黄土，捡去坟里的枯枝败叶，他干得一丝不苟。晚上，我又总见这老汉倚着一棵大柏树，默默无语想着啥心事。他这样一呆就是很久。我要拐路进村了，还能看见他模糊的身影和一明一灭的烟火光。

最初，我只当这老汉是看守坟地的。后来村里人告诉我，坟地无须看守，这老汉就是被村里人称作李家老叔的李言老汉。

李家老叔这个称呼就很特别。关中人习俗，同宗同族里是没有叔这个称谓的。同宗同族里若是叔辈，该叫爸才对，关中人父亲叫大。叔只是对外姓老者而言。桑树坪全是李姓人家，都出自青翰老人一门。这老汉姓李，想必是李家人，可又被人称为老叔。

后来时间长了，我才知道，这老汉是青翰老人的第四个儿子。从五四年到我来桑树坪，老汉是李姓人家独一无二的长者。可族里人不叫他爸，也不叫他爷。李家老叔这个字眼是生产队长李金斗最先使用的，于是不论辈分，大人小孩都这么叫。发明这个称呼的人，用意是很深远的，本身就反映了这老汉同桑树坪人的复杂关系：这老汉按名分是李家人，论感情又是个陌生的老叔。

李家老叔一直给队里放羊。

六八年秋天，金斗对我说："老汉老咧，你去跟他放羊吧。"这一年老汉已经是七十的人了。我说，"既然老了，干脆歇下来算了。"金斗听完我的话，说："歇下！歇下他吃毬哩！"的确，桑树坪人只要不最后闭上眼，就没法歇下来安享晚年，五尺高的精壮汉子苦劳苦作一年，尚且混不下个全温全饱，更何况一个孤老汉，歇下来谁养他呢？

可是，老汉总不能一直干到死在放羊的路上吧？金斗说："先干着，我正盘算给老汉寻个合适的活路哩。"说来说去，老汉还是要干。

从此，我便跟李家老叔放羊了。

老叔的住处正好是下沟上坡的必经之路。我念其年纪大，不用他去村里领羊，只让他在这等着。

清晨，我赶着羊群过来，老叔一听鞭响，就从当门使的几捆苞谷秆秆堆里钻出来。老叔天生乐观，一辈子没成亲，身板骨比六十的人还硬朗些。他钻出门后，总是先舒舒服服伸个懒腰，然后开怀一阵大笑："哈哈，我老汉又多活了一天！"因为老汉常说，他保不准哪天晚上闭上眼就再也睁不开了。多活一天，对老叔说是件高兴事。可多活一天又能咋样呢？老汉大笑一阵后，又说：

"哈哈，又活咧，这早起的饭到啥地方去吃呢？"

桑树坪穷，我在村里时，一个人的基本口粮是三百九十五斤，也就是一天一斤多一点。这个基本数是虚的，不是年年都能达到标准。队里时常欠社员的口粮，社员干一年，年年都欠着队里的粮钱，因为工分值才二毛多，辛苦干一年却挣不下口粮钱。时间一长，就成了恶性循环，今年还去年的，再借明年的，社员就这么一年年过。老叔干一天才七分工，就是说干一年半才顶一年的工。他是个孤老汉，无家无业，知道自己若欠下队里的钱，到时他一闭眼就留下个亏空，他不想让村里人在他死后指着尸身说："老汉还欠着队里的钱哩！"他发誓不借债，那么咋办？唯一的办法就是牺牲自己的口粮。忙活一年下来，挣的工分能值多少粮他就领多少。

我们放羊出坡，我总是给老叔带一个馍或一块饼。老叔除了说声"好娃"，更多的话是不说的，接过来三两口下了肚，甩着羊鞭子就走了。

老叔跟村里其他庄稼人不同，尽管营生是那么熬煎，他也从中找乐子。他放羊总爱找景色好的地方，羊儿沟就是我们常去的。沟里有清清溪水，从青石间滑过，一路叮咚有声；梢林里百鸟啾啼，山坡上开着数不尽的野花，一蓬紫一簇黄一团粉……我们把羊赶进沟，老叔躺在青茸茸的草丛间，就从怀里掏出他的小酒壶，几口下肚，话就多了，山歌调子也飞出了口。

我真喜欢老叔的山歌调子。

老叔年轻时走过不少地方，什么"三秦"的道情、"三陇"的"花儿"、西北少数民族的情歌，他出口即是。更让人动心的，是他把各地的民歌小调凑起来，自己创造了一种"揽羊调"，曲子顺口编排，词儿顺口创作：

> 羊鞭嘛一甩走哩，
> 坡上去见妹子哩，
> 有话嘛你就说哩，
> 成不成就在今哩……

老叔自己乐呵呵地唱，排忧解愁不说，他还能以歌代言，给别人排忧解愁。

村里有个后生福成，在中学念书时结交一个女友，在桑树坪他是自由恋爱的第一人（后来我才知道，老叔是第一个）。但福成的爱情最终不能成功，双方父母各自给他们订下了亲事。福成为此事很伤心，整天愁眉不展。老叔看见了，不便直说什么，叭的一甩羊鞭，唱：

> 头掉了碗大的疤哩，
> 有心者哪能不成哩，
> 后生家不寻好女子，
> 误了青春好光阴哩！

这几句给了福成莫大的鼓舞，他跟那女娃又接上联系，常常相伴相约谈情说爱。

谁知，好景不长。有一次福成正跟女子谈情说爱，让那女子未婚夫家里人"捉了奸"，把福成一顿好打。福成想轻生。老叔知道了，不便直言给福成出主意，只好装着无意唱：

> 山上的路多，
>
> 条条都能活，
>
> 汉子要远飞，
>
> 混出个样样，
>
> 看谁能咋着……

没出几天，李福成偷偷跑到彬县一家小煤矿当了临时工。后来，他又从哪里入了伍，几年后，福成就混出个样样来了。这是后话。

当时，福成跑了之后，村里人知道了这是老叔出的点子，福成爹娘气得堵住老叔，骂了个昏天黑地。老叔不仅不动气，反而笑着说："你骂我是老骚骚货，谁给咱老汉也寻个婆娘过活些？"

……

我跟老叔就这么相识了。我喜欢他的脾性，你看看桑树坪人，为了衣食整天唉声叹气，愁眉不展的模样儿，再看看老叔，每天从破窑里钻出来，乐呵呵开始了一天半饥半饱的生活。黄昏，我们从坡上下来，他又总是乐呵呵对我说："娃，明天早起我要醒不来，你就在门口点把火葬了我，我没备下老屋（棺材）哩！"说完又乐呵呵钻进破窑去。

可是，真正促使我跟老叔由相识变亲近，由亲近到心贴在一起，为这可怜老人而伤心而想大声疾呼的，却是一件极不光彩的事，我差点把老叔推上一条死路……

插队到了桑树坪后，我们知青并不想在这贫穷荒凉的小山沟里默默无闻地当一辈子农民。要来就要干出点成绩。可怎么才能干出成绩？当时，正在开展"轰轰烈烈"的"清理阶级队伍运动"，山里却是冷清清的没一点动静。在欢迎知青的大会上，县领导号召知青"做运动的带头人"，"揭开阶级斗争的盖子"……这话也许只是说来让人听听而已的口号，可我们的心却有些动了。

到桑树坪没几天，我们就动起来，想一炮打响。我们先找金斗摸情况，问他村里有谁值得怀疑和清理。金斗面有难色，我们便开导他说："抓革命，促生产，运动搞出成绩，上级会重视桑树坪。"金斗一听能给桑树坪带来好处，便说："要论够清理条件的，只有王志科和李家老叔。"

那时，我才跟老叔放羊没几天。王志科的情况这里不说，只说老叔。金斗大概介绍了他的情况：

李家老叔年轻时就是这一带出了名的闲汉二流子，整天东串西走不务正业，后来发展到勾引女戏子大闹戏台，让人打了一顿。老叔无脸，一气离开桑树坪。老叔出走后就进了"甘军"马志贤部，马志贤是土匪出身的小军阀，在他手下，杀人放火的事少不了。后来老叔随马部入疆，在新疆被人打散，老叔流落在新疆各地，浪浪荡荡混日子。老叔在外混了三十来年，直到五二年才回桑树坪，回来时不知从哪弄来许多钱财珠宝，大吃大喝，随便抛撒，不是辛苦挣来的，才会这样不珍惜。后来，青翰老人死了，他的钱也光了，一个庄户人家出身的人却一点不会地里的手艺，只好放羊……

金斗在介绍老叔情况时，加了很多"听说"，这不足信。可老叔的奇特经历，却让人心疑。我们把这些情况汇报给公社，公社立刻将老叔列为清查重点，让我们进一步调查，一俟有结果，立刻把这个混入贫下中农队伍里的坏人揪出来。

可是，我们怎么去调查呢？问村里人，他们也跟金斗说的一样，都是听来的。老叔当年离开桑树坪时，金字辈里年纪最大的李金盛才是几岁的娃娃，金斗还没出生。内查不行，外调也不可能。因为老叔在外是个流浪汉。

最后，我想出个好办法，让老叔自己说出来。这老汉爱喝酒，一喝醉了便把自己的根根底底都说出来。我们准备买来酒把老叔弄醉，让他系统地讲讲三十年在外都干了些啥？

我们这么做了。

那天晚上，老叔很兴奋，喝着不对水的好酒，眼里噙着泪花花说："娃娃们好啊，可怜我孤老汉，好心人有好报……"他流着泪又带着笑一杯接一杯地喝，苍老的脸上泛出红光。他果然醉了，也真的拉开话匣子，不歇气地说啊讲啊，直说得我们每个人眼里都含着泪珠珠……

老叔幼时生性聪颖，深得青翰老人欢心。当时桑树坪李家人中，只有老叔念过几年书。

庄稼人看地，读书人想天。老叔念了书，心就变得野了。后来家境不好，老叔只好退学回家，又不想憋闷在小村里，每天便习拳弄棍，走东串西，爱与人打抱不平。这样混到十九岁。

这一年，打山外来了个草台戏班子。

戏班里有个演丫环使女小梅香一类角色的俊姑娘，把老叔勾得场场必到。那姑娘也怪，眼神总爱在老叔身上多溜一会儿。这下可好，老叔觉着眼里有话，便离开村子，自愿到戏班当个只吃饭不挣钱的打杂的。

时间一长，他跟姑娘相识，也知道了姑娘的苦身世。

　　姑娘六岁就死了母亲，让后娘卖给戏班，先是伺候班主，十岁习艺登台。这号草台戏班子多是由几个穷艺人纠合一些破产农民办的，艺不甚高，不过弄几出戏糊弄一下庄稼人，混碗饭吃。戏班子走东串西，歇的是破窑烂草庵子。糊弄几出戏，人家有钱打发几个，没钱几个馍三五斤杂粮也能打发。碰到人家办喜事叫去拉拉唱唱。人家一散席，戏子一窝蜂拥上去，把残菜剩酒抢个干干净净，就跟叫花子一个样。过这种营生，还落个戏子的名，看人家的白眼。

　　姑娘在这种环境长大，生生厌烦了这种人不人、鬼不鬼的日子，也知道自己到头不是给谁续弦做小，就是沦落到烟花。她想趁年轻，寻个满意的人家打发了这一生。可是，姑娘到底唱过几年戏，找个浮浪子弟她不干，嫁给个庄稼汉她也不肯。到林游山里后，她无意碰到了老叔，觉着这后生几分灵秀几分憨实，两人相处一长，老叔果然是她意中之人。两人情投意合，最后私定下终身。

　　这事让班主知道后，叫了几个戏子，趁一天夜深人静，用口袋蒙住老叔的头，狠打了顿。

　　老叔跟姑娘又不是风月儿戏，他寻机报复。一天，台上演《铡皇亲》，戏班穷，借了一口真铡当道具。台上铡刀一拉开，老叔一步冲上台，伸脖子挺在铡刀下，喊叫着："要么把头拿去，要么把女子还我！"戏班碰到这号不要命的人，只有认输。

　　这事传遍四村八乡，也传到桑树坪青翰老人耳中，老人气得跺脚大骂，又让老叔的几个兄弟把他绑回村。青翰老人豁出几亩地，给老叔说了门亲，三天后捺着老叔的脑袋拜堂成亲时，老叔气发，踢倒香案红烛，从桑树坪跑出来去寻姑娘。

　　谁知就在老叔被弄回村那天，戏班也赶紧拔台往西去了。老叔弄个鸡飞蛋打，没脸回村，索性一不做二不休，往西边追戏班子去了。

　　老叔一路揽工，要饭，一年后到了皋兰，就是今天的兰州。没打听到戏班的下落，便在皋兰混日子，老叔在黄河里撑过皮筏，下窑背过煤……后来让马志贤的队伍抓了差。

　　抓差不是当兵，马志贤的队伍全是回民，老叔只能当挑伕马伕，还是受苦受屈。冯玉祥的国民军入甘，老叔又让马志贤的队伍裹着向新疆逃窜。到了新疆，队伍完全败阵，人马流散各处。老叔有家也回不去，便过起了流浪汉的日子。他当过矿工、采玉工、淘金工，给商队赶过骆驼，给考古队当过力伕和向导……吃苦下力的活路全干过。

　　流浪汉的日子是很奇特的，有钱时是天底下第一号富翁，钱不当钱，血汗挣来的钱到手就吃光喝光；没钱时又是天底下最可怜的人，孤苦无依，浪迹天涯，思乡恋土……老汉养下喝酒的毛病，只有酒才能打发这种日子，醉了，冷凄凄的世界又变得暖融融、热辣辣的。

　　五二年，老叔带着一身与庄稼人格格不入的流浪汉气回到故乡桑树坪。他已经是五十多岁的老汉了。老叔回村第二天，就在村里摆下酒，名曰：谢恩酒。感谢生他养他的故乡土地和父老亲人。桑树坪人见识了老叔的海量，满满三大碗，老叔不歇气喝干。村里人吓得直往后退。并非是老叔的酒量，而是怕这老汉一旦沾上谁，谁就要背上养老送终的包袱。那么，别说三餐饭食，就是这酒，也会折腾掉家底！

　　谁知老叔喝完把碗一摔，说："回到家乡，见到亲人，老汉要酒做啥！"

　　老叔戒酒了。

　　这老汉的毅力大得惊人。有几回犯了酒瘾，他便用筷子把嘴捣得稀烂，再抿一口酒。辣酒渍得伤口疼痛难忍，在塬上狂奔乱跑，边奔边叫："没出息的李言，你还喝不喝！"满嘴喷着血沫子。

　　酒戒了，村里人稍稍安下点心。老叔便亮出他带回来的钱财，打开褡裢，村里人吓傻了！金砂、玉石、珠宝、银元……当时桑树坪才解放没几年，生产还没完全恢复正常，老叔便大把抛撒钱财，人人都有份，家家都受惠。如今桑树坪使唤的那辆木轮大车，就是当初老叔花钱置的。村里人得了好处，却在底下说："老汉这钱不是出力挣的，要不然敢给别人！"老叔听后哈哈大笑："这点钱算啥，我这双手几十年挣下了一座金山一座玉山，自己就落下这么几个。"……

　　老叔回来的时候，他的哥哥嫂嫂弟弟弟媳已经过世。父亲李青翰已经是快八十的老人，又聋又瞎，被族里人孤零零撇在一孔冷窑里，想起来了送碗饭进去，想不起来老人就饿着。就这有一顿无一顿的日子，几家人还常为扶养老人的事打架吵嘴。老叔一见这光景不由心酸。他原想趁着手头有几个钱，在桑树坪给自己盘一孔窑，置点家业，也好打发自己的晚年。看父亲这般凄惨，他先放下自己的盘算，住进父亲窑里，给父亲养老送终。

　　老叔陪着父亲两年，让父亲享了两年福。好吃好穿堆满一炕，父亲这冷清清无人理睬的窑洞，也跟着红火了两年。族里人也不躲老人了，家家轮流来陪老人吃喝，连吃带拿。青翰老人临去世前的最后一句就是："言娃子，亏了有你的钱财，临死落了个儿孙满堂，红红火火！"

　　五四年，青翰老人谢世。老叔拿出最后几个钱隆重发送了父亲，又将乱糟糟的李家坟地修葺一新，植松栽柏，立碑修牌……老叔心想，他的孝心尽到了。剩下的事，他该盘算一下今后的营生如何过？可是到此时，他已经成了个穷汉。

　　正在这个时候，老叔的几个侄儿金斗、金盛一伙人来了。

　　金斗那会儿是三十不到的汉子，进门便说："这窑老了，要拾掇下，你先挪个地方吧!"

好啊,老叔没说二话扛起小铺盖卷就走,顺着路往前走,边走边盘算今后的营生。等老叔走到村口回身一看,他那些侄子早就不见影了。

老叔长叹一口气,到这时他才明白过来,他在桑树坪算个啥呢?说亲没情分,说不亲又有名分,谁肯容留这样一个孤老汉、穷老汉呢?人家没把他撵出来,而是哄他出来,算是对他讲点名分了。怪不得谁,要怪只能怪自己当初没留点心眼……

老叔在桑树坪走投无路,便搬到塬下今天住的那孔破窑住下来。当时老叔还想,自己五十多,腿脚还利索,拼命干几年,不想没有生发的机会。

想生发不干活不行,不干活谁养他。老叔闯荡了半辈子,丢光了地里的手艺,只好给村里操起了羊鞭子。春天羊群放野,老叔背着小铺盖卷随羊群四处走,哪里都是他的家;夏天雨多破窑危险,老叔就住到麦场边堆杂物的小场屋;秋天他在沟里搭起窝棚,连放羊带看庄稼;冬天,又回到那孔破窑里,秫秸堵着门熬等来年……老叔在自己的故乡又过起了流浪生活。

快二十年过去了,桑树坪人的营生越过越往回走,越过越熬煎,老叔能有生发的机会吗?只有当初十几只羊变成如今三百多只一大群,老叔仍是那一个小铺盖卷。

从老叔操起羊鞭那天起,他戒了两年的酒又一点一点上了口。

最初,老叔只是抿几口消消愁,继而一盅两盅解忧。等到酒上了口,老叔这孤寂冷凄的日子,又不得不靠酒去打发了。

穷汉恋酒,老叔只有靠放羊时挖点药材换。往后年纪大了腿脚不灵便,没法攀山登岭找珍贵药材,靠点柴胡、车前子当不了大事,老叔便把几样家当一件件送到酒贩子手里,白毡、大氅、皮帽……最后只剩下一身衣裳。放羊到了沟里,脱下来在水里洗洗,自己精着身子圪蹴在草丛里……

我们本是来搜集整理这老汉的材料,准备把这老汉清理出贫下中农的阶级队伍的,谁想得到的却是这些。看看老叔,他喝得真高兴,破窑里一盏昏黄的小灯,炕上满堆着麦草,老叔是这样打发了近二十年的岁月,我们不由得流眼泪。

"娃,说得好好的流啥泪,听老汉给你丢一板乱弹(秦腔)。"

老叔掐着嗓子唱:"呀,琼浆酒美佳肴吃得生厌,挖野菜寻麸糠为尝新鲜……"

不唱则罢,一曲出口,几个人的眼睛全模糊了。模模糊糊中,看见老叔一个乐呵呵的笑影影。

六八年的初冬,在我们再三呼吁下,金斗派老叔去看磨子。

这也不是啥轻松活路。那时候桑树坪还没用上电，全村人磨面吃饭全靠石磨。磨房在村口，进门一边有一盘小炕，一边摆着箩面箱，再往里去，就是一盘大石磨，足有炕那么大。

村里大牲口少，白天地里的用处又多，磨面只好放在晚上。吃罢夜饭，老叔去牲口棚牟来牲口套上磨，老叔便一斗接一斗地磨，一箩接一箩地筛。村子本来就小，一到晚上，那嗡嗡的石磨声和哐哐的箩面声便充塞着小村的每个角落。等到天明，就能听到老叔的吆喝声："取面来，磨好咧！"

活路虽不算轻巧，比放羊强多了。起码不用老叔拿着羊鞭四处奔波，风吹雨淋。老叔为此很感谢桑树坪人对他的顾怜。更让老叔满意的，是磨房里有一盘小炕。按规定，谁经管磨子，这盘炕就暂时归谁所有，晚上干活乏了可以歇一会儿，白天也可以在里面关起门睡大觉。这磨房窑就是当年青翰老人住的那孔，老叔就是让几个侄子从这里哄出去，从此开始了在故乡的流浪生活。如今，他想不到又能回来，而且是这孔窑的主人，尽管是暂时的。老叔就准备在这里安下家来。他知道自己的日子不多了，保不准哪天就闭眼。如果他死在荒山野岭，或者那孔连门都没有的破窑里，老叔说："我一辈子没做亏心事，落那么个下场，死都闭不上眼！闭不上眼让我眼盯着人受熬煎，那滋味不好受哩！"

老叔的精神为之一振，为了报答村里人，他做活格外精心。有时面磨好了，他就给人家送到家门口去。

从老叔搬进磨房，他再次把酒戒了。这次戒酒老叔没费很大事，因为穷，把他的酒量也弄穷了。

自打整理老叔材料的事之后，我跟老叔的关系一天天加深。白天老叔歇了磨子，便和我一起去放羊，为的是能散散心。

这段时间里，老汉讲了多少神奇迷人的故事，有一件事是让我至今难以忘怀的。

老叔在新疆的时候，曾给一个去高昌、楼兰古国遗址搞发掘的考古队当过力伕。他没想到，竟能跟这些有名气的专家学者交下朋友，他们一起在荒凉的戈壁滩上度过了好久的艰难日子。

后来，老叔离开考古队，当了采玉工。

叶尔羌河上游的崇山峻岭间有个地方叫玉山，那里出产玉石，其中有一种珍品，俗名叫"猴子耍"。因为这种玉只产在那些只有猴子才能攀上去的深山里。猴子发现这种光彩夺目的玉石，便捡来玩，而后又丢弃，这才为人所能采集。"猴子耍"是玉石中的珍品，做帝玺的材料。玉工采到不纳，便要杀头。到了民国，也属于采到必交官家之例。

没想到老叔采到这么一块金玉，色泽翠青，圆润如膏脂，放在一泓清水里，水都变成碧绿色。老叔爱不释手，当时又胆大，便翻山越岭走了两月，从山的另一面跑了。他带着这块宝石到了迪化，也就是今天的乌鲁木齐。

在迪化城里，他又碰见了那些考古队的朋友。不过，这些人已经不是专家学者了。政府把他们忘在沙漠里，断了他们的经费。他们别说搞研究，差点没饿死在沙漠里。这些人流落到迪化后，住在小客店里，每天靠给人教几页书写写字混日子。可老叔知道，这些人手里有几样发掘出来的古物，随便卖给哪个走西域的客商，便不愁衣食盘缠，可他们宁愿饿死也不卖。

老叔对这些人的为人很敬重，自己只有一块宝玉，便拿出相赠，让他们卖了回内地去。那些人知道此物的贵重，坚辞不收。老叔只当他们怕官，生生把一块大材破成几小块，一块贡品玉毁了。那些人感动至极，收下几块变卖，又把其中一块刻上几个字回赠老叔做个纪念……

"上面刻的啥？"我问老叔。

"如玉！那些书呆子闹耍货玩哩。"

老叔说得十分轻松，也许他真的不明白，那"如玉"二字，是人家对他多么深沉的赞誉。

"这块玉石呢？"

"唉，别提咧，我吃了两个月的官司，官家说我倒卖国宝，幸亏不成材，不然也活不成咧。"

老叔说完哈哈大笑，又说："我咋从来不知钱是个啥稀罕物，回到家就懂咧。娃，我告诉你，人活着，不要图谁说你好，只为死后人不记恨就罢！"

我们就这样悠悠闲闲过了几个月的日子。磨子窑里热腾腾的火盆，老叔说不尽的故事。每天早上，老叔仍要喊一句："哎呀，老汉还活着哩！"

老叔回村快二十年，就过了这么几个月的好日子。

六九年四月里的一个黄昏。

老叔套好磨，打着牲口滑磨道走起来，他坐下来歇口气准备筝面。这时，金斗来了。

金斗进门就说："老叔，队里想拾掇这窑，你先挪一下吧！"

金斗的话音未落，就见老叔浑身直打哆嗦。他牙关紧闭，眼睛发直，脸色变得铁青。金斗一见老叔这模样，慌得赶紧走了。

后来我才知道，其实，金斗说的是实话。磨子窑老了，经常往下塌土，队里一直没钱整修。眼看快要收麦，万一出麻烦，全村人就吃不上面。金斗下狠心请人来修一下。

可是，老叔让他们哄怕了。

金斗走后，老叔从炕洞里摸出一小罐酒，老叔说过这是他留下准备过七十五寿时，请全村的人喝一回的。老叔拿起碗，又想往酒里对水，可不知又动啥盘算，他没有把水对进去。

磨子还在转着，老叔盘腿坐在炕上一碗一碗喝起来。

我去看老叔的时候，发现老叔脸色很阴沉，他说："娃，喝一口。"我抿了一口，说："好酒，没对水！"其实我根本尝不出来，只不过想逗老叔，老叔没有说啥，苦笑了一下。

老叔今晚神色很怪，眼睛常发直发呆，也没有像往常一样，一沾酒就醉，醉了就胡说乱道："我年轻时啊，一回能喝一大坛子酒，喝完还能在胡麻地里骑上快马跑……"

我陪着老叔不言不语坐了一会儿，老叔说："娃，回去歇着吧，我也要歇咧。"

第二天一早，村里人好半天没见磨子窑有啥动静，有人推门一看，只见磨顶上的麦早就磨完了，牲口拉着一盘磨又不知走了多久才站住，生生把一盘大磨给拉毁了。而老叔也不知往何处去了。

快到晌午时，村里人在羊儿沟里一个人不常去的僻静处找到老叔。

老叔以他平日醉卧四野的姿势，侧躺在小溪边一蓬青茸茸的草丛间。他将脸深深埋进草里，像是拼命吸吮着什么。他那命根子一样的小酒壶跌落在身旁，一缕残酒淌出来，招引来几只土蜂，围着老叔嗡嗡上下飞。

山里的四月天，是金子难买的好节时。沟里空气清清爽爽，没有一丝灰尘；天空瓦蓝瓦蓝，不见一丝杂云。山风沿沟底滑过，掠过梢林，惊动林间鸟，几声啁啾，反倒更显出山谷的幽静。

金斗气哼哼白了老叔一眼，说："队里一盘磨让你弄日塌（坏了），你一点不心疼，一滴酒也要从地里舔出来！"

金斗一说，人群哄的一声大笑。

金斗用烟杆捅捅老叔，说："该醒咧，回去你咋给队里赔磨子。"

老叔一动不动。

村里人便三三两两散开歇乏。

歇得差不多了，金斗去喊老叔，连叫几声不见老叔动一下。金斗气恼地走过去一推，老叔的身子躺正了，人们这才看清楚。孤老汉李言已经死了……

第二天一早，我们接到通知去县里参加知青"积代会"。

中午，我们从桑树坪动身的时候，老叔的尸身还停放在堆草料的小屋里一块门板上，身上盖着薄薄一层麦草，脸上搭着一条布帕。

饲养室门前，村里几个主事的人还圪蹴成一堆，咂着烟在商量如何办老叔的后事。老叔的老屋怎么办？是队里出？还是李姓各家摊派？金斗说："队里哪有这笔款子，磨子窑还没拾掇哩，磨子又让弄日塌咧，我正发愁从啥地方弄钱赶紧打一盘新磨，不然村里人吃甚哩！"

金盛的话是代表桑树坪社员群众的，因为他是桑树坪贫协组长。金盛说："各家摊？这算咋个事么？老汉算是谁家的老人，谁家又该给他摊么？"

金斗磕磕烟杆，叹口气说："吃吃喝喝浪毙了一辈子，这会儿发愁没老屋咧……"

我知道，这种讨论在一个不算短的期限内是不会有结果的。我默默地转身走了。

拐过山垭时，我朝桑树坪看了一眼，老叔躺的那间小草屋很醒目，里面有一个孤零零的老人；周围，有一堆活着的人，他们同为一姓一族，可在这么个时刻，他们彼此还无法沟通血脉上的相连，老叔仍是李家的老叔。

我想，过三两天我从县里开会回来时，一定要给老叔买一瓶好酒，放在老叔要睡的老屋里，让他带走。我相信，我回来的时候一定还能见老叔一眼的，不信么？那你一定不了解桑树坪……

六　婶　子

六婶子要是去了，桑树坪人该花钱给这老婆儿造个"功德牌坊"才对。

桑树坪全为李姓人家。眼下福字辈齐刷刷一色二十上下的大后生和大女子。后生里面，凡是已经成家立业过营生或已经说定亲事的，他们的媳妇全是六婶子给寻下的；女子里面，凡已经出嫁或者已经聘出去的，她们的婆家主儿，也全是六婶子给说下的。六婶子经办全村一大半人的婚嫁迎娶一应粗细事儿，你说这功德还不大么？

林游山区地处边远，这里民风淳厚，老规矩讲究多。我们大地方来的人看着他们那些穷规矩穷讲究怪可笑，他们小地方人看着我们没规矩没讲究也觉着怪吓人。城里男女青年的自由恋爱，到山里人嘴里，就成了"支毙乱爱"，这要用话说出来，是很不雅听的。也巧，关中方言里，恋和乱，都发乱的音。城里人的婚姻事，让他们一说就是："啧啧！这叫啥规矩，想寻谁就寻谁，这不乱塌了台！"情投意合，想寻谁就寻谁，这难道不好么？不好！山里人着实看不惯。认为那样就乱套了。

可山里人讲究啥呢？看起来各种规矩讲究一大堆，说穿了又啥讲究都没有。本来嘛，山里人的后生到岁数就要寻媳妇，女子到年纪就要找婆家，男男女女结合在一起，"就是过营生嘛"！很简单。

当地的民歌里就唱道：

> 寻下媳妇做甚哩？
> 白天烧锅做饭哩，

　　　　　　夜里奶上歇乏哩，

　　　　　　炕上养娃做月哩……

　　这是山里男人们唱的歌。却也一针见血把男女双方的婚姻性质说了个透亮明白。男人寻媳妇，不外乎就是：为我做饭，跟我睡觉，给我养娃娃。做女人的也十分清楚她们这几项职责。于是，寻下媳妇说下婆家，男人满足了这几项要求，女人尽到了这几项职责，人人都兴高采烈，家家皆大欢喜。

　　六婶子就是给人经办这些好事情。桑树坪有这老婆儿，也真是好福气。

　　有的地方把六婶子这号人叫媒婆，林游山里不这么叫，而称她们是"说嘴婆娘"。这些说嘴婆娘也并非专职提亲说媒，而是各有营生，比如六婶子。可这老婆儿嘴巧腿勤，爱帮人个忙，爱揽些闲事，几回事办成了，求上门的人就多。事一多，老婆儿道跑熟了，话讲得顺溜了，情况摸得透了，再办这号事便得心应手，老婆儿也主动去揽些事，就成了不是职业的职业说嘴婆娘。七十二行里面没有说媒这行当。可山里家家户户却离不了这一行当。有人不喝酒，敢发誓说一辈子不搭理卖酒的"烧锅客"，可没人敢说他敢一辈子不跟说嘴婆娘打交道。山里人的规矩大，没有说嘴婆娘，你就是看着大姑娘闲荒在那里，也没办法娶进家来。做女人的也是，没有个三媒六证，再让她眼热的称心后生，她也不会自己上你的门。

　　林游山里，离了说嘴婆娘可不行！

　　我刚来桑树坪的时候，这六婶子也是昏了头，竟寻到我门上来。

　　"娃，今年多大咧！"她问我。

　　"十七，"

　　"有媳妇么？"

　　"十七就找媳妇？"

　　"哎哟，十七咧还不寻媳妇！"

　　我们互相觉着不可思议。

　　"娃，婶子给你说门亲咋样？"

　　"不要，我年纪还小。"

　　"小啥哩？人家水灵灵的女子，俊着哩。"

　　六婶子突然觉得话说得不是地方，"噢，对咧对咧，我一时时才清白过来，你大地方人乱爱哩……"六婶子很懊悔地去了。

　　过了有一个月不到，我们三个知青各奔东西。女知青林燕抽到县革委"毛泽东思想宣传站"去当广播员；男知青郑小虎在学校就是团员，到村里后又积极要求入党。上面把他作为知青里的培养重点，弄到公社去搞专案工作。桑树坪就剩下了我，一个人没法起灶开伙，生产队长李金斗说："到你六婶子家搭伙吃饭去吧!"

此后,我有很长一段时间在六婶子家吃饭。她家里安着全村唯一的一只有线广播喇叭。吃过晌午饭,我听一段秦腔移植样板戏,"北风那个吹,雪花那个飘,雪花那个飘飘年来到……"这是喜儿在唱;吃罢夜饭,我听一会儿"新闻联播","……无产阶级文化大革命,使得农村发生了翻天覆地的巨大变化……"不知是哪一篇社论。这中间,还串着电话声:"日你先人,公社要的硬柴还不赶紧送来……"

六婶子是李金盛的婆娘。同辈人称她六嫂子,不知李金盛在本家排行第六,还是六婶子在娘家排行第六。

妻笨夫灵,夫憨妻精明。这话不假。李金斗是桑树坪头一号精明人,他的婆娘就憨笨得从不抛头露面,连句话也不多说。而李金盛手笨嘴笨,除了做活路,啥事也支应不了,他家里里外外就靠六婶子出面支应。因此,桑树坪论能人,男的数金斗,婆娘就算六婶子。

我跟六婶子接触多了,就发现这老婆儿的确是个热心人。出于职业习惯,她三句话不离本行,开口就是:"你家娃娃到岁数了吧?"如果人家回答说到了,接着六婶子就说:"该操着心咧!"如果人家回答说:"嫂子给咱娃操心一个。"老婆儿当下就说:"成,我给咱娃操个心……"

别看六婶子是山里婆娘,脑子极好使。这一带方圆十几里内的村村寨寨,谁家有后生到了订媳妇的岁数,谁家有女子到了要找婆家的年纪,乃至这些人家的家底子如何,她都能说出来,脑子里有一本清亮的账。掌握了这些情况,碰到事儿,她脑子一动,当下就敢决定应不应。只要六婶子肯揽下的事,就有六七分成色,再动动腿动动嘴,事情也就成了。迎亲的喇叭一吹,大车一赶,山里人总要问这亲事是经谁手操办的,一来二去,六婶子在这一带名气挺大。

接触六婶子,我也长了不少见识。

后生和女子到了岁数,说嘴婆娘主动找上门,去为男女两家穿针引线,掐成一对夫妻,山里人把这叫做"扯媒线"。如果有人找到说嘴婆娘的门上,央求她为自己的儿女"操点心",说嘴婆娘再根据自己掌握的情况,选一个合适的,然后在两家之间来回走动,谈条件办一应交涉,直到把事办成,把一对新人儿送进洞房,山里人把这叫做"说干媒"。

"扯媒线"容易,"说干媒"难。

"扯媒线"是说嘴婆娘把男女双方的情况都掌握了,有利不利因素都考虑进去,很有把握的才会主动找上门,为两家说合。"说干媒"纯粹靠说嘴婆娘的本事了。人家央求上门来,说嘴婆娘要是应下来,就要去找合适的人选,找到了还不能保证人家就同意。说嘴婆娘就要凭功夫想办法,说动一方,让这家人同意。由于"说干媒"是说嘴婆娘为一方奔走,在另一方,说嘴婆娘和央她奔走的人就处被动地位，其间少不了磕磕绊绊的事，全凭说嘴婆娘灵活掌握局面，有漏洞就补，有麻烦就赶紧解决。说嘴婆娘能应下的事，一般都不会失败。失败了，对说嘴婆娘和央她办事的人极不利。对说嘴婆娘来说，会让她名声跌落，以后央她办事的人就会考虑她的本事。对央说嘴婆娘"说干媒"的人，对方看不上不同意了，张扬出去，以后事情更难办。

因此，说嘴婆娘的功夫至关紧要。

山里人的讲究多，小男女就是已经订了亲事，也不能直接过话。道上见了面，也只当不认识。不少小男女直到进了洞房才知对方是什么样，压根就是陌生人。小男女到年纪了，做父母的给订好亲事，告诉他们一声"给你把事订下咧，某村某户某某人"，就行了。两家大人也不多直接打交道，庄稼人本来就少言少语忙活路，懒得走动应酬。既然有说嘴婆娘，一应交涉就托付给她们，双方有什么话，由说嘴婆娘来回走动传递。

这些年，山里的风气也变了点。变，也只是订了亲的小男女不像以前那样太死板。道上见了面，认识的也敢过几句话，说说营生，扯扯闲话。可见了人最好还是躲开为妙，不躲就有闲话，有闲话就伤人！

"这后生少规矩，没成亲急个啥！"

"这女子没规矩，还没过门哩，扯着男人就不撒手，骚情！"

这天，我在六婶子家吃罢晌午饭，六婶子到涝池去洗衣服，我倚在炕墙上听广播。

这时，打门进来个外村的老汉，见我开口问："谁是李家六婶子？"

我告诉他六婶子一会儿就回来。看样子，这老汉不认识六婶子，也没来过桑树坪。

老汉自己落了座，掏出烟锅。我问他找六婶子有啥事，老汉口直得很，说："寻她能有啥事，央她给咱娃操心个媳妇！"噢，是找上门来央六婶子"说干媒"的。

老汉姓吕，家远在县城西边的吕家沟，离桑树坪差不多有五十里。跑这老远来找六婶子，又不认识她。我很奇怪，就问老汉这事为啥非找六婶子不可。

老汉说："我也是听人家说，桑树坪的六婶子办事麻利，她应下的事没麻搭！"没麻搭是关中方言没问题的意思。可见六婶子的名气够大的。

一会儿工夫，六婶子回来了。两人见面客套了几句，就入了正题。六婶子先问了一下吕家的大致情况。老汉一拍腿说："咱敢找到你门上来，你说啥就是啥，千儿八百也拿得出手，咱咋能让你嫂子伤脸！"

山里提媒说亲，头一件事就是能拿得出多少，不吐这话，说嘴婆娘就不敢应。老汉口气很大，看来不是假话。两人便小声嘀咕起来，我一句也没听清，只见六婶子脸沉了下来，说："不成不成，这事我弄不成！"

老汉一听急了，接过话说："啥弄不成，咱娃有点毛病又不耽误婆媳妇过营生，你好歹给咱操心一个，有个喂猪做饭的就对咧！"

老汉说着，塞过去一个纸包。我知道，那里面是酬谢说嘴婆娘的辛苦钱。辛苦钱一般都在事有个七八分成时才给，哪有事情没办，先给辛苦钱的。我看出点眉目，这老汉不是家道富足，就是有难办的事，先用钱壮说嘴婆娘的胆。没有人跟钱有仇，收下钱就得办事。

纸包沉甸甸的。

"这是弄啥？"六婶子说。

"弄啥不弄啥你收着。"

"自家人弄这干啥！"六婶子又心动又犹豫。

"自家人，就算给嫂子扯件衫子。"老汉说着一塞，六婶子就势接了过来。

"我话说在头里，弄不成不要怪我老婆儿。"

"啥弄不成，啥弄不成！"老汉一路嘟囔着，喜孜孜地回去了。

六婶子又应下件事，我见她眉头皱着，知道她正在查脑子里那本账。

一会儿，六婶子的眉头舒展开了。

我觉着这事怪有趣，就问六婶子："婶子，你给寻好了？"

六婶子说："唉，这事难弄，西边有家人，眼下正熬煎，屋里两个后生要寻媳妇，等钱用，急着把他女子聘出去，我明个过去看看成不成。"

我不由佩服起六婶子，她脑子里那本账可真管用！

金盛对婆娘的事从不过问一句。这老汉吃罢饭就知道圪蹴在院里打盹晒太阳，上工钟声一响就下地。

六婶子办事就有个麻利劲。第二天吃罢午饭，她捆了头，缠了一副新青布裹腿准备出门。临出院门的时候，对金盛说了一句："我不下地咧，往王圪头村走一趟。"

王圪头村离桑树坪最近，在西边五里。桑树坪有一块"飞地"就在王圪头村下的老鸹沟里，我干活时去过那个村，跟桑树坪差不多大小。不用说，王圪头村有六婶子相中的人选。

快吃晚饭的时候，六婶子才从王圪头村回来。老婆儿的鞋面落了一层厚厚的尘土。说嘴婆娘这碗饭也不好吃，六婶子一对小脚儿，这往王圪头村子去来回十里路，上坡下沟，翻山越岭，也够老婆儿折腾的。可六婶子的气色挺好。我想，这事恐怕有点眉目了。至于王圪头那家人跟六婶子怎么说的，我不清楚，想来六婶子一张巧嘴是有办法应付一切场面的。

没过几天，又是晌午时分，那老汉又来了，也是风尘仆仆，为娃娃的事也真舍得老腿。老汉来听六婶子的话。

这一次六婶子和老汉说话不背人，六婶子一见老汉就说："哎哟，折腾死我老婆儿了，人家要你拿个准话。"

老汉一听就嚷着说："啥准话？让他说多少就是多少，老汉不打磕绊，我屋里有四儿两女，还管不起一个娃！"

老汉的这番话实在需要加点注解才行。说嘴婆娘把男方情况介绍给女方家里后，女方家回话说"拿个准话"，意思就是问男方家能出多少钱财，让说个准数。另外也含有其他一些意思，如问男方家的家道到底怎样？底子厚实不？一旦女子进了门，会不会受穷吃苦？

老汉便回话说，他有四儿两女，儿女在山里人的观念中，都属财产范围一类。儿子可以做活挣工分，女儿若聘出去就能收取不少钱财礼。那么，这么大一笔财富，还管不起一个准备找媳妇的娃？老汉让女方家放心，订了亲后的份例不会少，女子过门也受不了屈。

按山里人的讲究，"拿个准话"是这门亲事有眉目的征候，家家办这事儿都一个样儿。这老汉的家道的确不错，吕家沟属城关公社，是这个县少有的几个富村之一。果不其然，老汉扔下要带过去的话，啪的一声又往六婶子家的桌上拍了一张五元的票子，说："让老婆儿受累咧，做双鞋穿。"边说边美滋滋地走了。

说来说去，还是个钱财。扯的是男女婚姻大事，做的却像是集上的买卖交易。

这一回，六婶子不像上一次那样儿，脸上多少有点难色。吃饭的时候我问她："婶子，是王圪头村谁家女子？"六婶子说："王吃零老汉的二女子，大名叫个玉兰。"

我听了不免一惊。这玉兰我见过。

那是刚来桑树坪没几天，公社为我们开了个欢迎会。会后，公社的一个土里土气的"毛泽东思想文艺宣传队"还演了几个节目。其中有个跳"社员喜交丰收粮"舞的女子，颇为引人注意。别人说，她叫玉兰。

后来，我有几个同学也被选进了宣传队。那时候我们知青也无聊得难受，爱起哄凑热闹，没事就往公社宣传队跑，说是找同学玩，其实是想见识一下这个挺出众的玉兰。

玉兰的确很俊，可以和桑树坪的李彩芳一比。但李彩芳的名声不好，又是个小寡妇。玉兰黄花闺女，见人羞答答一笑，不疯不闹，比李彩芳显得文静。

玉兰要找婆家了，是不是公社宣传队那个玉兰呢？

六婶子办事就讲干脆利落，她不拖，因为不管办什么事，都怕夜长梦多。得了老汉的话，她第二天就到王圪头递过去。

这次间隔的时间挺长，可能又是山里人的啥讲究，因为这已经到了决定女方家应还是不应的关键时候，需要有时间让女方家考虑。

好像一切都是由规矩决定好了的，过了有大半个月，六婶子去了王圪头。第二天，吕老汉又来了，六婶子说："人家要去看看！"

看看就是男女两家见个面，也就是相亲吧。

按山里人的规矩，两家见面相亲，小男女是不见面的。"说干媒"是由女方家去一个长者，或父亲或母亲或很亲的亲戚；"扯媒线"也一样，不过是双方都互相去看看。

看看也不是去相小男女，还是去看家道营生。跟小男女见个面只是捎带着过一眼，因为山里人又不讲究相貌如何，不聋不哑不跛就成，反正是过营生嘛。

对方满意的话，当下就把亲事定下来。

老汉说："成！"

六婶子说："你捡个日子。"

老汉想了想，说："这个月十六，县东关有会那天吧。"关中人讲的会，是传统的庙会，以后演变成大的定期集市，庙会的传统性质早变了。过会就是去买卖交易，会上还有各种活动，搭台唱戏，耍猴卖药，习拳弄棍……很是热闹。

这天离老汉说的十六会，只有五六天时间。六婶子说："你急个啥？"

老汉说："事情要是定下了，找在会上能给咱女子买些东西带过来，亲家也能挑挑拣拣，喜欢啥咱就买啥，不好么？"

六婶子点头同意。

这老汉，亲事还没定下来，他已经称"咱女子"、"亲家"了。老汉心倒挺急。

东关十六会那天，六婶子天不明就动身了。她要先去王圪头村叫上玉兰家的人，然后到张家坪去搭班车。若是汉子，五十里就走着去了，六婶子是小脚儿。

天完全落了黑，六婶子疲倦地进了门。我正在听广播，六婶子一屁股坐下，累得直喘气。可她很兴奋，不断声地说："成咧成咧，吕家真是好人家，请我几个在县里吃的饭，还喝了酒。老汉出手大得很，华达呢一扯就是几丈，把他亲家喜得不行。"

……

从六婶子揽下这事，前后不过一个月的工夫，成就一桩美事，六婶子展眉笑开了，老脸上放着光。我看了也不由心动，对山里人来说，还有什么事能比这号事更让他们头疼，也着实让他们高兴呢？

六婶子真不亏是个拔尖尖的说嘴婆娘。

相亲以后的事就简单多了。

按山里的规矩，两家人见面订下亲事，男方家放出头一笔彩礼，叫"小定礼"。"小定礼"的数目没准头，视年景好坏。好年景就给的多一些，可坏年景，"小定礼"也不会低于三十元，这已经寒酸得拿不出手去了，"叫人笑哩！"那吕老汉放了多少"小定礼"？六婶子没说，估计少不了。因为放了"小定礼"，老汉又扯了几丈华达呢，这是额外的，因此让玉兰家里人喜得不行。

又是山里的规矩，订了亲事放了"小定礼"，女子出聘，从这一天起就是夫家的人了。只不过在未进门之前，暂时寄养在女子娘家。既然成了夫家的人，那么，这个女子一直到她过门，这段时间一应需用：身上的衣裳、炕上的铺盖、年节的好吃好喝、平时的零用钱，全由夫家负担，山里人把这叫做"随礼"，就是女子的寄养费。男女双方家不直接过话，因此，这些钱财物品，全由说嘴婆娘转递。

此后，差不多过个十天半个月，吕老汉或者他的哪个儿就要来六婶子家一趟，搁下大包小包、盆盆罐罐、粮食口袋，甚至油瓶子都要送过来。这个举动很让人奇怪，因为送"随礼"没有这么个勤法。六婶子对我说："吕老汉家富道，就剩下一个娃没有说下媳妇，老汉急，礼数也大。"我也就不觉得有啥奇怪了。山里人就是这样，日子虽苦，可办这号事一点不敢马虎。

东西不断地送来，六婶子不断地跑，她也乏得很。小物件她自己能捎到王圪头去，大的物件，她只好央我帮忙。她在前面走，我扛着东西跟着她。

到了王圪头村，进了玉兰的家门，玉兰只闪了一下面，就躲进小套屋再也不露面。不过我也看到了，就是在公社宣传队当过队员的那个俊女子。小女子如今是有身份的人，女子寻下婆家，从此就要守闺阁，讲操守，轻易不抛头露面，轻易不同人搭话。玉兰家里留我和六婶子吃了几碗茶。玉兰在小套间里，我从门帘子缝朝里边张望，只见小女子盘坐炕上，正在做针线，那模样就像个本本分分的贤惠小媳妇。

我当时只觉得山里有些规矩挺有意思，怎么一个无牵无挂的小女子，一旦说下婆家，立刻就能改变她的举止、言行呢？这玉兰此时想啥？恐怕只想反正迟早要过这一关，不如早早过了门。我在桑树坪就听到那些要出聘的女子上山挖菜时唱：

问声女子你恼甚？
早算夫家门里人，
只盼花轿快进门，
吹吹打打抬了去，

恩恩爱爱怪喜人……

女子出了聘，的确就盼着这么一天。山里的女子，知道自己生做女儿身的职责和义务，过得门去能盼上夫妻恩爱、公婆疼怜，也算是做女人摊上个好命。她们也没有更多更高的要求了。

吕家的"随礼"不断地送过来。六婶子是见过场面的人，有次也不得不向我伸出两个指头，意思是少说也有二千块钱了。她对我说："还没到放'大定礼'，就铺排下这场面，了不得呀！"转尔又对我说："娃，你看咱山里人的讲究，哪像你城里人，一分不花也能把媳妇引进门，便宜没好货呀！"我听了六婶子这番话，也只能报之以苦笑。难怪有些后生和汉子愁眉不展地说："唉，下辈子投生变个猪，也不做山里人咧！"

玉兰家里人也是，吕家不论送来多少东西，他们都照收不误。越收胃口还越大，越收还越挑剔。有一回我帮六婶子扛过去一口袋麦，那个王吃零老汉解开口袋，扔几颗麦粒在嘴里咬咬，说："狗日的吕家，这是去年的陈麦，欺负人哩！"六婶子赶快把这话递给吕家，说："下回可不敢送陈麦咧，人家不高兴！"吕家人果真吓得再不敢了。

又有一回，吕家的"随礼"不知因什么事耽搁，晚送了几天，玉兰的父亲竟找上六婶子的门来。王老汉不说嫌礼送晚了，而说："咱女子说咧，她岁数还小，想不忙寻婆家，过二年再说。"六婶子听了，吓得腿直打哆嗦，这不是要把婚事搁荒了么？

六婶子把王家的话传给吕家，吕家的人也吓出一头的汗。这话是警告吕家，日后"随礼"一天都不能耽误，只能提前。吕家当然唯命是从。因为要是这样把婚事搁荒了，吕家的人又丢人又失财。男方家因为穷出不起"随礼"而让女方家提出退婚，前面一应破费，女方家也只能退回一部分。另一部分呢？女方家会说，养不起媳妇，把他女子还给耽误了！

我有点反感这一套了，可山里人却做得极严肃又认真。

那个俊女子玉兰，她对自己家里人的这套做法咋想呢？在桑树坪住久了，我才懂得，女子无所谓想不想，花钱娶媳妇，天经地义的事。她们大部分也是只嫌少不怕多，多了能给自己攒一份家底，日后过营生就少为难。这都是山里人的规矩啊。规矩就在个"老"字，不老不成规矩。新东西人们还难接受，等放老了接受下来，成了规矩，山里人已经习以为常了。我想，那个俊俏的玉兰女子，大概也不会说啥的！

一九六九年的春节前半个来月，吕老汉好久不过来，这次又亲自登了六婶子的家门。他开门见山对六婶子说："嫂子，娃的事不敢再拖了，年下快到了，借着喜日子，咱把娃的事操办咧！"

吕老汉是来定娶亲日子的。

这大半年也把六婶子折腾得够呛，她当下答应："好，定下日子咱就办。"吕老汉放了"大定"。

简单的一番商议，玉兰的婚期就定下来。到了正月初五那一天，吕家沟会赶来一辆大车，车上有席棚，席棚四周披红挂绿；车后边载着箱箱柜柜，大包小包。玉兰女子要嫁过门去。于是，在这个世界上，少了一个姑娘，多了一个小媳妇。姑娘不存在了，连她的姓名也跟着消失了。世上多了一个小媳妇，按规矩，也就多了一个什么什么氏。拿玉兰来说，她以后就叫"吕王氏"。如今这老规矩不时兴了，就叫她谁家的媳妇或某某嫂子……

春节期间，我是在省城家里过的年。

过了正月十五，我返回桑树坪，仍在六婶子家搭伙吃饭。隔了这二十来天，我走进六婶子家门的时候，就发现六婶子眼圈红红的，倚在炕上，像是生病。老婆儿的脸色十分难看，我叫了她几声，六婶子根本不搭理我。这是咋回事？

我好生奇怪，谁招惹了六婶子？

我只好快快走出来找人询问，才知我离开桑树坪二十来天，就闹下一桩怪吓人的事。

初五那天，王圪头的女子玉兰嫁到了吕家沟，拜堂成亲喜气洋洋。等娘家人吃完喜酒回了村，玉兰被人簇拥着进了洞房，喜眉喜眼想笑笑，这才发现她要跟上过一辈子的男人，原来是个只有三尺来高的"柳拐子"病人。这病是林游山里一种地方病。从相亲到拜堂，全是玉兰男人的兄弟顶替的。

玉兰伤心得当下就昏死过去，她闹着死活不干了。可这会儿已为时过晚。进了夫家的门，夫家可以当着她娘家人的面动家法。何况此时她已经孤苦无依，要打要骂，只有随吕家的人去折腾了。可玉兰还是拼着命做了一番挣扎，又有什么用呢？吕家的人借着山里一种粗蛮的习俗——闹房，几个后生把玉兰按在炕上，让她三尺高的病男人成其好事情。吕家人以为玉兰失了身也就认命了。

这消息传到王圪头村，气昏了玉兰父母，他们拿吕家的人没办法，气得骂上桑树坪六婶子的家门来，脏话粗话，八代祖宗先人都骂出来。骂够了，老两口坐在六婶子门前，拍腿捣胸号啕大哭，六婶子吓得连门都不敢出。就这样，王家的人晚上骂着回去，早上又骂着过来，整整骂了三天。那三天，桑树坪也让搅翻了天。第四天，王家不骂了，他们顾不上骂了，原来，多俊的玉兰女子啊，走投无路，在吕家沟上吊寻了短见。姑娘也好小媳妇也好，算是彻底消失了。

听到这件事，我震呆了。一个多么好的女子，跟上个好人家，会是多么贤良的小媳妇，就这么草草走完了短暂的一生，她抗不过做女人的命啊……

过了半个来月，我见六婶子的心情好了一些，吃饭时候就对她说："婶子，你以后不要揽这号事了，看人家玉兰多可怜。"

六婶子听后叹口气，十分委屈地说："我半辈子就弄下这么一桩让人骂的事。他王家人为啥寻我的事？我只管把女子送过门，过了门就是他屋里头的事……唉，我老婆儿日后还咋给人家操着心哟……"六婶子还想日后给人家操心呢！

六婶子真是委屈极了。她只管说合，合了能不能过到一搭去，这不是说嘴婆娘的事儿……

漆 水 静 静 流

一九六八年的三月末，我插队来到关中西北部的林游山区。桑树坪的生产队长李金斗到县城接我。当时，我有一口帆布箱子实在拿不了，金斗让我先存放在县里，说过几天会叫人来跟我取。

回到桑树坪没几天，金斗果然通知我说，明天叫人跟我去县城取箱子。金斗派谁去，那是他的事情。

第二天一大早，我开了院门，就发现墙根圪蹴着两个人：一个是三十上下的汉子，一个是七八岁模样的娃娃。从两人的眉眼看，他们是父子俩；从两人的举动看，汉子就是跟我去县城取箱子的人。

果然，汉子眼睛直呆呆想啥心事没发现我，那娃娃看见了，叫了声"大"，汉子赶忙收回神儿，两人慌乱地立起来，贴墙根站直了身子，低下头，都把双手抄进袖筒里，也不说什么。那神情举动，就像是做错了什么事等着听人呵斥一样。

虽说到农村满算才四天时间，可对村里人那种对我们恐惧而诚服的恭敬态度，已经有点习以为常了。我们这些省城来的知识青年，在村里人的心目中，是一群不可思议的怪物，是天不怕地不怕的煞神。我实在想不到，这个离省城不过四五百里的小山村，有些习俗竟那么古老。村里人怕官，凡是脱产干部，到庄稼人嘴里，就成了"那是顶上家封下的官"！村里几把公社以上的各级领导，都称"顶上家"，意思不外乎是在他们头顶上的人。开会的时候，不管是队长讲话，还是群众发言，开口就是"顶上家说咧，让咱百姓如何如何……"我有时觉着怪，怎么一个小小的公社干部发通火，村里人会吓得大气不敢出。可村里人又十分信服："世上的事就是一物降一物。""现如今，顶上家让学生娃娃给降住了"……他们暗里可以耍心计算计我们，但表面上对我们又害怕又恭敬。走在道上，就是上岁数的老者迎面过来，见了我们，也会赶忙闪到道旁，把路给我们让开。

可眼前这汉子，他恭恭敬敬立在那里，却一言不发，态度极其冷漠，瞥了我一眼之后，便不再看我，又像根本没把我放在眼里。他的神情，像是刚同谁吵架怄了气还没消火，可比一般的怄气更甚，简直是跟谁结下了仇。他嘴闭得铁紧，绷起两腮的肌肉，脸色铁青。

"你跟我去县里？"我问。

汉子不搭腔，而且脸上没有任何想搭腔的表示。

"你贵姓？"我又问一句。

他仍不搭理我，从腮上紧绷的肌肉可以看出，汉子紧咬着牙关。

我碰上这么个怪人！他是哑巴？不会，刚才我明明听到，那娃娃在叫他"大"的时候，汉子"哎"了一声。可他为啥对我这种态度？这个人倔强得有点不近情理。他一定是跟谁怄着气，可怄点气能叫一个人忘掉最起码的客气吗？

我打量了一会儿这个奇怪的汉子，得到了一个很深的印象，这汉子就像是一只猛兽，却又让一股蛮勇的、粗野的、巨大而无情的力量所制服，制服只是由于这只猛兽无法对付这股力量。他不肯屈服，又不能不屈服，于是，才有这样一种奇怪的态度：恭而不顺，服而不贴……这股力量是什么？我可以想见它的巨大和无情。因为走遍桑树坪，我还没见过第二个能像他这样体格魁伟、相貌粗悍的壮汉。

我问了汉子两声，没得到一个字的回答，我没办法，只好说了声"走吧"。

汉子听到我的吩咐，立刻蹲下身去，那娃娃便十分老练地趴在汉子背上。汉子背着娃娃，我们就这样上了路。

往县城去的一路上我们之间无话。不是无话，我又试探着跟汉子搭了几句腔，汉子不是装着没听见，就是干脆直瞪着双眼不搭理我。我也不想再去费啥工夫，到农村没几天，可也经见过一些怪人怪事。山里人有些举动，我们看着也觉不可思议。这汉子可能就这么个不爱吭气的脾性吧？

可我的想法错了。汉子不是不爱说话，只是不知为什么不跟我说话。跟他的娃娃，他的话并不见少，耐心地回答着娃娃提出的问题，比如阳坡上的草为什么比阴坡长得密……他教娃娃，走山路的时候，身子要微微弓起朝前倾。其实我后来才知道，汉子这话是冲着我说的，因为他看见我爬山很乏累，一步一喘。可他又不愿直接对我说话。

汉子真是个好父亲。他一直背着儿子爬坡越岭翻沟，却不断告诉背上的娃娃，怎么坐才不乏，才舒坦些。他疼娃娃，想的比婆娘还要细。

过陈河小石桥，离县城还有近一半的路，娃娃怕父亲乏，非要下来自己走，汉子就是不肯，对娃娃说："你看，大一点也不乏。"说完，他背着娃娃一溜小跑，边跑还边哼着小调，什么"羊娃儿乖乖，怀里吃奶奶……"颠得娃娃在他背上咯咯笑。

在村里，父子俩是那样一副模样；出了村，我才看出，他们并非冷漠无情，木然对待别人的"死木头桩"，也是有喜有乐的人。看着这父子俩嬉闹的样儿，一股子可怜的感觉又油然升起。

可怜，是我对桑树坪人的一种普遍心理。他们太值得人去可怜。不到这小山村，我是想象不出，如今还有人这样活在世界上：破破烂烂的窑洞，让烟熏得乌黑，炕上一领席，席上一床被和几块当枕头的青石，再就是几样简简单单的炊具和一单一棉两身衣服。种地他们讲四季，而穿衣服只论凉热。热了就穿单褂子，凉了就穿棉袄。不凉不热的时候，早晚就把棉袄披上。谁穿了一件两层布的夹袄，婆娘们就要在地头议论很久。

我对这父子俩的可怜之心更甚，山里的三月天气，早上还有丝丝凉意，父子俩上身都穿棉袄，下身一条单裤。父子俩的衣服长短都不合体，娃娃穿的那条单裤，刚过膝盖，瘦伶伶的小腿杆露着。他们身上的衣服，不如说是用线拼起来的破布更恰当一些。那针脚很粗很乱，显然不是出自女人的手。如果线断了，两身衣服就变成一堆五颜六色的碎布头，黑的蓝的灰的，还有花花绿绿的，什么都有。

我们就这样往县里去，汉子随着我，不言不语，我停他就停，我走他就走。这一路上，他们父子尽情地寻找着各种乐趣，有说有笑，却把一种让人感到压抑和沉闷的感觉留给我。我心里觉着别扭极了。

我们走到县城，时值正午。

到了县城，我要买点东西。我每进一家商店，父子俩便止住步，圪蹴在门外等我。娃娃一双机灵的大眼睛，盯着橱窗里花花绿绿的商品。

事情办完了，我们也到了城西街口，那里有一家小饭铺，也就是前几天我跟金斗吃饭，金斗坑我七毛钱的地方。我对汉子说："吃点饭吧。"汉子便选了个墙根处坐下来，把娃娃揽进怀里，掏出一个黑面掺野菜的馍，自己吃一口，给娃娃嘴里喂一块。那娃娃也怪，许是让父亲娇惯了，小手始终不从袖筒里伸出来，就那么张着小嘴，让汉子一块块喂。

我可怜这父子俩，便走进饭铺，给一人买了一碗"红肉煮馍"。香气弥漫着一条小街，娃娃馋得直朝饭铺里张望，汉子装着不看，可我觉察出，娃娃馋，让做父亲的又难受又为难。他可能口袋里连一毛钱都没有。

我买好了三碗，这才出来喊他们。汉子忍着不动地方，我说："都买好了，不吃糟蹋了，让娃娃也吃点热的。"庄稼人最怕糟蹋东西，而这汉子最怕的是娃娃受屈。他看看儿子，迟疑了一下，跟我走进了饭铺。

汉子不言语，坐下就端起一碗饭，先用筷子给娃娃嘴里拨。娃娃不吃了，他把剩下的半碗几口扒进肚里。还有一碗饭摆在那里，汉子连看都不看。这一举动，又跟李金斗形成鲜明的对照。外表上同为破破烂烂的可怜人，可金斗贪小利，连我剩的半碗饭都吃了。这汉子呢？假如不是为了儿子，这香气诱人的饭食，是难以打动他的。

这是一条好汉！我又添了一分印象。

吃完饭，我去县安置办公室取来箱子。汉子用缠在腰里的一根皮绳把箱子捆在背上，我们顺路朝城东关走，从那里出城回村。在一家商店里，我买了一斤当地产的粗饼干，准备在适当的时候送给娃娃。

出了城关，一条小路盘延下山。汉子背着沉重的箱子，依然蹲下身来，让娃娃骑到他脖子上。娃娃扭动着身子，说什么也不肯了。汉子只好开口说了一句这一路上最长的一句话，他说："绵娃，大一点不乏，这箱子，看着大，一点也不沉。大背沉东西走着舒坦，轻咋咋的怪不舒服……"

这娃娃叫什么绵，山里人称呼娃娃，总是用最后一个字再加个娃。绵娃依然不肯上去，我很受感动，便对娃娃说："你大让你坐你就坐，不然你大心里不好受。"生人说了话，娃娃乖乖骑到汉子脖子上，那汉子竟对我报以感激的一笑。面对这汉子浅浅的笑容，我当时到有点受宠若惊。

顺着小路下了山，就是一条开阔的河谷川地。漆河水一条细细欲断的混浊水流，静静东去。正是枯水季节，漆河水流眼见着要断了，干涸的河床，裸露出一川的青光卵石。这就是源于林游北部深山，贯林游县境的漆水河。一年里，有大部分时间只能算是一条似绝非绝的小溪，只有宽阔的河床，还能告诉人，这条河也有作为一条河的时候。

过了漆水河大石桥，横过永（寿）林（游）公路，我们就进了沟。

林游山区的三月，是一年里最好的节气。严寒的冬天过去了，酷热的夏天还没来到。贫瘠、荒凉、肃杀、冷凄的黄土层，让刚刚冒出的一片嫩绿掩盖了。山沟里更是青意盎然，山桃野杏，开着一蓬蓬一簇簇粉红的雪白的花，嫩生生的小灌木林中，百鸟啁啾争鸣。

一阵阵清凉的春风，夹着香草气，拂走了我心头不舒服的感觉，那父子俩更是喜笑颜开。

"大，这是啥？"娃娃指着溪边一蓬小树问。

"毛鸡柳。"汉子回答。

"能做啥？"

"小了能做锨把，大了能打老屋（棺材），能……"

汉子没说完，娃娃接过来说："我爷爷我妈是睡这号老屋？"

汉子不做声了。

后来我知道，这娃娃没有妈。难怪，父爱母爱，全都体现在这汉子身上。看着他相貌粗蛮，可对这娃娃，他柔得真像个刚当母亲的小媳妇。

这父子俩算是桑树坪哪一家哪一户呢？桑树坪只有十几户人家，来之前打前站摸情况的人就介绍过，说桑树坪的情况不复杂，十四户人家全姓李，同宗同族。如今，最老的单字辈还有一个老汉叫李言，七十岁了；单字辈以下是金字辈，都是五十上下的半老汉，也是桑树坪主事的一辈人；金字辈以下是福字辈，都是二十出了头、三十还不到的后生和女子。所以，进了桑树坪，从年纪上就能判断出是哪一辈的人。

可这汉子，比金字辈要年轻许多，比福字辈又年长一些。我还没听人说过，村里有介乎这两辈人之间的人。这人到底是谁？他越是不搭理我，我越想接近他。也许，我到桑树坪的时间太短，下地干活才一天工夫，村里人在闲谈中还来不及涉及这个人的情况吧。

走到陈河小石桥，我要求歇下来。看着这父子俩一路上有说有笑，我也想趁这个机会跟汉子搭上话。

汉子的心情果然很好。歇下来，他也不像前几回一样，有意坐得远远地躲我。他坐在离我不到一米的石桥台阶上，又把娃娃揽进怀里。

"大，你乏不乏？"娃娃仰脸问。

"不乏。"汉子回答。

"你跟我妈出门的时候，也背着我妈？"娃娃天真问。

"胡说啥，人家笑咧！"

"那你出村时跟我说，背我妈都背得动，还能背不动个娃娃。"

汉子朝我溜了一眼，怪不好意思的，可他很开心。我借这机会凑上去，掏出一盒在县里买的"黄金叶"，递给汉子一支，汉子接了。

接了烟，我又递上火，问："你住南头还是北头？"桑树坪人家不多，村子却不小，拉拉杂杂扯了有半里路。一架坡把村子分成南北两部分，北头是老村，有一排十几孔破窑。后来村子扩大，不断有从本家分家出来的人在南头打窑，桑树坪的中心移到南边，北边只剩几户人家。我只是站在坡上朝北头张望过。

汉子凑到我跟前朝火头上去点烟，一听我问这话，脸又刷地沉下去，烟也不点了，往远处挪挪，又跟我倔上了劲。

"你这乡党怪得很，走这一路连一句话都不给我说，谁招惹了你？"我用这句轻松的话想打破僵局。

谁知，汉子的手颤抖着。我眼睁睁看着那支烟被他掐成碎末！

我真有点恼了。几天前金斗来接我，他欺生贪小就让我恼过。这汉子，简直有点欺负人，难道我跟他有啥仇气吗？为啥这样给人难堪！

　　我正想找几句话说说这汉子太不通人情，还没等开口，眼前的情景让我心动了。

　　娃娃在汉子怀里嚷着口渴要喝水，汉子说："河水凉哩，喝不成，再有一会儿就回去咧。"娃娃不听，从怀里钻出来，跑下了桥。

　　小陈河已经干了，只有几处水坑，可能是有水时让牛滚出来的窝窝。坑里积了一点雪水还是雨水，娃娃走到坑边，爬下去，正要喝，让汉子喊住了。

　　汉子也下了桥，蹲身到坑边，用手拨开水上面一层脏物，捧了一掌，没有给娃娃，而是喝进自己嘴里。喝进去又不咽，两腮胀鼓鼓的。我立刻就明白了汉子的意思，他是用自己的口把水焐热。果然，汉子焐热一口水，父子俩就嘴对着嘴喝。

　　我的心动了。真是天下少见的慈父。一个穷苦的庄稼人，只能使出浑身的气力，让孩子在他背上，享受慈父的疼爱；他只能焐热一口口冰凉的水，让孩子滋润着爱的甘甜。

　　从小陈河桥头这一刻起，我对这汉子的奇怪举动有了深一层的理解。当一个人在一种蛮顽的逆境中拼命挣扎的时候，唯有这挚诚的亲子之爱，才能给他一点安慰。这汉子，一定有心事，而且，决非一般的心事，是一股重压！

　　从小陈河桥头上路，仍是老样子，父子俩说笑着，又把我扔在一旁……

　　过了豆荚沟，娃娃骑在汉子脖子上，说了声："到咧！"我看到炊烟蒙蒙的桑树坪。

　　这一声虽然轻微，可我立刻发现，父子俩马上收起笑容。那娃娃，又现出一副过于严肃的大人样儿；那汉子又变成了一只恭而不顺、服而不贴的被制服的猛兽。这种变化，只在一刹那间。

　　桑树坪啊，到底为什么，你让这父子俩这般模样？汉子的情绪也影响着我，我抬头朝朦胧炊烟中的小村望去，情不自禁，也像有一股冥冥幽幽的寒气顺脊梁向头顶上升，又向周身漫延……小村有啥地方让人怕呢？

　　回到桑树坪，我的第一件事就是急于找人打听这奇怪汉子的情况。

　　这倒一点也不难。

　　我问生产队长李金斗，他告诉我，这汉子叫王志科，是个正在村里监管劳动的杀人犯！

　　听到这话，我的头皮发麻，惊奇的脑袋都要炸开了。我跟他走了这一路，这汉子竟是个杀人犯！我并不感到后怕，而是猛然间觉得难以相信……

　　去年（六七年）收罢秋，桑树坪来了个布客。布客就是到山里来贩布的小商贩。这布客在桑树坪转了半晌，没揽下一桩生意。桑树坪穷，没钱扯他的布，也没多余的粮食换他的布，布客便准备走。

刚巧那天，队里一头大牲口病了，喂牲口的金明跑不动路，求王志科帮他跑一趟去抓点药回来。王志科答应了。

离桑树坪最近的大地方有两个，一个是东边十五六里远的漆水镇，一个是西边二十来里的千总堡子。千总堡子属甘肃省，虽然比漆水镇远一些，可比漆水镇热闹，村里人买东西爱往那里去。王志科也要去千总堡子抓药。

王志科刚走到村口，让布客喊住，问明了是同路，两人便结伴而行往千总堡子去。这情况桑树坪人大部分都看到了。

天落黑时，王志科抓了药回来。一切照旧，没什么话可说。

可是过了四五天，有人在离千总堡五六里路的一条山沟里发现了一具男尸。公安机关当下立了案，发下认尸告示，并让各村知情者提供有关情况。因为据说，这个案子是他杀案，死者是被人用石头击昏后推下沟的，死的时间刚好是王志科买药那天。

桑树坪人看到告示上的照片，一眼就认出这是那个布客。村里人平时胆小怕事，有什么事总是躲得远远的，生怕沾上是非。可是，对这个案子，却出奇的热心。他们向上级反映了王志科那天曾和布客结伴而行的情况，王志科当下就被列为重点怀疑对象。

有关部门查来查去，案子没法落实。王志科说，他跟布客出村没几里路就分了手。他要急着去抓药，而布客一路走还想做点生意。这件事难办，查到年底也没结果，找不出王志科杀人的确切证据，而王志科也提不出确切证据消除公安机关对他的怀疑。案子就僵在这里。

山外一个连姓啥叫啥都不清楚的布客，却让桑树坪人感了兴趣。他们紧抓住这件事不放，看案子结不了，年底联名向上递了状子，说王志科"来路不明"、"一身匪气"，在村里"极不得人心"，整天不是打架就是闹仗，动不动就说"逼急了我，我可敢动刀子杀人哩"！

状子是会计李福全执笔，桑树坪差不多全村的人都按了手印，一致要求逮捕法办杀人犯王志科。

状子递到县公检法军管会，上面也犯难。这些情况只能做参考，还是无法认定王志科杀了人。可当时正搞群众运动，对来自桑树坪贫下中农的强烈呼声又不能置若罔闻，于是，来了个模棱两可的作法，不法办王志科，也不让他悠闲自在跟没事一样。六八年年初，也就是我到桑树坪插队的前几个月，上面宣布对王志科实行留村监管，交群众监督劳动。等案情调查清楚，再做处理。

这个决定宣布后，队里立刻就行动起来，抄了王志科破破烂烂的家，没收了他的自留地，让他干最重的活路，按一天半斤粮的定量分给他口粮。每个星期，还要开一次批斗会让王志科交待问题。

听到这消息后，我心里很麻乱。我不敢断然肯定王志科没杀人，可内心深处又隐约感觉，王志科做不出这样的事。不敢肯定，是因为我接受的是农村阶级斗争十分错综复杂的正统教育；可我又不敢否定，一个可怜而又倔强的庄稼人，一个慈祥挚爱的父亲形象，已经深深印在我心里，要让我把这形象变成丑恶的凶残的杀人犯，是不可能了，除非哪天我亲眼看见他杀人……

过了几天，我第一次参加了批斗王志科的会。

我印象中的桑树坪人，除了衣食生计，除了活路营生，他们对政治淡漠得出奇。在当时那个时代，除了批斗王志科，这个小山村是冷静的，而且冷静的让人感到憋闷。但是，唯独王志科的问题让村里人感兴趣。他们积极投入到这场斗争中去。

吃罢夜饭，村里人就齐集到饲养室门外堆放草料的大棚里，天气还有点凉的时候，晚上开会都在这里。柱子上挑着明晃晃的汽灯，汉子扎堆扯闲话，婆娘就着公家的灯油做针线。这种会有两个内容，一是王志科交代他一周的情况，二是交代杀人的问题。这是"依靠群众办案"的具体体现。

不一会儿，壮汉李福保（保娃）和两个民兵带着王志科进了会场。王志科站到人前，便规规矩矩立正，低下头，把手抄进袖筒里。我才明白过来，我头一次见王志科这种奇怪的举止，原来是批斗会上养成的习惯啊！

会计李福全领着人稀稀落落地呼了几声口号，王志科又是牙关紧咬，绷紧两腮的肌肉，时而抬头瞥一眼，眼睛里闪着一股凶光。

口号声毕，贫协组长李金盛便说："王志科，把这些天的情况交代一下子！"

王志科不吭气。我明白了他那跟赌气似的神情的来由，不！是王志科憎恨情绪的来由。

保娃大喝一声："说！"王志科倔强地抬起头，从牙缝里挤出几个字；"做活哩！""哪天做啥活，一样样说清白！"人群响起七嘴八舌的声讨。王志科又硬了一会儿，才不得不一天天谈了他的情况，都干了些啥，有谁证明……我进村后之所以没见着王志科，是那几天他被派到离村五里多路的一块"飞地"去干活了。

会议的第一个内容进行完后，队长李金斗开了腔说："王志科，把去年的事交代一下，态度要老实，坦白就能从宽！"与会者立刻瞪圆了眼等着看下文。

从这时起，王志科就紧咬牙关，任凭村里人齐声吆喝呐喊、高呼口号，任凭李金斗啪啪地拍桌子，王志科还是一声不吭。

保娃紧了，上去把王志科的头往下一按，王志科倔强地一挺脖子，猛一仰头，后脑勺正好磕在保娃的脸上。

保娃一声呼喊，几个汉子和后生冲上来，架住王志科的胳膊，保娃便一顿乱拳乱脚。王志科只挣扎不还手。他一使劲，几个汉子让他甩了个趔趄。又有几个人冲上来，六七个人围着王志科拳打脚踢。王志科时而又挣扎一下，一抡胳膊或一甩腰，就有一两个人让他甩得跌跌撞撞。一场粗蛮的拼斗，最后是王志科蹲下去，双手紧捂着头，任人踢打。

我看不下去这一幕，朝棚外张望，只见南北村分界的那道小土坡上，立着一个瘦伶伶的小人影，那是志科的娃娃。他看到了这一幕，却不哭不喊。

打够了，金斗喊一声："起来好好交代！"王志科便乖乖站起来，鼻子淌着血，眼里满是泪，他被制服了，却一声不吭地立在那里。

我可以想见，每次开这样的会，都有这样一组镜头，两种力量在较量着，最后的结果，也只能是以王志科恭而不顺、服而不贴地立着而告终。作为强者的一方，无法让这汉子开口，而作为弱者的王志科，也无法改变他最后不得不规矩下来的结果。

会议以没有任何结果而收场。王志科被监管这三个月来，恐怕每次会都是这样开，又这样散。

这样的会，没能改变我对王志科的印象，相反，我被桑树坪人推着，向王志科更近了一步。因为这种会很容易让我想起父亲，他也经历过这样的场面。

第二天上工，王志科独自走在村里人后面。我见了他，喊了声"志科"，他抬头看我一眼，虽然仍同以前一样不搭腔，但目光里却没有了对我的不信任和敌视。我后来知道，在桑树坪能主动和王志科搭话，叫他一声志科而不带王的，除了我，还有一个在村里颇不受欢迎的李言老汉。

昨天晚上的批斗会，给王志科脸上留下伤痕，他的眼睛和嘴全肿了，额上有青斑。像王志科这样壮实的汉子，这些伤痕不几天就会下去，可过几天又会给他印上新的伤痕。以后，我又参加了几次批斗会，情况差不多一样，问到去年的事，任凭打骂，王志科坚决不吐一个字。我经见过多次批斗会场面，能抗住打的人不多，打急了，不是老老实实把一切都谈清楚，便是胡说八道乱说一气，说了可以免受皮肉之苦，反正等人查清了再找他算账时，上次的打是躲过去了。可这个王志科就不一样，他论气力，桑树坪没人敌得过他，但是，他宁愿挨打，嘴始终紧闭，也明知开会就要打，打了还要开会，他所用的办法，就是不开口。

这个汉子，心里一定有冤屈！

没过几天，金斗让我去北头借农具，我看到了王志科的家。

一排十几孔窑洞，分成三五个小院，其间都有青石垒的院墙。王志科家是顶头的两孔窑，他的院墙让人扒了，赤裸裸地暴露出两孔破窑。门口没有门板，挑着一块碎花蓝布当门帘；窗户没有屉，拿石块封死了。院墙基上，插着一排小树条，还能证明这有个小院，也是一户人家。院子里，散乱着麦草和败叶，没有猪栏，没有鸡窝，凡一个庄户人家应该有的东西，在王志科的院子里是找不到的。

后来我听说，宣布王志科被监管的第二天，队里就派人抄了他的家。王志科的家本来就因为妻子患病折腾得见了底，有什么好抄的呢？门板让卸走了，窗扇让捣碎了，院墙让拆了，大的石块被人拉走用了，临走的时候，几个民兵还把志科的炕给跺塌了。我从门帘下望见去，黑洞洞的一孔空窑，破炕上堆着厚厚的麦草。我可以想见出，父子俩每天晚上就拱在这草堆里熬一夜。

从这些情况看得出来，桑树坪人不只是为了弄清楚一个案子，而像是用各种方法置王志科于死地。村里人无情地断了王志科几乎一切的生路。手段之残忍，让人不忍睹。可这又是为了什么？若不是王志科这人招桑树坪人极其憎恨的话，那些胆小怕事的庄稼人能下得去这手吗？可王志科又能做些什么招人恨的事呢？

这些疑问整日盘绕在我心头，让我难思难解，探索这件事的欲望更加强烈。我决定，要想尽一切办法取得王志科的信任，让他同我开口说话。

过了一段时间，这个机会终于让我找到了。

桑树坪凡有苦重活路，队长李金斗派工时，少不了王志科，也一定少不了我们知青。

王志科的情况无须说。我们这些知青在村里人心目中，一直被认为是来夺他们衣食的人。这也难怪，穷村子平添几张嘴，贫瘠的土地并不因此多收半斗粮，分给我们一斤，村里人就得少十两。庄稼人对这个算盘打得十分精细。因此，表面上他们怕知青，暗地里却时在日弄我们。撵我们走是不可能的，于是，就要小心眼，压低我们的工分啊，给我们派苦重活路啊，总之，目的就是让我们知道，桑树坪的饭不好吃，吃一口就要付出巨大的代价，不然村里人觉着心里不舒服。

这个情况，王志科也能看出来。渐渐地，他从目光中表示，不再把我划到村里人去。

再有，凡队里有三两个人出外去干的活路，也总是派给王志科和我们几个知青，另外两个知青抽调上去后，回回都是我跟王志科。比如上山砍柴，下沟背石头，或者去远在老鸹沟的"飞地"做活。多少年后，我回想这件事的时候，才感觉到桑树坪的人用心可谓良苦。他们不断地整治王志科，拿不到真凭实据，又害怕王志科被逼急了寻机报复，找村里人下手，于是，回回都把我支应去跟王志科做活。王志科真的走了邪路，我便是他的刀下鬼，这样，村里人免受其害，王志科又给人以口实。人被逼急了，是不大可能分得那么清楚我跟村里人是不是一样。王志科若报复行凶，只要是村里人就行，他自己也这么说过："人不要把事做绝了，逼死我，也要拉个垫背的……"只要有人垫背就行。

收罢麦后，过了有一个来月，公社给桑树坪摊派下任务，让打三百斤硬柴送到公社机关食堂去。上山去砍柴的任务，自然是我跟王志科的。

那天，我跟王志科上山，他在前面走，腰里缠着一盘皮绳，斜插着一把明晃晃的大斧。出村上塬，下了沟再往山上爬，到了一片荒梢林子里，我已经筋疲力尽，坐在那里不想动。茂密的枝叶拦住了阳光，梢林子里显得很暗，四处静悄悄的不见有声息。我感到一阵阴森可怖。

王志科到了地方，连口气都没歇，抢起斧子砍开了，他脱了褂褂，精赤着上身，我看到壮实的筋骨，就像一尊劳动者的雕塑。不大一会儿，他放倒一片手腕粗细的树条。

我歇够了，懒洋洋起来干活。我用的斧子是借金明的，村里人是不肯把好工具借给外人用的，那柄斧子满是豁口，又老又钝。我使足了劲，也砍不下几根。我急了，想起这恼人的活路，想起桑树坪人暗里处处难为我，我有气，按弯一棵小树，用刀一砍，手一松，谁知根本投砍倒，树条子弹回来，飞打在我脸上，我怒火中烧，把斧子一扔，大骂一声："我日你李金斗的祖宗，我跟你无冤无仇，你尽跟我过不去！"

我这边牢骚一出口，王志科那边不由停下手中的活朝我望，嘴唇动了动想说啥话，又没出口，继续干他的活。可我已经感到，他开始同情我了。

气出够了，活还没干。我捡起斧子刚想砍，王志科竟然开口对我说话了：

"你不动咧，我给咱打就行，你剐树叶子吧！"

说完他又没命地干起来。王志科这么一句话，竟让我激动万分。我坐在那里剐树叶，一边看他干活，汗珠在他赤裸的古铜色脊梁上闪闪发光。一气干到晌午，一大片荒梢林倒在他的脚下。"歇下吧。"我说。王志科不再躲我，拣我身旁一块大青石坐下，用衣裳揩汗。我递上去一支烟，他接了，我划着了火，他凑上烟头点着了。我觉着我们之间没有不信任的障碍了。

"志科，有点事我想问你。"

"说！"王志科简单吐了一个字。

"你是不是跟村里人结下啥仇气？"我放开胆子问。

志科面有难色，不是不肯说，而像是一说会触痛啥心事。

"到底咋回事，你给我说说。"我又进一步问他。

志科又陷入了沉思，不搭理我。他有难处，于是，我对他讲了我父亲的事。

我说我的父亲是快六十的老人了，被红卫兵绑去。他们架起两张椅子，让我父亲爬上去，跪在那上面交代问题。我父亲不开口或哪一句话不对他们的口味。他们就踢倒椅子。我父亲一次次从椅子上摔下来，头破血流，鼻青眼肿，满头银发上是点点血迹。他们又一次次逼他自己爬上去……

我说不下去了。王志科也听不下去了。他沉思得失了神儿，香烟嗞嗞灼着他手指，他噢的一声跳将起来，一边甩着灼伤的手，一边狂喊着：

"为啥为啥？都为两孔破窑！都为我不是他李家人！"……

王志科是陇东人。他自小失去父母，兄弟姐妹让人抱养去，留下他，靠东家一口西家一口接济，靠四处讨口要饭长成了人。

十七岁的时候，他跟着人到林游山里揽工谋食。初来乍到，不服土性，又受点风寒，正在河边给养路段抬大石头时，昏倒在地。桑树坪的李金洪当时在场，见他可怜，就弄他到自己家里休息调养。

桑树坪的李金洪也有一段来历。他在李姓金字辈里排行最后，却不是李家人。他三岁那年，让李姓人家的辈首李青翰从外边捡来。后来我从邻村人嘴里听说，这李金洪是李青翰跟外村一个相好寡妇的私生子。但这说法不可信，从年纪上推算，当时李青翰已经五十上下，金字辈是李青翰的孙子辈，当时都已经是半大后生了。

李金洪是到桑树坪后改的这名。当时，李青翰"指人为亲"，交给金盛的父亲李龙、金斗的父亲李虎两家抚养。"指人为亲"是山里人的一种习俗，家族中有老人容留了孤寡，手指某个后辈人，此人便要将孤寡认做亲人，尽心尽力抚养。如果日后孤寡要分家单过，抚养的人家还要辟分家业与他一份。但"指人为亲"非要有权威老者在跟前，这种亲近关系才能维持住，老人一旦去了，这种关系很难有长期保持下去的。容留孤寡的老人跟此人有情分，而抚养他们的人，情分就淡一层，越往下去，情分越淡。

李金洪被李龙李虎两家抚养到十七岁，金洪自立门户单过。两家人便各打一孔窑，又出钱为金洪讨了媳妇，李金洪成了桑树坪的新户。他们家就是现在王志科住的那两孔窑，后来，两家人还帮忙给金洪整修过一次。李金洪是孤儿，生来身骨单薄，有咳喘痨病根子。结婚之后，两年得一女儿，起名李福绵。没过几年，金洪的媳妇就病故了。李金洪有病缠身，也就没再续弦，自己拉扯着女儿过。

李金洪和女儿福绵有这段经历，于是，见王志科落难，不免触景生情，百倍可怜他，弄回家后精心照料。金洪跑前跑后，福绵喂汤喂水，没几天工夫，王志科身体复了元。

王志科病好后，见这素不相识的父女俩救自己一命，感恩不尽。看这父女俩日子熬煎，想自己是个无挂无牵的孤儿，当下给金洪磕了三个头，认金洪做了干大（爸）。金洪当然十分高兴。山里人说的干女儿，实际就是童养媳妇；干儿子实际就是上门的养老女婿。

桑树坪当时就有人反对这件事，怕李金洪一门的家业转过一代人后，可能就不姓李了。他们还是希望李福绵嫁出去，那么，金洪死后，那份家产仍能回到金盛金斗门下。但金字辈是手足弟兄，金洪见志科老实厚道，认准这一门，村里人也不好再反对。

过了五六年，李福绵长大成人，和王志科结婚成亲，一家老少三口日子虽苦，也过得挺热火。志科上敬老人，下疼妻子，福绵尽心体贴丈夫。福绵婚后四年没开怀，第五个年头生下一个儿子，取名李小科，续李金洪的香火，承王志科的家门，一家人更是高兴。

谁知没过两年，李金洪犯病，一个冬天没熬磨过去，闭上了眼。当时福绵又有身孕，受这个打击，早产下一个女死婴，自己也得了"月子病"，志科虽尽了最大的气力照料，福绵在炕上熬磨了有两年的苦光景，最后还是呼喊着丈夫和儿子的名字去了。

三年时间，志科先后失去了岳父和妻子，心情可谓苦矣！李小科已经四岁多了，志科念岳父和妻子的良善，没有再娶，自己带着小科过营生，那日子不说也可想见到。

小科五岁那年，王志科不知出自什么目的，将娃娃改姓王，取名王小绵。成了续王家香火承福绵家门。桑树坪突然间冒出这么一户王姓人家，志科的日子开始不好过了。当时，桑树坪人就想撵走这户王姓人家。村里人竟说王志科为了霸人产业，谋害了金洪和妻子福绵。但这话是根本站不住脚的。不仅桑树坪人，就是邻村人也看到王志科在金洪和福绵患病期间的挚诚之心。金洪几回回夜里病重，王志科急得连鞋都顾不上穿，赤着脚背着老人往公社卫生院跑，跑一路一路血迹。福绵病的时候，志科把家当一样样一件件卖了出去给妻子治病，弄得一个家空空如也。福绵死前那个寒冬，有一次她说梦话想吃点肉，王志科想家里的猪也卖了，鸡也杀了，一急之下第二天跑到漆水镇，把身上穿的棉袄换了三斤肉回来。他穿着单褂一路跑，到家后福绵看见难过极了，大哭着让他把棉袄换回来。志科不肯，福绵从炕上挣扎起来，拿着肉往镇上跑，前面哭着跑，后面哭着追。最后，福绵昏倒在地……

这些事，桑树坪人看见了，邻村人也看见了。可眼下为了撵走这个外姓人，桑树坪有人竟说王志科想吃肉，福绵不让，王志科打得福绵满村跑，最后打昏在地，把肉夺回去。王志科听到这话，气得耍蛮，第二天在地里打了金盛一巴掌。这还得了，小辈打长辈，又是外姓人。村里的后生汉子一拥而上，让王志科连踢带打轰跑了。桑树坪人对这个占李家产业的外姓人，气得牙疼，又毫无办法。只好耍点小心思整治王志科，处处与他为难。有时王志科让逼急了，只好说几句气话，什么"敢动刀子杀人"之类。

再苦再难，王志科在桑树坪挺下去了，他为什么不走？他说，羊儿沟里有他的干大和媳妇。福绵死前说，再有难处，也要让志科和儿子伴着她，她在阴曹地府睡得才踏实。

这样熬磨了两年，就发生了布客的事……

王志科说完，眼里饱含着泪，多委屈啊！我实在想不出，如今竟有这样的事！

"志科，你为啥要给娃娃改名换姓？"我问志科。

"哪是我要改的啊！娃娃他妈临死前，拉着我的手央求我，说她闭了眼，就让小科改姓王，王小绵的名，还是娃他妈妈给取下的，她说……"

"她说啥？"我急着追问。

"她说，我也是没爹没妈的苦娃娃，她让小科随了我姓，只要记住他妈妈就行哩……"

王志科说完，呜呜哭起来。一条宁折不弯的铁骨汉子哟，哭得那么伤心。

我也落泪了。

山脚下，就是曲曲弯弯的漆水河，一条细细欲断的浊流，她活得不旺，又挣扎着不死。她静静东流注入渭水，给一条大河添一分混沌，加一片浊浪。

……

王志科没有杀人！他也不会杀人！倒是桑树坪那些同在穷困中挣扎着求生存的庄稼人，正在有意无意地残杀这一个可怜人！为什么哟，这么残忍、无情！两孔破窑，些许小利，就生生把一个人推上绝路？我不敢相信眼前的现实，太不值得！可不相信又能怎么样呢？些许小利？他们不为些许小利又为什么？苦劳苦作熬磨营生，得来的不就是些许小利吗？生活在这贫瘠闭塞小山村的庄稼人，要挣来这些许小利，也要经过一番多么艰难的挣扎啊！

收罢秋后，队里开始预分。王志科和儿子的口粮再次被降低到每天不足半斤。

一切痛苦，坚强的王志科都忍耐了，他抗不过桑树坪人。志科的娃娃每天早早就起身，拎着小篮子去地里拾人家收庄稼时遗漏在苞谷秆堆里的棒子。

这天晌午我收工回村吃饭。走到村口，就见一堆人围在那里嚷嚷。我凑上去看，只见志科的娃娃小绵被围在人当中，身边有一篮玉米棒子。他一双大眼睛恐惧地看着周围的人，像一只被猛兽包围的羊羔。

"你在啥地方偷下的？"金斗问。

"我没有偷人，沟里拾下的。"小绵怯生生回答。

"这好的棒子能拾下，咱不做活咧，都拾去！"金斗打趣地说，惹得人一阵哄笑。

"走，到队里去说！"又是蛮不讲理的保娃。如果不是他这么多此一举，恐怕大家耍笑一阵也就算了。保娃偏偏要去夺小绵的篮子。

小绵紧紧抓住篮子不放。保娃抢起来，带着小绵直打转转，尔后，他又猛一松手，小绵被他抢出一米多远，重重摔在地上，哇的一声哭了起来。村里人也都散开了。

王志科从沟里上来，老远就听见儿子的哭声，可怜的父亲赶忙跑过去，小绵一头拱进父亲怀里，哭得更伤心了。

志科恶狠狠盯着村里人的背影，他心头的怒火终于被点燃了，他跳起来，冲着那些人大声叫骂着："你们是人？一群畜生，天底下有你们这号人，顶上家的眼睛都瞎咧……"

还有几句严重的话我没法写出来。足矣，就这几句话，王志科在当时，便犯下了"十恶不赦"的大罪！

二十来天以后，正是山区秋末冬初，天气已经凉了。这天，云压得很低，灰蒙蒙的，气氛憋闷得人透不过气来。看这样子，要落这一年里的最后一场雨。也许，寒凉的雨丝里，就带来山区的第一场雪。

地里的庄稼早收尽了，让金黄和浓绿暂时遮盖的黄土坡梁，此时又赤裸裸暴露出来。秋风掠过偌大的塬，卷起黄尘，卷起枯枝败叶，更显得贫瘠、荒凉、衰败、冷凄和肃杀。

我去看王志科，他正在院子里给生产队修理一辆架子车。他干活从来都很卖劲，只穿一件单褂，推着大刨，雪白的刨花纷纷扬扬飘落在四周。

他见了我，说了声："来咧，没个地方让你坐下。"说完又继续忙他的。

小绵穿着他妈妈留下的一件碎花棉袄，正蹲在院基边玩土。寒冬就要到了，这父子连门板都没有，如何度过这个冬天？

我坐在一块青石上，为他们的日子发愁。

这时候，保娃领着两个后生走过南北交界的小土坡，朝王志科家里来。可能是叫他去开会。

以往保娃来找王志科，只是站在土坡上吆喝一声："王志科，开会咧！"王志科就会乖乖跟着去。今天，保娃竟然径直走到王志科家门前。到了跟前，他又没有往日那种欺负老实人的嚣张气势，而是站在门口朝院里望了一会儿，开口说了一句让人奇怪的话："志科，叫你开会去哩！"

让我十分反感的保娃，今天是咋啦？说话也客气了。农闲时候，开会也不只放在晚上，王志科没留意，掸掸身上的木屑，连袄也没披，跟着保娃就去了。

从北村上坡，曲曲弯弯的坡路约有四五百米，站在坡顶，就能把桑树坪的南村北村尽收眼底。

保娃几个人在前面走，王志科低头在后面跟。我觉着今天的事有点怪，首先是保娃也学得对王志科客气了点，再者就是开会为什么没通知我。有了这些疑点，我坐在院子里，目光始终追着王志科的背影。

王志科走到坡顶，突然站立不动了。这时，保娃他们已经在往南坡下走。光秃秃的坡上，醒目地立着王志科魁伟的身影。我看见，王志科就那么在坡顶上站了一会儿，突然，他像是胆小的人夜里碰见了鬼，恐怖地大喊一声，顺原路疯狂地朝家里跑过来，一边没命地跑，一边还没命地喊着：

"小绵啊小绵！大要去哩！锅里给你热着饭！锅里给你热着饭！"

他边跑边反复地喊着这句话。声音之大，震得四山嗡嗡直颤，声音之凄厉，叫起来就像一个垂死的人最后的挣扎呼叫。

这到底发生了什么事？

王志科跑着，让一蓬刺棵绊倒了，他滚了几下，正要翻身爬起来的时候，保娃几个人追上来，一个抱腰，两个架胳膊。王志科边挣扎，还是呼喊着那句话。

正在这时，山坡顶上出现了两个上身穿草绿军装下身穿蓝裤子的公安人员。他们赶上来，一副手铐套在王志科的腕上。

王志科以反革命罪被逮捕了！

我随着人赶紧上了坡。原来，志科在坡上，就发现南村中央，停着一辆绿色的吉普车。

志科让带走了。在他被推进汽车的刹那间，他最后一次倔强地拧回身来，凄厉地喊了一声："小绵呀小绵，大要去咧，锅里……"

一个公安人员用膝盖猛一顶，志科倒进车内，汽车扬起一股黄尘开出了村。

刚才让父亲凄厉恐怖的喊声吓傻了的小绵，这时才灵醒过来，他拿着父亲的棉袄从坡上冲下来，追着汽车，哭着跑着喊着："大呀大呀你不走，把袄带上……"

"大呀大呀你不走，把袄带上……"这可怜的呼叫声，此后多少年，一直在我耳际震响着，重重地叩击着我的心。

志科让带走了，我忘不了那副手铐，是老式铁打成的，铐圈上一层黄锈，两圈中间一根小铁柱，下面耷拉着一把锁……

带走志科的那天傍晚，林游山区最后一场雨到底落了下来。寒寒凉凉的雨丝，无声无息撒落在小村。到了后半夜，寒凉的雨丝中，果然带来了林游山区的初雪。

第二天，偌大的桑塬盖上了一层薄薄的雪，赤裸贫瘠的黄土层，什么枯枝啊败叶啊，全让雪遮盖住了，坦坦平平，干干净净。你再看不到秋的肃杀、荒凉和冷寂……

……

志科的娃娃呢？

志科被带走没多久，由村里一班老者做主，李福龙收养了他。福龙成亲三年，媳妇没开怀。小绵被带进福龙的家门，改名叫李继龙。

可小绵在福龙家没住几天，这娃娃就跑了，从此再不见他瘦伶伶的身影。村里人只好骂了一句："养不顺的狗儿种……"

两个月后，也就是一九六八年的年根，县公检法军管会来了通知，王志科企图越狱，让哨兵开枪打死了。

桑树坪人没有跟已经死了的王志科过不去。队里去了两个人，一辆架子车，一领席，把可怜的王志科卷了回来，把他葬在羊儿沟他媳妇李福绵的旁边。我去看了，志科的坟几乎看不出有坟头。等明年开春，志科将长眠在青草丛中。你干吗要跑？多少难熬的日子你熬过去了，难道你真的不相信，天下有讲理的地方？不！我知道，牢狱关不住他，他想娃娃，想桑树坪……

一九六九年十月，我应征入伍，从此告别了生活近两年的小村桑树坪。

临走的时候，我不由心动了。

这个深藏在大山中的小村，我知道以后直到我永远闭上眼，都将时时牵动我的思绪，搅动我的情怀。小村让我成熟了许多。我想起小村，立刻就会想到，生活并不都是那么光明和美好，但是，光明和美好的希望，才使人顽强地挣扎着生活下去……有的人难以得到它，正因为难，光明和美好的希望才不灭！

天还黑着，我便起了程。金斗和一个社员拉着架子车，车上有我一年辛苦换回的口粮和让李金斗、王志科背进村的那几件行李。到镇上，我将把口粮交到粮站，换回钱和粮票，然后，搭长途汽车经南路回省城。

到漆水镇的时候，天麻亮。走在镇上一条铺着碎石的小街，车轮轧轧。经过一个黑漆漆的门洞，我站住了，门洞里睡着三个娃娃，有一个很像是志科的娃娃小绵。我走近前，不由呆住了。果然，小绵睡得正甜。一条破麻袋搭在三个娃娃身上，只露出三张污脏的小脸。小绵的睫毛挺长，志科说，像娃娃他妈。三个娃娃长大了，难道还会出一个王志科吗？我想，小绵这一年始终没离开林游山，跟他大一样，厮守在这里，不然，母亲会闭不上眼，志科也睡不踏实……

我不忍叫醒小绵，也许，他正在梦里跟父亲相见。小小的孩子，心里也会有个希望，光明的美好的希望。于是，他挣扎着活着……

窑 客 老 吕

阴历二月末，山里照例会落一半场雨。雨都不大，落在脸上还有丝丝凉意。可随着雨丝飘落，小河化冰，冻土消融，岭坡上现出一片鹅黄嫩绿……山里的春天来到了。一拨接着一拨的外乡买卖人、手艺人便朝林游山里涌来。土路大道山间小径，随处会听到他们的山歌小调。

> 小船摇摇两头尖，
>
> 姐伲摇船采蓬莲……

这是打江浙一带来贩茶叶的茶客。

> 张家幺妹李家哥，
>
> 哥与幺妹搭伙伙……

不用问，这便是打川北来修补犁铧的"犁铧客"……

关中人的口语习惯，总要在这些外乡人的行当后面加个"客"字，卖酒的"烧锅客"、割麦的"麦客"、贩土布的"布客"……七十行五花八门。这些外乡的"客"们如同春来秋去的候鸟，来时给山区添几分生机，走时又留下几分冷寂。

这里要说的窑客老吕，就是打河南来林游山区耍烧窑手艺度日的。可是，老吕实在应该算在小村桑树坪里的人的。

老吕十八岁跟父亲来到林游。那时，他还是父亲的小帮手。最初这父子俩是四处转着烧"野窑"，后来父亲回河南老家，老吕便独挑重担。在林游山里又转了几年，五八年来到桑树坪就再也没挪过地方。七〇年离开桑树坪的时候，老吕已经是四十五六的汉子，从衣着打扮到某些生活习俗都和当地人同化，说话也丢了他豫北乡音的纯正味。只有当他干活高兴，丢一板河南梆子腔"包龙图放粮陈州道"的时候，才能听出几分道地的"侉子腔"。

老吕把数十年光阴消度在林游山里，可要让人正经说出个一二来，那就难了。老吕只是个普普通通的手艺人。

林游山区是穷地方，搪瓷制品在山里是不常见的稀罕物。可山里人对窑里的烧制品需求量相当大，饭碗、水罐、面盆、米瓮、水缸……山里人统称"窑货家什"。因此，窑客担着挑子叫卖时，当地人也叫他们"窑货客"。恐怕"窑货"跟"吆喝"同音，手艺人里也只有这烧窑的爱吆喝，"卖——瓦盆咧，叮当好碗细釉子罐，面盆米瓮好价钱……"一气吆喝出一大串。老吕吆喝更是有味，就像唱梆子戏一样有板有眼。

山里人对窑货家什需求量大，故而这一带几乎村村都有窑。只不过时开时不开，有什么用途或需要点现钱的时候，才请窑客来烧几窑。因此，烧窑的流动性很大，干八乡活吃百家饭。

桑树坪的窑和老吕是极特殊的例外。自打老吕来到桑树坪，村里的窑就没断火，差不多让老吕经办成一个小型窑场。有堆料的料场，有码坯的棚，有放成品的仓库，一间堆放杂物的小屋便是老吕在桑树坪生活了十来年的家。

自从老吕在桑树坪升火烧窑之后，有些村子的窑干脆就废弃了，因为老吕的技术实在是好。

当地土质差，不宜烧细巧家什，再加上窑客们纯粹是为耍手艺挣钱，这村烧两窑那村干一季，一锤子的买卖，因此烧出来都是些被人称做"麻碗"、"土瓮"、"砂盆"的家什，颜色不黄不白，表面疙里疙瘩。而老吕是个有心计求上进的人，他不搞一锤子买卖。跟父亲四处转烧"野窑"的时候，他就喜欢动点心思，费点脑筋去摸手艺的窍道。没用几年，二十刚出头的老吕就敢独挑担子。不知用什么方法，他烧出的东西，表面青亮有光，像打了一层釉子，敲来叮当脆响，质好价钱也公道，在当地很受欢迎。老吕的牌子也亮了出来，婆娘家听到窑客吆喝，先要问一声："可是吕家的瓦盆么？"

老吕就凭着这好手艺挤得不少村子的窑从此再不冒烟。可要做到这一步，决非容易的事。老吕干活劲来了，便光着膀子，那身上斑斑疤疤，老吕说："这是俺为了挣饭吃落下的。"烧窑焖火就过劲，别的窑客吃不得那苦，总要等窑里凉透了再出窑，自然那东西就要差点劲。老吕不然，出窑时窑口摆个大桶盛满凉水，把衣裳用水淋湿，穿上进热窑。窑里那么高的温度，在里面是个啥滋味可想而知。一进一出不过三五分钟，一身湿衣服就烘干了。背一筐家什出来，老吕不脱衣服一头扎到桶里，泡凉了又湿漉漉冲进窑里去……烧有些家什要趁热盘出让风吹凉，据说这样的家什脆、轻、亮。可烧有些东西，熄火之后，要留余温焖一阵，让它慢慢凉，这样烧出的东西瓷实耐用。那么，老吕就要钻进烫人的窑里，把东西往窑口挪……总之，这老吕耍手艺可不是糊弄事。挣同样多的钱，可老吕付出的代价就比其他窑客大得多。

老吕五八年来到桑树坪，本不打算久干。可开了两窑之后，桑树坪精明的李金斗就看出点眉眼，知道这后生日后定是一棵摇钱树。便给老吕许了一堆愿，说："吕哥（金斗比老吕大八九岁，此时也甘认小），就在咱这干吧。队里给你准备下好米好面，凡事不用愁，大小事不用管，烧你的窑就是了。咱给你打一眼好窑住下，过二年你要高兴，咱给你寻个好媳妇……"好话说尽要把老吕留下来。老吕刚一松口，金斗就同县土产公司签了长期供应尺四口瓦盆的合同，老吕被拴在桑树坪。

其实老吕何尝不愿意呢。手艺人要靠好手艺吃饭，一锤子买卖糊弄事不行。可要让手艺日日精到起来，就不能今东明西转悠，把时光都消度在闯荡上面。老吕有心在一个地方扎下来，潜心学好艺。再加上桑树坪烧窑的条件得天独厚，取土取水取柴都便当，老吕一个人就能把全部活路包下来，成本降低，窑货的销路会更好。

于是，老吕在桑树坪扎下来，一直没挪地方。桑树坪从此有了一项固定的副业收入。到老吕走的时候，虽说队里一个劳动日才合三毛钱，这里面还有一半是老吕挣来的。桑树坪离不开老吕，老吕心里也离不开桑树坪。

至于李金斗当初给老吕许下的那一大堆愿呢？

外乡人要在桑树坪站住脚，降不服李金斗就不行。这李金斗算不上是恶人，可"灵勾子"精明脾性十村八乡都知道，难对付！

老吕在桑树坪住下，讲好四六分成，队里得六成。其他一应支用由队里管，队里供给他口粮。这是当初金斗许下的。可等老吕决计留下来，金斗的话口可就慢慢变了。

所谓"一应支用"，不过是点窑的火柴、点灯的油，还用点绳筐之类。老吕每次去会计那里领火柴，金斗总是阴阴阳阳地丢几句："哎呀呀老吕，一盒洋火才二分钱，我真当你老吕是见大世面挣大钱的人，二分钱的洋火也看得重呀！"

老吕说："咱说好了，公事公办，该我得一分不能少，不该我拿一分不能多。"

金斗便不耐烦："给他给他，二分钱的火，还值当给你吵一晌，你老吕算是把先人的脸都丢咧。"

这是李金斗惯用的方法，有这么三两回，老吕的确也不好意思去领那二分钱的火柴了。

至于其他的呢？金斗也想得出来，点灯的菜油里掺米汤，老吕的口粮里面掺麸子，而且都是陈仓扫出来的旧麦。老吕一直到离开桑树坪，竟没吃过一回新麦！对这些老吕总是忍了。出门闯荡的手艺人，凡事忍为先，老吕也不例外。不管怎么说，老吕在外有个落脚谋食的地方，比有一口无一口要强。

老吕忍下这口气，金斗只当老吕好欺负。

说起来，老吕在桑树坪的确挣的是大把票子。他烧的东西畅销，开一窑少说也分个十块二十块，还有县里订的长期合同，因此，哪个月老吕都能到手百十块钱。可村里人没看见老吕干活的时候，只盯人家拿钱的时候。回回看着老吕盘出货，手指头蘸着吐沫数票子，心里着实有气。村里人都嚷嚷："老吕把桑树坪挣穷哩！"这是啥话？啥逻辑？老吕能把桑树坪挣穷？没有老吕，桑树坪人干一天连一盒一毛四的"羊群"烟都挣不回来。可庄稼人的心眼就这么大。

老吕在桑树坪干了一年，第二年金斗就想办法挤走老吕。明知挤走老吕不会有啥好处，可庄稼人那点心思有时奇怪得难说清白。

挤走老吕，这窑还不能停。金斗就给老吕派来两个帮手，想把老吕的技术先挖过去再说。

老吕是闯江湖的人，村里人这点心眼他能看不出来？

老吕带着两个徒弟干了半年，从拌泥、做坯、码窑、生火到熄火、放眼、出窑，两个徒弟都睁大眼看着。老吕还专门让两个徒弟点了一窑，出来的家什都不错。

金斗看火候差不多了，这天去找老吕，只一个目的：老吕走不走，不走今后就二八分成。

可还没等金斗开口，老吕先说："俺告个假回家看看，让两个徒弟先弄着。烧成了，俺就不来了，带出两个徒弟，也算俺老吕报答村里人对俺的一片好心。"

老吕一说，金斗挺高兴。老吕就打点上了路，其实，老吕是到宝鸡他一个老乡那里玩去了。老吕走到县城，通知土产公司，三五天后出一批货，队里忙，一时半会运不出来。土产公司便雇了一辆胶轮拖拉机准备到时候去拉。

老吕前脚离开村子，金斗立刻带人干起来，两个徒弟得意洋洋，领着人如法炮制。可是，等熄火出了窑，全村人都傻眼了。烧出的东西不是七生就是八熟，有的还没搬出窑门就噼叭开裂。金斗的心还狠，为了好销，满窑烧的是公家包销的尺四口瓦盆。这下全完了。

正在这个时候，土产公司开着拖拉机提货来了。一见这阵式，一个不要，还把李金斗好一顿骂。金斗挨了骂，还四处去张罗凑了六十块钱，支付了拖拉机空跑一趟的运输费。

那几天，桑树坪就像六月庄稼遭了雹子打，村里人不是蔫蔫秧秧，就是仰天大呼："好你个老吕啊，你日弄我庄稼人哩！"

金斗真是恨不得剥了老吕的皮。可恨是恨，心里多少服了点气，这窑离了老吕是不行。金斗还不清楚，老吕在林游山里转了不少年，对于当地土质烧窑摸出些窍道。当然，这窍道老吕是不会轻易传授给任何人的，他要靠这吃饭挣钱，要靠这让人服他，在外乡才能站住脚。

老吕在外面要够了，一摇三晃哼着梆子腔回到桑树坪。

金斗见了，忙招呼："哟，他老吕哥（金斗又认小了）回来咧，可把村里人想死咧……"

老吕心里头直笑。

打这以后，老吕算是在桑树坪站住了脚跟，金斗要认输，非破财不可。老吕整得他破了一笔大财。此后，金斗多少收敛了点，再没动过想挤走老吕的心思。老吕和村里人面子上也都过得去。

老吕在桑树坪扎下来，一来二去，他那点小毛病也冒了头。

老吕虽说挣的是大钱，可开销也大。他在桑树坪是"客"，有些地方就不能跟社员享受一样的待遇。比如队里分菜籽没他的份，老吕吃油就得去队里买。最初他吃过几回灯油，金斗发现了，便往点灯用的菜油里对汤。老吕烧热了锅，端起灯碗往锅里倒油，嘭的一声炸开了，烫的老吕嗷嗷乱叫。老吕没办法，只有认倒霉。后来连灯油也不去领了，因为那灯油一点着便噼叭乱蹦火星子。

队里也不给老吕划自留地。庄稼人吃菜抽烟全靠自留地，老吕没有，又要破费不少。因此这老吕虽说挣钱不少，可日子却过得苦，买一斤盐要吃半个月。平时总是端一碗"疙瘩汤"，上面飘几片菜叶，也不知是从谁家自留地里摸来的。灯油也舍不得买，摸上炕倒头就睡，他抽的烟，也是一半叶子一半梗子，抽多了嘴苦舌麻不好受。

村里人原以为老吕装穷，后来也明白是真的。老吕手头一有钱，便先往镇上邮局跑。老吕说，他那黄河故道上的老家是个填不满的穷窝窝。

老吕也是庄稼人出身，都一样脾性，穷了，日子熬煎了，也要动点小心思。金成家的菜地在塬北。老吕隔三差五要往那里走一趟，去了非要蹲到地头拉一泡屎。金成有时看见老吕撅着腚拉，还怪高兴，屎尿还给菜地上点肥。后来就觉着不对劲，老吕屎拉得不多，地里菜丢得不少。金成留意，又发现不了啥破绽。老吕拉完，提裤子就走，手上也没拿啥东西。

金斗想弄个究竟，对老吕也就不客气。桑树坪家家都养着狗，都是防狼看羊的恶狗。白天家家都拴着，夜里才松绳。那天老吕又蹲到金成地头拉屎，金成便把狗放出来，想把老吕吓跑。老吕看见狗朝他跑来，赶忙提裤子想走。谁知那狗已经咬住他的裤腿，一扑一拱，老吕摔个大跟头，手松了，裤子也褪到膝下。金成一看，两条裤筒里全是小白菜。金成才明白，难怪老吕两条裤腿总是像婆娘一样用带子扎着。

亏了金成是好心人，对老吕笑着骂几句也就算过去了。老吕以后也不到金成家的菜地拉屎去了。

老吕来桑树坪的时候，引进一样玩意：五子棋。地上画个棋盘，摆些小石子就能玩。庄稼人的日子本来就单调，有了这玩意儿倒能消磨点闲暇时光。一来二去，有些人还很上瘾，地头歇乏也来几盘。老吕后来又稍加改进，由"五子"变成了"十子"，子多了棋盘大了，就有些围、堵、断、攻的简单章法，不少人更是入迷。几乎每晚上收工吃罢饭，一伙伙人都聚在饲养室门前，就着公家的灯对弈一阵。下棋的高手自然要算老吕。因此，每晚上都有人主动去喊他，有的想跟他学，有的想同他较个高低。老吕回回都去，去下棋也有他的章法，先跟后生玩两盘，再找老者和汉子去较量。他跟后生下棋，第一盘不用几下就胜。第二盘上场就先围住对方，后生心火盛，头一盘输得惨，第二盘局势又不妙，正不知怎么解围，老吕便起了身："你想着点子，俺回去烧锅做饭。"

他一说走人家就急:"算咧算咧,烧锅做饭怪麻缠,我给你取块馍。"说着急急跑回去给老吕取个馍来,让老吕边吃边下。这第二盘就是平棋。老吕吃完馍,把馍渣渣拢进嘴里,让给后生一盘,后生乐了,一个馍便忘在脑后。跟老者和汉子下棋,老吕的速度就慢得多,一般是围住对方,老者和汉子慢慢思量怎么解围。这时,老吕的小烟锅自然而然就探进对方放在脚边的烟荷包里,满满挖一锅,美美哑起来。最后也要让一盘,对方高兴了,不仅不在乎一锅两锅烟,还会用别的大方去报答老吕的大方相让:"老吕,咱家里还有哩,你爱哑这烟就掐些子去。"老吕便会给自己的烟荷包掐些进去。

老吕这点小把戏当然瞒不了多久。不过人就这么怪,棋场上,可以为一步棋争个脸红脖子粗,却不会为一个馍几锅烟去计较。也有人察觉老吕这小把戏,怕吃亏赌气不找老吕下棋。可往往熬不过三天,又会自己找上门去。就这样,老吕一天里总有那么一半顿饭,是这样东家一块馍西家半块饼混着吃的。从老吕来说,只要有找他下棋,他想尽办法也要省一顿饭。

这不过是老吕的小毛病。老吕有一个大毛病,让不少人拿住当笑柄。

一年四季里总有不少山外的婆娘到山里谋食,捡杏核呀拾麦穗呀……老吕一见到这些婆娘,两条腿就挪不开步子了,想方设法要凑上去搭个腔。关中土语中把这样的人戏称为"热粘皮"。

其实,这也没啥可说道的。老吕五八年到桑树坪的时候,已经是三十来岁的人了,还打着光棍。老吕又不是心甘情愿抱独身主义,而是家里穷,拖累大娶不起媳妇,自然急憋。可老吕急憋得过了头,做出些事来就让人笑话。

有一回老吕圪蹴在门口正吃饭,一个要饭女人打身边过。这女人不过二十四五,眉眼子也挺中看的。老吕见了,二话没说把碗塞到婆娘手里,自己在一旁看。看得出神便嘿嘿傻笑,那眼皮子盯得连眨都不眨。女人一看老吕这模样,不知他是疯子还是存心不良,放下碗就跑。老吕一见女人跑了,端起碗就追,边追边喊:"哎哎,你的饭还没吃完哩!"女人听了更害怕,妈呀一声狂呼乱奔起来,老吕在后边还直喊:"不怕不怕,俺是烧窑的老吕,不敢把你咋样……"村里人闻讯围过来看热闹,见一个女人在前面没命地跑,老吕在后面追,几个人便拦住老吕问究竟,老吕支支吾吾说不清白,那女人跑远了。老吕气得一咬牙一跺脚,揪住一个人的领口:"俺日你奶奶,你把俺的女人放跑了!"村里人知道了情由,笑破了肚子。老吕还蛮认真,说:"笑个毬,今后碰到这事,谁拦俺谁给俺去找婆娘……"

村里人也拿老吕开心,以后凡碰到要吃婆娘,便引到老吕住的小屋前。而老吕不管来者是老是少,是美是丑,一律饭食招待。后来那小窑场简直就成了各路谋食婆娘的落脚处。到了收麦时,小屋里、坯棚里都歇着拾麦穗的婆娘娃娃,老吕自己却睡到窑口边。有些婆娘年年来谋食,对老吕也摸透了,一来便像自己家一样,烧锅做饭,洗洗涮涮,吃饱喝足往老吕炕上一倒。老吕见了,赶忙溜到外边去找地方混一夜。老吕的家成她们的家了。

这种事多了,村里人也就久见不惊,反倒从心里觉着老吕这人还是个热肠子。有人便跟老吕说玩笑:"老吕,你见了婆娘就忙活,现在也没人拦你的事,咋样啦?"老吕苦笑一下:"别提啦,尽他妈是些吃饱了歇够了就走的婆娘……"

老吕热肠子,可忙活到三十五六还打光棍。反倒因为他心肠太热吃了一回大亏……

五八年老吕刚来桑树坪,没打算久住,自己不开伙,队里便把他的饭派在李福民家。福民是金盛的长子,在城里念了几年中学,没考上高中便回村务了农。老吕到他家时,福民新婚不久,媳妇叫惠萍。惠萍模样一般,可心地良善。平时从不见她说长论短咬舌根,也不见她走东串西惹是非。嫁给了福民,她里外一把手。出工干活一天不缺,回到家里便做饭补衣,洗洗涮涮,手一刻不得闲。福民亏了寻下这么个好媳妇。这福民有点心高气盛,什么事都干不了,心还大得很。在队里不好好生产,不是逛会赶集,就是听戏乱窜,一年里挣不下几个工分。在外面窜够了,回到家,惠萍还要热汤热水紧伺候着。惠萍这人,贤惠得难找出她一星星毛病。

老吕在福民家搭伙,也算是老吕的福气,烧窑不论忙到啥时候,惠萍总有热饭热菜给留着。有时活路忙,惠萍干脆把饭送到窑上去。平时呢,也常帮老吕洗洗涮涮,缝缝补补。老吕是知恩报恩的人。得人家好处,便找机会报答。有时给惠萍捎一捆柴火,搂两筐猪菜,挑几担水;有时卖了窑货回来,见有时新花布,也破费给惠萍扯一块。惠萍的贤惠出了名,老吕这举动也就算不了什么。人们再说老吕的闲话,心里也不能不承认老吕还是规矩人。

五九年,新疆来陕西招收工人。福民本来就不想窝在这山沟沟里。于是,扔下惠萍和还没满月的娃娃,报名到新疆奎屯河一个煤矿当了工人。福民当了工人,最初还多少念着家,新疆那地方工资也高,福民每个月总是按时给家里寄点钱回来。福民有了这点出息,他父母和惠萍都高兴。男人在外头做事,每月能有现钱进项,村里婆娘没有不眼红的。

这样过了有一年,事就来了。

先是福民寄钱来不那么有定时,好像是想起就寄几个,想不起就算了。再往后,福民寄钱就不寄到惠萍手里,而是寄给他爹金盛,并来信让金盛高兴给就给惠萍几块。

钱不是啥大问题,福民在家时几乎是靠惠萍养着。可这是个征候,福民为啥不给惠萍寄钱了呢？村里人私下就传闲话说福民要休妻。惠萍碰到这事，心里又怕又苦，怕的是自己安分守己，规规矩矩对待丈夫，却无端被休，可叫她怎么有脸活下去；苦的是心里话无人说无人讲。

老吕看出点眉目，套出惠萍一点心事，便非常同情。除了说些话安慰一下惠萍，还出主意说，小夫妻新婚久别，不常走动情分就淡了，劝惠萍往新疆去看看丈夫，还给惠萍凑了点盘缠。惠萍抱着娃娃去了新疆。出这么远的门，不到半个月就回来了。惠萍进村还是趁着天黑，像是做下了什么丢人的事。老吕见了惠萍，只见她人憔悴了，两眼哭得又红又肿，老吕想得出惠萍这一路上洒了多少泪。他一打听，才知道了根由。

原来那福民自打到了煤矿后，仗着他念过几年书，有三分机灵劲，能说会道，又能观望风候，不知讨了那位领导的喜欢，送他去干部学校学习，准备出来后培养他当干部。小人得志，自然头一件事就是要休妻。惠萍去的时候，福民的党票和官票还没到手，不过已经公开告诉惠萍，离婚只是早晚的事，让惠萍"有所准备"——天底下竟有这样的笑话事。

惠萍只能把这苦埋在心底。按世俗之见，男人有了出息才会休妻再娶，光彩是男人的，丢人的是女人。惠萍处在这种境地，真是苦极了，她一面要等着降临到头上的打击，一面还要尽心尽责去伺奉公公婆婆，照料着这个早晚不是她家的家。

老吕听到这件事，仰天大呼："俺活了半辈子，还没听说有这号人这号事……"他同情惠萍，想帮帮惠萍的忙。

可老吕能帮啥忙呢？除了帮惠萍干点活路，就是有时陪惠萍说会儿话给她解闷。可这时候的惠萍，身价已经一落千丈。老吕仍按习惯同惠萍来往，顿时闲话四起，说老吕没安好心，打人家惠萍的坏主意。这一说吓得老吕只好自己搭灶开伙，明里不敢沾惠萍的边，惠萍在桑树坪就完全成了个孤零零的苦人儿。老吕心不忍，有时暗里还是帮惠萍，他实在不图什么，只觉这事太不公道，只觉惠萍太可怜。

真不知惠萍这么个弱女子是怎么熬过去的。

到了六二年秋天，福民回乡。他现在当了干部也入了党。

老吕心直口快，见福民回来挺生气，仗着在福民家搭过几年的伙，彼此情分还不错，就说了福民几句，心想着还能让福民回心转意。

福民那心眼可不傻，当着老吕的面，他也只是说："我在新疆，惠萍在村里，两下难见面，不想耽误人家女子的青春……"老吕听这话觉得还有回转的希望。于是，他一边告诉惠萍，不要太服软让人欺，有一线希望还得争取。同时，老吕想起有个远房亲戚在生产建设兵团当个什么农场的头头。他去了信，希望这亲戚帮点忙，先把惠萍弄到农场，再慢慢往矿上转。

老吕把这些想法告诉了惠萍，惠萍心安了点；告诉了福民，福民一丝怪笑："可谢谢老吕哥了。"福民的心早就铁了，他爹妈甚至早就放出话去，"俺福民当了大科长咧，那头早把媳妇说好了，是个城里大姑娘。只等这头清白，回去就办事呀……"惠萍听这话心里该多苦。福民不管这些，还是把离婚的事提了出来。

提出来了，福民又没有多充足的理由，公社叫人来调解，不管说什么，惠萍只是一个态度，呜呜哭着说："我哪点对不起你，你咋就舍得下这份心呢……"

福民坏了良心，他爹妈向着福民，桑树坪多为李姓人家，就是有不满意福民作法的，也不会开口说出来。可是，惠萍在大队，在公社，只要有人管她这事，便哭诉自己的不幸。四村八乡的人都知遭了这件事，连上面调解的人也站到了惠萍一边。一个死要离，一个挣扎着不愿离，这件事便就僵下来。老吕觉着挺高兴，几乎每天都要往惠萍住处去坐坐，说会儿话宽她的心，也帮她出主意应付下一步。

惠萍在福民回家后，夫妻便分居，福民住在爹那边。这天晚上，老吕没事，又去惠萍屋坐会儿。惠萍盘腿在炕上做针线，老吕圪蹴在灶边，窗台上放着小油灯碗。两人没说几句话，一根小棍悄悄捅破窗纸探进来，一下子把油灯拨灭了。惠萍一时惊叫，老吕赶忙找火。灶台上摸不着，就往炕头上摸。正在这时，一伙人踹门而入，没等老吕弄清咋回事，几个人便把他和惠萍按在炕上一动不能动。这时，灯也亮了，点着的柴棒子照得屋里通明，满村都听见有人乱嚷嚷"捉奸喽，捉奸喽……"

等村里人都涌满了惠萍家的屋里院里，人们再看老吕的样儿：衣服没系扣子敞着胸，裤带子也解开了……（其实这是老吕浑身上下找火柴时一急解开的，他有时也爱把火柴揣在腰里。关中人的习俗，一条带子又系衣裳又系裤子，裤子只是在腰里挽一下，把布带子扎在腰上，衣裤都系住了。一解布带，自然衣裳裤子全开）。

金盛不知这事是儿子福民做下的鬼，赶来气得发昏，一声吆喝，他的几个儿子和村里几个后生便把老吕绑了起来，要往公社送。

桑树坪闹翻了天，不远几个邻村的人也闻声来看热闹，老吕算是把人丢尽了。几个人押着他走了几里路，福民赶来说："算咧算咧，反正惠萍这骚婆娘我不要了，老吕就不要往公社送了。"福民心里有鬼，怕事情闹大了，这老吕死活是不会认的，闹下去反而对自己不利。

老吕被放回来，又气又恨又丢人，钻进自己小屋喝起酒来，一碗接着一碗，喝得醉醺醺就乱喊："我老吕瞎了眼，还劝人家女子跟他过下去，这号猪狗不如的东西，也能在党！也能当官！"

老吕直喝得双眼喷火，踉踉跄跄跑到金盛家门口，拍门大喊福民出来。

福民出来，见老吕这模样，吓得往后退。老吕抓住他的领口，一字一句地说："告诉你，福民猪狗，我认下哩，我就跟你媳妇不干不净！"

当时，全村人差不多都在场。福民听到这活，自己先呆了。他本是栽赃陷害老吕，怎么老吕自己认下了？

惠萍赶来，一头撞在老吕身上，又抓又咬，大哭大喊："姓吕的，我当你是好人，你要逼死我这苦女子呀……"

桑树坪人有点欺软怕硬，见好欺负的反而往死里整。老吕自认是"奸夫"，反倒雄赳赳立在哪里，两眼发红，喷着酒气，精赤着胸脯一副找人拼命的模样。村里人躲得远远地欣赏一对"奸夫淫妇"在那里撕扯。

任凭惠萍怎么哭闹撕扯，要跟老吕拼命，老吕一动不动。惠萍哭闹的性发，狂呼着往村外奔："我要去告你们这些害人的猪狗东西！"老吕这才大喝一声："糊涂！"老吕这一声大得吓人，能传出去一里远。惠萍不知道是让吓住了还是咋的，竟然站住了，也不哭了也不闹了，眼睛痴呆盯住老吕。

老吕喊出"糊涂"两个字，见惠萍那模样怪让人可怜，又声气和缓地说了一句："不用告谁了，碰上这号猪狗不如的东西，还有啥恋头，再厮缠下去，还不知会生啥坏道道哩！"老吕相信，他这句话惠萍和全村心里清亮的人都听得明白。说完头也不回去了。

……

离婚官司很快断下来。

福民春风得意，喜气洋洋赶回新疆。

无端被休的惠萍，在屋里伤心地哭了几天。趁着一个黄昏，她收拾了几件东西，抱着孩子走了。村里好心的李言老汉关心她，怕惠萍寻短见，一直送她到西塬垭口，惠萍挂着泪说："四爷爷你不担心，为了娃娃我不会寻短去……"

老吕躲在自己小屋里，喝了三天酒，发了三天酒疯。三天后老吕出了屋，昏头昏脑地烧起窑。可再也打不起精神。

到了年底，老吕收拾了行李，跟桑树坪告别。金斗动了良心，拉着老吕的手说："对不起你呀，老吕哥，你啥时候想来就来……"

老吕说："算咧，这营生我放下咧，回去本本分分种俺的地吧。"

老吕就这么离开了桑树坪。

谁想到来年开春，老吕又随着各路的"客"们回到了桑树坪。

人们发现老吕模样变了。干活还是拼着命，糊弄人家馍和烟的时候也更多了……村里人一打听，才知老吕回家成了亲。成了亲，自然以前的事就算过去了。老吕仍然烧他的窑，一直到了七〇年。这些年，到了冬里，老吕便打点回老家省亲，来年开春再回来。金斗说："老吕，队里给你盘两眼窑，划几分自留地，你把婆娘接来，在桑树坪落户吧。"

老吕死活不干，甘愿做个春来冬去的"客"。

一九七○年收罢麦，窑客老吕悄悄离开了桑树坪，此一去便再也没回来。人们四处打问他为啥要走，原因倒很简单。

金盛那些天很伤心。他的儿子福民六二年跟惠萍离了婚，回去后又找了个漂亮的成了家。这福民能钻会拍，官运亨通，不多几年就蹦上了个处级干部。可是这人为人刁奸，人缘不好，得罪下不少人。六八年开始搞"清理阶级队伍"，弄出这福民不少问题，什么欺上瞒下、道德败坏之类，福民便被清出来。福民一倒霉，婆娘当下离了婚。这福民平时积怨甚深，到啥地方都有人跟他过不去，先送"学习班"，后下大狱。福民熬不住皮肉之苦，自己寻了短。

消息传来，金盛一家人如遭雷轰。老吕见人落难，也就丢弃前嫌。那天见金盛独坐饲养室门口发呆，便主动上前要陪他下两盘棋解闷。这老吕怕是头一回下棋不为糊弄人家的东西，也就没他那些鬼门道章法。开局就杀了金盛个落花流水。金盛本来心里就有事，又输得惨，不高兴地骂一句："你狗日得咋回棋哩！"

老吕在金盛面前是小辈，又不敢发作，只好忍着。到后来，金盛骂起了惠萍："骚女子"，"烂婆娘"，"害得我儿好苦"……老吕听着，脸上青一阵白一阵。他终于发作了，挥手一把打落金盛抓他的手，跳起来使足了力气大喝一声："你活该！天报应！"……

这件事过后，老吕独坐在窑坡上，一袋一袋地咂着烟。这地方他太熟悉了，一草一木，在他眼里真比故乡的山水还要亲切些。可是，他决心要离开这里，为"客"的营生是不好做啊！

那天晚上，金成来找他扯闲篇，老吕有点动感情，眼圈子红红地说："俺走咧，再不回来咧，家里穷，可守着婆娘娃娃，也是热火日子啊……"

第二天蒙蒙亮，老吕背着他的小行李卷，就像十几年前他来桑树坪时一样，顺着小径走了。走到塬边，他还回头看了一眼。是啊，谁跟他一样，为"客"的人，却把一生最好的光阴给了这异乡的山山水水。老吕流泪了。

……

老吕走后，桑树坪的人才真正感觉到，日子里好像少了点什么。小窑再也不冒烟了。李金斗真正觉着失悔："哎呀老吕，你走为啥不说一声，我给你做一顿新麦擀下的长面……"老吕在桑树坪十多年，连一回新麦也没吃过。

过了几年，李金成的儿子当兵到了河南安阳。这一年收罢麦，李金成打点上路去部队看儿子。从儿子那里走的时候，金成想起窑客老吕的家就在这安阳以西不远，不如趁这机会去看看。在桑树坪的时候，老吕虽摸过他家的菜，还糊弄过他儿子不少回馍饼，却也是金成在桑树坪少有的几个朋友之一。

李金成在老吕家里玩了两天，等他回到桑树坪时带回个惊人的消息，一个过眼烟云似的外乡人，竟然好长时间成了桑树坪人的话题。

"你知道窑客老吕的婆娘是谁?"

"谁?"

"就是那惠萍女子!"

"啊! 老吕把惠萍拐走了?"

"咋是拐走的，惠萍离开桑树坪就没回家，自己一路要饭寻到老吕家门上等他哩。老吕那年回了家，进门吓一跳，还当是见了惠萍的鬼哩!"

"你知道老吕为啥要认下那桩丑事情?"

"为啥?"

"那是好心人救人家苦女子一命，跟上福民那号人，不整治死也苦死那女子咧……"

窑客老吕在桑树坪十来年，没想到人走了，倒落了个这般定论。

金成逢人更是话多，"哎呀呀，你们没看看人家老吕的营生，那地方穷是穷，一家人亲得很哩。你不看惠萍那娃娃，如今都十来岁咧，见了老吕，爸呀爸呀叫得个亲哟……"

（原载《钟山》1985 年第 4 期）

田中禾

TIAN ZHONG HE

原名张其华。1942 年出生,河南唐河县城关镇人。1961 年兰州大学中文系肄业。此后当过农民、民办教师和工人。1980 年,在唐河县文化馆从事专职文学创作。1987 年,调入河南省文联。1988 年加入中国作家协会。曾担任河南省文联副主席、河南省作家协会主席。现为河南省文联顾问、河南省作家协会名誉主席。

自幼爱好文学。高中时代即出版长篇童话诗《仙丹花》。1982 年开始发表小说。作品有中短篇小说集《落叶溪》《月亮走我也走》,长篇小说《匪首》《城廓》,散文集《故园一棵树》等。小说《五月》获 1985—1986 年全国优秀短篇小说奖。

五　月

走进村，正是半后晌。

乍看，村路那样窄，坑坑洼洼，全不像原来的样子。小时候她们在月亮地里玩，觉得这路是很宽的，很平坦。

树把路遮严了，树荫很浓。路面上，雨水冲出浅浅的沟壑，长满狗尾草。车辙里散落着闪闪发亮的麦秸，谁家已经开镰割麦了。

这是一天最安静的时候，没有人声、犬吠，老母鸡叫蛋也像离得很远，隐隐约约。

她走近自己的家。板打院墙经儿番风雨，颓堕成一溜黄土堆。

受了她的脚步惊吓，一群麻雀从院里飞起来。墙根的阴凉里，满头白发的奶奶坐在断了拐肘的木椅里。

"谁？谁啦？"奶奶朝大门口喊，用手搭起眼罩，吃力地望着。

那大门，其实是两堆黄土留下的缺空，没有门楼，也没有门框门扇。香雨现在就站在那土墙的缺空里，两手在胸前垂着。抓着一个大提包，让提包蹭着膝盖。

老奶奶摸起身边的拐杖——一根劈口子的竹竿，身子作出挣扎起立的架势。

"奶——"香雨喊出这么一声，眼眶有些湿润。

奶奶愣了片刻，好像噎着了。她把拐棍使劲撑着，站起来，颤巍巍地，向前挪了几步：

"是我的雨雨？"

"奶——"香雨的声音又脆又颤，冲动的情绪在胸腔里升腾。

"我的娃儿，你怎么这会儿回来了？"

"嗳。"

"不是说，你要上北京吗？"

"不去了。"

"乖娃儿，奶就不喜愿你去。奶八十四，春上害了几场病，怕见不着我雨雨。"

"奶——"香雨拿白皙的手臂在脸上擦拭。她觉得一踏进家门，感情就变得这般脆弱，想扑进奶奶怀里哭一场。

在奶奶眼里，雨雨是一条长长的淡灰色的影子，凭着黑黑的头发和白白的脸，长长的胳臂，才知道她在怎样站着。

"瘦了。"奶奶用多皱的干巴的手捏着香雨的胳膊，用灰糊糊的脏袖子揩着干瘪的眼窝，伤心地嘟囔说，"娃儿是叫成堆成堆的书把你累坏了。"

香雨终于流下了眼泪，一时哽咽，说不出话。她想对奶奶说，她考上了研究生，人家妒忌，不让去。可是，奶奶不懂这些，她无法向她说明白。从小，香雨就习惯奶奶的爱抚，它能把她心上的创伤抚平，抻展。可是这一次，她觉得谁也无法安慰她。

香雨是个聪明沉稳的孩子。她好像从小就知道人活在世上不容易，须得拼了命去奋斗。在人们印象里，她总是细细的，瘦瘦的，默默地想着心事。无论得了大人赞扬还是受了大人训斥，总是一样地眨着深不可测的大眼，望着你。不笑，也不哭。不显高兴，也不显懊丧。从小学开始，她就是老师喜爱的学生。头几年，爹妈忙着家里地里无穷尽的杂事，并不在意孩子的学习。爹说，她被奶奶惯坏了，懒，笨，没有眼色。放了学，不知道帮家里干活，倒要妹妹去刷锅洗碗，喂鸡喂鹅，招呼弟弟。后来，有那么一天，香雨忽然对爹说，前村的民办教师春风考上大学了。

"乡下人，考什么大学！"爹嚼着馍，蘸了辣椒，大口地吃，大声地吸溜嘴。

"往后，乡下学生跟知青们样，都能考学。分出来，一样干工作，吃国家粮。"

"你那能耐行吗？想得恁美！"

香雨没说话，奶奶却愤愤不平地嚷：

"你就那样隔门缝看人！满庄子打听打听去，哪个不夸我雨雨行。年年都是……是五好，是吧，雨雨？"

雨雨没有做声，爹也没和奶奶抬杠，他照样嚼着馍，只是着意瞥了香雨一眼。从那以后，爹更多地使唤妹妹，不再吆喝香雨去干这干那。

就在那一年，她被选拔进县中去读书，方圆三四个村，就选她一人。爹妈着实高兴了一场。虽然花那么多钱，把本来就穷的家挤得更干，可到底辛苦没有白受。如今香雨读完大学，分配到外省工作。是雨雨给他家争了脸，让弯腰驼背的爹，在人前高出几尺；使因为中风而手脚蜷缩的妈，成为全村最受称赞的贤德媳妇。雨雨，她是全村人的骄傲哩。

可是，他们并不知道，一个从小村里走出去的丫头，没有父母为她经营，没有亲故可以倚恃，全靠自己去奋斗，那是如何的艰难。

雨雨揿动轧水井的粗笨的手柄，轧出一盆清凉清凉的水。她觉得，这铁柄比以前更滞重，轧一盆水要喘几口气。

她觉得自己烧锅技术不如以前，划了五根火柴才引着那些隔年的棉秆，使烟筒里冒出滚滚的黑烟。

甚至她觉得奶奶那样用心用意为她藏着的腊菜也不如以前好吃。粗，嚼不烂，满嘴都是渣滓。从前的腊菜是酸溜溜的，很香，一边吃一边流涎水。

太阳平西的时候，妈从地里回来。她第一眼看见她，觉得那佝偻的身材更显矮小，蓬乱的剪发更其污秽。一种凄怆的感情倏地涌上她的心头。

"别，灰土狼烟的。"妈偏着身子，不让香雨去接她腋下挟着的一捆青草。

香雨抢过去，一定要把它接过来。由于胳臂张得窄，刚刚接到手，那草捆便骨碌地散开在当院里。

"别，别，你不会。"妈一边挥手，一边蹲下去收揽。

这时，她看见妹妹定定地立在大门口，肩上担着一担油菜秆，不出声地看着。

"怎么？油菜打了？"她朝妹妹说，搓着手，不知该怎样帮她。

妹妹不做声。她挤进大门，把担子撂下地，用手拨开妈妈，将地上的草揽好，用膝头压着，俯下身，双手使劲，勒紧草要子，提起来，扔到院墙角去。

"改娃子，你姐跟你说话呢！"妈拍着身上的土说。

"听见了。"她说着，码好油菜秆，拿扫帚扫地。然后，拽一条毛巾，呼嗒呼嗒摇着铁柄轧水。

"别理她，成天猫脸狗脸的。"奶奶用拐棍点着她，喃喃地对香雨说，"干一点子活，满院子盛不下她。有功！"

"有功怎样？"小改突然大声说，"谁还能一天减我几顿嚷？没用的人，不兴多说，不兴少说？"她头上的两只蜻蜓辫子左右摆动，嘴里喷着白色口沫，声音激愤，一副凶悍的样子。

奶奶毫不示弱地敲着拐棍：

"恶！有本事！有能耐！说话都不让人说。我就说你有功，看你敢拿绳子勒死我！"

"改娃，那么大丫头，不怕人家笑话。"妈继续拍打着身上的土，无可奈何地说。

香雨从来就不会劝架，这会儿更有些不知所措，只是一声又一声地喊着"妹！……奶！"

好在改娃并没有继续争吵，气呼呼地拿毛巾在脸上擦了几下，哗的一声，把水泼得远远的，当当啷啷，把脸盆扔在院里，钻进西屋，呼嗵嗵关上门，再也不露面。

"在场面，跟你爹抬杠了。"妈轻轻地叹息着。

月亮升上树梢的时候，爹从场里回来。他说："煮鸡蛋了吗？给雨吃。"便蹲在小凳上抽烟。

开饭的时候，香雨想起弟弟：

"爹，金成呢？"

"进城了。"

"进晚城干啥？"

"谁知道他妈啦个×的，连高中都考不上，回来不干活。成天瞎串！"

晚饭摆上来。香雨敲着西屋门，叫了几遍，改娃说不饿，不想吃。爹一袋又一袋抽烟，抽了好长时间，啪啪地磕着烟锅说："我们吃！"接着，又愤愤地说，"种几棵菜，不够偷！大麦天，连个青菜都吃不上。"

香雨看见爹的筷子总在碗里搅。她知道，改娃不吃饭，爹又气又心疼，吃不下。香雨心里很不是滋味。她毕业一年了，没给家里寄过钱，爹总是说，如今日子好过，家里不要你的钱。你得攒几个，买表，买自行车，那是城里少不了的。她每天都在想着她的论文，从来没有想过家。直到这次回乡，她才给妹妹买了一套复习资料，一路上想了许多教训话，定要说服她，再复习一年，下些苦功。……可是现在，她觉得这些话都可以免了。

临睡时候，爹说："南地的麦，我看行了。明儿早，就割吧。"

大家都没做声。风轻轻掠过院子。嗒，一个杏子从老杏树上落下来。

麦天，她喜欢听"吃杯茶"在黎明里叫。那鸟儿声音很嘹亮，上下翻飞，有时候翅膀就在你耳旁扇动，簌簌响。

可是今天，她没能听到。她醒来时，一家人都下地了。猪在院里哼，厨房里有烧锅折柴的声响。窗户上一片金闪闪的阳光。脚头，奶奶早已起床。长时间不跟奶睡，不习惯。夜里睡得很不好。虼蚤在身下蹦跶，浑身痒痒。老鼠扑扑腾腾在身边打架，唧唧地呻唤，听起来瘆人。一天一夜火车汽车的劳顿，后半夜困极了。等到沉沉睡去，天已经亮了。

"奶——"在轧井旁漱洗着，她拿出从前惯用的口气嚷，"咋不叫我，让人家睡到这会儿？"

奶奶的白发被灶门口的火光映红了。老人眯着眼，一脸皱褶高高隆起，专心专意烧锅。打从记事起，她习惯了奶奶做全家的饭。妈虽然蜷缩着手脚，却从未停息地里的活计。从前，生产队照顾她，派她拿竹竿坐在村边看鸡鸭。这几年，不再需要这样的活路，妈就像健康人一样下地种责任田。

　　她看见奶奶站起来，双手抓着锅盖向上掀。吃力地掀了几次，才稍稍掀开一条缝。一股浓烟从灶口冲出来，差点熏着奶奶的脸。香雨跑过去，帮奶奶掀起锅盖。

　　"如今不种桃忝，用木拍子，沉死了！"奶奶嘟噜说。

　　锅里水沸腾着，箅上馏着白馍。这锅，跟她们学校教师伙房的锅差不多大小。以奶奶衰弱的身躯，她如何担得起这样重的担子，年复一年，蹚过岁月的长河？如今八十四岁，还在照样干着……在漫长的落着雪的冬日，奶奶拥着她，坐在被窝里。她哭，奶奶就从贴胸的衣袋里摸一疙瘩薯面窝头或是一块黄面饼子，在手里晃动：

　　"甜甜，谁吃？"

　　"我吃，雨雨吃。"

　　"雨雨吃了亲谁？"

　　"亲奶奶。"

　　"雨雨长大养活谁？"

　　"养活奶奶。"

　　那般好吃的"甜甜"，总是被奶奶的身子暖得温乎乎的。如今她长大了，每月有五十三块工资，可她从未给奶奶扯过尺布，买过一斤糖。昨天，她打开特意捎给奶奶的蛋糕，奶奶掉泪了。她轻轻摸着圆圆的硬纸盒，不安地说："要好多钱吧？你才干事……还有一桩大事没办。要仔细些。家里这二年顿顿有白馍，不要你惦记。出门在外，只管吃好，莫叫身子受亏。"当她为了那篇《中国农民的形成及其在历史上的地位》伏案熬夜的时候，当她在学校领导的门前奔走，疲惫地为纠正一张不公正的鉴定表诉告的时候，强烈的欲念和恩怨充塞了全部的生活和思想，挤走了慈祥的奶奶，挤走了所有过往生活的记忆。她把奶奶遗忘在九霄云外，甚至连做梦都不曾梦到过。她自责着，想要尽力帮助奶奶。和面、拌汤、调小葱、喂猪、喂鸡，把青草铺进兔笼，羊拴到村外。

　　"唉，还是我的雨雨勤快，知道疼人。"奶奶坐进破椅里，絮絮叨叨地说："改娃子不成。乖孤得很，奶使不动。三天两头给家里怄气。西门外的大狗什么东西，她偏跟他好！"

　　"什么，她和大狗吗？"香雨瞪大眼睛，不胜惊疑地问。

　　"村里都闹得风风雨雨，你妈还舍不得吵她哩……"

　　香雨不敢相信奶奶的话。奶奶自小就不喜欢改娃，她贪玩，不学习，考不上学，一家人瞧不起。可改娃才二十二岁，她小着呢，大狗都三十了，名声又不好。她会傻到那样？

　　"奶，我下地送饭去。"

　　奶奶想了想，脸上绽着笑：

"担得动?"

"担动的。"

奶奶慢慢腾腾帮她把木桶洗刷干净,一头装汤,一头放馍,把一盆调小葱搁在馍上。

"慢点。"

奶奶扶着大门边的土墙望着。虽然她眼里只有一片灰蒙蒙的雾,但她却像能看见走远的孙女一样,凝神地立着。

太阳在地平线上照耀,风荡过宽展展的原野。露水刚刚在草叶上闪耀,倏地,便消失得无影无踪。金黄金黄的麦海被分割成破碎的方块。收割过的田里,麦个子一排排横躺着,人们在忙忙地蠕动。透过麦浪,可以看到攒动的人头或是弯弓似的身子。

改娃直起身拧麦要子,看见香雨趔趔趄趄担着挑子走来,就三步两步跨过去,把担子接过来。虽然她脸上仍然没有笑意,但香雨感到她此刻的情绪并不坏。

金成也在地里干活。看见香雨,只是咧嘴笑。一年多没见,弟弟已经出脱成一个漂亮的小伙子。港衫,小喇叭裤,长头发。

"吡,金成这一身,真够意思!"香雨笑着说。

金成羞怯地看着姐,一时想不出话讲。

"昨晚,啥时回来的?"

"……总有十一二点吧。"小伙子垂了头,好像在地上寻镰刀。

"十二点?"爹虎起脸凑过来,把鞋脱掉,垫在身子下坐着,"两点半!"

"干啥么,那样忙?"

香雨直勾勾地盯着弟弟。

"嘻嘻,"金成又笑了,"电视投影《霍元甲》全集。最后一天。"

"噢唷,我当你上夜大哩。"香雨讥讽地说。

"……"

改娃正在擦汗,这时候嘎嘎地笑起来:"别看考不上高中,要是有个少林武术班,保险能考上。"

金成涨红了脸,却没有认真生气。把嘴撅了撅:

"也到集上买个圆镜镜,照照自个儿!还说人家!"

"咋了?"改娃霎时板起脸,挑起眉毛,鼻子和嘴角都抽动着,神气十足地说:"十六七的小伙子,游手好闲。还不让说?别人不敢说,我偏说!十几亩地,往后,你得挑一半!谁该养活谁。"

不等金成接腔,正在捆麦的妈从地中间走过来:"好了,好了!你姐把饭都送来了。吃!吃了干活。"

金成把眉毛竖了几竖，瞥瞥改娃的神色，不知怎么的，不敢壮胆吵下去，把镰刀狠狠摔在地上，弯腰到桶里去盛饭。

改娃迎着阳光站着。香雨发现她比过去更加成熟丰满。胳膊腿很粗实，肩头又宽又圆。尽管像每一个乡下女孩子一样贴身穿了小衣裳，胸脯箍得很紧，但那富于弹性的一对乳房仍十分显眼地高高隆起着。肥大的两胯把天蓝色涤纶裤子绷得紧绷绷的，好像裤缝随时都会坼绽。露水混着灰土，使她的裤腿和鞋子涂满黄色的泥浆。香雨觉得，改娃已经成了一个棒劳力，再让她坐下来啃书本，是根本不可能了。

"妹，吃。"她给妹妹捧一碗汤。

"慌啥。"改娃并不接碗，自顾自地从从容容走到地头，撩起沟里的水洗脸。她探着身子，手在脸上噗噜噗噜抹，水珠迎着阳光，晶亮晶亮的从她手臂上滚下去。

爹睖她一眼，粗声粗气地对香雨说："你自己吃。"端了碗，低着头，咯噔咯噔，使劲嚼着小葱，好像在发泄自己的气恨。

循着爹的目光，香雨看见，在改娃对面的沟坎上，大狗正站在那里朝这边张望。他家的麦子都摞倒了。一辆小四轮拖拉机在地中间停着。七八口人在装车，谷杈挥舞，麦捆一个个飞上车顶。一群劳力，粗手大脚地干活，粗腔大调地嚷叫，引得一地人眼巴巴地望。

看见香雨望他，大狗趁势讪讪地踱过来："大学生回来割麦么？老堆叔给你做什么好吃的？"

香雨很客气地把碗伸着："你先吃吧？"

"你们吃，你们吃，我吃过了。"大狗对着香雨说，眼睛不时地瞥着改娃。改娃板着脸，将湿手绢甩了甩，搭在乌黑的头发上，从大狗身旁擦过去，端起饭碗，转脸去吃。

"老堆叔，这麦子不错哩。"

爹从鼻子里哼了一声，呼噜呼噜照样吃饭。

大狗向前凑了凑，很神秘地压低声音说："老堆叔，你可得赶紧些呀……今年卖粮可难啦，得趁早……"

爹仍然埋头吃饭，妈却沉不住气地凑过来问："有啥消息吗？"

改娃把饭碗敲了一下，大声说："还用问他，我早说过了。你们不信。"

大狗立刻接上话茬，郑重其事而又非常贴己地说："西仓有三天就满了。东仓只收八万。今儿，明儿，敞开。后儿就凭条。再迟延，可卖不上了！"

金成斜着眼说："昨晚广播里还说要解决农民卖粮难的问题呢，我不信打了粮食会卖不出去。"

爹把饭碗摞在地下，闷声闷气地说：

"就你话多！还不快吃了割！"

尽管大狗听出这话是冲他来的，却仍然喋喋不休地说：

"大叔，不敢迟疑呀。我家的麦，今儿就能打出来。吃过饭，叫小五把机器开过来，帮你割。晌午能上场，夜里一打，明个晒一天，后儿能卖。"

"照你那么说，后儿不就凭条儿啦？我这脸面，哪儿去弄条儿？"

"不碍的，我，我……给你想法嘛！"

"算啦，还不起人情。"爹一边说，一边摸起镰刀，弯腰去割麦。

太阳升得很高了。尘土从爹的镰刀底下升腾起来，像一片飞舞的小虫。大狗尴尬地立着，慢慢摸出一支烟来抽。

"三哥——开了！"远处，大狗的弟弟小五在喊叫。

大狗嘿嘿地笑着："婶子，啥时用车，说一声。"

妈嘴里"唔"着，改娃站起来不谦不让地说："别卖空头人情。要帮，下午过来。我们不白用，给钱！不帮，站远些。劳力弱也到不了让你们看笑话。"

"好我的妹子哩，这说到哪儿去了！"大狗忙忙地摇着头，说着，退走了。

太阳一落，凉气就上来，一天的燥热慢慢消散了。月亮没有出，天黑乌乌的。风停了，树梢直直立着。田野里，有几只萤火虫悠悠地飞。远远近近，有些移动的光柱，那是拖拉机的车灯。

电不来，麦场里静悄悄的。场边坐着一溜劳力，大家散散淡淡，蹲着，卧着。有人撑不住，跑到远处去抽烟。

香雨侧身躺在麦捆上，嘴里嚼着一根光溜溜的麦葶儿。她旁边，是一个早已废弃不用的石磙。累极了，好像全身关节都散了架。腰疼得折断一样难支难熬。胳臂和颜面都在火辣辣发烧。要蜕皮。她想。在这种时候，她才懂得，默默躺着，不玩，不聊天，不看书，不想东西，是一种享受。她甚至盼望今晚电不要来。

麦子是傍晚上场的。爹买了五盒烟央邻友帮忙，管了一顿像样的饭。如果电正常，两个钟头便可以收拾干净。这种50型脱粒机蛮好用，就是占人手，搬、解、喂、搓，要十几个劳力团团转。

下午，爹差点和改娃吵架。刘家开了机器来，爹没有正眼看。小五呢，活活泼泼爱说爱笑的小伙子，那会儿也有些脸色灰暗。拖拉机跑了几来回，改娃捧前捧后让烟让水，小伙子只是哼哼。爹看不上，恨改娃那份热情，敲着镰把嚷："显人！疯前疯后的，还顾得干活！"改娃根本不吃这一套，腾地蹿到拖拉机前头，拦住说："我今儿偏让你喝这碗水！不喝，把机器开走！"小五傻愣愣地刹了车，脸同身上的汗衫一样红。半天，苦笑着，拿眼瞟着发怒的老头子，低着头，把一碗糖水咕嘟嘟灌下去。直到收工，他的头都没有抬起来。改娃像一个胜利者，谁也不看，大手大脚风快地干活，一眨间便捆起一趟麦个子，爹被她甩得远远的。她站在地头，擦着汗，得意地拿手绢扇凉，还轻轻哼歌儿。待爹直起腰，瞪大眼盯她的时候，她又像没事一样，背身虎虎地扎新趟子。那逗气的脸，那脸上奇怪地亘起的肉，使香雨的心灼疼了。

改娃长大了。她静静地想。她的脾气什么时候变得这样乖张，叫人不可捉摸，她没留意过。在她脑海里，改娃永远是个穿着不合身的大褂子、拖着一双裂口子鞋、翘着粗硬的小辫、捧着大碗、眼巴巴望桌上饭菜的小丫头。长大起来，又总见她在村路上疯、跑，书包在手上转圈甩，像风车。做活也忙忙的，碰得锅碗瓢勺叮当响。

麦子运完后，她终于同爹吵了一架。爹说，晚上用电。她偏说，还用小五的机器。小五嘟嘟囔囔说："机器晚上我们自己也要打麦。"改娃不等他说完，拿手挥掉他头上的草帽："对你狗哥说，机器我先用！个把钟头，耽误你们了！"爹就同她吵。俩人谁也不让，跳着脚，拍着腿。最后，改娃转过脸逼着小五："你说，你今晚来不来？"小五有些怯，闪烁其词地说："我三哥说，他后半夜来。"改娃有半分钟没有说话，死死盯着小五的脸，愤愤地说："窝囊废！算了，我不管。"……吃过晚饭，她就洗了脚，擦了澡，关门睡觉。

金成不知什么时候溜了，等到爹妈四处找，已经没有踪影。奶奶愤愤地说："尽吃柿子拣软的捏，把我雨雨累死你们也不心疼。娃儿干了一天，她干过那么重的活！手打了泡，以后咋掂笔写字！那人高马大的，躺在屋里睡，你们都哑巴了，舍不得吵一声！你们呀……"

香雨截断奶奶的话，不让她说。她怕改娃听见，又怕爹和奶顶上吵。在这样时候，治国雄才也难当好一个农家之主。爹真够难的。他们在小刘庄是外姓，亲戚本家少，劳力弱，好不容易凑够十几个人，大家喝了两瓶白干酒，上了场，却坐在这里等电。爹心里什么滋味！

"熊！还不是潘大头提成没弄到手，这会儿拿一手。"

黑暗里，是谁骂骂咧咧嚷了一句。潘大头是大队电工，在小刘庄有几家亲戚。所以，大家都不接腔。夜色重归于寂静。蚯蚓在场边洼地里叫，不绝如缕，好像一根细细的游丝，一直攀绕到人们心里。

在学校，该响熄灯铃了。那是县城新建的一所中学。是个偏僻的县城。她的同学们几乎没人分到这样糟的地方。她是历史系拔尖的学生，却看着成绩平平的同学留校，进社会科学院，到编辑部，她是憋一口气到这鬼地方来的。人生的第一个不公平带给她更大的狠劲。没有关系，就靠自个。哪里都一样。反正我要考研究生，有真才实学总会出人头地。可是现在……真是累极了，身心交瘁！一种幻灭感使她的意志崩溃……她翻转身，仰面躺着。月亮还没出，也看不到星星，天宇像一泓深不可测的大湖，灰黢黢的，压在她脸上。手臂碰上身旁的石碌碡，冰凉冰凉……她是赌气请假回来的。校长微笑着说："要请人代课。超过十天得扣工资。""那你就扣吧！"她生硬地说。校长仍然笑着："还是尽量赶回来，啊？""要是赶不回呢？………那你再来信。"——他真是宽宏大量，丝毫不计较头天吵过架。她是那样凶地同他吵，哭着，诉着，很有些像改娃……

天色很阴沉。好像有一堆流云在浮动。会不会下雨呢？他们没顾上听县广播站的天气预报——也许广播线断了，门头上的喇叭根本就没响……那个县的广播站她是去过的。很小的单位，两排土瓦房。他住在西头。中文系毕业。早她一年。人挺好，有些平庸，窝窝囊囊。干那么一个小广播站的小编辑很当一回事，胸无大志。她觉得自己迟早会调到省城或别的地方，他会成为绊脚索，所以，她对他不冷不热，似乎没有什么爱情冲动。这次她没有考取研究生，也许他会私下里感到高兴……石碾太凉，她把手收回到胸口上。不知怎么的，突然觉得自己在这世界上很孤独。无论在闭塞的学校，还是在僻远的小村，她都孤零零的，没有一个知音。她二十六岁了，不知道怎样在人海里穿过来，对谁也不曾留意。心像石碾一样冷，也像石碾一样坚硬执著，一味要轧平面前的路。她知道，他会来信的。这时候，她有点儿希望收到一封不拘谁的信，但却不敢指望谁能解除她的忧烦。她对遥远的她所工作和生活的那个环境充满厌恶，宁可就这样静静地躺在麦场上……天是越来越阴了，凉气变成微风，麦垛上的枯叶发出簌簌的响声。但愿不要下雨，今夜和明天都不要下。她这样盯着天空看着，天渐渐升高，升高，高到一无所有……

也许她睡着半分钟，也许她睡了两个钟头。一声粗野的吆喝把她惊醒了。

"怎么？这鸡巴电还没来？"——是大狗的声音，"潘大头这鳖孙还真给咱们来一手！"

不知怎么的，场上没人接腔。他索性大腔大调嚷："老堆叔！你不就点把钟的活儿吗？后半夜不保险，哗一家伙落了雨，够你呛！还是快点整吧！"

"你老堆叔不就等你去说面子嘛。"谁这么话里藏话地撂了一句，大狗却非常乐意地顺水推舟说：

"好说。就是轮不到咱，赖也要赖他个把钟点。我去！"

这时候，才听见爹接腔说："这儿有烟，拿上！"

"有，有！"大狗嚷着，脚板落地踏踏响，急匆匆走了。

有人说，他去，准能克着潘大头。有人说，那算什么能耐，痞子身道，不知脸气。不管大家怎样议论，反正潘大头真的被他缠来了。他拖着他的胳膊，一路骂，一路在头上啪啪地拍。

"不给电，把狗日的宰了，卖驴肉。"

啪！变压器的淋壳合上了。光明立刻降临。歪歪扭扭的线杆上的灯泡亮了，麦场里响起纷沓的人声，整个世界仿佛都被从地狱里打捞出来，即刻洋溢着生机。爹的脸上绽开笑容，媚意十足地给潘大头递一支烟。

潘大头接过烟，夹在耳朵上，威严地挥着手："变电所知道，得挨熊！"伸出一根指头，冲大狗晃着："只许一小时，赶紧整！"

"整你的屁股！用老子车你可不一小时一小时。变电所来了，爷们请客。你站远些。"

机器呜呜叫起来。人们歇过一气儿，精神抖擞，满场奔跑。灰尘腾起浓浓的黄雾，灯光变得昏暗，人们互相碰撞，大声喊叫，像在浑浊的洪水里游泳。

异样的兴奋使香雨忘记了疲劳。她头上扎着白毛巾，一趟趟奔跑，把远处的麦个子向近处拖。大脑好像变成一片空白，意识消失了，人成了机器的一部分，随着重一阵轻一阵的呜呜声往返，几乎不知道自己在怎样工作。

后来，她觉得脸上爬过几只毛虫，涔涔的，用手背一抹，袖子濡湿了一大片。她这才感到汗水已经漫过面颊、脖颈，顺着两乳间的胸口，顺着窄窄的脊梁滚滚而下。裤腰被浸透了，黏糊糊的，像勒着一条湿毛巾。

后来，她又觉得有凉凉的水滴落在发林上，她以为是自己的汗。过了一会儿，脸上、手臂上接二连三感到星星点点的凉意，她猛惊地想：要下雨吗？她站下来，仰脸看天。在昏黄的灯光外，一切都是漆黑的，看不出晴阴。但凉凉的水滴着着实实落下来，一滴，一滴，打在脸上。

"哎哟，你怎么死在这儿！"

她被一个跑得飞快的人撞倒，滚了两滚，又被拉起来，拉到一个角落里。她惊疑地看见，拉她的人是改娃。

"改娃，下雨了！"她惊慌地说。

"我知道。"改娃拍着身上的尘土，她早就在这儿干活，她没有发现她。

"怎么办？"

"别管。"

"改娃……"香雨觉得没有话说。在这种时候，好像一切都是不可理喻的。"爹老了。他够难的。"香雨忽然哭起来。

"哭啥！天也没有塌下来。"改娃看也不看她，扭身去干活。

机器忽然停了。震耳的噪音一消失，大家骤然丧失了听觉。转眼工夫，雨点嗒嗒落下来，人们四散轰跑，各自去收拾自己的麦垛。

只有这时候，她才发现大狗的价值。他没有像别人一样溜走。他光着上身，瘦而麻利，浑身是劲，笨重的桑杈在手里轻巧地舞动，一个麦秸垛转眼便堆起来。他一边干，一边指挥：

"二妹，麦拢到东边去，对！那儿高，不过水。脏麦拢南边……大妹，你跑快些，我场里有塑料单，拿一捆来。"

香雨不知道大狗家的麦场在哪儿，绕了半天才挟着一捆塑料薄膜跑回来。

雨点已经很稠。电停了，场里墨黑一片。风挟着水汽，呼呼掠过田野，无边的雾霾卷过来，像洪水漫过江堤。四处是嘈乱的人声和犬吠。

黑暗中，几个人仍在忙忙干活，但她觉得场里的气氛有些异样，好像刚刚发生过什么事。麦秸垛边有两个人影。走近看，是妈和金成。

"妈，你来干啥?"

妈没有接腔。

"大狗呢?"

"走了!"

"金成，你跑哪儿去啦?"

"在二蛋家下军棋! 多有功!"妈唠叨着。

"我以为明天才打哩。"金成讷讷地说。

"快过来扬脏麦!"爹厉声喊，"改娃也过来!"

"是大堆要紧还是脏麦要紧?"改娃也厉声地喊，毫不示弱，"都过来拾掇麦!"

"我叫你过来!"爹坚持说。

改娃不做声，把身子背过去，倔强地拢麦："把塑料单抖开!"

"你过来不过来?"爹停下荆杈，更加严厉地喊。

改娃头也不回，狠狠地说："不过去!"

"我叫你——"爹突然暴怒了，像一头狮子，举起荆杈，向改娃扑过去。金成还在发愣，改娃的背上已经狠狠地挨了一荆杈。她趴倒在麦堆上，又滚到地上，踢着腿，哭着，大声嚷：

"打，给你打! 打不死，你不算爹!"

爹不管三七二十一，抢着荆杈，左一下右一下拍，喘着气，连声嚷着："我叫你! 我叫你! 我叫……"荆杈落得又狠又快，却很少落在改娃身上。麦堆被扑腾散了，麦粒飞扬。改娃突然跳起来双手夺着荆杈，使劲拽着："你打! 你就会打我! 我是牛，是马，是你条狗，你也怜惜怜惜。"

"你……你给我丢人现眼!"

"那怨我?"

"胆大! 真真胆大!"爹喘着，双手拽着杈把，头贴着胳臂，"真真地欺负人。"

"算了，算了!"妈把荆杈夺过去，"老昏君! 娃子有啥错? 快拾掇麦。"

改娃坐在场边哭，两只脚跐着地，胳膊狠狠擦泪，脖子抖动着。

风渐渐小了，雨点稀稀拉拉，终于没有落下来。一天浓云向东北方向压过去。很远很远的地方打起一个亮闪，雷声咕咚咚从地平线上响过来。

一场虚惊过后，全家人都泄了劲。大家各自慢慢蹲下去，找地方歇息。谁也不说话，只有改娃嘤嘤地哭。

爹看见香雨脚旁的塑料薄膜，又一次勃然大怒："把他家的东西给我扔出去！从今往后，谁和他家来往，打断他的腿！"

她不知道在去拿塑料薄膜这段时间里究竟出了什么事，但她揣测必定与大狗有关。她又恨又怜地弯下腰，俯到改娃耳边，小声问：

"改娃，怎么回事？"

改娃哭得更痛，浑身抽搐。香雨把手伸进她腋下，想挽着她。她却很凶地扭动身子，把她的手推开，拨楞着头。

妈说："二娃儿，跟你姐回。天都亮了，回家睡去。"

香雨不管她的反抗，挽着她，劝着，搀她向村里走。

雷和闪电都停了。田野上静悄悄的。风摇动树梢，时而滴下几滴水珠。在不远的地方，谁家的脱粒机又开始呜呜唱歌。改娃的哭声渐渐平息，只剩下从胸腔里发出的抽泣。

"妹，好好对我说，咋回事？"

"……停电那会儿，我摔倒了。他……"

"他怎么？"

"他搀我，碰我这儿……让爹看见了。"

她们有好大一会儿不说话，只有两个人的脚步轻轻响。

"妹，你真和他……"

"别瞎扯！"

"反正，这件事，你要慎重。"

"我看，他们家挺好的。"

"妹，你可不能目光短浅……"

"反正你是大学生，你怎知道我们呐！"

香雨一下子看清了她们之间的隔阂，她搂着改娃，摇着她：

"你咋能这样！我回来两天了，你连一声姐都没喊。你就这样恨我！"

改娃哭了。她靠在香雨身上，依偎着她，就像从前，在学校里受了欺负，姐去找她回来时候那样。香雨把改娃的头捧起来，对着她泪水纵横的脸蛋狠狠亲了一下：

"小改，我知道你过得不容易。姐太不关心你……"

改娃没有做声。她觉得她的眼泪更凶地流着，漫过被风雨阳光侵蚀得粗糙涩硬的面颊。香雨的心被妹妹的眼泪溶化了。她在稿纸上研究历史的农民，为什么不到田野里来研究现实的农民，尤其这些年轻的农民呢？啊，我的兄弟姐妹们，他们在如何生活和思考，他们在怎样的路上走啊！

突然，在她们头顶上响起一个清脆的声音："吃——杯——茶！吃杯——

吃杯——茶！"从村庄，从树林，从田野，升着浓浓的沉重的雾霭，像细雨一样把姊妹俩裹进朦胧的世界里。黎明来了。

出乎全家人的预料，这一次，改娃没有关门躺下，倒像很沉稳。照样吃饭，出出进进，洗洗涮涮，只是不去干活，不和人说话。冷若冰霜的样子，好像世界是与她无关的。姊妹俩之间重又筑起感情的高墙，使香雨感到伤心。现在，她已经无法去怪罪小改，姊妹俩在家里的地位相差得过于悬殊，她对一家人加给她的优越感越来越觉得羞愧。她只有更多地干活，以补赎内心的歉疚。

可是，她干活太差了，连金成都赶不上。两天毒日头，他守在场里，晒麦，起场，装包，用架子车向家里盘，俨然是一个顶门立户的男子汉。

黄昏时分，爹妈没回来，她看见西屋门半开着。金成侧身立在门缝里，一脚门里，一脚门外，低声和改娃说话。她听见改娃问：

"得多少？"

"……七块。"

"看你还去哄哄！"

她感到奇怪。等金成慌慌张张走出大门，就过去问："他跟你要钱？"

"还赌账。"

"他……赌钱？"

"庄上的二号号们都这样儿。"

香雨忽然明白了。昨晚打麦找不到他，妈说他在下棋，看来妈是替他掩盖。

"你们怎么这样惯他？"香雨愤愤地说。

改娃没有回话，瞥她一眼，就把门关上了。香雨久久站在院里，心里觉得很凄惶。改娃眼神里所包含的语言她觉得很难懂。怎么回事呢？改娃和金成本是很不对劲的，却又忽然这样亲昵。相形之下，她倒成了外人。

这想法苦恼着她，使她变得沉闷。她觉得自己的心像冗杂的家一样，被过多的东西充塞得失去秩序。本来就狭窄的屋子，到处堆放鼓鼓囊囊的麻包、布袋，连插脚的地方都没有。老鼠大模大样在粮堆上溜，鸡鸭挺着皮球样的嗉囊满地拉屎。丰收了，打下的粮食比预想的还要多。一家人却没有因此而改变忧心忡忡的脸色。

她家的麦子收打得不慢。可是，晒了两个大太阳，他们发现"槐树门外"的人家已经卖过粮了——大队支书狗剩住在槐树底下，村里人就用"槐树门外"称呼他的三门近亲。庄稼人习惯了看着槐树门外的动静行事。人们说，狗剩一个人卖了五千斤，还都是白麦一级。这消息既使爹妈着急，又使他们兴奋：幸亏去年托狗剩换的麦种，不敢指望跟人家卖一样等级，大约卖花麦二级是没问题的，恰好是三等九级正中间的一级。

爹妈是极细心的。他们把麦摊得薄薄的，时不时用木锨趄来趄去。第二天下午，一连请了四五位行家来验看。他们像验质员一样把麦粒摊在掌心里，细细拨弄。一粒粒摭进嘴里，咯咯地十分仔细地品嚼，两只眼忽闪忽闪眨巴。然后，把手撒开，拍着，小心翼翼地说："我看，差不多。"

爹不放心。什么时候啊，谷子、绿豆、芝麻、黄豆等着下地，棉苗又得拾掇，丢下家里雷追电紧的活去排队，验不上再拉回来，多窝囊！为求稳妥，爹揣上一盒烟去请狗剩。

狗剩这个人很随和。从来都乐意给乡亲帮忙。他抓起麦粒一嚼，笑着说："嘣嘣响，我看行。"

可是，在他们忙忙起场的时候，狗剩漫不经心地问：

"你分到多少指标？"

爹愣着了："还有指标？"

"老堆叔呀，打今儿起，凭计划卖喽。粮条都发到队里，快去找他们要。"

"你可知道，我们队分多少？"

"总有五六千斤哩。"

金成一听便嚷起来；"一个队二十多户，才五六千斤？"

狗剩十分惋惜地说："哎呀，早一点驾把就好了嘛，国家有国家的难处，仓库满了，有啥办法？"

他看一家人急得什么似的，很过意不去，压低声音说："你找大狗。他姨家表哥是验质员，说不定会有门儿。"

为了拿到粮条，两个老人从黄昏跑到半夜。先是找队长，队长说，按地亩摊，他家该分二百五十斤。可是，队长是个好人。他怜惜他们病弱老小的种庄稼不容易，给他们指路，说北门外几家有门子，不稀罕这几百斤粮条。老两口就到北门外去打商量。这样事，又总难免口舌周折，到十一点多钟，两个人才捧起碗在灶门口吃饭。唾沫没有白费，拿到八百斤粮条。

"行啦，不少啦。"爹呼噜噜喝着饭，两天来头一次露出一丝喜色。好像刚刚指挥完一场力量悬殊的战役，虽然战绩不大，却实在难得，可以心满意足了。

"我就不明白，放着粮食哪样不好！偏要剜窟窿打洞去卖。卖空了，荒年拿绳扎着脖子！"奶奶唠唠叨叨点着拐杖，用眼睛斜睨着爹妈。

"你晓得个啥！屋里四五千斤粮食，不卖，你一口吃完！还不说去年的剩麦。"奶奶的话把爹的火气逗起来，他抓起勺子盛饭，把锅沿敲得啪啪响，"不卖，哪有钱？他妈这提成那提成，干部工资，大队办公招待，护林员，民办教师，修路钱，补税钱，集资办学……去年猪任务、蛋任务咱都没交……"

"那也要扣吗？"香雨听得发呆了。

"你不交猪，不交鸡蛋，大队出高价买了顶任务，差出的钱，不扣你，扣谁……"爹说得激愤起来，一发不可收拾，"还有乡里摊派下的老鼠药、塑料薄膜、盐酸二氢钾……三亩花，啪啪丹就给你派三四斤！还都是浮动过的价钱，他妈啦的……"

"算了算了，"妈用筷子轻轻敲一下碗边，"天塌压大家，又不是咱一家。用不着发火。我都算过了，七百斤公粮是平价，去掉农业税，再扣十来项杂要，差不多够了。全当地里没收下。那几年受饥挨饿怎么过了？人，总要知个足。能多卖些加价粮就好了，一斤比市场贵几分哩，有面子的都去市场上籴了卖。唉——才这八百斤粮条……"

这时候，改娃从黑影里闯进来，把手里一张小小的纸条压在锅台上，背着身子说：

"卖了麦，给我奶买套毛衣，给金成三十块钱交学费，让他当复习生去。"

说完，头也不回地走出去。

香雨拣起那条子看，是打字机打印的售粮券。四张连在一起，每张五百斤。金成夺过去，在手里翻弄着，意味深长地看着爹妈："哼，明儿个，得三把架子车喽。"

爹把头埋在饭碗里吸溜吸溜喝，香雨揣想这些粮条可能是大狗送来的，但这会儿谁也不愿意提起。

妈说："饭吃结实些。烙几个馍带上。去借车，装！"

金成瞪大眼说："现在就装？"

爹啪地把饭碗顿在锅台上，吵架似的吼道："你当还早？十几里哩，我怕现时粮站的车子都排成龙了。"

二三十条袋子装上车，煞紧，已经后半夜了。改娃不露面，车子只得作这样分工：爹一辆，金成一辆，另一辆由妈出梢，香雨驾把。好在这村子离公路不远，六里土路，过一条沟。

在起程的时候，改娃从屋里走出来，把香雨的车把接过去，简单而生硬地对妈说："你回去！"妈手挽绳子站在那里，久久没有动。她在腰里摸索了一阵，对改娃说："拿上钱。你没有吃饭，到镇上买碗汤喝。热了，买根黄瓜。"改娃没有接，拉起车子，机械地又说一句："你回去！"

车子咕咚咚颠簸在坑坑洼洼的村路上，从村头暗影里传来妈细弱的喊声：

"二娃儿——叫你爹不要跟验质员吵架——"

白茫茫的夜雾在她们面前慢慢升起来。上弦月朦朦胧胧，无边的田野被淡淡的清辉笼罩着。树和草都摇着幽幽的暗影。虽然都在默默走路，香雨却觉得大家心里是畅朗的。夜风吹过，发烧的面颊清冷起来。吃饭、装车带来的燥汗渐渐消弭，胸怀豁然开阔，忧烦一扫而尽。

在此之前，她无论如何也想象不出，一张打印字条能为一个农家带来这么大的欢乐。现在她甚至觉得，这纸条比研究生录取通知更其珍贵。它能使一个农家恢复自尊，洗刷掉因为卖不出粮食而显得愚笨、可怜、低人一等的屈辱感。此时此刻，她忽然觉得，在父母弟妹面前，自己因为分配、考研究生而受到的委屈根本不应该想起……故乡的大地一碧如洗，它是这样丰饶、慈爱、宽厚，它哺育了你，小雨雨，给了你可以给的一切，却从未向你索取什么。它默默地注视着，爱抚着，却不流露它的期待。你伏案夜读，但你可曾想过这一切都是为了谁？为了什么？如果你仅仅是为了个人"前途"，你的论文远远脱离脚下的土地……

"绳子！"

改娃一声惊呼，她肩上的绳子被拽脱在车轮下，飞快地缠在车轴上，改娃高高驾着胳臂，车脚吱吱嘎嘎划过长长的陡坡。沉重的车轮带着巨大的惯性一直滑到坡下才停住。

改娃把绳子从车下拖出来，气哼哼地扔给她：

"拉紧嘛，这样松着……"

他们走过泥泞的沟底，四个人一辆一辆将车子推过去。车袢绷紧了，改娃的头低得几乎碰着路面。一尺，一尺，他们捧着车帮，扒着辐条，一辆一辆把车子送上坡，谁也没有觉得有什么难走……他们在公路上歇了几分钟，擦着汗，谈几句什么话。身上更清爽了。路边的杨树沙沙响，月光被它摇碎，轻轻落在饱满的麻袋上。唯一扫兴的事情是公路上时时响起突突的拖拉机轰鸣和嘎嘎的架子车喧响。

"走！可是不早咧。"爹咳了一阵，把车袢扛在肩上，伸起脖梗，沿着平坦的沙石公路大步向前走。

夜色更浓，月亮向西天移去，路旁村庄里响起鸡啼。

四点半钟，他们到达粮站。尽管早已想象过这里的拥挤，面对现实，他们仍不免感到惶恐。拖拉机，牛车、架子车密密实实填塞了粮站门前的大路，拐一个弯，在公路上延续一里多长。在这地方，没有人讲规矩。只要可以向前站，就拼命向前钻。后边的人趴在前边的车上，胳膊多开，上身倾斜，脚踩着车尾巴，把车子叠压在前边的车上。月亮和星星都落下去。黑沉沉的黎明里，到处明灭着点点火光。人们抽烟，聊天，骂咧，说怪话，咳嗽，响亮地咯痰。身上的汗干了，经风一吹，冷飕飕的。奔波的脚步停下来，眼涩，头重。强烈的困乏袭来，香雨和金成靠在车上打盹。

刚来的人爱说话，说上一阵，便沉默起来，静静等待。焦虑时时躁动起来，使人们的心像火烧一样难熬。为了谁的轴头碰了谁的辐条，就会爆发一场激烈的争吵。

　　时间过得很慢，像蚂蚁慢慢爬过人们的心头。天忽然亮了，太阳却迟迟地向上升。村庄里炊烟慢慢飘出又慢慢消失。队伍总在原地停着，人们也总在老地方靠着，百无聊赖。所欣慰的是，身后的车辆眼见得越来越多。

　　香雨总觉得自己是在惺忪的残梦里，她不知道天怎么亮起来的。虽然车马人流都被灿烂的阳光照着，画面浓烈而鲜明，她却仍然有一种浑浑噩噩的朦胧感。

　　"×他妈！几点了，还不开门？"

　　听到旁边的牢骚，香雨看看手表："九点了，为什么还不动？"

　　大家都激愤起来，脸上却又都木呆着。队伍这么长，这么挤，谁也不想费劲去前头打听消息。有人隔三岔四高喊着向前发问，问不出究竟，徒然挑起更多人的烦躁。

　　改娃侧身靠在麻袋上。不说话，没有表情，头发零乱，脸上像蒙着灰尘。

　　太阳热辣辣地照在身上。灰尘，喧嚣，牲口拉下的粪便，干渴，饥饿，所有这一切香雨都可以忍耐，人们有意无意流泻在她身上的目光却使她不安。这些目光，使她知道自己的穿着和举止是与大家不合辙的。孤独感强烈地从心底升上来。面前晃动着的，是吃饱了的农民。一个个袒胸露臂，红光满面。小伙子不安分地串来串去，大声说俏皮话，故意粗野地骂人。她忽然非常想念自己的学校，一个安安静静的绿色校园。在轻松的铃声里度过每一个恬淡的早晨和静谧的夜晚，每月五号可以拿到当月的饭票和工资。如果她把全部精力用来教书，她定能教得出色，赢得学生的尊敬和校长的垂爱。她忽然发现，自己一下子堕入那位广播站小编辑的人生哲学里。当她瞧不起他的平庸的时候，他说："小编辑也是需要人干的。干好，也是社会需要。"

　　"走啦！走啦！"

　　一阵风吹过人海，从前向后掀起一层狂涛，人们兴奋地各自挪动车辆，急切地伸着脖子向前张望。尽管在手忙脚乱之后，车轮几乎没有前进，但大家毕竟感受到希望的鼓舞，身上抖起精神。麻木的神经一旦被希望唤醒，又立刻变得急躁难忍，整个的心被凝滞的时间煎熬着。他们左右观望，抬头看天。太阳一动不动悬在头上，灼热的光芒喷薄四射。酸臭的汗味从热烘烘的肉体上蒸发出来，大家都有些醺醺欲醉。

　　不知怎么的，忽然间，太阳西斜了，慢慢地坠下去。月亮升起，田野里荡起轻烟。先是黄昏掩去人们的倦容，接着，最后一缕光线消失。黑暗渐次加浓，长夜降临，这里那里亮起火星，响着呢哝的人语。人们是怎样熬过后半夜的困乏，度过冷冽的黎明，在曙色泛起的时候将头垂在胸前，抵抗着最后一刻的瞌睡啊！

　　太阳终于再一次跃出地面，慢慢爬上粮库高高的房脊，像昨天一样，又那么定定地悬着，毒毒地晒着，一动不动地照在当顶。

香雨已经不再一遍又一遍去看手表。表已经毫无意义。漫长的两天没有任何时间概念。在她的脑海里，时间是从验质员终于出现在她家车前开始的。

噗——细长的铁钎戳进麻袋里，车子周围一片寂静。爹盯着验质员的脸，额头高耸，眉毛上挑，嘴巴微微张开。他看着他从碴子里倒出麦粒，放在掌上拨了几下，笃笃有声地把麦粒扔进嘴里。验质员不说话，也不流露任何可以判断喜忧的表情。他嚼了几下，呸的一声将渣滓喷出去，从口袋里掏出半截红粉笔，以非常优美而自然的姿势在麻袋上一连打了几个叉子。

爹惊惶失措，失去控制。他急急扑过去，脚在车尾上绊了一下，差点栽倒，在验质员转身的一瞬间，抓住他的胳膊：

"同志，同志！这麦湿？"

验质员瞥了爹一眼，一声不吱地把他的手拿开，重又掉过头去。

"同志……你再钎一家伙，这麦，我晒了两个大太阳，摊得那样薄……"

验质员毫不理睬，噗——把钎子扎进另一家的麻袋里。

爹站在那里，脸色从铁红变成苍白。他一只手提着麻袋口，另一只手向前伸着。皱巴巴的额头滚下明晃晃的汗水。

验质员的态度激怒了香雨，她愤愤地走过去说："同志，这麦怎么啦？"

"得晒！"

"同志……"她很想向他讲讲道理，可是，一时什么也讲不出。

这时候，后边车上的人大声说：

"不行就拉回去晒嘛，同志不会亏人的。"一边说，一边望着验质员嘿嘿笑。

老汉张皇四顾，希望能够得到人们的同情。可是，这当口，人们的同情心好像都已泯灭。几乎所有的人都嚷嚷："不行就拉走，别耽误人家的事"

脾气很坏的爹并没有和验质员吵架，他像一个羞怯的女人，默默把麻袋扎好，头也不抬，杀紧车子，向旁边的人赔着小心："受劳，让一让，我把车子拉出去。"

走出这个队伍，他们又费了半天时间。虽然不断赔着小心，仍然不免遭人白眼。在那么多人面前，拉着重车回去，心理上的羞惭和懊丧使他们不敢抬起头来。

又是黄昏时分，雾蒙蒙的田野传来耧铃的叮当。爹把车子停下来，脸朝外蹲在公路边上，左手捂着心口，右手从怀里摸出一支烟，送进嘴里，摸出打火机，慢慢打着火，哧——用力吸一口。接着是一连串沉重的咳呛。

大家都把车子停住。金成跑到路边转悠。改娃静静立在车辕里，胳膊放在翘起的车把上，车袢松松垂在肩头，两条腿交叉成文字形，让发烫的脚轻轻点在地上歇息。没有人叹气，也没有人说话。两天两夜风餐露宿，他们像在外漂流了一年，蓬头垢面，神情沮丧。

香雨颓坐在一堆沙石上。她看着苍茫大地在跟前展开博大美丽的剪影。村庄和树木插在浅灰色的天幕上，归鸟给空旷的天穹撒上一片隐隐的黑点。两天来，她的记忆像一个没有图像的电视屏幕，晚风吹过，她觉得自己的意识开始苏醒。她扳着指头，计算离开学校的天数。她吃惊地发现，明天就是第八天了。她非常非常想念学校，想工作，想站在讲台上向学生们发表热情洋溢的讲话。就像鱼儿有自己的水域一样，她有一片自己的天地。在那里，她不是一个多余的人，不是一个没有价值的人。她倏地想起那个平庸的小编辑，竟然涌出从没有过的柔情。我二十六岁了！她这样对自己感叹。需要一个男子的热诚的爱……

一辆四轮拖拉机从镇子里开过来。两盏车灯劈开沉沉暮霭，使周围的夜色一下子变得更浓重。拖拉机在离他们几尺远的地方减速，吱——喔咚，在公路旁停下来。它没有熄火，发动机轰隆隆响着。

香雨看见，大狗和小五从车上跳下来。小五犹豫了一下，就站在车头的暗影里，默默向他们张望。大狗大步流星走过来，仍然是大腔大调毫不在乎的样子，边走边嚷：

"怎么回事？没验上？"

见没人接腔，就继续嚷道：

"怎么不上东仓交？我给二妹交代过的嘛！来，扒车，给我装上。我去交。小五——把车打过来！"

小五轰哧轰哧将车调转头，打过来。

爹蹲着没有动，改娃也没有动。金成喊了一声："爹——"

这时候，小五和改娃隔着拖拉机头站着。虽然他们都站在暗影里，香雨却觉得改娃的眼睛里闪跳着火星，她对着小五的脸热辣辣地望着，眼神充满哀怨。香雨从来也没有发现过改娃的眼睛这样动人。在这样的目光下，小五有些惶乱，他把头抬了两抬，终于低下去，仿佛在查看轮胎。

爹慢慢站起来，不慌不忙似的说：

"这麦，不卖了。"

"不卖？"大狗惊疑地反问。

"一斤不就差几分钱嘛？我——上市场哩！"

"爹！"金成急不可耐地说，"一千斤就是几十块呀！"

"家里活关紧。火荏子不等人。谷子，绿豆，错一晌就错一成收哩！"

"爹！"金成不甘心地嚷着。

改娃却已经不吭声地解了刹车绳，向小五招呼说："搭一把！"

大狗立刻跑过去，低下头，把身子钻在麻袋底下，哼一声，扛在车帮上。

爹突然腾地跳起来，用手抓着麻袋角，厉声喊道："放下！不卖就是不卖！"

爹愈是态度坚决，改娃也愈是分毫不让。一个推，一个拉，嗵一声，麻袋跌落在地，摔开一条大缝，金黄的麦粒撒落在公路上。

爹大口大口喘着气，双手叉腰，冲着大狗和小五，使足劲吼道："给我滚——"

大狗一迭声地说："老堆叔，这干啥！我们又不是卖驴肝肺的，惹你生气，划不来。"然后，气昂昂地挥着手说，"走！我们走！"

在拖拉机转头的时候，改娃喊着："小五，我坐你的车回家！"小五没有应声。改娃去扒拖斗，金成拖着她的胳膊喊："二姐！二姐——"改娃看见金成哭了，眼泪顺着鼻洼向下淌，她的心软下来，慢慢松开手，任金成拉着她，在公路上气狠狠地站着。

第二天，香雨洗衣服，准备明天登程回校。她到大队部去，果然找到一封她的信。还好，只在队部搁了两天，没有丢失，也没有被人拆看。她捧着这封信，有生第一次感觉到爱情的冲动。两页信读了半晌，一遍又一遍欣赏着那熟悉的笔迹，想象着他写信时的心情和面容。她觉得很温暖，突然觉得他才是她在世界上的亲人。此刻，她觉得有许多话想对他说。她想到结婚，想到需要一个小锅，一张圆桌，与他相对吃饭——那桌上所摆的饭食都是这样在农民的车上排过几天队，这样经验质员的铁钎检验，收进仓，加工而成的。

爹借了舅家的牲口来，现在又去借耧。

妈下地去拾掇棉苗。

金成等着帮耧，手里攥着布袋靠在油菜秆上睡着了。他伸腿拉胳膊歪在地下，嘴里淌着长长的涎水。

奶奶照样挂着拐杖坐在阴凉里。

庄稼院里静悄悄的，麻雀啾啾喳喳慢慢落下来，一边叼食，一边机灵地抬头观望。

这时候，一阵嗵嗵的响声，小五把拖拉机开到门口来。改娃跑进院里喊："金成！金成！"

金成从油菜秆上跳起来，好像早已知道似的，不等改娃吩咐，便窜进堂屋去扛麦包。小五站在院门口，脸色仓皇，搓着手。改娃喊："你手上有胶水还是面筋，搓个没完？还不过来帮忙！"

小五红着脸，冲香雨和奶奶笑了笑，就帮助装车。

香雨问："怎么，去卖么？"

改娃"嗳"了一声。

"爹同意了？"

改娃又"嗳"了一声。

奶奶不放心，戳着拐棍想站起来。改娃露出一脸笑说："奶，坐远些，免得撞着。"

几十袋粮食把车装得高高的。小改爬上去，把杀绳拽紧，喊了声："走!"拖拉机就开动了。

小改在车上摇晃，手把碰在脸上的树枝拨开，上了村路，兴头十足地扭回头，向香雨招手："姐，你走，我不送你了!"

庄稼院里又恢复了寂静。香雨总觉得改娃这样高兴，定有什么原因。

忽然，她看见大狗懒洋洋地靠在路对面的一棵洋槐树上。面色那样难看，好像正发着疟疾。她诧异地问：

"狗哥，没出门?"

大狗唔唔了一句，她看见他精瘦的脸上留着鲜明的泪痕。

"跑了! 他们下湖北了。"

"你是说小五?"

"我披着血布衫子干，三十岁了，容易吗……"

金成在大门口晃，两手插在口袋里，嘴里吹着口哨。香雨觉得他似乎什么都知道，就严厉地问：

"金成，你二姐真的下湖北去?"

"嗳。"

"他们……"

"他们跑生意。"

"那麦——"

"到那边卖，那边——"

"你可知道他们跑什么生意?"

"贩黄豆，贩大米，贩猪娃，多啦!"

"她怎么跟一个小伙子跑生意?"

大狗叹了一口气：

"不瞒你说，大妹子，他俩在学校就对劲儿。小五顾着我，犹犹豫豫。这如今……也好，我反正过墙了。"

香雨似乎觉得改娃是该寻条别样的路走，可是，这算不算条路呢? 她心里很乱。她觉得事情不应该是这样子。

大狗精神恍惚地立在那里。本来是一条精明利落的汉子，现在面色灰暗，形容枯槁，一下了像老了十岁。她忽然发现，他的抬头纹很重，眼窝很深，眼睛很大，肩头仍是紧巴强悍的，现在她才看出，改娃在这个汉子心中的分量是那样重。

　　这时候，小五的四轮拖拉机在公路上向南跑。改娃仰面躺在车顶上的一个洼坑里。五月的阳光照在她年轻的脸上。她的头发像一堆乌云，蓬蓬松松堆在麦包上，健壮的身躯展开来，肌肉随着车厢颤动，浑身散发着青春的活力。

　　天气真好，田野上风很恬和。树叶在头顶上哗哗闪过，好像疾飞的绿翅鸟。

　　改娃安详地闭着眼，嘴角抿着一个冷峻的微笑。也许她在想：这会儿，爹正耩着那火茬子绿豆吧，秋里还会有好收成，粮食棉花可更难卖。

（原载《山西文学》1985 年第 5 期）

韩少功
HAN SHAO GONG

1953 年出生于湖南省长沙市。1968 年初中毕业后，到湖南省汨罗县天井乡插队务农。1974 年调到县文化馆任创作辅导员。1978 年考入湖南师范大学中文系。1982 年大学毕业，在湖南省总工会工作，先后任《主人翁》杂志编辑、副总编。1985 年在武汉大学英文系进修，后到湖南省作家协会从事专业创作。1979 年加入中国作家协会。1988 年调海南省文联任《海南纪实》杂志主编。现为海南省作家协会主席，《天涯》杂志社长，海南大学兼职教授。

1974 年开始文学写作。有中短篇小说集《月兰》《飞过蓝天》《诱惑》《空城》《谋杀》，长篇小说《马桥词典》《暗示》，散文集《山南水北》、评论集《面对空洞而神秘的世界》及《韩少功文集》（10 卷）等。小说《西望茅草地》、《飞过蓝天》分别获 1980 年和 1981 年全国优秀短篇小说奖，散文集《山南水北》获第四届鲁迅文学奖。

爸 爸 爸

一

　　他生下来时，闭着眼睛睡了两天两夜，不吃不喝，一个死人相，把亲人们吓坏了，直到第三天才哇地哭出一声来。能在地上爬来爬去的时候，就被寨子里的人逗来逗去，学着怎样做人。很快学会了两句话，一是"爸爸"，二是"×妈妈"。后一句粗野，但出自儿童，并无实在意义，完全可以把它当作一个符号，比方当作"×吗吗"也是可以的。三五年过去了，七八年也过去了，他还是只能说这两句话，而且眼目无神，行动呆滞，畸形的脑袋倒很大，像个倒竖的青皮葫芦，以脑袋自居，装着些古怪的物质。吃饱了的时候，他嘴角沾着一两颗残饭，胸前油水光光的一片，摇摇晃晃地四处访问，见人不分男女老幼，亲切地喊一声"爸爸"。要是你冲他瞪一眼，他也懂，朝你头顶上的某个位置眼皮一轮，翻上一个慢腾腾的白眼，咕噜一声"×吗吗"，调头颠颠地跑开去。他轮眼皮是很费力的，似乎要靠胸腹和颈脖的充分准备，才能翻上一个白眼。调头也很费力，软软的颈脖上，脑袋像个胡椒碾捶晃来晃去，须沿着一个大大的弧度，才能成功地把头稳稳地旋过去。跑起来更费力，深一脚浅一脚找不到重心，靠头和上身尽量前倾才能划开步子，目光扛着眉毛尽量往上顶，才能看清方向。一步步跨度很大，像在赛跑中慢慢地做最后冲线。

　　都需要一个名字，上红帖或墓碑。于是他就成了"丙崽"。

　　丙崽有很多"爸爸"，却没见过真实的爸爸。据说父亲不满意婆娘的丑陋，不满意她生下了这个孽障，很早就贩鸦片出山，再也没有回来。有人说他已经被土匪"裁"掉了，有人说他在岳州开了个豆腐坊，有人则说他拈花惹草，把几个钱都嫖光了，曾看见他在辰州街上讨饭。他是否存在，说不清楚，成了个不太重要的谜。

　　丙崽他娘种菜喂鸡，还是个接生婆。常有些妇女上门来，叽叽咕咕一阵，然后她带上剪刀什么的，跟着来人交头接耳地出门去。那把剪刀剪鞋样，剪酸菜，剪指甲，也剪出山寨一代人，一个未来。她剪下了不少活脱脱的生命，自己身上落下的这团肉却长不成个人样。她遍访草医，求神拜佛，对着木人或泥人磕头，还是没有使儿子学会第三句话。有人悄悄传说，多年前，有一次她在灶房里码柴，弄死了一只蜘蛛。蜘蛛绿眼赤身，有瓦罐大，织的网如一匹布，拿到火塘里一烧，臭满一山，三日不绝。那当然是蜘蛛精了，冒犯神明，现世报应，有什么奇怪的呢？

不知她听说过这些没有，反正她发过一次疯病，被人灌了一嘴大粪。病好了，还胖了些，胖得像个禾场磙子，腰间一轮轮肉往下垂。只是像儿子一样，间或也翻一个白眼。

母子住在寨口边一栋孤零零的木屋里，同别的人家一样，木柱木板都毫无必要地粗大厚重——这里的树很不值钱。门前常晾晒一些红红绿绿的小孩衣裤及被褥，上面有荷叶般的尿痕，当然是丙崽的成果了。丙崽在门前戳蚯蚓，搓鸡粪，玩腻了，就挂着鼻涕打望人影。碰到一些后生倒树归来或上山去"赶肉"，被那些红扑扑的脸所感动，就会友好地喊一声"爸爸——"

哄然大笑。被他眼睛盯住了的后生，往往会红着脸，气呼呼地上前来，骂几句粗话，对他晃拳头。要不然，干脆在他的葫芦脑袋上敲一丁公。

有时，后生们也互相逗耍。某个后生上来笑嘻嘻地拉住他，指着另一位，哄着说："喊爸爸，快喊爸爸。"见他犹疑，或许还会塞一把红薯片子或炒板栗。当他照办之后，照例会有一阵开心的大笑，照例要挨丁公或耳光。如果愤怒地回敬一句"×吗吗"，昏天黑地中，头上和脸上就火辣辣地更痛了。

两句话似乎是有不同意义的，可对于他来说，效果都一样。

他会哭，哭起来了。

妈妈赶来，横眉横眼地把他拉走，有时还拍着巴掌，拍着大腿，蓬头散发地破口大骂。骂一句，在大腿弯子里抹一下，据说这样就能增强语言的恶毒。"黑天良的，遭瘟病的，要砍脑壳的！渠是一个宝（蠢）崽，你们欺侮一个宝崽，几多毒辣呀！老天爷你长眼呀，你视呀，要不是吾，这些家伙何事会从娘肚子里拱出来？他们吃谷米，还没长成个人样，就烂肝烂肺，欺侮吾娘崽呀……"

她是山外嫁进来的，口音古怪，有点好笑。只要她不咒"背时鸟"——据说这是绝后的意思，后生们一般不会怎么计较，笑一笑，散开。

骂着，哭着，哭着又骂着，日子还热闹，似乎还值得边发牢骚边过下去。后生们一个个冒胡桩了，背也慢慢弯了，又一批挂鼻涕的奶崽长成后生了。丙崽还是只有背篓高，仍然穿着开裆的红花裤。母亲总说他只有"十三岁"，说了好几年，但他的相明显地老了，额上隐隐有了皱纹。

夜晚，娘常常关起门来，把他稳在火塘边，坐在自己的膝下，膝抵膝地对他喃喃说话。说的词语，说的腔调，甚至说话时悠悠然摇晃着竹椅的模样，都像其他母亲对待自己的孩子："你这个奶崽，往后有什么用啊？你不听话啰，你教不变啰，吃饭吃得多，又不学好样啰。养你还不如养条狗，狗还可以守屋。养你还不如养头猪，猪还可以杀肉咧。呵呵呵，你这个奶崽，有什么用啊，睚眦大的用也没有，长了个鸡鸡，往后哪个媳妇愿意上门啰？……"

丙崽望着这个颇像妈妈的妈妈，望着那死鱼般眼睛里的光辉，舔舔嘴唇，觉得这些嗡嗡的声音一点也不新鲜，兴冲冲地顶撞："×吗吗。"

母亲也习惯了，不计较，还是悠悠然地前后摇着身子，竹椅吱吱呀呀地呻吟。

"你收了亲以后，还记得娘么？"

"×吗吗。"

"你生了娃崽以后，还记得娘么？"

"×吗吗。"

"你当了官以后，会把娘当狗屎嫌吧？"

"×吗吗。"

"一张嘴只晓得骂人，好厉害咧。"

丙崽娘笑了，眼小脖子粗。对于她来说，这种关起门来的模仿，是一种谁也无权夺去的享受。

二

寨子落在大山里，白云上，常常出门就一脚踏进云里。你一走，前面的云就退，后面的云就跟，白茫茫的云海总是不远不近地团团围着你，留给你脚下一块永远也走不完的小小孤岛，托你浮游。小岛上并不寂寞，有时可见树上一些铁甲子乌，黑如焦炭，小如拇指，叫得特别干脆洪亮，有金属的共鸣。它们好像从远古一直活到现在，从未变什么样。有时还可能见白云上飘来一片硕大的黑影，像打开了的两页书，粗看是鹰，细看是蝶，粗看是黑灰色的，细看才发现黑翅上有绿色、黄色、橘红色的纹络斑点，隐隐约约，似有非有，如同不能理解的文字。行人对这些看也不看，毫无兴趣，只是认真地赶路。要是觉得迷路了，赶紧撒尿，赶紧骂娘，据说这是对付"岔路鬼"的办法。

点点滴滴一泡热尿，落入白云中去了。云下面发生了一些什么事情，似与寨里的人没有多大关系。秦时设有"黔中郡"，汉时设过"武陵郡"，后来"改土归流"……这都是听一些进山来的牛皮商和鸦片贩子说的。说就说了，吃饭还是靠自己种粮。

种粮是实在的，蛇虫瘴疟也是实在的。山中多蛇，粗如水桶，细如竹筷，常在路边草丛嗖嗖地一闪，对某个牛皮商的满心喜悦抽上黑黑的一鞭。据说蛇好淫，把它装在笼子里，遇见妇女，它就会在笼中上下顿跌，几乎气绝，取蛇胆也不易，击蛇头则胆入尾，击蛇尾则胆入头，耽搁久了，蛇胆化水也就没有用了。人们的办法是把草扎成妇人形，涂饰彩粉，引蛇抱缠游戏，再割其胸，取胆，蛇陶陶然竟毫无感觉。还有一种挑生虫，人染虫毒就会眼珠青黄，十指发黑，嚼生豆不腥，含黄连不苦，吃鱼会腹生活鱼，吃鸡会腹生活鸡。解毒的办法是赶快杀一头白牛，喝生牛血，还得对牛血学三声公鸡叫。至于满山蒙蒙密密的林木，同大家当然更有关系了。大雪封山时，寄命一塘火。大木无须砍劈，从门外直接插入火塘，一截截烧完为止。有一种楠木，很直，直到几丈或十几丈的树巅才散布枝叶。古代常有采官进山，催调徭役倒伐这种树，去给州府做殿廷的楹栋，支撑官僚们生前的威风。山民们则喜欢用它造船板，远远送下辰州、岳州，那些"下边人"拆散船板移作他用，琢磨成花窗或妆匣，叫它香楠。但出山有些危险。碰上祭谷的，可能取了你的人头；碰上剪径的，钩了你的船，抄了你的腰包。还有些妇人，用公鸡血引各种毒虫，掺和干制成粉，藏于指甲缝中，趁你不留意时往你茶杯中轻轻一弹，可叫你暴死。这叫"放蛊"，据说放蛊者由此而益寿延年。故青壮后生不敢轻易外出，外出也不敢随便饮水，视潭中有活鱼游动，才敢去捧上几口。有一次，两个汉子身上衣单，去一个石洞避风寒，摸索进去，发现洞底有一堆人的白骨，石壁上还有刀砍出来的一些花纹，如鸟兽，如地图，如蝌蚪文，全不可解。谁知道这是怎么回事呢？

加上大岭深坑，长树杆不易运送，于是大部分树木都用不上，雄姿英发地长起来，争夺阳光雨雾，又默默老死山中。枝叶腐烂，年年厚积，软软地踏上去，冒出几注黑汁和几个水泡泡，用阴湿浓烈的腐臭，浸染着一代代山猪的嚎叫。

也浸染着村村寨寨，所以它们变黑了。

这些村寨不知来自何处。有的说来自陕西，有的说来自广东，说不太清楚。他们的语言和山下的千家坪的就很不相同。比如把"看"说成"视"，把"说"说成"话"，把"站立"说成"倚"，把"睡觉"说成"卧"，把指代近处的"他"换成作"渠"，颇有点古风。人际称呼也有些特别的习惯，好像是很讲究大团结，故意混淆远近和亲疏，把父亲称为"叔叔"，把叔叔称为"爹爹"，把姐姐称为"哥哥"，把嫂嫂则称为"姐姐"，等等。爸爸一词，是人们从千家坪带进山来的，还并不怎么流行。所以照旧规矩，丙崽家那个跑到山外去杳无音信的人，应该是他的"叔叔"。

这与他没什么关系。

对祖先较为详细和权威的解释，是古歌里唱的。山里太阳落得早，夜晚长得无聊，大家就悠悠然坐人家，唱歌，摆古，说农事，说匪患，打瞌睡，毫无目的也行。坐得最多的地方，当然是那些灶台和茶柜都被山猪油抹得清清亮亮的殷实人家。壁上有时点着山猪油灯壳子，发出淡蓝色的光，幽幽可怖。有时则在铁丝的灯篮里烧松膏块，撒下赤铜色的光。碰到噼叭一炸，火光惶惶然一闪，灯篮就睡意浓浓地抽搐几下。火塘里总有烟火，冬天用火取暖，夏天用烟驱蚊。栋梁壁顶都被烟火熏得黑如墨炭，浑然一色中看不清什么线条和界限，散发出清冽戳鼻的烟味。还悬挂着一根根灰线子，火气一冲，就不时落下点点烟屑，上下飞舞，最后飘到人们的头上或肩上、膝头上，不被人们注意。

德龙最会唱歌了。他没有胡子，眉毛也淡，平时极风流，妇女们一提起他就含笑切齿咒骂。天生的娘娘腔，嗓音尖而细，憋住鼻孔一起调，一句句像刀子在你脑门顶里剐着，刮着，使你一身皮肉发紧，大家对他十分佩服：德龙的喉咙就真是个喉咙啊！

他玩着一条敲掉了毒牙的青蛇，进门来，嬉皮笑脸地被大家取笑，不需多劝，就会盯住木梁，捏捏喉头，认真地唱起来：

　　　　辰州县里好多房？
　　　　好多柱来好多梁？
　　　　鸡公岭上好多鸟？
　　　　好多窝来好多毛？

这类"十八扯"之外，最能博取笑声的是大胆的情歌，他也最愿意唱（这里不便引大胆的）：

　　　　思郎猛哎，
　　　　行路思来睡也思，
　　　　行路思郎留半路，
　　　　睡也思郎留半床咪。

如果寨里有红白喜事，或是逢年过节，那么照规矩，大家就得唱"简"，即唱古，唱死去的人。从父亲唱到祖父，从祖父唱到曾祖父，一直唱到姜凉。姜凉是我们的祖先，但姜凉没有府方生得早，府方又没有火牛生得早，火牛又没有优耐生得早。优耐是他爹妈生的，谁生下优耐他爹呢？那就是刑天——也许就是陶潜诗中那个"猛志固常在"的刑天吧。刑天刚生下来时天像白泥，地像黑泥，叠在一起，连老鼠也住不下，他举斧猛一砍，天地才分开。可是他用劲用得太猛了，把自己的头也砍掉了，于是以后以乳头为眼，以肚脐为嘴。他笑得地动山摇，还是舞着大斧，向上敲了三年，天才升上去；向下敲了三年，地才降下来。

刑天的后代是怎么到这里来的呢？——那是很早以前，五支奶和六支祖住在东海边上，子孙渐渐多了，家族渐渐大了，到处都住满了人，没有晒席大一块空地。五家嫂共一个春房，六家姑共一担水桶，这怎么活下去呢？于是在凤凰的提议下，大家带上犁耙，坐上枫木船和捕木船，向西山迁移。他们以凤凰为前导，找到了黄央央的金水河，金子再贵也是淘得尽的；他们找到了白花花的银水河，银子再贵也是挖得完的；最后才找到了青幽幽的稻米江。稻米江，稻米江，有稻米才能养育子孙。于是大家唱着笑着来了。

> 奶奶离东方兮队伍长，
> 公公离东方兮队伍长。
> 走走又走走兮高山头，
> 回头看家乡兮白云后。
> 行行又行行兮天坳口，
> 奶奶和公公兮真难受。
> 抬头望西方兮万重山，
> 越走路越远兮哪是头？
> ....

据说，曾经有个史官到过千家坪，说他们唱的根本不是事实。那人说，刑天的头是争夺帝位时被黄帝砍掉的。此地彭、李、麻、莫四大姓，原来住在云梦泽一带，也不是什么"东海边"。后因黄帝与炎帝大战，难民才沿着五溪向西南方向逃亡，进了夷蛮山地。奇怪的是，古歌里居然没有一点战争逼迫的影子。

鸡头寨的人不相信史官，更相信德龙——尽管对德龙的淡眉毛是看不上眼的。眉淡如水，是孤贫之相。

德龙唱了十几年，带着那条小青蛇出山去了。

他似乎就是丙崽的父亲。

三

丙崽喜欢看人，尤其对陌生的人感兴趣。碰上匠人进寨来了，他都会迎上去喊"爸爸"。要是对方不计较，丙崽娘就会眉开眼笑，半是害羞，半是得意，还有对儿子又原谅又责怪地呵斥："你乱喊什么？"

呵斥完了，她也笑。

窑匠来了，丙崽也要跟着上窑去看，但窑匠不让，因为有老规矩在。传说烧窑是三国时的诸葛亮南征时，路过这里，教给山民们的。所以现在窑匠来，先要挂一太极图，顶礼膜拜。点火也极有讲究，有阴火与阳火之分，用鹅毛扇轻轻煽起来——诸葛亮不就是用的鹅毛扇吗？

女人和小孩不能上窑，后生去担泥坯，也得禁恶言秽语。这些规矩，使大家对窑匠颇感神秘。歇工时，后生就围着他，请他抽烟，恭敬地打听点山外的事。这其中，最为客气的可能要数石仁，他总会盛情邀请窑匠到他家去吃肉饭，去"卧夜"——当然是由于他在家里并不能作主。

石仁外号仁宝，算是老后生了，还没有婚娶。他常躲到林子里去，偷看女崽们笑笑闹闹地在溪边洗澡，被那些白色的影子弄得快快活活地心痛。但他眼睛不好，看不大清楚，作为补偿，就常常去看小女崽撒尿，看母狗和母牛的某个部位。有一次，他用木棍对一头母牛进行探究，被丙崽娘看见了。这婆娘爱好是非，回头就找这个嘀咕几句，找那个嘀咕几句，眉头跳跳的，见仁宝来了才镇定自若地走开。后来仁宝上山挖个笋子，刮点松膏，或是到牛栏房去加点草料，也总看见那婆娘探头探脑，装着在寻草药什么的，死鱼般的眼睛充满信心地往这边瞥一瞥。仁宝冒着火，却没理由发作，骂了阵无名娘，还是不解恨，只好在丙崽身上出气。见到他，见他娘不在面前，也没什么旁人，就狠狠地在他脸上扇耳光。

小老头被打惯了，经得打，嘴巴歪歪地扯了几下，没有痛苦的表情。

他再来几下，手指有些痛。

"×吗吗，×吗吗……"小老头这才感到形势不妙，稳稳地逃跑。

仁宝追上去，捏紧他的后颈皮，让他给自己磕了几个响头。前额上有几颗陷进皮肉的沙粒。

他哭起来，哭没有用。等那婆娘来了，他半个哑巴，说不清是谁打的。仁宝就这样报复了一次又一次，婆娘欠下的债，让小崽又一笔笔领回去，从无其他后果。

丙崽娘从果园子里回来，见丙崽哭，以为他被什么咬伤或刺伤了，没发现什么伤痕，便咬牙切齿："哭，哭死！走不稳，要出来野，摔痛了，怪那个？"

碰到这种情况，丙崽会特别恼怒，眼睛翻成全白，额上青筋一根根暴出来，咬自己的手，揪自己的头发，疯了一样。旁人都说："唉，真是死了好。"

后来，不知为什么，仁宝同她又亲亲热热起来，开口"婶娘"，喊得特别甜，特别轻滑。帮她家春个米，修个桶，都是挽起袖子，轰轰烈烈地干。对有关丙崽娘的闲言碎语，他也总是力表公允地去给以辩解和澄清。旁人自然有些疑惑。寡妇门前是非多，他们耳根不清静，被妇女们指指点点，也是难免的。

丙崽娘挤着笑眼看他，想为他说门亲。她常常出寨去接生，跑的地方多，同女人们熟，但说过好几家，未见得人家送八字红帖来。也不奇怪，这几年鸡头寨败了，单身后生岂止仁宝一个？仁宝由此悲观了几年，渐渐有了老相。听说有一种"花咒"——后生看中了哪位女子，只要取她一根头发，系在门前一片树叶上，当微风轻拂的时候，口念咒语七十二遍，就能把那女子迷住。仁宝也试过，没有效果。

他眼睛有点眯，没看清人的时候，一脸戳戳的怒气。看清了，就可能迅速地堆出微笑，顺着对方的言语，惊讶，愤慨，惋惜，或者有悲天悯人的庄严。随着他一个劲地点头，后颈上一点黑壳也有张有弛。他尤其喜欢接近一些平凡的人物：窑匠，界（锯）匠，商贩，读书人，阴阳先生等等。他同这些人说话。总是用官话。吹捧之后，巧妙地暗示自己也记得瓦岗寨的一条好汉乃至六条好汉。有时还从衣袋摸出一块纸片，出示上面的半边对联，谦虚谨慎地考一考外来人，看对方能否对得出下联，是否懂一点平仄。

自己也就有些地位了。

山下女崽多，他常下山，说是去会朋友，有时一连几天不见他的影子。不知他什么时候走的，什么时候回来的。菜园子都快荒了，草深得可以藏一头猪。从山下回来，他总带回一些新鲜玩意儿，一个玻璃瓶子，一盏破马灯，一条能长能短的松紧带子，一张旧报纸或一张不知是什么人的小照片。他踏着一双很不合脚的大皮鞋壳子，在石板路上嘎嘎咯咯地响，更有新派人物的气象。

仁宝的父亲仲满，是个裁缝，也不会作菜园，不会喂猪，对他那皮鞋壳子最感到戳眼。"畜生！三天两头颠下山，老子剁了你的脚！"

"剁死也好，来世投胎到千家坪去。"

"到千家坪，吃金子屙银子？"

"千家坪的王先生穿皮鞋，鞋底还钉了铁掌子，走起来当当地响，你视见过？"

仲满没见过什么钉铁掌的皮鞋，不敢吭声了。停了片刻才说："皮鞋子上不得坡，下不得河，不透气，穿起来脚臭，有什么稀奇？"

"铁掌子，我是说铁掌子。"

"只有骡马才钉掌子，你不做人，想做个畜生？"

仁宝觉得父亲侮辱了自己的同志，十分恼怒，狠狠地报复了一句："辣椒秧子都干死了！晓得么？"

叭——裁缝一只鞋摔过来，正打仁宝的脑袋。他不允许儿子这样不遵孝道。

"哼！"

仁宝怕，但坚强地不去摸脑袋，冲冲地走进另一间屋，继续戳他的旧马灯罩子。

听说他挨了打，后生们去问他，他总是否认，并且严肃地岔开话题："这鬼地方，太保守了。"

后生们不明白，保守是什么意思，于是新名词就更有价值，他也更有价值。人们常见他忙忙碌碌，很有把握地窝在自家小楼上，研究着什么。有时研究对联，有时研究松紧带子，有时研究烧石灰窑。有一回，还神秘地告诉后生们：他在千家坪学会了挖煤，现在他要在山里挖出金子来。金子！黄央央的金子哩！他真的提着山锄，在山里转了好几天。有几个想沾光的后生，偷偷地跟着看，看了几天，发现他并没有真正动手。

对付同伴们的疑惑，他宽容地笑一笑，然后拍拍对方的肩，贴心地作些勉励："就要开始了，听说没有？县里来了人，已经到了千家坪，真的。"或者说："就要开始啦，真的，明天就会落雪，秧都靠不住。"说完回头望一望什么，似乎总有个无形的人在跟着他。

有时甚至干脆只有一句："你等着吧，可能就在明天。"

这些话赫赫有威，使同伴们崇敬，但大家弄不懂其中深意。要开始，当然好，要开始什么呢？是要开始烧石灰窑？还是要开始挖金子，还是像他曾经说过的那样——开始下山去做上门女婿？不过众人觉得他穿着皮鞋壳子，总有沉思的表情，想必有些名堂。邀伴去犁田、倒树，干这一类庸俗的事，不敢叫他了。

今天开祠堂门商议祭谷神，他不以为然。他见过千家坪的人做阳春，那才叫真正的做家。哪像这鬼地方，一年一道犁，不开水圳也不铲倒墈，还想田里结谷？再说田里谷多谷少，也与他的雄图没有关系。不过他还是去看了看。他看到父亲也在香火前下拜，就冷笑。这像什么话呢？为什么不行帽沿礼？他在千家坪见过的。

他自信地对身边一个后生说："会开始的。"

"开始。"后生不解地点点头。

他觉得对方并非知音，没什么意思。于是目光往左边的女人们投过去。有个媳妇，晃着耳环，不停地用衣袖擦着汗珠。跪下去时没注意，侧边的裤缝张开了，露出了里面的白肉。仁宝眯着眼睛，看不太清楚，不过已经足够了，可以发挥想象了，似乎目光已像一条蛇，从那窄窄的缝里钻了进去，曲曲折折转了好几个弯，上下奔蹿，恢恢乎游刃有余。他在脑子里已经开始亲那位女人的肩膀、膝盖，乃至脚上每个趾头，甚至舌尖有了点酸味咸味……

他想，他一定要去同那位媳妇谈一谈帽沿礼。

四

女人们爱坐人家，偷偷地沿着屋檐溜进东家或西家，凑在火塘边叽叽咕咕一阵，茶水喝干了几吊壶，尿桶里涨了好几寸，直说得个个面色发白，汗毛倒竖，才拿起竹篮或捣衣的木捶，罢休而去。她们早就在说，某某家的鸡叫起来像鸭；腊月里居然没下一场雪。丙崽娘去岭那边的鸡尾寨接生，还带回来一个消息，说鸡尾寨的三阿公坐在屋里被一条大蜈蚣咬死了，死了两天还没有人知道，结果有只脚被老鼠吃去了一半——好像都是些不祥之兆。

但后来又有人说，三阿公并没有死，前两天还看见他在坡上扳笋子。这样一说，三阿公又变得恍恍惚惚，有无都成为一个问题了。

像要印证这些兆头似的，后来一阵倒春寒，下了一阵冰雹，田里大部分秧苗都冻成了黑水，只剩下稀稀拉拉几根，像没有拔尽的鸡毛。几天后暴热，田里又多虫。

碰上寨子里这几年奶崽生得多，家家都觉得米柜太浅，一舀就见到底。有的开始借谷，一借就有了连锁反应，不管楼上有谷没谷的，都踊跃地借，以示自己也会盘算村邻。丙崽娘也惜得要死要活的，其实心里并不很着急。这两年来她大模大样地积德，义务照看祠堂。怕老鼠啃了族谱，扰乱了祖宗的安宁，就养了一只猫。这只猫不能亏待，每年由公田出两担谷养着它。丙崽娘天天拿瓦罐盛着半罐饭，吆吆喝喝从一些门户前经过，说是去送猫食，其实一进祠堂，就自己吃了。靠这只猫，娘崽不也可以混个半饱么？大家似乎知道这个中机巧，有人在她背后指指点点。她横眉横眼，装着没听见就是。

一直借到寨子里人心惶惶，女人们又开始谈起祭谷神。丙崽娘有点兴高采烈，积极投入了这场对谷神的议论。得闲的时候，就带上针线鞋底，拉上丙崽，矮胖的身子左一顿，右一顿，屁股磨进一家家高大的门槛。对一些没听说过谷神的女崽，她谆谆教导：这可是个老规矩呐。要杀个男的，选头发最密的，分给狗吃。杀到哪一家，就叫哪一家"吃年成"……说得姑娘们睁大眼睛，互相挤靠得越来越紧，她又笑起来，神秘地压低声音："你屋里不会吃年成的，放心。你男人头发胡子都稀……不过，也不蛮稀。"或者说："你屋里不会吃年成的，放心。你竹哥太瘦了，没有几斤肉，不过……也不蛮瘦。嗯啦。"

她圆睁双眼，把一户户女人都安慰得心惊肉跳之后，才弯着一个指头，把碗里的茶叶扒起来，嚼得吱吱响，拉着丙崽起了身，严肃认真地告别："吾去视一下。"

"视一下"有很含混的意思，包括我去打听一下，我去说说情，有我作主，或者是我去看看我的鸡坿什么的，都通。但在女人们的恐慌中，这种含混也很温暖，似乎也值得寄予希望。

实在是看鸡坿去了。

鸡坿那边就是仁宝父子的家。丙崽娘看完鸡坿，总是朝那边望一眼。这一眼的意思也很模糊，似乎是招呼，似乎是警惕，似乎是窥探隐私，也似乎是不示弱地挑战。每天都这样偷偷地望几眼，叫仲裁缝心里发毛。

仲裁缝恨女人，更恨丙崽娘。说起来她还算他的弟媳，又与他打邻，地坪相连，树荫相接，要是拆了墙壁，大家会发现对方也不过是吃饭、睡觉、训儿子，没什么两样。但越接近就越看得清楚，看出些不一样来。丙崽娘常常挑起一竹篙女人的衣裤，显眼地晒在地坪里，正冲着裁缝的大门，使他一出门就觉得很晦气，这不是有辱斯文么？她还经常在地坪里摊晒一些胞衣，作为大补佳药拿去吃,或卖钱。那些婆娘们腹中落下来的肉囊,有血腥气,在晒席上翻来滚去的,晒出一条条皱纹,像一个个鬼魂,令人须发倒竖。不过,这一切都不如她那眼光可恶。似乎是心不在焉地看一眼,有毫无理由的理由,有毫不关心的关心,像投来一条无形的毒蛇。

"妖怪!"有一天,仲裁缝在大门口怒骂起来。

地坪里又没有他人,正架起一条腿剥脚皮的丙崽娘知道他是骂谁。哼了一声,又恨恨地剥下两大块茧皮。

就这样交了恶。但仲裁缝从没有拿丙崽复仇。有一回,小老头怯怯地来到他家门口,研究了一下他脸上的麻子,把绿色的一团鼻涕抹在条凳上的一段布料上。裁缝只是瞪了一眼,旋即把布料塞进火塘,烧了。

避女人与小子,乃有君子之风。仲裁缝算不算君子,不好说。但他在寨子里是个有"话份"的人。话份也是一个很含糊的概念,初到这里来的人许久还弄不明白。似乎有钱,有一门技术,有一把胡须,有一个很出息的儿子或女婿,就有了话份,后生们都以毕生精力来争取有话份。

有话份意味着有人来听你说话。仲裁缝粗通文墨,自婆娘早死之后,孤独度日,读了几本六叔留下来的没头没尾的线装页子,知道不少似真似假的旧事。晋公子重耳,吕洞宾,马伏波,还有他最为崇拜的贤相诸葛亮。有时也在火塘边把竹烟管喝得嘀罗罗地响,慢条斯理向后生们讲上两段。三个字一顿,五个字一停,说话时总是开口半晌以后,再"哎"一声,再接上正文。目光茫茫然,像不是同听者讲话,是在同死去的先人讲话,后生们望着他脸上几颗冷峻的阴麻子,不敢催促他。

"汽车算个卵。"他说,"卧龙先生,造了木牛流马。只怪后人蠢了,就失传了。"

他还说:"先人一个个身高八尺,力敌千钧。哪像现在,生出那号小杂种。"

大家知道他是说丙崽。

他越这样感慨,越觉得日子不顺心。摇着蒲扇,还是感到闷,鼻尖上直冒汗——呸!妖怪,先前哪有这么热呢?他恨椅子也太不合意,吱吱呀呀叫得很阴险——妖怪,如今的手艺也真是哄鬼啊,先前一张椅子从出嫁坐到外婆,还是紧紧实实的。想来想去,觉得没有了卧龙先生,世道怕是要败了,这鸡头寨怕是要绝了。

是要绝了么?

眼下,听人们都在议论要祭谷神,他坐在家里不知要做点什么才好。好像出了点问题,仔细思量,才知是肚子饿了。近来很少有人接他去做衣,得自己煮饭。即使接他去,人家的饭食也越来越软,这是他最不能忍受的。如果米饭不是粒粒如铁砂，他决不摸筷子。

"仁拐子！"他叫喊。

没有人回答。

他又喊了一声，想了想，上楼去找。发现儿子的铺盖蚊帐，还有他的锈马灯壳子一类，都不翼而飞。只剩下一张空床，还有几个大瓦坛子，很久没有酸菜可装的，倒立在墙角，像几个囚犯在受大刑，永远倒栽在那里。还有一具棺木，不知是仁宝为谁准备的，横霸中央，呼呼大睡。

明白了什么，一句话也没说。

他看见墙边一只老鼠一晃，好像更明白了什么。妖怪！对了，就是这个妖怪！——他梦见过的，梦里的这只老鼠，还拱手而立，同情地冲他笑了笑。这畜生耳红足赤，眼睛也红鲜鲜的。在书上不是说过吗？那是偷吃胭脂所致。妖妇捕之可为媚药。仁拐子一定是被它媚去的，这个寨子也一定是被它败了的！

仲裁缝骂着娘，一铁尺打过去，咣地破了个坛子，老鼠尾巴又缩进壁缝去了。他跑到另一房间，撬破一个木柜，捅烂两只篾篓，还是没有胜利。咚咚咚地跑到楼下，凡可疑之处都给以惊天动地的检查。一瞬间，碗钵烂了，吊壶也倒了，桌椅板凳都苦苦地跪倒或趴下，或歪歪斜斜地艰难站立，他引火烧鼠洞，黑油油的帐子又接上了火，燎起热爆爆的一片金黄色光亮。

老鼠总算被他戳死了，大小六只，全被他斩首断肢，拿到火塘中烧出了一股奇臭。他听见地坪中有沉着的脚步声，回过头，又看见丙崽娘若无其事地朝这边看了一眼，更冒出一股无名火。咬咬牙，把老鼠的尸灰泡在水里，全都喝了下去。

他脸发黑，感到丹田之气已尽，默坐一阵之后，出了门。

公鸡正在叫午，寨里静得像没有人，像死了。对面是鸡公岭，鸡头峰下一片狰狞的石壁，斑斓石纹有的像刀枪，有的像旗鼓，有的像兜鍪铠甲，有时像战马长车，还有些石脉不知含了什么东西，呈棕红色，如淋漓鲜血，劈头劈脑地从山顶泻下来，一片惨烈的兵家气象。仲裁缝觉得，那是先人们在召唤自己。

路边瓜棚里，冒出一张老人的笑脸。

"仲老，吃了？"

"吃了。"也淡淡一笑。

"要祭谷神？"

"要祭的。"

"要谁的脑袋？"

"听说……摇签罢。"

"摇签？"

"你吃了?"

"吃了。"

"哦,吃了的。"

双方不再说话。

山上的树漫天生长。从茶子坡过去,大木就多了。有些树上扎了篾条,那都是寿木。寨里的人很小就要上山给自己看寿木的,看中了,留个记号,以后每年来看一两次。但仲裁缝很少进山,也一直没来选过寿木,而且憎恶这一根根居心不良的鸟树。君子坐有坐相,立有立相,死也要有个死相,死得不能倒威。说死就死,准备什么?他捏着弯刀来的,要选一块好位置,砍出一个尖尖的树桩,坐桩而死,死得慷慨。他见过这样死去的人,前些年马子洞龙拐子就是一个,他咳痰,咳得不耐烦,就去死。死后人们发现树桩前的地皮都被十指抓得坑坑洼洼的,起了一层浮土,可见死得惨烈,死得好。载上了族谱。

他选了一颗小松树,用裁缝的手,不熟练地砍削起来。

五

本来要拿丙崽的头祭谷神,杀个没有用的废物,也算成全了他。活着挨耳光,而且省得折磨他那位娘。不料正要动刀,天上响了一声雷,大家又犹疑起来:莫非神圣对这个瘦瘪瘪的祭品还不满意?

天意难测。于是备了一桌肉饭,请来一位巫师。巫师指点:年成不好,主要是叫鸡精在作怪——你们没看见对面的那鸡公岭么?鸡头峰正冲着寨里的两垅田,把谷子都吃进肚子里去啦。

人们立即商议着要炸鸡头。这事牵涉到鸡尾寨。鸡尾寨也是个大寨,几百号人口,在寨前的麻石大牌坊下进进出出,主要以种鸦片为业,比较富足。出了一些读书人,据说有的成了大文豪,有的在新疆带兵,回乡省亲都是坐八人大轿。过年,寨里家家宰牛,有牛叫,牛皮商也最喜欢往那里钻。寨前一口水井,一棵大樟树,常有些娃崽在树下用小石块玩开山棋,人们一直把树和井当作男女生殖器的象征,常常敬以香火,祈望寨子里发人。有一年寨子里一连几胎都生的女崽,还生了个什么葡萄胎,弄得空气十分紧张。察究了一段,有人说鸡头寨的一个什么后生路过这里时,曾上树摸鸟蛋,弄断了一根枝桠。

从此两寨结下了怨恨。后来又有人说,那是马子洞与鸡尾寨有世仇,暗中著事,移祸于它。这段公案查无实证,不了了之。官府鞭长莫及,也不来过问,只是有次要修官道,来山里催过一次徭役。

听说鸡头寨要炸鸡头,却是确凿的了。鸡尾寨果然更是群情激奋。他们的田土肥沃,就是靠鸡屁股拉屎,对炸鸡头岂能不管?在岭上吵了一架,双方还动起手脚来,鸡头寨的后生撤回去了。

寨里还是很安静。有鸡叫，有牛铃铛的声音，或某个屋顶下冒出一句女人骂男人的声音，只冒一下，就被巨大的沉默淹灭了。丙崽摇摇摆摆地敲着一面小铜锣，口袋里有红薯丝，掏出来一两根，就撒落了三四根，引来两条狗跟着他转。他对仲裁缝家的老黑狗会意地笑了一笑，又朝两棵芭蕉树哇地叫嚣了一声。近来他对祠堂有些好感了，大概没忘记那天准备砍他的头之前，他在那里吃过一餐肉饭。于是低压着头，朝那边一顿一顿地"冲线"。

几个娃崽在祠堂前玩耍，看见了他。

"视，宝崽来了。"

"他没有叔叔，是个野崽。"

"吾晓得，渠是蜘蛛变的。"

"根本不是，渠的妈妈是蜘蛛变的。"

"要渠磕头，好不好？"

"不！要渠吃牛屎！最臭最臭的，啊呀，臭死人！"

"哈哈！"

丙崽朝他们敲了一下锣，舔舔鼻涕，兴奋地招呼："爸爸——"

"哪个是你爸爸？呸！矮下来！"

娃崽们围上去，捏他的耳朵，让他跪在一堆牛屎前，鼻尖就要触到牛粪堆了。

幸好来了一群热热闹闹的大人，才使娃崽们的兴趣转移，遗憾地一哄而散。丙崽还在那里跪着，半天发现周围已没有人影，他爬起来朝四下看看，咕咕哝哝，阴险地把一个小娃崽的斗笠狠狠踩了几脚，再若无其事地跟上人群，看热闹。

大人们牵来了一头牛，牛身上的泥片已被洗刷干净了，须毛清晰，屁股头的胯骨显得十分突出。牛嘴总是湿腻腻的，一挪一磨，散出胃里翻出来一种草料臭。但丙崽并不怕，对动物都不怕。

一个汉子提着大刀走过来，把刀插在地上，脱光上衣，大碗喝酒。那刀也令丙崽感到新奇。刀被磨洗过，刀口一道银光，柔顺而清凉，十分诱人。有凹纹的木柄被桐油擦得黄澄澄的，看来很合手，好像就要跳到你手上来，不用你费什么力，就会嚓地朝什么东西砍去。

汉子已经喝完酒了，叭的一声，随手把酒碗摔碎。拔起刀走过来，一跺脚，一声嘿，手起刀落，牛头就在地动山摇之间离开了牛身，像一块泥土慢慢垮下来，牛角戳地，戳出一个小土块。牛颈处像一个西瓜的剖面，皮层裹着鲜鲜的红肉。但没有头的牛身还稳稳地站了片刻。

娃崽们吓了一跳，他们不知道，这是一种战前的预测。当年马伏波将军南征时，每次战斗前都要砍牛头，如牛进，则预胜利，否则是失败。

"赢!"

"赢了!"

"杀他的鸡巴寨!"

牛往前倒了,汉子们欢呼起来。这突然的声音太响亮了,太有酒气了,丙崽吓得半边嘴唇向上跳了一下,咕咕哝哝。

他看见有一缕红红的东西,从大人们纷杂的腿缝中流出来。像一条赤蛇,弯弯曲曲地窜。蹲下去捏了捏,有些滑手。弄到衣上,倒很好看。不一会,满身满脸就全是牛血。大概牛血弄到嘴里有些腥,小老头翻了个白眼。

娃崽们望着他的脸,拍手笑起来。他不知道人们笑什么,也笑起来。

人影和人声更多了。丙崽娘也提了个篮子来,想看看牛肉怎么分。听人家说,不出阵的没有肉吃,正撅着嘴巴生气。一眼瞥见丙崽这血污污的样子,更把脸盘气大了。"你要死!要死啊!"她上前揪住小老头的嘴巴,揪得眼皮直往下扯,黑眼珠转都转不过来,似乎还望着祠堂那边。

"×吗吗。"

"又要老子洗,又要老子洗,你这个催命鬼,要磨死我啊!"

"×吗吗。"

儿子骂亲娘,似乎是很好笑的事。于是有些后生拍手,喷酒气:"丙崽,咒得好!""丙崽,再咒!""再咒!"……气得丙崽娘绷紧一脸横肉,半天都不正眼望人。

她把丙崽像提小狗一样提回家,当然少不了又是一顿好打。"死到外面去做么事?做么事!要打冤了,你上得阵?"

把丙崽一索子捆在椅子上,自己拿起三根香,掩门到祠堂里去了。

丙崽在椅子上睡了一觉。听见外面远远有锣声,接着是吹牛角号,接着就平静了。不知什么时候,外面又有嘈杂的脚步声,叫喊声,铁器碰撞的声音,然后又有女人的嚎哭……外面发生了什么事。

夜里,松明子闪闪烁烁,男女老幼,全都头缠白布,聚集在祠堂门内外,一眼看去,密密的白点,起起伏伏,飘移游动。女人们互相扶着,靠着,抱着,哭得捶胸顿足,天昏地暗,泪水湿了袖口和肩头。丙崽娘也陪着把眼圈哭红了,显得纯真了,有一张娃娃脸,不时用袖口去擦拭。她坐在二满家的媳妇旁边,缩缩鼻子,捏住对方的手,用外乡口音说:"人生一世,草木一秋,去也就去了。你要往开处想。你还有后,吾呢,那死鬼不知是死是活,一个丙崽也作不得个正人用的,啊?"

她说得确实诚恳,但女人们还是哭。

"打冤总是要死人的,早死也是死,晚死也是死。早死早投胎,说不定投个富贵人家,还强了。"

女人们还是哭出各种怪腔调。

大概想到了什么伤心处，丙崽娘拍着双膝，也大哭起来。白布条在胸前滑上去，又滑下来。"吾那娘老子哎，你做的好事呀！你疼大姐，疼二姐，疼三姐，就是不疼吾呀！你做的好事呀，马桶脚盆都没有哇……"

这就不知道是什么意思了。

火光越烧越亮。人圈子中央，临时砌了个高高的锅台，架着一口大铁锅。锅口太高，看不见，只听见里面沸腾着，有咕咕嘟嘟的声音，腾腾热气，冲得屋梁上的蝙蝠四处乱窜。大人们都知道，那里煮了一头猪，还有冤家的一具尸体，都切成一块块，混成一锅。由一个汉子走上粗重的梯架，抄起长过扁担的大竹扦，往看不见的锅口里去戳，戳到什么就是什么，再分发给男女老幼。人人都无须知道吃的是什么，都得吃。不吃的话，就会有人把你架到铁锅前跪下，用竹扦戳你的嘴。

劈柴和松膏烧得叭叭作响，灶口的火气一浪浪袭来，把前排人的胯裆都烤热了，不由自主往后挪。油浸浸的长竹扦，映着火色，亮亮的。不时带出一点汁水来，也很亮，像零零星星落下一些火珠，落入暗处。一个赤着上身的大汉站起来，发疯般地大叫一声："怕死的倚开！老子一个人……"又被几双手拉扯下去了，每块白布下面都有一双眼睛，每双眼睛里都有火光在跳动。你最好不要看四壁和屋顶，不然你会发现那些比真人扩大了几倍及至十几倍的人影，一下被拉长了，一下又压瘪了，忽大忽小，轮廓随时扭曲成各种形状。

"德龙家的，过来！"

叫到丙崽娘的名字了。她哭得泪眼糊糊的，还在连连拍膝。

"吾不要哇……"

"碗拿过来。"

"吃命哇……"

"丙崽，你吃。"

丙崽咬着开裆裤的背带，很不耐烦地被推到前面。他抓起一块什么肺，放到口中嚼了嚼，大概觉得味道不好，翻了个白眼，忧心忡忡地朝母亲怀里跑去了。

"你要吃。"有人叫他。

"你要吃！"很多人叫他。

一位老人，对他伸出寸多长的指甲，响亮地咳了一声，激动地教诲："同仇敌忾，生死相托，既是鸡头寨的儿孙，岂有不吃之理？"

"吃！"掌竹扦的那位，冲着他把碗递过去。于是，屋顶上有了一个无比巨大的手影。

六

仁宝以为那天一声炸雷，是冲着自己的什么淫邪念头来的。悬心吊胆，卷起铺盖下山去了。一是躲雷威，二是想打打零工，找个机会再去做上门女婿。他听说前几天有一队枪兵从千家坪过，觉得太好了。嘿！这不就是要开始了么？可枪兵过就过了，既没有往鸡头寨去，也没邀他去畅谈一下什么，使他相当失望。倒是有一个担炭的从山里出来，说鸡头寨与鸡尾寨打冤了，还说马子溪漂下来了一具尸体，不知为什么脚朝上，吓死人……

仁宝想起鸡尾寨有他一位窑匠朋友，一位教书先生朋友，堪称莫逆，想回去劝劝乡亲们言和算了。同饮一溪水，动什么武呢？坐拢来吃餐肉饭不就行了？

仁宝回到家里，发现父亲重伤在床——那天他去坐桩，被一个砍柴的发现了，把他救回来的。

"不是渠不孝，仲爹何事会寻绝路？"

"坐桩没死，兴怕也会被气死。"

"崽大爷难做，没得办法。"

"你看渠个脸相，吊眉吊眼的，是个克爷娘的种。"

"娘故得那样早，兴怕……"

这些话，从耳后飘来，仁宝都听入耳了。他装着没听见，毫无意义地扫了扫地，又毫无意义地踩死了几只蚂蚁，把父亲的水烟筒抽了一阵，往祠堂去了。

祠堂门前一圈人，正在谈打冤的事。这似乎是端正形象的好机会。

"鸡头峰嘛，这个，当然啰，可以不炸的。"他显出知书识礼的公允，老腔老板地分析："炸不掉，躲得开的。不过话说回来，说回来，鸡巴寨（他也学着把鸡尾寨改称鸡巴寨了）明火执仗打上门来，欺人太甚！小事就不要争了，不争——"闭眼拖起长长的尾音，接着恶狠狠地扫了众人一眼，"但我们要争口气！争个不受欺！"

打冤的正义性，被他用新的方式又豪迈地解说了一遍。众人没怎么在意他那番道理，只觉得那恶狠狠的扫视还是很感人的。他眯着眼睛，看出了这一点，更兴奋了。把衣襟嚓地一下撕开，抢起一把山锄，朝地上狠狠砸出一个洞，吼着："报仇！老子的命——就在今天了！"

他勇猛地扎了扎腰带，勇猛地在祠堂冲进冲出，又勇猛地上了一趟茅房，弄得众人都肃然。最后，发现今天没有吹牛角，并没有什么事可干，就回家熬包谷粥去了。

总像要开始什么，他在寨内外转来转去，对着一棵树，或一块岩石，锁着

眉头细心研究。弄得后生去守哨,都不敢叫他。转完了,他见人就作心情沉重地嘱托:

"金哥,以后家父,就拜托你了。我们从小就像嫡亲兄弟,不分彼此的。那次赶肉,要不是你,吾早就命归阴府了。你给吾的好处,吾都记得的⋯⋯"

"二伯爷,腰子还阴痛么?你老要好好保重。有些事只怪吾,吾本来要给你砍一屋柴火。那次帮你垫楼板,也没垫得齐整。往后走,你要吃就吃点,要穿就穿点,身骨子不灵便,就莫下田了。侄儿无用,服侍你的日子不多了,这几句还是烦请你把它往心里去⋯⋯"

"黄嫂子,有件事,实在想找你话一话。吾以前做了好些蠢事,你莫记恨。有次偷了你家两个菜瓜,给窑匠师傅吃了,你不晓得。现在吾想起来,吾今日特地来,说声得罪了,对不起。你要咒,就咒⋯⋯"

"么姐⋯⋯你⋯⋯你在洗么?这次⋯⋯实在是没有办法了,你千万⋯⋯莫难过。吾是个没用的人,文不得,武不得,几丘田都作不肥。不过人生一世,总是要死的。八尺男儿,报家报国,义不容辞。你话呢?好些事,眼下也没法讲了。反正只要你心里还有一个石仁哥,我去也就落心落意了。你千万⋯⋯硬朗点,形势总会好的。吾这就告辞了⋯⋯"

他很能克制悲伤,不时缩缩鼻子。

弄得大家都有点戚戚地悲伤了,"石仁哥,你不要这样。"

"不,吾决心已定。"他低着头,望着路边一块破瓦片。

都不知道他要干什么,不知道他马上要干什么。听见他的皮鞋子还是在石阶上响来响去,发现他还没有去赴汤蹈火。好在山里的事情多,又是鸡上屋,又是牛吃谷,又是丙崽娘为丙崽的事同什么人吵架,众人也没顾上研究这位大忙人。甚至也慢慢习惯了。要是他不忙,众人还会觉得少了点什么,有什么地方不对劲了。

这天,他被仲裁缝骂出了门,抹抹脸,往祠堂踱去。那里正在写帖子告官。自古打冤都是不动朝,不告官的,如今找官府打交道,对文书款式都没有把握。几位老人想了想,记起仲裁缝说过的什么,对提笔的那位说:"兴许,叫禀帖吧?"

人群中冒出仁宝一撮硬戳戳的头发,摇摇手,"不是不是,叫报告。"

"禀帖吧?"

"是报告。"

"总要讲点礼性。"

"要讲礼性,报告就最礼性了。"仁宝宽容地一笑,"没错的,没错的。"

"你去问你叔叔。"

"他只懂些老皇历。"

"是禀帖。"

"你不看现在是什么时候？"

"报告？听起来太戳气了。下边人用，下边人打个屁也是香的？"

"伯爷们，大哥们，听吾的，决不会差。昨天落了场大雨，难道老规矩还能用？我们这里也太保守了，真的。你们去千家坪视一视，既然人家都吃酱油，所以都作兴'报告'。你们晓不晓得？松紧带子是什么东西做的？是橡筋，这是个好东西。你们想想，还能写什么禀帖么？正因为如此，我们就要赶紧决定下来，再不能犹犹豫豫了，所以你们视吧。"

众人被他"既然"、"因为"、"所以"了一番，似懂非懂，半天没答上话来。想想昨天确实落了雨，就在他"难道"般的严正感面前，勉强同意写成"报帖"。

接下去，又发生一些问题。老班子要用文言写，他主张要用白话；老班子主张用农历，他主张用什么公历；老班子主张在报告后面盖马蹄印，他说马蹄印太保守了，太土气了，免得外人笑话，应该以什么签名代替。他时而沉思，时而宽容，时而谦虚地点头附和——但附和之后又要"把话说回来"，介绍各种新章法，俨然一个通情达理的新党。

"仁麻拐，你耳朵里好多毛！"竹义家的大寨突然冒出一句。

仁宝自我解嘲地摆摆头，嘿嘿一笑，眼睛更眯了。他意会到不能大脱离群众，便把几皮黄烟叶掏出来，一皮皮分送给男人们，自己一点末屑也没剩。加上这点慷慨，今天的表现就十分完满了。

他摩拳擦掌，去给父亲寻草药。没留神，差点被坐在地上的丙崽绊倒。

丙崽是来看热闹的，没意思，就玩鸡粪，不时搔一搔头上的一个脓疮。整整半天，他很不高兴，没有喊一声"爸爸"。

七

连连失利，连连赔头，大家慌了，就乱想了，有个后生突然想起了一些古怪的事。他说那天要杀丙崽祭谷神，突然天降霹雳。后来宰牛占卜胜败，不灵；丙崽咒了句"会妈妈"，像是给了个坏兆头，却灵验了……这不十分可疑吗？

这一想，大家都觉得丙崽神秘，你看他只会说"爸爸"和"×吗吗"两句话，莫非就是阴阳二卦？

大家决定打一打这个活卦。于是连忙拆了张门板，把丙崽抬到祠堂前。

"丙相公。"

"丙大爷。"

"丙仙。"

汉子们伏拜在他面前，紧紧盯住他，一双双眼球顶得额头上皱纹叠着皱纹。

丙崽刚坐过门板，很快活，脸上笑得皱纹舒展，把停下来的门板踩了好半天，发现它不再动了，便翻了个白眼。

实在不好理解。

是不是他要吃了才显灵呢？有人给他弄来了一块粽粑，又使他兴奋起来。他掰了一块，没抓稳，掉了，其实就掉在他右脚边，但他眼睛和脑袋转起来都不灵活，轮着眼皮居然左边望了一下，这样吃下去。吃一半掉了一半，每掉一块，照例去找，照例找错了方向。发现了前几次掉的，捡起来就往嘴里塞。

他拍拍巴掌，听见了麻雀叫，仰头轮了个方向不够准确的白眼。最后，手指定了一个方向，咕哝一句："爸爸。"

"胜卦！"

汉子们欢呼着一跃而起。不过，丙崽的手指是什么意思呢？顺着他指的方向看去，那是祠堂一个尖尖的檐角，向上弯弯地翘起。瓦上生了几根青草，檐板已经腐朽苍黑，像一只伤痕累累的老凤，拖着长长的大翼，凝望着天空。檐下有麻雀叽叽喳喳地叫。

"渠是指麻雀。"

"不，是指屋檐。"

"檐和言同音，怕是要言和？"

"絮聒！檐和炎同音，双火为炎，是要用火攻。"

争了半天，最后还是服从有"话份"的。于是用火攻，又打了一仗。混战回来点人头，发现又少了几颗。

寨子里的狗，已经习惯牛角声了，一听到呜呜地吹起来，须毛就蓬勃地张扬竖立，纷纷挤出门缝，跳越石墙，身体拉成一条线，向号声射去，满怀希望地尾随着人影。坡上，路口，圳沟里，都可能出现尸体。它们撕咬着，咀嚼着，咬得骨头咯咯咯地脆响。一只已经吃得肥大起来，眼睛都发红，在茅草中窜来窜去时，只见草动，动成一线，像条条草龙。龙头所到之处，都有血迹，还有丝丝块块，被它们叼得满处都是。有时你去灶房，无意中搬开一捆柴火，也许会突然发现柴弯里滚出一只陌生的手或脚来。

它们对人突然变得十分有兴趣了。有一群人在议事，或者有两个人吵架，都会引来狗。它们大大方方地露出尖牙，长长的舌头活泼得像一条飘带，一片水波，等待着什么结果发生。据说竹义家的阿公有次在树下打瞌睡，被狗误认成尸体，大咬了一口。

丙崽把一包屎拉在椅子上了。

丙崽娘照例唤狗来舔："呵哩——呵哩——呵哩——"

狗来了，嗅一嗅屎又走了，似乎对屎尿已丧失了热情。它们来，是因为听到召唤，来敷衍一下，在主人面前不显得过分的趾高气扬，富贵不忘旧情。

于是寨子里屎多了，苍蝇多了，臭起来。

丙崽娘遇到竹义家的媳妇，缩缩鼻子，"你身上怎么有股臭味？"

竹义家的瞪大眼："怪事！是你身上臭。"

两人嗅了一阵，发现手是臭的，袖口是臭的，连捶棒和竹篮也有股怪味，这才恍然大悟。原来空气早就臭了。只说这些天，没人去出猪牛粪，地坪里一片片黑糊糊的，空气能不臭么？

丙崽娘的娘家那边是颇讲究清洁利索的，因此她一直有些与众不同的习惯。她带上草把和茶枯，把丙崽拉脏了的裤子和椅子，拿到溪边去擦洗，洗了两遍，还没有除掉臭味。她喘着气，翻着白眼，感到气虚。虽然以前吃过不少胞衣，可现在腹中的米粮实在太少了。猛地站起来，两眼一黑便歪歪地倒下去。

不知道是怎样爬回来的。没有被狗分了吃，就是万幸。她望着蚊帐上一片密密麻麻的苍蝇，伤心地嚎哭了一场："吾那娘老子哎，你做的好事呀！你疼大姐，疼二姐，疼三姐，就是不疼吾呀，马桶脚盆都没有哇……"

丙崽怯怯地看着她，试探地敲了一下小铜锣，似乎想使她高兴。

她望着儿子，手心朝上地推了两把鼻涕，慈祥地点头，"来，坐到娘面前来。"

"爸爸。"儿子稳稳地坐下了。

"对，你要去找你那个砍脑壳的鬼！"

她咬着牙关，两眼像两片孔雀毛，黑眼球往中间挤，眼球之外有一圈宽宽的白眼睑。当然是很可怕的，丙崽愣了。

"×吗吗。"他轻声试了一句。

"你要去找你爸爸，他叫德龙，淡眉毛，细脑壳，会唱些疯歌。"

"×吗吗。"

"你记住，他兴许在辰州，兴许在岳州，有人视见过他的。"

"×吗吗。"

"你要告诉那个畜生，他害得吾娘崽好苦啊！你天天被人打，吾天天被人欺，大户人家的哪个愿意朝我们看一眼？要不是祠堂一份猫食，吾娘崽早就死了。其实死了还是福，比死还不如啊！你要一五一十都告诉那个畜生啊！"

"×吗吗。"

"你要杀了他！"

丙崽不吭声了，半边嘴唇跳了跳。

"吾晓得，你听懂了，听懂了的。你是娘的好崽。"丙崽娘笑了，眼中溢出了一滴清泪。

她挽着个菜篮子，一顿一顿地上山去了，再也没有回来。后来有各种传说，有的说她被蛇咬死了，有的说她被鸡尾寨的人杀了，还有的说她碰上岔路鬼，迷了路，摔到陡壁下去了……这些都无关紧要。尸身被狗吃了，却是可以基本肯定的。

丙崽一直等妈妈回来。太阳下山，石蛙呱呱地叫，门前小道上的脚步声也稀少了，还没有见到那张熟悉的面孔。好像有很多蚊子，咬得全身麻麻地直炸。小老头使劲地搔着，搔出了血，愤怒起来。他要报复那个人。走到家里去，把椅子推倒，把茶水泼到床上，又把柴灰灌到吊壶里。一块石头砸过去，铁锅也叭的一声裂开。他颠覆了一个世界。

一切都沉到黑暗中去了，屋外还是没有熟悉的脚步声。只有隔邻的那栋木屋里，传来麻脸裁缝断断续续的呻吟。

小老头在蚊虫的包围下睡了一觉，醒来后觉得肚子饿，踉踉跄跄地走。

月亮很圆，很白，浓浓的光雾，照得世界如同白昼，连对面山上每棵树，每一叶茅草，似乎也看得清楚。溪那边，哗哗响处有一片银光灼灼的流水，大块的银光中有几团黑影，像捅了几个洞，当然是雄踞溪水中的礁石。石蛙声已经消停了，大概它们也睡了。但远处不知什么地方有密集的狗吠，像发生了什么事。

丙崽含着指头，在鸡埘前坐了一阵，想了想，走出了寨子。

妈妈曾带他出去接生，也许妈妈现在在那些地方。他要去找。

他在月光下的山道上走着，在笼罩大地的云雾之上走着，走得很自由，上身微微前倾，膝弯处悠悠地一晃一晃，像随时可能折断。不知过了多久，不知走了多远，他踢到了一个斗笠，又踢到了一个藤编的盾牌，空落落地响。他咕噜了几声，撒了泡尿，继续往前走。前面躺着一个人影，是女的，但丙崽从来没有见过。他摇了摇她的手，打她的耳光，扯她的头发，见她总是不能醒来。手触到了乳房，那肥大的东西似乎是可以吃的，小老头捧着它吸了几口，却没吸到任何东西，便扫兴地撒手了。但这个人的肢体很柔软，有弹性，小老头骑上腹去，仰了仰，压了压，瘦尖尖的屁股头感觉到十分舒服。

"爸爸。"他累了，靠着乳头，靠着这个很像妈妈的女人睡了。两人的脸都被月光照得如同白纸。还有耳环一闪。

那也是一个孩子的妈妈。

八

"爸爸。"

丙崽指着祠堂的檐角傻笑。

檐角确实没有什么奇怪，像伤痕累累的一只老凤。瓦是寨子里烧的，用山里的树，山里的泥，烧出这凤的羽毛。也许一片片羽毛太沉重了，它就飞不起来了，只能听着山里的斑鸠，鹧鸪，画眉，乌鸦，听着静静的早晨和夜晚，于是听老了。但它还是昂着头，盯着一颗星星或一朵云。它还想拖起整个屋顶腾空而去，像当年引导鸡头寨的祖先们一样，飞向一个美好的地方。

两个后生从祠堂里抬着大铁锅出来，见到丙崽，不禁有些奇怪。

"那不是丙崽吗？"

"渠还没死？"

"八字贱得好，死不到渠的头上。"

"兴怕是阎王老子忘记渠了。"

"这个小杂种，上次妈妈的一臭卦，险些把老子的命都'卦'去了。"

这些天，人们对丙崽已经不以为然。甚至觉得打冤的惨败，也是受了他的愚弄。鸡头寨的天灾人祸，也是沾了他的晦气。两个后生放下锅，见留在树下的一个斗笠，刚被丙崽坐得瘪瘪的，更冒火。其中一位大步闯上前来，甩了他一个耳光——根本没用什么气力，他就像一棵草倒了下去。另一位抽出尖刀顶住他的鼻尖，唾沫星又飞到他脸上："快！打自己的嘴巴，不打，老子收拾你祭刀！"

"敢！"身后冒出冷冰冰的声音，回头看，是铁青色的一张麻脸。

仲裁缝是最讲辈分的，伸出双指，点着两个后生的额头，"渠是你们叔爹，岂能无礼？"

后生立刻想到了自己的地位，想到了仲裁缝还是丙崽的伯伯，立即避开裁缝的怒目交换了一个什么眼色，抬锅去了。

仲裁缝向家里走去，想了想，又回转身，对坐在地上的侄儿伸出巴掌："手！"

丙崽往后躲，眼睛不像是看他，而是看他头上的一棵树。脸皮紧张得直抽搐，半边上唇跳了跳，是试图压住恐惧的勉强一笑。好半天，才抬起小手。手太瘦，太冷，简直是只鸡爪子。仲裁缝抓住它，颤了一下，胸口有些发热。

他帮丙崽抹了抹脸，赶走头上几只苍蝇，扣好一个衣扣。这件衣不知是谁做的，他从来没给丙崽做过衣。

"跟吾走。"

"爸爸。"

"听话。"

"爸爸。"

"谁是你爸爸？"

"×吗吗。"

"畜生！"

他不再看他，牵着他，默默走下台阶。不知为什么，他突然想起自己做过的很多很多衣，长的，短的，胖的，瘦的，一件件向他飘来，像一个个无头鬼，在眼前乱晃。那天他看见鸡尾寨的一具尸体，上面的衣不就是他做的么？——他认得那针脚。想到这里，把丙崽的小爪又抓得更紧了："不要怕，吾就是你爸爸，跟吾走。"

山里有一种草，叫雀芋，很毒，传说鸟触即死，兽遇则僵。仲裁缝刚才已采来了几株，熬了半锅汁，寨里已无三日粮了，几头牛和青壮男女，要留下来作阳春，繁衍子孙，传接香火，老弱就不用留了吧。族谱上白纸黑字，列祖列宗们不也是这样干过吗？仲裁缝想起自己生不逢时，愧对先人，今日却总算殉了古道，也算是稍稍有了点安慰。

裁缝先给丙崽灌了半碗，才走出门去。从他家进寨子有一条石阶路，弯曲上升。两旁有石板垒成的矮墙，或厚重的木房墙缝中伸出些杂草，野花，逗引着蜻蜓或蜜蜂。有些准备盖房子的，在路边或跨路占了地基，立了些光溜溜的木柱和横梁。有时一占多年，并不急着行墙上瓦，让路人们坐了歇息。遇到什么事情，这些空梁上也要贴红，用来辟邪。

裁缝知道哪家有老小残弱，提着瓦罐子，一户户送上门。老人们都在门槛边等着，像很有默契，一见到他就扶着门，或扶着拐棍迎出来，明白来意地点点头。

"时辰到了？"

"到了。收拾好了么？"

"收拾好了。"

元贵老倌请求："仲满，吾还想去铡把牛草。"

裁缝说："你去，不碍事的。"

老人颤颤抖抖地走了，铡完草，搓搓手，又颤颤抖抖地回来。接过瓷碗，喉头滚动了两下，就喝光了。胡须上还挂着几点水珠。

"仲满，你坐。"

"不坐了。今天天气好燥热。"

"嗯啦。"

另一位老人抱着一个小奶崽，给仲裁缝看了看，眼里旋着一圈泪。"仲满，你试试，兴许要给渠换件褂子？你连的那件，渠还没上过身。"

裁缝眨了一下眼皮，表示了赞同。

老人转身回屋去了，一会儿，让奶崽穿着新崭崭的褂子来了，长命锁也戴好了。枯瘦的手在新布上摸着，划出嚓嚓的响声。"这下就好了，这下就好了。"

他先给奶崽灌了，自己再一饮而尽。

罐子已经很轻了，仲裁缝想了想，记起最后一位——玉堂娭毑。这位老人总是坐在门前晒太阳，像一座门神。老得莫辨男女，指甲长长的，用无齿的牙龈艰难地勾留着口水，皮肤像一件宽大的衣衫。落在骨架上，架起的一条瘦腿，居然可以和下面那条腿同时踩着地。任何人上前问话，她都听不见，只是漠然地望你一眼。也许人们在很多地方，都看见过这种村寨所常有的活标志。

裁缝走到她正前面，她才感觉到身边有了人，浑浊的眼帘里闪耀一丝微弱的光。她也明白什么，牙龈勾一勾口水，指指裁缝，又慢慢地指指自己。

裁缝知道她的意思，先磕了个头，再朝无牙的深深口腔里灌下黑水。

所有的这些老人都面对东方而坐。祖先是从那边来的，他们要回到那边去。那边，一片云海，波涛凝结不动，被太阳光照射的一边，雪白晶莹，镶嵌着阴暗的另一边。几座山头从云海中探出头来，好像太寂寞，互相打打招呼。一只金黄色的大蝴蝶从云海中飘来，像一闪一闪的火花。飘过永远也飞不完的青山绿岭，最后落在一头黑牯牛的背上——似乎是世界上最大的一只蝴蝶。

鸠尾寨的男人来了，还陆陆续续来了些妇女，儿童，狗。听说这边的人要"过山"，迁往其他地方，想来捡点什么有用的东西。昨天已办过赔礼酒席了，双方交清人头，又折刀为誓，永不报冤。

一座座木屋，已经烧毁，冒出淡淡的青烟，暴露出一些破瓦坛子或没有锅的灶台——贪婪的黑灶口，暴露出现在看来窄狭得难以叫人相信的屋基——人们原来活在这样小的圈子里吗？头缠白布的青壮男女们，脸黄得像一盏盏油灯，准备上路了，赶着牛，带上犁耙，棉花，锅盆，木鼓，错错落落，筐筐篓篓的。一个锈马灯壳子，也咣咣地晃在牛屁股上。

作为仪式，他们在一座座新坟前磕了头，抓起一把土包入衣襟，接着齐声"嘿哟喂"——开始唱"简"。

他们的祖先是姜凉，姜凉没有府方生得早，府方没有公牛生得早，公牛没有优耐生得早，优耐没有刑天生得早。他们原来住在东海边，子孙渐渐多了，家族渐渐大了，到处住满了人，没有晒席大一块空地。五家嫂共一个春房，六家姑共一担水桶。这怎么活得下去呢？没有晒席大一块空地啊，于是大家带上犁耙，在凤凰的引导下，坐上了枫木船和楠木船。

> 奶奶离东方兮队伍长，
> 公公离东方兮队伍长。
>
> 走走又走走兮高山头，
> 回头看家乡兮白云后。
>
> 行行又行行兮天坳口，
> 奶奶和公公兮真难受。

抬头望西方兮万重山，
越走路越远兮哪是头？

· · · · · · · ·

男女们都认真地唱，或者说是卖力地喊。声声不太整齐，很干，很直，很尖厉，没有颤音，一直喊得引颈塌腰，气绝了才留一个向下的小小滑音，落下音来，再接下一句。这种歌能使你联想到山中险壁，林间大竹，还有毫无必要那样粗重的门槛。这种水土才会渗出这种声音。

还加花，还加"嘿哟嘿"。当然是一首明亮灿烂的歌，像他们的眼睛，像女人的耳环和赤脚，像赤脚边笑眯眯的小花。毫无对战争和灾害的记叙，一丝血腥气也没有。

一丝也没有。

人影像一支牛帮，已经缩小成黑点，折入青青的山坳，向更深远的山林里去了。但牛铃声和歌声，还从绿色中淡淡地透出来。山冲显得静了很多，哗哗流水声显得突然膨胀了。溪边有很多石头，其中有几块比较特别，晶莹，平整，光滑，是女人们捣衣用过的。像几面暗暗的镜子，摄入万相光影却永远不再吐露出来。也许，当草木把这一片废墟覆盖之后，野物也会常来这里嚎叫。路经这里的猎手或客商，会发现这个山坳和别处的没有什么不同，只是溪边那几块青石有点奇异，似有些来历，藏着什么秘密的。

丙崽不知从什么地方冒出来了——他居然没有死，而且头上的脓疮也褪了红，结了壳。他赤条条地坐在一条墙基上，用树枝搅着半个瓦坛子里的水，搅起了一道道旋转的太阳光流。他听着远方的歌，方位不准地拍了一下巴掌，用很轻很轻的声音，咕哝着他从来不知道是什么模样的那个人：

"爸爸。"

他虽然瘦，肚脐眼倒足足有铜钱大，使旁边几个小娃崽很惊奇，很崇拜。他们瞥一瞥那个伟大的肚脐，友好地送给他几块石头，学着他的样，拍拍巴掌，纷纷喊起来：

"爸爸爸爸爸！"

一位妇女走过来，对另一位妇女说："这个装得潲水么？"于是，把丙崽面前那半坛子旋转的光流拿走了。

（原载《人民文学》1985 年第 6 期）

叶蔚林

YE WEI LIN

(1935—2006)。广东惠阳县秋长乡周田村人。1950年广东省惠州市第一中学毕业后参军。历任团宣传干事、俱乐部主任。1960年转业到湖南。先后任省民间歌舞团创作员、文化厅创作员及艺术处处长、湖南省零陵地区文联副主席、湖南省作协副主席。1987年底调海南省工作。曾任海南省文联副主席、海南省作协主席。

1953年开始发表文学作品。出版有中短篇小说集《蓝蓝的木兰溪》《五个女子和一根绳子》《酒魇》《割草的小梅》，散文集《海滨散记》等。小说《蓝蓝的木兰溪》获1979年全国优秀短篇小说奖，《在没有航标的河流上》获1977—1980年全国优秀中篇小说一等奖。

五个女子和一根绳子

一

这五个女子，生在一个村里，吃一口井水长大。高矮胖瘦不一，各有各的脾性，可是却相好得要命：要活齐齐活，要死死一堆。明桃最大，拍满二十一，金梅最小，才吃十八的饭；中间，桂娟二十齐头，荷香和爱月都是十九岁。虽然自家各有名字，但另外还有个共名——"赔钱货"。父母说，大家叫，祖上就这么喊过来，听惯了，也就不当回事。她们大字不识一个，不识字要什么紧？照样晓得剪鞋样、纳鞋底。一锥一个眼古，麻线扯得嘶嘶叫。鞋底纳出十字纹、胡椒眼、芝麻花、双龙抢珠凤朝阳。这种鞋子谁舍得穿脚上？双手捧起当画看。讲来可怜，足迹不曾踏出三十里，顶多去过广西胸街赶闹子。没钱买东西，挤挤也快活。倘若吃上一碗过桥米线，尽放辣椒酱，咝咝哈哈，满头冒汗，那种奢侈和享受，皇帝娘娘怕不眼热？

无论如何，在娘屋做女毕竟是美妙的。愉悦常常出自内心，出自种种发现和莫名的冲动。冬日衣裳穿得厚，又不常洗澡，长了身子也不晓得讯。热天脱下衣裳，胸前一摸，我的妈，几时鼓起这两碗赘肉！像出土蘑菇，像发面包子。姐妹们嚷嚷：哎呀呀，这样长法不得了，快扯布条勒紧，哪个月经初潮，更是兴奋、热闹："来了?!""来了!!"你捅我肚子，我卡你腰眼，哧哧笑。于是不由两腿夹紧，提气细碎走路，好似花旦溜台步，水漂萍似的。心中藏着机密，眼睛汪水，贼亮。整个世界顿时变得那么新鲜，那么陌生，那么不可思议。

"男儿十六坐高楼，女儿十六斟猪头。"做女好是好，可是太短暂，正如三月桃花，开也匆匆，落也匆匆。如今这五个女子全都订过亲，今冬明春将陆续出嫁。出嫁就是进了鬼门关。男人日里打，夜里压；婆婆指甲长，一抓五道印。不提吧，议论点什么好？就讲死吧，死有几种死法？——千万莫投河，泡发身子，像吹足气的光猪，几多难看！千万莫吃火柴头，烧坏肠肚，来生吃喝怎么办？千万莫割脉门，血呼啦飚，吓死人啦！讲来讲去，最好是吊颈，干净、体面，身上衣裳都不得打折。不然，先前为何众多姐妹吊颈？是啦，吊颈赶早，赶在出嫁前。人出嫁，身子弄马虎，死了进不去"花园"的。女子的死最光明，最雅洁，正如彩虹消失，星星隐殁。女子的灵魂是只小鸟，羽毛雪皑皑的白，能够飞进天上"花园"邀游……越讲越有味，越讲越觉着死的神秘和美丽。试想想，五个要好的姐妹，齐崭崭吊死在一根绳子上，晓得几打眼！手挽手结伴游"花园"，晓得几惬意啊！

现在，这五个女子正在山里刈丝茅草，丝茅草叶片有利齿，会咬人。山是荒山，一溜缓坡，风吹草荡。她们散兵线似的排开，从下往上刈。天上没有一丝云，近旁只有一棵枯树，树身倾斜，桠桠杈杈，呼天抢地似的。六月的毒阳，熔铁一般倾在身上。周围腾起火焦火燎的气息。单薄的衣衫早湿透，粑黏的。她们叉开两腿，深弯腰，脊梁骨一环套一套，圆圆的屁股撅起好高，股沟一劈两半，紧绷绷，好像拼力拉犁的小母马。

热死人啦！

明桃支起腰杆，四边望望，扔下镰刀动手脱衣裳。三下五除二，连束胸布条也解脱了。雪白的上身在阳光下耀眼辉煌，明桃带了头，其他四个女子照办。一脱才知道，各人有蹊跷。于是你望到我笑，我望到你笑。开头是忍俊不禁，继着痛快淋漓。

"哈哈哈哈哈……"

惊得两只鹌鹑，扑扑楞楞，一前一后，没命逃跑。

她们常用这种方法缓解疲劳。于是工作加快了速度。日头刚偏西三两丈，草就刈完，结实捆好。草捆码起两层，挡住烈日，造出一片阴影。喝点水，屙泡尿，来，坐到阴影下来！没什么好打讲的，还是讲死吧！空讲没味，要讲实在点点。

"姐妹们，到时候我们穿几件新衣裳？"明桃首先发言。

快嘴荷香忙接口："还讲，按规矩穿九件！"

爱月摇头；"九件太多，穿五件足啦。"

荷香反驳："告化子，穿五件进得去'花园'？"

"哪个不想穿九件，"爱月解释，"几时置办得齐！"

"我看穿七件合适。"桂娟打折取中。

"我赞成穿七件。"金梅一派天真，"不过里头要有件红灯芯绒才好。姐姐们，灯芯绒我还没穿过头回呢。"

"是啦，大红灯芯绒对衿衫，罩在上面，又时髦又打眼！"荷香拍手叫嚷，朝金梅睒眼。

商定了：穿七件，要有一件大红灯芯绒对衿衫。商定了，任谁都不许更改！好啦，现在讲讲，吊颈该吊在哪块？商量这事更有味，女子们越发活跃起来。哈，最好夜里吊到村前大樟树高头。天麻麻亮，大门一开，全村人就看见五个女子，一色红衣裳……叫呀，喊呀，哭呀！晓得几热闹哟。怕不行，樟树太高，搬梯子，搭绳子，兴师动众，惹得狗子叫，肯定搞不成器。有啦，吊到秀水冲杂木林子里好不好？那里僻得很，鬼都不去……哎呀，要不得，离村太远，万一三头五日寻不到我们怎么办！身子会沤臭的！林子里有风，头发吹乱啦！还有乌鸦，搞不好啄去眼珠子……哎呀，有眼无珠，游"花园"看得什么？不爱不爱……商量没结果，还是明桃有板路，她讲：

"依我呢，最好吊到老油榨房里头。不远不近，又有遮盖。靠河边，空气好，有花有草，还有竹鸡婆子叫……"停停，又讲，"那根横梁我过细看过，蛀是蛀啦，不过我们五人满吊得起。"

老油榨房是熟地方。女子们小时常在那里"过家家"。经明桃一讲，都觉得再合适不过。

金梅一直插不上嘴，自觉不如姐姐们主意多，心里歉歉的。忽然灵机一动，眉开眼笑：

"姐姐们，吊颈不是要绳子吗？让我来搓！"

可不，忘了绳子一事，没绳子吊个屁！好，五人共根绳子！金梅，搓长些，至少八九丈，十来丈。

"晓得，我家有苎麻、黄麻、棕片……"

荷香急忙打断："第一不要棕绳，又粗又硬，吊颈怕不痛死人！"

"怕痛莫吊！"桂娟和爱月觉得好笑。

明桃不笑，忽然提高声音，认真讲："好，现在来约定个日子！"

日子？莫非真吊呀？四双眼睛审视明桃。明桃板起脸，目光好冷。女子们霎时敛起笑容，鸦雀无声了。金梅披起衣裳，两肩缩起。桂娟和爱月扭开脸，看那棵枯树。荷香一双大眼睛失了光子，长睫毛耷拉。

远处有鹧鸪啼，两只，一声高，一声低，哀哀呼唤哪样？

明桃低头看脚尖，断断续续讲："姐妹们，我不是讲着耍子的……讲真，我等不起啦！婚期定在十月初四……九九重阳天气好，游'花园'正合时……我先去了！难得姐妹一场，求大家紧紧口……莫把、莫把我的好日子泄给别人……"讲着，眼泪水就涌了出来。

金梅跳起，衣裳掉地上，一把搂住明桃嚎起来："明桃姐，我跟你去，一个人跟呀……嗷嗷嗷……"

于是五个女子抱头痛哭。哭够了，默默坐起，身子挺直，好像一动就会碰碎什么东西。

两只鹧鸪还在啼，一声高，一声低，哀哀呼唤哪样？

草垛下的阴影拉长了。

哪里牛叫？左首十几步开外，站着傻子四宝，从草梢上探出头，咧开大嘴蠢笑。女子们慌忙跳起，躲到草垛后面穿衣裳。

"四宝，要死啦，快走开！"

"不、不，不走开，要看，偏要看，嘻嘻……明桃姐，喜欢你……"

"狗×出的蠢东西，瞎你的眼！"荷香冲过去，一下就将四宝掀翻在地。

趁势抱住双腿，四宝把脑壳埋进荷香胯裆里，乱撞乱顶。

荷香又气又急："姐妹们，来呀！"

女子们一拥而上，揪手的揪手，按脚的按脚。四宝快活地挣扎："嘻嘻，白奶子好看，还要看……"

"扯掉他的裤子，叫他好看！"

荷香最野，来真的。双手伸到四宝肚皮上，揪住裤腰，用力一扯，牛头短裤便褪到大腿上。万万想不到，眼前会出现这么难看的怪家伙！五个女子憋住气，足足愣了十几秒钟。然后倚仗人多势众，骂着、叫着、喘着，不约而同地捧起地上的鲜牛屎，泼墨般朝四宝下身摔去……然后跑开，生怕落在后面。笑倒了，笑软了，笑岔气了！这是狂浪的笑，野性的笑，从重压中爆绽出来的笑。烈风一般将草丛压下去，响彻荒野。这时候，整个世界仿佛就由这五个女子主宰了。

二

奶奶八十岁，娘屋做女时，名叫巧巧。皮皱成老干笋，腰弯得像磨钩，叫巧巧，任怎么想也贴不上。明天是阴历七月初七，奶奶生日。爹吩咐：爱月，明日莫出门，留屋里杀鸡宰鸭，办个金针粉丝八大碗，多请几个客，给你奶奶做个热闹生日，唉，活到八十不容易。又喊：

"叫你妈去问五叔，有青皮黄豆不，借几升打两板豆腐。"

不会自己对妈说去？妈就在灶屋做夜饭，隔个小天井，不到十步远。可爹从不直接对妈讲话。也不怪爹，这是乡俗。外人面前，夫妻必须形同路人，实在有事，互相也只叫声"哎"，喊声"喂"。在家呢，全靠女儿传话。先前爱月不觉得特别，近来却常想：我和小弟出生前，爹妈之间如何传递消息？想到出嫁，早晚和一个男人吃饭、困觉，挨得那么近，又离得那么远，真不是滋味，像吃下半边苍蝇。

爹又喊爱月去割青韭。爹爱吃青韭。可爹活到六十岁，不晓得自家菜园在南在北。男人不理菜园，也是乡俗。

今晚奶奶困得迟，鸡进笼，她还坐在灶坎上。那是奶奶的"宝座"；起居便当，屙尿旁边有尿桶，吃饭就便灶台。奶奶永远坐在那里，别处似乎没有她的位置。没点灯，熬澌用柴蔸，火光映照奶奶的头发，头发是红的，一闪一闪。爱月喊奶奶上床，奶奶讲还想坐一阵子。声音比平日硬朗，有点颤，有点欢喜意味。

爱月点亮菜油灯，很惊奇：奶奶居然将稀零零的白发梳得好齐楚，抹了茶油；小髻，垂在脑后，像只晒白的螺蛳壳。穿件大衿粗麻布新衣，领口又高又硬，抵住下颏，支撑起她的脸。是啦，奶奶隔夜收拾停当，迎接自己八十岁生日。奶奶朝爱月笑，无声的笑，嘴巴瘪几下，小女子似的腼腆、害羞。笑得爱月好心酸，不忍看，扭开脸。

小窗外，夜空像只大蓝瓷盘，刚洗过。银河低垂，伸手就能抓把星子，弯月高悬，是女子的一道秀眉，是一柄金色的禾镰，是一只无帆的小船。

关于奶奶，有好多传说：奶奶家住桃花井，桃花井花香袭人，世代出美女；奶奶是百年难见的美女尖尖。她美，她巧，两日做双花鞋，三日卸匹大布。一把杭州剪子铰窗花，右手铰，左手丢。丢出花儿草儿，落地便生根；丢出蝶儿鸟儿，拍拍翅膀就飞走。十六岁那年中秋节，奶奶头回赶广西蠡街闹子，害得闹子刮台风；人挤人，争看她，踩死七只鸡，五只鸭，打翻烫米线的汤锅。十七岁那年端阳节，奶奶走外婆，路过刀削岩，迎面来了几个放排佬。为首的打哈哈："小女子，你系南海观世音，相好唔敢指望。求你伸出手爪，好歹搭一下，解解心头火啦……"奶奶眨眼浅浅笑："放排哥哥好汉子，搭搭手爪也平常……敢打岩脑跳下去吗？"放排佬应声就跳，摔得头破腿折，不讲一句悔话……真吗？真有其事？奶奶，奶奶，爱月今年一十九，与当年的你相比，抵不得你一只拉尾指……

伴奶奶困下，爱月抚摸奶奶身子；只有皮，没有肉。皮像干蛇皮，有鳞，摸起索索响。皮下的筋脉很凉，像一条滑动的大蚯蚓……奶奶，你几时变成这般模样？如何变成这般模样？听讲你出嫁前，也曾哭闹过，也曾与姐妹们相邀去游"花园"；临了，你为何又没去？唉，一时错过，你便活成这个样！奶奶你悔过吗？

奶奶忽然开口说话："爱月，明日是七月七？"

"嗯哪，是奶奶生日。"

"日子没弄错吧？"

"不会错。"

"你爹给我做生？"

"嗯哪，办八大碗。"

"好，好……"

"奶奶，你思谋什么呢？"

"哦，明日奶奶想坐席……"

"做吃？"

"不是，奶奶是讲……明日奶奶想坐到桌边吃餐饭！"

爱月听明白了。唉，原来奶奶思谋半夜，就为这事。谁兴的规矩，女人家一出嫁，就只配在灶台上吃饭！哪怕你活到八十岁，儿孙满堂。

想来，爱月愤愤不平：

"奶奶，没错，明日该你坐席！"

"你爹会答应？"

"会的，明日给你做生呀！"

"对，对，奶奶八十岁啦，该有这一回，该有啊……"喃喃着，奶奶困着了。

一早，奶奶就坐到灶门槛点火烧水。水开，才喊醒爱月。爱月手脚麻利，眨眼工夫，鸡杀了，鹅宰了，毛褪净了，提到河边去破肚开肠。

"哟，你家莫非来了乡长？"

"不是，给我奶奶做生。"

"办几碗？"

"爹讲办八大碗。"

"有墨鱼燉肉不？"

"还讲！"

"你奶奶好福气，怕活得到一百岁。"

"还讲，我奶奶健旺哩。"

一路走，一路有人打问。爱月忽然觉得很高兴，很畅快。天气那么好，南风悠悠的，山柿子快熟了吧？活八十岁也不坏……

忙到下午三点多钟，八大碗终于办齐。八仙桌抹净，条凳摆好，菜端上桌，客人即刻就到了。全是村里的叔伯、公公，脸上有青胡子或白胡子。客人一到，妈就一声不响，背起草筐，拿着小镰，出门寻猪草。这回奶奶没躲开，反而从灶屋走出来，站在天井亮处。奶奶努力抬头望爹，想引起爹的注意；爹只注意客人：

"来，大家上坐！"

小弟动作最快，猴屁股似的爬上条凳。爱月上前拦阻："小弟，没规矩，还不下来！"

"呫！呫！呫！"小弟放赖。

"让他坐。"爹横爱月一眼。

小弟抽鼻涕，朝爱月扮鬼脸。

"来来，对不住，没得好菜。"爹端起酒杯，忽然看见奶奶，连忙招呼：

"妈，你老也去吃，多吃点，今日给你做生。"

奶奶一动不动。

爱月忍不住，怯怯对爹讲："奶奶讲，今日她要坐席！"

"坐席？"爹张开口。

"坐席？！"客人目光一起射向奶奶，好像看见山魈。

爹很尴尬，支支吾吾："妈，里面菜是一样的。你妇道人家又不会喝酒……好，好，你想坐席，好歹来坐一回……"

爱月过去挽奶奶。奶奶倏地推开她，冲冲转身走了。

堂屋里吃喝得热闹，碗筷叮当，响到断黑。

今夜没有弯月，没有银河。落雨了，雨点好大一粒；不像是牛郎织女的泪，这种哭法不对头。爱月和奶奶没吃夜饭。奶奶没脱衣，闭目僵卧，喊不应，推不动。爱月没法，也不脱衣，陪奶奶困倒。

老鼠咬木头，喀喳喀喳。

爹扯呼噜，地动山摇。

奶奶突然死死抓紧爱月的手，重复几个字：

"我好悔，我好悔，好悔哟……"

悔什么，不消讲，爱月蓦地喉咙一紧。急忙咬住被角，一直啜泣到鸡啼。临亮，她做了个梦。梦见自己穿起红衣裳，走向村外小河湾。河湾青草绿又蓝；青草里盛开菊花，小朵小朵，金黄金黄。梦见白色的蝴蝶，一、二、三、四、五、五只，飞呀飞，飞到高高的天上……

三

"哥好！哥好！哥好！"哥好鸟叫得烦死人。

不对，哥不好。哥是大木匠，使惯四斤六两大斧头，脸块也就像斧头：又黑、又硬、又冷、又厉。哥吃酒，吃醉就打嫂子，用锯梁打；打完又将嫂子按到床上……可鄙！

"哥好！哥好！哥好！"哥好鸟好固执。

不不，嫂好？嫂子相貌乖雅，眉毛会跳舞，眼睛会唱歌；青丝打散三尺长，好像一匹黑绉纱。嫂子爽快麻利，烧火灶膛呼呼叫，烟囱从不出乌烟；剁猪草，刀声不断纤，好像过年燃响千子鞭。

不是命，哥给嫂子洗脚都不配。

荷香喜欢嫂子，同情嫂子，保护嫂子。嫂子偷人，养野老公，荷香晓得，不对别人讲。以前不晓得，近来才晓得的。哥挑起工具刚出门，嫂子就洗衣裳，独独洗一件蓝花衣裳。衣裳高高晾上竹竿，人呢，挽起篮子上后山。一回、二回……荷香看出蹊跷，决心跟踪探个究竟。油茶林好深，深处有块晒垫大的空地。地上生满鸡茸草。嫂子和一个陌生汉子抱一堆，慌里慌张，鸡啄米似的亲嘴……荷香差点没叫出声来。

明白了，那竹竿上的蓝花衣裳，是联络暗号，是召唤爱情的旗帜。

嫂子敏感，无端送荷香一条新毛巾。荷香笑，笑得诡秘，笑得嫂子慌了神，淜瓢错当水瓢使。荷香想，与其让嫂子戒备自己，终日胆战心惊，倒不如捅破灯笼讲明话。

"嫂子，你放心……"

"没来由，我，有什么不放心的……"

荷香翘起兰花指，从嫂子头发上拈出一根草，一根细细鸡茸草，伸到嫂子鼻尖下，叫她自己看。霎时，嫂子脸色白成一张纸。

"我一样也没看见！"荷香赶紧郑重宣布。

于是姑嫂有了默契，心换心，结成地下党。

七月半是广西蟆街闹子。哥一早就出门，讲三几日才打转，讲话时用阴险的目光打量嫂子；脸上乌云好厚，拧得出水。荷香为嫂子不安，但看到嫂子鬓边插朵小绒花，想讲不忍讲。自己也有自己的事，蟆街有人等她。

蟆街闹子好热闹，热闹不止买卖，还有众多少男少女做"游戏"。"游戏"是这样的：女子们头帕故意低扎，压住眉棱；手挽腰子篮，篮口盖条新毛巾。慢慢走，慢慢招摇，自然有青皮后生跟上来；颈根向前伸，两手背后面，像一只鹅。街头走到街尾，淡淡站定，相跟的后生便拢来，掀开毛巾，将一包什么好吃的、好耍的东西丢进篮子。随后，丢东西的手绕过来，粗鲁地在胸前捞一把。如果女子不动，若无其事，"游戏"就此打止；如果女子回头，再那么一笑，后面的事情就比较麻烦……感谢古老的风俗，为少女少男安排这有趣的"游戏"，增添闹子的繁华和色彩。荷香曾经酷爱这种"游戏"，不来则已，来必满载而归。东西倒不在乎，但它说明自身招摇的魅力，一颗单纯的心便得到满足。今天荷香没带腰子篮，不想招摇，也无兴致。

蟆街闹子贴河湾，弯成香蕉形。一头一座桥，两桥遥相对。荷香过东桥，笔直穿过闹子坪，朝右猛一拐，又回到河边。抬眼望去，柳丛中有个穿白背心的人，一闪又躲起。一闪也就认出来了；荷香跑去。

"来了！"大柳树后转出白背心。

"来了……"荷香咻咻地喘，心神不定。

"有人看见你吗？"

"不晓得……"

白背心拖她坐下，靠着树干。没有抚慰的话，只有动作，动作那么重，那么粗鲁。

"不要这样……"荷香躲闪，想哭。

"你要哪样?"白背心缩起手,有点不高兴。

"要你带我走!"

"讲过了,走不脱,没地方去得。"

"天上,地底……喏,我有点私房钱!"

"不顶用。"

"你忍心看我嫁别个?"

"嫁了也是我的人。"

"不,提心吊胆的,几时完场……"

"唉……"

石拱桥那边流下来好多黄色泡沫,山里头大概落过暴雨。

"那,我杀了他!"半天,白背心憋出一句话。

"真?"

"唔。"

"要偿命的。"

"我愿意……"

荷香晓得他讲的不是实心话,但还是爱听。不再躲闪了,随他压到身上,睁大的眼睛充满泪水。

忽然,荷香走过来的石拱桥上,聚起一堆人,闹闹嚷嚷,桥两头的人也向中间跑。出了什么事?闹嚷中,隐约听见哥哥的粗嗓大喉吆喝什么。荷香像被针扎,推开白背心,腾身跃起……

石拱桥的桥栏早已颓败,桥面石板破碎,裂缝里填满狼筋草,一个年轻的女人,在这里被裸体示众。她浑身一丝不挂,倒捆双手,颈上吊两只破草鞋。光天化日,众目睽睽,羞耻使她像一片风中颤抖的叶子。只能尽可能低下头,鸵鸟式地保护自己。感谢父母给她一头稠密的长发,披散下来,遮挡前胸。监守她的是一个壮汉,左手持锯梁,右手握柄木匠斧;那斧刃闪出一道温柔的亮光。

喊声、怪叫声、吆喝声、骂声,嘈杂一片。

"看吧,看吧!这是我老婆!她偷人,养野老公!"那壮汉庄严声明,"老子教训老婆,谁也管不着,谁来管,老子斧头不认人!"

围观的人越来越多。蠔街闹子今天没来耍猴的,为什么不看!后面挤前面的人,圈子缩小。最前面的,伸手就能触到那女人裸体的任何部位。刹那间不声响了,眼睛发直了,喉结上下蠕动……这是男人。也有嫉恨和恐惧的目光,那属于女人。突然都意识到这样不好,于是便更响亮地诅咒起来:

"不要脸,骚麻!"

"叫她讲,如何偷人!"

"讲出来，大家见识见识……"

"讲!"做丈夫的一声断喝。

"不讲敲她!"

"叭!"锯梁打在肩胛上，立即一道紫红。

"便宜，照老规矩该沉潭!"

"打，打断她的骚情!"

"叭、叭、叭!"锯梁打在背上、腰上、屁股上。

"自己老婆，打死不偿命!"

世界这个角落，为何如此冷酷，没有同情和怜悯。愚昧煽动着野蛮，总是让我们的姐妹遭受惨烈的凌辱和摧残!荷香被挟挤在人丛中，动弹不得。胸前、背上仿佛爬满毛毛虫，又仿佛炙着炭火。她觉得被剥光的不是嫂子，而是自己。她发疯似的乱推、乱撞，冲进人圈，挡住嫂子，悲声哭喊;

"哥，放开嫂子……"

"滚开!"

"哥，求求你，我给你跪下……"

"叛贼!"锯梁当头压下去。

荷香捂住额角，血从指缝间渗出。并不觉得痛，只觉得绝望、茫然，不知该走到哪里去。白背心跟了上来:

"打痛了吧，我看看。"

"没什么。"

"你不该去管。"

"她是我亲嫂子。"

"偷人，自作自受!"

"你讲什么?!"

"我讲……"

荷香陡然转身，眼睛喷火，甩圆两条胳膊，左右开弓，拼力打白背心的脸。

河面的泡沫慢慢流，流出不远就迸散了，消失了。闹子将散时，荷香进了布店。

"有大红灯芯绒吗?"

"有，新到货。"

"买五尺半。"

"做大衿衫?"

"不，做对衿衫。"

"对襟衫要六尺才够。"

"好，就买六尺！"

四

一连落了几天大雨，天晴之后，桂娟正准备出牛栏粪，姐姐突然搭讯来；她要临盆了，叫桂娟快去招呼。妈说，晓得生男生女，等生下男的，再送鸡、送酒也不为迟。桂娟只好放下粪耙，甩起空手去。

姐姐命带甘草，拈阄拈长的，嫁了个好郎。姐夫三代单传，读过一年中学，留起小分头，会打算盘，如今在镇上当管账先生。上无公婆，下无小叔小姑，逍遥自在，赛过神仙。寂寞有的，相思也有的，情急了，就到镇上住两夜，哪怕来回几十里。姐夫送姐归，总要送过河。有风，渡船摇晃。姐姐胆小，姐夫将她揽入怀，一只巴掌蒙住她的眼。任同船的人望到笑，姐夫不在乎。想起来，羡慕得人死，几时自己也能尝尝这种滋味？

天阴阴，路上尽是稀泥巴，沟圳里水声嘀嘀。

大门紧闭着，左右有两个妇人把守。模样好怪诞：一个高举秃头扫把，一个横端五指粪叉。她们不让桂娟进门，问为什么又不回答，管自念念有词。正纳闷，来了个老妇人，佝偻腰，白头发垂在两边，眼眶深陷，眼睛是绿的，往上一翻，又变成全白。桂娟认出她是姐夫的本家叔婆，叔婆也认出桂娟。讲，今日是黑煞，主凶不主吉，主死不主生。大清早就出了邪祟：有人看见一个女鬼，披头散发，下身光着，一片血淋淋；双脚并跳，跳过田垄，跳过池塘，一直跳到姐姐家门前，一眨眼不见了……

"那是血盆鬼，专害月婆子。"叔婆翻白眼，"怕是寻你姐做替身来了！这不，我将门关了，扫把粪叉先挡一阵子……"

桂娟倒吸一口凉气，汗毛竖起来。跟前的叔婆，绿眼变白眼，讲话喷臭气，就是活生生的鬼。桂娟硬要进去，叔婆表示通融，叫人往狗洞泼过几瓢屎尿之后，让她从狗洞钻进去。为了姐姐，桂娟只好忍住秽臭，手脚着地，拉长身子钻狗洞；人大洞小，胯两边皮肉擦得麻辣火烧。

姐夫回不来，大河涨大水，渡船停摆。

姐姐头发散落在枕头上。小小的鹅蛋脸还是那么白净、温柔、恬美，并且异乎寻常的安详。这是决心已定，九死不悔的安详。这模样，越发使桂娟不安、害怕，抓住姐姐的手，不知讲什么好。

"怕什么呢，女人总归要过这一关的。"姐姐微笑，"菩萨保佑，生个男的，他家三代单传……"

"你该早喊姐夫回来！"

"故意不喊他，他心软，见不得我受苦……哎哟！"

发作了，一场伟大的苦难已经来临。可是四乡唯一的收生娘娘，如今怕还在泥路上。桂娟替姐姐盖好被子，烧水去。

收生娘娘即刻要到，大门必须打开。叔婆连翻白眼，庄严下达命令：泼粪、敲锣、杀狗。狗是黑的，狗头用大柴刀硬剁下来；颈腔的血朝大门喷去。于是大门打开了。狗血避百邪，血盆鬼敢拢边？叔婆一时不知哪来的力气，双手倒提死狗，将狗血沥在门槛上，沥过堂屋，沥进卧室，沥到姐姐的床上、被子上……丢下死狗，喘口气，白眼翻成绿眼，手按丹田，怪腔怪调唱起来：

"东边来的鬼东边去，西边来的鬼西边去，南边来的鬼南边去，北边让你一条路，北边找替身去！"唱着，又舞蹈起来，两臂张开，左边一摆，右边一摆，像风吹稻草人。

桂娟看呆了，越发觉得满屋鬼气森森。里外腥臭熏人，想呕，好容易才忍住。姐姐呼吸沉重，痛苦呻吟。叔婆捂住她的嘴，警告：莫出声，叫血盆鬼听见！

收生娘娘终于来了；牛高马大，一脸滚刀肉，像个屠户。什么也没带，只带把旧剪刀，准备剪脐带。收生娘娘倒不信血盆鬼，把人全赶出堂屋，听候调遣。桂娟端来热水，请她洗手。她不洗，朝两只巴掌心吐口水，合起搓几搓，就掀开姐姐身上的被子。指甲好长，藏着污垢，在姐姐肚子上划来划去，险些戳入皮肉。检查完毕，说是"哪吒"胎。什么叫"哪吒"胎？哪吒不老实，先出手脚，后出头和身子，横起。桂娟不懂，不知是福是祸。

叔婆踅进来，翻起白眼："'哪吒'胎，那不是男的？"

"还讲！"

"生得出？"

"见得多，没有生不出崽的女人！"

收生娘娘脱去外衣，手臂汗毛好粗。叫进来两个妇女，站到床两侧，教她们怎样掰开产妇曲起的双腿。然后自己蹬脱鞋子上床，骑马蹲裆式倒跨在姐姐身上，双手起落，用力揉压姐姐隆起的肚子，那模样，十足包子师傅揉面团。这时，姐姐还清醒，冷汗不断从额头、鬓角渗出，抹也抹不净。不敢叫喊，死命咬住嘴唇，破了，血滴流到下巴上。

收生婆无情地上下颠动。

"哎——"姐姐好像累极，叹息一声，昏死过去。

血水汪满草席，渗出床板缝隙，滴到床底下。叔婆从灶膛铲来一筐草木灰，大把撒到床上，撒到产妇两腿间。白色的草木灰立即变成深黑色，血水被止住了。

胎儿还是下不来。收生娘娘累了，需要歇口气。掏出烟荷包，卷根"喇叭"筒抽起来，一边抽一边吐痰，痰吐得很远。又喝了两碗热茶，问叔婆：

"她男人呢?"

"在镇上,涨水回不来。"

"这里哪个做主?"

"我,我是他叔婆。"

"做得主?"

"做得。"

"你讲,要大要小?"

"大的怕不中用了……要小,哪吒胎!"

"好,牵条黄牛进来!"

没等桂娟弄明白,一条牯牛就牵进堂屋。牯牛"哞"地叫一声,翘起尾巴拱起背,拉泡屎,又撒泡尿。收生娘娘指挥,七手八脚将产妇抬起,抬出堂屋,抬高,翻边脸朝下,肚子对准牛背脊,横架上去。收生娘娘左手扯住牛鼻圈,右拳猛击牛屁股。牯牛驮住产妇团团转,越转越急……鲜血从产妇腿间不断涌出,流过腿弯,在晃荡的脚尖凝成冻胶状的血块。满屋绿头苍蝇飞舞……桂娟奇怪:姐姐身上竟有那么多血,流不完的血!"妈妈——"桂娟低叫一声,转身将头抵住墙壁,只觉得天旋地转。

随着一声撕心裂肺惨叫,模糊的一团血肉,终于被挤压出来。收生娘娘极其熟练地凌空接住,没让他掉落地上。

奇迹,胎儿竟然是活的,而且真是男婴。堂屋里扬起胜利的欢呼。婴儿哭了!哭声响亮而悲壮;为母亲的血与苦难,降生者应当有这种悲壮的哭。姐姐听到哭声,为它的悲壮深深感动,默默一笑,便安详闭拢双眼。

这时,天黑下来。

一场噩梦,还在继续。灯捻太小,昏黄的光只照亮一小块黑暗。姐姐的脸变得很小,身子也很小,头发却还是乌黑的。不知哪来的风,吹得发丝微微拂动。一只流萤从窗口飞进,绕姐姐一圈,又从大门口飞出;是引路的小灯笼吗?姐姐起身了,光着下身,一片血淋淋,并腿跳跃出门,跳过池塘,跳过田垄,跳向远山,轻盈像一朵云,一个影子……"东边来的鬼东边去,西边来的鬼西边去……北边让你一条路,北边找替身去……"谁家小女子好聪明,这么快就学会,幽幽唱来,胜过那翻白眼的老巫婆多了。

北边人也会这样唱的,姐姐没处去。可怜的姐姐成了血盆鬼!

桂娟终日精神恍惚,手脚绵软。后来姐夫来了。男人家哭得眼泪汪汪,淹得死人。桂娟倒没哭,看姐夫哭得伤情,替姐姐感到一点安慰。姐夫给桂娟一件蓝灯芯绒对衿衫,姐姐生前嘱咐:送她做嫁衣。

蓝是孔雀蓝,鲜艳可爱。桂娟很喜欢,收下了;同时又想:若是大红的几多好,省得另做。

五

"秋老虎，热脱裤。"

白日在山里田里还好，有野风吹吹。黑里真难过，青皮后生可以赤膊短裤四路走。大哥大嫂们有原始的"娱乐"，可以早睡。唯独女子们没处去得，憋在黑屋里出闷汗，活活喂长脚蚊。听说苏家坪来了祁剧班子，荷香喊金梅，金梅喊爱月和桂娟，再齐去喊明桃。名正言顺，五个女子成帮去看戏。金梅带只射灯，路下到处乱射人好耍，惹得别人臭骂，五个女子便咯咯笑。好容易来到苏家坪，不见一个鬼影。原来是造谣。总要谣传几回，空跑几趟，好歹才看得一回戏。造谣的人该砍脑壳。相跟打转身，好像被抽去脚筋，想走懒走。望到山坡下黑黝黝的村舍，实在不愿回家。明桃带头坐下，坐下干什么，不晓得。反正凑齐出来了，今晚总得寻个去处，撬墙脚打劫也行，否则不甘心。

望向河边，迷落星光下，有一间白色的独立小屋，窗口灯光特别亮，去过的人讲：小屋里面极整齐、极干净，没有鸡屎鸭屎，闻不到泡菜坛子气味。你进去坐下，就能吃上一杯香茶，外加几片玉带糕或者两粒水果糖。在那里，你可以和过世的亲人会面、讲话、问讯一切。于是其间便有许多恐怖、惊奇、追悔、叹息、埋怨、安慰、愉悦……大彻大悟，精神得到满足。

小屋主人是老寡妇，人称十八仙姑。年轻时在广西八步当婊子，做木材生意的丙老三将她嫖回村。丙老三死后，她没走，吃斋念佛。念什么佛呀，窝藏男人生野崽！生下就撒茅厕；明明看真，去捞却捞起死狗死猫。哎，这婆娘有妖术，会障眼法，会招魂引鬼……越讲越神。年复一年，猜疑变成确信，轻蔑变成敬畏。如今，那小屋就是村里的巴黎圣母院。

当然，香茶不是白喝的，油漆板凳也不能白坐。进门得带一升米，十八仙姑最爱白米。

那灯光太招人了。唉，眼下各人有升白米几多好！五个女子想到一块。

"走！"明桃忽然站起来，拍拍屁股。

"哪去？"

"访访十八仙姑。"

"米呢？"

"不要，这些日子，我给她砍了十担干松柴，讲好两担柴顶一升米。"

"真？"

"真！"

姐妹们雀跃欢呼，簇拥明桃下山坡。

十八仙姑接待了她们，果真还端来香茶和一小盘饼干糖果。屋里太整洁，煤油罩子灯太亮，五个女子眯起眼，手脚没处放，好拘束。叫坐，半天才迟疑坐下，五个人挤条长板凳；叫吃东西，谁也不敢伸手。

"莫客气，随便嘛。"十八仙姑笑开言，"其实呢，平时我也是俗体；孤身一个，冷清得死，盼女子们来耍哩！哟，这不是金梅吗？打个呵欠就长那么大了，乖雅啦！几年前裤子穿成裙，肚脐眼露在外面……哈哈！"

讲得金梅脸红咻咻笑，于是气氛立即缓和了。荷香不觉拈块饼干吃。十八仙姑察言观色，女子们对自己生了信赖，便不再浪费时间，言归正传。首先宣布规矩：不准笑，不准咳，不准叉开腿坐，不准……然后才问要"请"过世的什么人，打问什么事。

五个女子咬耳朵，一时决断不下，还是推明桃做主。

明桃早就想好，对仙姑讲："我们想请六姐！"

"六姐？哪个六姐？"

"就是淑云姐，丙奎叔家的满女……三年前九月九，吊死在……"

"哦，晓得啦。"仙姑又问，"请她来，问什么呢？"

"不问别样，问问游'花园'的事。"

"对啦，就问这个。"姐妹们十分敬佩明桃，亏她想得出，总是记着大家的事。

仙姑点点头，神色忽然变得冷落，肃穆，两片薄嘴唇闭成一条线。煤油灯吹熄了。香火蜡烛点燃。洗手、抹脸，打开大门，遥向空中拜了又拜，闭目念咒。然后，坐到八仙桌上首，头上蒙块白布，双手交叉胸前。屋里骤然变黑，烛光摇曳不定，古怪的影子在白墙上闪动，一时拉长，一时缩短……五个女子瞪大眼，闭住气。

仙姑轮流踏动双脚，两肩一高一低。她在走路，表情和动作说明她的真灵已经出窍，走向冥冥中不可知的所在。似乎遇到好多人，有相熟的，也有不相熟的。不断打问：六姐在哪？淑云在哪？又走，又问，左右顾盼，前后寻找。临了，高兴大喊一声："淑云！"找到了……于是又双脚踏动，时时回头招呼，不必讲，淑云姐就跟在后面。仙姑的身子僵直不动了，烛光晃几晃，那八仙桌平白无故对角摇动。仙姑身子又猛然一抖，伸手掀开头上的白布。

"啊，我是淑云，姐妹们，好久不见，大家好吗？"仙姑的声调完全变了，变成淑云姐的声调。真是，淑云姐生前讲话也是这么笑眯眯，喜欢偏起脑壳。

五个女子心口突突跳，讲不出话。

"山长水远的，我难得回来一趟。姐妹们有话就快讲吧。""淑云姐"望着大家，脑壳又偏到另一边。

"淑云姐，惊动你啦……没、没别的，大家想知道游'花园'。"明桃结结巴巴的。

"淑云姐"点点头，愉快地回答："花园好哇！"接着便流水般讲下去：好在哪里，好在吃住。住在楼上，又干爽，又风凉，没有蚊子。吃呢，早饭就吃豆沙包子，还有油条！油条么，就是发面用油炸起的食物，松泡的，又香又脆，好吃死啦！中饭夜饭更不消讲，少不了豆腐鱼肉，隔个天把就吃到黄豆熬猪脚——大补呀！当然啰，也要做点事的：种花啦，浇水啦，蛮轻松，只当耍子哩！"花园好哇，姐妹们来吧！"最后大声鼓动。

讲着、听着，人与"鬼"之间的界限很快打破，紧张、神秘气氛消失了。五个女子活跃起来，互相会心微笑。

"淑云姐"端起杯子喝水，明桃急凑前，给她倒热的。"淑云姐"一笑，脑壳又偏向另一边。

"淑云姐，我还想问问……"荷香涨红着脸。

"只管问。""淑云姐"亲切转向她。

"花园里有男人不？"

"男人？哦，当然有，也有嫁娶的。"

"男人也打女人？"

"不打不打，女人是宝贝，宠都宠不赢。"

"万一女人又跟别的男人相好，怎么办？"

"怎么办？这个……随女人自由去，男人管不到的！"

"几多好！"荷香叹口气。

桂娟想起惨死的姐姐，脱口问："那里的女人也生孩子？"

"还生，不过生起来蛮顺当的，有医生哩！"

"几多好！"桂娟放心了。

还有什么要问的吗？没有了，知道这些就蛮够了，比想象的丰富多了，心满意足了。

最后，明桃又小心问一句：

"那么，游'花园'哪日去合适？"

"九月初九重阳节。""淑云姐"不假思索。

啊，九月初九，淑云姐也讲九月初九！

"淑云姐"掩口打个呵欠，闭起双眼。是的，她累了，不好再打扰她了。五个女子肃然并立，有如圣徒站到圣母面前。

过一会，"淑云姐"慢慢睁眼，又讲：

"姐妹们，我要回'花园'去啦……哦，十八仙姑今晚接我辛苦，多谢她两升白米吧！"

"一定！"五个女子毕恭毕敬。

"好，走啦……"

一阵风，烛火晃几晃，桌子摇几摇，一切便归于沉寂。十八仙姑身子抖一抖，揉眼、伸腰，有如大梦初醒，问道：

"女子们，和淑云讲了些什么？"

"讲了……"

"不不，我不该打听，天机莫泄。"

重新点亮煤油罩子灯，将盘子里的饼干糖果收好，十八仙姑送五个女子出门，脸上带着慈祥的笑容。

五个女子仰望深蓝邈远的夜空，浮想联翩，意往心驰。一颗流星划过穹窿，从东边落到西边……

六

转眼明日就是重阳九月九。今日天气很好，明日天气也会好。早上，五个女子又在河湾的老油榨房里凑齐，最后一次互通情况，一切都讲好，决定了，策划过了，准备妥了。不再啰嗦，来，发个誓：钩手指，用力朝地上吐口水，又用力将鞋底去擦；意味着团结、坚定和严守机密。之后，各自回家。

金梅很兴奋，很满意。她虽年纪最小，但姐妹们并不轻视她；什么事都不瞒她，跟她讲，跟她商量，而今连游"花园"也正经邀她一起去——是几多难得的情谊！她没辜负姐妹们，几天就偷偷将一根绳子搓好，那么长，那么匀，那么结实又那么柔软。绳子雪白，她用浓石灰水将苎麻泡浸过，晾干，细细梳理，像梳理自己的头发。不消讲，明日当姐妹们看见这根绳子的时候，一定会大惊小怪，高兴得跳起来……好多年啦，总觉得对不住明桃姐，无以报答她的救命之恩，心里好歉。十岁那年夏天，金梅失足跌河里，眼看要淹死，十四岁的明桃姐不顾一切将她救了上来。爹嘱咐：要好好报答明桃姐；金梅牢记爹的话，落实到行动上。明桃姐在家受苛刻，妈是后妈，爹不管事，明桃姐常常吃不饱饭。饿狠了，就上山挖土茯苓，烧熟充饥。金梅把自己的饭匀给明桃姐吃；明桃姐气硬，抵死不肯吃。金梅无法，只好自己也不吃，陪明桃姐挨饿。唉，自己本事太小，只有一颗单纯、稚嫩的心。是的，她愿意将这颗心献出来，为明桃姐。真的，如果明桃姐要死，她就跟了去，义无反顾……好了，明日就将如愿以偿……

这一夜金梅睡得很香甜，很踏实。一个包袱抱在怀里，盖在棉毯下面。包袱里有一捆绳子，一件红灯芯绒对衿衫。妈进来过，摸过她的脸，捏过她的肩头，她一点不晓得。天亮了，猪屎雀在窗外豆梨树上喳喳，金梅踢开毯子爬起来。故作镇静地梳头洗脸，一边偷眼看爹妈：害怕他们晓得，又设想他们应该晓得。包袱放进洗衣篮，上面遮件烂衣裳，出门去。爹正在门口搬砖坯垒猪圈，错身时，似乎异样地看她一眼，但没吭声。金梅迟疑一下走过去，走出十几步，心里猛然一揪，站住了。等爹喊她帮手搬砖坯，没有喊，回头看，爹进了屋。真想哭，爹妈好麻木、好狠心哟……

秋日的早晨好静，有雾，淡淡的。这条小路很少人行，杂草封路，老绊脚。以为会碰到什么人，没有……以为自己来得早，其实最晚。姐妹们等她已经等得有点急。金梅很抱愧。

"绳子呢？绳子呢？"大家最关心绳子。

果如金梅所料，绳子一露面，姐妹们就啧啧称赞。荷香抖开绳子，挽个活结，套住颈根试试，一迭连声：

"蛮好，蛮软和，蛮舒服！"

接着，五个女子又试衣裳。其他六件穿身上，唯独最外面的红衣裳没穿；太打眼，讲好来了再穿。穿起来，抻一抻，抹抹平，少不了互相品评一番。荷香和金梅的最好看，最合适；要腰有腰，要摆有摆。不消讲，她们是请裁缝师傅量尺寸做的。爱月的也可以，就是领口高，老式样。桂娟的袖口短一截，没法子，她是拿那件蓝灯芯绒与别人换的。明桃有点难为情，穿的不是灯芯绒，是暗格子红布料。她想解释，不用解释，大家谅解她，安慰她：这种布料也蛮好，早晓得不如大家都和明桃姐一样。

五个女子，五件崭新的红衣裳，在这僻静的河湾，在青草地衬托下，有如五朵灿烂的鲜花。可惜没人看见，没人欣赏，这是小小的遗憾。

"姐妹们，再仔细想想，有不欠了、借了别人东西没还清的？"时刻到了，明桃最后提醒大家。

没有。欠十八仙姑两升米，前天就由大家凑齐送去了。没有，在这个世界上，她们不欠谁什么。至于父母养育之恩，也用劳动和汗水还清，扪心自问，从未偷过懒、怠过工。她们坦然、安然，齐齐走进老油榨房。

一切归明桃指挥。金梅派去外边望风，万一有人来，就唱山歌。桂娟和爱月搬片石，横梁下要垛几个垛子，上面架木板，好垫脚。明桃留下荷香，两个合作往横梁上挽绳子。绳子一头挽紧东头立柱，另一头绑块鹅卵石，甩上去，一次又一次，绕过横梁，每次绕两匝，不叫滑动。形成五个下垂的绳套，末了再将绳头挽紧西头立柱。明桃很能干，五个绳套完全等距，统统离地五尺左右。白色绳套非常整齐，衬着熏黑的油榨房板壁，现出一幅美丽的几何图案。

"真好看。"荷香欣赏。

垫脚木板也垫好，金梅被喊进来。

"姐妹们，成啦，现在……"明桃招手。

荷香性急，不等明桃讲清白，莽撞跳上垫脚板，去扯绳套。垛子并不牢，木板"哗啦"一声垮下来；荷香摔得四脚朝天。姐妹们齐声大笑。

重新垛好片石，重新架上木板。这回明桃先上，轻手轻脚，双手坠住一个绳套。学着明桃，一个跟一个登上去。队形也蛮好看，爱月最高，左右是明桃和荷香，桂娟、金梅最矮，甩在两边。端端一个山字形，也是舞台上女声小合唱常见的队形。没人安排，不知为何自然组成这种模式。

明桃朝下挣挣绳套，找准中点，中点对准，咽喉套上去。左右看看，姐妹们一一照样摆好姿势，便嘱咐：

"好。我喊一、二、三，就一齐将脚底木板蹬脱！"

"晓得。"齐声回答。

"等一下！"金梅忽然喊。

"何事啦？"

"我，我要屙尿……"

"迟不屙早不屙！"

"忍一忍。"

"忍不住，哎……"

没办法，大家只好下来等她。金梅尿完回来，一切重新开始。正在这时，傻子四宝不知从哪里冒出，闯进油榨房。

完了，"花园"游不成啦！五个女子凉了半截。

"哈哈，你们想吊颈呀！不不，我告大家去！"傻子四宝嚷嚷，忽然又放低声音，哀哀地向明桃走近，"明桃姐，不要死，不要，我，我……"痛苦地摇头，神态和正常人完全一样。

明桃耸耸眉毛，镇定下来，迎着四宝的目光，友好地朝前伸出手：

"四宝，你喜欢我是不？"

"唔！"四宝感动地点头，一瞬间竟然泪光盈盈。

"我晓得，四宝，你不傻……"明桃双手捧住四宝的脸，温柔地亲了一下，又拉起他的手按住自己的胸脯，"来，你喜欢，你就摸摸……好，现在听话，去，去外边给我采点花来！"

"唔，我去，采好多好多花……嘻嘻！"

等到傻子四宝采花回来，一切便已完结了。

这时，日头驱散雾气，火焰焰的红；天气果然很好。

五个女子集体吊死的消息，很快传遍全村，当时明桃爹妈刚吃罢早饭。留给明桃的一碗碎米红薯粥还摆在桌上，爬着几只苍蝇。爹先跑出门，妈落在后面；妈出门前没忘记将那碗碎米红薯粥，倒回锅里，盖好盖子。

绕在油榨房横梁上那根长绳子，十来天没人敢动。后来明桃爹去偷偷取下，金梅爹知道便向他讨。两人吵一顿好的，差点动了手。不过最后村里人做公证，还是把绳子判给金梅爹。证据充足：全村独独他家有苎麻。

（原载《人民文学》1985 年第 6 期）

扎西达娃

ZA XI DA WA

藏族。原名张念生。1959 年出生，四川甘孜州巴塘县人。1974 年毕业于西藏拉萨中学。先后从事过美工、编剧等工作。1984 年加入中国作家协会。1985 年调西藏作家协会从事专业文学创作。曾任西藏作家协会常务副主席、主席，西藏电影电视艺术家协会副主席，西藏自治区文联副主席。西藏大学客座教授、西藏民族学院客座教授。

1979 年发表小说处女作《沉默》。出版有中短篇小说集《西藏，系在皮绳扣上的魂》《风马之耀》《西藏，隐秘岁月》《世纪之邀》，长篇小说《骚动的香巴拉》、长篇游记《古海蓝经幡》等。小说《系在皮绳扣上的魂》获 1985—1986 年全国优秀短篇小说奖。

西藏，系在皮绳扣上的魂

  现在很少能听见那首唱得很迟钝、淳朴的秘鲁民歌《山鹰》。我在自己的录音带里保存了下来。每次播放出来，我眼前便看见高原的山谷，乱石缝里窜出的羊群，山脚下被分割成小块的田地，稀疏的庄稼，溪水边的水磨房，石头砌成的低矮的农舍，负重的山民，系在牛颈上的铜铃，寂寞的小旋风，耀眼的阳光。

  这些景致并非在秘鲁安第斯山脉下的中部高原，而是在西藏南部的帕布乃冈山区。我记不清是梦中见过还是亲身去过。记不清了。我去过的地方太多。

  直到后来某一天我真正来到帕布乃冈山区，才知道存留在我记忆中的帕布乃冈只是一幅康斯太勃笔下的十九世纪优美的田园风景画。

  虽然还是宁静的山区，但这里的人们正悄悄享受着现代化的生活。这里有座小型民航站，每星期有五班直升机定期开往城里。附近有一座太阳能发电站。在哲鲁村口自动加油站旁的一家小餐厅里，与我同桌的是一位喋喋不休的大胡子，他是城里一家名气很大的"喜马拉雅运输公司"的董事长，在全西藏第一个拥有德国进口的大型集装箱车队。我去访问当地一家地毯厂时，里面的设计人员正使用电脑程序设计图案。地面卫星接收站播放着五个频道，每天向观众提供三十八小时的电视节目。

  不管现代的物质文明怎样迫使人们从传统的观念意识中解放出来，帕布乃冈山区的人们，自身总还残留着某种古老的表达方式：获得农业博士学位的村长与我交谈时，嘴里不时抽着冷气，用舌头弹出"罗罗"的谦卑的应声。人们有事相求时，照样竖起拇指摇晃着，一连吐出七八个"咕叽咕叽"的哀求。一些老人们对待远方的城里人，仍旧脱下帽子捧在怀中站到一旁表示真诚的敬意。虽然多年前国家早已统一了计量法，这里的人们表示长度时还是伸直一条胳膊，另一只手掌横砍在胳膊的手腕、小臂、肘部直到肩膀上。

  桑杰达普活佛快要死了，他是扎妥寺的第二十三位转世活佛。高龄九十八岁。在他之后，将不再会有转世继位。我想为此写篇专题报道。我和他以前有过交道。全世界最深奥和玄秘之一的西藏喇嘛教（包括各教派）在没有了转世继位制度从而不再有大大小小的宗教领袖以后，也许便走向了它的末日。形式在一定程度上也支配着意识，我说。

扎妥·桑杰达普活佛摇摇头，表示否认我的观点。他的瞳孔正慢慢扩散。

"香巴拉，"他蠕动嘴唇，"战争已经开始。"

根据古老的经书记载，北方有个"人间净土"的理想国——香巴拉。据说天上瑜伽密教起源于此，第一个国王索查德那普在这里受过释迦的教诲，后来弘传密教《时轮金刚法》。上面记载说，在某一天，香巴拉这个雪山环抱的国家将要发生一场大战。"你率领十二天师，在天兵神将中，你永不回头，骑马驰骋。你把长矛掷向哈鲁太蒙的前胸，掷向那反对香巴拉的群魔之首，魔鬼也随之全部除净。"这是《香巴拉誓言》中对最后一位国王神武轮王赞美的描写。扎妥·桑杰达普有一次跟我说起过这场战争。他说经过数百年的恶战，妖魔被消灭后，甘丹寺里的宗喀巴①墓会自动打开，再次传布释迦的教义，将进行一千年。随后，就发生风灾、火灾，最后洪水淹没整个世界。在世界末日到达时，总会有一些幸存的人被神祇救出天宫。于是当世界再次形成时，宗教又随之兴起。

扎妥·桑杰达普躺在床上，他进入幻觉状态，跟眼前看不见的什么人在说话："当你翻过喀隆雪山，站在莲花生大师的掌纹中间，不要追求，不要寻找。在祈祷中领悟，在领悟中获得幻象。在纵横交错的掌纹里，只有一条是通往人间净土的生存之路。"

我恍惚看见莲花生离开人世时，天上飞来了一辆战车，他在两位仙女的陪伴下登上战车，向遥远的南方凌空驶去。

"两个康巴地区的年轻人，他们去找通往香巴拉的路了。"活佛说。

我疲惫地看着他。

"你要说的是——在一九八四年，这里来了两个康巴人，一男一女？"我问。

他点点头。

"男的在这里受了伤？"我又问。

"你也知道这件事。"活佛说。

扎妥·桑杰达普活佛闭上眼，断断续续回忆起当年那两个年轻人来到帕布乃冈山区的事，他讲起那两个人告诉他一路上的经历。我听出扎妥活佛是在背

---

① 宗喀巴——黄教祖师。一世达赖和班禅的师傅。甘丹寺是他亲手创建的黄教根本大寺，在拉萨东郊。

诵我虚构的一篇小说。这篇小说我给谁都没有看过,写完锁进了箱里。他几乎是在逐字逐句地背诵,地点是一路上直到帕布乃冈一个叫甲的村庄。时间是一九八四年。人物一男一女。这篇小说没给别人看的原因就是到最后我也不知道主人公要去什么地方。经活佛点明我现在才清楚。唯一不同的一点是结尾时主人公是坐在酒店里有一位老人指路。我没写老人指的是什么路,当时连我自己也不知道。而扎妥活佛说是在他的房子里给那俩人指的路,但这里还有一个巧合,即老人与活佛都谈起过关于莲花生的掌纹。

最后,其他人进屋来围在活佛身边,活佛眼睛半睁,渐渐进入了失去知觉和思想的状态。

有人开始准备后事了。扎妥活佛将被火葬,我知道有人想拾到活佛的舍利作为永久的收藏和纪念。

与扎妥·桑杰达普诀别后,在回家的路上,我边走边考虑着有关文学创作的动机问题……

回到家,我打开贴有"可爱的弃儿"题词的箱子盖。里面整齐地排列着上百只牛皮纸袋,我所有不被发表或我不愿发表的作品都存在这儿。我取出一个编码是840720的纸袋,里面是一个短篇小说,记录着两个康巴人来到帕布乃冈的经过,还没有题目。下面是这篇小说的原文:

婼赶着她的二十几只羊下山的时候,站在半山腰。她看见山脚底下那一条宽阔蜿蜒、砾石累累的枯干的河床有个蚂蚁般的小黑点在缓缓移动。她辨认出那是一个男人,正朝她家的方向走来。婼挥挥羊鞭,匆匆把羊往山下赶。

她粗略算了算,那人得走到天黑时才能到这儿。周围荒野只有这隆起的小山冈上有几间鹅卵石垒起的矮房,房后是羊圈,一共两户人家:婼和她的爸爸,还有一个五十多岁的哑女人。爸爸是个说《格萨尔》的艺人,常常被几十里远的外村人请去说唱,有时还被请到更远的镇里。短则几天,长则数月。来人骑马,还牵匹空马来到小山冈,把身背长柄六弦琴的爸爸请上马。随后马蹄伴着铜铃声有节奏地久久敲响着荒野里的寂静。婼站在岗上,一手抚摩坐立在她裙边的大黑狗,一直望到两匹马拐过前面的山弯。

婼从小就在马蹄和铜铃单调的节奏声中长大,每当放羊坐在石头上,在孤独中冥思时,那声音就变成一支从遥远的山谷中飘过的无字的歌,歌中蕴含着荒野中不息的生命和寂寞中透出的一丝苍凉的渴望。

哑女人整天织氆氇,每天早晨站在小山冈上,向空中撒出一把豌豆糌粑,呼喊着观音菩萨。然后手摇一柄浸满油污的经轮筒,朝东方喃喃祈祷。偶尔在半夜时分,爸爸爬起身去女人房里,天蒙蒙亮时头顶蒙着长长的袍子又钻自己的羊皮垫里。早晨婼起来挤完奶打好茶,喝糌粑糊。然后背上装了一天口粮的小羊皮口袋，背一只小黑锅，去房后拉开羊圈栅栏，软鞭一挥，赶着羊群上山。生活就是这样。

嫉把食物和热茶准备好，趴在毯子上等待来客。室外的狗叫了，她冲出门，月亮刚刚升起。她拉住狗链，不见四周有人，一会儿，从她前面的坡下冒出个脑袋。

"来吧，不要紧，我抓住狗的。"嫉说。

来人是一位顶天立地的汉子。

"辛苦，大哥。"嫉说。她把汉子领进了房里，他礼帽下的额边垂着一绺鲜红的丝穗。爸爸不在家，去说《格萨尔》了。隔壁传来哑女人织氆氇时木槌砸下的梆梆声。这位疲惫的汉子吃过饭道完谢后便倒在嫉的爸爸床上睡了。

嫉在门外站了一会儿，天空繁星点点，周围沉寂得没有一点大自然的声音，眼前空旷的峡谷地带在月光下泛着青白色。大黑狗被铁链拴在原地转圈，嫉过去蹲下身搂着它的脖子。想起自己在这寂寞简朴的小山冈上度过的童年和少年时代，想起每次来接爸爸上马的都是些沉闷不语的人，想到屋里那位从远方来明天又要去远方的酣睡的旅人。她哭了，跪在地上捧着脸，默默祈求爸爸的宽恕，然后将眼泪在黑狗的皮毛上蹭擦干，起身回屋。

黑暗中，她像发疟疾似的浑身打战，一声不响地钻进了汉子的羊毛毯里。

当东方的启明星刚刚升起，在摇曳的酥油灯下，嫉把自己的薄毯裹成一个卷，在一只布袋里塞了些牛肉干，揉糌粑的皮口袋、粗盐和一块酥油，又背上天天放羊时在山上熬茶用的小黑锅，一个姑娘该带的都在她背上了。她最后巡视一眼昏暗的小屋。

"好了。"她说。

汉子吸完最后一撮鼻烟，拍拍巴掌上的烟末，起身。摸她头顶。搂住她肩膀，俩人低头钻出小屋，向黑魆魆的西方走去。嫉全身负重，身上的东西一路上叮当作响。她根本不想去打听汉子会把她带向何处，她只知道她永远要离开这片毫无生气的土地了。汉子手中只提着一串檀香木佛珠，他昂首阔步，似乎对前方漫漫的旅途充满了信心。

"你腰上挂条皮绳干什么？像只没人牵的小狗。"塔贝问。

"用它来计算天数，你没见上面打了五个结么！"嫉告诉他，"我离开家有五天了。"

"五天算什么，我生来没有家。"

她跟着塔贝徒步行走，一路上，有时在村庄的麦场上过夜，有时住羊圈里，有时卧在寺庙废墟的墙角下，有时住山洞，运气好时，能在农人外屋借宿，或是在牧人的帐篷里。

每进一个寺庙，他俩便逐一在每个菩萨像的座台前伸出额头触碰几下，膜拜顶礼。在寺庙外，道路旁，江河边，山口上，只要看见玛尼堆，都少不了拾几块小白石放在上面。一路上还有些磕等身长头的佛教徒，他们一步一磕，系着厚帆布围裙，胸部和膝部磨穿了，又补了几层厚补丁。他们脸上突出的地方全是灰，额头上磕了一个鸡蛋大的肉瘤，血和土粘在一起。手掌上钉铁皮的木板护套在他们身体俯卧的两边地上印出两道深深的擦痕。塔贝和嫦没有磕长头，他俩是走路，于是超过了他们。

西藏高原群山绵延，重重叠叠，一路上人烟稀少。走上几天看不到一个人影，更没有村庄。山谷里刮来呼呼的凉风。对着蓝色的天空仰望片刻，就会感到身体在飘忽上升，要离开脚下的大地。烈日烤炙，大地灼烫。在白昼下沉睡的高原山脉，永恒与无极般宁静。塔贝的身体矫健灵活，上山时脚尖踩着一块块滑动的石头步步上蹿，他径直攀上一块圆石，回头看见嫦被甩下好长一截，便坐下来等她。他们在赶路时总是默默无言，嫦有时在难以忍受的沉默中突然爆发出她的歌声，像山谷里的一只母兽在仰天吼叫。塔贝并不转过头看她一眼，只顾行路。嫦过一会儿不唱了，周围又是死一般沉寂。嫦低头跟在他身后，只有坐下来小憩时才说说话。

"不流血了吧?"

"它现在一点也不疼。"

"我看看。"

"你去给我捉几只蜘蛛来，我捏碎了涂在上面就会好得快。"

"这儿没有蜘蛛。"

"去找找，石头缝里，你扒开石块会有的。"

嫦在四周扒开一块块半掩在土中的石块，认真地寻找蜘蛛。一会儿她就捉了五六只，握在掌中，走过来扳开塔贝的手掌放在上面。他一只只捏碎后涂在小腿的伤口上。

"那条狗好凶，我跑跑跑跑，背上的锅老碰我的后脑勺，碰得我眼睛都花了。"

"当初我该拔出刀宰了它。"

"那女人给我们这个。"她模仿着做了个最污辱人的下流动作，"真吓人。"

塔贝又抓起一把土撒在伤口上，让太阳晒着。

"她钱放在哪儿的?"

"在酒店的屋柜子里，有这么厚一叠。"他亮亮巴掌，"我只拿了十几张。"

"你用它想买什么呢?"

"我要买什么?前面山下有个次古寺，我给菩萨送去。我还要留一点。"

"好的。你现在好点了吗?不疼了吧?"

"不疼了。我说，我口干得要冒烟。"

"你没见我把锅已经架上了吗？我就去捡点干刺枝。"

塔贝懒洋洋躺在石头上，将宽礼帽拉在眼睛上挡住阳光，嘴里嚼着干草，婛趴在三颗白石垒成的灶前，脸贴着地，鼓起腮帮吹火熬茶。火苗嘭地燃烧起来。她跳起身，揉揉被烟熏得灼辣的眼，拉下前额的头发看看，已经被火舌燎焦了。

远处高山顶上有两个黑影，大约是牧羊人，一高一矮，像是盘踞在山顶岩石上的黑鹰。他们一动也不动。

婛也看见了他们，挥起右手在空中划圈向他们招呼，上面的人晃动起来，也划起圈向她致意。距离太远，扯破嗓子喊互相也听不见。

"我还以为这里只有我们两个人。"婛对塔贝说。

"我在等你的茶。"他闭上眼。

婛忽然想起了什么，她从怀里掏出一本书，很得意地向塔贝展示自己的猎物，那是昨晚上在村里投宿时从一个往她耳里灌满了甜言蜜语、行为并不太规矩的小伙子屁股兜里偷来的。塔贝接过一看，他不认识这种文字和一些机械图，封面印的是一辆拖拉机。

"这玩意儿没一点用处。"他扔给婛。

婛很沮丧，下一次烧茶时她一页页撕下来用作引火的燃料了。

走到黄昏，站在山弯远远看见前面一个被绿树环抱的村庄时，婛的精神重新振奋起来，又唱起歌了，她抡起拄棍在地边的马兰草堆里乱舞，又端起棍子小心翼翼地戳戳塔贝的胳肢窝和腰下想逗他发痒，塔贝不耐烦地抓住棍梢往外一甩，拽得她趔趄几下跌倒在地。

进了村，塔贝自己一个人去喝酒或者干别的什么去了。他俩约好在村里小学校边一幢刚刚盖好还没有安装门窗的空房子里住宿。村里的广场晚上演电影，有人在木杆上挂银幕。婛在一片林子里拾柴火时被一群小孩围住，孩子们趴在墙头朝她扔石头。有一颗打在她肩上，她没有回头，直到一个戴黄帽子的年轻人把孩子们轰走。

"他们扔了八颗石头，有一颗打中你了。"黄帽子笑眯眯地说，他把手中握着的一只电子计算机摊在婛跟前，显示屏显出一个阿拉伯数字"8"，"你从哪儿来？"

婛看着他。

"你记不记得你走了多少天？"

"我不记得。"她撩起皮绳说，"我数数看。你帮我数数。"

"这一个结算一天吗？"他跪在她跟前，"有意思……九十二天。"

"真的！"

"你没数过吗？"

嫦摇摇头。

"九十二天，一天按二十公里计算，"他戳戳计算机上的数字键码，"一千八百四十公里。"

嫦没有数字概念。

"我是这儿的会计。"小伙子说，"我遇到什么问题，都用它来帮我解答。"

"这是什么?"嫦问。

"是电子计算机，好玩极了。它知道你今年多大。"他按出一个数字给嫦看。

"多大?"

"十九岁。"

"我今年十九岁吗?"

"那你说。"

"我不知道。"

"我们藏族以前从不计算自己的年龄。但它却知道。看，上面写的是十九吧。"

"不像。"

"是吗? 我看看。哦，刚开始看有些不习惯，它的数字有点怪。"

"它能知道我名字吗?"

"当然。"

"叫什么。"

他一连按出八位数，把显示屏显得满满的。

"怎么样? 它知道吧。"

"叫什么?"

"你连自己的名字还看不出来? 笨蛋。"

"怎么看?"

"你这样看。"他竖着给她看。

"这是叫嫦吗?"

"当然叫嫦，洽霞布久曲呵嫦。"

"嘿!"她兴奋地叫道。

"嘿什么，人家外国人早用了。我在想一个问题，以前我们没日没夜地干活，用经济学的解释是输出的劳动力应该和创造的价值成正比。"他信口开河起来，把工分值、劳动值以及商品值和年月日加减乘除乱说一通。又显出数字，"你看看，计算出来倒成了负数。结果到年终我们还要吃返销粮，向国家伸手要粮，这是违反经济规律的……你瞪我干什么? 想吃掉我?"

"如果你没晚饭吃，就在这儿吃好了，我拾了柴就烧菜。"

"他妈的。你是从中世纪走来的吗？或者你是……是叫什么外星人。"

"我从很远的地方来，走了……"她又撩起皮绳，"刚才你数了多少？"

"我想想，八十五天。"

"走了八十五天。不对，你刚才说九十二天，你骗我。"嫦咯咯笑起来。

"啊啧啧！菩萨哟，我快醉了。"他闭眼喃喃道。

"你在这儿吃吗？我还有点肉干。"

"姑娘，我带你去一个地方好吧？有快活的年轻人，有音乐、啤酒，还有迪斯科。把你手上那些烂树枝扔掉吧！"

塔贝从黑压压一片看电影的人群中挤出来。他没被酒灌醉，倒被那银幕上五光十色，晃来晃去，时大时小的景物和人物弄得昏头涨脑、疲惫不堪，只好拖着脚步回到那幢空房里。小黑锅架在石头上，石头是冰凉的。嫦的东西都放在角落边。他端起锅喝了几口凉水，便背靠墙壁对着天空冥思苦想。越往后走，所投宿的村庄越来越失去了大自然夜晚的恬静，越来越嘈杂、喧嚣。机器声、歌声、叫喊声。他要走的决不是一条通往更嘈杂和各种音响混合声的大都市，他要走的是……

嫦撞撞跌跌回来，她靠着没有门框的土坯墙。隔着一段距离塔贝就闻到她身上发出的酒气，比他喷出的酒气要香一些。

"真好玩，他们真快活，"嫦似哭似笑地说，"他们像神仙一样快活。大哥，我们后……大后天再走。"

"不行。"他从不在一个村里住两个晚上。

"我累了，我很疲倦。"嫦晃着沉甸甸的脑袋。

"你才不懂什么叫累，瞧你那粗腿，比牦牛还健壮。你生来就不懂什么叫累。"

"不，我说的不是身体。"她戳戳自己的心窝。

"你醉了，睡觉。"他扳住嫦的肩头将她按倒在满是灰土的地上。最后替她在皮绳上系了个结。

嫦越来越疲倦了，每次在途中小憩时，她躺下就不想继续往前走。

"起来，别像贪睡的野狗一样赖着。"塔贝说。

"大哥，我不想走了。"她躺在阳光下，眯起眼望着他。

"你说什么？"

"你一人走吧，我不愿再天天跟着你走啊走啊走啊走。连你都不知道该去什么地方，所以永远在流浪。"

"女人，你什么都不懂。"但是他也不知道该往哪个方向走。

"是，我不懂。"她闭上眼，蜷缩成一团。

"滚起来，"他在嫦屁股上端了两脚，高高扬起巴掌，做出砍来的样子，

"要不，我揍你。"

"你是个魔鬼！"嫦哼哼唧唧爬起身。塔贝先走了，她拄着棍子跟在后面。

嫦在一个她认为适当的机会里逃跑了。他俩睡在山洞里，半夜时她爬起身，没忘记背上她的小黑锅，借着星光和月光朝山下往回跑。她觉得自己像出笼的小鸟一样自由。到第二天中午，在一边是深谷的岩边休息时，从对面山脊出现了一个黑点，就像那天她放羊回家时所看见的一样。塔贝截住了她，走来。她气得发抖，抢起小黑锅向他头上死命砸去，那其大无比的力量足以使一头野公牛的脑浆飞迸出来。塔贝惊骇机智地闪过，抬手一拨，黑锅从她手中飞脱，叮叮当当滚下深谷里。他俩互相看看，听见那声音响了好一阵，最后嫦只得呜呜咽咽攀下深谷，几个时辰后才把锅拣上来。锅身碰满了大大小小的凹坑。

"你赔我的锅。"嫦说。

"我看看，"他接过来。俩人仔细检查了一阵，"只有一条小缝，我能补好。"

塔贝走了，嫦垂头丧气地跟着。

"哎——"她用大得出奇的声音唱起一首歌，把整个山谷震得嗡嗡响。

大概有那么一天，塔贝对嫦也厌倦了，他想：只因我前世积了福德和智慧资粮，弃恶从善，才没有投到地狱，生在邪门外道，成为饿鬼痴呆，而生于中土，善得人身。然而在走向解脱苦难终结的道路上，女人和钱财都是身外之物，是道路中的绊脚石。

不久，他俩来到名叫"甲"的村庄。这个时候，嫦的腰间那根皮绳已系了一串密密麻麻的结。没想到甲村的人们会敲锣打鼓站在村口迎接他俩。民兵组成仪仗队背着半自动步枪站在两旁，为了保险起见，枪口都塞了红布卷。两头由四个村民装扮的牦牛在夹道中跳着舞。村长和几个姑娘捧着哈达和壶嘴上沾着酥油花的银壶在最前面迎接。原来这里一直大旱。前不久有人打了卦，今天黄昏时会有两个从东边来的人进村，他们将带来一场嫦浆般吉祥的雨水，使久旱的庄稼得到好收成。他俩果然出现了，人们认为这是一个好兆头。欢天喜地将塔贝和嫦扶上挂满哈达的铁牛拖拉机簇拥着进了村。男女老少都穿着新衣，家家户户的屋顶都换了新的五色经幡布。有人从嫦的音容、谈吐和体态上看出了她有转世下凡的白度母的特征，于是塔贝被撇在了一边。但是塔贝知道嫦决不是白度母的化身。因为在嫦睡熟的时候，他发现她的睡相丑陋不堪，脸上皮肉松弛，半张的嘴角流出一股股口涎。

他一人闷闷不乐地去酒店喝酒，他想惹点事，最好有人讨厌他，跟他过不去，他就有事干了。打上一场，那人敢跟他拼刀子更好。

酒店只有一个老头在喝酒，苍蝇在他头顶飞来飞去。塔贝进去后，带着挑衅的神气坐在他对面。一个包花头巾的农家姑娘取一只玻璃杯放在他桌前，斟满酒。

"这酒像马尿。"他喝了一口大声说。

没有人回答。

"你说像不像?"他问老头。

"要说马尿，我年轻时喝过。那真正是用嘴对着公马底下那玩意儿喝的。"

塔贝得意地笑起来。

"为了把我的牛羊从阿米丽尔大盗手中夺回来，我从格则一直追到塔克拉玛干沙漠。"

"阿米丽尔是谁?"

"嘿，那是几十年前从新疆那边来的一支强盗的女首领，是哈萨克人，在阿里和藏北一带赫赫有名。一个万户数不清的牛羊群在一夜之间就从草原上带走，第二天从帐篷出来一看，白茫茫一片，留下的只有数不清的蹄印，连噶厦政府派出的藏兵也制不了她。"

"后来?"

"刚才你说马尿。是啊，我背着叉子枪，骑马追我的牛羊，在那大沙漠里，就是那几口马尿救了我的命。"

"再后来?"

"再后来，女首领要留我，留我给她当……"

"丈夫?"

"羊倌。我是万户的儿子啊! 她娘的长得真漂亮，她简直是太阳，谁都不敢对直看她一眼，我逃了回来。你说说，我除了地狱和天堂，还有什么地方没去过?"

"我要去的地方你就没去过。"塔贝说。

"你准备去哪儿?"老头问。

"我，不知道。"塔贝第一次对前方的目标感到迷惘，他不知道该继续朝前面什么地方去。老头明白他的心思。

老头指着他身后的一座山说:"谁也没有往那边去过。我们甲村以前是驿站，通四面八方，可就是没人往那边去。一九六四年的时候，"他回忆起来，"这里开始办人民公社，大家都讲走共产主义道路，那时没有几个人讲得清楚共产主义是什么，反正它是一座天堂。在哪儿，不知道。问卫藏的来人，说，没有。问阿里的来人，说，没有。康藏的人也说没看见。那只有喀隆雪山没人去过。村里就有几个人变卖了家产，背着糌粑口袋，他们说去共产主义，翻越喀隆雪山，从此没有回来，后来，村里人没一个再去那边，哪怕日子过得再苦。"

塔贝用牙咬住玻璃杯口，翻起眼看他。

"但是我知道有关喀隆雪山下的一点秘密。"老头眨眨眼。

"说吧。"

"你准备去那边吗？"

"也许。"

"爬到山顶，你会听见一种奇怪的哭声，像一个被遗弃的私生子的哭声，不要紧，那是从一个石缝里吹来的风声。爬完七天，到山顶时刚好天亮，不要急着下山。太阳下，雪的反光会刺瞎你的眼等天黑后再下山。"

"这不是秘密。"塔贝说。

"对，这不是秘密。我要说的是，下山走两天，能看见山脚下时，那底下有数不清的深深浅浅的沟壑。它们向四面八方伸展，弯弯曲曲。你走进沟底就算是进了迷宫。对，这也不是什么秘密，别打断我的话，你知道山脚为什么有比别的山脚多得多的沟壑吗？那是莲花生大师右手的掌纹。当年他与一个叫喜巴美如的妖魔在那里混战一百零八天不分胜负，大师施出种种法力未能降伏喜巴美如。当妖魔变成一只小小的虱子想使对手看不见时，莲花生举起了神奇的右手，口中高声念诵着咒经，一巴掌盖向大地，把喜巴美如镇到了地狱中，从此在那里留下了自己的掌纹。凡人只要走到那里面就会迷失方向。据说在这数不清的沟壑中只有一条能走出去，剩下的全是死路。那条生路没有任何标记。"

塔贝神情严肃地看着老头。

"这是一个传说，我也不知道走出去以后前面是个什么世界。"老头摇摇头，咕噜道。

塔贝准备去那边了。老头后来向他提出要求，请他将嫫留下。他家有个儿子，最近刚买了一台拖拉机。现在家家都想买拖拉机。大清早，隆隆的机器声掩盖了千百年雄鸡的打鸣声。道路上的马车和毛驴被挤到了边上，人们喝着从雪山流下的纯洁透明的溪水时，也嗅到一股淡淡的柴油气味。老头自己经营着一座电机磨房，老伴耕种着十几亩田地。前不久，老头还去大城市出席了一个"治穷致富先进代表大会"，领到奖状和奖品，报纸上也登过他的四寸大照片。他们世世代代没像现在这么富裕过，也世世代代没像现在这么忙碌过。需要一个操持家务的媳妇。说话的时候，他儿子进来了，掏出一叠花花绿绿的钞票，想在外乡人面前炫耀。儿子戴着电子表，腰间挂着小巧的放声机，头上戴着耳机，他随着别人听不见的音乐节奏扭着舞步，真是把城里公子哥儿的派头学到家了。塔贝对此无动于衷，只是门外停着的那辆没熄火的手扶拖拉机的突突声牵动了一下他的心弦。他起身走向拖拉机，摸摸扶手。

"好的，嫫留给你了。"塔贝说。

小伙子大概刚从嫫那里得到了一点什么，笑眼矇眬。

"我能坐坐你这玩意儿吗？"塔贝问。

"当然，半个小时保你会开。"小伙子上前教他操作常识，教他怎样控制油门，教他怎样换挡，离合器怎样配合，怎样起步和刹车。

塔贝慢慢开动了拖拉机，行驶在黄昏的乡村土道上。婼在一旁看着他。她要留下来了。她愉快地流着眼泪。这时后面开来一辆速度很快的带拖斗的铁牛拖拉机，塔贝不知道怎么办。旁边是条浅沟，小伙子在后面高声喊他开进沟里。塔贝从驾驶座跳到了路中间，手扶拖拉机自己慢慢溜进了沟里。他被来不及刹车的"铁牛"后面的拖斗撞倒在地。大家全围上前。塔贝爬起身，拍拍土。他的腰部被撞了，他说没什么，一点事也没有。大家松了口气。

塔贝要走了，他第一次摆弄机器就被它咬了一口。他抱住婼，跟她行了个碰头礼，往喀隆雪山那边去了。到夜晚时，果然下了场雨，村里人高高兴兴唱起歌。塔贝离开甲村，一人进了山。在半路上，他吐了一口血，他的内脏受了伤。

小说到此结束。

我决定回到帕布乃冈，翻过喀隆雪山，去莲花生的掌纹地寻找我的主人公。

从甲村翻过喀隆雪山到掌纹地的路途比我预料的要遥远得多。雇的一匹骡子在途中累倒了。它卧在地上，口中流着白沫，用临死前那样一种眼光看着我。我只得卸下它驮的包囊背在自己身上，在它嘴边放了几块捏碎的压缩面包。一翻过喀隆雪山，首先听见海啸般轰轰的巨响，山下的雪堆像云朵般上下翻卷，脚下的雪粒像急流的河水。但是我的整个身体一点没感到风的吹动，空气就像无风的冬夜一样寒冷而静谧。我戴着防护镜，所以用不着等到天黑才下山。整个山面是被厚雪覆盖的一片平滑的大斜坡，看上去没什么凸凹障碍，我背着囊包走Z形缓慢下山。沉重的囊包从背上慢慢坠到腰间，就在我收腹挺胸耸肩想把囊包提起来时，由于猛烈的失重，脚下站立不稳，一个跟头朝前跌倒。我知道已经无法再站起来，身体正快速往下滑动，于是手脚抱成一团，接着天旋地转向山下滚去。

万幸的是，还没掉进雪窝里去。等我醒来，已躺在平整松软的雪地上，我已到了山脚，向上望去，在雪坡中一道深深的条痕通到高处雪雾缥缈的空间。

在山顶时我看了一次表，时间是九点四十六分，此刻再次看表时，指针却指向八点零三分。走下雪线便进入草苔地带，再往下是草地，高寒灌木丛，小树林，接着是一片大森林。穿出森林，树木植物又渐渐稀少，呈现出光秃秃的荒凉的山石、空坝。整个途中，我不时地看表，把心里估计的时间和表上的时间不断加以对照，计算一番后得出了结论：翻过喀隆雪山以后，时间开始出现倒流现象，右手腕上这块精工牌全自动太阳能电子表从月份数字到星期日历全向后翻，指针向逆方向运转，速度快于平常的五倍。

越往前走，映入视觉中的自然景象也越来越产生了形的异变：一株株长着卵形叶子、枝干黄白的菩提树，根部像生长在输送带上一样整整齐齐从我眼前缓缓移过。旁边有座古代寺庙的废墟。在一片广阔的大坝上走来一只长着天梯般长脚的大象。它使我想起了萨尔瓦多·达利的《圣安东尼的诱惑》，我小心翼翼避开这一切，加快脚步，并不回头再望一眼。一直走到蒸腾着热气的温泉边才歇息一会儿。我实在太累了。但不敢睡，我知道一旦合上眼皮，将永远长眠不醒了。透过温泉的热气，前面有些不知哪个时代遗弃在这里的金马鞍、弓箭铁矛、盔甲、转经筒和法号，还有破布条的黄旗，这里很像是一个古战场。如果我不那么累的话，我会走过去仔细看看，也许能考证出《格萨尔》史诗中所描写的某一战场是在这里。现在我只能坐在一旁远远地观看。这些金属被温泉长时间的高温熔化了，软绵绵摊在那里，失去了视觉上的硬度感，有的已无法辨认出它本身的形状，变成稀释的物质四处流溢，颇有规律地排列组合成像玛雅文字一样难解的符号。起先我怀疑眼前这一切物象是由于患上了孤独症而错误地感知外界客体产生形的变异，但马上又排斥了这个想法，因为我大脑的思维是有逻辑性的，记忆力和分析能力都良好。太阳自始至终由东向西，宇宙不管怎样还是在按照自身的规律存在和运动。虽然白昼和黑夜交替出现，但由于手表上的指针继续向反时针方向作快速运行，日历和星期月份牌不断向后翻，这使我心理上产生一种体内生物钟的紊乱，甚至身体出现失重现象。

等我从一个黎明醒来，发现自己睡在一块高大无比的红色巨石下面我是在一个呈放射型向前延伸的数不清沟壑的汇聚点上。一定是这又凉又潮的寒意把我冻醒了，加上从四处沟底吹来的风更冷得我牙齿打战。我急忙攀上眼前一面乱石突出的沟壁，探头一看，前面是一望无际的地平线，我已经到了掌纹地。数不清的黑沟像魔爪一样四处伸展，沟壑像是干旱千百年所形成的无法弥合的龟裂地缝，有的沟深不见底。竟然找不到一棵树，一根草。一片蛮荒。它使我想起一部描写核战争电影的最后一个广角镜头：在世界末日的焦土上，一东一西两个男女主人公慢慢抬起头，费力地向对方爬去，最后这两个世界上唯一的幸存者终于爬到一起，拥抱。苦难的阳光。定格。他们将成为又一对亚当和夏娃。

扎妥·桑杰达普的躯体早已被火葬。大概有人在烫手的灰烬中拣到了几块珍宝般的舍利。我的主人公却没有在眼前出现。

"塔——贝！你—在——哪——儿?"我放开声音喊叫，我觉得他走不出这块地方。声音传得很远，却没有一点回音。

不一会儿，我便看见了奇迹：一二公里外的前面出现了一个黑点。我沿着垄沟朝前飞跑，一面喊着我的主人公的名字。等我看清时，惊讶得站住了：是婛！这是我万万没预料到的。

"塔贝要死了。"她哭哭啼啼走过来说。

"他在哪儿？"

婛把我带到她身边的沟底下。塔贝躺在地上，他脸色苍白，憔悴，沉重地呼吸着。沟边长着苔藓的石缝里滴着水，在地上积成个小水洼，婛不停地用腰带蘸一点水，滴在他半张的嘴里。

"先知，我在等待，在领悟，神会启示我的。"塔贝睁眼看着我说。

"他腰上的伤很严重，需要不停地喝水。"婛在我耳边低语。

"你为什么没留在甲村？"我问。

"我为什么要留在甲村呢？"她反问。"我根本没这样想过。他从来没答应我留在什么地方。他把我的心摘去系在自己腰上，离开他我准活不了。"

"不见得。"我说。

"他一直想知道那是什么。"婛指着我身后，我回过头，从沟底往回望去，这是一条笔直的深沟，一直可见到头，前面那座红色巨石正是我昨晚过夜的地方。现在才看清，红色的心脏上刻着一个雪白的"弓"。站在红石下仰起头是无法看见的。"弓"通常是喇嘛念"喳吗呢叭咪哄"六字真言一百遍时要喊出的一个音节。它刻在红石上。据我所知，要么，就是此地是神灵鬼怪出没的地方，要么，这里曾埋葬过一位伟人的英灵，在从江孜到帕里的一个名叫曲米新古河边的一块岩石上也刻着这样一个"弓"。那是为纪念一九〇四年为抵抗英国人的侵略在那里献身的藏军首领二代本拉丁而刻的。但这一切我觉得没有对塔贝再解释的必要。

此时此刻，我才发现一个为时过晚的真理，我那些"可爱的弃儿"们原来都是被赋予了生命和意志的。我让塔贝和婛从编有号码的牛皮纸袋里走出来，显然是犯了一个不可弥补的错误。为什么我至今还没塑造出一个"新人"的形象来？这更是一个错误。对人物的塑造完成后，他们的一举一动即成客观事实，如果有人责问我在今天这个伟大的时代为什么还允许他们的存在，我将作何回答呢？

怀着最后的一丝侥幸心理，我俯在塔贝耳边，轻声细语地用各种他似乎能理解的道理说服他，使他相信他要寻找的地方是不存在的，就像托马斯·莫尔创造的《乌托邦》，就那么一回事。

晚了，在他生命的最后一刻要让他放弃多少年形成的信仰是不可能了。他翻了个身，将脑袋贴在地面。

"塔贝，"我说，"你会好起来的，你等我一会儿，我的东西全放在那边，里面还有些急救药……"

"嘘!"塔贝制止住我,耳朵贴紧冰凉潮湿的地面,"你听!听!"

好半天,我只听见自己心律跳动中出现的一点微弱的杂音。

"扶我上去!我要到上面去!"塔贝坐起身,挥舞着手喊道。

我只得扶起他。嫜先爬到沟上面,我在下面托住塔贝,他身体居然很沉。我扛着他,一只手小心护着他腰,另一只手扭住锋利突出的岩石块,一点点把他往上托。两只脚踩在外凸的石块上。攀石的那只手被划了一下,先是麻木,接着灼痛,热乎乎的血流了出来,顺着胳膊流到衣袖里。嫜趴在上面,伸下两只手夹住了塔贝的胳肢窝。一个在上面拽,一个在下面托,费好大的劲才把他抬上沟来。太阳正要从地平线上升起,东边辉映着一派耀眼的光芒。他贪婪地吸了一口早晨的空气,眼睛警觉地四处搜寻,想要发现什么。

"它说的是什么,先知?我听不懂,快告诉我,你一定听懂了,求求你。"他转过身匍匐在我脚下。

他耳朵里接收的信号比我早几分钟,随后我和嫜都听见了一种从天上传来的非常真实的声音。我们注意聆听。

"是寺庙屋顶的铜铃声。"嫜喊道。

"是教堂的钟声。"我纠正道。

"山崩了,好吓人。"嫜说。

"不,这是气势庞大的鼓号乐和千万人的合唱。"我再次纠正道。嫜困惑地看我一眼。

"神开始说话了。"塔贝严肃地说。

这次我没敢纠正。是一个男人用英语从扩音器里传来的声音。我怎么也不能告诉他,这是在美国洛杉矶举行的第二十三届奥林匹克运动会的开幕式,电视和广播正通过太空向地球上的每一个角落报送着这一盛会的实况。我终于获得了时间感。手表上的指针和日历全停止了,整个显出的数字告诉我:现在是公元一千九百八十四年七月北京时间二十九日上午七时三十分。

"这不是神的启示,是人向世界挑战的钟声、号声,还有合唱声,我的孩子。"我只能对他这样讲。

不知他听见没有,或者他什么都明白了。他好像很冷似的蜷缩起身子,闭上眼,跟睡着了一样。

我放下塔贝,跪在他身边,为他整理着破烂的衣衫,将他的身体摆成一个弓形,由于我右手上的血沾在了他衣衫上,这使我感到很内疚。是我害了他,也许,这以前我曾不止一次地将我其他的主人公引向死亡的路。是该好好内省一番了。

"现在，只剩下我一个人了。"婃可怜巴巴地说。

"你不会死。婃，你已经经历了苦难的历程，我会慢慢地把你塑造成一个新人的。"我仰面望着她说，我从她纯真的精神中看见了她的希望。

她腰间的皮绳在我鼻子前晃荡。我抓住皮绳，想知道她离家的日子，便顺着顶端第一个结认真地往下数："五……八……二十五……五十七……九十六……"

数到最后一个结是一百零八个，正好与塔贝手腕上盒珠的颗数相吻合。

这时间，太阳以它气度雍容的仪态冉冉升起，把天空和大地辉映得黄金一般灿烂。

我代替了塔贝，婃跟在我后面，我们一起往回走。时间又从头算起。

（原载《西藏文学》1985 年第 1 期，

《民族文学》1985 年第 9 期转载并作了少许改动）

莫 言
MO YAN

原名管谟业。1956 年出生于山东省高密市大栏乡一个农民家庭。小学五年级辍学后，回乡务农近十年。1976 年入伍。1979 年秋调至解放军总参谋部，历任保密员、政治教员、宣传干事。1984 年秋入解放军艺术学院文学系学习,1986 年毕业，到解放军总政治部工作。1985 年加入中国作家协会。1989 年秋入鲁迅文学院研究生班学习。1991 年获文艺学硕士学位。1997 年后转至《检察日报》工作。为中国作家协会第七届全国委员会主席团委员。

1981 年开始小说创作。作品有中短篇小说集《透明的红萝卜》《红高粱家族》《欢乐十三章》《爆炸》《金发婴儿》《白棉花》《怀抱鲜花的女人》《神聊》《猫事荟萃》《师傅越来越来越幽默》《长安大道上的骑驴美人》《战友重逢》，长篇小说《天堂蒜薹之歌》《十三步》《酒国》《食草家族》《丰乳肥臀》《红树林》《檀香刑》《四十一炮》《生死疲劳》，散文随笔集《会唱歌的墙》《小说的气味》《莫言文集》（12 卷）等。小说《红高粱》获 1985—1986 年全国优秀中篇小说奖，长篇小说《丰乳肥臀》获首届"大家文学奖"。

红 高 粱

一

一九三九年古历八月初九，我父亲这个土匪种十四岁多一点。他跟着后来名满天下的传奇英雄余占鳌司令的队伍去胶平公路伏击日本人的汽车队。奶奶披着夹袄，送他们到村头。余司令说："立住吧。"奶奶就立住了。奶奶对我父亲说："豆官，听你干爹的话。"父亲没吱声，他看着奶奶高大的身躯，嗅着奶奶的夹袄里散出的热烘烘的香味，突然感到凉气逼人，他打了一个战。肚子咕噜噜响一阵。余司令拍了一下父亲的头，说："走，干儿。"

天地混沌，景物影影绰绰，队伍的杂沓脚步声已响出很远。父亲眼前挂着蓝白色的雾幔，挡住他的视线，只闻队伍脚步声，不见队伍形和影。父亲紧紧扯住余司令的衣角，双腿快速挪动。奶奶像岸愈离愈远，雾像海水愈近愈汹涌，父亲抓住余司令，就像抓住一条船舷。

父亲就这样奔向了耸立在故乡通红的高粱地里属于他的那块无字的青石墓碑。他的坟头上已经枯草瑟瑟，曾经有一个光屁股的男孩牵着一只雪白的山羊来到这里，山羊不紧不忙地啃着坟头上的草，男孩子站在墓碑上，怒气冲冲地撒了一泡尿，然后放声高唱：高粱红了——日本来了——同胞们准备好——开枪开炮——

有人说这个放羊的男孩就是我，我不知道是不是我。我曾经对高密东北乡极端热爱，曾经对高密东北乡极端仇恨，长大后努力学习马克思主义，我终于悟到：高密东北乡无疑是地球上最美丽最丑陋、最超脱最世俗、最圣洁最龌龊、最英雄好汉最王八蛋最能喝酒最能爱的地方。生存在这块土地上的我的父老乡亲们，喜食高粱，每年都大量种植。八月深秋，无边无际的高粱红成汪洋的血海。高粱高密辉煌，高粱凄婉可人，高粱爱情激荡。秋风苍凉，阳光很旺，瓦蓝的天上游荡着一朵朵丰满的白云，高粱上滑动着一朵朵丰满白云的紫红色影子。一队队暗红色的人在高粱棵子里穿梭拉网，几十年如一日。他们杀人越货，精忠报国，他们演出过一幕幕英勇悲壮的舞剧，使我们这些活着的不肖子孙相形见绌，在进步的同时，我真切感到种的退化。

出村之后，队伍在一条狭窄的土路上行进，人的脚步声中夹杂着路边碎草的窸窣声响。雾奇浓，活泼多变。我父亲的脸上，无数密集的小水点凝成大颗粒的水珠，他的一撮头发，粘在头皮上。从路两边高粱地里飘来的幽淡的薄荷气息和成熟高粱苦涩微甘的气味，我父亲早已经闻惯，不新不奇。在这次雾中行军里，父亲闻到了那种新奇的、黄红相间的腥甜气息。那味道从薄荷和高粱的味道中隐隐约约地透过来，唤起父亲心灵深处一种非常遥远的回忆。

七天之后，八月十五日，中秋节。一轮明月冉冉升起，遍地高粱肃然默立，高粱穗子浸在月光里，像蘸过水银，汩汩生辉。我父亲在剪破的月影下，闻到了比现在强烈无数倍的腥甜气息。那时候，余司令牵着他的手在高粱地里行走，三百多个乡亲叠股枕臂、陈尸狼藉，流出的鲜血灌溉了一大片高粱，把高粱下的黑土浸泡成稀泥，使他们拔脚迟缓。腥甜的气味令人窒息，一群前来吃人肉的狗，坐在高粱地里，目光炯炯地盯着父亲和余司令。余司令掏出自来得手枪，甩手一响，两只狗眼灭了；又一甩手，灭了两只狗眼。群狗一哄而散，坐得远远的，呜呜地咆哮着，贪婪地望着死尸。腥甜味愈加强烈，余司令大喊一声："日本狗！狗娘养的日本！"他对着那群狗打完了所有的子弹，狗跑得无影无踪。余司令对我父亲说："走吧，儿子！"一老一小，便迎着月光，向高粱深处走去。那股弥漫田野的腥甜味浸透了我父亲的灵魂，在以后更加激烈更加残忍的岁月里，这股腥甜味一直伴随着他。

高粱的茎叶在雾中滋滋乱叫，雾中缓慢地流淌着在这块低洼平原上穿行的墨河水明亮的喧哗，一阵强一阵弱，一阵远一阵近。赶上队伍了，父亲的身前身后响着踢踢蹋蹋的脚步声和粗重的呼吸。不知谁的枪托撞到另一个谁的枪托上了。不知谁的脚踩破了一个死人的骷髅什么的，父亲前边那个人吭吭地咳嗽起来，这个人的咳嗽声非常熟悉。父亲听着他咳嗽就想起他那两扇一激动就充血的大耳朵。透明单薄布满细密血管的大耳朵是王文义头上引人注目的器官。他个子很小，一颗大头缩在耸起的双肩中。父亲努力看去，目光刺破浓雾，看到了王文义那颗一边咳一边颤动的大头。父亲想起王文义在演练场上挨打时，那颗大头颤成那般可怜模样。那时他刚参加余司令的队伍，任副官在演练场上对他也对其他队员喊：向右转——，王文义欢欢喜喜地跺着脚，不知转到哪里去了。任副官在他腚上打了一鞭子，他嘴咧开叫一声：孩子他娘！脸上表情不知是哭还是笑。围在短墙外看光景的孩子们都哈哈大笑。

余司令飞去一脚，踢到王文义的屁股上。

"咳什么？"

"司令……"王文义忍着咳嗽说,"嗓子眼发痒……"

"痒也别咳!暴露了目标我要你的脑袋!"

"是司令。"王文义答应着,又有一阵咳嗽冲口而出。

父亲觉出余司令前跨了一大步,一只手撩住了王文义的后颈皮。王文义口里咝咝地响着,随即不咳了。

父亲觉得余司令的手从王文义的后颈皮上松开了,父亲还觉得王文义的脖子上留下两个熟葡萄一样的紫手印,王文义幽蓝色的惊惧不安的眼睛里,飞进出几点感激与委屈。

很快,队伍钻进了高粱地。父亲本能地感觉到队伍是向着东南方向开进的。适才走过的这段土路是由村庄直接通向墨水河边的唯一的道路。这条狭窄的土路在白天颜色青白,路原是由乌油油的黑土筑成,但久经践踏,黑色都沉淀到底层,路上叠印过多少牛羊的花瓣蹄印和骡马毛驴的半圆蹄印,马骡驴粪像干萎的苹果,牛粪像虫蛀过的薄饼,羊粪稀拉拉像震落的黑豆。父亲常走这条路,后来他在日本炭窑中苦熬岁月时,眼前常常闪过这条路。父亲不知道我的奶奶在这条土路上主演过多少风流悲喜剧,我知道。父亲也不知道在高粱阴影遮掩着的黑土上,曾经躺过奶奶洁白如玉的光滑肉体,我也知道。

拐进高粱地后,雾更显凝滞,质量加大,流动感少,在人的身体与人负载的物体碰撞高粱秸秆后,随着高粱嚓嚓啦啦的幽怨鸣声,一大滴一大滴的沉重水珠扑簌簌落下。水珠冰凉清爽,味道鲜美,我父亲仰脸时,一滴大水珠准确地打进他的嘴里。父亲看到舒缓的雾团里,晃动着高粱沉甸甸的头颅。高粱沾满了露水的柔韧叶片,锯着父亲的衣衫和面颊。高粱晃动激起的小风在父亲头顶上短促出击,墨水河的流水声愈来愈响。

父亲在墨水河里玩过水,他的水性好像是天生的,奶奶说他见了水比见了亲娘还急。父亲五岁时,就像小鸭子一样潜水,粉红的屁眼儿朝着天,双脚高举。父亲知道,墨水河底的淤泥乌黑发亮,柔软得像油脂一样。河边潮湿的滩涂上,丛生着灰绿色的芦苇和鹅绿色车前草,还有贴地爬生的野葛蔓,枝枝直立的接骨草。滩涂的淤泥上,印满螃蟹纤细的爪迹。秋风起,天气凉,一群群大雁往南飞,一会儿排成个"十"字,一会儿排个"人"字,等等。高粱红了,成群结队的、马蹄大小的螃蟹都在夜间爬上河滩,到草丛中觅食。螃蟹喜食新鲜牛屎和腐烂的动物的尸体。父亲听着河声,想着从前的秋天夜晚,跟着我家的老伙计刘罗汉大爷去河边捉螃蟹的情景。夜色灰葡萄,金风串河道,宝蓝色的天空深邃无边,绿色的星辰格外明亮。北斗勺子星——北斗主死,南头簸箕星——南斗司生,八角玻璃井——缺了一块砖,焦灼的牛郎要上吊,忧愁的织女要跳河……都在头上悬着。刘罗汉大爷在我家工作了几十年,负责着我家烧酒作坊的全面工作,父亲跟着罗汉大爷脚前脚后地跑,就像跟着自己的爷爷一样。

父亲被迷雾扰乱的心头亮起了一盏四块玻璃插成的罩子灯，洋油烟子从罩子灯上盖的铁皮、钻眼的铁皮上钻出来。灯光微弱，只能照亮五六米方圆的黑暗。河里的水流到灯影里，黄得像熟透的杏子一样可爱，但可爱一霎霎，就流过去了，黑暗中的河水倒映着一天星斗。父亲和罗汉大爷披着大蓑衣，坐在罩子灯旁，听着河水的低沉呜咽——非常低沉的呜咽。河道两边无穷的高粱地不时响起寻偶狐狸的兴奋鸣叫。螃蟹趋光，正向灯影聚拢。父亲和罗汉大爷静坐着，恭听着天下的窃窃秘语，河底下淤泥的腥味，一股股泛上来。成群结队的螃蟹团团围上来，形成一个躁动不安的圆圈。父亲心里惶惶，跃跃欲起，被罗汉大爷按住了肩头。"别急！"大爷说，"心急喝不得热黏粥。"父亲强压住激动，不动，螃蟹爬到灯光里就停下来，首尾相衔，把地皮都盖住了。一片青色的蟹壳闪亮，一对对圆杆状的眼睛从凹陷的眼窝里打出来。隐在倾斜的脸面下的嘴里，吐出一串一串的五彩泡沫。螃蟹吐着彩沫向人类挑战，父亲身上披着的大蓑衣长毛奓起。罗汉大爷说："抓！"父亲应声弹起，与罗汉大爷抢过去，每人抓住一面早就铺在地上的密眼罗网的两角，把一网螃蟹抬起来，露出了螃蟹下的河滩涂地。父亲和罗汉大爷把网角系起扔在一边，又用同样的迅速和熟练抬起网片。每一网都是那么沉重，不知网住了几百几千只螃蟹。

父亲跟着队伍进了高粱地后，由于心随螃蟹横行斜走，脚与腿不择空隙，撞得高粱棵子东倒西歪。他的手始终紧扯着余司令的衣角，一半是自己行走，一半是余司令牵拉着前进，他竟觉得有些瞌睡上来，脖子僵硬，眼珠子生涩呆板。父亲想，只要跟着罗汉大爷去墨水河，就没有空手回来的道理。父亲吃螃蟹吃腻了，奶奶也吃腻了。食之无味，弃之可惜，罗汉大爷就用快刀把螃蟹斩成碎块，放到豆腐磨里研碎，加盐，装缸，制成蟹酱，成年累月地吃，吃不完就臭，臭了就喂罂粟。我听说奶奶会吸大烟但不上瘾，所以始终面如桃花，神清气爽。用蟹酱喂过的罂粟花朵肥硕壮大，粉、红、白三色交杂，香气扑鼻。故乡的黑土本来就是出奇的肥沃，所以物产丰饶，人种优良。民心高拔健迈，本是我故乡心态。墨水河盛产的白鳝鱼肥得像肉棍子一样，从头至尾一根刺。它们呆头呆脑，见钩就吞。父亲想着的罗汉大爷去年就死了，死在胶平公路上。他的尸体被割得零零碎碎，扔得东一块西一块。躯干上的皮被剥了，肉跳，肉蹦，像只褪皮后的大青蛙。父亲一想起罗汉大爷的尸体，脊梁沟就发凉。父亲又想起大约七八年前的一个晚上，我奶奶喝醉了酒，在我家烧酒作坊的院子里，有一个高粱叶子垛，奶奶倚在草垛上，搂住罗汉大爷的肩，呢呢喃喃地说："大叔……你别走，不看僧面看佛面，不看鱼面看水面，不看我的面子也看在豆官的面子上，留下吧，你要我……我也给你……你就像我的爹一样……"父亲记得罗汉大爷把奶奶推到一边，晃晃荡荡走进骡棚，给骡子拌料去了。我家养着两头大黑骡子，开着烧高粱酒的作坊，是村子里的首富。罗汉大爷没走，一直在我家担任业务领导，直到我家那两头大黑骡子被日本人拉到胶平公路修筑工地上去使役为止。

这时，从被父亲他们甩在身后的村子里，传来悠长的毛驴叫声。父亲精神一振，眼睛睁开，然而看到的，依然是半凝固半透明的雾气。高粱挺拔的秆子，排成密集的栅栏，模模糊糊地隐藏在气体的背后，穿过一排又一排，排排无尽头。走进高粱地多久了，父亲已经忘记，他的神思长久地滞留在远处那条喧响着的丰饶河流里，长久地滞留在往事的回忆里，竟不知这样匆匆忙忙拥拥挤挤地在如梦如海的高粱地里钻进是为了什么。父亲迷失了方位。他在前年有一次迷途高粱地的经验，但最后还是走出来了，是河声给他指引了方向。现在，父亲又谛听着河的启示，很快明白，队伍是向正东偏南开进，对着河的方向开进。方向辨清，父亲也就明白，这是去打伏击，打日本人，要杀人，像杀狗一样。他知道队伍一直往东南走，很快就要走到那条南北贯通，把偌大个低洼平原分成两半，把胶县平度县两座县城连在一起的胶平公路。这条公路，是日本人和他们的走狗用皮鞭和刺刀催逼着老百姓修成的。

高粱的骚动因为人们的疲惫困乏而频繁激烈起来，积露连续落下，滴湿了每个人的头皮和脖颈。王文义咳嗽不断，虽连遭余司令辱骂也不改正。父亲感到公路就要到了，他的眼前昏昏黄黄地晃动着路的影子。不知不觉，连成一体的雾海中竟有些空洞出现，一穗一穗被露水打得精湿的高粱在雾洞里忧悒地注视着我父亲，父亲也虔诚地望着它们。恍然大悟，明白了它们都是活生生的灵物。它们根扎黑土，受日精月华，得雨露滋润，上知天文下知地理。父亲从高粱的颜色上，猜到了太阳已经把被高粱遮挡着的地平线烧成一片可怜的艳红。

忽然发生变故，父亲先是听到耳边一声尖厉呼啸，接着听到前边发出什么东西被迸裂的声响。

余司令大声吼叫："谁开枪？小舅子，谁开的枪？"

父亲听到子弹钻破浓雾，穿过高粱叶子高粱秆，一颗高粱头颅落地。一时间众人都屏气息声。那粒子弹一路尖叫着，不知落到哪里去了。芳香的硝烟弥散进雾。王文义惨叫一声："司令——我没有头啦——司令——我没有头啦——"

余司令一愣神，踢了王文义一脚，说："你娘个蛋！没有头还会说话！"

余司令撇下我父亲，到队伍前头去了。王文义还在哀嚎。父亲凑上前去，看清了王文义奇形怪状的脸。他的腮上，有一股深蓝色的东西在流动。父亲伸手摸去，触了一手黏腻发烫的液体。父亲闻到了跟墨河水淤泥差不多、但比墨水河淤泥要新鲜得多的腥气。它压倒了薄荷的幽香，压倒了高粱的甘苦，它唤醒了父亲那越来越迫近的记忆，一线穿珠般地把墨水河淤泥、把高粱下黑土、把永远死不了的过去和永远留不住的现在联系在一起，有时候，万物都会吐出人血的味道。

"大叔，"父亲说，"大叔，你挂彩了。"

"豆官，你是豆官吧，你看看大叔的头还在脖子上长着吗？"

"在，大叔，长得好好的，就是耳朵流血啦。"

王文义伸手摸耳朵，摸到一手血，一阵尖叫后，他就瘫了："司令我挂彩啦！我挂彩啦，我挂彩啦。"

余司令从前边回来，蹲下，捏着王文义的脖子，压低嗓门说："别叫，再叫我就毙了你！"

王文义不敢叫了。

"伤着哪儿啦，"余司令问。

"耳朵……"王文义哭着说。

余司令从腰里抽出一块包袱皮样的白布，嚓一声撕成两半，递给王文义，说："先捂着，别出声，跟着走，到了路上再包扎。"

余司令又叫："豆官。"父亲应了，余司令就牵着他的手走。王文义哼哼唧唧地跟在后边。适才那一枪，是扛着一架耙在头前开路的大个子哑巴不慎摔倒，背上的长枪走了火。哑巴是余司令的老朋友，一同在高粱地里吃过"拤饼"的草莽英雄，他的一只脚因在母腹中受过伤，走起来一颠一颠，但非常快。父亲有些怕他。

黎明前后这场大雾，终于在余司令的队伍跨上胶平公路时溃散下去。故乡八月，是多雾的季节，也许是地势低洼土壤潮湿所致吧。走上公路后，父亲顿时感到身体灵巧轻便，脚板利索有劲，他松开了抓住余司令衣角的手。王文义用白布捂着血耳朵，满脸哭相。余司令给他粗手粗脚包扎耳朵，连半个头也包住了。王文义痛得龇牙咧嘴。

余司令说："你好大的命！"

王文义说："我的血流光了，我不能去啦！"

余司令说："屁，蚊子咬了一口也不过这样，忘了你那三个儿子啦吧！"

王文义垂下头，嘟嘟哝哝说："没忘，没忘。"

他背着一支长筒子鸟枪，枪托儿血红色。装火药的扁铁盒斜吊在他的屁股上。

那些残存的雾都退到高粱地里去了。大路上铺着一层粗砂，没有牛马脚踪，更无人的脚印。相对着路两侧茂密的高粱，公路荒凉、荒唐，令人感到不祥。父亲早就知道余司令的队伍连聋带哑连瘸带拐不过四十人，但这些人住在村里时，搅得鸡飞狗跳，仿佛满村是兵，队伍摆在大路上，三十多人缩成一团，像一条冻僵了的蛇。枪支七长八短，土炮、鸟枪、老汉阳，方六方七兄弟俩抬着一门能把小秤砣打出去的大抬杆子。哑巴扛着一盘长方形的平整土地用的、周遭二十六根铁尖齿的耙,另有三个队员也各扛着一盘。父亲当时还不知道打伏击是怎么一回事,更不知道打伏击为什么还要扛上四盘铁齿耙。

<h2>二</h2>

为了为我的家族树碑立传,我曾经跑回高密东北乡,进行了大量的调查,调查的重点,就是这场我父亲参加过的、在墨水河边打死鬼子少将的著名战斗。我们村里一个九十二岁的老太太对我说:"东北乡,人万千,阵势列在墨河边。余司令,阵前站,一举手炮声连环。东洋鬼子魂儿散,纷纷落在地平川。女中魁首戴凤莲,花容月貌巧机关,调来铁耙摆连环,挡住鬼子不能前……"老太婆头顶秃得像一个陶罐,面孔都朽了,干手上凸着一条条丝瓜瓤子一样的筋,她是一九三九年八月中秋节那场大屠杀的幸存者,那时她因腿上生疮跑不动,被丈夫塞进地瓜窖子里藏起来,天凑地巧地活了下来。老太婆所唱快板中的戴凤莲,就是我奶奶的大号。听到这里,我兴奋异常。这说明,用铁耙挡住鬼子汽车退路的计谋竟是我奶奶这个女流想出来的。我奶奶也应该是抗日的先锋,民族的英雄。

提起我的奶奶,老太太话就多了。她的话破碎零乱,像一群随风遍地滚的树叶。她说起我奶奶的脚,是全村最小的脚。我们家的烧酒后劲好大。说到胶平公路时,她的话连贯起来:"路修到咱这地盘时哪……高粱齐腰深了……鬼子把能干活的人都赶去了……打毛子工,都偷懒磨滑……你们家里那两头大黑骡子也给拉去了……鬼子在墨水河上架石桥……罗汉,你们家那个老长工他和你奶奶不大清白咧,人家都这么说……呵呀呀,你奶奶年轻时花花事儿多着咧,你爹多能干,十五岁就杀人,杂种出好汉,十个九个都不善……罗汉去铲骡子腿……被捉住零刀子剐啦……鬼子糟害人呢,在锅里拉屎,盆里撒尿。那年,去挑水,挑上来一个什么呀,一个人头呀,扎着大辫子……"

刘罗汉大爷是我们家历史上的一个重要的人物。关于他与我奶奶之间是否有染,现已无法查清,诚然,从心里说,我不愿承认这是事实。道理虽懂,但陶罐头老太太的话还是让我感到难堪。我想,既然罗汉大爷对待我父亲像对待亲孙子一样,那他就像我的曾祖父一样;假如这位曾祖父竟与我奶奶有过风流事,岂不是乱伦吗?这其实是胡想,因为我奶奶并不是罗汉大爷的儿媳而是他的东家,罗汉与我的家族只有经济上的联系而无血缘上的联系,他像一个忠实的老家人点缀着我家的历史而且确凿无疑地为我们家的历史增添了光彩。我奶奶是否爱过他,他是否上过我奶奶的炕,都与伦理无关。爱过又怎么样?我深信,我奶奶什么事都敢干,只要她愿意。她老人家不仅仅是抗日英雄,也是个性解放的先驱,妇女自立的典范。

我查阅过县志，县志载：民国二十七年，日军捉高密、平度、胶县民伕累计四十万人次，修筑胶平公路。毁稼禾无数。公路两侧村庄中骡马被劫掠一空。农民刘罗汉，乘夜潜入，用铁锨铲伤骡蹄马腿无数，被捉获。翌日，日军在拴马桩上将刘罗汉剥皮零割示众。刘面无惧色，骂不绝口，至死方休。

三

确实是这样，胶平公路修筑到我们这里时，遍野的高粱只长到齐人腰高。长七十里宽六十里的低洼平原上，除了点缀着几十个村庄，纵横着两条河流，曲折着几十条乡间土路外，绿浪般招展着的全是高粱。平原北边的白马山上，那块白色的马状巨石，在我们村头上看得清清楚楚。锄高粱的农民们抬头见白马，低头见黑土，汗滴禾下土，心中好痛苦！风传着日本人要在平原里修路，村里人早就惶惶不安，焦急地等待着大祸降临。

日本人说来就来。

日本鬼子带着伪军到我们村里抓民伕拉骡马时，我父亲还在睡觉。他是被烧酒作坊那边的吵闹声惊醒的。奶奶拉着父亲的手，颠着两只笋尖般的小脚，跑到烧酒作坊院里去。当时，我家烧酒作坊院子里，摆着十几只大瓮，瓮里满装着优质白酒，酒香飘遍全村。两个穿黄衣的日本人端着上了刺刀的步枪在院子里站着。两个穿黑衣的中国人背着枪，正要解拴在楸树上的两头大黑骡子。罗汉大爷一次一次地扑向那个解缰绳的小个子伪军，但一次一次地都被那个大个子伪军用枪筒子戳退。初夏天气，罗汉大爷只穿一件单衫，袒露的胸膛上布满被枪口戳出的紫红圆圈。

罗汉大爷说："弟兄们，有话好说，有话好说。"

大个子伪军说："老畜生，滚到一边去。"

罗汉大爷说："这是东家的牲口，不能拉。"

伪军说："再吵嚷就毙了你个小舅子！"

日本兵端着枪，像泥神一样。

奶奶和我父亲一进院，罗汉大爷就说："他们要拉咱的骡子。"

奶奶说："先生，我们是良民。"

日本兵眯着眼睛对奶奶笑。

小个子伪军把骡子解开，用力牵扯，骡子倔强地高昂着头，死死不肯移步。大个子伪军上去用枪戳骡子屁股，骡子愤怒起蹄，明亮的蹄铁刨起泥土，溅了伪军一脸。

大个子伪军拉了一下枪栓，用枪指着罗汉大爷，大叫："老混蛋，你来牵，牵到工地上去。"

罗汉大爷蹲在地上，一气不吭。

一个日本兵端着枪，在罗汉大爷眼前晃着，鬼子说："呜哩哇啦呀啦哩呜!"罗汉大爷看着在眼前乱晃的贼亮的刺刀，一屁股坐在地上。鬼子兵把枪往前一送，锋快的刺刀下刃在罗汉大爷光溜溜的头皮上豁开一条白口子。

奶奶哆嗦成一团，说："大叔，你，给他们牵去吧。"

一个鬼子兵慢慢向奶奶面前靠。父亲看到这个鬼子兵是个年轻的小伙子，两只大眼睛漆黑发亮，笑的时候，嘴唇上翻，露出一只黄牙。奶奶跌跌撞撞地往罗汉大爷身后退。罗汉大爷头上的白口子里流出了血，满头挂色。两个日本兵笑着靠上来。奶奶在罗汉大爷的血头上按了两巴掌，随即往脸上抹两抹，又一把撕散头发，张大嘴巴，疯疯癫癫地跳起来。奶奶的模样三分像人七分像鬼。日本兵愕然止步。小个子伪军说："太君，这个女人，大大的病了的有。"

鬼子兵咕噜着，对着我奶奶的头上开了一枪。奶奶坐在地上，呜呜地哭起来。

大个子伪军把罗汉大爷用枪逼起来。罗汉大爷从小个子伪军手里接过骡子缰绳。骡子昂着头，腿抖着，跟着罗汉大爷走出院子。街上乱纷纷跑着骡马牛羊。

奶奶没疯。鬼子和伪军刚一出院，奶奶就揭开一只瓮的木盖子，在平静如镜面的高粱烧酒里，看到一张骇人的血脸。父亲看到泪水在奶奶腮上流过，就变红了。奶奶用烧酒洗了脸，把一瓮酒都洗红了。

罗汉大爷跟骡子一起，被押上了工地。高粱地里，已开出一节路胎子。墨水河南边的公路已差不多修好，大车小车从新修好的路上挤过来，车上载着石头黄沙，都卸在河南岸。河上只有一座小木桥，日本人要在河上架一座大石桥。公路两侧，好宽大的两片高粱都被踩平，地上像铺了一层绿毡。河北的高粱地里，在刚用黑土弄出个模样的路两边，有几十匹骡马拉着碌碡，从海一样高粱地里，压出两大片平坦的空地，破坏着与工地紧密相连的青纱帐。骡马都有人牵着，在高粱地里来来回回地走。鲜嫩的高粱在铁蹄下断裂、倒伏，倒伏断裂的高粱又被带棱槽的碌碡和不带棱槽的石磙子反复镇压。各色的碌碡和磙子都变成了深绿色，高粱的汁液把它们湿透了。一股浓烈的青苗子味道笼罩着工地。

罗汉大爷被赶到河南往河北搬运石头。他极不情愿地把骡子缰绳交给了一个烂眼圈的老头子。小木桥摇摇晃晃，好像随时要塌。罗汉大爷过了桥，站在河南，一个工头模样的中国人，用手中持着的紫红色的藤条，轻轻戳戳罗汉大爷的头，说："去，往河北搬石头。"罗汉大爷抹一把眼睛——头上流下的血把眉毛都浸湿了。他搬着一块不大不小的石头，从河南到河北。那个接骡的老头还未走，罗汉大爷对他说："你珍贵着使唤，这两头骡子，是俺东家的。"老头儿麻木地垂着头，牵着骡子，走进开辟通道的骡马大队。黑骡子光滑的屁股上反映阳光点点。头上还在流血，罗汉大爷蹲下，抓起一把黑土，按在伤口上。头顶上沉重的钝痛一直下导到十个脚趾，他觉得头裂成了两半。

工地的边缘上稀疏地站着持枪的鬼子和伪军。手持藤条的监工，像鬼魂一样在工地上转来转去。罗汉大爷在工地上走，民伕们看着他血泥模糊的头，吃惊得眼珠乱颤。罗汉大爷搬起一块桥石，刚走了几步，就听到背后响起一阵利飕的小风，随即有一道长长的灼痛落到他的背上。他扔下桥石，见那个监工正对着他笑。罗汉大爷说："长官，有话好说，你怎么举手就打人？"

监工微笑不语，举起藤条又横着抽了一下他的腰。罗汉大爷感到这一藤条几乎把自己打成两半，两股热辣辣的泪水从眼窝里凸出来。血冲头顶，那块血与土凝成的嘎痂，在头上嘣嘣乱跳，似乎要迸裂。

罗汉大爷喊："长官！"

长官又给了他一藤条。

罗汉大爷说："长官，打俺是为了啥？"

长官抖着手里的藤条，笑眯眯地说："让你长长眼色，狗娘养的。"

罗汉大爷气噎咽喉，泪眼模糊，从石堆里搬起一块大石头，踉踉跄跄地往小桥上走。他的脑袋膨胀，眼前白花花一片。石头尖硬的棱角刺着他的肚腹和肋骨，他都觉不出痛了。

监工拄着藤条原地不动，罗汉大爷搬着石头，胆战心惊地从他眼前走过。监工在罗汉大爷脖子上抽了一藤条。大爷一个前趴，抱着大石，跪倒在地上。石头砸破了他的双手，他的下巴在石头上碰得血肉模糊。大爷被打得六神无主，像孩子一样胡胡涂涂地哭起来。一股紫红色的火苗，这时，也在他空白的脑子里缓缓地亮起来。

他费力地从石头下抽出手，站起来，腰半弓着，像一只发威的老瘦猫。

一个约有四十岁出头的中年人，满脸堆着笑，走到监工面前，从口袋里摸出一包烟，捏出一支，敬到监工嘴边。监工张嘴叼了烟，又等着那人替他点燃。

中年人说："您老，犯不着跟这根糟木头生气。"

监工把烟雾从鼻孔里喷出来，一句话也不说。大爷看到他握藤条的焦黄手指在紧急地扭动。

中年人把那盒烟装进监工口袋里。监工好像全无觉察，哼了一声，用手掌压压口袋，转身走了。

"老哥，你是新来的吧？"中年人问。

罗汉大爷说是。

他问："你没送他点见面礼？"

罗汉大爷说："不讲理，狗！不讲理，他们抓我来的。"

中年人说："送他点钱，送他盒烟都行，不打勤的，不打懒的，单打不长眼的。"

中年人扬长进入民伕队伍。

整整一个上午，罗汉大爷就跟没魂一样，死命地搬着石头。头上的血痂遭阳光晒着，干硬干硬地痛。手上血肉模糊。下巴上的骨头受了伤，口水不断流出来。那股紫红色的火苗时强时弱地在他脑子里燃着，一直没有熄灭。

中午，从前边那段修得勉可行车的公路上，颠颠簸簸地驶来一辆土黄色的汽车。他恍惚听到一阵尖厉的哨响，眼见着半死不活的民工们摇摇摆摆地向汽车走过去。他坐在地上，什么念头也没有，也不想知道那汽车到来是怎么一回事。只有那簇紫红的火苗子灼热地跳跃着，冲击着他的双耳嗡嗡地响。

中年人过来，拉他一把，说："老哥，走吧，开饭啦，去尝尝东洋大米吧！"

大爷站起来，跟着中年人走。

从汽车上抬下了几大桶雪白的米饭，抬下了一个盛着蓝花白底洋瓷碗的大筐。桶边站着一个瘦中国人，操着一柄黄铜勺子；筐边站着一个中国人，端着一摞碗。来一个人他发给一个碗，黄铜勺子同时往这里扣进米饭。众人在汽车周围狼吞虎咽，没有筷子，一律用手抓。

那个监工又转过来，提着藤条，脸上还带着那种冷静的笑容。罗汉大爷脑子里的火苗腾一声燃旺了，火苗把他丢失的记忆照耀得清清楚楚，他记起半天来噩梦般的遭际。持枪站岗的日本兵和伪军也聚拢过来，围着一只白铁皮桶吃饭。一只削耳长脸的狼狗坐在桶后，伸着舌头看着这边的民伕。

大爷数了数围着桶吃饭的十几个鬼子和十几个伪军，心里萌生了跑的念头。跑，只要钻到了高粱地里，狗日的就抓不到。他的脚心里热乎乎地流出了汗。自从跑的念头萌动之后，他的心就焦躁不安。持藤监工冷静的笑脸后仿佛隐藏着什么，罗汉大爷一见这笑脸，脑子立刻就胡涂了。

民伕们都没吃饱。胖子中国人收回洋碗。民伕们舔着嘴唇，眼巴巴地盯着那几只空桶里残存的米粒，但没人敢去动。河北岸有一头骡子嘶哑地叫起来。罗汉大爷听出来了，是我家的黑骡子在叫。在那片新开辟出的空地上，骡马都拴在碌碡或石磙子上，高粱尸横遍野。骡马无精打采地叼吃着被揉烂压扁的高粱茎叶。

下午，有一个二十多岁的小青年，瞅着监工不注意，飞一般窜向高粱地，一颗子弹追上了他。他趴在高粱边缘上，一动也不动。

太阳平西，那辆土黄色的汽车又来了。罗汉大爷吃完了那勺米饭。他吃惯了高粱米饭的肠胃，对这种充满霉气的白米进行着坚决的排斥，但他还是强忍着喉咙的痉挛把它吃了。跑的念头越来越强烈。他惦记着十几里外的村子里，属于他的那个酒香扑鼻的院落。日本人来，烧酒的伙计们都跑了，热气腾腾的烧酒大锅冷了。他更惦记着我奶奶和我父亲。奶奶在高粱叶子垛边给他的温暖令他终生难忘。

吃过晚饭，民伕们都被赶到一个用杉木杆子夹成的大栅栏里。栅栏上罩着几块篷布。杉木杆子都用绿豆粗的铁丝联成一体。栅栏门是用半把粗的铁棍烧成的。鬼子和伪军分住着两个帐篷，帐篷离栅栏几十步远。那条狗拴在鬼子的帐篷门口。栅栏门口，栽着一根高竿，竿上吊着两盏桅灯。鬼子和伪军轮流着站岗游动。骡马都集中地拴在栅栏西边那片高粱的废墟上。那里栽了几十根拴马桩。

栅栏里臭气熏天，有人在打呼噜，有人往栅栏边角上那个铁皮水桶里撒尿，尿打桶壁如珠落玉盘。桅灯的光暗淡地透进栅栏。游动哨的长影子不时在灯影里晃动。

夜渐深了，栅栏里凉气逼人。罗汉大爷无法入睡。他还是想跑。岗哨的脚步声绕着栅栏响。大爷躺着不敢动，竟迷迷糊糊地睡过去。梦中觉得头上扎着尖刀，手里握着烙铁。醒来，遍体汗湿，裤子尿得湿漉漉的。从遥远的村庄里传来一声尖细的鸡啼。骡马弹蹄吹鼻。破篷布上，漏出几颗鬼鬼祟祟的星辰。

白天帮助过罗汉大爷的那个中年人悄悄坐起来。虽然在幽暗中，大爷还是看到了他那两颗火球般的眼睛。大爷知道中年人来历不凡，静躺着看他的动静。

中年人跪在栅栏门口，两臂扬起，动作非常慢。大爷看着他的背，看着他带着神秘色彩的头。中年人运了一回气，猛一侧面，像开弓射箭一样抓住两根铁棍。他的眼里射出墨绿色的光芒，碰到物体似乎还窸窣有声。那两根铁棍无声无息地张开了。更多的灯光和星光从栅栏门外射进来，照着不知谁的一只张嘴的破鞋。游动哨转过来了。大爷看到一条黑影飞出栅栏，鬼子哨兵咯了一声，便在中年人铁臂的扶持下无声倒地。中年人拎起鬼子的步枪，轻悄悄地消逝了。

大爷好半晌才明白了眼前发生了什么事。中年人原来是个武艺高强的英雄。英雄为他开辟了道路，跑吧！大爷小心翼翼地从那个洞里爬出去。那个死鬼子仰面躺着，一条腿还在抽抽搭搭地动。

大爷爬进了高粱地，直起腰来，顺着垄沟，尽量躲避着高粱，不发出响动，走上墨水河堤。三星正响，黎明前的黑暗降临。墨水河里的星斗灿烂。局促地站在河堤上，罗汉大爷彻骨寒冷，牙齿频繁打击，下巴骨的疼痛扩散到腮上、耳朵上，与头顶上一鼓一鼓的化脓般的疼痛连成一气。清冷的掺杂着高粱汁液的自由空气进入他的鼻孔、肺叶、肠胃，那两盏鬼火般的桅灯在雾中亮着，杉木栅栏黑幢幢的，像个巨大的坟墓。罗汉大爷几乎不敢相信，这么容易就逃出来了。他的脚把他带上了那座腐朽的小木桥，鱼儿在水中翻花，流水潺潺有声，流星亮破一线天。好像什么事也没有发生呀，什么也没有发生。本来，罗汉大爷就可以逃回村子，藏起来，躲起来，养好伤，继续生活。可是，当他走到木桥上时，听到在河南岸，有个不安生的骡子嘶哑地叫了一声。罗汉大爷为了骡子重新返回，酿出了一出壮烈的悲剧。

骡马拴在离栅栏不远处的几十棍木桩上，它们的身下，漾溢着尿骚屎臭。马打着响鼻，骡子啃着木桩，马嚼着高粱秸子，骡子拉着稀屎。罗汉大爷一步三跌，抢进骡马群。他嗅到我家那两头大黑骡子亲切的味道，他看到了我家那两头大黑骡子熟悉的身影。他扑上去，想去解救自己的患难的伙伴。骡子，这不通理论的畜生，竟疾速地掉转屁股、飞起双蹄。罗汉大爷喃喃地说："黑骡，黑骡，咱一起跑了吧！"骡子暴怒地左旋右转，保护着自己的领地。它们竟然认不出主人啦，罗汉大爷不知道自己身上新鲜的陈旧的血腥味，自己身上新鲜的陈旧的伤痕，已经把自己改变了。罗汉大爷心中烦乱，一步跨进去，骡子飞起一个蹄子，打在了他的胯骨上。老头子侧身飞去，躺在地上，半边身子都麻木不仁。骡子还在撅着屁股打蹄，蹄铁像残月一样闪烁。罗汉大爷胯骨灼热胀大，有沉重的累赘感。他爬起来，歪倒了，歪倒了又爬起来。村里的那只嗓音单薄的公鸡又叫了一声。黑暗逐渐消退，三星愈加辉煌耀目，也辉耀着那亮晶晶的骡子屁股和眼球。

"好两个畜生！"

罗汉大爷，心头火起，一歪一斜地转着，想寻找一件利器。在开挖引水渠的工地上，他找到一柄锋利的铁锹。他毫无拘禁地走，叫骂，忘了百步之外的人与狗。他自由自在，不自由都是因为怕。东方那团渐渐上升的红晕在上升的同时散射，黎明前的高粱地里，静寂得随时都会爆炸。罗汉大爷迎着朝霞，向那两头大黑骡子走去。他对黑骡恨之入骨。骡子静立着不动，罗汉大爷把铁锹端平，对准一头黑骡的一条后腿，猛力铲过去。一道凉凉的阴影落到骡子的后腿上。骡子歪斜了两下，立即挺住，从骡子头那儿，响了粗犷豪烈惊愕愤怒的嘶鸣。随即，受伤的骡子把屁股高高扬起，一溜热血抛洒，像雨点一样，淅淅沥沥淋了大爷满脸。大爷瞅准空当，又铲中了骡子的另一条后腿。黑骡叹息了一声，便屁股逐渐堕落，猛然坐在地上，两条前腿还立着，脖子被缰绳吊着，嘴巴朝着已是灰蓝色的苍天呼吁。铁锹被骡子沉重的屁股压住，大爷也蹲了窝。他用尽全力，把铁锹抽出。他感觉到铁锹刃儿牢牢地嵌在骡子的腿骨里。另一头黑骡，傻愣愣地看着瘫倒的同伴，像哭一样，像求饶一样哀鸣着。

大爷平托铁锹，向它逼过去，它用力后退着，缰绳几乎被拉断，木桩哗哗叽叽地响，它的拳大的双眼里，流着暗蓝的光。

"你怕了吗？畜生！你的威风呢？畜生！你这个忘恩负义吃里爬外的混账

东西！你这个里通外国的狗杂种！"

罗汉大爷怒骂着，对着黑骡长方形的板脸铲出一锨。铁锨铲在木桩上，他上下左右晃动着锨柄，才把锨刃铲出。黑骡挣扎着，后腿曲成弓箭，秃尾巴扫地嚓啦有声。大爷瞄准骡脸，啪地一响，正中骡子宽广的脑门，坚固的头骨与锨刃相撞，一阵震颤，通过锨柄传导，使罗汉大爷双臂酸麻。黑骡闭口无言，蹄腿乱动，交叉杂错，到底撑不住。嗡隆一声倒下，像倒了一堵厚墙壁。缰绳被顿断，半截在木桩上垂着，半截在骡脸边曲着。大爷垂手默立。光滑的锨柄在骡头上斜立指着天。那边狗叫人喧，天亮了，从东边的高粱地里，露出了一弧血红的朝阳，阳光正正地照着罗汉大爷半张着的黑洞洞的嘴。

四

队伍走上河堤，一字儿排开，刚从雾里挣扎出来的红太阳照耀着他们。我父亲和大家一样都半边脸红半边脸绿，和他们一起观看着墨水河面上残破的雾团。把河南河北的公路连接起来的是跨越墨水河的十四孔大石桥。原来的小木桥在石桥西侧，桥面早断了三五节，几根棕色的桩子兀立在河水中，无可奈何地挡起一簇簇青白的浪花。破雾中的河面，红红绿绿，严肃恐怖。站在河堤上，抬眼就见到堤南无垠的高粱平整如板砥的穗面。它们都纹丝不动。每穗高粱都是一个深红的成熟的面孔，所有的高粱合成一个壮大的集体，形成一个大度的思想。——我父亲那时还小，想不到这些花言巧语，这是我想的。

高粱与人一起等待着时间的花朵结出果实。

公路笔直地往南通去，愈远愈窄，最后被高粱淹没。那最远的地方，与铁青色的穹隆边缘连结着的高粱上，也同样地，呈现出日出时动人的凄婉悲壮情景。

我父亲有几分好奇地看着痴呆呆的游击队员们，他们从哪里来？他们到哪里去？为什么要来打伏击？打了伏击以后还打什么？静穆中，断桥激起的水声节奏更加分明，声音更加清脆入耳。雾被阳光纷纷打落在河水中。墨河水由暗红渐渐燃烧成金红。满河流光溢彩。水边有棵孤独的水荇，黄叶低垂，曾经煊赫过的蚕虫状花序枯萎苍白地挂在叶杈间。又是抓螃蟹的节令了！父亲想，秋风起，天气凉，一群大雁往南飞……罗汉大爷说，抓、豆官……抓！螃蟹纤巧的脚爪把细软的河泥印满花纹。父亲从河水中闻到了螃蟹特有的那种淡雅的腥气。我家在抗战前种植的罂粟花用蟹酱喂过，花朵肥大，色彩斑斓，香气扑鼻。

余司令说："都下堤藏好。哑巴放耙。"

哑巴从肩上摘下几圈铁丝，把四盘耙绑在一起。他啊了两声，招呼着几个队员，把连环耙抬到公路与石桥相接处。

余司令说："弟兄们，藏好，等鬼子汽车上了桥，等冷支队的人把退路封住，听我的口号一齐开火，把畜生们打到河里去喂白鳝喂蟹子。"

余司令对哑巴打了几个手势，哑巴点点头，带着一半人枪，到路边的高粱地里埋伏。王文义跟着哑巴往西走，被哑巴推了回来。余司令说："你别过去，你跟着我，害怕吗？"

王文义连连点头，说："不怕……不怕……"

余司令让方家兄弟把那尊大抬杠在河堤上架好。又对提着一只大喇叭的刘吹手说："老刘，接着火，你什么都别管，可着劲儿给我吹喇叭，鬼子怕响器，你听到了吗？"

刘吹手是余司令早年的伙伴，那时，司令是轿夫，刘是吹鼓手。他双手攥着喇叭筒子，像握着一杆枪。

余司令对大家说："丑话说到前头，到时候谁要草鸡了，我就崩了他。咱要打出个样子来给冷支队看看，那些王八蛋，仗着旗号吓唬人。老子不吃他的，他想改编我？我还想改编他呢！"

众人围坐在高粱地里，方六拿出烟袋装烟，摸出火镰火石打火。火镰乌黑，火石褚红，跟煮熟的鸡肝一样。火镰打击火石嚓嚓地响。火星飞进，每一个火星都很大。一个大火星溅到方六用食指和无名指捏住的高粱秆芯上，方六噏口吹气，火绒上冒出一缕白烟，红了。方六点燃烟袋，吸了一口。余司令吐一口，抽抽鼻子，说："把烟磕了，鬼子闻到烟味还会上桥？"

方六紧着吸了两口，把烟袋磕了，把烟包装好。余司令说："都到河堤漫坡上趴着，省得鬼子来了措手不及。"

大家都有些紧张，卧在河堤上，手抱着枪，如临大敌。父亲趴在余司令身边。余司令问："你怕不怕？"父亲说："不怕！"

余司令说："好样的，是你干爹的种！你是我的传令兵，打起来别离开我，有什么命令我就给你说，你就给我往西边传。"

父亲点点头。他眼馋地盯着余司令腰里那两支枪。一支大，一支小。

大的是德国造自来得匣子枪，小的是法国造勃朗宁手枪。这两支枪各有来历。

父亲嘴里迸出一个字："枪！"

余司令说："你要枪？"

父亲点点头，说："枪。"

余司令说："你会使吗？"

"会！"父亲说。

余司令从腰里抽出勃朗宁手枪，在手里掂量着。手枪已老，烧蓝退尽。余司令拉动枪机，弹仓里跳出一颗黄铜壳的圆头子弹。他把子弹扔了一个高，伸手接住，又压进枪里。

"给你！"余司令说，"就像老子一样用它。"

父亲把枪抓了过来。父亲握着枪，想起前天晚上，余司令就用这支枪打碎了一个酒盅子。

那时候眉月初升，低低地压着枯树枝桠。父亲抱着一个酒坛子，捏着一柄铜钥匙，遵照奶奶的命令，到烧酒作坊里去盛酒，父亲拧开大门，院落里静悄悄的，骡棚里黑洞洞的，作坊里发散着腐烂酒糟的浊气。父亲揭开一个瓮盖子，借着星月光辉，看到清平的酒面上，自己干瘦的脸。父亲眉毛短促，嘴唇单薄，他觉得自己很丑。他把酒坛子按到瓮里，酒咕嘟咕嘟灌进坛。提坛出瓮时，坛上的酒滴滴答答落入瓮内。父亲改变了主意，他把坛里的酒倒进瓮里。父亲想起了奶奶洗过血脸的那瓮酒。奶奶在家里陪着余司令和冷支队长喝酒，奶奶和余司令都是大量，冷支队长却有些醉了。父亲走到那瓮酒前，见木制的瓮盖上压着一扇石磨。他放下酒坛，用尽全力把石磨掀掉。石磨在地上滚了两圈，撞到另一只酒瓮上，在瓮壁上撞出一个大洞，高粱酒呲呲地窜出来，父亲不去管它。父亲揭开瓮盖，闻到了罗汉大爷的血腥气。他想起了罗汉大爷的血头和娘的血脸。罗汉大爷的脸和娘的脸在瓮里层出不穷。父亲把坛子按到瓮里，装满血酒，双手捧着，回到家中。

八仙桌上，明烛高烧，余司令和冷支队长四目相逼，都咻咻喘气。奶奶站在他们二人当中，奶奶左手按着冷支队长的左轮枪，右手按着余司令的勃朗宁手枪。

父亲听到奶奶说："买卖不成仁义在么，这不是动刀动枪的地方，有本事对着日本人使去。"

余司令怒冲冲地骂："舅子，你打出王旅长的旗号也吓不住我。老子就是这地盘上的王，吃了十年拤饼，还在乎王大爪子那个驴日的！"

冷支队长冷冷一笑，说："占鳌兄，兄弟也是为你好，王旅长也是为你好，只要你把杆子拉过来，给你个营长干。枪饷由王旅长发给，强似你当土匪。"

"谁是土匪？谁不是土匪？能打日本就是中国的大英雄。老子去年摸了三个日本岗哨，得了三支大盖子枪。你冷支队不是土匪，杀了几个鬼子？鬼子毛也没揪下一根。"

冷支队长坐下，抽出一支烟点燃。

趁着机会，父亲捧着酒坛上去。奶奶接过酒坛，脸色陡变，狠狠地看了父亲一眼。奶奶往三个碗里倒酒，每个碗都倒得冒尖。

奶奶说："这酒里有罗汉大叔的血，是男人就喝了，后日一起把鬼子的汽车打了，然后你们就鸡走鸡道，狗走狗道，井水不犯河水。"

奶奶端起酒，咕咚咕咚喝了。

余司令端起酒，一仰脖灌了。

冷支队长端起酒，喝了半碗。放下碗，他说："余司令，兄弟不胜酒力，告辞啦！"

奶奶按着左轮手枪，问："打不打？"

余司令气哼哼地说："你甭求他，他不打，老子打！"

冷支队长说："打。"

奶奶松开手，冷支队长把左轮手枪抓过去，挂在腰带上。

冷支队长白净面皮，鼻子周围有十几颗黑麻子。他的腰带上别着一大圈子弹，挂上枪后，腰带垂成一轮下钩月。

奶奶说："占鳌，我把豆官交给你了，后日，你带着他去。"

余司令看看我父亲，笑着问："干儿子，有种吗？"

父亲轻蔑地看着余司令双唇间露出的土黄色坚固牙齿，一句话也不说。

余司令拿过一只酒盅，放在我父亲头顶上，让我父亲退到门口站定。他抄起勃朗宁手枪，走向墙角。

父亲看着余司令往墙角上跨了三步，每一步都那么大那么缓慢。奶奶脸色苍白。冷支队长嘴角上竖着两根嘲弄的笑纹。

余司令走到墙角后，立定，猛一个急转身，父亲看到他的胳膊平举，眼睛黑得出红光。勃朗宁枪口吐出一缕白烟。父亲头上一声巨响，酒盅炸成碎片。一块小瓷片掉进父亲的脖子上，父亲一耸头，那块瓷片就滑到了裤腰里。父亲什么也没说。奶奶的脸色更加苍白。冷支队长一屁股坐在板凳上，半晌才说："好枪法。"

余司令说："好小子！"

父亲握着勃朗宁手枪，感到它出奇的沉重。

余司令说："不用我教你，你知道该怎么打。传我的令给哑巴，让他们准备好！"

父亲提着手枪，钻进高粱地，跨过公路，走到哑巴面前，哑巴盘腿大坐，用一块绿油油的石头磨着一把修长的腰刀。其他队员坐的躺的都有。

父亲对哑巴说："让你们准备好。"

哑巴斜了父亲一眼，继续磨刀。磨一阵，他撕了几个高粱叶子，把刀口上的石沫擦掉，又拔了一根细草，试着刀锋，小草一碰上刀刃就悄悄地断了。

父亲又说："让你们准备好！"

哑巴把腰刀入鞘，放在身旁。他的脸上绽开狰狞的笑容。他抬起一只大手，对着父亲招着。

"唔！唔！"哑巴说。

父亲蹑手蹑脚地走上前，离哑巴一步远停住。哑巴一探身，扯住了父亲的衣襟,用力一带,父亲伏在哑巴怀里。哑巴拧住父亲的耳朵,父亲的嘴咧到了腮上。父亲用勃朗宁手枪,戳着哑巴的脊梁骨。哑巴又按住了父亲的鼻子,用力一掀,父亲的眼泪噗噗冒出。哑巴怪声怪气地笑起来。

散坐在哑巴周围的队员们齐声哄笑。

"像不像余司令?"

"是余司令下的种子。"

"豆官,我想你娘。"

"豆官,我要吃你娘那两个插枣饽饽。"

父亲老羞成怒,举起手枪,对准那个妄想吃插枣饽饽的就搂了火。

勃朗宁手枪里啪哒一响,子弹没有出膛。

那人脸色灰黄,快速跳起,来夺父亲的手枪。父亲怒火冲天,扑到那人身上,连踢带咬。

哑巴立起来,扯着父亲的脖子用力一摔,父亲的身体离地飘行,下落时砸断了几株高粱。父亲打了一个滚爬起来,破口大骂着,扑到哑巴面前。哑巴"唔唔"两声。父亲看着他铁青的脸,被镇在那儿。哑巴拿去勃朗宁手枪,拉动枪机,一粒子弹落在他的手里。他捏着子弹头,看着子弹屁股门上被撞针击出的小孔。对着父亲比划了几下。哑巴把枪插到父亲腰里,拍了拍父亲的头。

"你在那边闹什么?"余司令问。

父亲委屈地说:"他们……要和俺娘困觉。"

余司令板着脸,问:"你怎么说?"

父亲抬起胳膊擦擦眼,说:"我给了他一枪!"

"你开枪了?"

"枪没响。"父亲把那粒金灿灿的臭火递给余司令。

余司令接过子弹,看看,轻松地摔出,子弹滑着漂亮的弧线,落到河里。

余司令说:"好样的!枪子儿先向日本人身子打,打完日本人,谁要是再敢说要和你娘困觉,你就对着他的小肚子开枪。别打他的头,也别打他的胸,记住,打他的小肚子。"

父亲伏在余司令身边。他的右边是方家弟兄。大抬杠子架在河堤上,枪口对着石桥。枪口堵着一团破棉絮。抬杠的后部翘出一根引信。方七的身边,放着一把高粱秆芯制成的火绒,有一根正在燃烧。方六身边放着一个药葫芦,一个盛铁豆子的铁盒。

余司令左边是王文义。他双手攥着长苗子鸟枪,身体抖成一团。他的伤耳已经和白布凝结在一起。

太阳一竿子高了,雪白的核心外还镶着一圈浅淡的红。河水亮晶晶,一群野鸭子从高粱上空飞来,盘旋三个圈,大部分斜刺里扑到河滩的草丛中,小部分落到河里，随着河水漂流。河水中的野鸭子身体稳住不动，只把灵活的头颈转来转去。父亲身上暖洋洋的，被露水打湿的衣服彻底干了。又趴了一会儿，父亲感到有一粒石子硌得胸痛，便起身坐起，头和胸高出堤面。余司令说："趴下。"父亲又不情愿地趴下。方家老六鼻子里吹出鼾声。余司令抠起一块土坷垃，投到方六的脸上。方六懵懵懂懂地坐起来，打了一个哈欠，挤出两滴细小的泪珠。

"鬼子来了吗？"方六大声说。

"操你亲娘！"余司令说，"不许困觉。"

河南河北寂静无声，宽阔的公路死气沉沉地躺在高粱丛中。河上的大石桥那么漂亮。无边的高粱迎着更高更高的太阳，脸庞鲜红，不胜娇羞。野鸭子在浅水边，用扁嘴搜索着什么，发出一片呱呱唧唧的响声。父亲的目光停在野鸭子上，研究着它们美丽的羽毛和机灵的眼睛。他端着沉重的勃朗宁手枪，瞄着野鸭子平坦的背。他几乎要勾动扳机了。余司令按住他的手，说："小鳖羔子，你想干什么？"

父亲感到烦躁不安了，公路还是枯死地躺着。高粱更加鲜红。

"冷麻子这个畜生，他要是胆敢耍弄老子！"余司令恨恨地说。河南无声无息，冷支队连个影儿都不见。父亲知道鬼子汽车从这儿路过的情报是冷支队得到的，冷支队怕一家打不了，才来联合余司令的队伍。

父亲紧张了一会儿，又渐渐懈怠。他的目光一次又一次地被野鸭子吸引。他想起跟着罗汉大爷打鸭子的事。罗汉大爷有一支鸟枪，乌红的托子，牛皮的枪带。这支鸟枪正被王文义攥着。

父亲的眼里蒙着泪水，但不到流出眶外的数量。就像去年那天一样。在温暖的阳光里，父亲感到有一阵扎人的寒冷在全身扩散。

罗汉大爷和两头骡子一起被鬼子和伪军捉走，奶奶在酒瓮里洗净了满脸的血。奶奶满脸酒香，皮肤赤红，眼皮有些肿，月白色洋布褂子前胸被酒和血渍湿。奶奶伫立在瓮边，凝视着瓮里的酒。酒里映着奶奶的脸。父亲记得，奶奶扑地跪倒，对着酒瓮磕了三个头。然后，她站起来，双手掬起一捧酒喝了。奶奶满脸的红润，都集中到双腮上，额头和下巴却苍白无色。

"跪下！"奶奶命令父亲，"磕头。"

父亲跪下磕头。

"捧一口酒喝！"

父亲捧了酒喝下。

一道道血丝像线一样，垂直地往瓮底下沉着。瓮里飘着一朵小小的白云，并摆着奶奶和父亲的庄严面孔。奶奶两只细长的眼睛里射出灼人的光，父亲不敢看。父亲的心怦怦跳着，又伸出手，从瓮里掬上一捧酒，酒从指缝下落，打

破了青天白云大脸小脸。父亲又喝了一口酒，一股血腥味死死粘在舌上。血丝
都沉到瓮底，在凸起的瓮底中间集合成一个拳头大小的混浊的团体。父亲和奶
奶看了它好久。奶奶拉上瓮盖，从墙角那儿把一扇磨盘滚过来，用力搬起，压
在瓮盖上。

"你不要动它！"奶奶说。

父亲看着磨盘凹槽里潮湿的泥土和蠕蠕爬动的灰绿色潮湿虫，惊恐不安地
点了点头。

这一夜，父亲躺在他的小床上，听着奶奶在院子里走来走去。奶奶咯噎咯
噎的脚步声和着田野里的高粱缂缪，编织着父亲纷乱的梦境。父亲在梦中听到
我家那两头秀丽的大黑骡子在鸣叫。

平明时分，父亲醒了一次。他赤着身体跑到院子里去撒尿，见奶奶还立在
院子里望着天空发呆。父亲叫了一声娘，奶奶没搭腔。父亲撒完尿，扯着奶奶
的手往屋里拉。奶奶软疲疲地随着父亲转身进屋。刚刚进屋，就听到从东南方
向传来一阵浪潮般的喧闹，紧接着响了一枪，枪声非常尖锐，像一柄利刃，把
挺括的绸缎豁破了。

父亲现在趴的地方，那时候堆满了洁白的石条和石块，一堆堆粗粒黄沙堆
在堤上，像一排排大坟。去年初夏的高粱在堤外忧悒沉重地发着呆。被碌碡压
倒高粱闪出来的公路轮廓，一直向北延伸。那时大石桥尚未修建，小木桥被千
万只脚、被千万次骡马蹄铁踩得疲惫不堪、敲得伤痕累累。压断揉烂的高粱流
出的青苗味道，被夜雾浸淫，在清晨更加浓烈。遍野的高粱都在痛哭。父亲和
奶奶听到那声枪响不久，就和村里的若干老弱妇孺被日本兵驱赶到这里。那时
候日头刚刚升上高粱梢头，父亲和奶奶与一群百姓站在河南岸路西边，脚下踩
着高粱残骸。父亲们看着那个牛棚马圈般的巨大栅栏，一大群衣衫褴褛的民伕
缩在栅栏外。后来，两个伪军又把这群民伕赶到路西边，与父亲他们相挨着，
形成了另一个人团。在父亲们和民伕们的面前，就是后来令人失色的拴骡马的
地方。人们枯枯地立着，不知过了多久，终于看到，一个肩上佩着两块红布、
胯上挂着一柄拖地钢刀、牵着一匹狼狗、戴着两只白手套、面孔清癯的日本官
儿从帐篷那边走过来。在他的身后，狼狗垂着鲜艳的舌头，在狼狗身后，两个
伪军抬着一具硬邦邦的日本兵尸体，两个日本兵在最后，押着被两个伪军架着
的血肉模糊的罗汉大爷。父亲使劲往奶奶身上靠，奶奶揽住了父亲。

日本官儿牵着狗停在骡马场附近的空地上。五十多只白鸟从墨水河道里扑
棱棱飞出来，飞经人群上方青蓝蓝的天，又拐弯向东，飞向那个金子般的太
阳。父亲看到骡马场上那些蓬毛垢面的牲畜，看到了躺在地上的我家那两头大
黑骡子。一头骡子死了，它头上还斜立着那根铁锹。黑血把地上的碎高粱，把
骡子光洁的脸，都弄得肮脏不堪。另一头骡子坐在地上，血乎乎的尾巴拂着大

地，两腹厚皮抖得索索有声。两个时开时合的鼻孔里，吹出口哨一样的响声。父亲不知道自己多么喜爱这两头黑骡子。奶奶挺胸扬头骑在骡背上，父亲坐在奶奶怀里，骡子驮着母子俩，在高粱夹峙下的土路上奔驰，骡子跑得前仰后合，父亲和奶奶被颠得上蹿下跳。细细的骡腿腾起一路烟尘。父亲兴奋得吱哇乱叫。稀稀疏疏的农人，立在高粱地边上，手扶锄头或是别的什么农具，盯着高粱作坊女掌柜艳丽的粉脸，满脸嫉妒仇恨。我家那两头大黑骡子，一头倒在地上死了，嘴唇咧开，一排雪白的长方形大牙齿啃着地。另一头坐着，比死了还难受。父亲对奶奶说："娘，咱的骡子。"奶奶伸手捂住父亲的嘴。

日本兵的尸体停放在挂刀牵狗而立的日本官面前。两个伪军拖着血肉模糊的罗汉大爷向一根拴马高桩走。父亲并没有立刻认出罗汉大爷。父亲看到了一个被打烂了的人形怪物。他被架着，一颗头忽而歪向左，忽而歪向右，头顶上的血嘎痂像落水的河滩上沉淀下那层光滑的泥，又遭阳光曝晒，皱了边儿，裂了纹儿。他的双脚划着地面，在地上划出一些曲曲折折的花纹。人群悄悄地聚缩。父亲感到奶奶的手牢牢捏住他的肩膀。所有的人都变矮了，有的面如黄土，有的面如黑土。一时间鸦雀无声，听得清那条大狼狗哈达哈达的喘气声，那个牵狼狗的日本官儿放了一个嘹亮的屁。父亲看到伪军把那个人形怪物拖到一根高高的拴马桩前，一松手，怪物就像一堆剔了骨的肉瘫在地上。

父亲惊叫一声："罗汉大爷！"

奶奶又捂住了父亲的嘴。

罗汉大爷在马桩下慢慢动着，先把屁股高高地撅起来：造了一个拱桥形状，又双膝跪地，双手按地，竖起了头。他的脸肿胀得透亮，双眼成了两条细缝。两道深绿色的光线，从他的眼缝里射出。父亲正对着罗汉大爷，他相信大爷一定看到了自己。他的胸膛里的器官砰砰啪啪地碰撞着，他说不出是惊恐还是愤怒，他想用力嚎叫，但嘴巴被奶奶的手掌牢牢地捂住了。

牵狗的日本官儿对着人群喊了一阵，一个留着小平头的中国人，把日本官儿的话翻给大家听。

翻译说的话，我父亲没听全，他被我奶奶捂住嘴巴，憋得眼冒金花，耳朵嗡嗡响。

两个黑衣中国人把罗汉大爷剥得一丝不挂，拴在木桩上。鬼子官儿挥挥手，又有两个黑衣人把我们村的也是高密东北乡有名的杀猪匠孙五，从木栅栏里，推推搡搡地押过来。

孙五个子矮小，浑身是肉，腆着肚子，头上无毛，脸色通红，一双小眼间距很小，深陷在鼻子两侧。他左手提着一把尖刀，右手提着一桶净水，哆哆嗦嗦地走到罗汉大爷面前。

翻译官说："太君说，让你好好剥，剥不好就让狼狗开了你的膛。"孙五诺诺连声，眼皮紧急眨动。他用口叼着刀，提起水桶，从罗汉大爷头上浇下去。罗汉大爷被冷水一激，头猛然抬起，血水顺着他的脸、脖子，混浊地流到脚跟。一个监工从河里又提来一桶水，孙五用一块破布蘸着水，把罗汉大爷擦洗得干干净净。孙五擦净大爷，屁股扭动着，说："大哥……"

罗汉大爷说："兄弟，一刀捅了我吧，黄泉之下不忘你的恩德。"

日本官儿吼叫一声。

翻译说："快点动手！"

孙五脸色一变，伸出粗短的手指，捏住大爷的耳朵，说："大哥，兄弟没法子……"

父亲看到孙五的刀子在大爷的耳朵上像锯木头一样锯着。罗汉大爷狂呼不止，一股焦黄的尿水从两腿间一蹿一蹿地滋出来。父亲的腿瑟瑟战抖。走过一个端着白瓷盘的日本兵，站在孙五身旁，孙五把罗汉大爷那只肥硕敦厚的耳朵放在瓷盘里。孙五又割掉罗汉大爷另一只耳朵放进瓷盘。父亲看到那两只耳朵在瓷盘里活泼地跳动，打击得瓷盘叮咚叮咚响。

日本兵托着瓷盘，从民伕面前。从男女老幼们面前慢慢走过。父亲看到大爷的耳朵苍白美丽，瓷盘的响声更加强烈。

日本兵把耳朵端到日本官面前，军官点点头。日本兵把瓷盘放在日本兵的尸体旁，静默片刻，又端起来，放到狼狗嘴下。

狼狗收起舌头，用尖尖的、乌黑的鼻子去嗅那两只耳朵。它摇摇头，又吐出舌头，蹲坐起来。

翻译对孙五说："喂，再割！"

孙五在原地转着圈，嘴里咕咕噜噜地说着什么，父亲看到他满脸油汗。眼睛眨得像鸡啄米一样迅速。

罗汉大爷的双耳底根上，只流了几滴血，大爷双耳一去，整个头部变得非常简洁，鬼子军官又吼了一声。

翻译说："快点割！"

孙五弯下腰，把罗汉大爷的男性器官一刀旋下来，放进日本兵托着的瓷盘里。日本兵两根胳膊僵硬地伸着，两眼平视，像木偶一样从人群前走。父亲觉得奶奶冰冷的手指几乎抠进自己肩头肉里。

日本兵把瓷盘放到狼狗嘴下，狼狗咬了两口，又吐出来。

罗汉大爷凄厉地大叫着，瘦骨嶙嶙的身体在拴马桩上激烈扭动。

孙五扔下刀子，跪在地上，嚎啕大哭。

日本官儿把皮带一松，狼狗扑上来，两只前爪按着孙五的肩头，一嘴利齿在孙五面前晃。孙五躺在地上，双手捂住脸。

日本官打一个嗯哨，狼狗拖着皮带颠颠地跑回去。

翻译官说："快剥！"

孙五爬起来，捏着刀子，一高一低地走到罗汉大爷面前。

罗汉大爷破口大骂，所有的人在大爷的骂声中昂起了头。

孙五说："大哥……大哥……你忍着点吧……"

罗汉大爷把一口血痰吐到孙五脸上。

"剥吧，操你祖宗，剥吧！"

孙五操着刀，从罗汉大爷头顶上外翻着的伤口剥起，一刀刀细索索淬淬发响。他剥得非常仔细。罗汉大爷的头皮褪下。露出了青紫的眼珠。露出了一棱棱的肉……

父亲对我说，罗汉大爷脸皮被剥掉后，不成形状的嘴里还呜呜噜噜地响着。一串一串鲜红的小血珠从他的酱色的头皮上往下流。孙五已经不像人，他的刀法是那么精细，把一张皮剥得完整无缺。大爷被剥成一个肉核后，肚子里的肠子蠢蠢欲动，一群群葱绿的苍蝇漫天飞舞。人群里的女人们全都跪到地上，哭声震野。当天夜里，天降大雨，把骡马场上的血迹冲洗得干干净净，罗汉大爷的尸体和皮肤无影无踪。村里流传着罗汉大爷尸体失踪的消息，一传十，十传百，一代传一代，竟成了一个美丽的神话故事。

"他要是胆敢要弄老子，我拧下他的脑袋做尿壶！"太阳越升越小，发出白炽的光线，高粱上的露水稀了，野鸭子飞走了一批，又飞来一批。冷支队的人还没到，公路上除了偶尔窜过野兔外，再无一个活物。后来又鬼鬼祟祟地跳出来一只火红的狐狸。余司令骂完冷支队长，喊一声："喂，都起来吧，八成是上了冷麻子这个狗娘养的当啦。"

队员们早就趴累了，巴不得这声喊。司令一声令下，就应声爬起，有的坐在河堤上，嚓嚓地打火吸烟，有的站在河堤上，往堤下撒尿。

父亲跳上河堤后，还在想着去年的一些情景，罗汉大爷剥皮后的头颅在他眼前不停地晃动。野鸭子被突然冒出来的人群惊吓，齐飞起，又陆续落到不远处的河滩上，蹒蹒跚跚地行走，翠绿的鸭羽和黄褐的鸭羽在草丛中闪烁。

哑巴提着他的腰刀和老汉阳步枪，来到余司令面前。他面色沮丧，眼珠子发直。抬手指太阳，太阳已东南晌；低手指公路；公路空荡荡；哑巴指指肚子，嗷嗷地叫着，挥动着胳膊，对准村庄的方向。余司令沉思片刻，对路西边的人喊："都过来！"

队员们跨过公路，聚到河堤上。

余司令说："弟兄们，冷麻子要是敢要弄咱。我就去把他的脑袋揪来！天还没响呢，咱再等一会儿，等到过了晌午头，汽车还不来，咱直奔谭家洼，跟冷麻子算账。大家先到高粱地里歇着去，我让豆官回去催饭。豆官！"

父亲仰脸看着余司令。

余司令说："回家告诉你娘，让她找人擀拀饼，正晌午时，一定送到，让你娘亲自来送。"

我父亲点点头，提一把裤子，插好勃朗宁手枪，飞快地跑下河堤，沿着公路往北跑了一小段，就一头钻进了高粱地，向着西北方向，哧哧溜溜地游动。父亲在海水一样的高粱地里，碰到了几个长方形的骡马头骨。他用脚踢了一下，从骷髅里跳出了两只短尾巴的、毛茸茸的田鼠，并不怎么吃惊地望他一会，又钻进骷髅里去。父亲又想起了我家那两头大黑骡子，想起了公路修成后很久了，每逢刮东南风，村子里还能闻到刺眼的尸臭。墨水河里，去年曾经泡胀沤烂了几十具骡马的尸体，它们就停泊在河边的生满杂草的浅水里，肚子着了阳光，胀到极点，便迸然炸裂，华丽的肠子，像花朵一样溢出来，一道道暗绿色的汁液，慢慢地流进墨水河里。

五

我奶奶刚满十六岁时，就由她的父亲做主，嫁给了高密东北乡有名的财主单廷秀的独生子单扁郎。单家开着烧酒锅，以廉价高粱为原料酿造优质白酒，方圆百里都有名。东北乡地势低洼，往往秋水泛滥，高粱高秆防涝。被广泛种植，年年丰产。单家利用廉价原料酿酒谋利，富甲一方。我奶奶能嫁给单扁郎，是我曾外祖父的荣耀。当时，多少人家都渴望着和单家攀亲，尽管风传着单扁郎早就染上了麻风病。单廷秀是个干干巴巴的小老头，脑后翘着一支枯干的小辫子。他家里金钱满柜，却穿得破衣烂袄，腰里常常扎一条草绳。奶奶嫁到单家，其实也是天意。那天，我奶奶在秋千架旁与一些尖足长辫的大闺女耍笑游戏。那天是清明节，桃红柳绿，细雨霏霏，人面桃花，女儿解放。奶奶那天身高一米六零，体重六十公斤，上穿碎花洋布褂子，下穿绿色缎裤，脚脖子上扎着深红色的绸带子。由于下小雨，奶奶穿了一双用桐油浸泡过十几遍的绣花油鞋，一走克郎克郎地响。奶奶脑后垂着一根油光光的大辫子，脖子上挂着一个沉甸甸的银锁——我曾外祖父是个打造银器的小匠人。曾外祖母是个破落地主的女儿，知道小脚对于女人的重要意义。奶奶不到六岁就开始缠脚，日日加紧。一根裹脚布，长一丈余。曾外祖母用它，勒断了奶奶的脚骨，把八个脚趾，折断在脚底，真惨！我的母亲也是小脚，我每次看到她的脚，就心中难过，就恨不得高呼：打倒封建主义！人脚自由万岁！奶奶受尽苦难，终于裹就一双三寸金莲。十六岁那年，册奶已经出落得丰满秀丽，走起路来双臂挥舞，身腰扭动，好似风中招飐的杨柳。单廷秀那天撅着粪筐子到我曾外祖父村里转圈，从众多的花朵中，一眼看中了我奶奶。三个月后，一乘花轿就把我奶奶抬走了。

奶奶坐在憋闷的花轿里，头晕眼眩。罩头的红布把她的双眼遮住，红布上散着一股强烈的霉馊味。她滑起手，掀起红布——曾外祖母曾千叮咛万嘱咐，不许她自己揭动罩头红布——一只沉甸甸的绞丝银镯子滑到小臂上，奶奶看着镯子上的蛇形花纹，心里纷乱如麻。温暖的熏风吹拂着狭窄的土路两侧翠绿的高粱。高粱地里传来鸽子咕咕咕咕的叫声。刚秀出来的银灰色的高粱穗子飞扬着清淡的花粉。迎着她的面的轿帘上，刺绣着龙凤图案，轿帘上的红布因轿子经年赁出，已经黯淡失色，正中间油渍了一大片。夏末秋初，轿外阳光茂盛，轿夫们轻捷的运动使轿子颤颤悠悠，拴轿杆的生牛皮吱吱扭扭地响，轿帘轻轻掀动，把一缕缕的光明和一缕缕比较清凉的风闪进轿里来。奶奶浑身流汗，心跳如鼓，听着轿夫们均匀的脚步声和粗重的喘息声，脑海里交替着出现卵石般的光滑寒冷和辣椒般的粗糙灼热。

自从奶奶被单廷秀看中后，不知有多少人向曾外祖父和曾外祖母道过喜。奶奶虽然也想过上马金下马银的好日子，但更盼着有一个识字解文、眉清目秀、知冷知热的好女婿。奶奶在闺中刺绣嫁衣，绣出了我未来的爷爷的一幅幅精美的图画。她曾经盼望着早日成婚，但从女伴的话语中隐隐约约听到单家公子是个麻风病患者，奶奶的心凉了。奶奶向她的父母诉说心中的忧虑。曾外祖父遮遮掩掩不回答，曾外祖母把奶奶的女伴们痛骂一顿，其意大概是说狐狸吃不到葡萄就说葡萄是酸的之类。曾外祖父后来又说单家公子饱读诗书，足不出户，白白净净，一表人材。奶奶恍恍惚惚，不知真假，心想着天下无有狠心的爹娘，也许女伴真是瞎说。奶奶又开始盼望早日完婚。奶奶丰腴的青春年华辐射着强烈的焦虑和淡淡的孤寂，她渴望着躺在一个伟岸的男子怀抱里缓解焦虑消除孤寂。婚期终于熬到了，奶奶被装进这乘四人大轿，大喇叭小唢呐在轿前轿后吹得凄凄惨惨，奶奶止不住泪流面颊。轿子起行，忽悠悠似腾云驾雾，偷懒的吹鼓手在出村不远处就停止了吹奏，轿夫们的脚下也快起来。高粱的味道深入人心。高粱地里的奇鸟珍禽高鸣低哜。在一线一线阳光射进昏暗的轿内时，奶奶心中丈夫的形象也渐渐清晰起来。她的心像被针锥扎着，疼痛深刻有力。

"老天爷，保佑我吧！"奶奶心中的祷语把她的芳唇冲动。奶奶的唇上有一层纤弱的茸毛。奶奶鲜嫩茂盛，水分充足。她出口的细语被厚重的轿壁和轿帘吸收得干干净净。她一把撕下那块酸溜溜的罩头布，放在膝上。奶奶按着出嫁的传统，大热的天气，也穿着三表新的棉袄棉裤。花轿里破破烂烂，肮脏污浊。它像具棺材，不知装过了多少个必定成为死尸的新娘。轿壁上衬里的黄缎子脏得流油，五只苍蝇有三只在奶奶头上方嗡嗡地飞翔，有两只伏在轿帘上，用棒状的黑腿擦着明亮的眼睛。奶奶受闷不过，悄悄地伸出笋尖状的脚，把轿帘顶开一条缝，偷偷地往外看。她看到轿夫们肥大的黑色衫绸裤里依稀可辨的、优美颀长的腿，和穿着双鼻梁麻鞋的肥大的脚。轿夫的脚踏起一股股噗噗作响的尘土。奶奶猜想着轿夫粗壮的上身，忍不住把脚尖上移，身体前倾。她看到了光滑的紫槐木轿杆和轿夫宽阔的肩膀。道路两边，板块般的高粱坚固凝滞，连成一体，拥拥挤挤，彼此打量，灰绿色的高粱穗子睡眼未开，这一穗与那一穗根本无法区别。高粱永无尽头，仿佛潺潺流动的河流。道路有时十分狭窄，沾满蚜虫分泌物的高粱叶子擦得轿子两侧沙沙地响。

轿夫身上散发出汗酸味，奶奶有点痴迷地呼吸着这男人的气味，她老人家心中肯定漾起一圈圈春情波澜。轿夫抬轿从街上走，迈的都是八字步，号称"踩街"，这一方面是为讨主家欢喜，多得些赏钱；另一方面，是为了显示一种优雅的职业风度。踩街时，步履不齐的不是好汉，手扶轿杆的不是好汉，够格的轿夫都是双手叉腰，步调一致，轿子颠动的节奏要和上吹鼓手吹出的凄美音乐，让所有的人都能体会到任何幸福后面都隐藏着等量的痛苦。轿子走到平川旷野，轿夫们便撒了野，这一是为了赶路，二是要折腾一下新娘。有的新娘，被轿子颠得大声呕吐，脏物吐满锦衣绣鞋；轿夫们在新娘的呕吐声中，获得一种发泄的快乐。这些年轻力壮的男子，为别人抬去洞房里的牺牲，心里一定不是滋味，所以他们要折腾新娘。

那天抬着我奶奶的四个轿夫中，有一个成了我的爷爷——他就是余占鳌余司令。那时候他二十郎当岁，是东北乡打棺抬轿这行当里的佼佼者——我爷爷辈的好汉们，都有高密东北乡人高粱般鲜明的性格，非我们这些屠弱的后辈能比——当时的规矩，轿夫们在路上开新娘子的玩笑，如同烧酒锅上的伙计们喝烧酒，是天经地义的事，天王老子的新娘他们也敢折腾。

高粱叶子把轿子磨得嚓嚓响，高粱深处，突然传来一阵悠扬的哭声，打破了道路上的单调。哭声与吹鼓手们吹出的曲调十分相似。奶奶想到乐曲，就想到那些凄凉的乐器一定在吹鼓手们手里提着。奶奶用脚撑着轿帘能看到一个轿夫被汗水湿透的腰，奶奶更多的是看到自己穿着大红绣花鞋的脚，它尖尖瘦瘦，带着凄艳的表情，从外边投进来的光明罩住了它们，它们像两枚莲花瓣，它们更像两条小金鱼埋伏在澄澈的水底。两滴高粱米粒般晶莹微红的细小泪珠跳出奶奶的睫毛，流过面颊，流到嘴角。奶奶心里又悲又苦，往常描绘好的、与戏台上人物同等模样、峨冠博带、儒雅风流的丈夫形象在泪眼里先模糊后湮灭。奶奶恐怖地看到单家扁郎那张开花绽彩的麻风病人脸，奶奶透心地冰冷。奶奶想这一双乔乔金莲，这一张桃腮杏脸，千般的温存，万种的风流，难道真要由一个麻风病人去消受？如其那样，还不如一死了之。高粱地里悠长的哭声里，夹杂着疙疙瘩瘩的字眼：青天哟——蓝天哟——花花绿绿的天哟——棒槌哟亲哥哟你死了——可就塌了妹妹的天哟——。我不得不告诉您，我们高密东北乡女人哭丧跟唱歌一样优美，民国元年，曲阜县孔夫子家的"哭丧户"专程前来学习过哭腔。大喜的日子碰上女人哭亡夫，奶奶感到这是不祥之兆，已经沉重的心情更加沉重。这时,有一个轿夫开口说话:"轿上的小娘子,跟哥哥们说几句话呀!远远的路程,闷得慌。"

奶奶赶紧拿起红布,蒙到头上。顶着轿帘的脚尖也悄悄收回,轿里又是一团漆黑。

"唱个曲儿给哥哥们听,哥哥抬着你哩!"

吹鼓手如梦方醒,在轿后猛地吹响了大喇叭,大喇叭说:

"姆咚——姆咚——"

"猛捅——猛捅——"轿前有人模仿着喇叭声说,前前后后响起一阵粗野的笑声。

奶奶身上汗水淋漓。临上轿前,曾外祖母反复叮咛过她;在路上,千万不要跟轿夫们磨牙斗嘴,轿夫,吹鼓手,都是下九流,奸刁古怪,什么样的坏事都干得出来。

轿夫们用力把轿子抖起来,奶奶的屁股坐不安稳,双手抓住座板。

"不吱声?颠!颠不出她的话就颠出她的尿!"

轿子已经像风浪中的小船了,奶奶死劲抓住座板,腹中翻腾着早晨吃下的两个鸡蛋,苍蝇在她耳畔嗡嗡地飞。她的喉咙紧张,蛋腥味冲到口腔,她咬住嘴唇。不能吐,不能吐!奶奶命令着自己,不能吐呵,凤莲,人家说吐在轿里是最大的不吉利,吐了轿,一辈子没好运……

轿夫们的话更加粗野了,他们有的骂我曾外祖父是个见钱眼开的小人,有的说鲜花插到牛粪上,有的说单扁郎是个流白脓淌黄水的麻风病人,他们说站在单家院子外,就能闻到一股烂肉臭味,单家的院子里,飞舞着成群结队的绿头苍蝇……

"小娘子,你可不能让单扁郎沾身啊,沾了身你也烂啦!"

大喇叭小唢呐呜呜咽咽地吹着,那股蛋腥味更加强烈,奶奶牙齿紧咬嘴唇,咽喉里像有只拳头在打击,她忍不住了,一张嘴,一股奔突的脏物蹿出来,涂在了轿帘上,五只苍蝇像子弹一样射到呕吐物上。

"吐啦吐啦,颠呀!"轿夫们狂喊着,"颠呀,早晚颠得她开口说话。"

"大哥哥们……饶了我吧……"奶奶在呃嗝中,痛不欲生地说着,说完了,便放声大哭起来。奶奶觉得委屈,奶奶觉得前途险恶,终生难脱苦海。爹呀,娘呀,贪财的爹,狠心的娘,你们把我毁了。

奶奶放声大哭,高粱深径震动。轿夫们不再颠狂,推波助澜,兴风作浪的吹鼓手们也停嘴不吹。只剩下奶奶的呜咽,又和进了一支悲泣的小唢呐,唢呐的哭声比所有的女人哭泣都优美。奶奶在唢呐声中停住哭,像聆听天籁一般,听着这似乎从天国传来的音乐。奶奶粉面凋零,珠泪点点,从悲婉的曲调里,她听到了死的声音,嗅到了死的气息,看到了死神的高粱般深红的嘴唇和玉米般金黄的笑脸。

轿夫们深默无言，步履沉重。轿里牺牲的哽咽和轿后唢呐的伴奏，使他们心中萍翻桨乱，雨打魂幡。走在这高粱小径上的，已不像迎亲的队伍，倒像送葬的仪仗。在奶奶脚前的那个轿夫——我后来的爷爷余占鳌，他的心里，有一种不寻常的预感，像熊熊燃烧的火焰一样，把他未来的道路照亮了。奶奶的哭声，唤起他心底早就蕴藏着的怜爱之情。

轿夫们中途小憩，花轿落地。奶奶哭得昏昏沉沉，不觉把一只小脚露到了轿外。轿夫们看着这玲珑的、美丽无比的小脚，一时都忘魂落魄。余占鳌走过去，弯腰，轻轻地，轻轻地握住奶奶那只小脚，像握着一只羽毛未丰的鸟雏，轻轻地送回轿内。奶奶在轿内，被这温柔感动，她非常想撩开轿帘，看看这个生着一只温暖的年轻大手的轿夫是个什么样的人。

——我想，千里姻缘一线穿，一生的情缘，都是天凑地合，是毫无挑剔的真理。余占鳌就是因为握了一下我奶奶的脚唤醒了他心中伟大的创造新生活的灵感，从此彻底改变了他的一生，也彻底改变了我奶奶的一生。

花轿又起行，喇叭吹出一个猿啼般的长音，便无声无息。起风了，东北风，天上云朵麇集，遮住了阳光，轿子里更加昏暗。奶奶听到风吹高粱，哗哗哗啦啦啦，一浪赶着一浪，响到远方。奶奶听到东北方向有隆隆雷声响起。轿夫们加快了步伐。轿子离单家还有多远，奶奶不知道，她如同一只被绑的羔羊，愈近死期，心里愈平静。奶奶胸口里，揣着一把锋利的剪刀，它可能是为单扁郎准备的，也可能是为自己准备的。

奶奶的花轿行走到蛤蟆坑被劫的事，在我的家族的传说中占有一个显要的位置。蛤蟆坑是大洼子里的大洼子，土壤尤其肥沃，水分尤其充足，高粱尤其茂密。奶奶的花轿行到这里，东北天空抖了一个血红的闪电，一道残缺的杏黄色阳光，从浓云中，嘶叫着射向道路。轿夫们气喘吁吁，热汗溇溇。走进蛤蟆坑，空气沉重，路边的高粱乌黑发亮，深不见底，路上的野草杂花几乎长死了路。有那么多的矢车菊，在杂草中高扬着细长的茎，开着紫、蓝、粉、白四色花。高粱深处，蛤蟆的叫声忧伤，蝈蝈的唧唧凄凉，狐狸的哀鸣惆怅。奶奶在轿里，突然感到一阵寒冷袭来，皮肤上凸起一层细小的鸡皮疙瘩。奶奶还没明白过来是怎么一回事，就听到轿前有人高叫一声：

"留下买路钱！"

奶奶心里咯噔一声，不知忧喜，老天，碰上吃抔饼的了！

高密东北乡土匪如毛，他们在高粱地里鱼儿般出没无常，结帮拉伙，拉驴绑票，坏事干尽，好事做绝。如果肚子饿了，就抓两个人，扣一个，放一个，让被放的人回村报信，送来多少张卷着鸡蛋大葱一把粗细的两抔多长的大饼。吃大饼时要用双手抔住往嘴里塞，故曰"抔饼"。

"留下买路钱!"那个吃拤饼的人大吼着。轿夫们停住,呆呆地看着劈腿横在路当中的劫路人。那人身材不高,脸上涂着黑墨,头戴一顶高粱篾片编成的斗笠,身披一件大蓑衣,蓑衣敞着,露出密扣黑衣和拦腰扎着的宽腰带。腰带里别着一件用红绸布包起的鼓鼓囊囊的东西。那人用一只手按着那布包。

奶奶在一转念间,感到什么事情也不可怕了,死都不怕,还怕什么?她掀起轿帘,看着那个吃拤饼的人。

那人又喊:"留下买路钱!要不我就崩了你们!"他拍了拍腰里那件红布包裹着的家伙。

吹鼓手们从腰里摸出曾外祖父赏给他们的一串串铜钱,扔到那人脚前。轿夫放下轿子,也把新得的铜钱掏出,扔下。

那人把钱串子用脚踢拢成堆,眼睛死死地盯着坐在轿里的我奶奶。

"你们,都给我滚到轿子后边去,要不我就开枪啦!"他用手拍拍腰里别着的家伙大声喊叫。

轿夫们慢慢吞吞地走到轿后。余占鳌走在最后,他猛回转身,双目直逼吃拤饼的人。那人瞬间动容变色,手紧紧捂住腰里的红布包,尖叫着:"不许回头,再回头我就毙了你!"

劫路人按着腰中家伙,脚不离地蹭到轿子前伸手捏捏奶奶的脚。奶奶粲然一笑,那人的手像烫了似的紧着缩回去。

"下轿,跟我走!"他说。

奶奶端坐不动,脸上的笑容像凝固了一样。

"下轿!"

奶奶欠起身,大大方方地跨过轿杆,站在烂漫的矢车菊里。奶奶右眼看着吃拤饼的人,左眼看着轿夫和吹鼓手。

"往高粱地里走!"劫路人按着腰里用红布包着的家伙说。

奶奶舒适地站着,云中的闪电带着铜音嗡嗡抖动,奶奶脸上粲然的笑容被分裂成无数断断续续的碎片。

劫路人催逼着奶奶往高粱地里走,他的手始终按着腰里的家伙。奶奶用亢奋的眼睛,看着余占鳌。

余占鳌对着劫路人笔直地走过去,他薄薄的嘴唇绷成一条刚毅的线,两个嘴角一个上翘,一个下垂。

"站住!"劫路人有气无力地喊着,"再走一步我就开枪!"他的手按在腰里用红布包裹着的家伙上。

余占鳌平静地对着吃拤饼的人走,他前进一步,吃拤饼者就缩一点。吃拤饼的人眼里跳出绿火花,一行行雪白的清明汗珠从他脸上惊惶地流出来。当余占鳌离他三步远时,他惭愧地叫了一声,转身就跑。余占鳌飞身上前,对准他的屁股，轻捷地踢了一脚。劫路人的身体贴着杂草梢头，蹭着矢车菊花朵，平行着飞出去，他的手脚在低空中像天真的婴孩一样抓挠着，最后落到高粱棵子里。

"爷们儿，饶命吧！小人家中有八十岁的老母，不得已才吃这碗饭。"劫路人在余占鳌手下熟练地叫着。余占鳌抓着他的后颈皮，把他提到轿子前，用力摔在路上，对准他吵嚷不休的嘴巴踢了一脚。劫路人一声惨叫，半截吐出口外，半截咽到肚里，血从他鼻子里流出来。

余占鳌弯腰，把劫路人腰里那个家伙拔出来，抖掉红布，露出一个弯弯曲曲的小树疙瘩，众人嗟叹不止。

那人跪在地上，连连磕头求饶。余占鳌说："劫路的都说家里有八十岁的老母。"他退到一边，看着轿夫和吹鼓手，像狗群里的领袖看着群狗。

轿夫吹鼓手们发声喊，一拥而上，围成一个圈圈，对准劫路人，花拳绣脚齐施展。起初还能听到劫路人尖厉的哭叫声，一会儿就听不见了。奶奶站在路边，听着七零八落的打击肉体的沉闷声响，对着余占鳌顿眸一瞥，然后仰面看着天边的闪电，脸上凝固着的，仍然是那种粲然的、黄金一般高贵辉煌的笑容。

一个吹鼓手挥动起大喇叭，在劫路者的当头心里猛劈了一下，喇叭的圆刃劈进颅骨里去，费了好大劲才拔出。劫路人肚子里咕噜一声响，痉挛的身体舒展开来，软软地躺在地上。一线红白相间的液体，从那道深刻的裂缝里慢慢地挤出来。

"死了？"吹鼓手提着打瘪了的喇叭说。

"打死了，这东西，这么不经打！"

轿夫吹鼓手们俱神色惨淡，显得惶惶不安。

余占鳌看看死人，又看看活人，一语不发。他从高粱上撕下一把叶子，把轿子里奶奶呕吐出的脏物擦掉，又举起那块树疙瘩看看，把红布往树疙瘩上缠几下，用力摔出，飞行中树疙瘩抢先，红包布落后，像一只赤红的大蝶，落到绿高粱上。

余占鳌把奶奶扶上轿："上来雨了，快赶！"

奶奶撕下轿帘，塞到轿子角落里，她呼吸着自由的空气，看着余占鳌的宽肩细腰。他离着轿子那么近，奶奶只要一翘脚，就能踢到他青白色的结实头皮。

风利飕有力，高粱前推后拥，一波一波地动。路一侧的高粱把头伸到路当中，向着我奶奶弯腰致敬。轿夫们飞马流星，轿子出奇的平稳，像浪尖上飞快滑动的小船。蛙类们兴奋地鸣叫着，迎接着即将来临的盛夏的暴雨，低垂的天幕，阴沉地注视着银灰色的高粱脸庞，一道压一道的血红闪电在高粱头上裂开，雷声强大，震动耳膜。奶奶心中亢奋，无畏地注视着黑色的风掀起的绿色的浪潮。云声像推磨一样旋转着过来，风向变幻不定，高粱四面摇摆，田野凌乱不堪。最先一批凶狠的雨点打得高粱颤抖，打得野草毂觫，打得道上的细土凝聚成团后又立即迸裂，打得轿顶啪啪响，打在奶奶的绣花鞋上，打在余占鳌的头上，斜射到奶奶的脸上。

余占鳌他们像兔子一样疾跑，还是未能躲过这场午前的雷阵雨。雨打倒了无数的高粱，雨在田野里狂欢，蛤蟆躲在高粱根下，哈达哈达地抖着颔下雪白的皮肤，狐狸蹲在幽暗的洞里，看着从高粱上飞溅而下的细小水珠，道路很快就泥泞不堪，杂草伏地，矢车菊清醒地擎着湿漉漉的头。轿夫们肥大的黑裤子紧贴在肉上，人就变得苗条流畅。余占鳌头皮被冲刷得光洁明媚，像奶奶眼中的一颗圆月。雨水把奶奶的衣服打湿了，她本来可以挂上轿帘遮挡雨水，她没有挂，她不想挂。奶奶通过敞亮的轿门，看到了纷乱不安的宏大世界。

六

父亲分拨着高粱，向着西北方向，我们的村庄，飞快地钻。人脚獾沿着高粱垄沟笨拙地逃窜，父亲顾不上理它。父亲上了那条土路，没了高粱的羁绊，跑得像野兔一样快，沉重的勃朗宁手枪把他的红布腰带坠成一牙残月。手枪颠打着他的胯骨，在麻辣的痛楚中，父亲觉得自己成了举刀跃马的男子汉。村庄遥遥在望，村头那棵郁郁青青已逾百年的白果树，严肃地迎接着父亲。父亲把枪拔出，举在手里，边跑，边瞄着在天空中滑来滑去的优雅的鸟影。

街道上空无一人，不知谁家的一条瘸腿瞎眼的毛驴，拴在一堵灰泥剥落的土墙边上，毛驴垂头而立，一动不动。露天的石碾上，落着两只深蓝的乌鸦。村里的人，都集中在我家烧酒作坊前一个土场上。这场上曾经铺红叠丹，堆满了我家收购的红高粱。那时候奶奶常常手持白尾拂尘，姗姗移动着小脚，看着我家醉醺醺的伙计，用木斗收购高粱，奶奶的脸上染着灿烂的朝霞。场上的人都面向东南方，听着随时可能传来的枪响。一些和我父亲年龄相仿的顽童，虽然手脚发痒，但也不敢打闹。

父亲和去年用杀猪刀把罗汉大爷零割活剥了的孙五从两个方向跑到场内。孙五干了那事后，就精神错乱，手舞足蹈，眼睛笔直，腮上肉跳，胡言乱语，口吐白沫，扑地跪倒，喊着："大哥大哥大哥，太君让我干。我不敢不干……你死后升了天，骑白马，佩雕鞍，穿蟒袍。坠金鞭……"村里人见他这样，也就把恨他的心淡了。孙五疯了几个月，又添了新症候：他在一阵喊叫之后，突然口眼喝斜，鼻涕口水淋淋漓漓，话也说不清了。村里人说这是上天报应。

父亲手提勃朗宁，气喘吁吁，一头皮高粱上的白粉红尘。孙五衣衫成缕，大肚子上布满皱纹，左腿棒硬，右腿软弱，蹦跶进场子，没人理他。人们都看我英气勃勃的父亲。

奶奶走到父亲面前。奶奶刚过三十岁，扎着盘头髻，刘海儿五绺，像稀疏的珠帘遮着光洁的额头。奶奶的眼睛里永远秋水汪汪，有人说是被高粱酒熏的。十五年风雨狂心魂激荡，我奶奶由黄花姑娘变成了风流少妇。

奶奶问："怎么啦？"

父亲呼呼喘着气，把勃朗宁手枪插进腰带。

"鬼子没来？"奶奶问。

父亲说："冷支队，狗娘养的，我们饶不了他！"

"怎么回事？"奶奶问。

父亲说："擀拤饼。"

"没听到打呀！"奶奶说。

父亲说："擀拤饼，多卷鸡蛋大葱。"

奶奶问："鬼子没有来？"

"余司令让擀拤饼，要你亲自送去！"

奶奶说："乡亲们，回去凑面擀拤饼吧。"

父亲转身要跑，被奶奶伸手拉住，奶奶说："豆官，告诉娘，冷支队是怎么回事？"

父亲挣开奶奶的手，气汹汹地说："冷支队没见影，余司令饶不了他们。"

父亲跑了。奶奶追着父亲瘦小的背影，叹了一口气。空阔的场上，孙五歪立着，僵着眼望着奶奶，他的手比划着，口水吐噜吐噜地在嘴上流。

奶奶不理孙五，向倚在墙边上的一个长脸姑娘走去。长脸姑娘对着奶奶哧哧地笑。奶奶走到她眼前时，她忽然蹲下身，双手紧紧地捂住裤腰，尖声哭起来。她的两只深潭般的眼睛里，跳出疯傻的火星。奶奶摸着她的脸说："玲子，好孩子，别怕。"

十七岁的玲子姑娘，当时是我们村第一号美女。余司令初挑大旗招兵买马，聚起了一支五十多人的队伍，队伍里有一个穿一身黑制服，穿一双白皮鞋，面色苍白，留着乌黑长发的瘦削青年。据说玲子爱上了这个青年。他操着一口漂亮的京腔，从来不笑，眉毛日日紧蹙，双眉之间有三条竖纹，人们都叫他任副官。玲子觉得任副官冷俏的外壳里，有一股逼人的灼热，烧燎得她坐立不安。那时候余司令的队伍每天上午都在我家收购高粱的空场上练习步伐。吹大喇叭的吹鼓手刘四山是余司令队伍里的号兵，大喇叭权充军号。每次训练前，刘四山就吹喇叭集合队伍。玲子一听到喇叭响，就从家里风快地跑出来，跑到土场边，趴到土墙上，等着看任副官。任副官是训练教官，他腰扎牛皮宽腰带，皮带上挂着一支勃朗宁手枪。

任副官挺胸凹腹，走到队伍前，喊一声立正，那两行人的脚跟就使劲碰在一起。

任副官说："立正时，要双腿绷直，肚子回收，胸脯挺出，眼睛睁圆，像豹子吃人一样。"

"看你这个屌样！"任副官踢了王文义一脚，说，"看你劈腿拉胯，好像骒马撒尿，揍你都揍不上个劲。"

玲子喜欢看任副官打人，喜欢听任副官骂人。任副官潇洒的神态令她如痴似醉。任副官没事时，常在我家的空场上背着手散步，玲子躲在墙后偷偷看他。

任副官问："你叫什么名字？"

"玲子。"

"你躲在墙后看什么？"

"看你哩。"

"你识字吗？"

"不识。"

"你想当兵吗？"

"不想。"

"嗅，不想。"

玲子后来感到后悔，她对我父亲说，要是任副官再问她，她就说想当兵。但任副官没有再问。

玲子和我父亲他们趴在墙头上，看着任副官在空场上教唱革命歌曲。父亲身矮，脚下垫了三块土坯才能看到墙里的情景。玲子把秀挺的下巴支在土墙上，紧盯着沐着朝霞的任副官。任副官教着队伍唱：高粱红了，高粱红了，东洋鬼子来了，东洋鬼子来了。国破了，家亡了，同胞们快起来，拿起刀拿起枪，打鬼子保家乡……

队伍里的人拙嘴笨舌，总学不出正调。趴在墙外的孩子们，把这歌儿学得滚瓜溜熟。我父亲生前，还牢牢记着这首歌的曲词。

玲子姑娘有一天大着胆子去找任副官，误入了军需股长的房子。

军需股长是余司令的亲叔余大牙，四十多岁，嗜酒如命，贪财好色，那天他喝了个八成醉，玲子闯进去，正如飞蛾投火，正如羊入虎穴。

任副官命令几个队员，把糟蹋玲子姑娘的余大牙捆了起来。

那时，余司令落宿在我家，任副官去向他报告时，余司令正在我奶奶炕上睡觉。奶奶已梳洗停当，正准备烧几条柳叶鱼下酒，任副官怒冲冲闯进来，吓了奶奶一大跳。

任副官问奶奶："司令呢？"

"在炕上睡觉哩！"奶奶说。

"叫起来他。"

奶奶叫起余司令。

余司令睡眼惺忪地走出来，伸一个懒腰，打一个哈欠，说："有什么事？"

"司令，要是日本人奸淫我姐妹，当不当杀？"任副官问。

"杀!"余司令回答。

"司令，要是中国人奸淫自己姐妹，该不该杀？"

"杀!"

"好，司令，就等着你这句话。"任副官说，"余大牙奸污了民女曹玲子，我已经让弟兄们把他捆起来了。"

"有这种事？"余司令说。

"司令，什么时候执行枪决？"

余司令打了一个嗝，说："睡个女人，也算不了大事。"

"司令，王子犯法，一律同罪!"

"你说该治他个什么罪？"余司令阴沉沉地问。

"枪毙!"任副官毫不犹豫地说。

余司令哼了一声，焦躁地踱着脚，满脸怒气。后来，他脸上又漾出笑容，说："任副官，当众打他五十马鞭，给玲子家二十块大洋，怎么样？"

任副官刻薄地说："就因为他是你亲叔叔？"

"打他八十马鞭，罚他娶了玲子，老子也认个小婶婶!"

任副官解下腰带，连同勃朗宁手枪，摔到余司令怀里。任副官拱手一揖，道一声："司令，两便了!"便大踏步走出我家院子。

余司令提着枪，看着任副官的背影，咬牙切齿地说："滚你娘的，一个学生娃娃，也想管辖老子! 老子吃了十年扡饼，还没有人敢如此张狂。"

奶奶说："占鳌，不能让任副官走，千军易得，一将难求。"

"妇道人家懂得什么!"余司令心烦意乱地说。

"原以为你是条好汉，想不到也是个窝囊废!"奶奶说。

余司令拉开手枪，说："你是不是活够了？"

奶奶一把撕开胸衣，露出粉团一样的胸脯，说："开枪吧!"

父亲高叫一声娘，扑到了我奶奶胸前。

余占鳌看着我父亲的端正头颅，看着我奶奶的花容月貌，不知有多少往事涌上心头。他叹一口气，收起了枪，说："弄好衣裳!"便手提马鞭，走到院里，从拴马桩上解下他那匹精致的小黄马，不及备鞍，骑到了训练场。

队员们懒散地倚在墙上，见到余司令来了，便立正站好，没有一个人吭气。

余大牙被绑住双臂，拴在一棵树上。

余司令跳下马，走到余大牙面前，说："你真干啦？"

余大牙说："鳖子，给老子松绑，老子不在你这儿干啦！"

队员们瞪着大小不一的眼，看着余司令。

余司令说："叔，我要枪毙你。"

余大牙吼叫着："杂种，你敢毙你亲叔？想想叔叔待你的恩情，你爹死得早，是叔叔挣钱养活你娘俩，要是没有我，你小子早就喂了狗啦！"

余司令扬手一鞭，打在余大牙脸上，骂一声："混账！"接着便双膝跪地，说："叔，占鳖永远不忘你的养育之恩，你死之后，我给你披麻戴孝，逢年过节，我给你祭扫坟墓。"

余司令翻身跳上马背，在马腔上打了一鞭，向着任副官走去的方向，飞马追去，得得答答的马蹄声，把一个世界都震动了。

枪毙余大牙时，父亲在场观看。余大牙被哑巴和两个队员押到村西头，刑场选在一个积着一汪汪乌黑臭水，孳生着大量蚊虻蛆虫的半月形湾子边。湾崖上孤零零地站着一棵叶子焦黄的小柳树。湾子里扑扑通通地跳着蛤蟆，一堆乱头发渣子边上，躺着一只女人的破鞋。

两个队员把余大牙架到湾崖上，松开手，看着哑巴。哑巴从肩上抢下步枪，拉动枪栓，子弹清脆地上了膛。

余大牙转过身，面对着哑巴，笑了笑。父亲发现他的笑容慈祥善良，像一轮惨淡的夕阳。

"哑巴兄弟，给我松了绑，我不能带着绳子死？"

哑巴想了想，提枪上前，从腰里拔出刺刀，噌噌噌三五下，把细麻绳挑断。余大牙舒展着胳膊，回转身，大喊："打吧，哑兄弟，打准穴位，别让我受罪！"

父亲认为人在临死前的一瞬间，都会使人肃然起敬。余大牙毕竟是我们高密东北乡的种子，他犯了大罪，死有余辜，但临死前却表现出了应有的英雄气概，父亲被他感动得脚底生热，恨不得腾跳。

余大牙面向臭水湾子，望着在他脚下的水汪汪里，野生着一枝绿荷，一枝瘦小洁白的野荷花，又望着湾子对面光芒四射的高粱，吐口高唱："高粱红了，高粱红了，东洋鬼子来了，东洋鬼子来了，国破了，家亡了……"

哑巴的枪举起放下，放下举起。

两个队员说："哑巴，向司令说说情，饶了他吧！"

哑巴挂着枪，听着余大牙把那首歌子杂乱无章地唱。

余大牙回转身，怒目圆睁，大叫："开枪呀，兄弟！难道还要我自己崩了自己吗？"

哑巴托起枪，瞄了瞄余大牙瓦块般的额头，勾动了扳机。

父亲看到余大牙的额头像碎瓦片一样迸裂了，紧跟眼见的情景，耳朵听到沉闷的枪声。哑巴在枪声中低下头，一缕雪白的硝烟，从枪筒里吐出来。余大牙的身体静止了两眨眼的工夫，就像一节木头，疾速地跌到湾子里。

哑巴拖枪便走，两个队员尾随着。

父亲和一群孩子们，胆战心惊地涌到湾子边，居高临下地看着仰面朝天躺在湾子里的余大牙。他的脸上只剩下一张完好无缺的嘴，脑盖飞了，脑浆糊满双耳，一只眼球被震到眶外，像粒大葡萄，挂在耳朵旁。他的身体落下时，把松软的淤泥砸得四溅，那株瘦弱的白荷花断了茎，牵着几缕白丝丝，摆在他的手边。父亲闻到了荷花的幽香。

后来，任副官搞来了一口黄缎子挂里、外刷了铜钱厚清油的柏木棺材，把余大牙盛装厚葬，坟墓建在湾子边那棵小柳树下。出殡那天，任副官黑衣挺括，毛发灿烂。他的左臂上缠了一块红绸子。余司令披麻戴孝，大声嚎哭。一出村头，他用力把一个新瓦盆摔在砖头上。

那天，奶奶给我父亲缠了一道白孝布——奶奶自己也是披麻戴孝，父亲手持一根新鲜的柳木棍子，跟在余司令和奶奶后边走。父亲亲眼见到瓦盆的碎片从砖头上迸起的情景，接着想起余大牙的脑壳也像瓦片一样迸裂的情景。父亲隐隐约约地预感到这两件极端相似的破碎之间有一种内在的必然性联系。这件事情与那件事情碰到一起，还会出现第三个情景。

父亲一个眼泪也没掉，冷眼观察着送葬的人。送葬队伍在柳树下围成一个圆圈站定时，那口沉重的棺木，由十六个精壮的小伙子，扯着八根一把粗的麻辫子的两头，轻轻地送下深深的墓穴。余司令抓起一把土，冷酷地打在锃亮的棺盖上，砰然一响，人心动摇。几个持锹的人，扎起大块的黑土，填到墓穴里，棺材愤怒地叫着，渐渐隐没在黑土之中。黑土上长，填平了墓穴，隆出了地面，凸成一个馒头状的大丘。余司令掏出枪来，对着柳树上面的天，连放三响。子弹鱼贯着穿过树冠，冲掉几片细眉般的黄叶，在空中旋转着飞。三颗亮晶晶的弹壳，弹到腐臭的湾子里，一个男孩子跳下湾子，噗噗哧哧地踩着绿色的淤泥，把弹壳捡走了。任副官掏出勃朗宁手枪，断断续续地放了三枪。勃朗宁子弹出膛，打着鸡鸣般的呼哨，冲向高粱上空。余司令与任副官各提着冒烟的手枪，四目对视。任副官点点头，说："是大英雄自风流！"然后就插枪进腰，大步往村里走去。

父亲发现余司令提着枪的手臂缓缓地举起来，枪口追踪着任副官的背影。送葬的人惊讶万分，但无人敢吱声。任副官全无知觉，昂首阔步，有条不紊，迎着齿轮般旋转的太阳，向着村子走。父亲看到手枪在余司令手里抖了一下。父亲几乎没有听到这一声枪响，它是那么微弱，那么遥远。父亲看到这粒子弹在低空悠闲地飞翔，贴着任副官乌黑的头发滑过去。任副官头也不回，保持着均匀协调的步子继续前行。父亲听到从任副官那儿，传来噘唇吹出的口哨声，曲调十分熟悉，是"高粱红了，高粱红了"！我父亲热泪盈眶。任副官越走越远，身影愈高大。余司令又开了一枪。这一枪惊天动地，子弹的飞行与枪声的飞行同时被我父亲感知。子弹打在一棵高粱颈上，高粱落地。在高粱穗子落地的缓慢行程中，又一颗子弹把它打碎。父亲恍惚觉得，任副官弯腰从路边揪了一朵金黄色的苦菜花，放在鼻下久久地嗅着。

父亲对我说过，任副官八成是个共产党，除了共产党里，很难找这样的纯种好汉。只可惜任副官英雄命短，他在昂首阔步，走出了大英雄八面威风之后三个月，竟在擦洗那支勃朗宁手枪时，自己走火把自己打死。枪弹从右眼进去，从右耳出来，他的半边脸上沾满了钢蓝色的粉末，右耳流出了三五滴黑血，人们听到枪声扑进去，他已经歪倒在地死了。

余司令捡起任副官那支勃朗宁手枪，良久不语。

七

奶奶挑着一担拤饼，王文义的妻子挑着两桶绿豆汤，匆匆地往墨水河大桥赶。她们本来想斜穿高粱地，直插东南方向，但走进高粱地后，才发现挑着担子寸步难行。奶奶说："嫂子，走直路吧，慢就是快。"

奶奶和王文义的妻子，像两只飞翔的大鸟，在非常空虚的大气里，极端充实地移动。奶奶换上了一件深红上衣，头上的黑发用梳头油抹得乌亮。王文义的妻子精悍短小，手脚利索。余司令招兵买马时，她把王文义送到我家，让奶奶帮着说情，留下王文义当游击队员。奶奶一口答应。余司令碍着奶奶的情面，就收留了王文义。余司令问王文义："你怕死不怕？"王文义说："怕。"他妻子说："余司令，他说怕就是不怕，日本飞机把俺的三个儿子全炸成了碎块。"王文义天生不是当兵的科。他反应迟钝，不分左右，在操场练习步伐时，不知道挨了任副官多少揍。他妻子帮他出了个主意，让他在右手里握着一节高粱秆，听到向右转的口令时，就往握着高粱秆的手这边转。王文义当兵后没武器，奶奶把我们家那支鸟枪给他。

她们走上弯弯曲曲的墨水河堤，顾不上看堤坡上盛开着的黄花和堤外密密匝匝的血红高粱，一个劲地往东赶。王文义妻子受惯了苦，奶奶享惯了福。奶奶汗水淋淋，王文义妻子一滴汗珠也不出。

父亲早就跑回桥头。父亲向余司令报告，说拤饼一会就到，余司令满意地在他头上打了一巴掌。队员们多半躺在高粱地里，对着太阳晒鼻孔。父亲闲得发闷，便转到路西边高粱地里，去看哑巴他们在干什么。哑巴精心地磨着腰刀，父亲手按着腰里的勃朗宁，站在哑巴跟前，脸上挂着胜利者的笑容。看到我父亲，哑巴龇牙一笑。有一个队员睡着了，打着很响的呼噜。没睡觉的人也无精打采地躺着，无人和父亲讲话。父亲又跳到公路上来，公路黄中透出白来，疲惫不堪。那四盘横断了道路的连环耙，尖锐的齿尖朝着天，父亲想它们也一定等得不耐烦了。石桥伏在水面上，像一个大病初愈的病人。后来父亲就到河堤上坐着了。他看一会东，看一会西，看一会河中流水，看一会野鸭子。河里的景色很美，每一棵水草都活着，每一朵小小的浪花里，都隐藏着秘密。父亲看到了几堆被特别茂密的水草包围着的不知是骡子还是马的白骨。父亲又想起我家那两头大黑骡子了。春天时，田野里奔驰着成群的野兔子，奶奶骑着骡子，手持猎枪遍逐野兔，父亲坐在骡子上，搂着奶奶的腰。骡子把野兔惊起，奶奶开枪把野兔打倒。回家时，骡子的脖子上，总是挂着一串野兔子。奶奶的后槽牙缝里，夹着一粒高粱米粒大的铁砂子，那是吃野兔肉时塞进去的，怎么抠也抠不出来。父亲又看到了堤上的蚂蚁。一队暗红色的蚂蚁，匆匆搬运着泥土。父亲在蚂蚁中放了一块土坷垃，被阻的蚂蚁不绕道，奋力登攀。父亲把坷垃拿起，投到河里去，河水被坷垃打破，河水却不响。日头正晌了，河里泛起热烘烘的腥气，到处都闪烁光亮，到处都滋滋地响。父亲觉得，天地之间弥漫着高粱的红色粉末，弥漫着高粱酒的香气。父亲一仰身子躺在堤上，就在这一瞬间，他心里一阵猛跳，后来他才明白，原来一切等待都会有结果的，这结果出现时，是那么普通平常，随便自然。父亲发现，被红高粱夹峙的公路上。有四个深绿色的甲虫状的怪物，无声无息地爬过来了。

"汽车。"我父亲含含糊糊地说了一句，没有人理他。

"鬼子的汽车！"我父亲跳起来，怔怔地望着那些像流星一样射过来的汽车。汽车的尾部拖着一条长长的焦黄的尾巴，车头上噼噼啪啪地晃动着白炽的光芒。

"汽车来啦！"父亲的话像一把刀，仿佛把所有的人斩了似的，高粱地里笼罩着痴呆呆的平静。

余司令高兴地吼一声："小舅子们，到底来了，弟兄们，准备好，我说开火就开火。"

路西边，哑巴拍着屁股跳高。几十个队员，都哈着腰，提着武器，趴到河堤漫坡上。

已经听到了汽车嗡嗡的吼叫声。父亲伏在余司令身边，擎着沉重的勃朗宁手枪，手腕灼热酸麻，手掌汗水黏湿，手虎口那儿有一块肉突然跳了一下，接着便突突地乱跳起来。父亲惊讶地看着那块杏核大的皮肉有节奏地跳动，好像里边藏着一只破壳欲出的小鸟。父亲不想让它跳，却因为用力，连动得整条胳膊都哆嗦起来。余司令在他背上按了一下，那块肉跳动猛停，父亲把勃朗宁手枪换到左手，右手五指痉挛，半天伸不直。

汽车飞快地驶近，增大，车头前那两只马蹄大的眼睛射出一道道白光，轰轰的马达声像急雨前的风响，带着一种陌生的、压迫人心的激动。父亲是平生第一次看到汽车，父亲猜想着这种怪物是吃草还是吃料，是喝水还是喝血，它们比我家那两头年轻力壮的细腿骡子跑得还要快。月亮般的车轮飞速旋转，黄尘飞腾。渐渐看到车上的东西了，临近石桥时，汽车慢慢减速，黄烟从车后漫进车头，朦胧地遮掩着第一辆车上二十几个穿杏黄色衣服、头上扣着乌亮铁帽子的人。父亲后来知道了铁帽子名叫钢盔——一九五八年大炼钢铁时，我们家的铁锅被征收走了，我哥哥从钢铁堆里偷回一个钢盔，吊在炭火上烧水做饭。父亲凝视着在烟火中变幻颜色的钢盔，绿色的眼睛里，流露出伏枥老马的悲壮神色。中间两辆汽车上，装着小山一样高的雪白口袋，最后一辆汽车上，跟第一辆车一样，站着二十几个头戴钢盔的日本兵。

汽车逼近河堤，缓缓转动的轮子显得高大笨重，方方正正的汽车头，在父亲看来，像一个硕大无比的蚂蚱头。黄尘慢慢淡薄，汽车尾部，一屁一屁打出深蓝色的烟雾。

父亲把头使劲缩着，一种从未有过的冰冷从脚底上升到腹部，在腹部集合成团，产生强大压力，父亲感到尿急，尿水激得鸡头乱点，他用力扭动着臀部，来克制即将洒出的水。余司令严厉地说："兔崽子，别动！"

父亲万般无奈，叫了一句干爹，请求下去撒尿。

父亲得到余司令的允许，退到高粱地里，费劲撒出一泡红高粱颜色、烧灼得鸡头热辣辣发痛的尿。这时他感到轻松多了。他无意中看了一眼队员们的脸色，都如庙中塑像一般狰狞可怖。王文义舌尖吐出、目光好似蜥蜴，呆板不转。

汽车像警觉的大兽，屏住呼吸往前爬，父亲闻到了它们身上那股香喷喷的味道。这时，汗透红罗衫的我奶奶和气喘吁吁的王文义妻子出现在蜿蜒的墨水河堤上。

我奶奶挑着一担拤饼，王文义妻子挑着一担绿豆汤，轻松地望见了墨水河中凄惨的大石桥。奶奶欣慰地对王文义妻子说："嫂子，总算挨到了。"奶奶出嫁之后，一直养尊处优，这一担沉重的拤饼，把她柔嫩的肩膀压出了一道深深紫印，这紫印伴随着她离开了人世，升到了天国，这道紫印，是我奶奶英勇抗日的光荣的标志。

还是我的父亲最先发现我的奶奶，父亲靠着某种神秘力量的启示，在大家都目不转睛地盯着缓缓逼近的汽车时，他往西一歪头，看到奶奶像鲜红的大蝴蝶一样款款地飞过来。父亲高叫一声："娘——"

父亲的叫声，像下达了一道命令，从日本人的汽车上，射出了一阵密集的子弹。日本人的三挺歪把子机枪架在汽车顶上。枪声沉闷，像雨夜中阴沉的狗叫。父亲眼见着我奶奶胸膛上的衣服啪啪裂开两个洞。奶奶欢快地叫了一声，就一头栽倒，扁担落地，压在她的背上。两笸斗拤饼，一笸斗滚到堤南，一笸斗滚到堤北。那些雪白的大饼，葱绿的大葱，揉碎的鸡蛋，散在绿草茵茵的草坡上。奶奶倒地后，王文义妻子那颗长方形的头颅上，迸出了红黄相间的液体，溅得好远好远，溅到了堤下的高粱上。父亲看到这个小个子女人中弹之后，后退一步，身体一侧，歪在了堤南边，又滚到河床上。她挑来的那担绿豆汤，一桶倾倒，另一桶也倾倒，汤汁淋漓，如同英雄血。铁桶中的一只，跌跌撞撞跳进河，在乌黑的河水中，慢慢地向前漂着，从哑巴的面前漂过。在石桥墩上碰撞几下，钻进桥洞，又从余司令从我父亲从王文义从方六方七兄弟面前漂过。

"娘——"我父亲撕肝裂胆地高叫一声，身体弹到堤上。余司令扯了一把我父亲，没扯住。余司令吼一声："回来！"我父亲没听见余司令的命令，他什么也听不到。父亲瘦小屡弱的身体跑到狭窄的河堤上，父亲身上阳光斑斓，他在弹上堤的同时，就扔掉了手枪，手枪落在一棵叶子折断的金色苦菜花上。父亲张着两只手，像飞腾的小鸟，向奶奶扑去。河堤上安静，落尘有声，河水只亮不流，堤外的高粱安详庄重。父亲瘦弱的身体在河堤上跑着，父亲高大雄伟漂亮，父亲高叫着："娘——娘——娘——"这一声声"娘"里渗透了人间的血泪，骨肉的深情，崇高的原由。父亲跑完东边的河堤，跳过连环的铁耙，攀上西边的河堤。堤下，哑巴们化石般的面孔从父亲身边擦过。父亲扑到奶奶身上，又叫一声娘。奶奶平卧堤上，脸贴着堤边的野草。奶奶背上，有两个翻边的弹洞，一股新鲜的高粱酒的味道，从那洞里涌出来。父亲扳着奶奶的肩头，把奶奶翻过来。奶奶脸上没有受伤，面容整肃，头发纹丝不乱，五绺刘海儿下，两条眉梢儿下垂，奶奶半睁着眼，苍翠的脸上双唇鲜红。父亲抓住奶奶温暖的手，又叫一声娘。奶奶睁开眼，满脸绽开天真的笑容。奶奶又伸出一只手，交给父亲。

鬼子汽车停在桥头，马达高一阵低一阵轰鸣着。

一个高大的人影在河堤上一闪，我父亲和我奶奶被拉下河堤，是哑巴干的好事。父亲未及思想，又一阵狂风般的子弹，把他们头上的无数棵高粱，打断了，打碎了。

四辆汽车紧挨着，在桥外不动，第一辆车上和最后一辆车上，八挺歪把子机枪，射出的子弹，织成一束束干硬的光带，交叉出一个破碎的扇面，又交叉成一个破碎的扇面，时而在路东，时而在路西，高粱齐声哀鸣，高粱的残破肢体成直线下落成弧线飞升，钻到堤上的子弹，激起一泡泡黄烟，发出一串串噗噗声。

堤漫坡上的队员们身体紧贴着野草和黑土，一动不动。机枪扫射持续了三分钟，突然停止，汽车周围布满了金灿灿的弹壳。

余司令压低声音说:"不许开枪!"

鬼子沉默着。河面上一缕缕淡薄的硝烟,随着轻俏的小风向东飘去。

父亲告诉我,在这片刻的宁静里,王文义摇摇晃晃地走上河堤,他站在河堤上,手提长苗子鸟枪,目瞪口张,痛苦万分,高叫一声:"孩子他娘!"不及挪步,就被几十颗子弹把腹部打成了一个月亮般透明的大窟窿,那些沾带着肠子的子弹从余司令头上淅淅沥沥地飞过去。

王文义一头栽下河堤,也滚到了河床上,与他的妻子隔桥相望。他的心脏还在跳,他的头完整无缺,他感到一种异常清晰的透彻感涌上心头。

父亲告诉过我,王文义的妻子生了三个阶梯式的儿子。这三个儿子被高粱米饭催得肥头大耳,生动茂盛。有一天,王文义和妻子下地锄高粱,三个孩子在院里玩耍,一架双翅日本飞机,嗡嗡怪叫着,从村子上空飞过。飞机下了一蛋,落在王文义家院子里,把三个孩子炸得零零碎碎,弃置房脊,挂胃树梢,涂之墙壁……余司令一树起抗日旗,王文义就被妻子送去……

余司令咬牙瞪眼,恨恨地瞅着半个头颅扎进河水的王文义,又低吼一声:"不要动!"

八

飞落的高粱米粒在奶奶脸上弹跳着,有一粒竟蹦到她微微翕开的双唇间,搁在她清白的牙齿上。父亲看着奶奶红晕渐褪的双唇,哽咽一声娘,双泪落胸前。在高粱织成的珍珠雨里,奶奶睁开了眼,奶奶的眼睛里射出珍珠般的虹彩。她说:"孩子……你爹呢……"父亲说:"他在打仗,我爹。""他就是你的亲爹……"奶奶说。父亲点了点头。

奶奶挣扎着要坐起来,她的身体一动,那两股血就汹涌地蹿出来。

"娘,我去叫他来。"父亲说。

奶奶摇摇手,突然折坐起来,说:"豆官……我的儿……扶着娘……咱回家、回家啦……"

父亲跪下,让奶奶的胳膊揽住自己的脖颈,然后用力站起,把奶奶也带了起来。奶奶胸前的血很快就把父亲的头颈弄湿了,父亲从奶奶的鲜血里,依然闻到一股浓烈的高粱酒味。奶奶沉重的身躯,倚在父亲身上,父亲双腿打战,趔趔趄趄,向着高粱深处走,子弹在他们头上屠戮着高粱。父亲分拨着密密匝匝的高粱秸子,一步一步地挪,汗水泪水掺和着奶奶的鲜血,把父亲的脸弄得残缺不全。父亲感到奶奶的身体越来越沉重,高粱秸子毫不留情地绊着他,高粱叶子毫不留情地锯着他,他倒在地上,身上压着沉重的奶奶。父亲从奶奶身下钻出来,把奶奶摆平,奶奶仰着脸,呼出一口长气,对着父亲微微一笑,这一笑神秘莫测,这一笑像烙铁一样,在父亲的记忆里,烫出一个马蹄状的烙印。

奶奶躺着，胸脯上的灼烧感逐渐减弱。她恍然觉得儿子解开了自己的衣服，儿子用手捂住她乳房上的一个枪眼，又捂住她乳下的一个枪眼。奶奶的血把父亲的手染红了，又染绿了；奶奶洁白的胸脯被自己的血染绿了，又染红了。枪弹射穿了奶奶高贵的乳房，暴露出了淡红色的蜂窝状组织。父亲看着奶奶的乳房，万分痛苦。父亲捂不住奶奶伤口的流血，眼见着随着鲜血的流失，奶奶的脸愈来愈苍白，奶奶的身体愈来愈轻飘，好像随时都会升空飞走。

奶奶幸福地看着在高粱阴影下，她与余司令共同创造出来的、我父亲那张精致的脸，逝去的岁月里那些生动的生活画面，像奔驰的走马掠过了她的眼前。

奶奶想起那一年，在倾盆大雨中，像坐船一样乘着轿，进了单廷秀家住的村庄，街上流水洸洸，水面上漂浮着一层高粱的米壳。花轿抬到单家大门时，出来迎亲的只有一个梳着豆角辫的干老头子。大雨停后，还有一些零星落雨打在地面上的水汪汪里。尽管吹鼓手也吹着曲子，但没有一个人来看热闹，奶奶知道大事不妙，扶我奶奶拜天地的是两个男人，一个五十多岁，一个四十多岁。五十多岁的就是刘罗汉大爷，四十多岁的是烧酒锅上的一个伙计。

轿夫、吹鼓手们落汤鸡般站在水里，面色严肃地看着两个枯干男子把一抹酥红的我奶奶架到了幽暗的堂房里。奶奶闻到两个男人身上那股强烈的烧酒气息，好像他们整个人都在酒里浸泡过。

奶奶在拜堂时，还是蒙上了那块臭气熏天的盖头布。在蜡烛燃烧的腥气中，奶奶接住一根柔软的绸布，被一个人牵着走。这段路程漆黑憋闷，充满了恐怖。奶奶被送到炕上坐着。始终没人来揭罩头红布，奶奶自己揭了。她看到在炕下方凳上蜷曲着一个面孔疼挛的男人。那个男人生着一个扁扁的长头，下眼睑烂得通红。他站起来，对着奶奶伸出一只鸡爪状的手，奶奶大叫一声，从怀里摸出一把剪刀，立在炕上，怒目逼视着那男人。男人又萎萎缩缩地坐到凳子上。这一夜，奶奶始终未放下手中的剪刀，那个扁头男人也始终未离开方凳。

第二天一早，趁着那男人睡着，奶奶溜下炕，跑出房门，开开大门，刚要飞跑，就被一把拉住。那个梳豆角辫的干瘦老头子抓住她的手腕，恶狠狠地看着她。

单廷秀干咳了两声，收起恶容换笑容，说："孩子，你嫁过来，就像我的亲女儿一样，扁郎不是那病，你别听人家胡说。咱家大业大，扁郎老实，你来了，这个家就由你当了。"单廷秀把一大串黄铜钥匙递给奶奶，奶奶未接。

第二夜，奶奶手持剪刀，坐到天明。

第三天上午，我曾外祖父牵着一匹小毛驴，来接我奶奶回门，新婚三日接闺女，是高密东北乡的风俗。曾外祖父与单廷秀一直喝到太阳过晌，才动身回家。

奶奶偏坐毛驴，驴背上搭着一条薄被子，晃晃荡荡出了村。大雨过后三天，路面依然潮湿，高粱地里白色蒸气腾腾升集，绿高粱被白气缭绕，具有了仙风道骨。曾外祖父褡裢里银钱叮当，人喝得东倒西歪，目光迷离。小毛驴蹙着长额，慢吞吞地走，细小的蹄印清晰地印在潮湿的路上。奶奶坐在驴上，一阵阵头晕眼花，她眼皮红肿，头发凌乱，三天中又长高了一节的高粱，嘲弄地注视着我奶奶。

奶奶说："爹呀，我不回他家啦，我死也不去他家啦……"

曾外祖父说："闺女，你好大的福气啊！你公公要送我一头大黑骡子，我把毛驴卖了去……"

毛驴伸出方方正正的头，啃了一口路边沾满细小泥点的绿草。

奶奶哭着说："爹呀，他是个麻风……"

曾外祖父说："你公公要给咱家一头骡子……"

曾外祖父已醉得不成人样，他不断地把一口口的酒肉呕吐到路边草丛里。污秽的脏物引逗得奶奶翻肠搅肚。奶奶对他满心仇恨。

毛驴走到蛤蟆坑，一股扑鼻的恶臭，刺激得毛驴都垂下耳朵。奶奶看到了那个劫路人的尸体。他的肚子鼓起老高，一层翠绿的苍蝇，盖住了他的肉皮。毛驴驮着奶奶，从腐尸跟前跑过，苍蝇愤怒地飞起，像一团绿云。曾外祖父跟着毛驴，身体似乎比道路还宽，他忽而擦动左边高粱，忽而踩倒右边野草。在倒尸面前，曾外祖父喃喃连声，嘴唇哆嗦着说："穷鬼……你这个穷鬼……你躺在这里睡着了吗……"奶奶一直不能忘记劫路人南瓜般的面孔，在苍蝇惊起的一瞬间，死劫路人雍容华贵的表情与活动路人凶狠胆怯的表情形成鲜明的对照。走了一里又一里，白日斜射，青天如涧，曾外祖父被毛驴甩在后面，毛驴认识路径，驮着奶奶，徜徉前行。道路拐了个小弯，毛驴走到弯上，奶奶身体后仰，脱离驴背，一只有力的胳膊挟着她，向高粱深处走去。

奶奶无力挣扎，也不愿挣扎，三天新生活，如同一场大梦惊破，有人在一分钟内成了伟大领袖，奶奶在三天中参透了人生禅机。她甚至抬起一只胳膊，揽住了那人的脖子，以便他抱得更轻松一些。高粱叶子嚓嚓响着。路上传来曾外祖父嘶哑的叫声："闺女，你去哪儿啦？"

石桥附近传来大喇叭凄厉的长鸣和机枪分不清点儿的射击声。奶奶的血还在随着她的呼吸，一线一线往外流。父亲叫着："娘啊，你的血别往外流啦，流完了血你就要死啦。"父亲从高粱根下抓起黑土，堵在奶奶的伤口上，血很快洇出，父亲又抓上一把。奶奶欣慰地微笑着，看着湛蓝的、深不可测的天空，看着宽容温暖的、慈母般的高粱。奶奶的脑海里，出现了一条绿油油的缀满小白花的小路。在这条小路上，奶奶骑着小毛驴，悠闲地行走，高粱深处，那个伟岸坚硬的男子，顿喉高歌，声越高粱。奶奶寻声而去，脚踩高粱梢头，像腾着一片绿云……

那人把奶奶放到地上，奶奶软得像面条一样，眯着羊羔般的眼睛。那人撕掉蒙面黑布，显出了真相。是他！奶奶暗呼苍天，一阵类似幸福的强烈震颤冲激得奶奶热泪盈眶。

余占鳌把大蓑衣脱下来，用脚踩断了数十棵高粱，在高粱的尸体上铺上了蓑衣。他把我奶奶抱到蓑衣上。奶奶神魂出舍，望着他脱裸的胸膛，仿佛看到强劲懔悍的血液在他黝黑的皮肤下川流不息。高粱梢头，薄气袅袅，四面八方响着高粱生长的声音。风平，浪静，一道道炽目的潮湿阳光，在高粱缝隙里交叉扫射。奶奶心头撞鹿，潜藏了十六年的情欲，迸然炸裂。奶奶在蓑衣上扭动着。余占鳌一截截地矮，双膝啪嗒落下，他跪在奶奶身边，奶奶浑身发抖，一团黄色的、浓香的火苗，在她面上哗哗剥剥地燃烧。余占鳌粗鲁地撕开我奶奶的胸衣。让直泻下来的光束照耀着奶奶寒冷紧张，密密麻麻起了一层小白疙瘩的双乳上。在他的刚劲动作下，尖刻锐利的痛楚和幸福磨砺着奶奶的神经，奶奶低沉喑哑地叫了一声："天哪……"就晕了过去。

奶奶和爷爷在生机勃勃的高粱地里相亲相爱，两颗蔑视人间法规的不羁心灵，比他们彼此愉悦的肉体贴得还要紧。他们在高粱地里耕云播雨，为我们高密东北乡丰富多彩的历史上，抹了一道酥红。我父亲可以说是秉领天地精华而孕育，是痛苦与狂欢的结晶。毛驴高亢的叫声，钻进高粱地里来，奶奶从迷荡的天国回到了残酷的人世。她坐起来，六神无主，泪水流到腮边。她说："他真是麻风。"爷爷跪着，不知从什么地方抽出一柄二尺多长的小剑，噌一声拔出鞘，剑刃浑圆，像一片韭叶。爷爷手一挥，剑已从高粱秸秆间滑过，两棵高粱倒地，从整齐倾斜的茬口里，渗出墨绿的汁液。爷爷说："三天之后，你只管回来！"奶奶大感不解地看着他。爷爷穿好衣。奶奶整好容。奶奶不知爷爷又把那柄小剑藏到什么地方去了。爷爷把奶奶送到路边，一闪身便无影无踪。

三天后，小毛驴又把奶奶驮回来。一进村就听说，单家父子已经被人杀死。尸体横陈在村西头的湾子里。

奶奶躺着，沐浴着高粱地里清丽的温暖，她感到自己轻捷如燕，贴着高粱穗子潇洒地滑行。那些走马转蓬般的图像运动减缓，单扁郎、单廷秀、曾外祖父、曾外祖母、罗汉大爷……多少仇视的、感激的、凶残的、敦厚的面容都已经出现过又都消逝了。奶奶三十年的历史，正由她自己写着最后的一笔，过去的一切，像一颗颗香气馥郁的果子。箭矢般坠落在地，而未来的一切，奶奶只能模模糊糊地看到一些稍纵即逝的光圈。只有短暂的又黏又滑的现在，奶奶还拼命抓住不放。奶奶感到我父亲那两只兽爪般的小手正在抚摸着她，父亲胆怯的叫娘声，让奶奶恨爱湮灭、恩仇并泯的意识里，又溅出几束眷恋人生的火花。奶奶极力想抬起手臂，爱抚一下我父亲的脸，手臂却怎么也抬不起来了。奶奶正向上飞奔，她看到了从天国射下来的一束五彩的强光，她听到了来自天国的，用唢呐、大喇叭、小喇叭合奏出的庄严的音乐。

奶奶感到疲乏极了，那个滑溜溜的现在的把柄、人生世界的把柄，就要从她手里滑脱。这就是死吗？我就要死了吗？再也见不到这天，这地，这高粱，这儿子，这正在带兵打仗的情人？枪声响得那么遥远，一切都隔着一层厚重的烟雾。豆官！豆官！我的儿，你来帮娘一把，你拉住娘，娘不想死，天哪！天……天赐我情人，天赐我儿子，天赐我财富，天赐我三十年红高粱般充实的生活。天，你既然给了我，就不要再收回，你宽恕了我吧，你放了我吧！天，你认为我有罪吗？你认为我跟一个麻风病人同枕交颈，生出一窝癞皮烂肉的魔鬼，使这个美丽的世界污秽不堪是对还是错？天，什么叫贞节？什么叫正道？什么是善良？什么是邪恶？你一直没有告诉过我，我只有按着我自己的想法去办，我爱幸福，我爱力量，我爱美，我的身体是我的，我为自己做主，我不怕罪，不怕罚，我不怕进你的十八层地狱。我该做的都做了，该干的都干了，我什么不怕。但我不想死，我要活，我要多看几眼这个世界，我的天哪……

奶奶的真诚感动上天，她的干涸的眼睛里，又滋出了新鲜的津液，奇异的来自天国的光辉在她的眼里闪烁，奶奶又看到了父亲金黄的脸蛋和酷似爷爷的那两只眼睛。奶奶嘴唇微动，叫一声豆官，父亲兴奋地大叫："娘你好了！你不要死。我已经把你的血堵住了，它已经不流了！我就去叫俺爹，叫他来看看你，娘，你可不能死，你等着我爹！"

父亲跑走了。父亲的脚步声变成了轻柔的低语，变成了方才听到过的来自天国的音乐。奶奶听到了宇宙的声音，那声音来自一株株红高粱。奶奶注视着红高粱，在她朦胧的眼睛里，高粱们奇谲瑰丽，奇形怪状，它们呻吟着，扭曲着，呼号着，缠绕着，时而像魔鬼，时而像亲人。它们在奶奶的眼里盘结成蛇样的一团，又呼喇喇地伸展开来，奶奶无法说出它们的光彩了。它们红红绿绿，白白黑黑，蓝蓝绿绿，它们哈哈大笑，它们号啕大哭，哭出的眼泪像雨点一样打在奶奶心中那一片苍凉的沙滩上。高粱缝隙里，镶着一块块的蓝天，天是那么高又是那么低。奶奶觉得天与地、与人、与高粱交织在一起，一切都在一个硕大无朋的罩子里罩着。天上的白云擦着高粱滑动，也擦着奶奶的脸。白云坚硬的边角擦得奶奶的脸綷縩作响。白云的阴影和白云一前一后相跟着，闲散地转动。一群雪白的野鸽子，从高空中扑下来，落在了高粱梢头。鸽子们的咕咕鸣叫，唤醒了奶奶，奶奶非常真切地看清了鸽子的模样。鸽子也用高粱米粒那么大的、通红的小眼珠来看奶奶。奶奶真诚地对着鸽子微笑，鸽子用宽大的笑容回报着奶奶弥留之际对生命的留恋和热爱。奶奶高喊：我的亲人，我舍不得离开你们！鸽子们啄下一串串的高粱米粒，回答着奶奶无声的呼唤。鸽子一边啄，一边吞咽高粱，它们的胸前渐渐隆起来，它们的羽毛在紧张的啄食中奓起，那扇状的尾羽，像风雨中幡动着的花序。我家的房檐下，曾经养过一大群鸽子。秋天，奶奶在院子里摆一个盛满清水的大木盆，鸽子从田野里飞回来，整齐地蹲在盆沿上，面对着清水中自己的倒影，把嗓子里的高粱吐噜吐噜吐出来。鸽子们大摇大摆地在院子里走着。鸽子！和平的沉甸甸的高粱头上，站着一群被战争的狂风暴雨赶出家园的鸽子，它们注视着奶奶，像对奶奶进行沉痛的哀悼。

奶奶的眼睛又矇眬起来，鸽子们扑棱棱一起飞起，和着一首相当熟悉的歌曲的节拍，在海一样的蓝天里翱翔，鸽翅与空气相接，发出飕飕的风响。奶奶飘然而起，跟着鸽子，划动新生的羽翼，轻盈地旋转。黑土在身下，高粱在身上。奶奶眷恋地看着破破烂烂的村庄，弯弯曲曲的河流，交叉纵横的道路；看着被灼热的枪弹划破的混沌的空间和在死与生的十字路口犹豫不决的芸芸众生。奶奶最后一次嗅着高粱酒的味道，嗅着腥甜的热血味道，奶奶的脑海里忽然闪过了一个从未见过的场面：在几万发子弹的钻击下，几百个衣衫褴褛的乡亲，手舞足蹈躺在高粱地里……

最后一丝与人世间的联系即将挣断，所有的忧虑、痛苦、紧张、沮丧都落在了高粱地里，都冰雹般打在高粱梢头，在黑土上扎根开花，结出酸涩的果实，让下一代又一代承受。奶奶完成了自己的解放，她跟着鸽子飞着，她的缩得只如一只拳头那么大的思维空间里，盛着满溢的快乐、宁静、温暖、舒适、和谐。奶奶心满意足，她虔诚地说：

"天哪！我的天……"

九

汽车顶上的机枪持续不断地扫射着，汽车轮子转动着，爬上了坚固的大石桥。枪弹压住了爷爷和爷爷的队伍。有几个不慎把脑袋露出堤外的队员已经死在了堤下。爷爷怒火填胸。汽车全部上了桥，机枪子弹已飞得很高。爷爷说："弟兄们，打吧！"父亲啪啪啪连放三枪，两个日本兵趴到了汽车顶棚上，黑血涂在了车头上。随着爷爷的枪声，道路东西两边的河堤后，响起了几十响破烂不堪的枪声，又有七八个日本兵倒下了，有两个日本兵栽到车外，腿和胳膊扑动着，直扎进桥两边的黑水里。方家兄弟的大抬杠怒吼一声，喷出一道宽广的火舌，吓人地在河道上一闪，铁砂子、铁蛋子全打在第二辆汽车上载着的白口袋上，烟火升腾之后，从无数的破洞里，哗哗啦啦地流出了雪白的大米。我父亲从高粱地里，蛇行到河堤边，急着要对爷爷讲话，爷爷紧急地往自来得手枪里压着子弹。鬼子的第一辆汽车加足马力冲上桥头，前轮子扎在朝天的耙齿上。车轮破了，哧哧地泄着气。汽车轰轰地怪叫着，连环铁耙被推得喀嗒喀嗒后退，父亲觉得汽车像一条吞食了刺猬的大蛇，在痛苦地甩动着脖颈。第一辆汽车上的鬼子纷纷跳下。爷爷说："老刘。吹号！"刘大号吹起大喇叭，声音凄厉恐怖。爷爷喊："冲。"爷爷抢着手枪跳起，他根本不瞄准，一个个日本兵在他的枪口前弯腰俯背。西边的队员们也冲到了车前，队员们跟鬼子兵搅和在一起，后边车上的鬼子把子弹都射到天上去。汽车上还有两个鬼子，爷爷看到哑巴一纵身飞上汽车，两个鬼子兵端着刺刀迎上去，哑巴用刀背一磕，格开一柄刺刀，刀势一顺，一颗戴着钢盔的鬼子头颅平滑地飞出，在空中拖着悠长的嚎叫，扑通落地之后，嘴里还吐出半句响亮的鸣叫。父亲想哑巴的腰刀真快。父亲看到鬼子头上凝着脱离脖颈前那种惊愕的表情，它腮上的肉还在颤抖，它的鼻孔还在抽动，好像要打喷嚏。哑巴又削掉了一颗鬼子头，那具尸体倚在车栏上，脖颈上的皮肤突然褪下去一节，血水咕嘟咕嘟往外冒。这时，后边那辆车上的鬼子把机枪压低，打出了不知多少发子弹，爷爷的队员像木桩一样倒在鬼子的尸体上。哑巴一屁股坐在汽车顶棚上，胸膛上有几股血窜出来。

父亲和爷爷伏在地上，爬回高粱地，从河堤上慢慢伸出头。最后边那辆汽车吭吭吭吭地倒退着，爷爷喊："方六，开炮！打那个狗娘养的！"万家兄弟把装好火药的大抬杠顺上河堤，方六弓腰去点引火绳，肚子上中了一弹，一根青绿的肠子，滋溜滋溜地钻出来。方六叫了一声娘，捂着肚子滚进了高粱地。汽车眼见着就要退出桥，爷爷着急地喊："放炮！"方七拿着火绒，哆哆嗦嗦地往引火绳上触，却怎么也点不着。爷爷扑过去，夺过火绒，放在嘴边一吹，火绒一亮。爷爷把火绒触到引火绳上，引火绳滋滋地响着，冒着白烟消逝了。大抬杠沉默地蹲踞着，像睡着了一样。父亲想它是不会响了。鬼子汽车已经退出桥头，第二辆第三辆汽车也在后退。车上的大米哗哗啦啦地流着，流到桥上，流到水里，把水面打出了那么多的斑点。几具鬼子尸体慢慢向东漂，尸体散着血，成群结队的白鳝在血水中转动。大抬杠沉默片刻之后，呼隆一声响了。钢铁枪身在河堤上跳起老高，一道宽广的火焰，正中了那辆还在流大米的大米车。汽车下部，刮刺刺地着起了火。

那辆退出大桥的汽车停住了，车上的鬼子乱纷纷跳下，趴到对面河堤上，架起机枪，对着这边猛打。方六的脸上中了一弹，鼻梁被打得四分五裂，他的血溅了父亲一脸。

起火汽车上的两个鬼子，推开车门跳出来，慌慌张张蹦到河里。中间那辆流大米的汽车，进不得退不得，在桥上吭吭怪叫，车轮子团团旋转。大米像雨水一样哗哗流。

对面鬼子的机枪突然停了，只剩下几支盖子枪在叭勾叭勾响。十几个鬼子，抱着枪，弯着腰，贴着火汽车的两边往北冲。爷爷喊一声打，响应者寥寥。父亲回头看到堤下堤上躺着队员们的尸体，受伤的队员们在高粱地里呻吟喊叫。爷爷连开儿枪，把几个鬼子打下桥。路西边也稀疏地响了几枪，打倒几个鬼子。鬼子退了回去。河南堤飞起一颗枪弹，打中了爷爷的右臂，爷爷的胳膊一蜷，手枪落下，悬在脖子上。爷爷退到高粱地里，叫着："豆官，帮帮我。"爷爷撕开袖子，让父亲抽出他腰里那条白布，帮他捆扎在伤口上。父亲趁着机会，说："爹，俺娘想你。"爷爷说："好儿子！先跟爹去把那些狗娘养的杀光！"爷爷从腰里拔出父亲扔掉的勃朗宁手枪，递给父亲。刘大号拖着一条血腿，从河堤边爬过来，他问："司令吹号吗？"

"吹吧！"爷爷说。

刘大号一条腿跪着，一条腿拖着，举起大喇叭，仰天吹起来，喇叭口里飘出暗红色的声音。

"冲啊，弟兄们！"爷爷高喊着。

路西边高粱地里有几个声音跟着喊。爷爷左手举着枪，刚刚跳起，就有几颗子弹擦着他的腮边飞过。爷爷就地一滚，回到了高粱地。路西边河堤上响起一声惨叫，父亲知道，又一个队员中了枪弹。

刘大号对着天空吹喇叭，暗红色的声音碰得高粱棵子索索打抖。爷爷抓住父亲的手，说："儿子，跟着爹，到路西边与弟兄们汇合去吧。"

桥上的汽车浓烟滚滚，在哔哔叭叭的火焰里。大米像冰雹一样满河飞动。爷爷牵着父亲，飞步跨过公路，子弹追着他们，把路面打得噗噗作响。两个满面焦糊、皮肤开裂的队员见到爷爷和父亲，嘴咧了咧，哭着说："司令，咱们完了！"

爷爷颓丧地坐在高粱地里，好久都没抬起头来，河对岸的鬼子也不开枪了。桥上响着汽车燃烧的爆裂声，路东响着刘大号的喇叭声。

父亲已经不感到害怕，他沿着河堤，往西出溜了一段，从一蓬枯黄的衰草后，他悄悄伸出头。父亲看到从第二辆尚未燃烧的汽车棚里，跳出一个日本兵，日本兵又从车厢里拖出了一个老鬼子。老鬼子异常干瘦，手上套着雪白的手套，腚上挂着一柄长刀。黑色皮马靴装到膝盖。他们沿着汽车边，把着桥墩，哧溜哧溜往下爬。父亲举起勃朗宁手枪，他的手抖个不停，那个老鬼子干瘪的屁股在父亲枪口前跳来跳去。父亲咬牙闭眼开了一枪。勃朗宁嗡的一声响，子弹打着呼哨钻进水里，把一条白鳝鱼打翻了肚皮。鬼子官跌到水中。父亲高叫着："爹，一个大官！"

父亲的脑后一声枪响，老鬼子的脑袋炸裂了，一团血在水里噗啦啦散开了。另一个鬼子手脚并用，钻到了桥墩背后。

鬼子的枪弹又压过来，父亲被爷爷按住。子弹在高粱地里唧唧咕咕乱叫。爷爷说："好样的，是我的种！"

父亲和爷爷不知道，他们打死的老鬼子，就是有名的中岗尼高少将。刘大号的喇叭声不断，天上的太阳，被汽车的火焰烤得红绿间杂，萎萎缩缩。

父亲说："爹，俺娘想你啦，叫你去。"

爷爷问："你娘还活着？"

父亲说："活着。"

父亲牵着爷爷的手，向着高粱深处走。

奶奶躺在高粱下，脸上印着高粱的暗影，脸上留着为我爷爷准备的高贵的笑容。奶奶的脸空前白净，双眼尚未合拢。

父亲第一次发现，两行泪水，从爷爷坚硬的脸上流下来。

爷爷跪在奶奶身旁，用那只没受伤的手，把奶奶的眼皮合上了。

一九七六年，我爷爷死的时候，父亲用他的缺了两个指头的左手，把爷爷圆睁的双眼合上。爷爷一九五八年从日本北海道的荒山野岭中回来时，已经不太会说话，每个字都像沉重的石块一样从他口里往外吐。爷爷从日本回来时，村里举行了盛大的典礼，连县长都来参加了。那时候我两岁。我记得在村头的白果树下，一字儿排开八张八仙桌，每张桌子上摆着一坛酒，十几个大白碗。县长搬起坛子，倒出一碗酒，双手捧给爷爷。县长说："老英雄，敬您一碗酒，您给全县人民带来了光荣！"爷爷笨拙地站起来，灰白的眼珠子转动着，说："喔——喔——枪——枪。"

我看到爷爷把那杯酒放到唇边，他的多皱的脖子梗着，喉结一上一下地滑动，酒很少进口，多半顺着下巴，哗哗啦啦地流到了他的胸膛上。

我记得爷爷牵着我，我牵着一匹小黑狗，在田野里转。爷爷最喜欢去看墨水河大桥，他站在桥头上，手扶着桥墩石，一站就是半个上午或半个下午。我看到爷爷的眼睛常常定在桥石上那些坑坑洼洼的痕迹上。高粱长高时，爷爷带着我到高粱地里去，他喜欢去的地方也离着墨水河大桥不远，我猜想，那儿就是奶奶升天的地方，那块普普通通的黑土地上，浸透奶奶的鲜血。那时候，我们家的老房子还没拆，爷爷有一天操起一把镢头，在那棵楸树下刨起土来。他刨出了几个蝉的幼虫，递给我，我扔给狗，狗把蝉的幼虫咬死，却不吃。"爹，您刨什么？"我的要去公共食堂做饭的娘问。爷爷抬起头，用恍若隔世的目光看着娘。娘走了，爷爷继续刨土。爷爷刨出了一个大坑，斩断了十几根粗细不一的树根，揭开了一块石板，从一个阴森森的小砖窖里，搬出了一个锈得不成形的铁皮匣子。铁匣子一落地就碎了。一块破布里，露出了一条锈得通红的、比我还要长的铁家伙，我问爷爷是什么，爷爷说："喔——喔——枪——枪——"

爷爷把枪放在太阳下晒着，他坐在枪前，睁一会眼，闭一会眼，又睁一会眼，又闭一会眼。后来，爷爷起身，找来一柄劈木柴的大斧，对着枪乱砍乱砸。爷爷把枪砸成一堆碎铁，然后，一件件拿开扔掉，扔得满院子都是。

"爹，俺娘死了？"父亲问爷爷。

爷爷点点头。

父亲说："爹！"

爷爷摸了一下父亲的头，从屁股后掏出一柄小剑。砍倒高粱，把奶奶的身体遮起来。

堤南响起激烈的枪声，喊杀声，和炸弹爆炸声。父亲被爷爷拽着，冲上桥头。

桥南的高粱地里，冲出一百多个穿灰布军衣的人。十几个日本鬼子跑上河堤，有的被枪打死，有的被刺刀捅穿。父亲看到，腰扎宽皮带，皮带上挂着左轮手枪的冷支队长在几个高大卫兵的簇拥下，绕过着火的汽车，向桥北走来。爷爷一见冷支队长，怪笑一声，持枪立在桥头不动了。

冷支队长大模大样地走过来，说："余司令，打得好！"

"狗娘养的！"爷爷骂。

"兄弟晚到了一步！"

"狗娘养的！"

"不是我们赶来，你就完了！"

"狗娘养的！"

爷爷的枪口对准了冷支队长。冷支队长一使眼色，两个虎背狼腰的卫兵就以麻利的动作把爷爷的枪下了。

父亲举起勃朗宁，一枪打中了撕掳爷爷那个卫兵的屁股。

一个卫兵飞起一脚，把父亲踢翻，用大脚在父亲手腕上跺了一下，弯腰把勃朗宁捡到手里。

爷爷和父亲被卫兵架起来。

"冷麻子，你睁开狗眼看看我的弟兄！"

公路两侧的河堤上，高粱地里，横七竖八地躺着死尸和伤兵。刘大号断断续续地吹着喇叭，鲜血从他的嘴角鼻孔往外流。

冷支队长脱掉军帽，对着路东边的高粱地鞠了一躬，对着西边的高粱地鞠了一躬。

"放开余司令和余公子！"冷支队长说。

卫兵放开爷爷和父亲。那个挨枪的卫兵手捂着屁股，血从他的指缝里滴滴答答往下流。

冷支队长从卫兵手里接过手枪，还给爷爷和父亲。

冷支队长的队伍络绎过桥，他们扑向汽车和鬼子尸体，他们拿走了机枪和步枪、子弹和弹匣、刺刀和刀鞘、皮带和皮靴、钱包和刮胡刀。有几个兵跳下河，抓上来一个躲在桥墩后的活鬼子，抬上了一个死老鬼子。

"支队长，是个将军！"一个小头目说。

冷支队长兴奋地靠前看了看，说："剥下军衣，收好他的一切东西。"

冷支队长说："余司令，后会有期！"

一群卫兵簇拥着冷支队长往桥南走。

爷爷吼叫一声："立住，姓冷的！"

冷支队长回转身，说："余司令，谅你不会打我的黑枪吧！"

爷爷说："我饶不了你！"

冷支队长说："王虎给余司令留下一挺机枪！"

几个兵把一挺机枪放在爷爷脚前。

"这些汽车，汽车上的大米，也归你了。"

冷支队长的队伍全部过了桥，在河堤上整好队，沿着河堤。一直向东走去。

夕阳西下。汽车烧毕，只剩下几具乌黑的框架，胶皮轱辘烧出的臭气令人窒息。那两辆未着火的汽车一前一后封锁着大桥。满河血一样的黑水，遍野血一样的红高粱。

父亲从河堤上捡起一张未跌散的拤饼，递给爷爷，说："爹，您吃吧，这是俺娘擀的拤饼。"

爷爷说："你吃吧！"

父亲把饼塞到爷爷手里，说："我再去捡。"

父亲又捡来一张拤饼，狠狠地咬了一口。

谨以此文召唤那些游荡在我的故乡无边无际的通红的高粱地里的英魂和冤魂。我是你们的不肖子孙，我愿扒出我的被酱油腌透了的心，切碎，放在三个碗里，摆在高粱地里。伏惟尚飨！尚飨！

（原载《人民文学》1986 年第 3 期）

李贯通

LI GUAN TONG

1949 年出生。山东鱼台人。1967年高中毕业，1968 年赴鱼台县城关乡村插队务农，当过民办教师。1977 年考入山东师范学院聊城分院中文系（现聊城大学），1982 年毕业后分配至鱼台县文化局任创作员。1986 年加入作家协会。1988 年 9 月调入山东省作家协会。现为山东省作协创作室主任，山东省作协副主席。

1981 年开始发表文学作品。出版有小说集《正是梁上燕归时》《洞天》《天下文章》《天缺一角》《鱼渡》《乐园》《庸常岁月》《绝药》《落叶斑驳》《无边波澜》《水性》《迷蒙之季》等。小说《洞天》获 1985—1986 年全国优秀短篇小说奖，中篇小说《天缺一角》获第一届鲁迅文学奖。

洞　天

（如烟的暑气散尽了。湖面上的星星和天上的一般多。人们的各色各样的梦都在聒噪的蛙鸣中起伏。他和她相隔一道墙，墙上有一个算盘大小的方洞——靠她那面的洞口，吊一块污黄的白布。）

"捶墙干啥？想发邪财的！男人有钱就作恶！唉，越是邪门越来钱……钓鱼钩，大头针，鱼刺……"

"你说的我听不懂。我借火吸烟，睡不着。"

"野种！唉……你不是问琵琶镇北头为哈破破烂烂？给你火。琵琶镇是一把仙琵琶变成的。头向着北。一股邪风刮来了，偏偏把琵琶的头顶刮走了一块。有位神仙马虎，没找到好木头，随手拾了块破杨木配上。我们镇北头就破破烂烂了。北头的人都是好人，都和善。都是能吃苦的人，也都没出息。小气，老鼠眼，白天老觉得沾了光，夜里老觉得吃了亏。"

"完啦？讲得真好！真好真好！"

"没一点不好吗？"

"嗯——有一点不好。讲到……配上了就该结束的。给你的火。"

"……"

有些事情并不容易解释清。石龙和水仙嫂相识才几个小时？他俩却像久违的熟人喋喋不休了。下午，石龙登上琵琶镇后，曾有过好久好久的心灰意冷。在山西，他就听人们艳羡地讲述过这个日出斗金的微山湖，这个繁荣兴旺的大镇子，这个大镇子的夏日的惋惜………一周是水。一周是船。船船有鱼。湖面上还是黑魆魆的，琵琶镇的市场早把这里的天空照亮了。各种各样的鱼一筐筐，一篮篮，一盆盆，一席席，相挤相垒，活蹦乱跳，闪烁耀眼。这个市场仿佛用大小不一的银块子堆成的长坝，仿佛是明月照耀下的一条粼粼的溪流。再听听鱼儿吐沫翕腮的低脆的窸窸窣窣声，品一品淡淡的鱼腥味，没有谁不沉醉。东方的天壁上冒出一抹灰色，那讨厌的溽热也就随之铺盖而来。市场上，银块子的长坝萎缩了、黯然了，粼粼的溪流静止了，低脆的窸窸窣窣声没有了。鱼儿身上生出了一层浊浊的黏液。呛人的腥味和隐隐的臭味充溢着。太阳出来一竿子高，市场上还有三分之一的鱼没卖出去——这些鱼很难再卖了。红红的鱼眼变成了白色，红红的鱼腮花变成浆糊色。鱼的肚子被吹法气似的吹鼓，有的吹开了洞，湖泥色的黑肠子和小米状的鱼籽缓缓拱出。腐败的腮臭冲天而起，熏得男女卖主贪婪地抽着香烟。额上淌下的汗和手指上的汗将烟浸开了卷，他们不住地换上一支支新的。烟雾里他们泰然自若，无忧无虑，谈天说地，相视而笑。鱼都是他们从湖里逮上来的，没有本钱，只要力气。他们习惯了溽暑时节的每一个上午。热辣辣的太阳升得更高了。市场上的石堆上蹲了只美丽的花猫。有人扔过去一条漂亮的小鲤鱼拐子。美丽的花猫仅仅骄矜地眨了一下眼睛。有一只开圈的母猪摇摇摆摆而来。它稳重地从市场上穿过，脸扭也不扭。有人不再熬时间，把鱼倒在地上，提了鱼筐款款离去。养貂的专业户傲气十足，他们花上五角钱就可以买到不小的一堆，并且可以叫卖鱼的人帮忙送到家里。又一会儿，卖鱼的男男女女也都陆续地倒了鱼，带上家什离去。他们当然比来的时候轻松，边走边说笑，喜欢重复那句重复了许多年的老话：这就是烂鱼的季节！市场上静静的，乱糟糟的，遍地是鱼。几个老人荷锨抬筐而来，他们对得起每月三十元的报酬，不慌不忙地把烂鱼送到垃圾堆。唯有他们埋怨这个季节……石龙深深地为琵琶镇的夏季惋惜了。一种热烈的情愫在滋长。终于，他领着他的四个徒弟，从家乡山西踌躇满志地踏上这片水土。

琵琶镇之大石龙始料不及。琵琶镇的拥挤石龙同样始料不及。从南向北询问了五六里路，没有一家有几间空闲房屋租赁给他。镇上私人兴办的旅社并不少，却又都没有宽敞的院子供他支开几口大锅。蓝蓝的天穹宛如一个硕大的炉膛，渐渐变大的夕阳宛如吐着红红焰火的炉口。镇上干燥得拿扇子也未必扇出风来。石龙和他的徒弟又热又渴，大把大把地摔着汗。附近的一个小茶馆里，一位银须老人一手端着酒杯，一手练着书法，字写得如行云流水，潇洒遒劲。写了五六幅才住了笔，一口饮下左手中的酒。石龙啧啧称赞，攀谈起来。

打听到房子，老人说："问镇北头水仙嫂。不过，她恨男人……"

水仙嫂的确是恨男人的。石龙和他的徒弟在她的院子里站了好久，喊了十几声大嫂，她理也不理，瞟也不瞟，在屋里织她的稻草包。"哐当——哐当——"她的脚均匀地用力踩着踏板，长长的竹梭子带着稻草不停地穿去抽回。随着织包机的每一声响，竹梭子都要忿忿地从屋里射出，箭一般地对准几个外来人。

"水仙大嫂，我们几个外地人，无亲无友，在这里作难了。想赁你的房子住几天。"

织包机当当两声巨响。水仙嫂子冷冷地说："这里不住男人。我还担心男人死不完哩！"

石龙他们咂舌挤眼，垂头丧气地在院子里徘徊。他们恋恋不舍地望着这个宽敞的院子，望着这四间半新的瓦屋。东边的两间水仙嫂住着，西边的两间锁着门，锁上锈迹斑斑。水仙嫂子的丈夫呢？这个家再没有别人了吗？石龙思忖着。

"水仙嫂，你说的也有道理。坏男人真不少呀！"石龙若有感慨，"像我们这几个的，不多。我们几个都是地地道道的好男人。"

织包机戛然而止，一张白净的中年妇女的脸转过来。尽管那脸上刻下了细密的皱纹，仍然可以叫人一眼看出她楚楚动人的青春的余韵。一位四十岁左右的女人眼球还是那么黑白分明，秋水轻漾；小巧的鼻子和薄薄的红嘴唇都有着优美的线条；面色柔润生动，光泽鲜明……有屋内陈旧灰暗作底色，石龙愈加感到这是一幅杰出的娴静、温柔的油画了。这肖像是出乎意料的，诱使他欣赏……他的心头一瘆：她的额上被扭出了暗红的血道子，宛似一根长而细的紫色豆荚附在上面。重新看这幅油画，竟然是一种冷峻与忧伤的情绪了。

水仙嫂子并没有看清石龙的徒弟，他们只是几截模糊的光光的树身子。当她的目光与石龙这个山西汉子相对视的一刹那，她的脑际莫名其妙地响起隐隐的雷声。啊啊，二十年前她的丈夫初次抚摩她的一刹那，不也是响起了这样的雷声吗？她本应扭过脸，继续弄响她的织包机的。她的视线迷茫了片刻，又恢复了清晰。魁梧的体魄，红扑扑的脸庞，敦厚的凝聚着毅力的嘴角，精明而又真挚多情的大眼……她二十年来从没有这样看过男人。

"水仙嫂，"石龙跨进屋里，"我们是跟你一样的好人！"石龙似玩笑，又似极严肃的表白。

"野种。"她的左手一抛。

她愕愕地盯住自己的左手。它仿佛并不是受了她的支配，而是有一种更为神异的力差遣它，去墙上摘下钥匙扔给石龙的，左手受审般地在她眼前颤抖——她可以发誓，她的大脑没有支配它去给那些男人拿钥匙。没有！她懊悔地站起身，要把钥匙追回来。西层的门已经吱吱呷呷打开了。

她惶惑地听着他们在西屋拾拾掇掇，望着他们在院子里又栽又垒。她想到她的丈夫。她不是也曾劝他在院子里栽栽垒垒搭起棚子，养上几十只貂吗？他不干，嘲笑她笨，憨。队里应有尽有。还有鱼钩，针，鱼刺……琵琶镇的女人水灵秀气……她的脑袋里一声尖叫，头疼病发作了。她闭着眼，哆嗦着，信手从织包机旁拿起一把破旧不堪的钳子，钳住额上那暗红的道子，扭扭拽拽，一点点地移动。她的头疼病没有什么药可以治愈，唯有扭她的额。她的手曾经累得麻木、酸疼。多亏了她的丈夫给她找了这把钳子。这是丈夫的恩德！十年来它从不曾离开她。白天它就在织包机旁，晚上它就在枕头下。它是她忠实的伴侣，她的手早把它的把儿磨得黑亮黑亮。

镇北头的男男女女二十多口子围上来。院子里的阳光被踏得支离破碎。气温又升高了几度，蒲扇噗噗嗒嗒响作一片。

"小爷们，你们趁早回家吧，烂鱼的季节，没法子。我不能眼睁睁看着你们办傻事、倒大霉。""小爷们，还是在家好，没风没火，有口温汤喝就行！"老实善良的冯守泉老汉婉言劝说石龙。他听了石龙要大量收购鲜鱼，要用锅熬成鱼干的打算，这位老汉忧心忡忡，急得眼睛有些潮湿。这几个外来人命运好苦！他在心里为他们祈祷，愿他们听他的劝告。他就是这么一个人，邻居家的四岁男孩拿着鱼叉玩，惊得他一身虚汗，不能不学了几声狗叫才哄着小孩松了手。只要石龙他们能悬崖勒马，冯守泉老汉是不惜学上半天狗叫的。

"大爷，很感谢你。请您放心，我们没把握是不敢从山西跑来的。"

冯守泉老汉苦丧着脸缩到院子的一角：

"山西鱼少，你们是来这里喝鱼汤的吧！"一位叫于跃的中年人鄙夷地叫着。

"来喝鱼汤的！喝个饱呀！"

"饱呀！哈哈哈……弟兄们，心野了吃亏！"

一些人附和着。

石龙冲着于跃笑笑："这里鱼汤肯定鲜。大哥，你明天看看我是怎样熬的吧！"

"怎样熬的？"于跃嘲笑地说，"老君炉？要说鱼，哪里比得微山湖？你说是养鱼，还是逮鱼、吃鱼、腌鱼。这里会的方法外地不会，外地的方法跳不出这里的手心。熬鱼能发了财，可轮不到兄弟你呀！"

石龙爽朗地说："这财是发定了。实不相瞒，熬鱼的法我们那里好多人都会。我在这里熬出七八千斤干鱼就走。"

"别吹了，不懂微山湖的鱼怎么能发这里的鱼财？"于跃叫几个小孩从市场上拣回几条臭哄哄的鲫鱼，"你说这一条有多重？是公是母？"

石龙看了看，摇摇头。

人们笑开了，男男女女脸上都挂满了自豪与满足。

"七两！公鱼！"于跃叫着。

有人拿了称，整整七两。划开鼓鼓的肚子，一粒籽也没有，正是公鱼。

人们欢呼开来。于跃愈加神气。他把那开了肚子的鲫鱼撂到十几步外。在鱼身上盖了薄薄的一层苲草，让鱼儿半藏半露。他拿了杆鱼叉，说："看我一股叉尖叉它的眼！"他瞄了瞄，骂声"日他姐"，鱼叉随着骂飞刺过去。有人跑去挑了叉过来，人们蜂拥而上，果然是一股叉尖刺中了。虽然没从鱼眼珠上穿过，却也差不了半分。

"怎么样兄弟？你行吗？"有人问石龙。

"我不行，这是真功夫啊！"

院子里响起"嗷嗷"的嚎叫。

水仙嫂从屋里泼出一盆水。叫声即刻暗哑了。

（叫人诅咒的热夜。连墙壁也有些粘手。墨染的天空紧扣着蒙蒙的湖。院子里弥漫着混合了焦和甜的怪味。徒弟们的鼾声响在院子里的树下。他和她相隔着一道墙。墙上确一个算盘大小的方洞。）

"……借个火。"

"老是借火。野种。"

"不借火不行。你也老是借给我。"

"……从前。从前有一个大闺女。她长得……好。她家里很穷很穷。她爹长年睡在病床上。她本来有一个心上人。后来……"

"后来，有一个恶少或坏财主，带着几个打手抢走了她。"

"后来，有一个大队书记看上了她。那个大队书记是个清水男人……"

"什么是清水男人？"

"不是浑水。野种。所以他三十六了还没成亲。那时候时兴戴像章。那个大闺女也戴了一个。书记去抢她的像章——那时候也时兴抢像章。书记的手又大又有劲，一把抓了像章，也抓了她胸脯的高地方。她的褂子太旧太旧了，被抓开了一个洞……"

"后来呢？"

"后来她哭了，她很害怕很害怕。她觉得她该死。她又舍不得老爹。后来书记要娶她，塞给她好多好多钱——那些钱刺得她的眼直冒金星。她的脑袋一热。"

"结婚啦？"

"结啦。"

"她的那个心上人呢？"

"她忘了他。他有病死了。她到死也后悔。她怎么脑袋一热的呢？她是村里最正经最本分最有良心的好姑娘，她当时像中了邪，想的是权势？金钱？她一定想过。她平时从不想权势金钱。从结婚那一天起，她的头就有病了。她常常想，不管多好的人也都说不定哪一天突然迷了门。有的迷得很，越走越远；有的迷了一阵又走回来。她当时要走回来就好了。你说对吗？"

"……"

"野种睡了？"

"没有。我在想我自己。我也三十六岁了。"

"你也是……"

"我不是……我要不是心野，只想在这个天地里闯荡一番，不愿意两个人粘粘胶似地缩到家里过平庸日子，她是不会……唉，也好也好，无牵无挂……"

"你这样多好！我讲的她的男人不这样。干正事的门道如今好多，他不干。不操心，不费力，伸手朝那里一捞，就啥都有了……"

"你翻来覆去地说什么钓鱼钩，有什么文章？"

"哼。我本来想以后再说的。他捞不到什么了，又有了邪门。他很精。那年一个人吃饭囫囵，偏巧咽下去孩子们的一个钓鱼钩。钩就卡在喉咙里，钩上的线在外边飘着，垂到胸前。谁也没有好办法弄出来、咽下去。他不知哪里来的法，叫人家吃了什么东西，钩就一点一点地扯出来。他给人家要了四百块钱！好狠！谁是要咽了图钉、针，谁被鱼刺卡住了，他都有绝法，一治就灵。他靠这发了些财。他谁也不传给。他说他死了就烂到肚里啦。没人味！都像他这号人，人还得成猴子！唉，天下的男人，有点小本事，有几个好的？"

"……"

"有几个良心上没灰星的？老天时时睁着眼。没有好报！没有！"

"……"

几天来，水仙嫂子的院子仿佛成了琵琶镇的重心。天还没亮，卖鱼的就在这里排好了长队。从日出到日落，参观的人络绎不绝。拄拐杖的痰声辘辘的老人，奶着婴儿的少妇，来微山湖观光的游客，叫声昂扬的小商小贩……熙熙攘攘，比肩接踵。人们的情绪远远超过了庆祝会、物资交流会，超过了婚礼。

水仙嫂子被喧嚣吵得头疼病频频发作。她闭了门，没好气地哐当织包机。稻草绳断了一根又断了一根。她心烦意乱地歪在床上，那床骤然成了一张栽满铁钉的热鏊子。她跳下床，喝碗凉水，凉水里如同掺了辣椒粉。她变得暴躁乖戾了。她想砸烂所有的东西，想把所有的人从她的院子里统统赶跑。然而院子里的人越聚越多。没有谁知道她的愤怒。她错了吗？她不应该留下这几个外来人？他们将会给她的生活带来什么？……她从门缝里瞅，谁的喷着汗臭的脊梁遮了视线。她不得不站在一条凳子上。外面是一个乱纷纷的诱惑人的小世界。她于这个小世界中寻觅到了他。他正忙碌。他扬起胳膊朝锅里倒着鱼。那胳膊赤裸着，显得格外强劲格外灵活……她的右胳膊像触了低压电，倏然间酸麻了，颤抖了。她以左手轻轻地抚，似乎生怕忘却了什么，似乎生怕失落了什么，似乎生怕那里滋生出什么。

方洞。床上方那个算盘大小的方洞。她抚摩起它。她用手电筒照着它，凝视着上面的粒粒细尘。俺有点儿紧张，有点儿失望。她没有看到丝毫的夜的痕迹。借个火，给你火……她和他的胳膊都伸到这个洞里，越伸越深。终于，两支胳膊谨慎地相蹭了，就在这个可怜的洞口，她仿佛看到了一道电光，稍纵即逝……她怎么能够疏忽，忘记堵上这个方洞？她匆匆从床下拾了几块砖塞进去。她的眼里好像飞入了灰尘。嘈杂从门缝里涌进来。她漠漠的，惴惴的，站在凳子上向外瞅。不知不觉，她的钳子又扭到额上，扭下两串泪……

石龙的健壮和劳动强度是令许多人赞叹惊讶的。院子里东西向一字安下四口大锅。四个徒弟都是二十左右，机灵能干，每人烧着一口。琵琶镇有的是苇茬子。锅底下轰轰烈烈，毕毕剥剥，徒弟们的脸被火光映的如同涂了胭脂。他们也不说话，也不擦汗，淋淋地蹲在锅门口，不时看看锅内。锅墙用砖头草草垒成，少不了洞穴。腾腾的火焰和乳白的浓烟从洞穴里喷吐出来，一缕缕，一道道，一团团。红的火时而直直地喷着，时而一伸一缩；白的烟时而云朵似的缭绕着锅台，时而被锅里的热气冲撞得零零碎碎，悠然逃散。"五八年大炼钢铁时，那烟火……"几位老人发了思古之幽情。"反正不保险，老老实实地，有口馍吃就饿不死人！""对呀，咱北头谁饿死了？"又有人欣慰地议论。

四个锅里的水同时沸腾了，——徒弟们的烧火本领完全一样。腾腾的热气朦胧了小院，滋润得人们的须发、眉毛分外晶莹。人们大口大口地吹着这遮眼的茫茫热气，明明知道这是徒劳。水的沸腾声音雄浑激荡，恰如千军万马呼啸冲杀，伴随着急雨般的密密鼓点，离锅近些的人不得不后撤身子。

石龙站在东边的锅旁。"端红的！"他命令徒弟。"到了——"徒弟们一边朝屋里跑，一边异口同声答应。如果徒弟不放声，即便端得再快，石龙也会生气。他的命令一下，徒弟立刻一答。"这叫配合！"石龙常常这样强调。

红的是什么东西呢？强烈的神秘感攫取了围观者的心。难道这外来人的本事全在"红的"身上？人们向前挤了挤，踮起脚，相互扶肩扯肘。脑袋乱纷纷地晃动起伏，寻找透过视线的缝隙。眼睛瞪得圆圆的，暴凸凸的，以至有的人眼里累出血丝。可惜热气不散，雾障相叠，一颗颗脑袋拼命地前探出去，脖子弯成了锄钩。只听得"哗哗"，几声，沸腾的声音被什么压低了。徒弟们用木锨从屋里端出"红的"，眨眼间倒入锅里。人们什么也没有看清。

石龙拿着一根快两米长的胳膊粗的木棍，在锅里搅起来。正搅一阵，反搅一阵，紧搅一阵，慢搅一阵。约摸十分钟，"红的"东西全溶化了，锅里的水色暗下来。石龙用木棍蘸一下，细细的水流子顺着棍端淌进锅里，看得出，那水流子有点儿浓。石龙喘息片刻。徒弟们把火烧得更为炽烈。烟和火威胁着人们，密密的一道圆墙似的人群向后撤了撤。

这个空儿，石龙一手扶了木棍，一手在木棍上叩着拍节，抬头望天，惬意地唱起来：

　　　　天上有云看不得嘿嘿嘿

　　　　地上有水听不得嘿嘿嘿

　　　　好男好女分不得嘿嘿嘿

　　　　毒毒的太阳躲不得嘿嘿嘿……

　　唱着唱着，石龙脸上的笑纹唱净了，声音也渐渐小了——就像一根棉线从天上袅袅地落下。院子里十分静谧。不知什么原因，石龙唱得人们心里酸凉酸凉的。有夫妻二人相挨的，碰碰胳膊，都转过脸，一双凄恻的眼对着另一双凄恻的眼……

　　"端白的！"

　　锅里的水又沸腾了。石龙精神抖擞。

　　密密的人群猛地收拢。一片混乱的吵嚷。谁的头被谁碰了。谁的脚被谁踩了。谁的肩被按住了。谁的孩子被挤了。谁的花生篮子被踢翻了。有位中年妇女弓着腰从人群里钻出来，在踮脚探身时，用力过猛，断了布腰带。

　　"白的"又倒进锅里了。人们模糊地看见了白，认不出是什么。于是，人群又撤了撤，遗憾，喘息，抓紧时间养精蓄锐以图下一次……石龙挥舞木棍，用力地搅动。

　　徒弟们又端了一次"二白的"。当水再一次沸腾后．石龙架起鱼筐，每个锅里倒进一百多斤鱼。所有的"工序"都完了，只剩下熬，徒弟们改为温火。

　　人群有点儿骚动。扫兴的人们充分发挥了自己的想象力，猜测议论，各执己见。有人想到石龙住的屋里去看个仔细。那屋子早上了锁。小商小贩伺机活跃……

　　　　哥是太阳，妹是月亮。

　　　　不能相望，能不相望？

　　　　……

　　老实巴结的冯守泉老汉一声惊叫，截断石龙的歌。老汉托起石龙的左胳膊，怯怯地说："不容易！不容易！烫了七八个泡！"

　　石龙感激地宽慰着老汉。他真不知道烫了泡。它们像七八个水豆子，亮亮的，圆鼓鼓的。石龙并不介意。冯守泉老汉要回家找煤油，他说用煤油抹特效。一直在静默细察的于跃大不以为然，他说煤油顶屁用！用头发一穿，泡的水一放，奇效。冯守泉老汉正要拔自己的头发，于跃嘿嘿而笑：头发须用女人的。

　　"拔一根拔一根！"冯老汉手伸向女人们。

　　女人们腼腆了。忸忸怩怩地后撤身子，左顾右盼，掩口嬉笑。男人们把目光集中在她们身上，指指点点，很得意地笑着。女人们更为发窘了。冯老汉又催了催。几个姑娘默契地使使眼色，蜂拥而上，把一位名叫翟巧巧的中年妇女推出来。翟巧巧一向泼辣大方，很乐意同男人打打闹闹，全不在乎男女间的界限。今年春天，有人和她开玩笑："巧巧嫂子，你的一对奶真大！""你想吃吗？"巧巧认真地问。"我……想看。你叫我看一看，让我干啥都行。"巧巧走近他，真的掀起上衣，露了出来。那人眼花缭乱之际，巧巧用柳枝从地上抹了屎，巧巧穷追不舍……翟巧巧被姑娘们推出来，看看石龙，她的脸色烧红了。男人们鼓起掌。巧巧汗水淋淋，尴尬地环视着人们，右手徐缓地向头上摸去……倏地，手停住了，麻酥酥地垂落下来——在攒动的人头中，她看到了她的小个子丈夫沮丧恐惶的眼。一只兔子闯进她的心房，她晃晃膀子，逃了出去。

院子里笑声大作。

这时，从翟巧巧逃出的那个曲折的人缝里，挤进神色冷峻的水仙嫂。她拔下几根头发，递给石龙，转身回去。院子里像被窒息了一般……

熬了四个小时，鱼捞了出来，晾在院子里的席上。人们诧异万分，瞠目结舌：这样的火候，鱼早该熬成烂泥、熬成糊涂了！哪里想到还像往锅里倒时一样硬棒、挺脱。

又一批鱼下锅了。

熬好的鱼只晾两天，竟然像木板一般干硬结实。石龙和徒弟们用木锨敛着，如同敛地瓜干，发出"哗哗啦啦"的脆响。他们一袋袋地装满，扎上了口。

"怎么样？大哥。"石龙拍拍惊得丢魂落魄的于跃的肩。

"哼！……你能！你行！"于跃翻动着含有妒意的眼，"微山湖的财，你发啦！"

"你发啦！发啦！"许多人附和着，既佩服羡慕，又有些焦虑不安。

石龙听了这些话如芒刺在背。他凄然良久，猛地仰天凝望着一团雪白的流云，激动地说："我给人家订了八千斤的合同。熬够就不干了，回老家再干别的去。我姓石的不能白来，要对得起……对得起微山湖、琵琶镇，对得起热情大方的老少爷们。熬鱼的方法，我毫无保留地告诉大家。临走前那一天，欢迎各位再来，我公开方法……"

院子里掌声雷动。

于跃疑惑地走近石龙："你说话算数？"

"怎么能不算数？"

"敢起誓?!"于跃目光狡黠地盯住石龙。

"怎么不敢？你说怎么起吧！依此地规矩。"

"用最绝的法起誓敢吗？"

"好了好了，随你的便。其实没必要。"

于跃拿了鱼叉，一股叉尖抵在石龙的掌心。他说："本来该抵住额头的。

现在你的手用点劲吧，见一点红就行。"

人们都屏住呼吸，凝视着这个外地人。冯守泉老汉上前阻拦，被于跃钳住了腕。冯老汉附在于跃耳上，骂道："你胡乱生法子坑人！天打五雷轰……"

石龙略有犹豫，无可奈何地淡淡一笑，手掌向前轻轻推了推，于跃同时敏捷地把鱼叉向后一抽，院子里一阵欢呼。

水仙嫂的屋门战栗地抖了抖，关严了。

（清爽的风荡漾着偌大的湖。没有哪个季节的风比得上夏季的好。没有哪个地方的风比得上微山湖的宜人。今夜的风并不大，却是柔柔的，潺潺的，缕缕动情。像是姑娘们的裙裾牵出来的，像是大雁的翅膀抖出来的。这风被苍苍的芦苇染碧，被浓郁的荷花熏香，被幽幽的渔火映亮。琵琶镇沉醉了。算盘大小的方洞沉醉了。）

"你唱的歌跟谁学的？……小野种。"

"跟我自己。自己编的。怎么又骂小野种呢？"

"你自己会编歌？……小就是小。"

"会。从自己心里向外流。自己编的才是歌。"

"你再唱一遍我听听行吗？"

"……哥是太阳，妹是月亮。不能相望，能不相望……"

"你怎么啦？"

"不怎么。过去的事好伤心。水仙嫂，你说人一辈子谁都产生过邪念这话对吗？我看百分之一万的对！"

"我早说了……你知道，那位漂亮的姑娘跟书记结婚后，头几年的日子还过得不错。书记把她看成掌上明珠，含在口里，揣在怀里。夫妻间的事是不好说的。她有时想，摊上这样一位疼自己娇自己的丈夫，也算造化。后来，……有一天她亲眼看见，他和一个女人……她晕倒了。又一天，她看见他和另一个女人躲进苇田里，大白天在船上……光着身子，像麻花似的拧在一起。野鸭子在苇田上空飞来飞去，她的眼黑了。她擦船向他俩的船撞去。她想和他俩一同撞死。她的丈夫并不生气，当她的面接着……真不要脸。他穿好衣服跳过来，抱着她，他说他永远不打她，不骂她，不离婚；也请她不要管他的事，装作什么也没看见……赖她没出息，还恋他什么？她闭着眼过日子。她的头发病了。"

"唉，什么样的人都有，吃瓜子吃出来臭虫。唉……不能相望，不能相望……不能……"

"你……你哭了吗？你是男人。哭谁？"

"想哭谁哭谁。后来呢？"

"后来……队里他能捞到的东西少了，就看些怪病，鱼刺卡啦，吃了铁东西啦，虽然看不多，财发得不算少，全嫖了。去年逮捕他，才知道他睡了……睡了不少……"

"枪毙了吗？"

"判了十年。他的妻子第一回去劳改队看他，劝他说出那几个小秘方，他还气得脸发青，他说出来后靠这小秘方能混一辈子。他的妻子第二回又去看他，给他带去了蒸包。他很馋，一句话也没说，接过来蒸包就咬了一口——只一口，他就跳楼死了。她没料他这样的人还知道死了好！……蒸包的馅子全是干草。"

"好！干草好干草好！"

"事后她头疼得更厉害。老觉得这一步又没走好……"

"百分之一万的好。真好真好。"

"人啊……没法说。"

"人啊，真没法说……"

早饭时分。西方远远的湖面上涌上一排排黑云，像一座座奇诡多姿的大山，前呼后拥，铺天盖地而来。远方的雷闷闷地响了几声。疾风乍然而起，越刮越大，疯狂地摇撼着树木。气温低了许多。人们站在院子里、街道上，呼号相庆。男人只剩下一条短裤衩，女人不时机敏地掀动上衣。风刮得人们趔趔趄趄。黏黏的身子光滑了，涩涩的痱子消失了。风势慢慢地小，琵琶镇暗下来，天空低得竹篱可以捅住。一道树枝般的闪电在琵琶镇上空狠狠地一抽，顿时雷雨交加，水雾顷刻淹没了一切。

"哐当！哐当！"水仙嫂的织包机在雷雨里像个哮喘病汉，可怜地吭吭着。

石龙他们不能熬鱼了。师徒五人憋在屋里聊天。徒弟们谈起了家乡，思念之情缠缠绵绵。石龙盯住那个方洞，如痴如呆。

门口一暗，像一只大刺猬，有人披蓑衣戴斗笠走进来，屋里有了一汪泥水。

"大爷，这个天您怎么来了？"石龙让冯守泉老汉坐下，徒弟们递上烟和茶水。

"来看看，来看看。"老汉很拘谨，不用烟，不喝水，也不坐在凳子上。靠墙蹲下，两肘放在膝上，如一个生动的木雕。"这个天，真该死。凉快是凉快，可哪里也不要这么大的雨。雷阵雨原本是下一阵就停的。这倒好，乌云扎下根了，能一气淹了琵琶镇？该死的天。你们的干鱼快熬完了吧？"

"快了。您老人家真和善。"

"天要是好好的，就不会误你们的事了。出门在外，逢上这样的天，蹲牢监啊！你们都是好人，老天作什么对呢？鬼天，王八天，日他娘……"

　　冯老汉不厌其烦地咒骂天气，徒弟们听了很有意思，就随他骂几句，老汉愈加深恶痛绝，瞅着雨雾，骂的话也粗鲁多了。

　　"叫它下吧！算给咱们放个假，休息休息，什么活儿一个劲地干也要累垮人，"石龙想，老汉未必是来闲聊的。"别为这个天生气了。大爷。"

　　"也对也对。什么活也都要喘口气。"老汉眯着眼，像睡了一会儿。"你的水豆子好了吗？疼啊。我也烫过，哪像你烫那么多？真瘆人，真瘆人。"冯老汉抚了抚石龙的胳膊，又眯眼垂头，像是又睡着了。

　　"大爷，您有什么事要我们帮忙吗？我们闲着没事，有的是力气。"

　　"没有事。我怎么能有事叫你们帮忙？没有事……你们休息吧，我走啦。"

　　石龙为老汉披好蓑衣，送他出门。他暗自思忖，冯老汉究竟来干什么呢？看那赧然的神色，似有难言之隐……织包机的声音从墙上那个算盘大小的方洞里传来，这一阵格外响。

　　门口一暗，披蓑衣的冯老汉又返回来："该死的天也许下不多长，西边有亮了。"

　　"大爷，"石龙扶了他，轻声问，"您有事尽管说。"

　　"大爷哪有事？"冯老汉一侧的腮瘪挛般地颤抖，不时打起低低的牙战。"我即有事也不敢叫你们帮忙。"老汉浑浊的眼一下子亮起来，跳动着希望与恐慌的火粒，定定地看着石龙。

　　"大爷，我们一定帮忙。什么事您吩咐吧！"石龙诚恳地握紧老人的手。

　　冯老汉很激动，身子仿佛缩小了许多，嘴角抽搐。他抱住石龙的胳膊，嘴凑向石龙的耳朵。石龙弓着腰，聆听了有两分钟，老汉几次欲言又止。石龙忍俊不住，哈哈笑了起来。老汉很难堪的样子，抹一把脸的水，鼓起勇气，把石龙拉到屋子的一角。

　　"我想求你件事，"老汉的声音连石龙也刚刚能听辨出，"我没本事，是没用的人。除了逮鱼，啥买卖也不会。老婆病，一个儿子瘫痪，一个女儿出嫁了。不怕丢人，家里过得怪紧巴的……"

　　"大爷，这忙好帮。看得出你是好人，正直人。算与您老人家交个老少朋友。"石龙从黑色皮包里数了一百五十元现金，搋到老汉手里，"您别嫌少，我们留了路费。以后常写信联系。"

　　冯老汉的脸色陡地红了，把钱搋回石龙手里，磕磕巴巴地说："我没这个意思，要是有……天打……五、五雷……轰！轰！我凭劳动吃饭……从不白要人家的钱。我想请你……把那个煞鱼的……熬鱼的……法子……传给传给……我……自己？"

　　石龙惊讶得脑袋嗡嗡作响，感到些微微眩晕。掌上的票子枯叶似的纷纷飘零。他神经质地苦笑着。他视线朦胧了，看不清老汉和他的徒弟，看不清烟雨和那个算盘大小的方洞。他宛若走进一张深灰色的帷帐……过了一会,风声雨声都销匿了,他隐隐听到了谁的深沉的脉搏。他凝神思辨,才听出那是东屋的"哐当哐当"声。那声音多么有力!它把石龙从沉寂的深灰色的帷帐里引导出来——冯老汉蹑手蹑脚地走到门口了,他的身子佝偻着,像怀揣一个不可示人的东西,叫人担忧可怜。

石龙追上他:"大爷,您等着吧!"

冯老汉木然地在门外站着,一股风把他的斗笠吹到背后去,斗笠的带子在脖子里来回摩擦着,他不去管它。他的蓑衣也被风吹得支支蓬蓬,像一个不时受惊的刺猬。大雨滂沱,从天上倒下来似的,从他的头顶浇下来。他的脚下,是一片欢腾的小小浪花,舔湿了半截裤腿……

石龙为他戴好斗笠。他将信将疑地点一点头,脚步蹒跚消失在烟雨中。

"师傅,真的告诉他自己?"徒弟问。

石龙重重地跌在床上:"下雨了,不能干活,买瓶酒去吧!"

须臾,酒菜备齐。师徒五人围在一起,一杯接一杯,默不作声。二斤酒快要喝完了,石龙有了醉意,口齿含含混混地唱开了:

> 天上有云看不得嘿嘿嘿
>
> 地上有水听不得嘿嘿嘿
>
> 好男好女分不得嘿嘿嘿
>
> 毒毒的太阳躲不得嘿嘿嘿

一位披雨衣的大汉走进来:"嗬,喝开了!"那大汉转身走了。石龙并不理会,继续唱他的歌。东屋里传来什么歪倒的声音,石龙嗖地窜到方洞口。水仙嫂的凳子翻了,她侧身躺在床上,钳子扭住了额头。石龙和一个徒弟跑出去,还未走进东屋,"砰"一声东屋门关了。

披雨衣的大汉又来了。他是于跃。他提来了四瓶好酒,用荷叶包来烧鸡烧鸭,口袋里掏出二十几个松花蛋。

"弟兄们,下雨天,喝酒天。干吧!"于跃豪爽地倒满了杯,酒溢到地面上。于跃划着一根火柴朝地上一扔,蓝莹莹的火跳荡了。"好酒!好酒!"

"于大哥,我们喝多了,没法陪你。"

"石兄弟,人生难得相见。你从山西来,一开始我们可真是瞧不起。这几天,姓于的服气了。你们快走了,咱别的什么也不谈,算我提前为你送行;不能不给面子!"于跃举杯和石龙相碰。一连喝了两杯。

于跃又和石龙的徒弟逐个碰了两杯。一个徒弟性格倔强,年轻气盛,和于跃猜起拳。猜了一刻钟,难分胜负,二个人喝下去六两多了。于跃一挥手,笑道:"不猜了不猜了,差不多的本事。猜拳太腻味人,咱弟兄俩一人连干五个满的吧!"

"七个吧！我们那里兴连干七个！"徒弟亢奋地说。

"七个就七个，咱俩缘分深！"

七杯下肚，于跃面如重枣，不住地晃着脑袋，口里"噗噗"地吹着酒气："我完了，喝多了，喝多了。"

那徒弟脸色依旧很正常，目光黯淡，他揶揄地笑着："再喝两个！"

"喝！喝死也值……喝两个……"

又两杯下肚，那徒弟脸色苍白，一团棉絮似的歪在地上，

他俩喝酒的当儿，那三位徒弟呆若木鸡，石龙只是垂头沉思。见有人醉倒了，三位徒弟把他扶上床，灌了一壶茶叶水，让他睡觉。于跃也酩酊大醉的样子，竟然跌跌撞撞跑到院子里，两手叉腰，张口向天，贪婪地喝着雨水。徒弟们把他扶进来，他拨弄开他们，又抓起酒瓶，对着瓶口喝了一气。

三个徒弟被于跃感动了，各自又喝了几杯，一个个也醉倒，上床睡了。于跃酒兴更盛，将一斤酒倒在两个大茶杯里，满满当当。一杯推给石龙。他自己先呷了一口，哼唧着去厕所了。石龙舔了舔茶杯，酒味浓烈冲头。今天很怪，他的酒瘾很大，又困乏难支。他倚住墙睡了。东屋的织包机停下来。外面，依旧是雨骤风斜。……于跃晃醒石龙，又劝又罚，频频相碰，两个嬉嬉笑笑，醉语气扬。两茶杯烈酒喝下去了。咽下最后一口，石龙端着空杯发怔了——直到这最后一口，他才品出是清水的味儿，原来那杯烈酒变成了一杯清水！奇怪啊……

石龙先前喝得毕竟太多。酒力在体内发作了，他软酥地仰在床上，打起呼噜。

于跃长长地喟叹一声，诡秘地笑了。他从两个腋下取出毛巾。毛巾湿透了，拧出许多水，那水也有些苦辣的酒味。他是个怪物，喝了酒腋下汗如涌泉，酒便随着汗泉挥发出来，他喝二斤烈酒也不会醉倒的。他为石龙擦净脸，一边灌着茶水，一边轻轻晃着他的肩，嘴唇紧贴他的耳朵，压低嗓门，说道："石兄弟，天不下了，快熬鱼吧！"

"不……熬……"石龙嘴里像含了热地瓜。

"你发财啦！熬鱼的法真灵！"

"没说的……"

"老少爷们……老少爷们都来了，都听你说说熬鱼的法子！"

"琵琶镇……都来……都来了？"

"都来了，都来了，快说说吧！"

石龙猛然睁开了眼。迷惘地看看于跃，又紧闭上了。于跃打个寒战，在屋子里踱来踱去。石龙嘿嘿嘿地笑开了，不睁眼，也不动，一个劲地傻笑，笑得气喘吁吁，眼角滚出一串串的泪。屋里的气氛阴森可怖了。雨还在下，天色又

暗了一些。

于跃给石龙的徒弟们分别灌了些茶水，为他们盖好被单。第一个醉倒的徒弟枕头掉下床，于跃拣起来拍去土，重新给他枕好。石龙浑浑噩噩地又嘿嘿笑开了。

"石兄弟。你再说一遍熬鱼的方法！你说了一遍了，大家没听清。"

"容易……容易……红糖，盐……"

于跃喜不自禁："红糖和盐都知道了，还有一样是……。"

"是……"

"是什么？说呀！"

石龙头疼得裂了似的。他不想说一句话，也不想听别人说一句话。他的思绪混乱如麻，懵懵地想着他个人昨日的辛酸和今日的得志，想着他的家乡和美丽的微山湖，想着他的徒弟和合同，想着他与人订的合同和雷雨，想着琵琶镇北头的人和他的熬鱼方法，想起那一大茶杯清水——如果喝下一茶杯烈酒，他又会怎样呢？于跃又催问他了。他艰难地睁开疲惫至极的眼睛，眼前黑影幢幢。一道电光在天上划过，这光怪陆离的一瞬刺疼了他的眼，他赶紧闭上。他对于跃的催问颇不耐烦，责备地说："忘了吗……忘得真快……红糖……盐……还有……"

"还有什么？"

石龙从脑袋的嗡嗡声和风雨声里听到了一种特异的声音，它既缥缈又深沉，既单调又委婉；又像一个人坚实从容的步伐——向他走近、向他走近。他清醒了，他看到了那个方洞。他的脉搏与那个"哐当哐当"的声音相共鸣了。为什么会共鸣呢？为什么？

于跃燥得胸腔灼疼，似乎喝下去的酒全在里面燃烧了："石龙兄弟，红糖、盐、还有什么呢？"

"还有……"石龙感到有什么东西在脑袋里一亮，他的警觉和机敏恢复了正常："还有碱，碱，记住……百分之十的碱……"

于跃如释重负，为他盖好被单。他看看石龙和四个徒弟的脸色，都浮上了恬然的红晕。他又灌了他们一些浓浓的茶叶水，兴冲冲地走了。

夜里八点钟，风歇雨停。云彩悠悠地游散。星星晶晶的像要滴下来。淡雅的清香袭入琵琶镇的每个角落。石龙和徒弟们醒了酒，做了晚饭。徒弟们夜里还要在院子里睡，他们吃了饭就收拾铺盖、蚊帐。石龙在屋里品茶，无可奈何地惋惜地笑着。

翟巧巧来了。她比那天要开朗大方的多。特别显得丰满的前胸抵住了石龙的胳膊。她拿出一百块钱，开门见山："听说现在时兴买发明权，这一百块钱把你那个熬鱼的法子买下了，你不卖白不卖，就这样定了。说吧，我的脑子记得准!"

石龙装作严肃的样子:"钱是不能要的,一定不要。方法我可以告诉你。"

石龙把给于跃说的那一套说给了翟巧巧。翟巧巧三番五次塞钱,石龙婉言谢绝。翟巧巧佩服得五体投地,踏着泥泞跑回家。

又过了一会,一个鸽子蛋大小的东西被什么射进屋里,正正地打在石龙的身上。石龙奇怪地拣起来。一张小纸包了一粒沙子。纸上歪歪斜斜写着:速把熬鱼方法送到西边三十米处的破船上的罐子里。不准公开方法。如果不照此办理,小心!

徒弟们望着师傅,师傅望着徒弟,不约而同地笑开了。树叶上的水珠簌簌地洒着。

(天又阴了。清香味浓了。这是一个酝酿。产生好梦的夜。镇西的湖面上有一粒渔火,有桨声从那里向四周向天上飘逸。)

"野种,你真刁!"

"他们来你知道吗?"

"我什么都知道。全知道。真的假的都知道。"

"方法我就用不着给你说了?"

"不用再说。我都明白。"

"快走了。这些天麻烦你啦!"

"……她丈夫跳楼死了后,她遇上了好多好多男人。托人说情娶她的,向她献殷勤送钱送东西的,想给她动手动脚的。还有的叫她夜里到苇地里去,不然就给一刀子……"

"她去了吗?"

"野种! 她恨透了男人。她谁也不想见!"

"水仙嫂,你是错误的。凭良心说,我们师徒,还有镇上好多好多人,都是地道的好人!"

"……"

"你给我提提缺点……我快走了。"

"……"

"我快走了!"

"……"

"水仙嫂,你真好……借个火。"

"给你火,接好……"

(两只赤裸着的胳膊同时伸进那个方洞。他并没有把火柴从她手里拿过,她也并没有丢开。方洞隔住了他们的肩膀。两只胳膊越靠越紧了,不寒而栗了。他们浑身发烫，呼吸艰难。这样持续着，持续着，世界在默默地融化……石龙猛地抱住她的胳膊，拼命地朝墙这边拽，他的头顽强地钻进方洞。吊在她那边的洞口的污黄白布撕裂了。他疯狂地吻着她的手，泪水在她的胳膊上流淌。她昏迷了，如同度过了一个温馨的世纪。她不自觉地舔着方洞的口，那滋味又苦又甜……如果不是有了隆隆的雷声，不知道这个方洞将会如何。雷声使她的头疼病急剧发作。她摸出了钳子，首先朝他的胳膊上狠狠地扭了一下——她认为一生的力气全用在这一扭上了。）

水仙嫂入睡不久，就被吵醒了。夜影还如薄纱一般覆盖着，云彩消失殆尽，星星疏落。院子的门不知被谁拨开了，卖鱼的挤在院里院外，吵吵闹闹。水仙嫂这才发现，西屋的门上锁了。她急忙从方洞里望去，西屋里空空的。方洞里放了八十元钱，钱下压一张纸条：我走了。我真惋惜，留下租货费和烧柴费。再见再见。我走了。

水仙嫂跟跟跄跄奔到湖边。波光浩淼，蒹葭苍苍。许多的小船划来划去，悠然自得，恬淡安谧。摘菱角的，捋鸡头米的，看网箔的，拾鱼卡子的……凌晨的湖是音乐的世界。一群群的鸬鸭时而腾空飞旋，时而冉冉而下，并不畏人，淳厚地鸣叫。红鹳子、水鸳鸯、苇架子唧啾婉转，预告着一个明媚的早晨。渔家姑娘的歌声是最迷人的，像一缕长长的曲折的虹，在苇田里迂回了，在荷花丛里徜徉了，在纯净的天空翱翔了，又滑进水里，为粼粼的波纹托载，袅袅地沁入人的心扉……这样的良辰美景，还会有什么不愉快吗？

水仙嫂眼前有了幻觉：整个的湖全部叠印了他的身影，整个的湖全都响着他的声音。——这湖深情脉脉，含愁带怨……她的钳子又扭住了额，她用足了力。她身下的湖水里滴下一颗颗珍珠样的东西。后来，又掉进一颗颗红豆样的东西，于是湖水里有了红的云在眷眷浮动……

次日。到市场上买鱼的多了，有几家居然同石龙他们一样，成百上千地买。鱼太便宜了。

早饭后，琵琶镇北头像过春节似的，鞭炮一挂挂地炸响，十几口大锅在四五户人家支起来，成个成个的苇茬子朝锅底填着，火光在人们的脸上跳跃滑动，谁家的录音机在一边放着流行歌曲。水声沸扬，人声沸扬……镇北头更多的人埋怨起那个自食其言的外地人，把方法仅仅传给了少数人。"五八年大炼钢铁那阵子……"又有老人在发着感慨。

下午，镇北头骤然寂静，一派沮丧迷惘的气氛。熬鱼的几家，男女老少的脸上蒙了层阴影。没有熬鱼的人家里舒坦了，他们强忍住笑，不再埋怨那个不辞而别的外地人。

整个琵琶镇全知道了，熬鱼的熬成了一锅切碎的烂草样的软泥。捞上来一会儿就晒干了，黑乎乎的，像久经雨蚀的无烟煤末，散发出叫人作呕的臭焦味。那个老实巴交的冯守泉老汉如一场噩梦醒来，身上流不尽的凉汗，龟缩在人稀的一角。幸亏石龙没有给他说出这个熬鱼的方法，否则⋯⋯他在心里对石龙千恩万谢了。

气急败坏的于跃领着一群人冲进水仙嫂的家。水仙嫂肯定会知道真正的法子的，水仙嫂肯定会知道外来人的地址的——于跃他们不会善罢甘休。然而，水仙嫂的院门上了锁。水仙嫂的住房也上了锁。于跃从门缝里望望。织布机还在，床铺叠得整整齐齐，那把水仙嫂随身携带的钳子却异常地被弃在屋当门的地上⋯⋯

水仙嫂哪里去了？有人去镇上去湖里寻找，好多的人有了好多的猜测和好多的想象。熬鱼失败的扫兴自然地被水仙嫂不知去向所引起的兴趣冲淡了。

太阳快要坠落的时候，起了大风。大风在镇北头刮得更为凶猛。那些晒成无烟煤末的烂碎的鱼渣都蠢蠢地欠欠身子，终于扶摇而升，在镇北头的上空恣意飞舞盘旋，似雀群，又似蝇阵，在地上投下密密的暗影。人们还隐约听到纤细的嗡嗡嘤嘤之声。镇中镇南的人也来欣赏这样罕见的奇观了。他们谁都在笑，掩面捂嘴的，前仰后合的，捧腹叫疼的，眼里有泪的⋯⋯石龙刚来镇时认识的那位练书法的银须老人也站在一边，捻须微笑⋯⋯

——直到此时，镇北头的人才知道，银须老人下午就用毛笔写了十几份熬鱼的方法，张贴在琵琶镇的令人注目的地方了。那上面写着：

红糖 10%　食盐 30%　白矾 10%

⋯⋯

"白矾！白矾！该杀的白矾！"

"不是碱！不是碱！该杀的碱！"

"早就说过，有口馒头吃就饿不死的。怎么样？"

镇北头的一些人神经质地叫了一番。他们望着迷乱的上空，无限惋惜地苦苦地笑了⋯⋯

（原载《山东文学》1986 年第 4 期）

邹志安

ZOU ZHI AN

（1947—1993）。陕西省礼泉县阡东镇王禹村人。1967 年毕业于陕西乾县师范学校。历任礼泉县小学教师、县文化馆员。1980 年加入中国作家协会。曾任中国作家协会陕西分会专业创作员、理事、主席团委员。

1972 年开始发表作品。出版有中短篇小说集《乡情》《哦，小公马》《心旌，为什么飘摇》，长篇小说《爱情心理探索》等。小说《哦，小公马》、《支书下台唱大戏》分获 1984 年和 1985—1986 年全国优秀短篇小说奖。

支书下台唱大戏

一

县剧团已经两个月没联系到演出的点，因而两个月没钱可发工资，没钱报销药费；电管站的人凶神恶煞地来铰了电线，还骂骂咧咧地说："这是他妈的个×单位。"四十多岁的团长郑三保因为处心积虑，脸早已变成了青色，在电工的骂声中青色脸变成黑色。夜里黑灯瞎火，青年演员们故意学鬼哭狼嚎。郑三保对剧团跑外交的人说：

"十天内要是再联系不到一个点，咱们干脆解散。"

就在这种情况下，本县××乡××村派人来订戏。郑三保喜出望外，好像多日不见娘的孩子突然听到娘的叫声那样，心里直滚热浪。对方无论提出什么条件他都一口一个"好"字地应下来。

"我们村的支书让乡上给撤了，我们为此而决定唱一台大戏。"

"好。"

"全村共五十六户人，除掉支书一户，每户捐款两元，共一百一十元。"

一百一十元太少了，可是郑三保说："好。"

"明天晚上开戏。"

"好。"

"要热闹的。"

"好。"

事情就这样定了。尽管钱少，尽管只是演出一场，但郑三保知道这对于一个又穷又小的山村来说已经是一件破天荒的事了，而对剧团来说又尤为重要。郑三保立刻就感觉到了全团像猴子听到锣声那样的喜悦而又冲动不安的情绪。

"这个支书下台下得正是时候！"郑三保想，"这个坏东西一定干了不少的坏事，或贪污盗窃，或奸淫妇女，或打骂群众，大家早已盼他下台，但是多年搬不动他，——而现在他终于下台了，爷因他而得到一百一十块钱，这个钱该挣！"郑三保记得××乡的党委书记是原县商业局的老门。他认识老门。从前他为演员们要自行车、缝纫机走过老门的后门，老门也经常来白要票白看戏。在他的印象中这个人不怎么样，连话都说不清楚，只会对上级领导嘻嘻地笑；可是红萝卜调辣子吃出看不出，——机构改革中老门被提拔为××乡党委书记，居然还能真杀真砍，把一个坏蛋支书赶下台！现在要把一个哪怕是小小的官儿赶下台是容易的吗?！像挖一棵大树，看起来忽里倒腾地动，却总有几条老根牵着倒不了……而老门一上任就搬倒了一个！郑三保忽然对老门有了敬意了，他要让他的戏给老门助助威风。

"唱《过五关》。"郑三保决定。同时决定提前把他的人马开上去，让可怜的演员们多吃几顿不要钱的饭。

二

到了××村，让郑三保大大吃惊的是：这个村子的人根本就不是为庆祝支书下台而演戏，而是为安慰支书而演戏。这真是新闻！这就是说，这个支部书记不是一个坏人，而是一个大大的好人。村子还显得很穷，从房舍和人们的穿戴上一眼就能够看出来。全都是坡坡地，有的还住在崖窑里。北边有一条沟。全村的人都为接待剧团而忙乱起来，奔跑的，呐喊的，群体意识显得很强，而且显然暗中聚着一股劲。——这个支部书记究竟是怎样的人物呢？在他下台时群众还能这样对待他，他必定有能"拿人"的地方。他要是一个大大的好人，那就是说咱老门一定干了一件大大的蠢事！

"不管帮子长底子短，先挣了这钱再说，——现在有许多事情弄不清楚。"郑三保想。

在郑三保照看着布置舞台和安排演员住宿时，乡党委书记老门带了两个干部来了。

从前那黑瘦的老门，当官之后脸居然白胖起来，手指头也白净软和了。他已经穿上了棉衣，套着一身蓝制服，屁股那里箍得紧紧的。在他把郑三保拉出人堆在一个背静的地方蹲下时，他自己则显然惧怕套裤后边绷裂而一条腿半蹲不蹲。

"郑团长——"他笑嘻嘻地像对领导讲话那样声音低低地说，"你怎么给咱干出这种事呢！这个事没干好……你提前给乡上打个招呼嘛……"

"门书记——"郑三保知道现在不能再叫他老门了，再叫他老门他会不习惯、不高兴。"书记有话请明讲！"郑三保说。

"这个戏坚决不能唱！"老门神色严肃地说。从他的稍长的门齿、两颐的颜色和说话的声调上，郑三保能够想见他平日对待下级讲话时的声色态度。

"为什么？"

"这个支书很不好。我们党委把他免了职，你们却给他唱大戏，——你想想看这个问题的严酷性！"

郑三保想：应该是严重性。他对这个人是愈来愈在心里增添不快了。

"支书有什么问题？"

"正查呢。"

"还没查清就把人免了？"

"这是乡党委的事。"老门用那很带权威性的眼神看了郑三保一下，郑三保愈显不快。尤其是，老门带来的那两个年轻干部眼睛咕噜咕噜地只瞅郑三保的脸，好像随时要把他抓到什么地方去，他就越发有气了。最重要的，到手的生意要飞了，郑三保不独是反感而且已经有了恨气了。他一时弄不清楚这件事的根底，但他有话可说。他在沉默中，有意识地向这三个人表演他的眼功：先飞快地扫视了一下他们三个人，然后把两只眼珠定在鼻梁那儿，凝视前方的地面。

"我们的损失谁赔？"

"谁叫你们，你找他谁。"

"你说得好不简单！"郑三保一抖大衣霍然站起，滔滔发表对抗演说，"我不给人家演戏，人家会给我钱？没钱我们怎么生活？——你们又不是不知道：现在的剧团越来越多，看戏的人越来越少，加上电视的冲击，生意热的侵袭，连电影院有时候也一场电影只卖出五张票，剧团演一场戏容易吗？县上的领导白看戏时净是人，给袁副书记送票送得迟慢一步，都吊脸儿，可是要点补贴却像要领导的老婆那样难。你一个'不'字就让我们停演？我不能停！这个支书如果正坐监狱或者监外执行，我就不给他演；他犯了错误，就是被开除了党籍，或者刑满释放，那他还是个公民，还有政治自由，我还可以给他演。"郑三保看见老门的脸色由白转黄，看见许多群众远远地站在那里听，愈益长了精神。他作出一副真正的"严酷"的嘴脸，威然凛然，目不斜视。

"你要好好考虑，反正戏不能演！"老门也站起来，满脸悻悻之色。

"能演。我考虑过了，咋不能演呢！"郑三保说。

老门把那两个人叫过去交代了几句，低头弯腰匆匆走了。那两个人留了下来。

"咱执行领导的指示，反正戏不能演。要演，我就立到台子上去……"其中一个说。

"我会让演员把你抬着撂到人窝里去。"郑三保说。

三

郑三保可是个说到做到的人，演出中间要是有人敢于捣乱，他会让他的演员们把捣乱的人打个落花流水，地痞流氓和不讲理的人从来都没有在他手里占过便宜。他知道老门不会善罢甘休，说不定会把县委领导或公安局的人搬来，——但这些人总得要讲理，说服了我郑三保，我可以不演。要不，拿二百元来，我领人回去就是了，郑三保是强硬的，不怕事的，要不然就不敢当这个剧团团长。他曾经把一个作风很坏的男演员开除回去，那男演员说要把郑三保独生儿子的头扭下来。郑三保说："你扭去吧，我不要了。"他还是开除了那个男演员，那人也始终没敢扭他儿子的头。

但是，尽管郑三保有无数条理由可以坚持演这场戏，但在老门走后，他心里还是不安，觉得不实在；因为有正义感在那里提醒他——最好不要鲁莽从事，要弄清究竟谁是谁非。这个支书要确实是一个坏蛋，一个"二球货"，老门要确实是做了一件好事，那么这个戏就绝对不能演。政治影响要紧，剧团的声誉和艺术要紧。钱算什么呢！剧团的人再饿几天饭也没什么，反正已经饿惯了……

郑三保决定利用演出前的这段时间搞点调查研究。——不就是五十多户吗？一户一户地走走，听听群众怎么说！

郑三保披着他那件灰色的、毛领早已开始脱落的棉大衣，在初冬半山区强厉的冷风吹动中，头顶的一簇黑发竖着，开始挨门挨户地走访。

四

从男女老少的讲述中，郑三保很快就在心目中勾勒出了下台支书李润娃的基本形象——

这个李润娃只有初中文化程度，学校团干（共青团在学校培养了无数的优秀人物，这李润娃就是一个），他回村后仍然保持着学校团干的积极性。老支书懒得一步路都怕走，连开全县党支书大会也让李润娃去冒名顶替。

"这怕不行啊！"李润娃怯怯地说。

"行。"老支书说，"那么多人谁认得谁呢！点名的时候你把头低下，瓮声瓮气地应个'到'就万事大吉了——又记工分又拿补贴又吃得好，回来后把精神给我一传达就行……"

其实老支书经常开会回来不传达精神。有一次从公社开会回来，队上的干部问他"精神是什么"，他说："没听见。人家正讲'精神'的时候我尿去了。"代替支书开会时李润娃还不是党员（这是我们的许多奇闻之一）。但也不久就入了党，而且接班当了村支部书记——这是十年前的事。

刚满二十岁的李润娃支书上台以后像疯子那样，不顾一切地要给村上群众"办点儿事"，没有一句大口号，就只是要"办点儿事"。他很固执，眼睛睁得傻傻地大，方脸儿红红的，走路的时候偏分头发在头上扑扇扑扇跳舞……小伙子把家撇开了，穿着很脏的衣服，一年到头嗓子都是哑的，显得很可怜。他在公社毫无名气，在父母跟前像小偷那样没有威信，但他连续办成了两件大事：盖了一所小学校，村上的娃娃可以不再翻沟越岭到外村去念书了。学校教室门小、窗子小，做工粗糙，但非常结实，李润娃说"起码要保证耐五百年"。又打了一眼大口井，二十几丈深，大家不再吃漂着一层羊粪蛋的窖水和沟底漂着一层油花的阴绿的水，大骨节病奇迹般地被制止了，这个村子正是从这天起开始生长英俊男儿……这两件事要花许多钱，李润娃赔笑脸、翻白眼，求爷爷、骂嫂嫂，在村上筹集搜刮了一部分。为了另外那一大部分钱，李润娃愣缠县文教局长和水电局长，天天寻一次，一磨就是两个钟头，但总不顶用。后来，他给文教局长跪下了，汪天大哭讲述他们的贫穷和可怜，感动了文教局长，当即给他们拨了款。他一出门又去给水电局长下跪，又哭得拉不起来，又要到了钱。当他跳蹦着跑回村的时候，和他同去的人才提醒他把下跪时膝盖上沾的土掸净。他红着脸叮咛同去的人"不要对人说"，但这件事怎么也没有保住密……

接着，李润娃开始办第三件事——筹钱买果树苗子。他要把全村所有的土地都栽上苹果树，都变成果园。这回他没有给人下跪，因为他实在不知道应该向谁下跪要这笔钱。他受了高人指点，知道半山区昼夜温差大，适宜于栽种苹果树——而这是他们这个贫穷地方将来唯一的进钱路子，他下决定要干。但这件事不比那两件事，是多年后的远话，马上看不到效益，因而谁也不愿意出钱，群众几乎都骂他"胡整"。当时又讲"以粮为纲"，上边的压力挺大。但李润娃沉浸在那个令他目迷心乱的图景中不能自拔，着魔似的非干不可。上级领导好应付，有的通情达理，有的给吃点好的就不吭声，有的你只需避着躲着拖磨着就行。但群众工作却让李润娃伤透了脑筋，他死皮赖脸，软硬兼施，拿出了浑身的解数。

"苹果树非栽不可，要谨防阶级敌人破坏！"李润娃在广播上胡诈唬。

"三叔，拿钱吧，拿钱买果树苗子！"在群众家里他当孙子，"苹果结下了，我们就有钱了……"

"可我现在一分钱都没有。队上给我分过钱吗？"

"把你那破自行车卖了！"

"那让我骑你吗？"

"骑我就骑我，我给你当马，我能驮动你。"

……好不容易凑了些钱买树苗子，但大家有抵触情绪不好好出工栽树。——有时从被窝里一个一个往出拖，有时罚工分，有时炸一背笼油糕哄人上工……两年过去，人均栽下了五十棵苹果树，只完成李润娃宏伟规划的三分之一……

十年是在一瞬间过去的。十年间集体作务苹果树几乎没有收获，李润娃经常听到骂他的声音。但去年把苹果树按人分了，今年是第一年，却有了意想不到的收获：作务最差的，每人也收入四五百元。

想想看！当山民和半山民们吭吭哧哧，父女俩拉着一架子车他们唯有的柿子，跑百多里路，两天时间，只能卖二十块钱时；他们会怎样看待卖苹果所获得的这四五百块钱啊！一家五口人，正愁没衣服穿，没钱给孩子订媳妇，忽然有了两千多块钱！——一斤苹果卖六毛钱，窖存下来今冬明春可以卖到八毛。大家都不甚经意，一棵树只结一二十斤果子；明年认真管理，一棵树可以长百多斤苹果就是六七十块钱，每人五十棵就是三四千元的收入；差不多的家庭就都要当"万元户"了！苹果一收完，全村就弥漫了又惊又喜的气氛，所有的人都开始为明年攒劲。像一窝蜂，悄悄护住了酿成的蜜，并扑扇着翅膀往来钻动发出神秘的嗡嗡声，准备酿制更多的蜜。

郑三保接触的一个农民像患了神经病那样乐呵呵地颠颤着，满嘴里只是发出这样的声音："呀呀呀呀，呀呀呀呀……没想到咯！呀呀呀呀……"

支书李润娃，在收获季节一声不吭。他把他的偏分头梳得整整齐齐，买了一件减价黑皮夹克穿着，还蹬上了大头黑牛皮鞋。他只拿眯眯含笑的大眼睛看人，那眼神在问所有的人："怎么样？我没说错吧？……"他的黑皮鞋咯吱咯吱响，泥里水里都去。那减价皮夹克的皮子太硬，耸起的棱棱割人的手。肩膀处已经裂开了口子，从人跟前过去刷刷啦啦像冰雹打在玉米叶子上的那样响。

这个村子的大多数群众还都住着崖窑或地窑，老人们还都穿着破烂的棉衣，那入骨的穷气还时时能够感受得到。但是，从人们的讲述和情绪中，郑三保感受最强烈的是那贫穷背后忽然勃发的生气——一季苹果的收获所带来的惊喜、信心和力量的生气。这蓬勃的生气，表现在虽然还连坐人的好凳子还没有，但几乎家家主人都大方地端出窖藏的大红苹果招待来访的郑三保上，表现在中年人很不习惯地眯着眼噏着嘴唇用四根指头夹着纸烟抽的姿势上，表现在姑娘们扑面而来的香气上和小伙子直筒裤下亮出一嘟噜的大红绒裤脚上……然而正当他们缅怀支书十年前的劳绩时，支书却突然被停职。

在一个人下台时，讲坏话的人特别多，但这个村子却没有一个人讲李润娃的坏话，大家共同的评价是："这是一个好支书。"这些农村人评价人时不说思想品德和才能如何如何，盲和尚记着个死曲子：看你给大家办了几件好事！他们掰着指头一件件数，大事小事都不漏，真记得山高水长。

没人知道李润娃——这个给大家办了那么多好事的支部书记何以被停职，

他们告诉郑三保：

"八成是乡党委书记喝醉了酒，发文件时把李虎娃写成李润娃了！"——李家洼确实有一个叫李虎娃的支书，那是一个坏蛋。

<h1 style="text-align:center">五</h1>

郑三保从这些生活在前支书身边、眼看着支书一举一动的村民们的讲述中，确信支书李润娃给群众办了几件大好事。但根据他的见闻，他还并不能确认这个李润娃就一定是个很好的党支书。——人是很复杂的，很可能一方面是这样，一方面又是那样。李润娃很可能凭血气之勇，凭赤子之心，咬着牙为群众办了许多好事；但在群众没有看见的地方，比如经济活动中，私人生活上，却占了许多便宜和干了许多见不得人的事。——这是生活中常有的。而这些隐秘的事最容易败坏一个人的名声。郑三保决心弄清楚支书不容易被人看见的另外一面，这一面虽不容易掌握，但总有蛛丝马迹可寻。

一个男人和一个女人的关系不正常，无论他和她怎样掩饰，眼角眉梢总要流露出来。何况人类本来就对这种事情敏感，而农村人对这类事情尤其敏感而又反感，针尖大的窟窿可能早已吹出斗大的风……郑三保于是小心刺探，玩笑式地引发，想要发现支书这方面的可疑之处。但是许多人都肯定地说：

"这个人不搞这个。"

连村子里的谣言大王——歪戴着帽子、眼睛斜斜的李毛儿也说："这个人从来不跟女人家失失溜溜，可能是先天不足……"谣言大王一本正经地说笑话。随后他向郑三保提供据说只有他一个人知道的"绝密新闻"——他隔壁有一个从南山娶来的漂亮女人，"南山人混俗，这你知道，公公儿媳一炕滚……这女人从前不知道跟多少人都睡过觉，早成了'大车门'。她的男人死后，我三哥收拾了这个破烂心。刚进门我一眼就看出来这是个风骚娘们，脸上红是红白是白，奶大大的，腰细细的，飞着眼看人，捂着嘴儿笑，像你们剧团的旦娃儿——"他并不觉得他在团长大人面前失言，郑三保却已经转了一次眼珠子了。"有一次，"他继续说，"这个女人到我家里来，当时家里只有我一个人，她要跟我借二十块钱。我给了她，她坐着不走，只拿眼睛瞟我，夸我如何如何好，浑身的香气直往人的鼻子钻。后来就浪声浪气地说：'三嫂可没钱还你，拿好东西换你要不要？'我问她拿什么好东西换，你猜她说什么？——'我就那一样好东西，再有什么呢！'……我抓过钱，把她赶出去了——我要是钱多，说不定也就干了坏事。"谣言大王倒显得非常诚实。但这只是他的故事的开头。他接着说，他隔墙听到过一场热闹戏："那天黎明，李润娃催人去栽苹果树。我三哥早早去了，那骚娘们还睡着，我也刚起来。忽听李润娃推开她家门，一边走一边喊：'咋还睡着？'重重的脚步声到了房门口，房里一个懒懒的声音说：'哎呀，把人睡得困的！'接着就叫：'外边又黑又冷，你进来呀！'门外的人问：'你起来了没有？'回答：'正梳头呢。'吱扭一声推开门，那婆娘肯定半截白身子露在被子外边，半天双方无语。突然被子掀动，雪花膏的香气顺墙扑到我的院子来。我就只听到一个人去扑另一个人，'叭'的一记耳光响，另一个人脚步咚咚地出门走了……"谣言大王故弄玄虚，斜着眼看郑三保，说："反正唱的是哑巴戏，不知谁打了谁，反正我那骚嫂两天没出门，李润娃在工地一声不响，老揉右手腕子……"

郑三保笑着出了谣言大王的门。他觉得这个人倒很有创作才能，将来剧团找不到人时可以让这个人去干创作。他答应保密，但还是去看了那女人。

那确实是一个漂亮的女人，声色身段都不错，要是发现得早完全可以收进剧团当演员。但风流毕露，做眉做眼，见人自来熟；只是从前雪花膏的香味已经换成"人参珍珠霜"的世界流行香味……问她对下台支书的看法，回答说："打搅少，说不上来，只觉得这个人不是平地卧的。"她男人则对支书赞不绝口……

郑三保相信了谣言大王的话，只是不相信那"先天不足"的话，因为李润娃有了两个男孩，最小的十一岁，他的媳妇已经做了绝育手术。郑三保看见过李润娃的媳妇：高挑个子，两只眼睛又黑又大，具有健康的、内在的美，比那外表妖艳的南山女人美得深沉厚重。据说她是李润娃初中时的同学，李润娃是班团支部书记，她是班长……栽苹果树那年，全村人都反对，李润娃的父亲理都不理李润娃。唯有她，穿着红毛衣挽着袖子扛着镢头总是不声不响地第一个出工给男人开路，回到家里则顶一方蓝花手帕在爹的骂声中笑眯眯经管男人吃喝……李润娃是那么爱她和敬重她。有一次她在工地晕倒，李润娃越过两道坡，一身尘土连滚带爬地跑来，抱着她眼泪汪汪地叫，然后背着她下山去看病……在平日，在集体场合，许多村民都看出来他和她像未婚的情人或像有不正当关系的男女那样眉来眼去——他们有他们自己的不为人所知道的丰富而动情的生活。"这个李润娃搞什么男女关系呢！——决不会！"郑三保敢于肯定这一点。他不愿意在这方面再浪费自己的时间，相信老门也难得在鸡蛋里挑出脆骨来。于是郑三保决定查访另外的方面，他找到会计。

这个五十多岁的、满脑袋白头发的、老实而又忧愁的村会计，眼角皱纹密布，长吁短叹，说话间带了哭音。

"润娃经济上有什么问题没有？"

"唉，能有个什么问题呢！"会计说，"把账都查了三遍了。"

"结果如何？"

"还给人家润娃倒找了三百零七元五角二分钱。"

"这是怎么回事呢？"

"从前队上穷，经常没钱用。紧张的时候，润娃就把自己的钱垫上，有时候以私人的名义借人家的钱给队上垫着顾紧。十块八块的也垫过，三角五角的也垫过。十年了，总共垫了这么多钱。他平时不叫我算这笔账，有钱给他也不要，说'肉烂了反正在锅里'。要不是这次查账，这三百多块钱可不就完了？……"

郑三保一言未发，哗啦拨弄了一下大衣襟，从会计家里走出来。

夜晚的冷风从坡地和沟道那边吹过来，远处有呱啦鸡的叫声。炊烟早已散尽，夜雾笼罩着半山村。但村里的人都还没有睡，崖窑里还亮着灯光。小孩子们还在喊叫着四处乱窜，——唯有他们只知道寻找生活中令他们开心的东西。他们并不知道生活并不总令人开心……在冷冷的显得很低的星光下，在夜雾弥漫中，在坡地和沟道的环绕中，这个半山村存在着。有几个人知道这个村子呢？有几个人知道这个叫李润娃的年轻人呢？——郑三保虽然还没有见到下台支书的面，虽然还缺乏更详尽的了解，但他已经感知到：这个半山村的年轻人在自觉地、或不自觉地过一种高尚的人的生活。

"这个鬼老门发了神经病吗？"郑三保想。

六

第二天早饭前，郑三保去看李润娃，却被一个五十多岁的妇女截住。这农妇满脸苍黑，嘴巴尖尖的，衣服的前襟满是油污和饭垢，顶着一方很旧的黑头巾。她诡诡秘秘地把郑三保叫进她家崖窑院，关了头门。崖窑院里洒满冬天暖和的阳光，崖顶有一棵颤巍巍挂满了干红果实的酸枣树。

农妇显得极度不安，下意识地用黑瘦的双手摩挲她的脏衣襟。

"我看你满村跑呢，是县长叫你调查的吗？"她怯怯地问。

郑三保感觉到这里有文章，就回答说："是的，是大县长派我来的。"

"我都给你说了吧！——这话在我心里憋了好几天了……"农妇说，瞪着惊慌的眼睛，"不说出来，我心里不安宁，睡觉老做瞎梦。"她告诉郑三保说：

"乡上门书记叫我作证，说润娃跟谁谁的媳妇在一块儿瞎着呢，老婆子们经常在一块儿议论这事……还叫说润娃把队上的东西——如像椽呀檩呀桌子椅子呀拿回他家去了，就说我亲眼见的……门书记说不要我写，他写好我盖个手印就对了……我觉得这不对呀！我从来没见过润娃把队上东西往回拿，也没听谁家老婆子说过润娃跟人家媳妇胡来……这不是精脊背上给人插柳棍，平地里捏墓骨堆吗？……门书记还说：知道我家里穷，他让我娃到乡上的贸易货栈去，还给我家批宅基……"

"唔——，老嫂子！这可是千载难逢的好机会！"郑三保故意说，"只作一个证，又不蚀损什么，净得好处……"

这尖嘴巴的黑瘦的农妇吃力地看着郑三保，脑子里显然转不过弯儿。她对他最初的信任感消失了，脏黑的脸上显出失望的神色，双手在衣襟处交贴着呆立了很久。

"我没有证可作。"她说，"人要有良心，不能害好人。"她不看郑三保，继续说，"我跟门书记说：我的娃不到贸易货栈去，我娃就守在家里把苹果树务好就行了。我们也不要宅子，就先在这烂窑里住着，窑烂人安宁。你别看我穷就欺负我，你寻别人去！"她说着突然把一股无名火气撒向满院的鸡们，又打又撵，骂道："一个一个怎么都是这货哟！……"

郑三保捂着嘴笑着从这农妇的窑院里跑出来。这个不干净的、又长得很丑的农妇虽然指着鸡而骂了他，但他的心里却对她有了深深的敬意。

"可是，老门为什么要和这样一个很好的年轻人过不去呢？他新来乍到，李润娃什么地方得罪了他呢？……"郑三保百思不得其解。他想，恐怕只有找到李润娃才能弄清楚。

李润娃家门口有几个人蹲在那里抽烟说话。其中有一个身体强壮的、有一双很厉害的大牛眼睛的五十岁左右的汉子，看见郑三保就站起来打招呼。一问，原来是邻村的党支书，姓许。许支书把郑三保叫到一边，告诉了他事情的原委。

原来在苹果收获的季节，乡上开整党会议，由门书记代表乡党委做对照检查，请各村干部提意见。会议休息时，大家吵闹着要吃李润娃的苹果。李润娃当即回去把自家的苹果驮来一百多斤，大家一抢而光。后来，门书记把李润娃叫到自己房子，先表扬了半天，态度很亲切，接着说：

"有一家工厂的负责人跟我关系不错，想以每斤四角钱的价格把你们的苹果全买了，他们派车来拉。你把这件事给办了怎么样？"

李润娃说："这个价太低。现在找上门都出六角五分钱呢！四角钱一斤群众不会给……"

"这还不在你一句话吗！"门书记说，"你给他们立下了汗马功劳，说一不二，谁敢阻拦？——现在好多事就要下硬手呢！"

李润娃只想给群众办事，恨不得把大家的苹果卖到一块钱一斤。他下不了这个硬手，唏嘘为难，向门书记赔笑脸作解释。门书记说：

"这样吧，事成之后，我让工厂给你一千元劳务费，一千五也行，你办吧！"

"门书记，这不合适呀……"李润娃说。

"这你不要怕。"门书记说，"我们的干部都可可怜怜的，发点财有什么呢？现在的人什么不敢干呢！"

"这不正整党吗？——"李润娃笑着说。

　　门书记满脸的严肃，说："工农交流，搞活经济，这跟整党有什么冲突？你不要胡拉被子乱扯毡。"又说："我第一次跟你共事，你这人才是个这！"很不高兴，语气中带了威压。

　　李润娃转不开身，只好答应回去商量一下。他一出门书记的房子就把这件事告诉了老许。

　　"这是打抢人呢！比抢人都恶，老许，你算算：全村大概有三四万斤果子，每斤少二角五分，就少八九千元。我拿一千五，门书记跟工厂那个头儿（也许是门书记的亲戚）可以弄到六七千元。群众却吃了哑巴亏！——这个事我怎么能做呢？当然我要下硬手办这件事一定能办到，但我李润娃不干让群众骂我的祖先又骂共产党的事。"李润娃红着脸，又生气地说："怎么净给山里派了这样一些货色啊！——来一个都想吃山里人几口，然后嘴儿一抹就走……"

　　李润娃说这个话时，除了老许，跟前还有李家洼的支书李虎娃。据老许讲，这个李虎娃最是个讨乖卖好的货色，一定去向门书记打了小报告。因为门书记在后来的两天会议中神色突变，一见李润娃就变了脸。有一次李润娃迟到几分钟，门书记大声申诉说：

　　"都这么随随便便，自由散漫，谁也不听谁的管教，还要党的领导不要？——我看这一次整党边整边改，就是要好好治治有些人的毛病！"

　　老许知道李润娃闯下大祸了，门书记给他记下心病，不会有他的好日子过；但还没有料到事情会那样出来——虽然此后李润娃采取躲而不见的政策，但终于躲了初一躲不过十五……

　　"门书记要拿掉一个李润娃真是太容易了！"老许告诉郑三保，"据我所知，他在党委会上谈群众反映强烈，谈李润娃多年来横行霸道，经济手续不清，又有作风问题，应该在整党中停职查处……正在火候上，党委会上谁反对？而且又有谁真正对李润娃知根知底？他干的那些好事都是十年前的，谁记得？——有的记得了也说不记得，不愿意得罪一把手。而且说是反映强烈，谁敢担保李润娃没问题？——就这么把他给拿掉了！"老许瞪着眼说："老门这一手，让许多人胆战心惊呢！——也怪李润娃！我当初让他在整党会上把这个事揭出来，他不揭，说'算了算了'……要是听我的话当众揭开，他就反而不好向李润娃下手了。现在可好，说不清了！群众没吃哑巴亏，李润娃吃了哑巴亏了！——他把你停了，先慢慢查着，查二十年，你李润娃先在地上爬二十年吧！……"

　　听了老许的讲述，郑三保只觉得不平之气在心里升腾。这个混账老门不是到这里来当书记，而是到这里来做生意。他自己对上级领导俯首帖耳，也希望他的下级对他唯命是从。不管他的主意合理不合理。违逆了他，冷不丁提起刀就砍，也还可以把这个说成是他整党和改革的一大功劳，他是个开拓型的人物。只可怜李润娃上台时下决心要给群众办好事。下台时也是因为要保护群众的利益，吃亏吃在为群众上。

现在，李润娃在郑三保的心目中，完全是一个可亲可敬的年轻人了，一个真正的共产党员了。他急于要见到这个人。

据说李润娃听到停职的消息时，傻了眼，像霜打了一样，在家里躲了几天不见人。后来晚上出门，到什么地方去胡串去了，直到群众决定为他唱大戏四处派人找他，才把他从一个亲戚家硬拉回来了。

七

在那间光线暗淡的崖窑洞里，郑三保见到了李润娃。他显然不是郑三保所想象的、头发在满脑袋胡乱扑搐，四方脸盘红润的毛头小伙子，而是个已经三十多岁的、经受了风霜的成年人。黑黑的一张四方脸，因为瘦，下颌骨显得宽而突出，眼睛显得又深又大。在突然来临的政治打击——其实也是心灵打击中，他显然张皇失措，出去转悠了多天也没能消除痛苦和羞愧。相比之下，那个脸儿白胖的老门同志，倒没有丝毫的痛苦和羞愧，只有和气与一本正经。

那时，窑洞里拥满了村上的人，有极力像成年人那样学着安慰人的小伙子；有眼睛尖尖的、四处瞅着、尽力要给落难支书以具体帮助——比如扫地、擦桌子、把东西放整齐、把被单抻平的姑娘们；有不断抽烟、尽力活跃气氛的中年人；还有尽力用古训开导人的、患大骨节瘤疾的老头子们和用上至天堂下至人间无数琐细而动人的事例抚慰人的白发苍苍的老婆子们……另有几堆人在庭院里分别围着下台支书的爹、妈、妻子和弟弟。——这个庞大的"说教团"热诚而自觉地在发挥他们的影响。

见到生人郑三保，下台支书大眼里闪着忧郁的光，突然泣不成声。

"我干了一场啥事呀！……"

"不要难过……"青年人喊，"要撑硬，润娃哥！"

"天有不测风云咯！只要人没吃亏！"老头子们说，"世上人最要紧，官是一张皮，值不了多少钱。"

老婆子们则说："娃，你也够了！人活名誉呢，——你看满村人谁不敬你！连你爹妈、媳妇、孩子都活得值钱贵重。你还要啥呢？……铁坊的薛支书先天下了台，当天晚上就有人到他家里去抬桌子，第二天就有人打他娃，把他家的牛耳朵都拿剪子铰了……"中年人则十分大度地说："当那个支书有啥气候！——一月十五块钱，还把蚂蚱拴到鳖腿上了。当个农民发财吧！"

几个姑娘见李润娃在身上乱摸手帕，就手忙脚乱拧了热毛巾递上去……

这么多人的热情与敬重显然使李润娃深受感动，他在用热毛巾擦过眼后仍然热泪盈眶。从前，当他在台上的时候，群众也许把他只看作一个平常的人，甚至会挑剔他的许多缺点。现在他下台了，他们突然就只看到他的好处，而且显然要子孙万代传颂下去。他们，这些没有权力的群众，为李润娃的屈辱大鸣不平，采取了他们所能采取的最振奋人心的抗争手段，——凑钱为他唱大戏。在他产生失落感的时候，群众从空中接住了他，把他拥入宽大而坚实的胸怀。这显然是老门所没有料到的事。

李润娃的妻子给郑三保端来苹果。他告诉郑三保，他今年稍稍作务了一下，得到八千斤果子。

"那年我要是心再狠一点，强迫命令每人栽一百棵树就好了！"他显得后悔，遗憾。

妻子拿眼睛瞟他，说："栽五十棵，差点还把肠子挣断呢。"

"不过那次那油糕确实炸得不错……"有人说。大家都笑了，回忆起那艰难而又愉快的时刻。谈及演戏的事，李润娃说：

"我总觉得不演为好。演戏干啥！大家的心意我领了就是了……"

"这是我们大家的事，跟你没关系！"一个中年人说。

郑三保觉察到，李润娃嘴上那么说，但那只是一句谦词。他在现时的心境下，显然极愿意有这样一场戏，——那隐约的振奋在眼底闪动着。这振奋会使他正确地评价自己的过去和走以后的路。

"戏是一定要演，谁也挡不住。"郑三保说："不过我再考虑一下究竟唱什么戏好……"

"不是说《过五关》吗？"有人问

"不，不能让关公抢着大刀乱砍。既然是群众给支书送戏，我觉得还是唱《长坂坡》的好。"

"既然这样，我给大家回一场戏吧！"李润娃说。

有人喜得拍手。

"可是回什么戏呢？"他问。

"《八义图》。"郑三保说，"我们剧团再送一场戏：《卧薪尝胆》。这样三场就齐了！"

八

刚从李润娃家里出来，剧团就有人来找郑三保，说是县文化局的赵局长坐着吉普车来了，在戏台子那儿等他。

"不好！"郑三保心里说。赵局长为人谨慎，有点怕事，是个好人。他从来不到是非太多、日子又不好过的剧团来。今天为什么匆匆赶来？——这一定是老门搬来的救兵！郑三保对老门愈益反感了。还没有见到赵局长，就带了满肚子的火气。

赵局长急得眉头高耸，瘦长脸儿白白的，一见郑三保就攥住他的手把他拉到没人的地方，说：

"这戏不敢演！"

"怕啥？"

"听说群众里边是两派，有人拥护，有人反对，打起架来怎么办？"

"你是听老门说的吧？"郑三保问，见赵局长不吭声，他说，"你不要相信那个鬼老门的话！他干了坏事，猴急了。群众中根本就没有反对意见……"郑三保详细汇报了他所了解到的情况，但是赵局长的眉头还结着不肯散开。

"听你这么一说，这个戏也确实该演……"赵局长说，"可是，这儿确实有是非，咱们自己搅和进去干什么？"

"咦呀！好你个赵局长——"郑三保喊起来了，说："你也经常强调文艺为社会主义服务，为人民服务，这本身就包括要支持正义反对邪恶，怎么可以见了是非逃避呢？"

"哎呀你喊什么！你这人就光会大声说话……"赵局长说，眼光朝周围乱溜。"你知道不知道——"他低声说，"县委王副书记也知道了这事，叫我来先把戏停了再说。王副书记主管文教，这你知道……"

"我知道。"郑三保愤愤地说，"我不光知道王副书记主管文教，还知道他就是老门的后台，要不是他老门还提拔不上来呢！"

那个王副书记的厉害模样一下子出现在郑三保的心里。——这个人对管文教没有办法，但是办这一类事情却很厉害！——难道真成了你们某些个人的天下，你们爱怎么说怎么干就可以怎么说怎么干吗？郑三保觉得心里的怒气已经燃烧起来，把胸腔和眼眶憋得生疼。他也是一个普通党员，一个小民百姓，也能分得清是非曲直。长年演戏，使他养成敢说敢讲的性格。而且，从戏里，从那个广泛的接触中，使他懂得了刚正的可贵并且学得了刚正的品格。——你那个老门要跟我较劲吗？试试看！你就是把省委书记搬来，我这场戏还要演。

"这个事，谁也挡不住了。"他对赵局长说，"你想想看，我们卷旗息兵，这支持了什么？给党抹了黑还是增添了光彩？"

赵局长的脸上有了羞红红色，但他笑道："对了对了，你不要给我唱高调子了……我知道剧团的生活有困难——这样吧，把人带回，我叫老门给你拿二百元……"

"他的钱我不要。"郑三保说，"这个村子不给钱，这戏还照样演。"

"哎呀，你连我的话都不听了……你别忘了我还是局长，领导着你呢！"

"赵局长，谢天谢地！——你终于知道你还领导着我呢！"郑三保又是拍手又是笑着喊，"你赶快把我免职了，把我解放了吧！剧团这个恶水罐罐，把我喝得肚子都快胀破了。谁再想当这个团长，先人坟上冒白气……"

"我一个人还没有权免你。"赵局长说，"实在没有办法，我就召集人开会，宣布这件事，我把人带回去。"

"那不行。"郑三保说，"你没免我，我就还是团长，人，你不能带走。你要开会宣布，我也要讲话，保证把你个大局长的名誉在这里搞臭。你信不信？——不信咱们试一下。"他拉着赵局长的手要上台子。

赵局长甩开他的手，哭笑不得，说："你知道我这个局长不好当，你让我为难干什么！"

"不让你为难。"郑三保说，"主意我替你想好了：你回去给王副书记说，车在半路要了麻达，你步行上山，赶到后戏已经开了；饭也没吃，就在台下注意观察，结果没发现打架的迹象……但是你现在必须躲起来，不要让老门缠住你。将来王副书记问罪，由我和他说。"

九

这天下午，就有四邻八乡的人早早来看戏，有步行的，有骑自行车的，有用架子车拉着老人的，有开拖拉机或套牛车的。天黑后，漫坡遍岭手电筒的光柱晃动，人声嚷嚷，还有无数观众朝这儿流来。广阔的打麦场上黑鸦鸦坐满了人，抽烟的人早已在上空制造了一层烟雾。麦草堆上，大树上，崖畔上都有人抢了座位。二十个毛头小伙子手持长竹竿维持秩序。乡派出所也有人来，不知是老门叫来的还是他们自己来的。这些人的到来增添了紧张气氛，但他们很快淹没在人海之中。

郑三保披着大衣在下边转了一圈。像往常那样，他有了临场前的激动。而这次激动特别厉害，他觉得他做了一件很好的事，他被自己的行为感动得眼睛湿润。回到后台，他严格检查演员们的扮相。见鼓手已经高高地举起了鼓槌，他大声喊：

"今天晚上要把劲儿鼓圆！"

他的喊声淹没在舞台下边强大的嘟哝声中。敲响开场锣鼓，冬夜的半山地沉寂下来……扮赵云的平日油里油气的那小子今晚英气勃勃，念唱做打非常卖力。当他怀揣幼主抓住张郃的枪杆人借枪力马借人力一跃而起时，忽然鞭炮齐鸣。两位腿脚不甚整齐的、患大骨节病的老者领着几个戴红领巾的学生，把一幅缩着红彩绸的横匾抬上台。那匾上写着："根深果硕"。台下掌声雷动。乐队大奏鼓乐。

郑三保的眼泪流下来。他拿大衣袖子擦了下眼睛，跺着脚说：

"唉呀！金字怎么可以配上蓝底还带一个红边子呢？这字儿也写得没有力气……这些人还给我保着密。早说一声，我会给他们弄出一个像样的匾……"

（原载《北京文学》1986年第6期）

刘 恒
LIU HENG

本名刘冠军。1954 年出生于北京门头沟斋堂。1969 年北京外国语学院附属中学毕业后入伍，1975 年退役后在北京汽车制造厂当装配钳工 4 年。1979 年调北京市文联，任《北京文学》编辑。1985 年至 1987 年在北京师范大学文学干部专修班学习。1991 年加入中国作家协会。现为《北京文学》主编、北京市文联副主席、北京市作协主席、中国作家协会副主席。

1977 年开始发表文学作品。出版有中短篇小说集《教育诗》《虚证》《连环套》《白涡》《狗日的粮食》《拳圣》，长篇小说《黑的雪》《逍遥颂》《苍河白日梦》，随笔集《乱弹集》及《刘恒自选集》（5 卷），改编或创作的影视剧本有《菊豆》《本命年》《秋菊打官司》《没事偷着乐》《画魂》《少年天子》《西楚霸王》《漂亮妈妈》《云水谣》《中国往事》《张思德》《集结号》等。小说《狗日的粮食》获 1985—1986 年全国优秀短篇小说奖，中篇小说《天知地知》获第三届鲁迅文学奖。

狗日的粮食

日后人们记起杨天宽那天早晨离开洪水峪的样子，总找不到别的说法儿。他们只记住了一件事，不知道是不是顶重要的一件事。

"他背了二百斤谷子。"

这没滋没味儿的话说了足有三十年。它显不出味道是因为那天早晨以后的日子味道太浓的缘故。

杨天宽是趟着雾走的，步子很飘。他背着花篓，篓里竖着粮袋，鼓的。这些都陷入白烟，人们疑心他背着空篓。但他前几日的确跟各家借过粮食，谷子的用处也吞吐着挑了。他走得健就是因了这个。

人们却只说："他背了二百斤谷子。"把一个火烧火燎的光棍儿汉说得丢了分量。

杨天宽驴一样把谷子背到那地方，脸面丢尽了。不会说话，只会吐气，眼一劲儿翻白，晕噎中那个男人问他："新谷？"

他点头，甩一帘汗下来。那人身后立一匹矮骡儿，也不计分量，只掂了掂就用肩一顶，将粮袋拱到骡鞍上。

"妥了，兄弟歇着。"

那人一笑，便牵了骡走。骡屁股后面就移出了一个人，站在那儿瞭他。杨天宽只对了一眼，不敢看了，有心去宰走了的男人，又没有力气。

他叹了一口气。这声长叹便成了他永远扔不脱的话柄。

丑狠了。二百斤谷子换来个瘿袋。值也不值？他思来想去，觉得还是值，总归是有了女人。于是他领了女人上路，光棍脑袋细打路的尽头那盘老炕的主意。事情比他想的来得快，女人有火。

"你的瘿袋咋长的？"出了清水镇的后街，杨天宽有了话儿。

"自小儿。"

"你男人嫌你……才卖？"

"我让人卖了六次……你想卖就是七次，你卖不？要卖就省打来回，就着镇上有集，卖不？"

"不，不……"女人出奇的快嘴，天宽慌了手脚，定了神决断，"不卖！"

"说的哩。二百斤粮食背回山，压死你！"

女人咯咯笑着蹿前边去，瘿袋在肩上晃荡，天宽已不在意，只盯了眼边马似的肥臀和下方山道上两只乱掀的白薯脚。

"瘿袋不碍生？"天宽有点儿不放心。

"碍啥？又不长裆里……"女人话里有骚气，搅得光棍儿心动，"要啥生啥！信不？"

"是哩是哩！"

最后是女人到坡下小解，竟一蹲不起，让天宽扛到草棵子里呼天叫地地做了事。进村时女人的瘿袋不仅不让天宽丢脸，他倒觉得那是他舍不下的一块乖肉了。

那时分地不久。杨天宽屋里添了人，地数就不够，村里把囫囵坨两亩胡萝卜地拨给了他。地很肥，可是路远，是日本人在的时候游击队烧荒撂下的，多年不种了。

天宽性子钝，人人不要的地给了他，也嚼不出啥，苦着脸忍了。女人却不，爬到猪棚上骂街。句句骂的猪，可句句人不要听，唬得村干部谁也不敢露脸。

"猪哩，哪个托生的你呀？你前辈造了孽，欺负我家男人，今世你可美了吧？哼哼啥，看老娘拉屎给你吃，你是个臭了心肝的……"

人们只知道天宽娶了个瘿袋婆，丑得可乐，却不想生得这般俐口，是个惹不得的夜叉，都不敢来撩拨了。天宽也由此生出一些怕来，女人的瘿袋越哭越亮，圆圆的像个雷，他便矮下三寸去，觉着自己做个男人确是活得不带劲，比不上这娘们儿豁爽。

他灶间里舀一瓢水，哀怯怯去劝她。

"累着，行啦……下来喝。"

"你哑啦？尿挤不出一星，屁崩不来一个，尿的你！我下去你上来，你给我吮喝，给我日他欺人精的祖宗……"

天宽撺女人进屋，愁得苦。这女人是个混种，以后的日子怕难得好过。但是，凭怎么骂，女人还是女人，身条儿和力气都不缺，炕上也做得地里也做得，他要的不就是这个么。

女人果然勤快。扛了镢头、吃食，在囫囵坨搭个草棚，五宿不下山。白天翻坡地的黑土，两口子一对儿光膀，夜里草铺上打挺儿，四条白腿缠住放光。不下三日天宽就蔫了，女人却虎虎不倦，净了地留丈夫在棚里养精，独自下山背回一篓一篓的山药种。种块切得匀，拌了烧透的草灰，两拃一颗掩进松软的泥土。这女人很会做。

秋后天宽家收的山药吃不清了。叔伯兄弟杨天德口儿众，四个娃儿，谷子又没有长好，天宽有心接济他。

"屁话，饱日不思饥，你不怕我还怕日后饿煞哩！他吃自己种去……"

女人挡了他，在屋后掘了一口大窖，把黄皮山药鸡蛋似的堆成小山，封了。

她嘴伤人，心也伤人。天宽在乡人面前抬不起头，但他心里有数，女人待他不薄。两口子熬日月，有这个够了。

以后他们有了孩子。头一个生下来，女人就仿佛开了壳，一劈腿就掉一个会哭会吃的到世上。直到四十岁她怀里几乎没短过吃奶的崽儿，总有小小的黄口叼她小萝卜似的奶头儿，吃饱了就在瘿袋上磨嫩牙，口水、鼻涕蹭她一脖儿。

她奶水一向充足。伏天吃饭，天宽蹲北屋檐下，她在灶间门口，孩儿玩她奶子弄不对付了，只需一压，一股白溜溜的长线能嗖地挂到天宽碗里去。两口子闲时打趣，奶柱儿时时滋得天宽眼珠麻痛。这些都成了男人的骄傲。

但是，女人到底不是奶牛，孩儿们也不是永远不大。他们要吃，孩儿们也要吃，大小八张嘴，总得有像样的东西来填塞。天宽起初只尝到养孩儿的乐趣，生得一多就明白自己和女人一辈子只在打洞，打无底洞。一个孩儿便是一个填不满的黑坑。

他们生下第三个孩子的时候，锅里的玉米粥就稀了，并且再没有稠起来，到第四个孩儿端得住碗，捏得拢筷子，那粥竟绿起来，顿顿离不开叶子了。

孩子们名字却好，都是粮食。大儿子唤做大谷，下边一溜儿四个女儿，是大豆、小豆、红豆、绿豆，煞尾的又是儿子，叫个二谷。两谷夹四豆，人丁兴旺。可一旦睡下来，摞一炕瘪肚子，天宽和女人就只剩下叹息。

几个孩子舌头都好，长而且灵活。每日餐后他们的母亲要验碗，哪个留下渣子就逃不脱骂和揍。

"就你短舌，舔喽！"

脑勺上挨一掌，腮上掉着泪，下巴上挂着舌，小脸儿使劲儿往碗里挤，兄妹几个干得最早、最认真的正经事就是这个。外人进了天宽家，赶巧了能看见八个碗捂住一家人的脸面，舌面在粗瓷上的磨擦声、叭嗒声能把人吓一大跳。

天暗得看不清人形了，天宽常常顶着星星去串户。他拎一个小口袋，好像提拎着自己的心，又羞又慌。碰上不肯借粮给他的，他就恨不得整个儿钻到破口袋里去。

洪水峪奸人少，没有借过粮给天宽的人不多，天德要算一个。

"你借不给，让瘿袋来！"

叔伯兄弟说出这个，天宽料定早年山药蛋的账还未结，只好讷讷地走开，传话给女人，她就骂："这算一个爷的种？日歪了的！"

出不够气，她便到天德菜园儿里将白日瞄下的一颗南瓜摘来，放了盐煮，待天德在菜园儿里揪着秃秧跳脚，天宽的孩儿们已经拉出了南瓜籽。

一家人就这么活。

女人姓曹，叫什么谁也不知。她对人说叫杏花，但没有人信。西水那一带荒山无杏，有杏的得数洪水峪，杏花是她嫁来自己捡的名儿，大家还都说她不配，因此不叫。人们只叫她脖上的那颗瘤，瘿袋！

她的西水口音短促、尖厉，说快了能似公鸡踩蛋儿，咕咕咯咯的满是傲气，人们觉得这种嘴只配骂人。她又的确会骂，骂起来脏字连珠，恍惚间一跃而为男人，又比一般男人多着胆量和本事能让对手或与对手有关的一切女人受辱，不管她活着还是在坟里。

这里男人打老婆是一顿饭，常事，她来了就造出天宽这货，让老婆揪住耳朵在院里打悠儿。这又是西水的习气，人们简直近不得她，当她是西水的母虎。

生红豆那年，队里食堂塌台，地里闹灾，人眼见了树皮都红，一把草也能逗下口水，恰逢一小队演习的兵从山梁上过，瘿袋抱着刚出满月的红豆跟了去，从驮山炮的骡子屁股下接回一篮热粪。天宽见了在阳儿里晒，真把它当了粪，拎起来倒猪圈里。瘿袋见了空篮，从屋里跳出来就给他两嘴巴。

"瞎了你的！我闻骡子屁都不嫌，你看一眼就嫌它？你自己拉！自己拉一锅能熬的来，能煮的来……"

谷子豆子们看着父亲让巴掌抡得转圈儿，好一阵挣扎才稳下来。墙头上有几个脑袋在笑，叹气。她不是母虎又是什么！但人们又发觉她夹着细筛到河里去了。

骡粪沾了猪圈的脏味儿，淘得不能不细，草棍儿和渣子顺水漂去，余下的是整的碎的玉米粒儿，两把能攥住，一锅煮糟的杏叶上就有了金光四射的粮食星星，一边搅着舌头细嚼，一边就觉得骡儿的大肠在蠕动，天宽家吃得惬意，女人是好的，天宽用筷子在打肥的腮上拨，这么想。乡人们只好沉默，百孬不如一好，这娘们儿坏得不透。

那年头天宽家坟场没有新土，一靠万幸，二靠这脏嘴凶心的女人。

　　日子苦，但让她得些怜悯也难。她做活不让男人，得看在什么地界儿，家里不消说了，推碾子腰顶主杠，咚咚地走，赛一头罩眼牲口，能把拉副杠的小儿小女甩起来；从风火铳背柴到家里，天宽一路打六歇，她两歇便足了，柴捆壮得能掩下半堵墙；担水一晨一夕十五担，雨雪难阻，五担满自家的缸，十担挑给烈属、军属，倒不是她仁义，而是每日四个工分诱着。地里就不同了，一上工立即筋骨全无，成了出奇的懒肉，别人锄两梯玉米的工夫，她能猫在绿林深处纳出半拉鞋底，锄不沾土；去远地收麻，男背八十，女背五十，她却嫩丫头似的只在胳肢窝里夹回镐把粗的一捆。

　　"瘿袋长到屁股台儿了，背不得？"队长怨她。

　　"背不得，我腿根子夹着你的哩！"

　　"……你篓儿倒不空。"

　　"空了不饿死你六个小祖宗？亏是天宽捭下的，你的种儿你敢说这个?！"

　　她笑得野，队长扯眉无话。她篓里是半下子泉里泡过的麻麻棵儿，绿格盈盈叶香，单等着掉锅里煮了，别人歇晌她不歇，草坡上乱扒图的就是这货，是村旁山地难得一见的野菜呢！队长能说什么？怪不得，自然地敬不得，还不由她去！

　　怪不得不只一项。她身上有口袋，收工进家手不知怎么一揉，嫩棒子、谷穗子、梨子、李子……总能揪一样出来。日积月累，也不能说是个小数目。但谁也逮不住她，不知道口袋在什么地方。有猜在裆里的，虽说是老娘们儿终究不是可探的地方，证实不易。或许又是人家不愿逮她罢了。天宽未必明白小秋收的底细，他只明白起初女人只是嘴坏些，有了孩儿，肚子一紧瘪，她的手便也坏了。不能说，他嘴打不过她，手打怕也吃力。况且养一堆活口，女人的本事哪一样都是有用的。

　　这爪子就难免四处撒野。

　　邻家靠院墙搭了葫芦架，水汪汪一棚嫩叶，几朵白花挤到墙头这边来，绿豆和二谷伸着小手去够。

　　"看落了！让它长……"瘿袋有了心思，也不说。白花枯后，茎上吊了拳大几颗蛋蛋，吹气似的胀起来。邻家女人也是精明的，趁瘿袋上工溜进来，用荆条圈将葫芦一一托牢，既免了坠秧，又宣白了它们的主人。瘿袋只当无事，邻人扒墙头窥动静，她就背身藏住冷笑，滴水不露。

　　葫芦大了，估量着换俩茄子已够吃一天，瘿袋便刮北风似的割了它们。依旧是煮，然后骂也依旧，邻家的嫩崽打了先锋骑墙头日偷儿的娘。这边就威凌凌杀出了瘿袋。不骂人，只骂葫芦。骂得很委屈，葫芦成了骚娘们儿，把漂亮身子递过墙，将清白的瘿袋勾引了。

"心肝葫芦肉儿，你天生是个招人日的货哩，明儿个记着，有骚憋自家院儿里，便宜自个儿留着……"

声气儿顿消，邻家女人羞得只剩下拔秧的力气，把一棚葫芦扯散了，吃亏的都说，西水的娘们儿不是个人。天宽也觉得女人八成是着了魔。

那一年粮食又不济。可二谷都七岁了呀！魔鬼附体的日子没个休、没个休。

天宽五十了，闹不清自己是怎么长的，也闹不清自己肚里是什么下水。人呆得像个木桩，横炕上总打不住要想年轻时那沉甸甸的二百斤谷子。鼠子凉酸，哀气也跟着涌，一声叠着一声。

"哀啥？见我那天就打哀声，半辈子也下来了，我亏了你没？"

"不亏，不亏！"

两口子捂一床破絮无事可做。早年几句话逗下来，天宽就能折腰腾身，压女人一身腥汗。如今不行了，女人的屁股他看都不要看，况且又有满满一炕大的小的孩子，大谷大豆怕已听不得爹娘喘气。

最后一次是在园子里，黄瓜架后边。俩人在月亮底下办事，不紧不慢做得渐浓，瘿袋就开了口："明儿个吃啥？"

天宽愣住了，"吃啥？"自己问自己，随后就闷闷地拎着裤子蹲下。好像一下子解了谜，在这一做一吃之间寻到了联系。他顺着头儿往回想，就抓到了比二百斤谷子更早的一些模糊事，仿佛看到不识面的祖宗做着、吃着，一个向另一个唠叨："明儿个吃啥？"

"你说吃啥哩？"他问瘿袋，不论月光把她粗皮照得多么白细，他算彻底失了兴趣了。

"麸子。"

"哪儿拾的。"

"鞍子房。小豆眼快，这丫头出息了。"

"……仓库后头地里有鼠坑儿，怕能掏下正经粮食。"

天宽认真琢磨耗窝儿的走向。从此清心寡欲，与女人贴肉的事算淡了。瘿袋也到了日子，仰炕上不再向他伸手。

吃啥？细想想，祖宗代代而思的老事，两口子可是一天都不曾怠慢过。

女人日见憔悴。如虎也是病虎了，急躁中添了忧伤。瘿袋有了皱儿，再不似亮亮的粉红气球，骂人时也鼓不起来。

天宽呆想：操心操够了吧？看看六个孩儿个个饿相，大的小的都有舔鼻涕的病，心里就有了火苗，燎着熏着朝上顶。

他想逮上活的揍一顿，揍死它！

　　绿豆退学、二谷上学那年，洪水峪日子不坏。虽说新崽儿不在这家就在那家哇地降世，人均土地已由九分降到七分，但返销粮是足的。家家一本购粮证，每人二十斤，断了顿儿就到公社粮栈去买。夏粮绿在地里时辰，山道上总有拎着空的鼓的口袋的人，来回踟蹰地走。那天早上瘿袋挑了八担水，留七担晚上挑，伺候鸡、猪、人吃了，便掖着购粮证离了家。出村的时候，凡见她的人都觉得她气色不坏。

　　过后人们才明白，凶人善相不是吉兆。

　　公社粮栈柜台外边挤着人，虽挤倒并不显得怎么饥饿，瘿袋捏着空口袋，发现钱和购粮证一并丢掉了。生就的急性子，当即便嗷地怪叫一声，跌倒地上吐开了沫儿。买粮的卖粮的四下里围住，看那有趣的瘿袋在她胸脯上滚来滚去，人人探个鸡脖儿，眼也都乌鸡似的鼓出来。粮栈一个人物拨不开人，拿腔儿抓调儿地念出一段语录，说的是大家都来自五湖四海，为了一个什么目标共同走到这地方来了，意思是他要挤进去……帮助帮助，那时候兴这个，而且管用，于是人们闪一条缝出来。他看明白了，到柜台后里端出个大茶缸，含一口水漱了漱嗓子，然后喷到瘿袋脸上。几口刷牙水浇下来，她嘴不抽抽了，眼却愣直。

　　"哪村的？"

　　"丢了。"

　　"姓啥？"

　　"丢了。"

　　"啥丢了？"

　　"丢了丢了……丢了……"

　　女人撒了癔症，围的人更添趣味，那人加倍逗能，逮住人中狠掐，嘿嘿着："丢不了，你过来呗！"

　　瘿袋乱扑楞，终于尖嚎："日你娘！"她爬起来，夺路而去。

　　瘿袋哭软了，一辈子刚气，不知哪儿积了那么多泪。她打了两个来回，把十几里山道上每块石头都摸了，又到灌木林儿里脱光，撅着腚撕衣裳补丁，希望里边藏点儿什么。有了月亮她才进家，油灯底下天宽在吸烟袋锅，旁边炕桌上给她晾着一碗稀粥。她盯住那碗粥愣了神儿。

　　"娘，快吃粥！"二谷蹦过来拽她。

　　"不吃，再不吃啦……"女人猫似的。

　　天宽一下子知道出了事。一边问，一边就有火苗在心里拱，手巴掌打着抖没处搁没处放，女人不曾现过的软弱使他勇气陡升，人有了胆了不得！

　　"败家的！"

他吼一声，把粥碗往地下一砸。

"吃货！"

一辈子没这么痛快过。

"丢了粮，吃你！老子吃你！"

说着说着就管不住手，竟扑上去无头无脸一阵乱拍，大巴掌在女人头上、瘿袋上弹来弹去，好不自在。乡人们蹲在夜地里听，明白瘿袋的男人又成了男人，把女人的威风煞了，半世里逞能扒食，却活生生丢了口粮，这是西水女人的造化。天宽，往死里揍她！

正揍得紧，一声长号让他悬了手。

"天爷，哪个拾了粮证，让他给我家还来呀，我的粮唉……"

这歌是复调，一遍一遍唱。月亮把那脖上的瘿袋照成个白球，在黑院里闪。天宽撸一把酸鼻涕，点个马灯拎着去了。

有睡不实的乡邻，半夜里听到瘿袋到水泉担水，白薯脚在石板上踏踏地蹭，又听到蒜臼响，响得很脆，啪啪的像是硬壳碎了。以后就没有声音。

天宽趴在山道上拿马灯东照西照的时候，他女人卧在席上服了苦杏仁儿。天上有不少星星，眨着眼冷冷地瞧着他们。

天宽耗尽了灯油回家，隔二里地就听到村里有惨哭。是自己那窝粮食在响。院子里嘈杂，豆子们从门里滚出来迎他："爹，快看娘！"他一听就怕了，硬挺着踱到炕前，老娘们儿丑脸歪着，还有气，只是喘得骇人。他从二谷手里接过碗来，在粗瓷儿上抹下一指杏仁儿渣子，这才记起她一天不曾吃什么。她再不想惦记吃，所以她就吃了这个。一辈子不饥，天宽也有吃的意思了。

黎明时分，一扇门板离了村庄。几个邻家后生抬举着，瘿袋高高地睡在上边，眼睑焕发荣光，大谷在前头引路，天宽由叔伯兄弟天德陪着殿后，一行人在雾里向山下滑。

天宽迷迷瞪瞪走路，恍然回到差不多二十年前的那个早晨，但二百斤谷子正沉得把他压扁，压做薄薄的骨饼。

大谷唤他："爹，娘有话！"

门板撂稳，天宽把耳朵凑上去。听不清，他扒拉一下瘿袋球，挨她嘴近些。

"狗日的！"

静了半天，又吐出两个字。"粮……食……"

天宽赞同地点点头，很悲哀。他在女人头发上摸了一把，最后一把。

门板将要漂出山谷时，大谷把天德的儿子换下小解。那小子绕到大石头后面哗哗地撒了一通，接着便狂叫，蛇啃了吊似的。

天宽赶来，只一眼就瞭上了那个皮筋扎紧的包包。它躺在石根子那儿，几束草掩着，像块灰石。两尺开外有两节不大新鲜的绿粪，是人的。为什么绿，天宽明白。但他分明已完全糊涂，傻了似的看看这、看看那，脸上迅即失了血色。

脏物如有幸石化，将使后世的考古学者出丑。他们将陷入历史的迷宫，在年代和人种问题上苦苦纠缠。

瘿袋却是离去了。天德的儿拾了布包抢功："婶子，天爷还你粮证哩！"她两目圆睁，阔嘴微开，大瘿袋亮着黄光，仿佛对突如其来的窝心事儿大吃了一惊。

"婶子，你瞭瞭！"

"闭你娘的嘴！"

天宽吼过侄子，大谷便哭了。天德踹儿子一脚，看看人确是没了气，又赶上去踹儿子一脚。天宽也就下了泪。他收了布包，把女人身下垫的麻袋抽一条出来。卫生站不必去，粮食不能不买。余人抬了瘿袋回头，两口子一硬一软算是暂且分了手。

一袋粮食买回，刚够助丧的众乡亲饱食一顿，天宽的孩儿自然也扎进人堆抢吃，吃得猛而香甜。他们的娘死也对得起他们了。

"明儿个吃啥？"

夫妻合谋的事，剩天宽独自苦想，他深知了女人的不易。夜里头赤条条翻身，被里的空儿叫他心痛，接着就有女人脆响的脏话传来："狗日的……粮食！"

这仁义的老伴儿竟去了。

洪水峪少了母虎，清静了，也寂寞了。听不到她公鸡踩蛋儿似的骂声，日子便过得不够紧迫，谷子豆子们摆脱了母亲的淫威，活得反而快活起来。岁月毕竟是一天一天不同，个个肚子大了不止一倍，却大抵充实得可以。

如今杨天宽六十多岁了，仍旧慈眉善目，老娘们儿似的低声细气。他一辈子没有逞过大男人的威风，也许试过一次，但只一次便要了老婆的命。到承包的田里做活，时时要拐到坟地里去，小心拔土堆旁的杂草，他好悔！

孩儿们可没有什么债务，他们几乎将母亲忘却了。认真回想一番，也无非更加肯定那是个不可思议的人物。二谷念高中时翻过一本医书，发现瘿袋即是"甲状腺肿大"之类，于是母亲就脖上吊着个肉球在他脑海里走。虽说只是一闪，也算有了一份想念，不能说是不孝的了。大谷、大豆、小豆们都有了孩儿，他们的孩儿是不要苦杏核儿的，可见有些事他们也还记着。

老辈儿人却爱讲瘿袋的故事，开头便是："他背了二百斤谷子。"语调沉在"谷子"上，意味着那不是土、不是石头、不是木柴，而是"谷子"，是粮食，是过去代代人日后代代人谁也舍不下的、让他们死去活来的好玩意儿。

曹杏花因它而来又为它而走了，却是深爱它们的。

"狗日的……粮食！"

哪里是骂，分明是疼呢。是不是骂，骂个谁，得问在她坟上蹓跶的天宽，老家伙心里或许明白。

（原载《中国》1986 年第 9 期）

李锐

LI RUI

1950 年出生于北京。祖籍四川自贡。1966 年毕业于北京杨闸中学。1969 年在山西吕梁山区邸家河村插队务农。1975 年到山西临汾钢铁公司做劳力工。1977 年调入《汾水》（后改名《山西文学》）编辑部，先后担任编辑部主任、副主编。1984 年毕业于辽宁大学中文函授部。1988 年曾任山西省作家协会副主席。2003 年辞去山西作协副主席职务，并退出中国作家协会。现为赵树理文学院专业作家。

1974 年开始发表文学作品。迄今已发表各类作品百余万字。出版有小说集《丢失的长命锁》《红房子》《厚土》《传说之死》《太平风物》，长篇小说《旧址》《无风之树》《万里无云》《银城故事》以及散文随笔集《拒绝合唱》《不是因为自信》《另一种纪念碑》《网络时代的方言》等。小说《合坟》获 1985—1986 年全国优秀短篇小说奖。

厚　土

（三题）

古　老　峪

他睡不着。一连三天了都睡不着。

从酸菜缸里溢出来的那股刺鼻的酸臭味儿，一缕一缕地朝鼻孔里钻。头顶前，离炕沿三尺远，横担着一根被鸡屎染花了的树棍，树棍上鸡们照着祖先的模样在睡觉，蜷缩着身子，羽毛蓬松起来，尖尖的嘴插在羽翼中，也许是有悠远古老的梦闯了进来，它们时不时呻吟似的叽叽咕咕地发着梦呓。灶坑边那只小猪睡得太深沉，常常就舒服得哼出声来。窗户纸上有个小洞，冷气一阵阵地拂过鼻尖和额头。身边的汉子浑重地打着呼噜，炕皮儿有点微微地颤。凭着直感，你知道，隔着汉子，在炕的那一端，她也没有睡，不知是怕，还是在等。他还知道，再过一会儿，汉子就会爬起来，拎过炕头上那个其大无比的砂盔，响响地尿上一阵。然后就摸索着套上衣服，披上羊皮袄，提着马灯去给牲口们添草。随着窑门咣啴一声响，漆黑的土窑洞里，烤人的土炕上，就只留下他和她。而且，他知道本地的习俗；按照这习俗，土炕的那一端，污黑的被子里裹着的是一个一丝不挂的身子。一想到这儿，他就羞愧难容，可是，一连三天了，他总是想到这儿……

三天前，工作队长分派任务的时候拍拍他的肩膀：

"小李，古老峪除了土改的时候去过工作队，这二十多年来没人去，你去。给他们念念文件就回来，三天。对啦，临走前选个先进个人报上来。"

他打好背包，收拾了洗漱用具，而后翻遍大队部的土窑，只找到一本掉了书皮的《新华字典》，空荡荡的心里不由得一阵怅然，呆呆地立了一刻，也只好把《新华字典》装进怅然中一起带上路。

黑暗中，炕的那一端传来一阵轻微的响声，她在翻身，这响声是那赤裸的身子和粗劣的布们摩擦出来的。他也翻了一下身，把脸和身子正对着窗户，把后背朝着黑暗中的那一端。冷风迎面吹拂到脸上。他抗拒着羞愧，抗拒着引起羞愧的强烈的想象。他是工作队员，他到这里来的任务是宣读文件，鼓励农民"改天换地"、"大干快上"的，可现在在胸膛里倒海翻江一般奔涌着的，都是些与此极不相称的东西。远处，响起拖拖沓沓的脚步声，这下好了，借助于外力他终于从迷乱中挣扎出来，仿佛解脱了似的一阵轻松。接着，门又一响，涌进一股逼人的寒气。接着，汉子又摸索到炕上来，熄了马灯，只一会儿，炕皮儿就又微微地在打颤。再过一会儿，三尺开外横担的树棍上，那只白羽红冠的雄鸡便勾举着脖颈洪亮地唱起来。唱一遍；然后，再唱一遍；再然后，还唱一遍。窗纸上就蒙上一层灰白的光影，熬到这个时辰，他才昏昏沉沉地睡去。等到睁开眼时天已大亮。炕上空荡荡的，主人们的被子已叠好靠在炕脚。

一连三天，天天如此。

热水就在灶火上温着。是她烧的。灶口上一枝尚未烧尽的柴兀自支撑着，还在冒出些断断续续的火苗来。掀开锅盖，等白腾腾的水汽飘过后，结了一点水碱的锅底上露出四个又大又白的鸡蛋来。这是她特意煮的。他有点惊讶，前两天是两个可今天却翻了一倍。舀出水洗了脸，漱了口，再把鸡蛋取出来仔细地剥去皮，玉石般晶莹的蛋白颤巍巍的，咬一口，很香。每天这特殊的待遇叫他很惶恐，可是又必须得吃，不吃就会招致许多的埋怨和推让，那埋怨和推让就更叫他惶恐。他有点舍不得一下子就把它们吃完，一小口，一小口地咬，似乎是在品味着一个什么故事。今天就该走了，可他却隐隐地觉出来她不大愿意，她好像有些个不舍，要不，为什么又多煮了两个鸡蛋呢？三天来他还隐隐觉得这土窑里的父女俩之间一直种紧绷绷的气氛，似乎有件什么事情因为他的到来而暂时中止了。这事情显然是主人不愿叫外人知晓的。

洗了脸，吃了鸡蛋，他靠在自己的被垛上，随手又打开了那本没有书皮的《新华字典》一行一行地看下去：涟，水面被风吹起的波纹。莲，多年生草本植物，生浅水中，叶子大而圆叫荷叶，花有粉红、白色两种……鲢，鲢鱼，头小鳞细，腹部色白，体侧扁，肉可以吃。奁，女子梳妆用的镜匣。"妆奁"：嫁妆，陪嫁，陪送，旧时女子出嫁从母亲家带去的衣服用具等……

窗外不远处，传来连枷打在豆秧上的闷响。来到古老峪的第一个早上，他到场院上去过，因为记着"同吃，同住，同劳动"的纪律，手中的连枷挥打得分外卖力。可只干了一会，身子刚刚发热，当队长的汉子就派下来另外的活：

"老李，你跟上咱女子把这边打完的豆秧抱一捆送到马号去，再带上些回去生火吧，招呼炕凉。"

周围的人们都很谦恭地围望着。放下连枷他才发现，身后站着一个空了手的男人，正把两只粗大的手举到嘴前咝咝地哈着，厚厚的嘴唇里喷出长长的一条白汽。他猛然就觉得很不好意思地来，对自己刚才那一阵热情而奔放的劳动尤其愧悔。因为他停了手，周围的人们也都停了手，很木讷又很谦恭地在等什么。内中一位老人呵呵地笑道：

"老李真是能行呢，劲大，呵呵劲大！"

众人也都附和着，都说"劲大"，可又都分明还是在等。他一下子明白过来：大家在等着他离开。脸一下子涨红了，本来还想再干一会的决心顿时飘得空荡荡的。得了父命的女儿搂起一大抱豆秧来，在一旁轻声地催促：

"老李，咱走！"

他赶忙抱起豆秧遮住脸。刚刚走出不远，他就听见背后的场院上一阵阵的笑骂和连枷爽利的敲打声。有只豆荚扎到了脸上，很疼。

回到土窑里，当炕头上的灶火呼呼地蹿起来的时候，她微笑着问他：

"能住惯不？"

"能。"

她抿嘴忍住笑："能住惯昨夜里那是咋啦？"

他脸又红了，答不上来。

猛地，她将一只手掌反转来堵到嘴上，两腮间升起一片桃红。

来到古老峪的第一天夜里，他跟着队长回到家里，队长指着土炕说：

"就在我这儿歇吧。"

他不由一愣，因为灶台前呼闪着的火光里分明站着十八九岁的她。看他发愣，队长又解释：

"全村就这六户人，到处都是老婆孩子一大堆，就我这还能挤下。"

他不好再说什么，只好"挤"下来了。"同吃，同住"是对工作队员最基本的要求。但到了晚上该脱衣睡觉时，他还是有些不自然，油灯在炕头上的灯座里幽幽地晃着，晃得心里总有些忐忑。可是队长却率先坐在被窝里，先脱了棉衣，露出污垢遍布的坚实的身子，接着，褪下棉裤又露出半截厚墩墩的屁股，而后从被窝里抽出棉裤来，一面又安抚：

"老李，咱们先睡。"

他只好硬起头皮也脱，但却小心地留下了秋衣秋裤。等着他钻进被窝，队长伸出蒲扇般的大手朝灯座上那幽幽的火苗一扇，灭了，又吩咐：

"你也睡！"

语气中分明带了些愤懑。黑暗中，炕的那一端服从着，传过来一阵窸窸窣窣的脱衣声，他直觉得羞愧难当，就从那一刻睡不着了，可是熬到半夜里，尿却把他从被窝里逼了出来。听见响动，汉子问道：

"老李，炕凉？"

"不。上厕所。"

"给。"

随着一声钝响，那只大砂盔被递了过来。他慌忙推让着：

"不用，不用！我出去，我出去！"

"出去看受了风，不怕啥，黑灯瞎火的谁也看不见。"

他还是满心羞愧地跑了出去，那一刻，总是觉得黑暗处闪着一双眼睛。她问的就是这件事，笑的也是这件事，可率直的眼睛里黑亮亮的看不出半丝的杂念来。他喜欢这双眼睛。

三天来，每天晚上他给大家念文件的时候，就是这双黑亮亮的眼睛从头到尾，目不转睛地盯在他脸上。有一次，文件念到一半，有一个字的发音忘记了，他随手打开字典查阅了一下，又接着读下去。第二天，她惊异地指着那残破的书满怀敬意地问道：

"这书咋恁有用。啥字都有？"

"差不多。"

"这字咋写？"

她敲敲灶火上扣着的鏊子。他查出来指点给她看：

"这不，鏊，一种铁制的烙饼的器具，平面圆形。"

"呀——呀！"

她五体投地地赞叹着，粗糙的手拿过字典。离得很近，空身穿的对襟棉袄的扣襻之间，一条白白的肌肤忽隐忽现。他忽然建议道：

"你给当咱们古老峪的先进吧！"

"我不。"

"为什么？"

"我才不先进哩。"

"我看这三天就数你听得认真。"

"听啥？"

"念文件呀。"

她抿嘴笑了："我啥也听不懂，我是看你念得好看。"

他不由得升起一阵悲哀来。

她把字典还过去："你们公家人都好看，看这手细的，像是戏上的人。"

悲哀中又揉进些难言的惭愧，他急忙别过脸去。

"爱巧就嫁给你们公家人了，在煤窑上。"

"爱巧是谁？"

"住东头，在公社念过一年完小，去年结的婚。"

为了从窘状之中挣出来，他改了话题："两三天都没听见你和你爸爸说话，跟他生气啦？"

她低下头去，再不说了，灶口上的火光一闪一闪的。

场院上连枷还在响，单调，枯燥，他放下也是同样单调枯燥的字典，从书包取出那份已经复写好的总结材料来。封面上写着：古老峪"农村三大革命运动"总结。已经想好了，自己拿一份，这一份留给队长。

兀自支撑在灶口上的那枝柴终于烧断了，一阵塌折的微响之后，落进灶坑中的残柴又冒起一股火，把锅底剩下的一点水烧得呻吟起来。

场院上连枷的声音停了，过了一会传过渐近的脚步和人声。愈走近那人声似乎愈急切：

"人家哪不好？你凭啥不应承？"

"他坏，他撕拽我，还摸我！"，

"撕拽就咋啦？摸就咋啦？还不是早晚的事？你往后还得躺到炕上给人家生儿哩！"

"他是牲口！"

"你才是牲口！你不嫁能守我一辈子？你知道村里都说啥！都说我留着你是自己用哩，牲口，你不把我逼得见了你妈就不算完？"

争吵突然停顿了。她一定哭了，他想。

可是等到父女俩走进土窑的时候，两个人的脸上都是那么平静，平静得叫人感到木然。父亲放下手中掐着的一蓬豆秧，周身拍打着，脸上又堆出往日的笑容问：

"老李，等得肚饥了吧？"

他忐忑不安地应着，心里生出来许多的愧疚，本想问问父女俩吵些什么，可看见主人脸上那做出来的笑容，就又把话吞了下去——那笑脸分明是一张厚厚的盾牌。他忽然就感到自己在这土窑里的多余和无用。

冬天是两顿饭，本来吃完前晌饭他就该走了，可不知为什么就耽搁了下来，只觉得还想做些什么，可又什么也没有做，一直等到日压西山的时分，他才背上行李走出了窑洞。走的时候她不在，不知去了哪。队长说了几句炕不热，饭食不好的客套，尔后又把那份总结还给他：

"老李，这营生还是你留着吧，搞运动啥的都是公家的事情，咱留下这没啥用。"

他笑笑，接了过来。

沿着那条斜长的土路他登上沟顶，一道坦平的土垣豁然在眼前舒展开来。暮色中，冬日荒寂的土垣上没有一丝声响，满目皆是一种闷钝的空旷。西坠的太阳被云层裹住，正在烧出一派金红来。忽然，他看见她了，路口上放了一副水桶，扁担横放在两只水桶上，她正坐在担子上静静地等。他急走到近前去。

"你走呀？"

"嗯。"

"不来了吧？"

"嗯。"

"你走晚了，得赶夜道。"

"不怕，有手电。"

"我回呀。"

说着，她把水桶担了起来。

"你还是当了先进吧！"

他几乎是抢着在说。

"我不。"

"当吧，这次当了先进能到县里开三天会！"

"真个？"

"嗯。"

"你也去？"

"嗯。"他说谎了，特别想说。

"我当！我还没去过县上哩。"

她挪挪扁担，满足地微笑起来：

"我回呀。"

随着步子，扁担钩在水桶的梁撑上发出吱吱的尖响。

辉煌的夕阳从烧毁了的云海中掉了出来，刹那间，干旱贫瘠的土垣被它幻化成一派壮丽的辉煌，黑幽幽的窑洞，残缺的围栅，破烂的窗棂上挂着的满是尘土的辣椒串，场院上的谷草垛，道路上星散的牲畜的粪便，院子里啄食的邋遢的鸡群，石槽前奔忙的肮脏的小猪，家门前怀抱婴儿的衣衫褴褛的妇人，垣头上凄凉地举着枯瘦的手臂的荒棘，顿时都被染上一层灿烂的金光，一切都面目全非，一切都熠熠生辉，一切都在这一刻派生出无限的生机来，显得有如童话般的富丽堂皇……

在这幻化的辉煌之中走着她，水正从桶里溢出来，于是在均匀的颤动中，流金溢彩般地，有火焰沿着桶壁燃烧起来。

仿佛被这火灼痛了眼睛，他急忙转过了脸。

　　　　　　　　　　　（原载《人民文学》1986 年第 11 期）

眼　石

盯着，盯着，那紧绷在后脑勺上的红花手巾呼地窜了起来，像火苗子舔了心尖，绞得人倒吸冷气。脑壳里装了面大铜锣，有人敲，咣——，金星四迸，大朵的红花就漫成了满天的红雾……

"我日死你一万辈儿的祖宗！"

有水从那红雾中涌出来，流进嘴角里，咸。

绕在腕子上的闸绳猛一拽，一个趔趄，接着扑嗵一声，他像个装满了袋的毛褴跌在坚硬的山路上，反穿的羊皮袄裹着身子，肮脏的黑羊毛一阵乱颤，活像是拖着一条死牲口。大车里，坐在石灰堆上的女人失魂落魄地惊叫起来：

"娃他爸！娃他爸！"

大大小小的石头刀割斧锯一般从身子下边划过去：

"日你妈，拖死吧，拖死了干净！"

这念头只一闪，全身的肌肉就都拉紧了，腿一弓，身子也跟着拱起来。可是大车下滑得太快，挣扎不过，人又被拉成一条直线，满是尘埃的黑羊毛复又触目惊心地乱摇做一团。两只方口鞋一前一后地滚落在路旁。

惊乱之中，在前边摇鞭子的车把式扳住手闸，猛勒缰绳，一阵狂呼乱喊，好不容易才把大车停在了半坡。辕骡口吐白沫，两条后腿在腹下弓曲着，用整个身子抵抗着冲下来的重载。车把式怒不可遏地勒着缰绳，扭头向后边拉闸的副手喷过一阵臭骂：

"我日死你妈！你个日的敢是没拉过闸？这种路上失闪了是要笑的？这车上坐的不是你老婆孩子？把你家日的呢，撞鬼啦！"

地上的那一团黑毛蠕动着站起来又退回去穿好鞋，一声不吭地回到岗位上挽紧闸绳。车把式呵斥着：

"拉住！"

一面松开手闸，放缓缰绳，鞭梢在辕骡眼前虚晃一下，悦声道：

"走吧，红骡子。"

大车又晃动起来，胶轮碾上一块路旁突进来的锐利的石角。咯嘣一声闷响，接着，轰然落地的车上荡下一股呛人的白烟。随着响声车把式心疼地和他的胶轱辘对应着：

"哟哟——，我的胶子吧！"

紧绷在后脑勺上的花手巾又晃了起来，眼睛里只有那些跳动着的红块，和一条白晃晃的山道。

随着山路的蜿蜒盘绕，一道令人目眩的绝壁或左或右尾随而进。绝壁下的洞河翻滚着白浪，可传上来的声音却是远远的，似乎隔着什么。车把式心太狠，车装得太满，使了围板还又冒了尖儿，尖儿上苫块破毛褯。毛褯上玄玄乎乎晃着个穿花衫的媳妇，媳妇怀里抱着叼奶头的娃娃，车一晃，紧巴巴的衫子下边就会露出白嫩嫩的肚皮来。可昨天夜里，这肚皮叫别人揉搓过了……

"我日死你一万辈儿的祖宗！全成了假的，全成了假的……一万辈儿的祖宗！"

脑壳里的大铜锣又在敲，咣——！跟前的雾又升了起来。手里没杆枪，要是有枪，那个紧绷绷的花脑勺早就碎了！

"假的！一万辈的祖宗！"

车尖儿上晃着那惊恐万状的女人，看着丈夫满脸阴森森的杀机，她觉得末日到了，一阵阵的寒气从心底里升上来，手足无措之中，她只能愈来愈紧地搂住儿子——这个用末日换来的儿子。早知他今天这个样，昨晚宁可拼死也不干。男人家都是牲口！

他觉得身上在哆嗦，好像是冷，眼前的雾退下去，又显出来那个紧绷着花手巾的后脑勺。昨天晚上，在城东关大车店那间小屋里，狗日的就是兜的这块花手巾……

喝了酒，两个男人的脸都红成了紫猪肝，他抗不住酒力，有点晕。媳妇还在一旁劝着恩人：

"他哥，你再喝。这回多亏你给凑了这八十，要不娃娃还得在医院扣着。可得好好谢谢你哩！"

"拿啥谢？"

接酒的人嘿嘿笑着，随手取下头上的花手巾塞过去。女人酥软的胸脯上热辣辣地撞上一只拳头。

儿子得病住进县医院，媳妇陪着也住，一个半月过去欠下医院的账，人家扣住人不放，他气得在医院门口跳着脚嚎，多亏这八十块的救命钱。车把式比往日更理直气壮地吩咐：

"去，把料拌好添上，到井上绞些水预备饮，再到街里给我买盒烟。"

他去了，头还晕，只能一样一样慢慢做，等他拿着烟卷返回来时，小屋的门插着。脑壳里的大铜锣就是从那时候敲起来的。他被这突如其来的事惊呆了。想砸门，可又怕丢人。猛然才想起来人家差他出门时那一脸的笑来。人家借给他钱的时候，也是这么笑的。整年跟着人家跑车，成天都得在人家手里攥着，眼下还又欠下了八十块的人情。腿一软。他蹭着墙蹲下来，隔着窗纸层里的响动传出来，那些所有的细节都可以想得见，脑壳里那面大铜锣一下连一下地猛敲：咣——！咣——！

不知过了多长时间。

车把式开门走出来的时候，正朝头上挽这条带红花的手巾，见了他，一愣，一笑，丢下一句话：

"我另找地方睡，夜里你招呼牲口，钱，还不还由你吧。"

说完，人走了。

酒劲太大，头更晕了。他跌进屋去，把女人剥得精赤条条，一顿毒打，而后又饿狼一样扑上去。

他后悔借了他八十块，后悔也晚了。

太阳光下的这条路又陡又长，白得晃眼。他觉得越来越管不住自己，只是想杀人，想见血，没有枪，有石头！

"一万辈儿的祖宗，好汉做事好汉当！不宰了这个杂种连自己都是假的！"

路太短，一转眼六十里只剩下一半。他没有枪，没有石头，没有机会，好像也还缺一些勇气。花手巾包着的那颗硕大的头，还有不用回身就能看见的那像刀砍出来一样的下巴骨，还有裹在羊皮坎肩里头的那副宽大厚实的身架，拴了红缨的鞭子威风凛凛地在肩头上飘拂，自信，威严，高傲，人家从来都是这挂大车的统帅；统帅着四匹骡马，一挂车，还统帅着他这个拉闸的。可是，半夜里蹲在墙根下听到的响动声又响了起来，那面大铜锣又敲了起来，红雾中又有水奔涌而出，很热，很咸。

"我日死你一万辈儿的祖宗！"

白晃晃的车道朝着半天里升上去，胶轮压上了六十里山路当中最险的陡坡——豹子岭像一个阴险的狎客躺在半空中冷笑着。骡马们低头弓背四蹄猛蹬，被马蹄铁踏碎的沙石四下飞迸。车把式一手握住手闸，一手连珠炮般地甩着响鞭，鞭梢呼啸着扫过，向那些摆动着的长耳朵愈来愈残忍地逼近。平日攒在肚子里的脏话，此时一股脑地倾泻了出来：

"驴日的们，这阵可不敢给老子退了坡！灰头这时候你还耍滑哩，日死你个杂种的！青骡上啦！上！上！后闸，当心着，你狗日的再不用撞鬼啦！"

本来就在车尖儿上玄玄乎乎晃着的女人，朝幽幽的绝壁下偷看了一眼，浑身的筋肉立刻就僵直起来，一只手死死地抓住了身边粗大的麻绳。涧底哗哗的水声招魂似的从遥远处传上来。

车和马，肉和心，都悬挂在那几根铮铮欲断的套绳上，沿着绝壁的边缘上升。

"娃他爸……"

女人呻吟般地呼唤了一声——没有回答，游丝般的呼唤飘忽着在唇边挣断了。

瓦蓝的天上，一只苍鹰在飞，它犀利的眼睛看见了如蝼蚁负重般在绝壁上挣扎着那一群。猛然，从那挣扎中生出了一阵痉挛的悸动，接着，是一个绝望的停顿，接着，是一阵撕心裂肺的呼喊：

"退坡啦——！上闸呀！上闸呀！"

拉闸人下意识地弹起来跳向车侧，一咬牙把粗大的闸绳死命拉向怀中，立刻，闸杠和瓦轴剧烈地摩擦起来，往日敷上去的松香在震耳欲聋的响声中，吱吱地冒起了青烟。可贪心的车把式装出来的那座"石灰山"太重了，坡太陡了，它拽着四匹骡马，四条人命，斜刺里滑向绝壁。

绝望中，车把式又在呼喊：

"眼石！快打眼石，快！"

平日里练就的动作不用思索，拉闸人转瞬间把闸绳挽死在铁钩上，飞身扑向路边，抱起一块枕头大的青石来。就在这一瞬间，他看见车把式被撞倒了，不知怎么把衣服挂在了手闸柄上，失了根的身体在疾速的下滑中左跌右撞挣扎不起，眼看就要滚落在铁蹄之下，眼看就要随着他的"石灰山"一起丧身涧底。拉闸人的脸上猛露出一丝残忍的冷笑来：

"一万辈儿的祖宗，天报应！下去吧，都给我下去，我认了！我认了！"

"娃他爸，快打眼石呀！"

女人在呼救，可却不知道朝下跳。

"日死你妈，假的！"

闸杠和瓦轴仍在凄厉地轰响着，胶轮被兽齿般的碎石疯狂地撕咬着，整个车体都在发出断筋裂骨般地咯咯吱吱的呻吟。猛地，从那车尖儿上传出来孩子尖锐的哭声……拉闸人被电击了一般骤然扑向胶轮，轰然一声，施放烟雾似的，半崖里升起一片白云，接着。一切都停了下来；接着，从白云里挣扎出一个白人，额角上滴下殷红的血珠；接着，这白人扑向辕头，从辕杆下边拖出那个仇人来嘶喊着：

"一万辈儿的祖宗！我该把你个杂种放到崖底下！我该把你个杂种放到崖底下！"

一块被车轮撞动的石头缓缓地，缓缓地，滚向绝壁，在崖畔上摇摆了一下，仿佛无限深情地依恋着什么，旋即自由地垂落下去。刹那间，有一道苍色的闪电尾随着直劈涧底。

晚上，在马号前边卸了车以后，花手巾朝耳边凑上来：

"后半夜上我家去。我给你留门。"

他愣起眼，不大明白。

花手巾笑笑："你心里不是不平展吗？咱们弟兄生死之交，犯不着为女人置气，今黑夜就算是我补你。"

他听懂了。心中一阵狂跳。

夜静更深的时分，他去了，果然花手巾给他留着门。事完之后，当他心满

意足地跨出屋门的时候，花手巾正在墙根下蹲着，和昨晚一模一样。他也不由
一愣，一笑，而后硬铮铮撂下一句话：

"钱我还你！"

回到家里，媳妇来开门时只披了一件布衫，不知怎的胸中涌起一股兴头
来，他一把将女人拥到了炕上。温顺的女人无声地驯从着，可她分明感到丈夫
身上没有了那股杀气，丈夫又成了原来的丈夫。

黑暗中，土炕上有两团模糊的白影在晃动。

月亮落下去了，天上有很多星星。

（原载《山西文学》1986 年第 11 期）

看　山

视线举着整座山峰朝上升，升，升……然后，停在半空里挣扎着，到底挣
不过，沮丧地落了下来；然后，再朝起升，升，升；然后，更沮丧地落下来。

"全一样，东西再大，本事再大也有个不毬行的时候！"

这么想着放牛人的视线里露出一股近似彻悟了的解脱来。看了一辈子的
山，总算是把山看透了，看透了，心里又有点怜惜它们：

"当初朝天上举的时候，也不知费了多大的劲，举来举去举不动的时候，
也不知受了多大的委屈，生了多大的气。"

无比的怜惜从视线中涌泻出来，深情地抚摸着群山。只能在苍天之下忍受
屈辱的山们沉默着，木然着，比肩而立，仿佛一群被绑缚的奴隶。沉默聚多
了，便流出一种对生的悲壮；木然凝久了，便涌出一种对死的渴望；于是，从
沉默和木然中宣泄出一条哭着的河来，在崇山峻岭之中曲折着，温柔着，劝
说着。

太阳很好，草很好，牛们也很好。随着缓缓移动的脚步，和吃草时摆动的
脖子，牛铃叮叮咚咚地响着，稳稳的，悠悠的，传得很远。牛群越放越大。可
是自己越过越孤单：妈死了，老婆死了，后来，儿子半路上也死了，只留下一
个女儿和自己厮守着。可是，再后来，女儿也出嫁了。嫁女儿的时候他有些不
舍，不舍可也到底嫁了。女儿一嫁，他的日子就好像是凝冻了一般，没有一丝
的生气和活气；所剩下的只是放牛，只是像眼前这样独自一人每日每天，呆呆
地看着这些个山。

猛地，有个东西白亮亮地刺进心里来：

昨天晚上，队长来找他，说他老了，说放牛的活儿苦重，说村上只有牛倌
挣的工分最多，说队里打算换一个牛倌，说问他愿不愿意。"不愿意！日他老

先人，想端我的饭碗子哩！"心里这么想，嘴里却没这么说，只是笑笑，只是说："我还能行哩。"送走队长，他提着马灯进了牛圈，看着反刍的牛们，两行老泪流下来，他问："你们愿意么？你们说我老么？"牛们不说话，只把眼睛恋恋地看着他。今天，好像要躲开什么似的，他早早地把牛们带上了山。

树丛里一阵惊乱，杂沓的奔蹄声中蹿出两条牛来，雌的在前，雄的在后，雄牛高举着傲然的角，紧追不舍，前蹄一顿，整个身体优美地腾空而立，接着两条前腿准确无误地搭在了雌牛的腰上，腹下那繁衍生命的灵物伸了出来，急切地寻找着。放牛人笑骂道：

"牡牛，牡牛，你狗日就没个够！你就不怕老？"

黑眼窝的雌牛扭动着身子，灵巧地一摆，从重压之下挣脱出来，钻进一蓬灌木丛中，庞大的雄牛在密匝匝的木丛前煞住脚步，悻悻地摆摆脖子，对着山脚下的村庄发出一阵浑重的吼叫。

放牛人靠着一棵歪脖子的橡树坐下来，坡下的石缝里生出一蓬丁香，正好挡住了身子，可却挡不住视线。掏出烟荷包用烟袋锅挖了一阵，掺了土拉叶的自制烟末随着喷出来的青烟，发出一股类似脚汗的臭味，可放牛人却有滋有味地享受着，透过眼前的青烟若有所思地看着山脚下那个熟悉的小山庄，他和牛们就是从那儿走出来的，村西头那三间石顶石墙的房子就是他的家，他一个人的家，只要他不回家，房顶上的那个烟筒就冷冷清清的永远不会冒出烟来。全村的人里，没有谁能像他这样，每日每天把自己的村子从头到脚打量个够。有一缕烟从嘴角挤到眼眶中来，泪水热辣辣地淹没了村子和家，揉揉眼，他把视线移向别处，可不觉中又恋恋地转了回来。不由就想：都是石顶石墙，都是扛锄下地，都是生儿育女，咋就没有个够？想到这儿又偷笑起来：你自己就没有个够，你自己天天坐在这半山里看来看去就没有个够。可是，还没等这一丝笑容在嘴角上生出来，那惜别的悲哀就不由自主地漫了上来……"狗日的，他就不该跟我说！"

村子里，管成家的门口挂了一只面箩，箩上缚着一条尺把长的红布条，鲜亮亮的透着刚得了儿子的喜气。黑小家年前死了老人，过年时用白纸写的对子还在乌黑的门框上贴着，字辨不出，纸还是白生生的。保成媳妇正朝院墙上搭被子——娃娃们又尿炕了。下地的人们，三三两两扛着锄头走过村口的神树。鸡和狗的叫声像是隔了一层什么远远地传上来……一切都是熟悉的，一切都是看过无数遍的，可他觉得总没有把它们看透，自从女儿出了嫁，他就觉得这一切都和自己远远地隔了一层。倒是和牛们越来越亲近了。刚才在山坡上追逐的那头牡牛，就是儿子死的那一年出生的，不知怎么的，他总觉得这牡牛的眼神像自己死了的儿子，小的时候就尤其像。

牛群在山坡山散散漫漫地游荡着，长长的尾巴在周身上下不时地摔打，轰赶着围上来的虻蝇，长舌头在肥嫩的青草从里卷来卷去，吃到酣畅处白白的口涎就顺着嘴角长长地垂下来，在明媚的阳光中拉出一道闪闪发光的弧线。或许是猛然间回忆起什么遥远的往事，它们就会中断了香甜的咀嚼从青草中抬起头来，黑而大的眼睛久久地注视着群山。

放牛人自信地在橡树下坐着，在山坡上，在身边的这一群当中，他已经享受惯了一种至高无上的尊严，他是它们的中心，它们是他的依靠。可是今天这自信中却夹进了一些惶恐：我真的就老得不中用了么？他真的就不用我了么？工分多那是我雪里雨里挣下的，这也叫人眼红么？嫌多，我宁愿减工分。可队长说话时的口气分明是冷冷的，是不容商量的。"狗日的，你也有个老的时候，你也不能一辈子当队长！"他知道，这种话只能是坐在这半山里，在心里骂骂，若是队长站在面前，若是队长真的把替换的人找了来，他只会笑笑，只能服从的，他想不出有什么办法可以不服从。不由得，他又想起撒手而去的老婆，半路而去的儿子来，想起虽然舍不得但还是嫁出去的女儿来。他原想能招一个上门的女婿，可是在这一带做上门女婿是要改姓更名的，是最最辱没祖宗的事情，是为男人所耻笑的。眼巴巴地等了许多年，到底还是等不过了，临行前，女儿一口气给他蒸了足够十天吃的干粮，引得他这么多年，总是想那十天，总是回味那些干粮的香甜。

山脚下，队长家的石窑里有人走出来，是队长的婆姨，慌慌的，走进院角上的茅厕里，手在腰间鼓捣了一阵，朝下一蹲，一个肥大的屁股就在太阳底下白亮亮地露了出来。村里人不讲究，茅厕只围上一圈半人不到的矮墙，蹲下去不见人就拉倒。可是在半山坡上，那截掩人耳目的矮墙形同虚设，一切都看得明明白白的。放牛人的脸上露出一丝报复的笑容来，把烟袋叼在嘴上，看着，笑着，就仿佛茅厕里有人在唱戏。看着，笑着，忽然又觉得十分的惶恐，慌慌的又把眼光移到远处的山上，就像偷了别人的东西。阳光下的屁股，白亮亮地刺痛了眼睛。

山们还是一如既往地沉默着，木然着，永远不会和昨天有什么不同，也永远不会和明天有什么不同，不同的只是人老了，放牛人细细地思量着：甩石头用的小锹已经磨得只剩下半个，若是换人，得叫队里到河底镇再去打一把新的来；下雨天上山穿的毛腿，已经防不住水了，若是换人，得叫队里再出羊毛，再纺线，重新织一副；水壶是自己预备的；再剩下的就是牛们了，跟人一样，各有各的脾气禀性，不在一块过日子谁也摸不清，心疼不心疼得看各人的良心……这么想着，那惜别的凄凉又涌了上来，好像是自己要咽气了，好像自己在给儿女们一件一件地安排后事。山还是原来的山，水还是原来的水，太阳也还是原来的太阳，不懂事的牛们安闲地吃着草，它们不知道，队长昨晚上来过，也许明天，也许后天，带它们上山的人就不是原来的那个人了。到那时候，就会是另外一个人，站在山坡上看山脚下的村子，看这些石顶石墙的房子，看这些扛锄下地的人们。

树丛里又是一阵杂沓的奔蹄声，牡牛又一次地向黑眼窝的雌牛发起了进攻。这一次，雄牛成功了，它把雌牛逼在一个死角里，随着一阵浑身的颤栗，也随着一丝因此而来到的难以察觉的衰老，一股生命之流从它结实的体内畅然而出。

心里昏昏沉沉的，太阳很暖和，坐在橡树下的放牛人睡着了，一缕口水从嘴角上奔下来。恍惚之中，他看见自己回到了村西头那间冷清的石房里，石房里忽然热闹起来，牛们不离左右地簇拥着，口口声声叫他队长，他坐在炕头上颐指气使地分派着：牡牛你去泉上担水，黑眼窝给我烧汤做饭，长耳朵和独角去拉土垫圈。它们都是只会服从，只会笑，没有谁不听话的，他很满意，朗声问道：

"我老么？"

"不老。不老。"

牛们都说，都笑。

可他还是老了。白胡子长了老长老长，想死，可又没有病，就走到半山这棵歪脖子橡树底下，拴上一根牵牛用的麻绳，往脖子上一套，两脚悬空，死了。牛们都围上来哭，牡牛哭得最凶，他睁开眼，劝牛们：

"不用哭，我想死。这石顶石墙的房子我一个人住够了。山根底下这个村子我天天看，看透了。"

牡牛说："你死，我也死，跟你一块走！"

牛们都围上来："我们也跟你一块死！"

半山里大家哭作一团，哭得肝肠寸断。他被哭得心软了：

"我不死，我不死，咱们还是都活着吧……"

哭着，说着，放牛人醒过来，伸手一摸，脸上湿湿的。黑眼窝的那只牛犊子正凑在脸前头，伸着舌头舔他的脸，也许是尝到了一点咸味，细长的舌头怯生生地又一次伸上来。他不动，任那牛犊去舔。

太阳很暖和。

（原载《山西文学》1986 年第 11 期）

谢友鄞

XIE YOU YIN

1948年出生于浙江鄞县。祖籍湖南长沙。1973年参加工作，历任工厂职工，煤矿工人。1986年毕业于辽宁文学院文学系研究生班。1991年加入中国作家协会。现为辽宁阜新市文化局创作室创作员，辽宁省作家协会主席团委员，阜新市文联副主席。

1976年开始发表作品。出版有小说集《大山藏不住》《谢友鄞小说选》，长篇小说《嘶天》等。小说《窑谷》、《马嘶·秋诉》分获1985—1986年和1987—1988年全国优秀短篇小说奖。

马嘶·秋诉

马　嘶

合房后的第三天早上，他们起来三次了。

头一回，女的要爬起来。天还没透亮，屋子里模糊，她小心着没敢拽亮灯，用两只脚尖探索，够着炕底下的鞋，错了，自己的脚在鞋窠里直逛荡，她咬住舌尖暗笑。她像小猫儿一样溜出新房后，点燃灶间火，身子一俯一仰，呼哒、呼哒拽风匣。艳红的火光在脸上跳，乌油油的长发没来得及梳，散披在肩头。衬衣上面的扣子没有系，露出一抹细白的胸颈。她知道自己早晨慵慵怠怠的样子很好看。锅里的水咕嘟咕嘟翻响，白濛濛的水汽大团大团翻腾。她洗手揣面，贴一圈大饼子。去买马，要带足上路的干粮。她知道自己在白汽里影影绰绰的身姿很诱人，男人说过。嘴里情不自禁微笑着咧开。白濛濛的水雾从门缝里渗进新房漫上炕，青丝似的一缕一缕缠进男人的梦里面。

第二回，男的蹑手蹑脚走到灶间，右手抓住倚在墙角的扁担，左手拎起一对水桶，要去腰街的大井挑水。得把水缸装满，马买回来后，赶紧喂饮，还要给它全身细细梳洗一遍。女的却嚷起来："喂，长点眼睛，见到蒙系人，躲开点。"

噢，她醒了。这儿是个汉、蒙杂居的世界，两合水户越来越多。她娘家就是蒙系，瞧她那口气。他笑起来。一大早，碰见挑空水桶的，蒙系人会觉得一天不吉利。都是屯里乡亲，他干吗得罪人。回来时就没事了，水满得一路上泼泼洒洒，尽管悠悠地担，放心往前扑奔，谁见了都会高兴。隔着门，他却故意说：

"我就是不躲，怎么着？"

她趴在被窝里大声道："那他们就拐进别的胡同，躲开你呗。"

两人咯咯地笑起来。

其实，都是想象，他们谁也没有起来成。头一回，她刚要爬起来，他仰躺着，伸出两只壮实有力的胳膊，抱住她软嫩嫩的腰；雪白膨起的奶子，两滴熟透的樱桃冲着他晃，他冲动地把她拽回了被窝里。第二回，她响着细鼾，他舔了舔她合着的细密纤长的眼睫毛，轻轻撑身，正要起来，她却把头一下子压在一了他宽阔的胸脯上。

终于不能不起来了。还要赶一百里的路，出远门哪。狠狠心，他们一堆儿起来了。退回去七八年，连十七八岁的姑娘，晚上睡觉都脱得光赤溜的。这儿曾是有名的贫困区。有的人家连褥子都不铺，肉贴着炕席，省衣裳、省褥子，也节省柴禾。早晨起来一瞅，一身好看的花纹。

房子是新盖起来的，车是新打成的，六亩就要收割的庄稼地是老辈新劈给他们的，人呢，是新合卺的。

就差一匹马了。庄户人家的院套里，有了马咳咳的嘶鸣，更生气勃勃了。

农户院一大早是最热闹的。邻居家早就折腾得翻天覆地了。狗吠、猪哼、鸡扑楞楞飞上柴草垛，木栅院门吱吱呀呀推开又关上了。邻家那个爷们儿，歇了一夜，底气足，唱黑头似的大声嚷嚷，吆喝半瘫痪的老婆拌猪食，呵斥他的两个闺女拴马套车。他家有一匹马。昨天，小两口想借马去地里用一趟。那爷们儿用手摩挲着下巴，眯缝着眼儿，说：

"有车吗？"明知故问。

"打好了。"男的说。

"我帮你们驾辕。"他说的是真心话。乡路上，人驾辕的辙迹并没有甩过去多远。

男的却倒吸了一口凉气。

女的眼睛里冒火了。"呼啪"一摔门，进了屋。把身子往炕上一歪，气得眼泪没飞出来。

走吧，赶快去给自己买回一匹纯种蒙古马。

出了村，往北走，都是山，峰托着峰，岭推着岭，没完没了山的浪。微白的山径像脐带似的在墨黑的山峦间飘飘悠悠、忽隐忽现，使人想到生命的原始和神秘。赶了一天路，夕阳压山，淡红色的晚霞涌现出来，堆着微笑，露出了山峰上恬静的黄昏。

黄昏迫近，山势减缓，山脚急急收住，一片平坦的草原蓁地展现在眼前——

辽西大草滩。

北眺隐隐约约，一线墨绿，那是著名的防风林带，把内蒙和辽西清晰地划分开。强劲的风从高处扫下来，压下来，没膝深的草海退潮似的刷刷倒伏；风过去后，又喧喧哗哗地站起来。这儿、那儿，草滩上每隔三五里，便露出一簇簇崭新的红砖青瓦房。辽西低矮寒碜的县衙门,为了建立自己的草牧业基地,从内蒙请来养马行家,给他们盖起了一幢幢美丽的"别墅"。

一簇簇马群,散漫在草场上。小两口儿刚走近一幢"别墅",主人就迎了出来。高大魁实,脸膛黑红,前额油亮,穿着钉有铜钮的大襟长衣,腰束布带,甚有宽阔之风。带右挂着白瓷鼻烟壶,左侧悬烟囊,腰后坠着打火的燧石。本地的蒙族汉子,早已没有人这样打扮了。主人说话"潮",同辽西一带的蒙语已大不一样,连她听着都觉得别扭。原来,他是牧主,马八百块钱一匹,任你挑。就看你有没有眼力了。牧主站在房前,朝东、西一指,那里分散开两大群马,各有百八十匹,有两位马倌在分头放牧。牧主说,都是他的马,马倌是他雇的。他们交过钱后,牧主用双手拢成喇叭,朝较近的那个马倌吆喝一阵,马倌明白了,按住马头,跳下杆马。

牧主领着他们走过来。一色膘肥体壮的蒙古马。仔细看,会发现一个个小家庭。父母领着两岁以内的子女,相依相恋地嬉戏。真正的蒙古马都是洁癖,必饮清洁水,喜食新鲜草,锦缎似的皮毛高雅闪亮。若是来了狼,母马护卫住子女,公马与天敌拼死搏斗。可是,小马一到三岁,能独立生活了,公马立即将它驱逐,让它像小流浪汉一样走远些,娶妻嫁汉,另立家门。

马倌其貌不扬,窄窄的刀条脸,脸像风干的核桃皮,宽肩蜂腰;再往下瞅,可就不能轻视了,他的双腿呈罗圈形,一看就知道,是常年骑马所致。

胖胖的牧主对男的道:"挑吧。"

男的瞟女的一眼,笑道"挑吧。"他知道,她的马经比自己的好。

马倌冷冷地接口道:"套一匹,五块。"他的汉话很好,你分不清他是蒙族、汉族,还是两合水的后裔。

"什么!"她一怔,"你当我们不会套?"

马倌抱起膀子,斜眼觑住俊秀的买主:"这是规矩。"

"你定的?"她盯问住牧主。

牧主忙笑道:"从老家带来的规矩。"

她咬了咬嘴唇,忽然眼睛一亮,目光越过马倌的头顶,惊喜地朝马群望去。用手一指,叫道:"把那匹雪青马给我套来!"

牧主和马倌跟着她的手指望去,身子同时一颤。

一匹高大壮硕、昂首甩尾的雪青马。大鼻翅,大嘴巴,咬肌发达,能吃能喝喘息通畅。四肢关节明显,蹄扣如碗,充满弹性。它轻灵地奔旋着,在马群里激起一片节奏强烈的蹄声。老人骑上它,会更具有长者风度,少男少女骑上它,瞬间会产生一股摇人心旌的灵气。她好眼力。

马倌盯住牧主:"你应承了?"

牧主沮丧地说:"话在头前了。任挑。"

马倌气哼哼道："套那匹，十块。"

她一愣，脸色由红变白。这个坏东西！她嚷道："你反口！"

男的也气得不行，说："讹人吗！"

马倌躲开他们的眼睛，坚持说："就是那匹，例外。"

"我就要那匹。"她撩开大步，朝前走去，一把拔起插在地上的套马杆，自己去套。她有蒙族血统，骑术不坏。男的攥紧拳头。若是马倌敢拦阻她，拉拉扯扯的，他就冲上去，给这个流氓脸上狠狠一击，"噗嚓"，酣畅淋漓地画一朵大写意刺玫花。

不料，马倌抱住双臂，纹丝未动。

牧主急道："使不得！"

她一扶马颈，跳上杆马。左手挽缰，右手拎着长长的套马杆，缓缓地、不动声色地朝雪青马走过去。马倌的嘴角仍斜挑着一丝冷笑。马群中起了一阵轻轻的骚动。雪青马站住了，扭回头，好奇地望着这位没有穿蒙古袍，没有蹬马靴，俏丽陌生的女子。她唉唉地唤着，甜蜜、轻松、亲昵慢慢挨近去，逗着，挨近去，蓦地一扬马杆，在半空中划起一个满月。雪青马倏地惊醒，举起前腿，昂起头，恰好钻进了套索里。

男的双拳一擂，大叫："套中了！"

女的心儿像云雾似的飘起，心里快活地大叫："该死的刀条脸！破产啦！"

雪青马激动地嘶鸣起来，头向上挣扎摆脱，惨烈的叫声像一支响箭泼剌剌飞上蓝天。它举起两只前腿，霍地向左一跳，重重地落下；又腾空举起两只前腿，噗通向右一跳。来回挣跳，弄得她在马背上左右摇晃，险些松脱脚镫，从鞍背上栽下来。男的脸色刷白了。她身子向后一仰，连忙夹紧马肚，双手死死攥住马杆。狂跳不止的雪青马陡地向前冲去。霎时，蹄声似雨，金鼓擂响大地。群马惊慌地唉唉长鸣，炸涌着，如水似的分出一条长长的甬道。也许是她的坐骑跟不上，也许雪青马的力量奇大，奔出几百米后，眼瞅着她抓住马杆的末端，从马背上无声地滑起，在半空中悠悠向前，像一只孤零零的鸿雁，展开灿烂的羽翼，飞向碧玉似的蓝天。倏然中弹，噗嚓，扑落在草滩上，急剧地不停地翻滚。男的惊叫一声，冲上去。她借着翻滚减少摔力，站了起来，脸涨得血红，呼哧呼哧大喘，眼睛里噙满屈辱的泪水。

他一把抱住她："没、没事吧？"

她激恼地一推他的肩膀："我去撵！"

他忙道："我去！"

她一听，反倒抓住了他的肩膀。

就在这时，一声嗾哨，马倌翻身跃上一匹马，流星般地从他们身边掠过，直朝雪青马追去。他和她眼睛一闪，看见了那双紧扣马肚的罗圈腿。马倌一个镫里藏身，俯身拾起拖曳在雪青马后面的马杆，又重新翻上马背。他没有像她那样立即收紧马杆，而是跟随雪青马，跑一段、收一收，马儿被扯拽着昂首扬蹄，落地后，再松再跑再收。夕阳落在前方地平线上，通红圆硕，映红了半边天，染红了壮阔的草滩。马和人箭也似的朝前射去，越去越小，倏地弹进红日里。人和马墨黑墨黑，在巨大静谧的红日里剪影般地昂首、撕拽、举蹄、奔旋。一双新人被这人间罕见的景致惊呆了。

半个多时辰后，蹄声流水似的响了，马倌回来了。他胯下的坐骑大汗淋漓，雪青马喘个不止。女的早就拿出十元票子，悄悄塞给了男人。

男的笑道："不易呀！"把票子递给马倌。

不料，马倌抱起双臂，理都不理他。

男的一愣，手僵在半空。这个家伙，是要出口气，非得她亲自把钱送给他吗？男的把钱朝她递过去。女的却仰起脸，一双水汪汪的眼睛瞟着天，天好蓝好悠远，一只鹰苍劲地朝天上钻去；她把双手背在身后，拎着精致的短马鞭，拂来拂去，拍打着后腿。男的尴尬极了，把钱朝牧主递过去，道："东家，你把套马钱收好吧。"

牧主满脸肉笑，却不接钱，斜眼觑着倨傲的马倌。这个窝囊的牧主！他不是你的伙计吗？

男的又急又气。都倨乎乎地犟起来，不耽误了大事吗。他急中生智，对女的道："哎，快走吧。天大黑了。咱们能在这儿住下吗？"

牧主笑道："住下，住下。夜道上有狼。炒米都给你们泡好了。"

女的一把抓住钱，塞给马倌。

男的心里一松。

万没料到，马倌把钱甩了回来。

"咋?!"空气一下子紧张起来。

马倌嘴唇一吐："不要你的钱！"

"什么？"

马倌恶狠狠地说："记住，侍候好它。"

牧主忙解释道："唉唉，你们不知道，有一回马群炸了，他被掼下马背。幸亏这匹雪青马没惊没狂，反把他叼了起来，才没让乱马踏死。"

他们恍然大悟。想跟马倌说什么，又不知道说什么好。一时心里沉甸甸的。而后，男的一抡马鞭，女的坐在后面，抱住他的腰。他们像盗马贼一样逃也似的向前奔去。耳畔风声呼啸，眼前的路直立起来……女的到底忍不住了，从后面一勒缰绳，雪青马倏地站住，前面的路又刷地倒伏下去。身后的烟尘越过头顶，像一条黄龙翻腾着继续冲向前。

他们扭回头，女的眼睛里闪烁着黄昏的泪花，巨大的夕阳已经没入地平线下。那个马倌仍抱着膀子，一动不动地站在那里，像一尊遗恨万年的雕像。柔和的薄暮垂落到他的双肩上，轻烟罩满了大草滩。

秋　　诉

五千响小鞭像一只蜈蚣，从竹竿顶端垂吊下来，捻芯嗞嗞地向上燃烧。蓦地，噼噼啪啪炸得满天飞，粉红色屑雨纷纷扬扬……女的一纵身，轻灵地跃上前辕。男的拽开木栅大院门，叫道："今天几号？"

"白露。"

男的庄严地说："今天是大车的生日。往后，每年到这天，都放上一挂响鞭。在外拉脚，这天车钱减半；若是在屯子里，谁家有了急难活，免费白干。"

"好喽！"女的大声道。

"哗叭！"鞭哨在半空中炸响，大车奔出院，男的从后面爬上车。

雪青马拉着新车，轻悠悠上了村路，一直赶到四里外的自家地里，在一大堆谷垛旁停下。家家都在抢收，庄稼风扫一般撂倒了，大地赤裸裸地袒露出来，附近的山高了，头上的天开阔多了。

女的瞟男的一眼，说："过口瘾吧。"

他们不像老辈庄稼人，见着活儿那么狼虎。男的蹲下来，点燃一支黑雪茄。太阳暖洋洋，拂弄着人的头皮。一大片云浮过来，扯着地上的阴影走。烟头暗红地一闪一闪，淡蓝色的青丝袅袅地升起来。

女的背倚谷垛站着，身子放得很松，让男人从从容容过瘾。

附近邻家地里，传来那个爷们儿的呵斥声。他带着两个闺女往车上装谷捆。

"快点！看我抽了你们俩的懒筋拧麻花。"

"杂种！谷穗都哗啦了。"

把一双姐妹弄得慌里慌张，六神无主。女的往那边斜目着，不由叹了口气。

昨天，太阳落山了，他们家还在忙。爷们儿在房后压谷穗。他站在场院中心，手里拽住长长的缰绳，马被戴上蒙眼，拖着碌碡一圈圈跑。他吆喝着，不停地骂："驾、驾！操，杂种，往里拐。"

爷们儿的骂声飞过土房房顶，落到前院来。

前院堆着谷垛，姐妹俩在铡谷穗。她们的娘得了半身不遂，右脚跛，右胳膊抬不起来，说话口齿也不清了。庄稼进院，人却精神起来。蹲在地上，用左手把铡下的谷穗一头头捡进筐里。

妹妹絮好谷捆，姐姐双手握住铡刀道："娘，你进屋歇着吧。"用力一压，咔嚓嚓，肥大的谷穗头活蹦乱跳地掉下来。

娘伸手去够一只谷穗，不料，噗地扑倒了，头差点撞在明晃晃的铡刀片上。姐妹俩吓了一跳，跺脚道："哎呀呀，娘，你跟着瞎掺和啥！"姐姐蹲下来，不容分说地把娘往背上一搂，背起来，撒开小步走进屋里，把她放在了炕上。娘却拍着大腿，孩子似的傻笑："甭、甭，我不累。"

不一会儿，娘挪挪蹭蹭，又拐出来了。唉，真没法子呀！

就是这样的爹和娘，他们恨活，把一双女儿当牲口使，把自己当牲口使，使唤得更狠。

那个爷们儿在大车上蹿上跳下，骂得冒烟咕咚，汗津津的脸上沾满了灰屑。

女的忽然觉得有点累。

男的掐灭烟头，站起身。许也是受了那边情绪的影响，显得没精打采。他们默默地抱起一捆捆谷子，平平整整，边边致致地放在大车上。下面码得宽，打好底儿，往上才能垛得高。有半人多高了，女的对男的一努嘴，说："上去。"

"你上去。"在底下扬权的活儿累。

"哎呀，让你上去你上去嘛。"女的突然发脾气了。

男的脚踩住胶皮轱辘，一纵身，就站在了大车谷垛上。

女的弯下腰，将木权插进谷捆里，挑起，身子微微侧着，仰身"嗖"地向上一甩，把一捆谷子扔上去。男的一把接住，按顺序从外缘码起。他居高临下，从来没有用这种角度俯视过她。他感到非常新鲜。

她头上扎着鹅黄色三角围巾，上身穿着蝙蝠衫、袖口系着。甩臂扬权时，像要飞腾起来。颀长的腿穿着牛仔裤。也许是受蒙古袍的影响，这一带人习惯了肥袍大褂。男男女女，都穿大挽腰裤，裤腰上帮衬着一圈红布，去邪压祟。裤腰展开来，胯裆里能装下一口袋粮食；合起，捧在肚子上一大堆。她穿上蝙蝠衫、牛仔裤的头一天，村子轰动了，给姑娘们的刺激可不小。邻家姐妹俩来串门儿，她们摸着瞅着嗤嗤地笑，这衫子真张狂，可扬场甩权的时候，活了，好像是专门给咱们预备的。裤子咋这么窄瘦，把屁股沟都裹出来了，两条腿紧得像打枣的麻秆，小肚子上和屁股蛋子上尽是小兜兜，黄链坠儿滴哩当啷的。姐妹俩打心眼儿里羡慕。回家后，姐妹俩壮起胆子，嗳嗳嚅嚅跟爹试探，也买下那么一身，立刻被暴跳如雷的爹回敬过去。

女的嘴角含笑，叉起一个谷捆，两只眼睛晶亮，丰满的胸脯微微起伏。瀑布似的阳光倾泻下来，把她泼洗得透明；纤细的权杆标在流水般的光照里嗞嗡嗡颤响，仰起的一张脸生动得明灿灿，大得不成比例的谷捆向上徐徐隆起，她的身影奇异地仰倒在大地上。神了，真美！怪不得她非让自己上去，她有多聪明。男的一愣神儿，谷捆"呼"地飞上来，他慌忙接住了。

邻家的车已经装好。那个爷们儿跳上前辕，粗声大声地吆喝："把地里的碎头子都捡拢，一头不准拉。山上的狼多了，天上的麻雀多了。知道吗？"

姐妹俩一声不吭。耷拉着肩膀，垂手站着。显得疲惫极了，一脸木木的。爹得意地说："山上的羊多了，地里的粮食多了嘛。加小心，替我看住野雀。"他像哲学家一样发出箴言后，一扬鞭子，轰动了大车。

姐妹俩跟着活动下身子，见大车走远，突然复活了似的，朝这边溜过来。妹妹招呼道："你们家大收成了。"

女的一手掐腰，一手拂去额上汗湿的头发，笑道："敢情！扬花的时候，我们钻过谷地啦。"

庄稼抽穗扬花的时候，各家的小两口都去大地里过夜，祈祝庄稼授粉，盼个好收成。可那时他们俩还没有结婚。什么都敢端出来！姐妹俩嗤嗤地笑起来。

女的说："别笑！你们也该钻谷地了。"可不是，姐妹俩不小了，连妹妹的岁数都跟女的一般齐。

姐姐苦笑道："我爹说了，我们俩是他拿粮食堆起来的。人家不捞回来能干？要留着我们狠使唤几年哪。"

女的忿忿地说："让他把着！相中了谁，你们就往谷地里蹽。"

妹妹道："说得轻巧！扬花的时候，见天晚上，爹都打发我娘，一拖拉一拖拉地过我们小屋来清点人数。"

姐妹俩想笑，却露出一脸心酸的哭相。抬起头，望着站在大车上的他。他高考落榜后，回到了家。都说农村需要有文化的人。扯蛋！学问没做成，务农活的本事又耽误了，这样的人回到庄稼院后，心里灰溜溜的，日子不好过。有人试探过，提过亲，说姐妹俩给他一个，拆了院墙，两家就是一家，来来往往多方便。爹骂骂咧咧地说，我是正儿八经的庄稼人，容不下这样的二吊子。可这女的有眼力，有章程。她不愿意把日子过得那么严肃，把活儿干得那么狠巴巴。她偏喜欢他这样的。男的站在大车上，身子挺挺的，额头阔朗，两只眼睛明亮，容光焕发。姐妹俩从来没有用这种角度，这么真真切切地仰望过他，不由得心旌摇动。

姐妹俩忙晃了晃，像摆脱什么似的，说："帮你们干一会儿。要吗？"

女的刚想说："哎哟！瞧把你们折腾的。还不抓紧歇会儿。"见姐妹俩眼睛里竟露出乞求的神色，忙把话咽了回去。

男的大声笑道："行。好人哪！"

"接得过来？"

"放心！"

姐妹俩像小鸟儿一样飞回自家的地里，取来两把木杈。一样儿的活儿，还是给别人家干，她们却兴奋极了。姐妹俩和女的一起，把一捆捆谷子交替地甩上来。男的手疾眼快，接着，码着，叫道："快、快扔。三打一呀！"

话音没落，一捆谷子飞上来，男的脚下暄软，身子晃了晃。

妹妹涨红了脸，笑道："嘴硬！看把你砸下来。"

姐姐呼呼地喘："嘿！让你充能！"

她们嬉笑着，飞快地叉着，甩着。姐妹俩从来没有这么泼野过，从来没有这么自在畅快过，像尽情地泻泄着什么。姐妹俩的笑声随着两只谷捆同时飞上来，男的伸开双臂，一左一右，麻溜地同时接住，然后往两边一送，摆正。第三捆谷子又飞上来，他急忙收回胳膊，迎面接住。

女的叉好谷捆，扬起双臂，又一抡，也许动作太急剧，也许仰身甩杈的幅度太大了，上衫撩起，露出了雪白的小腹。男的一愣，"噗嚓"，一大捆谷子砸在他的胸前，另一捆谷子飞得更高，紧接着撞在他的脸上。他仰面翻倒，挣扎着，要站起来，刹那间，一捆又一捆谷子以惊人的速度飞上来，把他埋住了。

车下，传来姑娘们胜利的大笑声。

谷垛堆得小山一样的大车用绳子拢好后，男的劈叉开双腿，站在前辕上，脊背倚着谷垛，举起了长杆大鞭子。

女的趴在谷垛上，头几乎抵住男人的后颈，嘴里咬着一节谷秆，一股新鲜的汁液簌簌地浸入她的嘴里。谷草的芳香使她微醺。头上，有一只鹰，贴在光滑的天空上，一动不动，像静物标本。

姐妹俩忽然叫道："唱点啥吧。"

女的一愣，扭头朝车下瞅，姐妹俩一副羡慕的、依恋不舍的样子。

姐姐道："你们走远了，我们也能听到。"

男的没有回头，他不敢回头，他能摸到姐妹俩又变得压抑的心，对女的轻声道："你唱。"

女的能唱。这儿的女人都能唱。一套套的歌又多；蒙歌汉味，汉歌蒙韵，它是草原和大山之歌，是汉、蒙亲情的自然柔和。

女的手一撑，跪坐起来。屁股朝后压在脚上，上身挺得水葱似的。高耸的谷垛多么暄软，四野空旷，一览无余。头上的天水洗过似的清明。女的清清嗓子，唱起来：

> 哥哥哎，
> 墙儿塌了你不能垒，
> 炕席破了你编不上，
> 桌腿断了你不会接，
> 酒壶嘴掉了你锔不上。

男的在歌声中挥动鞭子，大车摇摇晃晃地走过来。姐妹俩忘情地向前探着身，伸出双手，几乎和男的同时叫道："我能，我能。"

"妹妹"接着唱：

> 你盘腿坐上我们家的炕。
> 玉石嘴烟袋我偏不递给你，
> 冲冲的烟末我不给你装。
> 我不是你别在裤腰上的烟袋，
> 看我拿笤帚疙瘩把你轰下来。

节奏明快，调子分外活泼。打是亲骂是爱，味儿浓极了。男的受不了啦，他们的血液最容易被这样的歌儿撩拨起来。一挥鞭子，大车顺着垅沟走上田间小路。车辙深深地碾入黄褐色的土地里，洒下一路美丽、细腻的胶皮轱辘花纹。

姐妹俩仍旧站在原地，也情不自禁唱起来：

> 正月里娶过奴，
> 二月里你就走。
> 哥哥你出远门，
> 小妹子也难留。
>
> 手拉上你那手，
> 送你到村口。
> 有两句知心话，
> 哥哥你记心头。
>
> 走路你走大路，
> 你不要走小路，
> 大路上人儿多，
> 走岔好问路。
>
> 歇歇你平地歇，
> 你不要靠崖头，
> 千年老崖头，
> 你千万莫要走。
>
> 哥哥你要走，
> 小妹子也难留……

姐妹俩唱着唱着，哽咽住了，再也唱不下去了。女的惊呆了。姐妹俩忽然紧紧地搂抱在一起，像交颈的鸳鸯，像难分难舍的夫妻。头挨着头，脸蹭着脸，踩着脚，肩头耸动，身子剧烈地颤抖。她听不见，她能感觉到她们在哭。

女的心里说不清的震撼！强忍着自己，猛地扭回头，泪水飞溅。她重新趴回谷垛上，模模糊糊的目光跌落进男人的后颈里，男人肤色微红的肩背往下隐隐约约成扇面形展开。她不敢告诉他。把身子往前挪挪，下巴搭在男人的肩头上。她才发现男人的身子在轻轻战栗。前面，腾起一溜烟尘，真快，简直挣命似的，那个爷们儿赶着空车，噗沓沓地回来了。

男的一扬鞭子，"叭"，鞭哨在半空中炸响，雪青马往前一窜，快跑起来，巨大的谷垛忽搧忽搧，满车新谷窸窸窣窣响。

女的一把抓住男人的肩膀："小心！别把谷垛晃散了架。"

男的凶狠狠地叫道："给他点颜色看看！"

两辆大车交叉而过。在狭窄、宁静的乡道上。

（原载《上海文学》1987 年第 5 期）

刘震云
LIU ZHEN YUN

1958 年出生，河南新乡延津人。1973 年入伍。1978 年复员后在家乡当中学教师，同年考入北京大学中文系。1982 年毕业到《农民日报》工作。1988 年至 1991 年曾在鲁迅文学院攻读研究生。1990 年加入中国作家协会。历任《农民日报》记者、编辑部主任，中国作协全委会委员。

1982 年开始文学创作。著有中短篇小说集《塔铺》《一地鸡毛》《官场》《官人》，长篇小说《故乡天下黄花》《故乡相处流传》《故乡面和花朵》《一腔废话》《手机》《我叫刘跃进》《一句顶一万句》及《刘震云文集》（4 卷）等。小说《塔铺》获 1987—1988 年全国优秀短篇小说奖。

塔　　铺

一

　　九年前，我从部队复员，回到了家。用爹的话讲，在外四年，白混了：既没入党，也没提干，除了腮帮上钻出些密麻的胡子，和走时没啥两样。可话说回来，家里也没啥大变化。只是两个弟弟突然蹿得跟我一般高，满脸粉刺，浑身充满儿马的气息。夜里睡觉，爹房里传来叹气声；三个五尺五高的儿子，一下都到了向他要媳妇的年龄，是够他喝一壶的。那是一九七八年，社会上刚兴高考的第二年，我便想去碰碰运气。爹不同意，说："兵没当好，学就能考上了？再说……"再说到镇上的中学复习功课，得先交一百元复习费。娘却支持我的想法："要是万一……"

　　爹问："你来时带了多少复员费？"

　　我答："一百五。"

　　爹朝门框上啐了一口浓痰："随你折腾去吧。就你那钱，家里也不要你的，也不给你添。考上了，是你的福气；考不上，也省得落你的埋怨。"

　　就这样，我来到镇上中学，进了复习班，准备考大学。

　　复习班，是学校专门为社会上大龄青年考大学办的。进复习班一看，许多人都认识，有的还是四年前中学时的同学，经过一番社会的颠沛流离，现在又聚到一起了。同学相见，倒很亲热。只有一少部分年龄小的，是七七年应届生没考上又留下复习的。老师把这些人招呼到一块，蹲在操场开了个短会，看看各人的铺盖卷、馍袋，这个复习班就算成立了。轮到复习班需要一个班长，替大家收收作业、管管纪律什么的，老师的眼睛找到我，说我在部队上当过副班长，便让我干。我忙向老师解释，说在部队干的是饲养班，整天尽喂猪，老师不在意地挥挥手："凑合了，凑合了……"

　　接着是分宿舍。男同学一个大房间，女同学一个大房间，还有一个小房间归班长住。由于来复习的人太多，班长的房间也加进去三个人。宿舍分过，大家一齐到旁边生产队的场院上抱麦秸，回来打地铺，铺铺盖卷儿。男同学宿舍里，为争墙角还吵了架。小房间里，由于我是班长，大家自动把墙角让给了我。到晚上睡觉时，四个人便全熟了。三十多岁的王全，和我曾是中学同学，当年脑筋最笨，功课最差的，现在也不知犯了哪根神经，也来跟着复习；另一个长得挺矮的青年，乳名叫"磨桌"（豫北土话，形容极矮的人），腰里扎一根宽边皮带；还有一个长得挺帅的小伙子，绰号叫"耗子"。

　　大家钻了被窝。由于新聚到一起，都兴奋得睡不着。于是谈各人来复习的动机。王全说：他本不想来凑热闹，都有老婆的人了，还拉扯着俩孩子，上个什么学？可看到地方上风气怎坏，贪官污吏尽吃小鸡，便想来复习；将来一旦考中，放个州府县官啥的，也来治治这些人。"磨桌"说：他不想当官，只是不想割麦子，毒日头底下割来割去，把人整个贼死！小白脸"耗子"手捧一本什么卷毛脏书，凑着铺头的煤油灯看，告诉我们：他是干部子弟（父亲在公社当民政），喜爱文学，不喜欢数理化，本不愿来复习，是父亲逼来的；不过来也好，他追的一个小姑娘悦悦（就是今天操场上最漂亮的那个，辫子上扎蝴蝶结的那个），也来复习，他也跟着来了；这大半年时间，学考上考不上另说，恋爱可一定要谈成！最后轮到我，我说：假如我像王全那样有了老婆，我不来复习；假如我像"耗子"那样正和一个姑娘谈恋爱，也不来复习；正因为一无所有，才来复习。

　　说完这些话，大家作了总结：还数王全的动机高尚。接着便睡了。临入梦又说：明儿醒来便是新生活的开始啦。

二

　　这所中学的所在镇叫塔铺。镇名的由来，是因为镇后村西土坛上，竖着一座歪歪扭扭的砖塔。塔有七层，无顶，说是一位神仙云游至此，无意间袖子拂着塔顶拂掉了。站在无顶的塔头上眺望四方，倒也别有一番情趣。可惜大家都没这心思。学校在塔下边，无院墙，紧靠西边就是玉米地，玉米地西边是条小河。许多男生半夜起来解手，就对着庄稼地乱洇。

　　开学头一天，上语文课。"当当"一阵钟响，教室安静下来。同桌的"耗子"捣捣我的胳膊，指出哪位是他的女朋友悦悦。悦悦坐在第二排，辫子上扎着蝴蝶结，小脸红扑扑的，果然漂亮。"耗子"又让我想法把他和女朋友调到一张桌子上，我点点头。这时老师走上讲台。老师叫马中，四十多岁，胡瓜脸，大家都知道他，出名的小心眼，爱挖苦人。他走上讲台，没有说话，先用两分钟时间仔细打量台下每一位同学。当看到前排坐的是去年没考上的应届生，又留下复习，便点着胡瓜脸，不阴不阳、不冷不热地一笑，道：

"好，好，又来了，又坐在了这里。列位去年没高中，照顾了我今年的饭碗，以后还望列位多多关照。"虽然挖苦的是那帮小弟兄，我们全体都跟着受嘲弄。

接着双手抱拳，向四方举了举。让人哭笑不得。接着仍不讲课，让我拿出花名册点名。每点一个名，同学答一声："到!"马中点一下头。点完名，马中作了总结："名字起得都不错。"然后才开讲，在黑板上写下三个字："黔之驴"。这时"耗子"逞能，自恃文学功底好，想露一鼻子，大声念道："今之驴"。下边一阵哄笑。我看到悦悦红了脸，知道他们真在恋爱。这时王全又提意见，说没有课本，没有复习资料。马中发了火："那你们带没带奶妈?"教室安静下来。马中这才拖着长音讲"有好事者船载以入"。课讲到虎驴相斗，教室后边传来鼾声。马中又不讲了，循声寻人。大家的眼睛都跟着他的目光转，发现是坐在后边的"磨桌"伏在水泥板上睡着了。大家以为马中又要发火，马中却泰然站在"磨桌"跟前，看着他睡。"磨桌"猛然惊醒，像受惊的兔子，瞪着惺忪的红眼睛看着老师，很不好意思。马中弯腰站到他面前，安慰他：

"睡吧，睡吧，好好睡。毛主席说过，课讲得不好，允许学生睡觉。"接着，一挺身，"当然，故而，你有睡觉的自由，我也有不讲的自由。我承认，我水平低，配不上列位。我不讲，我不讲还不行吗!"

接着返回讲台，把教案课本夹在胳肢窝下，气冲冲走了。

教室炸了窝。有起哄的，有笑的，有埋怨"磨桌"的。"磨桌"扯着脸解释，他有一个毛病，换一个新地方，得三天睡不着觉，昨天一夜没睡着，就困了。"耗子"说："你穷毛病还不少!"大家又起哄。我站起来维持秩序，没一个人听。

这时我发现，乱哄哄的教室里，唯有一个人没有参加捣乱，趴在水泥板上认真学习。她是个女生，和悦悦同桌，二十一二年纪，剪发头，对襟红夹袄，正和尚入定一般，看着眼前的书，凝神细声诵读课文。我不禁敬佩，满坑蛤蟆叫，就这一个是好学生。

中午吃饭时，"磨桌"情绪很不好，从家中带来的馍袋里，掏出一个窝窝头，还没啃完。到了傍晚，竟在宿舍里，扑到地铺上，"呜呜"哭了起来。我劝他，不听。在旁边伏着身子写什么的"耗子"发了火："你别他妈在这号丧好不好，我可正写情书呢!"没想到"磨桌"越发收不住，索性大放悲声，号哭起来。我劝劝没结果，只好走出宿舍，信步走向学校西边的玉米地。出了玉米地，来到河边。

河边落日将尽，一小束水流，被晚霞染得血红，一声不响慢慢淌着。远处河滩上，有一农家姑娘在用筢子收草。我想着自己二十六七年纪，还和这帮孩子厮混，实在没有意思。可想想偌大世界，两拳空空，又岂能自甘委顿?! 只好叹息一声，便往回走。只见那收草姑娘已将一大堆干草收起。仔细一打量，不禁吃了一惊，这姑娘竟是课堂上那独自埋头背书的女同学。我便走过去，打一声招呼。见她五短身材，胖胖的，但脸蛋红中透白，倒也十分耐看。我说她今天课堂表现不错，她不语。又问为什么割草，她脸蛋通红，说家中困难，爹多病，下有二弟一妹，只好割草卖钱，维持学费。我叹息一声，说不容易。她看我一眼，说：

"现在好多着呢。以前家里更不容易。记得有一年，我才十五，跟爹到焦作拉煤。那是年关，到了焦作，车胎放了炮，等找人修好车，已是半夜。我们父女在路上拉车，听到附近村里人放炮过年，心里才不是滋味。现在又来上学，总得好好用心，才对得起大人……"

听了她的话，我默默点点头，似乎突然明白了许多道理。

晚上回到宿舍，"磨桌"已不再哭，在悄悄整理着什么东西。"耗子"就着煤油灯头，又在看那本卷毛脏书，嘴里哼着小曲。估计情书已经发出。这时王全急急忙忙进来，说到处找我找不见。我问什么事，他说我爹来了，来给我送馍，没等上我，便赶夜路回去了。接着把他铺上的一个馍袋交给我。我打开馍袋一看，里面竟是几个麦面卷子。这卷子，在家里过年才吃。我不禁心头一热。又想起河边那个女同学，问王全那人是谁，王全说他认识，是郭村的，叫李爱莲，家里特穷，爹是个酒鬼；为来复习，和爹吵了三架。我默默点点头。这时"耗子"掺和进来：

"怎么，班长看上那丫头了？那就赶紧！我这本书是《情书大全》，可以借你看看。干吧，伙计！抓住机会——过这村没这店儿，吃了这包子可没这馅儿了……"

我愤怒地将馍袋向他头上砸去："去你妈的！……"

全宿舍的人都吃了一惊。正在沮丧的"磨桌"也抬起头，瞪圆小眼睛看着我。

三

冬天了。教室四处透风，宿舍四处透风。一天到晚，冷得没个存身的地方。不巧又下了一场雪，雪后结冰，天气更冷，夜里睡觉，半夜常常被冻醒。我们宿舍四人，只好将被子合成两床，两人钻一个被窝，分两头睡，叫"打老腾"。教室无火。晚上每人点一个小油灯，趴在水泥板上复习功课。寒风透过墙缝吹来，众灯头乱晃。一排排同学袖着手缩在灯下，影影绰绰，活像庙里的小鬼。隔窗往外看，那座黑黝黝的秃塔在寒风中抖动，似要马上塌下。班里兴了流感，咳嗽声此起彼伏。前排的两个小弟兄终于病倒，发高烧说胡话，只好退学，由家长领回去。

这时我和李爱莲同桌。那是"耗子"提出要和女朋友悦悦同桌，才这样调换的。见天在一起，我们多了些相互了解。我给她讲当兵，在部队里如何喂猪；她给我讲小时候自己爬榆树，一早晨爬了八棵，采榆钱回家做饭。家里妈挺善良，爹脾气不好，爱喝酒，喝醉酒就打人。妈妈怀孕，他还一脚把她从土坡上踢下去，打了几个滚。

学校伙食极差。同学们家庭都不富裕，从家里带些冷窝窝头，在伙上买块咸菜、买一碗糊糊就着吃。舍得花五分钱买一碗白菜汤，算是改善生活。我们宿舍就"耗子"家富裕些，常送些好饭菜来。但他总是请同桌的女朋友吃，不让我们沾边。偶尔让尝一尝，也只让我和王全尝，不让"磨桌"尝。他和"磨桌"不对劲儿。每到这时，"磨桌"就在一边呆脸，既眼馋，又伤心，很是可怜。自从那次课堂睡觉后，他改邪归正，用功得很，也因此瘦得更加厉害，个头显得更小了。

春天了。柳树吐米芽了。一天晚饭，我在教室吃，李爱莲悄悄推给我一个碗。我低头一看，是几个菜团子，嫩柳叶蒸做的。我感激地看她一眼，急忙尝了尝。竟觉山珍海味一般。我没舍得吃完，留下一个，晚上在宿舍悄悄塞给"磨桌"。但"磨桌"看看我，摇了摇头。他已执意不吃人家的东西。

王全的老婆来了一趟。是个五大三粗的黑脸妇人，厉害得很，进门就点着王全的名字骂，说家里断了炊，两个孩子饿得"嗷嗷"叫，青黄不接的，让他回去找辙。并骂：

"我们娘们在家受苦，你在这享清福，美死你了！"

王全也不答话，只是伸手拉过一根棍子，将她赶出门。两人像孩子一样，在操场上你追我赶，终于将黑脸妇人赶得一蹦一跳地走了。同学们站在操场边笑，王全扭身回了宿舍。

第二天，王全的大孩子又来给王全送馍袋。这时王全拉着那黑孩子。叹了一口气：

"等爸爸考上了，做了大官，也让你和你妈享两天清福！"

这时发生了一件怪事，瘦得皮包骨头的"磨桌"，突然脸蛋红扑扑的。有天晚上，回来得很晚，嘴巴油光光的。问他哪里去了，也不答，倒头便睡。等他睡着，我和王全嘀咕，看样子这小子下馆子了，不然嘴巴怎么油光光的？可钱哪里来呢？这时"耗子"插言："定是偷了人家东西！"我瞪了"耗子"一眼，大家不再说话。

这秘密终于被我发现了。有天晚自习下课，回到宿舍，又不见"磨桌"。我便一个人出来，悄悄寻他。四处转了转，不见人影。我到厕所解手，忽然发现厕所墙后有一团火，一闪一灭，犹如鬼火。火前有一人影，伏在地上。天啊，这不是"磨桌"吗！我悄悄过去，发现地上有几张破纸在烧。火里乱爬着几个刚出壳的幼蝉。"磨桌"盯着那火，舌头舔着嘴巴，不时将爬出的蝉重新投到火中。一会儿，火灭了，蝉也不知烧死没有，烧熟没有，"磨桌"蛮有兴味地一个个捡起往嘴里填。接着就满嘴乱嚼起来。我见此情状心里不是滋味，不由向后倒退两步，不意弄出了音响。"磨桌"吃了一惊，急忙停止咀嚼，扭头看人。等看清是我，先是害怕，后是尴尬，语无伦次地说：

"班长，你不吃一个，好香啊！"

我没有答话，也没有吃蝉，但我心里，确实涌出了一股辛酸。我打量着他，暗淡的月光下，竟如一匹低矮低矮的小动物。我眼中涌出了泪，上前拉住他，犹如拉住自己的亲兄弟：

"'磨桌'，咱们回去吧。"

"磨桌"也眼眶盈泪，恳求我："班长，不要告诉别人。"

我点点头："我不告诉。"

"五·一"了，学校要改善生活。萝卜燉肉，五毛钱一份。穷年不穷节，同学们纷纷慷慨地各买一碗，"哧溜哧溜"放声吃，不时喊叫，指点着谁碗里多了一个肉片。我端菜回教室，发现李爱莲独自在课桌前埋头趴着，也不动弹。我猜想她经济又犯紧张，便将那菜吃了两口，推给了她。她抬头看看我，眼圈红了，将那菜接了过去。我既是感动，又有些难过，还无端生出些崇高和想保护谁的念头，便眼中也想涌泪，扭身出了教室。等晚上又去教室，却发现她不见了。

我觉出事情有些蹊跷，便将王全从教室拉出来，问李爱莲出了什么事。王全叹了一口气，说：

"听说她爹病了。"

"病得重吗？"

"听说不轻。"

我急忙返回教室，向"耗子"借了自行车，又到学校前的合作社里买了两斤点心，骑向李爱莲的村子。为什么要这样做，我也不知道。

李爱莲的家果然很穷，三间破茅屋，是土垜，歪七扭八；院子里黑洞洞的，只正房有灯光。我喊了一声"李爱莲"，屋里一阵响动，接着帘子挑开，李爱莲出来了。当她看清是我，吃了一惊：

"是你？"

"听说大伯病了，我来看看。"

她眼中露出感激的光。

屋里墙上的灯台里，放着一盏煤油灯，发着昏黄的光。靠墙的床上，躺着一个干瘦如柴的中年人，铺上满是杂乱的麦秸屑。床前围着几个流鼻涕水的孩子；床头站着一个盘着歪歪扭扭发髻的中年妇女，大概是李爱莲的母亲。我一进屋，大伙全把眼光集中到了我身上。我忙解释：

"我是李爱莲的同学。大伙儿知道大伯病了，托我来看看。"接着把那包硬似砖头的点心递给了李爱莲的母亲。

李爱莲母亲这时从发呆中醒过来，忙给我让座："哎呀，这可真是，还买了这么贵的点心。"

李爱莲的父亲也从床上仄起身子，咳嗽着，把桌上的旱烟袋推给我，我忙摆摆手，说不会抽烟。

李爱莲说："这是我们班长，人心可好了，这……这碗肉菜，还是他买的呢！"

这时我才发现，床头土桌上，放着那碗我吃了一半的肉菜。原来是李爱莲舍不得吃，又端来给病中的父亲。床头前的几个小弟妹，眼巴巴地盯着碗中那几片肉。我不禁又感到一阵辛酸。

坐了一会儿，喝了一碗李爱莲倒的白开水，了解到李爱莲父亲的病情——是因为又喝醉了酒，犯了胃气痛老病。我叮嘱了几句，便起身告辞，向李爱莲说："我先回去了。你在家里呆一夜，明天再去上课。"

这时李爱莲的妈拉住我的手："难为你了，她大哥。家里穷，也没法给你做点好吃的。"又对李爱莲说，"你现在就跟你大哥回去吧。家里这么多人，不差你侍候，早回去，跟你大哥好好学……"

黑夜茫茫，夜路如蛇。我骑着车，李爱莲坐在后支架上。走了半路，竟是无话。突然，我发现李爱莲在抽抽搭搭地呜咽，接着用手抱住了我的腰，把脸贴到我后背上，叫了一声：

"哥……"

我不禁心头一热。眼中涌出了泪。"坐好，别摔下来。"我说。我暗自发狠心：我今年一定要努力，一定要考上。

四

离高考剩两个月了。这时传来一个消息，说高考还考世界地理。学校原以为只考中国地理，没想到临到头还考世界地理。大家一下都着了慌。这时同学的精神，都已是强弩之末。王全闹失眠，成夜睡不着。"磨桌"脑仁疼，一见课本就眼睛发花。大家乱骂，埋怨学校打听不清，说这罪不是人受的。更大的问题还在于，大家都没有世界地理的复习资料。于是掀起一个寻找复习资料的热潮。一片混乱中，唯独"耗子"乐哈哈。他恋爱的进程，据说已快到了春耕播种的季节。

这样闹腾了几日，有的同学找到了复习资料，有的没有找到。离高考近了，同学们都变得自私起来，找到资料的，对没找到的保密，唯恐在高考中，多一个竞争对手。我们宿舍，就"磨桌"不知从哪里弄到一本卷毛发黄的《世界地理》。但他矢口否认，一个人藏到学校土岗后乱背，就像当初偷偷烧蝉吃一样。我和王全没辙，李爱莲也没辙，于是都急得像热锅上的蚂蚁。这时我爹送来馍，见我满脸发黄，神魂不定，问是什么事，我简单给他讲了，没想到他双手一拍：

"你表姑家的大孩子，在汲县师范教书，说不定他那儿有呢！"

我也忽然想起这个茬儿，不由高兴起来。爹站起身，剎剎腰里的蓝布，自告奋勇要立即走汲县。

我说："还是先回家告诉妈一声，免得她着急。"

爹说："什么时候了，还顾那么多！"

我说："可您不会骑车呀！来回一百八十里呢！"

爹满有信心地说："我年轻的时候，一天一夜走过二百三。"说完，一撅一撅动了身。我忙追上去，把馍袋塞给他。他看看我，被胡茬包围的嘴笑了笑，从里边掏出四个馍，说："放心。我明天晚上准赶回来。"我眼中不禁冒出了泪。

晚上上自习，我悄悄把这消息告诉了李爱莲。她也很高兴。

第二天晚上，我和李爱莲分别悄悄溜出了学校，在后岗集合，然后走了二里路，到村口的大路上去接爹。一开始有说有笑的，后来天色苍茫，大路尽头不见人影，只附近有个拾粪的老头，又不禁失望起来。李爱莲安慰我：

"说不定是大伯腿脚不好，走得慢了。"

我说："要万一没找到复习资料呢？"

于是两个人不说话，又等。一直等到月牙儿偏西，知道再等也无望了，便沮丧地向回走。但约定第二天五更再来这集合等待。

第二天鸡叫，我便爬起来，到那村口去等。远远看见有一人影，我以为是爹，慌忙跑上去，一看却是李爱莲。

"你比我起得还早！"

"我也刚刚才到。"

早晨下了霜。青青的野地里，一片发白。附近的村子里，鸡叫声此起彼伏。我忽然感到有些冷，看到身边的李爱莲，也在打战。我忙把外衣脱下，披到她身上。她看看我，也没推辞，只是深情地看看我，慢慢将身子贴到了我怀里。我身上一阵发热发紧，想低头吻吻她。但我没有这样做。

天色渐渐亮了，东方现出一抹红霞。忽然，天的尽头，跌跌撞撞走来了一个人影。李爱莲猛然从我怀里挣脱，指着那人影：

"是吗？"

我一看，顿时兴奋起来："是，是我爹，是他走路的样子。"

于是两个人飞也似的跑。我扬着双臂，边跑边喊："爹！"

天尽头有一回声:"哎!"

"找到了吗?"

"找到了,小子!"

我高兴得如同疯了,大喊大叫向前扑。后面李爱莲跌倒了,我也不顾。只是向前跑,跑到跌跌撞撞走来的老头跟前。

"找到了?"

"找到了。"

"在哪儿呢?"

"别急,我给你掏出来。"

爹也很兴奋,一屁股坐在地上。这时李爱莲也跑了上来,看着老头。爹小心解开腰中蓝布,又解开夹袄扣,又解开布衫扣,从心口,掏出一本薄薄的卷毛脏书。我抢过来,书还发热,一看,上边写着"世界地理"。李爱莲又抢过去,看了一眼,兴奋得两耳发红:

"是,是,是《世界地理》!"

爹看着我们兴奋的样子,只"嘿嘿"地笑。这时我发现,爹的鞋帮已开了裂,裂口处,洇出一片殷红殷红的东西。我忙把爹的鞋扒下来,发现那满是脏土和皱皮的脚上,密密麻麻排满了血泡,有的已经破了,那是一只血脚!

"爹!"我惊叫。却是哭声。

爹仍是笑,把脚抽回去:"没啥,没啥。"

李爱莲眼中也涌出了泪:"大伯,难为您了。"

我说:"您都六十五了。"

爹还有些逞能:"没啥,没啥,就是这书现在紧张,不好找,你表哥作难找了一天,才耽搁了工夫,不然我昨天晚上就赶回来了。"

我和李爱莲对看了一眼。这时才发现她浑身是土,便问她刚才跌倒摔着了没有。她拉开上衣袖子,胳膊肘上也跌青了一块。但我们都笑了。

这时爹郑重地说:"你表哥说,这本书不好找,是强从人家那里拿来的,最多只能看十天,还得给人家送回去。"

我们也郑重地点点头。

这时爹又说:"你们看吧,要是十天不够,咱不给他送,就说爹不小心,在路上弄丢了。"

我们说:"十天够了,十天够了。"

这时我们都恢复了常态。爹开始用疑问的眼光打量李爱莲。我忙解释:

"这是我的同学,叫李爱莲。"

李爱莲脸登时红了,有些不好意思。

爹笑了,眼里闪着狡猾的光:"同学,同学,你们看吧,你们看吧。"

接着爹爬起身，就要从另一条岔路回家。

我说："爹，您歇会儿再走吧。"

爹说："说不定你娘在家早着急了。"

看着爹挪动着两只脚，从另一条路消失。我和李爱莲捧着《世界地理》，又高兴起来，你看看，我看看，一起向回走。并约定，明天一早偷偷到河边集合，一块来背《世界地理》。

第二天一早，我拿了书，穿过玉米地，来到那天李爱莲割草的河边。我知道她比我到得早，便想从玉米地悄悄钻出，吓她一跳。但等我扒开玉米棵子，朝河堤上看时，我却呆了，没有再向前迈步。因为我看到了一幅很美的"图画"。

河堤上，李爱莲坐在那里，样子很安然。她面前的草地上，竖着一个八分钱的小圆镜子。她看着那镜子，用一把断齿的化学梳子在慢慢梳头。她梳得很小心，很慢，很仔细。东边天上有朝霞，是红的，红红的光，在她脸的一侧，打上了一层金黄的颜色。

我忽然意识到，她是一个姑娘，一个很美很美的姑娘。

这一天，我心神不定。《世界地理》找来了，但学习效果很差，思想老开小差。我发现，李爱莲的神情也有些慌乱。我们都有些痛恨自己，不敢看对方的目光。

晚上，我们来到大路边，用手电不时照着书本，念念背背。不知是天漆黑，还是风物静，这时思想异常集中，背的效果极好。到学校打熄灯钟时，我们竟背熟了三分之一。我们都有些惊奇，也有些兴奋，便扔下书本，一齐躺倒在路旁的草地上，不愿回去。

天是黑的，星是明的。密密麻麻的星，撒在无边无际的夜空闪烁。天是那么深邃，那么遥远。我第一次发现，我们头顶的天空，是那么崇高，那么宽广，那么仁慈，那么美丽。我听见身边李爱莲的呼吸声，知道她也在看夜空。

我们没有说话。

起风了。夜风有些冷。但我们一动不动。

突然，李爱莲小声说话："哥，你说，我们能考上吗？"

我坚定地答："能，一定能！"

"你怎么知道？"

"我看这天空和星星就知道。"

她笑了："你就会混说。"

又静了，不说话，望星空。

许久，她又问，这次声音有些发颤："要是万一你考上我没考上呢？"

我也忽然想到这问题，身上不由一颤。但我坚定地答："那我也永远不会忘记你。"

她长出了一口气，说："要是万一我考上，你没考上，我也不会忘记你。"

她的手在我身边，我感觉出来。我握住了她的手。那是一只略显粗糙的农家少女的手。那么冷的天，她的手是热的。

但她忽然说："哥，我有点冷。"

我心头一热，拖住了她。她在我怀里，眼睛黑黑地、静静地、顺从地看着我。我吻了吻她湿湿的嘴唇、鼻子，还有那湿湿的眼睛。

这是我在这个世界上，第一次吻一个姑娘。

五

累。累。实在是累。

王全失眠更厉害了，一点睡不着，眼里布满血丝，头发乱糟糟的像个鸡窝。大眼看去，活像一个恶鬼。脾气也坏了，不再显得那么宽厚。有天晚上，因为"磨桌"打鼾，他狠狠将"磨桌"打了两拳。"磨桌"醒来，蒙着头"呜呜"哭，他又在一旁嗑牙花子，"这怎么好，这怎么好。""磨桌"脑仁更加痛了，一看书就痛，只好花两毛钱买了一盒清凉油，在两边太阳穴上乱抹，弄得满宿舍清凉油味。我一天晚上回宿舍见他又在哭，便问：

"是不是王全又打你了？"

他摇摇头，说："太苦，太苦，班长，别让我考大学了，让我考个小中专吧。"

咕咕鸟叫了，割麦子了。学校老师停止辅导，去割学校种的麦子。学生们马放南山，由自己去折腾。我找校长反映这问题，校长说唯一的办法是让学生帮老师早一点收完麦子，然后才能上课。我怪校长心狠，离考试剩一个月了，还剥削学生的时间。但我到教室一说，大伙倒很高兴，都拥护校长，愿意去割麦子。原来大伙学习的弦绷得太紧了，在那里死用功，其实效果很差。现在听说校长让割麦子，正好有了换一换脑子的理由，于是发出一声喊，争先恐后拥出教室，去帮老师割麦子。学校的麦地在小河的西边，大家赶到那里，二话不说，抢过老师的镰刀，雁队一样拉开长排，"嚓"，"嚓"，"嚓嚓"，紧张而有节奏、快而不乱地割着。一会割倒了半截地。紧绷着的神经，在汗水的浸泡下，都暂时松弛下来。大家似又成了在农田干活的农家少男少女，嘻嘻哈哈，打打闹闹。许多老师带着赞赏的神情，站在田头看。马中说："这帮学生学习强不强不说，割麦子的能力可是不差。要是高考考割麦子就好了！"我抹了一把汗水，看看这田野和人，竟觉得新鲜亲切，觉得劳动是幸福的。

不到一个下午，麦子就割完了。校长受了感动，通知伙房免费改善一次生活。又是萝卜炖肉。但这次管够。大家洗了手脸，就去吃饭。那饭吃得好香！

但以后的几天里，却出了几件不愉快的事情。

第一件是王全退学。离高考只剩一个月，他却突然决定不上了。当时是分责任田的第一年，各村都带着麦苗分了地。王全家也分了几亩，现在麦焦发黄，等人去割，不割就焦到了地里。王全那高大的黑老婆又来了，但这次不骂，是一本正经地商量：

"地里麦子焦了，你回去割不割？割咱就割，不割就让它龟孙焦到地里！"

然后不等王全回答，撅着屁股就走了。

这次王全陷入了沉思。

到了晚上，他把我拉出教室，第一次从口袋掏出一包烟卷，递给我一支，他叼了一支。我们燃着烟，吸了两口，他问：

"老弟，不说咱俩以前是同学，现在一个屋也躺了大半年了。咱哥俩儿过心不过心？"

我说："那还用说。"

他又吸了一口烟，"那我问你一句话，你得实打实告诉我。"

我说："那还用说。"

"你说，就我这德行，我能考上吗？"

我一愣，竟答不上来。说实话，论王全的智力，实不算强，无论什么东西，过脑子不能记两晚上，黄河他能记成三十三公里。何况这大半年，他一直失眠，记性更坏。但他用功，却是大家看见的。我安慰他：

"大半年的苦都受了，还差这一个月？！"

他点点头，又吸了一口烟，突然动了感情："你嫂子在家可受苦了！孩子也受苦了。跟你说实话，为了我考学，我让大孩子都退了小学。我要再考不上，将来怎么对孩子说？"

我安慰他："要万一考上呢？这事谁也保不齐。"

他点点头，又说："还有麦子呢。麦子真要焦到地里，将来可真要断炊了。"

我忙说："动员几个同学，去帮一下。"

他忙摇头："这种时候，哪里还敢麻烦大家。"

我又安慰："你也想开些，收不了庄稼是一季子，考学可是一辈子。"

他点点头。

但第二天早晨，我们三人醒来，却发现王全的铺空了，露着黄黄的麦秸。他终于下了决心，半夜不辞而别。又发现，他把那张烂了几个窟窿的凉席，塞到了"磨桌"枕头边。看着那个空铺，我们三个人心里都不好受。"磨桌"憋不住，终于哭了：

"你看，王全也不告诉一声，就这么走了。"

我也冒了泪珠，安慰"磨桌"，没想"磨桌""呜呜"大哭起来：

"我对不起他，当时我有《世界地理》，也没让他看。"

过了几天，又发生第二件不愉快的事，即"耗子"失恋。失恋的原因他不说，只说悦悦"没有良心"，看不起他，要与他断绝来往；如再继续纠缠，就要告到老师那里去。他把那本卷毛《情书大全》摔到地下，摊着双手，第一次哭了：

"班长，你说，这还叫人吗？"

我安慰他，说凭着他的家庭和长相，再找一个也不困难。他得到一些安慰，发狠地说：

"她别看不起我，我从头好好学，到时候一考考个北京大学，也给她个脸色看看！"

当时就穿上鞋，要到教室整理笔记和课本，但谁也明白，现在离高考仅剩半个月，就是有天大的本事，再"从头"也来不及了。

第三件不愉快的事情，是李爱莲的父亲又病了。我晚上发现她夹到我书里一张字条：

哥：

　　我爹又病了，我回去一趟。不要担心，我会马上回来。

爱莲

可等了两天，还不见她来。我着急了，借了"耗子"的自行车，又骑到郭村去。家里只有李爱莲的母亲在拉麦子，告诉我，这次病得很厉害，连夜拉到新乡去了。李爱莲也跟去了。

我推着自行车，沮丧地回来。到了村口，眼望着去新乡的柏油路，路旁两排高高的白杨树，暗想：这次不知病得怎样，离高考只剩十来天，到时候可别耽误考试。

六

高考了。

考场就设在我们教室，但气氛大变。墙上贴满花花绿绿的标语："遵守考场纪律"，"不准交头接耳"，"违反纪律取消考试资格"……门上贴着"考试细则"：进考场要带"准考证"，发卷前要核对照片，迟到三十分钟自动取消当场考试资格……小小教室，布了四五个老师监堂。马中站在讲台上，耀武扬威地讲话："现在可是要大家的好看了。考不上丢人，但违反纪律被人捏胡出去——就裹秆草埋老头，丢个大人！"接着是几个戴领章帽徽的警察进来。大家都憋着大气，揣着小心，心头"嘣嘣"乱跳。教室外，停着几辆送考卷和准备拿考卷的公安三轮摩托。学校三十米外，划一条白色警戒线，有警察把着。

警戒线外，围着许多学生的家长，在那里焦急地等待。我爹也来了，给我带来一馍袋鸡蛋，说是妈煮的，六六三十六个，取"六顺"的意思。并说吃鸡蛋不解手，免得耽误考试时间。这边考试，爹就在警戒线外边等，毒日头下，坐在一个砖头蛋上，眼巴巴望着考场。头上晒出一层密密麻麻的细汗珠，他不觉得；人蹚起的灰尘扑到他身上和脸上，也不觉得。我看着这考场，看着那警戒线外的众乡亲，看着我的坐在砖头蛋上的父亲，不禁一阵心潮涌动。似乎有许多话要对他们说，两手不觉紧握拳头。是不是要说的话都攥紧在这里面了？我不知道。

发卷了。头两个小时考"政治"。但我突然感到有些头晕，恶心。我咬住牙忍了忍，好了一些。但接着感到前所未有的疲劳。我想，完了，这考试要砸。

何况我心绪不宁。我想起了李爱莲。两天前，她给我来了一封信：

哥：

　　高考就要开始了。我们大半年的心血有没有白费，就要看这两天的考试了。但为了照顾我爹，我不能回镇上考了，就在新乡的考场考。哥，亲爱的哥，我们虽不能坐在一个考场上，但我知道，我们的心是在一起的。我想我能考上，我也衷心祝愿我亲爱的哥你也能够考上。

爱莲

就这么几句话。当时，我捧着这封信，眼望着新乡的方向，心里发颤。现在，我坐在考场上，不禁又想到：不知她在新乡准时赶到考场没有；不知她要在医院照顾父亲，现在疲劳不疲劳；不知面对着卷子，她害怕不害怕，这些题她生不生……但突然，我又想象出她十分严肃，正在对我说："哥，为了我，不要胡思乱想，要认真考试。"于是，我闭了一会儿眼睛，开始集中精力，重新看卷子上的几道题。这时考题看清了，知道写的是什么。还好，这几道题我都背过，于是心里有了底，不再害怕，甩了甩钢笔水，开始答题。一答开头，往常的背诵，一一出现在脑子里。我很高兴有这一思想转折，我很感激李爱莲对我现出了严肃的面孔。笔下"沙沙"，不时看一看腕上借来的表。等最后一道题答完，正好收卷的钟声响了。

我抬起身，这才发觉出了一身大汗，头发湿漉漉的，直往下滴水。我听到马中又在讲台上威严地诈唬："不要答了，不要答了，把卷子反扣到桌子上！能不能考上，不在这一分钟，热锅炒蚂蚁，再急着爬也没有用！"我从容地将卷子反扣到桌子上，出了考场。

爹早已从砖头蛋上站起，在一堆家长里，踮着脚，伸长着脖子朝教室看。看我出来，忙迎上来，焦急问："考得怎样？"

我答："还好。"

爹笑了，是焦急后的笑，是等待后的笑，是担心后的笑。笑得有点勉强，有点苦涩，有点疲劳。但眼中冒出泪。泪后，对我望着。那苍老的眼里，竟闪出对我表示感激的光！"这就好，这就好。"然后从饭袋里掏出六个鸡蛋，一定让我吃下。可我什么东西都不想吃，只想喝水。爹说：

"不要喝水，不要喝水，接着还要考呢，喝水光想尿。"

但我还是跑到水龙头下，"咕嘟咕嘟"喝了个够。

离下场考试还有十分钟，我回到了宿舍。"磨桌"和"耗子"都在。"磨桌"正在焦急地翻书，急得满头大汗，见我进来，带着哭音颤着声说：

"班长，我完了！我好糊涂！这些题我都会背，但我记混了！我把'党的基本路线'，答成了'社会主义总路线'！"

我忙问："那其他五道呢？"

他答着哭声："还有两道也答混了！我的妈，我的政治要不及格了！"

我安慰他："既已考过，就不要再想了，还是集中精力想下场的数学吧！"

他仍很焦急："你说得轻巧，你考好了，当然不着急。可我这些题明明会，却答混了，岂不冤枉！我好糊涂，我好糊涂！"接着便痛苦地用双拳砸自己的脑袋。

"耗子"也十分沮丧，倒在铺上一言不发。

我问："你怎么样，'耗子'？"

"耗子"瞪了我一眼："你管我呢！"然后双手揢头，痛苦地叫道："我𤲃他祖辈亲奶奶，我都认识这些题，但这些题都不认识我。我一场考试好自在，钢笔动都没有动。临到钟声响，才在一道题上写了几个字，'中国共产党万岁'。那些改卷的王八蛋能给我分吗？"

......

下一场考试的钟声响了。同学们有高兴的，有着急的，有沮丧的，但都又重新聚集到了考场。警戒线外，家长们又在焦急地等待。我爹又坐在毒日头底下的砖头蛋上。马中又讲话，说上一堂考试有的同学表现不好，这一场要注意，不然可别怪鄙人不客气……大家听他讲，都很着急，因为他整整耽误大家八分钟答卷时间，然后才发卷。"忽拉……忽拉"一阵纸响，又静下来。接着又是"嚓嚓"的笔划纸的声音。

忽然，我听到后排"咕咚"一声，接着教室一阵骚乱。我扭回头，吃了一惊，原来是"磨桌"晕倒在地上。监考的老师，纷纷向"磨桌"跑，有的同学就趁机交头接耳，偷看别人的试卷。监考老师又不顾"磨桌"，先来维持秩序，马中又大声诈唬。等教室平静，"磨桌"才被人抬了出去。

晕倒的"磨桌"被人抬着，从我身边经过，我看了他一眼。他浑身发抖，眼紧闭，牙齿上下"嗒嗒"响，脸苍白，满头发的汗。我一阵心酸，满眼冒泪。"磨桌"，好兄弟，你就这样完了！你的清凉油呢！你怎么不多在脑门上，涂上厚厚的清凉油？你为什么要晕倒呢？大半年的心血，就这样完了！兄弟，你好苦啊！

这场考试临结束，前边又发生了骚乱。这次是"耗子"。马中站在他面前，看他的答卷。看了一会儿，猛然把考卷从他手中抢过，怒目圆睁：

"你这是答的什么题，这就是你的方程式吗？你捣的什么乱，啊！？"

几个监考老师纷纷问：

"怎么了，写了反标吗？"

马中说："反标倒不是反标，但也够捣乱的！我念给你们听听，"接着拖着长音念："'党中央，教育部：我怀着激动的心情，给你们写信。卷上的考题我不会答，但我的心，是向着你们的。让我上大学吧，我会好好为人民服务……'这叫什么？你以为现在还能当张铁生啦？！……"

这时校长戴着"监考"牌进来，才止住了马中的唠叨，让考生们静下心，继续答题。

两天过去了。

高考终于结束了。

七

高考结束了。

我相信我考得不错。我预感我能被录取。不能上重点大学，起码也能上普通大学。我把自己的感觉告诉了在考场警戒线外等了两天的爹，爹一下竟说不出话来。平生第一次，一个老农，像西方人一样，把儿子紧紧地拥抱在怀里，颠三倒四地说："这怎么好，这怎么好。"然后放开我，"嘿嘿"乱笑，一溜小跑拉我出了校门，要带我回家；我说学校还有我的行李，他又放开我，自己先走了，说要赶回家，告诉我妈和弟弟，让他们也高兴高兴。

复习班结束了。聚了一场的同学，就要分手了。高考有考得好的，有考得坏的，有哭的，有笑的。但现在要分别了，大家都抑制住个人的感情，又聚到大宿舍里，亲热得兄弟似的。唯独"磨桌"还在住院，不在这里。大家凑了钱，买了两瓶烧酒，一包花生米，每人轮流抿一口，捏个花生豆，算是相聚一场。这时，倒有许多同学真情地哭了。有的女同学，还哭得抽抽搭搭的。喝过酒，又说一场话，说不管谁考上，谁没考上，谁将来富贵了，谁仍是庄稼老粗，都相互不能忘。又引用刚学过的古文，叫"苟富贵，无相忘"。一直说到太阳偏西，才各人打各人的行李，然后依依不舍地分手，各人回各人村子里去。

同学们都走了。但我没有急着回去。我想找个地方好好松弛一下。于是一个人跑了十里路，来到大桥上，看看四处没人，脱得赤条条的，一下跳进了河里，将大半年积得浑身的厚厚的污垢都搓了个净。又顺流游泳，逆流上来。游得累了，仰面躺到水上，看蓝蓝的天。看了半天，我忽然又想起王全，想起"磨桌"，想起"耗子"，心里又难受起来。我现在感到的是愉快，他们感到的一定是痛苦，我像做了见不得人的事一样，急忙从河里爬出来，穿上了衣服。

顺着小路，我一阵高兴一阵难过地向回走。我又想起了爹妈和弟弟，这大半年他们省吃俭用，供我上学，我应该赶紧收拾行李回家。我又想起李爱莲，不知她父亲的病怎么样了，她在新乡考得怎么样。我着急起来，决定明天一早去新乡。

就这样胡思乱想，我忽然发现前边有一拉粪的小驴车。旁边赶车的，竟像是王全。我急忙跑上去，果然是他。我大叫一声，一把抱住了他。

和王全仅分别了一个月，他却大大变了样，再也不像一个复习考试的学生，而像一个地地道道的老农。戴一破草帽，披着脏褂子，满脸胡茬，手中握着一杆鞭。

王全见了我，也很高兴，也一把抱住我，急着问我考得怎么样，我急着问他麦子收了没有，嫂子怎么样，孩子怎么样，不知谁先回答好，不禁都"哈哈"笑起来。

一块走了一段，该说的话都说了。我突然又想起李爱莲，忙问：

"你知道李爱莲最近的情况吗？她爹的病怎么样了？她说在新乡考学，考得怎么样？"

王全没回答我，却用疑问的眼光看我。看了一会儿，冷笑一声："她的事，你不知道？"

"她给我来信，说在新乡考的！"

王全叹了一口气："她根本没参加考试！"

我大吃一惊，不由停步，张开嘴，半天合不拢。王全只低头不语。我突然叫道："什么，没参加考试？不可能！她给我写了信！"

王全又叹了一口气："她没参加考试！"

"那她干什么去了？"我急忙问。

王全突然蹲在地上，又双手抱住头，半天才说："你真不知道？——她出嫁啦！"

"啊？"我如同五雷轰顶，半天回不过味儿来。等回过味儿来，便上前一把抓住王全，狠命地揪着："你骗我，你胡说！这怎么可能呢！她亲笔写信，说在新乡参加考试！出嫁？这怎么可能！王全，咱们可是好同学，你别捉弄我好不好？"

王全这时抽抽搭搭哭了起来："看样子你真不知道。咱俩是好同学，我也知道你与李爱莲的关系，怎么能骗你。她爹这次病得不一般，要死要活的，一到新乡就大吐血。没五百块钱人家不让住院，不开刀就活不了命。一家人急得什么似的。急手现抓，钱哪里借得来？这时王庄的暴发户吕奇说，只要李爱莲嫁给他，他就出医疗费。你想，人命关天的事，又不能等，于是就……"

我放开王全，怔怔地站在那里，觉得这是做梦！

"可，可她亲自写的信哪！"

王全说："那是她的苦心、好心、细心。唉，恐怕也不过是安慰你，怕你分心罢了。你就没想想，她户口没在新乡，怎么能在新乡参加考试呢？"

又是一个五雷轰顶。是呀，她户口没在新乡，怎么能在那里参加考试？可我怎么没想到这一点？我好糊涂！我好自私！我只考虑了我自己！

"什么时候嫁的？"

"昨天。"

"昨天？"昨天我还在考场参加考试！

我牙齿上下打战，立在那里不动。大概那样子很可怕，王全倒不哭了，站起来安慰我：

"你也想开点，别太难过，事情过去了，再难过也没有用……"

我狠狠地问："她嫁了？"

"嫁了。"

"为什么不等考试后再嫁？哪里差这几天。"

"人家就是怕她考上不好办，才紧着结婚的。"

我狠狠朝自己脑袋上砸了一拳。

"嫁到哪村？"

"王村。"

"叫什么？"

"吕奇。"

"我去找他！"

说完，我不顾王全的叫喊，不顾他的追赶，没命地朝前跑。等跑到村头，才发现跑到的是郭村，是李爱莲娘家的村。就又折回去，跑向王村。

到了王村，我脚步慢下来。我头脑有些清醒了。我想起王全说的话，"已经结婚了，再找有什么用？"便不禁蹲到村头，"呜呜"哭起来。

哭罢，我抹抹眼睛，进了村子。打听着，找吕奇的家。到了吕奇的家门前，一个大红"囍"字，迎面扑来，我头脑又"轰"的一声，像被一根粗大的木头撞击了一下。我呆呆地立在那里。

许久，我没动。

突然，门"吱哇"一声开了，走出一个人。她大红的衬衣，绿涤良裤子，头上一朵红绒花。这，这不就是曾经抱着我的腰，管我叫"哥"的李爱莲吗？这不就是我曾经抱过，亲过的李爱莲吗？这不就是我们相互说过"永不忘记"的李爱莲吗？

但她昨天出嫁了，她没有参加考试，她已经成了别人的媳妇！

但我看着她，一动没有动。我动不得。

李爱莲也发现了我，似被电猛然一击，浑身剧烈地一颤，呆在了那里。

我没动。我动不得。我眼中甚至冒不出泪。我张张嘴，想说话，但觉得干燥，心口堵得慌，舌头不听使唤，一句话说不出来。

李爱莲也不说话，头无力地靠在了门框上，直直地看着我，眼中慢慢地、慢慢地涌出了泪。

"哥……"

我这时才颤抖着全部身心的力量，对世界喊了一声：

"妹妹……"但我喊出的声音其实微弱。

"进家吧。这是妹妹的家！"

"进家？……"

我扭回头，发疯地跑，跑到村外河堤上，一头扑倒，"呜呜"痛哭。

爱莲顺着河堤追来送我。

送了二里路，我让她回去，我说：

"妹妹，回去吧。"

她突然伏到我肩头，伤心地、"呜呜"地哭起来。又扳过我的脸，没命地、疯狂地、不顾一切地吻着，舔着，用手摸着。

"哥，常想着我。"

我忍住眼泪，点点头。

"别怪我，妹妹对不起你。"

"爱莲！"我又一次将她抱在怀中。

"哥，上了大学，别忘了，你是带着咱们俩上大学的。"

我忍住泪，但我忍不住，我点点头。

"以后不管干什么，不管到了天涯海角，是享福，是受罪，都不要忘了，你是带着咱们两个。"

我点点头。

暮色苍茫，西边是最后一抹血红的晚霞。

我走了。

走了二里路，我向回看，爱莲仍站在河堤上看我。她那身影，那被风吹起的衣襟，那身边的一棵小柳树，在蓝色中透着苍茫的天空中，在一抹血红的晚霞下，犹如一幅纸剪的画影。

后来，我进了我国北方的一所最高学府。玉阶飞檐，湖畔桃李，莘莘学子。但我的眼前始终浮动着、闪现着塔铺的一切，一切。我不敢忘记，我是从那里来的一个农家子弟。

（原载《人民文学》1987 年第 7 期）

柏　原
BAI YUAN

原名王博渊。1948年出生。甘肃庆阳市镇原人。1968年毕业于甘肃省滑翔学校。当过工人，后在甘肃省文联《飞天》文学期刊从事编辑工作。2002年加入中国作家协会。任甘肃省文联专业创作室专职作家、甘肃省作家协会驻会副主席。

1980年开始发表作品。著有小说集《红河九道弯》、散文集《谈花说木》等。小说《喊会》获1987—1988年全国优秀短篇小说奖。

喊　会

山咀咀队今天开会。

山咀咀队顾名思义是在山上，实际它是在沟道里，在一条两面的黄土高坡上。沟叫作冰草沟，因其土质贫薄多生冰草。

要说山咀咀队今天这个会，就得耗笔墨描绘一下冰草沟的地形。沟大体呈南北走向：沟垴衔接北塬，沟口通洪水河，中间七扭八拐几道弯弯。不仅如此，每个拐弯的地方必定向东或向西分出一条小的沟岔，俗称拐沟；每两条拐沟必然夹持一座高高的尖尖的黄土山咀。所以才叫山咀咀队。农家都凿在山咀咀上，因耕地在高处，山咀都劈出一层层重叠而上的陡坡梯田。

那么，山咀咀队画在平面图上，就活像一条多足的蚰蜒，或者像一根盘结扭曲的树根。

有位下来搞种草种树治贫致富的干部。蹲早先队部所在的大场坎塄边，观察冰草沟许久许久，不禁突发怪想哑然失笑。蛮队长问说你笑什么？他说笑"山咀咀"这名称。蛮队长说这名字咋的啦？他说这名字让人一听就饿得慌，几百年没吃饱似的。

山咀咀，嗜，冰草沟里再没什么喽，只有一张一张的"嘴"；长这么多"嘴"咋的？等着吃嘛。那干部说你瞧瞧，一处山咀上安两三户人家，家家连堵院墙都不打，窑洞豁张着庄舍袒露着，远看那一孔孔黑咕隆咚的窑口都像是大张的嘴，永远也填不满啊。那扶贫来的干部这样比喻。蛮队长说，俺们老祖先这么叫了下来，现在听着不吉利也没法改喽。

山咀咀队今天要开会。

开会这码子事，山咀咀队的庄稼人早就熟悉。自打合作化以来，开会就是队里顶要紧的一种活动，开会在很大意义上才体现出队或村的行政存在。要是不开会的话，山咀咀还成其为队吗？但是，山咀咀队要开一场会，都是相当相当的艰难。

一家和一家隔着大沟小沟，人和人站门前看得见，说话也听得见；可是你要把所有人收罗到一处圪蹴在一个场里，就很不容易了。光是下达开会通知这项议程，就够队干部出一身臭汗的。山沟里至今没通电，当然也就不会安装有线广播之类。在搞土地承包前，队里掏大钱买过一只装八节电池的扩音喇叭，蛮队长视若珍宝，挎手枪一样时时刻刻吊在腔上。结果，一不留神，搁他家热炕上蒸得淌了白脓黑水，坏个毬的。如今，队里的家当都分到各家各户去了，再没钱买电磁喇叭；他嘛，只得倒退回去，像早年那样，选择地势最佳的队部大场坎塄边，把两只手卷成肉喇叭，鼓足劲运足气直着嗓子野喊。

山咀咀队今天开的这个会，议题正是与"嘴"有关，所以这会非得喊起来不可。

蛮队长这就开始喊了。

"噢——有娃——开会咪——"

冰草沟的沟沟岔岔里的崖娃娃许是弄错了，以为喊他们一伙呢，此呼彼应此起彼伏起哄似的跟着喊："噢——有娃——开会咪——会咪——咪……"

被喊的村民有娃，在大沟里面他家小场上排二茬麦秸，麦秸排干净就准备上垛泥。他一边吆碌碡转圈子轧场，一边竖起耳朵听满沟道的回声。他耳朵听得明明白白，脸上表情硬是没任何反应。这是有娃长久培养起来的赴会习惯：开会这码子事嘛，无论瞎事好事，绝不要反应灵敏雷厉风行。

蛮队长嘴喇叭向北偏转七度左右，鼓足劲运足气野声野气喊下一户的户主。这也是他长久形成的喊会习惯。他绝不死盯住哪一家喊到底，"打一枪换一个地方"。他知道，头一腔绝不会把他们哪个喊灵醒喊出声来，喊得应也罢喊不应也罢，反正他首先必须点名似的喊一遍。

"噢——有生——开会咪——"

山咀咀队的人家同一个祖先同一个姓，所以相互称呼不说姓只说名字，沟岔里的黄土崖娃娃大概也是同宗同姓吧？他们遥相呼应："噢——开会咪——会咪——咪……"

"蛮队长的声嗓老喽，听着不像他了。"有娃的媳妇小声评论。

有娃女人在家麦场坎下的谷子地里培土。农谚曰：谷子锄七遍，自成黄米哩。农历七月正是伏阳如火晒透骨的时节，铁锄口里有水分，锄一遍等于降场薄雨，所以她挥汗如雨挥锄培土。

"队长的心劲不足啦。"有娃在场上附和着说，有娃左手牵根细长的牛鼻缰绳，右手执一把牛屎爪篱；他居圆心牛走圆圈，慢慢悠悠反反复复吆着石碌碡在麦秸上面旋转。他一只眼眯眯地睡着了，另一只眼却警惕地注视着牛尾巴，牛尾巴往起一扎，他忙不迭抢近几步，把牛屎爪篱顿在牛尾巴下面，以防牛屎洒在麦秸土里。这场二茬麦秸兴许能排出三四升麦子哩。

蛮队长挨家挨户喊了一通，转回来打头重新喊。可以听出，他的声气已经有点躁，因为喊第一遍，山咀咀所有户主是同样反应：无声无息。

"噢——有娃——开会唻——"

继续装聋作哑就要挨骂了。有娃这才表现有所反应的情状，喝牛站住，搁下牛屎爪篱和鞭子，懒洋洋走出到场畔畔上，像队长那样把手卷到嘴上，喊：

"噢——开啥会——"

既然开会，就无须乎保密，按理说来。任何级别的保密文件也传达不到山咀咀庄稼人这一级，几十年的保密基本是对于庄稼人保着的。事实上，对山咀咀人有保密价值的，只是救济款项、扶贫、救济、小投资等分拨下来，队长、会计、党小组长几个私下捏捏摸就定了，也用不着喊天喊地的开他娘的什么会。

蛮队长却硬是不肯说明今天开啥会。这又是他长久总结出的开会经验了，如果把会议内容预先隔山沟喊明叫响，这个会八成就开不起来。

蛮队长喊："噢——村民会——"

有娃喊："噢——啥村民会嘛——"

队长躁了，骂："蔫熊一个！"

骂的这句有娃的确没听清。他没听清也很清楚，队长在骂他，他也就再不刨根究底地问。当然他也不会生气，队长骂人天经地义，队长不骂哪个来骂？有娃蔫奄奄挪回场心里，拣起绳头牛屎爪篱鞭杆，继续吆牛走圈继续排他的麦秸。别以为他这是一种轻慢的表示，不，他可没有任何抵触情绪；开会嘛肯定是要去参加的，开会怎能不去？他只是不第一个到队部大场上去，去得早误家里的工蹲那儿也没意思，无论开的什么会，出头冒尖的事少说少干。

蛮队长向北偏转，使出吃奶的力气继续喊：

"噢——有生——开会——"

坎下锄谷子的女人幸灾乐祸地说："现在队长腔调不凶了。"

场上吆碌碡的有娃应和说："现在庄稼人不害怕当官的了。"

包产到户之前，队里喊会也难喊。社员被喝牲口一样喝喊了十几二十年，一个个都喊疲了。但以前社员还是害怕队干部的，蛮队长往大场坎塄一叉，喊两三腔喊不喘，就破口污骂，骂一句，说："下沟底里筑坝去！"骂一句，说："上峁顶顶修大寨田去！"社员就跌跤扒扑往来跑哩。现在呢，用蛮队长自己的话说，驴没了笼头牛没了鼻系，队长把他们没处抓挖咧。还说：像这样整下去，山咀咀队还算个队吗？国家有纲常没有，共产党有王法没有？他对包产到户很不满。各家种各家的责任田，各家上各家的国税粮：上粮是按承包地亩摊派的，化肥、地膜、农药和柴油等等按地亩往下分。当队长还有什么权力？除这些与他们生死相关的东西，队长手里就是一种法杖：扶贫款、救济款一类。

但那毕竟不是常数，给了，他们觉得应该给，不给，他们也能过下去。所以，这会越喊越难喊，这队长的官儿越当越没劲道。但，山咀咀的村民偏是要选他当队长，事情就这么奇怪。

女人高兴地说："就是，让他喊得挣死！"

男人附和说："队长这官当头不大喽。"

蛮队长照着各家的山咀喊一遍又转回来。他把塬上头的日轮从一竿子高喊到三竿高，喊得喉咙嘶哑嘴唇乌青眼珠子外凸，脖颈里青筋显露鼻窦上汗粒晶莹。他想发火发不起来。他再不敢像从前骂"驴日的"、"狗日的"什么。

"噢——有娃——开会咪……"

最后这腔，声嗓软溜溜颤悠悠明显地底气不够。有娃两口听得舒心惬意非常满足，耳朵也就变灵了。

有娃喝牛站住，故意乏沓沓回应一声："来喽——"

蛮队长喊问："碾完了么——"

有娃一边卸牛一边回应："完了完了——"

"日你家的！"

蛮队长这下才扎实骂了一句。有娃仍然不生气。开会嘛，肯定是要去的。他这就去。

山咀咀队今天开会，讨论给国库上粮的事情。蛮队长打日头一杆子高喊到日头三杆子高，才喊拢半场男人和零三巴四几个女人。先到的人咂完两根旱烟喇叭了，冰草沟二面曲曲折折的坡道上，仍然有人弓腰背罗圈着腿不慌不忙往下磨往上蹭。

山咀咀队的大场有三个篮球场大，这是冰草沟最平坦的一块高地。场后斩出一弯弧形山坎，崖有两丈多高，凿了几孔大窑。有的窑可以并排停六辆汽车，有的窑可以搭戏台、演电影，当然那都是集体化时的美好假设。过去，每当夏收之后，窑里就显得满满当当，气氛肃穆，戒备森严；现在包产到户窑都空了，窑角里悬起蚊帐那样大的蜘蛛网，唯剩下主窑门外一挂特大的石碌碡，记载着过去的一段历史。

碌碡竖起来放着，这是主持会议的蛮队长固定的位置，别的人来迟来早不能随便占据，具有某种法定的意味。蛮队长虽然失去了昔日的威风气魄，又虽然说队长这官当头不大了，但多年造成的心理状态具有一定的稳固性，他自觉不自觉地照旧趴蹴在他的碌碡端面上，双臂交抱搂住膝头，瞪着两颗牛眼看人。对每个走进场的与会者，他都免不了要久久地瞪上一眼；因为除去他一人，来的人无意识地离开他远点，寻找一坨地皮就地落座。这一个一个的无意识合起来，便组成了一个有意识；人人都和碌碡保持相应距离形成一个半圆。于是，碌碡端面上的人得到烘托凸现出来，可以比作一只猴子，也可以比作一只老虎；总之，碌碡后面的土崖上显示出一圈山大王的灵光。有的人戏称这挂碌碡为"镇山石"，想想也的确有道理，山咀咀从上到下从里到外纯是黄土，没有一只轧场的碌碡的话，庄稼怎么打得下来？

山咀咀队今天开会讨论上粮的事，这会眼看就要开起来了。塬上空的日光已经很刺眼很灼烫，这会儿有几杆子高再不好量它了。男村民抓住会前的空闲谝闲传，他们对开会这码子事的热情，很大程度上正是要来这儿乱谝一场；虽是同一条沟同一个队的人，自从包了产，各自为政各忙各的，难得有机会凑一起大谝一场。而女人，撮成一堆儿做针线拉家常；她们要离男人群远点，男人们都是山汉，谝着谝着就日哩戳哩胡说开了，女人的脸没处搁，只好头低头把脸面埋起来。

上粮会应该开了呀，怎么还不开？

蛮队长不说开的话，他就故意不说！蛮队长今天喊会把一身牛劲喊光又喊出一肚子火，如果没个发泄的捻子，他打那挂石碌碡上咋得下来啊？

他的这个"蛮"，其实不是绰号是他的奶名，蛮有丑陋的意思，又有胡乱搅和的意思。山里人给娃取奶名讲究丑陋贫贱以求吉利。他大（父亲）喊他蛮儿，他妈喊他蛮娃，喊大了果然有些蛮横霸道，大伙便喊他蛮子。因其蛮所以才当选原来的生产队长现在的自然村村长。村民叫了几十年队长改不过来仍叫"队长"。山咀咀的队长不蛮就当不住，他不蛮这会他能召起来吗？

会应该开了呀，还等什么？有娃等急了，憋不住说："开吧开吧，再不敢熬时间啦，后晌我还得扬场呢！"他二茬麦秸排出的一堆麦衣帽帽堆在场上，怕下雨。

蛮队长腾地从碌碡上跳下——引子有了，会终于开起来了。

"日他家的这会不开了！"

队长的开幕词就是这话。他说"不开了"就是说开了。他骂的"他家的"，泛指在场的同辈男人的婆娘，摊在每个人头上分量轻得多，所以一场人仍旧不大介意。队长的开口混骂乃开会时的家常便饭。

骂过后，蛮子才拿出队长应有的姿态，宣布：昨天，乡政府召集行政村自然村干部会议，布置夏粮征购任务。场上霎时静悄悄的，听说上粮，庄稼人都神经紧张，这是他们祖宗八辈以来最关心最敏感的一桩事情。蛮队长在身上乱揣，像要揣什么文件却又没能揣出会，便将两只眼向上翻起，努力回忆着宣读：

"公粮，一万一千八百斤！购粮，两万三千四百斤！总数是……"

场上轰轰作响。庄稼人就像豆荚晒破了皮豆粒儿蹦出来，喊着大大、妈妈、爷爷、奶奶，说今年这数字能把人吓死，努力表现着各种惊恐状。蛮队长这时脸上生出些狠毒的笑意，他一转身又上了碌碡端面，手揣在口袋里抠旱烟渣子，脖颈一梗一梗的，好像他把在场的人都整治了一下似的。

"完了么？"有娃小心翼翼地探询。

蛮队长一边拧旱烟喇叭，一边瞪着有娃，瞪够了才说：

"按地亩一亩摊二十八斤，按人口平均一口人贡献一百七十四斤。乡上说了，二十天内全部交清。交得清得交，交不清也得交！我的话完了。大家踊跃发言吧！"

就这么多。蛮队长传达上级会议精神，没有许多的官话铺垫，关于国际国内形势农村经济改革成就种草种树的动员等等，一概省略，他是块石头，碌碡也是块石头，实打实的。人群渐渐安静下来。日头花花很凶，庄稼人粗糙得像黄土一样的皮肤渐渐沁出一层油膜。从场畔畔望出去，多皱的沟壑地表闪烁着金属箔片似的光点。

"我家交不起……"

有娃解开衣衫纽扣伸进手去摸揣，好像衣服里有虫。他说给队长听又怕队长听清，头尽量往怀里抠眼睛努力向上睁，额上便涌现着深深密密的沟壑。他又咕噜说："我两个碎娃没分上责任地，我兜底儿交了，婆娘娃娃喝风呀屙屁呀。"

他家底儿薄是事实，但说八九百斤粮能把粮囤底儿掏出来，假话。却没人立即揭穿他。有人接上话茬说："你两个碎娃没地，怪你婆娘高产超了计划喀。"又有人接口说："计划生育风头又紧啦！"听说南河川有个李啥啥乡长，是个瞎熊，超计划生育罚款不交，领上人闯进庄里硬抢，见羊牵羊见驴见箱子柜就往外抬哩。大伙七嘴八舌咬牙切齿，说那李乡长真个是瞎熊，进而扩展开来，说现在条条政策都好，就是计划生育一条不好……

蛮队长发觉会议走题，蹲碌碡上高声喝道："大家发言！交得清得交，交不清也得交！"土场上阒寂片刻，照样又哄哄嗡嗡起来。有娃趁着人声混杂喊冤似的小声说："我家交不起……"大伙不再理会他。他就咕咕哝哝自算自账，他捡了根草棍在腿当间地皮上划了许多横杠竖道。麦子国库开价一斤一毛七分三，一百斤十七块三，一千斤才是一百七十三块。高价尿素一斤八毛，一百斤八十块，二百斤就是二八一百六十块！有娃把草棍一扔，失声嚷道："种不得了！这地种不得了！"马上引起一片响应："种不得了的确种不得了！"

大伙就兴致勃勃说尿素。有人神谋鬼道地透露消息一则。说哪个地区哪个县的农民把化肥给抢了！抢化肥不犯法吗？别人不信。说：那不是犯法的抢。问：怎么叫不犯法的抢？说是把县上拉化肥的卡车截住，爬上去自己下手拿，你一袋我一袋硬给扛下来了。问：这不叫抢叫什么？答：就是不叫抢。因为谁也没扛回家去喀。扛下来压在屁股底下，手里举一张拾圆大票子。县长赶来说你们怎么能抢啊？把闹事的人抓起几个！人家说得好，我不白拿国家的啊，我有钱我买哩……大伙听得眉飞色舞心花怒放，连说好好好，往后咱们碰着拉化肥的车也截住也硬往下扛，把拾圆的大票子准备着。

主导会议的蛮队长发觉，会又开到岔路里去了，打碌碡上往起纵纵，吼一嗓子："大家踊跃发言！交得清得交，交不清也得交！"他这两句话把一切都概括完了，别人还有什么可发的？场上静默了较长时间。碌碡的影子开始往东偏斜，当顶喷射的日光的威力却有增无减。男人们黧黑的面孔褐色的脖颈渗漏出一绺绺蓖麻油似黏汁；女人的脸则被炙烤得膨发起来，像高粱穗穗似的鲜艳红亮。场面地表泛起一股土的腥味，唯屁股底下一圪感到潮湿不舒。没忘了戴草帽的人把帽檐稍稍向西斜扣，遮住刺目的光晕；依崖坎坐的人干脆仰靠下去，任凭日炎灼烧而悠然拉响似睡非睡的鼾声。山咀咀庄稼人实在经得起晒，他们权当这会儿圪蹴在地里锄草哩。

"我家交不起……"有娃过一会就重复咕哝一遍，就像他吆碌碡轧场一样，耐得住性子。

蛮队长一只手弯到脑后，捏住衣领抖了抖，日光把他脊背和衫子烧结在一块了。那么，会议是否可以考虑早点结束？不，还得开下去。现在散会就不像个会的样子。

有人打破沉闷问道：据说上面有什么文件。规定往后的平价化肥按上粮任务和养猪头数下发。乡长说没说这事？队长回答：说是说了，他可没说多会往下分，也没说一亩地一头猪分几斤。问的人叹息道："那是没菜的包子。"一场人嗤儿嗤儿起笑。山咀咀人种菜极少，包子包菜跟城里人包子包肉一样。又有人问：公购粮既然能带化肥，按理也能带塑料地膜、柴油是么？山咀咀庄稼人已经重视现代化农业技术，也就关心化工产品和柴油一类物资。接着有人提问：那么买不到煤油是怎么回事？为什么连煤油也卖高价？不是说咱们国家地底下石油多得很吗？问题越提越多，越问越古怪。上粮会变得有点像"记者招待会"。

蛮队长不再回答。他回答不上，也回答不完。你们爱问什么问什么，他干脆来个"无可奉告"。他只管履行自己的职责，隔一会，想起似的喝一声："大家发言，交得清得交，交不清也得交！"

碌碡和碌碡上人的影子拉长变尖，斜阳热火逐渐减退。麦场上很静，现在真正地静下来了。山咀咀自打合作化以来，就熟悉了开会是怎么回事，都能很好地把握会的节奏感。大家这时都感到疲困，也感到乏味。因为要谝的闲传谝了，要问的问题问了，要发的怪话牢骚也发了……结论自然不会有，也不须有，开会从来都不为得出一个会前没有的结论，开会就是为了会。事实上结论早就有，比如蛮队长反复强调的两句话。所以捱到日头倒影这工夫，一场人全都沉默不语，充分地现示着茫茫然空空然，这种群体意识就意味着：会议应该收尾啦。

蛮队长坐功再好也终有个坐不住的时候，他一蹰打硶磖端面上跳下来，两腿打三折趷蹴得太久站起来有点罗圈，一瘸一晃地瞪着大眼在人前走动，进行会议收尾工作。他广泛地训斥几句："一个个装得瓷实，像一袋袋粮食，装着不喘就能抗过去吗？"……这之后，他按各个山咀住家位置开始逐个点名考问。

"有能，你能交清么交不清？"队长从存粮较多的户主问起。

"交嘛，那就交嘛。"有能并不直接回答。

"有生你呢？交上交不上？"

"交着看嘛，尽力量交着看嘛。"

"有宝！"

"交是要交，怕交不出那么多。"

"有年！懒熊一个，你还睡了个踏实！"

"——哦，我没意见，大家说啥就是啥。"

挨家挨户考问了一遍。

至此，冰草沟山咀咀队今天的上粮会可以结束了？是的，蛮队长认为可以，那就可以了。他本来就不抱什么希望，谁会在会场上给他一个简洁明确泾渭分明的回答。他又不是那种洋学生干部光按文件办事，他很清楚，谁家囤里粮多谁家囤里粮少，谁家能交清谁家能交一部分谁家确实交不上，他心里早就有本底账呢。既然如此，今天开这个会不是扯淡吗？不是，蛮子队长今天喊会骂会，本不是为了解决谁家交得清谁家交不清这个问题的，开会嘛就是为了开一场会，开会能叫窑掌草囤里的小麦变多变少吗？开会只是开会，如此而已。所以今天这会无论开成啥局面，队长认为可以结束那就结束了。但是，还不能马上宣布散会。会要开得像个会，还须一段结束语。蛮队长留着一手——队里存粮最少的户主有娃，他把他留到最后最后。

"有娃，你交得上交不上？"

有娃回答得干脆："我交不上！我两个碎娃没分上地，夏田够不着秋田呢。"

"交不上咋办呀？"

"你们当官的看着办嘛，共产党讲实事求是，你把我家囤底底掏空背走，我婆娘娃娃喝风呀屙屁呀？"

"日你家的！"蛮队长眼珠暴凸破口大骂，同时用手拍打屁股上粘的黄土，表现出他向来不讲理的蛮劲。"你交就交，不交拉毬倒？你给我家上粮哩？你们都像是给我家上粮哩！"蛮队长转而针对一场的乡亲乡党："从明天起，我这队长不干毬了！谁爱干谁干，我图了个啥！"

蛮队长拍打着已经没土的屁股，脖颈一梗一梗，撂下全场开会的人，扬长而去。山咀咀队今天的上粮会到此结束。

瞭在场上的乡亲乡党并不难堪甚至不感到有什么奇怪。开会往往就是这样结束的。他们从蛮队长一通赌气的骂话中听出：只有像有娃这样的贫穷户，购粮任务免了吧。当然队长嘴上不说那个"免"字，他始终就说那两句话：交得清得交，交不清也得交。

至于队长这个官儿，虽然越来干头越不大，但他还会干下去的。每次开村民选举会，大家都乐意选他。山咀咀队的队长，不蛮的人你就当不住。

会罢几日，各家黄土山咀小土场里拾掇整洁了，山咀咀队的庄稼人开始给国库上粮。

清早，不待塬畔日头冒花花，他们就灌饱袋子吆罗喝罗出了庄门。人肩上掮的，驴背上驮的，架板车上拉的，手扶拖拉机上撂的……五个六个一队，唶哧唶哧，断断续续，循着沟老里一条蜿蜒小路缓慢地爬坡。蛮队长也在送粮队伍里。

队长不再挨家挨户吆喊催骂，村民们也不再怨天尤人哭穷叫苦，大家伙运载着一袋袋粮食气喘如牛黑水汗流，神情却显得冷静自若，庄稼人做着几十辈先代子祖代如是年年如是的事情。种地嘛就要年年给国库上粮，种地人要是不给国家上粮，那这国家还是个国家吗？这与几日前的上粮会并无必然的逻辑关系。

（原载《青年文学》1988 年第 12 期）

阿 成
A CHENG

原名王阿成。1948年出生。山东博平人。1966年参加工作，当过哈尔滨市电车公司工人、炼油厂工人、城建局工人、纺织印染厂干部。1985年毕业于黑龙江科技职工大学中文系。曾就读于黑龙江大学比较文学硕士班。1990年加入中国作家协会。历任哈尔滨文艺杂志社《小说林》总编辑、社长，哈尔滨市作协主席、市文联副主席，黑龙江省作协副主席。

1979年开始发表作品。著有小说集《年关六赋》《胡天胡地风骚》《城市笔记》《东北吉普赛》《捉襟见肘的日子》《安重根击毙伊藤博文》《上帝之手》，长篇小说《忸怩》《马尸的冬雨》《俯仰之间三级跳》，散文随笔集《哈尔滨人》《春风自在扬花》《行走在路上》及《阿成自选集》等。小说《年关六赋》获1988—1989年全国优秀短篇小说奖，短篇小说《赵一曼女士》获第一届鲁迅文学奖。

年关六赋

爷爷活着的时候，每逢旧历的春节，老三的父母一定要领着他们生育的四位雌雄，到爷爷的家去过年；爷爷死后，老三这兄妹四人也一定得到父母的家守岁。

这是王氏家族的规矩。

——题记

赋　一

老三爷爷的家，临着一条江。

这条江叫松花江，先前叫速水，比较有名气，也很古老，颇为寂寞地流了几千年。两堤的歪柳，婆婆娑娑，可以望到将尽不尽之处。

速水时代，江水大阔，浩兮荡兮，霸去了现今道里、道外和松蒲三个区镇所踞的几万公顷土地。就是现在，三个区镇仍在南岗区的鸟瞰之下：鸟从南岗区的平地翔出，到这三个区镇就无端高出几百公尺。故此，南岗区，一直被哈尔滨人仰慕为"天堂"。

"天堂"地势伟岸，文明四达，人之心态也日趋居高临下：自矜自诩，自恋自爱，以为领着哈尔滨几十年的风骚。

位次"天堂"的道里区，异人扭集，洋业鼎盛，歌兮舞兮，朝夕行乐，几乎无祖无宗。誉为"人间"。人间者，比上而不足，比下，则有余。善哉！

道外区，行三。净是国人，穷街陋巷，勃郁烦冤。为生活计，出力气、出肉体，也干买卖，也来下作。苦苦涩涩，悲悲乐乐，刀进，秽骂，亦歌亦泣，生七八子者不鲜："今朝有酒今朝醉，明朝没酒现掂对。"得"地狱"之称不枉。

天公巧成，老三和他的两位哥哥，竟分别住在这三个区。大妹及父母则住在江对岸的松蒲镇。

松蒲镇，现今也归了道外区。但洒脱得多，大有世外桃源的味道。草势汹涌，水汊纵横，落云降鸟，十分清平。早先是一渔村，次成疗养区，今为游览区，老、中、青三结合的恋爱区："芳洲拾翠暮忘归，秀野踏青来不定。"入了夜，草窠里有不少叫鸟儿糊涂的东西。此地先前是一叶小洲，站在江对岸某株歪柳下一眺，人间夕照红红艳艳，恰好从岛腰处柔柔地浴下去。灿烂辉煌，佛光四射，得一名："太阳岛"。

太阳岛亦有另一说法，道是倭寇给取的，象征大日本如是红太阳一般，占了此地直至永久。老三的爷爷听了，便要跳骂："放屁！操他娘，太阳岛，是我取的！"

老三的爷爷，是古齐国的山东人。山东地俗强悍，古风就不甘寂寞，反过朝廷，多侠义，也做恶，多孝忠，也招安，很有冒险精神。

苍天可鉴，老三的爷爷，的的确确是这里的第一家住户。壮年时，逢山东大灾，不忍吞石餐土，驿水驿马，到东北来挖宝。

东北自古殷富，且多山多林，素有三宗三宝：人参、貂皮、鹿茸角。此三者，为九州之上品。餐冰卧雪，跑山居洞，弄些回老家，置田、置房、娶好样女人，续宗氏香火，绰绰乎有余。

那时，为此目的来东北的山东人很多，然"无颜见江东父老"的也很多。老三的爷爷当属后者。

两手空空，从大、小兴安岭摔出来，野鬼般，劳顿疲苦，都想笑笑，都想歇歇，就纠集三两同党，驶一条不小的篷船，再找老客易些油米盐茶以及烟酒一类，在松花江上顺流而下，"三花银鳞细，生拌野味香"。过神仙的日子。

这样的船，在当时叫"漂漂船"。

"漂漂船"的船主们，都要凑钱雇一女人。这女人必定是同乡，或是同府，称"漂漂女"。漂漂女到东北来，常常是婚姻不尽人意，或者被"第三者插足"，抑或偷了中意，便学孙二娘母大虫，弃乡出走——去他娘的山东罢！

汉子们选的漂漂女，一身体要好，抗折腾；二模样要顺，耐琢磨。一口的家乡话，你一句我一句，长一句短一句，硬一句软一句，感到"不似山东，胜似山东"，算是回家了。

漂漂女很贤惠。除了给"神仙"们温酒、煮茶、擀面剂儿、烙饼、包饺子、洗衣以及缝破补绽之外，夜里还要伴着潺潺的逝水，按其辈分，逐个陪他们睡觉，享受天伦之乐。

松花江，唐曰"粟末"，两岸有的是野生的粮食，主食不愁；辽曰松花江为"鸭子河"，吃肉也不成问题，还有硕大的鸭蛋佐酒（愿意吃黄的，扔青；愿意吃青的，扔黄。很随便）。且松花江有的是鱼虾王八，饿是绝对饿不着。雄雄勃勃，体格就很好。常常沐着白日，赤身裸体站在篷船上，于行云流水之中，放声野歌。

始暮春至晚秋，恰一轮血色的晚照，浮在哈尔滨（蒙语：平地也）江汊的一个芳洲之上，就逼了岸。这些日月，漂漂女一般都要怀上一崽，叫"漂漂崽"。哈尔滨的后代，大约就是"漂漂崽"的后代。

"是亲——三分向"。下了船，几条汉子一定要替漂漂女盖间房，以备生产之用，并障了院子。不愿留下的，叫"嫂子"，叫"妹子"，叫"大姐"，叫"可怜儿"，磕个头，说"难为啦"，哭几声离别的不舍，然后，再各自去闯山、挖宝、喂野牲口！

那次，单是老三的爷爷留下没走。他总觉得漂漂女肚子里的玩意儿，是自己的骨血。留下来同这位漂漂女安锅灶、盘火炕，铲柴草、晒鱼干，过生活。

几个月后，老三的爷爷乐不可支，在柴门的左侧挑出一块血布和一只用柳条撖成的弓箭。

山东古俗：倘若在自家的柴门上挑出一块尺把长的血布，再斜挂上弓箭，大富大贵，表示该户产了儿子。

老三的父亲就是"漂漂崽"，是山东人的后代，也是哈尔滨人的第一代子孙。

老三的父亲，是爷爷给接的生。他用酒洗了手，从漂漂女的胯下掏出肉滚滚、满头乌发的父亲，渔刀一闪，断了脐带，再用温了的松花江水痛痛快快浴了父亲，用粗糙的大手托着，赏着，止不住一阵傻笑。这位漂漂女，就是老三的奶奶。她为王氏家族完成了这一伟大的壮举，陪着爷爷也傻笑了一阵，突然白了脸，抻直了身子，砰一声倒下去，与世长辞了。当日，老三的爷爷又在柴门上的右侧挑出一挂"黄纸"。那挂黄纸，随着疾疾的江风，疯疯地响了好几日，直至一条不见，才软软地歇了。

漂漂女死后，老三的爷爷参照死人，用木炭给漂漂女画了一个像。画得很幼稚，儿童画的一样。是裸体。乳房和臀部画得很大，脚也画得很大，很粗实，稳稳地站在那儿，腰间荡出一块云，云上是太阳，小小的；云下是月牙儿，也小小的。

北方规矩，祖父祖母乃至父亲母亲过世，其子孙后代都要请人给他们画像，以示缅怀。规矩是好规矩。可惜，不是裸体。

每逢农历的春节，老三的父母领着他们的孩崽到爷爷家过年。一进门，依着顺序，都要先给画像上的奶奶磕头，是三叩头，说：

"妈，过年好！"

"奶奶，过年好！"

奶奶的画像之下，供着奶奶用过的家什：针、线、顶针和一只未纳完的麻鞋底儿。放在一个元宝形的、用柳条编制的小簸箩里，上面盖着那条尺把长的血布。

爷爷死后，这些都随了葬。就葬在太阳岛上。

赋 二

老三爷爷的也就是后来老三父亲的家，院子很阔。凭栏望去，一任江天浩浩荡荡，爽着肺腑。其住房几经修缮，已楚楚动人。庭院里植着一簇丁香、一簇樱桃、一簇迎春，另有两株高杨，任鸟啁啾，任风肆意。栅栏上爬着翠翠柔柔的喇叭、蒺藜，精精巧巧，缀着各色彩朵，十分享眼。院里犁开几垄，植豆角、茄子、黄瓜、土豆。栅栏上勾悬着几条铁丝，晒着鱼干，有白鱼，有三花，亦有江鲤、草根一类，哗哗啦啦，干干透透，濡着精盐。雪日里，放油锅一烹，脆香！

父亲住着很好，很遂心，很滋润，过得也极有板眼。

每值茶余饭后，一轮将浴，兄弟几个一律恭恭敬敬，坐在庭院的小凳上，听父亲讲《论语》。

老三的父亲是读书人。爷爷活着的时候，早早地把他送到江对岸的私塾，读孔子。那时，江对岸已有铁路过，就是俄国人建的那条中东铁路。大哉！孔子，也一同被载了来。山东人古来就讲究智力开发："大学之道，在明明德，在新民，在止于至善。"再者说，"养不教，父之过"嘛。

老三的爷爷为了供儿子读书，捕了一辈子的鱼，卖了上百吨的鱼虾，真累！

每逢星期六，学堂放课，老三的爷爷就早早地摇了船到江南，歇船在柳荫之下，吸着旱烟，等父亲。

父子俩见了面：

儿子给爹鞠一躬，说：爹——

爷爷嘿嘿地傻笑，说：儿子——

染江的夕照下，逝水，桨声；桨声，逝水，爷爷唱：

> 儿子的江来——
>
> 爹的桨哎——
>
> 一桨，一江，
>
> 一江，一桨，
>
> 操他娘——
>
> 日他江——
>
> 真眼亮哎——

......

老三的父亲讲《论语》，从不看书，凭着记性。另外，小方桌上总有一壶清茶，饱饱地候着。

"子曰，"父亲说，"就是孔子说。曰，就是说。子曰：巧言令色鲜矣仁……。做事，不能光靠嘴，要少说。古人说：贵人言语迟。靠什么呢？靠行动，靠做。光说不做，不是仁义人；光做不说，大用之材。记住没？"

兄弟几个都点头，不说。

"子曰：融四岁，能让梨。

"子曰：温良恭俭让。

"子曰：君君臣臣父父子子……"

父亲说："凡'子曰'，都要背下来，方能成人。"

老三的父亲教育子女，层次比较高，很有群体意识。

每逢旧历的春节，八仙桌上的饭菜，就不错。可喜可贺，这几日，无论长幼，一视同仁，可以放开吃放开造，不必拘谨，过年了嘛。为什么要过年？就是这个意思。正月里的父亲，态度好，脸上总是漾着慈笑，同辈的表兄表弟一样。

除夕的圣餐，事先一律要祭祖，儿女们要给仙逝的爷爷、奶奶的灵位磕头。父亲还要在灶前烧一沓阴币，恭恭敬敬，说些话。全磕完头，父亲站在一旁，依次给压岁钱，都是新票子：二元、一元、五角不等。

儿女们接了钱，很激动，说"谢谢爸"。

守岁之夜，不准睡觉，都要精精神神。俗话说：一分精神，一分财，十分精神，抖起来。

年夜饭，老三的父亲总要讲些旧话。如："在家敬父母，胜似远烧香。"讲的是山东泰安一个打烧饼的和一位有钱的少爷，到泰山大成殿争当天下第一大孝子的事。父亲讲得有支有板儿、有景有物，人物实在，对话不多，听了不忘，有较高的审美层次。老三一干儿女，听得入神，觉得很亲切。

高兴之际，父亲还要唱两口，《借东风》啦、《天女散花》、《花田错》什么的，有些功夫，韵白、京白也不错。高音上不去，就改成低音过渡，挺有趣。

看着父亲得意忘形，老三的母亲就要讲老三的父亲的那桩风流事。

据母亲介绍，老三的父亲年青时搞过一个日本姑娘，叫木婉。一到这时，老三的父亲就软了下来，挺狼狈："嘿嘿，什么木碗、木盆的……"

木婉，在老三母亲断断续续的介绍中，大约是一个长得很文静，也很庄秀的姑娘。老三的母亲说："日本的娘们，就是搞破鞋的，也挺懂礼貌，总是说：对不起，对不起。"

老三的爷爷死后，老三的父亲学过日本语，一度在日本人的机关里谋过职，是文书，相当于校对，不是翻译。他的口语不太好，但会的，都说得比较纯正，还是东京口音。这大约是他同木婉遭遇后的一个意外收获。解放后若干年，老三的父亲在填什么表时，在"懂何国外语"一栏，总是很骄傲地填上"日语"。然后，脸色就戚戚的，半天才把笔帽插上。

木婉小姐是那个日本机关长官的秘书，笑吟吟，常常来请教老三的父亲。老三的父亲，汉语水平不错，讲得也精确，不懂的不装懂，回去翻书，再讲。故此，木婉回赠了父亲不少日本良宽禅师的诗，都是她亲笔写的，其中一幅，老三的父亲至今还珍藏着：

> 望断伊人来远处
> 如今相见无他思

老三的父亲也给她写了不少诗，内容不详。

光复后，木婉回国，老三的父亲哭得真不行。老三的母亲说："你爷爷死的时候，你爹也没那么哭，一把鼻涕，一把泪的，贱叽叽，抓住人家的手就是不放……"

解放后若干年，这事被红色造反者们知道了。说老三的父亲是民族的败类，是狗操的日本翻译，一定是日本潜伏特务。来调查老三的母亲时，母亲说："怎么，干了日本娘们不行？我看，干日本娘们是革命的，大方向是正确的。"

儿女们听了，都笑笑，大过年的，不说什么。坐在一起：吸烟、喝茶、嗑瓜籽儿，说些吉利的话。

窗外下着大雪，爆竹声此起彼伏。

赋　三

兄弟几个，数老三的大哥最出息。

老三的大哥在地方法院工作，是副院长。早已娶妻生子。每值旧历年，他总要早几天把"东西"送到父母的家里。送的东西都很实惠：东北大米、特级砂子面、半扇精肉、一大捆绿豆宽粉，以及豆油、母鸡、肥鹅一类。算一算，一二百元不止，足够老三的父母享一个正月。老三的大哥今年送的东西最丰实。去年因去广州办案，没回家过年，今年就多送了些，有些补过的意思。

放下年货，大哥总要抑下声来，对母亲说："妈，东西的事，就不要告诉小李了。"小李是老三的大嫂，长得很媚气，而且这媚气透过一脸的雀斑，竟显得很朴实；个子不高，心细，观察得也很入微。听说老大手上不少疑难的案子，她都出过有益的主意，并且说的都是家常话，现成的比喻，三句五句，入情入理，明明白白，就让大哥疑结顿开。因此老三的大哥对她就防备些。古人说："害人之心不可有，防人之心不可无"嘛。

大哥因是副院长，到家里送礼的人自然很多，送的也很实惠。大嫂就很愉快，再把这些礼物编派到日常生活中去，眉头就展得很开，腾出心思，专心调剂就是了。时不常，嘴里还淌着曲子，什么"小雨来的正是时候"之类的。

送礼人到，老三的大哥总是凶煞着脸，坐在转椅上，泥像一般，一动不动，听对方涕泪交叠，说这，说那，自始至终一言不发。一两个小时也不吸烟，挺得住。待送礼人不得不走，才缓了口气，说："走好。"但眼神仍是冷冷的。送礼人出了门，便要在心里下死口地骂："我操他妈的！呸！"

老三的大哥是前年升的副院长。据讲是一桩案子办得挺干净。××区的商业局长的儿子，肆行无教，高高兴兴，连着串儿蹂躏了几个姑娘家，女儿们的家长齐名告了官。商业局长倾家荡产和利用本职业的特点，一一打通了各个关节。区公检法批了他儿子二年教养。百姓不服，再告。老三的大哥去了，商业局长一见这张冷脸，心都不跳了。二十天后，把商业局长的儿子验明正身，毙了。

大嫂则对大哥极佩服，福着脸说："唉——你大哥呀，我是一辈子也看不透啦——"

旧历三十这一天，老三的大哥领着媳妇、女儿回家，事先一定要脱掉法院的制服，换上便装、布鞋，并告诉大嫂："到家讲话做事要注意，不能乱说，不能神气，也没什么可神气的，是事儿，听着就是了，多干活！"

大嫂笑着说："老王啊，老王……"

大哥狠狠地瞪了她一眼。

赋　　四

住在道外区的，是老三的二哥。二哥一律是旧历三十的下午，骑着摩托车，驮着新二嫂回父母的家过年。

老三的二哥也出息得不错。他在道外区的繁华地带承包了三家铺子：建材商店、服装商店和食品杂货商店。是总经理。这三家商店装修得很洋气，均挂有："质量第一顾客至上"的竖匾。老三的二哥经常骑着摩托车往返三店，指导工作。

老三的二哥有头脑，办事干脆利落，是行家里手，业务往来，人事周旋，应付裕如。常常一声令下：酒肴杂陈、姝女环候，滋润政界人士。头年选为区政协委员，出人意料，竟对住房问题有些见解。在一次政协会议上，他说："对于住房，老百姓还编了一套顺口溜：一二楼老弱病残，三四楼有职有权，五六楼傻×青年。这个这个，哈，是不是，希望有关部门重视一下子，玩点真的，不能总是'孩子死，来奶了'这一套，一旦既成事实，怎么管？"为此，还专门写了一份提案。老三的二哥，字写得不好，中国字全让他抽去了骨头，破线头似的，写了一整篇。有关部门的头头破译后，说，这小子，真能白话。

旧二嫂，二哥考虑以后，已经不要了。新二嫂比之旧二嫂要洋气些，长得白净，化上妆，很打眼。一身行头，少说也值几百元。冬天则要翻一番。总是咯咯地笑，嘴上常常"操操"的，挺现代。办事也极精明，胆子也大，追求新生活，是新女性，也是三家商店的副总经理。算账从不用电子计算器，眼珠儿水灵灵地一转，秋毫无差。二哥喜欢得不行，常常吃些补品。

旧二嫂就旧了些，不打扮，也想不起来打扮。打扮给谁看？黑了、白了，能怎么的？一心扑在孩子身上，跟二哥也不亲热。二哥瞅着旧二嫂很灰心，觉得真他妈的！说："怎么尿不到一壶去呢？"

旧二嫂同二哥没离之前，二哥就同新二嫂处得很融洽，彼此也谈得来。二哥说："我爹还说：子曰，吾未见好德如好色者也。"于是，二哥同新二嫂，有些事，真痛快！公开得很，不在乎。新二嫂非常尊重二哥的意思和行为。二哥离了婚后，俩人就比较快地完了婚事，提前生了一个男孩。这样，二哥先前单位的同志们说些话，二哥觉得没劲儿，便辞了工作，吃苦耐劳，干买卖，是第一代企业家。现在已是几十万元户，常常去参加市里的一些会议。他比大明星小点，比小明星大点，是中不溜的明星。

二哥回家过年，自然提的都是高档货。有山珍、有海味、有洋货，分东洋与西洋，都很名贵，看着浑身痛快。

临行前，老三的二哥也一定很严肃地对二嫂说："回家过年，有几条注意：一不要化妆，全擦掉，土一点没关系。二不能摆阔，首饰什么的，不戴。要有老有少，不准瞎白话。家里的饭，好不好吃，一律认真吃。尤其爸妈做的，要说，真好吃。听见没有？"二嫂笑笑，说："行。听你的。就当上庙了，一天怎么也忍了。"二哥说："对！就是这意思。"

二哥二嫂回家过年，穿着都很朴素，甚至显得过了，头发也剪得很短，像五十年代的干事。

赋 五

老三住在道里区，在一家杂志社当助理编辑，也是新潮作家。戴贝雷帽，推崇奥地利人弗洛伊德，对性有些研究，很真诚地在一些刊物发表了几篇此类评论和表达这一认识的中、短篇小说。不少曾扶植过他的老同志，十分痛心地说：老三老三骄傲了，年纪这样轻、这样轻，口出狂言、狂言，性性性，可悲可悲，不见发达，不见发达，螳臂当车、蚍蜉撼树，混球！

有个别老同志落泪了。

然，老三的工作作风很严肃，对作者的一个小小说，也能高谈阔论一个上午："在中西文化，在传统与当代，在感性与理性，在主体与客体，在客体与主体，性，首当其冲。无性与中性，阴性与阳性，阳性与阴性，阴阳二者构成宇宙。宇宇宙宙，阴阴阳阳，公公母母，雄雄雌雌，如此而已。"

老三的阴性，在机关工作，是党员，极讨厌老三把业余作家引到家里大谈其性。骂他没出息，不要脸。是流氓教唆犯："准有一天被公安局抓了去，送到玉泉采石场，活活累死你！看你还性不性！操你个妈的！"老三的阴性就这样高嗓门地骂他。老三很伤心，心里不好过，一直想离婚，头发也早早地花白了。

老三的女儿说："嘻！爸、妈，我算看明白了，你们就是打出玫瑰花来，也离不了婚。"

"玫瑰花?!"老三听了，惊了脸，顿时泪水纵横，自言自语念叨了一个下午，反反复复地叨咕："玫瑰花，玫瑰花。"

老三的家境不富裕。回家过年，带的礼品就很一般化，是四合礼：有四种奶油蛋糕，很艺术地组装在一个礼品盒子里，并用透明的玻璃纸罩着。

老三回家过年，从不戴贝雷帽，上衣兜也不插钢笔、油笔。事先也要对媳妇说："嗯——到家，看别人，他们怎样，咱怎样，千万别出挑儿……"

老三的媳妇看了看他，轻蔑地说："熊架！"

赋　六

自从老三兄妹四人分别嫁娶后，凡二十余载，都回家过年：或步行，或坐车，携妻带子，提着年货、礼品，从冰冻的松花江的江面上过去。这事，居在一个城市的兄妹，并不事先通通电话，也不约定一下，基本上都回去。平常并不见面，见面干什么呢？都觉得没必要，也无话可说，便不往来。

近几年，子女回家过年的情况不佳，总有"少一人"的现象。老三的父母伤心了。说："你们翅膀都硬了，另外都有自己的家，以后，不回来也行。"

老三去年没回来，参加文化人的除夕晚会，有录像；老二前年旧历年在厦门谈生意，是一笔大钱，没舍下。听了父母的话，一律说："哪能，啊能，今年都回来。"

今年过年，兄弟几个都事先做了安排，回家过年。

老三的母亲对孩子很好，很平等，也很亲近，总是喜着脸："三儿回来啦。""老二回来啦。"都柔柔的，儿子、女儿瞅着，心里就充满了温馨的阳光。

老三的父亲早已退了休。赋闲在家，养养鱼，养养花，清早起来打打拳，买份报纸，尤其爱看日本方面的消息。过得还滋润。

兄弟几人，回到家后，坐在一起，吸烟、喝茶，彼此都很客气，坐的姿势也很规矩。对于对方的意见，不论长幼，一律的尊重，耐心听，点头。说话的声音也都不高。

大哥善着脸，很和气地问：

"老二，最近怎么样？"

二哥想了想，规规矩矩地说："还行。"

大哥张开嘴，笑了，冲老三：

"你最近还行啊？"

老三咽了咽唾沫，点点头，笑了一下，没言语。

新二嫂坐在一旁，也规规矩矩，不言语，偷眼挨个地瞅，也没琢磨出什么来。

在年五更的菜肴中，有一个是父亲亲自下厨做的菜，权且叫"土豆合子"。这种菜的做法比较简单：在半切开的土豆片中，夹上拌好的猪肉馅，再滚上面糊糊，用油一炸，焦黄，再撒些白糖，这样吃。

母亲说："这是木婉教的，吃着——还行。"儿女们都尝尝，好吃，从此的年五更，总少不了这菜。先前的旧二嫂最喜欢吃，说这东西实惠。

旧二嫂同二哥离了以后，母亲再没说过旧二嫂一句好话，说她不像正经女人。父亲则在一旁说："还行……还行。"母亲忍不住笑了，说："行？是个女的，你都行，老贱种！"

大哥岔开话儿，问母亲：

"妈，年夜饭有酸菜炖肉吗？"

母亲听了，慌慌地拢了拢一头的白发，说："有，有。都是五花三层的肉哩。"

酸菜炖肉，是王氏家族过旧历年的传统菜，也是东北地区的名牌产品。东北人都很喜欢吃，而且吃得也很有感情。

守岁之夜，一家人嗑瓜籽儿、吸烟、喝茶水。第三代人，则在另一屋内玩、疯，或到院里放小鞭儿。谁要饿了，可以先吃点儿点心。大哥说："老三买的点心不错。"二哥说："这东西市面上脱销，买要排队。"

老三在一旁就有些不自然。

父亲见了，就说："甜东西我爱吃。"

母亲笑了，说："木婉也爱吃甜的。日本人都爱吃甜的，啧啧！怪了。"

大家都笑笑，不说别的。母亲也笑，说："你爸搞的那个木婉，跟疯了似的，一天几趟往人家那跑……"

"说点别的，说点别的。大过年的……"父亲在一旁很和蔼地说。母亲说："不要紧的，都是自己家的人……大过年的，就这么干坐着？"

北方规矩：年五更的主食，吃饺子。须女人们在一起来包。王氏家族的这顿饺子，是素馅的，有点善男信女的味道。一般是用韭菜、虾仁、蘑菇（是白蘑），以及鸡蛋合馅，再淋上点香油，味道很鲜，吃了很爽口。母亲的手很巧，把饺子包成"麦穗"、"元宝"，以及"小荷包"式的。这几种各有点象征意义。另外，还要分别在饺子里放几枚古钱，谁吃着了，谁一年有福。

母亲一边包，一边讲父亲的"艳史"。几个儿媳妇就陪着笑笑，相互也不传递别样的眼神儿。

父亲则在里间的屋子里，恭恭敬敬，供上爷爷、奶奶的灵位，燃几炷香。

母亲一边包饺子，一边讲解似的说："你爸的品行不好，是根儿上的毛病。啧！还上供？瞅他孝的！……年年扯这个淡，文化大革命也没把他这毛病斗过来。"

大嫂柔着声说："妈，别老提木婉了，你看我爸都是快七十的人了……"

母亲笑了："这是岁数大，再倒数几年，还得搞……"

二嫂也笑了，说："看您把我爸说的。"

老三的父亲过来听了，美美地吸口烟，摇摇头，说：

"你妈没坏心眼儿……"

"有坏心眼，早把你这个花货送监牢狱去了。"说罢，母亲嘎嘎地大笑起来。

到了子时，王氏家族的人，一律要给爷爷奶奶的灵位磕头，这一规矩，凡数十年未变过。父亲站在灵位一旁，看着几个比自己高出半头的儿女，想了想，说：

"今年——就不用磕头了吧？"

兄弟三人一律抬眼看母亲。母亲觉得受不了这询问的眼光，就把头扭了过去。

大哥笑着说："哪能，哪能。"率先跪下来，恭恭敬敬地磕了三个头。

大哥磕完二哥，二哥磕完老三。都磕得很严肃，很端庄，也很虔诚。儿媳妇们不必磕头，行个礼就行了。三个媳妇，礼行得也很标准，几乎全是九十度大鞠躬。

母亲是最后一个，给公公婆婆板板整整地行了个礼，完了，眼睛就湿润了。

父亲也落了泪。

年五更的饭，坐位是一定的：八仙桌的上首是父亲，大哥次之，以后按顺序坐。第三代人在外间另置一桌，不提。母亲坐在一角上。儿媳坐在右边，序乱些，没人计较。女儿，年五更不能回家，依旧俗，在婆婆家过。大妹则例外。

妹夫前几年认真思考后，就弃家出走了。妹夫同大妹结婚时，不知大妹有疯病。十几年来，他们夫妇的日子过得非常之艰难。大妹此病的特点，是周期地犯。年复一年，妹夫觉得真是的，就走了。至今整三年。听说他又找了一个女人，并郑重地寄回一张照片，是合影。新女人的肚子明显地大了。老三媳妇说："估计——有四个月了吧？"大妹觉得真可笑，哈哈大笑了一阵，说："三嫂，你真是，还是干部。瞅瞅，那凸的，少说五个月……"母亲看了，说：

"假的！木婉也这么凸了一阵，没几天，啧，瘪了。"大哥把照片拿过去，说："这张——我拿着？"大妹问："干啥？""依法，这是遗弃的罪。"大妹说："别介。他闹一阵，准回来。"父亲说："都大了，这事儿，让你妹妹自己处理吧。"大哥立刻笑笑，把照片还了回去。

大妹回家过年，永远什么也不买，就带着刚上学的儿子猛猛。然后，嘱咐说：

"儿子，给你大舅、二舅、三舅拜年，让他们给压岁钱。"

猛猛羞着脸，逐个地拜。

大哥给了二十。二哥想了想，说。

"猛猛，等一会儿，二舅再给你……"

老三红了脸，掏出五块钱，说：

"儿子，赶明我再给你点稿纸……"

一家人闲聊之中，彼此都温温和和。大妹因为疯，一切就来得很冲：

"大哥！你现在是什么级？科级吗？正的，副的？"

"是正处级。"大嫂喜喜地说。

大哥恶了一眼大嫂，然后，转过脸，温温良良地问："爸，您老今年的身体感觉怎么样？很好吧？"

"好。这都是你妈伺候得好。"说罢，老三的父亲还讨好地看了老三的母亲一眼。

"哼！"母亲对大哥说，"你爸要是跟那个木婉呀，早就折腾死了，能活到今天？"

儿女们都笑笑，并不入心。

"三哥，"大妹说，"你现在是大作家了，我们同事说的，《荡女的魔力》是你写的吧？真好看。"

老三很尴尬："是写爱情，不好……"

父亲叹了一口气。母亲见了，就说："怎么，想木婉了？"

父亲赶忙说："什么木婉！木婉这五十一年，再搞十个男人也有工夫……都是哪年的事啦……"

"啧啧！"母亲笑着对儿女说，"瞅瞅，这老东西的记性，五十一年……"

……

时辰已到，二岁交叠。年五更的圣餐开始了。大家坐好后，大哥端着酒杯站了起来，笑微微地说：

"爸，妈，过年好！"

几个儿子、儿媳妇都站了起来，一律恭恭敬敬地说："爸妈，祝你们长寿！"

母亲听了，落了泪。说："好好！你们都好！"

父亲擎着酒杯，很感慨："一晃三四十年，你们都成材了——"

大妹说："就我不好！是疯子。"

母亲说："你说说。这搞破鞋的人……"说着，白了父亲一眼。

二哥挟了一只红烧大虾，递到母亲的碟子里，说："妈，吃这个。"

于是，儿子、儿媳的筷子，各挟一种，递到母亲的碟子里，唯老三挟了一条颤巍巍的海参，不动声色地送到父亲的碟子里……

吃罢年夜饭，一家人都觉得昏昏沉沉，有些困，倚在座位上，阴阴阳阳地挺着。

唯父亲一人精精神神，一旁里同母亲小声说着话……

老俩口常常夜里这么小声说着话。

（原载《北京文学》1988 年第 12 期）

浩 然
HAO RAN

（1932—2008）。本名梁金广。曾用笔名白雪、盘山。1932年出生于唐山赵各庄煤矿，祖籍河北宝坻县单家庄（现属天津市）。少时读了三年小学。1949年起从事青年团工作，并进识字班，边学文化边写稿，自修完大学课程。1954年后任河北日报记者、北京俄文《友好报》记者、《红旗》杂志编辑。1964年到北京市文联从事专业创作。后任作协北京分会主席。"文革"初期，被军宣队为主的工作组推举为市文联革委会副主任。1977年离开北京到河北三河。1997年当选为北京市作协主席，曾任《北京文学》主编。2003年后任北京市作协名誉主席。

1956年开始发表小说。出版有小说集《喜鹊登枝》《苹果要熟了》《花朵集》《姑娘大了要出嫁》《高高的黄花岭》《珍珠》《蜜月》《杏花雨》《老支书的传闻》，长篇小说《艳阳天》《金光大道》《苍生》《山水情》（又名《男婚女嫁》）《晚霞在燃烧》《乐土》《活泉》《圆梦》，散文集《北京街头》、儿童文学作品集《大肚子蝈蝈》《弟弟变成了小白兔》以及《浩然选集》《浩然口述自传》等。

苍　生

（内容梗概）

　　冀东平原上的田家庄是一个饱经朝代更迭、历经世事沧桑的古老乡村。到二十世纪八十年代，这个有着二百七十户村民，号称"老田家的庄子"却只剩田成业这一户还姓田了。

　　田成业年过六十花甲，看上去是个标准的山区大汉，但性情却老实厚道，因而就免不了有那么一点窝囊的样儿。名义上是田家的户主，不过能够当家主事，有实权的是他的老伴田大妈。

　　老田家有两个儿子。老大留根是个温顺本分的庄稼人，已经二十八了，仍没有娶上媳妇。肯吃苦，卖力气，与老父亲凿石造屋，然后娶上媳妇就是他这个规规矩矩的庄稼汉的奔头。老二保根年轻活泼，口齿伶俐，能说会道，心眼儿活泛机灵。虽然考了三次大学都名落孙山，仍然不服输。他与一伙要好的青年起草了承包大队果园的报告，却被大队党支部书记邱志国斥为复辟资本主义。但一星期后，从公社开了三天会回到田家庄的邱志国，却在一个晚上的会议上便将集体的各种生产项目，一点儿不剩，全都承包了下去。砖瓦窑承包给了孔祥发，自己利用权力在其中入了股，果园却承包给了过去的地主巴福来。遭受打击的保根从失望到绝望，决心拼死拼活地考上大学，离开田家庄这个让他窝火、生气的鬼地方。绝不受命运的摆布，走自己闯的路是他的理想。

　　这一天，正在开山凿石的田老汉不情愿地被巴来福拉去喝喜酒——承包了果园的巴来福不但发了财，还给四十岁的光棍儿子娶了个黄花闺女。看着戴了三十年地主帽子、曾被折腾得脱了几层皮的巴来福如今大办儿子的婚事，村里的书记、主任都来贺喜赴宴；看着当年都是巴家死对头的村里人如今却成了巴家新雇的扛活儿的；看着曾与自己的大儿子留根搞过对象的姑娘如今却成了巴家的儿媳妇，田老汉内心感慨万千，不会喝酒的他喝醉了。

　　一天清晨，保根偶遇自己的中学校友陈耀华，这个比保根小两岁、现在孔祥发窑场当会计的姑娘，爸爸是公社水泥厂的厂长，亲娘舅是公社书记，而姑父便是田家庄有权有钱的邱志国。谈话中，两人心有灵犀，对人生、对社会的看法一拍即合，很有默契。两人在交往中感情逐渐加深，但当姑娘提出确定关系时，保根希望自己能够考上大学再谈恋爱。双方眼下只能是若即若离的关系。

保根仍然没有考上大学，但他的心早已飞出了田家庄。他主动结束与陈姑娘的爱情，对家人佯称考上了技术学校。来到县城，在此前刚刚结交的朋友窦云鹏的工程队当了一名工人。他希望自己掌握了技能和真本领，在打回田家庄。

保根走后，留根的婚事又成了田家的心病。虽然盖了新房子，但留根搞对象还是一波三折。女方不是要求过门就分家，便是嫌田家太穷。而被人骗奸怀孕的黄小云逃到田家庄，虽然得到田大妈的热心帮助，且愿意嫁给留根，却遭到"好脸面"的田大妈的嫌弃。

终于，留根与孝顺懂事、令田大妈满意的杜淑媛进入了谈婚论嫁的阶段，但姑娘要一块进口手表的条件又让田家犯了难。

正在此时，喝醉酒的电工将保根根本没有在北京上学，而是在县城工程队当小工的消息透露给了留根。田大妈这回坐不住了。她进城找儿子，希望通过自己的劝说能让瞎马乱闯的儿子收心回家过日子。不想，当上泥瓦匠的儿子能说会道，反倒把田大妈说得回心转意，忧虑全无，认可了儿子的选择。临走，保根将悄悄借来的钱交给母亲让哥哥买表定亲。

保根神气地参加了哥哥的婚礼。回城的路上，他与陈耀华又相遇了。其实，两人都明白，双方虽然分了手，但心里始终都没有放下之前的那段情那种爱。

回到建筑队，通过与业务员李恩的交往，保根掌握了邱志国与孔祥发企图利用为县冷库售砖的机会，以多报款少给砖的手段冒领国家资金，中饱私囊的情况。他知道若要告发邱志国这伙人就要有真凭实据，因此他一边努力学技术、学开车，提高自己的真本领，一边搜集证据。

而此后却发生了一连串的变故：工程队的领导班子被撤换，留根与窦云鹏、陈技术员等在红旗大队的支持下，另搞了一个民办的联合企业建筑公司，留根当了副经理；留根希望女朋友陈耀华为揭发邱志国与孔祥发侵吞国家财产提供证据，但陈姑娘的犹豫不决，终于使留根看清陈耀华始终无法摆脱钱与权的诱惑。俩人彻底分手了；为了保根的婚事，田大妈与儿媳妇发生了几乎闹出人命的误会，事后田大妈想明白了："他的婚事我们不管啦，让他自己操持吧。"

有理想有抱负的保根对未来充满信心，他要与恶势力打一场持久的官司。

（北京十月文艺出版社 1988 年版，舒楠编写）

林和平
LIN HE PING

满族。1952 年出生。辽宁凤城人。1970 年参加工作，进入凤城市剧团学习表演，曾任凤城县剧团编导。1978 年调入凤城市文化馆。1986 年毕业于辽宁文学院文学系。现为辽宁省作家协会理事，中国作家协会、中国电视艺术家协会会员，丹东市文联副主席，丹东市作家协会主席。

1980 年开始发表作品。著有小说集《乡邻乡亲乡人》、影视作品《老道口》《而立之年》《血色残阳》《继父》《女人一辈子》《勋章》《血色迷雾》等。小说集《乡邻乡亲乡人》获第五届全国少数民族文学创作骏马奖。

乡 长

我俩初识那日，乡里请我们吃火锅，"陆海空"火锅。

当然是冬天。这里冬天流行火锅，人人喜欢吃。但那是一般水平的火锅：猪肉、血肠、酸菜、粉丝。而对于享受"陆海空"火锅，并非人人都有口福。所谓"陆海空"，是指狍子、野鸡、红蛤蟆。此三种珍奇野味，肉嫩而鲜，又不腻，汤味尤佳，据说是满族宫廷菜肴。田书记说："咱们乡条件差，招待不周，多包涵！"个个吃出了汗，面额油光。外面风刮着电线尖啸地叫，烟雪茫茫。他不喝酒，喜欢喝汤。喝出咕噜咕噜的喉咙声。喝着的时候，问我："你是满族？"我说是。他指着锅说："这是咱们满族的吃法！"我听他说"咱们"，心里就明白了。说："其实我不是纯满族。我父亲是汉族。"他说："咱俩一样，后改的。"说着笑笑。我也笑笑。互相就都明白了对方笑的含义（改成少数民族，多少能占点便宜）。田书记和几个副书记、副乡长，都很能喝酒，因为他不喝，我也不大能喝，也就没能热闹起来。他很抱歉，说："以后得练练！"决心很大的样子。

吃完饭，回到宿舍里，他剔着牙，说："这一顿饭，够老百姓过半年的！"我说："差不多！"他说："唉，现在的一些事呀！……"

我和他住一铺炕。一铺炕上，只住我们两人。屋子不太大，同乡机关食堂一趟房，把头。屋里的墙上，竟奇迹般残留着一张李铁梅高举红灯的画，很旧了，腰以下部位残缺。铁梅姑娘的眼睛上，被人用钢笔绘了副眼镜，并题书两字：文凭。他见到，乐了，说："操！"不知是赞许，还是贬斥，问我："你有文凭吗？"我说："没有。在省文学院进修了两年，给了张文凭，可国家不承认。"他说："扯鸡巴淡。我倒有，刊授党校，大专文凭。可学什么了？考试都是抄的！"睡下的时候，他问我："你说喝酒这事，是天生的，还是后练的？"我说："后练的吧。"他说："不，天生的。我他妈怎么练也不行！干我们这行，不会喝酒，差老劲儿了！不像你，圈在屋里写自个儿的，省心，可我们，唉！……"窗上月光朦朦。他躺在被窝里抽烟，烟头忽明忽暗……

他从外乡调来，任乡长。我是体验生活来这里挂职，任副乡长。他姓梁，名梁义，都叫他梁乡长。他是"文化大革命"时的高中毕业生。他对我说，如果不发生那场"革命"，他就考大学了。他说那时他学业优良。他喜欢古诗词，常常吟出几句："君不见高堂明镜悲白发，朝如青丝暮成雪。"或："遥想公瑾当年，小乔初嫁了，雄姿英发，羽扇纶巾，谈笑间强虏灰飞烟灭！……"一日吟毕，问我："你看我多大年龄？"我说："别看你头上拔顶了，可你不超过四十五岁。"他笑笑："四十四喽！一事无成呀！"我说："四十四岁的人多了，有多少能赶上你？"他说："那就看怎么比了。"

因为我们初来乍到，情况不熟，每天只是看看报，听听会，陪陪各路客人。乡里客人每天甚多，尤其冬季。都来检查，指导，关怀乡里的工作。省、市、县各级，工业、司法、农林、商税、文教、卫生、组织、人事、宣传等等各口。乡里或在机关食堂，或在附近饭店，每天中午、晚间都要摆席，少则三四桌，多则五六桌。每桌都要有乡一级领导作陪，以示对上级客人的尊重。田书记说："你们俩这段就多辛苦辛苦！"每天喝得头昏脑涨，梁义更难受。有时一顿酒喝三四个小时，他就那样干陪着，还要不断地点头，不断地笑，不断地找话聊。这时我才体会到，做他这级干部，不会喝酒，果然遭罪。

一日，他对我说："操蛋了，明天县组织部的苗部长要来！"我问："怎么？"他说："这老家伙绝对能喝酒。他喝酒有个毛病，不光他自己能喝，陪他的人都得喝，不喝他就不高兴。"我说："那你就躲躲他。"他说："不行。我俩有点矛盾，要是躲，他对我就更有看法了。"我问："什么矛盾？"他说："我在帽山乡当乡长时，和我们乡里的赵书记不和。那老东西私心大，还黑，我看不惯他。可他和苗部长是酒友，两人关系不一般，他就上苗部长那说我搞宗派，说领导班子内部不和，得调调。就这样，县组织部下文，把我调到这来了。开始我不同意，我找县委何书记谈了，结果叫苗部长知道了，对我很不满意。这老家伙在县里当了十几年的组织部长了，势力很大，书记、县长都得让他三分。"我说："那你真不能得罪他了。"

翌日，苗部长果然坐着"伏尔加"来了，随从两名干事。下车便指导田书记："不许搞特殊啊。中午就搞一饭一菜。豆面甜饼子，火锅！"

午饭安排在乡机关食堂的小黑屋。就餐人员，独我穿件羽绒袄。一水的前进帽，雪花呢大衣。苗部长摘了帽子，习惯地撸了撸短茬华发，瞅着饭桌："不错不错！不过还是有点特殊。我说要火锅，可是这……小田你注意啊，下不为例！"田书记忙不迭地点头。"好好！"落座。火锅炖得咕嘟响，冒缕缕热气。苗部长扫众人一眼，嘿嘿笑："今儿个晌午这酒，怎么个喝法儿呀？"田书记说："部长怎么喝，我们就怎么喝！"苗部长嚓嚓撸撸头发："那好，咱们先干三盅!"皆饮三盅,唯梁义举杯未饮,面露难色。苗部长指着他:"小梁,你怎么回事?"梁义说:"部长,你知道,我不行,真的不行!"苗部长说:"男子汉大丈夫,再不行,还在乎这三盅酒?就是敌敌畏,又能怎么样?你给我喝了,我看到底怎么不行!"梁义努力地笑着,说:"部长,我就喝一盅吧!"苗部长说:"小梁,我知道,你对我这老家伙有意见啊!"梁义说:"部长,你这话可让我受不了,我对你从来没有半点意见啊!"苗部长说:"没意见好,那你把这三盅酒喝了!"梁义不再吱声,瞅手中的酒,目光渐渐变得坚毅,忽然豪放地仰头,将酒饮下。苗部长拍桌叫好:"好!倒!"连饮三盅。梁义立刻眼红脸胀,脖子上青筋凸暴,似根根蚯蚓。渐渐眼球亦红,若注满了猪血般地吓人。后来竟连手指也红得像烧透的铁棍。身体微晃,却还笑着,嘿嘿嘿让人心里发毛。苗部长说:"看来你小子真不能喝酒!"众皆点头:"嗯,真不能喝!"忽然梁义呼吸急促,脸由红变紫,嘴唇尤甚。我为他号脉,心跳过速。我说:"他不行了,你们喝,我送他回宿舍吧。"搀扶起他,将他架出了食堂。苗部长送出门口,连连说:"这事整的!这事整的!"

回到宿舍,我服侍梁义躺下。他双目紧瞌,嘴大张,喘着,发出痛苦的呻吟。我说:"你觉得难受,你就吐吧!"他晃着头,表示吐不出。我说:"你用手指抠嗓眼儿,一抠准吐。"他就抠,果然吐了。伏在炕沿上,身体一搐一搐,吐得很难。吐过,我让他漱了口,又倒杯茶水给他醒酒,渐渐地才平静下来。我除净了呕吐物,他拉着我的手,苦笑,说:"谢谢你了!"我说:"这话说哪去了!"苗部长来看过两次。后一次拉起他的手,拍着,说:"小梁,今儿个我是感动了,你这个人太实在了,以后咱俩没说的!"他说:"我这个人白费,就不能喝酒,天生的!"苗部长又拍拍他的手,点头表示很理解,再没说话,走了。

晚上,我让食堂大师傅为他做碗面条,他只喝了一半。一脸倦容,说:"妈的,比得场病都难受!"我说:"你是酒精中毒。你这么干,容易出危险!"他说:"那你说怎么办?苗部长那老家伙,得罪不起。我这个人,上面一点根没有,全凭自个儿干。这里的局面,不知什么时候能打开呢。"我说:"上面没有根,是不好干。不过你要真能干出一番轰轰烈烈的事业,上面也不敢小瞧你。"他说:"不容易。蜀道难难于上青天呀!……"我说:"是,是不容易。"

一天头午,我俩在秘书那屋看报纸,进来一耄耋老人,衣帽褴褛,不时抬腕抹着清鼻涕。问秘书罗玉良:"罗秘书,听说咱们乡新来个梁乡长,你帮我找找行不行?"罗秘书极不耐烦地挥手:"梁乡长不在,你回去吧!"梁义放下报,静观。老头儿问:"梁乡长上哪去了?"罗秘书说:"他进城开会了,得半个月能回来。"老头儿很失望,目光迟钝地打量着屋子里的人,抹了下清鼻涕,欲走。梁义站起,拦住了他:"大爷,你找我有什么事?"屋里人都怔了下,罗秘书尤甚。老头儿将信将疑："你是梁乡长？……"梁义说："大爷你不信，你问问罗秘书。"罗秘书顿时窘住，脸一阵红白，说："啊、啊，他是梁乡长！……"老头儿问："你刚才不是说，梁乡长县里头开会去了吗？"罗秘书语塞，忽儿恼羞成怒，啪地合上正在整理的会议记录簿："我不知道！"起身离桌，欲走。梁义怒喝："你给我站住！"满屋皆惊。罗秘书讪讪站立，说："梁乡长，我不是冲你……"梁义面赤，指着罗秘书："你冲这老头儿就更不对！你知不知道，像这样的老头儿，上乡政府找咱们办事，他在外面核计了几核计，腿哆嗦了几哆嗦，下了多少次决心才推开这扇门的？"梁义把手中的报纸摔在桌子上："你就这样对待他，抛开党员干部的责任感不讲，就用人心都是肉长的这个起码的做人标准来衡量，应该吗？古人尚知老吾老以及人之老，何况我们作为政府干部！"梁义声色俱厉。罗秘书的脸由红变白、变青，无地自容。说："全是我不对，你看着处罚吧！"忿忿离去。梁义说："不像话！"转身安抚老头儿："大爷，你有什么事？"老头儿早已涕泪不止，抓住梁义的手，用力摇："梁乡长，你真是咱老百姓的清官大老爷呀！……"

我觉得梁义不失鲁莽。初来乍到，对部下如此动容，易惹非议。他却不同意我的看法，说："我家世代是农民，我爷爷、我父亲，就是今天那老头儿那形象……从感情上讲，我不能容忍一些人像对待狗一样对待他们，这是一；其二，我这是杀一儆百。对罗秘书这样的干部，你不给他点下马威，时间长了，他就不把你放在眼里了。嗨，我最了解他们这些人了，不出今天晚上，他肯定来找我承认错误。"

竟被他言中。晚上我们陪县财政局的人吃完饭，刚进宿舍，罗秘书随后到来。站在门口说："我来好几趟了，门都锁的。"脸冻得青紫，双手举在嘴前丝丝哈哈取暖。梁义如待老友般怡然而热情："坐坐，坐吧罗秘书！来，抽棵烟！"罗秘书受宠若惊，坐下，吸烟，目光诚惶诚恐。我为他倒杯水，他慌忙起立，双手接纳："我不渴，晚上喝的稀饭！"梁义说："你坐！"闲聊几句，罗秘书把话拉到正题："梁乡长，今天头晌那事，我态度实在不对。我这个人素质低，请你原谅！"梁义说："咱们都是党的干部，党的干部是人民公仆，而不是那种随意呵斥百姓的封建官僚，以后在这方面注点意就行了，没什么。"罗秘书点头："是，以后注意。梁乡长，今天头晌那事，虽然我态度不对，其实……其实我是为你着想。你不知道哇，那老头儿是告状专业户，隔三差五地就上乡里找领导告状，叫他缠上就够呛。"梁义说："不就是为他儿子那件事吗？"罗秘书说："那是！他儿子公亡那件事，乡里都处理了，给了抚恤金，还给他孙子安排了工作，可那老头儿还不满足，又提出让乡里给他盖三间房子，乡里不同意，他就告乔副乡长的状。因为乔副乡长管乡镇工业，老头儿儿子公亡的事，都是他一手处理的。"梁义问："那老头儿告乔乡长什么问题？"罗秘书说："告乔乡长贪污受贿，还有什么敲诈勒索，这都是没影儿的事！所以我怕那老头儿缠上你，怪麻烦的，就往外推，说你不在家。"梁义说："噢……可那你也不该唬他。他没完没了地告状，说明我们工作做得不到家。做秘书工作，接待群众来访，应该和颜悦色，你代表的是一级政府，而不是你个人。"罗秘书点头："是，我以后改正！"梁义说："我今天态度也不够冷静。不过咱们年龄差不多，以后我有不对的地方，你尽管直说，别客气。"罗秘书又点头："嗯。"梁义说："哎，听说你儿子要往县广播局办，怎么样了？"罗秘书说："卡在曹局长那，据说他不太同意。"梁义说："操，这个鸡巴屌，挺不好办事。这样吧，我给你写个信，你拿着信去找他。他和我是同学，前年他家盖房子，我又帮了不少忙，我出面求他，他不好意思不办。"罗秘书一下站起来，很激动："梁乡长，这可叫我怎么感谢你呀！……"梁义说："谢什么！谁不用着谁呀，以后我求着你的时候，你别不帮忙就行！"罗秘书说："那我就不是人！梁乡长你放心，以后有用着我的地方，我姓罗的要说二话，我全家不得好死！"梁义说："我了解你，你这个人挺实在！"说着掏出笔，刷刷书写。写完交罗秘书："你看这么写行不行？"罗秘书边看边点头："行行，太好了！"将信揣到兜里："真没想到，梁乡长你这个人心眼真好使！不耽误你们休息了，我回去了！"诺诺携信离去。梁义一直送到院子里。回来的时候，我瞅他乐。他问："你乐什么？"我说："你说我乐什么？"他说："唉，就是那么回事吧！"

这两件事过后，梁义的威信大增。乡野上下，流传着这样的评语："梁乡长这人，相当好，实在。"信息反馈回来，我对他说："形势不错！"他说："你不了解情况，形势相当不妙！"我问："怎么回事？"他说："事情明摆着，我对告状那老头这么关心，乔乡长他能满意吗？俗话说，强龙压不住地头蛇，乔乡长在这地方当了五年副乡长了。"我问："老头儿告他的那些问题，属不属实？"他说："怎么说呢？按群众反映，他问题很大，并且根据他工资收入算，他家无论如何盖不起二层楼，家里边家用电器也是一应俱全啊！问题肯定是有，但没有证据，上面也不追究，你有什么办法！"我说："既然他问题这么严重，查一查，能不能把他查倒？"他摇摇头："白费。其一，他和组织部苗部长关系不一般，而且谁也搞不清这种关系是怎么建立起来的；其二，如果查，势必牵涉到去年大东矿白白损失六十万的那件事情。那是经过他们乡领导集体研究决定的事，盲目地上马铅矿，投资六十万打竖井，结果和国矿发生了冲突，竞争不过人家，只好下马。六十万，就这么白白损失了，妈的，一个个脸都不红一下！那老头儿的儿子，就是在这个工程中丧命的，你一查，虽然主管工程的是乔乡长，可田书记他们一大帮，都得跟着受牵连，我还想不想在这地方干了？"我说："你要是把这件事情掀盖了，你可就名声大振了！"他说："得了，没等我掀人家，人家就把我掀倒了。这件事本身与我无关，就算把他们掀倒了，可别人提起来，都会说我这人心眼不正，都戒备我了，我就成孤家寡人了，以后怎么干？这两天乔乡长看我眼神就不对，昨天县乡镇企业局的来人，我叫他去陪客人，他说，你是行政一把，有你陪他们就行了，我们去不去都行啊！没去。据反映，乔乡长这个人问题自然很多，可这个乡的几个企业离了他玩不转，他外面门路广，认识的人多。唉，如今的一些事，真是剪不断，理还乱呀，没办法……"

那晚，我们谈到下半夜。远处隐隐传来鸡叫声，我们才睡。早上起来头很沉。

靠近腊月门的一天，乔乡长家杀猪，请我们去吃肉。他对乔乡长说，他杀猪有一套，尤其血肠灌得好，"我明天帮你去忙活！"乔乡长很高兴答应了。第二天早上，梁义拽我跟他一道去："作家什么都应该体验，走，看我杀猪去！"我便随他一道去了。乔乡长家住乡镇边角，与乡养鱼场为邻，二层小楼，围墙高砌，依山傍水，环境甚是幽静。楼的外表，镶装花花绿绿的瓷砖，色彩极艳。楼内的设计，可以看出初衷愿望颇高，规划出浴间、会客厅、餐厅、卧室，但实际却与原来的愿望相差甚远，浴间变成贮藏室，里面堆放着酸菜缸和土豆，会客厅变成了仓库，杂放着一袋黄豆、一袋大米和两壶豆油，东倒西歪。一块大红的地毯，已被踩得难辨初时颜色。梁义和我各处参观，不时向我传递一种脸色，笑笑。屋内弥散着泔水、酸菜和被窝散发出的混杂的气味。乔乡长老婆将一头进屋偷食的克郎猪从后门一脚踢出去，回头冲我们笑，有些难为情："瞅这屋里造的，不像个样！"乔乡长家人在院里抓猪，一片热闹的嘈杂声。梁义扭头朝院里看了眼，低声和我说："喊，连家都管理不好，还能管好全乡！"

梁义屠猪，果然身手不凡，他口叼尖刀，一条腿跪着压住猪头，然后捋净猪脖子上的脏物，一手扭着猪耳，一手取下口中尖刀，面色平静，挥手利落地一刺，刀便捅进了猪的脖子，血随之哗哗淌出。肥猪嚎叫几声，浑身一阵抽搐，立时毙命。梁义挺身大声喊："怎么样，我这两下行吧？"表现出一种异样的昂奋情绪。乔乡长连连点头："行，够麻溜的！"梁义哈哈笑，将尖刀上的鲜血蹭在猪身上。抬头瞅我，目光意味深邃："作家，有什么感受啊？"我说："行了吧你啊！"他又哈哈笑。

吃饭的时候，梁义端着个盛汽水的杯子，离开了座位，在地上来回踱，打量着屋子。田书记问："梁乡长你干什么？"梁义说："我看看乔乡长这房子。"回身对乔乡长说："老乔，你真屌是的，这房子给你住可惜了！客厅那屋的粮食，不好拿到别的地方搁着！既然铺地毯了，就得买吸尘器，常打扫，你看你那地毯踩得，跟麻袋片子似的！再说你那厨房地方那么大，何必把酸菜缸和土豆都堆到浴室间里了，你简直是胡整我看！"梁义这番话，虽很尖刻，却充满了不隔己的亲昵感，乔乡长听了很感动，说："赶明儿有工夫，你帮我好好设计设计！"梁义坐回座位，说："赶明我把家搬来，你上面那层给我住。"乔乡长说："行真行！你搬来吧，我不是说着玩！"梁义说："得了吧，你说行白费！就怕我搬家那天，你们家大嫂拿个擀面杖在门口一站，还不把我腿肚子吓哆嗦了！"言毕，大笑。众受感染，一下跟着笑起来。气氛热烈。梁义却突然敛住笑容，说："哎，我想起个事。老来告状的那个老齐头，家里的房子的确破得够呛，我看乡里从民政口拿点钱补助他一下，也省得他以后再来找麻烦！你说行不行，田书记？"田书记说："行，要不他没完没了的，也真他妈烦人！"乔乡长看看田书记，又看看梁义，说："要依我的意见，就不搭理他，他爱上哪告上哪告！可二位领导说话了，我没意见，就这么办吧。"梁义说："我前几天上县里开会，上监察局去了趟，那里有几封咱们乡的上告信。"人一惊，皆驻箸瞅他。他却谁也不看，兀自喝着汽水，说："我和他们监察局的人说了，我们基层干部在下面工作，那么容易么？怎么能不得罪人？你们要是听风就是雨，那我们就没法干了！监察局宋局长说我说得对。他们处理也挺慎重，把信都交给我了，我带回来了。这事就算这么了了。唉，咱们这一级干部呀，不好干！……"众点头："嗯，是不好干！"乔乡长讪笑笑，说："你们一二把手要是不给我们作主，我们就更没法干了！也是俺们这些做副手的有福呀，摊上了田书记和梁乡长这样的好领导，俺们就可以放心大胆地干了！"梁义瞅他笑笑，环视众人一眼，说："咱们班子成员只要团结一心，就什么都不怕！来，为了咱们的精诚合作，我以汽水代酒，干一杯！"众起立："来，干！"碰杯，一饮而尽。

吃完饭，天已经黑了。我俩往回走。沿着雪地上那条黝黑弯曲的小径，走下山坡。身后狗吠猖猖。脚下踩出单调的雪声。远处有颗很亮的星，骑在山尖上，差一点就碰到了山头，随着我们的行走，忽高忽低。一路上梁义缄默不语。我问："今天不挺高兴的吗？这阵怎么了？"他仰脸长长叹口气，只骂了句："妈的！……"就又不吭声了。回到宿舍，他脚也没洗，说："太累了！"就上炕蒙头躺下了。可是我闭灯许久以后，发现他并没有睡，两只凝神望着天棚的眼睛，又黑又亮。

我和梁义，每周六下午，无特殊情况均回家。乡里用吉普车，将我俩送至草河口，然后在那里乘火车。他在帽山乡下车，我到城县下车。在家过完星期天，星期一乘早车返到草河口，乡里的吉普车等在那里，将我们接回。可是腊月初的那个周六，我俩未能回家。

汪家村出事了。一汪姓社员拒交国家征购的大豆，并将前去催粮的村长打伤。电话打到乡里时，其他干部都不在，只有梁义和我。情况紧迫，梁义立刻让乡派出所出四名民警，随我们驱车前往，到汪家村处理纠纷。

那日是腊月初八，天格外冷。人人嘴前喷着白汽。我们上了车。两辆吉普车一前一后拐出了乡镇，沿着长长的峡谷，向山里急驶。山野银装素裹，天地渺邈。梁义透过车窗玻璃，向外观望，说："我愿意过冬天。"我说："你是觉得冬天素洁吧?"他笑笑，却又沉下脸色，说："我没你那么高雅！因为我是农民，而农民一年到头，只有冬天才能歇歇……没有谁比他们更辛苦了，可他们生活得并不好……"他仍然向外望着。车过处，荡起如烟的雪尘……

车到汪家村时，已是午后三时许。村长汪富贵头缠绷带，等在村委会办公室。见我们到来，情绪激动："走，我领你们收拾他们！"梁义说："你先把事情的经过讲讲！"汪村长说："经过很简单！春天乡里和社员定的合同，一口人向国家交一百五十斤黄豆，他汪老三家六口人，该交九百斤黄豆。可他们就是不交，我去和他们要，他们还和我耍横的，爷几个一块上，你看把我这头打的。妈的，反了！"

汪村长领着我们，径直来到汪老三家。村人闻讯，都来围观，稠密地挤满了一院子，若看大戏一般。汪老三爷几个，早已吓得面色如土，不敢言语。汪村长不知从哪找来一把斧头，指着汪老三家耳房，对梁义说："豆子就在那屋锁着，我去把门砸开！"复又指着汪家父子："你们怎么不蛮横了？你们的威风哪去了，啊？妈了个×的敢打村干部，反了你们啦哪！"挥斧直取耳房。满院子人，肃穆观之。忽然梁义大喝："你等等！"汪村长怔住。众人诧异。所有目光全部投在他身上。梁义面色铁青，站在那里。一阵风起，刮得雪末子打在院里的秫秸堆上，沙啦啦响。他大衣的下摆掀了几掀。汪老三父子更加惶恐，目光悚悚地观察着梁义身后的四名警察。汪村长顿足叫道："梁乡长还等什么，砸吧！"梁义严厉地挥下手："我不是来给你出气的，我是来解决问题的！"转过身，对汪老三："大叔，你自己去把耳房门打开。"汪老三诺诺，跑过去开了耳房门上的锁。梁义大步走进耳房。围观人随之移向耳房门口。耳房里果然放着几袋黄豆。袋子的口没扎，黄豆金灿灿盛着，煞是喜人。梁义伸手抓起一把，在掌中磨搓了几下，手一翻，又将黄豆撒回到袋子里。众人沉默地注视着他的举动。他走出耳房，复站到院子里，举目环视汪家的柴垛、猪圈、苞米包子和四间屋顶黝黑的草房，最后目光落在浑身抖瑟的汪家父子身上，闪出温良，问："大叔，你为什么不交黄豆？"汪老三嗫嚅。汪村长在一旁吵叫："他是想私卖！"梁义回头斥责："你懂点规矩，我没和你说话！"汪村长极窘，面色难堪。梁义转回，继续问汪老三道："大叔，黄豆私卖多少钱一斤？"汪老三答："八角八一斤。"梁义又问："卖征购呢？"汪老三答："四角一一斤。"梁义点点头，转向围观众人，说："这价格咱们心里都清楚。换了我，我也不愿卖征购！"众愕然，目光惊疑。梁义说："我不是说假话。一斤少卖四角多钱，一千斤就少卖四百多块钱。在咱们农村，靠种地过日子的农民，汗珠子掉地摔八瓣，一年能赚几个四百块呀！更何况，如今农用物资价格涨得厉害，种子、化肥、农药，都得花高价去买，种一斤黄豆卖四角一分钱，连本钱都赚不回来，可我们许多农民群众宁肯自己吃亏，也要把粮食交售给国家。在这里，我代表政府向积极交售征购粮的群众，表示感谢！"深深鞠一躬。众人默默。汪老三父子垂目。梁义转向汪村长："不是我批评你，收征购，不是群众求我们，而是我们有求于群众，这种情况，如果你吹胡子瞪眼要威风，群众当然不买你的账，如果把话说清楚，我们国家现在还很穷，需要大家的帮助，我想群众会通情达理的。"停住，转脸问汪老三："大叔，你说我的话对不对？"汪老三早已老泪盈眶，连连点头："哎哎，话要是这么说，俺们能不交吗！"瞥了汪村长一眼。梁义拉起汪老三的手，握着摇了下，松开，转向众人："你们的困难，乡政府不是不知道，农用物资价格过高，化肥短缺，我们已经多次向上级部门反映了。另外，我们乡里也研究了一些具体措施，如果乡里企业盈利了，我们准备拿出一笔钱，补贴征购，绝不能让群众吃亏！我也是农民，种了十几年的地，我是有感受的，农民一年到头土里扒食，容易吗？一颗粮食，就是一滴汗珠子，古诗不是讲了吗，粒粒皆辛苦呀。"言毕，对四个民警挥手道："你们回去吧，这里没有你们的事了！"又对众人道："大伙也都回去吧，我看这件事就这么样了，老汪叔态度不错，汪村长吃点亏就吃点吧，谁叫他是村干部了，我们乡领导心里有数。大伙说好不好？"众点头："行啊，这样行！"慢慢散去。汪老三上前抓着梁义的胳膊，哽咽了："梁乡长，都说你是个好人，真是耳听为虚，眼见为实呀！"扭头喊他三个儿子："快，把豆子扛到村里去，快点！"三个儿子去耳房搬豆子。

梁义握着汪老三的手，拍拍他的手背，说："谢谢你了，大叔！"眶中泪花晶亮。

离开汪家村的时候，梁义对汪村长说："汪村长，今天我不够冷静，有些话太过分，你多原谅吧！"汪村长说："梁乡长，我没说的。我服了！今儿个这事，你处理得太圆满了，换了咱们乡别的干部来，全他妈白屁费！"

车返乡镇的路上，长烟落日。渐逝的村庄灰蒙蒙。梁义始终阴沉着脸，凝视前方，大口吸烟。我瞥了司机一眼，贴他耳边说："事情处理得挺妙，你怎么不高兴？"他狠狠揿灭烟头，收回目光说："我在想，乡里的企业每年赚几十万，真应该拿出点钱补贴征购，可是……你知道，咱们乡每年招待费，就花掉十多万！……农民要是知道了这些情况，他们会怎么想啊！……"车颠得厉害，我们的身体晃来晃去。我说："我看出了，你对农民，确实有感情！"不料他却恼了："有感情？妈的没有感情还能怎么样！以后你不要再说这种话！"我擂了他一拳："你别火，其实我很理解你的心情！"他眼睛盯着前方，不吭声。一路上我们再没说活。

　　与梁义相交渐深，我发现他记忆奇异，对那些干巴巴、毫无形象的阿拉伯数字，仿佛有特殊的感情，只要他接触到了，无论是工农业产值，或植树造林成果，或农田基本建设效率，也无论是几位数，怎样的百分比，不用写，也不记，却能倒背如流，准确无误。一次我俩在计划生育那屋听汇报，我没见他记录，事过三天，由他向县计划生育办公室领导汇报工作，他张口道出一串数字："全乡育龄妇女两千一百一十二个，采取避孕措施的一千八百零三人，占总数百分之八十五点四，做绝育的五百四十四人，占总数的百分之二十五点七六……"我不胜惊讶。过后问他："你怎么记得那么准？"他笑笑，不以为然。说："我有个同学，就是现在市里的郭副部长，原来在乡里当干部时，记数字绝对厉害，一汇报工作，不用看本子，一串串的，谁见了谁服，到底上去了。"我释然。说："噢，我明白了。"

　　县里新调来个县长，曲县长。走马上任第一件事，到各乡镇熟悉情况，第一站便到了我们乡里。田书记很重视这件事，先曲县长到来之前，分配了汇报任务。因为梁义没调来的时候，田书记一直做乡长工作，所以由他做主要发言，然后由乔乡长介绍乡镇企业情况，马乡长介绍农业情况，赵乡长介绍文教卫生、计划生育情况。最后田书记瞅瞅梁义和我，说："你们俩也别闲着，就谈谈对我们乡里工作的印象，评价评价，实事求是，该批评的就批评，别顾及面子，咱们都是革命同志嘛。"梁义说："好，到时候看情况再说吧！"

　　翌日上午九时，曲县长坐着"蓝箭"到来。带着县政策研究室副主任和农业局局长。新上任的县长很讲效益，下车就说："咱们也别客套了，赶紧找个地方唠吧！"众人便簇拥着他进了会议室。开始汇报。田书记先讲，尔后乔乡长，尔后马乡长，马乡长没讲完，一上午的时间过去了。下午继续。坐得我腰酸背痛。赵乡长最后讲的。赵乡长讲完，田书记瞅瞅我和梁义："你们俩说两句啊？"我明白这是客套，便摇头："不讲不讲，情况不熟。"我瞅梁义。梁义却将在沙发里的身体挺起来，冲曲县长笑笑，说："我少讲两句吧。"大伙便将目光集中在他身上。他将茶几上的茶碗向前推了推，说："我初来乍到，情况不太熟，我只想把这里的工作，和我原在的帽山乡工作，做个比较，从中让曲县长掌握更多些情况。我原在的帽山乡，是全市十八个先进乡镇其中的一个，而这十八个先进乡镇中，我们县就占了四个。可以说这确实是殊荣！可帽山的工作到底怎样呢？有这样一些数字可以比较：帽山乡有耕地三万四千八百亩，一九八七年上缴国家粮食十八万九千六百斤，而我们乡，有耕地三万三千亩，比帽山乡少一千八百亩，而一九八七年上缴国家粮食却是十九万三千斤，比帽山乡多四千多斤。在乡镇企业建设方面，帽山乡差得就更远了，一九八七年帽山乡工业总产值一百八十九万元，上缴利税五十四万元，而我们乡，一九八七年工业总产值六十八万三千元，上缴利税三十七万七千元，帽山乡只占我们乡百分之十四左右。至于在民政福利、教育上的投资，帽山乡按近五年算，只拿出了十一万五千元，而我们乡，五年拿出三十六万元，比帽山乡高出近百分之六！我在帽山乡当了四年乡长，所有工作都与我有直接责任，但我们必须承认，帽山乡和我们这个乡的工作，相差甚远，所以我就搞不明白了，为什么帽山乡能被评为市里的先进乡镇，而我们这个乡，却名落红榜呢？我真替我们这个乡感到不公。"梁义讲完，室内好一阵静。曲县长瞅着梁义笑了："梁乡长对两个乡的情况好熟哇啊。"忽然问，"你今年多大年龄？"梁义答："四十四了，毛岁。"曲县长说："我比你大两岁，可记忆力和你比，差多了。刚才你说的那一大堆数字，就是叫我拿本念，也念不了那么流利啊。"梁义说："纯是小技！"冲众人笑。众人陪他笑笑，目光却躲躲闪闪。曲县长也笑得不太自然。

晚饭前，我蹲在厕所解手。田书记和几个副乡长从外面进来，里面黑，他们没看到我。乔乡长压着嗓音说："操，就鸡巴显他脑瓜好使！"马乡长说："还要牛×，说什么，小技，屌！"田书记说："得了，别瞎议论了，你们有本事，你们也可以显显吗！……"

晚上，我对梁义说："你犯了极大的错误！"他问："什么错误？"我说："第一，炫耀；第二，傲慢。作为乡干部，汇报工作，不用看本子就能念出那么一大串数字，在许多人眼中，不失为一种才华。现在干工作，会不会汇报，很关键。你今天的目的，就是想显露你的才华，但是有些过分，引起了同僚的嫉妒。而后来曲县长夸了几句，你却随口说道，纯是小技，这话让许多人不舒服，连曲县长都有些不太自然，不知你发现没？"我说完这番话，梁义许久没言语，坐在椅子上吸烟。后来站起，在地上来回踱，脸渐渐涨红，冷丁将烟头掷在地上，火星崩溅，气急败坏地嚷道："去他妈的，老子不求闻达于诸侯，谁爱说什么说什么，大不了回家种地，有什么了不起的！"我说："你冷静点，吵嘈扒火，让人听见像什么！"他压住火，坐到椅子上，又点了棵烟，大口大口吸。忽然冷笑："操，这就叫聪明反被聪明误呀！你提醒得好……"

第二天早上，田书记领着各位乡干部为曲县长送别。曲县长逐一与大家握手。轮到梁义时，梁义边摇着手，半戏半真地说："县长昨天表扬我记忆好，我实在有愧呀！"曲县长问："怎么？"梁义说："其实就是死记硬背，像小学生背课文一样，常了，谁都行！要不我怎么说，纯是小技呢！"田书记一干人，都拿眼睛瞅他。他说："真的啊，真的啊！"曲县长说："你看你，谁也没说不信啊！"他笑起来，众人也笑起来，目光都很友善了。梁义与众人逐个点着头，笑。我站在后面，看着他，心里不是滋味。

这天傍晚，刚刚吃完饭，梁义要我陪他出去散步。我说："净扯淡，这大冷天，散什么步！"他说；"走吧！"我发现他情绪不对头，便跟他出了屋子。

太阳早已沉没，天空灰暗。远处的高压线塔渐渐隐没在暮色中。一辆汽车在岭上艰难地爬行，播放出强烈的轰鸣声。我俩沿着一条小路，走上了河堤。冰河沉寂，有一扛柴人黑黑的身影，在河心处缓缓移动。天空淡月朦胧。他站下了，我也站下。我问："怎么，还为昨天的事烦心呢？"他不语，面河而立，凝望远旷。许久，说："那鸡巴事，我早把它忘了！……你说，人活在世上，最苦的事是什么？"我说："按我的理解，最苦的事是相思。"他转过身，深切地拍拍我肩头，又沉默了，似有千言万语横亘在胸。我说："我看出了，你在想一个人。"他点点头，仰视淡月，沉沉吟道："明月不谙别离苦，斜光到晓穿朱户……欲寄彩笺兼尺素，山长水阔知何处……"我问："如今你不知道她的去向？"他摇头："不，不是这个意思！"停了会儿，他说："我们高中时，在一个班念书。就是县里那座高中，每到星期六，我们舍不得花钱买车票，总是徒步往回走，星期天的下午，再走回去。沿着长长的铁路线，走啊走……火车从我们身边飞驰而过，一洞洞窗户灯光明亮，那时我对她说，将来咱们有钱了，一定买张国内铁路线最长的车票，坐它几天几夜……"我问："后来呢？"他说："后来惨了，她父母到井边打水，井塌了，一块砸死了。她为了养活一群弟弟妹妹，嫁给了一个兽医……"我问："现在呢？"他说："她现在是我们乡里一个村小学校长。"我问："你常去看她？"他摇头："咫尺天涯……我今天接到她一封信，信中说，她患癌症了，没几天活头了……"他哽咽住。我说："真不幸……你该去看看她。"他又摇头："不行。她家和帽山乡赵书记是邻居，另外她丈夫那个人，心胸狭窄，弄出事来……共产党的事你不知道？像我们这级干部，犯点别的错误不要紧，哪怕一下损失几十万，也没大事，可一沾男女作风的边，就够呛！……她信中说，千万不要去看她，嘱咐我好好干，将来能出人头地，她九泉之下也瞑目了……"暮色淹没了河野，远处人家灯火点点。偶尔刮起积雪，空中的月亮就更加朦胧了。他重重叹口气，说："我们家，祖祖辈辈土里扒食，到我们这辈，出了我这个小官，我爷爷和我父亲，满足得不得了，唉……沉恨细思，不如桃杏，犹解嫁东风……"又站了许久，他说："你先回去吧，我再呆一会儿。"我说："一块走吧，大冷天的。"他说："你走吧，我没事。"我走了。回头望，看见他黑黑的身影柱子般立在河堤上，一点烟光明明暗暗，像夏季游移在暗夜中的萤虫……

　　田书记找我们谈话，说需要召开乡人大代表会议，对我们这两个调来的乡长，进行一次补选。说，这是必须履行的手续。叫我们准备一下。最后说："放心，保证不能落选，代表大部分都是些撸锄杠子的！"乐乐，走了。第三天，全乡二百多名代表，集中到乡里，召开选举会。会场设在三楼会议室。屋子小，坐得黑压压。田书记是上届人大主任，由他主持会议。宣布开会，全体起立，奏国歌，请坐。许多人抽着卷烟，满室烟雾。田书记念了县组织部调令，又向代表们介绍了候选人简历，然后宣布了选举方法和监票委员会名单。

然后发选票，当众清理票箱，填票，排队依次投票、点票、唱票、统计票数，最后田书记拿着统计结果，走到台前，大声宣布："现在宣布选举结果！全乡人大代表二百三十二名，实到人数二百一十九名，发选票二百一十九张，收回选票二百一十九张。经过监票委员会统计，选举结果是，两名候选人，全数通过！大家鼓掌祝贺！"掌声如潮。田书记举手示停，骤敛。田书记宣布："下面，请新当选的乡长，梁义同志讲话！"又鼓掌。梁义走到台前，未坐，站立着，目光扫视台下一张张粗糙的面孔，艰涩地咽了口唾沫。待掌声平息下来，说："数九寒天的，把大家从各村请上来，为我们投票，我心中很不过意。我只讲三句话：一，当官不为民做主，不如回家卖红薯；二，为政清廉，不贪不占；三，少说大话、空话、假话，多办实事。完了！"掌声雷动，经久不息。田书记举手示停几次，不见奏效。梁义复出座位，向代表鞠躬，掌声愈烈。梁义眶中闪动涟涟泪花……

会议结束，在乡机关食堂会餐。梁义吃了几口饭，就告辞了。我陪代表喝酒，喝了很长时间。回到宿舍，我拽门，门在里面插着。便敲。梁义为我打开门，我发现他眼圈黯红，像刚哭过。他又插上门，问我："完事了？"我说："嗯，完事了。你怎么了，出什么事了？"他流下眼泪，说："帽山乡有人捎来信……她死了……"我呆住，瞅着他悲痛，却不知怎样劝慰。桌上放张照片，我拿起看。一位俊秀、庄重的姑娘冲我笑，纯朴、热情。梁义强抑泪水，说："我他妈的，当官不是个好官，做男人不是个好男人！……"我说："你别那样想，我走南闯北，遇见的人多了，可像你这样的人，不多。刚才你在会上讲的那三句话，我很感动。"他忽然立起，狠狠擂下桌子，咆哮起来："可是我能做到吗？能做到吗?!"我说："你别激动。你做到这个份上，就不容易了。"他一下抱住我，身体剧烈颤动，泪水打湿了我的肩头。

春节过后，我有了些构思，想静下来写点东西，就离开了乡里。走的那天，他一直送我到草河口车站。火车开了，他站在月台上，没有挥手，像个孤零零的木桩，越来越远……

从那，我再没有见到他，但每次想起他，心总不能平静。

（原载《青年文学》1989 年第 10 期）